HAROLD BRODKEY

Die flüchtige Seele

Deutsch von Angela Praesent

Roman · Rowohlt

Die Originalausgabe erschien 1991 unter dem Titel
«The Runaway Soul» bei Farrar, Straus & Giroux,
Inc., New York
Redaktion Thomas Überhoff

1. Auflage September 1995

Umschlag- und Einbandgestaltung Nina Rothfos
Satz aus der Caslon 540 (Linotronic 500)
Gesamtherstellung Clausen & Bosse, Leck
Printed in Germany
ISBN 3 498 00540 5

Für Ellen und Andrew, Roger,
Jonathan, Bill, Robert und Harold

Inhalt

DIE NATÜRLICHE

GESCHICHTE

1930

Mit Klapsen und unter dem intimen Applaus der Geburt wurde ich in die Welt gedrängt – ich meine, mich daran zu erinnern. Nun, jedenfalls habe ich davon ein Innenbild – von dem blinden Jungen in seinem rosig-milchig-grauwandigen (und salzigen) Aquarium, dem umgestürzten Aquarium, von dem Aufruhr in der Scheune von Frau ... von den phantastisch schlampigen Umständen, unter denen man seine Existenz antritt, erstmals erwählt wird; wie man mit seinen Sinnen, zum Brüllen gereizt, aus der leuchtenden, wunden Schmiere in und auf die unerklärte Liste von Neuem ringsumher, von überwältigend Unbekanntem eingeht, ungläubig, erschüttert, furchtbar beschmutzt vom Licht der Fakten. Ich meine, mich an den Atem zu erinnern, der in mir lauerte und dann jaulend ausbrach: an einen Anfang von solcher Unwiderruflichkeit.

Die andere Geburt – eines Geistes von menschlicher Gestalt – all des Gesumms und Gebrumms im Schädel – eines anspringenden Geistes, eines Geistes, der so sehr auf Wahrheit aus ist, daß er sich die Mühe macht, Jungengestalt anzunehmen – und wirklich entsteht: zunächst nur als Rohentwurf, als flüchtig hingetuschte, klischeehafte Skizze – eine kartonstarre Pose, ein symbolisches Handgelenk, eine gemalte Braue – ein abgerissener, halbwirklicher Junge, stolz wie ein Geist: ein Apfelesser in unbestimmtem Licht: zwei auf verschiedene Weise geborene Geschöpfe, derselbe Bursche. Man stelle sich die spannenden Verwicklungen vor, die einem blühen, wenn man in zwei autobiographischen Erzählungen zugleich auftritt. Man denke an all die Mythen der Eindeutigkeit ... nach denen eine Lebensgeschichte einer einzigen Linie folgt.

Und wenn man dann auf zwei scharf divergierende Weisen geboren wurde, wenn ich die Hypothese von den beiden Geburten beibehalte, wenn ich einräume, daß ich MICH als ein Bewußtsein empfinde, als ein Schattenwesen, das mehr oder weniger bewußt mit *Schriftzeichen* gestikuliert – jedoch real wirkt – und wirklich ist, so wirklich wie nur faßbar, aber nur partiell ausgefüllt, nicht für andere, sondern für mich, zwei Tage alt, zwei Jahre, fünf, vierzehn Jahre alt, fünfzig, sechzig ... Und nun stellen Sie sich ein Schattenbewußtsein vor, das die Vorstellung von sich selbst als vierzehnjährigem, schlafendem Jungen heraufbeschwört, ganz real im St. Louis County und im Monat Mai. Das wäre dann im Jahre 1944. Ein Junge, der einmal krank gewesen war, der sich im Fieberwahn als drei-, vierfach Geborener empfunden hatte, als Sohn der Krankheit, nicht mehr bei Trost vor Fieberwahn (und Todesnähe), und als ein Sohn des Glücks, der genas, um einen Körper und ein Bewußtsein einzunehmen, ein mühselig geborener, wiedergeborener Abkömmling Adams ...

Leben auf dem Mississippi

1944: 6.12 h

Aufzuwachen fühlt sich manchmal *schweinisch* an: kennen Sie das? Dieses Wühlen, Schniefen und Schnüffeln? Finden Sie Träume fein? Ich schon. Ich finde sie fein – manchmal.

Jedenfalls ist es manchmal eine Schande, daß man sich von seinen Träumen trennen muß. Vielleicht, weil das wirkliche Leben hart ist. Zu diesen Fragen habe ich im allgemeinen sowenig eine klare Meinung, wie ich beim Aufwachen gleich so recht weiß, wer ich bin und wo ich bin; ich weiß nicht mehr, wie ich *angeblich aussehe*. Diese Undefiniertheit – ich wurde eben in eine neue Familie hineinadoptiert, als ich zwei war. Aufzuwachen hatte damals etwas Unheimliches. Ich kann mich nicht erinnern, je mit der Zuversicht aufgewacht zu sein, ich hätte Haare von einer bestimmten Farbe; sie haben in meinem Leben oft die Farbe gewechselt – ich war bis in mein fünftes Jahr weißblond, dann ein Jahr lang aschblond, dann rötlich-blond mit wachsender Tendenz zum Rötlichen; dann hatte ich braunes Haar, dunkelbraunes im tiefen Winter, rotbraunes im Frühling, fast blondes (wiederum) im Hochsommer und so fort. Und darüber redeten die Leute, so daß ich, während die Farbe wechselte, gelegentlich erfuhr, wie es gerade war. Als Frage schwebte das etwa so über mir wie ein Drachen – *Wileys Haar* als Konversationsgegenstand und als realer Gegenstand. Wileys Aura sozusagen. Meine Mutter, die 1944 krank ist, macht mir in letzter Zeit Szenen, weil ich aussehe wie *etwas, das die Katze hereingeschleift hat*, und ihr dadurch Schande mache, daß ich nicht bei Verstand, reinlich, halbgöttlich, vernünftig und was sonst noch bin; sie wünscht, daß ich gepflegt bin, wie aus dem Ei gepellt oder wie das heißt.

Hallo, sage ich unaufrichtig zum Kissen, zum wachen Dasein ... zum Morgen.

Mein schnoddriger Ton ist der eines Halbwüchsigen aus der gehobenen Mittelschicht ... im Krieg. Ich kann daraus auf soziale und physische Gegebenheiten schließen, auf die Zeit und mich – auf mein Alter und meine Statur, meine ich, auf meine sportliche Kondition. Ein Vierzehnjähriger aus einem Vorort im Mittelwesten, 1944, groß und kräftig.

– *Langer, wer bist du eigentlich?*

– *Das geht nur mich was an, aber du kannst es ja mal testen ...*

– *Ha-ha. Sehr witzig ...*

Ich heiße Wiley Silenowicz ... Ich existiere wirklich, anderen zum Verhängnis ... Ich existiere *wirklich* ... Mein Gott, was für ein Schlamassel.

Aufzuwachen ist in gewisser Hinsicht so, wie von einem Güterwaggon in den Schotter zu springen, in die Realität des eigenen erwachenden Atems. Das nachtlange Durchgerütteltwerden in flüchtigen Traumerlebnissen (die sich stur als plausibel ausgaben) hallt im flimmernden Moment des Erwachens (im Bett) schwindend nach, wenn ich mich atmen höre, wie inmitten alter, verblassender Bilder in einem überwucherten Graben. Meine Gänsehaut ... flitzende, flirrende Strombotschaften ... ich ... ich bin im *klassischen* Sinn da – im physikalischen Sinn: lebensgroß – nach dem fast niemals mitteilbaren wahren Maßstab der Welt. Da ich kein Träumer bin, habe ich bis zu diesem Alter, diesem Moment überlebt. Ich bin ein Riese, der irrigen Selbstwahrnehmung des Bewußtseins nach, das sich und seine Wirklichkeit zunächst gern als Inbegriff alles Wirklichen empfindet – das heißt, in dem mich anhaltend durchflutenden Empfinden, in dem mein Bewußtsein als Kosmos meiner Träume samt ihrer Landschaften, Bewohner und Mechanik diente.

Nun aber hat man eine Flanke, vom Tag bestrahlt, dem Rand der unbekannten Zukunft zugeneigt, hart am Rand einer unbekannten Logik – eines Tages, in dem andere auftreten werden, alle von meinem Verstand unabhängig und der Regie meines Bewußtseins entzogen. Die noch nicht ganz erhellte Welt. Die Naturwissenschaften waren 1944 noch anders, noch nicht so wissenschaftlich, noch nicht so popularisiert. In meiner Morgenverwirrung bin ich ein Jude, der einen Moment lang außerhalb jeder realen Ordnung schwebt. Mann, wie mir das alles gefiel! Wie kurios, den Anfang des Nicht-mehr-Kind-Seins, meines Fleisch-und-Blut-Seins im Pyjama zu haben. Ich fühle mich gebeutelt von Wellen der noch kaum albinobleichen Atmosphäre. Der vagen Aufhellung: die Gegenstände im Raum haben verschwommene, keine deutlichen Konturen; und draußen vor den Fliegengittern ist die Atmosphäre milchig. Im Raum ist das Dunkel noch kompakter, obwohl, wie gesagt, die Ränder der Dinge sichtbar sind. Meine auswärts gerichteten Sinne proben, wie eben geschlüpfte Schmetterlinge, ein träges, monochromes Flattern. Im Augenblick bin ich von der nächtlichen Innenschau noch tief geprägt.

Ich muß pinkeln. Das Gefühl, daß ich auf einem neuen Stern gelandet bin, die kribbelnd sich verfestigende Realität des Zimmers, die All-das-gibt-es-Empfindung, die trägen, bleichen – halbdunklen – Rosen des faktischen Blickens, die Entdeckung, daß *nachtlang* nicht *lebenslang* gewesen ist, obwohl es mir, während es ablief, so erschien; all das heißt, daß meine nächtliche Leichtgläubigkeit ächzend nachgibt und verblaßt. Das da ist ein reales Fensterbrett. Die oberen Ränder realer Bäume, die realen Blätter dort scharren leise an den Fliegengittern. Die Geräusche in der unstet bewegten Luft des Mittelwestens verbinden sich mit meinen Atemgeräuschen auf dem Kissen: achte ich auf die einen, übertönen und ersticken sie die anderen. Dann schalte ich auf diese um. Ich bin die-Stimme-auf-die-es-ankommt und habe mich diesem

Tag gestellt – bilderprall, phantasiensatt, faschistisch. Die sinnlich-faktische Gegenwart nach so vielen Bildsequenzen (aus dem Reservoir des Fleisches), so vielen Traumepisoden – keine Gestalt aus meinen Träumen ist in ihr vorhanden. Die vormals scheinbar wirklichen Menschen sind getilgt, hingemetzelt, ausgemerzt … *Aufzuwachen ist eine erbärmliche Sache*, sagte mein Vater (S. L.) immer – für mich ist es nun eine *nackte*, *republikanische* Angelegenheit; das *gewichtige* Strubbelhaar auf meinem umgebildeten Schädel ist nach all den Jahren, die ich *da oben* feines Kinderhaar hatte, Erwachsenenhaar. Ich, ein Vierzehnjähriger, starre mein Wachsein an. Ich bin kein träumender Tyrann mehr, der über das Licht gebieten und sich mit ihm messen kann. Ich habe meinen geographischen Ort hier, wo ich mit dem Kopf am Fußende des Betts liege und von den Fenstern an zwei Wänden Luft einströmt … Es ist Mai. In St. Louis, Missouri. Vor dem Fenster, auf das ich blicke, liegt ein von Wegen dreigeteilter, U-förmiger Garten mit Blumenbeeten. Wir wohnen im zweiten Stockwerk. Niemand ist bei diesem trüben Licht im Garten. Mein Schädel, schwer wie ein Stein, ist weiter von meinen Füßen entfernt, als ich es in Erinnerung habe – in zwei Jahren bin ich mehr als dreißig Zentimeter gewachsen. Sechzehn Kilo schwerer bin ich dabei geworden … Wenn ich dich liebte, wäre dies das Geschöpf, das dich lieben würde.

Wenn ich schlafe, atme ich außerhalb des mysteriösen Kreises, den meine Aufmerksamkeit erfaßt. Ich atme auf einem anderen Planeten, fern von den mir bevorstehenden Geschichten. Ich setze nun zu einem männlichen Flirt mit meiner Atmung an. Mit undeutlicher Vorsicht, mit einer gewissen Verlegenheit spüre ich meinen neuerdings so dünnen Hals – meinen Adamsapfel … meine Länge: meine Zehen dort unten: Mann … Und ich atme aus.

Groß zu sein empfinde ich tatsächlich wie eine Leiter, über die ich flüchte … vielleicht ist das unverzeihlich. Ich war mir nicht sicher gewesen, ob ich, wenn ich einschliefe, auch wieder aufwachen würde. Mir ist bewußt, daß ich eine Erektion habe – mein Vater schläft in dem anderen Bett im Zimmer. Da fällt mir wieder ein, daß mein Vater tot ist ... *Daddy ist tot.* Die atemgereizte, wellige, kribbelnde sexuelle Hitze, und dann der seltsame Erinnerungsbrocken, daß mein Vater vor vier Tagen gestorben ist, ein Brocken, von dem eigene Hitze ausgeht – beide bringen mich zum Beben wie zwei Dampfströme, die verschiedene Teile einer Maschine antreiben.

Mal liege ich sonderbar still da. Mal bebe ich. Mal liege ich sonderbar still da.

Ich strecke Arm und Hand aus, um das Drahtgeflecht der Fensterfläche zu berühren. Mit den Fingerkuppen. Mein knisterndes Bewußtsein, dem Licht zugewandt, beruhigt sich – ein leise sirrendes Observatorium mit geborstener Kuppel, ein Aspekt des Lichts. Unter dieser geborstenen Kuppel kauere ich falkengleich, ein Wunder an Aufmerksamkeit. An Mädchen – und an meiner Mutter – gefällt mir unter anderem, daß sie sagen: *Werd bloß nicht verrückt, das wäre mir zu peinlich.* Ich bleibe bei Verstand, um vor ihnen anzugeben: es ist in Ordnung, mich zu mögen. In den im Moment schlecht beleuchteten, realen Verdichtungen der fortschreitenden physikalischen Welt befördern mich winzige Partikel in mir, winzige Archen Noahs, vom Jetzt auf die Dunkelheit zu. Mit seinem *göttlich* leisen Schwanken, nun eher Schlingern, ruhig, mehr oder minder lautlos und zunehmend erleuchtet, hat der Geruch, der Morgengeruch, etwas blasphemisch Moralisches an sich – Frische, nehme ich an. Es stinkt irgendwie nach *Gott* – es stinkt wie in: stinkender dreckiger Jude, verfaulter Goj. Ich befrage die Weissage-Instanzen – sie stecken in mir, sind so installiert, daß sie die Dinge aus weiterer Entfernung nahen sehen, als meine Zehen sie spüren – Wird mich der Krieg verschlingen? Werden alle Juden umgebracht? Bin ich in Sicherheit, obwohl mein Dad tot ist? Muß ich auch sterben? Bald?

In der nunmehr realen Atmosphäre entschuldige ich mich bei mir dafür, daß ich *die ganze Nacht hindurch* geträumt habe: *Tut mir leid, war dumm von mir* ... Das herrliche, wild unchronologische Denken in der mächtigen Gegenwartform des Morgens – dem Morgenhaupt und meiner knochigen Wirbelsäule entspringt nun eine roh stoffliche, wilde Engelepisode, mit sexuellem Absturz und Tod darin. Düster, hinterhältig – *geistlos* – mischt der Verstand sich ein – ich komme mir seltsam unzulänglich vor – und nehme die Hand vom Fliegengitter und berge sie in der warmen Kuhle unter meinem Kinn – Samuel Silenowicz, Samuel Leonard (S. L.) Silenowicz, mein (Adoptiv-)Vater, ist tot ... ist aus der mörderischen, driftenden Wirklichkeit ausgeschieden. Leise jault der Verstand: *ES HERRSCHT KRIEG: LASS MICH IN RUHE.* Ich schnüffle an der Atmosphäre: ein Bravourstück des elektrisierten Bewußtseins, ein Schnauzen-Zucken ... Dann venezianisch ausweglose Trauergänge in gefiltertem Licht, ein wenig Sorge um mich und Aufwachgeblinzel – Geschwänzel auf der Wahrnehmungsoberfläche, Gefunkel, Blitze und probeweise halbmechanisches An- und Abstellen des Blicks: wenn ich nicht blinzle, sehe ich Punkte; wenn ich mich auf die Seite wälze, quietscht das Bett; wenn ich das Schiebefenster auf bestimmte Weise berühre, knirscht es. Sieh da, sieh dir das an, siehst du das, nun sieh doch mal, Strahlen von grotesk bleichem Licht berühren vor dem Fenster fette, graue, niedrige Wolken und ein paar Blätter ganz oben an den Bäumen.

Das fahle Licht – die falsche Dämmerung – überall diffuses Grau – will ich denn noch leben? Dieser blinde Kind-Kaiser, dieser schnüffelwütige *Gestapo-Agent*, der so gestapohaft gocklige, leise atmende Vierzehnjährige, der ich bin, ist noch am Leben – *Na und?* Mehr oder minder möchte ich an diesem seltsam schmerzhaften Umstand sterben; doch fast sichtlich gehört dies zu der Linie, die den Wunsch zu leben in mir konturiert.

Eine Glanzleistung unverständlicher Verzerrung ist, daß ich mein Gesicht als *sein* Gesicht in Erinnerung habe; wie er in den Spiegel blickte – etwas ängstlich – wie solche Blicke eben waren – wegen der *Lebensgründe*, der *Sterbensgründe*, die der stumme Spiegel liefert. Daraus wird ein peinlich *amüsantes* Spiel, das auf die Nerven geht und vor unbestimmten, peinlichen Erinnerungen strotzt: was für ein Schwachkopf. Meine Stimmung – wie ich aussehe ... *wen juckt das schon* – ist streitsüchtig maskulin. In dem blinden Rausch, in dem man sich morgens beim Erwachen als erstes die Grundgegebenheiten in Erinnerung ruft, fällt mir wieder ein, daß *sein* (mein) Aussehen im allgemeinen merkwürdig, aber annehmbar ist. Mein Aussehen quält mich nicht.

Die Masturbation

In der mir noch fremden, neuen Intimität im Zimmer nehmen erst mein (vielleicht) annehmbares Gesicht, dann weit größere Partien von mir, jedoch nicht ich als Ganzes, die Temperatur (das Temperament) hitziger, quecksilbriger Freizügigkeit an, gedämpft durch Vorsicht und Widerstreben: *Sir Kamikazes Kai von Kohlelagern* und *Das süße Püppchen möchte sterben, die Liebe ist am Ende* summt diese andere Seite.

Meine Hand hatte mich kaum berührt, da betrat ich schon, vor Erleichterung, vor Erregung bebend, ein Land sexueller Halluzinationen ... beim Masturbieren stellen sich alle möglichen Halluzinationen ein; meine Einsamkeit füllt sich prompt mit halluzinierter Fülle – nun ist die Liebe nackt auf der Welt. Ist es nicht todfrei hier, vorläufig? Sind wir nicht alle hier versammelt – alle, die ich haben will? Halluzinationen – und sexueller Wille – beuteln mich mit sanft-gierigen Flügelschlägen. Aus dem Gewicht der Dinge und dem Sirren der Nerven (hier, wo die Gesten Monologe führen) wird ein immer prallerer Ballon von Erregung. Niemand hat mich darüber aufgeklärt, daß die sexuelle Wirklichkeit solch einen Sog und Druck auf die normale Wahrnehmung ausübt. Das morgendliche Drama, der Wahnsinn der Lust und das lachhaft Überreife an diesem Geschiebe und Geziehe, dem Schein-Gezerre – ich rühre mich, ohne mich zu rühren. *Halleluja* – beinah-*Jaaa* ... Der Moment, unbändig, jünglingsbräutlich, ist eine ekelhafte Folter: übertrieben, grotesk – und okay. Abscheu, Angst, Bitterkeit, Entsetzen, Langeweile, Lust – es wundert und interessiert mich ungeheuer.

Während ich es tue, fühlt meine Haut sich an wie warmer Stoff auf mir – eine intime Hitzehülle, als läge man zusammengerollt in einer schwelenden Matratze, in der Füllung. Gekitzelt, verschwitzt, fleckig vor Hitze – *ES IST SO HEISS, MIR WIRD SO HEISS* –, empfinde ich Verachtung für mich; und höre auf. Selbstverachtung kühlt mich ab.

Aber ich erinnere mich – und es beunruhigt mich eigenartig –, daß die Rhythmen und Berührungen wüst explosiv gewesen sind. Sporadisch erlebe ich manche der Empfindungen erneut. Und eindringlich.

Dann erinnere ich mich, wie mir als kleinem Kind der nasse Badeanzug abgepellt wurde, an das Nacktsein und an die schmerzende Bereitwilligkeit der Ich-Person damals – unwissentlich entflammt; und mein Dad ebenfalls, er aber nicht unwissentlich.

Lust bedeutet nun in einem fast kindlichen Sinn, daß die Kindheitsahnung, etwas daran sei sonderbar, *berichtigt* wird.

Dann gleite ich in eine Trance von Übertreibungen und fange wieder an – *riesige Brüste an einer Riesenfrau, Riesenschwanz*, ich habe *Riesenhände* –, als wäre ich aus Wehmut ganz oder halbwegs in die Größenrelationen zurückgeschlüpft, in denen sich die Kindheit abspielt. Ich bin wund. Mein Gott, ist das blöd. Andere Jungen kommen mir professionell, kundig, wohlunterrichtet – und wohltrainiert vor, bei diesem Zeug und im Jungendasein überhaupt, während ich unprofessionell bin … unsicher und sprunghaft, gereizt unbeständig … *individuell* … (das hing mit meinem Alter zusammen).

Ich hatte versucht, mich an Lust zu erinnern, doch auf dem Erinnerungswege ist Lust nicht zu erfahren, nicht annähernd so überzeugend leidenschaftlich, wie wenn sie gerade errungen wird und gegenwärtig ist. Die Wirklichkeit hat das Monopol auf *wirkliche* Lust. Ein Junge und seine Fackel. Der lockende, phantastisch weitreichende Bedeutungswahn, der in dieser animalischen Bestechungsgabe mit ihrem Anflug von glücklicher Apokalypse lauert: ich muß gegen das Gefühl ankämpfen, der Schluß sei ALLES. Hirnrissige Sache, die Masturbation, so voll Idealismus, Halluzinationen, selbstinduzierter Endziele.

Der Junge hat große, rote, zuckende Nullen in sich und bleiche, die nach ihm muhen oder maulen: Wahnsinnspforten: so empfindet er im Augenblick die *Sexualität*. Das ist so interessant, daß, während er es noch leugnet, an irgendwelchen Nähten seines Ichs ein paar Stiche reißen. Eine *mörderische* Empfindung: sie nimmt ihn mit und fühlt sich lebensverkürzend an.

Ich gehe auf vernünftige oder *den Tod begrüßende* Weise vor, ein wenig schockiert, ein wenig widerstrebend ... Pochende, zuckende Honigpunkte – süß, bewegt – geschichtengleiches *Prickeln*. Ich kapiere, wie Werbesprüche entstehen. Bizarr und irr vor Abstürzen und Einstürzen, meide ich den Veitstanz des Kommens – liege still und lasse es vergehen. Nichts kann dein Leben rückgängig machen. Morgens bin ich mit Geist und Körper in einem schlingernden, schubsenden, halb atemberaubenden Panzerhandschuh-Labyrinth gefangen. Ich bin in einem sensualistischen Zustand von rätselhafter, semi-unsteter Aufmerksamkeit.

Das Nicht-verweilen-Wollen der Lust schmerzt ominös – und genital. Hitzeschübe und Geschmier, Ausdünstungen und auflodernde Bilder von tröstender, *BRILLANTER Lust* verschmelzen zu dem im Augenblick irreversiblen Wissen, daß die Lust IHREN EIGENEN GESETZEN folgt. Diese Schimpansen-Wirklichkeit und das Licht – ich bin in dieses Tarzan-Spiel, dieses Tier-Getue verliebt, seit ich es zwei Jahre zuvor entdeckt habe; in Hinblick auf Sex stimmt es beinahe, daß die lockeren Lügner die Welt beherrschen. Manche Leute sind gut darin. Manche sind dagegen. Himmel, wie schön das ist, was manche Leute so wissen! Ich bin biederes Fleisch und Blut, eine ehrliche Haut – ich bin ein ehrlicher Wichser. Ich vermisse meinen Vater.

Ich drehe mich auf den Bauch und bewege mich; meine

Hände sind unter mir auf dem Laken; ich bewege mich mit SO ETWAS WIE ängstlich ausweichender Verwegenheit – mit leicht pathetischer körperlicher Brunst ... Wie in der mageren Hand eines Mädchens. Eines Jungen.

Die Empfindungen – gut, schlecht, trocken, feucht, wirksam, unwirksam, störend, in einer wolkigen Masse von Halluzinationen, und dann, an der Kippe, eine rein neuronale Angelegenheit des Fleisches, und dann von außen zuschauend, zum Teil jedoch von dem sonderbar schmerzhaften Vorwärtsrausch ergriffen – als wäre man in Zeit und Zukunft verliebt – was der Junge tatsächlich war – und in die beschämende Torheit eines so komplexen, berechnend herbeigeführten und doch partiell zufälligen Zustands, die wachsende Zahl immer ernsterer Anstiege und die abrupten Senken, die eine Art von Sinn (der verweigerten Besonnenheit) ergeben – ich lache über mich und dieses *Zeug* (Lust und Absurdität), ich lache lauthals (aber unhörbar), ich lache über die Geschichte der Welt, wie Jungen sie kennen.

Sarkastisch, höhnisch – und schwindlig: *huu-ha* – geht's noch? – mich umklammernd, meine Hände fickend und das Bett, bin ich ausdauernd genug und vollständig genug bei der Sache, daß Dauer und Vollständigkeit sich räumlich wie sexuelle Objekte anfühlen – wie die einzigen sexuellen Objekte vielleicht – diese halb schwachsinnige, neural geistreiche, biologisch universelle Sache an *der ganzen Sache* ... meine skandalöse Konzentration darauf ... ich liebe das ... *ich liebe dieses Bett hier – ha-ha* ... Liebe läßt sich erzwingen. Ich lache noch etwas mehr, *hitzig*, lautlos, über diese schändlich intensive Konzentration in einem weißglühenden, sich permanent erneuernden Schockzustand, halte nur inne, um mir kindlich auf Hände und Finger zu spucken, die ich gleich wieder runterstecke, und mit winzigen Fingerbewegungen beginne ich, zärtlich zu sein, während ich ficke, gehemmt angesichts von Tod und Jugend – ich murmele *Oh, Liebling* ... und halluziniere *rhythmisch* ... unbeholfen romantisch in jungenhaftem oder jünglingshaftem Stil ... so möchte ich von keinem gesehen werden. Wer, der mich so sähe, würde mir verzeihen? Wer sich zu mir gesellen? Mich mögen? Huuu-ahhhh-iiiii: die Welt ist gefährlich ... Die unsystematisch zuckenden Lippen, irr-trüben Augen und pantomimischen Beckenstöße, das sporadische, wabblige, scheinbar knochenlose Dahingeschlängel von Empfindungen – OH, FICK DOCH und OH, LIEBLING und SOO, SOO. Und OHHHHHHHHHHhhhhhhhh. Wie eigenartig es in einem *Wörterbuch des Fickens* aussähe. Was sich im Körper auch versammelt haben mag, das brüderliche – das mittagende – das rasende Bewußtsein empfindet es als geballte Kraft, die nicht wie ein Orgasmus durchbricht, doch immerhin unerwartet *sinnig* in weiteren Spasmen. Sie bricht hervor wie Licht und scheint Idee-und-Weitsicht zu sein, die nun Antworten bietet, musikalische Antworten, Ersatzbefriedigungen und äffische Nachahmungen, die einem den Sinn für das ECHTE schärfen sollen.

Die Schübe von *mentalem* Licht liefern irgendwie eine Welterklärung; sie sind realer als ein Traum, denn sie bedeuten eine Form von Wachsein. Und dies ist ist nur ein Winkel der Welt, obwohl es sich wie ein Mittelpunkt anfühlt. Doch nichts ist schöner oder souveräner als dieses Licht. Es ist traumhaft und wirklich zugleich. Ich glaubte zu verstehen, warum männliche Unberührtheit nicht sonderlich gepriesen wird, außer in speziellen Fällen. Diese Selbstversiegelung geht mit einer irreversiblen Veränderung einher, mit einer heimlich und zaghaft reifenden Ahnung von Herrlichkeit – mit innerer Schönheit von dieser Art. Furcht und Aufmerksamkeit umhüllen mich jedoch mit sonderbarer sexueller Vorsicht. Meine Scheu könnte kaum größer sein. Ich finde es anstößig. Ich finde es anstößig, ein realer Mensch zu sein, der sich allein in einem Raum befindet. Ich nehme *Anstoß* an dieser Aufmerksamkeit, auf was sie auch gerichtet wäre.

Mit einem verblüffend lauten Atemzug schnellt der Kopf

des Jungen wie bei einem Unfall ohne jeden Sinn – wie von einer Mine im Gelände bewegt – aufwärts, vom *Rückgrat* her gewaltsam verrückt durch heftige sexuelle Empfindungen, die mit schönem weißlichem, sich als neurales Wunder ausbreitendem Licht einhergehen. Welch eine sonnenfahle Lust, beharrlich diesem schwindenden, dann erneut auflodernden Licht nachzuspüren, zu *kommen.* Durch einen Hohlsteg von der Welt getrennt, befindet man sich in einem fast lautlosen Feuerofen. In erläuternder Helligkeit. In erstauntem Leugnen *dieses Scheißkrams* innezuhalten, seiner Macht zu widerstehen, ist Unabhängigkeit, die ein nervöses, feinfaseriges Pochen auslöst, auch ein leichtes Lachen darüber, wie die Seele nun pocht, wie *bereit* die Seele ist (zu sterben), wie unwillig zu sterben der Wille ist. Wie soll einen etwas so schutzlos Machendes schützen können? Das Natürliche – und jede bequeme Vorstellung von Gott – ist Schwindel.

Diesen Quatsch fleißig zu treiben gilt unter Jungen als Tugend. Die des bebenden Flüchtlings befindet sich in einem Leugnungskrampf, der sich auf sein Rückgrat, seinen Hintern, seinen Hals, seine Fußriste ausdehnt. Dem unharmonischen physischen Witz und seinem Schatten von *tiefer* (und doch nur spurenhafter) Allmacht wohnt ein passendes, jedoch verwirrendes Moment von *allmächtiger* Schamhaftigkeit, von Beschämung inne – ich nahm mal an, das sei *normal.* Ich fragte mich, was das sei – *Normalität* ... das wirklich Menschliche, oder vielleicht gerade nicht ... (Eine charakteristische Überlegung beim Rückzug aus dem *Nirgendwo,* das für kurze Momente ein Irgendwo der Scheinerleuchtung ist.)

Es ist ein Spiel wie Himmel-und-Hölle, Empfindungspartikel aus der Erinnerung zu fischen und im Erkunden der Empfindungen voranzuschreiten, während man sich von ihnen entfernt. Ein skurriler, wenig bekannter Sport. *MEINE GROSSEN FÜSSE* und dürren Beine versteifen sich; dann zwingende, kraftvolle Rucker und Zucker des Rumpfs, der

Muskeln des Rumpfs und derer hinten an den Schenkeln, und die Muskeln des Hinterns sind prall von Sex, von Erinnerung an jüngst vergangenen Sex, und ich ziehe mich vom Sex zurück – mit Schwanz, Händen und Kopf.

Alle gewöhnlichen Erschütterungen – wie das Schlucken – werden nun, im realen Licht, verstärkt und clownesk. Zwischendurch öffnet sich eine andere, leisere Aufmerksamkeit, eine halbwissenschaftliche, geistesgegenwärtige (in gewisser Hinsicht), den Novitäten unter den Erleuchtungen des Morgens. Am Morgen habe ich vor allem die Aufgabe, mich als *Bürger* im Land der *Männlichkeit* zu konstruieren. Ich möchte aber noch nicht mächtig, vollkommen erwachsen und starrsinnig sein. Ich möchte nicht erkannt, nicht *entschieden* sein. Lüsterne – polyphone – jungenhafte Wissensschichten: beinahe der erste Satz einer Komposition – nach einer gefallenen Kindheit.

Genitalmaße, der Mut und das Recht zu *zeugen;* und wie durchdringend es doch ist, wie sehr in Ordnung, wie sehr Pflicht – wie *schmerzlich*, Rekrut (im Dienste der natürlichen Vermehrung) zu sein: wahrscheinlich bin ich nun damit konfrontiert, hilflos. Ich bin fast wahnsinnig vor Trauer angesichts der vorausbestimmten Obszönität dieses im wesentlichen anonymen Zustands – *meiner Adoleszenz in St. Louis* –, ich hasse es, dumm zu sein. Die späten Echos zweier dahingeschwundener physischer Erscheinungen – meines Vaters und des Sex – sind so erheiternd, wie Geister, wie Echos eben sind. Ich möchte meinen Schmerz überleben. In einem neuronal angespannten Moment bin ich schlau, weil ich spüre, wie rasch Wahnsinn und Verwirrung zuschlagen könnten, wenn ich nicht etwas unternehme, wie zum Beispiel schlau zu sein. Sie treten trotzdem auf, Wahnsinn und Verwirrung. Ich bin bitterlich verstört. Ich höre Ausschnitte aus jeder Szene, in der ich geweint habe, von frühster Kindheit an. Fast synoptisch scheine ich noch einmal jeden Schmerz neu zu erleben, den ich je erlitten habe, und das jüngste Leid dazu. Ich scheine mich verkniffen jedes schwierigen Moments zu erinnern, den ich jemals erlebt habe. So kommt es einem vor, wenn man Qualen erleidet. Man ist so grotesk trostbedürftig, daß man die Semi-Masturbation rückwirkend *versteht.* Phantombilder flackern in meine Qual hinein, und ich krümme mich, liebkose fest – und partiell kapitulierend – mein fatal geknicktes Ich, stöhne ein wenig, murmle in mich hinein: *Ist ja in Ordnung, Kleiner ... Ist völlig in Ordnung ... das bißchen Fummelei ... Ist eben alles zuviel für dich ... Und wenn schon ...* Alles zusammen ist *anscheinend* ONANISTISCH ... Der Schmerz strömt weniger reißend, feiner, intimer, geistvoll geradezu, wie er da immer von neuem heiß auflodert, dann eisig in die Tiefe rauscht. Ich begreife, daß es ein FEHLER von mir war aufzuwachen, einen zweiten Vater zu haben ...

Der Schmerz ist ein elektrisierender Wust, aufrüttelnd bar jeglicher Gewißheit, daß meine Welt einen auch nur begrenzt positiven Sinn besäße.

Die warme Pein umklammert mich, die organische Hitze wallt in mir auf, ohne sich zu erklären ... Ich bin es leid, jung zu sein. Daß ich jung bin, ist vertraute Wirklichkeit. Die phosphoreszierende Hitze des Schmerzes und die Spiegel-Seele haben Momente an sich, die ästhetisch aufeinander bezogen sind. Irgendein Teil der Seele, eine Art räuberischer Deserteur, flüchtet sich in düsteres Gelände und sagt: *Auf diesem Weg entgeht man dem Schmerz.* Der Augenblick: sein voller Name lautet *Was-mein-Leben-ausmacht. He, Wiley, von Quatsch kriegt man Krebs ...*

Es tut weh, mich an die Größe von Dads Händen zu erinnern. *Du mußt jetzt hoch, Kleiner ...* Dad sagte das früher.

Ich möchte mich von der Trauer (wie vom Sex) weder einschüchtern noch überzeugen lassen. Ich bin gleichsam ein meuternder Gefangener der Trauer ... Ich möchte den Zustand erreichen, den Dad immer mit *Kann nicht klagen* beschrieb ...

Es sieht traurig in mir aus ... dieser Eigensinn, diese Intensität der Gefühle. Wenn ich jetzt gleich in den Spiegel sähe, dächte ich vielleicht: *Ich will ja kein seichter Mensch sein, aber so viel fühlen möchte ich auch nicht*... Auf einmal stelle ich mir mein Gesicht hier als scharf abgegrenzten, weißlich-trüben Fleck symbolischen, bloßgestellten Scheins vor. Nicht echt. Ich bleibe ganz still liegen. Oh, dieser geballte Schmerz ... Ich habe ein starres Lächeln. Auf meinem bleich verschwitzten Gesicht. Ich schäme mich für Dads Tod. Daß der Tod existiert, beschämt mich. Ich fühle mich bestürzend verloren und auf der falschen Spur – bis in Muskeln und Nerven hinein mit mir im Streit. Dieser Schmerz – ich bin adoptiert. Es brennt, dieses Wach- und Wirklichsein: es brennt. Daddy hat manchmal, wenn ich an etwas litt, gesagt: *UM HIMMELS WILLEN, SCHAU DICH DOCH BLOSS MAL AN;* und dann wurde ich rot und versuchte, den Unempfindlichen zu spielen.

Diese unglaubliche Hitze hinter meinen Augen: saftlos und heiß, ironisch, irr – die Verlorenheit – dieser sengende Atem, heiser gewetzt vor Verstörung, vor Entbehrung und Verlust – ein bemerkenswertes Geräusch: so kennt man sich von früher ... *Guck dich um, böse Zeiten; doch wupp-di-bum* ...

Die Furcht vor der wilden Welt, dieser zum Teil ausgemerzten Welt (durch Schmerz, immer allgegenwärtigen Schmerz, Schmerz jeglicher Art): ich bin betrügerisch aschfahl und lieb, nervenschwach, übelriechend – und unergründlich. Ich mag die Macht nicht, die dem Schmerz eigen ist. Ich starre blind in das sonderbar erhellte Unlicht, den aufdämmernden realen Moment. Ein rosiger Fleck Licht liegt auf dem Fliegengitter. Ich lächle schief. Meine Vorlieben in jenem Jahr waren mies und rüde – zart und aufrichtig – kindlich und verstohlen – alles in allem aber den Kriegszeiten gemäß *modern*. Ich weiß ja nicht, wie das bei anderen so ist, aber *ich* möchte das Zeug zu einem tapferen Soldaten haben. Ich vergleiche meine Kraftreserven mit dem Zustand, in dem ich jetzt bin. Ich sehe die Seelenqual, falls es sich darum handelt, als widrig für meine morgendliche Kraft und meine Chancen an, den Tag durchzustehen und bis zum nächsten durchzuhalten. Ich weiß eigentlich nichts über den nächsten Tag, auch nicht, ob ich es bis dahin schaffe, ohne verrückt zu werden, ich weiß das nicht mal für die nächsten paar Minuten, aber ich werde von diesem Schmerz nicht gleich jetzt wahnsinnig werden.

Soweit habe ich es erst mal hinter mir, und für eine Weile bin ich in Sicherheit...

Eine kurze Geschichte des Geliebtseins (und Ungeliebtseins)

Die matten Lichteffekte des frühen Morgens tanzen durch die Leere des Zimmers, als sich der bräutliche Leidensjunge aufsetzt. Ich schwinge die Beine über den Bettrand. Das ist vielleicht eine Sache, *DANACH* noch am Leben zu sein ... sehr grell und clownesk. Daddy bat mich, nicht das Kaddisch für ihn zu sprechen: *Scheiß auf die Juden ... Mein Herz ist schwach ... Muß winke-winke machen, weil's die olle Pumpe nicht mehr packt ... mit mir steht's komplett wenn-und-aberig* ... In seinem raunzenden Na-wenn-schon-Bariton. *Na komm schon, Wiley-Willen-Pupser, nimm's PHILOSOPHISCH.* Oder: *KOMM MIR BLOSS NICHT PHILOSOPHISCH*, was das gleiche bedeutete: *Sei ein Mensch, laß mich reden ... Halt durch. Richt dich nach meiner Laune ...*

Oft beklagte er sich: *Um Himmels willen, ich sag doch nichts für alle Ewigkeit. Hör nicht so genau auf alles, was ich sage ... Versteh mich. Hab ein Herz, sei ein Mensch ... Laß mir gefälligst das letzte Wort: NIMM'S PHILOSOPHISCH ... Hör mir einfach zu ...*

Er wollte nicht, daß ich berühmte Philosophen schätzte ...

Laß doch. Laß doch. Sei munter, lächle und zeig deine Grübchen. Vergnüg dich – paßt dir das in den Kram? Mir paßt's in den Kram. Laß es uns ein bißchen friedlich haben, paßt dir das in den Kram? Mir paßt's in den Kram. Er sagte: *Jeder ist ein großer Philosoph. Jeder hat GROSSE GEDANKEN: so ist das in Amerika.* Der liebe Dad, der liebe Dudel-Dad. *Steh nicht am Fenster rum: du machst noch alle Mädchen VERRÜCKT ... Sei nett ... Bleib ein Weilchen so* ... (Nett ...)

Ich war noch sehr klein und stand, ohne Windeln, auf einer Kommode. Ich spürte das Licht auf meinen kurzen Beinen ... Daddy war im Ersten Weltkrieg verwundet worden ... *ein gutaussehendes Mannsbild, ein blonder Maharadscha:* Lila sagte das über ihn. Meine Mutter. Adoptivmutter. Daddy sagte über den Ersten Weltkrieg: *Ein widerlicher Krieg war das ... Und trotzdem ging das Leben danach weiter.* In merkwürdigem Ton sagte er zu mir, als ich noch klein war: *Du setzt dich gern überall durch, egal, wer dabei draufgeht: du bist der Wilde Mann von Borneo.* Wie alt ich da war, weiß ich nicht. Ich war ganz unterschiedlichen Alters, wenn er das sagte .... *Du siehst aus wie der Wilde Mann von Borneo* (von der dritten bis zur sechsten Klasse). *Ein verflucht häßliches Kind bist du – du bist ja so was von häßlich: nennen sie dich Gossenköter in der Schule? Glöckner von Notre-Dame? Wir sollten dich zum Film bringen: du könntest Wallace Beery als Kind spielen. Ich bin berühmt für meinen Humor. Hör nicht auf das, was ich so sage ...*

Er sagte bestimmte Dinge immer wieder, aber jedesmal anders. Es lag nicht daran, daß ich spann, wenn ich ihn mal kalt-und-traurig, mal liebevoll oder *wirklich* liebevoll fand (etwas *völlig* anderes als liebevoll – *so verschieden wie Tag und Nacht*), während er doch die gleichen Wörter benutzte. Als ich noch klein war, brachte mich das manchmal zum Lachen – zumal wenn er das Gegenteil von dem meinte, was er sagte – *Oh-ho-hoo*, machte ich hilflos, wenn er sagte: *Ein verflucht häßliches Kind bist du*, mich küßte und sagte: *Verflucht, du bist ein hinreißend schönes Adoptivkind, weißt du, auch wenn du zurückgeblieben bist.* Er hielt mich tatsächlich lange für zurückgeblieben. Manchmal war er *nicht bei sich* und wie im *Bombenschock* ... Ein Mann. Manchmal brachten andere Leute ihn durcheinander, aber manchmal war es ich. Er konnte Dinge wie die eben genannten sagen und damit meinen, es sei traurig, daß es auf das Aussehen eines Kindes ankomme, wo es doch auf das Aussehen von Kindern nicht ankommen sollte, wenn wir eine bessere Welt hätten und die Menschen wirklich gut wären. Oder er spielte auf die Vorzüge unscheinbarer Jungen an, manchmal auch auf die Eitelkeit hübscher Jungen ... Oder gescheiter Jungen. Mit den gleichen Worten – nicht im gleichen Ton. Er konnte einen Kummer, der nichts ändern würde, mitschwingen lassen oder sein Mitleid mit sich oder mit mir, wenn er sagte: *Was bist du für ein häßliches Kind.* Oder er war außer sich vor Wut – Himmel, welch ein Spektrum von Nuancen; er mochte mich nicht, wenn er mich nicht mochte; und dann die Mischformen, wie zum Beispiel, wenn er nicht mochte, wie ich aussah, aber mich dennoch mochte – oder auch nicht, je nachdem wie es gerade stünde, gerade stand. Manchmal bebte ich geradezu, so wahnsinnig *erregend* – vermutlich sowohl grammatisch als auch melodisch, emotional – fand ich es, mit ihm zu sprechen. Dann wurde ich taub, nur davon, daß ich ihm ins Gesicht sah und im voraus hörte, was an Irrem aus ihm heraussprudeln würde: *Bist du ein Spatz auf einem Dach? Bist du ein Spatz oder ein Dach?* Das war purer Unsinn. *Bist du so glücklich wie ein Vögelein, hoch oben im Sonnenschein?* Ironische, vage schmutzige Sprüche, bereinigt für die Ohren des Kindes, das – moralisch – einer anderen Spezies angehörte als er.

Wenn ich ihn dann anstarrte, meinte ich oft, ich wüßte, was er sagen wollte; und teils wußte ich es, und teils hörte ich nicht richtig hin – wie er mir oft vorwarf. Es war zu schwierig. Wenn ich aber hinhörte, schien er mir eindeutig nicht das zu sagen, was er sagen wollte. Schließlich gibt es da Sachen, die er zu einem Kind besser nicht sagt; und Sachen, die er nicht sagen kann, nicht fähig ist zu sagen, und dann noch Sachen, die er bloß mir nicht sagen will, aber vielleicht Mama sagt, oder zu Frauen. Ich weiß nicht.

Man sieht ihm an, wie gut oder schlecht er sich findet, wenn er redet. Ich gewöhnte mir den Trick an, Verstehen zu heucheln, selbst wenn er unverständlich (für mich) war, weil ich es nicht ausstehen konnte, wenn er traurig aussah. Ich lernte auch, daß er es nicht mochte, wenn ich eine Meinung zu dem hatte, was er sagte. Ich sollte alles gut finden. Es war wie ein Spiel: Ich habe zu raten, welche Gefühle er von mir will, und die empfinde ich dann, verlange aber dazu nicht zu viele Gebrauchsanweisungen oder Fußnoten oder dergleichen. Und wenn er eigentlich nicht wollte, daß ich wußte, was er da sagte, wenn er schmutzig daherredete oder über Gemeinheiten sprach – inwieweit sollte ich dann geduldiges Unverständnis zeigen oder andeuten, daß ich vielleicht doch manches verstehe – von dem, was er vor mir verbirgt? *Wir sind herausgeputzt wie Vater und Sohn, aber in Wirklichkeit sind wir zwei blonde Kerle, die mal einen Zug durch die Gemeinde machen* ... Inwieweit möchte er, daß ich das verstehe?

Es gibt bei ihm einen beabsichtigten Sinn und einen teilweise beabsichtigten und einen unwissentlichen (ihm entschlüpfenden) Sinn: Man kann sich da nicht zurechtfinden: ich kann es nicht. Ein guter Zuhörer und ein guter Sohn zu sein ist unmöglich, wenn man kein leiblicher Sohn ist, und vielleicht nicht einmal, wenn man einer ist: jemand muß einen in jedem Fall mögen, bevor er mögen kann, wie man sich bei irgend etwas anstellt, beim Zuhören zum Beispiel ...

Es gab bei ihm einen Tonfall, der so klang: *Streifst du durch die Wüste der Zeichen in einem Gesicht ... den musikalischen (und unmusikalischen) Zeichenwust einer Stimme ... folgst du dem Bogen von Stilen und Stilisierungen ... Ist dir das zu hoch ... Na gut, hier hast du ein Lächeln und einen Blick, eine Umarmung und ein Küßchen dazu* ... Den letzten Satz sprach er aus.

Das Vokabular meiner Seele besteht aus einem Potpourri seiner Melodien – natürlich oder nicht ... Und weitgehend habe ich es, im Schock der Aufmerksamkeit, zunächst mit lauter Sinnlosem zu tun. Ich bin ein Kind, das seinem Vater gegenübersteht.

Die Hälfte der alten Frauen in der Nachbarschaft sind in dich verknallt. Nun ja, ich bin vier Jahre alt und hübsch (*Du warst berühmt für deinen Teint.* Das sagten mir später mehrere Leute. *[Oh,] Wo hast du bloß deinen hübschen TEINT gelassen?*).

Als ich dann häßlich geworden bin, verhält sich Dad sonderbar – und *häßlich* in anderem Sinn –, indem er fortfährt: *Die Hälfte der alten Frauen in der Nachbarschaft sind in dich verknallt ... Himmel, bist du ein räudiger kleiner Köter: hoffen wir mal, das geht vorbei – glaubst du ans Beten? Vielleicht solltest du beten, Kleiner. Hab doch ein bißchen Erbarmen ... schließlich haben wir dich adoptiert, weil du gut aussahst – und du hast dich verändert!*

Seine Gefühle gab Daddy *mit Pauken und Trompeten* zum besten ...

Daddy kommt aus einer jüdischen Tradition – einer, die seit dem siebzehnten Jahrhundert besteht –, nach der man Jude ist, indem man nicht jüdisch gesinnt ist. Indem man an das Böse glaubt und an Vorstellungen wie die, daß Gott in diesem oder jenem (jüdischen) Mann verkörpert ist, und manchmal der Teufel ebenso ... Und indem man an Christus glaubt. Dad haßte Frömmigkeit – außer an wirklich liebenswerten Priestern und Pfarrern. Er sagte, Frömmigkeit sei Schmierentheater. Er sagte über sich selbst, er sei modern, vernünftig, ein Mann von Lebensart, manchmal nicht recht bei Sinnen, an Kriegsneurose leidend. Er glaubte an den Wert von Lügen – somit war Daddy selbst ein *Wilder Mann von Borneo. Ich bin kein Klugscheißer, aber auch kein Schwachkopf, Kleiner ...*

Er log gern ... Er stapelte gern hoch ...

Als ich sechs war – kurz bevor ich häßlich wurde –, fuhr mir Daddy oft, wenn er sich anzog, mit den Händen durch die Haare und ordnete meine Locken, während ich mich an ihn lehnte. In einem solchen Augenblick konnte er dann sagen: *Die Hälfte der alten Frauen in der Nachbarschaft sind in dich verknallt.*

Unter anderem war das auch eine *echte* Mitteilung über etwas, das mir unklar blieb.

Lila sagte: *Ich weiß nicht, wer mehr lügt, S. L. oder meine*

Schwester ... ist wohl gehupft wie gesprungen ... Meine Schwester Beth ist eine ECHTE Lügnerin.

Als ich neun war und Daddy mich den *häßlichen kleinen Köter* und den *Buckligen* nannte, ging ich verkrampft, mit eingezogenem Kopf, partiell aus Kampfbereitschaft; und Dad legte den kahl werdenden blonden Kopf abschätzend zur Seite und sagte: *Du bist eine häßliche Promenadenmischung ... Na, so halbehalbe jedenfalls ... Wir sind doch vielleicht Halbidioten ... Oder wie siehst du das ...*

Wenn ich mich gerade hielt und geschniegelt angezogen war und friedlich an seiner Hand ging, dann bedeutete das gleiche, wenn er es sagte, *ohne mich anzusehen*, etwas anderes; es hing dann damit zusammen, daß ich herausgeputzt und ein Hochstapler in den Gemächern der Liebe war: manchmal sagte er: *Du siehst zwar aus wie Wiley Silenowicz, aber der bist du nicht: Ich glaub, du bist ein Hochstapler ... Na, du Gartenzwerg: wie steht's mit deinem Humor ...* Ich vermute, daß ich tatsächlich bestimmten gedrungenen, finster blickenden, in Massen hergestellten Gartenfiguren jener Zeit ähnlich sah, Gnomfiguren.

Lila sagte zu ihm: *Vorsicht, S. L., kleine Racker sind groß im Nachtragen, S. L.*

Trägst du mir was nach, bist du ein böser kleiner Gnom – oder bist du mein Freund – welche Sorte von bravem Kind bist du?

Weiß ich noch nicht ...

Affenjunge, der einzige Tarzan von ganz St. Louis, Missouri ... der jüdische Wilde Mann von Borneo.

(Mama sagte über S. L.: *Eins muß ich S. L. lassen, auch wenn er mich getäuscht hat, als er sich als zärtlichen Liebhaber hinstellte und mich glauben ließ, er wäre reich, aber für wirklich GUTE Witzeleien war er immer zu haben – das klingt vielleicht nicht nach sehr viel, aber ich HASSE es, wenn ein Mann keinen Humor hat, ich kann trübsinnige Männer nicht ausstehen – Sorgen habe ich selber genug ...*)

Sein Humor war manchmal von verzweifelter Beharrlichkeit, geistesgestört tickhaft.

Meine Mutter und mein Vater ahmten einander in ihrer

Redeweise nach. Zu fast allem, was der andere je gesagt hatte, erfanden sie Varianten, indem sie Vokabular und Syntax abwandelten. Sie ahmten ihre Freunde, Filmstars und Komiker nach. Sie ahmten beneidenswerte Nachbarn nach. Sie *schmückten aus*, *mischten* und *kombinierten* – sie bezogen ihr Material aus Bereichen ihres Lebens, die ich nicht kannte und nie zu sehen bekam. Was sie wußten, war mir in seiner Gesamtheit so fern, daß es sich in manchen Momenten in ihnen so bewegte wie dieses sonderbare, eingesperrte Weitsicht-Tier in mir; und es stellte zugleich menschliche Blindheit einem Kind gegenüber dar ...

Und es wird zu einem Beben ihrer Augenbrauen und einem Zucken ihrer Nasenflügel; und dann nähert sich mir jenes Zeug, von dem ich selbst keine Vorstellung besitze, über ihre Blicke ... wie die stinkenden Nilpferde im Zoo ... oder wie Schlangen im Traum ... die in meiner Zoo-artig überhitzten Aufmerksamkeit einer erdrückenden Umarmung gleichkommen – so empfand ich es für eine Weile ...

Sie sagen persönliche Dinge zu mir, aber sie äußern sich darin nicht unbedingt selbst: sie können auch eifersüchtig auf jemanden sein, den sie kennen und der ein Kind mehr liebt, als sie ihre Kinder lieben. Sie können dies mit einem langsamen, spöttischen Blinzeln verbergen – Daddy zwinkert sehr oft ... Mama auch, aber aufregender.

Eine versteckte Anspielung auf das *romantische* Leben anderer kann dazu führen, daß ihre Stimmen es uneigentlich meinen, wenn einer von ihnen sagt: *Die Hälfte der alten Frauen in der Nachbarschaft sind schon in dich verknallt ... Behalt bloß die Hosen an ...* Oder: *Steh nicht halb angezogen am Fenster rum, du bringst die Mädchen in der Nachbarschaft noch um den Verstand.*

Manchmal ist es eine Liebesrede, aber das kapiere ich nicht gleich. Es kann uneigentlich gemeint wirken, selbst wenn sie mich ansehen ... Manchmal ist es womöglich ein Zitat, ein Scherz, eine Parodie – womöglich beschwören sie jenen vergangenen Moment herauf, in dem sie diese Bemerkung machten und es schön war ... Verstehen Sie?

Die Atmosphäre, das Licht, die Kleider, die ich trug, meine verschiedenen Arten, *taub* zu sein, ein gegen *zivilisiertes* Sprechen immuner Wilder Mann von Borneo; manchmal ist Daddys Emotion Eifersucht auf mich, und manchmal ist er wegen mir eifersüchtig. Er spricht in sehnsüchtigem oder in mürrischem, liebevollem, neckendem Ton oder wie jemand in einem Film, und es hat mehr mit seinem Älterwerden als mit mir zu tun. *Hör mal, Pisserchen, weißt du, wie Mädchen sind?* Bezieht sich das auf das Wesen von Mädchen? Von alten Frauen? Auf die genitale Geschichte meines Vaters? Ich habe eine Erinnerung daran, daß ich hinausschaute, um die tobende Masse von Bewunderinnen aus der Nachbarschaft zu sehen, aber da war niemand, nur eine Frau von gegenüber, die mir wohl manchmal sagte, sie hätte mich gern, die aber an diesem Tag nicht zu unserem Fenster blickte. Sie jätete ein Tulpenbeet und sah nicht zu unserem Haus hin.

Trauerte er, als er das sagte, trauerte er ein wenig, sehr? Haben wir eine Familiensprache – er und ich? Sie beide und ich ... ja und nein. Es hängt davon ab, was meine Seele, mein Herz und Verstand sprachlich einigermaßen erfassen können ... Unmittelbare, intime Liebe – und (persönlich und emotional) Nützliches, familieninterne Bedeutungen: derlei familieninterne Bedeutungen haben etwas damit zu tun, daß gewisse Dinge tausendmal gesagt worden sind, mit dem durch Übung erworbenen Geschick, etwas trotzdem zu sagen, in dem Wissen, daß mit jedem Mal das Gemeinte erweitert und eingeschränkt wird, bis man so kundig ist, daß man, wenn man aus dem Haus geht, in einer Glocke von ortsgebundener Sprachkompetenz davonschwebt, die man außerhalb des Hauses nie wieder ganz im gleichen Maße erlangen wird.

S. L. sagt: *Ich will nie wieder etwas zum erstenmal machen: Ich bin kein Anfänger, nein, danke. Ich hör das überhaupt nicht gern, daß ich mit irgendwas noch mal von vorn anfangen soll ... Ich kann dir sagen, woran das liegt: Ich mag kein BLÖDER Anfänger sein. Ich würde gern glauben, mein Leben hätte einen Sinn gehabt ... ich hätte das eine oder andere gelernt – einverstanden? Es gefällt mir, ein bißchen geübt zu sein. Es gefällt mir, daß ich's zu ein bißchen Erfahrung gebracht hab ... Ich sag dir was über mich: ich bin ein alter Hase ...*

Er sagte, als er krank war: *Ich gehöre zu den Männern, die gern zweifarbige Schuhe tragen; wenn ich einfarbige Schuhe tragen muß, zieh ich eben Gamaschen drüber ... Ich bin ein Dandy, ein ganz toller Dandy ... Weißt du, was das ist? Ich bin ein Yankee Doodle Dandy, hab eine Feder an der Kappe und sag, das trägt der Herrenreiter. Tja, was kann man da schon machen? Ich war eben ein schöner Mann – weißt du, wie das ist? Wenn nicht, werd ich's dir nicht stecken. Ich bin kein William Shakespeare – und schon gar nicht seine Tochter ... ha – ha – ha.* Das mit der Tochter bezog sich auf all die Erfolgsautorinnen jener Zeit und auf Lilas großen, wenn auch unsicheren Wortschatz.

Der Verstand sehnt sich nach Klarheit, doch im Vergleich zur Wirklichkeit ist Klarheit oft seltsam künstlich. Es gefällt mir, daß schwer zu raten ist, was er sagen will, wenn er redet. Es macht mich traurig *und* gefällt mir, daß so vieles, was er getan hat, *mir zu hoch* ist. *Wir sind beinah reich ... Du weißt schon ... Du wirst nie das Glück haben, Fisch oder Fleisch zu sein.* Sein freundlicher, komplizenhafter Sarkasmus ... *Du willst mit deinem Küßchen wohl das Blümchen Rühr-mich-nicht-an spielen, du mit deinen verlockend rosigen Wangen – schäm dich was – ach, wie listig du die Rosenknospen pflückest, du kleiner Amor. Na komm schon, gib mir einen Kuß ...* Wie konnte ich da wissen, was er eigentlich meinte?

Oder wenn er derlei in einem völlig anderen Tonfall sagte – sarkastisch –, wenn ich entweder häßlich war oder ihn eine Weile nicht beachtet hatte: Während ich ihm zuhöre – Auge in Auge mit ihm (oder wenn ich mich später daran erinnere) –, tauche ich an gewissen Punkten plötzlich ab wie ein Eisvogel oder ein Stuka, suche starren Blicks in trudelndem Sturzflug beim Aufleuchten seines Gesichts etwas zu erhaschen, mich an die Klänge und die Melodik seiner Stimme zu halten, dann an das Licht im Raum und an zahllose frühere Situationen, in denen er gesprochen hat: ich tauche weg und rase dahin, um einen Kontext für das zu finden, was er sagt, ein Übersetzungsrad, was auch immer ...

Ich horche auf so wechselnde, so ungezähmte Weise, daß es zum Fürchten ist: das abrupte, schwerfällige Abheben einer Bedeutung – oder die Bohrerspitze, die vordringt in das, was er sagt – oder daß ich taub werde und aufgebe, vor ihm fliehe und vor der Liebe in der Welt. All diese vielen (allesamt wandelbaren) Nuancen von Ungeliebtsein, von Dingen wie Jude-Sein und Geld-Haben und Amerikaner-Sein, und dann der *taktische* Aspekt beim Zuhören ... Es macht mir *angst*, wie störrisch die Wirklichkeit in Wirklichkeit ist und wie beschränkt mein Durchblick ... wie beschränkt ich als Interpret und Übersetzer meines Vaters bin.

Manchmal – immer? – redet er als Rivale, um zu sehen, wer besser liebt, ihn oder sonst wen liebt, ihn oder alle übrigen, wer der bessere Mann ist, wen ich am liebsten mag ...

Er rivalisiert mit dem Schweigen – mit Büchern – mit Filmen. Zu manchen Leuten aufzublicken hat er sich zur Pflicht gemacht (oder sieht er sich gezwungen), und die Geschicke der Kinder dieser Leute behält er im Auge; aber er möchte besser sein als sie und sich für den «Respekt» entschädigen, den er ihnen widerwillig zollt. Oder er stachelt mich an, indem er erzählt, wie wundervoll ein anderes Kind ist ... Junge, es ist gefährlich, das Kind von jemand Wichtigem zu sein. Ist es vielleicht nicht gefährlich, sein Kind zu sein? Wessen Kind auch immer?

Und nicht nur seinetwegen, sondern auch wegen der Dinge, die einem Leute seinetwegen antun ... Oder Mama ... Mama und Dad tun mir Dinge wegen anderer Leute an – das ist ein seltsamer Leitstrahl im Dunkel ihrer Handlungen.

Außerdem hatte Lilas Mutter Lila sehr gern und war auf mich eifersüchtig, oder war wegen Lila und S. L. freundlich zu mir, und darum, weil sie mir nicht *direkt* zugetan war, konnte ich sie so wenig leiden, daß ich mich weigerte, zu ihrer Beerdigung zu gehen, als sie endlich, weit über achtzig, starb.

Meine Eltern sagten beide gern, wo Rauch sei, sei auch Feuer.

Mein Vater hatte für Gefühle Bilder. *Du bist so nett wie ein Hund und doppelt so reinlich.* Und: *Gestern hab ich dich in Schutz genommen. Beth sagte, dich könnte man nicht mal im Schweinestall schlafen lassen, und ich hab gesagt, das ginge schon.* Und: *Dich will ich küssen: nun komm schon her und sei zur Abwechslung mal mein heiterer Sonnenschein ... Und bitte mich bloß nicht, dir mein Wechselgeld zu geben – behalt mal heute abend deine Gier für dich, Schätzchen ...*

Ich stecke in einem Urwald von Erinnerungen. Stimmen sprechen und Hände, Mienen und Lippenbewegungen fliegen umher. Ich ... bin ... hier ... verloren. In einem Wust von Erinnerungen, die so nie passiert sind. Was das *Verrücktmachen aller Mädchen in der Nachbarschaft* angeht: ich muß Anklang finden, um ihr Sohn sein zu dürfen, aber ich muß nicht ständig Anklang finden. Dann würde etwas mit mir nicht stimmen. Und bin ich denn überhaupt ihr Sohn? In den Jahren, in denen alle sich einig waren, ich sei erschrekkend häßlich, sagten meine Mutter oder mein Vater manchmal: *Mein Gott, schau dich doch bloß mal an*, aber das konnten sogar freundliche Fremde sagen; abends betete ich immer: *Laß mich häßlich bleiben, lieber Gott, mach mich noch ein bißchen häßlicher, wenn's dir keine Mühe macht* – es ging mir um die Freiheit, die weitgehende Unsichtbarkeit – doch sie, meine Eltern, meine Adoptiveltern, sehnen sich danach, daß ich mich als *umwerfend*, *unwiderstehlich* erweise – wie einst (als ich klein war). *Du warst eine solche Schönheit* ... sagen sie zu mir ...

Da fand ich die Geschichte spannender, sagte Mama.

Ich kann dazu nur sagen, egal, vergessen wir's, sagte Daddy – aber er meinte es nicht ernst ...

Jeder Vorstellung von den Dingen entspricht eine ganz bestimmte Einstellung seiner Augen, vermute ich ... Ich linse zu ihm hin, in diesem Jahr, einem anderen Jahr. Ich bewahre eine ganze glorreiche Armee von bedeutsamen Augeneinstellungen in mir auf, jede von anderer Eindringlichkeit – mein Bewußtsein hat wunderliche Beine und sonderbare Flügel zur Fortbewegung – sein langsames Schaufeln, sein Scharren ... seine merkwürdigen Hände ... wie merkwürdig effizient es ist. Wie widerspenstig. Ich nütze es. Ich erinnere mich an Sachen, die Dad sagte, als ich zehn war, aber inzwischen spricht nicht mehr nur er: die ganze Welt und mein Schicksal – sozusagen – sprechen, er und Mama sind zum Überlaufen voll mit ganz anderem Zeug, als ich es aus der öffentlichen und schulüblichen Prosa kenne, aus den Spielarten des Englischen, die in Zeitungsartikeln und in den Büchern vorkommen, die ich lese. Und doch höre ich sie entsprechend, jenem Zeug und der Vergangenheit gemäß. Sie fanden mich *unmöglich* ... eigentümlich beschämend: ein Klugscheißer, ein Verräter, ein tückisches Kind, eine Rotznase, eine moralische Fehlkonstruktion, eine bockende, ekelhaft launische Maschine, die falsch funktionierte, Vandalenakte beging, blödsinnige Dialogfetzen ausspuckte ... eine Karikatur des Unabhängigkeitsstrebens. Die Nachbarn mochten mich manchmal, wenn sie meine Eltern nicht mochten. Oder ich war, wenn ich Schwierigkeiten bekam, jemand, den manche Nachbarn HASSTEN – wissen Sie, wie es einem ergeht, wenn man zehn ist? Die Leute sagen, ich wäre gut für die Juden, schlecht für die Juden ... gut für meine Schwester, schlecht für meine Schwester ... gut für die Wohngegend, schlecht dafür ... Die Leute sprachen über die Sachen, die mich angingen, mit oder ohne poetische Umschreibungen, hundsgemein oder zuckersüß – das Blutbad allen Maßnehmens: *Du bist unpraktisch für uns*, sagte Daddy; *der Gipfel des Unpraktischen.*

Dann bin ich vierzehn, und Daddy sagt: *Die Hälfte der alten Frauen in der Nachbarschaft ist in dich verknallt.* Unmittelbar mag die Geschichte so ablaufen, daß er meinen Blick sieht und weiß, ich denke an schmutzige oder romantische Dinge, und daß ich bemerke, was er da sieht, und daß er merkt, daß ich es merke. Vielleicht sticht ihm ins Auge, daß ich größer bin als er; und das reizt ihn *unheimlich* ... oder es amüsiert und schmerzt ihn. Dann klingt er vielleicht so, als ahme er den Ton eines Kinderbuchs nach, in dem etwa ein kleines Kind im Dschungel dem Herrn Elefant begegnet, und jetzt ist er das Kind, und ich bin der Herr Soundso. Wenn ich einen runden Rücken mache, so daß unsere Gesichter auf einer Höhe sind, dann kann ich zusehen, wie Daddys Augen und Lippen, seine Kehle und Zunge hinauswaten in die Silben dessen, was er sagt, dann hineintauchen und darin schwimmen ... was ich, seit ich eins achtzig groß bin, überhaupt nicht mehr sehen kann, wenn ich nicht den Rücken rund mache. Er ist gewohnt, auf mich einzureden. Ich bin gewohnt, ihn zu hören wie zu Zeiten, als ich noch nicht so lang war, so daß ich ihn seltsam zeitverschoben höre, als stünde ich in einem Brunnen, und seine Stimme hallt nach, aber ohne Sinn, außer daß sie den Abstand zwischen uns deutlich macht. Ich bin so an seine Stimme und seine Redeweise gewöhnt, daß es fast ist, als atme er auf lesbare Weise, und das wiederum läßt mich schrumpfen oder versetzt mich in die, sagen wir mal, *vierte Klasse* zurück, wenn er so dramatisch oder beherrscht oder klug-systematisch vor mir atmet, wie es mir wohlvertraut ist oder nur zu sein scheint ... und Dingen aus der Vergangenheit zu gleichen scheint, die ich damals in gewisser Weise kannte und nun auf andere Weise erfahren muß.

Als ich größer geworden bin, kann sein Reden tatsächlich alles mögliche sein, sogar eine Tönung, eine Zone von Stille. In meinem Schmerz an diesem Morgen – oder jedenfalls in meiner Niedergeschlagenheit, die damit zu tun hat, daß ich ganz allein im Zimmer bin – Daddy hat während der letzten vier Jahre seines Lebens bei mir im Zimmer geschlafen –, *denke ich so über alles mögliche nach* und komme zu dem Schluß, daß ich nicht *fähig* bin, mich wirklichkeitsgetreu an Stimmen und das, was gesagt wurde, zu erinnern. Ich leugne die Verwirrung: ich will nicht zugeben, daß sie von der Wirklichkeit herrührt: ein paar Sekunden lang erinnere ich mich nur schülerhaft, zweckdienlich: trocken: *vorwurfsvoll* ...

Mich wirklichkeitsgetreu zu erinnern ist emotional zu aufwendig – zu zerreißend. Ich will nicht weiterleben als jemand, der seinen Vater sehr geliebt hat. Vielleicht will ich überhaupt nicht weiterleben. Ich habe etwas von einer Primadonna, so unbekümmert bin ich (Daddys Ansicht nach). Mama vertritt die Theorie, daß ich gestorben bin, als meine richtige Mutter starb, daß ich ins Leben zurückgeholt wurde, aber mich weiter danach sehnte, bei meiner richtigen Mutter zu sein und mich aufzugeben, so daß mir seither in Fragen von Leben und Tod nicht zu trauen ist; nach Mamas Gefühl ziehe ich Unbekümmertheit der Vorsicht vor, den Tod umsichtigen Lebensweisen. Ein *Drang* zur Unbekümmertheit ... *Der Drang nach Osten* ist ein politischer Grundsatz der Nazis. Draußen dämmert es nun wirklich. Jeder Schmerz, den ich empfinde, ist verbunden mit dem Urschmerz beim Verschwinden, genauer, beim Tod meiner richtigen Mutter, an dem ich damals fast gestorben wäre: mein Sterben und meine Wiedervereinigung mit ihr, oder die Strafe, die ich ihr zumesse, oder meine Schwäche – gewollte und ungewollte Wiedervereinigung, doch Wiedervereinigung in jedem Fall. Womit ich sage, daß meiner Traurigkeit, wenn sie auftritt, der wilde, grenzenlose Schmerz des Säuglings zugrunde liegt ... Ich *sitze* in der *Scheiße.* Immer versuche ich, maßvoll zu leiden, ohne mich zu erinnern. Ich erinnere mich sonderbar; ich gehe Stimmen und wirklichen Momenten aus dem Weg und erinnere mich an meine Träume, an meine Meinungen über

Leute und an meine Schlüsse daraus, ohne mich partiell von der geliebten Schwärze verschlingen zu lassen oder von diesem verfluchten Was-weiß-denn-ich, das aus dem Leben die reinste Scheiße macht. Ich versuche zu leben ...

Jeder mag dich, sagte Daddy, obwohl er ebenso leicht sagen kann: *Keiner mag dich, egal was DU meinst.* Ich soll keine Einwände erheben, *weil du nicht weißt, wie man redet, Wiley, und die Leute kränkst; du weißt nicht, wie ein Mann wirklich empfindet, du hast kein Gespür für andere, Furzerchen.*

Wenn Dad spricht, erwartet er von mir, daß ich zuhöre, nur Publikum bin und nichts erwidere. Ich soll nicht *frech* oder *eingebildet* oder unbedarft sein – auch nicht *einfältig.* Ich soll seinen geistreichen, ironischen, tiefen Sinnkonstrukten und Intentionen Aufmerksamkeit schenken. Er sagt: *Ich mag den starken, schweigsamen Typ von Mann – mich.* Ich *soll* ihn bewundern. Unter anderm lügt er darum so oft, damit ich ihn *endlich* bewundere ...

Mama hat gesagt, sie möge *blinde* Männer nicht – Blindheit bei Männern –, aber sie hat auch gesagt, daß sie es mag, wenn sie sich auf einen Mann verlassen kann, der *blind für meine Fehler ist.* Und der, um sie lieben zu können, blind für die Welt ist, glaube ich. Einmal – da war sie betrunken – sagte sie: *Ich hätte Samson die Augen ausgestochen: ich bin der Typ dazu; wenn du mich fragst – als er blind war, war er ein echter Mann.* Wenn Daddy Sachen über alte Frauen und junge Frauen und mich sagt, *zieht er sehr, sehr, sehr viel in Betracht; er versucht sich gegen einen heranwachsenden Jungen zu behaupten.*

Er *versucht, sich der Lage gewachsen zu zeigen.* Aber ich merkte, daß er auch etwas über sein philosophisches Durchdringungsvermögen aussagte: *Sieh-mal-wie-geschickt-ich-SINN-habe-durchscheinen-lassen-sieh-mal-was-für-ein-Künstler-ich-bin ... ich-bin-ein-echter-Lebenskünstler.*

Er ist *ein Traum von einem Vater* (wenn er solche Sachen, so nette Sachen zu mir sagt). Er fordert mich dazu heraus, männliches Auftreten im wirklichen Leben – und in meinem familiären Zusammenleben mit ihm – nach erwachsenen (komplexen) Maßstäben zu bewerten. Er trägt mir auf, vorsichtig (gegenüber Frauen) zu sein, ohne es wirklich von mir zu erwarten ... Ich könnte ihn umbringen mit meinem Treiben, meiner Unvorsichtigkeit. Ich könnte mein Leben ruinieren ... ich könnte mich umbringen ... ich könnte ein Mädchen (aus der Gegend) umbringen oder eine alte Frau (das sagte er). Er, Daddy, sagte auch über eine alte Frau: *Wenn du mit so einer flirtest, kannst du genausogut mit der Axt auf sie losgehen und ihr den Kopf einschlagen, Wiley: es ist nicht gut für sie, wo du jetzt ein großer Kerl bist.* Er log ... Die Frau, über die er sprach, war intelligent und nicht eine, die Männern sexuell zugeneigt war. Ich glaube nicht, daß er sich bloß täuschte.

Er sang Stücke eines Songs mit dem Titel «Nur ein Gigolo». Er sagte: *Sei kein Narr* und *Sei kein Gigolo; sei kein Mann, den andere um den kleinen Finger wickeln können.* Er sagt Sachen auf eine Weise, die ihm gefällt, weil das, was er sagt, wahr und nicht ganz wahr ist und weil er in seinen Augen mit dieser Mischung aus Wahrheit und Wer-weiß-was attraktiv wirkt. Zu reden, egal mit wem, ist ohnehin traumartig, besonders aber, wenn zwei Männer miteinander sprechen, finde ich, und erst recht, wenn man mit seinem *Vater* spricht.

Es ist sagenhaft, traumhaft, mit seinem Adoptivvater zu sprechen ...

Er über Sex: *BEHERRSCH-dich-oder-du-stirbst* ...

Klar, aber dann überlege ich: *Du stirbst doch in jedem Fall.*

Er, ein Sterbender, lacht und lacht; lacht allerdings vorsichtig, sieht mir dann in die Augen und sagt: *Aber du willst doch keiner sein, der zu früh stirbt, du Neunmalkluger* ...

Daddy besänftigt gern: die Macht zu besänftigen besänftigt ihn. Und es besänftigt mich, ihn zu besänftigen, indem ich mich durch seine Art zu sprechen besänftigen lasse ... Pingpong und Jo-Jo, überall dieses Echo-Element, wo Besänftigung die Absicht ist ...

Falls wahr ist, daß er weiß, wie das Leben für mich ist,

dann redet er, um mich zu ermutigen, mich am Leben zu halten und weniger selbstmordgefährdet zu machen – oder heiterer selbstmordgefährdet – und nicht gar so grell und schrill unglücklich, krank, verwirrt, stumm. Er war (in lokalem Rahmen) für sein Aussehen berühmt. Nach realen Lebensmaßstäben besitzt er einen *guten* Sinn für Humor. Wenn Daddy sagt: *Steh nicht am Fenster rum: du verdrehst nur den jungen Mädchen den Kopf,* dann setzt er diesen Sinn für Humor ein. Seine Figur verändert sich, in verschiedenen Zeiten und Moden ist seine Gürtelpartie wulstig oder dünn, bis nah zur Wespentaille. Und er redet nicht immer nur wie ein *ganz normaler Mensch* – er spricht wie ein *großer* Philosoph – wie ein prophetischer Lüstling. Mit Sinn für Humor. Ein Mädchen, dessen Garten an unsern grenzt, älter als ich, siebzehn – und streng erzogen – *streng katholisch*, hat Daddy nachdenklich gesagt – ein Mädchen, das ich eine Zeitlang belogen habe, was mein Alter betrifft ... Sie zieht sich vor Fenstern an und aus, die denen meines Zimmers gegenüberliegen. Manchmal steht sie halbangezogen am Fenster. Ich bin schon aus dem Mittagsschlaf aufgewacht und habe sie von ihrem Fenster jenseits des Gartens herüberschauen gesehen zu mir, dessen Kleidung im Schlaf verrutscht ist, der reglos auf seinem Bett liegt. Einmal war sie nackt, als sie das tat ... ich erinnere mich an die erstaunte Erregung in meinen LENDEN – kennen Sie das?

Hat sie's auf mich oder auf dich abgesehen? Oder meinst du, sie hat einfach was für Fenster übrig? fragte Daddy.

Auf der anderen Straßenseite wohnt eine lesbische Lehrerin, die in der Gegend sehr bewundert wird ... ernstlich bewundert ... eine weißhaarige Frau – mit feinen Gesichtszügen, stolz und gerecht – in der Gegend bewundert wegen ihrer Gerechtigkeit und Schönheit – sie hat Vorträge darüber gehalten, was es bedeutet, Lesbierin zu sein, über die Bedürfnisse von Frauen und darüber, was Freiheit für die Frau bedeutet. Daddy schwärmt für sie, für diese gerechte, gutaussehende Frau, obwohl sie ihm, glaube ich, klargemacht hat, daß sich ihr bei seinem Anblick der Magen umdreht. Das ärgert ihn, also stellt er ihr nach und versucht, eine bessere Note von ihr zu bekommen. Er winkt ihr zu. Manchmal winkt sie zurück. Sie hat mich noch aus der dritten Klasse in Erinnerung. Ihre Einschätzung von *mir* schwankt. Nun, da ich so etwas wie ein halber Mann bin, verhält sie sich mir gegenüber distanziert, aber in dem Jahr, als ich sie als Lehrerin hatte, war sie gut zu mir. Distanziert? Jetzt lächelt sie angespannt und redet *irgendwie komisch* mit mir – und einmal hat sie gesagt: *Verdrehst du allen Mädchen den Kopf?* Stammte das aus einem Schlager der zwanziger Jahre, an den sie sich alle erinnerten? In gewisser Weise wurde ich ohnmächtig, als das passierte. Ich blieb aufrecht stehen, aber innerlich wurde ich stumpf und totenstarr, in meinem Kopf breitete sich weiße Leere aus, und für einige Sekunden wußte ich nicht, wo ich war. Daddy sagte immer von *ihr*, daß sie sämtlichen jungen Mädchen und alten Damen den Kopf verdrehe. Es hat schon *Tradition*, daß er das sagt: er hat es auch über Nonie und die Männer gesagt. Von Nonie, seiner leiblichen Tochter, meiner Adoptivschwester, sagte er, sie verdrehe sämtlichen Jungen und alten Männern den Kopf – er wollte Nonie trösten und zum Lachen bringen; ihr Lachen klang dann verloren, verächtlich, verwirrt und irgendwie bitter. Er meinte so viele Dinge, wenn er es zu ihr oder mir sagte, daß mir davon schwindlig wurde. Doch daß etwas *Wahres* daran war – Nonie verdrehte wirklich einigen Typen den Kopf, einer ganzen Anzahl –, das war *schockierend*. *Mich* jedenfalls schockierte es.

In einem realen Moment höre ich eigenartig. Wenn ich still daliege und mich nur erinnere, vergesse ich, daß ich in realen Momenten Ziele, Scheu, Hoffnungen, Ansprüche, Dogmen habe, ein Aussehen, eine Tagesform, ein Alter, eine Stimmung und so fort. Ich weiß, daß manches von dem, was mein Dad sagt, damit zusammenhängt, wie man mit Kindern nach den lokalen Regeln zu reden hat – die befolgt er ... Er wird bockig und verletzt die Regeln. Er vergißt sie auch. Er ist manchmal bockig und gemein und kühn und vergeßlich, wenn er spricht. Ich möchte das verstehen. Gibt es für einen Vater und einen Sohn eine normale Art, miteinander zu sprechen? Ist das ein Randproblem? Ist es wichtig? Ich meine, nicht zu wissen, welche von den Bedeutungen *typisch* sind.

Nach lokalen Maßstäben bin ich gut in der Schule. Aus der Sicht *des Mannes im Mond* – einer leuchtenden Eule – sind *sie* (Mama und Dad) passende – und zutiefst vertraute – Gestalten in einem Traum, den ich gerade träume, auch wenn sie in einem realen Moment tatsächlich da sind, mit mir reden und ich keinem Tagtraum nachhänge, wie ich es oft tue, sondern mir wirklich Mühe gebe, ihnen zuzuhören. Vielleicht ist das gemeint, wenn es heißt, ich sei noch ein *Baby.*

Ein Baby ist, wenn ich mich recht erinnere, eine erbauliche, belustigende Figur; meine Hilflosigkeit lieferte anderen ein Ziel; ich war ein Beispiel für bewußte Unschuld. Daddy: *Du warst jemand, für den wir Tag und Nacht gesorgt haben – es machte damals Spaß, Wiley; versteh mich nicht falsch: aber es machte Spaß, es war nett, wenn du krank warst* ... Jetzt (sagt Mama) sehe ich, das Baby von einst, oft aus, als wäre ich geschminkt (so gesund und so weiter). Daddy sagt: *Du hast eine GUTE Gesichtsfarbe* ... Mama sagt: *Wieso werden solche Farben nur auf einen Jungen verschwendet?* S. L. sagte: *Du siehst aus, als hättest du Rouge und Puder im Gesicht, wie ein Kind, das Ballkönigin spielt: eigentlich siehst du aus, als wärst du irgendwo aufgebahrt und irgendein verfluchter Leichenbestatter hätte dich mit Make-up vollgeschmiert.* Im Geist sage ich zu ihm: *Ich hab gesehen, wie sie DICH im Bestattungsinstitut angemalt haben.*

Mama sagt neuerdings oft, dies oder jenes, was sie gerade gesagt oder zitiert hat, sei *die-endgültige-Wahrheit-und-jetzt-SCHLUSS-mit-dem-Thema.* Sie blufft. Es liegt Sehnsucht in ihrem Bluff. Ich finde es seltsam, wie wenig von dem, was vorgeht, ehrlicherweise als Bekenntnis zu deuten ist. Ich halte mich sehr an die Tatsachen, aber ich weiß nicht, wie mein Leben aussieht. Ich wußte nicht, daß mein Leben so aussah – wie die Dinge, die ich gerade beschrieben habe. Ich singe beliebte Songs mit richtig viel – mit *unheimlich* viel – Gefühl, um zu zeigen, wie ich angesichts so harter Dinge empfinde. Ich gebe mich sehr, sehr cool und leblos – und albere viel herum –, wenn ich singe. Oder mit anderen Jungen zusammen bin.

Aber all das dämmt mein Empfinden für die wirkliche Wirklichkeit keine Spur ein – nicht einmal *in einem gewissen Maße*. Und das tut weh – so sehr, daß ich buchstäblich sterben möchte. Vielleicht bin ich wertlos, vielleicht bin ich halbwertlos – wer weiß? Vielleicht ist meine *Gesinnung pervertiert*. In mir versuchen die abgekürzten visuellen Dialekte, die es da gibt, einen kompletten Rasen mitsamt den Insekten und Gerüchen und dem Licht an Ort und Stelle zu halten. Und eine Person. Aufsätze heißen an meiner Schule *Themen* – ich schreibe sie mit der Hand in der Eingangshalle, von anderen Schulkindern umgeben, mit denen ich mich unterhalte, während ich arbeite ... Die anderen Stimmen sorgen für etwas Stille in meinem Kopf, halten meine Lügen auf einer Linie ... Ich kann aus den Stimmen um mich her den Tonfall meiner Klasse heraushören. Ich kann ihre Stimmen stehlen. Haben meine Eltern genau das auch getan? Müßte ich unter anderem das verstehen, wenn sie mit mir reden?

S. L. sagt, ich sei *Herr-zu-groß-für-seine-Hosen, der kleine Herr Alleswisser*. Wenn ich nachdenklich bin, sagt er: *Na, verreist? Wir sind hier; wo bist du? Du bist im Niemalsland*.

Es stimmt, es ist, als würde ich ihn irgendwo alleinlassen, wenn ich mich sozusagen in einen Winkel meines Kopfes zurückziehe, um zu denken ... Wenn ich für einen Lehrer schreibe, ist es, als teilte ich mein Lebensgefühl (und meine Sinnlichkeit) und meinen Sinn für die Welt mit diesem Lehrer (oder dieser Lehrerin) und nicht mehr mit S. L. Ich schreibe für die Schulzeitung, sie wird von einer jungen Englischlehrerin geleitet, die den Englischlehrer zutiefst haßt, den ich für den gescheitesten und im System dieser Schule für denjenigen halte, der von weltlichen Dingen am meisten versteht. In den Kontroversen über gute Sprache – was das ist, wer sie spricht und wer nicht – kommen meine Eltern nicht vor. Und daraus ergeben sich weitere Kontroversen, weitergehende Kontroversen mit meinen Eltern. Wenn ich für die Schulzeitung schreibe und behaupte, aufgeschrieben zu haben, was jemand gesagt hat, vernichtet diese Prahlerei mein Gedächtnis für das, was wirklich vorgegangen ist. Ich will sagen, der Artikel wird zu dem, wovon ich glaube, es sei *wirklich* vorgegangen. Er wird zum Haupt- oder Leitgedächtnis – wird autoritativ. Wie meine Eltern reden, so sehen sie sich für eine Weile selbst. Und die reale Szene wartet im Hintergrund ... Wenn ich eine reale Erinnerung durchgehend lebendig halte, solange ich über das nachdenke, was ich gerade schreibe, kann ich überhaupt nicht schreiben und reden, und dann bin ich mehr als unglücklich ... *Verloren*. Und das Zeug , das ich dann schreibe, widert mich an. Es klingt überhaupt nicht nach dem, *was hier wirklich los ist*. Mir scheint, ich muß das wache Leben und all die Dinge, die wirklich zwischen mir und meinen Freunden und Eltern vorgehen, aufgeben, muß meinen eigenen Kopf aufgeben, wenn ich Sachen schreiben will, die für irgendeinen meiner Lehrer annehmbar sind ... Für einen Förderer der Wahrheit, plus oder minus einiger Zweifel. Mein inneres Sprechen, das mir zeitweilig aufrichtig vorkommt – also, wenn ich es mir *anschaue*, kommt es mir eigentlich wie ein dichter, komprimierter Wust vor ... wie ein wüstes, irres *Allerlei*, voller Echos, wirr, privat, *hochnäsig*. Es mag *nebulos* an reale Körper gemahnen, an einen realen Schultag und an meine Eltern in realen Momenten ... Aber das erzeugt nur Trauer. Es ist, als spräche ich in einer heißen, geschlossenen Kammer, niemand weiß, daß wir da sind, ich und wer immer bei mir ist, dieser Teil von mir oder ich als DER REPORTER, es herrscht fast völlige Dunkelheit da drinnen hinter der geschlossenen Tür. Und was du von deinem Körper und von ihrem oder seinem ahnst, ist nicht gerade deutlich – *Ist das dein Bein oder meines, ha-ha?* Du kriegst in der stickigen Zelle keine Luft und kannst weder die Bewegungen von Lippen und Augen noch sonst etwas sehen. Manchmal weiß ich kaum, was von mehreren Dingen, die ich sagen will, ich wirklich sage – ich blicke nicht mehr durch. Es ist wirklich unklar – vielleicht ist es nur ungewöhnlich befreites Reden. *Mit dir zu reden ist wie ein Buch zu lesen*, sagte ich mir einmal – diese üppige Mitteilsamkeit von Kopf zu Kopf, doch nur in *einem* Kopf und im Dunkeln, ergab keine säuberlich vom Metronom durchtickte, wohlermessene Zeit – nur Wörter.

Der zum Jungen gewordene Geist ist auf der Insel der Stille gestrandet – die ihm wie eine Bibliothek erscheint – er wartet: wartet zur Hälfte: lebt zur Hälfte. Himmel, diese lausige Warterei – erinnern Sie sich noch an all die Warterei in der Kindheit? Daß die Welt ein bestialischer, hirnverbrannter Wartesaal war? Und man wartet. Aber nicht auf ältere Kinder. Nicht auf Erwachsene.

Der Junge – von der Wirklichkeit, ohne gefragt zu sein, mit Adern, Muskeln, Herz ausstaffiert; mit Darm, Knien, unzuverlässiger Stimme; mit Geburtsdatum und störrischem Willen, einem fremden Willen für den, der gerade spricht, wer er auch sein mag; ausstaffiert mit Geblinzel und Launen – ist *ein wirklicher Junge*, leibhaftig (verzeihen Sie), selbständig, gefangen in einer Masse realer Begleiterscheinungen. Ein leibhaftiger Junge, gekleidet in HÖFLICHE FIKTIONEN – vorgefundene Konventionen, Manieren, die einer fiktiven Vorstellung von Kindheit und Leben entstammen – ausstaffiert mit Geisterhaftem und Fleisch – würde ein solcher Junge den androgynen Nackten an der Decke der Sixtinischen Kapelle gleichen? Ach, ich weiß nicht ... ich habe mein Leben in keiner seiner Phasen je als ein einziges Bild gesehen – wie auf einem Gemälde.

In Augenblicken des Schweigens und wortloser Notschreie und wortloser Magenbeklemmungen empfinde ich mein ganzes Leben ... plötzlich ... als durch und durch fehlerhaft ... Ich empfinde meine Seele dann wie eine gehäutete Kreatur ... Ach, das ist zu verwickelt, als daß man so fortfahren könnte? Die Frage ist, ob man mir glauben kann und ob ich meinem Vater und meiner Mutter gleiche, wenn ich spreche, wenn ich auf dem Blatt spreche. Man wird sich eine Meinung dazu bilden müssen, ob das, was ich sage, tonal im wesentlichen aufrichtig ist. Sehen Sie, man konnte Daddy nie ganz glauben und ihn nie wörtlich nehmen, niemals.

Ich gehe zum Bad ...

Ich gehe zum Bad, barfuß. Leise, meine Kleidungsstücke unter dem Arm. Es ist genetisch *kurios*, adoptiert zu sein. Im Innersten bist du eine Materie zu Besuch, nicht ganz und gar, nicht einmal überwiegend, aber immerhin doch so, daß du dich sogar im Trauerfall als Eindringling empfindest, selbst wenn du selber trauerst ... Er ist nicht mein richtiger Vater ... Die Trauer ist wie ein kaum von der Stelle kommender, aber sehr starker Wind – eine umfassende, durch Abwesenheit erzeugte Kraft – S. L. ist ein Wirbelwind und somit auch ein Hohlraum – ich arbeite mich voran, denn ich will rasch aus dem Haus: Ich will meiner Mutter und meiner Schwester nicht begegnen ... Ich will nicht daran teilhaben, wie sie mit dem Tod ihres Vaters und Mannes umgehen ... mit dem Tod von S. L.

Im Klo – weiße Kacheln, weiße Wände, weiße Handtücher – ist im Spiegel der Junge zu sehen: mager ... etwas Seltsames, *Plötzliches*, Vorläufiges, Ich-in-diesem-Monat, mein Anteil an der physischen Welt *zur Zeit*: ein zum Teil mittelloser Junge – momentweise – mit Schultern wie Latten ... gebrochene Latten, hölzern, jünglingshaft ... jungmädchenhaft ... mit Anfällen von halbwegs annehmbarer Anmut (der Erscheinung) ... finster zusammengezogene Augenbrauen in einem leblosen Blick-in-den-Spiegel-Gesicht.

Anziehen: das ging im Nu, Jeans, T-Shirt, abgeschnittene Jeans unter den äußeren Jeans – Shorts; du ziehst die Jeans aus und stehst in Shorts da – keine Socken, Turnschuhe. Der Kind-Junge ist *einsfünfundachtzig*. Fakten sind sehr vertrauliche Dinge ... Wie ich aussehe ... Die Welt mieft und dreht sich ...

Als ich angezogen bin, auf den Sitz, mich entleeren; Junge, Junge ... da hocke ich und scheiße, und du bist tot ... Das angespannt biologische Atmen des Jungen in dem gekachelten Raum – ich habe mich nie als Held von irgend etwas gesehen – das ist die heiße Wahrheit. Heiße Scheiße, fluppdiwupp-pups ... DU SUCHST DEN TOD, DU ARSCH MIT OHREN ... Wischen, ii-jei, ii-jei, oh ... Kaltes Wasser auf das Prickelgesicht. Zähne leise (fast trocken) bürsten: *Da beiß dir mal die Zähne dran aus* ... Ungekämmt, auf Zehenspitzen ... Die Wirklichkeit ist kein Schulfach ... Weshalb die Leute die Schule nicht mögen. Ich hasse Badezimmerhähne ... Ich kann meine eigenen Gefühle nicht identifizieren: sie tragen keine Etiketten: *dieses schwelende Zeug da* ... ist das etwa *Liebe* zu dem Toten? Bedeutet der Schweißfilm schlechte Nachrichten oder was? Ich berühre meine abkühlende Haut. Der tropfende Hahn: In Kriegszeiten kommt kein Klempner ... das gehetzte, verwischte Geräusch eines tropfenden Wasserhahns, als ich aus dem Klo schleiche.

Jass: *Bist du gern Jude? Gehst du auf eine besondere Schule, wo du lernst, Jude zu sein?*

Nein. Ich bin allergisch dagegen ... Ich kriege Krämpfe davon, erläuterte ich. *Eine tote Mutter ... Sie war fromm. Eines Tages ist sie verschwunden und nie zurückgekommen ... Ich war klein und konnt's nicht glauben ... Ich dachte, sie käme wieder. Jetzt meine ich manchmal, sie kommt zurück ... Oder ist auf dem Rückweg; das ist dann ein Alptraum: nichts ist dann wirklich. Alles ist Traum. Wenn ich sie zu stark spüre. Also beschäftige ich mich nicht mit jüdischen Dingen. Soviel ich weiß, mache ich mir eigentlich nichts aus ihr, aber das steckt einfach in mir, ob ich's will oder nicht, die Sache mit ihr ... Drum darf ich nicht in die Nähe von bestimmten Gefühlen kommen ... Ich muß sozusagen einen Bogen drum machen, damit der andere Kram nicht aufbricht. Ich bin also kein echter Jude auf die Art, wie sie Jüdin war ... Ich bin ein echter Jude, so wie ich eben bin.*

In der Küche ist es dunkel. Die zurückgezogene Feder des Daumens – (dies eine Erinnerung für Momente, in denen es dir partiell unmöglich ist zu trauern) – das Klicken und Klikken und dann das Knirschen der anprallenden und im Winkel wegrollenden Murmeln auf der pudrigen Erde ... Berichtigte Astronomie: gestreifte, klare oder mit Blasen gepünktelte Kristallkugeln, rollend ... Vor meinen Klassenkameraden ...

Dann: *Komm jetzt mit mir heim* ... Und er packte mich, mein Daddy in Anzug und Weste, mit Uhrkette und Gamaschen ... Goldrandbrille. *Ich bin am Gewinnen: da gehört sich's nicht, daß ich gehe.* Er sagt: *Sei jetzt lieb und laß die Tricks. Wenn ich abends heimkomm, will ich ein bißchen Ruhe und Frieden. Ich will, daß du ... du könntest mir ruhig ein bißchen Glück schenken, das würde dich nicht das Leben kosten, würde dir nicht das Herz brechen.* Die Distanz zu den anderen Kindern ist immer größer geworden, er hat mich so rücksichtslos entführt ... so unbarmherzig ... *Ich mache viel durch, damit du ein Zuhause hast – damit du Murmeln spielen kannst. Still jetzt, still ... Ich muß mich ja schämen – ich möchte mit dir zusammensein, das sollte dir schmeicheln, daß ich dich gern hab. Komm heim – spiel mit MIR .... Laß den weißen Abschaum unter sich bleiben.* Er wiederholt gern Sätze: *Laß den weißen Abschaum unter sich bleiben. Kannst du dich nicht auch mit mir vergnügen – ist dir das schon zuviel Mühe? Gib mir keine Widerworte: sei lieb: du disputierst zuviel – über jede Kleinigkeit. Gönn deinem Kopf mal eine Pause: schone deine Augen – du möchtest wohl häßliche Augen haben: du kriegst ganz häßliche Augen. Du gibst zu viele Widerworte.* Himmel!

Jetzt gehe ich zur Küchentür hinaus ... Er ist tot ... die Luft im Freien seufzt, sie scheint zu ticken, wallt um mich auf und kräuselt sich dann zum leisen Jaaa eines Windhauchs ... Die zwingende Ordnung schwieriger Logik bezieht sich nur auf das *Reale* ... Ein Freund hat zu mir gesagt: *Ich weiß, wie sehr du deinen Vater geliebt hast* ... Habe ich das? Ich weiß noch, daß ich mit Zimmerarrest bestraft wurde, weil ich S. L. nicht umarmte – *Ich will bei meinen Freunden sein, die mag ich lieber als dich*. Ich sehe die in der Luft tanzenden Staubteilchen vor mir, in dem von der untergehenden Sonne erleuchteten Zimmer, wo ich gefangen war – in der Zelle, die mir die Familie gnädig gewährte. Wie elektrisiert mein Geist dort summte, wie unstet summend meine Gedanken von dort *flüchteten* ... Die Welt ist wirklicher als das Bewußtsein ... das einem kleinen Bruder gleicht, kleiner als die Welt. Das fast waagrecht einfallende Sonnenlicht ist ungewöhnlich weiß; es zittert. Doch eine Stelle auf der Ziegelwand in meiner Nähe ist unerwartet gelb, gelb wie Pfirsichfleisch. Oder wie gelbe Seide. Strahlend gelb, teils gehärtet und glitzernd, teils weich und puderig.

Ich stehe auf einer Metallveranda mit Betonboden in Höhe des zweiten Stocks; die Veranden zum Garten sind alle über Stahlträger und schwarzgestrichene Rohre miteinander verbunden. Die Treppen sind aus Metall und hallen; sie haben erhöhte Stellen, damit man nicht ausrutscht. Ich klettere hinaus in die graue Luft der zwielichtig-grauen, gerade anhebenden Dämmerung, den fahlen, schwach erleuchteten Himmel voll im Blick. Der Himmel sieht mich und meinen Ungehorsam. Die Atmosphäre. Ich schwinge an einem der Pfosten ins Freie – das heißt, ich packe den Pfosten – Jass Nolloquot, ein Freund (gewissermaßen), sagt manchmal: *Laß uns Sterbespielchen spielen, Wiley;* und ich trete hinaus in die Luft, wate hinaus in den Raum, drei Stockwerke hoch – Jass hat mir das beigebracht –, und mit strampelnden Beinen schwinge ich um den Pfeiler, auswärts, auswärts – und bin in bitterem, strahlendem, aus Kohle und Milch gemischtem, lichtlosem Licht und dann wieder zurück im echteren Grau.

Ich steige außen am Geländer, außen an der Verandatreppe hinunter; ich lasse mich daran herab und angle mit den Beinen, bis ich sie um das Rohr im ersten Stock liegen habe. Ich fasse mit den Händen den – schürfenden – Boden der Veranda über mir, dann nehme ich eine Hand fort, packe das Rohr und schwenke, wie Jass es mir vorgemacht hat, die andere Hand nach oben und außen wie ein Rodeo-Reiter, sage lautlos *Jippi-hee* – und *SCHEISS DRAUF!* zu mir und rutsche abwärts, mit Herzpochen.

Dann schwinge ich in das Fastlicht hinaus. Und dann wieder abwärts. Jass hat das gemacht, und ein anderer Typ, Jimbo, ist vom ersten Stock aus gesprungen, ohne sich zu verletzen: ich rutsche bis zum ersten Stock und springe dann zweieinhalb Meter hinunter auf Kies, zum erdbeschatteten Abrakadabra des Windes, der am Scheitelpunkt dieses Moments erwacht. Nach welchen Gesetzen verfährt die Gnade?

Der Fluß

Wollte man es in der anderen Sprache eines anderen versuchen, so könnte man schreiben, daß ich am Freitag der Woche, in der mein Vater beerdigt worden war, aus der an Kingsland Avenue und Kingsbury Avenue gelegenen Wohnung schlich und mich auf eine der äußerst kniffligen Weisen zur ebenen Erde hinabbegab, die ich in jenem Jahr als junger Halbwüchsiger wie körperliche Losungsworte einsetzte, um Zeugnis von meinem Mut und Lebenswillen abzulegen, um herauszufinden, ob sie vorhanden waren; und da ich mich schon im Freien befand, unter dem Einfluß eines Heilmittels sozusagen, im Innern geweitet und besänftigt von der grauen Atmosphäre, der Stille und der Unmittelbarkeit, mit der die Nerven im Freien reagieren (wie um für physische Notlagen bereit zu sein), wurde mir die Therapie des sinnlichen Verzeichnens zuteil – die Willensfreiheit schmälert, täuscht, betrügt die Trauer, indem sie einem STILLE, GEFANGENSCHAFT, DIE GRUFT verwehrt. Welch eine erstaunliche, gesellige Sache, ein Stück weit ebenfalls zu sterben, das eigene Leben in Stille zu überführen ... Im nächsten Augenblick bin ich im Freien – in University City – in der hübschen Luft, im halb mattierten, halb durchscheinenden Grau, ohne Farbe, aufgehellt-dunkel-und-feucht; physisch untot, unbegraben, uneingesperrt, beobachtet das Ich nach meinem affenartigen Abstieg die Erde, die Sonne und das Licht dazwischen in Tripelkonjunktion, in fließender Bewegung, die träge wirkte, erst ein silbrig-weißes Leuchten in Tiara-Form am östlichen Horizont bildete und dann – ein Tusch *von fast unvorstellbarem Feuer ... Es war ein bizarrer Augenblick. Den Gartenweg entlang, von Osten, fielen lange, horizontale Strahlen weißen Lichts, eigentlich schwarz und weiß im Wechsel, gleichsam Zebra-Strahlen. Eine merkwürdige Salve greller, kreisender Strahlen – schwarz und weiß zugleich –, welche die nahe Welt so kurios enthüllten und erhellten – mit so hartem Schwarzweiß, mit solchen Schatten überall und so grell, daß der Gartenweg mit seinen vertrauten Garagen und Ascheimern enthüllt dalag wie von einem Blitzlicht erleuchtet – oder wie ein Schlachtfeld im Magnesiumbrand. Er war schlechter getarnt als zuvor im Dunkeln, nun da ihn das grelle Leuchten weißlich nachzeichnete, stachlig nackt.*

In diesem maßlos gestreiften Augenblick wurde ich innerlich auf etwas weiteres, dem inneren Humus Entsteigendes (lautlos) zukatapultiert, auf etwas Peinliches zu ... Während ich mich äußerlich räusperte und ausspuckte – eine grob-männliche Geste –, um meine Flucht (und Befreiung) aus der gepolsterten Vorsicht in die feuchte Luft draußen zu feiern. Die über Nacht erneuerte Weite des gigantischen Raumes ... Nichts deutete am frühen Morgen im Freien nachdrücklich auf Tod hin – auch nicht auf Leben; es gab nur eine unjüdische, halb-heidnische Arena sonderbaren Lichts, eines irgendwie gewellten, blendend-gellenden Lichts – kaum zu gebrauchen. Man kniff die Augen zusammen, akzeptierte seinen Platz wie in einem mechanischen Modell des Planetensystems, in einem Planetarium, und sauste wirbelnd und klirrend los, inmitten all der Kugeln auf ihren Ellipsenbahnen, auf einer Seite vergoldet, als solle das System von Gravitationsbahnen im Verhältnis zum Gewicht gewisser, in die Kälte des Weltraums geworfener Feuer demonstriert werden, die nun die Atmosphäre hier unten erwärmten und beleuchteten.

In gewisser Hinsicht wurde hier die unvollendet gebliebene Masturbation ergänzt. Die physische Welt – diese hier im Freien ... kam zum Höhepunkt ... zu einem ihrer vielen ... Eine fast menschlich anmutende Haut von Tau lag auf allen Flächen – metallischen, gepflasterten, gemauerten – und auf dem von Licht und Schatten gepeitschten Teerbelag des Gartenwegs, kleine Tropfen, die selbst mächtig strahlten, während sie trockneten.

Und die Frische der Luft, die fast vollständige Stille, diese Aufbesserung des Vorortlebens, die Unmittelbarkeit (Nerven und Sinne waren ohne Veranden) – all dies versetzte einen so heftig in die eigene

Schwere und annähernde Reglosigkeit von Trauer, daß man, ohne Vorwarnung, mit Körper und Temperament den Widerstreit zwischen Trauer und dem Bemühen, schicklich in den Morgen einzutreten, als unversöhnlich empfand. Entweder trauerte man, oder man lebte. Hinab in den Keller, das Fahrrad holen ... weißt du nicht, was das heißt, die Trauer zu BETRÜGEN? Die Toten zu hintergehen? Alte Liebe zu verweigern? Die herrlichen inneren Jagdhunde bellen, so aufgebracht sind sie. Allerlei innere Doppelgänger klammern sich an die Stille. Teile von mir sitzen auf Kissen, reglos vor Trauer ... Man geht gegen dicke, zähe Luft an, gegen seine Stimmung, die eigene Emanation. Man kann nicht fliehen und sich in ganz gewöhnlicher, von blendenden Strahlen durchschnittener, taunasser Luft bewegen, wenn man mit Halbtrauer geschlagen ist. Ich will sagen, die Trauer nimmt ihren Sitz in den Komitees der Seele, im Parlament zankender, abstimmender Teil-Ichs ein, kungelt und drangsaliert, blockiert, besticht ... Und sie versucht, den Tyrannenthron zurückzuerobern, den sie verloren hat, die Monarchie des Todes (und wer weiß, was sonst noch) in den Komitees wiederherzustellen. Und irgendein Knoten (oder Korn oder Kern) von Ich-und-Willen, der mit dem Licht verbündet ist – geistig verbündet und der tatsächlichen Zusammensetzung nach, der fliegende Knoten von Identität-in-Bewegung (man ist bald dieses Teilchen, bald jene Welle) –, maßt sich den Vorsitz an; ich lebe, schwerfällig, widerstrebend, mit einem Stein im Bauch und einem gewissen überwältigenden, lähmenden Schatten auf meinem Geist, mit einer Klage und einer mächtigen, mächtigen Privatarmee von Kummergefühlen, aber man liegt nicht in Ketten, ist weder überwältigt noch gänzlich gelähmt. Geknickt fliegt man dahin. Man trauert nicht offen um sich – der man nun zwiefach verwaist ist, ein gerupfter Liebender, dem schlimm mitgespielt wurde, geboren und verloren. Allmählich zwinge ich das Observatorium, den realen Augenblick zu observieren, den gegenwärtigen Augenblick mit dem abwesenden Element darin; aber nicht ich bin der Abwesende darin. Und die stummen Vögel im Innern, die Jungen, die Kinder, die Kind-Ichs und Schul-Ichs, Sport-Ichs und so weiter, schau an, sie schauen und sehen den Gartenweg, den geteerten Mittel-

gang, der an den Garagen und Ascheimern vorbeiführt – und das grelle Licht, schwarzweiß und aus kreisenden, wahrnehmbar abgegrenzten, pudrigen Strahlen gebildet. Das Feuer des grellen Lichts und das Nichtfeuer des Dunkels picken Partien von Ranken, von blühenden Büschen heraus, um schwarzweiße Flaggen daraus zu bilden, unter einem weiten grauen Himmel, an dem nichts gleißt; das Gleißen dringt in ihn *nicht ein; er ist ein mattes Dach für die kreisenden Stäbe und Lanzen, die sich mit dem Kippen der Erde wandeln – die sich in Fluten weißlichen Lichts verwandeln, die sich blaß so zu färben beginnen wie normales Licht, die prall werden und kreisen und sich verdichten und den immer heller erleuchteten Gartenweg, die Mauern, Bäume und Ascheimer überfluten, und vor Gleißen und Dunkel entbrennt alles in lautloser Konfrontation mit Licht –*

während der Vogelgesang, der Morgengesang anhebt und Kreaturen in grauer Atmosphäre dahinfliegen, oder tiefer, wo sie von schwarzweißem Gleißen zerrissen werden; und während Flecken von Blau allmählich erscheinen, und Bänder gelben, gelblichen Lichts; die scheinbar zwecklose Fülle von Wirklichem –

dehnt sich zunehmend, eine Spur wahnsinnig vielleicht, beinahe grenzenlos aus. Theatralisch bestimmt. Ich bin nicht bloß Zuschauer, ich habe ein Wohnrecht hier ... ich bin berechtigt, unter diesem Himmel zu wohnen. Unter amerikanischem Himmel.

Dann ist alles, ganz plötzlich, nur noch Licht und Schatten. Ich höre auf, hinzustarren und gehe in den Keller, mein Fahrrad holen; aber sehen Sie, inzwischen lehne ich mich nicht mehr an die weißgetünchte Kellerwand, um zu sehen, ob ich verrückt werde vor Schmerz, wie ich es zu Anfang der Woche getan habe. Ich schaffe es weiterzuleben, ohne innezuhalten, mein Rad zum Gartenweg hinaufzutragen, eine weißgetünchte, in die Erde geschnittene Betontreppe hinauf; ich steige ein bißchen unbeholfen auf mein Rad; ich drehe ab und fege davon ... ein bißchen vorsichtig ... denn ich weiß, daß ich mich nicht gut, oder nicht diktatorisch, in der Gewalt habe; ich habe nicht die volle Gewalt über mich; ich habe bei mir nicht zu entscheiden über Leben-oder-Tod meiner Ichs, des zeitgebundenen Geistes, zeitgebundenen Fleisches, was immer ich bin.

Die Zeit selbst hat nur ein ihrem eigenen Wesen entsprechendes Bewußtsein anzubieten – eines, das wie sie schon nicht mehr es selbst ist, und doch immer noch es selbst, gespalten und durchlöchert und ganz, in mancher Hinsicht dem Willen untertan, Schwankungen unterworfen ... ich habe da so eine unausgegorene Theorie, eine ziemlich dumme, ich weiß; aber alles ist so etwas wie ein auf- und abschwellender Wirbelwind nervöser Zeit am Rand einer Zukunft; alles, ich eingeschlossen, ist so etwas wie eine unbeholfen rechnende Maschine, die das Wesen des Ereignishaften, der Zeit, austüftelt, und das der noch-nicht-eingetretenen Zeit, der Zukunft. Ich interessiere mich für die Zeit, für den Reiz des Morgenlichts. An milchigen Bahnen von Morgendunst radle ich vorbei. An Gebäuden vorbei, in denen kein Licht scheint, nichts sich regt, auch in der Nähe nicht. Am immer noch vorwiegend grauen Himmel hängen riesige, partiell weiße Wolken. Ganze Straßenzüge liegen im Schatten. Ich fahre über Schatten, die verwesende, lichtgesprenkelte Wale von zurückweichender Dunkelheit sind – und zwischen anderen, von mehrstöckigen Häusern geworfenen hindurch, die so groß sind wie getönte, jedoch teilweise körperlose Wale und Dinosaurier. Durch diese vorübergehenden Seinszustände gleite ich wahrnehmungsfähig – und wie ein Bildelement zugleich.

An den Rasen einer Vorstadtlandschaft rolle ich vorbei, an Tischtüchern aus Gras, an Meilen sich wiederholenden, nicht ganz überzeugenden Standesbewußtseins, an ungezählten Haustüren, von Fenstern ganz zu schweigen; und dann über den Delmar Boulevard, eine weite, leere Betonfläche um diese Stunde, zum North Boulevard und South Boulevard, wo das offene Land beginnt, Wälder und Farmen: das Ende einer NORMALITÄT und der Beginn einer anderen. Zu jener Zeit tauchten dort, wo der Boden gut war (für Landwirtschaft), Farmhäuser, Felder und Farmgebäude so häufig auf, daß einen von überall an der Landstraße Wohnzimmerfenster und Farmersfrauen und Farmer beobachteten ... lockere Fortsetzung eines auf Wohlanständigkeit achtenden Netzes, eine Theorie der Tugend.

Und unfruchtbares Land, Ödland, Sumpfland oder steiniges Hochland war augenlos, fensterlos. Man fuhr dort mit Argwohn Rad. Und mit Neugier.

Alles in allem besaß die Geschichte in beiderlei Landschaften nur wenig Macht. Es gab Legenden über indianische Folterungen und europäischen Landraub und Sklavenüberfälle und dergleichen, aber nichts davon reichte sehr weit zurück, zwei Jahrhunderte etwa, höchstens drei. Trotz der bestellten Felder und der gestrichenen Häuser spürte man die rauhe Prärie ... den echten Himmel – ich meine, wie er gewesen war, als noch Leere unter ihm lag. Es gab keine Spuren von ländlicher Obrigkeit, keine Herrenhäuser, keine Schlösser. Es gab nicht die Spaltung zwischen freien Farmern und Pächtern, nicht fünf dunkle Jahrhunderte der Heiligen und Wölfe – nichts, was nach dem Aufstieg und Fall von Imperien roch, nichts dergleichen gab es hier. Alles hier wurde auf andere Weise besessen: genommen-und-fertig – diese Landschaft; dieser seltsame, ersehnte Garten Eden – fahl, von Gleißen durchbohrt – ein bleicher, stotternder Versuch, eine erste, nur ein Stück weit verwirklichte Version von Eden, mit Ödland und verfallenen Farmen, Wäldern, aufgegebenen Feldern und Scheunen. Ich meine, ein Eden mit Anzeichen von Hinfälligkeit, von sozialen Strategien, die fehlgeschlagen waren, mit verwilderten Flächen. Mit scheinbar im Dunkel liegenden Gebieten, dem Gegenteil von Eden: Geisterstädte, nihilistische Schattendome, in nichts dem beobachteten Land gleich, wo das Licht oft tatsächlich heller war als hier, denn an diesen dunklen Orten gab es mehr Bäume, umgestürzte, nicht beschnittene; und oft lagen diese Orte in Kuhlen oder kleinen, von Hügelketten beschatteten Tälern, so daß dort das Licht von vornherein spärlicher war. Um diese Uhrzeit.

In solchen Orten wurde man anders beobachtet. An diesen dunkleren Orten gab es irgendwo Leute. Ich spürte andere Regungen, andere Vorstellungen in Augen, die auf andere Weise wachsam waren. Die Leute bewegten sich anders in der Nähe der schattenhaften, nicht ordentlich gestrichenen Farmen, die in klammen Mulden lagen, inmitten vom Blitz getroffener Bäume und schattiger Ackerflächen.

Während ich dahinfuhr, nahm ich im Mund, eigentlich im Kopf, einen merkwürdigen Geschmack wahr, den Geschmack dieser merkwürdigen, vielschichtigen, brillanten, bitteren Erfindung: Wohlanständigkeit und Verrufenheit. Armut und genügend Geld.

Verschiedene Arten von Geld. Von Glück, Unglück und davon geprägter Charaktere.

Das Meer – oder das Wattenmeer – von Wohlanständigkeit, eigentlich eher Tümpel und weitläufige Seen dieser Lehre, sie waren auf dem Land in manchen Gegenden seicht …

Und dann das Schmutzwasser und der Abschaum dieser schattenhaften anderen Wirklichkeit, stagnierend, armselig, befremdlich. Lagerscheunen auf unebenen, verdorrten Feldern und ein verrücktes Kind hier, ein schwachsinniges dort, oder bösartig aussehende Kinder, wütend vielleicht, die mich anglotzen, während ein dürrer Hund kläfft und eine gehässige Farmersfrau mit dickem Gesicht und schmutzigen Kleidern aus verzerrtem Mund einem dünkelhaft stolzen, sie ignorierenden, gemeinen, ziemlich langen, dünnen Farmer in Farmerkleidung hinterherbrüllt, der über einen schlammigen Hof von ihr fortgeht, auf eine Scheune zu.

Dann kommt man wieder in eine sonnige Gegend – puritanische Gärtchen, Beete, dürr wirkende ländliche Rasenflächen, saubere Gossen längs der Straße und weniger Bäume, diese aber gestutzt oder beschnitten oder einsam auf großen Flächen. Nichts wird verborgen. Ein einziger Traktor bewegt sich ganz hinten auf einem sanft gewellten Feld. Ein schwachsinniger Junge sitzt mit einer Puppe auf einem Küchenstuhl, und neben ihm schält eine traurige Frau Kartoffeln über einer Waschschüssel … Und in der Nähe steht ein Vogelbad, und in seinem erhöhten, mit funkelndem Quarz und Glimmer ausgelegten Betonbecken planschen, zwitschern und flirten am frühen Morgen Spatzen.

Die Landstraßen, sie waren damals bei uns alle zweispurig – manche betoniert, andere geteert. In Illinois gab es noch einige mit Ziegel- oder Kopfsteinpflaster. Ich fuhr durch das ländliche Missouri.

Wo ich umherfuhr, wurde die Dorfstraße in jedem Weiler zur Landstraße, sobald die Häuser nicht mehr so nah beieinander standen. Die Dorfbäume verschwanden. Kahl führte sie weiter, die bedeutende Überlandstraße, schmal zwischen Feldern hindurch. Lokkend hielt das Sonnenlicht seine Posen, aber nicht lange, dann verän-

derte es sich. Schatten gingen engere Verbindungen mit den Dingen ein, von denen sie geworfen wurden. Die Schatten schrumpften stetig, und das Gleißen ebbte aus – auf dieser offenen Landstraße –, bis die Schatten schlaffen, an Äste, Dachrinnen oder Traktoren gebundenen Säcken glichen oder – an Unkraut – Bögen dunklen Papiers.

Doch sie – die Schatten – waren leicht glitzrig im Morgenlicht, geformte Blasen schwächer beleuchteter Atmosphäre, oft getüpfelt mit Licht, oder, in den düstereren Landzonen, hier und da, wo die Bäume sich häuften, feierlich durchsetzt mit tieferen Schatten; ein trauriger Effekt.

Niemand warf Steine nach mir oder schwang sich in einen klapprigen Laster und verscheuchte mich. Es war, als teilte ich mit der Sonne die Weltsicht der Fleißigen – auch ich war so früh schon in Bewegung.

Daß man Entfernungen in Zeiteinheiten maß, war in dieser Weltgegend logisch, aber die Tupfen in den Schatten wirkten, als könnte Schatten es nicht ertragen, Schatten zu sein, was nicht logisch war. Bei halbem Wohlbefinden läuft man Gefahr, sich formalistisch zu gebärden – man bewegt sich logisch inmitten der Logiken der Lichtgeprägten und Zeit-bezüglichen Entfernungen ... Das ermüdet sehr. Die Hitze der zunehmend aufgeheizten Luft wurde von Komitees aus Haut und Augen, Haar, Lippen und Kehle registriert. Deren Berichte kündeten von Mühe und Schweiß – von dem verschwitzten, kurzatmigen Zustand und der relativen Sicherheit oder Gefährlichkeit eines Abschnitts der schmalen Landstraße zwischen den Feldern. Das Herz mühte sich pochend ab, und Blut schob und schabte in mir. Abwechselnd rotangelaufen und fahl trat ich in die Pedale. Ich fuhr vierzig Meilen, eine Fahrt von etwas über anderthalb Stunden. Dann konnte ich an manchen Stellen der Landstraße, schon weit im County St.Paul, den Missouri riechen. Die Straße führte über hochgelegenes Land, sicher vor manchen Überflutungen, nicht vor allen. Ich steuere ein Stück Land an, das uns von meinem dritten oder vierten bis zu meinem achten Lebensjahr gehört hatte, ein Grundstück mit einem Haus darauf, wo wir einen Teil jedes Sommers gewohnt hatten. Damals. Nun, im Krieg, im Jahre 1944, wo es so aussieht, als könnten wir ihn gewinnen, wenn wir nicht lockerlassen, rattern die alten Laster daher, die Eier und Farmerzeugnisse zum Markt gebracht haben. Oft hatten sie Kettenantrieb, und es waren nicht viele. Und nie wurden sie von jungen Männern gefahren. Autos – nun ja, Techniker, Piloten und Soldaten auf Urlaub und Handelsvertreter fuhren welche: Benzin war rationiert, und Zivilfahrzeuge wurden nicht hergestellt. Sehr wenige Frauen saßen am Steuer, und fast keine war allein; und die fuhren Cadillacs. Es ging schäbig zu im County St. Paul: die Auflösung einer einst vielversprechenden ländlichen Welt war dort recht weit fortgeschritten. Das Tempo der Autos, die durch diese Landschaft rollten, nun, irgendwie wußte man gleich, wer aus der Gegend und wer aus der Stadt war, wer automotorisch gewitzt war und wer nicht. Man wußte über das geistige Fassungsvermögen des Fahrers bescheid, beinahe über seine Religion und den sozialen Rang seines Vaters: ein katholischer Raser mit einem Polizisten als Vater … der mittlere Sohn aus einer lutheranischen Familie mit reichlich Geld … Zum Teil überlegte man sich das im Scherz, zum Teil aber auch nicht. Der Verkehr hier war anders als in U. City. Das gehörte zu den Dingen, die man als Landjunge wußte.

Ich meine damit die fehlende Abstraktion – nicht «ein Feld», sondern «DAS FELD DA DRÜBEN» – , das altmodisch-ländliche (oder krankhaft konservative) Festhalten am Schicksal (nicht an dem, was es für die Menschen taugte, die es erlebten, sondern an dem, worin es bestand). Ob die Farmer in ihren Transportern kleine Söhne hatten oder nicht, merkte man daran, wie sie als Fahrer sich gegenüber dem Jungen auf dem Rad verhielten. Fast konnte man erkennen, wer jüngere Brüder hatte, die er nicht mochte. Und wer zur damaligen Zeit etwas zu verlieren hatte, Privilegien besaß (Manieren). Man konnte erkennen, wer ein Barbar war und wer sich gerade anfeuerte, um gegen Konkurrenz zu bestehen. Man kann beim Radfahren dem Tagtraum nachhängen, man sei ein großer Baseball-Spieler – normal, aber berühmt –, man kann dieses Tagtraumlicht auf die Landschaft projizieren, so wie mein Schatten auf den Graben und dann auf das Feld oder auf die steil abfallende

Böschung fällt. Die schmale Landstraße durchquert ein Überschwemmungsgebiet. Man kann innerlich in die Schattenwelt eintreten und die wirkliche ausblenden. Etwas so Unlogisches kann gar nicht anders, als Einbildung zu bleiben. Es wagt nicht, sich mit Realem zu verbünden.

Tagträumerei und Nicht-Tagträumerei erzeugen in mir eine wilde Pendelbewegung. Die schneiden die Fahrer, nun ja, manche Fahrer, so haarscharf, daß mich der Schwall ihres Fahrtwinds weckt. Dann sah ich sie, so schien mir, hinter Glas in jenen anderen schattenhaften, sagenhaften Fuß-auf-dem-Gas-Geschichten über ihr eigenes Leben grinsen, an denen sie auf dieser Landstraße arbeiteten. Ein über das andere Mal wurde ich erschreckt, erheitert, partiell ermordet. Mein Rad fing an zu schlingern oder zu schlenkern, zu springen, sich zu verdrehen oder loszuschießen. Ich würde in die nächste Woche gepustet *werden – eine damals beliebte Floskel, die in fast allen ländlichen Lügengeschichten vorkam, als ich ein Kind war, und in allen ländlichen Beschreibungen von Liebe und Glück, Offenbarung und Wachsamkeit als Geisteszuständen. Ich, ebendieser und der Ich-genannte wurden mit dem Rad fast ein halbes Dutzend Mal von der Straße gepustet. Geräuschvoll und entschlossen (gegen Steine und Wurzeln prallend) holperten wir den Damm oder die Böschung hinunter, in Gestrüpp oder in das Gewimmel von Baumstämmen und in das schier wahnsinnige gotische-Kirchen-Licht, das dort im Wald herrschte. Wütend, im Wahn – hier ist's gefährlich – im Wald treiben sich Kerle rum ... Na los, krieg den Arsch auf den Sattel und mach dich davon, hoho ... Jetzt rette dich mal, so gut du kannst, vor den Irren der Landstraße ... Dreckiger alter ... Oft in Ordnung ... Manchmal nicht. Allein im Wald, wo die bekannten Stimmen immer leiser murmeln.*

War man dann wieder auf der Straße, bei sinkender Adrenalin-Kurve, bewunderte man die Leute, die Handzeichen gaben, die Platz machten für mich, ein Kind. In Flußnähe war das Land teilweise wirklich flach, und die gepflügten, bepflanzten Felder waren von ziemlich dunkler Farbe, wirklich braun, und das Zeug, das daraus hervorkam, war wirklich grün, kräftig gelbgrün, und so geometrisch gepflanzt, daß die Pflanzung wie eine Aufzeichnung aussah, eine Halm um Halm, Reihe um Reihe niedergeschriebene Idee; das reizte Auge und Geist.

Der wechselhafte Tag, der in der Frühe klar gewesen war, bewölkte sich in der Mitte des Vormittags. Von Westen zogen Wolken heran. Die Luft wurde feucht und drückend. Es war fahl grünlich unter den Wolken, dann grünlich düster, dann sprühten und spuckten niedrige Wolken hie und da. Erst feinen, dann heftigen Regen. Ich verließ die Straße und stellte mich mit dem Rad unter einen Baum, der niedriger war als die neben ihm, bis der Regen nachließ. Es hellte sich auf, aber am Himmel blieben Wolken; manche waren stellenweise dunkel, andere sehr weiß. Der Himmel war stellenweise blau ... Die bewegten Wolken verdunkelten sich wieder. Die Temperatur sprang auf und ab; es war nun heißer; und wieder taten sich zwischen fragwürdigen Wolken Flächen von klarem Himmel auf. Ich machte Intervall-Spurts. Weil mein Vater Herzgeschichten gehabt hatte, fragte ich mich unruhig, ob ich etwa früh einen Schlaganfall erleiden könnte. Mein Vater hatte seinen ersten Schlaganfall mit neununddreißig gehabt. Ich hatte keine Ahnung, wie für mich als sein sogenannter Sohn die Chancen körperlich standen – keine Ahnung, was überhaupt normal war in der (männlichen) Körperwelt; der ganze Gesundheitskram in Zeitungen und Zeitschriften war damals noch nicht so üblich. Dafür wurde ständig darüber geredet. Krankheitsklatsch. Genetisch war ich nicht S. L.s Sohn, aber wie viele seiner Launen hatten auf mich abgefärbt? Wie viele seiner Neigungen? Also machte ich Intervallspurts, ein bißchen militärisch, mit seltsam soldatischem Eifer (während eines Krieges); aber ich war auch so etwas wie ein orientierungsloser, wahnsinniger Kauz, der hie und da zu sich kam und durch das Gerümpel in den Korridoren seiner Sinne hindurch besorgt hinausstarrte auf die angeschwemmten Felder und Wälder, die Autos, die Leute darin. Die Empfindungen pseudosportlicher Atemlosigkeit, die von Überanstrengung herrührenden Schwindelgefühle und die Projektion einer vorgestellten Reinheit der Trauer, des Gefühls, zu einer Familie zu gehören ... diverse Ideale, vereinfachte und glorifizierte ... kamen und gingen. Ein fies ausse-

hender Polizist in einem 38er Ford überholte zu nah, sein fleischiges Gesicht hinter der Windschutzscheibe von Schatten maskiert. Ich wollte über den Tod nachdenken – und über das Leben, über meinen Dad und mich . . . Nun, ich wußte gar nicht, wie man nachdenkt . . . Das Leben um mich herum dachte meistens für mich. Wenn ich zu denken versuchte, war es, als stünde ich irgendwo seitlich von oder über dem Thema, die Schule hatte mir beigebracht, es als Gegenstand *aufzufassen, und meine eigene Annäherung an das Thema bestand vornehmlich in Sorge. Dann war es irgendwie so, als schwebte ich in blauer Luft – und versuchte, in das Thema einzutauchen, käme aber nicht dran. Es war ein bißchen so, wie wenn man im Traum tolpatschig durch blaue Lüfte fliegt, aber nichts passiert.*

Oder man gelangt doch irgendwohin, in grünes, sub-himmlisches Leuchten, die äußerste Schicht der nächstliegenden Seite des Themas. Man ist umgeben, benetzt von einem schockierend kalten, anderen Medium, das einem fremd ist und in dem man nicht bleiben könnte. Die Luft wurde knapp; der Mut verließ mich, so etwas wie ein geistiges Um-sich-Schlagen begann; ich kehrte zurück an die wirkliche Luft – die abwechselnd annehmbare und dann feuchte Luft – und wußte nicht genau, wo ich gewesen war. Aber ich wußte, das Thema war für mich nun nicht mehr jungfräulich, *da ich sozusagen in es eingedrungen war.*

Manchmal tauchte ich im Fahren erneut hinein – in dasjenige, was ich zuvor gedacht hatte, sozusagen. Nichts davon blieb lange klar. Es gab einem das Gefühl zu ertrinken. Von: Na komm, das ist doch ein Witz . . . *Wenn ich wieder an die Oberfläche kam, die Landstraße sah, die Regenspritzer spürte, den Fords und Chevies auswich, die gerade trocken gewordene oder feuchte Luft roch – dann fragte ich mich:* Wie denkst du über den Tod, Wiley?, *um mich zum DENKEN zu ermutigen. Zu DENKEN bedeutete für mich, etwas in Worte zu fassen. Und manchmal meldete sich etwas in mir gleichsam mit beiden Händen oder platzte mit etwas heraus –* Bah, was für eine Schweinerei *(der Tod) –, nichts Vernünftiges, soweit ich wußte, mehr wie ein Klassenclown als wie ein vernünftiger Mensch..*

Trotzdem, ich versuchte es. Ich habe einen rauhbeinigen Mut in mir, den ich heraufbeschwören kann, indem ich nicht brav oder vernünftig bin, sondern unvorsichtig – wie ein nackter Soldat in einer Maschinengewehrsalve: oder indem ich GANZ WOANDERS bin, in Gedanken, in Träumen, ein überraschter Narr. Verschroben, unglücklich und halsstarrig. Ein Hinterwäldler, ein Dorfidiot im Hinblick auf den Tod. Auf die Trauer. Es ist gar nicht übel, so zu sein. Was andere Kinder angeht – in den Augen anderer Kinder –, wird man deswegen nicht zu jemand Unanständigem. Aber es hatte meinen Vater traurig gemacht.

Er hatte gesagt: Du hast kein sicheres Urteil: du bist nicht schlauer als ich ... Du bist nicht schlauer als IRGENDWER, den ich kenne.

Denken ist eine Schattenfrucht, Schatten und unheimliche Dinge in einem Neongarten, in dem eine Fata Morgana nach der anderen erblüht, zum Vergehen wirklich, dann Schattengemälde, scheinbare Photographien in Schwarzweiß, dann nur noch eine schwache Ahnung, eine freigelegte Grundierung, die deckende Schicht zerstört.

Du hast keinerlei praktischen Verstand ... Was bringt das denn, so zu sein wie du? ... Du verlierst noch mal den letzten Rest an praktischem Verstand. Gefällst du dir so, wie du bist? Du gegen die ganze Welt – und das gefällt dir?

Verrücktheit und INTELLIGENTE REFLEXION und vernünftige Maßstäbe und Disziplin: jedoch in Dingen, die für die Schule nicht zu gebrauchen sind; wie entsetzlich die Nerven leiden, wenn man vom Thema abrutscht: die furchtbaren Schürfwunden, die das Versagen hinterläßt. Ich atme schwer. Ein halbverrücktes Nervenbündel. Eine Baseball-Situation: Du bist RAUS, du bist RAUS, du bist RAUS ...

Du fährst weiter ...

Durch einen Streifen dunkelstämmiger Bäume ein flüchtiger Blick auf den Fluß. Dann ist die Sicht auf ihn frei, über ein flaches, lehmiges Feld hinweg, tiefer gelegen als die Straße, ein Feld mit kümmerlichem Ufermais, in achtlosen, schweifenden Reihen gepflanzt. Ein mächtiger, aber schlampiger Fluß zu jener Zeit, nicht eingedämmt, mit sichtbaren Untiefen, Sandbänken, Schlamminseln.

Im Hintergrund rechts steht, tiefer als die Landstraße, doch höher als das Maisfeld, auf einem kleinen Hügel ein baufälliges Haus, ein elegantes Haus, mit zweistöckiger Veranda zwischen Säulen zu einer Seite hin und, nicht weit vom Haus unter ein paar kleinen Bäumen, eine zerfallende Pergola.

Ebenfalls zu sehen (der Blick wandert umher) ist eine braune, ungestrichene Scheune, und dann eine Kneipe aus ungestrichenem Holz mit einer Reihe von Neonreklamen, die schon eingeschaltet sind; eine verkündet FISCH und eine andere BIER, und eine weitere wirbt für eine lokale Marke namens OILYCOCK LAGER. Vor der Kneipe liegt eine getrocknete Lehmfläche – der Parkplatz. Dahinter an einer schmalen Bucht ein kurzer Landesteg. Insgesamt machte der Ort nun keinen ehrlichen Eindruck mehr. Als wir die Eigentümer gewesen waren, hatte es eine andere Scheune gegeben, eine weißgestrichene mit grünem Dach: sie hatte unten am Fluß gestanden – bei einer Überschwemmung war sie weggespült worden, hatte ich gehört –, und bei uns hatte es keine Kneipe, keine Reklamen, keinen Parkplatz gegeben, nur Bäume und Gras und Felder. Wir hatten oft auf Wiesen geparkt.

Ich versteckte mein Fahrrad in einem Dickicht nah an der Straße, auf dem sumpfigen Boden unter einem umgestürzten Johannisbrotbaum; mit abgefallenen Zweigen deckte ich es ab. Ich zog die Jeans aus, so daß ich in den abgeschnittenen Jeans dastand, die ich daheim darunter angezogen hatte. Die langen Jeans ließ ich bei dem Fahrrad unter den Zweigen und durchquerte den Wald, indem ich in Turnschuhen im Bett des Bachs entlangging, der sich (zwischen oft hohen Ufern) zur Bucht hinunterwand. Ohne die Fliegen und Moskitos – die Insekten – zu beachten, ging ich voran, mit verstochenen, nassen Beinen, in seltsamer Stimmung, bald unter sichtbarem Himmel, bald unter bedecktem. An der Mündung des Bachs, dort, wo er sich unter Weiden in die Bucht ergoß, lag ein sehr großes, plumpes Flußboot. Es war verblichen grün und schwer, aus dicken, schweren Holzplanken gebaut, voller Schrammen und Kratzer, abblätternd und verzogen; vertäut an einem Ring im Stamm einer Weide. Sehr armselig und verwahrlost. Ich steige in das schwappende Wasser im Boot. Dort im Wasser liegen verzogene, ungestrichene Ruder; ich hebe eines hoch und befinde traurig, daß sie zu groß sind, als daß ich damit rudern könnte, aber ich kann eines als Stange gebrauchen und damit auf dem schlammigen Grund des seichten Wassers staken. Dieses Boot hat einmal uns gehört. Ich band es los. Das Boot bewegt sich träge durch stinkendes Wasser. Mir war unbehaglich, dann bekam ich Angst. Dann war die Angst in mir gewaltig, und nur Faulheit und Selbstzweifel hielten mich davon ab aufzugeben ... Ich verstand, daß manche Männer früh am Ende sind. Wie S. L.

Im Lehm der Uferböschung, im gelben Mergel waren schmutzigrote und unscharf abgesetzte braune Streifen und Ovale. An hinfälligen, trauernden Weiden stakte ich vorbei, ein angespannter Abenteurer. Wo die Bucht sich zum Fluß hin weitet, herrscht nur wenig Strömung; eine Sandbank, Untiefen und eine Insel von Schilfgewächsen, gut hundert Meter vom Ufer entfernt, zügeln sie. Sanft gekräuselt strömt hier ein vernünftiger Fluß dahin – er ist nicht so, wie er mir später in New York vorschwebt, Jahre später, wo ich ihn in meiner trockenen Vorstellung prahlerisch als übles Gemisch von Flüssigkeiten und Spuren elektrischer Kräfte sehe. Ein echter Fluß folgt keinem ungewissen Lauf im Raum, sondern ist wirklich da.

Ich stakte hinaus in Gewässer, wo man auf echte Strömungen treffen konnte, aber auch auf stilles Wasser. Es sah still aus. Am Rand des Schilfs, das vielleicht fünf Meter in die Höhe ragte, band ich das Boot an einen zur Hälfte im Schlamm steckenden Stamm. Und ich stieg aus dem Boot ins schlammige Wasser; ich spüre, wie meine Unterschenkel naß und schmierig werden ... meine nackten Füße sinken in den Matsch auf dem Grund ... Süßwassermollusken schneiden mir in die Füße, und Flußkrebse kitzeln mich an den Knöcheln. Von meinen Füßen und Unterschenkeln scheint ein Gemurmel von Wahrnehmungen auszugehen. Meine Turnschuhe trage ich, an den Schnürsenkeln zusammengeknotet, um den Hals. Dies rasche Pulsieren von Angst und (im Wechsel damit und – vielleicht – obsiegend) von Tapferkeit oder Unvorsichtigkeit und die Frage, wie es sich denn nun anfühlt, zur Abwechslung wirklich einmal allein zu sein, welche innere Expansion da stattfindet – als ob das eigene Bewußtsein zu einer Mutter oder einem Bruder würde, der den Tag mit einem verbringt, alles mit einem zusammen unternimmt – denn um in diesem wackligen Zustand von Tapferkeit ohne Publikum allein zu sein, dazu war ich hergekommen, hatte aber von früheren Malen her nicht mehr gewußt, wie es in Wirklichkeit war ... Das Schilf überragte hoch meinen Kopf, und die Schlammflächen und das seichte, schleimige Flußwasser stanken. Offen gesagt, es war im Grunde schaurig. Wie ich schon sagte, war der Missouri damals nicht eingedämmt, ein gelöster, natürlicher Fluß, ein Naturereignis, seicht, schlampig, wild, naß und ausufernd, mit glatter Oberfläche und tückischen Strömungen, mächtig, unsicher.

Zwischen den Schilfpflanzen lag das Wasser still da, gekämmt und zu Glas geglättet. Ich watete ins Schilf, das den Blick vermauerte. Von den Pflanzen selbst gingen prickelnde Gerüche aus, wie auch vom Wasser, der stickigen Luft und vom Schlamm. Von mir ebenso; ich, der Bewegte, durch stehendes Wasser Watende, roch inzwischen auch, roch nach angespannten Nerven und Erhitzung, nach Trauer und nach dem Fluß. Mit Stille beschenkt, bewegt man sich geistig – und empfindet in dieser Ruhe, wie heiß es ist in diesem seltsamen Hain und wie eindeutig es dort stinkt. Der flimmernde, gashaltige Dunst, der zwischen den Schilfhalmen in den Schattenstreifen, dem Licht und Geruch aufstieg – und Stäbe und Kleckse von Licht und die dünnen Schatten und der Gestank, es war stickig ... die Insekten stachen. In gewisser Hinsicht war es, wie im Haus zu sein, in einem dachlosen Raum mit Schilfsäulen – oder in feuchten Korridoren zwischen Schilfmauern. Beim Gehen achtete ich wachsam auf Schlundlöcher und Schnappschildkröten. In der gestreiften Helligkeit waren die Nadeln hellbeleuchteter blonder Härchen und die präzisen Schatten, die sie warfen, von normaler Natürlichkeit, eine Botschaft für mich, einen hauchenden, schnaufenden Hunnen*: einen rohen Brocken Wahnsinn ... verschieden von demjenigen zu Hause: kein häuslicher Wahnsinn: mein Atem nimmt andere Wege; ich spüre die Rippen unter der Haut; wieviel Kraft – körperliche Kraft – ich habe, ist hier* ständig eine Frage auf Leben oder Tod, oder auf Leben oder Verletzung, und nicht wie zu Hause eine auf Höflichkeit oder Mord, oder worum es dort sonst gehen mag. Eine eigenständige Person zu sein ist eine rauhe Sache, und hier macht es richtig heiser. Nervös, wie Krähengekrächz, fühlt meine Identität sich an, ein Störenfried. Ich weiß nicht. Ich ließ mir die Idee durch den Kopf (und partiell durch Brust und Kehle) gehen, in den Fluß hinauszuschwimmen – bei einer Chance von fünfzig zu fünfzig, dabei zu ertrinken – «fünfzig zu fünfzig» war rein rhetorisch: ich wußte nicht, wie die Chancen standen. Nach ein paar Minuten spürte ich, wie mir der Mut verging – ich hatte mich daran gestört, daß mein Dad seinem Sterben nicht ganz und gar mutig entgegensah. Ich hatte vergessen, daß Mut das so an sich hat, daß er vergeht, daß er dazu neigt, sich zu erschöpfen: er verbrennt unter der Reibung der Momente und verlischt. Vielleicht begriff ich zum Teil ein wenig, auf welche Weise mein Vater lebensmüde, mutmüde geworden war. Was er gemeint hatte, wenn er sagte, er sei müde, was er gemeint hatte, wenn er sagte, meine Mutter – oder ich oder meine Schwester Nonie (seine leibliche, nicht adoptierte Tochter) – habe ihn verschlissen, zermalmt, seinen Mut erschöpft. Das alles hatte er gesagt, dies waren seine Worte. Das Schilf raschelte unter einem Windstoß. Manchmal benutzte er Wörter wie Mumm, Mut, Klasse, kämpferisches Herz, Kämpferherz (wie die Boxerherzen von Jack Dempsey oder Man o'War). Er sagte, sich bis zum äußersten anzutreiben und so weiter mache einem das Herz kaputt; tu das nicht, sagte er. Ich wollte nicht Selbstmord begehen, aber ich war es gewohnt, die Dinge dem Zufall, meiner dunkleren Natur – meinen vielen dunkleren Naturen – zu überlassen und abzuwarten, wie die Abstimmung ausfallen, was passieren würde. Ich wollte sterben ... aber vielleicht doch nicht so ganz.

Ich machte mich wieder tapfer. Daran, daß der Gestank gleichsam frischer und zu so etwas wie einem süßen Geruch wurde und dann überhaupt kein übler Geruch mehr war, sondern nur noch ein haftender, nasser Duft nach Fluß, und an einer Veränderung der Hitze, einer Verminderung, sowie an einem Geräusch, einem zunehmenden Dröhnen, erkannte ich, daß ich mich auf dieser Schilfinsel *einer Grenze der Abgeschiedenheit näherte und an den ungehemmten Fluß gelangte. Ich war nicht sicher, was vor mir lag. Ich hätte erwähnen sollen, daß ich vorgewarnt worden war, bevor ich aus dem raschelnden, unterbrochenen Kontinuum des Schilfs unmittelbar an den Rand eines grandiosen Kreises von ausgedehntem, dahineilendem, grauem Wasser geriet. Und von Himmel. Eine eigentümlich strahlende Szene, diese unermeßliche graue Pracht: etwas enorm Gewaltsames, eine enorme Arena von Wasser, überall nichts als eilendes Wasser und Spiegelungen ... gigantische Spiegelungen: an manchen Stellen eine gigantische Flußfläche, die sich riffelte und als Intarsien riesige Wolkenspiegelungen trug, die über das eilende Wasser zogen. Die Spiegelbilder verschoben sich in Schlieren.*

Beeindruckt und unschlüssig angesichts der natürlichen Herrlichkeit, ihrer Offenheit und Gefährlichkeit, ließ ich eine Hand in die lichtempfindliche, unbeständige, dahineilende Oberfläche hängen, wie um die nah-sinnliche Wahrnehmung wiederzufinden, aber ich spürte das Wasser sich bewegen und mich umhüllen, meine Finger, Handflächen, Handrücken und Handgelenke, spürte das gnadenlos Vergängliche – ein schweflig-lehmiger, unersättlicher Schlund – an meinen Händen oder in ihnen, meine Handgelenke wurden beinahe davon umklammert; ich spürte die Gestank verströmende, fließende und ungefällige, gleitende Geschmeidigkeit und erstickende Nässe des Wassers. Die Wirklichkeit umfing mich, zog mich dann in die Mitte des Flusses hinaus und dann, oh, hundert Meter in die Luft. Atmosphärisch empfand ich, wie, hm, verflucht unbarmherzig alles, die Luft, das Wasser, jeder Moment, ersetzt wird durch es selbst, durch es selbst einen Moment später; so daß im nächsten Moment noch alles da ist, jedoch nicht mehr dasselbe Alles ist; es ist irgendwie nur noch ungefähr dasselbe Alles, weil es einen Moment später geworden ist. Ist Ihnen schon einmal aufgefallen, daß wir andauernd einen anderen Moment haben? Die wunderbar wabernden Atome und Elektronen und jene mysteriöse andere Bewegung – oder ist es dieselbe? –, aber sie gleicht der aufblinkenden, abschweifenden Aufmerksamkeit ... in galoppierend fließenden Cantos, Stanzen: die Bewegtheit der Dinge. Man FÜHLT, wie die Luft auf den Lippen sich auf sich-selbst-vor-

ein-paar-Sekunden reimt. Der frühere Zustand hat sich verdünnisiert. Und dieser Moment, dieses J-e-t-z-t ist nicht klar umrissen, steht nicht still; ist kaum gelandet; ist nicht gelandet; er flattert; zwar ist er noch immer j-e-t-z-t, aber es ist ein verschiedenes Jetzt, leicht oder ungeheuer verschieden.

Ein vom Fluß mitgerissener Baumstamm trieb, quirlend und manchmal untertauchend, vollgesogen, noch mit ein paar Wurzeln und belaubten Ästen, zehn Meter von mir entfernt vorbei. Er hätte mir das Rückgrat gebrochen, wenn er mich getroffen hätte. Daher dachte ich darüber nach, wie doch alles darin untergeht, daß es ständig von neuem alles ist, und dennoch fortwährend daran zugrunde geht, daß es irgendwie eingebunden ist – ein mysteriöses Rückgrat aus quirlenden, körperlosen Wirbeln ... Ich sah Dinge an die Oberfläche kommen, nicht weit von dem hastig meine dünnen Beine streifenden Wasser, reale Dinge, aber ich fühlte, daß der Moment Dinge tat, und fühlte, daß die Momente in ihrer Masse ebenfalls Dinge in mir bewirkten, daß ich zu allem wurde oder unheimlicherweise die Stelle von allem einnahm, mit seinem Kommen und Gehen; und ich begann mich zu sträuben; ich verwandelte mich in gestaute Reservoire von bewegter Wachsamkeit, alles in seiner Bewegtheit beobachtend, strudelnd ohne Oberfläche, Grund und Ufer. Und die Reflektionen, die Reflexionen waren wie Uhren, waren Gezeiten unterworfen und ebenfalls gestaute, sich sträubende Reservoire ... Und auch was beobachtete, tickte und sich bewegte, trieb dahin und wurde getrieben, oder stand still, erblühte, starb und machte auf diese oder jene Art immer weiter.

Aber das zu tun war allzu hart – und zu unbescheiden. Statt dessen hatte ich das Gefühl, *die Zeit werde vom leise pumpenden Blasebalg meiner prallen Lunge festgehalten – und von meinem Haar, meinen Magenwänden und meinen Zehen im Schlamm unter Wasser. Doch ich existierte auch losgelöst davon, so daß ich ein Komitee von Zeiten, Uhrzeiten und Zeitlosigkeit bildete, in der Zeitmessung, wie sie die Schule lehrt, verankert oder nicht verankert, einen mit Rippen versehenen, atmenden Turm aus surrenden Uhren, mit surrenden Uhren als Augen und leiseren für die inneren Augen, und auch mit Uhren für meine Atmung und, auf andere Weise, für meine Erinnerung an das Atmen, wenn ich mich als den betrachtete, der einen Moment zuvor geatmet hatte. Und dann gab ich die Zeitlosigkeit auf; und das Leben kam mir wie der* EHRGEIZ *vor – ach, irgendwie dem Wesen der Zeit selbst mit ihrer feststehenden Richtung ähnlich –, in meiner gegenwärtigen Lebendigkeit als ein auf individuelle Weise chaotischer Geist anerkannt zu werden, der im universalen Ticktack und Tumult* ehrgeizig *weitersummt oder -pfeift. So daß ich – nun ja, gewissermaßen – ein Sack Zeit war, im Schritt gegabelt – der Sack bestand ebenfalls aus Zeit und dudelte vor sich hin, und der Verstand trudelte mit, als Mitglied eines Parlaments von Sichtigkeiten, allesamt durchrauscht von der Zeit.*

Ich spürte, vielleicht törichterweise, das Summen und Pfeifen auf und in meinen Lippen – Atemzüge, Atome – Atome? – und die Moleküle meines Atems, arm an Sauerstoff und voller Kohlenmonoxyd oder sonstwas – jedenfalls spürte ich, daß wir alle, ich, all meine Teil-Ichs und der Fluß mysteriöserweise, tickend und atmend, auf das Sein zu dahinflogen und zugleich in diesem blühenden Branden und unheimlichen Strömen begriffen waren.

Der Wunsch, die Welt fortzusetzen, der Wunsch, sie möge als eine Ich-bin-am-Leben-Realität an sich weiterbestehen, keine Spur, kein Jot oder Iota gesondert von dem, was sich nicht Ich nennen ließ (es gab keinen Ort außerhalb, von dem aus ich es hätte benennen können), hatte sich nun drastisch verändert – alles Wirkliche daran, das geschäftige Treiben, Wuseln, Ticken, Singen und Summen ... vor lastendem Ehrgeiz *– wie meine eigene atmende Kehle mit ihrem Ehrgeiz weiterzuatmen ... Oder wie jedes existierende Molekül, Atom oder Elektron ... Jedoch grundsätzlicher und singulärer und nicht wirklich so verschieden, wie Muskeln, Blut und Sehnen sich voneinander unterscheiden – und wie Luftröhre und Halswirbel, und Haare im Nacken von Haaren zwischen meinen Beinen. Ich hielt mich nicht für einen Propheten und meinte nicht, ich hätte eine Botschaft zu überbringen, oder vielmehr, ich fragte mich das schon, bezweifelte aber, daß es viele Leute kümmern würde, was ich geglaubt hatte und was hier geschehen war – ich bezweifelte, daß ich ein bedeu-*

tender Prophet war ... ich konnte nicht glauben, daß dies ein historischer Moment war.

Ich dachte allerdings anspruchsvoll: Na, dann versuch doch, bedeutend zu werden, Wiley. *Daran, daß die Zeit überall war, kam mir am merkwürdigsten vor, daß Gott, falls die Zeit überall war, falls sie universal war, eine Biographie und eine Geschichte hätte, ob ich das begreifen konnte oder nicht.*

Ich fühlte, wie ein Leuchten sich in mir ausbreitete, das, populär ausgedrückt, einem nur mäßig erfolgreichen Orgasmus beim Masturbieren gleichkam, jedoch nicht dem Versuch entsprang, an derlei zu denken, sondern einen Sinn von der früher erwähnten Art hatte, mehr einen erahnten als einen formulierten Sinn. Diese Ahnung eines Sinnes der rastlosen, gehetzten Welt, diese Ahnung einer MIR zugänglichen Ahnung lokalisierte ich sodann (ein bestimmtes, aktuell aufleuchtendes Bild davon) in meinem Hals, der maßvoll verkrampft war von seinen vielfältigen Mühen, den Schädel zu stützen sowie durch Biegen und Drehen Augen und Ohren in Zielposition zu bringen, während er sich zugleich damit abquälte, bei dieser Hitze Blut und Luft zu transportieren. Ein Hals. Ein Hals. Dann verblaßte dies zu einer Meute von Uhren , *die einander anstarren, überlappen, verzerren und ein grandioses Charivari veranstalten. Es ist sehr musikähnlich. In mir brüllt etwas: GOTT, WAS SOLL ICH DAGEGEN TUN? Mir wurde nicht gesagt, was ich dagegen tun sollte. Ich dachte,* Na schön, schieb's dir in den Arsch, Wiley ... *Ich wartete, ohne viel Hoffnung; aber nichts wurde mir aufgetragen. Schüchtern prophetisch – da mir keine Aufgabe erteilt wurde – trug ich mir selbst auf,* Abstand zu nehmen, mich zu beruhigen, zusammenzunehmen: *es würde zuviel Mühe, zuviel Ärger machen, wenn ich dasjenige, was ich meinte, verteidigte oder glaubte – wenn ich Anspruch auf Sinn erhöbe. Doch es schien mir, als sähe ich in den Schatten auf dem Wasser, in denjenigen in der Tiefe und den von den Wellen geworfenen, einen Punkt oder ein Ei, eine Art Spiegelding, an das ich gleichwohl glaubte und an dem ich als Glaubensgegenstand festhalten würde. Man hatte zu mir gesagt:* Glaub dir bloß nie etwas, Wiley.

In dem Nirgendwo in meinem Kopf – diesem unkontinuierlichen Überall – dieses Nirgendwo-und-doch-da in meinem Kopf behauptete stur, ein Ort außerhalb der Zeit zu sein – doch nun herrschte darin der Glauben, dasjenige, was in Wahrheit dort draußen sei, sei ein papierartiges, raschelndes und knitterndes JETZT, sowohl unentschlossen, was sein Eintreffen anging, als auch sich – wie ständig zu beobachten sei – davon entfernend, so daß der alte Moment und der neue Moment gemeinsam, nicht durch Aufeinanderfolgen, sondern durch exzentrische oder synkopische Überlappung die komplexe Gestalt des J-E-T-Z-T bildeten; und dies sei auch in mir so, gelte für meine Gedanken und Ideen. Dies glaubte ich wirklich – doch nicht alle Teile von mir glaubten es – mein Verstand, ausgerechnet mein Verstand, bestand darauf, er sei von dieser Bewegung ausgenommen.

Nun, ich hatte noch immer die Hand im Wasser, und dann legte ich den Kopf zurück und setzte die Augen geöffnet der Luft aus – als wartete ich auf ein Zeichen, wissen Sie? –, doch daß meine Hand vom Wasser berührt wurde, berührte mich in flackernden Abständen: und dann war ich wieder weit, weit oben; und mir schien, daß sich Momente nicht ganz so wie Körper bewegen; sondern geisterhaft; jedenfalls versäumen sie es, an einer Stelle zu verweilen, obwohl sie sich mit fast erkennbarer Höflichkeit so zu präsentieren scheinen, als verweilten sie doch.

Aber sie sind ohne Dach und ohne Boden, selbst wenn sie starr (oder statisch) präsent sind. Bitte-vergib-mir, flüsterte die Luft ... Und jener vom normalen Verstand abgeschnittene Teil des Verstands, der Teil des Verstands, der dies dachte, sagte Bitte vergib mir zu dem anderen Teil, der dies nicht dachte und nie die göttlich instabile – und wilde, verschlingende – und illusionäre Unberührtheit-von-anderer-Bewegung in der Bewegung der Momente akzeptierte.

Traumhaft! Traumhaft! Die nähere und die fernere Atmosphäre zu ahnen und eine weitere Sphäre, die einer Idee, und dazu der Himmel, der irgendwie erzittert und zurückweicht (wenn man ihn anschaut), die getrennten Stücke des leise verströmenden Überalls in seinem unermüdlichen Blühen. Dies ließ mich schrumpfen: irr, irrig, irremachend, diese NATUR – und die Zeit darin ... Na wenn *schon ... Mir schwirrte der Kopf: ich beschäftigte mich in der Schule mit Vergil und Horaz, und in Geschichte mit Abraham (Abe) Lincoln, ich hatte die Fächer Physik, Geometrie und Englisch; und im Englischunterricht ging es um Thomas Hardy und George Eliot und um Schicksalsvorstellungen im ländlichen England. Eigentlich beschäftigte ich mich mit dem, wovon die Lehrer behaupteten, jene Schriftsteller würden behaupten, sie hätten es gesehen ... Ich machte mir klar, daß ich keine Vision erlebte. Ich versuchte vielmehr, mich einer Schar von Leuten anzuschließen, die keine toten Väter hatten und Meinungen über die ländliche Welt vertraten.*

Ich nahm das Rauschen und Brausen in Ohren und Beinen wahr, in Lippen und Lungen, ich nahm es in meinen Gewißheiten und meiner Trauer, in meinen Irrtümern wahr ... überall das Rauschen der Zeit.

In, über und unter dem zitternden Fluß, um ihn herum – und in meinem blinzelnd träumenden Kopf – reale Zeit; und ich, ich bestehe aus Zeit. Ich lege mir Unmittelbarkeit zu; ich nehme die Hand aus dem Wasser; ich höre die Stimmen meiner Mutter, meiner Schwester und meines Vaters: Du bist närrisch. Du klingst wie ein Narr. Du warst schon immer ein Narr ... Ich habe keine Zeit für deine verrückten Ideen ... *In unterschiedlichem Ton sagen sie und sage ich:* Laß mich in Ruhe.

Ich sage es laut zum Himmel ... Ich sage laut: Laß mich in Ruhe. Ich glaub es nicht ... Ich glaub nicht, daß es so einfach ist ...

Ich weiß nicht, ob ich es glaube oder nicht ... Ich will nicht mehr darüber nachdenken. *Auf unbegreifliche Weise verbundene (nicht Ende-an-Ende, sondern sich überlappend), unaufhaltsame Momente – nie eine Lücke, nie Stillstand –, eine Welt von solcher Rastlosigkeit, daß sich dadurch alles erklärt – aber wenn es ALLES erklärt, was taugt es dann?*

Mal langsam. Wo ist denn da die große Idee? Daß ich nicht lache.

Das schaudernde Plenum, habe ich recht? Hör nicht auf dich. Bleib bei Sinnen.

Es kann kein Nichts geben, in dem sich alles brausend bewegt, oder? Ich halte es für möglich, daß GOTT sich – von der Geburt des Bewußtseins an – niemals daraus zurückzieht, daß er umgeben, umflutet ist vom rastlosen Ehrgeiz aller Dinge, von dem ganzen johlenden, grölenden, buhenden, pfeifenden, schmetternden Tyrannengesindel.

In diesem Moment war es, als werde man gesprengt, jedoch nicht getötet, vielmehr teilweise erklärt und von etwas Leuchtendem erfüllt. Aber der Moment scheint schicksalhaft zu sein.

Schräg dringen bündelweise sich drehende, vielfarbige Strahlen von Sonnenlicht – glanzlos, schief – durch erleuchtete Löcher in der Wolkendecke und berühren die graue, von der Strömung gekitzelte Wasserfläche. Unheimliche Vogelschatten streifen die hell-schattige, geschmolzene Haut der Strömungen. Geschmeidig und lautlos gleiten die Schatten über die sichtbaren Muster der Wasserbewegungen. Vögel, ein Wasserfalke – ein Seeadler vielleicht – und drei Fischkrähen – Vogelaugen, Vogelfedern, was auch immer – gellend und jäh – ihre Spiegelbilder sind zu entziffern, sind kenntlich als die einer einzigen Spezies. Von Verlangen getrieben, von Gewohnheit gesteuert und unter der herrlichen, absurden Tyrannei von beidem ziehen sie über den Himmel, erscheinen, verschwinden und erscheinen dann wieder. Nie sind sie mehr als teilweise zu sehen. Aber ihre Spiegelbilder sind zu entziffern.

HELFT MIR.

Die unheimliche Wahrheit und der einseitige Gesang besagen, daß die derben Außenschalen der Welt sich verdrehen, aufleuchten und sich verdunkeln und daß ich an nichts glaube, nicht an sie, nicht an mich. Zur Zeit nur an den Tod und an das Jungsein. Im wechselnden Licht verschieben sich unbeschlossene Wahrheiten in mir. Atemzüge nehmen im Wogen der Minuten etwas von Küssen an … Es ist in Ordnung, nicht recht zu haben. Es gehört so zu mir, wie die Form oder die Bewegungen von Flügeln zu einer Familie von Vögeln gehört. Es hat etwas Lidschlaghaftes, wenn man blinzelnd und denkend mitten in einem stinkenden Fluß steht. Ein Beweis sähe anders aus.

Licht und Wolken und die Schatten auf dem Wasser, die Vögel hoch oben, ihre Schreie und flitzenden Spiegelbilder, der Junge, das Schilf, das Ufer, die Wahrheit, der Irrtum – all dies existiert hier im flügelreichen Flattern und Schnattern des Moments. Er fliegt ins Nirgendwo. Unbewegt bewegt er sich auf das Nichtsein zu – auf Zeitpunkte, in denen ich still stehe wie eine Grammophonnadel und die Abweichungen registriere, aus denen die Argumentationsrichtung entsteht, die das Gedankenlicht in mir nimmt. Erinnerung wird daraus – Nützliches – eine Fahne, ein wolkiger Gedanke. Ich stehe in der widerstrebend fließenden Fäulnis des Flusses. Ich denke (oder fühle) dieses Zeug Monate, bevor ich bereit bin, mit Remsen (einem Schulfreund, der mich manchmal lutscht) darüber zu disputieren, und Jahre, Jahrzehnte, bevor ich bereit sein werde, darüber zu schreiben. Wahnbilder Gottes, Einbildungen – Halluzinationen – Verwirrung angesichts von Wirrem. Ich werde zu Remsen sagen: Ich bin nicht tapfer genug für den Wahnsinn.

Noch wissen wir zuwenig über die Welt, um Abschließendes über sie auszusagen.

Ich werde zu Remsen sagen: Um dogmatisch zu werden, wissen wir zuwenig, du Arschloch ...

Aber das liegt in der Zukunft ...

Mit dem Gefühl, nicht in Bewegung zu sein als Beweis geistiger Gesundheit in einer eigenartig pünktlich verlaufenden Welt, die in jedem Moment rundum aufgefrischt wird – mit diesem Gefühl habe ich zuvor nicht gelebt. Nur weil man weiß, welche Lügen funktionieren, besitzt man noch nicht unbedingt Realitätssinn. Jedoch zu wissen, daß alle Ideen von Zeitlosigkeit nicht funktionieren, soweit man sieht, daß man jedoch in Wirklichkeit gleichwohl mit ihnen arbeiten muß – das ist nun wirklich eine Form von Glauben, ein listiger vielleicht.

Besitzt ein Moment bewegliche Grenzen? Ein realer Moment? Das köstliche Flattern des Gegenwärtigen ... des Realen ... Das ist real, was da vor mir ausgebreitet liegt ... Die Gegenwart ist der Ort, wo ich lebe ... der einzige Ort, wo Leben ist ...

In der Hoffnung, der gebremsten geistigen Raserei einen bescheidenen Sinn aufzudrücken, holte ich, äh, meinen Pimmel raus. Jedesmal, wenn ich pinkelte, wurde ich an die Realität erinnert. Doch in diesem Zustand – in der Einsamkeit – hinter einem Paravent aus Schilf – konnte ich, als das Ding sich abrupt aufrichtete ... konnte ich, der ich mit Emotionen – mit abscheulicher Freude über einen Gedanken und noch abscheulicherer Angst davor – geschlagen war und zugleich auf banale Vernunft und auf Frieden hoffte, gar nicht anders, als zu wichsen. Es war phantastisch eigensinnig, dieses Gepumpe in der Flußlandschaft ... Mitsamt Durchblutung, Atmung und Haltung davon in Anspruch genommen, zurückgelegten Kopfes, empfand der Junge am Fluß den sexuellen Vorgang als pure Zeit. Manche Typen, die ich kenne, interessieren sich nur für zielstrebige Bewegungen, für Höhepunkte ... Nur Höhepunkte zählen.

Im widerlich seelenruhigen (muh-kuhigen) Danach sahen die Grautöne der Muskeln des Wassers in der dunstigen Luft matt weißlich – fast wie Sperma – aus. Brauntöne in der Luft und aufflakkernde blaue Stellen. Die bewegte Realität, begreife ich, ist natürlich die einzige moralische Wirklichkeit. Die einzige, die existiert ... Gegen unseren Willen. Diese einzige hier, in der Schönheit zu finden ist ... der existierende Moment. Doch vielleicht kommt dieser Realität über das naturwissenschaftlich Wahre hinaus keine Wahrheit zu.

Als ich mich nach den unbefriedigenden masturbatorischen Übungen im stinkenden Wasser säubere, fühle ich, daß sich Dämonen in mir regen: meine Angst vor dem Alleinsein hat eine neue Form angenommen.

Da trieb die Furcht vor der Kraft des Wassers und davor, in der nassen Strömung den Grund unter den Füßen zu verlieren, mich dazu, unter nervösem Händegefuchtel zur Sandbank in der Mitte der Schilfinsel zurückzugehen ... Im Schlamm wankend, zog ich das nasse Hemd und die nasse Hose aus; ich wand mir die Sachen um den Hals, und nackt watete ich ein Stück, schwamm ich ein Stück durch das halbtiefe Wasser und versuchte, meiner Feigheit Herr zu werden. Meiner Nerven.

Doch als ich mit meinen naß um den Hals geknoteten Kleidern und Schuhen zu schwimmen begann, geriet ich wirklich in Panik. Ich konnte den Schlamm auf dem Grund mit den Händen erreichen oder, wenn ich kraulte wie ein Hund, gegen ihn treten, aber das ängstigte mich nur noch mehr. Ich steckte bis zum Hals in schlammigem Wasser.

Rasch und, wie ich annehme, verächtlich, stand ich auf; und die Luft auf meinem schlammnassen, mageren Leib entmannte mich noch nachhaltiger; meine Angst wurde unbeherrschbar. Stolpernd ging ich durchs Schilf zurück zur anderen, dem Flußufer zugewandten Seite. Die heftige, bebende Angst machte mich fertig, und das Stinken des Flusses vereitelte irgendwie alles Denken. Feige und gehetzt, in kopflastig rastloser Panik, sagte ich laut zu mir: Du weißt doch, dein Herz weiß, daß alles nur Bewegung ist, ausnahmslos. Du hast es schon immer gewußt. Zeitlosigkeit gibt es nicht.

Die Angst bei dem Versuch zu schwimmen, die Banalität der Ejakulation, der Umstand, daß ich nun nackt und verängstigt bin, machen ihn unbedeutend – den Gedanken – und mich dazu. Doch wie um mir eins auszuwischen, verweist auf dieser Seite des Schilfs das Gefühl, umschlossen zu sein, auf die über mir gähnende Atmosphäre – und wieder spüre ich die Bewegtheit, unverdünnt, allgegenwärtig.

«Sei still, sei still, sei still», *sage ich laut.* «SEI JETZT STILL!»

Der feige Junge im Schilf wünschte sich gute Ideen, Ideen, die ihn berühmt machen würden. Dies hier schien keine solche Idee zu sein ... Sondern einfach nur wahr. Dennoch sagte er laut: «Hm, ich weiß nicht ...» *Dann:* «Also, behalt's für dich. Spiel nicht den Märtyrer ...»

Wenn die Zeit alles ist, dann ist alles weder geometrisch noch symmetrisch. Es wäre mir recht, wenn ich da lügen würde. In diesem System trifft der Tod jeweils einen Menschen zur Zeit. Alle verschwinden wir, aber jeder stirbt einzeln. Tod und Zeit reduzieren einen nicht auf Abstraktionen ... Ins Leben und Bewußtsein hinein und wieder hinaus – um es einmal persönlich zu betrachten, die

Ausrichtung der Dinge persönlich zu betrachten – vielleicht wurden wir – und alles übrige – nach dem Modell der Bewegung geschaffen – wie das reale Licht jeglicher Art ... Vielleicht wollte die Bibel ja das sagen, wurde jedoch kleinmütig umgeschrieben.

Ich denke mir Menschen als Garben und Sträuße von Geschwindigkeiten; und dann versuche ich, den Gedanken zurückzunehmen, aber das Einleuchtende daran bleibt haften. Und wenn jedes Ding der Welt eine Hypothese zur Geschwindigkeit wäre – die Manifestation einer Hypothese in einer realen Kette je gegenwärtiger Momente? Eine Person ist ein Treffpunkt verschiedener Arten von Geschwindigkeit und besitzt eine Gesamtgeschwindigkeit, während die Geschwindigkeiten der kleineren Teile als Unterströmungen und in Verästelungen fortbestehen, Magnetismen und Kollisionen erzeugen – Seufzen und Glanz oder Stumpfheit. Es liegt ein Moment von frei zugänglicher Willensfreiheit im Allumfassenden der Zeit.

Nein. Das kann es noch nicht sein. Das sind bloß Worte. Dauer: schön und gut. Seit der Schöpfung bis heute lautet die Parole: Versuch's noch mal. Beharrliches Modifizieren. Daß dies geleugnet wird, könnte den hochnäsigen Grund allen Lügens und die wichtigste Freude am Leben ausmachen – ich will es nicht noch mal versuchen. Hochnäsig sein heißt ehrenwert sein ... Die bittere Quelle von Gewalt ist abgestandener Hochmut.

Es kommt mir so vor, als würde sogar das Lächeln Gottes geleugnet, wenn man sagt, Gott ändert sich nicht. Doch es scheint so, als werde damit alles Vernünftige geleugnet. Ich bin der Bruder von allem in der Welt, in dem Sinn, daß ich, nun ja, ein gepeinigtes Kind bin, neben anderen und auch in einer Geschwisterreihe mit ein paar anderen ... Das Argument lautet, Unvollkommenheit ist großartig ... Ganz großartig. Aber wie kann das sein?

Es bringt einen unheimlichen Frieden, daß ich, wenn man mal vergleicht, doch gar nicht so schlecht bin in einer bislang unabgeschlossenen Welt nicht-endgültiger Erfahrungen und nicht-endgültiger Propheten. Aber das ist nicht demütig von mir ... Demütig ist zu sagen, alles sei vorbei ...

Sei demütig, Wiley ...

Demütig? Ich BIN demütig. Na und?

Dennoch glaube ich, daß die Welt wohl eher kein Chaos ist, sondern in Bewegung.

Als Kind, das sich in einer Kammer versteckte, hörte ich das Haus sich bewegen, hörte die Momente kommen und gehen, hörte ferne Schritte ... Menschen sind so verflucht leicht erregbar, daß sie, wenn sie nicht für die gesamte Welt sprechen können, Wutanfälle kriegen und sagen, sie würden lieber in der Hölle leben. Lieber würden sie in der Hölle leben, als klar zu denken, sagte mein Dad immer. Er sagte auch, klares Denken führe in die Hölle.

Manche Leute meinen, je mehr Macht man habe, desto mehr Wahrheit stecke in einem. Na schön. Animalisch gesehen leuchtet das ein.

Warum soll ich mir denn nicht glauben?

Wag es bloß nicht, Wiley. Tu es nicht. Laß es bleiben. Sei gescheit. Ich bin hierhergekommen, um über den Tod nachzudenken – wahrscheinlich sollte ich das auch tun ...

Der gute, alte Tod, ordinär und universal – dein ANFÄNGER-HANDBUCH zum Thema Endungen trüge den Titel TOD – TODE – oder so ähnlich ... Der reale TOD aber wird darin mit einem roten Sternchen versehen, das Endungen kennzeichnet, die Wiederkehr ausschließen ... was nicht heißt, daß es keine Metamorphosen oder Überführungen gibt ... Oh, welch KOLOSSALE Einsamkeit und Furcht, wie traurig unergründlich. Jeder von uns wird auf ihm eigene Weise sterben ... Den Tod erfährt man als einzelner – er ist NUR ZU ERFAHREN als der einer Person ... für jeden von uns. All unsere Gegebenheiten rühren daher. Er ist in solchem Maße nicht allgemein, obwohl Tausende zur gleichen Zeit sterben, daß man über ihn als allgemeine Sache eben nichts in Erfahrung bringen kann; das ist die wichtigste und kaum beachtete moralische Tatsache an ihm; und die vielleicht wichtigste Erklärung dafür, daß Generalisierungen so anziehend wirken, denn mit ihnen schiebt man die einzigartige Besonderheit des eigenen Tods im Kreis herum vor sich her, so daß man sie als Theorie empfindet und nicht als den Pfiff, das Flüstern – auch den Kuß –, nicht als die Schubkraft und Unvermeidlichkeit der eigenen Lebensminuten.

Von allen Eigenschaften der Zeit, ihrem klaffenden Mund, ihren Rändern, ihren Klippen, ist DER TOD ... DER TOD ist das erste, was man nicht durchlebt. Es ist nicht möglich, in ihm oder an seinem Rand zu irgend etwas ja zu sagen und dann im weiteren Lauf der Momente wirklich daran gebunden zu sein ... jedenfalls nicht, ein Ja zu sagen, das nach menschlichem Verständnis von Präsenz etwas bedeutet.

Sich seiner Abwesenheit unter den Dingen zu nähern ist etwas anderes, als auf ein Blinkzeichen hin irgendwo einzutreten – es ist ein wirklich einsamer Vorgang. Man teilt ihn mit keinem. Es ist die äußerste Einsamkeit – man selbst von allem getrennt, in die Erde eingehend, während die Welt weiter ihre Spiele spielt.

Vielleicht gleicht er einer sich allmählich bildenden Taucherglocke des Abschieds. Wirklich, welch unübertreffliche Disziplin im Entschwinden! Schmerz und Wahnsinn haben einen hineingetrieben. Welch eine Korrektur des Versagens, jeglichen versagenden Realitätsgefühls. Wirklich, wie gerecht. Ich nahm an, es sei Gerechtigkeit in Anbetracht einer Welt, die ein wirres Gewitter von Bewegungen ist.

Dadurch daß der Tod für jeden Menschen einzigartig ist, gibt er nach meinem Gefühl jemandem, der stirbt, endgültig die Erlaubnis, sich jene erschreckende, atemberaubende Originalität anzumaßen und zuzugeben, wie einzigartig er als Geschöpf von Bewußtsein ist. Damit sind alle Verallgemeinerungen korrigiert, mittels derer man den Tod meiden will – indem man, falsch verallgemeinernd, alles und jedes zu kennen vorgibt. Gleichgültig, was einer zuvor war, der Tod macht ihn zum Genie. Ich wette, wir sterben als isoliertes, semilichtloses Genie, jeder einzelne von uns. Es geschieht mit jedem, und manche können es ertragen – das ist Mut – und manche nicht: das ist beängstigend ... Na und, was soll's? Es ist ein universales Ereignis, das früher oder später eintritt, jedoch (bislang) nicht simultan, sondern für jeden von uns als singuläre, nicht übertragbare Sache, in wie heftiges Leugnen wir uns auch flüchten mögen, um dies nicht zu denken, und wie simultan-universal sie auch irgendwann einmal in Erscheinung treten mag.

Wie viele Momente einem zufallen, ist unterschiedlich, aber von Bedeutung.

Ich bezweifle, daß Menschen leicht von Gedanken an den Tod (als dem Begriff für eine Universalie) zu dem wechseln können, was der Tod in ihnen ist, in jedem Menschen, in der einzig wirklichen Form, die er besitzt. Der Schmerz darüber, daß es den Tod gibt, hebt nicht sämtliche hübschen Wahrheiten auf. Ich stehe nackt im Fluß. DER TOD war immer da, und trotzdem hatten wir hübsche Wahrheiten. Glaube ich, was ich da sage? In realen Momenten ist Bewußtsein etwas partiell Gegenseitiges, also hört das auf, wenn man stirbt. Jeder Bestandteil deines Bewußtseins ist dir als Mensch eigentümlich, ist einzigartig und vielleicht klar ... Na und? Klarheit wäre beim Sterben vielleicht nicht so toll. Niemand, scheint mir, kann den Tod aufrichtig *als Abstraktum denken oder so, wie er im Falle eines anderen ist: im Falle eines anderen kann man nur bis zum Rand des Todes stolpern, und dann läßt einen die dahineilende oder dahinkriechende Zeit mitten in dem einzigartigen, einem selbst innewohnenden Tod stranden ... Man kann nichts anderes sehen als das.*

Hilflos sagt der Junge, so daß er es selbst kaum versteht – und wiederholt es dann deutlich Silbe für Silbe –: Die Leute können lügen, soviel sie wollen, aber ich bin mir nicht so sicher, ob es nicht doch Gerechtigkeit gibt.

Was ich über den realen Tod weiß (weil ich ihn beobachtet, ihn zugefügt habe, Körpern aus Fleisch und Blut oder Pflanzen), hat etwas (einen Anflug, eine Qualität, den Vorzug) von (dummer) MÄNNLICHER PROFESSIONALITÄT (in Kriegszeiten). In einem realen Moment hat der Tod das große Gewicht eines archaischen Ernstfalls. Die beiden menschlichen Fähigkeiten, die in gewisser Weise bedingungslos gegeben sind, bedingungslos für das Bewußtsein, sind Gebären und Töten. Vom Gesichtspunkt einer Frau aus. Bumsen und Töten, müßte das dann vom Gesichtspunkt eines Mannes aus heißen.

Mal richtig lachen, ein bißchen Zärtlichkeit und Freundlichkeit, das ist wie lauter kleine Spatzen: alles kann sie verscheuchen, *sagte S. L.* Aber Bumsen und Töten: das tun doch sogar die Blätter – *mit Hilfe des Windes, bestimmter Wachstumsgesetze und des Sonnenstands.*

Dann versuche ich, dümmlich ernsthaft oder spatzenhaft und mutwillig, gemäß konventionellen, allgemeinen Mustern zu denken: Der Tod ist derjenige reale Fall, an dem die Phantasie Anstoß nimmt.

Partikel müssen sich bewegen und bis in ihre kleinsten Bestandteile hinein aus Zeit sein, sonst können sie nicht als besondere, von anderen getrennte existieren, als welche sie natürlich durchaus existieren, jedenfalls für gewisse Zeit unter gewissen Umständen, soviel ich weiß. Dieser Zweig der Wissenschaft ist überhaupt nicht populär...

Eine unbewegte Masse gibt es nicht, soweit wir bislang wissen. Gäbe es sie und wäre sie nicht datiert, dann ginge das in Ordnung; wäre sie jedoch datiert, dann hätte sie eine Richtung, und eine Richtung, selbst wenn sie wechselt, ist eine Identität (mit einer Grenze).

Und wenn schon.

Ich versuche, vernünftig zu sein: Da gebe ich groß an, während ich still im Fluß stehe; Vögel und ferne Beobachter halten mich für einen nackten Pfahl im Fluß. Oder für einen riesigen Silberreiher. Oder für einen hochkant im Schlamm steckenden Stamm. Wenn ich mich aber bewege, können sie besser erraten, was ich bin, ein magerer Junge, der in einem Fluß umherwatet. Meine Augen bewegen sich. Mein Brustkorb bewegt sich vage mit meiner Atmung. Ich bewege mich sacht in vage Aufmerksamkeit hinein und wieder aus ihr hinaus. Und ich ziehe unter Schwierigkeiten und akrobatischen Verrenkungen das nasse Hemd und die nasse Hose an, wobei ich fast ins Wasser falle. Ich plansche umher, um das Gleichgewicht zu halten, wenn ich im Schlamm ausrutsche. Oder zur Seite glitsche. Ich bin vor Nervosität schmerzhaft gebläht ... Das kommt vom Versuch zu denken ... Ich bin froh, daß ich nicht ständig zu denken versuche. Denken bedeutet, zusehens überwach zu werden. Ich habe eine vage, zitternde Ahnung, daß meine erste Mutter, meine leibliche Mutter, die Gottheit *Das nichts Auslassende* nannte.

Ich kann unmöglich originell sein. Die Welt, die Welten, die Schatten im Wasser, ich und Liebe und Krieg, Tod und Mord, ich und Tage, ich und heilige und unheilige Dinge. Ich und Fakten. Ein kitzelnder Strudel (vielleicht wie Möse, Klitoris und Beine eines Mädchens) berührte taktlos meine nasse Körpermitte ... Mein Vater, der so seine eigenen Vorstellungen hatte, sagte einmal, als er unter Drogen stand, das sei alles Mist – alles will dich besitzen. Und ich fühle mich wie im klaffenden Mund eines Moments auf seinem gewaltigen, befreienden Flug. Ich fürchte mich vor allen möglichen Folgen ...

ACH DU – DU bist ja ein Phänomen – du bist ein Genie ... NUR GLAUBE ICH DAS NICHT ... Hier macht sich einer lächerlich. Daddy sagte das ... Daddy sagte, ich bliebe mir zu ähnlich, um interessant zu sein. Er sagte: *Sei nicht so langweilig ... Verschluck doch nicht deine eigenen Knaller – spuck sie aus ... Spuck aus, was du nicht kauen kannst. Red nicht nur so daher, damit du deine Stimme hörst ... Lern, glücklich zu sein: sei ein glücklicher Gentleman* ... Daddy sagte das.

In der Gegenwart, in den grandiosen, zugigen Korridoren des Wirklichen, in der nassen, zeithaltigen Realität des unsteten Flusses und meiner Person, mit dem trockenen, doch dunstig-wolkenbeladenen Himmel über mir, fühle ich mich wahrhaft, schuldhaft, als ein vor Irrtum und törichtem Bewußtsein glühender Junge – ständig in Metamorphose begriffen – von stumpfer Amnesie befallen.

Was habe ich da gerade noch gedacht? Wiederhol das mal … Kann ich nicht …

Denken hat viel vom ungläubigen Faschismus der Träume.

Eines Tages werde ich rekonstruieren, was ich im Fluß gedacht habe, dachte ich damals. Vorerst harre ich pflichtschuldig aus bis zur nächsten flüchtigen Chance, einen flatternd gegenwärtigen Moment wahrzunehmen, wohl wissend, daß damit ein Bogen beginnt, in dessen Verlauf ich die Diskussion vorläufig aufgebe.

Ich gehe von Moment zu Moment, der Liebe wegen – zu Menschen und zu dieser Welt – und aus Furcht vor dem entsetzlichen Gefühl von Einzigartigkeit, das (ich wette darauf) die Menschen haben und das ich haben werde, wenn ich sterbe. Wenn ich diese Welt verlasse. Sicher, der Tod ist attraktiv: willst du ein *Genie* sein – dann stirb einfach … In dem von Lidschlägen zerfurchten Kontinuum meines Lebens gehe ich über UND JETZT nach UND DANN.

Daddy sagte, er wolle sterben … Er sagte, es sei für ihn Zeit, vom Topf runterzugehen und jemand anders die Welt mit Scheiße eindecken zu lassen. Was hieß, es sei nun an der Zeit, daß andere darüber nachdächten, wie weitgehend das Leben Scheiße ist – und daß ein Mensch eine Häckselmaschine ist, die morgenweise Mais und Gärten voller Äpfel in Kothaufen verwandelt … in Scheiße. Er glaubte, intelligente, gutartige Menschen hätten alle die gleichen Gedanken – und sollten sie auch haben. Ich fürchte mich jedoch davor, daß ich seine Gedanken in mir haben könnte …

Bei plötzlich verblassendem Licht wird mein Blick von einem ovalen Fleck Dunkelheit auf dem Wasser und etwas Eiförmigem, Dunklem angezogen, das in der Luft schwebt, ein durchbrochenes

Schattending – westlich von mir – und es kommt näher – und ist dann da, ein ungleichmäßiger, kurzer Regenschauer, ein zartes Plitschplatsch auf dem Wasser in diffus fast-lichtloser Atmosphäre ... Abreißende Ketten von Regentropfen bewegen sich schräg auf und ab und treiben mit dem Wasser wie ein Wagen in einem Umzug, ziehen jedoch zugleich in jene andere Richtung, das heißt, auf meinen Tod zu ... fein federnder, wandernder Regen – fein nieselnder, in so viele Richtungen strebender Regen.

Hilf mir ...

Ich fühle mich leerer und noch mehr verängstigt von der Unmittelbarkeit dieses Regens als einen Moment zuvor beim Schwimmen. Und es wird noch schlimmer in der trocknenden Luft, während die Regenstriche, allenfalls tausend Meter entfernt, noch zu riechen und zu sehen sind. Und auf manchen Wasserwirbeln, auf die es schon nicht mehr regnet, foltern Perlen blendenden Lichts mich mit Warnungen vor dem Nahen eines Anfalls dessen, was das Gegenteil von Verzweiflung ist. Ich habe das verschwitzte Gefühl von Wahrheit ... Ich habe einen verschwitzten Körper und einen Körper aus Licht. Ich stand im Gleich-nach-dem-Regen-Licht. Im Danach und im Hier. Die Teile von mir, die ich wahrnehme, sind bewegte Wolken von Materie, verschwistert und verschwägert miteinander, mit dem Licht und mit dem Wasser. Was ich fühle, gilt nur für jetzt ... ich verspreche, mir nicht zu glauben ... Ich schwöre bei meinem Leben und meinem Tod – bei der Einzigartigkeit meines Todes –, daß ich nicht glaube, ich würde die Wahrheit kennen. Ich schwitze vor nervöser Trauer und aus Furcht, ich könnte ein wenig von der Wahrheit wissen, genug, um mir das Leben zu verhunzen, ganz zu schweigen vom nächsten Schritt IN DER SCHÖNHEIT des Fließens, das unerklärlicherweise nur eine Richtung kennt, auf meinen Tod zu, auf den Tod von allem zu, und das mein Schicksal ist, mein Territorium, mein Garten, meine Grenze. Ich spüre Nerven am Boden meines Beckens, in meinen nun bebenden Schenkeln, in meiner verstopften Nase, in meinen Lippen.

BLEIB HART, DU MATSCHKOPF. GLAUB AN WAS ANDERES ...

Mein eckiger Kopf . . . Mein Vater sagte: Ich weiß, was du für einer bist, Charlie, ich brauch dich nur anzuschauen: du bist ein richtiger Neunmalschlau, Wiley-Kindchen.

Ich habe keine Ahnung, was er wirklich sah, wenn er mich anschaute, als ich noch klein war; oder in der mittleren oder der letzten Zeit. He, Neunmalschlau, *sagte Daddy*, sag mal, gibt's eigentlich noch mehr von deiner Sorte, da wo du herkommst . . . An dir allein hat man schon genug, mehr als genug . . . Du bist allein mehr, als ein Haushalt verkraften kann.

Der Wahnsinn bläst und pfeift, Sonnenlicht regnet aus jeglicher Richtung in die trägen, mehr oder weniger korkenzieherförmigen Dunstschwaden, die nach dem Regen hier aufsteigen, und der Regen selbst ist weiter unten über dem Fluß noch zu sehen. Hilf mir . . . Dunst steigt vom Fluß auf, die Wolken und die auferstandenen Vögel gleiten im Sonnenlicht über das Wasser, und ich sehe in ihnen so viele Dimensionen von «Dauer», *daß ich befürchte, ich bin wirklich verloren und werde vielleicht nie wieder in die Gewißheit entkommen. Ich gleite von einem Wahnsinn in den anderen . . . Ich möchte normal sein . . . Ich will meinen Vater wiederhaben . . . Hörst du mich?*

Ich will ihn nicht wiederhaben, aber ich will nicht mein ganzes Leben die Bürde tragen, daß ich auch fand, es sei für ihn an der Zeit zu sterben.

Doch, diese Bürde will ich tragen..

Zum Teil endet Wahnsinn mit der nicht ganz so wahnsinnigen Ankündigung, es sei an der Zeit aufzuhören, und man unternimmt Schritte dazu, ohne recht zu wissen, ob man aufhören kann oder nicht. Das Schneckenhaus, Bündel von Wünschelruten-Schatten und das Nest von Flugbahnen – mein Kopf, wenn ich das sagen darf – der Junge klappt seinen Kopf zu, meinen Kopf zu; dramatischerweise nur mit partiellem ERFOLG. Los, zurück zum Boot . . . Los, zurück zum UFER . . .

Doch in Wahrheit ist es ohnehin teilweise vorbei. Er hetzt wüst spritzend ins Wasser, ein gejagter, fallender Junge, der (im Sinn von Wahrnehmung) fühlt, daß er aus einer unendlich weit zurückreichen-

den Reihe von Lidern und Augen – von Quanten – *gemacht ist, von denen jeweils nur einige seinem Willen gehorchen; und im Scherz nennt er sich FEIGLING, FEIGLING, FEIGE PFEIFE. Er sagt sich im Scherz:* Das GROSSE LID ist mir nicht untertan. Die Grundsätze Des Großen Lids gehen über meinen Horizont.

Aber er hört wahnhaft GOTT als Den-Atem-und-Antrieb-der-Zeit, der ihn durch das Schilf pirschen und dahinstürmen läßt, EIN GROSSES HA-HA zielstrebiger Kraft in ihm und überall, wild und friedlich zugleich.

Blinzelnd eilt der Junge durchs Schilf, seltsam sicher, was die Fluchtrichtung angeht. Jesus, Gott – und Moses, sagt er – die Realität dahinsegelnder Materie ist die Wahrheit – das heißt, die Realität ist wahr, oder sie hört auf, real zu sein. Aber die Wahrheit wackelt manchmal. Die Materie auf ihren Bahnen in der Zeit ist so wahr, das heißt, die Welt ist so real, daß nicht einmal Atem und Tod endgültiger sind als die reale Wahrheit. Aber man ist hilflos in diesem Durcheinander. In einem Wirrwarr aus Atmung, Tod und Wahrheit – und dem flußbreiten, graugetönten Flattern des Gegenwärtigen klettert der Junge angstvoll ins Boot.

Daddy sagt: Es ist alles eine Riesenscheiße.

Und: Was du auch machst, werd kein Prophet: da ist nun wirklich der Wurm drin ... Das Furchtbarste, was man aus sich machen kann.

Würmer von Licht, auf dem Flug in die membranumhüllte, blutgefärbte Richtung. In meinem Bewußtsein – Wenn du tot bist, fressen sich echte Würmer durch dein Hirn.

S. L. sagte: Denkst du an den Himmel, wenn du im Scheißhaus hockst?

Ich weiß nicht. Ist mir noch nicht aufgefallen ... Du denn?

Klar. Du weißt ja, mein Herz macht vielleicht mal nicht mehr mit, wenn ich am Scheißen bin – *der Sphinkter ist wirklich eine Sphinx* – klar denk ich da über den Himmel nach.

(*Lila sagte:* Krieg's nicht in die falsche Kehle, Wiley, aber S. L. war ein interessanterer Mensch als du.)

Als ich ihn das sagen hörte, fand ich, das sei ein guter Ausspruch, elegisch, lyrisch, anklagend, komisch ... Ich fand ihn souverän.

(Ich – ich bin ein Wust von wechselnden Themen; aber S. L., der hatte wirklich eine Menge Erfahrung.)

Welche Beweggründe hat der Geist, wenn das Hirn das Thema wechselt? An welchem Punkt fällt die Entscheidung? Wie wendet die Aufmerksamkeit sich ab? Was ist ihr Hals, ihre Achse? Was ist der Hals des Geistes? Was ist ein Beweggrund für den Geist? Am geschwindesten reagiert an mir die Aufmerksamkeit – ist sie schneller als das Licht? Vielleicht ist das Lichtartige an mir dieses sonderbare, unmenschliche, flinke Gewusel – das Schweifen und Herabstoßen – der Aufmerksamkeit: vielleicht konkurriert sie mit dem Licht, ahmt es spiegelbildlich nach ... mysteriös ... Ich-sehe-dich ... Ich-werde-gesehen ... Der Geist ist unaufhaltsam zappelig, wenn er gereizt wird. Der Junge, der im Boot steht und im schlammigen Grund stakt, fällt dreimal beinahe, zweimal ins Boot und einmal fast kopfüber ins Wasser: dieser Ernstfall *beendet das Gebet, das schon kaum mehr in Erinnerung ist, beendet es mit dem Gefühl des Scheiterns. Verdruß – höhnisch, nagend – und schlagend – ein Gefühl von Verlust – in diesem eigentümlichen Licht, in dieser zeitwunden Atmosphäre – sagt, daß ich mit allem, was ich tue, im Unrecht bin. Ich habe eine Ahnenreihe von Menschen, die gestorben sind ... Ich habe einen Körper aus Licht, ich habe einen verschwitzten Körper, und ich bin immer im Irrtum ... Und wenn schon ...*

Ein überfließender Krug voll Dunkelheit ist nun in meiner Brust. Nun ist auch dieser Kram vorbei.

Das bewohnte Universum

Die Stimme meiner (neuen) Mutter: Die andere Erzählerin: 1932

(Erstes Kapitel:) Wasser strömt und gluckert und klopft gegen die Wände des Hauses. Wasserbäche und glasige, gravurenreiche, prasselnde Volants aus Wasser fallen von den Dachrinnen. Unter dem lauten, nassen Grollen und allgemeinen Platschen sind die ungeheueren Bewegungen der Welt zu spüren – in Wirklichkeit allerdings die Eisenbahnlinie und der Mississippi, Lokomotiven und der Druck eines zwei Kilometer breiten Stroms. Sie erschüttern den Kalksteinfelsen, auf dem dieses Wohnviertel liegt.

Das Haus steht auf einem matten, grollenden Fundament, Daddy wäscht mir mit einem kalten Waschlappen sanft das Gesicht, und ich drehe den Kopf hin und her – eine verwischende Bewegung, Teil einer Komposition für Gästestimmen, Regen und ein Holzhaus ... Es ist Tag, aber es klingt wie eine Nachtmusik – *zu manchen Zeiten* ist Verwirrung so seltsam schön und unübersehbar wie Wasser.

Wir hatten Filme über Adoption gesehen ... Trotzdem ist das heutzutage eine große Entscheidung – Mama redet biographisch. *Ich hatte immer ein gutes Leben. Ich habe noch meine eigenen Zähne. Sie sollen ruhig wissen, was für eine Frau ich bin. Die Leute, die unser Haus am Fluß in Ordnung halten, wissen Sie? Die Farmersfrau? Der haben wir ihre Zähne bezahlt. Sie ist jünger als ich. Einer von ihren Söhnen hat TB – wenn Sie mich fragen, lohnt es sich für sie nicht mal, morgens aufzustehen. So ein Leben will ich für mich und meine Umgebung nicht – das ist mal als erstes zu berücksichtigen... Früher war ich lieb und nett, aber ich weiß auch nicht, eines Tages hab ich zum letztenmal die andere Wange hingehalten, und sieh da, aus mir wurde ein Mädchen von der anderen Sorte, wie Sie es jetzt vor sich haben. Ich weiß auch nicht; warum handeln Menschen denn Ihrer Meinung nach so und nicht anders? Wenn ich Zeit hätte, könnte ich drüber nachdenken, aber wenn Sie wissen wollen, wie mein Leben aussieht – da läuft es immer erst so, dann völlig anders, und ehrlich gesagt, ich hab zu tun, so viel zu tun, daß es mich schier zerreißt – wo soll ich da Zeit zum Nachdenken hernehmen? Nachdenken muß ich, während ich handle. Rasch, rasch, rasch. Ich wüßte nicht mal, wo mein Kopf ist, wenn er mir nicht angewachsen wäre. Ich weiß ja auch nicht. Ich bette mich, und es ist wie im Traum; und so liege ich dann eben; ich bin ein ernsthafter Mensch, aber manchmal kommt mir alles wie ein Spiel vor. Vielleicht hängt das mit – wie heißt das noch gleich – Psychologie zusammen. Eugene O'Neill, mögen Sie den? Ein bißchen Wirbel tut immer gut, wenn einen was piesackt... Wissen Sie, woran ich mich noch erinnere? An die Pferde. Pferde, den ganzen Tag über und mitten in der Nacht – spätabends war das merkwürdig – ein Pferd draußen, das laut aufstampft und dann dieses Geräusch macht, dieses Kreischen, nein, nicht Kreischen, eines von den Pferden weint, ich weiß nicht, wie man das nennt, ein Pfeifen und ein kurzer Schrei und ein Hunn-Hunn-Hunn durch die Nase, ein Schnauben ... Und der Geruch. Manchmal gingen sie durch – was für ein Lärm das war, Gepolter, brüllende Männer; es wurde oft einer verletzt; es gab bei uns eine Menge Krüppel. Ich klinge schon wie eine schrullige Alte. Ich weiß noch, wie ich die Treppe hinunter und nach nebenan gelaufen bin, weil sie da schon Telephon hatten, sie waren angeschlossen, wir nicht, und es gab einen Anruf für mich, von einem Jungen. Er war in mich verliebt ... Nicht als einziger übrigens; ich war ein Biest. Die Leute waren damals noch nett und teilten ihr Telephon mit einem, wenn man ein nettes Lächeln hatte ... tja, das ist nun den Bach runter. Damals war ich fünfzehn; jetzt bin ich dreißig.* [Sie war fünfunddreißig.] *Die Welt war damals netter, und ob. Komisch, wie viele Dinge verschwunden sind: die alten Bäume, die Ge-*

räusche – und die Gerüche ... Bevor man bis drei zählen konnte: verschwunden ... Erzählen Sie bloß nicht weiter, wie alt ich bin. Ich will Ihnen mal verraten, wie verwöhnt ich war: im Krieg schenkten meine Mutter und mein Vater mir ein Cadillac-Kabriolett, einen Pelzmantel und Perlen, damit die armen Jungen abgeschreckt wurden. Tja, so ein Krieg ist eben die Hölle. [Sie scherzte; es wurde ernst.] *So viel Leiden macht einen herzlos. Also brachte ich es mit Schwung in Umlauf, mein Herz ... ha-ha ... Und es war ganz schön schwer ... Aber Sie wissen ja, wie das ist, wenn man erst mal im Rennen liegt, kehrt man nicht mehr um. Wer will denn schon vor Langweile umkommen? Ich war das hübscheste Ding weit und breit – Sie wissen ja, wie das ist – wie* man *so sagt: Wer zu früh reift, wird zu spät klug, nicht? Mein Vater war ein netter Mann. Ich war sein Liebling. Marie Dressler kam zu uns in den Ort, um Kriegsanleihen an die Leute zu bringen. Ich wurde ihr vorgestellt, aber sie sagte nicht, ich müßte zum Film. Sie sagte:* Die müßt ihr im Auge behalten ... Die macht noch mal Probleme ... *Ha-ha. Ich war ganz hingerissen von ihr; ich habe komisch aussehende Frauen, die einen zum Lachen bringen können, immer schon gemocht. Ich sah toll aus. Tja, was kann man schon dafür? Ich habe geheiratet. Und zwar einen gutaussehenden Mann: unscheinbare mag ich nicht. Die zwanziger Jahre waren eine gute Zeit; allen ging es gut. Es war eine andere Welt als vor dem Krieg, aber skandalös war es trotzdem noch, wenn man immer allen voraus war – offen gesagt: ich war ein Wildfang ... Das war vielleicht ein Anblick, sage ich Ihnen, ich mit meinen großen, dunklen Augen, Perlenkette bis zu den Knien und die kürzesten Röcke von ganz Illinois. Ich hatte die Figur, von der viele Männer träumen – ein nettes jüdisches Mädchen, das unter die Eingeborenen geraten ist ... Ha-ha. Ich hatte die Büste, die damals beliebt war – alle Mann an Bord ... Erst ein paar Jahre ist das her. Eins muß ich mir zugute halten: ich wußte, wo's langging. Ich bin zwar nicht, wie-heißt-sie-gleich, Madame Curie, aber in einem kleinen Teich wird so ein Fisch wie ich nicht übersehen. Sie halten mich doch nicht für eingebildet, oder? Ich hätte nicht mal was dagegen, eingebildet zu sein: wer sollte mich mitten in der Depression schon dran hindern?*

Heute sehe ich aus wie von der Katze ins Haus geschleift. Nun ja, das Leben ist kurz, aber lustig. Ich hab meine Ansichten; ich bin kein dummes Häschen – die kürzeste Verbindung zwischen zwei Punkten führt über den Kopf, sage ich immer: ha-ha. Ich höre auf keinen; ich bin unabhängig. Und ich mag mir von keinem – von seinem Bruder auch nicht – vorschreiben lassen, was ich zu tun habe ...

Im Flußsonnenlicht, im Salon, lacht Mama – lacht sie für den Besuch? Wenn ich in ihrer Nähe bin, erkenne ich an ihrer Atmung, ihren Impulsen, ihrer Hautfarbe, den Falten an ihrem Hals, welcher Stimmung sie ist, in welchem Maße sie gesellschaftlich-affektiert-und-angespannt-und-sonst-was ist. Ich nehme ihr Die-Pfeile-sind-abgeschossen-die-Schlacht-beginnt-Lächeln wahr, noch bevor sie es abfeuert. Ich spüre auf kindliche Weise die Kurven ihrer Intensität, diese Das-Leben-ist-ja-doch-sinnlos-Mühe, die sie trotzig auf sich nimmt; Mann, welche Macht das für mich hat, was sie da treibt ...

(Zweites Kapitel:) *Sie fragen mich, was mir Spaß macht: hie und da habe ich schon meinen Spaß. Daß ich zu meiner Zeit mit dem einen oder andern geflirtet habe, ist ja ein offenes Geheimnis. Aber mein ein und alles ist die karitative Arbeit. Kennen Sie den Schlager ‹Sei doch mein Schatz›? Ich bin der Schatz von Sigma Chi: die Welt ist mein Schatz. Ich versuche, Gutes zu tun. Ein* Spaß *ist das zwar nicht zu versuchen, einer armen Familie zu helfen: Menschen werden verrückt, Menschen werden totgeprügelt – nicht nur zu Hause, meine ich. Begleiten Sie mal ein kleines Mädchen, das einen Grabstein für seinen Vater kaufen möchte, der von den Schwarzhändlern umgebracht wurde, dann merken Sie schnell, wie Sie sich fühlen. Glauben Sie mir, Sie lernen ein paar Dinge. Ich habe geholfen, einen Jungen, der vergewaltigt worden war, ins Krankenhaus zu schaffen ... Er hätte vor lauter Beschämung auch den Brand kriegen können. Ich falle nicht so leicht in Ohnmacht; ich bin ein praktischer Mensch. Trotzdem, wo die Welt aus lauter Jux vor die Hunde geht, müssen*

Sie sich fragen, was Sie mit Ihrem Leben anfangen wollen ... Ich meine, vor dem Krieg standen die Dinge besser; das Leben ist viel einfacher in einer Stadt, wo die Leute nicht ins Kino gehen. Achtung, ich verrate Ihnen ein Geheimnis: ich bin kein Snob – aber ich bin Zynikerin ...

Die jugendliche, überlegene, schlankbeinige, schmalfüßige Mama in weißen Strümpfen, im weißen Leinenkleid, mit vielen Elfenbeinreifen an bloßen Armen, sie schüttelt ihr dunkles Haar: *Ich lasse es in St. Louis stylen und legen; eher soll mich der Teufel holen, als daß ich aussehe wie eine Farmersfrau ... Gefällt Ihnen mein Ring? Ich nenne ihn einen Fahr-mal-nach-St. Louis-und-laß-dich-im-Laden-zuvorkommend-bedienen-Ring ... Sie müssen schon eine Sklaventreiberseele haben, wenn Sie in dieser Welt irgend etwas erreichen wollen. Ich spiele gern manchmal die Unscheinbare – wenn ich zum Beispiel Feuerwehrmänner besuche; das gehört zu den Pflichten; Sie wissen ja, wie das ist. Sie wollen sich ein Bild von uns machen? Sie kriegen mehr geboten als in einem Film – also nützen Sie die Gelegenheit. Wir sind die offizielle Sehenswürdigkeit für Augenkranke in dieser Stadt. Die Leute nehmen heutzutage Sandwiches mit und fahren meilenweit, um mal ordentlich zu lachen; es hat ja keiner Geld: aber wir stehen auf der Liste der Dinge, die man einfach gesehen haben muß; bei uns gibt's manchmal was zu lachen. Für eine Kleinstadt bin ich ein Paradepferd – auweia, jetzt muß ich aber wirklich lachen. Tja, ich hab zwar für Nachrufe nichts übrig, aber ich bin Lila-die-ist-so-modern-und-eigenwillig-die-geborene-Störerin-drum-schnell-in-Deckung-*[hier flüstert sie]*-sonst-beißt-sie-zu. Tja, ich war eben schon immer der feurige Typ. Man hat mich mehr als einmal Satansbraten genannt. Aber eins müssen Sie mir lassen – ich bin keine Spielverderberin ... Ich nehme zuviel Aspirin, ich rauche viel mehr, als mir guttut, aber ich gebe anderen Leuten, was ihnen gebührt; ich warte, bis ich an der Reihe bin; ich nehme mir nicht mehr, als mir zusteht. S. L. sagt, wenn du länger aufbleibst als üblich, finden die Kühe von selber zurück in den Stall ... Ich weiß, was er damit meint: letztes Jahr haben wir eine gute Party gegeben, im Garten wurde getanzt, und Schwarze* *spielten Jazz: die Lampions fingen Feuer, mir brach der Absatz vom Schuh, mein Bruder Mose klaute mir die Perlenkette und wand sie sich um den Kopf – selbst in seinen besten Momenten sieht er nicht gut aus: er hat ein richtiges Kartoffelgesicht – kurz und gut, ich muß zugeben, alle waren in bester Stimmung. Ein bißchen Gekreisch, ein bißchen Herumgeflitze tut einer Party gut. In Alton können Sie richtig ins Schwitzen kommen, wenn Sie die Leute in Stimmung bringen wollen. Und sich selbst. Also fuchteln Sie mit den Armen und wackeln – Pardon – mit den Titten und schütten sich alles mögliche übers Kleid – und die Leute werden locker; ich lief praktisch von Haus zu Haus und sagte zu den Leuten:* Kommt sofort, die Party ist prima *... So erzählt es sich zwar gut, aber glauben Sie mir bloß nicht ... Glauben Sie mir, es war die reinste Galeerenarbeit. Versuchen Sie mal, Kleinstädter in Stimmung zu bringen. Die Leute sind so stur. Ich hätte jeden, der da war, erschießen können – am nächsten Tag wurde mir klar, daß ich jeden, den ich kenne, erschießen könnte, und der Welt fiele nicht mal was auf ... Jetzt hab ich den Faden verloren ... Jedenfalls, es ist sehr, sehr schlimm, wenn man das Gefühl hat, das eigene Leben zählt nicht: mein Leben war ohne Sinn, Moira. Ich schwärme nicht für Landschaften. Ich finde es auch nicht gerade himmlisch, auf einen schlammbraunen Fluß zu gucken. Ich bin keine Frau, die etwas empfinden kann und dann nichts unternimmt. Keine Fragen, keine Lügen. Ich hab meinen Ehrgeiz; ich hab's drauf abgesehen, der größte Wildfang weit und breit zu sein; aber letzten Endes fehlt's mir an Selbstvertrauen. Ich muß einen Schritt nach dem anderen tun. Ich kenne meine Grenzen.*

Sie seufzte, seufzte erneut tief; und hustete ein wenig. Der Fluß am Fuß der Klippe verlieh dem Regen selbst dort, wo wir uns befanden, einen bestimmten Geruch ... In der Regel ist Mama eine unruhige Schläferin: gepeinigt von Träumen, die ihr Botschaften übermitteln wollen. Ich schlafe tief.

Ich nehme mich ernst ... Lachen Sie mich nicht aus ... Manche Leute leben ja wie Tiere, aber dazu sage ich: Nein, danke. Tja, man muß sein Pulver trocken halten – dies sind nicht gerade gute Zeiten dafür, die Schloßherrschaft zu spielen. Es heißt, ich wäre hübsch, aber das gibt einem keinen Lebenssinn. Ich wäre gern Wissenschaftlerin geworden. Oder Krankenschwester. Aber meine Mutter war dagegen. Um die Wahrheit zu sagen, ich mochte die Schule nie leiden – und die Schule, auf die ich ging, war nicht die beste ... In St. Louis gibt es mehr Juden, aber dafür fehlt mir im Augenblick das Selbstvertrauen. Eine Kleinstadt hat viel für sich – die Leute wissen, daß man Brüder hat. Insgesamt führ ich ein interessantes Leben, aber Sünder finden ja nie Ruhe; ich sage immer, man kann wegen eines Schafs genausogut an den Galgen kommen wie wegen einer Ziege, aber ich mein's nicht so. Ich wäre gern Nonne – schließlich kann man eine Katze auf mehr als eine Art häuten. Nonnen sind schlau. Ich komme mit Katholiken gut aus. Ich finde, Protestanten sind sehr, sehr schlaue Leute – beängstigend schlau. Was soll ich sagen? Lange meinte ich, eine Frau ist doch dumm, wenn sie nicht Prostituierte wird – Wohlanständigkeit ist eine zweifelhafte Bescherung; billig ist sie jedenfalls nicht. Wissen Sie, hier in der Gegend kann ich kaum etwas sagen, ohne daß es heißt, ich ginge zu weit.

(Kapitel 3:) Indem Mama modisch-nervös und stürmisch auftrat, spielte sie in kurioser Mischung mit Träumen und mit melodramatischen Mustern, und natürlich war es nicht immer nur ein Spiel.

Als Kind nahm ich an, irgend jemand kenne die vollständige Geschichte; und damals, im Jahre 1932, war mir wohl kaum bewußt, daß die Geschichte noch nicht zu Ende war; und wenn ich auch die sanft verdüsterten Stimmen inmitten der Kegel orangefarbenen Lichts und der am vorgeschobenen Rand der noch-unbekannten Zukunft flatternden Regenschleier *hörte*, wußte ich doch überhaupt nicht, was das bedeutete.

Lila sagt im Regenlicht kühn: *Ich bin ein Beispiel für eine, die ihren Willen durchsetzen will.* In diesem Moment ist sie die Heldin aller Ungehorsamen. Daß in ihrer Stimme die noch unbekannten Möglichkeiten kommender Momente mitschwingen, kennzeichnet diese Stimme als ihre wahre – womit ich meine, sie ist kein tonloses Medium, das mein Gedächtnis benutzt, um sie auf Worte festzulegen, die ich für sie imaginiere; sie ist nicht lediglich eine Stimme in meinem Kopf. Wenn ich sie so höre, daß ich weiß: *man-kann-nie-wissen-was-sie-als-nächstes-anstellt* (ihre Redensart), dann höre ich sie sprechen und folge nicht nur meinen Vorstellungen von ihr und von weiblicher Rede – man muß den Effekt verlogen und bedacht mütterlichen Sprechens einkalkulieren und sich die Person hinter der Rede vorstellen, die Frau, die zu anderen Erwachsenen ihres Alters spricht.

Elektrisiert, zur grauen Fläche verstummt, hört das lauschende, arbeitende Bewußtsein sie aus den Geräuschen des Regens und der übrigen Stimmen heraus, hört die Klänge, das Auf und Nieder ihrer Stimme, hört sie auf dem Atem reiten – hört sie mäandern. Ich möchte nicht, daß die Düsterkeit der Zukunft von ihrer jetzigen Stimme subtrahiert wird. Ich brauche jedoch den Trost zu wissen, wie alles ausgeht – ich verzichte auf eine lückenhafte, armselige und lächerliche Allwissenheit zugunsten von Vergegenwärtigung, doch dann glaube ich fälschlicherweise, die Geschichte wäre zu Ende. Der neunmalkluge Adjutant Gedächtnis hat nett zu meiner Mutter zu sein, sonst schenke ich ihm keine Beachtung.

In mancher Hinsicht mag ich, mochte ich sogar damals, Lila am liebsten ... Ich höre sie am leichtesten ... Sie tut auf ihrer Party Dienst.

Auf eins halte ich mir was zugute: wenn ich ins eigene Horn tuten muß, dann weiß ich auch wie – ich versteh was davon, ins eigene Horn zu tuten – und wackelt dabei mit dem Fuß am Ende des hübsch seidenbestrumpften, über das andere Knie gelegten Beins: der Fuß in der Luft bewegt sich mit schein-verzweifelter, femininer Entschlossenheit. Dieser wahnwitzige Unterton einer echten Stimme, ihr absichtsvoller Klang – bei einer Party: es ist ergreifend bedeutungsreich. Ihre Stimme, ihr Gesicht stellen weder Meinung noch Vorbild dar; sie sind echt; sie wirkt amüsiert im Wasserlicht. Man hört sie und sich selbst atmen – das sonderbare geistige Echo von Verwunderung. Ich schaue sie an – in diesem verrückten Licht. Die andere Mutter, die ich hatte, ist tot. Lila Silenowiczs Körper, ihr Kleid, ihr Gesicht, ihr partyfein frisiertes Haar an einem Regentag: Ich bin versteckt und lausche und sehe sie innerlich nicht vollständig vor mir. Nichts hier kann endgültig bewiesen werden. Ihre Stimme übertönt das elektrische Rauschen meines Geistes: *Manchmal lüge ich gern*, sagt sie. Die Wasser- und Triumph-Musik meiner jungen Mama auf einer Party. *Ich möchte auf Ihre Frage antworten, Moira. Zunächst möchte ich sagen, mir ist bewußt, daß nicht alle, die es betrifft, billigen, was S. L. und ich getan haben; auch manche nicht, die es nichts angeht. Drum möchte ich fragen – wir haben immer für alles den Preis entrichtet und hier in der Gegend unseren Teil Gutes getan, das können Sie mir glauben; aber – ich spreche es mal aus, obwohl ich es nicht tun sollte – wer rechnet uns das an? Wer rechnet es uns so an, wie wir es verdienen? Wer tut den Mund auf und sagt, wir sind gute Menschen? Fragen Sie sich mal selbst, warum die Leute nicht Beifall klatschen, wenn eine Frau wie ich ein krankes Kind zu sich ins Haus nimmt.*

Ein wirkliches Echo verleiht der Plätschermusik ihrer Gesellschaftsstimme Fülle.

Das ist Mama, die da spricht.

Wir waren bei sechs Adoptionsvermittlungen, bei religiösen, nicht religiösen, jüdischen, christlichen – sogar bei einer katholischen. Keine wollte uns ein Kind geben; sie waren mit S. L. nicht einverstanden – fragen Sie mich nicht warum. Vielleicht mochten sie auch mich nicht, aber ich hatte Einfluß, und sie scheuten sich, mir zu sagen, daß ich nicht nach ihrem Geschmack war. Ich machte Szenen; sie könnten mich nicht abschmettern, ich würde schon an ein Kind kom-

men – vielleicht fanden sie uns zu lebhaft. Wir waren nicht wie aus dem Bilderbuch, oder vielleicht doch, aber aus dem falschen Bilderbuch. Jetzt kann ich Witze drüber machen; damals war ich außer mir. Wer weiß, was sie gedacht haben? Daß ich nicht genug zu Hause bin. Nicht häuslich genug bin, wenn Sie mich fragen. S. L. hat zu feste Ansichten ... er hat das College nicht beendet. Wer weiß schon, warum die Leute so denken und nicht anders? Die Welt ist voller Verrückter, und die schlimmsten sind die Bürokraten – sie sähen uns gern alle tot, wenn Sie mich fragen – na ja, sie sind eben auch nur Menschen. Die Leute hätten gern, daß alle so sind wie sie; sie müssen sich wichtig vorkommen – ich will das auch keinem nehmen. Ich habe weiß Gott immer demokratisch gewählt. Aber den meisten Leuten sind die Gefühle anderer egal; wir haben einfach keinen guten Eindruck gemacht. Nur, wenn Sie mich fragen, waren das sehr kleinkarierte Leute, die über uns geurteilt haben. Neidische Leute. Der Regen zischt gleichmäßig. *Wer weiß? Vielleicht meinten sie es ja nicht böse, aber sie brachten S. L. so auf, daß er mir Vorwürfe machte. Immer macht er mir Vorwürfe – glauben Sie mir, ich habe mehr als mein Teil an Vorwürfen abgekriegt – und er verließ mich wegen diesen Idioten – wegen diesen gemeinen Idioten. Ich will ehrlich sein; die Geschichte wird schließlich längst überall rumgetratscht; er verließ mich und Nonie; er zog mit einer anderen Frau zusammen, einer liederlichen Frau; sie ist jetzt fortgezogen von hier: es ist ja immer dieselbe Sorte. Ich gebe zu, ich habe ein verkrüppeltes Kind ins Haus genommen, damit S. L. sah, daß ich ein gutes Herz habe. Es hat sich dann herausgestellt, daß das Kind kein Krüppel ist, aber wer konnte das damals wissen? Schreiben Sie mir das zugute. Ich will Ihnen die reine Wahrheit erzählen, auch wenn ich damit ins eigene Horn tute. Ich wollte dieses Kind immer schon haben; ich wußte gleich, daß es ungewöhnlich war. Die Leute sagten, es wäre nicht recht, seine Mutter um den Kleinen zu bitten, aber sie ist gestorben. Und hören Sie, sogar dann sagten die Leute noch, es würde nicht klappen, weil er nicht von meinem Blut ist, weil selbst bei einem kleinen Kind der Blutunterschied zu groß sein kann; sie meinten, ich wäre einem Kind keine gute Mutter. Ich hatte Nonie; sie war dreizehn und gefiel keinem beson-*

ders; wegen ihr wollte S. L. nicht bei mir bleiben. Wir hatten zwei kleine Jungen gehabt, die sehr früh gestorben waren: daß sie starben – so etwas verändert einen Mann: ich war ganz verstört: keiner hielt es mir zugute, aber ich habe mir alle Mühe gegeben. Vielleicht hätte ich mehr zu Hause bleiben sollen – wer weiß schon, wo die Schuld liegt? Den ersten Stein zu werfen ist für meine Begriffe nicht sehr klug. Ich blicke nicht weit voraus, ich halte nichts davon, ewig zu grübeln, bevor ich etwas tue; bei mir wird das Eisen geschmiedet, solange es heiß ist – entweder ich handle so oder überhaupt nicht. Ich bin kurzentschlossen, ich bin der Managertyp, ich entscheide mich und unternehme was, unternehme sofort etwas oder überhaupt nicht. Mit den Folgen lebe ich dann: ich kenne mich: mit Menschen kenne ich mich gut aus.

Hören Sie, was wollte ich gerade sagen? Ich will Ihnen was verraten – ich rechne immer mit dem Schlimmsten, aber das hält mich nicht davon ab, mein Bestes zu tun. Ich hatte dieses Kind bei seiner Mutter gesehen, ich wußte, es würde bei S. L. einschlagen. Als S. L. mich besuchen kam – «Nur einmal», sagte er –, um sich das Kind anzusehen, das ich angenommen hatte; komm, sieh's dir an, sagte ich; ich wußte, worauf er anspringt; eine Frau muß ihr Köpfchen gebrauchen; das Kind war so traurig und sah ihm sogar ein bißchen ähnlich, es war kaum noch am Leben – S. L. ist nie wirklich ein Wohltäter gewesen, wissen Sie; er half Leuten, aber er wurde sie bald leid. S. L. war immer Egoist, aber er mußte sich auch wohltätig geben, er war stolz, und da hatte ich ihn, da hatten wir es. Hören Sie: Wiley war sehr hübsch, aber er war halb tot; er war ein Krüppel; überall hatte er die Spuren von Schlägen; die Frau, die ihn versorgt hatte, war Säuferin; seine Mutter lag im Sterben; es ist keine schöne Geschichte, aber welche Geschichte ist das schon? Ich bin Realistin.

Dieses Kind mußte einem einfach leid tun. Und es tat S. L. auch leid. Er ist geblieben. Ich bin nicht blöd. Ich glaub nicht daran, daß man spürt, ob man das Richtige getan hat. Ich sah sehr gut aus, und ich setze gern meinen Willen durch, was ist daran auch schlecht? Wir kauften dies Haus hier; es war zu teuer; alle Häuser hier werden zu hoch gehandelt; die Leute wollen auf der Klippe wohnen; das ist der eine Punkt, und dann sind die Häuser hier sehr gut gebaut, das kommt dazu, aber wenn einen was glücklich macht, dann ist das eben was anderes, dann ist es immer billig, egal was es kostet: wenn es das Leben lebenswert macht, ist es ein Schnäppchen, dann ist es ein tolles Schnäppchen, kann ich Ihnen sagen: ich weiß, wovon ich rede. Ich wollte ein Kindermädchen und ein schönes Haus, ich wußte, daß ich mit Kindern einfach nicht geschickt umgehe – es bringt mich zum Weinen, wenn ich länger darüber rede. Aber ich weine nicht gern, es ist nicht meine Art, nicht viele Leute sehen mich jemals weinen, egal was mir passiert. Meine Mutter zahlt für das Kindermädchen. Wir leben sehr gut, aber wir haben viele Schulden, bei vielen Leuten: in der Hinsicht sind wir typisch. Anne Marie ist wundervoll zu uns; ohne sie wären wir verloren, ohne sie wären wir nichts. Über ein paar Dinge weiß ich Bescheid. Wir müssen was darstellen für Anne Marie, weil sie nicht für kleinkarierte Leute arbeiten will, sie will ihr Leben nicht verschleudern – ich kann's ihr nicht verübeln. Sie ist eine wundervolle Person, auch wenn sie wenig Phantasie hat. Wir geben oft Einladungen – manche Frauen tun das ja nicht mehr; ich tue es tagtäglich, ich reibe mich auf. Ich bin diejenige, die viele Leute kennt. Ich hatte ein paar wundervolle Chancen, als S. L. und ich getrennt lebten: wahrscheinlich ist es töricht von mir, das zu sagen, aber manche Leute halten mich für eine außerordentliche Person. Ich bin nicht knausrig.

Tja, ganz so eitel, wie ich klinge, bin ich nicht. Aber eitel bin ich schon. Es gibt Dinge, auf die ich mir ein bißchen was einbilde. S. L. ist kein kühl rechnender Mensch, aber keine Sorge: ich kann schlau genug sein für zwei. Eine Frau wie mich sollte man nie unterschätzen. Aber gut auszusehen hat den Vorteil, daß man der Realität ins Auge sehen kann; es ist nicht leicht, die Leute dazu zu bringen, daß sie weiter in einen investieren, wenn man eine Frau ist. Ich gebe zu, daß ich nicht allein zurechtkomme: ich bin einfach nicht der Typ dazu. S. L. ist eine Hilfe. Anne Marie hilft mir. Es gibt Tage, da fürchte ich mich vor nichts. Ich muß S. L. zum Geldausgeben ermutigen; man muß die Nerven behalten: wenn wir einen guten Eindruck machen, ist es leichter, Geld zu verdienen. Er kann ordentlich Geld verdienen, wenn er den Kopf behält; ich habe einen guten Kopf für Geschäfte, ich bin ihm eine gute Frau – nicht gerade, na, Sie wissen schon, die IDEALE, aber wer ist schon ideal? Ich bin ihm eine gute Frau, wenn man mal realistisch betrachtet, was er auf dem freien Markt kriegen kann. Wir sind gute Menschen, gute Bürger – sind Sie ein wohlwollender Mensch? – ich weiß, das sind Sie – wenn Sie ein wohlwollender Mensch sind, wünschen Sie mir Glück ... ich habe mir hohe Ziele gesteckt ... Mehr kann ich zur Zeit absolut nicht sagen ...

Etwas in mir pocht und klopft – ein kindliches Herz: das Herz in einer Kinderbrust schlägt lauter als ein Erwachsenenherz in einem Erwachsenen.

Mama sagt: *Erinnern Sie sich an Eva aus der Bibel? Auf meine bescheidene Art bin ich auch so eine Madame Schlamassel. Ich mache Probleme genau wie sie – das sage ich selbst. Ich mag die Bibel nicht. Ich finde, sie meint es mit Frauen nicht gut. Ich finde, Frauen sind besser als Männer – ich bin Mrs. Wie-heißt-er-noch-gleich, der das Feuer gestohlen hat, aber ich hab's gestohlen, nicht er – der olle Soundso –, dem ein Geier die Gallenblase gefressen hat – tja, ich hab übrigens selbst ein bißchen Probleme mit der Gallenblase – Madame Problemmacher-von Hohenstein ... mir schwebt Großes vor; wollen Sie hören, was mir so an Großem vorschwebt? Soll ich mir die Lippen nachziehen und Ihnen das eine oder andere davon erzählen? Ich habe vor, es mir zwischen dreißig und vierzig so gut ergehen zu lassen wie zwischen zwanzig und dreißig ... Wünschen Sie mir kein Glück, wenn Sie eine von denen sind, die mißbilligen, was ich tue ... MEIN Leben hängt nicht vom Geld ab – ich komme immer zurecht. Ich bin eine Frau, die etwas in Bewegung setzt. Wenn Sie über mich die Nase rümpfen, rümpfe ich eben die Nase über Sie; dann mache ich ha-ha, mindestens das – die Welt bleibt bestimmt nicht stehen, wenn ich sage, daß ich sehr optimistisch bin nach unserem Einstieg in ... Ich will Ihnen was verraten: Ich werde nie zu ihm sagen:* Sei vorsichtig, du könntest jemanden umbringen – *ich finde, für einen Juden ist das die falsche Erziehung*. Sie atmet tief durch. Es ist fast ein Ha-ha.

Mama. Sie blickt so atemberaubend analphabetisch und dumm drein wie immer, wenn sie lügend einen Teil der Wahrheit erzählt: diese andere Erzählerin hat ihre eigenen Techniken und ihre eigene Seele – ob flüchtig oder nicht.

Die wirkliche Welt wendet sich an den sehr kleinen Jungen

Vor zehn, fünfzehn, zwanzig Minuten – mein Zeitgefühl war 1932, milde ausgedrückt, unvollkommen – hat S. L. oben in meinem Zimmer zu mir gesagt: «Was für eine hübsche Welt, ist das nicht eine hübsche Welt?» S. L. hat das gesagt. «Hübsche Welt, hübscher, hübscher kleiner Junge: hat dir die Katze die Zunge gestohlen?» Und er nahm mich aus meinem Bettchen: «Schau, es regnet, aber wir haben Besuch, nette Leute, die gekommen sind, um dich zu sehen. Und schau mal, wer da ist – du bist da.»

Das Kind, das nach dem Tod seiner Mutter weiterlebte, ist wach – und in den Armen seines Vaters – an der Brust seines Vaters – in grauer, regentrüber Luft.

Das Ploppen von Sommerregen, das Prasseln, das prasselnde Feuer von Stimmen unten (meine Erinnerung hat ihr eigenes Licht; hat ihre eigene Atmosphäre innerhalb der des Zimmers). Ein Kind, großäugig und stumm, der fließende Schleier des Regens mit eingefügtem Spiegel (ein Spiegel hängt an der Wand), ein kränkliches, ehrgeizloses Kind und ein gegenwärtiger Moment, wie von Gardinen, ohne die es ihn nicht gäbe, gerahmt. Die Wärme von Daddys Körper, seiner Anwesenheit, seiner Stimme: «Alles in Ordnung? Geht's dir gut? Sitzt du auf dem Gipfel der Welt?»

Das Lächeln des Kindes ist Sprache – Kindersprache … Ich war nie unschuldig – es sei denn im Vergleich zu anderen.

Gesellschaftsstimmen plappern, brabbeln – stoßen Rufe

aus. «Schau doch, er hat ja Geheimnisse – schau in seine Augen ... Sind das etwa keine Geheimnisse, die ich da sehe? Ich sehe Geheimnisse und hübsche Augen ... Sag mal, kleiner Charmeur, du sprechen Englisch? Für ja einmal lächeln, für nein zweimal ... Gib keinem ein Küßchen außer mir.»

Alles-in-allem ist ebenso ein *Chaos* wie ein All. Das All ist ein wahrer Abgrund von Nichtigkeit; alles-was-ist, zu einem einzigen Sinn gebündelt – das ist, als würde auch ich begraben. Ich ziehe ein All vor, das ein Alles-außer-mir ist, ich kleiner Bandit des Mutter-Verlusts, der Vater-Anklage.

«Uns Philosophen», sagte Daddy, «uns stört der Regen nicht ... Uns gefällt's hier ...» Er setzt mich aufs Töpfchen ... «Wir sind jetzt hier ... Wir sind hier: wir haben überlebt ...»

Meine Mutter ist nicht immer dieselbe Person gewesen ... Die andere hatte manchmal vernünftige Schuhe an ... Jede Mutter hat verschiedene Arten zu lachen, je nach ihrer Stimmung und Absicht. Die andere blieb sich im Aussehen ähnlicher: sie bewohnt Teile von mir, doch ihre weitere – oder künftige – Präsenz dieser Art wird mir nicht garantiert ... Im Fluß der Momente hier oben entspringt ein Gefühl dem Fluß der von unten heraufdringenden Laute. Die Laute sind wie fliegende Vögel, die mir Schatten übers Gesicht malen.

Das Sumpfland weiter flußabwärts stank im Regen ... Ich rieche es. Der Wind über der Wasserlandschaft kitzelt meine Haut – feine Wassertropfen dringen durch die Maschen des Fliegengitters ... Daddy macht Scherze über den Regen: «Eine Menge Wasser gibt's da draußen ... alles-in-allem ... Eine Flut überall, genau wie in der Bibel ... wie findest du denn das? Und wir sitzen sicher in unserer Arche – obwohl wir nicht mal in Arkansas sind ...»

Ein allumfassendes Wasser ... alles-in-allem ...

Was ich denke, kann ein All nicht interessieren ... Selbst die Zeit kann es nicht interessieren. Man kann einem All keine Grenzen setzen, nicht einmal Grenzen des Interesses ... Oder man kann es tun, aber dann befindet man sich in der Wüste des willkürlich ausgedehnten Wortgebrauchs – in der Gewalt der Angst ... Der Verstand ist sehr eingebildet. Er kann es nicht ertragen, für eine Weile ununterbrochen ein Puls der Zeit zu sein ...

Ein All und ein Nichts sind so eindrucksvoll aufeinander bezogen wie ein berühmter König und eine berühmte Königin, die eine legendäre Ehe vereint – das Unermeßliche ist ohne Verwandtschaft – nur mit List – nur in Hingabe kann es uns nahe kommen ...

Der Fluß war grün an jenem Tag ... An welchem Tag? Von dem Grün, das nicht nur ein Beispiel für sich selbst an tausend weiteren Tagen ist, sondern grau und gewitterfahl, grau und datumslos. Wir sehen es vom Flur aus, durch ein Schlafzimmer hindurch, von einem Schlafzimmerfenster aus.

Mag sein, daß erfunden zu werden und falsch in Erinnerung zu bleiben bedeutet, zeitlos und schön zu sein – ich glaube freilich, daß es sich so verhält ... Hier ist das blaue, abfallende *Licht* des farbigen Fensters am Treppenabsatz, Daddys geräuschvoller Abstieg auf der Verwirrungsskala, die Treppen für mich noch sind ... Es ist, wie gesagt, nach einem Mittagsschlaf, es herrscht ein feuchtes, vergängliches Licht, und der Geist jagt nach dem Sinn der Dinge wie eine gewaltige, wuselnde, starrsinnige Spinne, aber eine bleiche, eine schlecht informierte – die versucht, die gerade aktuellen Fakten zu erfassen – nun, es ist das Jahr 1932, aber damals wußte ich auch das nicht; tatsächlich wußte ich einige Dinge sehr genau ... Ich wußte schon genau, daß es Schmerz gibt.

Unten. Die Party ... Die Räume: orangefarbenes Licht, elektrisches Licht, Kegel orangefarbenen Lichts, manche Kegel aufwärts, manche abwärts gerichtet ... Obwohl Tag ist...

«Hallo. Hallo.»

«Ist er nicht *hinreißend*?»

In jener separaten Atmosphäre sind die Laute gemaltes Flüstern von feinster Intimität, obwohl sie von weither kommen, von unten, aus großer Ferne für mich: sie wirken fast wie erfunden. Ich bin unabhängig von dem unmittelbaren Druck, den sie ausüben, wenn sie real sind, so voller Absichten, wie sie sind – so jenseits meines Horizonts ...

Ich bin noch nicht ganz gesund ..., halb gefällt es mir, hier zu sein. Über das Fleisch (von Dads Schulter) hinweg sehe ich durchs Fenster den Regen auf das Kopfsteinpflaster einer Straße treffen. Pfützen, pockig und widerhallend ... Dunkles Wasser springt aus ihnen auf, fischmäulig irgendwie, und erschreckt mich ein wenig – wieder durch seine täuschende Unmittelbarkeit.

«Hallo, hallo, hallo. Ich setze mich mit meiner kostbaren Fracht einfach mal hierhin.»

Jemand, eine Frau, sagt: «Oh ... oh ... oh ... Er ist ja wirklich eine Kostbarkeit. Er ist *hinreißend*.»

S. L. sagt in Tönen, die wie Kiesel klingen, die man mit der Hand in einem zum Teil mit Wasser gefüllten Porzellanbecken bewegt: «Der Regen macht es richtig: er fällt auf die Hinreißenden und weniger Hinreißenden gleichermaßen ...»

Das stumme Kind, das sich in seinem zunehmend gebieterischen Wunsch zu leben der Aufmerksamkeit aussetzt, ohne zurückzuweichen, besitzt die spürbare Glut der Kindheit und ist darum gleichsam formell – beherrscht, konzentriert, zurückhaltend, manierlich – dies vielleicht glanzvoll.

Zum Fakten-Schauspiel gehört der vergängliche Schatten des Gesichts von S. L. in der nahen Fensterscheibe. Eine Vielzahl Erwachsener in unbestimmter Nähe von uns sind schattenhafte Tumulte. Drei kleinere Tumulte, Mädchen, für mich leichter zu sehen, sitzen mit gekreuzten Beinen auf dem Fußboden: eine Sekte für sich. Vor dem Fenster nimmt eine farbige Wolke, klein, tickend, im Anwesenheitsappell, der mit dem Regen einhergeht, eine feuchte Nische zwischen triefenden Blättern ein.

Das Kind schüttelt den Kopf, damit die Ablenkungen enden. Es kann keinen realen Gegenstand sehen, sondern nur dessen Attribute in dem Moment – eines Moments –, in dem ich davon spreche; *das Kind* wußte nicht, daß dies so war.

Ich weiß nicht, wie hinsehen geht. S. L. dehnt sich über mir aus, als wäre er belaubt. Ich sitze auf seinem Schoß.

Der Mann nahebei – ich habe im Augenblick vergessen, daß es S. L. ist – sagt zu mir: «Gefällt dir das, aus dem Fenster zu schauen?» Platschend und tosend überschwemmt mich seine Stimme. «Du magst noch nicht sprechen? Was siehst du denn da? Siehst du ein Rotkehlchen? Das ist ein Rotkehlchen, das dich besuchen kommt.»

Eine Frau, die ich nicht kenne, ist ein langes Gespenst mit der Stimme eines langen Gespenstes: «Ich glaube, es ist ein Kardinal, S. L. Er hat nur rotes Gefieder.»

S. L. – ich weiß nun wieder, daß er es ist – sagte: «Um dir die Wahrheit zu sagen, Katherine – ich bin nicht gerade verrückt nach Vögeln. Mit Vögeln halte ich es folgendermaßen: kleine Vögel sind Spatzen für mich – außer, es sind Rotkehlchen. Nach meinem System ist alles Ansichtssache, sobald das Vergnügen ruft – und solange man ein guter Amerikaner bleibt, oder? Wenn ich natürlich sagen würde, der Vogel da ist ein Rotadler, dann könnte ich deine Gefühle verstehen ... Ich bin kein Mann, der für große Vögel viel übrig hat –» Spott, freundlich-gefährlich – der Flirtende als schockierender Übersetzer ... «Wenn ein kleiner Vogel irgendwo Farbe an sich hat, dann ist es ein Rotkehlchen – das ist nun mal MEIN System: Sollte unser Klitzerchen hier mal aufs College gehen, dann kriegt er das alles auf die Reihe.»

Gespenster sind in der Regenluft. Angst ist in ihr – und Menschen, die für mich verloren sind –, Erinnerungen und

Alpträume mit ihrer ungeheuren Glaubwürdigkeit. Nun, da ich hinstarre, wird aus einem Strom von Momenten auf diese oder jene Art verfehlten Sehens die Anatomie einer einzigen trüben Unfähigkeit, gleichmäßigen, nichts begreifenden Glotzens. Ich erinnere mich daran. Ich erinnere mich, daß ich nicht sehr gut sah. Ich bin – auf Druck hin – Rationalist. Ich betrachte das getrübte Sehen als Ausdruck dessen, daß ich mit den Augen an den Grenzen meiner selbst herumstöberte und -schnüffelte: so lebhaft und nasenhaft war die Sehfähigkeit, die ich besaß. Ich wußte nicht mehr, daß meine Blindheit, meine Unfähigkeit teilweise von der Verwirrung über meine Namen und Leben herrührte. Doch vielleicht war es auch echte Unwissenheit, nicht das Ergebnis jener Geschichte. Ich meine, ich weiß in einem realen Moment, den ich durchlaufe, nie so genau über die Ursachen Bescheid. *Tick-tack. Tick-tack.* In jenen Tagen, an jenem Tag funktionierten für eine Weile keinerlei Erklärungen der mich umgebenden Welt. Wie man es auch nimmt, ich war geblendet; ich war ohne Sicht.

Das ausladend aufquellende Formenbündel da – die Frau – hat ein Ding, einen Beutel, eine Handtasche: «Aber S. L., mein *Schatz*, er war doch VÖLLIG rot, der Vogel da draußen.»

«Verschon mich, Katherine; ich sage immer: Ein Rotkehlchen pro Tag hält den Nagel vom Sarg.»

Seine Scherze signalisieren ein bißchen gemein, ein bißchen generös, daß er einer Frau wie ihr Wohltaten zukommen läßt. *Sie hat alles in riesenhafter Ausführung: sie ist nicht nur KNOCHIG, sie ist nicht nur STEIF. Da kannst du nur noch höflich sein* – bei jemandem, der nicht nur steif ist. Sie ist von einer triumphierend ertragenen, lauernden Feindseligkeit – aus dem Gefühl heraus, nicht gemocht zu werden und sich wehren zu müssen.

Ein Wörterbuch wurde geholt. Oder ein Band des Bildlexikons bei *Vögel* aufgeschlagen – ein Party-Akt *(Die Leute wissen doch sonst nichts mit sich anzufangen).*

Ich wußte sehr wenig von Bildern, es sei denn in den nervösen Königreichen meiner Träume. Bilderbücher mit ihrem tödlichen Stillstand unterhielten mich noch nicht. So reglos waren sie sogar oft nicht wiederzuerkennen, solche Bücher, der Band selbst und das, was darin war, es sei denn, es kommen die Bewegungen von jemandes Händen und Stimme hinzu; dann sind es die Hände, die ich erkenne, nicht das Buch; das Buch selbst jedoch ist tot oder mir in seiner Trägheit fremd. Bilder haben etwas mit Abwesenheit zu tun, und zur Abwesenheit habe ich keine glückliche Beziehung. Abwesenheit geht nicht immer gut aus, wie Sie wissen, oder? Bilder sieht man in Träumen, und ich habe keine glückliche Beziehung zu meinen Träumen. Ich fürchte mich vor unvermitteltem Wissen. Ich war vollkommen wach, beschränkt mithin, in gewissem Sinne völlig rational.

Doch manche Bilder, solche ohne Bewohner und ohne Zentrum, ohne wirkliches Licht oder vorgetäuscht wirkliches Licht, waren gleichwohl nervöse, zitternde Erklärungen, Manifestationen – unter anderem – von Zuneigung zu mir. Zu meinem Geist. Wenn ich erst das Zimmer betrachtete, dann die Bilder, glitt mein Bewußtsein inmitten der leuchtenden Logik der graphischen Darstellungen dahin. Ich empfand ihre Bedeutung als wesenhaft – als Geisteratem zwischen den unentzifferbaren Linien einer Zeichnung. Die geisterhafte Präsenz von Bedeutung, die flüsternd zu mir sprach, machte mich überwach, als schliefe ich irgendwie gleichzeitig. Dieses Versprechen – oder diese Andeutung – von Antworten war eine Stille, in die man eintreten sollte; sie lud mich ein, mich ihr zu nähern, einzutreten, mit ihr vertraut zu werden. Dann stellt sich der Beginn einer Antwort ein, es ist wie im Traum, und dennoch wirklich und nicht erträumt; es ist die gewöhnliche Wahrnehmung, unsicher und somit vielleicht doch nur erträumt. Aber sie besitzt Klarheit, und wenn sie zu funktionieren scheint, scheint sie aus glücklichen, wahnsinnigen Akten des Erratens eines erträumten Gesetzes, eines Gesetzes der Wiederholung zusammengesetzt zu sein – eine nützliche surrealistische Eigenart des Intellekts. Sie ist zitierbar und dauerhaft (manchmal), diskret und gelehrig. Meine Phasen von Wahnsinn nach dem Tod meiner Mutter wirken unterweisend in mir fort. Vielleicht verbieten sie mir gewisse Dinge – Unglauben, Leichtgläubigkeit, zu leichtes Irren. Ich war damals von perverser geistiger Gesundheit, skeptisch, wohl wissend, daß sie singulär und unvernünftig war – wer hier weiß so wenig wie ich? Oder ist so unsicher? Ich hatte gemeint, das Haus, in dem ich wohnte, sei anders als dieses. Ich hatte gemeint, mein Vater habe ein anderes Gesicht als dieses. Meine Irrtümer haben die Gestalt meines Namens, sie sind so, wie ich die Dinge kenne. Mein Name lautet jetzt *Wiley* und nicht Aaron. Ich habe mich geirrt. Ich irre mich oft. Ich bin unsicher bei jedem Schritt, den mein Verstand oder mein Körper tut. Aber ich bin jetzt hier.

Und dann wäre von dem alten Schmerz und seiner Entsetzlichkeit zu sprechen, von meiner Auflösung in Trauer, von der Unbeantwortbarkeit von Trauer, die in meiner Unfähigkeit nachhallt, überhaupt jemandem zu antworten. Ich wurde in den Wochen und Monaten geformt, in denen niemand auf meine Schreie antwortete. Nun kann ich mir selbst nicht Antwort geben. Sprache verbrennt mir bei der geringsten Berührung die Lippen. Letzten Endes ist meine Erinnerung die Erinnerung an Scheitern und Abwesenheit. Der Schmerz war so groß, daß er mir, lästig wie ein Stein auf der Brust, den Atem abdrückte. Als die Gesundheit zurückkehrte, fand ich heraus, daß manche Irrtümer kaum von Bedeutung waren, wenn ich nur Wörter wie «Mutter» und «Haus» mied oder, nach einer Weile, alle Wörter, jedes Wort, da in Silben doppelte, dreifache Echos, Muster nachhallen und das spezifische Jetzt, und darin die spezifische Gestik einer bestimmten Stimme; all dies in irgendeiner Richtung zu verstehen heißt, dem Echo der ganzen Trauer zu begegnen, die teilweise begraben, aber stets bereit ist, sich zu zeigen. Also bin ich stumm.

Zur Frage meiner Identität gehört, daß ich keine Erinnerungen an eine andere Mutter als Lila, an kein anderes Haus als dieses und an keinen anderen Vater als S. L. besitze. Und an keine Traurigkeit. Alles, was vorher war, ist in das, was hier ist, eingehüllt.

Wenn sich überhaupt alles oder irgend etwas Geistiges und Körperliches – in meinem Geist, meinem Körper – regte, aus der Reglosigkeit erwachte, dann so: es tat einen Sprung durch ein doppeltes Medium von Wachsein und momentanem Schlaf, ein durch die Feuer von Verlust und Verzweiflung, die ich meiden mußte, noch einmal verdoppeltes Medium. Frühkindlicher Wahnsinn, eine Art von Tod, für eine Weile der Tod von allem. Die Wachheit, und dann die falsche Erklärung der richtigen Erklärung, die Verwirrungen und Übersimplifikationen der Sinne (zum Beispiel in Träumen) – all dies hat, offen gesagt, einen gewissen heroischen – kindlich prometheischen – Aspekt, etwas Scheues, Anziehendes. Dennoch war letztlich das seltsame, zweifelhafte und angezweifelte Gefühl vorhanden, daß die Dinge funktionierten, daß Gebete funktionierten, daß der Schmerz am Ende doch gestillt würde. Und keine Erinnerung an einen realen Kindheitsmoment entrinnt diesem Gefühl, diesem Unterton.

Inzwischen erinnere ich mich aus der Zeit, in der meine Erinnerung wieder einsetzt, daran, daß die Leute darüber sprachen – über meinen Schlaf, meine Art zu schlafen. Tatsächlich schlief ich nie wie Kinder sonst. Ich wurde gefangengenommen, erstickt, umgehauen vom Schlaf: «Du bist durch nichts zu wecken – vielleicht bist du zu deinen Träumen zu höflich ...» Manchmal wachte ich auf und war nirgendwo, und es bedurfte der Bemühungen des gesamten Haushalts, mich davon zu überzeugen, daß ich irgendwo war; der Schlaf war damals für mich so dickwandig, so eigenartig, so einleuchtend als Ort und als separate Existenz, aus der kein klarer, verläßlicher Pfad zurückführte in die Welt, die ich verlassen hatte, als ich in unerklärlicher Sehnsucht – schon in diesem Alter – nach jenem anderen Ort geistiger Einsamkeit eingeschlafen war, nach dem alles (soweit ich wußte) umfassenden Geist.

Daß in Träumen die Dinge Namen hatten, war sehr merkwürdig für mich, da ich im wachen Leben nicht sprach. *Baum* und *Mais* und *Blumen* und *Sprechen* – ich hatte kein Gefühl dafür, daß die Sprache fixiert war. Die Sprache war eine ebenso wirr wesenhafte und überraschende Angelegenheit wie Menschen, ihre Gesichter und Gerüche.

Und wie die Zeit, die ankommenden und scheidenden Tage; und sie, die Sprache – was die Menschen um mich herum sagten – hing vom Haushalt ab und von der Tageszeit und davon, wer da war – von der Anzahl von Menschen im Zimmer. Ich verwechselte nie die Menschen, die mich weckten, mit denen, als die sie erschienen waren, bevor ich eingeschlafen war. Ich wußte, es war jemand Neues, der mich erlösen kam. Ich hoffte, sie würden ein wenig so sein, wie sie gewesen waren. Ich wußte, daß ich sie auf neue Weise sah – aus Übung. Sie waren neu und anders für das Kind, das nach dem Schlaf selbst eine andere Person war und sich jetzt in diesem Leben anderen Rangs befand, im wachen Leben. In dieser bewegten, schwankenden Luft, in der die Zeit so bebt und atmet. Und ich bin ein anderer in dem, was ich tue, was ich weiß. Jemand Neues hatte mich geweckt, der so neu war wie ich. Und dies hieß, mit dem zu beginnen, was ein neuer Tag genannt wurde. Dies hieß, zu meinen wachen Sinnen zurückzukehren: *Bist du wieder da? Bist du schon wieder du? Hallo, Pisserchen ...*

Das wache Leben schien jeden Morgen auf einer frischen Schicht moralischen Sediments zu entstehen, auf dem während der Nacht abgelagerten Schlick neuer Geschichte, der verdeckte, was zuvor dagewesen war. Der Tag bot den Sinnen einen neuen Untergrund an – und dem Intellekt (soweit es ihn gab).

Also bin *ich* auf eigentümliche Weise ganz blinzelnde Augen und schnatternde Ohren. «Er ist nicht wie alle andern.» Durch das Licht, das in diesem realen Moment in mir ist, werde ich, wie durch alles, was ich tue, ganz ohne mein Wissen zum exemplarischen getrösteten Skeptiker – dies ist schon zu jener Zeit für einige in meinem Publikum zu sehen: ich besitze diese Schönheit, manchmal wenigstens – die Schönheit eines Beispiels gelungener Tröstung. Manchmal erlebe ich einen gegenwärtigen Moment wie eine kurze Unterbrechung fortwährenden Schlafs, und so sehr färbt Schlaf den Moment, daß all die Tröstungen und Verknüpfungen des Schlafs mit dem wachen Moment vermengt sind, wie skeptisch und mit wie weit aufgerissenen, starren Augen ich ihn auch betrachte – was auf einen Erwachsenen komisch wirken mag, aufmunternd und komisch – teils rate ich, teils erinnere ich mich.

«Sieh da, er hat einen Tagtraum – er ist ja ein solcher Träumer», sagt S. L. weiter. Und geht noch weiter: «Das ist ein Traum von einem Kind.»

Mit besonderer Aufmerksamkeit und Furcht (in Färbungen, die nach Form und Mischung meine persönlichen sind) sieht das Tageskind zu, wie die Hände der Frau Seiten verschieben, umblättern, festhalten und eine bestimmte glätten. Ich kann jetzt sagen, daß sie ziemlich gereizt und sehr daran interessiert gewesen sein muß, S. L. zu korrigieren. Solche Gefühle, wie ich sie hatte, waren in die Andeutungen, die Andeutungsfülle intimer Aufmerksamkeit gehüllt, deren heißer Kern ein geschulter Sinn für Stimmungen und Absichten ist. Andeutungen, Andeutungsfülle: und die Haltungen ihrer Hände: die raschelnden Seiten und ihre Fingerbewegungen hatten die Autorität von Träumen: diese Andeutungssprache war für mich so real wie Brot. Und auf den Seiten schienen die unzähligen fremdartigen Farben und das Schwarzweiß der Graphiken, so wenig sie der Natur glichen, im gedanklichen Sinne präziser real zu sein – in Farbe und ein bißchen verschwommen und hell-dunkel und schwarzweiß –

als an sich reale Dinge, so wie sie mir in einer fernen Zimmerecke, in meiner Nähe oder draußen vor dem Fenster erschienen. Die Zeichnungen waren reich an schwebenden, sich bewegenden Wesen, wie ich eines war, wie es für mich bestimmte Wörter waren, oder wie Leute, wenn ich sie in diesem Zimmer schweigend ansah. Was heißen soll, daß die Bilder sich so wirklich an mich zu wenden begannen wie dreidimensionale, reale Geschöpfe – wie Hunde oder wie eine Katze, die wach hereinspaziert und einem Beachtung abnötigt, weil sie einen mit Überraschungen, Verdruß und Vergnügen, Eifersucht, Heiterkeit oder so überschütten kann wie die Stimme der Mutter.

Tiere kommen gewöhnlich in meinen Träumen nicht vor, nicht einmal in denen, an die ich mich nicht erinnere – darauf würde ich wetten, selbst für meine Träume der damaligen Zeit; aber vielleicht würde ich die Wette verlieren. Ich hatte nie einen Sinn für unwirkliche Tiere. Ich glaube, ich erwartete, daß (oder fragte mich, ob) die wenigen Tiere aus meinen Träumen auf jenen Seiten, diesen Seiten erscheinen und dann tatsächlich, mit pelzigen Pfoten, gefiederten Flügeln, hier auftauchen würden, wo das Atmen von Daddy, der Frau und mir zu spüren war. Meine absurde Sicherheit zu dieser Zeit, in eben diesem Moment, verwandelt meine Augen, stärkt meine Sehkraft, befähigt mich, diese Wirklichkeit zu ertragen – einiges darin. Meine Sicherheit? Ich bin vor unerwünschten Überraschungen sicherer als sogar in den – letztlich doch – unangenehmen Phasen meiner Träume, wenn sie besonders schmeichelhaft sind. Ich bin wach und außerordentlich sicher vor Leiden und Zudringlichkeit, sicherer, als wenn ich mich versteckte. Ich kann es mir leisten, das Sehen zu riskieren. Dann *sieht* man plötzlich ... Man sieht, daß es da eine Stufe gibt vom weniger Wahren – dem Verfälschten, einem Modell – zum Wirklichen. Das Wirkliche ist ein verrutschender, verregneter Fleck. In Träumen, in meinen Träumen, sind die Lebewesen manchmal glaubhafte Schatten, sinnlich nicht vollständig wahrzunehmen, aber so vollständig, als würde man sie im mühseligen Wachzustand wahrnehmen – ist das nicht verwirrend? Doch darüber wurde gelogen: sie waren keine körperlichen Beispiele für auf mich gerichtete Vorhaben, erfüllt von ihren eigenen Vorhaben und Färbungen; sie wurden erträumt und im Traum benannt von der Stimmung, von der Stimmung, wie ich sie empfinde: von *diesem* hier, was immer es sein mag, kenne ich nur eine Stimmung.

Die Zeichnungen im Buch und die von den Erwachsenen ausgesprochenen Namen enthalten andere Mitteilungen, enthalten Dinge, die ich erfahren könnte, wenn ich daran dächte, einen zu fragen, aber ich spreche nicht. In einem einzelnen Moment verpflichtet ein Name einen dazu, eine Identität gemäß dem Sprach- und Realitätsgefühl von jemand anderem in einem Raum zu haben. Die Wesen im Buch, die ich undeutlich sehe, von denen ich weiß, daß sie Tafeln oder Bilder sind, haben den Charakter von Erklärungen, und dann von *Tieren-und-Vögeln*. Während ich die Seiten des Buches im Augen behielt, wird mein Name in jähem Wechsel zu etwas Unwahrem und etwas Wirklichem, zum Gegenstand moralischer Entrüstung – zur Wahrheit eines menschlichen Kindes. Ich finde, die Bilder sollten sich langsamer bewegen und klar das zeigen, was sie zeigen. So ist mein Name, wenn er echt ist: mein Name hängt zusammen mit Wissen von der Welt, das ich übermittelt haben möchte, und mit dem Umstand, daß ich im Hinblick darauf nicht beachtet worden bin. In meinem Namen ist das Recht auf Tröstung inbegriffen – soweit ich damals wußte. Der Anspruch ist darin inbegriffen, daß andere sich meiner Seele gegenüber sanft verhalten.

Anstürmende Empfindungen, dann deren Verstummen, kündigen an, daß die Absichten der großen Körper um mich herum sich klären. Eine Erklärung – eine Vermutung – ein Tor, erträumt, nicht erträumt – taucht auf. In einer Sekunde ist sie bekannt. Das Bild nimmt meine innere Erwartung bei der Hand, daß es mich von nun an in dem, was ich irgendwie in der wirklichen Sphäre sehe, lenken und führen wird. Liebe und Angst sagen mir, daß das Bild die idealere Erscheinung ist als das Ding. Ich drücke eine Hand auf das Bild eines Kardinals. Idealer? Das hängt davon ab, wo man sich in seinem Wachzustand befindet. Beruhigt. In Sicherheit. Ich möchte den wirklichen Vogel noch einmal sehen, aber er ist weg. Das Licht auf den Buchseiten blendet, wodurch ich endlich etwas dargestellt sehe, halb ertrunken, fast wie eine Erinnerung an den Vogel, den ich gesehen habe; aber das Dargestellte ist in meiner Überraschung darüber ertrunken, daß ich entdeckt habe, wie es funktioniert. Diese ertrunkene Entdeckung ist so, wie wenn die Finger in den verzerrten Brechungswundern von klarem Wasser einen Kiesel finden – denn die Lichtbrechungen in jenem anderen klaren, zumeist transparenten Medium sind rätselhaft, aber regelmäßig.

Daddy sagt: «Seht euch den kleinen *Schicker* (Betrunkenen) doch bloß an; seht euch den gelehrten kleinen Pisser an; da habt ihr einen gelehrten Herrn, einen Kabbalisten, der eben von seiner Sauftour kommt; er hat einen echt jiddischen Kopf: seht ihn euch doch bloß an!»

Daddy und die anderen hielten mich für zurückgeblieben, geschädigt durch den Tod meiner Mutter, vielleicht sogar geistesgestört. Und Daddy benutzte das Jiddische wie eine witzigere, herbere Form von mittelwestlichem Farmerslang, wie einen weiteren ländlich-amerikanischen Dialekt, eine poetische Ausdrucksweise, dazu geeignet, emotional und ironisch über das Leben in dieser Gegend und über solche Themen zu sprechen wie Kinder, die geschädigt wurden, indem sie den Tod anderer überlebten.

Der Pisser späht in der Klarheit umher, dem Destillat der Unterrichtung, die ihm gerade zuteil wurde. Ich spähe in ein Leopardenlicht, wo Regenschatten über die Wand laufen, gleiten und zucken, und über die gebogene Seite, über das gebogene Bild darauf und über mein Bein, wo keine Vögel sind. Nichts hier gleicht dem abgebildeten Ding. Die flinken Schatten von Regentropfen fliegen und lungern und hüpfen um mich herum, und Schatten beschweren die Bäuche der Regentropfen auf den Fensterscheiben. Wenn die Erregung über Erklärungen konzentriert – und stechend – wird, macht sie den Körper starr und wollüstig. Schatten und Regentropfen, Bilder und Abbildungen, das Werfen und Fangen von gewissen Einsichten – ich klatsche sanft danach, ich schlage oder patsche auf das Papier, die Schatten auf meinem Bein, die Klänge des Klatschens ergeben im Partylärm unvollkommene Reime, und dieses Reimgeschehen, anhaltend überraschend, begleitet mich beim Atmen und Schauen. Der gestalthafte Fleck, das logische Phänomen, daß ich Dinge wiedererkenne, ist nun berauschend neu – ist wirklich, ist in mir. Leben wird herbeizitiert, seltsam verkörpert – ein einmaliger, nachträglich hingepfuschter Vogel, ein kreatürlich rotes Ding, ist nun eine schöne, schmucke Armada photographisch-karmesinroter Vögel, die in zitternder, träger Folge, bald mehr, bald weniger existent, in dem Kind umherflitzen und dahinschweben.

S. L. nimmt das Baby beiseite

Und draußen vor dem Fenster, in der Luft, hier und da graue, schräge regenträchtige Schwaden, vom Wind bedrängt. Das Fenster ist offen. Feuchte Luft berührt mich. Ein grauer Vogel läßt sich auf dem Fenstersims nieder, putzt sich, läuft, gurrt. Ich sehe ihn als rot. Meine Verhandlungen mit dem Sichtbaren träumen mich. Hier schlafen für einen Moment alle Dinge und Menschen und träumen mich. Und ich bin frei und bewege mich inmitten der Eigenschaften des Zimmers wie im Traum umher – im Halbdunkel des Regens heute, in dem fremdartigen Licht. Ich kann die fortwährenden Gnadenakte und subtilen Höflichkeiten, die meinem Sehen zugrunde liegen, nicht alle aufführen. Regenbänder, Schatten liegen und schlängeln sich auf dem schattengestreiften, glänzenden Porzellan von S. L.s Gesicht. Ich gucke hin. Unter den vorgewölbten Becken seiner Wangen liegen zerknittert, teilweise im Schatten, als weitere Bänder seine Lippen. Ich fahre in meinem Gesicht dahin wie in einem Auto und studiere ihn in einem Ansturm von kindlicher Aufmerksamkeit. Zuneigung. Hat er mich gerettet? Die Gruppe von Reisenden im Raum teilt den Unterschlupf hier mit mir. Furcht, Zorn, Not, Bankrott und Tod sind hier, doch verkleinert, weshalb sie in gewissem Sinne nicht hier sind, obwohl sie es sind. Niemand stirbt auf einer Party. Manche Dinge sind in bestimmten Momenten weder wahrscheinlich noch passend. *Jetzt kennst du mich*, sagt das Bild. *Jetzt bist du einigermaßen in Sicherheit, und du kennst mich* ... Ich lehne mich an S. L.s ebenmäßige Rippen. Die Mächte, die an der transparenten Schwelle des Fensters versammelt sind, schlagen nach meinem Gesicht, sie holen weit aus und umgeben den Fensterrahmen und die Leute davor mit einem Strahlenkranz.

«Seht euch mal den Wonneproppen hier an; er hat Augen wie Turnhallen.» Groß, hohl, hallend? «He, spielst du hier drinnen Basketball?» Er blickt dabei auf – ein paar Erwachsene in der Nähe unterhalten sich mit ihm, mit uns; ich verstehe nicht; vielleicht redet Daddy zu ihnen allen: «Er mag ja ein bißchen langsam sein, aber er gehört uns – das reicht uns völlig –»

Lila fragte: «Kommt euch *dieses* Kind da etwa unglücklich vor?»

Gewichtig fällt draußen Sommerregen. Wie vom blendenden Licht zusammengestrichen und hervorgehoben, taumeln S. L.s Gesicht, Nase und Augen so aufsehenerregend wie alles reale Leben innerhalb jenes zweiten, weiteren aufsehenerregenden Taumels der Jugend. Er ist jung und in einer besonderen Stimmung. S. L. und ich wohnen hier. Sein Gesicht ist nicht fleckig davon, daß sich darin ein ganzes Bündel von Momenten überlagert. Hie und da schenkt ihn mir meine Erinnerung so, wirklich und nicht als launischen Querschnitt durch Tausende von Situationen aus einer ganzen Reihe von Jahren. Dies ist nicht der verschwommene S. L. in der Maske meiner Meinungen über ihn. Jetzt und als ich größer geworden war, meine ich, er ist nicht jener Mensch im Käfig, er ist frei und ein wenig beängstigend, aber auf menschliche Weise *familiär*, wenn auch in einem zum Teil schockierenden, auftrumpfenden Sinn ... AUFSEHENERREGEND einsam und strahlend, von körperlichem Selbstvertrauen und vertrauensvollem Auftreten, öffentlich jung – als Wüstling bekannt, ein vollentfalteter S. L., aber noch nicht am Ende angekommen, *glanzvoll* maskulin, phallisch, geschmeidig in den Hüften, mit leuchtendem, dann wieder ausdruckslosem Gesicht (kleinstädtisch, routiniert, provinziell, im Stil der Zeit nach den zwanziger Jahren) – eine Art Held, Stutzer,

Valentino, Mr. Romance – High-School-Jungen nannten jemanden wie ihn einen *Schwanz auf Beinen* – und die gehobenen populären Künste begannen jemanden wie ihn einen *Zuchthengst* zu nennen – ja, das hatte er in sich, und auch das Zeug zum gerissenen guten Kumpel – von ironischer, angestrengter und kalkulierter Munterkeit, wenn er unter Leuten war. Ich-bin-ein-guter-Kerl ...

Das ist Daddy – nicht nur auf einer Party, sondern oft –, und auf einer Party konnte er aufsässig sein. Sehen Sie, manches vom späteren S. L. ist in ihm, düster und porös – und höhlenhaft, mit bewegten Schattenwesen in der großen Höhle – von S. L.-später-im-Leben. In seinem Leben jetzt ist S. L. jung und betucht, blond und launisch.

Er war Soldat im Ersten Weltkrieg; er hat viele Meinungen – wo im Netz der Eifersucht sind wir? Er spricht, dieser hier, geheimnisvoll und erregend in einer Vielzahl von Tonlagen, zum raschen Verschwinden bestimmt, zunächst zum Verschwinden aus seinem Repertoire, und zwar nicht nur in Momenten der Wut, Langeweile und des düsteren Grübelns; dann sogar von der Erdoberfläche ... Er wird in den Tönen eines Älteren sprechen ... DADDY!

Er hatte nie ein So-redet-er-immer, weder in einer bestimmten Woche noch in einem bestimmten Jahr; aber in den Jahren, die ich ihn kannte, ist er in jedem Jahr, das ich nennen kann, verschieden blond, spricht mit verschiedener Stimme. Er stellt eine verschiedene Mischung moralischer Stile dar. In diesem Jahr raucht er Pfeife. Er hat einen ärmellosen Sweater an, wie er ihn auf einer Photographie in *Esquire* am Prinzen von Wales gesehen hat. Er hält den großen, stotternd auf Filmstar stilisierten Kopf schräg. Er hat mich von der Party entführt; wir stehen hinten im Flur an der Hintertreppe, sind dem Party-Lärm und Rauch entflohen. Es ist möglich, daß Daddy jemand Bestimmtem aus dem Weg geht.

Heute behaupte ich, er habe damals lustvolle, hellsichtige – und traurige – Ängste empfunden, Party-Ängste; raschelnde, die Atmung aus dem Rhythmus werfende Gefühle ... Und zudem galt er nach lokalen Maßstäben als soigniert – was er und Mama sagten, war ausschlaggebend. Sein Herzschlag, an den er mich hielt – es kratzte ein bißchen – war laut und rhythmisch; und sein Atmen darüber klingt wie dieses flüsternde Grollen, das ich höre, wenn ich mit ihm im Auto auf einer hohen Brücke über den Fluß fahre.

Erregung und Nervosität. Nahebei das verregnete Leuchten eines kleinen Fensters. Mein schmalrippiger Brustkorb, mein gereckter Hals, meine weitäugige Wachsamkeit registrieren hin und wieder seine festliche Nervosität, das leutselige Party-Prahlen seiner Riesenstimme und sein maskulines Gehabe. Das inbrünstig besondere Benehmen – männlich – gesellig – intim; der Spott, die heimliche Zuwendung – ich verspüre ein heißes, hitziges Rieseln und Prickeln auf dem Rücken. In ziellosem, hitzigem Spott flüstert S. L: «Wenn Freunde zusammen sind, ist immer Schönwetter, stimmt's, Pisserchen? Meinen's deine Hände auch ehrlich? Ich mag nämlich ehrliche Hände.» Er riecht nach Wiskey und Aspirin, zimtigem Sen-Sen (für frischen Atem), nach Plätzchen und Kaffee. Und nach Angst.

S. L. sagte: *Ich bin ein Küsser und ein Schnüffler ... Magst du den Geruch von Äpfeln? Erinnern sie dich an Probleme?* Sündhaft, gescheit.

Die Gewalt, die mit individueller Schönheit in Amerika so eng verbunden ist, prägt sein Naturell, sein Leben, sein Verhältnis zur Welt. Seine Töne. Der Hals schwillt ihm an – und pulsiert – bei manchem Zeug, das er da mechanisch und nervös daherredet:

Na, ist das was? Ist das etwa nichts? Ich hoffe, du bist so schlau, daß du dich geschmeichelt fühlst, kleiner Plumpsack: so viele Leute gehen im Regen aus, nur um dich zu sehen, um DICH anzugucken – wir führen dich den fiesen Zweiflern vor: Lächle und zeig deine Grübchen ... Bist du ein Streifen goldner Sonnenschein im Regen? «Sunshine – you are my sunshine» – das letzte sang er. *Weißt du, wie das mit King Cole und den vierundzwanzig Amseln war? Vierundzwanzig Amseln kamen gebacken aus dem Ofen raus? Hackten dir die Augen aus? Die Augen von irgendwem ... Du blendest mich, Engelkätzchen ... Bist du ein Nebbich, der nicht Tango tanzen kann? Die Leute sind eben eingebildet, mein kleiner Pisser. Es gibt nur schräge Geschäfte – soll ich dir die Geheimnisse von allen verraten? Es gibt nur schräge Geschäfte ... Haben kleine Krüge große Ohren? Schaut mal, wer hier ist, Cupido persönlich. Hallo, hallo und noch mal hallo, du, hallo, sei bloß nett zu mir, dann kriegst du auch was von mir. Wenn der Zaster nicht stimmt, weißt du nicht mehr, wer deine Freunde sind ... Mich mußt du auf deiner Seite haben, wenn die Schießerei losgeht ... In Alabama haben sie einen Juden aufgehängt: mit dir machen sie das nicht. Willst du deinen Spaß haben? Ist das nach deinem Gusto, Kumpel, so richtig Spaß? Nach MEINEM Gusto ist es ... Im Prinzip bin ich drauf aus, mich gut zu fühlen ... Alle hatten ihren Spaß: warum denn nicht? Ich bin nicht religiös, aber ich hab ein paar Qualitäten, die ein normaler Mensch schon mögen kann ... Lincoln konnte Jiddisch, wußtest du das schon? Lincoln hat die Sklaven befreit, aber mich nicht – bei guter Führung werd ich vorzeitig entlassen: muß nur erst lernen, mich gut zu führen – na, wie schmeckt dir die Marmelade? Für diesen ganzen Obermist hat meine Mutter mich doch nicht großgezogen – ich verrat dir mal was über mich: für Mutterliebe und ordentliche Bezahlung bin ich zu haben. Ich bin ein komischer August, der Samuel heißt. Schmatz-schmatz ... Buuupbuuuup-di-buuuup ... Ich bin die ganzen Ärsche satt und leid ... Es regnet Hunde und Katzen, Pisserchen: Wuff, wuff, wau, wau, miau, miau. Ich bin ein Fan von dir: wie findst du denn das? Was sagst du denn zu diesen grünen Äpfelchen? Ho ... ho ... Honigkuchen ... Wo ist der Retter für dies Wetter? Deine Mama hat die besten Brüste von ganz Illinois, aber eine Frau mit scharfem Mundwerk könnte genausogut kahl sein – wer weiß denn in dem Fall schon, was richtig ist und was falsch? Das frag ich dich. Also, mich bringt das in Nein-danke-vergiß-es-Stimmung, wie die Mädchen im Süden immer sagten; zieh kein Gesicht. Ich hab meine schwachen Augenblicke, na und? Wenn du mir zu nah kommst, während ich die Fäuste unten habe, fließt eben Blut; kein Grund, einem Mann wie mir zu sagen, er soll in den Teich springen. Heute haben wir lauter nervöse Wichser da – Zugeknöpfte – kleine Fische. Weltmeister im Reden bin ich nicht gerade. Ein Mann redet nicht gern, Pisserchen. Lila ist die Rednerin in der Familie; die kann's mit der gesamten Hölle aufnehmen. Himmel, dieser bescheuerte Regen! Weißt du, Pisserchen, ein Mann redet erst mal lange mit sich selber. Wir leben schon in einer traurigen Welt. Aber du hast hier einen Mann vor dir, der mit dir redet. Bist du bloß Flaum und Federn oder ein strammer Racker? Sind deine großen blauen Augen wirklich echt? Ich bin ein netter, munterer Kerl, kein Dünnbrettbohrer. Sag mal ehrlich, magst du Leute? Magst du mich? Du bist schon was Besonderes, mit diesen großen, großen Guckaugen ... Ich bin Philosoph, mußt du wissen; ich bin nicht auf Ärger aus. Küß mich, Pisserchen: ich bin der letzte der verknallten Papas. Frauen, die schnellen wie die lahmen, hetzen dich irgendwann zu Tode ... Sie machen dich hin. Ich bumse zuviel – geb ich ja zu. Aber die reine Freude ist das auch nicht immer, glaub's mir.*

Ich weiß nicht, welche Interpunktion ich seinem Gerede geben soll, so spielerisch tollte seine Stimme zwischen den Botschaften umher. Er stupste mich mit dem Mund: *Du kleiner Herzensbrecher ... Eigentlich mag ich Frauen ... Ich weiß nicht; es wächst mir einfach oft über den Kopf – willst du, daß ich vorsichtig bin? Dann bin ich's dir zuliebe – so vorsichtig, wie ich eben kann.* Er starrte auf irgendeine Frau, deren Gestalt ihm leuchtend vorschwebte. *Ich suhl mich gern im Sumpf. Ich mag Abe Lincoln, aber ob er mich mögen würde – das ist noch die Frage: Hatte Abe Lincoln ein so großes Herz wie ich? Hätte er wohl für einen scharfen Juden aus North Carolina was übrig? Tra-ri, tra-ra. Lächle und zeig deine Grübchen: Du mußt nett sein: das ist Vorschrift – und daß du jeden zweiten Dienstag eine gute Zigarre zu fünf Cent drauflegen mußt – ist das ein gutes Abkommen oder nicht? Willst du wissen, was im Hinterzimmer so läuft? Also, ich verrat's dir: ganz einfach, das Übliche, Arbeit-im-Schweiß-deines-Angesichts und ein paar schweinische Sprüche ... Sag mir die Wahrheit: sind deine Gefühle ehrlich? Wickelst du mich ein? Was wüßtest du gern über mich? Ich sag dir alles, was du wissen willst. Bist du ein lieber Junge? Bist du immer lieb? Oder bist du bös, böser, AM BÖSESTEN ... Gut, schließ dich den Rotariern an wie meine Wenigkeit. Dein kleines Gesicht macht mich ganz schwach ...* Daddy hat etwas seltsam Abwartendes und Nachdenkliches an sich, als könne er sich nicht oft für lange aus dem mißlichen Zustand des Wartens befreien.

Ich kann dir alles vorhersagen, was alle auf dieser gottverdammten Party sagen werden: Wie geht's? Mir geht's nicht übel ... Gut sehen Sie aus, mein Lieber ... Dann: *Wir sind das Zentrum der Welt: schau dich um: alles ist da, ringsum sogar: da, schau's dir an. Die Cardinals sehen nicht besonders gut aus, aber dafür haben sie ja Leute wie die Deans. Komplett blöd und ÜBERGESCHNAPPT. Ich sehe aus wie Scheich Valentino, nur bin ich nicht dunkel. Valentino ist tot. Der war ein dunkler Spaghetti. Her mit Mr. Moto ... Her mit Sherlock Holmes ... weiß alles, sieht alles, plappert alles aus ... Schluß mit dem Schwarzgebrannten. Schluß mit dem Äther – und mit Marijuana. Mit so was ist Geld zu machen, richtig Geld. Jemand hatte auf der Route 917 die ganze Nacht über Laster mit dem Zeug rollen. Wir sind hier in einem freien Land, nur nicht, wenn du über die Runden kommen willst. Bankräuber gefallen mir: die haben die richtige Einstellung. Manche Männer haben einfach alles. Ihre eigene Armee. Von Schlägern und Niggern. Na ja, Ende gut, alles gut. Bleib Offizier und Gentleman, auch wenn du dran verreckst ... Lern, den Mund zu halten ... Ich, ich bin Mahatma K. Gandhi und Woodrow Wilson und hab Sorgen ... Ich heiße Samuel Leonard Silenowicz und komme dir Louisiana schenken ... Ist dir schon mal aufgefallen, daß Frauen Tenöre mögen ... Wenn das nicht pure Scheiße ist ... Aber wem der Schuh paßt ... Kleiner, laß uns ganz groß zuschlagen: ich werde so reich wie Rockefeller. Eine heiße Nummer, ein ganz großes Tier. Ich bin der Mann im Sattel. Wußtest du schon, daß die Große Depression so toll gar nicht ist? Glaub an mich, Kleiner: ich bin ein großer, großer Mann ... Dicke Nüsse, was? Ich bin ein höllischer Ranklotzer; du lebst jetzt bei besseren Leuten, als du's gewohnt bist ... Ich möchte, daß ein Star von einem kleinen Jungen aus dir wird. Ich bin kein Wolf im Schafspelz.* Plötz-

lich heulte er wie ein Wolf. Das findest du nicht komisch? Vermutlich muß man dabeigewesen sein, sonst hat man keinen Sinn dafür. Willst du einen Graham-Cracker? Weißt du, was sie im guten alten England sagen? Da sagen sie nicht «Klappe»... dazu sind sie zu fein; sie sagen: «Zügle deine Zunge.» Er streckte die Zunge heraus und nahm sie zwischen die Finger einer Hand. Er lachte, hörte damit auf und sagte: *Das Leben ist großartig, wenn du nicht schwach wirst. Findest du, die olle Dicke ist die Schönste von allen?* Anne Marie. Mein Kindermädchen. *Bist du wirklich, zu neunundneunzig und vierundvierzig Hundertstel Prozent rein? Soll ich den Mann fragen, dem ein Prozent gehört? Ich bin ein geiler Mistkerl, was? Ich bin Popeye, der Seemann. Na, laß uns zu dem Pöbel da drinnen zurückgehen. Erbarmen wir uns seiner. Immer hübsch sanft auftreten, aber einen dicken Stock dabeihaben ... Ich mag gar nicht dran denken, wie viele Zeitungen ich lese, wie viele Filme ich gesehen habe. Ich reiß mir für dich das Hemd vom Leib, wenn du's mir nur leichtmachst ... Warum soll ein Mann eigentlich nicht nervös sein dürfen? Schau mich an: ich bin klatschnaß; das kommt von der Feuchtigkeit. Du brauchst hier die Widerstandskraft von einem Champion. Müssen wir uns wirklich einem Haus voller Besserwisser stellen? Für meine Gefühle kann ich nichts. Ich bin doch nicht aus Pappe. Küß mich: ich bezahle meine Steuern ... Das Glück liegt in deinem eigenen Garten rum: ich bin ein Engel genau wie du, das weißt du doch, oder? Willst du mal von einem weißen Mann geküßt werden? Hörst du das Ticktack meines Herzens? Liebling, ich bin nicht so blöd, wie ich aussehe – findest du mich für einen Ehemann zu hübsch? Das sagen alle Mädchen, Kleiner.* Er flüstert: *Ein Mann wie ich kann ohne Liebe nicht leben ... Was lange währt, wird endlich gut – willst du einen langewährenden, guten Papa? Küß mich ... Ich bin der Weise Mann von Borneo ... Wenn dir das Herz bricht, ist es zu spät. Ich weiß nicht – du und ich ... der Sessel, der mir gefällt, steht im vorderen Salon ... Gefällt dir der gelbe Sessel? Pupserchen, weißt du, was gelb ist? Komm, wir gehen zu dem gelben Sessel da und setzen uns hinein ... Oder laß es uns nicht tun und bloß sagen, da wären wir gewesen.*

Seine Stimme, seine Bewegungen, der Party-Lärm am Ende des Gangs und auf der anderen Seite des Hauses huschen aufgeregt auf mir herum wie Käfer: sie krabbeln, brummen, summen, beißen und fliegen in den bewegten Schatten des unbeleuchteten hinteren Gangs umher, in den schattenhaften Bewegungen der Schatten, die vom Regengesprenkel draußen durch das kleine Fenster und die Hintertür fallen. Die Kraft seines und meines Atems bewegt uns voran – ich bin ein Kind, kaum mehr als ein Spielzeug. Wie heiß die Körper von Erwachsenen in ihren Kleidern sind, wie heiß ihre Kleidung, seine Kleidung war, welchen Dampf seine Haut darin verströmte!

Wie kurios die Haut sich in Reaktion auf die wechselhaften Botschaften des Mannes kräuselt, so daß einem das kindliche Ich wie ein Auge erscheint, dessen Lid sich öffnet und schließt, vielleicht über offenbarten, dem Mann geltenden Gefühlen.

Das Lachen des Kindes auf der Party in einer unvollkommenen Welt

S. L. trägt mich durch den engen Kanal des hinteren Gangs hinaus in die Weite des vorderen Gangs, wo die Regendüsternis zunächst einem tiefen Loch mit einer Tür aus Drahtgeflecht gleicht. Durch das Geflecht der Tür sieht man die gemaserte, umgetriebene Luft. «Gehen wir ein bißchen *airea purea* schöpfen; machen wir einfach ein bißchen blau; wir schwänzen einfach ein bißchen.» Er spielt schon die ganze Zeit Schuleschwänzen. Der gelbe Sessel ist vergessen. Das hölzerne Haus bebt von Stimmen; und S. L. schließt die Drahttür und wir sind im Regen: die derben blonden Haare auf seinen Armen, die mich tragen, werden naß und legen sich an, während sich über unseren Köpfen ein blauer Regenschirm öffnet und knarrend dreht, oszillierend und beängstigend; und über S. L.s Augen, seiner Stirn, seinen Haaren segelt die Farbe Blau.

Er atmet ein paarmal tief in dem wassergleich dichten Moment unter der leise donnernden und klickenden blauen Auflaufschüssel. Mein nun melodramatisch sanfter *Vater* sagt väterlich-erotisch aus heißer, aufgerauhter Kehle, die sein Atem zum Schwingen bringt: «Reicht's? Sind wir der Räuberhöhle gewachsen?» Lebhafte Melancholie erfaßt ihn, so scheint es. Daddy küßte mich auf das leicht verzerrte, ungeschützte, regenfeuchte Gesicht.

«Frauen *sind* anstrengend ... Aber würdest du das Haus etwa lieber mit einem Elefanten teilen?» fragte er in optimistischem Ton. «Laß uns mal sehen, ob wir ein paar Lacher einheimsen können.» Das zu meinem Gesicht-als-Kind gehörende Ich hört die Drahttür zuknallen – schnarren, plingen. «Das Leben ist ein Kampf, aber ohne mich – wie wär denn das, Pupsmännchen? Wie wär's mit einem Küßchen?» Ich schüttle den Kopf. Er ist ein erwachsener Mann; man muß ihn nicht schonen. «Weißt du nicht Bescheid?» flüstert Daddy dem Kind zu.

H. L. Whitters beobachtet uns. Leon Cohen beobachtet uns. Ebenso schauen uns Carol Forz, Rosemary Williams, Margaret Karlson mit den tiefliegenden Knien und dem breiten Hintern und viele andere zu. Daddy trägt mich weit in den Raum hinein; Regentropfen brennen kalt auf der Trompetenblume meines Schenkels; den Seltsamkeiten der Wahrnehmung gebührt es, daß ich seltsam lächle; nasses, schmerzliches Staunen auf dem kindlichen Gesicht in der entfesselten Flut von Schatten im Raum, inmitten der Schwärme von Köpfen, Sessellehnen, Schultern und der Torpedoschatten fliegender Regentropfen. Er trägt mich quer durch den Raum – er gibt Geräusche von sich – Leute lachen oder lächeln – wir gehen um Leute herum und vor ihnen vorbei. Er ist in der Gegend berühmt für seine Witze, seine Party-Nummern. Er unterwandert die Verdrossenheit, ein blonder, dünner Mann mit anmaßend romantischem Gesicht. In seinen traurig schrägstehenden Augen huscht Ich-weiß-nicht-was umher. Er geht auf Zehenspitzen; er schreitet. Daddy stellt uns zur Schau. «Sind wir nicht göttlich, wir zwei?» sagt er laut mit irgendwie komischer Stimme, und Leute lachen. Seine laienhafte Pantomime bildet zusammen mit den Planeten der Gesichter, eingedellten, gequetschten, farbigen Wölbungen, eine Salon-astronomische Konstellation. S. L.s Augen treten ein bißchen hervor. Ich sehe uns im Spiegel. In seiner *hochgemuten* Bitterkeit, seiner Freundlichkeit ist er eigensinnig unverschämt. Außerdem ist er ein Stutzer und hat etwas Intensives – und Närrisches. Darin ist er gut; er blickt nicht auf andere herab. Er hat zu mir gesagt: «Ein hübscher Mann hat mehr Tiefe.» Manche Männer betrachten ihn angewidert – oder naiv: es dämpft ihre Eifersucht, den Narren in ihm zu spüren. Daddy ist ganz der unrealistische Hochstapler, indem er voraussetzt, es herrsche Einmütigkeit über das, was Vergnügen macht: eine bissige, zum Lachen reizende Komik. Sein Ziel ist, eine allgemeine Erklärung herbeizuführen, man sei wundervoll in Stimmung. Dies entwaffnet einige seiner Kritiker. In seinem Gesicht deutet nichts auf ein gar so teuflisches Maß an Unschuld hin; er ist ein Mann, der Emotionen weckt, als wäre er eine Frau, ein Kind, ein berühmter Sportler. Schönheit ist keine *ernst*e Sache ... GELD IST EINE ERNSTE SACHE ... Er hat kein großes Vermögen. Auch keine Armee. Im allgemeinen steht es jemandem, der Gefühle auslöst, nicht frei, diejenigen auszulösen, die er haben möchte. S. L. hebt mich über seinen Kopf; er schiebt seinen gesamten Körper unter mich; ich stehe auf seinen Schultern. Sein Kopf ist zwischen meinen Beinen. Die Luft in Deckennähe ist wie gestärkte Baumwolle, so ungleichmäßig schimmernd. Es ist warm hier. Ich habe die hallig sirrenden Wespen nahen Erstickens in Nase und Kehle. Und in den Ohren. Es ist heiß hier oben. Durch eines der Zimmerfenster blicke ich hinaus in die falsche

Dämmerung des Regens. Er sagt: «Alles tipptopp da oben? Fertig zum glücklichen Kullerknüller? Ja? Los geht's.»

S. L. mimt einen Clown, der ein Kind trägt: unter Verbeugungen und ohne die Miene zu verziehen tanzt er einen Holzschuhtanz. Dann einen lustigen, nicht ganz waschechten Charleston. Unter so ausladenden Possen scharwenzelt er nah an den Beinen der Leute vorbei – manche lachen und kreischen auf; Daddy und ich, in unserer Absonderlichkeit, unserer Gewöhnlichkeit, wir sind in dem feuchten Raum vor Hitze gerötet. Wir haben starre, heiße, leere Blicke. Wir sind ein Spektakel. Ich bilde mir ein, ich sähe uns.

«Wir sind offenbar nette Leute!» sagt S. L. selbstbewußt ... Künstler im Kabarett und im Radio und in manchen Filmen haben das an sich, laut ihre Vorzüge und die ihres Publikums zu verkünden. Ich schwebe über Gesichtern, die uns hingerissen zuschauen. S. L. geht breitbeinig daher. Ich wackle. S. L. trabt drollig weiter und *verkündet allen, die es angeht*: «Ein Lacher pro Minute, und der Doktor hält die Schnute.» Bei S. L. spürt man immer wieder, daß er um den Druck zwischen den Beinen junger Mädchen weiß, um das Gewicht eines Hinterns und um die sexuelle Neugier der Menschen, um jene extreme, wenn auch seltsame Poesie, oder was immer es ist. Er ist stolz darauf, die Arme eines erwachsenen Mannes zu haben. Solches Wissen, solches Gewahrsein ist alles in allem unbekümmert unpoetisch. Es wird reiner durch S. L.s Nächstenliebe. Seine hitzige, unbeholfene Gangart ist ganz schön komisch. Ich glaube, während Künstler auftreten, ist der Neid in ihnen beschwichtigt und tot, denn für eine Weile ist niemand unter den Anwesenden lebendiger als sie. Die Zuschauer warten darauf, lebendig zu werden, wenn der Auftritt sie in seinen Bann zieht. Sie warten darauf, daß unser Auftritt endet, oder sie unterbrechen uns. S. L. verfügt über eine unbeholfene Version der besorgten sexuellen Anmaßung eines berühmten, heroischen Bühnenkünstlers, von dessen Erfindungsgabe. Das mitwirkende

Kind ist vor allem ernst. Jedenfalls behaupte ich das. Was Daddy für mich tut, versetzt mich paradoxerweise in hellwache Gegenwartsvergessenheit, an einen halbwirklichen Ort. Die relative Leichtigkeit, mit der Kinder sterben und Verletzungen erleiden, macht sie weniger wertvoll als Erwachsene, außer bei sentimentaler Betrachtung. Ich bin, sentimental betrachtet, wertvoll. «Trag mich als nächste!» ruft Cousine Trish S. L. zu. Einem Bühnenkünstler gegenüber hat man Selbstsucht nicht nötig.

«Täusch dich nicht. Das hier ist kein Vergnügen. Nur keine falschen Gedankensprünge», sagt er. Er meint es ironisch. Er springt nach rechts und links – aber das sind keine Gedankensprünge, und er spricht es aus: «Ich springe hin und her, aber ich denke nicht», sagt er. Ich halte mich fest. Der Boden bebt. Eine Frau im Raum lacht in hohen, wiederkehrenden Tönen. S. L. sagt: «Ich bin S. L. der Esel, ich komm aus Tennessee und bin auf dem Durchmarsch; zapple nicht zuviel rum, sonst fall ich auf den Arsch ... Sieh mal, wer JETZT alles lacht ...» Hier ist er nicht professionell, sondern menschlich. Daddy greift nach oben und hält mich fest, während er springt, eine Hand auf meinem Bauch, die andere auf meinem Rücken.

Ich kann's nicht glauben, wie unglaublich ich durchgeschüttelt werde. Ich lache – fragend, flehend; dann, als er nicht aufhört, plumpse ich in hysterische, echte Heiterkeit ab und schnappe schließlich heiter und tonlos nach Luft. Das unregelmäßige, ekstatische Geräusch, das ich beim Luftschnappen mache, findet wunderlicherweise interessierte Beachtung – Daddy sagt: «Er ist ein prima Waisenkind ...» Ein tragbares Theaterrequisit ... ein glücklicher Theaterzufall.

(«Ein Glück, daß dieses Kind so leicht zu amüsieren ist», wird Lila sagen.)

«Sommerregen-regen-regen. U-und du, du, duuu», sagt Dad – seine Stimme ertönt unter mir, zwischen meinen Beinen. Vom Wipfel des Fleisch-und-Knochen-Baums, auf dem ich stehe, schnappe ich stumm nach Luft – lache hilflos – in gesteigerter, unkonsequenter Hilflosigkeit inmitten des ziellosen Gekritzels der Regenschatten, ihrer rasenden Zerstörungswut.

S. L. macht rasche Schritte und schwankt dabei hin und her. «Wir sind die Ferkel glücklicher Zeiten ...» Die Vorboten? «Hier kommen die Kicherer; entschuldigt, wenn wir Staub aufwirbeln – habt ihr schon mal zwei so kichern sehen wie uns! Achtet nicht drauf. Wir wollen nur vergnügte Mienen sehen.» Ich kippe wie ein Metronompendel vor und zurück. Der rauschend näher kommende, auf keine Scheibe treffende Regen geht auf der von Drahtgeflecht umgebenen seitlichen Veranda mit fein durchsichtigen, kitzelnden Partikeln, die überall umherfliegen, zum Angriff über, ein kitzelnder Regenschleier. Winzige Tropfen fliegen mir in den Mund. Ich lasse mich zu weiterem Gelächter bewegen, als S. L. mich zum Fallen bringt, fängt, hochwirft und mit mir jongliert. Breit und flach liege ich in der Luft – in seinen Armen – in meinem Gelächter. Mein Gott. Ich lachte und lachte und schrie nicht. Das selige, engkehlige Kind. Sich einer so erzwungenen (und derben) Fröhlichkeit – diesem häuslichen Frohsinn – auszuliefern ist eine wichtige Sache für das gerettete, sprachlose Kind. Das Stottern der von Klängen durchsetzten, oft stummen Lustbarkeit zu ertragen gehört zu dem (dadurch zugleich) berichtigten Lebensgefühl des Kindes. Daddy, mein Partner, brüllt erbärmlich – ein Scherz; und er begleitet sich mannhaft – und vielleicht partiell *hilflos* – mit Lachen. Die unwillkürlichen Lachsalven und stummen Lachkrämpfe des Kindes bringen S. L. zum Zwinkern. Ich erinnere mich, wie amüsiert-verblüfft ich war. Von hypnotisierend Neuartigem und Entzückendem ergriffen zu sein tat weh. S. L. atmet leidenschaftlich den schrankenlos gebrochenen Regen ein. Das sirrende Drahtgeflecht. Ich sehe durch das Geflecht unsere durchnäßten Eiben. Und die feuchten Regengerüche und meine anhaltenden Lachkrämpfe. Ich führte eine partiell amüsierte Existenz. Ein Plüschterrier liegt auf einem Sessel; S. L. hält ihn mir hin. Ich grapsche danach – ich schüttle mich vor Lachen. Ich umklammere es, das riechende Abbild, das mich bei meinen Mittagsschläfchen bewacht. S. L. setzt mich in einen Sessel und schmückt mich mit einem grellbunten, zerfledderten Kopfputz aus Truthahnfedern ... einer zu großen Kriegskrone aus Perlen und Federn, mit langem Federschweif ...

Ich stelle mir den offenen, geplünderten, beinernen Blick des Kindes vor ... S. L. und ein starr blickender, gefiederter Junge mit einem Plüschterrier unter dem Arm ...

Federgeschmückt, rittlings auf dem galoppierenden Mann im summenden Halbdunkel des Regenlichts, ertrage ich es schockiert , daß mir S. L.s fleischige Schultern bei jedem Schritt, den er tut, Hiebe versetzen und daß der Schwanz des Kopfschmucks wippt und mich stechend peitscht, wieder und wieder und wieder. Den oft berichtigten Moment empfindet man als schön. «Nicht jeder hat soviel Spaß wie du, Pisserchen ...» S. L.s Kopf und Haare sind in der Klammer meiner bebenden Schenkel. S. L.s Schädel knallt gegen meinen Körper. Die blendende Zone um die Lampen unter der Decke glitzert wie Fliegenflügel. Der Trick des Begreifens ist mir zu hoch. Ich habe aufgehört zu lachen und bin einfach in Fröhlichkeit erstarrt. Daddy hüpft wie beim Himmel-und-Hölle-Spiel. Ich bin Betrunkenen und anderen Schreihälsen verwandt. Das hier ist wohl eine Art Komödie. Ich bin nicht mehr das Kind, das meine tote Mutter kannte. Ich habe mich verwandelt. Ich bin jetzt S. L.s Erbe. Ich bin hier zu Hause, nah dem unruhigen Glanz der verrückten, natürlichen Blüten von Licht an den Wänden: amerikanisches Licht, amerikanische Kindheit, amerikanisches Glück ... Das sage ich, aber ich habe mich im Verdacht, ich könnte mich da täuschen ... Und doch ist der Raum für mich ebenso überzeugend das unmittelbar vorhandene Gute, wie die unmittelbare Anschauung der Wahrheit überzeugend wäre. Mit meinen Griffen habe ich Daddys Haar zu Büscheln gedrückt und zerwühlt. Es gefällt mir, sein Kind zu sein. Wir kommen an der schmutzgesprenkelten Fassung eines Dekkenlichts vorbei. Ich pralle zwischen meinen eigenen Lichtern im Schädel hin und her. Ich bin partiell bewußtlos vor durchgeschütteltem, übererregtem, schmerzendem Wohlgefühl. Lust ist nicht dümmer oder weniger bemerkenswert als Schmerz und Trauer, oder? Ich empfand den Moment als glanzvoll. Ich glaube, er hatte etwas Glanzvolles. Das Kind schreit merkwürdig auf in dem Moment, der ihm den Atem raubt. Auf meines Vaters Schultern wurde ich von Leopardenlicht verschlungen. Es war ockerfarben und schwarz. Ich erinnere mich, daß ich in den heißen Nebel der Vereinigung gewandet war. Ich möchte nicht mit unangemessener Ehrfurcht vom Amüsiertsein sprechen, aber ich war zutiefst amüsiert – enorm befriedigt. Meine nackten Schenkel reiben sich (von hinten) an S. L.s rauhen Wangen. Ich erwarte, daß ernste Amüsements sich in meinem Leben wiederholen werden. Das Klima der Empfindungen ist nun von einem seltsam schiefen OPTIMISMUS aufgeheizt. Wie wund die Seele noch ist, vermag ich nicht zu sagen. Ich sage jedoch, es ist tragbar, so zu sein. Ich weiß noch, wie sein schaler Atem an meinen Knien entlangstrich. Meine irreguläre Abstammung und schwindlige Ekstase bedeuten, daß ich so ziemlich ein *Ich-weiß-nicht* bin, es sei denn, sein Geist, sein Atem haucht mich an und die Welt ist Zeuge.

Ich liebe dich, deine Erbarmenswürdige Raserei ... deinen gewaltsamen, zudringlichen, mitfühlenden Charakter. Ich liebe dich.

«Wirst du dich mal an mich erinnern? Wirst du dich an meine Haare erinnern? Ich werde kahl, Zuckerstückchen. Ich habe schönes Haar – wirst du dich mal erinnern, daß ich blond war?» Der blonde Jude flüstert mir ein paar biographische Informationen zu: «Ich will dir was über mich verraten: ich ziehe nie eines anderen Mannes Schuhe an und küsse nie eines anderen Mannes Frau, aber ich erzähle die Witze eines anderen Mannes.» Er sagte: «Ich bin der Vater des Kindes eines anderen Mannes.»

Nonie

Ein unheimliches grauweißes Licht erscheint im Fenster und verdrängt dort für einen Augenblick die Regenschatten, und dann spaltet mir ein vielteiliger Krach, Donnern, den Kopf, die Augen kullern mir weg und stoßen überall an.

Die Tochter meiner Eltern, Nonie, betritt den Raum. Sie ist nicht völlig Kind, nicht wirklich klein – ich nahm lange Zeit an, es hänge von der Körpergröße ab, ob man Schikanen erleidet. Nonie ist dicklich. Ein schweres rosa Gesäß senkt sich auf die Couch, schubst mich: eine Gesäßhälfte berührt Daddy, die einer Tochter. Sie hat einen starren Blick; ihre Augen sitzen, von zierlichen Knochen gerahmt, in einem hübschen, ovalen Gesicht, hell lehmfarben. Sie ist dreizehn, wirkt aber jünger. In diesem Licht liegt eine Luchsmaske aus gelbem Glas schief über ihrer oberen Gesichtshälfte.

Sie begrüßt Leute im Raum mit nachdrücklicher, unkonzentrierter Freundlichkeit, unpersönlich und laut, majorettenhaft, aber überspannt und unreif: «Oh, hallo ... Hallo! ... Oh, hallo.»

Jedesmal wenn sie hallo sagt, knipst sie einen angestrengt offenen Blick an, stellt strahlende geistige (und körperliche) Gesundheit zur Schau und die Forderung, man möge sie als höchst normal betrachten, als Person von sehr hoher – oder gar höchster – Normalität, und als angenehm; sie bringt etwas Strahlendes in den Raum; sie ist ein glückliches, stets freundlich grüßendes Mädchen. Jedesmal lächelt sie – und lächelt – und lächelt über die ganze Breite ihres Gesichts zurück, wenn sie jemanden ansieht.

Ihre Haut ist klamm. Sie legt einen Arm über, dann unter meine Beine. Sie ist S. L.s und Lilas leibliche Tochter. Sie hat keine Brüste, keine Menstruation, kann gerade eben lesen und schreiben. Sie versagt in der Schule; sie wurde anderthalb Jahre zurückgestuft: sie schlägt S. L.s Familie nach – *Sie sind nicht hell; trotzdem haben sie sich in der Welt ganz gut gehalten; es sind Südstaatler, nett, wie die Leute in Carolina eben sind.* (Lila)

Nonie antwortet auf eine Frage: «Ich bin jetzt elf.»

Lila hatte die Idee, es wäre schlau, über Nonies Alter zu lügen: *Die Leute meinen, sie wüßten, wie alt ein Kind ist, aber sie vergessen es – glaub mir, du kommst damit durch.* Nonie war besorgt gewesen, sie würde durch diese Idee von Lila um etwas betrogen, was sie nicht absehen konnte. Daddy sagte: *Die Lüge tut keinem weh, und wenn du dich dadurch gut fühlst – warum nicht?* Das hieß, es war ihm lieber, sie log und ersparte ihm die Peinlichkeit zuzugeben, daß sie die Schule haßte und anderthalb Klassen zurück war.

S. L. flüstert ihr zu: «Knöpf deine Bluse zu, Schatz – du hast zu viele Knöpfe offen.»

Vor Ärger, daß man sie korrigiert, erstarrt sie. Die Venen an ihren Schläfen treten hervor und beben. Ihr Mund erstirbt vor Kränkung, versteift sich dann in zähem, wendigem Trotz. Sie gedenkt, die Grausamkeit zu überleben, die ihr mit jeder Korrektur und Mißfallensäußerung zugefügt wird – mit jeder.

Nonies Kümmernisse, ihre entschlossene Munterkeit, ihre Siege über das Tragische sind Teil einer Komödie. Vielleicht auch nicht.

Eine gehemmte Frau fragt Nonie bitter: «Wie geht's in der Schule? Ziehen die Lehrer immer noch die Jungen vor – wie immer? Wie eh und je?»

Nonies Blick wird vornehm unbestimmt. Momentweise fällt er jedoch sehr bestimmt auf die Brüste der erwachsenen Frau. Nonies rosig-gelbes Gesicht, Nonies kokette, an einem kratzende Ich-kneife-die-Beine-zusammen-ich-mußpinkeln-Stimme: «Ich kann in der Schule die Augen nicht offenhalten; es ist langweilig – keine Ahnung, wie einer den Kram mögen kann. Alles nur doofer Quatsch. Sie wissen schon. Und Juden mögen sie an meiner Schule auch nicht. Sie zeigen Filme, aber bei den Filmen, die sie dort haben, schlafe ich ein. Daddy muß mich sogar nach richtigen Filmen manchmal nach Hause tragen. Wahrscheinlich schlafe ich einfach gern – mehr ist nicht.»

Ein Interview mit der Tochter von Gastgeber und Gastgeberin – einer Berühmtheit bei diesem Anlaß.

Nonie ist sportlich. Sie ist jemand, der einsilbige Berechnungen anstellt und diese Berechnungen flink verdeckt, und sie ist fähig, durchtrieben zu handeln, und dann ist da die absurde, unglaubliche Eleganz ihres kindlichen Teints – in Pfirsichtönen und Schattierungen sumachgegerbten Leders – alles in allem ist sie ein Geschöpf besonderer Art; sie würde gern wie ein Junge erzogen werden: für die weibliche Note der Schule fehlt ihr der Sinn.

Daddy sagt: «Wenn sie schläft, dann schläft sie wirklich. Wenn jemand gern schläft, dann sie. Sie ist mein Dornröschen.»

«Ich bin die beste Schläferin, die Daddy kennt.»

«Sie ist empfindsam, ob man es ihr ansieht oder nicht.» Das ist Lila, die dazu ansetzt, Nonies Stil mit femininer Empfindsamkeit zu erklären.

Schon runzelt Nonie die Stirn, da sie mit Sportlerinstinkt sogleich begreift, daß Elemente von Unterdrückung und Chancen in ihrem Leben in Lilas Äußerung liegen, wenn auch verborgen. Und dann sagt sie, Nonie, seltsam ätzend aus dem Innern ihrer warmen Schwere heraus: «Du sei bloß still.»

Sofort drängt es eine Reihe von Frauen gleichzeitig zu sprechen:

«Ich beneide das Mädchen um seine Haut.»

«Ich kann's nicht glauben, wie hübsch sie ist.»

Nonies Unterarme sind feucht. Sie beobachtet, wie die Frauen ihren Ausbruch, ihre öffentlich gezeigte Wut vertuschen. Präzis wie ein Junge, und flink und verdeckt – aber sie ist kein Junge – greift sie, schnappt sie nach dem Kind: nach mir. Dann starrt sie hinter mir hervor auf Lila, auf die Gäste. Man hat es merklich mit einer Unerschrockenen zu tun: wie sie Herausforderndes mit Konventionellem mischt, wobei das Konventionelle ein allgemeiner Verteidigungsmechanismus ist, eher eine Frage der Gerechtigkeit als guten Benehmens, die Behauptung, sie sei normal, sei brav – es ist eine Sache des persönlichen Stils.

Ein näher auflodernder Blitz bleicht erst und schwärzt dann theatralisch die Rasenfläche vor unserem Haus. In maßlosem Ton erklärt Nonie: «Die Blitze machen mir nichts aus!»

Das Kind auf ihrem Schoß ist ein Kissen, ein dämpfendes Polster, ein Schild aus Fleisch und Blut gegen elektrische Pfeile und gegen den Sturm, der bald losbrechen wird, wenn Gott uns das Dach fortreißt. Nicht Nonies Überleben liegt der Natur besonders am Herzen, dies ist nicht ihr Leitsatz, aber sie hat Nonies Mut, deren komödiantische Ader. Das eigene Überleben als Grundprinzip gehört zur Natur, wie ich sie kenne. Ihr Leben empfindet Nonie als moralische Vorgabe und als allgemeingültig – als gültiger denn jede andere moralische Vorgabe. So wie sie das Drama betrachtet, ist sie weniger Nebenfigur als alle anderen; alle anderen sind Diener ihrer Unermeßlichkeit – ihres unermeßlichen Geistes, ihres Bewußtseins von den Dingen, ihres Sinns für die Dinge; dies ist Nonies Welt; sie weiß, was es heißt, in ihr zu sein; sie war nun schon lange ein Kind in ihr, sie hat so lange überlebt, sie ist erfahren (in ihren Augen ist sie Expertin) und nicht unschuldig, nicht dumm. Ich sage dies zur Beschreibung ihres moralischen Stils und der Art von Schutz, nach dem sie sich sehnt.

Sie ist vielleicht der Geist der Dunkelheit, und des

Nichts-besonderen obendrein. Wenn ich meine Zufallsschwester genug liebe, wird vielleicht auch mir die Welt der Dunkelheit und des Nichts-besonderen zuteil werden.

Vielleicht werde ich meine Eltern und mich freimütig betrachten.

Nonie atmet unruhig und hörbar. Im Vergleich zu Daddy ist sie klein und feingliedrig – nicht mehr in letzter Zeit, aber früher nannte er sie oft ein kleines Vögelchen und forderte sie auf, unter seinem Arm Zuflucht zu suchen, er werde sie vor dem Regen und Donner beschützen und so weiter. Er sagte dann: «*Kannst du zwitschern wie ein Vögelchen, kannst du piepsen wie ein Vögelchen, kannst du das für mich tun, kannst du für deinen Dad singen wie ein Vögelchen?*»

Wie ein Kanarienvogel, oder wie ein Kind, wählerisch und zart, ist sie empfindlich für die Gegenwart des Bösen, die Möglichkeit des Bösen, das Nahen des Alptraums, des Alptraums, der ihren Stolz ersticken wird – für den entsetzlichen Ansturm dieses Grauens –, und sie spürt das Nahen, die Gegenwart des BÖSEN und wird fahl, wenn es sich nähert, wie jetzt, da es blitzt. Wenn ich versuche, sie zu sein, sie zu erkennen, empfinde ich das Dunkel und die wütende Erbitterung ihrer Seele – grenzenlose Erbitterung. Ihre Seele schreit: Es ist verkehrt! Sie meint das Blitzen. Es ist eine Ungehörigkeit und BÖSE; es wird sie umstülpen. Sie weist DAS BÖSE von sich. Sie erteilt ihm leidenschaftliche Befehle. Vielleicht ist sie in gewisser Weise wie jeder, vielleicht ist sie der Geist des Keine-Nebenfigur-Seins, der in jedem steckt, der stolz ist – vielleicht ist sie der Geist namens *Ich-bin-die-Hauptgeschichte, meine-Sichtweise-ist-die-BESTE.*

Sie ist ein Geist, der wie ein Schwarm von Molekülen umhersaust, mit sich beschleunigender, wärmenutzender Hysterie. Das auf sie gerichtete Blitzen, die zuckenden Strahlen werden zu Flächen von Licht in den Fenstern; das grandiose himmelweiße Glühen wird zum unheimlichen, durch unsere Fenster wirbelnden, raumfüllenden Verhörlicht, das Nonie mit der stürmischen Aufmerksamkeit des Himmels fixiert – vielleicht ist sie die Inkarnation des Bösen – vielleicht wird Nonie vom strafenden Gericht heimgesucht. Sie kneift die Augen zusammen. Ich empfinde sie als BÖSE, weil sie ihr Leben, ihre Gefühle über meine stellt – über meine und die von allen. Vielleicht ist sie das WÜTENDE und UNBEZÄHMBARE DIESSEITIGE. Sie sagt: «Ich habe Wiley so lieb. Keiner wird zweimal vom Blitz getroffen. Früher hatte ich Angst vor Blitzen. Ich bin nicht eingebildet. Ich bin nett – der Blitz interessiert sich nicht für mich. Ich hatte Physik in der Schule – es ist doch albern. Die Leute sagen ständig die albernsten Dinge – ich nicht –» Sie lacht. Sie sagt: «Ich weiß, was ein Blitzableiter ist – ich kann Physik nicht erklären, aber Physik ist gut.»

Die Dinge, die Nonie sagte, standen in Beziehung zu dem, was sie fühlte und wußte, wie etwa ein ausgeklügeltes Gedicht, etwas Artifizielles auf geheime Dinge bezogen ist. Sie strahlte eine Man-kann-ja-alles-sagen-nur-verrückt-darf-es-nicht-sein-Haltung aus – aber da war sie nicht ehrlich; Nonie war gewissermaßen die URGESUNDHEIT – oder der WAHNSINN, der sich als gesund auszugeben versucht. Was immer sie als Norm für sich akzeptierte, dessen Priesterin wurde sie gleichsam; ihre Deutungen waren ein wenig bestürzend; sie brachte keine Nachsicht für die Motive anderer Menschen auf, vielleicht nicht einmal dafür, daß sie existierten. Sie strahlte Munterkeit und Selbstdisziplin aus, zugleich aber auch eine undisziplinierte Drohung: *Zweifle nicht an mir, stell mich nicht in Frage.* Dies war nicht gerade jungenhaft, vielmehr die Umkehrung einer heißblütigen, weiblichen, sinnlichen Du-willst-eine-Frau-ausfragen-und-alle-meine-Geheimnisse-erfahren-das-weiß-ich-genau-und-weiche-stets-aus-Haltung: freilich war sie weniger ausweichend als vielmehr eine echte Lügnerin, und gewalttätig ...

Es war also nicht amüsant, Nonie um Erklärungen zu bitten. Sie hatte eine gewisse Begabung zur vorbildlichen Skeptikerin, sie war damals so zynisch wie ein zehnjähriger Junge, der auf die Pubertät wartet – und alles darüber weiß, aber nicht aus Erfahrung; und so betrogen fühlte sie sich auch, während sie wartete, vielleicht für immer. Ihre Wut entsprang ihrem Stolz, der eine Seite ihrer Hübschheit war; und manchmal hatte sie etwas Liebliches – eine Frühling-mit-hohem-Gras-Lieblichkeit, vorübergehend vielleicht, aber dennoch rührend, wenn sie sich erfahren und nicht betrogen fühlte.

«Ein Blitzableiter trägt den Blitz zur Erde und wirft ihn da ab. Siehst du, ich weiß Bescheid», sagte Nonie. «Ich hab keine Angst.» Ein sehr privilegiertes, vielverschontes Mädchen, ein amerikanisches Mädchen – das war ihr Ton. «Blitze sind blöd, Donner ist blöd. Donner ist der Krach – Donnern ist blöder Krach.» Sie zitiert – und adoptiert und adaptiert – dann gehört der Gedanke ihr, es ist ihr Gedanke, der Gedanke der Priesterin; sie verändert ihn, sie verkündet ihn: er ist Gesetz.

Zweifel ist kriminell, eine Ungehörigkeit: ETWAS BÖSES.

Von der Tür zum Morgenzimmer – aus dem Stimmen und Radiogeräusche kommen – starrt ein Cousin von Nonie (und mir) auf das teigige Mädchen. «Nonie, wir hören Radio – magst du zu uns kommen?» Dann: «Zu mir?»

Nonies Gesicht ist – wie für mich oft – beleuchtet wie vom Deckenlicht in ihrem Zimmer oder im Bad. Das heißt, ich sehe sie nicht frisch. Ich habe ihr Gesicht aus den Momenten in Erinnerung, als es für mich am deutlichsten war, als es Sternenglanz besaß. Ihr Gesicht ist ein wichtiges für mich.

Das soll heißen, Nonie ist, während sie im Salon sitzt, für mich so, als zöge sie sich aus und wüsche sich. Und doch ist der schwebende weiße Lichtkegel für diese Tätigkeiten nirgendwo in dem vom Regenlicht erfüllten Raum – ich kenne sie nur einfach so; ich bin recht vertraut mit den unterschiedlichen Geräuschen, die ihre Kleider machen; mit ihrem Geruch; mit ihren übel zerbissenen, rissigen Fingernägeln. Ist jeder wie sie? Jede der Stimmen bisher? Auch meine? Liegt es an der Beziehung – der Bewegung ihres Lebens – parallel zu meinem – für einige Zeit – in dieser seltsamen Weise; liegt es an den Besonderheiten von alldem? Irre ich mich in allem?

«Ich bin beschäftigt; ich sitze jetzt bei Daddy und Wiley», sagt Nonie.

Das Gesicht des Cousins wirkt gekränkt und bewundernd – ein senkrechter Fisch, schimmernd in der Luft, lang, glatt, schuppig vor Regenschatten. Nora Cynthia «Nonie» Silenowicz.

Nonie ist Spezialistin für Furchtlosigkeit: dies begleitet sie, bis viel von ihrem Leben in die prahlerische, schicksalhafte Form eines Epos gegossen ist: sie ist Achilles in Mädchengestalt. Doch jetzt erscheint im Fenster ein Fernsehlicht (ein Begriff aus späterer Zeit): das Licht dehnt sich lautlos in den Raum aus und weicht dann im Nu, ohne einen Ton. Draußen wird ein Korridor nasser Bäume sichtbar, und dann sind sie wieder regenverwaschen und halbverborgen, unscharf – erneut unscharf. Nonies Kopf schnellt herum. Ihr Gesicht wird hart und dünn. Dann bläht es sich auf und schnellt wieder herum. Der Donner kommt ruckhaft in den Raum gerollt. Der Donner wird lauter und lauter und sprengt dann die Grenzen des Glaubwürdigen. Er ist so laut, daß mein Gefühl, getrennt von ihm zu bestehen, erlischt; ich bin in ihm, mit ihm verschlungen. Nachdem ich von meinem Aufenthalt im Krach zu mir zurückgekehrt bin, bleiben mein Verstand und viele meiner Körperteile noch eine Weile verstört.

Daddy sagt: «Wie fandet ihr denn das?»

Nonie rezitiert wütend: «Fies und gemein – FIES UND GEMEIN.»

Das heißt, das Blitzen ist eine Verleumdung, und keine solche Verleumdung kann ihr etwas anhaben – sie stammt aus einer guten Familie.

Der Blitz versuchte sie aus der Ilias in ein anderes Gedicht zu vertreiben, in eines, das nicht sonnendurchflutet ist, das vorwiegend von Geistigem und Schmutzigem, von Niederlage und Klage singt, in eines mit nur einem Helden, nicht ihr, mit einem reinen Helden, nicht mit Nonie.

«Es wird Zeit, daß Wiley sich ein bißchen ausruht. Nonie, magst du ihn hinaufbringen? S. L., möchtest du das furchtlose Duo begleiten?»

Feuchtigkeit steigt aus einem blauen, ovalen Teppich auf.

Ein bißchen Urin tropft an Nonies Bein hinunter.

Unsere Haushälterin, mein Kindermädchen – Anne Marie – sie hat Tabletts mit kleinen Sandwiches aufgefüllt – hat ein Geschirrtuch über dem Arm. Sie bewegt sich auf Nonie zu. Sie tupft – sie weiß, was zu tun ist. Sie sagt: «Der Teufel schlägt Schädel ein.» Sie ist teilweise betrübt, doppelzüngig. Sie hat einen deutschen Akzent. Sie mag Nonie nicht – sie will sie erschrecken. Vielleicht auch nicht.

Ein Blitz zuckt durch die Äste von Bäumen vor der Haustür – sein Lodern berührt uns hier drinnen. Diesmal ist es so, daß das Licht sich nicht weit von unserem Rasen zusammenballt, eine blendende Wolke rast auf uns zu, umgibt uns: im blendenden Licht erzittern sichtbar Wände und Fenster; und ein Gluckern und Gurgeln kommt von dem stürmischen Strömen in den Dachrinnen und an den Wänden – Geräusche von Wasser, das im Moment des unheimlichen Lichts heftiger fließt.

Nonie kreischt: «DAS IST SCHLIMM.» Dann ist sie still und pinkelt von neuem ein bißchen.

Daddy sagt: «Du bist kein Kind mehr, du hast keine Angst.» Er sagt es lieb – die Unwahrheit, den Trost. Den Hinweis. «Ein Mordsgewitter, das kann ich euch versichern.» Dann sagt er: «Anne Marie, kein Teufelskram: Teufelskram ist Affenkram – die Wohngegend hier ist zu teuer für den Schwänzerich; wir haben hier nur anständige Leute und

Republikaner; so ist das, und das reicht, um uns den Teufel von der Schwelle zu halten.»

Er faßt Nonie nicht an; er lächelt (um zu zeigen, daß für ihn noch kein Gefühlsnotstand vorliegt); winzige Schnörkel von Stimme und Botschaft schaffen Rosenbüsche, Dornbüsche und Wege, einen Park, ein für die Öffentlichkeit lieblich umgestaltetes Gelände. Und Anne Marie wischt Nonie ab.

Daddy ist ein Wächter, eine Verstärkung, ein Plural: er ist eine ganze Verstärkungstruppe, so mächtig ist er. Er schirmt uns ab – wir sind auf der Treppe. Anne Marie, das Handtuch, ich, das bleiche Mädchen, das rezitiert: «Ich hab keine Angst – fies und gemein – bricht mir kein Bein –» Der Ammoniakgeruch, ihr Gang mit gespreizten Beinen.

In einem unheimlichen Ballon weißen Lichts scheint ihr Gesicht auseinanderzufließen: eine gebleichte Tonfigur mit schwarzen Lippen.

Die Luft riecht verbrannt.

«Der Teufel stinkt», sagt Daddy, zum Teil während des Donners, zum Teil danach. Dann: «Deswegen kann er hier in der Gegend auch nicht wohnen.»

Er gibt nun, gleichsam beiläufig, zu, daß der Teufel existiert – wenigstens, soweit es Nonie betrifft.

Vor dem weißgerahmten Fenster auf halber Treppe wogen Äste, gepeitscht und schief. In der Sintflut dort draußen herrscht Halbdunkel. Der Wind erstirbt, die Äste hängen, zu ergreifenden wasserbeschwerten Posen gebogen. Und der Regen verfällt in einen harten, schroffen, knatternden Ton. Alles ist feucht und riecht.

«Laß dich nicht davon runterziehen, Süße», sagt Daddy.

Sie starrt zum Fenster, wo ein nervöser Fluß dürren Lichts durch den domgleichen, vorübergehend erhellten Himmel schießt.

Sie brüllt: «DU WEISST NICHT, WAS DU TUN SOLLST!» Ihre Auffassung von Gefahr, von Taktik ist die eines Sportlers. Verwischtes Gekräusel von merkwürdigem

Licht steigt mehrmals hintereinander auf und versinkt in nassen Wolken. Etwas zischt in meinen Ohren – es ist abscheulich: es ist ihr Atem – ihr angsterfülltes Atmen.

Ich sehe Nonie in dir. In dir und in dir.

Ich sehe sie in mir.

Verbrechen gegen Nonie kommen vor.

Darüber hinweggleitend, dagegen angehend, es unruhig, verdrossen – machtvoll – träge – wegsteckend, faßt Daddy sie bei der Schulter und sagt: «Na ja, es ist nicht das Ende der Welt, aber es ist die reinste Belagerung. Himmel, es regnet nicht, es schüttet.»

In Nonie explodiert der Puls einer umgekehrten Verzükkung: gigantische Türen knallen dröhnend in ihr zu. Es herrscht eine widerwärtige Verderbnis; so empfindet sie es: «ICH HASSE DAS GOTTVERDAMMTE GEWITTER ... ICH HASSE DAS GOTTVERDAMMTE GEWITTER ... MACH, DASS ES AUFHÖRT ... DADDY!» Dann: «DAS GEWITTER WILL DICH, DADDY ... GEH DOCH RAUS UND LASS DICH VON IHM HOLEN ... DADDY ... DAS GEWITTER IST WÜTEND AUF DICH ... DADDY!»

Er wird ihr heute nicht gehorchen – wo Gäste da sind: wenn er ihr gehorcht, besänftigt es sie nie lange. In ihren Angelegenheiten ist er ohnehin nicht mehr sehr tapfer. Er lacht jedoch mutig: er ist auf andere Art tapfer – verleugnet sie und die gesamte Welt draußen, obwohl er ihren Charakter, ihr Talent zu Ungeheuerlichkeiten kennt. Und inzwischen hält der Regen an, nimmt das Unwetter draußen seinen Fortgang.

Ein milchiges Leuchten hat zur Wirkung, daß wir und die Treppe völlig schattenlos sind. Es ebnet die Flächen und Kurven unserer Gesichter und bügelt die Falten in Holz und Teppich aus. Nonie brüllt: «DU SCHWEIN. ICH KENNE DICH. ICH WEISS, WAS LOS IST. DU SCHWEIN.»

«Nonie, Süße. Mein Gott. Oh, Nonie – verdammt – was hast du denn? Süße, was ist denn?»

«ES IST IM HAUS, GEH RAUS AUF DEN RASEN UND LASS DICH VERBRENNEN, LASS DICH DAVON VERBRENNEN, DADDY!»

Ich halte Nonie bei den Händen. Ihre Knochen hängen locker in Muskelnetzen. Die Klänge Tamburin spielender Blätter weichen einem dumpfen Baßton. Ein hölzerner Stab wird rasch und bebend über mein Rückgrat gerollt. Nonies Mund öffnet sich; sie ist gezwungen, den Krach zu schlukken.

Wenn man jemanden an der äußersten Grenze seiner physischen Kraft erlebt, kann man glauben, es werde eine Linie zum Göttlichen überschritten.

Oder man denkt an etwas Schmutziges, in einer Geschichte völlig anderer Art; das jedoch im wirklichen Leben, innerhalb desselben Moments geschieht, so daß man, als Kind, blinzelt und sieht und zugleich nicht sieht.

Daddy mit seinem mächtigen Körper und Anne Marie – hier die körperlich mächtigen Gestalten – zerren und drängen Nonie den oberen Flur entlang; sie jault und heult. Nonie reißt sich los. Nonie krümmt sich in der Taille zur Seite, ein wenig nach hinten, im Halbdunkel, im Krach. Wir haben Gäste unten im Haus. Jetzt schieben wir sie. Jetzt haben wir sie im Bad. Anne Marie hat Nonie das Höschen runtergezogen, und darin, daß Nonies Hintern, groß und rosa-grau-braun in diesem schlammigen Licht, sich verbiegt und windet, liegt der Beweis für die abgründige Ehrlichkeit ihrer Panik, auch wenn ihr gutgeformter Kopf steif aufgerichtet ist – Panik ist abzuwenden, indem man die Erniedrigung für nichtig erklärt.

Ich sehe Nonie, wohin ich auch blicke.

Hinten in einem der Schlafzimmer, im Fenster, saust ein Pfeil weißen Lichts dahin und erblüht. Schwebende Gesichter. Vom Bersten und Krachen wird Nonies Gesicht breit: es tut weh, das zu sehen – manchmal bemerken Leute: Dieses

Mädchen ist so hübsch, das es weh tut. Es klingt wirklich wahnsinnig, als sie nun sagt:«DAS GEWITTER WILL NICHT MICH – ES WILL DICH, DU GEMEINES STÜCK SCHEISSE!»

Daddys Gesicht ist gezeichnet von Anstrengung, von nackter Müdigkeit. Daddy sagt: «Nonie, Nonie, hör auf damit – was ist denn? Sag doch. Hör mal zu. Wovor hast du denn Angst? Es ist doch nur ein bißchen Regen, ein bißchen Krach und Elektrizität im Himmel – wie ein Blitzlicht.»

Sie starrt ihn an: die Feinheiten seiner Logik sind steinerne Spiralen, die zu bewundern sie sogar in diesem Zustand wahnsinniger, verselbständigter Panik zu gerissen ist. «GEH WEG, ICH WILL DICH NICHT IN DER NÄHE HABEN. ES WILL DICH. GEH ENDLICH. LASS MICH IN RUHE!»

Daddy ist die Schläue, die Wut und Selbstsucht dieses weiblichen Heldentums, wie man es nennen könnte, allmählich leid. Er packt sie fest am Arm und schüttelt sie ganz leicht: «Versuch dich zu beherrschen, Nonie. Benimm dich mal wie eine Dame.»

Nonie hört nicht zu; sie hört fast nie zu: sie lauscht heimlich, auch wenn sie jemandem gegenübersteht. Ihre Taktik ist zu glauben, das Frauen das Moralische darstellen: dessen unreligiöse Seite: einen Maßstab (sie sind von weichem Fleisch – Trost und Vergnügen; sie gleichen aus, daß GOTT so ist, wie er ist). Die Frau sagt: *Ich bin mehr als Gott – Daddy, tritt deinem Tod und Schöpfer gegenüber und sag Na-wie-geht's.*

Und: *Liebst du mich? Bist du mein Vater?*

Daddy ist beides leid. Daddy blickt ihr in die Augen; er hält das Gesicht resolut vorgeschoben, entwickelt daraus ein Sortiment von Gesichtshaltungen, die schließlich in eine indirekte Anrede übergehen: er spricht oft vor ihr und nicht zu ihr, was sich wie ein Hexentriumph von ihr ausnimmt – ein seltsames Privileg, das er ihr einräumt, oder ein Rang –, doch jetzt redet er mit ihr, abgesehen davon, daß er sich ihrer letzlich sicher ist, denn sie ist ein weibliches Wesen: «Hör mir mal zu. Niemand tut dir weh.»

«ICH WEISS, WER ICH BIN.» Das heißt, sie weiß, was vorgeht und würde sich gern auf gewisse Fakten der Biographie und sozialen Wirklichkeit berufen: *Ich bin Nora Silenowicz, dreizehn Jahre; ich wohne zu Hause bei meinen Eltern: die Adresse ist 4 Vista Drive; lassen Sie mich in Ruhe. Wissen Sie denn nicht, wer ich bin? Ich hab's Ihnen doch gerade gesagt – sind Sie zu blöd, um zu kapieren? Ich bin eigentlich nicht der übergescheite Typ, ein Bücherwurm bin ich nicht gerade, aber worauf's ankommt, krieg ich mit, und Sie offenbar nicht. Ich bin keine Langweilerin. Ich treibe gern Sport, Sie auch? Kommen Sie mir bloß nicht komisch. Könnte durchaus sein, daß meine Familie mit Ihnen fertig wird. Wir können Sie ins Gefängnis werfen lassen.*

«HILF MIR, DADDY, ICH BIN EIN LIEBES MÄDCHEN.»

«Das weiß ich doch, Süße.»

Sie kreischt: «OH, ÄH, JÄÄ-ÄH»; das heißt, sie argumentiert für einen Augenblick rein als kreischendes Mädchen – wenn sie so laut und so durcheinander war, dann stimmte etwas nicht; dann hatte man ihr zu helfen – dies war ein ernstes Argument, eines, das man ernst nehmen mußte.

Ihre Augen sind verdreht und vielleicht dreiviertel geschlossen, und trotzdem linsen sie; ihre Niederlage ist nicht vollständig; ihre Augen stehen in einem verrückten Winkel; außerdem zucken sie und sind wütend; aber sie funktionieren noch; funktionieren mit kindlicher Zähigkeit. In Nonies Panik, in dieser Panik.

«ICH HASSE MICH NICHT, DADDY!» schreit sie.

Sie ist bei Psychologen in Behandlung – sie versuchen, ihr zu helfen, glücklich zu sein.

Ihre warmen Schenkel, klebrig zusammengepreßt, beben in versetztem Rhythmus.

Daddy sagt: «Nonie, das ist ja, als würde mir ein Messer

im Herz rumgedreht, verdammt. Mir bricht das Herz. Oh, Süße, kannst du dich denn gar nicht beherrschen?»

Er denkt nicht, er verhält sich nicht berechnend, absichtlich nicht: er schenkt Wärme, er urteilt nicht, rätselt nicht herum und versucht nicht, sie zu durchschauen – er gibt sich Mühe. Sein Gesicht wird ein bißchen dicklich, wolkig vor warmer *Torheit* – für sie, für alle. Sie sieht es, erfaßt es zum Teil – *Begehe Torheiten für mich* – seine Geschichte deckt sich nicht mit ihrer, mit Nonies Geschichte. Sie starrt ihn an. Daddy sagt: «Da, Süße, möchtest du ein bißchen Liebe aus meiner Tasche haben? Ich hab eine Menge Liebe hier in der Tasche. Steck einfach die Hand rein und nimm dir davon. Ist alles für dich.»

Liebe beruht auf Illusion, heißt es – das ist eine von Lilas Bemerkungen. *Ich kann damit leben*, sagte Lila; *du auch*?

Nonie springt umher, schreckt gepeinigt zurück.

«GEH ZUM TEUFEL! DU MUSST IN DIE HÖLLE.» Es ist nicht klar, wie sie das meint, warum er das muß, ob ihr zuliebe oder seiner Laster wegen, weil er sie enttäuscht hat, um sie zu retten, oder warum sonst. Sie brüllt: «DER TEUFEL WILL DICH JETZT GLEICH HABEN!»

Anne Marie sagt zu mir: «Nicht hinschauen, Liebchen.» Welche Sünde, ein Tier zu sein, ein kleines Tier, beschämt dazu und von keinem gemocht – nun, nicht hinschauen, es sei denn aus medizinischen Gründen: um Exorzismus zu üben oder Quarantäne zu verhängen oder um zu helfen.

Anne Marie ist fromm.

Daddys trauriger Blick voll Zuneigung besagt, daß Nonie jetzt wahnsinnig ist. Nonie, die Wachsame, brüllt: «ICH BIN EIN LIEBES MÄDCHEN, ICH BIN LIEB!» Sie brüllt es anklagend.

Nervenknoten in ihrem Schädel schlingern und stechen: in dem vorpubertären, dicklichen, rosaschenkligen Mädchen wird um alptraumartige Fakten gefeilscht, werden Kompromisse darüber geschlossen – Kompromisse wohl, aber keine leichtfertigen. Ihre Intensität entspricht dem Ausmaß der Warnung, der Not. Solch ein Inhalt läßt sich nicht kondensieren, nicht herausdestillieren. Sie brüllt: sie will bewirken, daß in einem die Kopie dessen entsteht, was in ihr ist: aber *was kann sie* in einer Familie *damit meinen*?

«Ich weiß», sagt er; «ich weiß ja, Süße.» Was meint er damit?

Ihr Bewußtsein rast und taucht dahin; es ist nicht groß, ihr Bewußtsein; es besteht vornehmlich in Sehen und Schnelligkeit – zu erkennen daran, wie sie sich windet und blinzelt: wildes Bestreben ist ihr Emblem. Sie fliegt dahin, ganz flach und rein – ohne Schmerz in diesem Sinn: die reine Unbezähmbarkeit – und Klage: das ist ein System. Sie brüllt: «ICH HAB EINEN GUTEN INSTINKT, DADDY.» Macht sie Reklame für sich? Nein; ja. Sie meint jedoch auch: *Hör mir zu*. Und: *Ich werde gewinnen* – oder soll es eher heißen: *Ich werde gewinnen, wenn du mir hilfst?*

Sie hat es sehr eilig.

Ihre Sprache ist Englisch. Der Nonie-Dialekt? In diesem Stamm braucht man eine gespaltene, klumpige Zunge. Andere sagen dieselben Wörter wie Nonie, aber sie bedeuten etwas anderes, also sind es nicht dieselben Wörter.

Nonie brüllt: «ICH BIN EIN LIEBES MÄDCHEN.»

Sie hat mich in den Armen, flüstert mir ins Ohr; wir sind auf der Veranda: zu einer anderen Zeit, es ist vier Uhr, an einem Sommernachmittag, vielleicht in einer anderen Stadt – *«Ich bin ein liebes Mädchen»*, jemand Reines – *ein liebes Mädchen* – bei Sonnenschein bedeutet das, etwas Reines tut einem nicht weh; sie ist rein, und was immer sie einem antut, was immer man davon hält, es wird einem nicht weh getan. Was sie mir ins Ohr flüstert, bedeutet zum Teil, daß Katie Rogers oder Ida Nicholson Gray – eine Erwachsene – oder Mama sie nicht verletzt haben; und daß Nonie Ida, Mama und Katie haßt, weil sie die Welt auf diese oder jene Weise unrein machen. So ist Nonie nicht: sie ist tadellos, sie ist perfekt – pflichtet man dem nicht bei, hat sie das Recht, einem weh zu tun, weil man ihr weh getan hat ... Vielleicht träumt sie vor sich hin, tut nur so. Vage beabsichtigt sie, einen über ihre Reinheit aufzuklären.

«Ich bin nett.» Sie ist rein und nicht verletzt und nicht zu verletzen, meint sie damit. Nonie zwickt mich – eine Hieroglyphe, ein Ideogramm, eine Idiotie, ein Gedicht über dieses Thema: wenn ich aufschreie, bin ich nicht rein, sondern verletzt; sie hat mich verletzt, weil ich ihr mißtraut habe; und der Beweis für meinen Verrat ist, daß ich verletzt bin. Jetzt wird sie mich an sich drücken, streicheln und rein machen. Sie erlöst mich. Sie erquickt mich. Reinheit ist Gewandtheit, Unverletzlichkeit (Unversehrbarkeit) und Dünkel gegenüber anderen. Und auch Liebsein – in manchen Fällen, in meinem zum Beispiel, ist Reinheit: die andere Wange hinhalten. Bei ihr ist Reinheit Befriedigung, befriedigtes Verlangen. Sie küßt mich, sie küßt das Kind, hält es auf Armlänge von sich und erlaubt mir nicht, mich mit Erfolg zu rühren – zu kriegen, was man will, ohne daß jemand mit einem gleichziehen oder eifersüchtig werden kann, das heißt, rein zu sein, lieb zu sein – und der Mittelschicht anzugehören. Man ist eine Person, die rein ist und daher nicht bestraft wird für das, was sie tut. Wenn ich etwas von Nonie will, wenn ich zapple und zu entkommen versuche, dann bin ich – ich – der Definition gemäß unrein: es ist ein Verlangen in mir: siehe ihre erschreckten, mich durchschauenden Augen, wenn ich dies tue, ihre erregte Geringschätzung, weil ich etwas von ihr erwarte. Wir sind auf der Veranda; Anne Marie ist wohl in der Küche beschäftigt, je nach der Stadt und dem Jahr meiner Kindheit, in dem wir uns befinden ... Nonie sieht mich auf eine bestimmte Weise an (mit moralischer Geringschätzung). *Menschen zu mögen zeugt von Selbstbeherrschung*, hat Lila mehr als einmal gesagt. Lila hat gesagt: *S. L. belügt Nonie, und wohin Lügen führen, weißt du ja. Was erwartet er eigentlich? Sie muß alles selbst herausfinden. Für ein junges Mädchen ist das Leben so oder so furchtbar, aber das beachtet keiner. Nun ja, auf mich will sie nicht hören – ich bin in letzter Zeit nicht mehr nach ihrem Geschmack. Das ist eine Phase.* NEIN: es blieb ihr ganzes Leben so. *Wenn sie eine biedere Haushockerin als Mutter möchte – und sich nicht abfinden will mit dem, was die Katze angeschleift hat* (das bin ich), *dann wird sie eben leiden müssen. Stirb oder friß. Ich bin die einzige Mutter, die sie hat.*

«Du», sagt sie, «du willst immer, daß jemand dir die Dreckarbeit abnimmt – tja, ich bin auch die einzige Mutter, die *du* hast ...»

Wir haben eine lokal geprägte Kindheit, Nonie und ich.

Ein Hund mit verzerrtem Maul hetzt seitwärts quer über den Rasen. «Schau mal, was für ein verrückter Hund», sagt Nonie. Nonie liebt extremes Lob, das heißt, Begeisterung sowie lautes Schweigen als Einschränkung des Lobs: *Es war toll, es war unheimlich toll, es war perfekt, du bist perfekt, weißt du, du bist einfach absolut perfekt.*

«Du bist absolut süß», sagt sie zu dem kleinen Jungen und betrachtet ihn. «Magst du ein Glas Milch? Ich glaub, der Hund da gehört armen Leuten.»

Arme Leute sind Feiglinge und drangsalieren Leute wie uns – jeder weiß das.

Ipso dipso facto ficto.

Daddy möchte, daß Nonie glücklich ist: *Bleib weg von Erwachsenen, Liebling; bei denen weißt du nie, was los ist; manchmal möchten sie dich unglücklich machen.*

Nonie sagt: *Mama ist so.*

Nonie ist wohlerzogen, überempfindlich (sagt Mama). *Sie kommt mit beliebten Kindern nicht zurecht, sie kann sich bei ihnen nicht behaupten; keiner läßt sich gern in den Schatten stellen. Wiley, hör auf mich; ich rate dir gut: keiner läßt sich gern übertrumpfen – sie bringen dich dafür um, wenn es sie genug stört.*

Nonie schätzt nervöse, sanftmütige Kinder mit einem gewissen gesellschaftlichen Prestige: sie sucht sich einen Jungen oder ein Mädchen von merklich verblichenem, marginalem gesellschaftlichem Glanz aus. *Kann sie es denn nicht klüger anstellen? Nonie mag nur Leute, die sie mit Sicherheit nicht mögen können, sobald sie sie besser kennen. Kaum verändert sich ihre Lage, wenden sie sich gegen Nonie, und das verdient sie auch, sie fordert es heraus, und dann liegt das Kind im Brunnen, und ich soll es wieder rausholen.* Mama seufzt oft; sie verfügt über ein ganzes Repertoire an guten Seufzern; dieser ist taubenhaft, gurrend. *Weiß Nonie denn nicht, wer sie ist?*

Nonie lernt wenig von den passiven Kindern, die sie mag; sie ahmt sie schlecht nach. Mama sagt: *Wir sind ein normaler Mittelschicht-Haushalt.* Ein Porträt. Nonie hört niemandem gern zu – sie weicht den Botschaften aus; im allgemeinem belauscht sie sogar ihr Gegenüber. Vielleicht ist sie, *moralisch* gesehen, *normal* – Mama sagte, dies sei das Beste, worauf Nonie Anspruch erheben könne: *Sie ist normal und wie alle anderen, so brav-und-normal, daß es schon weh tut.*

(*Ich bin eine Ruferin in der Wüste; keiner hört auf mich*, sagte Mama. *Nur Wiley – manchmal.*)

Daß Nonie glücklich sein möge, wird von Theoretikern, von anständigen Menschen weltweit gewünscht. *Weltweit.*

Wenn sie *niedergeschmettert*, wenn sie *am Boden zerstört* ist – Mamas und Nonies Worte –, sagt Nonie gequält und wütend: «ICH BIN IN ORDNUNG.» Das kann bedeuten, daß sie aufgegeben hat oder kurz davor steht aufzugeben. Wenn sie geschlagen ist, sagt sie auf Fragen: «MIR GEHT'S SCHON GUT.» Und wendet sich ausweichend ab, wenn sie nicht möchte, daß man es ihr anmerkt – jedenfalls sorgt sie dafür, daß man still ist. Man merkt es ihr wohl an, aber man muß still sein.

Wenn sie besonders verletzt ist, kommt Ehrlichkeit auf.

Dann weitet sich etwas in ihr – vielleicht ihr Bewußtsein –, und sie wird persönlich und weich, auch wenn sie ein wenig schrill klingt, doch manchmal nicht einmal das: sie wird verletzlich, machtlos: nicht böse: geschlagen – sanft: nicht verlogen – vielleicht ist es ein Kennzeichen oder Ergebnis des *Bösen*, aber sie erscheint dann gut.

Wenn Nonie in diesem Zustand ist, in einer Variante davon, und ich mich zu ihr hingezogen fühle, dann wendet sie sich manchmal gegen mich, um mir zu zeigen, daß ich ein Trottel bin und sie stärker ist, daß sie dabei ist, wieder stark zu werden.

Wenn sie geschlagen oder gekränkt ist, halb-nett oder nett, dann ist sie sexuell, persönlich, menschlich nicht durchtrieben – wenn ich weiß, das ist in ihr, wenn ich es in ihr spüre, es heraushöre, während es in meiner Nähe geschieht, wenn ich ahne, daß ich einer geheimen Seite von Nonie, ihrem seltsamen Wesen in diesem Moment nahe bin, dann mag ich sie sehr. Das weiß sie. Sie hält feucht meine Hand. Die Kränkung bewirkt, daß sie reifen seelischen Anstand zeigt. Dies ist ein Grund, warum Kränkungen sie so interessieren – wegen der Dinge, die dann mit ihr geschehen, wegen einer gewissen Anmut, die ihr dann eigen ist. Aus ähnlichen Gründen möchte sie von jemandem den *edelsten Teil* sehen. Eine Theorie. Ihr physisches Gefühl für die Welt und für sich ist stärker als ihr mentaler Sinn für sich und die Dinge, obwohl ihre Hände weniger gut wissen, wie die Welt sich anfühlt, als ihr kleiner Verstand. Sie lebt zwischen den gerundeten Falten ihrer Schenkel; sie ist körperlich wach, sie ist gefesselt von den lebendigen Kontraktionen und Wahrnehmungen in Mund und Kehle – Wasser trinkt sie mit raffinierter und, für mich, barocker Unersättlichkeit. Fleisch schiebt sich über Fleisch und bildet Taschen von einer Aufnahmefreudigkeit, die für sie nicht überlaut, aber durchaus geräuschvoll ist. Und dann gibt es die Wirklichkeit ihrer Zehen dort unten. Das Körperliche ist ihr vertraut, als Ort automatischer Zerstreuung. Jede Kränkung ist partiell auch eine des Körpers; sie dringt in ihr Fleisch ein, in die Taschen – die Stellen, an denen sie sich zur Kenntnis nimmt – in das reale Leben, das Tagleben. Rosa-perlfarben, ein *Austern-Inneres*, ist das Hinterteil, ob man bekleidet ist oder nackt, das ungeschützte *Herz des Fleisches* – der Schlüssel zu aller Aufmerksamkeit: zu Bekenntnissen; man verspürt den Drang, den edelsten Teil zu berühren: man erbebt.

Schau an: wie erstaunlich: sie ist mit mir in den Armen eingeschlafen. Ich trete, mit winzigen Schritten, in ein neues Reich der Beobachtung ein: der Schlaf breitet über ihr rosiges Gesicht die Glätte von Türen; Nonie ist ANDERSWO. Ihre Lider sind Haut ohne fleischige Masse darunter – doch Tiernasen zucken und schnüffeln dort an toten Augen. Kleine Schnarcher, verblichene Rittersporne von Atem, erheben sich aus ihrem Mund, mit Stengeln und Kelchen über dem kleinen Wirbel ihrer Lippen. Über der Stelle des Sogs. Ein Riesenmädchen – ihre Rippen sind gepolsterte Brückenbögen, Griffe von Schöpfkellen, von großen, großen Löffeln, die leicht vibrieren. All dies schmiegt sich an mich: sie hält mich in den Armen. Sie ist – ANDERSWO. Sie ist im rätselhaften Horn des Schlafes, im Inneren eines rollenden Eis unterwegs. Ich versuche, mich freizukämpfen, ich drücke gegen ihre Arme, ich zerre, ich reibe und winde mich an ihrer – Brust –, ich bringe den Mund an ihr Kinn und beiße sie. Ich sauge ihren Atem ein, die nur ihr gehörende Luft, ihre Rittersporne, kratzige Grashalme. Plötzlich erwacht sie – schaut mich an.

Es ist Nonie. Es sind Nonies Augen.

Eine Art zu sprechen – *verstehst* du auch? Das ist wie *jeder* Blick, liegt in jedem Blick, den sie auf mich richtete – es gibt Jahre, in denen wir einander nie in die Augen sehen: es ist witzlos; aber noch ist es nicht soweit.

Ihr Wachsein besitzt, wie alles an DIESEM MÄDCHEN, eine fremdartige Tonalität, oft silbrig dünn – Elfenspuren, Geisterexkremente; animalische Akte, Waldlaubgeräusche, die nicht zu identifizieren sind, auf unbekanntes

Leben hindeuten. Ihr Atmen ist nicht so gewichtig und murmelnd sprachnah wie das von Daddy oder Mama, wie deren blasses Stöhnen oder Seufzen, Laute, die plötzlich wie Schaukeln ins Dunkel kippen, in Nacht, und denen ich heimlich lausche, ohne Hoffnung, das mindeste zu verstehen. Nonies Gesicht ist kompliziert, weil Nonie hier ist – mit Händen, rosigem Körper, Launen: diese vervielfältigen sich und ergeben das Gegenteil von Isolation, sind geheimer Sinn, ein Gestrüpp von Möglichkeiten, Nattern oder Spitzmäuse in einem Dickicht, Wassermokassinschlangen oder eine jagende Katze, die Nähe des von Anfang an BÖSEN. Ihr Wesen ist – in einer kargen Sprache – rhetorisch. Ihre fünf öffentlichen Sinne sind Fassaden, von Launen kündend, eine Architektur der Verführung, der Bedrohung. Dies ist kein Spiel, dies ist nicht nur Spiel, es ist echt: *He, hast du dich einsam gefühlt? Hast du von einem Spielgefährten geträumt?* Sieh an, ein Traum ist wahr geworden, ist hier Wirklichkeit. *Ich bin der Boss – ich bin die große Schwester – das ist das Angebot. Einverstanden mit dem Angebot?* Ihre Umarmung, ihre teigigen Glieder, ihre Zärtlichkeit, ihre Rippen, ihr mit kitzelndem, hübschem Haar gekrönter Kopf, ihre Zuneigung stellen eine beschränkte Sprache dar, die maßloses Geplapper ermöglicht: banales Denken. Ihre und meine Augen schauen wie auf einer Piazza. Die starr sich fixierenden Blicke bilden eine Piazza offensichtlichen Bewußtseins voneinander; Wahrnehmung prallt auf Wahrnehmung und wird verstärkt zurückgeworfen – glatte Erpressung: ihre Größe und physische Macht, durch die sich Nonie hier als Nonie erweist – verleihen der Welt plötzlich etwas unruhig Zärtliches, Verdorbenes nach Nonie-Art. Mir bleibt keine Wahl; das Kind ist am Ertrinken. Sein Gesicht ist eine Parklandschaft, Wiesen, luftige Ausblicke; oder ein Taubenschwarm; oder ein Haus; oder Glokken, spärliche Funken; Geheimnisse, die sich als dünne Schichten von Wortlosigkeit äußern – eine Landschaft aus umgewandelten, fluktuierenden Geräuschen der Erwiderung; eine Bindung; ein Horchen: vielleicht ist das Kind spürbar männlich für Nonie, etwas lästig Fremdes, ein entwicklungsgeschichtliches Funkeln. Sie bewegt sich; sie fängt mich mit dem unvollendeten, noch kaum begonnenen Netz ihrer Arme – eine Art von Leidenschaft? Ha! Oder tendenziell Vergewaltigung – Ich drehe und winde mich, ich sinke an ihre geschwellte Brust; sie hält ihren Gefangenen hoch – *IHREN GEFANGENEN.* Wir gehen zu einem weißen Korbsessel, der zwischen den Säulen und Fliegengittern einer Holzveranda steht, und setzen uns knirschend. Licht driftet über uns; der Sessel knirscht, ein untertauchender Elefant; Nonie schwenkt die Beine: ein Spiel: ich falle zwischen ihren Beinen durch: ich schreie auf: Nonie nimmt mich mit ihren Schenkeln, dann mit ihren Waden in die Zange – ich grunze – ich beuge mich zurück, und ihre Fußknöchel knubbeln und rubbeln mir über die Rippen. Ich plumpse auf den Boden. Ich bin frei – sie packt mich am Handgelenk – ihr Haar hängt kitzelnd, leuchtend herab. Langweilt sie sich? Es ist heiß; eine Fliege ist in der anderen Hand des Mädchens gefangen, in ihrer geballten Faust; das Summen hört nicht auf, wird lauter, dichter – ich zucke zusammen. Nonie sagt: *«Stirb, Fliege – stirbbb!»* Ihre Faust ist an meinem Ohr, wird geschüttelt, ein hohler Kürbis, eine Unterweisung: ich höre ein Insektenskelett knacken. Nonie setzt mir das geknackte Insekt auf die Schulter. *«Ich bin deine Mutter; du mußt tun, was ich sage; trag das»* – die Beerdigungsepaulette – *«Du mußt das tragen.»* Ich schubse es weg. Ihre Lippen berühren meine Nase, sie beißt mich flink, in einem Anflug von rosigem Haß, von Eifer. Ich werde starr; meine weichen Fäuste krampfen sich zusammen; ich krümme mich, und sie läßt los; sie nimmt mich auf; wir gehen ein paar Stufen zum Gras hinunter; wir setzen uns schweigend ins Gras, zwischen Zuckmücken und gelbe Scheiben: *«Die sind aus Butter.»* Dann drückt mir Nonie das Gesicht auf die Löwenzahnblüten: *«Leck die Butter auf, Wiley-Baby.»* Ich verdrehe den Kopf, winde mich, komme frei: ich starre sie an. Sie beugt sich näher zu mir – ich patsche ihr auf die Nase – sie legt ihr festes, fettes Bein über meine geknickten Beine, um mich festzuhalten, während sie einen Löwenzahnkranz flicht. *«Du bist einfach ein Wilder, du bist so ungezogen, daß wir nicht wissen, was wir mit dir machen sollen.»* Ich muß ihr nicht zuhören. Ich muß diese Töne nicht hören. Ich muß nicht wissen, daß ihr Ton jetzt ein sondierend boshafter ist. Niemand spricht hier sonst so UNMITTELBAR BÖSE zu mir. Das Versprechen, ich könne eine separate Seele, Verantwortlichkeit, ein eigenes Leben haben, liegt im BÖSEN – das geheim ist. *«Du bist ein böser kleiner Prinz.»* Und: «Hier.» Sie krönt mich mit dem Diadem, und dann, einen Augenblick später, zerrt sie es mir über die Augen – ich bin in dem Kranz, in der Tat gefangen: ich weiß nicht, wie mir geschehen ist, wie mir geschieht. Hier ist gelbes Licht, hier sind gelbe Schatten. Ich setze mich hin. Ich bin um diese Tageszeit nackt; das Kind ist nackt, bestäubt von zuverlässigem Vorortlicht.

«Was für zwei hübsche Kinder!»

Ich werde umarmt; mein Kopf wird in eine merkwürdig schiefe Stellung gezwungen.

In ihrer Zuneigung gefangen, die Beute eines gewissen Sinns für das Echte, den sie besitzt, kämpfe ich. Seht, wie das Kind gegen ihre pelzlosen, glatten, vorgeblich liebevollen Arme drückt. Sie zieht mich an sich: «Wiley betet mich an. Siehst du, er *liebt* mich.»

«Kränk sie nicht, Kindchen. Bleib bei Nonie.»

«Du hast eine Eroberung gemacht, Wiley. Sie ist verrückt nach dir.»

Die geheimnisvollen Kräfte dessen, was ich bin, zu denen auch mein Aussehen gehört, liegen wie geschnittene Blumen in den Körben ihres Kopfes, ihrer Brust. Himmel, welch ein wahnsinniges, stummes Kind *(«So ein schöner Junge; ein wahrer Sieger»).* Schwermut und Kraft des Kindes sind wahnsinnig, sind tonlos. Da kommen ihre Arme: ich stecke zwischen ihren Beinen: diese Augen, diese Nasenlöcher, dieser Mund von ihr – und mir – Öffnungen, Hitze, Kindheit.

Ich sah sie einen Hund totschlagen. Wie eine Farmersfrau. Wie eine Heldin.

So bin ich: ich stelle mich blöd, oder verschlafen, oder wachsam. Wenn ich zu wissend wirke, sagt jemand: *Er hat es faustdick hinter den Ohren*, oder: *Das ist vielleicht ein Schelm, er foppt sie: er foppt dich nur, Schätzchen*. Ihre Augen bringen eine Nonie-Nummer: Neugier und Schmerz sind darin vermischt – Neugier entspringt einem Mangel; sie ist die Verlängerung eines Schmerzes. Nonie ist imstande, mich so heftig zu quetschen, daß mir die Luft wegbleibt und ich für kurze Zeit schamlos und schlaff werde; sie ist imstande, sich auf mich zu legen, während ich um Atem ringe und mich freizukämpfen versuche, bis mein Sträuben erlahmt, und dann keuchen wir beide, beinah im Einklang. Ist dies etwas unkorrigiert Verdorbenes an ihr oder nur etwas Menschliches? Ihr Gesicht wirkt widerwillig, dumpf. Sie ist wach und riecht danach; sie stinkt. Ist dies eine FOLTERUNG? Ich bin zwischen ihren riechenden Armen eingeklemmt, nah ihrem kindlichen Atem. Nonie interpretiert mir und für mich die Welt: sie bestimmt die Konditionen meiner Wahrnehmung ... meiner Sprache.

Ich sehe sie überall.

Ich kenne ein Gefühl der Vereinigung mit ihr, ein seltsames Entzücken, eine Kindheitswonne. Ich bin nicht frei davon, sie zu sein – oder ihr nah zu sein, was immer ich tue. «Bist du glücklich?» fragt sie mich – trocken, ernst, drohend. «Ich möchte, daß wir glücklich sind.»

Nonie sagt: «Ich möchte, daß alle glücklich sind – ich möchte, daß alle glücklich sind, damit sie nett sind.»

Sie meint es politisch ernst, wenn sie das sagt. Ihre politische Haltung bestimmt viele der Ebenen, auf denen wir Liebende sind.

Ich spüre den Wind am Ohr. Nonie steht dort drüben in

der Sonne, auf dem Tennisplatz unter dem blauen Himmel mit zwei Tupfenwölkchen und zwei übel kreischenden Krähen. Sie hat die Schultern hochgezogen; steif hält sie den Schläger; sie duckt sich; ihre Beine schwellen an und biegen sich, sie rennt in Schlangenlinien los: *Sieh mal, wie der Fratz da rennt – gar keine üble* kleine *Wettkämpferin*. Sie nahm die rasch wechselnden Haltungen physischer Konzentration ein, zu denen sie fähig ist, wenn sie im Wettkampf steht, wenn sie *auf Touren* ist, wenn sie mit ganzer Willenskraft spielt. Aber sie ist nicht gut genug – der Sportklatsch befindet über sie: *Das arme Ding, es geht ihr an den Kragen, Nonie wird da draußen richtig hingemetzelt, das Wasser steht ihr bis zum Hals*. In ihren Hautfalten sammelt sich Schweiß. Der schwierige Wind steuert den Flug des Balls und lenkt ihn ab, hebt ihn an, bremst und beschleunigt ihn. *Nonie ist hier nicht in ihrer Liga* – das ist ein ernstes Problem..

Sehen Sie: die Silenowiczs können und werden sich nicht – sie werden es versuchen, aber es ist ihnen unmöglich – im gleichen Maße für Wiley engagieren, wie sie es aus, sagen wir einmal, genetischen Gründen für Nonie tun, an die sie nolens volens Züge von sich weitergegeben haben, einen ausgedehnten, verzweigten Stammbaum. Es ist möglich, daß sie mich mehr, weit mehr «lieben» als ihre Tochter, einander oder sonst jemanden; «Liebe» hier als Gefühl – Vergnügen aneinander, aber auch Zusammensein-Wollen – genommen, nicht Liebe als das Machtvolle und zutiefst Merkwürdige an Bündnissen, Rivalität, düsterem Ernst. Die Silenowiczs bekamen wieder und wieder und wieder und wieder zu hören, sie könnten nicht so darum besorgt sein, was aus mir werden wird, wie jemand von gleichem Blut es kann. Blut? Bleibt es uns nicht erspart, bald irgendwo Blut zu sehen? Wessen Kind bin ich? Ich bin sozusagen dem Glück dieser Leute zuliebe da, nicht ihrem oder meinem oder meiner leiblichen Mutter Stammbaum zuliebe – die Loyalität der Silenowiczs gilt nicht dem, was in mir steckt: warum auch, zum Teufel? Sie lieben mich leidenschaftlich – *Du warst unser Leben, zu Zeiten unser ganzes Leben, und für eine Weile hat dir das gefallen.* Wie tiefe Zuneigung sie auch immer empfinden, in mancher Hinsicht werde ich für sie nie existieren – und nichts wird wettgemacht: es ist bequem zu sagen, das eine gleiche das andere aus: man spricht keineswegs von derselben Sache, wenn man sagt, daß andernfalls das Kind nicht überlebt hätte – *vielleicht.* Ich hatte früh mein Publikum; sie hingen an dem, was ich für sie bedeutete – in realen Augenblicken, die stets nur *jetzt* existieren, eine Romanze. Ich bin für sie in einer Weise entbehrlich, wie es ein Sohn von ihnen nicht hätte sein können – sie sind meine Liebhaber: nicht meine Familie. Ich weiß nicht, ob Familiengefühl etwas sehr anderes ist: weniger klar ist es gewiß. Ich habe kein Familiengefühl. Dies verleiht allem, was ich weiß – und fühle – ein gewisses Glitzern.

Nonie ist gleichsam eingeschlossen, von drei Seiten oder von zwei, und nur nach einer hin offen, und ich bin ringsum offen.

Nonies Beine sind verschwitzt und leicht gespreizt; ihre Schenkel, ihr Schritt – sie nimmt die Hitze darin wahr.

Wiley, ich möchte nie glauben müssen, daß du eifersüchtig auf sie bist.

Ich kann *in der Regel* meine Grausamkeit gegenüber anderen nicht orten; sie verbirgt sich leicht in Handlungen, bei denen ich meine Überlegenheit als anerkannt voraussetze. *Wenn ich gescheiter bin als du, warum HÖRST du dann nicht auf mich?* Ich neige dazu, eher Vorzüge zu offenbaren als Verpflichtungen zu übernehmen – ein Kind, ein jüngeres Kind, adoptiert, freibeuterisch, unverwurzelt.

Sonnenlicht: der Tennisplatz: die Mädchen darauf … ich lief hinaus auf den Platz. «SCHAFFT IHN WEG! ICH KANN IHN JETZT NICHT GEBRAUCHEN! SCHAFFT IHN MIR VOM HALS!»

«Wiley, laß das!»

Ich habe Nonie in der Kindheit eine Reihe von Malen

geschlagen – nie mit männlicher Verlegenheit oder jungenhaftem Bedauern oder mit jenen abscheulichen Gewissensbissen: was-habe-ich-bloß-getan. Ich empfand Befriedigung, sah die Ordnung wiederhergestellt – einem Sinn für Symmetrie wurde Genüge getan durch das Gefühl von Anstand, das ich hatte, wenn ich sie schlug – *dies ist eine Wahrheit*: ich gestehe sie ein. Nonie widert mich manchmal an. Oft. Immer – ein wenig ... Nein: nur manchmal ... Wenn Nonie nach jemandem schlägt, empfindet sie es als GERECHTIGKEIT. Ich stehe unter und hinter und vor und hoch über ihr in einem dunklen Raum an einem dunklen Himmel – und bin ohne Corpsgeist, wenn ich über ihre Auffassung von GERECHTIGKEIT nachsinne.

In dieser Minute läuft sie in die luftige Sphäre meines Gesichtsfeldes. Sie ist auf dem Tennisplatz. Sie wird nie darum wissen, daß sie etwas dem Wesen nach sowohl Unmittelbares als auch Erinnertes verkörpert, in manchen, einer nach dem anderen gegenwärtigen Momenten etwas Physisches und Reales. «Huch!» macht sie. Ihre Sprache gibt nicht das Leben in ihr wieder, es sei denn insofern, als sie das Gegenteil dessen äußert, was sie in sich verbirgt. Wie dem auch sei, sie brüllt. Ich empfinde Abneigung oder Haß gegen sie, weil sie mich mit dem Tennisschläger auf den Arm schlug, während Daddy mich vom Tennisplatz zerrte. Ich muß stillsitzen und ihr beim Spielen zuschauen. Die Taschen ihres Fleisches rühren mich. In einem Flug passiert der Ball neunundneunzig Positionen geisterhafter Bereitschaft und beschreibt dann einen anklagenden Bogen: *Du könntest mich ruhig treffen* – eine Anklage, die meint, was sie sagt, plus, unausgesprochen, *Triff mich*, da jeder sich entweder wehrt oder danebenhaut. Nonie hört im Kopf die sportliche Anklage, die gleich anders lauten wird, die Testfragen der Zeit und ihre eigene Punktzahl. Sie *hört*, sie hört, sieht und spürt den Flug-des-Balls – die Geisterschwänze, die cherubimischen Geisterhäupter des kurvenden Balls füllen ihr Gesichtfeld aus, ihren Vorausblick, ihre Vorhersehungskräfte.

Sieh da: Ohne Feindseligkeit ist sie ohne Biß; sie spielt nicht gediegen; sie ist umwölkt, übergewichtig – seltsam. *Vergibst du ihr? Warum kannst du ihr nicht vergeben?* Sie verliert in den unheimlich festen, geometrischen Figuren ihrer Emotionen und ihres Glaubens an die Dinge den Drall, wie in einem Traum, in dem alle Bewegung stockt und ihr Gekreisch untersagt ist und Sicherheit einzig von der Rettung durch etwas zu erhoffen ist, das außerhalb der Maschinerie dieser speziellen Episode existiert. Durch Gerechtigkeit, oder durch maskiertes Glück. Soll sie doch zurückschlagen. Wie ich. Ihr Sinn für den Platz, das Schlachtfeld – mein Gefühl von Ekstase – pulsiert in einem glanzlosen, von Hitze unter freiem Himmel matten Rhythmus. Kommt er vom Spiel, dem Spiel in meiner Erinnerung? Sie legt an Tempo zu, lebt auf, erstorbenen Bewußtseins, auf das Spiel beschränkt: sie entkommt mir. Ich will sie, Nonie, für meine eigenen Zwecke: jetzt wollen meine Gefühle sie stillsitzen sehen.

Sie macht mit der unversöhnlichen Entrüstung ihrer Rolle als Sportlerin weiter. Ihr Kopf hält sich an der Spitze – eines gesunden Körpers. Ihr kostbarster Schatz, ihre Waffe, ihre Seele, ihr Preis in allen Wettbewerben und Rivalitäten, ist der Körper unter ihr: ihr Kopf ist keine Trophäe, er gehört ihr: ob sie Bewunderung erfährt, ist häßlich verknüpft mit den Kompromissen, die dieser Körper eingeht: ihr Geist schwingt sich auf über dreschenden Armen, wirbelndem Rumpf, pumpenden, dann angewurzelten, dann trippelnden Beinen, wie eine Libelle auf einem geziegelten Koloß in einer Eiswüste bei gewaltiger Kälte. In der Geborgenheit eines Gewölbes, unter einer mit Mosaiks von Visionen ausgekleideten Schädeldecke ruht der Wahlspruch, die Pointe: *Wiley kann mich nicht verletzen, nichts kann mich verletzen.* Ein Sieg ist für das wache Mädchen wie ein Traum für ihr Bewußtsein im Schlaf. Unter intensiv theatralischer (gelenkter) Beleuchtung wird das Leben erklärt.

4 zu 2 für Lisa – es ist nicht zu glauben, daß Nonie verlie-

ren und bedeutungslos werden könnte. Sie wird dann etwas Gewöhnliches sein – ein Thema nur für sentimentale Berichte.

Nonie versucht alles. Doch Lisa findet es anscheinend leicht, Nonie in eine Müllhalde von Fehlkalkulationen kippen zu lassen, in die rasende Unbeholfenheit eines Menschen, der als Macht nicht zählt, sich aber noch nicht ergeben will. Solch ein Widerspruch zwischen Wille und Ergebnis enthüllt, daß ein Sinn am Walten ist – zumeist unerwünschtermaßen. Ohne daß man darauf vorbereitet wäre. *So also ist es, böse zu enden ... Hilfe, Hilfe ...*

Daddy sagt vor sich hin: «Sieht nicht allzu gut aus für unser Mädchen. Na ja, es gibt außer Siegen noch andere Dinge im Leben.»

In dem Text, den hier vorzulegen ich versäumt habe – *Nonies Buch des Selbstmitleids, Nonies Traurigkeit, Nonies Erbarmen mit ihrem Willen: Ihre Lebensgeschichte* – wird, neben den Siegen, die sie nicht erringt, Nonies Geist als disziplinierende Kraft beschrieben, die mit wahnsinniger Hartnäckigkeit auf einen einzigen Punkt eindrischt, sie selbst zu einem einzigen Punkt zusammendrischt; sodann, wie dieser einzige Punkt wider das diamantene Hindernis ihrer Achtrangigkeit, wider jede Wahrscheinlichkeit und allen Niederlagen zum Trotz unaufhörlich seine gewiefteste Seite herauskehrt.

All ihre Wahrheiten sind geheim – alle. Als sie den Hund tötete, stachelten die Jungen und das andere Mädchen einander an, ebenfalls zuzuschlagen; ein Junge sagte dogmatisch, gereizt: *«Wahrscheinlich ist er KRANK.»* Nonie, die meist Schweigsame, sprach zweimal, als wäre sie die Anführerin. «Los geht's.» Dann, während der Exekution: *«Es muß einfach erledigt werden.»* Sie schlug fest mit einem halbumklammerten halben Ziegelstein zu; ihre Lider waren ein Stück weit gesenkt, sie flirrten; sie spähte darunter hervor und schaute zugleich nicht hin; anfangs rümpfte sie die Nase. Ein Strick war mehrmals um die Beine des Hundes, dann um einen Baumstamm, dann unter seinem Bauch hindurch über seine Rippen und Hinterschenkel und um seinen Hals geschlungen worden, so daß sein Kopf locker an die rauhe Haut des Baumes gefesselt war. Die Atemgeräusche – der Hund bellte nicht – die Schlaggeräusche: ein Kindheitsmotiv. Das zermatschte Fell: es geht ihm an die Knochen. Wie aus Höflichkeit schlug Nonie den Hund zuerst auf die Rippen, weit weg von den Zentralen der Sinne, doch dann merkte sie, daß dies ein mädchenhaftes Vorgehen war, wie in *Gib acht auf seine Augen (oder auf seine Ohren).* Sie konzentriert sich; sie ist göttinnengleich. Ihr Charakter, ihr unsicherer Charakter ist zu seinem Unbehagen in diesen Bereichen von Leben und Tod zu Hause, von denen Mädchen unfair ausgeschlossen sind, ausgeschlossen von offenen wie von heimlichen Diskussionen über derlei Dinge. Sie hielt den Hals steif, den Kopf zurückgelegt, wie um die Muskulatur, die Panik und den Mut des Hundes nachzuahmen und zu verstehen: sie wird zum Berserker, wo es um Vorstellungen von Gut-und-Böse, von Gerechtigkeit, von Ich-mag-dies-und-ich-mag-das-nicht – die erlaubten Wendungen – geht, manchmal mit erheuchelter Unschuld oder Unwissenheit, mädchenhaft, nützlich, als Geschichte zur Tarnung eines blutbefleckten Agenten taugend. Sie schlug auf die Stirn, auf das zermatschte Fell und auf die Knochen ein. Sie schlug auf das quallige Auge, rief «Oh» und brüstete sich dann: «Ich hab ihn INS AUGE getroffen ...» In ihrer Jugend fürchtete sich Nonie davor, lebendig begraben zu werden. Sie arbeitet weiter an ihrer Religionsunterricht-Studie über den TOD: über die Sache selbst – nicht über ein Wort, ein Wort für den Zustand der Ruhe, für einen Eingriff in die Lebenszeit, sondern für die Endlichkeit des Willens eines Menschen, seines Bürgerstatus, seiner Rolle im Epos der Welt.

Der kleine Junge dagegen, *er* spielt nicht gemein – nun ja, ich bin eben adoptiert –, er spielt sanft: *er ist wie jeder Jude, nicht sehr judenhaft (ha-ha)*: ich bin hier willkommen: *er ist ein kleiner König.*

Haßt du sie, Wiley?

Ja. Es tut mir leid.

«Ich bin so normal, daß es schon furchtbar ist. Ich bin nicht wie Wiley.»

Geh langsam vor, zügle dich, kehr dein Inneres nach außen.

Ich-wollte-sie-kaltmachen – ich-wollte-sie-mit-einem-Schlag-fertigmachen, aber-es-war-einfach-nicht-drin.

Lisas Mund ist hart; von Zeit zu Zeit bebt er; sie hat ein Ziel im Auge, über das mit ihr nicht zu verhandeln ist – sie ist siegesbereit – sie ist im Begriff, *Unsere Kleine Tennisschwester* zu schlagen. Nonie sagt: «Ich bin zu ungeduldig geworden; ich war glatt zu versessen zum Essen. Trainer Bill sagt, du mußt ein Tiger sein, kein Schwein. Im zweiten Satz bin ich kopflos geworden. Du mußt einfach wissen, daß ein Spiel lang dauert, du mußt einfach Geduld haben und dich an deine Strategie halten – dann hält deine Strategie auch zu dir ...» Eine Strategie entfaltet sich – sie ist eine Art Stumpfheit anderen gegenüber, ist Aufhebung des Zufalls, sie vergrößert Seiten an einem selbst. Nonie hält mich zwischen ihren Beinen fest und richtet ihre Haarspange. «Ich hab meine Lektion gelernt. Ich werd jetzt einfach ein Ti-i-ger, wie Trainer Bill sagt, und nie mehr ein Schwein sein. Halt still, Wiley.»

Das Gefühl, über Wissen zu verfügen, verleiht ihr einen Hauch von Schönheit – ein Abglanz dessen, was sie weiß ... Ein Abglanz von Wahrheit ist *schön, einfach absolut schön.* Wenn sie sich wissend fühlt, ist sie fast schön; so zeigt sich ihre Welteinsicht in ihrer Haltung und auf ihrem Gesicht. Nicht in ihren Worten: *«Ich weiß, wie man gewinnt – du mußt den richtigen Elan haben und haust den Ball einfach lang genug öfter zurück als der andere.»* Nonie liebt unbestreitbare Aussagen; das heißt, für sie existiert die Welt des Geistes, wie öffentlich sie auch sein mag, nicht im Freien, wo um Dinge gestritten wird – sondern in Häusern; ist häuslichen Gesprächen ähnlicher; ist sicherer – der Kontrolle durch eine Frau unterliegend. (Mama sagte: *Du konntest sie von Anfang an nicht leiden – ich bin froh, daß du nie auf mich losgegangen bist.*)

Partikel der Tagesrealität kleben noch an ihr. Sie hält mich zwischen ihren Beinen, und meine Eifersucht umfaßte auch die auflodernde Sehnsucht, jene Welt zu erfahren, die skizzenhaft – noch frisch, jedoch logisch und grandios – in Nonies Erklärungen zu leben schien: sie war real für mich, jene ekstatisch berechnete Welt: ich dachte, Nonie wisse eine Menge; ich dachte, sie gehe von unserem Haus in jene Wirklichkeit; ich dachte, sie spreche in dem, was sie sagte, verläßlich, direkt, ehrlich von jener Welt: und ich wollte sie haben – jene Welt, diese Kraft, sie zu betreten – diese Klarheit. Nonie schätzte eine bestimmte flache Redeweise, die dem Abspielen eines Balls glich: sie zerschmetterte die lokale Welt, indem sie sprach. Eifersucht ist weit offene Aufmerksamkeit. Eine brillante Störung der Aufmerksamkeit. Der Fähigkeit, Schlüsse zu ziehen. Nonie weiß halbwegs, was sie sagen muß, wenn sie möchte, daß ich zuhöre. Nonies Mut ist nicht auf Experimente, er ist auf Zugewinn ausgerichtet. Trauer ist für sie eine Sache, die einen vergiftet und hilflos macht, in Erniedrigung erstickt. Ein Fieberanfall von *es ist unerträglich – es ist unglaublich, wie schlimm es ist.* Sie bekommt komische Augen. Sie möchte die Welt einschrumpfen auf ein Netz von ererbten Gesetzen, von feststehenden Rivalitäten, Friedens- und Bündnisregelungen – ein Ausbruch von Mädchenverstand, vor allem jedoch von Standesgefühl, das unabhängig ist vom Charakter und von gerade erst gedeuteten Abenteuern. Unabhängig von dem, was man selbst unter Schmerzen lernt. *(«Seine Familie ist Abschaum, aber das sieht man ihm überhaupt nicht an.»)* Was erbe ich? Wer in der Hackordnung unten rangiert, besitzt den schlichteren Willen, der aus vorliegenden Verwundungen, aus nicht vorliegenden Siegen, bisher noch nicht errungenen Siegen erwächst. Nonie hat auf ihrem Weg die Leiter hinauf in Turnieren zweimal gewonnen: sie hat noch nie ein Turnier gewonnen – aber sie versucht es. Sie schafft es bis ins Viertelfinale. Warum müssen wir sie ernst nehmen? Verzerre ich, was da ist? Ich meine, wenn ich hinsehe? Wenn ich fühle? Wenn ich spreche? Nach dem Essen gehen wir im Dunkeln hinaus auf den Rasen hinter dem Haus – sie möchte tanzen. Sie ist kein heiliger oder wahnsinniger Engel des Tanzes, sie ist nicht Gottes gebärdenreiches Schätzchen; sie wiegt sich, sie besteht aus Bündeln biegsamer Stangen; sie wurde darin unterrichtet; ihre physische Intelligenz bringt eine blasse Musikalität hervor: gleitende Schritte, liebliche Drehungen. Rank ist sie im Dunkel der Wohngegend zu erkennen – vielleicht werden sie nun alle begehren kommen. Der kleine Junge tanzt auch – nun, er rennt, er wirbelt um seine Achse, interpretiert, was sie tut, das Hübsche daran. Er ist wahnsinnig. Er ist ein wahnsinniger Engel des Tanzes. Er vollführt Räder, Überschläge, Sprünge mit Anlauf, Purzelbäume.

«Schau mal, unser süßer Engel – ist er nicht wundervoll?»

«Wiley, du bist im Weg.» Sie tritt nach dem Kind.

«Nonie, tu das nicht. Das ist häßlich. Kinder sind eine Plage – das weißt du –, aber find dich jetzt einfach mal mit ihm ab.»

Nonie riß Hände voll Gras aus, ließ im Nu eine Menge Gras auf das Kind fallen; sie bewarf oder berieselte es mit Händen voll Erde, bis es nichts mehr sah und nicht mehr atmen konnte: es ist schmutzig: es bleibt stehen: sie schiebt es weg: sie stellt ihm ein Bein: es blutet am Schienbein: *«Es tut mir nicht leid; er kommt mir in die Quere.»* Sie mag nicht tanzen oder dabeisein, wenn er tanzt. *«Ich mache ihr keinen Vorwurf daraus, die Kleinsten kriegen immer alle Anerkennung – wenn sie noch so jung sind, haben sie nichts als Seele, und er hat gelernt, daß er entzückend ist; er sorgt dafür, daß er im Vergleich zu ihr entzückend aussieht.»*

Das Kind steht still da. Nonie ist in einem Zustand des Mißvergnügens und Mißtrauens – des äußersten, mit kuriosen Beimischungen von perversem Vergnügen, furchtbarem Vergnügen, Frustration, Sehnsucht; sie hat ihn stillgestellt;

sie möchte wieder tanzen; sie tanzt absichtlich auf der Stelle seiner verrückten Darbietung, um ihre Macht auf die Probe zu stellen und seine Vorstellung vergessen zu machen. *«Nicht, Nonie – das ist albern, was du da machst»*, sagt Lila. Nonie wendet sich mir zu. *«Du bist albern, du bist furchtbar, du hast Denkzettel nötig. Du solltest so sein wie ich. Ich würde mich schämen, wenn ich so wäre wie du. Du bist ein kleiner Weichling.»* Und: *«Bei dir nützt kein Denkzettel. Er ist einfach zu verrückt, Mama. Du solltest dir Sorgen um ihn machen.»* Die Argumentationsweise eines Mädchens. Einmal lief sie zu ihm hin und schlug ihn, als er eben in die Luft gesprungen war: *«Nonie! Wiley! Schluß jetzt, das dulden wir nicht. Wenn ihr nicht friedlich sein könnt, wird nicht getanzt.»*

Ich sprach noch nicht, aber ich sah sie auf dem dunklen Rasen mit Verachtung an – jedenfalls mit einer gewissen Geringschätzung. Sie versuchte, mich S. L. aus den Armen zu reißen, als er mich hochnahm. *«Ich bin nicht böse auf ihn, Daddy»*, sagte sie. *«Laß mich ihn halten.»* Speichel floß ihr aus dem Mund, so nachdrücklich beteuerte sie, daß ihre Wut, ihre Schläge, ihre Eifersucht nicht ernst, kein Problem seien. Mama sagte: *«Wenn du mich fragst, treiben es Kinder zu weit – was soll das bloß alles.»*

Daddy sagte: *«Jedes von ihnen ist ein kleines Wunder – das habe ich gelesen.»*

Was Emotionen angeht, hier ein Beispiel: Nonie mag Katie Rogers. Wenn Katie verfügbar ist, verschmäht mich Nonie manchmal: das brennt und tut weh. *«Mama, ich muß Katie besuchen – sie möchte, daß ich zu ihr komme.»* Nonie ist in Katie vernarrt; und besteht zäh darauf, daß ihr Beachtung gezollt wird als einer Person, die mit heftigen (und nicht anstößigen) Gefühlen geschlagen ist, die das andere Mädchen umwirbt; andrerseits besteht sie auch darauf, jeden abzuwerten, den sie umwirbt. *«Sie ist einfach jemand, den ich mag, nichts Besonderes, keine Sportlerin.»* Und sie lobt übertrieben: *«Sie ist so nett, sie kommt aus einer sehr vornehmen Familie, sie ist so einmalig schlau, daß es mir richtig angst macht.»* Und sie übt sich darin zu überwinden, was sie rasend macht: *«Mama, so schlau ist Katie eigentlich gar nicht – von Kleidern versteht sie nichts.»* Sie versucht jeden, den sie umwirbt, zu ihrem persönlichen Dienstboten zu machen, zu einem Abhängigen, den man benutzen kann: *«Katie, du bist meine Gastgeberin. Ich komme in allem zuerst, ich bestimme, was wir spielen. Am besten tust du, was ich sage. Ich mag keine Leute, die sich nicht richtig benehmen. Nimm dich in acht, sonst lach ich dich aus.»* Mama sagt, daß jeder sich auf seine Weise so verhält: sie nennt es Deinen-Willen-brechen oder Dich-abrichten oder Versuchen-dich-mit-einem-Ring-durch-die-Nase-in-den-Griff-zu-kriegen oder Dir-einen-Ring-durchs-*Herz*-ziehen. *Dich dahin zu kriegen, wo sie dich haben wollen.* Mama sagt, *wie Nonie es anstellt*, ist dumm.

Nonie glaubt, daß Dienstboten und Abhängige nicht am Wettbewerb teilnehmen müssen: zu gewinnen ist Nonies Aufgabe, sie ist die Fahnenträgerin, die junge Herrin. Sie sagt oft zu Anne Marie: «SEI DU EINFACH STILL UND HILF MIR.» *Du brauchst nicht zu denken, du brauchst nicht zu leben: das tue ich schon.*

Zu leben ist hier meine Sache...

Ihre Unerschrockenheit zeugt davon, welch eine bürokratische Bürde von Gefühlen für sie selbst auf ihr lastet, und somit hilft diese ihr, sich einige verängstigte, unsichere und beklommen vorsichtige Leute ergeben zu machen. Aber nicht Lila, und auch nicht S. L. Bei denen findet sie selten Gnade. In gewissem Sinne liebt niemand sie – hat sie je geliebt oder wird sie je lieben.

In einem anderen Sinn wird es immer Leute geben, denen sie nicht gleichgültig ist...

Sie attackiert das Netz, ein dickliches Mädchen mit rosigen Schenkeln und straffem, muskulösem Hintern. Das andere Mädchen ist verblüffend dünn, hat aber kräftige Schenkel; sie hat Sommersprossen auf den Wangen und trägt eine

Brille, die anläuft. Sie ist bereits am Netz, wo sie ruckartig Nonies schlappen Treibschlag mit einem halbwegs bemerkenswerten, ausfallenden Eingreifen abfängt. Ihr Schläger, den sie fest im Griff hat, bebt, bleibt aber überwiegend vorwärtsgerichtet. Der Ball fliegt abrupt, wider jeden Rhythmus, in die entgegengesetzte Richtung – Nonie hebt den Schläger; der Ball segelt vorbei. Ich habe Nonies Gesicht im Blick, die Szene läuft so schnell ab, daß ich meine, nur Nonies Gesicht, Nonies Schläger zu sehen. Der Ball prallt seitlich auf Nonies Schläger, Nonies Schläger saust abwärts und trifft das Handgelenk des dickschenkligen Mädchens am Netz. Nonies feingliedrige Hand mit dem schmalen Gelenk, den wulstigen Fingerkuppen und der rosigen, prallen Handfläche, manche Finger aufgerauht, die Nägel zerbissen – das ist ein vertrauter Anblick für mich, eine geläufige Erinnerung.

Der Kampfplatz, der Tennisplatz – wenn ich Sonnenlicht hinzufüge, reales, nicht gemaltes Licht, kein mentales Konstrukt, sondern eindringliches Licht, heiß und weitaus stärker als ich, und wenn ich der Luft dann Besonderheiten des Strömens und Wogens zugestehe, wenn ich am realen Licht jenes realen Tages festhalte, dann sehe ich einen Kinderfuß in einer Kindersandale: *meinen:* und Daddys bauchigen Schatten als Semi-Höhle in diesem durchdringenden Licht; mein Kopf mit der weißen Mütze darauf ist nah an seinen Rippen: beide Mädchen sind am Netz: ich sehe den Geisterschwanz, das geisterhafte Cherubimgesicht des Balls an Nonie vorbeihuschen ... Eine Pause ... Nonies Schläger bewegt sich ... Mehr sehe ich nicht.

Und das dickbeinige Mädchen schreit – dann sehe ich, aber nur weil ich den sehr lauten Schrei höre: wie ihr Kopf zurückfährt, ihr die Augen hervortreten ... Was ist geschehen? Was ist ihr angetan worden? Nonies Bewegung war so, als versuche sie, den Ball – rückhaltslos – zu schmettern; es war eine runde Bewegung.

Ist Lisas Handgelenk gebrochen? Hat sie eine Prellung? Eine Knochenprellung?

Diese Realität ist provinziell und schäbig, mit ihrem Nachmittagstusch von Licht und Hitze, mit ihrer realen Atmosphäre, löwenhaft und von Gebrüll erfüllt.

Das dickschenklige Mädchen schrie: «DU HAST NACH MIR GESCHLAGEN!» Dann starrte sie Nonie an. Sie rief: «DAS WAR ABSICHT – DU BIST FURCHTBAR.» Eine Art Krampf überkam sie, während sie zu sprechen versuchte, einen Namen mit ihrem Gedanken zu verbinden suchte. «Nonie!» sagte sie tief und gequält. Lisa hackte nach Nonie, schlenkerte ihren Schläger mit der Kante – nach Nonie –, wollte Nonie treffen. Dann umklammerte sie ihr Handgelenk. Soweit kann ich mir die Szene aus der Erinnerung vorspielen. Das Mädchen trägt Weiß, etwas wie ein Jungenunterhemd und kurze, weite Hosen. *Sie übertreibt, um Nonie in Schwierigkeiten zu bringen.* Nonie weicht zurück, weg von dem wirbelnden Schläger; sie bewegt sich *minimal*, unbeirrten Blicks – zu starke Beweise sind in dieser gelassenen Bewegung enthalten: traumwandlerisch achtloses Meiden. Die Szene färbt sich Grau in Grau, als spiele sie bei Zwielicht. Lisa sinkt zu Boden, streckt die Beine von sich; sie hält ihr verletztes Handgelenk wie eine Hundepfote. Sie jault irgendwie: jault und jammert: *«Helft mir doch; es tut weh.»* Sie starrt auf Nonie; die Wut in ihrem Blick zeigt, wie gezielt sie Nonie weh tun möchte. Sie läßt den Kopf nach vorn sinken. Niemand kreischt auf, nichts dergleichen. Der Zwischenfall bleibt in der Schwebe – wir sind hier friedliche Leute.

Nonie: *«Ich habe sie nicht geschlagen – »* Ein Schnitzer läßt sich nicht als Treffer bezeichnen – man muß ihn als Fehlschlag betrachten.

Was da in Lisas Augen schimmert, ist nun mehr Verhandlungssache als das, was vorher darin lag.

Die moralische Wirklichkeit von Frauen, die moralische Wirklichkeit von Männern ...

Es gehört irgendwie zum Wesen, zur Eigenart meines Verstandes, Güte als absolut, unwandelbar, als vernünftig und philosophisch zu denken und das *Böse* als wolkig, so oder so interpretierbar, wandelbar, fähig zur Buße, weltlich, zeitlich. Doch das ist eine Unterscheidung des Verstandes. Sie entspricht weder recht der Wirklichkeit noch meinen eigenen Gedanken, sondern ist eine trübe Sache, eine absolutistische Vorstellung von dem Problem ... eine traditionelle ... denn auch Güte ist zeitlich, ebenso interpretierbar und wandelbar, ebenso im Anekdotischen verhaftet. Schließlich ist die Zeit so allumfassend, daß der bewußte Verstand zumeist nichts anderes tut als sein Kalkulieren-Erinnern hauptsächlich im Hinblick auf die Zukunft zu betreiben – die nahe und weitere Zukunft: Was sich uns nähert, das behalten wir im Sinn. Aber nicht genau. Wir tun es mit Hilfe von Gesetzen, mit Hilfe des Gefühls, alles sei vorherbestimmt und stabil – wir stellen Übereinstimmung mit unseren Erinnerungen her – doch ich vermute, es ist eine Frage der Nerven ...

Nehme ich an, daß Güte ein System von Gesetzen ist, nach denen die Entscheidungen dieses Moments ausgehandelt werden, damit das Element von Spielrisiko gemildert, vermindert wird? Man streitet darüber, was Güte – letzten Endes – ist ... Und niemand hat eine vernünftige Einstellung dazu. Ich meine zum Beispiel dazu, ob die Gesetze sämtlich bekannt sind oder ob wir noch an ihnen herumrätseln. Und ob wir damit im Rückstand sind, die jüngste Vergangenheit ein wenig zu verstehen, damit wir halbwegs wissen, was wir als nächstes tun sollen; das heißt, wenn wir nicht raten können, streiten wir darüber. Die Zukunft ist am seltsamsten, und wir sind im wirklichen Leben dann am unvernünftigsten, wenn wir glauben, sämtliche Gesetze seien bekannt, folglich akzeptiert, und die Zukunft werde einem vorhergesagt, man könne ihr gleichsam entgegengrinsen, wenn man *gut* ist – oder schlecht, falls man glaubt, es sei in dieser Welt gut, schlecht zu sein, weil praktisch das Schlechte diese Welt regiere ...

Doch wenn wir sagen, Güte sei real, sei wandelbar, sei die Freiheit an sich, sei weder stabil noch unwandelbar, dann hört vielleicht keiner zu. Wie werde ich über Nonie denken, wenn ich auf dem Sterbebett liege? Hängt es davon ab, wie sich mein Leben entwickelt? Als Kind war ich im Vergleich zu ihr *gut*, doch nun bin ich schon sehr lange ein Mann.

Inzwischen tut der bewußte Verstand nichts anderes, als sich im Hinblick auf die Zukunft zu erinnern, wie er selbst in früheren Momenten war: das glaube jedenfalls ich. Ich meine, er neigt dazu, seine früheren, die physische Wirklichkeit betreffenden Entscheidungen der *physischen Wirklichkeit* jetzt vorzuziehen, und nicht nur der jetzigen, sondern auch langvergangenen physischen Wirklichkeiten: er sperrt sie in Gesetze ein. Sich an das körperlich Wirkliche zu erinnern ist schwer. Es ist zu peinlich. Es lehrt eine andere Moral ... es bringt zu viele Formen von moralischer Verantwortung mit sich ...

So daß das Zeugnis des Verstandes sich meistens ausnimmt, als würde es vor dessen eigenem Kriegsgericht abgelegt, wo er triumphierend und schlau – und sündhaft – lügt, zu seinen eigenen Gunsten und zugunsten seiner Moralvorstellungen, von denen die meisten utopische Lügen sind, die nur höchst fadenscheinig mit realen Ereignissen, aktuellen Momenten und den Leben anderer verbunden sind. Eingebildet, wie er ist, hat der Verstand die seltsame Angewohnheit, seinen eigenen Gerechtigkeitssinn, seine eigenen Ansichten zu verdrehen und zu verfälschen, um für PERFEKTE GERECHTIGKEIT oder auf VOLLKOMMENE UNSCHULD zu plädieren ... welches von beiden, weiß ich nicht. Er ist wütend und fühlt sich ertappt – gleichsam bestraft –, wenn er sich der Wahrheit und dem Realen beugt ...

Ich, Wiley, glaube, daß mein Verstand vornehmlich durch meine Träume geschult wird; und durch Dinge, die meine Träume imitieren; und durch die Strukturen und Absichten – diese faschistischen, FASCHISTISCHEN, von der Realität geschiedenen, auf mich sowie auf das, was ich weiß und was mir geschieht konzentrierten Strukturen meiner Träume ...

Ich glaube, daß mein Verstand, abgesehen davon, daß er sich an sich selbst erinnert, sich an die Denkweisen anderer erinnert und die Welt in Bann tut – die Welt, den Sog und den Augenschein. Daß der Verstand es traurig findet, kein Tier zu sein, ist eine komplexe Sache.

Sind wir böse? Ich nehme es an ... wenn wir am Leben bleiben ...

Aber das ist noch nicht alles ...

Ist nicht alles, was wir sind. Und wir sind es nicht unvermischt oder zumindest nicht oft. So einfach kann die Geschichte nicht sein – oder? Schauen sie sich um. Ich meine, für jeden von uns ist der Ausgang des Spiels offen, oder? Damit, daß wir böse sind, ist die Geschichte noch nicht zu Ende, wie immer sie aussehen mag ... Die Geschichte ... Ich bin nicht ganz und gar mein Geist und Verstand. Mein Körper besitzt eine geistige Qualität – und einen Verstand oder ein Bewußtsein für sich sowie die Fähigkeit, Berechnungen anzustellen. Mein Geist – sogar als Schatten-Ich unter vielen Schatten-Ichs – wie vor einem Schattengerichtshof oder an einem Königshof von Schatten-Ichs in einem Traum – oder wie in einem realen Moment wie in einem dahinrasenden Gerichtssaal – gewahrt Dinge-außerhalb-von-all-dem-Zeug – etwas außerhalb des schmerzenden Kreises der Reflexion, der Theorie ... außerhalb zunächst meiner selbst, dann meiner körperlichen Person, dann des geistigen Schattenbuchs: mein Geist besitzt ein unheimlich befreites, fast-körperliches Gefühl für die Dinge: vielleicht eine Illusion, vielleicht ein intellektueller Akt. Denker sprechen von einem Weltmodell, das im Geist existiert; einige Psychologen sprechen vom Nicht-Ich; ich denke an ein *Außerhalb-des-Geistes* ... Ich bin zunächst einmal, schließlich, in Wirklichkeit, möchte ich sagen, geübt – in den Zwangslagen des Alptraums und, vielleicht, des Glücks. Ich bin nicht zu Hause in den Zwangslagen des anspruchsvollen-und-immerwährenden Typs von Glück nach Art des Verstandes und im Alptraum nach seiner klaren Definition. Ich habe mein Leben noch. Ich weiß um diese Dinge *vornehmlich* so, wie sie im tatsächlichen Leben vorkommen, wo ich nolens volens und *blindlings* Bedeutungen studiere und BEDEUTUNG-die-nicht-restlos-zu-deuten-ist. Das reale Leben umfaßt zu viele reale Menschen, zu viele reale Momente, zu viele Handlungen, reale Handlungen, als daß man irgend etwas restlos deuten könnte. Über sein Leben nachzudenken ist notwendig so, wie die Hoffnung auf die endgültige Bestimmung von π aufzugeben.

Wenn Abstufungen des Bösen das Thema sind, neige ich dazu, in bestimmte Momente unmittelbar hineinzublicken – wie in Schränke in einem Haus, in dem ich lange gewohnt habe. Ich sehe es in dem, was wer zu wem in welchen Worten sagt, mit welchem Ausdruck und Tonfall. Ich sehe es in dem, was ich zu einer bestimmten Zeit damals dachte und tat, in einer Geschichte, sehe es unter meinen Ideen weiter verbreitet, als die Konvention es erlaubt ... Mein Sinn dafür ist bestimmt von meinen Ideen darüber, was Wirklichkeit ist – oder war und in mancher Hinsicht noch ist. Manche Momente werden in meinen Träumen immer wieder erklärt, doch nicht als reale Momente, lediglich als plausible, eigenwillige Synopsen, schneller und mit weniger Dimensionen und anderen Elementen als das reale Leben.

Doch in meinen Gedanken ist es anders; dort verlangen Momente praktische Erklärungen: in meinen Gedanken ist nichts, was ich zu einem Zeitpunkt tatsächlich kenne, gewisser als eine juristische Wahrheit – die ungewiß ist; Präzedenzfälle, Indizien aus dem realen Leben, Rateergebnisse und partiell gültige Gesetze sind jedoch nützlich; eine endgültige Erklärung stellt sich nicht ein: nur eine Art von Urteil, im Rahmen sowohl eines Patriotismus als auch einer überwachenden Macht – einer weitläufigen, überragenden, nicht ganz ehrlichen Maschinerie; es scheint sogar Himmel und

Wolken mit einzubeziehen, wenigstens so, wie ich sie wahrnehme, nicht nur die Schattenwelt, und nicht die physische Welt ohne meinen Geist, ohne die juristischen Wahrheiten.

Ich mag Lügen nicht. Falsche Zeugenaussagen. Häßliche Absichten. Als Junge sah ich ein, daß ich nicht, ohne Partei zu ergreifen, töricht – gemein – über Nonie urteilen konnte als über jemanden, der nicht war wie ich oder sowenig wie andere, daß sie verbannt oder erschossen werden sollte ... Sie war jemand, der zu weit ging. Der dumm und aggressiv war, gefährlich eigensinnig – vielleicht manchmal ... Doch automatisch gegen sie Partei zu ergreifen war unfair, oder? Ich erinnere mich an den Geschmack von Furcht im Mund – eine schuppige Schlange. Wegen Nonie. Dennoch hat sie gewisse offenkundige Rechte – einfach als ein Element der Realität. (Wenn ich sage, die Wahrheit sei nicht grausam, dann meine ich damit, daß die knappen juristischen Sätze, welche die Leute für wahr halten, keine Wahrheiten sind, es sei denn als politische Tricks, die ihnen leben helfen. Sie sind halbwahr wie die POLITISCHE WIRKLICHKEIT, nicht wie Gefühle wahr sein können, nicht wie eigenen Erfahrungen wahr sind ...)

Lisas Mutter schreit Nonie an. Daddy sagt: «Nun, nun ... sagen wir doch, Schwamm drüber.» Wir prüfen die Handlungen von Mädchen nicht in jedem Detail. Die Idee, das Böse lasse sich bei einem Mädchen, bei einer Schwester, als willentlich herbeigeführter, auf Kränkung beruhender Zustand definieren, ist ein Witz.

Die Beschränktheit des Denkens im realen Leben – selbst von hochspezialisiertem Denken – ist komisch (ha-ha sowie unheimlich) und beängstigend ...

« Frag mich nicht – ich hab grad nicht hingesehen. Aber Nonie ist in Ordnung – sie würde keiner Fliege was tun. »

He, was ist passiert, was war denn los, hast du's gesehen?

Ich hab was gesehen – sah übel aus.

Ich muß es verpaßt haben – hast du's gesehen? Worum ging's denn überhaupt?

Vor den Erwachsenen ruft Nonie symbolisch: *«Oh, Lisa! Sag doch nicht solche Sachen über mich!»* Sie haut sich selbst mit dem Schläger gegen das Bein, als führten Bestürzung und Verzweiflung ihr den Arm. Bei dem Geräusch zuckt Lisa zusammen – ein Wink, eine Drohung, ein Tic der Wirklichkeit, in der es jemanden wie Nonie gibt.

Mädchen wachsen in die sexuelle Wirklichkeit von ihrer Warte aus hinein, nicht von der Wirklichkeit der Männer her – nicht von unseren Sorten von Gut und Böse. Je nach Geschlecht und individueller Seele spezialisieren wir uns auf andere Sorten von Gut und Böse. Kein einziger Mensch hantiert mit sämtlichen Sorten von gutem und bösem Kram. Nonie hatte Tagträume, in denen sie sich gewaltsam und halsstarrig durchsetzte und in denen viele Leute vorkamen – sollte etwa die falsche Unschuld von Frauen, ihre erlaubte (und nicht näher untersuchte) Gewalt der Seele und der Tat viele Männer dazu bewegen, Frauen so leidenschaftlich zu beneiden? Sollte der einzige Weg, *kein* Westernheld – und *nicht* ALLEIN – zu sein, einen dahin führen, daß man Frauen nachahmt und liebt?

Deren blasse, unbedachte, unverurteilte Macht?

Ich spreche viel freundlicher über mich, als wenn ich über Nonie spreche. Im Blickfeld gibt es trübe Bereiche, wo flächiges, ungeübtes visionäres Sehen das engere, geschulte Registrieren der bewußten Sichtung fortsetzt. Kohärenz ist eine ernste, gestrenge Haltung – doch sie liegt gewöhnlich nicht in der Natur der Dinge: *He, das gibt's doch alles nur in deinem Kopf, Kumpel. Ich schätze mal, so siehst eben DU die Dinge, wie ein Irrer ...*

Warten wir erst mal ab, wer recht hat; sehen wir erst mal, wie's ausgeht.

Ich bin eingestandenermaßen ein Traummensch, ein Übersetzer von nächtlichem Gemurmel in öffentliche Feststellungen – in halbwegs öffentliche. Aus meinem Traumwissen spähe ich hinaus auf sie – auf Nonie; ich lauere in einem Bau angemaßten Verstehens.

Nehmen wir zum Beispiel mich mit dreizehn – in dem Alter, in dem Nonie war, als das Gewitter so stark auf sie wirkte.

Ich hatte mit meiner Pubertät zu tun, war streitsüchtig, manchmal grausam, unparadiesisch verstoßen – war ich so verschieden von ihr? Ich war männlich – und groß – beides war sie nicht: stoße ich mich an ihrer Aggressivität? Ich war bekannt dafür, daß ich zornig werden konnte, *nachtragend* war – nicht ständig ... Ich bin weit freundlicher, wenn ich über *mich* spreche, aber ich kann sie allmählich sehen.

Ich wurde gar nicht selten als eigenartig *gut* empfunden ... geistig: nach Art eines Rabbiners: philosophisch: wissenschaftlich ...

Nun, lassen wir das beiseite. Ich hatte den Wunsch, den Ehrgeiz, *wild* zu sein, *normal* zu sein, in die *wirkliche Welt* einzutreten – dies sind nicht meine Begriffe, meine Wörter, sondern die von Jungen und Mädchen in anderen Szenen, auf Veranden in jederlei Licht, in Wohnzimmern, Hobbyräumen und Ratskellern, im Wald und auf Sportplätzen: Geständnisse, Angeberei, Verführungen ... Der Football-Trainer sagte zu mir: *Wenn du in der Klemme sitzt, bist du in Ordnung. Du bist nicht zimperlich* ...

Aber er schmiß mich aus der Mannschaft, weil ich *nicht ernst* genug bei der Sache war. Er hielt mir eine Rede, fast eine Standpauke, ein stämmiger Mann mit blauen Augen und gewelltem, grau-rostig-goldenem Haar: er sagte*: Du gibst jetzt keinen Mucks von dir, gibst keine Widerworte, drehst nicht alles rum – du bist ganz schön durchtrieben* ...

Der Rest dieser Standpauke war eine teils defensive, teils offensive Attacke auf ihn selbst und dann auf alles, was gewöhnlich oder unselig war im Vergleich zur Reinheit des Sports, dann der des Willens; und dann griff er den Sport an, um zu zeigen, daß er fair war, und dann kam ein Lobgesang auf Wettbewerb, Sieg und Redlichkeit, und schließlich meine sanfte, vielleicht beängstigend freundlich-*unzimperliche* Verstoßung.

Meine Mutter – Lila – sagte jedoch, ich sei unnachgiebig – obwohl sie besonders im Verhältnis zu mir gern ihren Willen durchsetzte – und sie versuchte, mich ihr gegenüber zu Nachgiebigkeit zu dressieren – sie sagte, ich sei besonders in bezug auf Nonie unnachgiebig; und manchmal, wenn ich ihr – Lila – gegenüber stur blieb, gab sie mir – zu Recht oder zu Unrecht – zu verstehen, ich sei in meinem Verhalten *bewundernswert* fest, männlich, humorlos ... attraktiv ... und zu überlisten ...

Sie fand, ich forderte dazu heraus ...

Nonies Verleumdungen unterschieden sich, vielleicht sowohl der Art wie der Gesinnung nach, von meiner Unzimperlichkeit ... Über Lisa sagte sie zum Beispiel, sie wäre Bettnässerin, was nicht stimmte ... Ich bezweifle, daß ich je gelogen habe, um jemandem durch Lügen Schaden zuzufügen: aber ich sage manchmal die Wahrheit, um zu schaden ...

Lila sagte: *Es ist furchtbar, wenn du die Wahrheit sagst – mir wird schlecht, wenn du Nonie sagst, daß du sie nicht liebst, sie nicht ausstehen kannst ... Noch nie habe ich zwischen zwei Leuten so blutige Kämpfe erlebt. Ich bin ja selber eine Kämpferin, aber ihr zwei, mein Gott, mein Gott ... Meine Güte, was hat mir das Angst gemacht, wie ihr zwei aufeinander losgegangen seid, mit Krallen und ZÄHNEN, graue Haare hab ich davon gekriegt ... Und du, du warst immer, ich weiß nicht, aber schon als kleines Kind hast du besser abgeschnitten, als ich es von dir gedacht hätte* ... Dann mit sonderbarer, von Drogen gedämpfter, trauriger Stimme – *Ich habe dich vorgezogen, und damit habe ich meiner eigenen Tochter etwas Furchtbares angetan ... Hör zu, Wiley* – Und ihre Miene veränderte sich seltsam: *Du hast seltsame Waffen: du hattest eine sehr sonderbare Mutter: HÖR MIR GUT ZU: IHR WART*

GAR NICHT SO VERSCHIEDEN, DU UND NONIE: SIE IST GAR NICHT VIEL ANDERS ALS ICH: ICH WEISS NICHT, WAS DU (in den Dingen) *SIEHST, ABER WENN DU MICH FRAGST, IST EINE MENGE VON DEM, WAS DU SIEHST, VERRÜCKT ...*

Nonie wurde in den zwanziger Jahren geboren und wuchs in den dreißiger Jahren heran, und in welchem Maße auch immer sie Mamas und Daddys Geschöpf war – und das der Filme und Schulen – und uralter Überzeugungen –, so trug sie doch die Zeichen jener Zeit, des damaligen Weltgeschehens: in ihr flimmern jene Momente, jene fernen Männer, jene berühmten Frauen, die Prominenten jener Zeit ...

Die momentanen Meinungen (ein Ausdruck von Lila) ...

Ist sie ein Symbol? Ist sie ein Ensemble von Entscheidungen, die sie getroffen hat und die auch wir getroffen haben, jedoch mit Unterschieden, weil wir getrennte Personen mit unterschiedlichen Gaben und Schicksalen sind – weil wir in anderen Momenten als sie leben und gelebt haben? Ist sie gewissermaßen wir alle – mich eingeschlossen? Ist sie in keiner anderen Sprache sie selbst als in jener der gerade ablaufenden Sekunden eines realen Tags ... in der Realität?

Du setzt genauso ein, was du bist, wie sie ihren Verstand einsetzt, Wiley ... Was anderes erwartest du denn? Du bist genau wie sie, nur verbirgst du es besser ... Es macht mich krank, daß ihr beiden nicht miteinander auskommt: warum kann bei uns in der Familie denn nicht Frieden und gesunder Menschenverstand herrschen – und ein bißchen Liebe?

Lila differenzierte zwischen mir und Nonie auf folgende Weise: *Du bist der Unwiderstehliche, sie macht nichts als Ärger – sie ist nur eine Frau. Du bringst für andere gelegentlich Opfer; sie nie. Wenn du alles mal richtig bedenkst, bist du gar nicht so selbstsüchtig. Du meinst es manchmal gut – sie kümmert sich um nichts – um keinen ... Großzügig seid ihr beide nicht. Ich mag sie weniger als dich – du bist liebenswerter. Sie ist nicht interessant; dich finde ich interessant, Wiley ...* (Es ist ein Familiengeheimnis, wie sehr es darauf ankommt, wer interessant ist, und wann und für wen ...) *Hier läßt es sich nicht leben – mit dir bin ich gern zusammen.*

Nun, dann ist sie die *Unwiderstehliche*, oder? Und ich bin der Trottel – stimmt's?

Für Lila interessant zu sein hat den Haken, daß damit ihre Langmut und ihr Wunsch, einen übers Ohr zu hauen und manchmal der, einen zu vernichten – daß all dies damit einhergeht. In der wirklichen Welt vergaß ich damals – und tue es heute noch – oft, wer ich bin, daß ich irgendwelche weltlichen Attribute besitze – ich werde für mein Empfinden blaß und durchsichtig, wandelbar. Für mein Empfinden bin ich viele Personen, auf wenig überzeugende Weise vielleicht. Doch wenn einen jemand beobachtet und einem zuhört, dann hat man immerhin die Chance, einen Tag mit ungefähr dem gleichen Identitätsgepäck durchzustehen, mit dem man den Tag begonnen hat, mit dem man in der Albinoluft aufgewacht ist. Doch das ist noch immer nicht alles.

Wenn die Erinnerung an diese Dinge heranzukommen versucht, neigt sie dazu, nicht tatsächliche Momente zu benutzen, weil die Partikel von Zukünftigem – die jeder aktuelle Moment enthält – die Erinnerung, so wie es dem Bewußtsein damals erging, zum Stutzen und Stottern bringen angesichts und im Licht dessen, daß man nicht wissen kann, was als nächstes passieren wird, und angesichts dessen, was dann in der Tat als nächstes passiert.

Die Wahrheit, die einen jäh befällt, wenn man sich an Wirklichkeiten erinnert, ist die, daß man erneut überhaupt nichts weiß.

Dieses Fehlen von Finalität kann mich nach Finalität dürsten lassen, mich mordgierig oder apokalyptisch stimmen, mich wahnsinnig oder überrational machen, religiös, unbeweglich – selbstmordgefährdet ... Dann erscheint es mir als sinnlos, darauf zu warten, daß der Sinn benannt, die Klinge sichtbar wird, und ich bin gedemütigt oder ängstlich oder leer oder alles zusammen; oder ich schaffe es, auf dem Hackklotz tapfer zu sein im Hinblick auf den sich abzeichnenden Akt – Feindseligkeit, Verurteilung, Benennung des Sinns – und auf die Meinung, die ich dann dazu haben werde, in der letzten Minute ...

Ich meine, glaube ich, daß Nonie und ich, wenn man vom Symbolischen absieht, lediglich zwei Menschen sind, nicht die Natur und der unnatürliche Wille, eine kultivierte Waffenruhe herbeizuführen, nicht die Geister des Guten und Bösen: wir sind Schwester und Bruder – Adoptivbruder. In meiner Erinnerung hat Nonies Gesicht nie den unglaublichen, herben Liebreiz und die Wildheit, die sie ausströmte, wenn die Zukunft in ihr gegenwärtig war – also in einem der realen Momente in der Vergangenheit, denen mitschwingende Gedanken an die Zukunft Dringlichkeit verliehen ... Erinnerst du dich, wie es war, als noch keine Gewißheit darüber bestand, was geschehen würde, und somit auch keine Gewißheit über Nonies Charakter? So ist es selbst in einem Zwischenmoment, in einer Flaute, bevor und nachdem ihre Handlungen ihr trübes Zeugnis ablegen ... ihre nebulösen, verwickelten Handlungen. Ihr Gesicht besitzt, wenn alles in Gang ist und wir nicht wissen, was sich *auf lange Sicht* als gut oder schlecht erweisen wird, den vibrierenden Glanz von Wirklichkeit, den es in der Erinnerung nicht haben kann, wenn die Geschichte vorbei ist und nur Nachforschungen und Fragen übrigbleiben. Meine Erinnerung liefert mir nur ein generelles Gesicht, ein Gesicht ohne das Zukünftige darin – nicht das wahre.

Doch manchmal schaffe ich es, einen realen Moment in Gang zu setzen, in dem mit realer Unschärfe ihr reales Gesicht erscheint, und dann bin ich so verblüfft über die listige Dichte ihrer *Greifbarkeit* – und auch meiner eigenen –, so hineingerissen in die Kontinuen des Lichts, das wir damals teilten – als unsere Leben miteinander verbunden waren – , daß ich die Kontrolle verliere; und folgerichtiges, vernünftiges

Denken geht im blendenden Wunder einer solchen Vergegenwärtigung unter.

Dann sehe ich, beinahe, ihr Gesicht am Rand ihrer unbekannten Zukunft, unzensiert und wie zu der Zeit, als sie elf, dreizehn, zwanzig, neunundzwanzig, dreiunddreißig und tot war – dann, im letzten Falle, ist es nicht ihr wirkliches Gesicht, es ist Erinnerung, es ist ihre Zukunft als Gedanke, als Erinnerung und besagt, daß die Zukunft für sie vorbei ist... Doch diese Mischung von Altersstadien, diese Mischung von Gesichtern in einem Gesicht und die Tatsache, daß ich nun da bin und es anschaue, ist innerhalb meines Lebens, meines Kopfes unangenehm bedeutungslos, distanzlos. Ihr Gesicht tatsächlich in einem wirklichen Moment am Rand des bevorstehenden Vakuums wirklicher Zeit wiederzusehen ist so schwer zu ertragen, daß ich jedesmal für Stunden blind davon werde – es bringt mich um. Daddy pflegte zu sagen: *Sei ein Gentleman und Gelehrter, auch wenn es dich umbringt.* Das war kein Scherz. Er meinte es ernst ... mein Gott. Warum sollte ich Nonie, die gute alte Nonie, meine Urerfahrung des Bösen, NONIE, sehen wollen, wenn ich dafür mit Stunden meines Lebens bezahle, die in Schock und Abscheu, im Erschrecken über die *Wirklichkeit* verstreichen?

Dieser hohe Preis macht sie unsichtbar, unprüfbar, immun gegen Verurteilung – *normal.* Nun ja, warum auch nicht? Ist es denn die Hölle, *normal* zu sein? Lohnt es sich, hat sie einen wirklichen, unbereinigten Moment der Urteilsfindung verdient? *Sie hatte Charakter, sie machte damit wett, was sie eigentlich war...* Sehen Sie, ich zitiere Mama, aber sogar während ich dies niederschreibe, sehe ich die rosige Haut von Nonies unterstem Unterleib und oberem Oberschenkel riesig – also so, wie es für mich aussah, als ich noch klein war – vor mir und meine, sie zu riechen. Ich weiß, es sind nur Fragmente. Die Größe, die Atmosphäre, die Dimensionalität von Dauer bergen Geheimnisse, die Zukunft, den nicht gemeisterten Gedanken ... Kann ich mich diesem Fleisch nähern, wohlwissend, daß ich es auch dieses Mal nicht unschuldig oder unbeeinflußt überleben werde? So unentschieden ist der Stolz nie, stimmt's?

Empfand Nonie echten Schmerz? Natürlich. Nonie ging es psychisch oft elend. Und sie hatte während der Periode schlimme Krämpfe, und auch das beeinflußte ihre Gefühle. Sie machte immer viel Theater um Kratzer, Schnittwunden, ihre Periode und Zurückweisungen. Soweit ich mich erinnere, wurde sie nie erheblich verletzt. Der Blinddarm wurde ihr entfernt – was ist das schon. Konnten die Schmerzen, die sie empfand, mit denen, die sie bereitete, *konkurrieren*? Oder löste jeder Schmerz, den sie empfand, ihre Forderung nach Gerechtigkeit aus? Sie kam durch Verbrennen ums Leben – vielleicht hat das weh getan. Wenn ich an sie denke als an eine Frau, die mit zweiundvierzig Jahren verbrennt, dann bin ich nicht zu Tränen gerührt (außer wegen uns allen, die wir in dieser oder jener Form von apokalyptischer oder gewöhnlicher Einäscherung eingeholt werden), sondern mich bewegen Furcht und Zweifel ...

Zumeist fällt es mir schwer, anders als gleichgültig zu betrachten, was mit ihr geschehen ist – einschließlich ihres Todes in den Flammen. Lieben Sie Ihre Schwester? Liebe ich meine? Wahrscheinlich. Man ist dazu verpflichtet. Und sie war da. Aber was mit ihr geschehen ist, bleibt mir dennoch eher gleichgültig. Wenn ich sie liebe oder ihr vergebe oder was immer, heißt das nicht, daß ich wollte, sie käme zurück – ich will nicht mit ihr zusammen sein. Was an Vergebung zu haben war, benutzte sie immer für ihre Zwecke. Ich kann das nicht noch einmal durchmachen – Sie wissen ja, wie es im wirklichen Leben so ist, oder?

Um es wieder anders zu sagen, auf eine dritte Art, um es als etwas relativ Absolutes (eine Erzählerhypothese) zu definieren: Kräfte, Illusionen, Emotionen und die eigene Führungsstärke nehmen sich völlig anders aus, wenn man sie sich als getönt von der Offenheit und Logik einer noch unbekannten Zukunft vorstellt. Männer, Frauen und Kinder sind dann auf natürliche, aber erschreckende Weise schön. Und die Furcht ... ich meine das berühmte Fürchten und Zittern – gilt sie Gott? Sie gilt mehr dem Leben als der Abwesenheit Gottes ... Ist sie eine Krankheit, eine Schwäche, neurotisch? Ist sie einfach der Ausdruck davon, daß wir uns als Menschen in einem realen Moment am Rand einer menschlichen Zukunft voranbewegen? Muß man sich eine utopisch verbesserte oder eine apokalyptisch beendete Zukunft vorstellen, um Furcht und Zittern beherrschen zu können?

Und es gibt kein reines Bis-jetzt. Wenn diesem Moment eine Niederlage vorausgegangen ist, die Nonie mir zugefügt hat, habe ich einen ehrlichen Zugang zu *meiner* Zukunft nur, falls ich mich Nonie in Reue oder in Unbehagen und Vorsicht nähere. Und wenn diesem Moment ein Sieg vorausgegangen ist, dann finde ich meine Identität als Erwachsener im Tätersein ... notwendigerweise blind für den Schaden, den ich anrichte ... während ich mit Schuld dieser oder jener Art in die Zukunft schreite, was für andere in vielerlei Hinsicht unerträglich ist und für mich natürlich auch.

Das Zittern dann ... Der Geschmack nach Leben in meinem Mund ... Der Geschmack der eben verstreichenden Sekunden ... ist dies eine unverzeihliche – und unvermeidliche – Regung?

Mama sagte: *Ich habe immer zu ihr gehalten – sie ist meine Tochter* – eine Verlängerung von Mama in die Zukunft – *und es sähe nicht gut aus, wenn ich es nicht täte ... Und ich will ehrlich sein: Ich bin froh, daß sie eine Kämpferin ist; ich bin Realistin; ich war ihr eine gute Mutter – nie hat mir einer dazu einen ehrlichen Rat gegeben.*

Daß man zu einem leiblichen Kind halten soll? Samt seiner Wut? Und seinen Fähigkeiten? Und seinen Unzulänglichkeiten? Zu ihm halten, so wie es wirklich ist, mit all seinen Fehlern? Einen Rat, Gewalttätigkeit, Schmerz und Wirklichkeit betreffend? Einen Rat, wie man einem leiblichen Kind helfen kann zu überleben? Den Rat zu vergeben? Im wirklichen Leben? Während sich in der wirklichen Welt die Dinge überstürzen? Den Rat, daß Zähigkeit vonnöten ist, wenn man sich durchsetzen will?

Weißt du denn, wie es war, als Nonie aufwachte und merkte, was da irgendwo vorging? Nonie war immer jemand, der mit dir Schritt halten mußte, sie nahm sich immer von allem, was zu haben war ...

Nonie erkämpfte sich mit *ihren* Waffen, was sie haben wollte – einen Teil von der Welt, was andere besaßen, wie sie sah; und dies war etwas Alltägliches, nichts weiter; es traf auf jedermann zu ... Immer wieder kam Mama darauf zurück: *Es ist in jeder Hinsicht normal, wie Nonie ist ...*

Doch wenn Nonie *an und für sich normal* oder *typisch* oder *in Ordnung* war – dann brauchte sie nicht verteidigt werden – dann brauchte sie Mama nicht ... Dann konnte sie überall auf der Welt ein Zuhause finden, klar konnte Nonie das ... Und daher gelang es Mama gewöhnlich nicht, mit gleichbleibendem Abstraktionsgrad über Nonie zu sprechen, es sei denn, sie gab Nonie gleichsam preis und ließ zu, daß sie als niederträchtig oder im Grunde *erfolgreich* oder als Mamas Alter ego erachtet wurde ... Heißt das, erfolgreich zu sein? Daß man für jeden zum reinen Inbegriff von etwas wird, jedoch auf unsaubere Art? Für viele Leute? Ich meine, ist es nur möglich, von sich zu abstrahieren, wenn man wirklich erfolgreich und dahinter unsichtbar ist? Heißt das, erfolgreich zu sein? Wenn ein gefeierter Schriftsteller aus einem wird, der *DAS NORMALE* repräsentiert?

Ich meine, Mama und wir alle mußten uns unlogisch und dumm stellen, wenn wir Nonie in Schutz nehmen und nicht als Lügner und Komplizen dastehen wollten, wenn wir nicht sein wollten wie sie. Und Nonie mußte ohne eine ihr ehrlich bekannte oder als ehrlich empfundene Vergangenheit dahinsegeln und lediglich mit einer idealisierten – oder typischen – Zukunft, einer mit den üblichen Zielen, wenn sie dies nicht zur Kenntnis nehmen und nicht darüber nachdenken wollte.

Daher sah es so aus, als bilde *ihr* Leben das Zentrum des Sinns an sich, als wären ihre Sprache, ihre Fehler und Dummheiten letztlich doch gescheit. Sie wurde so vollständig von moralischen Übereinkünften freigestellt, daß es mir moralisch als Glückseligkeit erschien, *normal* zu sein. Auch ich wollte in dieser moralischen Anarchie leben. Das Rezept dieser Staatsbürgerschaft, von Nonies System, war, daß man darin nie mehr als einen Moment hat – oder nie mehr als einen *Typ* von Moment – und der ist strikt typisch, egal worin er besteht. Und er füllt einen Satz, vielleicht zwei, aber es sind immer die gleichen alten Sätze – alles ist typisch – es herrscht immer ein *Jetzt*, immer ein *Immer*, immer ist *ein Spiel im Gang*; und immer ist darin Nonie ziemlich unschuldig, und sie kennt das Spiel und die allerechteste moralische Wahrheit ...

Je größer der Grad von Abstraktion also ist, wenn man diesem Weg folgt, desto mehr Momente werden zusammengefaßt, ohne daß einem auffällt, daß die wirklichen Momente verschwunden sind: daß es einen das Leben kostet, daß man dies tut, daß es sich gehört, dies zu tun. Je mehr jeder reale Moment eliminiert wird, desto mehr verliert das Leben eines jeden an Eigenart, an Besonderheit ... vielleicht seine Wahrheit. Aber desto leichter fällt es einem, zu günstigen Urteilen über sich zu gelangen.

Mama hielt sich an einzelne Momente, die nicht Nonies Geschichte und nur die allgemeinen Aspekte von Nonies Zukunft enthielten: *Für Einsichtige ist meine Art zu sprechen Warnung genug. Ein Freund würde mich verstehen.*

Ein *Freund* wüßte allein den Untertönen, den schiefen Bildern, der Art, in der Mama von ihrer Tochter sprach, zu entnehmen, in welche Kategorie von Nutzlosen er Nonie einzuordnen hätte, meinte Mama.

Es war, als liege die Wahrheit auf einem Abhang inmitten

Strahlen rotierenden Lichts verborgen, die auf das Laub und die Insekten fielen – Lichtpfeile und Strahlen und gleißende Ovale – in einem wirklich alten, ausgewachsenen Wald ...

Was aber bedeutete es dann, wenn Mama direkt zu sprechen schien: *Dir steht eine Zukunft bevor – kein Wunder, daß Nonie dich haßt ... es sei denn, sie heiratet einen reichen Mann ... es sei denn, sie bekommt, was sie haben will...* Ging es da um das Fürchten-und-Zittern eines jüdischen Mädchens, es könnte bei Männern keinen Anklang finden? Gab es da am Ende doch einen einfachen, unverborgenen Sinn, so offenkundig wie eine Schlucht, in die eine völlig neuartige, aus allen – fast allen – bestehende Armee fallen würde? Oder wenn Mama sagte: *S. L. nimmt gern an, jeder ist ein Engel, also wird er belogen, wird oft gekränkt, während ich Menschen genau so mag, wie sie sind: ich halte das aus. Genügt das als Erklärung?*

S. L. sagte, Mama wisse überhaupt nichts; sie erfinde die denkbar übelsten Dinge, um die Leute ins Bockshorn zu jagen, um ihren Willen durchzusetzen und alle in den Wahnsinn zu treiben. Doch manchmal hörte er auf sie. Ich manchmal auch.

Mama sagte etwa zu mir: *Warum haßt du sie so? Sie ist nicht kriminell.*

Ich sagte: *Sie ist ganz und gar nicht gut* – das sagte ich. Ich *glaubte*, sie gehöre letztlich einer kriminellen Kategorie von Wesen an, einer der Gattungen von Wertlosen. Höhere Grade DES BÖSEN hingen mit psychotischer Dreistigkeit zusammen. Doch da war ich mir nicht sicher; ich war mir nicht sicher, ob ich nicht kleinlich und selbstsüchtig war. Meistens lehnte ich es ab, mich darüber nachdenken zu lassen. Wenn ich nicht nachdachte, trug ich eine Empfindung oder Laune, einen launischen Beschluß über sie mit mir herum: Ich fand, daß Nonie (im Haus) so skrupellos war, wie es ihr Status zu einer gegebenen Zeit nur zuließ, daß sie einen Punkt darstellte, an dem DAS BÖSE in die Welt sprudelte, gleichsam als die Wahrheit einer individuellen Seele und eines persönlichen Willens sowie als Teil der globalen Verkettung aller Ereignisse ... In mancher Hinsicht hielt ich Nonie für einen NORMALEN NAZI, wenngleich wegen der Gegend, in der wir lebten, moralisch noch diesseits des Nazismus; aber ich hielt sie für schlimmer als die meisten Mörder in Büchern. Freilich störte mich das nicht immer. Es setzte meinem Verhalten einfach gewisse Grenzen, daß ich so empfand. Manchmal störte es mich. Ich wollte Nonie bestraft sehen und auch wieder nicht – hauptsächlich wollte ich, die Welt in meiner Nähe, meiner Umgebung wäre anders. Manchmal sagten sowohl Mama als auch Daddy: *Du bist ein ganz entsetzlicher Snob, das ist für andere nicht gut* ... Manchmal sagten sie: *Du bist der netteste Mensch von allen, du bist so lieb, daß es schon wieder nicht gut für dich ist.* Oft störte es mich, daß sie real vorhanden waren.

Daddy versuchte, Lisas Mutter zu besänftigen: *Furchtbar, daß so etwas passiert. Wir gehen doch hier in der Nachbarschaft freundlich miteinander um.*

Ich vermute, der Maßstab, mit dessen Hilfe Grenzen gesetzt werden, liegt nie ganz klar fest, weil er naturgemäß und in unterschiedlichem Grade wesentlich mit Schmerz zusammenhängt und auf höchst unheimliche Weise statistisch und metaphysisch betrachtet wird, auch von Leuten, die keine Statistiker und Philosophen sind – dem Anschein nach, denn in Wahrheit sind sie es doch, ob unbeholfen oder nicht.

Ich bin ohnmächtig geworden ... Wenn ich an Schmerz denke, wird mir übel.

Mit einem Prozeß zu drohen – wegen eines Tennisspiels? *Sie müssen-von-Sinnen-sein. Sie-reden-wirres-Zeug. Als-wären-Sie-geistesgestört.*

Und was bedeuten dann Lisas sichtliche Schmerzen, die Realität?

Solche Dinge passieren ständig. Blaue Flecken, Schürfungen und Niederlagen sprießen üppig in unserem Garten.

Es ist ja so entsetzlich – ich kann überhaupt nicht daran denken. Lassen Sie uns hier doch nicht die Verhältnismäßigkeit aus den Augen verlieren. Niemand hat gebrochene Knochen. Alles ist friedlich ... Wir sind alle eine große, glückliche Familie.

Die Familie wird durch eine gewisse wesentliche Universalität von Noniehaftigkeit gestiftet, die mit *uns hier* und *denen dort* zu tun hat ... Und mit dem Blut ...

Womit ich nicht meine, dies wäre der Kern oder das Wesen der Familie. Ich meine die Realität, die Sache selbst, in realen Momenten ...

Nonie: «*Ich hab ... ÜBERHAUPT nichts gemacht. Ich hab überhaupt nichts gemacht. Ich hab nichts Böses gemacht, ich hab nichts gemacht, was ihr böse finden könnt.*» Eine partielle Analyse von Nonies Rede: Das erste Ich-hab-ÜBERHAUPT-nichts-gemacht ist die Korrektur des Verdachts, daß sich irgend etwas von Bedeutung ereignet hat. Das zweite Ich-hab-überhaupt-nichts-gemacht bedeutet, daß sich nichts Wesentliches, durch ihr Handeln Verursachtes ereignet hat. Das dritte leugnet, daß ihre Handlung sich in einer Wirklichkeit ereignet hat, in der Eifersucht, Gewalttätigkeit und mentaler oder physischer Schmerz so häufig vorkommen, daß sie sich als Maßstab für jede Kleinigkeit verwenden lassen, wenn man schon annimmt, es wäre überhaupt möglich. Nonie wies dies zurück, bestand darauf, daß es nicht so war und daß weder jetzt noch jemals irgendein Verdacht mit ihr verknüpft werden dürfe, der mit Schmerz, Feindseligkeit, Berechnung, berechnendem Mutwillen, grausamen oder unbeherrschten Regungen und so fort zu tun hatte.

In gewisser Hinsicht war Nonie klarer als Mama. Nonie beanspruchte das Recht, als jemand betrachtet zu werden, der ganz und gar im Licht der Sonne lebt. Ihre Handlungen bedurften keiner Erörterung, sollten nicht erörtert werden. Nichts an ihr hätte man vernünftigerweise in Frage stellen dürfen. Die Schlichtheit ihres Wortschatzes war vielleicht, wie Lila sagte, Dummheit, aber auch ein Stil und eine Taktik, ein Mittel, bewußt ihren Verstand und ihre Seele (sowie Verstand und Seele aller anderen) zu betäuben, ihr Leben von einer Welt der Schädigungen und von jeglicher Verantwortung für die Folgen ihres Wollens abzuspalten.

Als ich jung war, beschäftigte mich die Zukunft meistens so stark, daß nichts sonst als Erklärung, als Trost (und Grund zu Beklommenheit), als Basis für Begründungen und als Maßstab für (praktische) Güte größere Autorität besaß – die Zukunft, die mich enthielt und stärker war als ich. Auf nichts kam es so sehr an wie auf die Zukunft, eine gemeinsame Zukunft, ein sicheres, unbestreitbares Andauern, ein beharrliches Fortwähren mehr oder minder verbundener Geschicke ... Ein daher rührender Schutz. Güte entstand also aus dem, was reale Momente überdauerte und mehr als eine Person betraf.

Die Taktik, die Nonie einsetzte, hätte mir gefallen können, wäre sie nicht ihre gewesen. Ich fand, sie mache die Taktik zunichte. Ich konnte nicht erkennen, daß Nonie sich weise verhielt, aber ich fand sie sehr wohl schlau und listig ... Mir steckt die Zukunft in den Knochen, so war es damals und ist es noch heute – sie ist immer ein Maßstab für Güte geblieben, dabei bin ich weiß Gott nicht mehr jung.

Es ist ein Akt der Unaufrichtigkeit, Zukünftiges in ein *gelöstes Problem* umzulügen.

Daß Nonie mich amüsiert, daß ich sie hasse und bemitleide, empfinde ich als Verhängnis. Mein Mitleid galt Nonies Versuchen, mit Heimtücke zu operieren – verstohlen, glanzvoll –, geisterhaft abzutauchen und den Aufstieg in die Zukunft zu meistern. Konventionelle Bedeutungen sind tröstlich. Sie sind Klassiker – man ist ein Narr, wenn man sie benutzt und ein Narr, wenn man es nicht tut. *Alles ist okay. Nonie ist nichts Besonderes, in keiner Hinsicht.* Nie werde ich ganz fassen können, daß Nonie, bei ihrem Stolz, bereit war, die Gebote der Intelligenz zu verwerfen: aufrichtig in die Vergangenheit zu blicken und mit echter Sorge in die Zukunft; und daß sie gleichwohl so selbstsicher – und so flink – vorging ... Sie braucht mich ... Ihr Verfahren bestand darin, daß sie in einem Jetzt lebte, das unübertrefflich war, was Vergnügen und qualvollen Schmerz anging, jeweils in gegenwärtiger, platter, vordergründiger, perspektivloser Gestalt. Nonies Berechnungen beruhten auf der Vorstellung von Menschen in einer Gegenwartslandschaft und von dem, was dort *klappt* und *garantiert ankommt* ...

Bin ich so anders?

Ich glaube, die betrogene Vergangenheit, die mit Lügen angegangene Zukunft werden uns mehr Schaden zufügen, als wir erleiden müßten, aber das zu messen ist, glaube ich, schwer. Ich glaube, hier kommt es auf den Grad an – und auf Motive, Bedingungen, das Ausmaß des Geleisteten und darauf, wie zwischen geringfügigeren und größeren, gefährlicheren Verbrechen unterschieden wird. Es ist leichter, sich einfach für eine Seite zu entscheiden und alles nur darum zu tun, weil man auf einer Seite ist, aber dann leidet die Welt, nicht wahr?

Allein durch ihre deutliche Art, sich zu geben, bringt die dickliche Nonie einen dazu, sich für eine Seite zu entscheiden – es fällt schwer, grob zu ihr zu sein, aber wenn man es nicht ist, wird man zu ihrem Komplizen. Unweigerlich gehen wir in die Zukunft ein als solche, die ihr weh getan haben, oder als ihre Freunde. Sie ging jeden Tag zum Spielen nach draußen und drängte sich anderen Kinder auf. Sie zwang die Kinder, sie zu akzeptieren oder abzulehnen. Es ist eine Frage des Grades ...

Entsprechend ging sie in die Häuser von Leuten, auch wenn sie diesen Leuten nicht angenehm war.

Sie war zudringlich, stumpf, gesprächig: *Ich hab überHAUPT NICHTS ... gemacht.* Sie kannte keine moralische Selbstreflexion. Sie war handfest und unverlegen ...

Mama sagte: *Was kann ich denn tun?*

Nonies schöne Augen wirken reif und wachsam – ihre Oberfläche ist von geleugneter Schuld gehärtet. Oft bringt ein Wutanfall sie zu trübem Leuchten. Immer war sie auf diese oder jene Weise hübsch. Sie schlief sehr viel. In ihren Träumen rang sie mit ihrer Zukunft – und mit ihrer Vergangenheit. In ihrem wachen Leben war sie aktiv, sehr aktiv ... und erlitt oft eine Abfuhr ... Dann legte sie sich ins Bett. Zu Tageszeiten, in denen andere wach waren, lag sie oft schlafend im Bett. Mama brachte für Nonie Floskeln wie *«normaler-als-normal»* in Umlauf. Nonie hatte eine reine Haut und *gute Schlafgewohnheiten*. Mama hielt Nonies Ruf unauffällig. Mama ging auf komische, grausame, teils sentimentale Weise damit um, daß Schmerz für jeden ständig Wirklichkeit ist und was es sie kostete, *Mutter* zu sein – sie unterschied sich auch in anderer Hinsicht von Nonie. Es tat Mama weh, überhaupt Mutter zu sein und besonders, Nonie eine Mutter zu sein. Sie wollte, daß Nonie ihr allzu offen professionell-munteres Lächeln und ihren Hollywood-Jungstar-in-hermelinbesetzten-Pantöffelchen-an-der-Sonne-Comic-Hefte-lesend-wie-du-und-ich-Stil dahingehend veränderte, daß man Nonie ansähe, sie wisse, wie kostspielig sie für die Welt, für Frauen, für Mama war ... für alle. Mama sagte: *Die Leute hier in der Gegend sind ja keine vollständigen Idioten*. Mama sagte: *Nonie weiß nicht, was Gründe sind ... Man könnte ihr einen guten Grund um den Kopf schlagen, und sie würde ihn nicht einmal spüren ...* Ziemlich oft sagte Mama, um Schmerz erleben zu können, sei Nonie zu sensibel. Dann wieder sagte Mama, weil Nonie und ihr Verhalten im realen Leben nun einmal existierten: *Nonie ist eine Idiotin, aber in mancher Hinsicht ist sie Realistin. Viele Leute mögen sie. Sie kommt in der Welt zurecht.*

Mama legte sich eine Unzahl von Meinungen über Nonie zu und legte sie wieder ab.

Nonie sagte zu ihr: *Ich finde dich lachhaft. Du bist zum Schießen*.

Und Nonie sagte zu Lila: *Du erfindest Sachen. Keiner mag dich.* (Nonie war in ihren Launen, Absichten und Abneigungen *beständiger* als Lila ...)

Lila-erfindet-Sachen bedeutete, Lila besitze kein richtiges Leben und keinen eigenen Kopf mehr, sondern sei eine Abstraktion, eine Mutter, und ansonsten tot und geisterhaft. Von sich sagte Nonie oft, sie habe keine Begabung für erfundene Sachen. Nonie konnte Möbelpackern zum Beispiel nicht von einem Fenster aus zuschauen – sie mußte hinausgehen und die Lastwagenwand, das von der Sonne erhitzte Blech berühren. Wenn sie Kindern beim Spielen zusah, zuckte es in ihr, sie fing an ihrem Zuschauerplatz ebenfalls an zu spielen, und nicht einmal nur in verkürzten, symbolischen (oder kleinen) Spielgesten: sie tat das gleiche wie die Kinder, denen sie zusah: alles, was zum Spiel gehörte, lückenlos, aber allein und befremdlich – auch weil sie es so merkwürdig echt, so echoartig tat, meine ich ...

Ich bin ein besserer Mensch als du, sagte sie oft zu Lila. Das hieß unter anderem, daß Lila nicht munter-liebenswert war – liebenswert zu sein hing damit zusammen, daß man sich auf die Weise gut fühlte, wie Nonie sich manchmal gut fühlte: ein schnellfließendes, seichtes Gewässer, ein Bach der Entschlossenheit, von einem fügsamen Publikum als unschuldiges Geschöpf betrachtet zu werden – als Person, die gut ist und in einer unwandelbaren, sicheren Welt unbeirrbar und immer besser vorwärtskommt. Bis Nonie herausgefordert wurde – dann wechselte die Welt ihren Charakter, und *liebenswert* zu sein kam dann der Behauptung gleich, man sei inmitten der Streitfragen, der Herausforderungen, der Kriege die Rechtschaffenheit in Person.

Nonies Auffassung vom *Normalen*, ihre Weltidylle, war im Grunde melodramatisch einfach und klar auf ihre eigenen Vorhaben, ihr eigenes Leben ausgerichtet – darauf beharrte sie in gefährlichem, ja schwachsinnigem Maße, wie Lila fand. Diese Beharrlichkeit schlug sich in Nonies Gesicht nieder, in ihrer Mimik, ihrer Stimme, ihren schrillen Tönen eines gefesselten Vogels: *Ich bin glücklich, ich bin mit gutem Recht glücklich, wer mir nicht zustimmt, liegt richtig falsch, ich liege wirklich richtig.*

Nonie lag wirklich richtig.

Tu, was ich sage, sonst hasse ich dich ...

Physisch kam mir Nonie furchterregend vor. Nichts an ihrer Körperhaltung, ihrem Stil und ihrem Gesicht wies auf einen Sinn dafür hin, daß das Leben sich Moment für Moment in die Zukunft fortsetzen würde und wir es so menschlich und so anarchisch würden leben müssen wie in der Vergangenheit; oder dafür, daß es nur uns gab als Bollwerk gegen die Verzweiflung und die Isolierung unserer Seelen. Ich glaube, Nonie stellte sich eine vollkommen neue, vollkommen glückliche Zukunft vor, die wahrhaftig so wäre, wie sie es haben wollte, wie in einer Reklame.

Mama sagte einmal: *Ich glaube, die Reklame hat sie um den Verstand gebracht.*

Zu dem für uns wahnsinnigen Streben nach Neuem, das, wie Nonie ständig beharrte, um die gleiche Zeit entstanden war wie sie, gehörte auch – nun, daß Nonie es nur unter Zähneknirschen fertigbrachte, Lila MUTTER zu nennen. Sie sagte du oder sie. Oder sie sagte MUTTER so sentimental und zugleich herrisch, daß man nicht überhören konnte, wie *mächtig es ihr stank.*

Sie tastet sich eben voran, wie wir alle, sagte Mama zu Nonies Gewißheiten, Taktiken, Umbenennungen und ihrer modischen – und kulthaften – Wortkargheit. Mit jedem Tag wurde von neuem deutlich, daß Nonie Fehler machte und daß sie zwar systemisch, aber beschränkt war, auch wenn sie Erfolge verbuchte. Doch manchmal schien sie richtig zu liegen. Es fiel schwer, von Moment zu Moment zu verfolgen, wie für sie die Dinge standen. Leichter war, ihr Urteil für besser – gesünder oder «normaler» – zu halten, als es in Wirklichkeit war, für besser als unsere weniger munteren und sicheren Urteilsvermögen. Wie Lila sagte: *Meistens wäre es Energieverschwendung, sie oder sonst jemanden zu hassen* (im Sinn zu behalten, daß jemand gemein, ein Schandfleck für die Welt und im Unrecht ist, aber beharrlich in seinen Urteilen). *So kommt man mit einer Menge ungeschoren davon – saudreist zu sein ist eine gute Taktik.*

Flinker als jeder sonst spürte Nonie bei anderen Leuten abgründige Grausamkeiten auf, auch die einer guten Sache dienenden. Mir schien, Nonie erspähte jeden mörderischen Regelverstoß und jede Kaltblütigkeit, die in ihrer Gegenwart vorkamen, und sie war unübertrefflich schnell darin – schien mir jedenfalls. Mir kam der Gedanke, sie sei für derlei sensibel, darauf eingestimmt – sei dadurch wertvoll und gefährlich ... In Anbetracht dessen und angesichts ihrer Geringschätzung für Zukünftiges und Vergangenes mag Ihnen einleuchten, daß sie, als sie hübsch wurde, ihr Hübschsein in vieler Hinsicht besser begriff als andere hübsche Frauen (oder Männer). Sie werden auch einige der Fehler ahnen können, die sie machte. Ich bin nie mehr jemandem begegnet, der so bewußt, so gründlich durchlebte, was es heißt, hübsch zu sein. Innerhalb ihres Systems war Nonie bestürzend vollkommen. Mit sechzehn wurde sie hübsch. *Für eine Weile atemberaubend,* sagte Mama, *aber es wird nicht so bleiben; sie hat nichts, womit sie es unterfüttern kann. Es ist ihr nicht ernst damit* – weil sie es zum Beispiel als Grund benutzte, sich anderen gegenüber mildtätig zu zeigen, oder als etwas, was ihr in den wechselnden Meinungen anderer eine höhere Position verschaffte als in der Kindheit. Nonie sagte, Mama sei eifersüchtig auf sie und häßlich und gemein zu ihr, wie sie zu ihr schon immer gewesen sei. Dünn, mit wohlgeformtem Mund, aufrechter Haltung und stets zum Lächeln bereit, ließ Nonic, hübsch auf ihre (freundliche, offene) Art, sich ihr Aussehen als Verdienst anrechnen und begann, naiv und gerissen zugleich zu klingen: «*Ich bin makellos, ich bin perfekt* – dieses Jahr.» Ein Nonie-Scherz. Apropos Ironie: Eine Idee ist im aktuellen Moment nichts Ideales, auch wenn so getan wird, als wäre sie es. «Realistisch» zu sein ist, als Verzicht auf romantische und sonstige subtilere Aussagen, eine Form von Bescheidenheit: *Ich bin sechzehn, süß und sehr hochnäsig.* Das war in gewisser Weise bescheiden. Wann immer sie sagte, sie sei «hochnäsig», meinte sie, sie wolle ihren Willen haben, in allem, da sie hübsch und jung sei und weil derlei vorübergeht – wenngleich nicht für sie: ihren Denkgepflogenheiten entsprechend machte sie ein *immer* daraus. Es wurde jedoch von einem erwartet, daß man Nonies Wunsch, ihren Willen zu bekommen, als bescheidene (und manchmal tragische) Bitte betrachtete – wie eine Königin in einem Geschichtsbuch oder in einem alten Drama sie äußert. Ihre Beine, ihre Stimme und ihre Augen waren nicht erfreulich, wohl aber ihre Gesamterscheinung, und *nicht vielen Leuten fallen kleine Mängel so schnell auf*, sagte Lila.

Sie hört sich gerne reden, sagte Nonie über Lila. *Was sie redet, heißt überhaupt nichts; es ist alles erfundenes Zeug; völlig daneben.*

Nonie sagte zu mir: «Wenn ich gute Beine und eine bessere Nase hätte – und einen besseren Haaransatz –, würde ich nach Hollywood gehen ...»

Und dennoch sandten ihre Augen periodisch Signale ihrer unglaublichen Verstocktheit aus, Signale des Dunkels – eines gar nicht so üblen Dunkels, als sie eine Sechzehnjährige war. *Die Wartezeit war lang; Frauen müssen ihren Willen durchsetzen*, sagte Lila; *Nonie ist am entscheidenden Punkt angekommen, sie hat eine Chance – warten wir also ab. Vielleicht entpuppt sie sich noch mal als netter Mensch, wenn sie kriegt, was sie will. Sie ist eine Kämpferin.*

Nonie sagte: *Mir gefällt, daß ich so richtig schöne Haut habe – ich bin wie eine Rose – und ich habe sehr hübsche Augen.*

Sie wußte, was mit ihr geschah – selbst wenn sie es nicht verstand, wußte sie es. Doch wenn sie ihr Aussehen als Verdienst ausgab, war dies der Versuch, einen zu manipulieren –

die Forderung, kein Opfer zu sein, und das Verlangen, intellektuell dafür anerkannt zu werden, daß sie hübsch war: als hätte sie es sich ausgedacht, es entworfen und aufgezeichnet, auf Papier, auf ihrem Gesicht und auf aktuellen Momenten, die tutend daherkamen.

Man sah es ihrem Gesicht an – leicht eingeschüchtert, aber etwas sehnig und berechnend, stur, eine Barriere gegen alles, was außerhalb von ihr existierte.

So daß die Fehler, die sie in anderen sah, ihre eigenen und deren Geheimnisse ihre waren ... Mit den Fehlern, die man wirklich hatte, gab sie sich gewöhnlich nicht ab ... Sie war wachsam, ließ nach Kräften nicht locker und neigte zu sonderbaren, manchmal wahnsinnigen Irrtümern: «In DIESER Welt kommt es auf das Aussehen an, auf sonst nichts ...»

Und dennoch war sie traurig. *Ich sehe die Dinge im richtigen Verhältnis*, sagte sie. Das hieß, sie zog ihre Art zu gewichten allen anderen vor. Ich kannte sie nicht mehr gut. Ihr Leben war ein solcher Mischmasch aus Flirts, Wut, Kleidern, Abscheu vor und Lust auf Sex nach ihrer Version und unter ihren Bedingungen, daß ich die einzelnen Wörter, die sie für die Dinge benutzte, nicht auseinanderklauben und nicht erkennen konnte, worauf die Sätze, ihre Selbstgespräche als sehr hübsches Mädchen hinauswollten. Ich glaube, daß Frauen – mit ihnen zu konkurrieren (und ihnen weh zu tun) – ihr wichtiger waren als irgendwelche Geschichten mit Jungen und Männern oder irgend etwas, was Jungen oder Männer taten. Männer gefielen ihr vor allem, wenn sie *echte Gentlemen* waren. Sie hielt ihre Gewalttätigkeiten gegen und ihre Schwärmereien für Frauen geheim, auch ihre wahre Launenhaftigkeit, die nun eindrucksvoll geworden war. *Die Leute kennen mich. Ich habe ein ausgeglichenes Gemüt*, sagte Nonie. *Die Leute wissen, daß ich liebenswert bin*. Zu Mamas Entsetzen trank Nonie viel – einige Male kippte sie in der Öffentlichkeit um. Sie war eigensinnig, hielt aber auch das geheim. Sie versuchte, ihren Eigensinn als eine Frage von Regeln, von Wohlanständigkeit und guter Erziehung auszugeben: *Ich weiß, was ich zu tun habe, ich habe Achtung vor mir . . .*

Wenn Nonie zum Ausgehen angezogen war, hielt sie den Kopf so, daß es aussah, als stünde sie in der Sonne und im Wind. Und es funktionierte: viele Leute, die sie nicht mochten, glaubten tatsächlich, andere, irgendwo, fänden sie liebenswert. Ich habe nie erlebt, daß Nonie die Nerven verlor. Nicht ein einziges Mal. Ich interessierte mich damals genug für sie, um sie hin und wieder zu beobachten.

Lila findet, daß Haß prinzipiell erwartbar ist und daß Nonie ihre Wehr und Taktik in jeder Lebenslage frühzeitig und beharrlich entwirft.

Nonie sagt: *Ich mag jeden. Ich denke über jeden Gutes.*

Sie rechnete nicht mit einer Zukunft, in der irgend jemand ihren Aussagen und Handlungen auf der Spur bleiben würde, und außer später durch ihre Söhne wurde ihr keine solche Zukunft zuteil.

Lila: «So toll ist Mitgefühl wahrhaftig nicht. Das bringen sie dir entgegen, wenn du draußen vor und am Ende bist und dich keiner mehr fürchtet. Da bin ich lieber verhaßt.» Wie Nonie – nervenaufreibend, tapfer, verhaßt? «Das muß ich ihr lassen, in vieler Hinsicht ist sie ein freierer Mensch als ich . . .»

Nonie: *Ich bin nicht gut, wenn es um Krankheit und Kranke geht – sie interessieren sich nur für sich. Wenn du jemanden nicht lieben kannst, halt einfach den Mund, sage ich immer . . .*

Nonie war wirklich zu Mitgefühl nicht fähig. Sie wollte es sein, war aber zu wütend dafür; Mama hatte sie auf diesem Gebiet überlistet – verlangte Nonie ernstlich Mitgefühl, hieß das, sie war wirklich geschlagen; und das konnte Nonie einfach nicht zugeben, jedenfalls nicht oft. Sie *konnte* nicht um echtes Mitgefühl bitten. Und sie war zu abwehrend, zu eifersüchtig und zu versessen auf das Mitgefühl, zu dem andere womöglich fähig waren, um entspannt damit umzugehen – oder es aufzubringen; Mitgefühl war ein unglaubliches Problem für sie. Sie rieb sich wund daran, es ließ ihr kaum Ruhe.

Da Mitgefühl nicht in Frage kam, konnte man jemanden, der geschwächt war, nicht lieben. Nonie glaubte, sie sei *wie alle*: es gab Indizien dafür, daß manche Leute wie sie waren, also waren alle – *alle netten Leute* – wie sie. (Wenn man nicht wie sie war, war man nicht nett.) Sie glaubte bis zur Besessenheit fest daran, daß *Liebe-unter-Gesunden* keinerlei Mitgefühl umfasse, sondern nur Neid und Aneignungsdrang – den Drang, sich des anderen, seines Rangs, seiner Habe zu bemächtigen. Kranke können erstklassige Liebe – *echte Liebe* – nicht erfahren und nicht erlangen, darum sollte man seine Mängel verschweigen und die Frau an der Spitze bewundern. Und da man jemanden, der krank ist, nicht liebt, sollte man, was Mitgefühl angeht, den Mund halten, es sei denn, die gesellschaftliche Konvention verlangt, daß man lügt.

Nonie: *Ich mag die Liebe, aber rührselig bin ich nicht.*

Lila hatte das Gefühl, in einer Welt der Erbsünde sei Liebe, die romantische wie die familiäre, weitgehend *Wahnsinn*, da Liebende über einen herfallen. Sie fühlte sich, wenn sie geliebt wurde, berechtigt, angewidert zu sein, sich begrapscht vorzukommen – sie brauchte Grausamkeit zum Atmen, zum Leben. Aber sie fühlte Liebe, fühlte Beklemmung, fühlte Grausamkeit – sie war eine von Gefühlen gebeutelte Narzißtin, überaus stolz und zweifellos seltsam. Nonie aber wollte mit alldem nichts zu tun haben; sie sprach (wie ich schon sagte) über alles, als wäre es sonnenklar; alle Geschichten nahmen ein glückliches Ende (außer wenn sie traurig zurückblieb); *echte Liebe* war glanzvoll wie ein Sportfest, war eine lokale Rauferei unter Gleichrangigen – mit Nonie obenauf. Herzhafte, sportliche Gesinnung; redliche Verschwiegenheit; Propaganda; Festlichkeiten in dem Gegenwartsmoment, in dem man *Mittelpunkt-einer-Geschichte* ist. Nonie und die Liebe – mit Nonie und der Liebe ging das so:

Ich bin verliebt in die Liebe, [aber] *ich bin schwer zufriedenzustellen, was Männer angeht.*

Sie war überhaupt nicht seltsam, aber, Himmel noch mal, ich wollte nicht mit ihr bekannt sein – nur war ich an sie gewöhnt. Auf eine Weise bildeten sie eine ganze Metaphysik, ihre Attitüden und Siege im beinahe oder gerade eben gegenwärtigen, jedoch als-ob-gegenwärtigen Moment, der Umstand, daß sie hübsch und eine Falle für jeden war, der in ihre Nähe kam ... Ich will damit sagen, es gab kein Verhandeln, nur Nonies Bedingungen, Nonies Siege, Nonies Ansicht darüber, ob man liebenswert war oder zum Gähnen, ein Feind, den es zu bestrafen galt.

Lila: «Nonie hat eine Menge falscher Dinge von mir gelernt – vielleicht ist alles ein Fehler – was hältst du von dieser Philosophie?»

In jenem Ton, in dem Wahrhaftigkeit und Überlegenheit mitschwangen, sagte sie zu Nonie: *«Aus einer Reihe von Gründen solltest du nicht zu viel Aufmerksamkeit auf dich ziehen. Das kannst du dir nicht leisten.»*

Eine Beleidigung, ein Fluch. Und Nonie hielt sich an solche Ratschläge, aber sie leugnete es: «Auf dich hör ich nicht. Du bist eifersüchtig. Ich werd nie auf dich hören, spar dir deine Worte. Oh, ist das furchtbar – daß ich dich als Mutter haben muß.»

«Sie kann nicht denken. Sie weiß nicht, was sie tut.»

«Doch, und wie – du bist hier die Idiotin ...»

Niemals gab Nonie zu, daß sie *pokerte* ... Zum Teil war sie darum so diktatorisch, so tyrannisch, weil sie glaubte, es gäbe eine – nur eine einzige – Wahrheit, und deren Hüterin wollte sie sein: sie war die oberste Vollstreckungsbeamtin, die Prophetin – die Leitartikel-Verfasserin – die Straf- und Scharfrichterin der alleinigen Wahrheit ...

Mit Lila stritt sie so oft, daß ich mich an fast nichts anderes erinnere. Manchmal wirkte ihr Streit wie vorher festgelegt – es stand fest, daß sie streiten würden; und oft standen die

Methoden auf beiden Seiten fest oder waren zur Gewohnheit geworden und wurden nicht jeweils neu erfunden; nur daß sie manchmal, beide oder eine von ihnen, doch einen neuen Kurs einschlugen – der Streitführung, meine ich.

Nonie sagte zu Lila: «Du bist zu psychologisch – ein *bißchen* Psychologie mag ich ja – aber von zu viel wird einem einfach schlecht, und das werd ich auch sagen, wenn mich einer fragt. Ich hasse es, wenn es rührselig wird und rührselige Leute ungeschoren davonkommen ...»

Lila sagte: «Nonie, du machst keinen guten Eindruck, wenn jemand darüber nachdenkt ...»

Eine Bemerkung von Nonie, eine, die sie Hunderte von Malen machte: «Mir ist nie etwas passiert; ich hab ein glückliches Leben gehabt. Nie ist etwas schiefgegangen. Meine Eltern haben mich geliebt. Ich bin nichts Besonderes, schätze ich mal. Immer Lächeln und eine gute Partie Tennis – das bin ich, sagt mein Mann. Und vielleicht bringt Hank» – ihr Mann – «es auch fertig, Ihnen zu erzählen, ich wäre gut, wenn das Licht aus ist – mir erzählt er das jedenfalls. Aber er *lügt*; er schmeichelt mir gern – er findet mich süß.»

Hank brachte es nie zu viel Geld, und Nonie *raufte* sich ihr Leben lang durch – in ihrem Stil blieb sie in der Welt aktiv; sie hielt sich stur an ihre Methoden; sie trank mehr; sie wurde kampflustiger; sie war eine erwachsene Ausgabe der diversen jüngeren Nonies, jedoch trunksüchtiger, gemeiner, selbstgerechter, selbstzufriedener. Niemand wußte, warum sie auf dem sozialen Niveau gelandet war, auf dem sie lebte ... Sie wählte es gewissermaßen, oder es wählte sie, und sie schickte sich darein: «Ich habe ein wundervolles Leben, ich bin eine wahrhaft GLÜCKLICHE Frau», sagte sie oft trunken, wütend, ein wenig Spucke auf mich sprühend ...

Aber sie verbrannte.

Hank widersprach ihr in der Öffentlichkeit nie. Er stand ihr von ganzem Herzen und mit allem Elan zur Seite – in jedem Moment, in dem ich sie zusammen sah, in all den Krächen, Zänkereien, Fehden, unzähligen Händeln und Kriegen, von denen sie sprach, von denen ich wußte, teilte er vorbehaltlos und total ihre Ansicht. Er war fett, wirkte verschlagen und hatte ein Gesicht, das etwas ganz Bestimmtes ausdrückte: stumpfe Selbstgefälligkeit und kindische Gekränktheit bei sehr kleinen Sinnesorganen; doch der Gesamteindruck von Flinkheit oder Beweglichkeit entstand durch die Details zwischen Augen, Mund, Brauen und Stirn, die auf Verschlagenheit hindeuteten – auf Verschlagenheit, Selbstgefälligkeit und Gekränktheit ... gekränkte Zartheit.

Soweit ich wußte, hatte er selbst mit niemandem Streit, keine wirkliche Energie, kein wirkliches Leben, keine von Nonie unabhängige Geschichte realer Verschlagenheit – nur eine Geschichte vielleicht extremer Komplizenschaft mit Nonie ... Das hatte etwas Einfältiges – aber ich weiß nicht recht. Dem Klatsch zufolge hatte er maßlos Furcht vor ihr, doch wenn ich *Klatsch* sage, meine ich sieben, acht Personen, die das Thema mir gegenüber mit Genuß anschnitten, weil sie mit ihr im Streit lagen, mit ihm und ihr, oder den Mut dazu aufbrachten, weil sie sich vor ihr fürchteten und mit ihrem *Bruder* reden wollten.

Ich *fürchtete* mich – aus moralischen Gründen – davor, über sie zu sprechen oder zu urteilen, und oft erzählte ich dann eine Anekdote aus meiner frühen Kindheit: mein bester Freund – in der zweiten Klasse – hatte sie nicht gemocht und gesagt, sie sei eine Hexe ...

Die anderen Männer, die sie gern gehabt hatten, waren nicht so gewesen wie Hank oder nicht so offen so gewesen, daß ich es bemerkt hatte, obwohl ich mir vorstellen konnte, daß darin viel von dem lag, was das Leben ihr zu bieten hatte: in dem, meine ich, was sie schließlich fand: sie hatte es vorausgeahnt. Einige der Männer, die sie sehr gern gehabt hatten, waren beachtlich gewesen. Nach ihrem Tod heiratete Hank nicht wieder. Er arbeitete als Verkäufer in einem Drugstore, nachdem sie verbrannt war. Zuvor war er in der Immobilienbranche gewesen, hatte jedoch als faul und gleichgültig gegolten. Als unfähig. Seine Mutter sagte, Nonie habe ihm all sein Blut ausgesaugt und es durch *ihr Gift* ersetzt, doch Lila sagte, bevor sie starb, Nonie habe anderthalb Schwiegermütter und könne *ein bißchen Hilfe brauchen* ...

Bevor er und Nonie heirateten, war Hank «populär» gewesen und hatte als «schlau» und «tapfer» gegolten. Es ist kurios, über anderer Leute Leben zu urteilen – schon es zusammenzufassen ist verdammt seltsam ... Bücher und Geschichten sind moralisch wirklich ganz schön unverfroren. Nonie schien mir, als ich jünger war – da schien sie mir Wahlmöglichkeiten zu haben, sogar eine ganze Reihe, und mich bestürzte und bedrückte das Leben, das sie, zum Teil, wählte.

Ich urteilte eigentlich nicht darüber.

Wenn ich mich dem zuwende, was andere über Nonies Entscheidungen sagten, dann weil sie durchaus darüber urteilten. Lila sagte: *Sie weiß nicht, was sie tut, aber sie will einfach nicht hören* ...

Nonie selbst sagte nur immer wieder: *Ich möchte glücklich sein ... Und: Wenn ich vom GUTEN LEBEN eines weiß, dann wie man glücklich wird, und ich bin mein ganzes Leben lang glücklich gewesen und habe sehr, sehr viel Glück gehabt.*

Eine Cousine von Hank erklärte mir: «Er hat sie enttäuscht – er war zu nichts fähig – sie ist eine entsetzliche Person – aber als seine Frau hatte sie nie eine Chance ... Er hat sie einfach in ein Loch gezerrt – sie hatte nie eine Chance ...»

Nonies und mein Cousin, derselbe, der bei der Party im Morgenzimmer gewesen war, sagte: «Hank war ein guter Soldat und ein gescheiter Junge, und sie hat ihn geknackt wie eine Nuß und zum Frühstück verputzt. Zum Teufel noch mal, Hank hatte nie die geringste Chance.»

Hier eine entsetzliche Geschichte, nicht unbedingt zu glauben: *Zweimal habe ich einen Sohn im Babyalter daheim gelas-*

sen, als ich ausgegangen bin, und beide sind gestorben; Nonie war bei ihnen. Das ist das Schlimmste in meinem Leben. Das einzige, was ich nicht ertragen kann. Das zweite Mal war es einfach entsetzlich, einfach entsetzlich. Ich machte es, um zu zeigen, daß ich keine Angst hatte. Die Ärzte haben in beiden Fällen nie herausgefunden, was die Todesursache war. Ich weiß, es könnte alles mögliche gewesen sein; glaubst du, ich weiß nicht, wie entsetzlich es ist, daß ich das glaube, was ich glaube? Ich sage nur, ich weiß, was ich weiß. Seltsamerweise war Nonie gar nicht durcheinander – keine Spur. Als Mutter täuscht man sich nicht. Sie hat etwas getan. Das weiß ich – als ich nach Hause kam, hat sie gesagt: Mama, es ist nichts passiert. Ich habe sie angeschrien, als ich entdeckt hatte, was passiert war. Danach kamen wir nicht mehr miteinander aus. Vielleicht hat sie sich nur dumm verhalten. Vielleicht hat sie nichts getan, aber es gab da etwas, was sie plagte – ich hasse sie nicht, Wiley. Sie gibt nie etwas zu. Gleich darauf habe ich dich zu mir genommen – ich forderte mich heraus. Ich wollte nicht aufhören zu leben. Ich wollte mir nicht alles, was ich hatte, kaputtmachen lassen, mich nicht vorne und hinten von den Leuten bemitleiden lassen. Ich weiß, es gibt Dinge, die bilde ich mir ein, aber blöd bin ich nicht. Vielleicht habe ich sie dadurch verdorben, daß ich ÜBER DIESE SACHE SO DENKE. ICH DENKE STÄNDIG DARÜBER NACH. *Vielleicht haßt sie mich, weil ich mich irre – oder vielleicht, weil ich richtig vermute – wie soll ich das wissen? Warum haßt sie wohl jeden so sehr? Weil keiner so böse ist wie sie? Sie möchte gern glauben, wir wären alle so böse wie sie – noch böser als sie. Warum redet sie so blödsinnig? Sie ist nicht blöd. Sie hat versucht, es so schlau zu machen. Warum hat für sie nie etwas geklappt? Mit ihr stimmt etwas nicht. Weißt du, in vieler Hinsicht ist sie wie ein Baby. Und zwar, damit sie über nichts ernsthaft nachdenken muß. Jetzt verrate ich dir was: Ich werde es nie erfahren. Solange ich lebe, werde ich nie etwas glauben, was sie sagt. Sie ist niederträchtig – wirklich niederträchtig. Aber ich war eine schlechte Mutter; das hat mir meine eigene Mutter gesagt; ich weiß, daß ich mich selbst aus der Klemme lasse, wenn ich über die Sache mit den Babies so denke. Mir ist oft ganz elend zumute. Ich weiß, möglicherweise war ich ihr gegen-*

über unfair und habe ihr etwas Entsetzliches angetan. S. L. sagte immer, ich würde Nonie meiner Annehmlichkeit opfern. Ich weiß, es ist alles mein Werk. Ich habe ihr etwas angetan, indem ich sie verdächtigt habe. Aber keiner sieht genau hin; also kommt sie ungeschoren damit davon ... Ich weiß, was auch passiert ist, war meine Schuld – aber ich möchte wissen, was passiert ist, und werde es nie erfahren ...

Hast du sie beschuldigt, Lila? Hat Nonie zurückgebrüllt?

Du und Nonie, habt ihr euch gegenseitig beschuldigt, Lila?

Das Leben eines anderen: verworrene Dramen, Ahnung eines Sinns – mit (oder ohne) Katharsis ... Und die aufgehäuften Momente, die Formen des Vergessens – des *Begrabens* ... Der Vergebung. Absolution. Nachsicht ... Lila, die voll Erstaunen sagt: *Nonie vergaß es dann ...*

Nonie *vergaß es dann*, weil es für sie solch ein Alptraum war, Mama? Oder weil sie sich eingeredet hatte, nichts davon sei wahr?

Kam sie darüber hinweg, weil es vorüber war?

Gab es für Nonie Momente, in denen sie zu glauben begann, sie müsse kämpfen, um weiterzuleben, sie kämpfe um ihr Leben? Betete sie um Vergebung? Verwandelte sie sich in ein sportliches Mädchen, um rennen und rennen und schlafen und schlafen zu können?

Lila konnte die Schuld und den Schmerz nicht für sich behalten: Lila hatte eine ruhelose Seele – die Wahrnehmung eines Forschungsreisenden ... (Das meine ich.) Wenn ich in einem Stück Lilas Rolle spielen soll, richte ich das Wort an mich: *DU redest gern, du sagst gern, du wüßtest, daß du kein guter Mensch bist, aber du mußt dich so hinstellen, daß deine Schuld nie das Thema ist – du kannst ohne Schutz nicht existieren ...*

Wie alt war Nonie, als der erste Todesfall sich ereignete? Sieben? Acht? Zehn?

Ich meine, wenn Lila die Tat als Zufall betrachtete – als

Zucken eines blinden, tückischen Universums, als noch unbesetzte Möglichkeit, die in einem gegebenen Moment die Gestalt eines zu besiegenden Schicksals annahm – würde Nonie dem dann ihre Bewegungen anpassen, sie umlenken, zu einer Variante von Lila werden, von Lilas *fataler Lage* ... Lilas Schmerz ... Lilas Versuch weiterzuleben? Nonies Recht zu leben, über ihr Leben selbst zu bestimmen, deckt welche Taten?

War Lila eine Wahrheitshändlerin von Seelengröße, die sah und sah und sah und der die Wahrheit ins Gesicht geschrieben stand? Hätte dann Nonie bereits begonnen, sich der Wahrheit in ihrem Inneren nicht mehr bewußt zu sein – der biochemisch ausgelösten Gefühle, die mit der Tat einhergingen, mit der Wahrheit, welche *Wahrheit* Lila auch immer sehen mochte – falls Lila die Wahrheit sah? Hätte dann Nonie gesagt: *Ich hab nichts gemacht ... Ich hab nichts Böses gemacht* ... Wäre sie dann in dieses Definitionsschema verstrickt? Sind soziale Schicht, Herkunft, Glauben und «Normalität» eben das, ist jedes dieser Dinge für sich eben das: eine festliegende Form von Absolution – eine fast automatische Absolution, bis hin zu einem ziemlich abwegigen äußersten Punkt?

Und was, wenn wahr sein sollte, daß sie nichts getan hatte, daß sie nur ihren Gefühlen nach schuldig war, falls man in dieser Sache, in Sachen wie dieser, von *Schuld* sprechen will? Was sahen sie und Lila wirklich im Gesicht der je anderen – Komplizenschaft? Schrecken? Unglauben? Erleichterung? Schock? Einerseits Liebe, andererseits Nichtliebe? Haß aufeinander? Verzweiflung über die Welt? Völlige Unschuld? Unschuld auf den ersten Blick? Unschuld letzten Endes, *alles-in-allem, denn-was-kann-man-schon-anderes-machen-als-leben-und-leben-lassen?*

Stellen Sie sich vor, es sei faktisch wahr, daß Nonie *zweimal* allein im Haus war, als ein Säugling oder Fast-noch-Säugling starb ... Stellen Sie sich vor, Mama weigerte sich beim erstenmal, *das Schlimmste von Nonie* anzunehmen ... Und dann ... und dann ...

Oder sind Sie zu schamhaft, um es sich vorzustellen, um es zu wissen oder um einen Sinn für die Realität zu haben?

Nein, nein. Stellen Sie sich das erste Mal vor: Hätte Nonie gestanden? Auch wenn die Wahrheit nichts besonders Böses umfaßte? Hätte sie geprahlt? Wahnsinnig geprahlt? Hätte sie gesagt: *Es ist nicht meine Schuld*, oder Lila Vorwürfe gemacht: *Du warst es, du wolltest nur, daß es mir vorgeworfen wird ...*

Hat sie gesagt: *Mama, hilf mir*?

Es geht mir um die Diskrepanz zwischen dem, was Leute sagen, und dem, wovon wir dann meinen, sie hätten es gesagt ... Und dies findet in den realen Räumen, den wirklich vorhandenen Fluren, in der Alltäglichkeit der Treppen jenes Hauses statt ... Dies findet in realen Momenten statt ...

Ich war nicht dabei. War Nonie damals schon so grimmig und sonderbar, daß sie verbissen geschwiegen – und *Normalität* für sich beansprucht – hätte, so früh schon, als kleines Kind?

Sie sollte so zäh werden wie ein Junge, das wollte ich ... Ich wußte, wie die Welt ist ... Ich habe sie dazu erzogen, sich etwas zu nehmen: sie sollte die Freiheit haben, die meine Mutter mir nie gelassen hat ... Für MEINE Mutter war ich EIN SPIELZEUG ...

Hat Nonie gesagt: *Ich hab nur versucht zu helfen ...*

Oder: *Ich hab mit ihm gespielt*?

Wieviel wußten sie und verstanden sie, wieviel haben sie mißverstanden und sich eingebildet?

Erfand Nonie sich so rasch als normales Mädchen, im Verlauf einer Stunde? So früh in ihrer Kindheit?

Lila sagte: *Ich bin nie darüber hinweggekommen ... ich bin heute noch nicht darüber hinweg ... S. L. gab mir die Schuld ...*

Natürlich. Natürlich.

Lila sagte: *Der Doktor konnte einen Fehler gemacht haben ... Und Kinder bekommen Vergiftungen von schlechter Milch ... So ist das Leben nun mal, Wiley ... Ich war nie kindisch.*

Da Nonie jedoch damals nicht starb, auch nicht durchdrehte, wenigstens nicht erkennbar – Lila aber wohl – *Ich mußte in ein Sanatorium, ich mußte weg von allen beiden – von Nonie und S. L. – und von meiner Mutter, die mir ständig Vorwürfe machte, weil ich keine bessere Jüdin war* ... Was immer geschah, es muß im Lauf der Zeit zugleich auch auf gespenstische Weise geschehen sein, während Lila davon träumte, weinte oder nicht weinte, während sie zu der Lila wurde, die ich gekannt habe und die als absolutes Wesen aufzufassen ich geneigt bin, als Person, die ihr ganzes Leben hindurch hauptsächlich etwas ganz Bestimmtes war, obwohl sie sich natürlich ständig verwandelte, nicht vor und zurück, sondern vorwärts, kumulativ – akkumulierend ... Und die eine eigene, umfassende Wirklichkeit besaß, die zusammengeknüllt hinter diesem Glückwunschkarten-Lächeln steckte, hinter dieser als stabil vorgestellten Mutter-Fassade ... Oder was immer ich ihr in unbeschwerten Momenten zuzuschreiben geneigt war ...

Nehmen Sie einmal den Sachverhalt *Unschuld* an: daß dieser Sachverhalt, meine ich, einem ganz unerträglich grauenvoll erscheinen kann ... Stellen Sie sich vor, Sie sind plötzlich mit lodernden Schuldgefühlen geschlagen – Sie sind von allen abgeschnitten ... Doch nicht von Ihrem eigenen Kind – nicht, wenn es ebenfalls schuldig ist. Da könnte man in eine Wirklichkeit hineingleiten, in der man selbst grauenvoll ist ... Ich *vermute*, daß Lila glaubte, Gott könne sie persönlich, Lila, nicht leiden ...

Nonie glaubte, sie, Nonie, habe Glück und ihre Mutter sei verdammt ...

Doch zurück zu dem realen Haus, im Nachmittagslicht, an einem bewölkten Tag: Nonie ist, wie wir annehmen, uns vorstellen, voraussetzen wollen, völlig unschuldig – sogar in ihren Gedanken. Dann haben im Verlauf durchlebter Tage und Wochen der Verdacht ihrer Mutter, die Zweifel ihres Vaters, die Neugier anderer Leute und deren Denken, deren magische Abwehrvorstellungen, die Welt in einer Weise definiert, daß Nonie durchaus hätte beginnen können, sich zeitlebens gegen sie alle zu sträuben ...

So daß dann mein Leben emotional und geistig zu dem systematischen Versuch wurde, geworden ist, nicht Nonies Bruder zu sein ...

Nicht daß *genaugenommen* jemand schuld daran wäre.

Und die Verneinung – nicht wahrhaft ihr Bruder im geistigen Sinne zu sein – könnte als etwas Positives erscheinen (jedoch mit Schattenseiten, denn es ist etwas Menschliches: nicht göttlich und nicht HIMMLISCH und nicht makellos).

Dann sind sie und ich, Nonie und ich, parallele Systeme, oder beinahe parallele Systeme, und wir sind miteinander verbunden, sind vielleicht trivial und wie eine ganze Menge anderer Leute: und wohl kaum tragische Personen ... Vielleicht sind wir es doch, aber es kommt einem überheblich vor, das anzunehmen ... Wenn man aber etwas tut, dann zeitigt das ein Ergebnis; Folgen verändern Menschen – das ist jedem geläufig ... Wieviel Freiheit kann in einem wohlgeordneten Gefüge dann zugelassen werden?

Wenn ich statt dessen annehme, daß Nonie mit ihren Gefühlen und mit den Verwirrungen spielte, die sich aus häuslicher Abgeschiedenheit ergeben – daraus, daß man allein im Haus und die Königin der Stille ist –, und wenn ich dann annehme, daß Mord als absolute moralische Kategorie, als physische existiert, als eine unter realistischen Gesichtspunkten und nach der Lehre von der absoluten Gewalt Gottes richtige Sache in dem Sinn, daß sie der Welt Wahrhaftigkeit und Ordnung verleiht, und daß dies, nach allen epischen, natürlichen, endemischen, epidemischen Erfahrungen immer so ist – dann sehe ich nicht, wie Lilas Geschichte, ihr anekdotischer Bericht, viel Wahrheit über das enthalten könnte, was geschehen war.

Nur ein gewisses Maß an Wahrheit.

Ich meine, ihre Behauptung, unschuldig zu sein, sich keineswegs insgeheim in Übereinkunft mit Nonie befunden, keineswegs etwas verwechselt zu haben, ist gar zu großartig ... Und die Spuren von Wissen wie die des stillschschweigenden, fast offenen Eingeständnisses zwischen ihnen beiden sind aus Lilas Gedächtnis geschwunden – oder aus ihrer Weise, über die Sache zu sprechen, so nämlich, wie es ein Dichter vielleicht täte, eine Sprechweise, die man gern als den Versuch akzeptieren würde, in eine dunkle Sache Licht zu bringen ...

Oder vielmehr sind jene Spuren in seltsam flüchtiger Form noch da ...

Wenn du mein Freund bist, wirst du schon wissen, was ich meine ...

Ich kannte Lila als Zynikerin, wenn es um die Regierung, die Liebe, um Männer und Männlichkeit ging. *Und wer regiert dann die Regierenden?* Sagte sie zu jedem idealen Entwurf, jedem idealen Bild von der menschlichen Existenz. *Ich bin eine Liberale, aber du kennst mich ja, ich gehe zu weit, wenn es allerdings ernst wird, gehe ich nie zu weit ... Alles nur Taschenspielertricks, weißt du ...*

Ich meine, sie könnte Nonie aus ideologischen Gründen beschuldigt haben – ein Verdacht – ein eifersüchtiger Verdacht – eine Schlußfolgerung ...

Zudem weiß ich nicht, ob ich genügend Distanz zu ihr und ihren Ideen, zu Nonie und ihrem Leben habe, um, ohne zu ihrem Komplizen zu werden, mit der einen oder der anderen sprechen zu können – mit Lila, einer Art Mutter, oder mit einer Gegen-Lila, einer Form zu entkommen – zum Komplizen nicht notwendigerweise ihrer Handlungen, sondern zum Komplizen der Idee hinter den Ideen hinter den Ideen, die ihre Handlungen in realen Momenten regierte ...

Unsere fast genetische Bindung aneinander, erzeugt durch Verneinungen und Billigungen, Spiegelungen und Umkehrungen.

Eines weiß ich über Lila: sie wollte nicht wissen, was in

jenen beiden Fällen geschehen war ... Sie machte sich keine Vorwürfe ... Und was das Funktionieren ihrer Neugier angeht – nun, sie funktionierte eben nicht, niemals, wenn sie nicht *die Allerschlimmste* war – die Gescheiteste, Gemeinste, Zäheste und doch insgesamt gut, oder alles in allem, oder *wenn mal die Karten auf den Tisch kommen, habe ich in dieser Welt so manches Gute getan* –, so daß es keine größere Allwissenheit, keine größere Kraft oder Stärke des Urteils gab als die, mit der sie es hinnahm, auf der allertiefsten Stufe zu stehen, ohne doch wirklich schlecht zu sein: sie war ein weltliches Geschöpf, aber gewissermaßen wie Gott: ich meine, wie ihre Vorstellung von Gott: sie wußte um das Schlimmste, sie war der höchste Richter, die höchste Autorität, sie kannte die Wahrheit – das war ihr Stolz ... Sie würde letzten Endes nicht für das Böse stimmen – unter keinen Umständen – nicht wenn die Frage in einer bestimmten, offenen Form an sie herangetragen wurde ...

Zum Teufel, ich kann es nicht klarmachen. Sie werden es erraten müssen – ausgehend von Ihrer eigenen Erfahrung.

Und Nonie, bis sie dann starb, bis Nonie bei dem Brand starb – in der Zeit, in der ich sie kannte, hätte vieles von dem oben Gesagten, vieles von dem, was Lila sagte, auch Nonie sagen können, als sie ihrem Lebensende nah war, wie: *Wenn mal die Karten auf den Tisch kommen, habe ich in dieser Welt so manches Gute getan*.

Und auch Nonie hielt sich für die Zäheste ... für die höchste Autorität, wo sie auch war, selbst wenn sie jemandem Schaden zufügen mußte, um zu beweisen, daß sie die höchste Autorität war ...

Ich habe da so eine Idee, nicht meine liebste und nicht unbedingt die wahrscheinlichste Idee, daß Nonie tatsächlich etwas getan hat und nachher litt, nicht moralisch, sondern unter Angst, auf leuchtend-düstere Art ... Ich versuche, alles ins Kindliche zu ziehen, indem ich sie jedes wahre Schuldproblem leugnen, aber später etwas sagen lasse; vielleicht gestand sie beinahe wahrheitsgemäß, wollte sich aber nicht deutlich erinnern: *Er hat immer schlecht geatmet* – etwas dergleichen, ohne wirklich zu wissen, daß sie gestand, sondern mehr nach einer Erklärung für die Angst und so weiter suchend ... Und Lila, da man ihr vorwerfen würde, Nonie auf eine Weise erzogen zu haben, daß so etwas hatte geschehen können – und da man ihr auch vorwerfen würde, Nonie mit dem Baby allein gelassen zu haben – , flüsterte und schrie dann vielleicht sogar der Kleinen zu: *Halt den Mund, halt den Mund, halt den Mund* ...

Und vergab ihr.

Aber vergaß nicht.

Menschen haben ihre Gefühle. Ich bin kein schlechter Mensch. Nachdem wir dich zu uns genommen hatten, war Nonie eine Zeitlang besser als ich; alle haben dich gepflegt, sogar ich – ich am wenigsten. Ich war nicht so gut im Versorgen von Babies – verstehst du, was ich da sage? –, und Nonie war darin für eine Weile besser – viel besser. Du warst in so schlechtem Zustand, daß es nicht drauf ankam; keiner würde mich auslachen – falls etwas schiefging; anfangs konnte damals keiner sagen, mir würde es an Güte fehlen. Gar-nicht-so-übel-für-die-üble-Lila, was? Steht mir das etwa nicht? Vielleicht fiel ihr das erste Baby auf die Nerven, und sie hat es zu rauh geneckt, und es hatte einen Defekt und wäre in jedem Fall gestorben, aber es passierte eben da. Und bei dem anderen war es – was weiß ich – ein Unfall. Nonie ist so stolz, daß man meint, man würde sie umbringen, wenn man sie tadelt. Weißt du, was Realist zu sein heißt? Es heißt, Risiken einzugehen ...

Moralische Risiken.

Du, sagte sie, *du bist auch kein Engel* ...

Gebe ich mir Schuld am Tod meiner leiblichen Mutter – oh, nicht im Kopf, nirgendwo in mir, wohin mein Wille reicht – sondern tief unten inmitten der Schattenwahrheiten? Von drei, vier Frauen wurde mir erzählt, meine Mutter sei an einer verpfuschten Abtreibung gestorben: *Sie hatte dich: sie wollte nicht noch ein Kind* ... Noch als sie im Sterben lag, sagte Lila: *Nichts war einfach ... Mein ganzes Leben lang ... Wenn du etwas Einfaches wolltest, mußtest du es erst einfach machen: einfache Dinge kosten Geld ... Daß du mir Vorwürfe machst, erwarte ich, aber ich möchte dich um etwas bitten – ich möchte dich darum bitten, mir jetzt zu sagen, daß du mir vergibst* ...

Beklage ich mich darüber, daß Menschen wie Nonie existieren? Ich sehe nicht, wie man ohne Nonies existieren könnte. Ohne daß ich ein wenig bin wie sie. Beklage ich mich dann über das Dasein? Lege ich ein Bekenntnis über meine Kindheit ab? Über mich? Beschreibe ich die Textur der Atmosphäre in einem bestimmten Moment?

Du hast ihr zugesetzt – sie hat unter dir mehr gelitten als du unter ihr – obwohl man derlei wahrscheinlich nicht im Auge behalten kann, nicht Buch darüber führen kann ... wie solche Dinge eigentlich passieren.

Beklage ich mich über die verborgene Allgegenwart des *Bösen*? Vielleicht. Im wesentlichen meine ich mich nicht darüber zu beklagen, daß sie sich ihrem inneren Leben gegenüber so offen treu verhielt – sich selbst treu blieb –, so daß ich mich oftmals und in mancher Hinsicht zu früh kennenlernte, weil ich in Beziehung zu ihr stand.

Kindhaft der Unschuld entblößt – doch dem Leben wiedergegeben. Vielleicht beklage ich mich gar nicht. Vielleicht versuche ich zu sagen, daß die Verschiedenheit von Menschen nichts Geringfügiges ist und nicht nur mit Effizienz und Babel und solchen Fragen zusammenhängt, sondern auch mit der moralischen Wirklichkeit ...

Ich glaube, daß wir alle wie Nonie sind – aber nicht genauso – und daß ich zum Teil in Reaktion auf sie existiere – auf ihre Kultur, ihre Überzeugungen und ihren Willen ... Und daß das Gute und das Böse – und die Angst – und die Wirklichkeit dieses andere Element enthalten, diese Daseinselemente, diese elementare Existenz, dieses ewige, verstohlene, fortwährend in uns allen und für uns alle Gegenwärtige ... Lila sagte einmal – in einer kuriosen, ansteigenden, redseligen Stimmung: *Ich will dir sagen, wie ich es empfinde: alle, die nicht in diesem Haus leben, sind LÜGNER ...*

Also, wenn du nicht hier auf unserer Seite bist, lügst du ...

Sage ich damit also, daß Nonie immerhin so komplex war, daß sie in ihrer Verschiedenheit auch als Faktum oder Facette der *Natur* zu erkennen wäre, nicht nur als zufällige Begleiterscheinung meiner Adoption – als Familienunfall – als Verirrung?

Ja.

Doch dann wieder, bei liderflimmerndem Überdenken – in der Intimität der Urteilsbildung – lautet die Antwort: Nein ...

Unschuldig setze ich ein, und seicht. Ich habe mich dazu verlocken lassen, diese Dinge zu sagen ... Um mich herum in diesem Garten vertiefen sich die Schatten ... Nein: nicht ganz, nicht ganz so. In den Schatten des Nachmittags sagt man lediglich, daß Nonie im Hinblick auf mich nicht komplex genug war: sie war zu oft böse zu mir ...

Doch dann werde ich vom Strom der Assoziationen mitgerissen, von der steilfüßigen Hast der Gleichzeitigkeiten oder scheinbaren Gleichzeitigkeiten im sonderbaren Tanz der Momente, wo ich von der Überzeugung durchdrungen bin, daß es sinnlos ist, Lügen darüber zu erfinden, wie Menschen sind ... Warum noch weitere Rätsel schaffen und einen Vorrat künftiger böser Handlungen anlegen, wenn es in allem, was wir tun, genügend echte Rätsel gibt? Ohne die falschen Rätsel des sentimenalen Gefasels darüber, wie Menschen sind und was Unschuld ist (eine List, eine Technik, nicht etwas tatsächlich Vorhandenes, es sei denn zum Zwecke des Vergleichs)? Warum in diesen Dingen nicht *vernünftig* sein?

Schuld ist nichts Einfaches ... Vorwürfe sollten daher niemals einfach sein ... Geschichten sind überhaupt nicht einfach, wenn sie Wahrheit enthalten ... die mindeste Wahrheit ...

War Nonie unschuldig – am Anfang? Man erlernt die Unschuld als einen Zauber gegen die Hilflosigkeit, in der man als Kleinkind lebt. Ohne Unschuld ist man als Kleinkind hilflos ... Und es gibt eine *relative* Unschuld, die zu bedenken ist ... eine unwissende, sagenumwobene, relative Machtlosigkeit – mit der gespielt wird, mit der experimentiert wird ...

Da ist einmal das, was man fühlt.

Dann das, was man nach dem Urteil anderer ist.

Und Unschuld wird, wenn man an ihr festhält, zu einer sozialen Sache, einer Art Miete, die man zahlt, sie ist wie ein Aufkleber auf der Stirn, der einen berechtigt, das Haus auf eine bestimmte, privilegierte Weise zu betreten.

Doch dann nehmen der Charakter, die Charaktergestalt, die Gestalt der Gesellschaftsschicht, der man angehört, des gesellschaftlichen Rangs, den man innehat, eine besondere, einzigartige Gestalt an: das Mal, das einen kennzeichnet ... Lila sagte, krank und unter dem Einfluß von Medikamenten: *Nonie trägt das Kainsmal ...*

Wer nicht?

Es ist wahr, ich bin Pazifist – teilweise. Ich bin es geworden. Es ist wahr, daß Lila ihre Hände zu nichts gebrauchte – sie kochte nicht, nähte nicht, berührte Menschen nicht ... schlug auch niemanden ...

Nonie: *Ich bin kein jüdischer Bücherwurm. Ich spiele Tennis.*

Mamas und Nonies pfiffige – und bittere – Einstellung zu edler Moralität und zur Welt des Intellekts machte sie zu Anhängerinnen der Trivialvernunft.

Ich lese nicht; ich bin ein praktischer Mensch.

Und: *Nonie hatte ein Tier zum Spielen. Auch das ließ sie sterben.*

Um sich zu bestrafen, Mama?

Und ich? Ich habe für Nonie nichts übrig; ich finde, alles ist besser geworden, seit sie tot ist. Doch wenn ich voraussetze, daß sie zum Leben entschlossen war, wenn ich voraussetze, daß JEDER der ungezählten anderen Menschen Momente des Schreckens und der Niederlage bereitet, wie Nonie es tat, und wenn ich meine, daß Glauben und Vergebung nur menschliche Gründe haben, die nicht edel oder rein sein müssen, dann bleibe ich mit einem resignierten, schmutzigen Verwandtschaftsverhältnis zu ihr zurück.

Ihr beide kommt eben letztlich aus demselben Stall. Tja, wer ist denn schon ein Engel?

Mama sagte das.

Sie sagte: *Ich bin nicht so böse wie Nonie ... Verflucht noch mal, das bin ich nicht ...*

Ich aber, manchmal; verflucht, manchmal bin ich es.

Ich weiß noch, wie Nonie mit fünfzehn, bald sechzehn vor dem Spiegel übte und sich einen gewissen Blick beibrachte – in gewisser Weise jungfräulich zu sein und einen beängstigend glatten Ich-tue-nie-einem-was-zuleide-Eindruck zu erwecken.

Es war ein ganz bestimmter Blick, im Stil einer Epoche ...

Was darunterliegt, lugt hervor – es gehört zu ihrer Art, hübsch zu sein: sie ist eine komplizierte, doppelzüngige, sowohl strafende als auch unbekümmerte *Liebende*, die zwei Seelen in sich vereint, eine *furchtlose* Geliebte, leidenschaftlich ohnegleichen, rundum, für immer und rasch entflammt: ein junges, *normales* Mädchen ... Doch wie kann man irgend etwas lieben, wenn man nicht bereit ist, sich zu fürchten?

Und: *Sie war eisern entschlossen, furchtlos zu sein, solange sie konnte ... Ich verstehe Nonie nicht,* sagt Mama. *Was einer Mutter und einem Vater keiner erzählt, würde Bücher füllen ...*

Was Kinder tun, wenn sie allein sind, ist so sonderbar wie das, was absolute Herrscher auf ihren Thronen tun. Stellen Sie sich ein einziges, überwältigend schlagendes Herz vor, das den Kosmos eines Hauses beherrscht.

Das Hausmädchen, das wir hatten, war an dem Tag krank. Als ich heimkam, lag das Baby in seiner Wiege, dick und still – es hatte keine Male auf seinem kleinen Körper: ich kann darüber sprechen, aber nicht dran denken – es ist das einzige, woran ich nicht denken kann. Mag sein, daß ich etwas davon an dir ausgelassen habe, Wiley; du hast nie ausgesehen, als könntest du sterben. Ich kam heim, und Nonie stand im Flur und sagte: «Mama, es ist nichts passiert. Ich bin müde.»

Der Tod eines Säuglings.

Wenn nur einer gestorben wäre und nicht *zwei*.

Vielleicht konnte Nonie ein gewisses Maß an *Schuld* ertragen.

Doch beim zweitenmal geriet ihr ungeübter Verstand, ob sie nun unschuldig war oder nicht, völlig aus den Fugen.

Oder aber sie war bis zur Stumpfheit tapfer – ein Monstrum an Tapferkeit, ein Achilles in Mädchengestalt, eine Prinzessin Eisenherz, auf die Welt losgelassen. Gefühllos. Mörderisch – früh verschlossen, unredlich, früh tapfer.

Ich weiß, was Daddy sagte: *Na, wir schaffen es schon, wir kitten es wieder; es ist nicht das Ende der Welt.*

Und Lila: *Ich sage dir, keinem fällt etwas auf, wenn wir das Thema einfach unter den Tisch fallenlassen.*

Die Wirklichkeit in ein Thema, in einen auf verschiedene Weise zu betrachtenden Punkt zu verwandeln ist partiell ein Trick. Nonie ist ein Mädchen, eine Seele, der Unrecht geschehen ist. Ich meine, in Wahrheit ist es so; betrachtet man es aber sarkastisch, ist es nicht wahr. Nonie ist sensibel, wurde schlecht behandelt – dies wird als Grund für moralische Nachsicht angeführt oder ausgegeben: ist diese Nachsicht moralisch? Sie ist ein verwöhntes, reiches Mädchen. Sie ist herrisch, munter, dumpf – voll Wut. Voll Wut besteht sie für sich auf Glück. Sie ist vergeßlich – sie ist ohne Zukunft ... *Ein Mensch muß irgendwie weiterleben ... Wir leben von einem Tag zum nächsten ... So gut, wie wir eben können ...*

Für Nonie gibt es keine Dramen, keinerlei Geschichte: sie kennt nur Triumphe – und *NORMALITÄT*... Ist das in all den vielen Momenten der Kindheit – als einem realen Stück Leben – wirklich möglich? Wenn es nicht möglich ist, was tut sie dann ihrem Verstand an, um glauben zu können, es sei nicht nur möglich, sondern ihr sogar geschehen?

Denken tut viel zu weh, wenn du mich fragst; da bin ich lieber natürlich.

Einmal spielen wir zusammen, und sie sagt: *Ich mag dein Gesicht nicht – da, tu das Kissen drüber... Ist doch nur ein Spiel... heul nicht...*

Die aktive Nonie mit den leuchtenden Wangen und dem hölzernem Gesicht. Die verdorbene, nervöse, schrill klingende *kleine Jüdin*, deren Augen hinter einer verlogenen Luchsmaske aus gelbem Glas verschwimmen. Als ein Stück Zukunft, ein Kind, trägt sie viel von Lila und S. L. in sich: *Wir lieben sie. Wir lieben sie mehr als genug – aber irgendwann ist Feierabend... Dann muß ich sagen, bis hierher und nicht weiter.*

Es wurde ernst genommen, als meine Verachtung sie fassungslos machte und sie schrie: HÖRT ZU – NIE HÄLT ER ZU MIR, ER BENIMMT SICH NICHT WIE MEIN BRUDER, IHM IST EGAL, WAS MIT MIR PASSIERT!

Nonie lebte in mir, als sie noch jünger war, inmitten meiner Emotionen, meiner Überlegungen. Sie sieht ein bißchen heimtückisch aus, ein bißchen ängstlich, ein bißchen triumphierend, aber sie ist da, sie zählt. Sie sieht auch traurig und wütend aus: sie möchte mehr zählen. Lila sagt: *Sie ist meine Tochter – das kann ich nun mal nicht ändern. Also, ich werfe sie bestimmt nicht aus dem Fenster... Und auch nicht aus meinem Leben.* Ihr schwebt vor, Nonie würde nobler werden, wenn sie lernen könnte, weniger autonom zu sein, *wenn sie nur lernen würde zu hören* – dann wäre sie gehorsamer: manchmal zu beschwindeln: auf jemanden zu hören heißt nachzugeben.

«Wiley, würdest du etwas für mich tun? Würdest du *alles* für mich tun?» Nonie fragte mich das ...

Je mehr Nonie «liebt», desto geheimniskrämerischer und «leidenschaftlicher» wird sie in ihren Forderungen, desto dichter wird die Aura der Fordernden, die sie umgibt ... Sie bittet und drängt: *Nimm-meinen-Schmutz-auf-dich; ich habe deine Tugenden, weil ich dich liebe.* Eine Art Wettstreit: durch Einseitigkeit wird daraus eine Romanze – ein Traum für wache Stunden. «Liebe» als Wettstreit. Als Ambition. Schon ist sie da, die «Liebe». *Nonie versteht nicht zu lieben.* Was ist ein Leben, was ist *mein* Leben wert, wenn *Nonie* darüber verfügen kann, willkürlich verfügen kann, wenn an jedem Punkt sie bestimmt, was ein Argument, eine Notsituation ist?

Wenn Nonie strahlend und wohlumhegt aussieht, findet sie mehr Bewunderung; merklich steigt ihr Wert – sie ist was-sie-ist, jedoch aufgewertet durch die Mühen derer, die sie umhegen. Nonie mit ihren rosigen Schenkeln und zerbissenen Nägeln erteilt uns – wenn sie Nonie-die-keinen-Finger-krümmen-muß ist, wenn sie ein Engel und vollkommen ist – lauthals Noten dafür, wie gut wir sie umhegen, weil dann von uns abhängt, wie tugendhaft zu sein sie riskieren kann. Ich brauch dies und das: *bring Wiley dazu, daß er mir hilft.*

Daddy sagte: *Schon Lincoln hat die Sklaven befreit, Süße.*

Wenn sie sich in einem Sessel zurücklehnt, sanftäugig über ihren leicht wulstigen Oberkörper hinweg zu uns herüberstiert und ihre deutlich gefährdete Unschuld – ihre Unschuldsbehauptungen, ihre kindlichen Privilegien – einsetzt, um uns dazu zu bringen, daß wir *ihr den Arsch küssen*, was ist dann aus uns geworden?

Daddy mimt den Farmer und sagt: *Nun kipp mal nicht aus den Pantinen, Schatz, sonst frißt dich noch der Nimmersatt, wenn du nicht Obacht gibst.*

Nonie sagt: «Daddy ist auch eifersüchtig auf mich!»

Auf ihre Weise ist sie gewitzt.

Wenn man zu eifrig von sich und seinen Erfahrungen auf

Allgemeines schließt, wenn man aus den eigenen Schrullen Universalien macht, dann erhebt man Anspruch auf die mehr als nur vage*n königlichen* Privilegien des Wahnsinns ...

Mama sagt zu Nonie: «Du bist zu mollig für so einen Schwellkopf – *mein Herzchen* ...»

«Die PURE EIFERSUCHT!» ruft Nonie aus. «Ihr liegt falsch – nicht ich!»

Wird Nonie ... *rein,* wenn sie Tennis spielt? Sie sagt, sie langweilt sich dann nicht – sie fühlt sich gut: für sie ein frommer Zustand.

Die menschlichen Machenschaften besitzen, wenn einer sie beherrscht, in Nonies Augen, in meinen Augen, Schönheit. Sie ergeben etwas Schönes – die so im Handumdrehen offen daliegende, auf Gegenseitigkeit angelegte Zukunft – aber ein bißchen rauh geht es dabei schon zu.

Lila sagt: *Wie jeder lache ich gern zuletzt.*

Daddy: *Wer zuletzt lacht, lacht besser leise, sonst frißt ihn der Nimmersatt – das könnt ihr mir glauben.*

Man hat Nonie zur Feindin, wenn man über sie lacht.

Nur-nie-necken-Nonie ist dein Spitzname, sagte Daddy zu ihr. *Nimm's locker.*

«Ich nehme es überhaupt nicht locker. Ich hab an meine Selbstachtung zu denken.»

Ihre Selbstachtung gibt Nonie oft zu denken. Vielleicht.

Von Polizisten erwarten wir, daß sie für Nonie sterben, aber sie lernen sie besser nicht kennen, sonst hätten sie vielleicht keine Lust mehr dazu. Es ist besser für Nonie, wenn die Leute in ihr EINE TOCHTER, EIN MÄDCHEN, EINE FRAU sehen, als wenn sie allzu genau hinschauen.

Abneigung gegen Nonie kann ich mir nicht erlauben – sie ist meine Schwester –, aber ist es nicht unfair, mit der Liebe zu Menschen so zu verfahren, als hätte man darin weniger die freie Wahl als gegenüber der Abneigung, die einem selbst gilt? Ich meine, wenn Liebe diesem und jenem zugestanden werden *muß*, wogegen es jedem freisteht, Abneigung zu empfinden, wo er will, wird da nicht die Liebe beleidigt? Habe ich denn nicht die Wahl, wen ich lieben will? Im wirklichen Leben ist es widerlich, Nonie so zu behandeln, als wäre sie so fromm oder verläßlich wie Anne Marie. Wenn ich sie lieben soll, weil sie in einer Klemme steckt, dann ist das keine gute Idee – wenn man Nonie einer Notlage wegen Sonderrechte einräumt, dann wird sie falsche Notlagen schaffen. Die Notlage ist für sic eine gesellschaftliche Konvention, einer ihrer Tricks.

Wenn Nonie klar wird, daß sie für Daddy nicht unschuldig genug ist, daß er nicht zu sterben bereit ist, um ihr Leben zu beschützen oder im Wert steigen zu lassen, gerät sie außer sich. Dann leidet sie. Er ist ihr weder ein Rätsel noch fremd, und darum findet sie ihn manchmal gerecht. Sie kennt ihn und möchte von ihm geliebt werden, und sie ist von nichts mehr zu überzeugen und wird zornig, vielleicht *komisch-im-Kopf*, wenn er allzu deutlich macht, daß seine Geduld mit ihren Angewohnheiten und Methoden erschöpft ist.

Da liegt sie und liest laut die Comics, wie um zu zeigen, wie gut sie lesen kann und wie naiv sie ist, während Daddy neben ihr in einem Sessel seine Zeitung liest. Sie liegt auf dem Boden und singt die Sprechblasen vor – sie spielt mit gängigen Bildern von Unschuld: sie ist neun und kalt; elf, abgebrüht und unheilvoll; dreizehn und launisch – Daddy erkennt, daß sie um ihn wirbt: er umarmt sie, unbesonnen, erregt; und sie lacht ihn aus, gibt sich entsetzt und kokettiert umsichtig mit schlechtem Gewissen und schamloser Jungfräulichkeit – einer Jungfräulichkeit, die sie noch perfektionieren wird, sobald sie entschlossen daran zu arbeiten beginnt, mit sechzehn. Sie testet die Macht, die sie in seiner Erregung über ihn besitzt – indem sie seine Erregung tadelt. Mama jammert: *Warum ist sie bloß nicht schlauer? Warum kann sie nicht lernen, ihn um den Finger zu wickeln? Es würde mir das Leben soviel leichter machen, wenn sie nur eine Spur schlauer wäre.* Lila will sagen, Daddy langweilt sich und möchte *Interessen-*

im-Leben haben. Warum kann Nonie nicht sein Interesse im Leben sein? Aber ihm gefällt nicht, daß Nonie die Macht ihres Körpers (wie seines Blutes in ihr) und die Vergangenheit benutzt, um ihn herumzukommandieren. Er ignoriert sie sogar, wenn er ihr zuhört ... Er versucht, Spaß an ihr zu haben, er gibt sich alle Mühe, aber es wird ihm langweilig, er gibt auf ... Das verschleiert er mit Lügen ... Daddy sagt zu ihr: *Nur dich glücklich zu sehen ist jeden Cent wert, den ich habe.* Wenn er ärgerlich ist, sagt er zu ihr: *Ich glaube kaum, daß du zehn Cent locker machen würdest, um mir das Leben zu retten, so gierig bist du.*

Einmal warf er mir im Ärger vor: *Hättest du zehn Cent für das Leben deiner Schwester übrig?*

Ich? Nein.

Wir sind nicht ständig an allem schuld, und auch sie war es nicht. Menschen sind gut oder halbwegs gut oder viertels gut, und es ändert sich ständig. Die Addition kann ständig eine andere Summe ergeben. Denken Sie an die politisch blinde Existenz von Leuten, die gut sein wollen, aber auch *realistisch* sind: Wieviel erklärt das? *Hören Sie* (wie meine Mutter immer sagte): Woraus besteht denn Schuld? Wie sieht ein fairer Prozeß aus? Wir werden im Leben von Anfang an von den notwendigen Lügen geprägt, die man Kindern erzählt. Und wir haben in dieser Phase Kinderwünsche, haben sie in gewissem Maße immer – das gehört zu einem *guten* Menschen, oder wird ihm automatisch unterstellt ... Familien und Wahrheiten ... diese Lügen, diese Fürsorge (soweit es sich darum handelt) und was es dergleichen sonst noch gibt, sind wichtig. Partiell weiß man, daß man belogen wird, doch wahr sind die Lügen auch, sie sind die Wahrheit unserer Kindheit.

Und die Lügen werden uns von Leuten erzählt, die sehr lebendig im Leben stehen, und sie sind in dem Drama, das da gespielt wird, auch in keiner sich gerade ereignenden Geschichte, uns nicht etwa untergeordnet, sondern im Vergleich zu uns nach physischen, moralischen und emotionalen Maßstäben *Giganten.* Zwölf Geschworene einer Jury haben hiervon zwölf Versionen erlebt, sind verschieden aufgewachsen und haben sich unterschiedlich verändert – und ebenso unterschiedlich hat sich auch ihr Sinn für das Gute, das Richtige und das Falsche sowie ihre Art und Weise, außerdem realistisch zu sein, entwickelt ... Laut meiner Schattenbiographie wurde ich geboren, zwei Jahre darauf starb meine leibliche Mutter, und ich wurde von den Silenowicz aus Alton, Illinois, adoptiert. *Darauf können wir uns alle einigen. Weiter.* Achtbare Leute, gehobene Mittelschicht – ziemlich anders als ich. *Ja und nein* ... Manche konnten sie nicht leiden, andere liebten sie ... *Niemand ist vollkommen* ... Wenn niemand vollkommen ist, sind dann unsere Mängel, die mangelhaften Elemente in jedem von uns, Verbrechen? Haftet ihnen Verbrecherisches an? Was meinen Sie – sollten wir den Menschen als Gefäß der *Erbsünde* ansehen? Wenn ja, was eigentlich ist dann, in einer Welt der *Erbsünde*, eine Familie?

Vielleicht hätte ich danach zuerst fragen sollen ...

Wie dieses Gefühl aufkommt, man beginne das eine oder andere zu wissen ... Man beginne zu leben.

Die flüchtige Seele

Ora: New York: 1956

Mit Ora in New York – im Jahre 1956 – weit entfernt von Nonie in Alton im Jahre 1932 und von den frühen schmerzlichen Situationen – befinde ich mich in der erfundenen Unvernunft der Liebe und habe die Vergangenheit hinter mir gelassen wie eine Bekannte, die fortgezogen ist und in unregelmäßigen Abständen anruft oder schreibt. Ich bin sechsundzwanzig: das jugendliche Ich lodert im ziemlich heftigen Wind seines eigenen Schwungs auf – irgendwie gerät man ein wenig in Brand auf den schmalen Straßen Manhattans, inmitten der Auspuffgase und in Sichtweite anderer und ihrer Urteile.

Zu dieser Zeit kam mir mein Leben erträumt vor, erträumt von anderen wie von mir, während es zugleich eindeutig, grell, schmerzhaft wirklich war, ein blankes, zivilisiertes, tatsächlich vorhandenes Leben mit spiegelnden Schaufenstern und Alltagserfahrungen in realer Umgebung, hier vor der Skyline der Träume.

Heute nacht hat Ora im Schlaf geweint. Ich war wach, lag nackt neben ihr und las ein Buch, das mir nicht gefiel, theoretisierte darüber, warum es schlecht war, zog aus seinen Ideen und technischen Mängeln ungesicherte Schlüsse ... Und ich dachte über den Ruhm als Teilgebiet der Politik nach, über die Meisterschaft im Geldverdienen als Teilgebiet der Vernunft und über die Bildung von Meinungen zu Dingen, wie sie in der Kultur entstehen, und deren Rangbestimmung als ein kurioses Teilgebiet des Ehrgeizes. Und da schoß mir für den winzigen Bruchteil eines Moments die Vorstellung durch den Kopf, es wäre Nonie, die da weine. Ich wußte, daß es nicht Nonie war. Aus meinem Leben bis dahin wußte ich, daß mein Bewußtsein sich Scherze erlaubte, daß mein Bewußtsein, mein Gedächtnis – sogar mein Schwanz – mein Gesichtssinn, mein Sprachvermögen, meine sportliche Gewandtheit – daß jedes meiner Merkmale in einem gewissen Maße vom direkten Zugriff meines Willens unabhängig war – mein geschäftiges geheimes Ich bringt es fertig, fast wie ein stellvertretender Kommandeur zu funktionieren – brachte das jedenfalls früher fertig. Ich wiederhole: ich war sechsundzwanzig Jahre alt.

Anscheinend hatte man als Basis ein Nonie-eskes Ich, oder Ora hatte ein solches; und Ora und ich waren aufgestiegen zu ... nicht eben zu Selbstlosigkeit, sondern zu einem gewissen Rang, den einer für den anderen besaß; und sie mochte aus einer Reihe von Gründen trauern ... Zumal aber wegen dieses erlangten Rangs, dieser nackten Abhängigkeit, darüber besonders mochte sie trauern ...

Es war rational einsehbar, doch in keiner Weise eine handfeste, vernünftige Sache, daß Nonie in diesem intimen Augenblick so sonderbar zugegen war; ihre flüchtige Gegenwart kam mehr einem körperlosen Film gleich, einer Definition des Menschen (und des Möglichen und der Verzweiflung) – sie definierte uns als unvollkommen.

Oder als Nicht-Engel.

Es schien mir eine bedeutsame Negation zu sein, halb halluzinatorisch, beängstigend – daß Nonie in meinem Kopf zugegen war. *Meine* Unabhängigkeit erschien mir als geringfügig, zumindest unter dem Ansturm der «Wahrheit», wenn ich es so nennen kann – der Dringlichkeit, in der realen Welt zu atmen und das zu bleiben, was man geistig gesund nennt. Ich kann nicht ohne weiteres glauben, daß ich am Leben bin. Oder für andere real bin. Es erstaunt mich, daß ich so lange überlebt habe und es nun eine Erwachsenen-Angelegenheit ist, wie ich die Dinge empfinde. Ich habe nie erwartet, bis zu diesem Alter durchzuhalten. Ora, im Schlaf weinend, liegt halb auf mir, schlafend, und sie ist keine kleine Frau, und sie weint salzig. Ora schläft eigentlich fast jede Nacht in diesem Jahr auf mir. Wurde Ora etwa von der Nonie in mir gequält? Zahlte Ora für meine Vergangenheit mit Nonie? Für einen kurzen, entglittenen, vielleicht absurden und nichtssagenden Zeitsplitter betrachtete ich Ora ihrerseits als Nonie-esk – nicht ganz und gar –, aber hätte ich sie sonst geliebt? Es ist Ora, die da weint – nicht gebrochenen Herzens – sie weint *fleißig* ... Grüblerisch. Wenn ich Ora-schlief-auf-mir sage, meine ich damit, daß ihr Körper größtenteils nicht auf der Matratze, sondern auf mir ruhte – auf meinen Rippen, meinen Beinen. Ora ist mindestens einssiebzig, eine recht große junge Frau, kräftig gebaut. Sie ist kühn gebaut. Und eine gute Schläferin. Ich las (wie gesagt), und sie hielt sich tief im Innern ihres neben mir schlafenden Körpers auf. Sie regte sich, und dann strich sie im Schlaf mit einem seidenhäutigen, wohlgeformten Arm über mich – über meine Rippen, meine Brust, meinen Hals. Träume flirren in ihren Adern, in ihren Fingern. Unter dem schmerzhaften Druck der Wirklichkeit eines anderen so nah bei mir spüre ich nur allzu deutlich, wie unwissend ich bin – als solide, als mein Skelett, kommt meine Unwissenheit mir vor, als verläßlich, wie die Ufer eines Bachs, der im Dunkeln an mir vorüberrauscht. Meine Unwissenheit wirkt zeitlos, ist jedoch zeitgebunden ... Gerade das Ausmaß meiner Unwissenheit-in-dieser-Nacht ließ mich Nonie in Ora weinen hören.

Wissen zittert und flimmert in einem erlebten Moment – und verändert sich. Sind Sie immer endgültig geprägt? Wissen fühlt sich jedesmal anders an: feucht und dunkel, wie etwas Dunkel-Schleimiges, oder aalgleich, oder wie ein Geist – oder wie ein flackerndes Licht ... Die zufällige Aufsässigkeit des Meinungslichtes: jeder greift meine Meinungen an. Das absurde Abenteuer, dem, was man denkt, Beachtung zu schenken: dies bedeutet, Karriere zu machen, bedeutet, ein

Erwachsener zu sein, gemessen an der Skala von Möchtegernmeisterschaft im Handeln unter Zeitdruck – eine kindliche Definition des Erwachsenen – aber sie paßt zu meinem gegenwärtigen Format und meinen gegenwärtigen Lebensumständen...

Einem Kind kommt das Wissen entgegen wie auf einem unbebauten Grundstück in anhaltendem Zwielicht, und unsicher mag es sich fragen, was passiert, falls man recht hat, sich fragen, was es mit den metallisch sprühenden Funken des Geistes auf sich hat, sich fragen, ob es verrückt ist.

Ich habe Nonie nie weinen sehen. Ich wollte in Oras Kopf hineinschauen, um zu sehen, was sie fühlte – ob ihr Weinen im Schlaf *wirklich* mit etwas in Nonie verwandt sei. War sie wie Nonie? Ich wollte mit einiger Sicherheit wissen, was es bedeutete, daß sie auf mir lag. Und was ihre Tränen bedeuteten. Die Knie taten mir weh von dem Gefühl, verwundbar zu sein, weil ich unwissend und der Unwissenheit zu beschuldigen war ... *Liebe ich sie?* Dies fährt mir in die Knie; die Knie werden mir weich. Ich weiß nicht genug, um darauf antworten zu können ... Letzten Endes weiß ich nicht viel ...

In der Woche zuvor hatte ich *Der große Gatsby* wiedergelesen, das Buch eines jungen Mannes. Fitzgerald, noch keine dreißig damals, hatte über das glanzvolle Leben geschrieben. Unwissend zu sein war nicht glanzvoll, oder? Und Oras Bein, das wie eine betäubte Boa Constrictor schuppenlos und unbedrohlich über meinem lag, regte sich. Ich war unruhig und kribblig von unserer Nähe – von dem Text, den ich noch im Kopf hatte und demjenigen, den ich in dieser Nacht zielloser las, so wie man Obstbäume auf einem winterlichen Feld wahrnimmt, wenn man an einer Reihe von ihnen entlangläuft, eigentlich zwischen zwei Reihen hindurch – Zweige und Winterlicht entsprechen dem Alphabet und Wörtern. Und dann diese andere, sich bewegende, verschiebende Sache, das Fleisch, unsere Körper, ihrer und meiner, in ihrer einander definierenden Gegensätzlichkeit ... Ihr Bein lüpfte sich ein wenig und wand sich über mein ferner gelegenes Knie und meinen unteren Oberschenkel, vom zentralen Rom, meinem Gesicht, aus betrachtet. Ihr schlafendes, warmhäutiges Bein lag quer über meinen beiden Beinen und klemmte mich fest. Absurd. Kam daher die Assoziation zu Nonie? Ich lachte ein bißchen darüber. Gesellschaftlich gesehen war Ora nicht wie Nonie. Ihr Vater besaß ein Haus im New Yorker Village und ein heruntergekommenes Landgut mit einem baufälligen Herrenhaus und einem halben Dutzend Pächterkaten darauf – dies an der Ostküste Marylands. Eine ihrer Großmütter hatte ein großes Anwesen auf einer Insel bei Cuttyhunk. Und die andere ein hübsches Häuschen auf einem Berg in Connecticut. Oras Geruch – genauer das Zusammenspiel ihrer Gerüche – gemahnte manchmal an den solcher Orte und Dinge, oder war sogar deren Geruch, der von Orten, an denen sie gewohnt hatte – schwache Rosengartendüfte oder der Geruch von Eichenlaubknospen oder nach der Rinde von Johannisbrotbäumen und einem Rasen – all dies waren Gerüche verschiedener Zonen ihres Körpers. Gerüche aus den Häusern ihrer Großmütter – nach in Sonne und Salzluft gebleichten Bettüchern, nach, ich weiß nicht, Wald und einem Kiesgrubenteich – und nach mir, der ich «liebe» und zwischen intimen Dingen und großen Dingen gefangen bin: im Augenblick der Geruch von Brustnippeln – von Achselhöhlen – von der Haut des Unterleibs … Den unteren Teil ihrer Persönlichkeit preßte ihr gewölbter Hintern in seiner damenhaften Fülle zartfühlend halbfest an mich; sie verlagerte im Schlaf ihr Gewicht und lastete nun schwer auf dem einen Rand meines knöchernen Beckens unter seiner Schicht aus Haut und Muskeln. Gebogen lag sie da, ein Bein noch auf der Matratze, ein Arm und das meiste übrige auf mir.

Ferne Situationen der *Intimität* und eine sie begleitende Welt aus Gesprächen und Meinungen, innerlichen Schreien, insgeheimen Ausrufen, innerem Flüstern – und dazu die Begleitstimme in meinem Kopf – so mysteriös in mir wie in ihr.

Weitere Regungen kaschieren ein gewisses schäbiges Interesse.

Die Nerven, die schlundartigen (ihren Anblick verschlingenden) Augen übertragen auf rauschende Ebenen des Geistes dechiffrierte, halbgedeutete sexuelle Gedanken, die ein Echo finden, als glitten sie in Tunnel von Vergleichen oder in Grubenschächte von Assoziationen. Sie schob sich vollends auf mich, mit ihren Gerüchen, Hitzezonen, Knochen, Muskeln, Körperöffnungen, Vorsprüngen. Und mit meinen. Solche Sachen fallen einem auf. Ich grunzte, so real war das alles. Nackt und nicht eben geruchlos – und, wenn auch schlafend, sexuell mehr als nur ein wenig verfügbar – atmete sie; ihre Muskeln, die Ausdünstungen ... ihr Geruch ... Eine fast gezwungene Biegsamkeit überkam sie im Schlaf.

Was wir füreinander sind, verändert ihren Schlaf.

Ora nackt. Wiley nackt. Doch sie weinte – in ihrem verfälschten Schlaf.

«Ora! Ora!» sagte ich erst flüsternd, dann lauter. Ich war mir nicht sicher, was ich empfand. «Liebe» – Intimität – im Sinn einer leicht befremdenden Bestürzung, ein bißchen langweilig vielleicht; Halluzinationen nahen, die für den Körper ja *vielleicht* real sein mögen, aber sind sie gerade jetzt willkommen? Wie ein General die Beschaffenheit eines Geländes betrachtet, betrachtete ich sie von oben, obwohl ich überwiegend unter ihr lag; ich sah sie aus der Vogelperspektive, als schwebte ich im Dunkeln außerhalb der Sphäre von Licht, die das Bett mit mir und ihr umgab. Sie lag andeutungsweise noch auf ihrer Seite, doch mit Schultern und Möse klar auf mir. Sexuelle Halluzinationen summten lautlos in mir, oder Phantasien, wenn Ihnen das lieber ist. Oras einer Arm, der über meine Brust hinwegreichte, berührte auf meiner anderen Seite das Bett; dieser Arm ruhte auf der Schmalseite des Handgelenks. Die Hand war kraftlos angewinkelt und ragte hohl in die Luft. Und ihre Brüste und Rippen, die seltsame, hautbedeckte Bewegtheit dieser warmen, raffiniert bebenden, leicht schlüpfrigen und etwas zum Hitzigen tendierenden Gebildegruppe preßte sich gegen meine Brust – meine halbathletische, pektoralmuskulöse, hie und da gepriesene Brust ... Ein paar Typen am College hatten sich dazu geäußert, meine ich. Aber was ich gerade sagen wollte – Oras Oberkörper auf mir fühlte sich warm, wenn nicht gar heiß an. Da war ihre nutzlos gebogene, schlafende Hand, und hier waren ihre Haare, lange, glatte, dunkle Haare – ein paar davon in meinem Mund, auf meinen Lidern, in meine Wimpern verheddert und meine Ohren kitzelnd ... Ihr Kopf ruhte auf meinem Hals – und teilweise auf meinem Kinn und meiner unteren Wangenpartie. Zu jener Zeit betete ich oft, meist um den Willen und die Zähigkeit, dafür sorgen zu können, daß die Ereignisse nicht nur meiner Schwächen wegen Folgen zeitigten. Nun betete ich eher fragend: *Geht das hier auch gut aus?* Für mich, für sie – für langfristige Sinngebungspläne der Geschichte oder der GOTTHEIT. *Gib mir ein Zeichen – wenn du es über dich bringst. Was will sie?* (Ora.) Zum Teil bedeutete das, was-hat-sie-vor ... Ihr Atem, ihr Mund – sind eine riesige, flatternde Motte – sind frühkindlich.

Ich als Wachender, während sie schlief, war mir – ungeheuer – des ungeheuren Gegensatzes zwischen unseren Zuständen bewußt – fast ist es, als hätten wir zweierlei Arten von Körperlichkeit. Oder Geld und Ruhm entsprächen dem *Wachsein* und Körperlichkeit dem *Schlaf* ... Und dann sprang das Denken an *Lieber Gott, ich verstehe mein Leben nicht* vorbei zu der Empfindung, die *Wahrheit* und ein Buch seien ja schön und gut, die Realität aber real. So einfältig, wie es klingt, war das nicht einmal, denn ich war, vielleicht unaufrichtigerweise, sozusagen von meiner *Größe* in Kenntnis gesetzt worden ...

Ich bin im Moment hier; ihr Atem flattert – auf meiner Haut; es ist Oras Atem. Ihre Brust bewegt sich wabbelnd mit ihren Atemzügen. Ihr linker Nippel drückt unterhalb meines rechten Nippels gegen mich und weicht wieder zurück. *Ist das hier Liebe? Echte Liebe? Habe ich Glück? Haben wir an EINER ECHTEN LIEBESGESCHCHTE Anteil?* Oras Atmen in der kuriosen Stille des Zimmers zeichnet sich durch die noch kurioseren Eigenschaften des Schlafes – der Unschuld aus ... Ich mißtraue ihr weniger, als wenn sie wach ist. Die eigenartige Unregelmäßigkeit ihrer unregelmäßigen Atemzüge in der niederschmetternd leeren Stille ihrer Geistesabwesenheit: es kam einem so vor, als bräche man periodisch in wirres Von-ihr-Träumen aus, wenn man wach war. Ihr Körper ist ein ziemlich weiches, organisches Korallenriff, in dem Traumfetzen umherflitzen ... Nicht unschuldig? Erwachsen und weltlich-verdienstvoll? Ihr Schlaf ist eine Form von Waffenruhe, eine geistesabwesend in Atem geschnitzte Figur, scheinfriedlich, das Artefakt einer trügerischen Friedenszeit.

Ich bin ein hagerer junger Mann. Ihre Distanz – zu mir, aus dem Inneren ihres Schlafs – unterstreicht, wie verletzlich sie tatsächlich ist: *Ich fürchte mich nicht vor dem Tod, Wiley.* Das hat sie gesagt, aber ich weiß, daß sie sich vor dem Tod fürchtet ... Ich weiß, daß sie ihn manchmal fürchtet – hört ihre Furchtsamkeit völlig auf, wenn sie schläft? Die faktische Seite des Moments erlaubte es mir nicht, diese Furchtlosigkeit an Ora zu beobachten. Die Sonne, die Jahreszeit, das Klima des Augenblicks, Ora, fein mit Frieden marmoriert und obendrein gemasert von Ruhelosigkeit-im-Schlaf und von Dingen, die früher zwischen uns waren, und von dort, über Assoziationen, weiter zu Nonie – all das ergibt einen dunklen Fleck, aus dem der wahnsinnige Drang wird, sie zu kitzeln, sie ein Stück weit zu wecken. Ich schiebe sie von mir. Ich, der ich doch durch die Nase atme und diesen trägen, unverruchten, ungalanten Kontakt mit ihrem Körper, ihren Träumen nur halb bemerke. Ich bin garstig überempfindlich. Unmännlich. Lebensunfähig. Mein *gesundes*, gesondertes, etwas verzweifeltes, aber nicht überzeugtes Atmen ist nicht wie ihres ... Ich warte darauf, daß sie erwacht ... Die Verbindung zwischen den Zwillingselementen des Für-plausibel-Haltens und des Wünschens lockert sich in ihr ... Einfach nur real zu sein – ob ich es nun bin oder nicht –, das ist eine Sache wie, sagen wir mal, sich an einem Landungssteg festzuhalten, wenn man bei Nacht schwimmt. Zu verstehen, zu sehen, sich (wie jetzt) halb im Schlaf zu fühlen vor dunklen Impulsen und Sorgen um die individuelle Bedeutung heißt insgeheim und unkorrekter Weise das Gefühl zu haben, daß ich sie liebe; dieses Gefühl schwillt im Vakuum mangelnder Vergleichsmöglichkeiten mit ihren Gefühlen, im Vakuum ihres Nicht-da-Seins ballonartig an. Als Gefühl ist es von dichterer Konsistenz, aber weniger akut als Gefühle, die ich habe, wenn sie wach ist.

Sie und ich als Verkörperungen romantischer oder sexueller Liebe: nun, ich bin von unserer Schicksalhaftigkeit nicht überzeugt; doch wie sich jetzt, heute nacht, in der Wirklichkeit dieses intimen Augenblicks zeigt, im Licht dieser Intimität, die wir teilen, bin ich überzeugt, daß mir das Leben ein vorläufig *glückliches Ende* gewährt, das bemerkenswert ist.

Oder kein *glückliches Ende*, sondern eine Episode der BELOHNUNG (mit ein paar eingebauten Strafen).

Real war jedoch, während ich blinzelte und atmete, im Bett – auf dem weißen Laken neben der halberwachten, braunhäutigen (bei natürlichem dunklem Teint sonnengebräunten) Ora, ihrem Gewicht, ihrem mich streifenden Atem – und schon verlagerte sie ihr Gewicht wieder auf mich – nicht daß der Moment sich als *vermutlich* glücklicher ankündigte, oder als glücklicher (oder als etwas dazwischen); angekündigt hatte er sich als erinnernd an oder beschmutzt von Nonie-in-der-Vergangenheit: oder als werde er die Vergangenheit richtigstellen. Ora weint ein zweites Mal im Schlaf, ihr Bein liegt wieder auf meinem und ihr Kopf wieder auf meiner Brust und meinem Hals. Das Wesen des Ichs, mit dem man zur Zeit versehen ist – ein Ich wie ein *Innig Geliebtes*, wie ein erstes

Kind –, gestattet nicht das Sakrament der Flucht. Man ist darauf erpicht, seine Erfahrungen zu machen. Dies ist weniger Vergötterung des Realen als der Versuch, einen irdischen Sinn ausfindig zu machen (oder nur zu erspähen). Eine Brust knautschte sich an einem sogleich verlegen gestrafften Pektoralmuskel, ein Nippel strich über meine Haut – wie es ihr Schläferinnenatem tut ... Es ist fortwährend auf *düstere Weise* erheiternd ... ernst im Grunde, ihr Haar, jung und füllig, sie ist ein Teil von mir, meine Hand streicht über die feinen Haare oben an ihren Beinen, berührt die wie durch Zauberei dunklere, verwundende Realität ihrer haarigen Kluft, feucht von Schweiß, ölig ... bereit ... Ich sehe ein, daß ich wahrhaftig, für eine Weile, hier mit dieser außerordentlich schönen Frau zusammen bin, der ich mißtraue.

Ich schob sie weg. Ich baute einen Wall aus Kissen, immerzu mit sexueller Leichtigkeit atmend, unter jenem dem Ernst sehr nahen, dem Lachen unverwandten Gekicher, das den Nicht-Vögeln-Vorzeichen widersprach und auf die besondere – und andere – Erheiterung des Akts verwies, dessen man sich enthält.

Ihr prompter Übergriff auf die Kissen – war denn Hitze? Gesellschaft? so anziehend für sie? Sie geht mit unflinker Wendigkeit vor: eine Seeanemone, ein träumender Krake von Frau. Ora in ihrem kuriosen Schlaf.

Sie sinkt nicht in Semigleichgültigkeit zurück. Mein Gott, da kommt ihre Hand doch glatt auf kürzestem Wege durch den Zwischenraum dort an, wo meine Eier auf meinem Schenkel liegen; aus dem kugeligen Aufblitzen sexueller Reaktionen wird männlich-sexuelle Verfügbarkeit, oft eine komplizierte Materie.

Manhattan ist der richtige Ort für Sexualität dieser Art – Sexualität ist abhängig vom Ort ... Sie und ich, wir, sie träumend und ich halluzinierend, befanden uns in unvollständiger Übereinstimmung – und in Rebellion wider das gewöhnliche, unsexuelle Leben. Oder aber, wir träumten im Tandem. Wir geben einander Hinweise – mit unserer Atmung – auf das, was wir fühlen; wir widmen uns mit erschrekkender Hingabe der gegenseitigen Erziehung; sie ist fast wach; wir haben nun ein zum Fürchten erweitertes Sensorium gemeinsam, einen erweiterten Wahrnehmungssinn, binokular – zweibeseelt, unbestimmten Geschlechts, nicht wohlerzogen ... Was *bindet* uns? Eine unheimliche sexuelle Übertragung. Die beunruhigende Rivalität verschiedener Bewußtseine? Die affektdurchsetzte Wirklichkeit von Nähe? Wie auf einem Schulhof?

Die Überlappung (und Abhängigkeit) in diesem Moment – bewußter Mann, halbbewußte Frau – war so eigenartig, daß ein innerer Berater mir warnend befahl: *Nicht hinsehen, nicht hinsehen.* Ich war an einer Grenze des für mich sexuell Erträglichen angelangt, wie ein Chirurg in seiner Lehrzeit, der in einem Krankenhaus bei einer Operation zusieht und mittun möchte, in dem grellen, scheußlichen Licht dort, der sich verflüssigenden Realität, bei der Beleidigung, der Grenzverletzung, der Aufdringlichkeit.

Bist du das wirklich, Wiley? Du bist unmenschlich ... Vor der Geburt, in der Symmetrie der funkensprühenden Dramen zwischen Mutter und Kind, inmitten ihrer unermeßlichen Nervenreaktionen auf mich, war es eine Frage, ein Realproblem, ob ich menschlich sei oder nicht. Die neuronale Unbeirrbarkeit beklommenen Verlangens, das schwanke Anfluten und Abebben von Atmung und Körperbefinden, die plötzliche Erwärmung im Begehren, dessen Anschwellen, das des erwidernden Begehrens – der pulsierende, gemurmelte Reim des Vereintseins ... Es ist nicht geheuer, geträumt zu werden, gehört jedoch zu dem «Witz», daß ich, wenn sie erwacht, hier in meinem Körper sein werde, und nicht verscheucht wie eine Gestalt im Traum.

Und daß sie im Schlaf eines Minimums an Plausibilität bedarf, nötigt mich zu nichts. Auch nicht die rätselhaften Erzählformen ihrer Träume. Ich bin geistig von ihr unabhängig, ihre Phantasie ist mir fremd – ich bin real, verdammt noch mal.

Schlaf weiter. Schlaf weiter, Ora.

Diese bestimmte Nacht ereignete sich, nachdem ich begonnen hatte, berühmt zu werden – nein, ich hatte begonnen, bekannt zu werden, nur bekannt. Daß sie mir meine autonome Hitze stahl, um damit den halluzinierten Liebesgeschichten ihrer Halbträume oder Träume, jener bizarren Gärten, ein Minimum an Plausibilität zu verleihen – daß sie mich stahl – für ihr Leben – in der Phantasie – warum wohl wurde das für mich zur offensichtlichen Herausforderung von ihrer Seite? Das farngleiche Gemurmel dagegen, die Phasen von Auflösung und Disproportionalität in der Metrik ihres Atmens als Schläferin bezähmen mich. Die halb dahingeschmolzenen Mauern meiner Unabhängigkeit spiegeln die lächerliche Reimwut der murmelnd sinnlichen Grammatik wider, über die ich mit früheren Ereignissen meines Lebens verbunden bin: die unwahrscheinlich unplumpe Musik der Bindung eines Säugetiers an einen Ozean, salzig und pulsierend – durch Teilhabe am selben Blut, an derselben Hitze – Bindung an etwas jenseits jenes Ozeans und jener Hitze Existierendes – ich fürchtete mich davor – vor uns ... vor ihr. Ich war hochmütig und schwitzte ... ein komischer Snob ... und in alldem heimisch – oder mit ihr halbwegs darin heimisch. Ich fürchtete mich nicht und fühlte mich nicht sonderbar. Partiell erigiert und gleichsam breiig-seimig erhitzt, höre ich Ora atmen – und denke, daß in dieser Affäre ihr Mund und Körper halb mir gehören – sie werden mit mir geteilt. Ich kann tun, was mir gefällt – einerseits.

Wenn sie noch ein bißchen wacher wird, muß ich mit der Gegenwart ihres Willens zurechtkommen. Damit, daß wir wie Holland sind, uns mit prächtigen Mauern dem Willen und den historischen Wahrheiten anderer auf der Welt verschließen.

Ihr Körper, ihr Mund und ihr Schlaf sind zur Hälfte mein Körper, Mund und Schlaf – ich atme laut, ich seufze geradezu, um mich aufzuspüren, mich zu identifizieren und zurückzufordern. Man hat es mit Marschland zu tun; getreulich bewirtschaftet man eine schilfreiche Mischung aus Land, Meer, Himmel, ein sumpfiges, unklares Gelände. Ich habe meine eigene, unabhängige Basis – in Sumpf gesetzt. Es ist, als ob ich, oder wir, manchmal, gewissermaßen, in diesem Morast ertränken. Nun atmen wir jeder die verbrauchte Luft des anderen ein – unsere Münder sind sich nah –, und wer immer meint, wir hätten jeder seinen Willen, jeder sein Geschick, der irrt sich. Doch wir sind aufeinander eifersüchtig. Wir sind separate Wesen.

Ihre Träume, ihr Körper mit seiner Kluft, werden buchstäblich von meinem Puls durchdrungen, als ich ihr, die über den Kissen liegt, noch näher komme. Das Tempo ihrer Träume, der Szenen, die sie träumt, ist das meines Atems. Mein Puls ist mit ihren nächtlichen Traumgespinsten verwoben. Wie ich ihre Träume, ihren Körper und unsere *Affäre* empfinde, dieses Gefühl zerreißt mich, zerriß mich; ich empfand feuchte Ganzheit und brennende Verwundung und verschwitzten Stolz und war ob der Gewöhnlichkeit und Besonderheit des Jungseins dem Blutsturz nah; ich verspürte quälendes Kribbeln. Meine nicht mehr unabhängige und nun gerade nicht verborgene Seele zieht Ora mir in mancher Hinsicht, in vieler Hinsicht vor. Ich rückte ihr-neben-mir noch näher und stupste sie mit dem Zeigefinger. Und küßte sie. Und zum Teil *stupste* ich sie mit dem bittenden-und-drohenden Ding irgendwo zwischen den Beinen. Ich stupste sie auch mit dem Knie. Das Faktum, daß ich wach bin, *mein* faktischer Zustand macht mich als Mensch erkennbar anders als sie. Sie setzte sich im Bett auf: jäh. Die Matratze erzitterte und erbebte unter ihr, unter unserem intimen Tun. Schöne Ora. Schönheit besitzt Dimensionen und eine Dauer. Und sie erblüht und weicht zurück, sie verändert sich in der Zeit, rasch, eigentlich in jeder Sekunde; sie ist kein Nullfaktor. Sie ist nicht nur ein Element unter vielen an einer Person.

Unterdrückt, bedrängt sagte ich: «Bist du nicht ganz bei Sinnen? Du bist mal wieder nicht bei Sinnen; du spielst den Kraken – Ora, wenn du das tust, kann ich weder schlafen noch lesen ...»

Ich kann manchmal Dinge schon beim ersten Versuch, sie auszusprechen, sagen ... Ora kann das nicht. In einem gewissen intellektuell-administrativen New-England-Stil verwendet sie leichte Variationen des Tons und des Blicks, um Dinge, die sie früher gesagt hat, mit der Absicht zu verknüpfen, den sie ihnen in der Gegenwart gibt, und sie sagt eigentlich nie Dinge zum erstenmal. Sie strebt von früheren Äußerungen zu späteren.

Sie ist im Halbschlaf. Ich habe sie zu automatenhaftem Leben aufgerüttelt. Sie kommt mit einem Beispiel für ihre Art, wie einstudiert etwas zu sagen, was sie schon neun-, zehn-, elfmal zuvor gesagt hat: «Ich war als Kind zuviel allein, ich will nie wieder allein sein.» Dann sagte sie zu mir, zu *mir*, als hätte ich etwas ganz anderes gesagt als das, was ich gesagt habe: «WAS NICHT TUN?»

«Du liegst im Schlaf mal wieder auf mir drauf ...»

Nicht-automatisch sagte sie: «Ich vertraue dir eben ...»

Dies ist eines von mehreren Dingen, die sie mit Aufrichtigkeit zu mir sagt und die nicht ganz wahr sind.

Ich spüre in ihr – wie ich es tat, als sie schlief und auf mich übergriff und ich sie sondierend und tatenlos beobachtete – ich spüre in ihr eine profunde Leere, tiefe, unermeßliche Abgründe gewollter Ausdruckslosigkeit, die Macht DES NICHTS.

Bei der unnachsichtigen Festigkeit ihres Körpers verleiht ihr die Leere eine wartende Schönheit, Teil eines taktischen Willens, für Abenteuer offen zu sein – für Abenteuer mit

Männern, mit Frauen, mit Ideen –, wie ich ihn nicht haben kann ...

Unwissenheit, als das wandlungsfähige Skelett meines Beobachtungsvermögens, und eine Art von Glauben entsprechen in mir der Deutlichkeit, mit der sie leer und jung ist: steinharte Rücksichtslosigkeit; kalter, nervenstarker Wille: als Standesperson hat sie eine Erziehung zu Willensstärke genossen – eine Sache der sozialen Herkunft. Ich liebe sie. Ich habe einen starken Willen. Hinter ihrer anmaßenden Schönheit verbirgt sich der außerordentliche Mangel an Demut, der mit den enormen Erwartungen eines Ehrgeizes einhergeht, wie sie ihn hegt – ein Ehrgeiz von so ausgreifender, abgehobener, zwar nicht ungewöhnlicher, aber doch unerwarteter Art, daß er für mich, für dünnlippige intellektuelle Frauen und für andere beleidigend ist; es sei denn, sie erbarmt sich; und darin schwingt eine ererbte (eine vornehm anerzogene) Fähigkeit-zu-herrschen mit.

Was sie ist, spiegelt sich bewegt in mir, so daß wir uns seltsam ähnlich sind, wenn auch verschiedenen Geschlechts – ich bin von Männlichkeit befleckt – ihr Dieb, ein Spiegelbild. Wir sind: ein Liebespaar.

Doch daß wir zusammen sind, beruht auf ihrem Willen: sie ist ein ältestes Kind. Ich habe das Gefühl, für Bindungen an Menschen untauglich zu sein, und verlasse mich auf ihr Urteil, daß ich für diese tauglich bin.

Doch dahinter lag etwas Unerwartetes: MEINE Anmaßung, MEINE Arroganz – eine sonderbare, nicht völlig unwissende *Herrischkeit*, mir von Anfang an eigen: *Diese hier will ich* ... Oder: *Das ist die, die ich immer haben wollte* ... *Und hier ist sie* ...

Einmal, als sie traurig war – ihre Mutter hatte sie traurig gemacht – und ich hatte es noch verschlimmert – ich hatte gesagt: *Erklär deiner Mutter doch einfach, sie soll sich verpissen, Ora* – sagte sie: «Warum sich die Mühe machen zu leben?»

Sie hatte es nicht ernst gemeint, es sei denn als trübe Anspielung auf das schlammige Zeug, das sie empfand. Ich sprach ihr die Bemerkung noch einmal vor – in kaltem Ton, mit starrer Miene, in der Meinung, ich sei der Anlaß dazu, und sie sagte: «Oh, deinetwegen würde ich weiterleben, wenn ich könnte – deinetwegen werde ich weiterleben.» Damals sagte ich: «Nein. Tu das nicht. Ich habe es nicht gesagt, um dich umzustimmen – ich manipuliere Menschen nicht.»

Und doch hatte ich ihr jene Bemerkung gestohlen, nicht als ernsthafte Frage, sondern als Ausdruck für Traurigkeit. Ich stahl mir weite Bereiche meines Lebens bei ihr, so wie ich, bevor ich sie kannte, Dinge und Manierismen von anderen gestohlen hatte; in letzter Zeit stahl ich meinen Ehrgeiz und meine Bereitschaft zu leben vornehmlich bei ihr.

Darum sagte ich nun, *spät nachts*, nachdem ich sie geweckt hatte: «Warum sich die Mühe machen zu leben?»

Nicht einmal mir selbst war klar, was es zu bedeuten hatte, daß ich sie neckte, oder ob ich so dringlich verstanden werden und willkommen sein wollte, daß ich die Bemerkung einfach wie eine warme, scherzhafte verwendete, um sie zurechtzuweisen und willkommen zu heißen, um ihr eine Erwiderung zu entlocken.

Sie haßte männliche Ichbezogenheit. Und männliche Unbeholfenheit. So wohlerzogen jedoch, wie man es in Amerika nur sein kann, begegnete sie Männern nicht mit deutlicher Eifersucht – nun ja, vielleicht Männern, die ohne ihre Hilfe erfolgreich und *potent* waren. Mit so etwas wie lästerlichem Hohn und edler Geduld schuf sie Raum für das, was ihr an mir (als einem Mann) mißfiel, Raum in mancher Hinsicht und bis zu einem gewissen Grad – und darin bestand zum großen Teil das, was sie *LIEBE* nannte. Ich hätte es damals nicht formulieren können, so jedenfalls nicht, aber ich wußte es, wußte es mit allen Fasern meines Körpers und hielt es nicht für *LIEBE*. Ich nahm es als chemisch erzeugten Seelenqualm zur Kenntnis. Ich war sicher, sie wisse es auch. Bevor sie

Raum für mich schaffen konnte, begann ich zu lachen, mit der fast pausenlosen, gelegentlich manisch-irren Heiterkeit, die ich-mit-ihr-zusammen verspürte – und die nicht wenig Enttäuschung enthielt. Ich lache oft, wenn die Wirklichkeit mich komplett verblüfft. In mancher Hinsicht bin ich alt für mein Alter, und in anderer Hinsicht ein Kind.

Dieses Lachen war kurios und baritontief – musikalisch raffiniert und bezwingend – sexuell, wie ich, noch während ich lachte, begriff.

Sie sagte: «Was ist los? Warum lachst du?» Sie war sexuell gerührt davon – gerührt? Wie von einem zuckenden Löffel.

Aus dem komplizenhaften, halb aufgehobenen, vertrackten Antagonismus heraus, der damals bestand, fragte ich: «Sind wir *normal*, Ora?» Noch immer lachend, das Lachen ein wenig künstlich forcierend, verlängernd – partiell war es echt – ich stellte es gleichsam geschönt zur Schau – ich wollte *ernsthaft* sein, aber seit der College-Zeit konnte ich mich Ernst gegenüber einfach nicht mehr anders als ironisch verhalten. Ernst kam mir unanständig vor ... zu sexuell. Erpresserisch.

«Nein, wir sind nicht normal, wir sind Glückskinder», sagte sie mit ihrem Akzent der herrschenden Klasse, ganz die künftige ältere, vielleicht blendend aussehende Dame mit schmalen Flanken, der die Welt untertan ist ... modern ... wohl wissend um die sexuellen Tendenzen von heute – jetzt ziemlich wach, mit weitgeöffneten Augen; wendiger, als ich es war, vielleicht flinker.

Vielleicht falscher. Ich höre ihren Atem dumpf und rauh innen an ihrer Kehle entlangschürfen wie an einem ungehobelten, faserigen Brett – sexuelle Erregung bringt das zuwege. Bei ihr. Sie mißbilligt sexuelle Spiele – *ausländisches Oh-là-là* –, Verkleidungen und dergleichen, weil für ihr Gefühl (oder nach ihrer Meinung) das Sexuelle genügend Sog oder Magnetkraft oder Schwerkraft oder Macht besitzt, Schwache zum Tanzen zu bringen, und wahrer Sex, die wahrere Sexualität, in der sozialen Identität, im bettlerhaften Zurückweichen, Rückzug oder Abdanken zugunsten von Schlichtheit liegt – sie sehnt sich nicht nach Requisiten oder speziellen Kenntnissen, die der Herbeiführung von Tagträumen oder Halluzinationen dienen ... Vielleicht auch sicherheitshalber nicht, oder als Test: als Experiment – unternommen aufgrund sexueller Erfahrung mit Requisiten, mit der Verbannung von Gefühlen und der daraus folgenden Unterordnung unter die Autorität des Regisseurs. In ihrer Familie ist sie das ältere Kind: *Mach es mit dem Körper – oder laß es bleiben,* hat sie gesagt – theoretisch, als Sexualtheorien zur Diskussion standen. Ich hatte keine These dazu vertreten. Ich bin fasziniert und *angeregt* von Leuten, die ihr Leben und ihre Momente eigens sexuell kostümieren – doch das schließt jemanden mit ein, der als Verkleidung Schlichtheit und Direktheit bevorzugt, wie Ora. Was uns betrifft, sie und mich, so geht sie in gewissen Dingen voran, nicht als kommandoführender Offizier, sondern als Pfadfinder, als jemand mit Erfahrung und feinen Nervenenden, dessen Urteil in unserem Gesamturteil aufgeht und oft den Ausschlag gibt: es steht jedoch jedem von uns frei, allein oder mit dem anderen das *Kommando* zu führen ... Wir klären das unterwegs: auf dem College war dies eine verbreitete Form der Beziehung, mit Ausnahmen unter sehr reichen und auch unter sehr defensiv eingestellten Studenten, bei denen die Entscheidungsgewalt für das Paar einem oblag und nicht beiden. Lautlos, wie sie in einem dunklen Zimmer gegen Möbel stößt (oder sie meidet) – sie geht mir in verdunkelte Räume voran, weil sie im Dunkeln besser sieht als ich und Gegenstände fledermausgleich durch hohes, leises und ebenmäßiges Atmen ortet, dem sie eine schrille oder pfeifende Schärfe gibt; sie geht nicht immer voran; manchmal fürchtet sie sich, und ich gehe voran; doch eine unserer (achtundzwanzigtausendzweihundertundvier) Vereinbarungen besagt, daß sie wählen kann, wann sie im Dunkeln vorangeht und wann sie folgt; und dieser Moment jetzt, spät, im Bett, da sie eben erwacht ist, zählt als ein Moment im Dunkeln; und sie regt sich, mit warmen Flanken, als Erscheinung so machtvoll wie eine Löwin oder ein Pferd – oder wie eine Kuh im Sinne von Hera, der kuhgleichen Götterkönigin bei Homer – im Bett.

Ich kann hören, wie sie lautlos gegen die Gedanken über Sexualität und uns stößt, mit denen sie innerlich möbliert ist; und – ich kann hören, wie sie überlegt – sie beschließt, die Führung zu übernehmen.

Ich höre, daß ihre Überlegungen da sind, summen, kreisen und vorrücken, wie es in ihrem Kopf brummt und denkt während der strikt unbestreitbaren Vorwärts- (in gewissem Sinne vorwitzigen) Bewegung der Kraft, die jetzt gerade nichts in mir ignorieren kann; und um die herum die scheinbar unbewegten, steinernen Gedanken versammelt sind, oder die Schatten steinerner Pfeiler und Endzustände von Gedanken – es ist, als wäre sie, teils heidnisch und kuhgleich wie die Königin Hera, zugleich auch Milchmädchen oder Kindfrau, doch jedenfalls stellt sie ihre Berechnungen in einer Kathedrale an – farbiges Glas, edle Bogen und Dreiblattverzierungen, die endgültige Gestalt eines Waldes, als Absolutum gesehen, in Stein ... Wahrlich unpassend für das streunende libidinöse Denken und für sexuelle Hitze.

Ich spüre es. Oder erfinde es, während ich irgend etwas spüre. Meine eigene Sexualität ist ein wenig geronnen oder untergetaucht oder in einem Labyrinth oder hinter einem Kombinationsschloß verschanzt; und ihre schließt es auf; oder schafft die Stufen, auf denen es emporsteigen kann, dieses süß stinkende Ungeheuer, dieses semi-archaische Schmuddelding oder was immer es ist.

Oder ihres wälzt sich auf dem Boden der Kathedrale, und ich beobachte es und sehe meinen eigenen Körper dort liegen; und es erhebt sich und kommt herüber und dringt in meinen wachsamen Körper hier ein. «Hallo, du», flüstere ich ihr ins Ohr. Ich sage es so unhörbar, daß sie eigentlich nicht wissen kann, was ich sage, doch irgendwie weiß sie es. Der

Hauch der Silben, die Gestalt oder Form der rhetorischen Figur kitzelt sie – als streife sie der Wind.

Vielleicht beschnüffeln sich unsere Geister auf irgendeiner Astralebene ... Vielleicht sollte ich sagen, sie schnüffelte an meinem Geist und weckte mich ... Ich werde oft – wenn Sie mir dies verzeihen können – als sexuell akzeptable Erscheinung betrachtet – von manchen als ideale ... Leute starren mich manchmal auf bestimmte Art an. Daran ist vieles Einbildung, sexuelle Halluzination, semi-absurdes Zeug, und manches nicht; unter anderm sehe ich danach aus, als sei derjenige, der mein Leben geführt hat, ich.

Nun, viele von Oras Gedanken, diejenigen, die in ihr die stolzesten Plätze einnehmen, stammen aus Büchern, einige aus Gesprächen; aber eine Menge davon stammt aus Familienbesitz – aus Familiengerede, nehme ich an –, von ihren würdigen Großmüttern, ihrem Vater und ihrer Mutter, von ihren geschwätzigen Tanten und unbeirrt tönenden Onkeln – was eben Familienflüchtige sich unter einer Familie vorstellen, oder was ein Waisenkind, ein Jude sich darunter vorstellt: sie selbst hat von sich gesagt, sie sei eine Frau mit Überzeugungen.

Vornehmlich und *wunderlicherweise* scheint mir jedoch, daß sie und ich, weil wir jung sind, weil wir zusammen sind, trotz aller Gedanken und so fort zunächst einmal *noch-nichts* sind, null, das unverkleidete, körperlich greifbare, schlaue *Nichts* ... Unsicherheit und Willenskraft ... Willensfrische ... frühlingshaft blühendes Nichts ... In mir spiegelt sich ihre Leere wider. Ein bißchen beschmutzt auf beiden Seiten; dazu Nervositäten, Hoffnungen, Erfahrungen miteinander: ein bißchen schreckhaft, sprunghaft – wie junge Panther – oder so; wild, manchmal ein bißchen wild.

Sie sagt nun, wie schon öfter: «Bei dir ist nichts sicher, du bist ein unsicherer Geselle», aber sie verschmilzt mich mit Dunklem, mit männlichem Willen, mit der sexuellen Geschichte der Spezies, mit dem, was sie vor dem Aufwachen geträumt hat, und mit allerlei Dingen, die sie ohnehin in sich hat und die nichts mit Träumen gemein haben.

Ich fahre zusammen, zucke, werde um einen Potenzgrad steifer – was ich zu schätzen weiß, was mich zum König macht (wie auf der letzten Felderreihe des Schachbretts) – und worin ich mich wacklig fühle, wie auf einer einzigen Stelze: all dies innerhalb der seltsamen Blase von Wirklichkeit, die dadurch entsteht, daß man mit seiner menschlichen Potenz gewissermaßen demokratisch verfährt – das heißt, riskanter, weniger willensbetont, als wenn ich kostümiert wäre, im Rollenspiel echt wütend brutal und selbstbewußt auf eigene Faust unterwegs, ohne sie.

Daß dies, so gesehen, eine freie Erektion ist – frei wie in: ein *freies* Land – und eine gemeinsam erlebte – und *angenehm* – aber natürlich korrupt und auf allerlei Tauschabkommen und Ungerechtigkeiten beruhend, das erigiert mich noch mehr – ich spüre das Drängen der – gekoppelten – Kräfte, mit so etwas wie Kopplungshitze, oder unter der fast-heißen oder flammenerhitzten Kopplung dessen, was man sexuelle Effekte nennen könnte – der Macht etwa ihrer Augen, nun da sie geöffnet sind, dann ihrer entblößten Brüste, die für Verletzlichkeit und Stolz stehen, und des Dings zwischen ihren Beinen, das der Schädeldecke einer kleinen Katze gleicht und sich katzenhaft regt: eine Halbinsel von Fast-Bewegtheit, in der alles sich regt: der Wind der verstreichenden Zeit lüpft uns, bläst, weht – liebkost uns, als dösten wir in einem Zug vor uns hin und ein Unbekannter oder all die Unbekannten dort küßten und streichelten und beäugten uns ganz sanft. Ich fühle mich mit meiner Größe, meinem Aussehen (wie gut auch immer), meinen sexuellen Überzeugungen, meinen sexuellen Rhythmen und Ansichten über das Kommen, meinen sexuellen Tiefen von diesem eigentümlichen Wind unsichtbarer und *fremder* Beachtung dazu auserwählt, mich darzustellen, *sexuell* darzustellen ...

Die Fremdheit ist natürlich auch in mir ... Ich befinde

mich am Rand einer Halbinsel meiner selbst: ich schnaube und rotiere innerlich, ich warte auf meinen Auftritt und möchte zugleich, als Publikum, die Darbietung hier sehen und mitempfinden.

Oras Augen – Wimpern, beinerne Höhlen, der warme, starre, leicht ölige Blick – begegnen meinen, die – hinter einer Maske verborgen sind, soweit ich selbst weiß, wie sie blicken; er ist mittelscharf, ihr Blick, so jedenfalls fühlt es sich von innen an – ein erektiles Aussichtsgebäude, das so etwas wie einen Sender-Empfänger oder Wellenverstärker in ihrem Gesicht berührt, in ihren fast warmen Augen.

Hauchend sagt sie: «Kinder sind vor dir nicht sicher ...» Kein rarer Satz meiner Erfahrung nach, ein koketter Satz, eine Lüge, sexuelle Schmeichelei: etwas, was sie schon zu anderen Männern gesagt hat; was andere Frauen zu mir gesagt haben. Sie lächelt im Schlafzimmerlicht, löscht die anderen aus der Erinnerung aufgetauchten Augenpaare.

Ihr Lächeln ist eine Leistung – ohne Eile, voll Spannung, schauspielerhaft-amüsiert.

Viele Männer sind in sie vernarrt gewesen – verliebt gewesen. Ältere Männer; einige davon berühmt ... Jüngere Männer. Fähige Männer. Als mir jemand einiges über ihre Vergangenheit mit diesem oder jenem Mann verrät, sagt sie zu mir: *Ich war ein Objekt für ihn – ein Teenager als Trophäe* ... Nie gibt sie zu, daß sie Sammlerin gewesen ist; aber sie hat Anwandlungen, in denen sie, ein bißchen Hollywood-artig, bekennt, Abenteurer-Abenteurerin gewesen zu sein, Erforscherin des Dschungels und in diesen wie auch in anderen Dingen ein Tarzan in Mädchengestalt.

Sie hat sehr schöne, nicht zerbrechlich wirkende Hände – die sich überhaupt nicht wie Waschbärpelz anfühlen und auch nicht jungenhaft: ihre Augen, ihr Hals und ihre Hände sind die einer Frau, die jung ist nach Art mancher Filmstars, die alterslos zu sein scheinen, ohne sozialen Hintergrund und ohne soziale Grenzen.

Sie ist ein unbehaarter großer Teddybär und ihrer Wirkung nach große Filmschauspielerin und teilweise dominante skandinavische (oder deutsche) Kinoschönheit – deren eigenartige, unanimalische Autorität besitzen ihre Hände: wenn sie mich – wie seltsam das doch ist – an den Beinen, am Unterleib, auf der Brust berühren – verbinde ich nichts Animalisches damit, sondern die Überreichung eines Schmuckstücks – in einem Dschungel – oder dominante Gefährtenschaft: die eher kleinen Hände eines intelligenten Mannes mit analer-und-oraler Fixierung irgendeiner Art: so ist es für einen Augenblick.

Dann, als sie meinen Atem, meine Augen, meinen Blick spürt, der von ihr zur Schlafzimmerwand streift, mit einer gewissen Verlegenheit über ihre sexuelle Natur und ihre sexuellen Erfahrungen, die dazu geführt haben, daß ich ihre Berührungen auf diese Weise empfinde, und sobald ich mich mit dem Blick wieder in die Seltsamkeit unserer *freundschaftlichen* (nicht melodramatischen) Sexualität vertiefe, wird sie *spröde-aber-offen*, so animalisch wie ein Filmstar, der diesen Stil pflegt und skandinavische Vögeln gleichende Hände besitzt, kalt (oder kühl) exotisch.

Dies ist eine Empfindung, eine Wahrnehmung, die eine Form besitzt – für die ich Worte und zu der ich eine Meinung habe.

Sie nimmt es sehr ernst, gevögelt zu werden – als Kompliment und als wirklich üble Beleidigung, als beides gleichermaßen; und von der Verknüpfung von beidem und vor allem davon, daß ihr zumeist beides vor Augen steht, geht eine eigentümliche Strahlung von Flirt aus, von Vorspiel; und zwar nicht im Scherz, sondern als Form von Potenz oder von *Schönheit* der Potenz ... Oder von Wahrheit ... Und sie reagiert sehr flink darauf, wie du es aufnimmst – daß sie mit dir bumst, wobei «du» hier für den jeweils-offiziellen Bumser steht – und sie kann all ihre Gefühle hierzu nicht anders ausdrücken als in Posen, und die Posen strahlen jene Ambivalenz aus, ein Vibrieren zwischen zwei Polen, so daß sie nicht eigentlich ehrlich sein kann: sie ist erst auf die eine Weise ehrlich, dann auf die andere; und während des Wechsels stellt sie in der Kathedrale ihre Berechnungen an – sozusagen.

Sie sagt *schmeichelnd*: «Beim Allmächtigen, bei uns ist nichts sicher, bei dir und bei mir ... So sind wir nun mal, Wiley ... Wir müssen aufpassen, wir müssen uns gut benehmen ... Wir müssen beide aufpassen, daß wir uns dem anderen gegenüber gut benehmen ...»

Sie legt gern das Gesetz fest. Sie erteilt gern Lektionen. In mancher Hinsicht hat sie die Seele einer Schuldirektorin. Ihr Vater, ein Mann, der zu reden verstand – er sprach, wie ein Absolvent der berühmten Privatschulen und seines College reden würde, wenn er es darauf abgesehen hätte, für Redegewandtheit bekannt zu sein; er hatte den Ton einer bestimmten Gesellschaftsschicht; und er war zugleich irgendwie der Kinotyp des Bodenständigen, irgendwie der ehemalige Journalist und Lobbyist, jemand, der den ganzen Klassenunfug partiell aufgegeben hatte –, hatte gesagt: *Wir haben in unserer Familie keine Religion mehr, wir haben nur einen beharrlichen Glauben* ... Beharrlichkeit im – *Glauben an etwas: zum großen Teil Glauben an uns selbst: wir bringen es in der Welt ganz hübsch zu was – und das nun schon seit einer Reihe von Generationen ... Meine Vorfahren waren zweihundert Jahre lang Geistliche, und dann kam die Erleuchtung über sie, und sie wurden reich – da haben Sie den Calvinismus, wie er im Buche steht ... Ich würde sagen, meine Tochter leidet unter der zutiefst nihilistischen Bereitschaft zum Leben um jeden Preis – verstehen Sie mich? Sie zählt Selbstmord mit zu den Abenteuern ... Und ein gebrochenes Herz auch ... Wir haben viele, viele Traditionen, die wir abgeworfen haben; wir haben ein paar Traditionen, an denen wir festgehalten haben; wir haben eben einen Namen und hätten ihn auch dann, wenn wir versuchen würden, ihn loszuwerden ... Wir haben Fähigkeiten, das liegt uns im Blut, freilich nicht allen in der Familie, das muß ich sagen. Wir finden in der Welt eine gewisse Anerkennung ... Uns selbst sind Familie oder Besitz nicht wichtig ... Wir sind lediglich Leute, die auf ihre Art Geschichte erfahren haben, ihren Platz in der Geschichte haben ...*

Ihre Familie? In gewissem Sinne besitzt sie keine. Offenkundig ist sie sehr familiengebunden. Sie läßt sich von ihnen allen nicht das mindeste befehlen. In ihrer Leere pulsiert die außerordentliche Isolierung durch ihre ganz außerordentliche Schönheit – Sie brauchen mir nicht zu glauben, daß sie so außerordentlich schön war: Sie können auch abwarten und sehen, wie sie es empfinden. Die Geschichte ihres Aussehens ist die Geschichte von Ereignissen, die nur in ihren Tönen zu erzählen ist – die Geschichte ihrer physischen Wirklichkeit. Sie besitzt den entsprechenden Charakter einer Festungswehr, wie man sie bei Blasphemie und Distanziertheit erwarten würde: Nihilismus, Bildung, Stärke und Bereitschaft – einen Nihilismus, wie er einer außerordentlichen Schönheit eigen ist – *die Menschen sind keine sehr guten Schauspieler*, hat sie mir erklärt –, somit nicht einen Nihilismus, wie er damals Mode war.

Aber ich kann sie nicht nihilistisch sein lassen, wenn ich von *ihr* abhängig bin ...

Gott o Gott Gott o Gott Gott ...

Sie sagte: «Magst du denn Nähe nicht? Ich hasse es, allein zu schlafen – (*uh, äh*: sie stieß kurze, gutturale Laute aus) – meine Träume quälen mich ...»

Sie hat gesagt, sie mag es nicht, wenn sie gelobt wird, weil die Leute Lob oft benutzen, um einem unfair Verantwortung zuzuschieben. Wir loben einander nicht, sie und ich. Dafür gelingt es mir zum Beispiel nicht, an ihre Qual zu glauben – das ist eine Form von Lob. Und sie glaubt an unser Glück und daran, daß ich menschlich bin – das ist eine Form von Lob. Sie sagt: «Ich habe geträumt, ich habe von Joe Stalin und Casanova und von einer Kakerlake geträumt – von Mozart – er war irgendwie kakerlakig – ich mag ihn nicht. Vor Stalin hatte ich Angst. Lillian Hellman erschoß Charles de Gaulle mit einer Pistole, die sie in ihrem Po versteckt hatte ...» Ora stellt ihren Blick unscharf, während sie ihren Traum aufsagt oder erfindet, während sie sich – possierlich, vorsichtig – wieder auf mich legt. Ich beginne zu lachen. Ich packe sie an den Armen. Sie klingt nicht besonders kohärent, wenn sie ihren Text nicht einstudiert hat – wenn sie etwa einen Traum erzählt. Wenn sie einen neuen Traum erzählt, driftet sie oft ab und erzählt einen alten, für den sie inzwischen halbwegs kohärente Formulierungen gefunden hat. Sie sieht ihren Traum erneut vor sich, wenn sie ihn erzählt, und er weigert sich, Präsenz anzunehmen; er löst sich in Erinnerung auf, es ist, als würde man in einer leeren, ein wenig grausamen Kohärenz ertrinken. Sie kommt nicht umhin, den Traum gemäß dem linguistischen Umstand, daß sie über ihn spricht, zu verändern, damit sie nicht in Kohärenz ertrinkt, sondern es vielmehr schafft, ihn, ein wenig unehrlich, zur Schau zu stellen. Sie mogelt. Ich glaube, daß man für das Lügen oft einen entsetzlichen Preis bezahlt – daß sie für ihre Blasphemien einen entsetzlichen Preis zahlen wird. Ich wünschte, ich könnte sie so einschüchtern, daß sie ehrlich würde. Ich fühle mich von ihr benutzt. Es macht mir nicht viel aus. Es macht mir eigentlich nichts aus. Es macht mir langsam etwas aus.

Und so schiebe ich sie, in aller Undeutlichkeit, Glied um Glied, runter von mir.

Sie lacht ein bißchen, und unwillig fügt sie sich.

Sie sagt: «Sei mir nicht böse wegen des Traums ...» Ganz Komödiantin von New-England-Rang, macht sie ein possierliches Gesicht; kein Schamgefühl hindert sie daran, die *Demütige* zu mimen ... Sie sagt: «Wenn du nicht so fasziniert von mir wärst, würdest du mich weniger mißbilligen ... Zum Glück bin ich stark ... ich bin der starke, geduldige Typ ...»

Ich wälzte mich von ihr fort und legte mich an den Bettrand, auf meiner Seite.

Sie sagte – nebulös –: «Nun ja, es wirkt wahrscheinlich kathartisch ...»

«Wie mir das doch gefällt, wenn eine Frau große Wörter in den Mund nimmt», sagte ich.

«Wörter erregen mich auch», sagt sie träge, ohne Erregung. «Können wir nicht nah beieinander liegen?»

«Klar ... Mmh ... Warum nicht?»

Sie dreht sich auf die Seite und beginnt – wie macht sie das – über die Laken zu mir herüberzugleiten ... Ganz plötzlich ist sie da. Ich bringe sie mit einem Finger an ihrer linken Titte zum Halt – *Tittchen* sagt sie dazu –, die ziemlich weich ist, ein bißchen bombenförmig. Ich führe den spitzen Finger zu ihrem Brustbein, zwischen den Brüsten. Ihre Furchtlosigkeit hat mich schon immer beeindruckt.

«Du magst mich nicht», sagt sie.

«Du magst mich nicht», sage ich. «Ich bin nur gerade verfügbar ...»

«Das ist nicht wahr», sagte sie.«Du bist so unverfügbar, daß es einen graust ... Oh, Scheiße, ich weiß nicht, wie ich mit dir über Dinge reden soll, denen du nicht ins Gesicht sehen willst ...»

«Denen ich nicht ins Gesicht sehen will? Du bist doch diejenige, die Illusionen so wahnsinnig liebt ...» Ich bringe mein *Gesicht* näher an ihr Gesicht; «Ich sehe dir ins Gesicht», sage ich. Wir liegen Angesicht-zu-Angesicht im Bett, in der *Nichtigkeit* unserer Halberklärungen – unseres Halbverstehens. Unserer seltsamen Semi-Unwissenheit, süß, aber beängstigend – ich werde auf andere Art steif, ein weiteres Mal; *er* berührt sie dort unten ... Es ist ein Moment wie in einem Traum, in dem man in einen dunklen Luftstrom hineingleitet und nicht weiß, ob man Flügel besitzt, was für ein Traum dies ist und was für eine Art von Geschöpf man ist, welche Regeln für einen in dieser Sequenz gelten ...

Keiner von uns blockiert völlig den Willen des anderen – also ist diese Phase *wirklich* traumgleich. Die Fremdartigkeit – aus ihrer Sicht – meiner Träume, und ähnlich die ihrer Träume für mich – die Tatsache, daß der Duft oder Geruch ihrer Liebe mir unvertraut und der meine ihr fremd war (und somit herb und suchterregend neuartig), und die Wiederkehr der Erfahrung, seinen Willen zu bekommen, sind etwas ungemein Erdrückendes – die Schein-gefiederte Brust eines Schwans? Eine Venus-Sache? Aus der Kindheit, als für menschliche Körper und ihre Kräfte andere Maßstäbe galten, hat man noch ein Gefühl dafür, daß Körper riesenhaft sein können – was zugleich fatal und wohlvertraut ist ... Es ist auch überaus sonderbar.

Oh, du gigantische, reife Leere. Du. «Du reifes Mädchen», sage ich: ich kann mich relativ weltläufig ausdrücken.

«Du holst das aus mir raus, Wiley ... Das gehört zu den Dingen, die ich an dir mag», sagt sie.

Es herrscht hier ein als Wärme getarnter Terror. Was dieser Sache hier immanent ist – das sexuelle Zeug –, frißt einen, wie es ein Wal in einer Geschichte tun könnte. Oder ein Ungeheuer in einem Mythos ... Entführung und Eifersucht: sie könnten die Sache unterbrechen oder sich aus ihr ergeben; Wut, Wahnsinn, Kälte, Metamorphose ...

Besänftigte Eifersucht. Gestillte Wut. Beinahe beschwichtigter Wahnsinn. Zerfetzte, geschlagene Geschlechtslosigkeit. Oder wir, einander gestohlen von perversen Begierden, durch das Dazwischentreten eines Dritten; oder die Vergangenheit könnte zwischen uns treten, oder der Gedanke an Geld (fast immer hemmt er mich innerlich für ein paar Momente), die Erinnerung an Untreue – die Zerbrechlichkeit von Nähe – all die Möglichkeiten, die es gibt, gestohlen zu werden, wie es in alten Romanen und in Filmen passiert, gestohlen von Ideen, anderen Geliebten, Krankheit, Furcht vor dem Leben, Furcht vor einander, Tod, Selbstopfer ... Daß ich mir hier mit dem etwas beängstigenden Allzweckschlenker komme, manche Sachen passierten ja am Ende doch nicht, ist eine flüchtige, verschwommene Geschichte für sich ...

Oras Gedanken, ihre Ängste vielleicht, waren andere. Sie

waren ehrgeizig – im Bereich der *Begierden* und von Dingen, die von Kindheit an mit *Neid* zu tun haben, ihres Regelsystems als Frau, ihrer sexuellen Methoden – «Ich breche sämtliche Gesetze», hat sie gesagt. Intellektueller Widerstand gegen Absichten, die nicht die ihren sind? Eine Angst, die auf eine Französische Revolution gegen Masochismus hinausläuft – in ihr und in anderen? Ich bin dumm und sentimental und nicht auf ihre Art weltläufig – und nicht so interessant als sexueller Rebell – alles in allem bin ich verkrampft und bezweifle, daß wir *Große Liebende* sind ...

Nur partiell vermochte ich mich als den Geliebten ihrer rebellischen (und faustischen) Wahl zu sehen, als *den-der-dich-bumst* – «du» gleich Ora; aber ich vermutete, so sollte ich mich sehen; wenn ich es jedoch tat, erregte es mich auf eine bestimmte, rohe Weise; und Ora wirkte selbstgefällig; und beim Sex wurde es kurios.

Sie wußte, daß wir dadurch, daß es uns gab, andere bestraften – ich «verstand» das nur unter dem Aspekt von Nervosität. Sie wollte, daß wir uns versteckten – Menschen mieden. Einen Ort der Stille bewohnten. Daß wir reine Liebende wären, gereinigt, erlöst durch Stillschweigen. Meine emotionale und sexuelle Feigheit davor vergiftete mich irgendwie ...

Ich meinte, daß wir der Definition durch andere bedurften und daß sie sich täuschte, uns aus Stolz so sah. Partiell empfand ich es so. Dennoch schloß ich mich ihr an; stimmte ich ihr zu – es hing von der Tageszeit ab und vom Wochentag und davon, wie sie ihre Haltung im Verlauf der Tage modifiziert hatte; ich mißtraute ihr. Stehe ich ihr von Angesicht zu Angesicht gegenüber, bin ich durchsetzt mit lauschenden Zonen – die auf weitere Informationen von ihr lauschen – in ihrem Lächeln nach Vorzeichen forschen wie in den Eingeweiden eines Lamms; es war ein Geschenk, als gewinne man auf einer Ausstellung eine Medaille (als das fetteste Schwein), wenn man in einem Augenblick wie diesem ihr undurchsichtiges Lächeln erlangte. Für mich war es vor dem Sex ganz anders, wenn sie keine undurchsichtige Miene trug. Daß sie mit mir zusammen war, hieß nicht eigentlich, daß sie sich auslieferte. Sie war nicht immer auf uns versessen. Sie wirkte schläfrig, doch in dieser Schläfrigkeit verbarg sich ein rares Element von Wachsamkeit, von irdischer Zielstrebigkeit, als wäre sie durch ihre kalten Festungsträume umdefiniert, als wäre die heiße Festungsluft aus ihr verflogen und als bestünde die Besatzung ihrer Garnison nun, da Sex im Anzug war, aus Gedanken und Witz und den geisterhaften Überresten ihrer Träume.

Ich stelle mir ihre Träume als von ihrem Willen heraufbeschworen vor, als heimliche faschistische Akte der Andacht vor dem Altar ihrer Armut als Frau in einer von Männern dominierten Welt. Ich habe den Trick, dies in ihr anzuerkennen, so daß sie sich mit diesen Empfindungen nicht allein gelassen vorkommt. Ich will nicht so tun, als nutzte ich sie aus, doch das kostet mich einiges an sexueller Präsenz und macht mich merkwürdigerweise mental-gewalttätig – reformistisch ... Eher kumpelhaft als zärtlich. Zärtlichkeit hängt mit Abbitte zusammen – noch habe ich ihr nichts angetan ... Ich versuche nicht, mich anderen Lebensbereichen – wie Ora sie erkennbar erlebt – anzupassen, die ihr mißfallen. Ich möchte, daß sie sich hingibt – sich mir hingibt und mich dennoch erschafft – nicht als Zeichen Gottes, sondern nur *persönlich*. Ich möchte nicht, daß sie von etwas anderem träumt. Ich möchte keinen Wiley-der-Träumer neben mir haben, der sich abmüht, bei jeder Berührung ihre Vorstellungen zu erfüllen; keinen korrigierenden Schatten bei jeder sexuellen Bewegung, jeder sexuellen Regung.

Sie macht ein eigenartiges sexuelles Angebot, das ich liebe – und das sie ängstigt. Sie hat gesagt, daß ich ihre Wesenzüge liebe und meine Ideen zu ihr und nicht sie; sie sagt, das sei in Ordnung; und sie macht das sexuelle Angebot, nicht andere über uns, unsere Rechte, unsere Verdienste als Paar von miteinander Bumsenden oder was immer bestimmen zu lassen; sie hält andere in Schach, wo es um meine Mängel und ihre Vortrefflichkeit geht; sie ignoriert gelegentlich die eigenartig strategischen, mächtigen Wünsche anderer. Eine generelle Befreiung vom Sex aber, eine Idee, die aus schlechten Romanen und miesen Filmen stammt, ist darin nicht inbegriffen; wir sollten nicht bestraft werden, falls wir solches Zeug trieben: das gehört zu ihrem sexuellen Angebot.

Sie hat den Wunsch, kein Pech in der Liebe zu haben; und das liebe ich an ihr...

Wie andere junge Leute, die wir kannten (doch eher solche aus ihrer sozialen Schicht als aus der darunter), glaubt sie, daß ein Leben gewaltige Spannen von «vollkommenem» Glück umfaßt – darum herrscht eine Art Wettstreit. Wettstreit darum, wer tatsächlich solch ein Glück erlangt und in absoluter Seligkeit lebt. Amerikanisch, gerissen, weise, leidenschaftlich...

Diese Ideale, und dann der Platz in der Geschichte und diese Tragödien und dieses großartige Glück – daß einem all das zuteil wird – welche Herrlichkeit ... Und Oras Glieder strahlen sie aus, und sie geht, da ich Ora kenne, auf mein Leben über, verstehen Sie?

Nicht augenscheinlich – und gerade dadurch für mich augenscheinlich ihr sexuelles Angebot definierend – sind ihre dunklen Wutanfälle, suizidalen Depressionen, ihre Verhöhnung anderer, ihre enorme Arroganz gegenüber anderen, eine trübe Vorliebe für die alleruntersten Schichten – dies verbarg sie zumeist vor mir, beschützte mich davor, beschützte das Bild, das ich von ihr hatte; ich meine, in neunundneunzigeinhalb Prozent der Zeit.

Aber irgendwie wußte ich davon. Sie behauptet nicht, ein *guter* Mensch zu sein. Ich halte sie nicht für einen *guten* Menschen. (Über mich hat sie gesagt: *Du bist ein Optimist, Wiley* ...)

Sie sagt: «Du machst ein spöttisches Gesicht... Du solltest dich nicht über uns lustig machen, Wiley.»

Meine Intelligenz ist von anderer Art als ihre, und das bereitet ihr Sorgen: sie rivalisiert mit mir – natürlich ...

«Warum sollen Leute wie wir eigentlich mit Glück rechnen, Ora?» fragte ich.

«Wir schaffen uns unser Glück selbst», sagt sie. Dreist. Wie jemand vielleicht, der ziemlich weit rechts steht und sich für etwas Besseres hält.

Ein Bluff, und aufrichtig zugleich?

Unsere Ideen im Augenblick haben mit unserem sexuellen Wachsein zu tun, mit dem, was wir im Innern der pochenden sexuellen Halluzinationen sind, vermittels einer vielleicht studentischen Weltläufigkeit, die *sexuellen Realismus* gebietet – darf ich das so sagen? Wir benehmen uns beide sexuell realistisch, während wir halluzinieren. Sexueller Realismus raste in mir umher wie ein heißblütiges kleines Tier mit beängstigend feinen Knochen und nervösem Pelz; wie durch Zauberei fraß es an mir, zog seine Kreise in mir und ließ mich dennoch irgendwie in Ruhe.

Da war Ora, jung und (wahrhaft) schön, mit einem Herz, das wie eine unhimmlische Uhr pumpte – biologisch; sie ist in exzentrischem Maße real: *Ora*; und ich bin der Täter, der hier bei ihr ist – nicht ihr erster Geliebter; der, den sie jetzt gerade liebte (wenn *lieben* das richtige Wort ist), falls sie jetzt gerade liebte.

Lassen Sie mich sagen, daß sie ironisch und vorsichtig und mit schrulliger Disziplin liebte und daß sie nicht erwartete, ich würde es bemerken ... sie erwartete von mir, daß ich halluzinierte und Tagträume von *Liebe* oder *Qualen* (oder was immer ich mir wünschte) *höchsten Grades* hatte. Chic betonte sie, wie ungewöhnlich es war, daß ich überhaupt von ihr geliebt wurde ... von einer Nichtjüdin – in Anbetracht dessen, wie GOTT, die Natur und der Mensch nun einmal waren; und dann noch von *einer Frau wie ihr*, genau gesagt von ihr: sie ist in gewisser Hinsicht kühn, eigenwillig, geistig modeversessen.

Ihre Erfahrenheit, ihre Unerfahrenheit in der Liebe, wie ich Liebe verstand, machten mir angst. Ich habe jedoch nur eine Stimme von zweien: sie mag recht haben, ich mag mich irren.

Es war zu real, zu intim, zu gestört durch das Atmen und die *Nichtigkeit*, die Meinungen innewohnt, um angenehm zu sein. Die Nichtigkeit, die einen im Erwachsenenleben erwartet, ist nicht infantil, sondern das Kind, oder der Vater, des Nichts der Einsamkeit eines Kindes im Bettchen, das darauf wartet, hochgenommen zu werden.

Die emotionale Wirklichkeit einer Besatzung von Sklaven auf einem Wahnsinnsschiff aus Atem und Begehren ist ganz schön aktuell. Gewisse Kinoreklamen und gewisse Umschläge billiger broschierter Liebesromane erregten Ora unbillig und zu Recht. Ich sage es laut, um sie zu erregen: «Sind wir eine Besatzung von Sklaven auf einem Wahnsinnsschiff aus Atem und Begehren, Ora?» Es war so billig und so verständlich (sozusagen), wie die Billigkeit der Welt sie nun aufgeilte und ihre Beine lockerte und ihr Öl in die Möse trieb: ich konnte einsehen, daß all das vernünftig war, in biologischer wie metaphysischer Hinsicht: ich konnte spüren, wie sie sexuell reagierte.

Und sie konnte sehen (in meinen Augen etwa, oder an meinen Schultern), was ich fühlte, alles oder einiges davon, denn damals erwachte in jedem von uns simultan, da bin ich mir ziemlich sicher, mitten in gewöhnlichen wie in sexuellen Situationen eine resignierte Trauer darüber, daß wir nun damit geschlagen waren, den anderen in einem gewissen Maße zu verstehen.

Die Erkenntnis, daß keiner von uns beiden gestohlen oder entführt worden war oder eine Metamorphose erfahren hatte, sondern da war und Moment für Moment die Gefühle des anderen zur Welt brachte, daß keiner von uns sich verdrückt hatte, das war schon beachtlich, das Allerbeachtlichste vielleicht ... Mitten in der Nacht in Manhattan.

Deswegen waren wir, glaube ich, eher diplomatisch und höflich, wenn auch nackt und etwas erhitzt, als dramatisch. Mein sexueller Geschmack ist undramatisch. Ihr sexueller Geschmack ist entschieden dramatisch – Kamera-und-Gedächtnis-orientiert. Sie sendet mir das Empfangskomitee ihrer Teilpersönlichkeiten entgegen, ziemlich trocken und ironisch, leidenschaftlich, aber gezügelt (mir zuliebe), üppig geölt und vage wachsam und dennoch schläfrig – es ist schon eine Macht, die sie da besitzt, wenigstens über mich.

Ich war entrückt, verzückt, verschüchtert, geplättet, geschmeichelt, betört – ich triumphierte – war in anderer Weise (noch einer anderen) aufgerichtet. Zum einen war sie jetzt in ihrer ganzen Lebendigkeit da. Dies war keine Vergewaltigung. Auch kein Tagtraum, dem sie nachhing. Entscheidend war die *Totalität*, mit der sie mich mental willkommen hieß, der *Grad* des körperlichen Willkommenseins. Man seufzt, unendlich erleichtert. Ich wollte jedoch ihrer Macht über mich widerstehen ... In diesem Punkt wollte ich schäbig sein. Doch mit einem Blick – in ihre Augen – und damit meine ich Augäpfel, Himmel noch mal, jeder mit Iris, Pupille, Wimpern, Lid, Braue – *sah* ich, daß sie verstimmt war, und vielleicht noch mehr als ich darüber , daß wir zu Liebenden-wie-wir-nun-welche-waren geworden waren – und das gab mir einen Schock. Diese Schäbigkeit der Verweigerung – der Vergewaltigung mit der Wahrheit von irgend etwas – keiner von uns konnte mehr atmen, soviel Raum nahm die Verweigerung in uns ein ... «Ha-ha», machte ich.

Und dann, an meinem Leben erstickend, holte ich Luft, lachte verführerisch, um Ora anzuziehen und uns von Verstimmung zu befreien. Sie schloß die Augen: Diejenige mit den schöneren Gefühlen bin hier ich. Die Ironie ist nicht weit, die Angst, die Verstimmung, wenn man so will, aber ich war erigiert – das verändert sich im Verlauf der sexuellen Geschichte mehr als jede Marionette –, und ich begann, sie zu stupsen, zu versuchen, Einlaß zu erlangen, ich stupste sanft und nahm dann Finger zu Hilfe, schaffte es, mich halbwegs in den Eingang zu zwängen, und mit einem einzigen muskulären Dingsbumsschwups bei ihr und bei mir war ich dann halb drin, halb draußen, dann ohne einen Ton ein Stück weit in sie hineingeflutscht, wie das so geht, und ich machte «Wuuh» und «Ahh» und «Wuau, Süßer ...» Ein Scherz.

Ich tat dies naiv, vorsätzlich, als ein ohne sein Wissen hypnotisierter, partiell schöner, unwissender Junge: eine lieb-gewalttätige Grenzübertretung, eine Lüge, ein Kontext für den anderen, auf eine Weise aufrichtig. Ein literarischer Einfall vielleicht – ein Bild, das sie vielleicht akzeptierte.

Es war keineswegs klar, was im Besonderen sie willkommen hieß. Wir trieben diese Dinge seit vier Jahren und hatten einiges herausgefunden, wir hatten Übung und waren noch immer erschrocken über die Neuartigkeit, über den dunklen Rand der Zukunft, den wir da sahen, über das Dunkle, das geschehen konnte. Sie hieß *alles* an mir willkommen, allem möglichen zum Trotz. Nein, das stimmt nicht. Sie fällte Urteile; sie hatte Vorbehalte. Aber sie setzte sich weit mehr als jede andere Person, die ich sexuell gekannt hatte, über jede Art von Tauschhandel und taktischer Zurückhaltung hinweg. Ein *Mehr* fühlt sich, wenn es nur genug mehr ist, wie ein *Alles* an. Richtig. Aber ich hasse es, einem Liebesgefährten dankbar zu sein. Willkommen geheißen zu werden ist ein bißchen wie barfuß durch Schlamm zu waten – fast so: unheimlich, kitzelnd, natürlich, wunderbar – und die Erlösung aus einem anderen Seinszustand.

Wenn es passiert, fällt es mir ein bißchen schwer zu glauben, daß es passiert.

Ich bin einen Hauch ätherisch – ein ganz klein wenig widerlich ... derb ... viel mehr am Bumsen interessiert als an Verführung ... und das merkt man sofort ... Und manchmal findet sie das – empfindet sie, betrachtet sie das als – *wahrhaft widerlich*. Sie ist nicht sexuell orientiert; sie ist verführerisch – in Anbetracht des Charakters (und der Zimperlichkeit) von

Erektionen eine äußerst wertvolle, wichtige – und sexuell förderliche – Eigenschaft.

Doch in diesem Teil der Nummer reagiert sie. Ich sehe, daß sie sieht (an meiner Brust, in meinen Augen, an meinen Bewegungen, an den Bewegungen und größeren Zuckungen, am relativen Härtegrad und an der Art von Härte meines Schwanzes), wie fremd ihr meine Empfindungen und meine Reaktionen auf diese Empfindungen sind – sie hält sich an der Grenze meiner flackernden und bisher semi-fügsamen Halluzinationen auf, sie sieht sie fast in mir.

Wenn ich diese Halluzinationen zugunsten meines Sinns für Ora und meiner Präsenz für sie und bei ihr verschmähe, sorgt sie sich; daß ich so bin, bedeutet eine Bedrohung, weil ich ihr damit in dieser Phase Präsenz abverlange und es ihr lieber wäre, wenn ich tagträumte und allein bliebe und sie nicht sähe. Kein-Rückzug-meinerseits, die Tatsache, daß ich nicht in Reaktionen oder Gedanken oder einsames Assoziieren hinüberdrifte, bedeutet, sie ist nicht frei. *Meine* Furcht, *mein* Trotz, *meine* unheimliche Furchtlosigkeit – es ist schwer, dies fair zu formulieren, aber Ora hatte zutiefst etwas dagegen, daß ich so stillschweigend die Verantwortung für die Dinge übernahm und Befehle gab. Sie mag es, wenn das Bumsen abläuft, wie es sich gehört – irgendwie gräßlich, aber kathartisch. Hier ging es nicht um milden Unmut ihrerseits. Hiermit war nicht zu scherzen. Sie liebte ihre Denkweise – ihr Empfinden – ihre Gedanken wirklich. Liebte: sie hing sehr daran, so wie ein Kind an dem Pferd, das ihm gehört. Und vielleicht gab es Elemente von einem Pferd in ihr – von einem Pferd, einem Haus, einem unermeßlichen Besitz. Wer weiß, wie weit ihr geistiges Spektrum in diesen Momenten ist? Von ihrem Pferd, ihrem hohen Roß (der Schönheit und des Verstands) aus war sie nicht eifersüchtig auf steinerne und irdische Realien, auch nicht auf mich mit meiner Art zu bumsen, aber ich zog sie von dort fort und machte sie gewahr. Sie gewahrte mich, uns beide; ich nahm sie bewußt wahr – in diese Art von Bewußtheit drängte ich sie. Und stürzte selbst hinein. Ich empfinde Reife beim bloßen Gedanken an ihre Gedanken, an ihre Wirklichkeit, die *bewußt* den Midas-Schatz des sexuellen Zeugs ihrer Rhythmen (soweit vorhanden), all das Zeug zwischen ihren Beinen und das interpunktierende Zeug, die sexuellen Dramen ihrer Nippel, freisetzte – bis dann wirklich alles zusammen – Brüste, Urteil, Möse, und Augen, und Lippen, und Beine – bumste, bewußt bumste.

Natürlich war der hartnäckige (listenreiche?) Bumser ebenfalls bei Bewußtsein. Sie bumste mit jemandem, den sie für einen blinden, duldsamen, tyrannischen, weisen Narren hielt – für einen guten Narren? Vielleicht. Für einen darin-guten Narren? Ich bezweifle es. Ich weiß es nicht. Für einen darin-immerhin-ganz-guten Narren vielleicht. Aber für einen machiavellistischen, einen absonderlichen denkenden Narren. Das sind ihre Ansichten über mich.

Ich fühlte mich heldenhaft – einerseits – und auf zu wenigen Beinen unterwegs, wie ein Insekt oder ein Krüppel – ich hatte das Gefühl, sie fühle sich wie etwas Umherschwirrendes, so seltsam wie Licht in ihrem Schädel und ihr doch absolut (und auf jüdische, spiegelnde Art) bekannt – und kläglich im Hinblick auf – was? Ihr Ego? Das Böse? Auf die gesellschaftliche Logik, wie sie ihr bekannt war? Auf ihre sexuelle und persönliche Wirklichkeit?

Wenn sie sich zu jener Zeit selbstbewußt im Akt des Bumsens einrichtete – wenn sie sich darin niederließ –, dachte ich oft, meine Empfindungen, mein Lustgefühl, mein Gefühl *heimzukehren* seien so, als ob sie mich fragte, was ich mir wünschte, und ich pantomimisch antworten könnte, es fast wirklich täte, doch sozusagen wie in Gesellschaft, oder als Darbietung – sie akzeptierte mich bis zu einem gewissen Grad in einer von diesen Dingen geprägten Intimität, in abgeschwächtem Antagonismus, als real.

Sie akzeptierte, daß man sich im Egoismus seiner Gene verlieren kann ... In dem, wozu man fähig ist ... In dem, was man innerhalb dieses natürlichen Wahnsinns des Hervorbringens repräsentiert ...

Sprache und Träume. Träume sind zu selbstbezogen für das Medium der Sprache. Und wozu sollte es auch gut sein, Träume in die Realität zu karren? Träume repräsentieren gewaltige Experimente in einer Grammatik, die darauf basiert, daß niemand sonst präsent ist – Experimente, die auf der unwirklichen, zeitverdrehten Grammatik der Zuhörerlosigkeit basieren; nur der Sprecher ist da. Echte Präsenz macht einen wach. Der Schädel hinter dem Gesicht und unter dem Haar ist der weiße Knochen eines traurig deplazierten Mondes – oder eines nicht deplazierten, der lebensnahen Logik dessen zufolge, was man beim Vögeln fühlt. Das Seltsame daran, Geschöpf zu sein, heimzukehren; und der intime Bereich zwischen ihren Beinen – Eingangstor, struppiger Rasen und Veranda unter genitaler Kontrolle – all dies ist, vergrößert und nicht zu übersehen, erschreckend präsent auch in ihrem Gesicht mit den flächigen Wangenknochen und der kurzen, kräftigen Nase. Ihrem wahrhaft schönen Gesicht mit den höhlentiefen Augen, dem warmen Mund. Und dann ihr Abenteuertum. Auf dem Land trat ich einmal in eine Scheune und war, aus der Sonne kommend, im Dunkeln geblendet, und etwas kam flatternd auf mich zugesaust, etwas Weitäugiges, Geschnäbeltes, Gestreiftes und Riesiges. Ich sah es nie richtig: ich fühlte es. So sehe ich ihr Gesicht – und sie – und ihr Interesse und ihre Verachtung ... Verachtung für Tod, Schwänze, Klagen. Sie lebt. Tapfer? Genauer: wagemutig? Sie hat das Gesicht nicht wenig abgewandt. Hals und Pose sind die einer Erwachsenen. Verachtung, Interesse, Liebe – Furcht und Liebe. Sie hängt an mir, ohne mich anders zu berühren als mit dem Innern ihrer Möse. Nur dort drinnen berühren wir uns, und gerade jetzt nur gleitend. In diesem Moment befällt mich die Vorahnung, die *Prophezeiung* des sexuellen *Es-kommt-noch-mehr* – und daß ich ihrer müde sein werde. Zunächst kamen ein paar Küsse. Ihre Hände fanden meine Schultern. Dann meinen Hintern. Dann legte sie die Arme um mich, knetete mit den Fingern meinen Rücken. Ich – doch, ich berühre sie, aber nur leicht – sie ist, im Innern der Machtschwankungen jetzt, zu bestürzt, als daß ich sie eindringlich berühren wollte. Dann, oh, dann folgen ungeheuere Belohnungen, *ungeheuere*, vielleicht vergiftet von Eitelkeit; dann ist ihre Schönheit da, die Schönheit der Wahrnehmungen und der psychischen Wirklichkeit von Heimkehr.

In ihrer Vergangenheit haben so viele Menschen sich vor ihr aufgespielt, haben sie erpreßt und ihr nachgestellt (und tun es noch immer, taten es vielmehr zu jener Zeit noch), daß es nicht reine Privatangelegenheit ist, mit ihr zusammenzusein. Das Moment der Wahl setzt hier weit unten ein – bei den Genen. Wir wollen noch keine Kinder, und doch züchten wir einen Stamm. Dies gehört zu der seltsam semi-professionellen sinnlichen Grammatik und dem sexuellen Vokabular von Liebenden – nun unanständig verbundenen Liebenden – wir beide miteinander allein im verkorksten Kreis der Intimität. Wir taten, als wären wir in einem Hotelzimmer oder in einer *pensione* – sie lächelt nicht, als ich – während wir bereits vögeln – frage: «Lust zu vögeln?»

Sie findet mich in meinem Humor nicht immer *verführerisch* – sie stellte Verführung über alles –, doch dies akzeptierte sie.

Ich wurde unmöglich überhoffnungsvoll und reizbar – erregt übererregt – überströmend – spermatisch: und zum Gegner all ihrer Überzeugungen. So daß Ora – die Selbstsucht an mir ekelhaft fand und verächtlich abtat – mit Widerstand dagegen konfrontiert ist, daß sie so viele Überzeugungen hat. Ich bin so entschieden auf meinem Kurs der Sensationen – und so sensationellen *Willens*, daß ich mich fühle, als hätte ich ein Gesicht aus Bronzeknochen, massiven Marmoraugen und Segeltuchhaut; massiv eigenwillige Augen von willentlicher Leere. Ich liege über ihr, in phallischem Überfluß.

Es ist sauherrlich. Dann werde ich vorübergehend wieder menschlich. Ein Sinn für sie steigt in mir auf. Ich bin ein vernünftiger Mann in einem New Yorker Schlafzimmer; und ich hebe und senke mich auf diese andere, pedaltreterisch gemächliche Weise – aber ich bestehe so kompakt aus sexuellem Wollen, daß ich eine Höllengestalt bin – vielleicht eine sexuelle Halluzination, vielleicht die beängstigende Wahrheit ... Ich habe das Gefühl, jemanden töten zu können, einfach indem ich auf ihn falle. Doch daß sie dies ertragen kann, daß ich glaube, sie kann es ertragen, ist einer der Gründe, warum sie mir etwas bedeutet.

Sie hat es an mir in letzter Zeit jedoch nicht mehr so gut ertragen, nun, da ich nun die Würde eines *bekannten* Mannes erlangt habe, während sie in ihrer Karriere als *Frau* (oder was immer) vorwiegend Hilfskraft ist. Ich glaube, sie ist generell durch *Bleib-stur-bei-der-Stangigkeit* verdorben, in bezug auf Sex, wo es gut ist, und auf ihre «Karriere» als Frau – ihre Zukunft als sagenhaft bedeutende Frau. Das Wort *Bleib-stur-bei-der-Stangigkeit* hatte sie, wie sie sagte, von ihrer «gräßlichen» Großmutter geerbt – der abgefeimten, sehr reichen. Während des Bumsens hat Ora eine Art, beim Rot-Grün-Wechsel von Stimulation offen aus der sexuellen Haltung in der Rot-Phase in blinkendes Losrasen zu verfallen, die mich schockiert.

Im wesentlichen wirkt Gerissenheit sexuell schärfend – es hängt davon ab, wie sie mit Loslassen kombiniert ist. Ora ist nicht ätherisch oder überirdisch, wenn sie dies tut; sondern sie erwies sich als die gerissene Idealistin, die sie war; ihre Art, eine *authentische* Person zu sein.

Ich sage: «Okay, Ora?» Und sie nickt. Ich bin in einer skrupelloseren, unzugänglicheren, unvernünftigeren und mental gewalttätigeren Phase als die, in der sie sich befindet.

«Was *ich* brauche, hab ich – los, Wiley ... Es ist okay ...»

«Komm mir mit den Hüften entgegen, Ora», sage ich;

meine Stimme, wie mein Gesicht überhaupt, fühlt sich an wie weit fort von ihr, eine Million Meilen entfernt; sie befindet sich am Ende eines Tunnels, *dort drüben* sozusagen.

Seltsam – sie sagt: «Du wirst wohl nie verstehen, welche Art von Frau ich bin.» Und küßt mich. Aber sie bewegt nicht ihre Hüften.

Und dann, als ich gerade «Na und?» sagen will, bewegt sie die Hüften nahezu gewaltsam und nicht verführerisch, jedoch packend für den Schwanz – ärgert mich, beschwichtigt mich, blendet mich und läßt meinen Blick erstarren.

Ich weiß nicht, ob es mir gefiel oder nicht. Wir haben oft vereinbart, nicht umsichtig, sondern einfach (blind) drauflos zu vögeln, doch diese Vereinbarung wird nicht allzu oft eingehalten, oder vielleicht nie; sie besagt nur, daß wir keinerlei Manöverkritik betreiben; und oft sind wir, mit Unterbrechungen, durchaus umsichtig, obwohl wir dann oft so tun, als wären wir nicht umsichtig. Manchmal aber geben wir es einfach zu, bauen es ein und stürzen einander von Zeit zu Zeit aus der Umsicht hinaus.

Prinzipiell sind meine *Regeln* diese: All unsere Vögeleien sind unvollkommen. All unsere Vögeleien sind nur menschlich.

Doch sehen Sie, ich *wußte*, wenn ich in dieser Phase in ihr war, mich abdrückte und ihn, die Luft anhaltend, halb herauszog, zweierlei: daß ich dem Kampf als sexuellem Unfug (oder als Ausdruck von Ehrlichkeit) abhold war und daß ich so, wie ich war, ihren Verstand zum Verstummen brachte. Ohne Verstand war auch sie gewaltsam – wie wir alle. Dies machte sie stumm und ließ eine Art Zornesschuld anwachsen, die sie mir dafür schuldete, daß ich sie nötigte.

Die, wenngleich weniger hoch, meinen Schulden bei ihr glich. In sexueller Hinsicht, meine ich.

Ihr Stolz, ihre Unabhängigkeit waren so maßlos, daß der geringste mir zufallende Triumph wirkte, als würde ihr der Mund mit Sand oder totem Laub gestopft. Sie wußte dies besser als ich, und das Wissen darum machte sie sexuell – bei mir – oft ungeschickt, meistens sogar.

Nun sage ich: «Ora, du bringst mich noch mal um.» In Umkehrung der «Wahrheit», daß ich sie umbringe. Die umgekehrte, furchtbare Vorstellung erregt sie. Sie bebte vor erregter, eifriger, irgendwie schmieriger, verschmierter Passivität – auf-dem-Sprung-zum-Angriff – vor hastigem Masochismus, zurückgehaltener Ausfälligkeit; in diesem Selbstopfer schwingt die – nun partiell heraufbeschworene – Strafe künftiger Rache mit – fällig vielleicht schon in naher Zukunft; das sind aus meiner Sicht die Perspektiven dieser Stimmungswirklichkeit: ein angedeuteter und teilweise ausgeführter Klammergriff als ihre Revanche für das, was ich ihr antue. Die Symbolik dessen, daß sie mich beim Schwanz packt, den Juden bei seinem Schwanz, bereitet Angst; der eitle Junge, der meint, er sei so schlau ... Der langbeinige blonde Junge mit den seltsamen, geblendeten Augen, in dem zum Ausgleich dafür kuriose Spielarten von Hellsicht oder Sehertum stecken ... Ob mit ihr bumsen, sie bumsen, von ihr gebumst werden: es kommt nicht darauf an; da dringe ich ganz in sie ein.

Er ist vollständig drinnen. Er wird umklammert und gehalten. Dann läßt sie locker. Ich weiß nicht, warum das für mich so bedeutsam ist. Ich weiß nicht, warum darüber nicht mehr geschrieben wird – darüber, wie Frauen vögeln. Jemand hat – eine Menge Leute haben – mir über Frauen Lügen erzählt. Nicht nur Ora, manchmal aber auch sie.

Ich sage es wieder – «Du bringst mich noch um – das bringt mich noch um. Es bringt mich um.»

«Zu viele Worte für eine Vögelei, Wiley», sagt sie.

«Erklär mir nicht, was ich tun soll ...» Ich sage das.

Auf einer dunklen Ebene – einer aggressiven Ebene – befriedigt sie die Idee, sie könne mich herumkommandieren.

Sie, Ora, wird still und enthält mir absichtlich die Laute vor, die sie sonst vielleicht von sich gäbe, um mir zu zeigen, was sie fühlt. Mich erfüllt diese genitale Phase starken Fühlens mit abergläubischer Ehrfurcht. Heimkehr-und-Intimität: dieses Gefühl *durchdringt* mich. Und Oras Schweigen ist *durchdringend*. Ich bin wie durchbohrt von der Ahnung ihrer Willenstiefe und ihrer seltsamen Stimmung, vom Hintersinn ihrer Wut.

Sie bewegt sich recht nett. Tödlich. Ich antworte – winde mich ein wenig, atme heftig. Ich mag die Wahrheit. Die beiden Körper, die beiden Seelen nackt und nah der Haut, gleich unter ihr; und man hört die Präsenz des anderen ... Das sexuelle Geklingel und Gebimmel, das Lichtgeflimmer und Geschwitze finde ich in Wirklichkeit nicht so interessant an ihr wie diese andere Sache, die sexuelle Präsenz.

Ich packte sie bei den Pobacken und bewegte sie in einem anderen Rhythmus als dem ziellosen, den sie geboten hatte. Hie und da hat sie mich, wenn wir uns stritten, beschuldigt, insgeheim unendlich herrschsüchtig zu sein, es aber hinter diesem oder jenem Ideal zu verbergen; doch wenn ich mich herrisch benehme, geht sie oft – leidend – darauf ein.

Ora war sich ihrer selbst weit mehr bewußt als meiner – was kein Zeichen von Nicht-Liebe war – nur was man als das Natürliche erwarten sollte. Aber es verriet, welche Art Liebe zwischen uns bestand. Ora war nicht verrückt danach, sich ganz auf mich zu konzentrieren.

Für einen Moment – mag ich nun herrisch sein oder nicht – für einen Moment gab es eine unheimlich tiefe, leicht zu brechende Simultaneität des Aufeinanderhorchens. Ich würde es eine Reife nennen. Dann hörte es auf. Ich empfand es so, als nähme Ora es fort, aber es konnte auch von selbst niedergebrannt sein. Für einige Sekunden bot sie ihren Körper mehr oder weniger kühl dar; nicht ganz wie im Film, eher so, als lasse sie plötzlich Wirbelsäule und Muskeln locker und wäre einfach nur da, feucht, dunkel – ehrlich – erdig und außerhalb jeder Geschichte, die sie kannte, außerhalb jeder Halluzination ... jedes Wunsches ... jeder Phantasie. Doch nicht etwa auf Gegenseitigkeit: die Geschicke blieben getrennt. Ein

Geschenk unter Rivalen. Dann gleitet sie davon fort; ich weiß, es gibt Genüsse für sie, die in nichts denen gleichen, die ich verspüre.

Sie hat oft gesagt, ihr gefalle es , wenn ein Mann beim Sex spreche. Eifersüchtig – ich war auf ihre seltsamen Genüsse eifersüchtig – sagte ich – während wir bumsten –: «Bist du Realistin, Ora?»

«O ja. Das. Finden. Leu[te]. Ja. So schwer. Erträglich. An mir.» Dann: «Keiner. Mochte mich. Jemals. Nur du. Wiley . . .»

Für sie sind das sexuelle Äußerungen. Sie liegt damit zwar nicht gerade auf meiner Linie, ist aber auch nicht abwesend und in sich zurückgezogen.

Ich sage: «Ich mag dich auch nicht . . . Ich bin nur gefangen . . . Ich bin ein gebrochener Schmetterling auf deinem Rad . . .» Ich *liebe* die sexuelle Macht so sehr, wenn ich sie habe, daß ich davon albern werde.

Wir stoßen zu, wir sondern ab, wir bumsen weiter.

«Oh doch, du magst mich jetzt . . . Wir haben jetzt unsere große Zeit . . .» sagt sie in ziemlich hoher, eigenartiger Tonlage. Unsere Jugend.

Sie *verklärt* unser sexuelles Gezappel zum Liebesroman – zu einer mir fremden Art von Liebesroman. Ich ermahne mich, daß sie recht haben könnte – sexuell.

Ich sage zu ihr: «Oh, mein Schmatz-Schatz, o meine Fickzicke, oh, wie fein ficklich . . .» Sie hat gesagt, sie mag Witze – und eine gewisse Respektlosigkeit – gewisse Formen davon . . . Ich wüßte zwar nicht zu sagen, ob es wirklich so ist, aber wir kommen einander über die seltsame Fremdheit dieser wirklichen und halbwirklichen Dinge näher.

Für eine Weile war sie vielleicht eine Masochistin, die nach ihrem Herrn und Meister suchte, und ich war vielleicht ein Herr und Meister, der an Herrschaft nicht interessiert war, es sei denn bei langfristigem Einverständnis; sicher wußte ich jedoch, daß sie keinerlei Niederlagen wünschte, nicht einmal die flüchtigsten, und daß sie sich gegen den Tod wehren würde – das heißt, sie sah einen ganzen Zyklus vor sich, eine ganze Geschichte, die Gegenwart und Zukunft umspannte. Ich lebe da anders. Und mir eine Niederlage zu bereiten war öbszön, war wahrhaft berauschend für sie, befriedigend *vulgär*, eine Form von Gewalt – der sie oft abschwor. Sie rief sich oft zur Ordnung. Aber sie sehnte sich danach, vielleicht nur, um gleichsam auch den zweiten Schuh fallen zu sehen, aber auch, glaube ich, weil sie Gerechtigkeit und den Triumph des Teuflischen darin sah – ihres Lebensgefühls; und dann ließ sie sich gehen und verschaffte es sich einfach – diesen oder jenen Triumph über mich. In der Phantasie, der sie da Wirklichkeit verlieh, ging es darum, daß *ich* ihr gesellschaftlich überlegen sei und sie das berichtigte – auf dieser Phantasie beruhte der Liebesroman ... Ich hielt das für phantastischen Quatsch ...

Das und die weitere Phantasie, daß sie mir sexuelle Erfüllung *schenke*, daß ich der *andere* für sie sei – Ora als große Hure. Du meine Güte.

«Na los, fick mich, wie du willst – ich bin stark», sagte sie.

In der realen Illusion, dem Bühnenbild, dem Heim-in-der-Fremde (oder der Heute-übernachten-wir-im-Zelt-Idee) oder was immer wir gemeinsam hatten – eine Stadt aus Pappe, eine Vögelei – raschelte es, so *schrill* wurde die Darbietung – romantisch-schrill – ich packte sie wie ein Pirat in einem Gedicht oder Film, eine Spur echter vielleicht – ihr Erstarren war echt – jedoch auch wie das einer verträumten Schauspielerin – oder Jungfrau; es hatte etwas von *Alles-bricht-zusammen*, *alles gerät außer Kontroll*e ... etwas jungfräulich Apokalyptisches; das Nicht-Respektierliche, bühnenecht dargeboten. Wille, Möse und Empfindsamkeit – Seele, Phallus, Möse ... und rhythmische – und gestische – Schande.

Den Sinn für das, was sich abspielte, hatte ich bei früherem sexuellem Treiben (mit anderen) und beim Sport erworben und daher zum Teil an Männern erprobt. Aber ich befinde mich in ihrer Fotze; und im Preis davon inbegriffen ist das Wissen darum, daß es zwei Geschlechter gibt, daß sie Selbstmord begeht, Wissen um Lieblosigkeit, um das reale Risiko, daß es mit sinnloser Gewalt enden könnte – oder nicht um das Risiko, sondern um die Unvermeidlichkeit – um versickerndes Leben, um Tod – Sterben-an-allem-möglichen, an Mord, Sexualmord, Krebs; um Tod insgesamt, Seelentod. Nun, sie begegnet all dem mit gewaltsamer Unbekümmertheit – mit trunkener Kühnheit und auftrumpfender Kälte – der Scheiße, die Frauen hinnehmen müssen – und der Scheiße, die Männer hinnehmen müssen – und dies belebte sie und gab ihr diese andere niederschmetternde – vielleicht herzzerreißende – Geste ein, mich rührselig zu küssen und zu sagen: «Ich bin bereit zu sterben ...»

Das war nicht dumm von ihr. Aber es war im Rahmen des Spiels, das sie mit jemandem, der kein Gangster ist, laufen hat, partiell geheuchelt. Es ist nicht geheuchelt im größeren realen Rahmen dessen, was sie tun könnte ...

Oder was ich tun könnte, wenn ich so gefährlich bin, wie sie glaubt.

Ich warne sie: «Ora, stell mich nicht auf die Probe ... Ich bin schlecht erzogen ... Ich habe nicht den richtigen Stil dafür ... Ich kann mich nicht von Phantomen ernähren – von Phantasien ...»

Sie glaubt mir nie – nicht ganz. Es ist ihr Schicksal, mich als einen Überlegenen zu lieben, wobei ihre Familie jedoch *letztlich* überlegen und überlegen-taub für alles ist, was ich sage.

«Ich habe keine Phantasien, Wiley», sagt sie mit Souterrain-Stimme.

«Nein. Du hast nur ... Ideen ... Große Ideen ...»

Um nett zu ihr zu sein, aber auch, um ihre *Großen Ideen* nachzuäffen, ziehe ich sie dann ein bißchen an den Haaren, und sie sagt – nicht belustigt – «Nicht! Nicht!» Sie mag das nicht. Sowenig wie meinen Ton. Vielleicht fühlt sie *tiefer* als ich ...

Ich habe das Gefühl – nach ihrer schön öligen, sanft umgreifenden Möse zu urteilen, in der ich mich bewege, während ich solche Dinge tue wie nach ihrem Haar zu greifen –, daß sie mir nicht sehr oft zuhören kann. Es tut ihr weh, mich sprechen zu hören, es sei denn, ich schlage einen sie vielleicht erreichenden Salon-Ton an. Ich habe das Gefühl, dies jetzt sei rein eine phantastisch ausgeschmückte Halluzination, in die Realität geschoben durch meinen Schwanz und meine männlichen Gerüche – und die Seltsamkeiten des männlichen Naturells – an mir – was alles sie an Männer erinnerte, die sie gekannt hatte: und nichts sonst hörte sie, wanderte jedoch in ihren Erinnerungen an dieses und an jene Männer umher, so daß ich voll und ganz die Eigenschaften meines Formats, meines Alters und desjenigen annahm, der ich in diesen Momenten war. Ich werde somit heutzutage in New York weitgehend unsichtbar für sie – mit Unterbrechungen – und zum Feind; zum unsichtbaren Mann, lungenlos, stumm, hörbar nur, wenn und falls sein Sprechen in Klischees dahinfließt, die mit diesen Dingen auf eine für sie genießbare Art verfahren. Der Unsichtbare inmitten der anderen Männer. Es sei denn, ich war mit Bandagen umwickelt, in Erbarmungswürdigkeit gehüllt. Und dagegen war sie gewappnet.

Ich meine, sie «liebte» mich – und sie lehnte das meiste an mir ab. Meine Ideen, meine Stimme, meinen Körper – Schwanz und Hoden ...

Meine Individualität. Meinen Charakter.

«Denk nicht ... denk heute nacht nicht», sagte sie – ein nettes Mädchen – oder eine nette Frau mit schweißnassem Gesicht ... zur Zeit vögelnd.

Ich hasse sie für die abrupte Selbstsimplifizierung, die sie gerade geboten hat. Den Solosonateneffekt, nicht die Duo- und *tutti*-Passagen – wenn die ganze Natur mit einstimmt.

«Fick dich doch selber, Puppe», sage ich. Nicht jedes Wort in derselben Tonart ... vielmehr ist jedes mit Bewegungen verknüpft. Ora ist amüsiert, weder herausgefordert noch verärgert – ich empfand es immer als *freundlich* von ihr, wenn sie sich amüsiert zeigte; dann ging Glanz von ihr aus – als stellte ich aus irgendwelchen Gründen ein glückliches sexuelles Schicksal für sie dar ... im Augenblick romantisch und amüsant.

(Es war überheblich von ihr, so selbstsüchtig zu sein, aber welchen Schwanz juckt das schon? Eine Wendung, die besagt, daß nichts von Bedeutung ist, was einen Schwanz juckt.)

Sie ist wankelmütig und gibt komische Laute von sich. Ich *glaube*, sie möchte mehr Gewalt. Ich zögere – weil sie zurückzucken wird, ob ich nun etwas tue oder nicht ... Sie möchte sich vor sich bewähren. Sie möchte, daß ich ihr gegenüber ein schlechtes Gewissen habe. Das möchte ich gerade nicht. Ich möchte mich nicht schämen. Für solche Befriedigungen, solch schmutzige Dinge. Für die zitternde und bebende, überwiegend unliebenswerte, gewaltigen Haß verdienende Stimme gewalttätiger Maskulinität – ich war gewissermaßen nur ein nicht-ideales Beispiel dafür, und für eine Weile war ich Oras Schicksal.

Daß sie nicht klar auf einem Zwillingsschiff segelt: das irritierte sie, auch wenn es sie lockerte und ihr sogar ein wenig Scheu einflößte ...

Somit erschließe ich Zonen des Schweigens in ihr, was aufregend ist – nicht unbedingt *sexuell*. Sie achtete auf die Venen in meinen Schläfen und an meinem Hals – ich sah, wie sie meine Atmung, meinen Rhythmus beim Vögeln und meinen Puls registrierte – sie sieht-durch-mich-hindurch; sie war eine spionierende, unendlich stolze, *beschmutzte* KRITIKERIN – aus der Distanz. HIMMEL, ich liebte sie. Vielleicht nicht genug. Vielleicht liebte ich sie überhaupt nicht ... Vielleicht war ich in der Seele (und im Arschloch) schwul ... Promisk. Woher soll man das *wirklich* wissen? Ich war empfindlich für ihr Unglück – ihre Unglücklichkeiten – bei der Lust (wenn es denn Lust war, wenn sie nicht heuchelte), weil ich darin Funken eines Feuers fast sentimentaler Unsentimentalität in ihr sah, von mörderischer Verwegenheit, von etwas Un-Hamletischem, Undankbarem, Aktivem und Gefährlichem. Ich bezweifle, daß ihr Körper je ernstlich log.

Sie flüsterte: «Es ist auf den Tod ...»

Gott weiß, wie ich das verstehen zu sollen glaubte, aber Angst packte mich bei den Eiern. Ora mochte Frauen, die für sie schwärmten, in letzter Zeit erstens eine monokeltragende polnische Gräfin, zweitens eine amerikanische Erbin und drittens jemanden aus der Filmbranche, überwiegend Ehefrau – eines Produzenten.

«Du bist wundervoll, Wiley», sagte sie seimig – ein bißchen falsch.

«Himmel, überhaupt nicht!» Mir wurde nun wirklich komisch. «Das ist Zufall – laß uns vernünftig bleiben, Ora ...» Dies zusammen mit Fickbewegungen, rein-raus ... Die Silben wurden auseinandergerissen ...

«Ach, halt doch den Mund», sagte sie wie die Heldin einer Filmkomödie und hüpfte auf dem Bett auf und ab. «Gib nicht immer Nachhilfestunden ... Ich – kenne mich aus – in der wirklichen – Welt ...» Es klang liebevoll.

Sie grinste andeutungsweise – schweißglänzend verführerisch ... Da war ich – ganz plötzlich, erneut und gewissermaßen – alles in allem zufrieden. Aber ich ließ die Stimmung in mir zu Verachtung werden – so kam der Orgasmus schneller; so würde ich zu meinem Orgasmus kommen. Nun bumste der Piratenkapitän eine entbehrliche Ora ... Nun bumste Kapitän Sündig-Kalt-Rücksichtslos die arme, gewöhnliche Ora ...

Kahle, nackte Macht – eine Art Haß ... Ist schon in Ordnung ... Sie sagte oft, sie könne solchen Kram verkraften.

«Ficken, Ora, ficken ...»

Sie tat es mit einiger, aber nicht mit markerschütternder

Aufrichtigkeit – ihr Körper war verstummt – womit ich meine, von seinen Orgasmusstromkreisen abgeschnitten; er wollte keinen Orgasmus haben. Sie wollte es nicht. Sie bewegte sich fürchterlich pflichtbewußt, auf törichte, befreite, großmütige Weise, «lesbisch» und lieb, unbefriedigend und doch annehmbar, solange man nicht verrückt wurde vor Verlangen nach dem, was sie nicht tat. Bei der merkwürdig arktischen Stille ihres vielleicht unfreiwilligen Rückzugs vom Orgasmus – mag sein, ich bin abscheulich oder zu sensibel oder sonst etwas – kommt mir *Liebe* dieser Art – falls es denn Liebe ist – auch wegen einer verqueren, billigen Grausamkeit und Vergebung sowie wegen der erheblichen Geistlosigkeit hier – wie eine Vögelei-der-herrschenden-Klasse vor.

Ich näherte mich dem Orgasmus. Mit angespannten, ein wenig plumpen Schultern und angespannt zurückgebogenem Rückgrat – und sie trug mich dahin und ertrug mich mit außerordentlich christlicher Kameraderie-bei-aller-Grausamkeit: sie-liebte-einen-Schwachkopf. So ungefähr; einen Schwachkopf, der ihr gleichwohl auf eine Weise überlegen war, die sie bestimmte, umsorgte, hinnahm und entschlossen richtigstellte: in solch einer Liebesschnulze hielt sie sich auf. Ich weiß nicht, ob sie überhaupt etwas wirklich störte. Intime Dramen langweilten sie nicht. Langeweile störte sie mehr als der Tod. Langeweile, Sinnlosigkeit, Leere quälten sie.

Ich hielt inne und wischte mir den Schweiß aus den Augen und von der Stirn. Ich setzte mich auf, obwohl ich in ihr war. In ihr blieb. Dennoch ist mir nicht klar, was ich sexuell will.

«Ich hab keine Lust zu kommen», sagte ich – vielleicht um sie nachzuäffen, vielleicht um sie zu Gegenseitigkeit zu verleiten, vielleicht als Entschuldigung dafür, daß ich die Dinge nicht besser gehandhabt hatte.

Also kam ich. Zwei Takte. Drei. Ein Jazz-Stück. Ein Riff von Zuckungen, genitalen Zuckungen. Sie wich zurück und ließ mich allein, während ich kam. Aber es fühlte sich wie eine Bestrafung an, was sie da tat.

Ich sagte ärgerlich: «Du fickst wie eine Mutter ...» Wie eine Frau, der andere Menschen wichtiger sind.

«Werd nicht grausam – meine Mutter ist eine Ziege.» Ora meinte damit weniger eine dumme Person, eher – gesellschaftlich ziemlich anmaßend – eine, der es nicht gelungen war, zur Legende zu werden – über die keine Biographie geschrieben worden war. «Ich hab dir meine Seele verkauft.» Dann korrigierte sie das: «Für dich ...»

Ich glaubte mich imstande, sie zu hören ... Ich verstand, was sie sagen wollte ... Sie wollte sagen, sie sei radikaler verwaist als ich ... Eine *Tochter* zu sein habe sie nie sonderlich (oder überhaupt nicht) interessiert ... sie, die Waise von Damenfreiheiten im Dämmerlicht. Da liegen wir nun, knirschenden Atems – wie die Sprungfedern des Bettes – in nachlassendem Aufruhr und Hand in Hand: nach dem Vögeln. Wir haben den Tod verscheucht. Beide lagen wir auf der Seite und sahen einander für einen Augenblick an; und dann wandte ich mich ab; ich wollte allein sein. Oder jedenfalls Abstand nehmen von ihrer Form der Kühnheit und Unverschämtheit gegenüber dem Leben, dem Tod, der Realität.

Mit postkoitaler Gewißheit spürte ich, daß Wahnsinn ihrer Schönheit zugrunde lag und sie schuf ... Ein vor ihren Augen flirrender Fächer. Sie besaß diese andere Würde – bei ihr eine Form von Bescheidenheit, ein Prahlen mit Identität. Um dem Entsetzen zu entgehen – und sie zeigte ihre Gefühle dem Entsetzlichen gegenüber nicht offen, nahm jedoch entsetzliche soziale Situationen hin –, befürwortete sie die Liebesschnulze-mit-Sex als allerneueste Selbstverständlichkeit. Was ihre sexuellen Interessen anging, log sie zumindest insofern, als ihre sexuelle Heißblütigkeit partiell ein Kunstgriff war, eine ernste Spielart von Geplapper, in ernste Konversation übergehend. Nicht dazu gedacht, Liebe oder Vertrauen zu wecken. (Wie man eine Vögelei beurteilt, entscheidet über das nächste Kapitel der Geschichte.) Durch ihr demonstratives Begehren unterstützte sie einen darin, daß man sich vorsätzlich selbstsüchtig verhielt. Halbherzig-scheinheilig verzichtend männliche Willenskraft – ein Bündel phantastischer Halluzinationen – zu demonstrieren: ist das die Seligkeit? Ein Glücksfall? Schmerz? Verrat? Ich brummte laut: «Das war als Vögelei nicht zu werten, Ora ...» Die plötzliche Wahrnehmung von Liebe als etwas Realem, verfälscht, dramatisiert, und die Realität unserer Gerüche – wir stanken nach fischiger Möse und nach zitronensaurem Sperma, nach Schweiß und Brunst – machten es tatsächlich einigermaßen möglich, Lügen und Verrat – Verrat des Ichs und so fort (daß man zum Zuchttier wird) – hinzunehmen. Sie mochte sich kindlich dazu verhalten, kindlich-erwachsen-kalt, *verzweifelnd*, aber ungeschlagen, doch die Ehre, die uns gebührte, kam von mir, dem Mann, nicht von ihr; und diese Ehre verriet ich jedesmal, wenn ich den Mund aufmachte und sie hochhielt, indem ich log, indem ich die Vögelei unsicher als hinlänglich akzeptierte. Ich feilschte nicht, verteidigte mich nicht und griff Ora nicht an ... Das forderte meine sexuelle Ehre ... Sie seufzte. Sie war über Regeln erhaben. Ich will nicht sagen, sie hätte sich unehrenhaft benommen. Ich will sagen, sie schwelgte rührend, tragisch in Ehre, wenn sie auf eine Vögelei realistisch zurückblickte – nun ja, auf meinen Orgasmus. Sie gab sich umsichtig sexuell, während sie aus Umsicht nicht sexuell war. Oras Augen, deren Schönheit seit ihrer Kindheit gerühmt wird, blikken taktvoll, vielleicht eine Spur streitlustig, bemerke ich mit postkoitaler Kälte. Auf der glitschigen Ebene des Lebens nach einer Vögelei glitt sie geradeaus dahin; sie lebte ihre Hypothesen zur Liebe aus. Sie stellte ihre Fähigkeit zur Schau, Risiko-und-Unordnung zu ertragen ... Sie war seufzend gutmütig. Geduldig. Jedoch so opernhaft, daß man an Wahnsinn, Liebestrunkenheit, Szenen der Lust – aber vergangene – dachte. Und an Verletzungen, die Menschen erleiden – eine überreich bestückte Kategorie von Erfahrungen. Man war sich bewußt, daß eine andere Frau nun sehr anders wäre und daß Ora selbst bei jedem Mal sehr anders war.

Ich «liebte» sie zu sehr, um gewisse Spiele zu spielen, und nicht genug, um unbekümmert zu sein, ohne Bedenken und Sorge. Es wechselte, wie ich sie liebte. Ich bedauerte es, daß ich sie liebte. Es gefiel mir. Ich war ein bißchen verzweifelt darüber, in dieser Bindung an sie gefangen zu sein.

Jeder ihrer Atemzüge übt Verrat an mir, wenn ich mit meinen Idealen identisch bin. Sie ist die, die sie ist, und jeder flüchtige Gedanke von mir als Autor, der *klar* sieht, verrät sie.

Also kommen meine Teil-Ichs bei ihrer Konferenz schon jetzt überein: Laßt uns eine weibliche Hauptgestalt in Erwägung ziehen, die behauptet: unsere Liebe ist die wahre.

Ich will kein Leben des Kampfes mit ihr führen. Ich hätte gern Bereiche, in denen sichere Übereinkunft mit ihr besteht.

«Männer sind Idioten», sagte sie. Dann: «Es ist ein Glück für uns, daß wir einander haben – weißt du das?»

Auch sie wünscht sich Bereiche gesicherter Übereinkunft mit mir, aber andere, nicht diejenigen, die mir wichtig sind.

Sie hatte sich dem Schicksal, der Realität ergeben und wünschte, ich würde dasselbe tun – mich mir, jedoch als Schicksal und Realität betrachtet, und ihr, als der Liebe, ergeben.

Auch dem Druck, dem sie sich unterwarf, einschließlich dem anderer Leute, von Männern und Frauen – damit wir Zwillinge wären ...

«Ich wünschte, du würdest versuchen, wie ich zu sein», sagte ich. «Nur ein bißchen. Dich anzupassen. Et cetera, du weißt schon.»

Sie hatte sich niemals einer sozialen Gruppe oder einem Mann ergeben, noch nie im Leben, auch keiner Frau, keinem Mentor. Vielleicht hatte sie sich nie eine persönliche oder professionelle Disziplin angeeignet, außer der einer Schönheit, außer Elementen der Disziplin, die es erfordert, schön zu sein. In diesem Sinne begegneten wir uns als Banditen. Im Grunde fand sie sich ab mit dem Leben, mit der Realität. Sie eignete sich modische Denkweisen über das Leben an. Sie hatte ihren eigenen Dreh oder ihre eigene Sicht, wo es darum ging, auf Dinge zu reagieren. Ihre Prägung war die von Radcliffe-Harvard, Maine, der New Yorker Oberschicht (aber nicht der feinsten, wegen der Mesalliance ihres Vaters). Sie war isoliert durch ihre Schönheit und charakterliche Unabhängigkeit, jedoch nicht durch Originalität, nicht durch Unabhängigkeit des Intellekts oder der Seele. Die Bedingungen, unter denen wir zusammen – und einander ähnlich – waren, auf welche Weise wir dies waren, standen zur Diskussion: wer sich anpaßte, wer frei herumstreifte, wer störrisch er oder sie selbst blieb. Dies sind Dramen ganz besonderer Art.

Sie fand sich mit den Dingen ab. Wenn sie es wollte, fand sie sich mit jedem Ereignis ab. Mit mir und damit, daß hin und wieder die Dienstboten im Haus ihrer reichen Großmutter wahnsinnig (im wörtlichen Sinne wahnsinnig) wurden – sie hatte eine Bestie von gesellschaftlich überaus mächtiger Großmutter, deren Status beträchtlich höher war als der ihrer Enkelin; und Ora hatte eine Großmutter, die recht lieb und sehr hübsch war, sprachgewandt und nicht unbelesen – eine gesellschaftlich erfolgreiche Person dieser Sorte.

Paßte man sich also Ora an – was immer das auch heißt –, dann paßte man sich einem wogenden, sich wandelnden Grabbelsack an und mußte auf Überraschungen mit Fangzähnen gefaßt sein, auf Überraschungen darin, wer sie war; und mehr noch in dem, wer sie war, als wäre sie schon immer so gewesen, selbst wenn sie am Abend zuvor überhaupt nicht so gewesen war. Sie fand sich mit Avancen von Männern ab – auch wenn sie mit Drohungen und oft mit heftigen Handgreiflichkeiten einhergingen – und mit Fast-Vergewaltigungsversuchen von Verwandten. Sie ertrug verheiratete Männer, traurige, verzweifelte, wohlhabende – oder arme, oder sehr reiche und überwältigend berühmte; und solche mit älteren Söhnen, die das Verhängnis heraufbeschworen, mit ihr rangen, des Nachts oder nach dem Mittagessen auf Zehenspitzen in ihr Zimmer geschlichen kamen und hinausgedrängt oder ausgetrickst oder mit Teilhingabe abgefunden werden mußten oder sie mitten in den kalten grünen Wellen der Penobscot-Bucht vom Segelboot stießen. Oder Ora stieß sie über Bord. Und so fort.

Aber man paßte sich nicht einer einfachen moralischen Realität an, wenn man sich Ora anpaßte; oder falls man dazu imstande war. Verleumdung und kuriose Bemerkungen von eifersüchtigen und faszinierten Frauen. Erpressung und Verrat als Tagesgeschäft der Glanz- und Glitzerszene. So gesellschaftlich umsichtig log sie in gewissen Dingen, stellte manches düsterer dar, wenn es ihr paßte, oder verklärte es zum *Normalen* unter Leuten von Welt oder was immer, daß meine Spiele – die des semi-unschuldigen Provinzlers, des Jungen-aus-dem-weiten-Westen (sozusagen) und Waisenknaben-der-endlich-ein-(glanzvolles)-Zuhause-gefunden hat – sich davon abhoben wie im Diarahmen. Sie war genaugenommen nicht so sehr eine Femme fatale als eine mit genügend Schönheit, Intelligenz und Hintergrund ausgestattete junge Frau, um sich vorsätzlich als junge Frau von romantischem, gesellschaftlichem und lüsternem Fatalismus ausgeben zu können, die nun (gleichsam) gesittet wurde; nun auf unzählige verschiedene Weisen das brave Mädchen gab, das seine Vergangenheit überwunden, sich zur Besserung durchgerungen hat oder auch in der Vergangenheit unter anderem schon immer ein braves Mädchen gewesen ist. Oder sie war gerade kein braves Mädchen – sie probierte diverse Möglichkeiten aus. Die Zeit saß ihr im Nacken, wie jedem. Manchmal rief jemand aus: *Aber sie ist ja WIRKLICH schön!* Bislang hatte sie die Nerven behalten. In den sonderbarsten Momenten besaß sie eine Zähigkeit, die daher rührte, daß sie unamüsiert ironisch hinzunehmen verstand.

Sie empfand sich leicht als Ware, mit der andere Handel trieben, denn sie war nicht selten verschachert worden – verschachert von Typen an andere Typen; zumindest nahezu verschachert von ihren Eltern; verschachert von ihrer gesellschaftlich hochstehenden Großmutter, von ihrer Lieblingstante, von ihrer am wenigsten geliebten Tante und von ihrer Patentante – und wenn sie sich dann herausschlängelte oder davonstürmte, empfand sie sich als *gescheitert*, aber als wissend und überlegen. Als gescheitert, aber glücklich und von großem Format. Sie empfand sich als erhört – außer wenn sie für sich sein wollte und damit beschäftigt war, mich zu imitieren oder gar sich meiner zu bemächtigen, ich zu sein: sie ging manchmal wie ich. Ihr Gefühl des Scheiterns – und ihr wahrhaft wahnsinniger Stolz – verhüllte den mehr oder minder *akzeptierten* Umstand, daß sie selbst, ihre Eltern, ihre Freunde jederzeit – und ich unter Umständen – es zu übersehen, ja sogar zu begünstigen pflegten, daß irgendein Prominenter über sie herfiel, ein Ex-General sie angeilte, ein Semi-Milliardär wie immer geartete Wünsche an sie herantrug, ein Politiker oder berühmter Schauspieler ihr in Brust oder Hintern kniff, ihr auf die Toilette folgte ... Doch wenn ich mich einmischte, wie ich es von Anfang an tat, wenn sie darum bat, dann warf sie mir vor, ich sei besitzwütig – und zerstöre ihr Leben: sie warf es mir geduldig argumentierend vor. Man konnte sich vorstellen, welch schwüler Wust von Möglichkeiten in ihrem Kopf herrschte – oder in ihrer Brust.

Dann plötzlich ihr unerschrockenes Verzieht-euch-alle – in gewisser Weise die Wahrheit, von *ihr* verraten – ihr Anspruch, Herausgeber des Lebenstextes oder der lang verlorene Erzähler zu sein – ihre Weigerung (meistens), sich verschachern zu lassen, ihre halbe Bereitschaft dazu, aus eigenem Entschluß und in Situationen, die mit mir nichts zu tun hatten: dies verlieh ihr einen bestimmten moralisch-amoralischen Stil in Ethos und Persönlichkeit – von Haß, eruptiblem Zorn und sexuellem Leid, sexueller Traurigkeit, als habe ein grausamer Besitzer sie in der Hand.

Doch dann wieder das merkwürdig hohe Lachen, ihr Zeichen, daß sie *kein* Mitleid erwartet; ihre Einstellung dazu, daß sie so merkwürdig berüchtigt ist (was sie fast ihr ganzes Leben hindurch bleiben würde): es ist für sie der *Normalzustand*, auch wenn sie es so nicht nennt.

Doch zusammen mit gewissen verlogenen Romantisierungen, romantischen Verklärungen mancher Dinge färbt es ab auf das, was sie tut, nicht ständig, jedoch über lange Spannen von Zeit hinweg, in denen die Zeit sich dahinzieht wie etwa ein Korridor und nicht intim und abgeschieden ist wie ein Abteil, obwohl auch davon etwas in ihr mitschwingt: herrlich aufrichtiges und lässiges Wissen darum, daß ihre *Normalität* etwas Wahnsinniges ist, etwas Eigentümliches und *ihr* Eigentümliches, etwas *Einzigartiges* – Ora ist einzigartig in ihren Verletzungen und darin, wie gesellschaftlich begehrt ihre Verletztheit bei diesem oder jenem aus diesem oder jenem Grund ist. Daher rührte ihre Überzeugung, sie sei talentiert – eine Lady van Gogh. Diese *Schönheit* – eigensinnig, beharrlich lebendig – überwölbte das Tosen von Sonderbarem in ihr mit dem noch unheimlicheren Element, daß sie weiter darauf bestand, eine *Schönheit* zu sein – eine leichter transportable und eher selbstbestimmte Sache als die, ein Talent zu sein – eine Schönheit, mit der zu rechnen, auf der zu beharren und die zu beneiden war: sie nahm die Geschichten darüber an, die Feindseligkeiten und die sich rächenden Leute und die Preisungen und das Romantische daran; und damit wurde Kunst unnötig.

Vielleicht war sie ehrgeizig im Erregen von Neid – sie bewegte sich ausschließlich inmitten von Sachen, die Neid erregten –, und diese Seite ihrer Person dämpfte oder verbarg sie nicht, sondern stellte sie kühn zur Schau als einen persönlichen Elitismus, der völlig in Ordnung sei. Erzogen von Leuten, die in sie vernarrt waren, behielt sie eine Gier (in der diejenige ihrer Erzieher nachhallte), die ihren besonderen Rang, ihre besondere Arroganz ausmachte, ein besonderes Pathos ihrer menschlichen Aura.

Und die Folgen davon an sich selbst hinnehmen zu können: auch das gehörte zu ihr. Sie tat es – nahm hin, was sich daraus ergab – oder tat es nur dann nicht, wenn sie zusammenbrach. Und dieses Hinnehmen erlaubte es ihr, bis zu einem gewissen Punkt ihr Leben zu wählen. War die Welt ganz und gar in sie vernarrt? Nein. Einklang herrschte da nicht. Vielmehr mußte man der Welt trotzen, wollte man mit ihr zusammensein – aber es galt nicht als chic, dies zuzugeben. Ihre Macht, ihr Leben zu wählen, wurde durch ihre Umstände beschränkt, die doch diese Macht zugleich schufen – ihr Leben, ihre Männer und Frauen zu wählen; aber irgendwie konnte sie trotzdem wählen.

Sie besaß eine Macht, die Rechten glich. Dem Recht, über ihre Geschichte zu bestimmen, dem Recht, Rache zu üben. Leute rotteten sich zusammen, um sie anzugreifen, sie zu verbannen. Sie zu entmachten. Oft, selbst in New York, breitete sich Schweigen aus, wenn sie einen Raum betrat, auf eine Party kam. Männer und Frauen überlegten dann, wie sie reagieren sollten – entschieden sich für einen Kurs der Parteinahme oder der Rivalität oder der Verfolgung. Oder für sonst einen. Sie war amerikanisch flink; sie war eine junge Frau mit Affären. Niemand erkannte seinen *Typ* in ihr. In dieser Hinsicht war sie weder Besitz, noch stand sie unter Zwang. Ihre Schönheit gehörte nur ihr. Mit nichts, was ich war, konnte ich sie in Besitz nehmen oder bezwingen; ich war ein Akt der Willkür ihrerseits; ich sagte das einmal zu ihr, und sie sagte, es stimme zumindest für mich im Verhältnis zu ihr, wenn nicht im weiteren Sinne, «weil das Leben mit einem Mann noch härter umgeht als mit einer Frau, Wiley», sagte sie.

Daher also hatte alles, was sie und ich sexuell taten, verwickelte Anhängsel, die verdächtig wie Überreste ihrer intensiven – und glorreichen – Erfahrungen anmuteten. Und wie Anzeichen dafür, daß sie relativ frei entscheiden konnte. Mehr als einmal sagte sie, sie und ich besäßen mehr Willensfreiheit als viele andere Menschen – oder ich sagte es, und sie übernahm die Bemerkung; sie wurde vornehmlich zu einer von ihr.

Ihr Gefühl für Sünde, für das Richtige und Falsche, für das *faustisch* Sündige daran, daß wir unsere Liebe gleichsam wider den himmlischen Willen und das Diktat der Intelligenz lebten – im faustischen Sinn nicht sündhaft – und mit einsehbar riesigen gesellschaftlichen Schwierigkeiten auf einer weit niedrigeren Ebene – dies schloß auch ihre Überzeugung mit ein, sie sündige mit ihrer frei gewählten und Verrat-befrachteten Unterwerfung unter meine Herrschaft – keine echte Herrschaft, sondern jene, die sie sich romantisierend einbildete, nicht ständig, eher romantisch-unbeständig. Dies war keine herkömmliche Sünde. Es war eine Ora-Sünde. Auf einer Sub-Ora-Ebene, einer Ebene tief unter der Liebe, war sie die Tochter des Verlangens, die sich für schmutzige Unterwerfung interessierte, doch damit ließ sich nicht fest rechnen. Sie war, wie eine Kämpferin, zu Höchstleistungen in wahrer *Liebe* trainiert ... «Du weißt eine Menge, Wiley, aber in einem Streit mit mir kannst du eigentlich nicht siegen.» Wahre Liebe – das heißt finale Liebe, Tod, Tod als der letzte, äußerste und größte Akt, der einen zum *Genie* machte ... Sie befand sich, gleichsam verlegen, am Rand der *Genialität* – darauf spielte sie oft kühn an, in einem realistischen, schillernden Ton ... In dieser Frage war sie keine Realistin ... Ich kenne die Quellen ihrer Definition von Liebe nicht, ihrer Einbildungen oder Ansichten dazu. Ich kenne weder die geflüsterten Vorformen ihrer Ideen noch die Reichweite ihres Verstandes oder das volle Spektrum ihrer Gefühle. Aber sie glaubte, daß die Liebe nichts Situationsbezogenes und Schillerndes sei, sondern daß unabänderliche LIEBE in unser Leben eingezogen sei, die wahre und einzige, die mythische.

Mein Gefühl für sie ist mythenhaft, es zittert und bewegt sich. Doch ein wirklicher Blick auf ihr Gesicht ergibt, daß nicht ihr ganzes Gesicht klar zu sehen ist. So viele Werte waren für mich in ihr komprimiert, daß ich mich frage, wie all das, was sie meines Wissens war, zu Wert, punctum, komprimiert sein kann; oder löst das eine das andere auf, weil Wert etwas Erträumtes und Eingebildetes ist? Ihr Verstand, ihr Wille, ihre anständigen Züge, ihr Gesicht, ihre Stimmung, ihre Verrücktheiten niedrigen Niveaus – sie war oft erschreckend unfreundlich zu anderen. Oft. Sie war auch erschreckend barmherzig. Sie pflegte die Geschlagenen in ihrem Stolz zu bestärken ... nicht mich, sondern arme Leute. Deren Wert erkannte sie klar. Ihre Bereitschaft, für die Liebe zu sterben – in gewisser Weise zu sterben – an einer gewissen überschwenglichen Erschöpfung – aus Liebe zu mir, zur Liebe; den säuischen, vertrackt furcht-und-wunderbaren Kram endgültig hinter sich zu bringen: darin war sie beeindruckend.

Liebt man alle, die einen erschaffen? Müssen sie sich dabei *anständig* aufführen?

Manche Menschen werden, wenn sie jung sind, mit so romantischen Blicken betrachtet, daß das Wissen um die Lieben der Kindheit ihr Aussehen mitbestimmt – Vorstellungen und Halluzinationen aus einer realen Liebesvergangenheit ...

Das Fallen oder Wallen ihres – hm – glorreichen Haars um ihr hinreißend delikates, recht weise warmes Gesicht – ihr Gesicht brannte sich einem ein. Unmöglich, dies alles zu kopieren oder abzubilden, durchscheinende Knochen, Augen, Mund, das Leben darin, in ihr oder in ihrem Kopf. Jedenfalls war sie gefaßt auf Selbstmitleid und Charakter bei sich und anderen, auf mangelhaften Sex und eine gewisse Gewaltsamkeit als Maßstab dafür, wie hoch sie ein Mann schätzte. Oder eine Frau. Sie war bemerkenswert – jedoch nicht ohne sich darum zu sorgen: mit einer Ahnung von der Möglichkeit zu scheitern, von der Möglichkeit des Skandals. Mit leisem Lachen oder mit fast jeder affektierten Geste machte sie deutlich, daß sie ständig von ihrer eigenen Langeweile bedroht war und eine Geschichte von Fluchtbewegungen hinter ihr lag. Sie war unendlich eingebildet, unendlich verachtenswürdig *eine Schönheit.*

Sie sagte, bizarrerweise sei ich das auch.

Den Skandal, den sie darstellte, nahm sie hin, allerdings nicht immer. In unseren nächtlichen Gesprächen verglich sie sich mit der Dunkelheit. «Ich bin wie die Nacht.» Draußen murmelte der Wind. «Ich bin dunkel. Ich weiß, du wirst mir weh tun ... Ich bin erwachsen. Ich weiß, was du willst ...» Sie schätzte aristokratische englische Schriftstellerinnen. In schlechter Stimmung erkannte sie sich als deformiertes, schuldiges, gewöhnliches Geschöpf, als unchristlich, als von Fleisch und Tod besessene Heidin; und dann wieder entwarf sie von sich ein neues Bild als im Grunde – *au fond*, sagte sie – machtvolles Wesen, als mächtig fleischliche Majestät, nehme ich an – «Ich bin nicht eingebildet, Wiley, aber ich habe wirklich großes Format.» Dann sagte sie wieder: «Ich bin erwachsen.» Dies ist nicht der Zeitpunkt, davon zu sprechen, aber nach dem ersten Jahr mit mir wünschte sie sich, gelangweilt von dem Leben, wie es gewesen war, daß ich die Schönheit wäre und sie Wiley.

Sie gab sich als unscheinbar aus: «Ich habe schon gelebt, bevor du mir über den Weg gelaufen bist, Wiley. Ich hatte meine Bücher. Ich hatte meine Philosophie. Ich hatte mein Interesse für das Theater. Ich glaubte an den Tod Gottes. Damals war ich nicht eifersüchtig auf Künstler.»

«Ist das ein Zitat?»

Sie liebte radikales Theater, aber sie zitierte Stellen biederer Autoren und aus Filmen, die sie beeindruckt hatten, als sie dreizehn gewesen war.

Das postkoitale Was-auch-immer – der weiße Schleier von *Traurigkeit*, von gelangweilter, fleischloser, phantastisch genauer, irdischer und Schulzimmer-hafter, sogenannter *Traurigkeit* – weckte Zweifel.

«Du verlangst nicht den kompletten Schnickschnack,

wenn du Schnack hast», erklärte sie mir. «Das stammt von meiner Patentante.»

Ihre Patentante war eine kreolische Verführerin aus der Dominikanischen Republik gewesen, politisch rechtsgerichtet und mit einem großen Kreis von Bekannten in Washington – darunter die letzten paar Präsidenten und ihre Familien.

Sie war mit dem Chef des Washingtoner Büros von *The Newsman* verheiratet, dem damals wahrscheinlich politisch wichtigsten Magazin im Lande. Als Ora und ich zusammenzuleben begannen, hatte Kiki, die Patentante, das gebilligt. Sie war dick und gerissen, eine sehr gut aussehende Frau, die unter Schlaflosigkeit litt und dem Gerücht nach von Zeit zu Zeit wahnsinnig wurde. Ora behauptete das.

Später erlitt ihr Mann mit sechzig Jahren einen Schlaganfall; ein Jahr lang pflegte Kiki ihn; und dann hatte sie einen Herzinfarkt und nahm sich das Leben, einen Mann hinterlassend, der sagte, er verstehe, was sie getan habe und warum sie es getan habe. Sie war eine kalte, mächtige Gastgeberin gewesen, eine Verrückte, gesellschaftlich durchaus bei Sinnen. Eine Alkoholikerin.

Ora war ein Opfer meines begrenzten Ruhms – nehmen Sie dies einmal so hin; als eine semi-höfliche Form von Antisemitismus. Es war nicht ganz und gar unangenehm; zur Verwendung in den groben gesellschaftlichen Gleichungen der Leute-die-sie-kannte (und die Täuschung mit christlicher Geduld hinnahmen) verbreitete sie, ich sei ein sexuelles Kraftwerk von schönem Mann – derjenige, der Ora zur Strecke gebracht habe, dem Ora nun verfallen sei und dem gegenüber sie sich manierlich betrage, um ihn zu behalten. Verstehen Sie? Der modisch maskuline, tollkühne und potente, potent-aggressive, rivalitätsfreudige – was eigentlich? Liebhaber ihrer Träume? Der Mann, mit dessen als-sexuelle-Wirklichkeit-ausgegebenen-sexuellen-Halluzinationen sie Handel trieb? Nun, dies war eine der sexuellen Geschichten, die sie erzählte. Ich weiß nicht, warum sie sich für diese Geschichte entschied, nur daß Ora sie als geländegängig einschätzte. Leute, die wissen, was Lügen bewirken können, meinen, sie hätten einen starken Realitätssinn. *Warum nur Sie?* Das fragten mich Männer – und manche Frauen – immer wieder und fingen mit mir Streit an über Ora, meinen Ruf, meine Arbeit und über wer-weiß-was-alles. Zu meinem Rang gehört eben derlei Kram.

Der sexuelle Kram: Wenn ich in ihr kam, war sie befreit und frei, solange sie nicht kam; frei, mein Opfer zu sein und zugleich ihren eigenen Willen zu haben und so fort. In manchen Kreisen kam die Frage auf, ob sie *mich* gestohlen habe, und auch dieser Geschichte stimmte sie halb zu ... Daß man ihr das nachsagte, gefiel ihr.

Postkoital liegt sie im Bett, die hart arbeitende Diebin; ihr langer Hals ist abgewinkelt, und ihr außergewöhnliches Gesicht wirkt in der dramatischen Stille des Augenblicks starr. Man kann ihre Macht wahrnehmen wie eine reale Sache – die Macht eines kapriziösen gesellschaftlichen Scheusals, die Attraktivität, die nackten Schenkel, das verwunderte Temperament – das Innenleben, ihre Erfahrungen, Träume, Schlußfolgerungen, ihre Erziehung – man sieht sie ihr an, die manchmal bestürzende Macht.

Ihre verblüffenden, intelligenten, robusten, verlockenden Lippen: sie sagte: «Ich bin die wilde, irre Ora, aber jetzt fühle ich mich friedlich, meine Führung ist vorzüglich, ich bin auf Bewährung entlassen ...» Vielleicht sagte die Masse von Schlangen-Drachen-Medusen-Todbringendem in ihr stumm noch mehr: *Ich liebe ihn, ich unterwerfe mich, er ist der Herr, er ist die Schönheit* ... Zum Teil Spiel, zum Teil Analyse der männlich beherrschten Realität dort draußen und nahebei.

Schau, es ist ein Spiel. Eine Frage des Stils. Und des Willens. Welche Vorzüge besitzt Liebe im Sinne des Willens und Stils einer Schönheit, die sich für Liebe interessiert? «Ich muß in mancher Hinsicht doch nett sein: nie nennt mich jemand eine blöde Fotze. Daß ich ein Biest wäre, haben schon viele gesagt: ich habe oft nein gesagt.» Sie kicherte. Man konnte es noch als Kichern bezeichnen.

Ein kastrierendes Weib, sagten die Leute von ihr.

«Ich habe in den Phantasien von Männern nie eine Rolle gespielt – in den Phantasien von niemandem», sagte sie stolz. Die enorme Unwahrhaftigkeit – und Ungenauigkeit – einer solchen Äußerung war für sie kein Thema. In den Kontraktionen des Moments, in seinem Verblassen und Wiedererblühen geben ihr Stolz, ihre Impotenz auslösende Pracht, ihre Selbstdarstellung winzige Hinweise darauf, daß sie zu Zeiten hurenhaft sein kann und sich nun in einer Phase feinsinniger Zuwendung befindet; hinterhältig verleugnet sie sich. Sie bietet eine menschliche Bindung an, kostspielig, hilfreich, gefährlich.

«Himmel, was für eine Welt», sage ich. «Schönheit im Zeitalter der Demokratie – oh, Mann ...»

«Ich bin nicht schön ... Du neigst zu Illusionen, weil du mich liebst ... Macht und Stellung und Rang sind wichtiger, Wiley ...» Das süße, prachtvolle, brave Mädchen, für eine Weile verliebt und befreit von den Männerstimmen, mehr oder weniger, von den Bekenntnissen: *Ich bin nicht glücklich mit meiner Frau ... .meiner Mutter ... .meinem Leben ... .meinen Töchtern ... ich ejakuliere vorzeitig ... viel Zeit werde ich dich bestimmt nicht kosten – haha ...*

Oras Freier ...

Der Tagesrahmen oder der Stundenrahmen solcher Dramen verlieh ihr unglaubliche Vorzüge als eine Person, die einen Teil der Gesellschaft widerspiegelte. Sie glich einem langsam rotierenden, sehr mächtigen, sich allmählich auf einen Punkt einspielenden Mechanismus mit der Macht, Einlaß zu erwirken, und mit einer gigantischen Kapazität für Aufmerksamkeit. Ihre Stärke war ganz real. Sie allein stellte eine vollständige Weltecke dar – ältere Leute mochten sie unweigerlich und lebten im Gespräch mit ihr auf.

Sie sagt: «Ich weiß, wie die Leute über mich denken. Aber manche Leute mögen mich – ich tauge nichts – ich bin ein entsetzlicher Mensch, Wiley. Die Leute sind ganz in Ordnung ... ich mag Menschen ... ich bin keine Einsiedlerin ...»

In mir dröhnt das Echo von Oras Wirklichkeit und der Wirklichkeit unserer Bindung. Sie ist nicht annähernd so postkoital aufgewühlt wie ich. Über Assoziationen dröhnen in mir Echos der Wirklichkeit von Frauen. Ich muß aufhören, Ora zu lieben, wenn ich sie vernünftig lieben will. Wenn wir zusammen leben, leben und atmen sollen. Natürlich hat die Natur es genau so arrangiert. Ich liebte sie am meisten, wenn ich zwischen Konzentration und Unkonzentriertheit hin- und hersprang, wenn ich mir Launen und Ablenkungen gönnte, wenn ich sie im Stich ließ, wenn ich sie postkoital betrachtete – ich meine das ironisch –, aber es stimmte auch, falls dies überhaupt Liebe war. Akrobatik. Eine Kette von Verrenkungen.

«Mein Gott, ist das Leben hart», sage ich, und eigentlich ist das für mich kein Unsinn; aber für Ora mochte es formelhaft und sinnleer klingen.

Ora richtet diese wissenden Augen auf mich, Augen, die klare Teiche von Leben sind, überschattet von vorläufig-in-Schach-gehaltenem-Tod – und sie sagt: «Du Mistficker, du kannst dich doch wirklich nicht beklagen – weißt du das denn nicht?»

Ich vermag mir weder ein absolutes Bild von der Liebe zu machen noch zu glauben, daß absolute Liebe existiert.

Was die Liebe so bedrückend macht, ist das Geziehe und Gezerre ihrer rhythmischen Wiederkehr. In meinem Fall stellen sich nach dem Sex taktische Schläue und Verlegenheit ein, Verlegenheit über sehr persönliche Phantasien. Ich spüre zwar, mit welcher Stärke Ora der Welt begegnet, ihre Bugspriet-Qualitäten, ihr phallisches – oder geistig phallisches – Bulldozertum, betrachte sie jedoch als Klotz am Bein und unsere Bindung als falsch für uns beide. Dagegen habe ich etwas. Aber ich biete nur Traurigkeit dagegen auf. Es hemmt mich, daß andere Männer ihr Leben Ora aufhalsen wollten und dann dagegen rebellierten, mit ihr bekannt zu sein; daß sie darin schwelgten, sich darin suhlten und darüber aussabberten, oder stumm und vorsichtig wurden und so weiter. Mit alldem will ich im Hinblick auf Ora nichts gemein haben.

Das Problem mit dem Absoluten und den Künstlern, die daraus Kunst gemacht haben, besteht darin, daß sie nur über eine Struktur verfügen, Gefühle zu evozieren: die Struktur des Ehrfurchterregenden, das dem Absoluten innewohnt; und dann bleibt nur noch der seltsam wandernde Schmerz und die Komödie des Geistes auf seinen Streifzügen, die er in wirklichen Momenten, in den unermeßlichen Weiten der Wirklichkeit unvermeidlich unternimmt; und ich ziehe die Strukturen tatsächlicher Gefühle und die Wirklichkeit einzelner Momente vor.

Die falschen Absoluta falscher Gesetze erschüttern mich nicht, mögen sie noch so menschlich sein. Eifersucht ist eine Universalie und Sex vielleicht auch, doch andererseits ist sexuelle, romantische oder erotische Eifersucht notwendigerweise spezifisch. Womit ich sagen will, daß Eifersucht letzten Endes eine Form des Nachdenkens über die Rolle des anderen im eigenen Leben ist, nicht des Nachdenkens über den anderen. Solange Sie eifersüchtig sind, denken Sie fortwährend an sich. Wenn Sie jedoch über den anderen nachdenken, passiert das nicht so eindeutig; es ist nicht die Hauptsache dabei.

Doch eines will ich Ihnen sagen: wenn es einem an der universellen Eifersucht fehlt, fühlt man sich monströs – und monströs grausam –, als wäre man äußerst selbstsicher oder gesegnet und von tiefem Glauben oder so etwas erfüllt. Ich weiß nicht, ob es verzeihlich ist – in dieser Form mit der gesamten verbleibenden Welt im Krieg zu liegen.

Immerhin weiß ich, daß man Liebe empfinden kann, die nicht zum größten, größeren oder grundlegenden Teil Eifersucht ist. Ich bin auf den Alptraum nicht eingerichtet. Mein Arm unter meinem Kopf auf dem Kissen ist eingeschlafen; er kribbelt. Ich habe Gänsehaut. Mir kam der Gedanke, daß einem Mann, der mit Ora zusammen ist, durch sie ein bestimmtes Bild von sich vermittelt wird, als habe die Geschichte ihn bereits dazu ausersehen, irgendwie berühmt zu werden.

Was keine illusorische Selbstüberhöhung ist. Und auch nicht alles, was Liebe bedeutet.

Vielleicht gab es meinem Leben eine seltsame Gestalt, daß ich mit ihr zusammen war. Unter den kleinen, vom Leben bereinigten Brisen flüchtigen postkoitalen Denkens war auch der Gedanke, daß selbst diese Semi-Einsicht nur für den Moment galt.

Sie hat den Kopf umgewandt und beobachtet mich.

«Nicht spicken», sage ich. Dann sage ich beleidigend – aber so führe ich traditionell Krach zwischen uns herbei, denn ich bin nach dem Sex zerbrechlich und gehe lieber in die Offensive, als wie Glas zu zersplittern: «Du bist der Schlamm, in dem ich mich wälze ...» Ein Scherz. Sozusagen.

«Wiley, ist dir schon mal aufgefallen, wie weiß die Dinge leuchten? Daß sie sogar im Dunkeln Konturen haben?» Sie weigert sich, den Köder zu schlucken.

«Nein», sage ich, obwohl es mir schon aufgefallen ist. «Warum fragst du?»

Sie schnieft und erwidert nichts. Vielleicht weiß sie, daß ich absichtlich sonderbar zu ihr bin. Sie hat mit zweien ihrer Psychoanalytiker geschlafen, von denen einer sich umzubringen versuchte, nachdem sie ihm gesagt hatte, sie finde ihn widerlich. Da war sie achtzehn. Kiki hat es mir erzählt.

Kiki sagte: *Sei gut zu ihr ... Sie ist sehr verletzt worden ...*

«Dein Leben beleidigt mich», sage ich zu Ora. (Worin

sich ein Kompliment verbirgt: daß es mir nicht zusteht, ihrem Leben nahe zu sein.)

«Dein Leben beleidigt mich auch», sagte sie flink. Dann verwischte sie das: «Ich kenne die Welt, Wiley – ich bin nicht sentimental, das versichere ich dir ...»

«Daß es so werden würde, wußte ich nicht», sage ich träge.

«Mach dich über uns nicht lustig, Wiley. Was wir haben, gibt es nur einmal im Leben. Niemand wird dich je wieder so lieben wie ich.»

«Es gab schon andere. Es wird noch andere geben.»

«Himmel, bist du gemein. Warum sagst du heute nacht bloß solche Sachen?»

«Weil du gerade angefangen hast, das Edelfräulein zu spielen ...»

«Ach, halt den Mund, halt den Mund, halt endlich den Mund – du kannst nicht immer im Recht sein.»

Wir verstehen uns. Gewissermaßen.

Ich nehme sie in die Arme, in der weißglühenden, post-koital-aufgewühlten Erkenntnis, daß meine Macht in der Welt im Augenblick größer ist als ihre.

Sie sagt: «Die Liebe beweist, daß die Welt einen Wert besitzt.»

Ihr Körper nimmt in meinen Armen handgreiflich jene Pose lebenden, atmenden Todes ein, die ich als Kind in den Armen meines Vaters einnahm.

Mein Chef – ich verdiene die Miete bei einer Fernsehgesellschaft – hat mir erklärt, daß er mich loswerden wird, wenn er Ora nicht haben kann. Mein Lektor sagt, er ist in Ora verliebt, obwohl ich mir ziemlich sicher bin, daß er überwiegend schwul ist. Ein Freund von mir möchte, daß Ora bei ihm arbeitet: er möchte für viele, viele Stunden in der Woche Macht über die Frau haben, der ich nahestehe. Andere nähern sich mir, um herauszubekommen, ob ich bereit bin, Ora zu betrügen. So messen sie, was sie sind, an dem, was Ora ist.

Sie verfügt über ein Sortiment von Phrasen, mit denen sie um sich wirft: «So sei es», sagt sie nun. «DIES ist der Stoff, aus dem die Träume sind. Darauf kommt es an. Wir *lieben* uns – und Liebe ist rar. Zum Teufel mit Gott und Mammon – *fahrt zur Hölle, Gott und Mammon* ... Die anderen Leute sind solche Arschlöcher!»

Selbst wenn man einander die Gestapo-artigen Verhöre erspart, tun sich doch in dem, was sie sagt, Löcher auf, dunkle Gruben der Angst. Oras wegen habe ich immer ein wenig Angst. «Bin ich dein Zylinderhut, Ora?» Aus dem die Leute ihre Figuren für ein Brettspiel ziehen, für Monopoly.

Ihr Atmen schien zu besagen, sie empfinde dasselbe wie ich. Sie täuschte solche Übereinstimmung oft vor. Ich tat das auch oft. Täuschen Sie derlei nie vor? Ich sagte zu ihr: «Wäre das nicht fein, wenn wir vollkommen aufrichtig wären?»

«Ich bin zum erstenmal in meinem Leben glücklich, Wiley ... Laß uns in Ruhe. Zum erstenmal sehe ich ab, daß es halbwegs gerecht zugehen könnte. Laß bloß *alles*, wie es ist ...»

«Gut, aber niemand kann die Dinge lange so lassen, wie sie sind.» Dann: «Und wenn wir uns im anderen irren?»

«Verlierst du etwa die Nerven?»

Wenn Sie wirklich etwas über Ihr Leben erfahren wollen, kommen Sie letzten Endes – vielleicht – am Tod nicht vorbei. Sie können versuchen, etwas darüber zu erfahren, auch wenn es Sie umbringt.

Sie fügte hinzu: «Ich bin nicht verrückt, Wiley.»

Aber sie ist es; wir alle sind es; sie hat eine maßlose Seele; sie ist im Grunde eine Wahnsinnige; sie ist jung, eigensinnig, wertvoll und moralisch ab und zu irgendwie grauenvoll, aber praktisch.

Sie ist eine ziemlich eifersüchtige Person. Wir waren es in einer Art von paralleler Synchronizität beide, Ora und ich, aber es war nicht klar, ob es sehr darauf ankam – in einem Zustand, in dem größeres Leid noch nicht geschehen war, noch nicht mit Entschiedenheit, und in dem man nicht-einsam war, aber unvollständig nicht-einsam. Die Vorteile davon waren nicht klar. Gleichwohl fühlte sich der Zustand vorteilhaft an, eine kuriose Mischung aus Mitleid, Neid, Begierde und Nervenstärke – Hinnahme – und einer etwas verlogen gönnerhaften Haltung anderen, besonders jedoch Ora gegenüber und von Ora mir gegenüber, sowie vielleicht einer gönnerhaften, aber glühenden Verachtung des Lebens selbst ...

Sie sagt: «Unsere Leidenschaft ist eine nackte Dahlie, Wiley ...»

«Was zum Teufel soll das heißen?»

«Oh, du weißt schon, was es heißt.»

«Weiß ich nicht.»

«Dann bist du ein noch puritanischerer Jude, als ich dachte – spiel nicht den Beleidigten: das war keine antisemitische Bemerkung.»

«Hätte ich etwa Grund, das anzunehmen, Ora?» fragte ich hinterhältig-überlegen ... überdrüssig.

«Das letzte Mal hast du einen gefunden ... Weißt du, man sieht es deinem Gesicht an – daß du mich liebst ...»

Die intelligente Gerechtigkeit, tiefe Traurigkeit und eigenartig getönte (mühsam von Schadenfreude befreite, vorsätzlich aufrichtige) Belustigung in ihren Augen, ihre Albernheit und Berechnung – dies sind überzeugende Dinge an ihr; sie machen sie für mich überzeugend. Wie gut sie blufft.

«Was ist Liebe?»

«Ich bin physisch für dich das, was der Duft von Babyhaut für eine Frau ist, die Babies mag.»

«Heißt das nun, daß du mein Baby bist oder nicht, Ora?»

Sie schüttelt den Kopf und sagt: «Ich bin stahlhart, Wiley.»

Ein Teil von mir liebt sie.

Einmal schrieb sie ein Theaterstück mit dem Titel *Zur Hölle mit Olivia*. Darin ist ein sensibler Ire in eine grobe, erdmutterhafte Person namens Olivia verliebt, die seinem Gejammer nachgibt und mit ihm ins Bett geht; als er ihn nicht hochkriegt, drückt er ihr den Kopf nach unten, damit sie ihn mit dem Mund flottmacht; sie sträubt sich energisch und redet sehr viel – es ist kein wirklich gutes Stück –, unter anderem: *Tu's oder laß es bleiben, es war nicht meine Idee, ich hab da keine Aktien drin* ... Sie sei nicht dafür verantwortlich; und der Junge sagt: *Du bist hart, Olivia, du bist hart.*

Insgesamt gefiel mir das Stück nicht, aber wenn ich nur die Dialoge nahm, hatte ich das Gefühl, ich hätte noch nie etwas so Wahrhaftiges, von einer Frau Geschriebenes gesehen, und war ganz schön eingeschüchtert von Ora.

Von dem Charakter, der bei ihrem Aussehen aus ihrem Leben und Denken hervorgegangen war.

Ihr Vater erklärte mir: *Wir waren immer eine häßliche Familie, bis Ora kam ... Sie ist ein Schwan*. Zischend und trompetend, von enormer Flügelspanne und in gewissem Sinne eine Bewohnerin von *Swanns Welt*, einem Buch über Eifersucht und Willen und gesellschaftlich-menschliche Grausamkeit in Frankreich. Mein Schwiegervater sagte, Ora stamme von Generationen mächtiger Frauen ab, von Fürstinnen der Gesellschaft, Regentinnen von Städten. Durch Ora huschten Schatten geschmälerter, spezialisierter Gefühle, einer spezialisierten amerikanischen Lebensform, von deren Grundentscheidungen, deren moralischem Stil, verbrämt mit einer gewissen Humanität und dem Glanz einer anerkannten Schönheit: *Oh, mein Gott, sieh doch, sie ist wirklich schön – SIE hat die Nerven nicht verloren* ...

Ein Teil von mir liebt sie nicht. Und wird sie nie lieben. Man liebt das Muster, das Vorbild mehr als das einzelne Exemplar, die Abbildung im Katalog und nicht immer den zugesandten Gegenstand – zumindest nimmt er einen nicht im gleichen Maße gefangen. Man kann, glaube ich, willentlich daran festhalten, die platonische Idee wohne auch der Frau vor einem inne. Ora war ein wenig strapaziert, ein wenig verbittert. Über ihre Nerven sagte sie einmal: *Sie sind jetzt wie verschmutzte Klaviersaiten – ich wünschte, sie wären noch so rein wie als ich jung war.* Ich lernte sie in meinem zweiten Studienjahr in Harvard kennen, als ich versuchte, von einem Mädchen freizukommen, das, um mich zu bestrafen (als moralische und ethnische Pflicht) und auch einfach, um zu sehen, was passieren würde, um zu sehen, ob ich bei anderen Mädchen ankäme, ernstlich vorschlug, sie wolle mich in Ruhe lassen und mir nicht vor anderen Leuten nachspüren, wenn sie mich Ora vorstellen dürfe. Nach dem ersten Blick war ich wund und geblendet und überwältigt – für viele Sekunden. Verwirrt dachte ich: *Oh, Himmel, sie ist es.* Und: *Ich würde eine Menge Scheiße ertragen, wenn ich eine Weile mit ihr leben könnte ...* Wenn meine Gefühle erkalten sollten, hieß das, würde ich zum Ausgleich für das hier bei der Stange bleiben. Und: *Mann, das ist genau die Falsche für mich, aber wen schert das schon, die hier will ich ...* Liebe auf den ersten Blick nimmt allerlei Schattierungen an. Und viele andere empfanden ebenso, nicht was die Schattierungen, sondern was sie anging – Ora.

Es war nichts Besonderes, sie zu mögen. Sie und ich wären noch an dem Abend, an dem wir uns kennenlernten, fast zusammen durchgebrannt; wir starrten einander an, unterhielten uns und verschwanden, um unbeobachtet zu sein – ganz offen hatten sich Leute um uns versammelt, um zuzuschauen; und draußen unterhielten wir uns stundenlang allein, aber sie entschied sich gegen mich; ich hatte zu viele Ansichten, war zu jung, zu arm – und Jude; sie sagte, sie habe ihren Juden schon hinter sich, oder etwas, was darauf hinauslief – und setzte mich statt dessen auf ihre Warteliste. Zwei Jahre später kam sie auf mich zurück. Ich glaubte, ich würde wie ein Mönch leben. Als Junggeselle mit ungewissen Neigungen. Doch als sie hinter mir her war, gab ich all meine Ambitionen auf, intellektuelle wie militärische – ich hatte zur Armee gehen wollen –, und dachte, ich würde es mit ihr versuchen. Nie war ich von jemandem so angezogen gewesen wie von ihr – magnetisch, vehement, zermürbend. Doch so erging es auch Dutzenden von anderen. Dutzenden. Von ihr angezogen zu sein war vulgär und keineswegs einmalig. Sie sagte, ich hätte schließlich auch meine Anhängerinnen. Das war viereinhalb Jahre zuvor gewesen.

Sie verstand es hervorragend, sich zu pflegen, für ihre Nägel, ihr Haar zu sorgen, ihre Füße zu baden und zu cremen. Darin war sie eine Autorität. Sie atmete und schlief mit Autorität. Sie klagte nie über einen Kater, schien nie an Kraft zu verlieren. Das zarte Gewebe ihrer Brüste und ihrer Möse benahm sich skandalös selbständig; ganz ohne Demut, schien es Ironie und amüsierte Beschwerden auf den Plan zu rufen: Ora verteidigte sich. In jedem Moment. Auf eigenartige Weise. Wenn sie sich nicht dadurch verteidigte, daß sie rührend oder böse-und-einschüchternd wirkte, dann mit normaler Überbeanspruchung, wobei sie einen im Grunde verletzend offen wissen ließ, was sie so beanspruchte, wer man war, was ihr durch den Kopf ging und so fort ...

Doch wenn sie das beiseite schob und man SIE küßte, dann entdeckte man, daß ihr Mund innen süß und weder eine Falle noch vor Nervosität säuerlich war. Sie nahm sich hin, wie sie war – sie nahm sich beinahe an ... Ein herumgestoßenes, vom Leben gelockertes Mädchen von erschreckender Spannweite, extremer Intelligenz und quasi-extremer Wildheit, zumeist pragmatisch, physisch sehr gewandt und gebildet ... Eine Kleinkünstlerin mit Willensstärke und Disziplin. Mit Charakter. Ein unglaublicher Suchscheinwerfer von Femininität dieser Art, der spielerisch über die Welt hinwegstreifte – oder sie wie ein Observatorium beobachtete; die Informationen wurden umsichtig verteilt von Mutter Ora, die gesellschaftlich jener Kaste, jener Subkaste angehörte, die weiß, daß sie mit Informationen handelt. Zeitungsleute, Geschichtsschreiber, Leute, die sich ihre Herkunft selber erarbeiten wollen. Wohlsituierte Frauen mit gestörten Söhnen, oft geistreiche Frauen mit sehr viel Geld und Stilgefühl, wählten Ora – zweimal, wenn man den Geschichten glauben durfte – für ihre Söhne aus, zu deren Rettung. Es ging nur um Ora selbst – sie mußte ein paar Höschen stehlen, um an einem dieser Gesellschaftsereignisse auf Nahant teilnehmen zu können. Sie hatte Fähigkeiten. Sie wußte sich auf vielen politischen Ebenen taktlos zu bewegen. Sie hatte keine zerbissenen Fingernägel. Als ich sie kennenlernte, sagte sie: *Ich möchte niemals bedauert werden – ich habe vor, mich umzubringen, wenn der Lack ab ist.* Sie sagte: *Es gibt Leute, die mich interessant finden.* Die Drogen, mit denen sie experimentierte, wurden für sie nicht zu Fesseln. Zerstörten sie auch nicht. Bestimmte Bücher, die Ideen vertraten, selbstquälerische und selbstgefällige Bücher, nahm sie überall mit hin, und wenn man sie wegen der Autoren, die sie im zweiten College-Jahr bevorzugte – Aristophanes, Vita Sackville-West, Ortega y Gasset und Jane Austen, bissige und komische, elitäre und mehr als komische, romantische und noch komischere Autoren – für einen Snob hielt, dann sagte sie: *Du kannst mich mal ... bei der ersten Verabredung diskutiere ich nie über Literatur ...*

Und dann ihre programmatische Ergebenheit manchen zeitgenössischen Schriftstellerinnen gegenüber, deren fürchterliches Stilgeklingel, deren Ansichten, deren Zuckerwatte oder Stahlwolle von Willenskraft, deren Wut, deren grauenvolle vaginale Schauerromantik, deren unzuverlässige Intelligenz so sehr derjenigen der Kerle mit den gluckernden Stilen glich, mit den taumelerregend abgedroschenen Ansichten und dem Taschenmesserwillen, mit ihrer Wut und ihrem widerwärtigen phallischen Lamentieren oder Triumphieren. Von Hemingway war Ora beeindruckt, aber sie fand seine Sachen trocken.

Und immer dieser Glanz, der von dem Mädchen ausging; dieses ungleichmäßige, getrübte Strahlen, befleckt und regellos; ihre Hände, ihre Launen; wie sie plötzlich amüsiert sein konnte, wie das Schmutzige und das Dumme sie rührten ...

Und dann all das, was sie bereits wußte.

Ich sagte: «Mein Gott, ist dein Leben interessant. Ich habe versucht, zu einem Analytiker zu gehen: er war an mir interessiert, bis er mich fragte, wie es bei mir mit Geld stünde, und als ich sagte, ich hätte keines, nur ein Stipendium, fing er an, mir zu erzählen, ich wäre normal ...»

Ich war dankbar dafür, daß meine Nerven standhielten, wenn ich mit ihr zusammen war.

«Du hattest einen Analytiker, der DIR gesagt hat, DU WÄRST NORMAAAL ... OH, MEIN GOTT, OH, MEIN GOTT, OH, MEIN GOTT ...» Ihr Lachen klang sonderbar.

Ich habe nie erlebt, daß sie sich an Kaffee den Mund verbrannte. Sie war übersteigert körperbewußt. Sie verlor leicht die Übersicht über das viele, was sie wußte; und dann wurde sie verwirrt. Sie wußte, daß ich in sie verliebt war. Bald sagte sie, ich «liebte» sie – nach einer Weile sah sie die Dinge anders, oder nannte sie zumindest anders. Unsere Folie à deux, unser zurückgezogenes Leben als Paar war ihre Idee, es gehörte *ab ovo* zu ihrem Stil – Liebespaare in feinen Internaten zogen sich zurück, um allein zu sein, lehnten Geselligkeit nicht ab, widmeten sich jedoch ganz ihrer Beziehung: wir übertrieben und untertrieben dieses Verhalten zugleich – anfangs, weil ich nicht von einem feinen Internat kam; dann praktizierten wir es mit Nachdruck. Auf manchen Parties, zu denen wir gingen, schlief sie mitten unter den Gästen ein. Sie wies Professoren und dergleichen Männer eindeutiger zurück – obwohl ihr Gesicht nun eine gewisse Lieblichkeit gewann, kam sie vielen Leuten noch immer wie das Fatum oder das Fatale in Person vor.

Sie sagte: «Wir sind Zwillinge, du und ich.»

«Nein, sind wir nicht. Ich wünschte, wir wären es. Aber wir sind es nicht.»

Durch eingebildete Zwillingsschaft überwand sie ihre

Egozentrik – sie glaubte, Solipsismus sei der wahre Grund aller Dinge. Aber sie nahm andere bewußt wahr: sie sagte: «Im Land der Blinden ist die Einäugige König ...»

Es gelang ihr nicht immer, eine Stelle zu behalten – die Leute gingen hart mit ihr um. Im allgemeinen suchte sie sich einen einzelnen, verheirateten Mann aus, fand aber in ihm längst nicht immer einen Beschützer.

Natürlich ist jeder Mensch begrenzt und der unerbittlichen Bewegung ausgesetzt, in der sich alles befindet, nicht zuletzt er selbst. Stur, wenn sie im Unrecht ist, sooft sie auch im Unrecht ist, morgens überflutet von Gefühlen, von Begehren, wählt sie die Rolle der personifizierten Einsamkeit, die durch das Echo, das sie findet, noch verstärkt und partiell gelindert wird.

Sie beugt sich herüber und umspielt meinen Mund mit den Fingerspitzen. Für einen Moment empfinde ich den kuriosen, verzauberten Stolz desjenigen, dem gedient wird. Auf diese herrische Weise erklärte sie sich zu meinem Eigentum – wenn wir allein waren und in der Öffentlichkeit. Ich war dankbar, aber nicht immer erfreut darüber. Allerdings amüsierte sie mich. Sie ist eifersüchtig auf alles, was sie nicht bewirkt.

«Wovon träumst du, Ora?»

«Ich träume von Frieden und von der Katastrophe. So sehr unterscheidest du dich gar nicht von anderen Männern.» Ich war Manns genug, gewöhnlich genug, auf normale Art außergewöhnlich genug, um mit ihr zusammensein zu dürfen. Sie sagte: «Deine Augen – nie kommst du in deinen Augen nach vorn, immer bleibst du im Hintergrund – auf Banditengebiet. Du weißt, daß du anderen gern weh tust, Wiley. Du bist zu selbstgerecht, um ehrlich zu sein. Du wirst mir noch mal so weh tun, daß es mir fürs ganze Leben reicht ... Aber das ist in Ordnung; ich bin sehr stark. Nicht allein zu sein ist das wert ... endlich einmal nicht allein zu sein.»

Ein Liebesmonolog ... von einer narzißtischen Solipsistin? Ich weiß nicht. Meine Stimmung hellte sich auf. Trotz ihrer Privilegien und allem ist sie menschlich. Mein Herz krampft sich zusammen, dann pocht es heftig zum Anstieg meines Glücks. Ganz zu Anfang, als wir zusammenfanden, hatte ich gesagt, ich wolle es riskieren, von ihr verletzt oder gedemütigt zu werden, und auch das Risiko eingehen, ihr zu schaden, mir diese Schuld aufzubürden. Ich würde es tun, um mit ihr zusammenzusein ... für eine Weile. «Hochgestochenes Harvard-Gelaber», sage ich nun, wie sie viereinhalb Jahre zuvor.

Sie sagte: «Mach dich nicht mehr über uns lustig, gerade jetzt nicht, Wiley.»

Ich weiß vom Bumsen – und in einer anderen inneren Sprache weiß sie es ebenso –, wie es um unsere Gefühle steht. Das hier ist nicht für immer. Was hier vorgeht, die außerordentliche Selbstvergewaltigung, Selbstvergeudung der Liebe – als Körperwesen taste ich mich voran im rauschenden, wirbelnden Güterzugwind der Ankunft, gehetzt von unzähligen, in kaum merklich verschobener Folge auftreffenden Partikeln des Nahens und Verblassens – unter diesen glücklichen, verstörenden Lebensumständen. Ihr Atmen legt Zeugnis ab, jagt Schrecken ein, besänftigt, bekennt und lügt. Ihre unbeugsame Nachtpersönlichkeit – ich meine, daß es ihr, wenn wir nachts allein sind, an jeder Furcht vor mir, vor uns fehlt (ich fürchte immer ein wenig um uns, fürchte sie – und ein individuelles Moment, das mich in diese oder jene Richtung gleiten lassen könnte) – die nicht zu leugnende Tatsache, gebumst zu haben, die vorübergehend gnädig die Panik des Betörten modifiziert: es ist von einer verschlissenen Schönheit.

Ora sagt plötzlich: «Weißt du, Wiley, Schuld ist ein Klischee.»

Ich sage: «Getroffen ... Ja, weiß ich. Ist sie wirklich eines?»

Sie sagt: «Ich finde, du solltest zugeben, daß ich im wesentlichen ehrlich bin. Weißt du was? Du bist nicht typisch ... Du bist kein Ewiger Jude – nicht, wenn man genau hinsieht. Du bist nicht wie andere Männer. Quälst du dich wegen der Juden?» Wegen des Holocausts.

«Nein ... Jetzt nicht ... Nicht in diesem Augenblick.» Im Grunde quält es mich doch. Gespenster verfolgen mich. Eine Formel kommt mir in den Sinn - *Sie sind alle tot* – und wird für eine Weile nicht daraus verschwinden.

Sie sagt, noch immer ein wenig Radcliffe-Absolventin: «Die Katholiken haben recht: Verzweiflung ist wirklich ein *cul-de-sac*, in dem nichts zu holen ist. Warum willst du denn *gut* sein ... Das geht nicht.» So etwas bietet sie mir, zu dieser Stunde: «Du bist wie Julius Caesar.»

Ich sage: «Dir gefallen Namen, die zu historischen Begriffen werden ... Mir gefallen Handlungen oder Rituale oder persönliche Qualitäten, die auf, ich weiß nicht, auf *Gnade* hindeuten ... Dann würde ich mich besser fühlen ... Ich fühle mich jetzt nicht schlecht, aber dann ginge es mir besser – vor allem, falls schwierige Zeiten kommen ...»

«Ich weiß nicht. Ich habe keine Angst», sagt sie. «Aber ein Name, Wiley, den die Leute für alle Zeiten im Munde führen würden, ich weiß nicht, vielleicht deutete das auf Liebe hin.»

Unsere vage, blinde Umgänglichkeit zu dieser Stunde mündet für mich plötzlich in tiefe Angst: in einen Abgrund von Bedeutung, die jedoch zum Teil in meiner Bedeutungslosigkeit und meinen Irrtümern bisher, in meinem bisherigen Leben besteht. Ich sage: «Was weißt du schon darüber? Deinetwegen versuche ich stark zu sein. Ich spiele mich vor dir auf. Ich lüge dir ständig vor, wie stark ich bin. Laß uns schlafen.»

«Gut.»

«In New York, mitten unter den UNGEHEUERN, müde zu sein ist nicht gut. Du verstehst das nicht; du wirst ja nie müde.»

«Weil ich nicht skrupellos bin. Was ist denn eigentlich dein Ziel? Ich glaube, du bist vom Typ Napoleons. Schließlich bin ich nur eine Frau, die von dir einmal zerstört werden wird ...»

«Ah, dein Schicksal ...»

«Ja, das zählt auch ...»

«Ich habe es dir gesagt. Ich habe dir mein großes Geheimnis verraten: als ich klein war, sagten die Leute, ich sei ein Genie, und damit würde ich andere tyrannisieren.»

«Oh, ich liebe Menschen von Verstand. Ich liebe den menschlichen Verstand. Sag es nur nicht so laut. Letztlich bist du eben doch ein Kleinstädter. Ich bin Denken gewohnt, Wiley. Ich bin gut vorbereitet. Ich glaube nicht, daß dein Verstand etwas so Absonderliches ist.»

Absonderlich ist die Dunkelheit in der Stadt: sie besteht aus Lichtgesprenkel und Schattenstreifen, und hier aus schwärzerem Dunkel und dort aus ruhigem, gepünkteltem, gestricheltem Grau, manchmal mehreres davon dicht beieinander; und alles zusammen ergibt in tiefer Nacht ein weißliches, schattendurchsetztes, irisierendes, phosphoreszierendes Leuchten.

Emphatisch zunächst, fuhr sie fort: «Ich bin Denken wirklich gewohnt, und ich denke, ein Mann ist weitgehend dadurch definiert, daß er keine Frau ist. Ich verstehe dich», sagte sie.

«Ich verstehe, daß Prahlerei im Bett ein bißchen wie ein Wiegenlied ist, das man sich selbst vorsingt ... Oder vielleicht, wie sein Kopfkissen zu umarmen ... Ich verstehe nichts», sage ich.

«Du wirst dicker. Aber du siehst immer noch gut aus. Wir können vieles nicht verstehen, Wiley ... Die Menschen können es nicht ... Wir tun, was wir tun müssen – wir gehorchen kategorischen Imperativen. Ich finde, du hast ein sentimentales Verständnis von Verstehen. Die Welt ist all das, was der Fall ist und nicht der Fall ist – wenn dies der Fall ist, dann wissen wir, es ist nicht der Fall», sagte sie jungakademisch, gelassen-hochtrabend. Eine Behauptung kann das sein, was einem Stabhochspringer der Stab ist. Von einer bestimmten mentalen Warte aus, mit umsichtig über den Dingen schwebender Autorität sagte sie: «Ich weiß nicht, was du willst ... Du weißt es auch nicht ...» Dann: «Ich will jetzt überhaupt nichts wissen.» Sie ist nur undeutlich zu sehen. «Du glaubst, andere Frauen sind so gut wie ich, aber das sind sie nicht. Ich fühle mich jetzt friedlicher als je ... Schon als Kind habe ich es gehaßt, in einem Bett allein zu schlafen.» Ihre Schönheit ist eine bejahende, lebenspendende.

«Oh, sei doch nicht so *menschlich*, Ora», sage ich. «Mit meiner Sicht der Dinge zu leben ist ein Sisyphos-Kampf.» Dann: «Seltsam, wie Distanzen wirken, selbst kleine – sie lösen die Dinge auf. Wenn ich mich direkt neben dir befinde, kann ich mich kaum noch an etwas anderes erinnern, ich kann nicht über dich hinwegsehen, nicht an dir vorbeisehen.»

«Du bist die einzige Person, die weiß, wie lieb ich bin», sagt sie schwermütig. Dann lacht sie eigenartig – ein flaches, jedoch in die Länge gezogenes Lachen ...

Die klare Erkenntnis, daß man leer ist, vom Erwachsenenleben verdorben – unter anderem von der Liebe: lange Zeit miteinander zu ficken zielt im Innersten darauf ab, ein Destillat und Konzentrat von Liebe zu gewinnen, und vielleicht gilt das auch für die Anstrengungen, die man unternimmt, um die Gewalt über das eigene Leben zu behalten. Die eigenen Entscheidungen zu verstehen, oder auch nur, *daß* man Entscheidungen getroffen hat, und die Zusammenhänge und Parallelen, die Ketten und Verknüpfungen von Vorhergesehenem: all dies geschieht in einem bestimmten, gewissermaßen literarischen, französischen Stil, in Leere. Sie, Ora, *kämpft* dafür, daß wir lieben, daß ich liebe ... Ich weiß eigentlich nicht, warum: Ich weiß, daß es ein menschlicher und kein absoluter Kampf ist. Es macht mir angst ... macht mich unruhig ... macht mich ironisch und *überlegen* ...

«Wie soll man denn umgehen mit seiner Verlorenheit-in-der-Welt? Sie leugnen? Das muß man vermutlich, wenn man Kinder hat – lauter kleine Motivbündel, die auf dem Boden herumkrabbeln und sich um Kopf und Kragen brüllen ...»

«Hast du noch vor zu schlafen?» fragte Ora.

«Ich habe eine Reise ins Nichts vor», sagte ich. «Adieu – wirst du mich vermissen?»

«Ja ... Brauchst du eine Decke?» fragte Ora.

«Wenn mir kalt wird. Aber bald wird deine Hüfte auf mich draufkriechen, dann dein Arm, die großen, heißen Wackersteine im Feuer gebrannter Arme und Beine ...»

«Bin ich zu schwer? Ein seichtes Mädchen wie ich? Oh, ich bin seicht wie eine Pfütze ... Wie kann ich da *schwer* sein ...» Sie schüttelte verständnislos den Kopf, wie aus Abscheu vor sich, komisch. Es ist ein Scherz ...

«Ha-ha», sage ich.

Da legt sie den Kopf auf meine Brust und fragt: «Sag mir die Wahrheit: habe ich einen zu großen Dickschädel?»

«Nein. Ja-nach-einer-Weile ... Da siehst du mal, wie wenig vertrauensvoll – und wie nervös – wir sind.»

«Oh, Wiley, verrat mir doch, was du gerade denkst: siehst du in die Zukunft? Geht alles gut?»

«Nein. Laß uns einfach raten. Es wäre so schön, echt und offen zu sein. Ora, ich bestehe zu sehr aus Rechtfertigungen – und aus Verlegenheit –, um irgend etwas zu sein.»

«Du bist offen.»

«Danke ... Ich messe die Liebe an einem Maßstab der Mittelschicht; der bestimmt die Grenze, bis zu der wir es zulassen, daß wir einander verletzen, und den Punkt, an dem wir uns selbst k. o. schlagen, um den anderen nicht zu verletzen ...» Nun gibt es beim Sprechen leider den Haken, daß jemand das, was Sie sagen, durchschauen muß. Der andere muß das Gegenteil von dem tun, was Sie zu wollen behaupten – sonst kann er nie verstehen, wovon Sie sprechen. Unbewußt fühlte ich, daß ich sie dazu herausforderte, unsere Bindung auf die Probe zu stellen, bemerkte es jedoch erst jetzt, ein wenig im nachhinein. «Das hätte ich nicht sagen sollen … Wenn ich mehr wie meine Schwester wäre, mehr wie Nonie, würde ich lügen, damit du anders reagierst … Sie ist für Momente dieser Art besser geeignet als ich … Irgendwie hat sie die Freiheit erworben, sie auszuprobieren.» Ich bin nicht Nonie. Ich spreche es laut aus. «Aber ich bin nicht Nonie …»

Ora, die neben und auf mir liegt, rührt sich; ihr Körper ist gespannt; ich seufze und denke: *Was kommt als nächstes …*

Nonie verliebt

Schmerz, der Mord am Wachsein; der Mord an Träumen (und die Auslöschung der Traumbevölkerungen), der Wachsein ist; ein Husten, ein Fieber, eine plötzliche Emotion, die sich als unerträglich erweist: Nonie sagte einmal zu mir: «Nie bist du verletzt. Du bist nicht menschlich. Du hast keine Gefühle. Du weißt *gar nichts* ...»

Über sich sagte sie: «Ich bin stark, die Sachen gleiten vermutlich einfach an mir ab: schau mich doch bloß an, ich strahle und glänze und scharre mit den Hufen –»

Der Körper behält Schmerz in Erinnerung. Einen Stock, einen Gürtelriemen, eine Person. Einen wirksamen Tadel. Solange der Schmerz anhält, kann er wie ein Aspekt der Ewigkeit erscheinen. Der eigene Schmerz. Der Schmerz eines anderen. Ich bin mir nicht sicher, wie sehr es auf der moralischen Waage, nach der man sich in seinem Handeln richtet, ins Gewicht fallen *sollte*, daß es der Schmerz eines anderen ist – bei so vielen Menschen, so viel Schmerz. Aus statistischen Gründen wahrscheinlich keine Frage, über die man abstimmen lassen sollte.

Mein eigener Schmerz jedoch – ich weiß noch, wie mir zum erstenmal der Arm verdreht wurde: *Sag mir die Wahrheit, dann lasse ich dich los* ...

So schockiert und ungläubig ich die Empfindung auch registrierte, sie hinderte mich nicht, Berechnungen darüber anzustellen, ob ich es mir leisten könne nachzugeben: *Aaauuuu – ich sag dir die Wahrheit* ... Die unselige Selbstentblößung, die dann folgt, die Demaskierung dieser Technik, diese andere Wirklichkeitsebene, die sich auftut, wenn man verloren hat, endgültig verloren hat, gehört das zur *Normalität*? Auch die Angst? Als ich noch sehr klein war, fiel ich einmal eine Treppe hinunter, und ich erinnere mich noch an den Schmerz und den Schock und die eigentümliche Abwesenheit von Angst ... *Oh, du kleiner Dummkopf, hast du dir weh getan?* Ich erinnere mich an mein stranguliertes, gequältes Schweigen – der Sturz hatte mir die Luft geraubt, und ich konnte weder atmen noch sprechen. Da waren, ganz nah noch, die Erinnerung an sich überschlagende, Räder schlagende Wände und Decken während des Falls, die Übelkeit, mein darniederliegendes Atmen und Denken, die Auflösung des normalen Bewußtseins von Stärke im Schmerz – und dennoch hatte ich keine Angst.

Willst du dich denn umbringen? Wo hast du bloß deinen Verstand gelassen? Ich glaube, ich empfand schon Angst um jemand anderen, bevor ich lernte, Angst um mich zu haben. Ich glaube, dieser andere war mein Kindermädchen, Anne Marie. Sind Sie jemals früh aufgewacht, haben sich leise bewegt und sind auf eine Person gestoßen, die Ihnen nahestand, die ganze Nacht über beklommen gewacht hatte und nun verwundet, verängstigt, *ausgepumpt* war? In dieser Lage empfand ich Angst. Sind Sie damals verstummt? Fühlten Sie sich wie ein Kind auf einem Schlachtfeld?

Als ich klein war, sagte Daddy, wenn ich mich verletzt hatte, oft voll Mitleid: *Du brichst mir das Herz ... Ich kann keinen Schritt weiter, bevor es dir nicht besser geht ... Hilfst du mir auf die Füße, Pisserchen?* Manchmal ist es mir dann – eigentlich – ganz recht, wenn ihm das Herz bricht ... Was aus ihm wird, ist mir egal. Ich liebe ihn nicht. Die abstrakte, *scheinbar allumfassende* Dunkelheit des Schmerzes, das schreiende Elend, das Delirium der Niederlage machen es schwer, einen Schritt vorwärts zu tun; es ist, als ginge man durch Feuer; und Dad sagt: *Mich so zu strafen ist nicht fair. Es wäre mir lieber, du würdest mir eine Kohlenschaufel auf den Kopf hauen, Pisserchen.*

Lern doch einfach, dich drüber hinwegzusetzen. Du lebst und kämpfst auch morgen noch, das solltest du allmählich lernen.

Es ist beängstigend, wie sehr es darauf ankommt, wer wen liebt, welche Art Liebe jemanden erfüllt, wie sie brennt und beißt und stinkt und an einem zerrt, und daß es dann doch wieder nicht darauf ankommt. Mama sagte, vielleicht hierzu: «*Nonie lebt in der Welt, sie ist ein weltliches Geschöpf* ... Nun ja, wir müssen eben alle gute Miene zum bösen Spiel machen ...»

S. L. sagte: «Wir kriegen das hin, wir kriegen das wieder hin ... Die USA sind das Land der Hoffnung und der guten Medizin.» Er war Utopist. «Hier gibt es Heilung für alles ...»

Mama sagte: «Das kleinste Unglück macht S. L. ungeduldig ...» Dazu bemerkte Mama, wie auch sonst zu einigem: «Ich sag dir, das kann *zum ALPTRAUM* werden.»

Gehen Sie mit Ihrer Seele um wie mit einem Kind? Bewahren Sie sie vor dem Anblick von Blut? Vor dem Wissen um Unfreundlichkeit?

Von welchem Punkt an ich einen Erwachsenen oder ein Kind meines Alters durch Sprechen zu Gewalt reizen konnte, gehörte zu den Dingen, die ich in der Kindheit studierte ... ich erkundete, beobachtete und probierte da allerlei.

In der ersten Sekunde des Fallens glaubte Katie nicht, daß sie fiel, daß es wirklich passierte. Sie wußte nicht, was sie glauben sollte. Katie enthielt sich des Glaubens. Katie hatte nicht das Gefühl, tatsächlich zu fallen. Sie hielt es nicht für plausibel. Sie fragte: *Falle ich?* Sie antwortete sich nicht, sie sah, daß sie fiel – die Bäume bewegten sich plötzlich auf eine Weise, daß sie wußte, sie fiel durch die Luft. Sie hoffte, sie träume ... So war es mir ergangen; ich wandle es um und übertrage es auf sie. Ich sah sie die Treppe vor ihrem Haus hinunterfallen. Ich weiß nicht wirklich, was sie empfand ... Sie merkte, daß die Zeit auf einmal etwas Komisches hatte ... Ich meine, sie wußte, daß etwas Reales vorging, weil es sich nicht neu so zusammenfügte, daß es plausibel wirkte. Es ging einfach weiter. Sie – oder ich, als ich fiel – dachte: *Oh, oh.* Ich hatte noch keine Gewißheit, ob ich unwiderruflich Schaden nehmen würde. Ich trauerte angesichts der traumgleichen, rasant dahingleitenden Friedlichkeit des Tages, der kopfstehenden, wirbelnden Schönheit der Welt, während ich mich fallend überschlug. Ich trauerte meiner verlorenen Sicherheit nach. Das Licht verdunkelte sich für mich. In dem von Wehmut erfüllten, kränkelnden Nichts, das der Augenblick nun für mich ist, schlägt Katie auf die Stufen und auf das Gras auf: mit Schultern und Rücken prallt sie auf und rutscht weiter. Auch ihr Kopf holpert über die Treppe. Das Gras unter mir reißt auf, rutscht weg und verströmt seinen eigenen verstörten, üblen Klagegeruch. Das ist Wirklichkeit.

Ich weiß nicht, wie ich mich retten soll. Ich bin mitten in einem Nirgendwo. Der Himmel gleitet kreiselnd vorüber, und ich beginne, die Kälte des Schocks zu spüren ... Ich kann echten Schmerz nur soundsolang ertragen.

Bislang, bis jetzt hat Katie im Leben vor allem GOTT, ihren VATER geliebt, der nicht zu verletzen und herabzusetzen ist, mehr als sie Jesus liebte, den Beschmutzten. Doch von nun an wird das anders sein. Als ihre Schulter auf die letzte Stufe vor dem Rasen aufschlug und aus der Gelenkkapsel sprang, geriet Katie in einen Zustand kalter Geduld, reiner Verwunderung: Vertrauen, Resignation und stumpfes Erdulden. In eine ungeschichtete Sphäre von Verletztheit.

Tu mir nicht weh ... Tu mir nicht noch mehr weh ...

«NEIN! NEIN!» sagte sie laut, während sie fiel.

Mit ungeheuerer Wucht doppste und schlitterte Katie über platzenden Rasen und scharfkantige Steinstufen; wurde hochgeschleudert und gekippt; das Blut ihrer Schürfwunden, die Atemzüge, die ihr *weggeschlagen* wurden, die atemraubende Lähmung im Schock und das flehentliche Ringen um

Luft – nun, als ich älter geworden war, konnte ich es beinahe ertragen. Die Seele hat etwas Kriminelles, und sie weiß – vielleicht aus eigener Erfahrung von Furcht – von Schmerz – von früh an viel über diese Dinge und kommt irgendwie damit zurecht – nicht wahr?

Bei einem meiner Stürze bin ich von einem Baum gefallen; ich fiel vier Meter hinab, und während dieses kurzen Bruchteils einer Minute fühlte ich, wie ich gestreckt wurde, zum Draht innerer Geräusche wurde; ich war von unpraktischer Tiergestalt – meine Arme und Beine waren zu lang und würden Schaden nehmen – ich würde geschändet werden – und durch Beschädigung beleidigt.

Den ersten Moment von Schmerz erlebt man partiell rätselnd und nur partiell wissend; partiell ist man fühllos vor Schock und so etwas wie Entsetzen: *Warum geschieht das mir? Warum tust du mir das an ... wer immer du bist ...*

Die Betonfläche der Auffahrt scharrt über meinen Wangenknochen, knallt mir betäubend gegen den Schädel.

Bisher habe ich gejault oder geschrien oder gegrunzt vor Schmerz; gebrüllt habe ich noch nie im Leben – wissen Sie?

Einmal sah ich, mit bloßem Körper tauchend, in einem schroff gerandeten, höhlenartigen Riffloch eine Muräne, mit für Sekunde auf Sekunde weit offenem Maul. Sie kam mir vor Kampf und konstantem, furchtbarem Schmerz wahnsinnig vor.

Und das Geräusch eines brechenden Knochens ... *Ich hab dir doch gesagt, du sollst nie mit dem Baseballschläger werfen, ich hab dir gesagt, dadurch wird noch mal jemand verletzt ...*

Ach, verletzter Körper, man kann dir nicht versprechen, daß Schlaf deine Wunden heilt. Schlaf verwundet immer wieder neu. Ich liebe sie nicht und werde sie niemals lieben. Ich vergebe ihr, aber ich liebe sie nicht. So leid es mir tut, ich bin einfach nicht interessiert. Ich bin ein Feigling. Ich bin genug verletzt worden.

Ein lokaler Unfall: ihre Mutter hatte nicht gewollt, daß Katie je Schmerzen erlitte – *Man sollte meinen, sie müßte es besser wissen*, sagte Lila von einer anderen Frau; aber in Wirklichkeit *wußte* sie es keineswegs besser ...

Rumm, rumm – das Geräusch von Fäusten auf einem Körper ... daran erinnere ich mich. Lieben Sie den, der Sie quält? Zahlen Sie es ihm heim? Leben Sie in einem Nebel von Pein? Finden Sie Haß nützlich? Hassen Sie oft? Viele Leute? Im Grunde will ich gar nichts von diesen Dingen wissen. Als S. L. gestorben war und ich ab und zu keine Luft bekam, sagte ich mir: *Oh, mein Gott, das ist ja WIRKLICH, als bekäme man EINEN SCHLAG versetzt* ... Ich nehme an, Mama glaubte, besonders klar nähmen die Welt Sadisten beider Geschlechter wahr, die wissen, was sie tun ... Damit werde ich nicht oft konfrontiert. Ich erinnere mich, daß ich als Kind düstere Gedanken wegschob, besonders wenn Mama sagte: *Schwamm drüber, mach ein freundliches Gesicht, es kommt gleich Besuch.*

Schmerz und Glückseligkeit und Dressur, die darauf abzielt, daß man mit Schmerz umgehen und ihn aushalten lernt, damit man wahre Macht über das eigene Leben gewinnt, und Übergriffe und Zudringlichkeiten und taktisches Verhalten – gehört das nicht zu jeder Kindheit?

Daddy sagte: *Ein bißchen Spaß ist kein Tritt in den Hosenboden* ...

Schmerz: billige, aufziehbare Wecker, die rucken und scheppern, wenn ich Luft hole, und in meinem Kopf, vom Rückgrat her, das sich bedrohlich geschwollen anfühlt, ein elektrisches Summen und Sirren ...

Ich hoffe, verflucht noch mal, daß du weißt, was du mir antust, sonst bringe ich dir meine Lebensweise bei (die von jemandem-der-Schaden-anrichtet). *Aber vergiß es und vergib es, wir müssen lernen, das Bittere mitsamt dem Süßen zu schlucken, wir haben nur ein Leben.*

Laß mich in Ruhe ...

Schmerz? Es war wie Seide, wie trübe, schaumbedeckte Milch, und dann wurde es ätzend, wie ätzende, trübe, schaumbedeckte Milch ... Das sagte Ora. *SO hellwach möchte ich nie wieder sein. Ich würde gegen Krebs nicht ankämpfen: ich brächte mich eher um, als mit diesen Schmerzen zu leben.*

Vieles von dem, was ich bewußt denke, stehle ich. Vieles, was ich bewußt denke, habe ich aus dem übernommen, was sie während der Zeit sagte, in der wir zusammen waren. *Ich möchte meinen Träumen nie wieder so fern sein ... An diesem Lebensbereich habe ich kein Interesse ... Wenigstens bin ich mit Sicherheit keine Masochistin ... ich mag Schmerzen nicht. Wahrscheinlich bin ich kein moralischer Mensch, denn ich würde nicht alles mögliche durchstehen, nur um die Dinge in Gang zu halten oder um meinem Land zu dienen – mir ist egal, ob es weitergeht oder nicht. Ich möchte, daß du das über mich weißt ... ich bin tapfer, stark und treu, ich bin auch bereit zu sterben, aber Schmerzen mag ich nicht: damit du das nur weißt.*

Und nun wird Wiley der Wurm dafür sorgen, daß sein Name in DAS AMERIKANISCHE BUCH DER SCHMERZEN *eingeht.*

Lila sagte: *Wir leben in einer Demokratie. Jedem von uns scheint mal die Sonne, jeder ist mal der Gewinner und kriegt mal das Gegenteil ab, kriegt mal die Torte ins Gesicht ...*

Zu den Dingen, über die ich nicht nachdachte, als ich jung war, gehörte der Selbstmord einer Cousine in einer Irrenanstalt, worüber immer nur heimlich geflüstert wurde – ich meine, ich habe nie über das Geflecht ihrer Gefühle, bevor sie es tat, nachgedacht –, und der Herzanfall, den ein Onkel erlitt, während ihn seine Frau anschrie – ein weiteres Familiengeheimnis; und der Tod eines Nachbarn, während er darauf wartete, daß ein Krankenwagen kam ...

Wenn ich nicht gerade vor anderen Kindern angab, die über solche Dinge sprechen und vielleicht nachdenken wollten, bedachte ich nie, wie schlimm es in manchen Leuten aussehen mußte, wenn sie einen furchtbaren Moment durchmachten ... Ich hatte Freunde, die sagten, es sei *bürgerlich* und töricht, über solche Dinge nachzudenken, darüber zu erschrecken, daß solche Dinge existieren.

Ich hasse es, wenn jemand sagt: *Nein, nein, du bist gar nicht verletzt* ... wenn ich verletzt bin. Ich hasse es, wenn jemand mit meinen Gefühlen spielt, mir blöde Schmerzen bereitet, ohne wirklich dazu befugt zu sein. Ich hasse es, wenn mir Leute erklären, mein Schmerz sei bedeutungslos; zähle nicht; gehöre zum Spiel dazu. Dabei ist mein Schmerz bedeutend, und er zählt, und ich habe mich auf das Spiel nicht freiwillig eingelassen. Ich hasse solche dilettantischen Selbstabsolutionen.

Lila sagte: *Eins muß ich Nonie lassen – sie lebt in der realen Welt.*

In einem Buch las ich, Teufel wären interessant und Engel kotzlangweilig – und ich stimmte dem zu, bis ich an Teufel und Schmerzen dachte; dann dachte ich: *Oh, oh, zum Teufel mit diesem Quatsch.*

ICH WERDE GLEICH VERRÜCKT, WENN DU NICHT STILL BIST ... DU MACHST MICH VERRÜCKT. ICH WEISS NICHT MEHR, WO MIR DER KOPF STEHT, UND ICH WILL ÜBER KINDERKRAM IM AUGENBLICK EINFACH NICHT REDEN, WENN DU ERLAUBST! SCHLIMME SACHEN PASSIEREN EBEN, PUNCTUM.

Mama sagte einmal zu mir: Du kennst doch die Stelle, wo es heißt: *«Meine Kraft gleicht der Kraft von zehnen, denn meine Seele ist rein» – meinst du, da ist was dran?* Mehr als einmal sagte sie: *Schmerzen sind etwas Entsetzliches. Und: Es ist sehr hart, mit einem Menschen zusammenzusein, der Schmerzen hat, Wiley, es sei denn, er ist sehr tapfer.*

Viele Leute, die ich kannte, junge und alte – im Grunde alle, zumindest hie und da – waren letztlich auf jede von mehreren möglichen Weisen erbarmungslos.

Ich schätze, daß ich töten kann. Vorwiegend bin ich Pazifist, aber ich kann es bleibenlassen, auf Selbstbeherrschung Wert zu legen. Als Oras Mutter mich kennenlernte, fragte sie mich resigniert: *Sind Sie Psychopath? Welcher Sorte auch immer?*

Ich sagte: *Meinen Sie, Ora würde sich einen Psychopathen aussuchen?*

Sie erwiderte: *Sagen Sie mir einfach, ob Sie einer sind.*

Ora mochte Psychopathen tatsächlich; sie hatte es mir gesagt: ehemalige Betrüger, größenwahnsinnige ehemalige Generäle, überkandidelte Lesbierinnen hohen Niveaus, fiese Theaterregisseure ... Solange sie nur Glanz besaßen. Sie mochte glanzvolle Psychopathen, hatte sie schon immer gemocht, wie sie sagte.

Ich sagte zu ihrer Mutter: *Ich bin sehr bürgerlich – ich habe noch nie jemanden wirklich geschlagen. Sie können mir ja in die Augen sehen und sich überzeugen. Schauen Sie selbst: ich halte still.*

Oras Mutter Millie, eine schwere Trinkerin, sagte: *Ich bin kurzsichtig. Antworten Sie doch einfach auf meine Fragen. Ich bin ihre Mutter, und Sie kenne ich nicht.*

Gereizt sagte ich: *Dann müssen wir wohl abwarten und es herausfinden. Ich möchte bezweifeln, daß ich ein Psychopath bin, würde ich sagen.*

Ich bin mir nicht sicher, was im realen Leben mich in Panik versetzt. Ich meine, von Natur aus eine chemische Disposition zum Ertragen von Schrecken zu besitzen, eine genetische Anlage, antizipierend oder a priori in Schock oder in einen Zustand der Unempfindlichkeit – jedoch nicht der Stumpfheit – zu geraten. Dies läßt Konzentration zu. Früher war ich imstande, bei Unfällen zu helfen. *Mach deinen Vater nicht wütend – du weißt nie, wozu das führt* ... Wenn S. L. in Wut geriet, wurde er abwechselnd dunkelrot und bleich im Gesicht. Seine Lippen färbten sich dunkel, seine Augen quollen hervor und blickten lieblos und gleichgültig drein. Mama pflegte mich dann zu ihm zu schicken, damit ich mit ihm redete. Ich fand es spannend und aufregend, aber nicht beängstigend und traurig. Mein Onkel Henry verfügte über kalte, snobistische Bosheit und wegwerfende Gesten – er war der Reichste in der Familie. Sämtliche Männer und Frauen, die ich kenne, sind in diesem oder jenem Grad zu schweißtreibenden Zornesausbrüchen fähig. Über meine leibliche Mutter sagte S. L. wütend: *Sie war eine Art fromme Spinnerin und Nutte, die mit Mördern und primitiven Muskelprotzen schlief ... Sie machte sich gern über andere lustig – was sie bekam, hat sie verdient – du hast Glück gehabt, daß dir diese gemeine, fette Nutte erspart geblieben ist ...*

Lila sagte zu mir: *Nimm es ihm nicht übel. Bei ihm weißt du nie, auf wen er als nächstes eifersüchtig ist.* Und später entschuldigte er sich auch.

S. L. sagte oft, er schäme sich. Er konnte sich abends auf mein Bett setzen und sagen: *Gib mir einen Kuß, Pupserchen: sei mir wieder gut; ja? Wie wär's, wenn du deinem alten Herrn sagen würdest, daß alles vergeben ist; er ist ein richtig guter Kerl: er bezahlt die Rechnungen: er ist ein guter Kerl und liebt dich, Pupser; magst du ihm nicht sagen, was für ein Schatz er ist?*

Wenn ich ihm dann weh tun wollte, schob ich ihn weg, ließ mich von ihm nicht umarmen und sagte – in diesem oder jenem Ton – *Ich mag Mama lieber als dich ...*

Oft mochte ich sie wirklich lieber, unter anderem weil mir schien, sie richte in der Welt weniger Schaden an, tue anderen weniger weh.

Wenn ich nicht bereit war, ihm zu vergeben, und er mir dafür eins auswischen wollte, nannte er mich indirekt ein Baby: *Na ja, vielleicht wächst du aus dieser dampfenden Kacke noch mal raus, sagte er dann, vielleicht auch nicht.*

Manchmal wird man krank und gibt auf.

Lila sagte, bevor sie starb: *Ich hätte auch netter sein können, aber ich fand, so wie ich war, amüsierte ich mich gut.*

Die Nazis: Über die ortsansässigen und die in Europa sagte sie: *Ein Narr genügt, und dein Haus brennt ab.* Und: *Ich mag mich nicht beleidigen lassen. Ich halte es nicht für schlau, in diesen Zeiten in einer Kleinstadt zu leben.* Vor Gästen machte sie einen Witz darüber: *In St. Louis sind die Häuser aus Ziegeln. Ich nehme die drei kleinen Schweinchen ernst. Und damit wäre auch schon alles gesagt. Ich hab eine neue Taktik im Sinn: Die Wahrheit sagen und den Teufel beschämen – meint ihr, das wirkt?*

Weiter mit Nonie: Willkommen: Am Netz: University City: 1934

In University City wohnte Katie Rogers in einer großen Villa aus rotem Klinker an einer Straße, einer Sackgasse, mit nur solchen Villen, eine so drollig phantasievoll wie die andere, mit hohen, ausladenden Giebelfassaden und davor niedrigeren Giebeln über Veranden aus Klinkern und Granulit. Und jede Villa besaß einen ungewöhnlich hohen, ziemlich drolligen Klinkerkamin mit dekorativen Kreuz- und Rautenmustern aus hellen Klinkern oder mit zackigen Kanten aus im Winkel versetzten Steinen. Jede Villa hatte kleine Butzenscheibenfenster mit schwarzen, messingbeschlagenen Läden – parallel zu unserer Straße verlief also eine ganze Straße mit hundert solchen Fenstern – das heißt, nur eine halbe Straße lang und nur auf der einen Seite, denn gegenüber standen größere Klinkerhäuser im Queen-Anne-Stil.

Katies Haus stand erhöht auf einem prallgewölbten Rasenrondell, in das im Bogen sechzehn Stufen mit Seitenmauern aus Klinker und Granulit eingeschnitten waren, auf denen man von der Vorderveranda zu der betonierten Auffahrt hinuntergelangte, die zur Garage im Souterrain der *zauberhaften* Villa führte. Auch die Auffahrt lag zum Teil unter der Erde, zwischen unterschiedlich hohen Mauern, die oben mit Klinkern abschlossen und von Narzissenbeeten gesäumt waren.

Was als wahrscheinlich gilt, ändert sich, wenn Leute frei

einkaufen können und oft Reklamen lesen. Das Unwirkliche wird Wirklichkeit: Märchen werden erzählt und ausagiert und beeinflussen die Architektur.

«ICH HAB *NICHTS* GEMACHT! HAB ICH NICHT, UND DIE LEUTE SOLLTEN *IHR* NICHTS GLAUBEN – DIE LEUTE GLAUBEN ALLES MÖGLICHE ÜBER MICH, WEIL ICH SPORT-LE-RIN BIN UND AUF SIEG SPIELE. DIE LEUTE SOLLTEN NICHTS BÖSES GLAUBEN ... KATIE TAUGT NICHTS! SIE MACHT IN DIE HOSE, SIE TRINKT GERN ALKOHOL – ICH WEISS ÜBER SIE BESCHEID, MAMA, HÖRST DU!»

«So übel, wie sie gestürzt ist ... Mein Gott, ich mag überhaupt nicht dran denken ...» Dann: «Na ja, Gott sei dank geht es nicht um Leben und Tod.»

Nonie sagte: «ES GEHT ABER UM LEBEN UND TOD ...»

Daddy sagte: «Mach aus einem Maulwurfshügel keinen Berg: es gab keine Toten, sie ist übel gestürzt, mehr war nicht ... Wir haben Glück, daß es nicht schlimmer ausgegangen ist ... Der gesunde Menschenverstand sagt einem, daß es schlimmer hätte ausgehen können. Diesmal sind alle noch gut davongekommen.»

Margy, Katies Mutter, ist wehrhaft und fromm, nicht chic, und wirkt bald trübselig beherrscht, bald staunend interessiert und belustigt. Manchmal sieht sie aus wie in eine Grube von Innerlichkeit geworfen. Meistens ist sie ganz da, aber aus beharrlichem Pflichtgefühl. Sie hat krauses Haar und ein gutgeformtes Gesicht. Sie hat eine nette, flache, unmelodische Stimme. Sie nahm ihre Tochter von der Gemeindeschule und schickte sie auf die ziemlich protestantische öffentliche Schule. Ich habe Leute sagen hören: *Ihr Mann hat eine bessere Schulbildung und sieht besser aus; aber er hat sie geheiratet, und sie sind katholisch; also bleibt er bei ihr.* Lila hat gesagt: *Er macht Seitensprünge: er ist attraktiv, aber ich mag ihn nicht.*

Es mag an der Stimme ihrer Mutter liegen oder daran, daß

Katie verkrampft und ein bißchen fromm ist, jedenfalls blinzelt sie so oft, als wäre sie von Fabriklärm umgeben. Katie sah *interessant* aus – groß für ihr Alter und sommersprossig, spontan, mit stämmigen Beinen und sanften Augen. Katie hat mittellanges, welliges Haar, das sie oft in Flechten trägt, aus denen sich oft Strähnchen lösen, die im Licht rotbraun schimmern. Sie wirkt richtig wie Honig auf mich – ich kann ihn schmecken ...

Ich spielte mit den beiden, mit Katie und Nonie. Manchmal spielten wir an versteckten Orten, zum Beispiel auf der Veranda von Leuten, die weiter unten an der Straße wohnten und verreist waren. Die Veranda war größtenteils von einer niedrigen Ziegelmauer umgeben; und wenn man sich auf den Boden setzte, war man von der Straße aus nicht zu sehen. Die Veranda war nicht gefegt. Ein paar verstreute Zweige und vertrocknete Blätter bedeuten, die Leute sind fort.

Hinter dem Mäuerchen außer Sicht, saßen wir in einer Verandaecke im Schneidersitz auf dem kalten Betonboden, und die Mädchen sprachen leise oder flüsternd. Bestochen, abgeküßt, umarmt, beschwatzt – auf Nonies Befehle, Katies Lächeln hin –, machte ich bei ihren Spielen mit – meistens stumm ... Manchmal träge und kaum beteiligt, manchmal unaufhörlich störend, war ich das Kind, wenn sie Papa und Mama spielten, und die beiden waren abwechselnd Mann und Frau. Manchmal war ich der Patient, wenn sie Arzt und Krankenschwester spielten. Katie entkleidet mich: geschickte, *katholische* Finger, ihr seifiger Duft, der halbirre, funkelnde Blick, den sie hatte, wenn sie diese Spiele spielten; und ihr anhaltendes Zittern, sei es aus Unbehagen, Furcht oder Interesse angesichts der nicht geklärten Grenzen unbeobachteter Spiele.

Nonie, der Schiffsarzt, nimmt auf meinem Bauch einen Spielschnitt vor – mit einem Zweig. Die kurzen Shorts hängen mir um die Fußknöchel. Mein Hemd ist aufgeknöpft. Bis auf Socken und Schuhe bin ich weitgehend nackt hinter der

Verandabrüstung – ein recht kleines, blondes Kind, das in ein, zwei Monaten vier Jahre alt sein wird. Katie küßt mich auf den Bauch, damit er nach der Operation gut heilt. Sie ist die Mutter des Schiffsarztes und Königin – oder so ähnlich. Die beiden beugten ihre farblich kontrastierenden, hellhäutigen Mädchenköpfe über meinen Unterleib; und sie untersuchten meine Hoden – befummelten und drehten die blassen Böhnchen und kniffen leicht hinein. Ich erinnere mich, daß die Mädchen mit trockenen Blattstücken darüberstrichen. Und Zweige wie Eßstäbchen und sogar wie Zangen benutzten. Zart benutzten sie ihre Finger, und ich erinnere mich an ihren Atem auf meinem kleinen Bauch, an den Wind über meinem Kopf an der Mauerkante und an den Betonboden unter meinem entblößten Hintern. Ich erinnere mich, daß ich lachte und die Mädchen *psst!* machten.

Oder wir spielten sicherere Spiele, sie sangen Wiegenlieder, und ich tat, als schliefe ich ein. Leise quäkte ich «uahuah», wie ein echtes Baby. Manchmal traf mich ein kreisender Windzug, zwickte und biß mich wie ein junger Hund.

Wenn ich im Traum nackt auf einer Vorortstraße stehe, habe ich das Gefühl, ich werde unweigerlich sterben, wenn mich jemand sieht. Ich werde vor Scham und Verlegenheit erstarren, werde platzen und es nicht überleben, doch im wirklichen Leben machte es mir oft nicht viel aus.

Hellhörig und nicht gerissen, wie Katie ist, ärgert sie sich, wenn Nonie sie neckt. Manchmal wartet Nonie unglücklichärgerlich darauf, daß Katie sie anruft. Bei Straßenspielen, an denen sich eine Menge Kinder beteiligen, gerät Katie (katholisch) *außer Rand und Band*, sagen die Leute. Katies Stimmungen gleichen Flußvögeln, die in ihr umhertrippeln, ein kitzelnder Anblick ... für mich. Sie kreischt leicht bei großen Spielen, atmet heftig bei kleineren.

Sie kreischt, als Nonie mich auf einen Ast hinaufschiebt, damit ich mich im Baum verstecke, und dann Katie in die Nähe lockt; und als Katie in die Nähe kommt, mache ich *buuh*, und Katie kreischt und kreischt.

Katie sagt: *«Ich habe ein blödes, albernes Gesicht, das WEISS ich.»* Die Sommersprossen und großen, emotional flachen, weitsichtigen, gespenstisch unscharf blickenden Augen.

«Sie kommt mal in den Himmel – das finde ich sehr tröstlich. Um atheistische Kinder tut es mir immer mehr leid.» Dad sagte das von ihr, nachdem sie gefallen war. Er sprach oft von Höllenfeuer und Kobolden und Dämonen und Mistgabeln. Über die Hölle sagte er: «Es geht laut zu da unten.» Er war davon besessen, von der Idee, der Möglichkeit, daß wirklich ein Dämon mit sengenden Klauen zupackte, von jämmerlichem Geflüster und Geschrei bei ewigen Schmerzen. «Die Kobolde holen dich, wenn du nicht aufpaßt.» Und: «Böse Leute werden mal in der Hölle zischen und brutzeln wie Schweinswürstchen.» Er interessierte sich vor allem für Frauen, die katholisch waren, und für ehemalige Fundamentalistinnen, die noch die Hölle fürchteten. Zu mir sagte er gern: «Hast du's so eilig, in die Hölle zu kommen?» Ich spielte gerade mit einer seiner Zigarren, die ich ihm aus der Tasche gezogen hatte – wegen des Cellophans, der Banderole, des Geruchs. «Gib sie mir wieder, Feinäuglein klein. Der Strick ist eine zu milde Strafe für einen Zigarrendieb . . .»

(Nach seiner Beerdigung sagte Lila: «Jetzt bricht mir seinetwegen das Herz. Der arme Mistkerl – in- und auswendig hab ich ihn gekannt und nehm's ihm kein bißchen übel, daß er so war.»)

Katie ist Wileys Schatz, er mag ihre Sommersprossen, sagte Mama. Ich rekelte mich kindlich an Katies neuen, noch kaum gerundeten Brüsten. Katie war *nett*. An der High-School hatte ich später einen Lehrer, der sagte, das Wort nett sei abscheulich und *besage nicht das mindeste*, aber das tat es doch. Katie sprach anders als Nonie, allerdings sprach Nonie dann eine Zeitlang wie Katie: *Eelefan-TAAS-tiisch ... Mampf-mampf ... 0-ooh, das ist ja ekliger als Walkacke! Iih-iih-rülps-kotz.*

Katie fand Bäume, Sportarten, Sonnenuntergänge, Kinder, Filme, berühmte Leute *zum Verlieben* – und bestand glatt darauf, daß man das gleiche tat. Von einem bestimmten Jungen, der ihr gefiel, sagte sie: «Oh, er ist sooo süüß, ich HAAALT es nicht AAAUUUSS ... ich GLAUB, ich SCHTÄÄRbe ...» Am meisten gefiel ihr an ihm sein Fahrrad – und sein Fahrstil, wie sich herausstellte.

Enthusiastisch – gesittet – gigantisch (im Verhältnis zu mir). Es kann sein, daß Mama, weil sie auf Nonie wütend war und sie in einem Streit auszustechen versuchte, einmal sagte: *Lieber hätte ich Katie zur Tochter als DICH.* Aber Rivalität bedarf nicht immer eines äußeren Anstoßes, um noch heftiger aufzulodern.

Katies flatterndes Tenniskleidchen an dem Tag, als sie stürzte – es flatterte wie eine Fahne, als sie stürzte. Ihr eines Schulterblatt stach hervor. *Elefantastisch, mampf-mampf.* Wenn Sie jemanden fallen sehen, ist es in diesen Sekunden, in ein paar dieser Sekunden, nicht die Gestalt einer bestimmten Person – sondern die eines Pechvogels ... und Sie nehmen sich zurück. Ich tue das jedenfalls, ich werde zum unbeteiligten Zuschauer ... ich versuche, meine Mitleidsimpulse zu bändigen. Das ist keine von uns, die da fällt, es ist eine, die ihre Sicherheit verloren hat.

Lila sagt: *Ich kann nicht mit jedem Mitleid haben – soviel Zeit habe ich gar nicht – wenn ich mit jemandem Mitleid habe, ist es mir ernst* ... S. L. leidet dagegen grundsätzlich mit; hier ein bißchen, da ein bißchen; und dann hält er sich für Mahatma Gandhi: aber das ist reine Angeberei bei ihm. Er tut so, als wäre er Weltmeister in mildem Lächeln und genau wie Gandhi.

Ein hübsches Mädchen, ein reizendes Geschöpf ... ein Kind. Das waren Ausdrücke der Sympathie. Sie dämpften die

Bestürzung, die man empfand, oder tarierten sie aus. *Ein feiner Mensch, hat keinem je was zuleide getan.*

(Wenn ich S. L. oder Lila zu dem, was sie da sagten, eine Frage stellte, sagte einer von ihnen, mit gleicher Wahrscheinlichkeit: *Psst, jetzt reden die Erwachsenen.*)

Es ist schwer zu sagen, was man vom Schmerz eines anderen halten soll. Nachdem sie gestürzt war, lag sie auf der Betonfläche ihrer Auffahrt. Sie hielt die Hand von sich – ihr Daumen steht schief ab. Ihre Nase ist geschwollen und aufgeschürft. Ihre Unterarme beginnen sich violett-grün und schauderhaft ockerfarben zu färben und anzuschwellen. Ihre Schulter ist ausgekugelt. Katie steht nicht so stark unter Schock, daß sie sich nicht mehr darum kümmerte, wie sie aussieht.

Laß dich vom Schmerz nicht brechen ...

Sechs Monate zuvor hat Katie einen Jungen (der sie aufzog) verletzt, indem sie ihn mit einem Rollschuh an der Stirn traf.

Es war das, was Mama *ein Siebentagewunder* zu nennen pflegte ... Keiner kümmerte sich sonderlich darum.

(Lila hat immer wieder einmal zu S. L. gesagt: *Du solltest zurückschlagen, S. L. Daß du toter Mann spielst und alles über dich ergehen läßt, bringt dir keine Punkte ein.*)

Im ersten Moment des Fallens treten Sie – oder trat ich – in einen weiten, glasigen Raum ein, in einen Moment, in dem man überzeugt ist, daß echter Schmerz im Anzug ist. Für den Willen haben sich die Umstände geändert. Sie hindern dich am Schreien oder tun es nicht – Daddy pflegte zu sagen: *In mancher Hinsicht ist es sehr sinnvoll, Feigling zu sein.* Ich habe die Erfahrung gemacht, daß mein Blut kalt dahinströmt, wenn der Unfall beginnt, vielleicht in Vorbereitung auf das Frösteln unter Schock. Ich falle in das rohe Maul der Luft und suche Trost – zunächst, indem ich das Ausmaß des Ereignisses zu kalkulieren beginne, etwa: *Das bringt mich wahrschein-*

lich nicht um ... Daddy ist in der Nähe ... Er schafft mich ins Krankenhaus ... Blut wird fließen ... Dann der erste Schlag und überzeugend naher Schmerz, um einen massiven, holzigen Kern von Schock herum, solange der häßlich überraschte Körper noch bei Bewußtsein ist. Dann verliert man im Schmerz vielleicht für eine Weile den Kopf. Stumm und untätig sitzt mein Kopf über dem dröhnenden, abstürzenden Körper. Vielleicht weine ich. Flackernd überkommen mich winzige Ohnmachten; die Demütigung ist so herb. Ich habe einem abgestorbenen Ast vertraut. In mancher Hinsicht gleicht das Einsetzen des Schmerzes ein wenig dem Einschlafen: da ist die *plötzlich* ganz andere Landschaft, oder Welt, oder Sphäre, oder Gedankenbühne; da ist dieses andere Licht, ein Ruinenlicht; jetzt werde ich, ach, nie mehr ein guter Baseballspieler, nie mehr schön ... Jetzt kann ich nie mehr ein wertvoller Mensch werden. Das furchtbar *Ruinenhafte* an diesem Zustand ... der Faden reißt, und Sie sind im Dunkeln ... Sie sind im Schmerz-Kontinuum.

Ein Schlag, ein Sturz, ernster Kummer, der Zusammenbruch von Liebe, eine böse Erniedrigung, und ich denke: *Oh, ja, hier ist es.*

Ich war niemals göttlicher Natur, war nie so schlau oder so privilegiert, daß ich diesem Kram sonderlich lange entkommen wäre. Wie sich mein Gesicht und meine Haare in der Atmosphäre solcher Lagen anfühlen – nun ja, einmal floß mir Blut aus einer Stirnwunde und gerann auf meinen Lidern, in meinen Wimpern. Der selbstbewußte, in einer vorstädtischen Wohngegend herrschende Glaube, daß man sich an einem idyllischen oder *elysischen* Ort befindet und niemand leiden muß, erbebt und bricht zusammen.

Mama, Mama, ich hab mir weh getan ...
Sei tapfer. Versuch, tapfer zu sein.
Mama, Mama, ich sehe abscheulich aus ...

Einmal, als ich mich verletzt hatte, schaute S. L. zum

Himmel hinauf und murmelte: *Was zum Teufel geht eigentlich vor?*

Als Katie fiel, rief sie laut: «Nonie!» Darüber habe ich nachgedacht, und ich sehe ein, daß sich argumentieren ließe, sie habe nach Nonie gerufen, damit die sie rette. Vielleicht hat Katie einen Schritt rückwärts getan und ist zufällig gefallen ... Nonie sagte etwas Schlimmes, und Katie wich zurück ... VIELLEICHT HATTE DER TEUFEL IN DIESEM MOMENT DIE HÄNDE IM SPIEL – es war purer Zufall, heißt das. Vielleicht hatte Nonie vergessen, daß es die Stufen gab, als sie Katie schubste – falls sie Katie schubste. Vielleicht fühlte Nonie sich heraugefordert und tat es unbewußt. Vielleicht hatte Katie *ein schlechtes Gewissen und suchte eine Gelegenheit zu verunglücken* (eine in unserer Umgebung beliebte Redensart). Nonie hatte vielleicht nur mit den Händen gefuchtelt und Katie keineswegs geschubst, was diese aber falsch deutete, zumal falls zwischen den beiden Mädchen gerade die Fetzen flogen – sie sich aufführten wie *kleine Fischweiber* (ein Ausdruck von Daddy). Sie brüllten einander an. Unter gewissen Umständen, *WENN ALLES IM WANDEL IST, MACHT MAN MENSCHEN KEINE VORWÜRFE ...*

Sich an das häßliche Fluoreszieren der Erkenntnis, daß man verletzt ist, zu erinnern weckt Mitleid, doch wenn Sie helfen wollen, dürfen Sie sich nicht aus der Fassung bringen lassen – von der beschädigten Nase, dem verrenkten Daumen, dem Blut in der Augenhöhle. Leben Sie zeitweilig in einer einleuchtend *so gewollten* Welt?

(Unfreundlich gestimmt, hat Daddy über Margy Rogers – wie schon über andere Frauen – gesagt, sie sehe in jedem männlichen Hintern den Teufel.)

Als Margy aus ihrem Haus zu Katie hinlief, strahlte ihr Gesicht so etwas wie die Enge leuchtenden, doktrinären Widerstands aus ... Die unvermittelte Qual – und Verzückung – des Sinneswandels. Daddy beschuldigte Frauen (und Kinder) oft, sie nähmen sich *wichtig.* Lange wußte ich nicht, warum er das für eine *Beschuldigung* hielt.

Er sagte*: Jeder muß sich wichtig tun: daran krankt die Welt: mit ein bißchen bescheidener Zusammenarbeit würde ein besserer Ort daraus.* Doch er brachte mir bei, unvernünftig an dieser oder jener Lehre festzuhalten sei Ehrensache.

Nonie schlug mich einmal mit einem Ziegelstein ... Und sie warf gezielt ein Messer nach mir und traf mich mit der Schneide knapp über dem Auge. Ihre Wutgebärden entstammen einer vorgegebenen Sprache. Keineswegs ungewöhnlich. – Margy in ihren marineblauen Shorts. Die Muskeln und sichtbaren Hautpartien an ihrer Kehle zuckten. Schock, Übelkeit und Frösteln, dann Gekreisch und Galle; und die furchtbare Beschämung, verletzt zu sein; im Sonnenschein Katie, und Margy in Shorts, die ihre Tochter in den Armen hält. Zuerst sagt sie: «Wie konntest du das geschehen lassen?», doch dann hält sie überwiegend den Mund; praktisch gesehen, eines der freundlichsten Dinge, wozu Menschen fähig sind. Nonie mag unschuldig gewesen sein, *aber hier hatte man es mit Nonie zu tun.* Hoch oben auf dem Rasenstück sagte Nonie: «Ich kann kein Blut sehen –» Sie werde ohnmächtig. Sie bat um Hilfe. Ich hatte das Gefühl, daß sie den Anspruch, die wichtigste Überlebende hier sei sie, aus Schuldbewußtsein erhob – der Wunsch, die Person zu sein, auf deren Überleben es mehr ankommt oder am meisten ankommt, deutet an, wie die Wirklichkeit vor diesem Augenblick ausgesehen hat. *Kümmere dich zuerst um mich: rette MICH* – das soll heißen, die andere Person habe nie wirklich existiert. Ich glaube, daß Margy dies aus ihrer Vergangenheit kannte, in der sie die Schuldige gewesen war, daß sie die Ausdrucksformen von Schuld kannte; diesen Hunger nach Ruhm, dieses Posieren dessen, der sich rechtfertigt. Diese Forderung, das eigene Leiden solle *vorrangig* beachtet werden. Die Unschuld wartet, bis die Reihe an ihr ist ... glaube ich ... ich weiß es nicht. Ich bin am Leben. Ich *weiß* es nicht.

Wie durchtrieben der Verstand doch ist. Zu welch *dämonischen* Verrenkungen man aus Anmaßung fähig ist.

Eine Nachbarin – Melissa Van Maytree – kam über ihren Rasen gelaufen, in der Hand einen weißlackierten Blechkasten mit einem roten Kreuz darauf. (Der Kasten enthielt Mullbinden, eine Schere, ein kreisförmiges, weißlackiertes Blechding mit einem Loch in der Mitte – Heftpflaster –, eine Flasche Jod mit einer Augenpipette aus Gummi ... Mercurochrom ... ein Quecksilber-Thermometer aus dem Warenhaus, mit roter Quecksilbersäule.) Der Kasten klapperte und klirrte. Melissa, vierzigjährig, wendigen Blicks, unbeholfenen Fußes, lief entsetzt, besorgt wirkend, aber durchaus gelassen herbei; die Anschuldigung und Wichtigkeit in Person. Margy Rogers kniet in der Auffahrt, Katie in den Armen. Oberhalb der Stufen ist Nonie der Ohnmacht nahe. Nonie kann den Anblick von Blut einfach *nicht ertragen*. Als sie damals das Messer nach mir warf und mich am Auge traf, ist sie umgekippt. Margy sagte zu Nonie: «Warum siehst du uns so an?» Katie, das blutverschmierte Mädchen, mit wirren Haaren, die langen, nackten Beine von sich gestreckt, hat die verletzte Hand an Margys Bluse liegen. Lila sagte später: *Ich halte genauso zu Nonie, wie Margy zu Katie hält* ... Die Art, wie Mädchen bemuttert wurden, gehört mit zu der Geschichte.

Nonie schwankt wacklig an der höchsten Stelle des steilen, gewölbten Rasenstücks. Gleich wird sie ohnmächtig werden.

«GEH WEG!» Wie von Sinnen brüllt Margy sie an, in bedingungslosem, wahnsinnigem Verlangen nach der Macht, ihr Kind zu trösten. Die Nonie drohende Gefahr und der Trost für Katie sind wie Licht und Schatten. Ist die Welt sinnvoll und vernünftig? Für zwei einander gegenüberstehende Menschen? Ich vermag mir in der realen Zeit keine Verkörperung von Erbarmen vorzustellen, die nicht eine dunkel mitfühlende, ungeheuer exklusive Erscheinung wäre: *Geht doch alle zum Teufel, ihr übrigen: ich gedenke, mein Kind zu retten. Helft mir, mein Kind zu retten*. Allseitige Barmherzigkeit schüfe eine Welt, die sich gewiß von dieser unterschiede.

Nonie ist eigentlich kein Kind mehr; dennoch ist sie ein Kind des Lichts. Wie hübsch sie in der Sonne ist! Es war ein Unfall. Niemand ist schuld. Ich besitze kein Filmdokument von Nonies Gesicht an jenem Tag – von ihren Augen, ihren Lippen, der Umgebung ihrer Lippen ... von den Muskeln ihres Halses. Das *Bekenntnis* bösen Vorsatzes ist häufig Prahlerei – inwiefern, bis zu welchem Grad ist es dann wahr, wenn es einen verletzen und erschrecken soll? Die Hysterie, die taktischen Überlegungen hinter einer realen Sache; das *beschmutzt* Unheilige daran, daß man lediglich ein menschlicher Beobachter ist; das *Nur-weil-etwas-in-einem-Moment-da-ist-muß-es-noch-längst-nicht-immer-da-sein*-Problem ... sowie das *Nur-weil-jemand-etwas-einmal-tut-muß-er-nicht-an-allem-Schuld-haben*-Problem ... all das erschwert ein Urteil sehr.

Du brauchst nicht auf Zehenspitzen gehen.

Willst du mein Freund sein?

Nicht, wenn du mir weh tust.

Jungen sind rauher als Mädchen. Daß ich ein Junge bin, bringt es mit sich, daß eine Wunde mir etwas beinah Verwandtes ist. Man trägt mit einiger Mühe Schuld. Man strauchelt. Ging es bei unseren Spielen sehr böse zu? Der Geist verhärtet sich, Erinnern und Offenheit werden ihm abtrainiert; eine dumme, aber scheue Geistlosigkeit beherrscht einen. Potente, machtvolle Geistlosigkeit bedeutet, daß man seelisch schmutzig ist, ekelhaft, beschämt und wachsam: *schuldig* bedeutet häufig, daß man sich bald noch schuldiger fühlen wird. Wenn ich mich schuldig fühlte, lachte ich viel, war wild, benahm mich auf allerlei riskante Weise *verrückt* und dachte ziellos, wenn ich überhaupt dachte. Ansonsten ist Schuld nichts Offensichtliches. Sich jedoch einzubilden, Ereignisse hinterließen keine Spuren, ist falsch. Nehmen wir etwa das Baden. Nachdem Menschen gebadet haben, schon nach etwas so Geringfügigem und Alltäglichem, sind sie verändert, oder? Für eine Weile, nicht wahr? Das sagt einem der gesunde Menschenverstand, nicht? Angenommen, Jimbo und ich albern herum, und ich breche mir seinetwegen den Rücken ... Oder angenommen, Ora Perkins und ich zerstören einander ...

Für mich sind manche Menschen durch die Intensität definiert, mit der sie sich selbst vergeben. Mama zum Beispiel durch die *geistreichen*, wutbestärkten *Grade* von Reuelosigkeit, die sie erreicht. Allerdings gerät sie oft außer sich. Mama sagte immer zu mir: *Wer auf Nummer gesund-und-sicher geht, lacht am längsten, davon bin ich überzeugt.*

Nonie steht in der Sonne, der Ohnmacht nahe. Sie versucht zu entkommen. Blinzelnd geht sie über den Rasen, auf die Straße zu. Die Bäume um uns her werfen Schatten auf das Gras. Nonie ist ein Wildfang. Himmel, Schicksal, Katie, Nonie, Nonies Unverfrorenheit; ihre Überzeugungen; die Schrotsalven-schrille Kunst des Kreischens – von Margy Rogers –, ihre mangelnden Kenntnisse in der Wissenschaft der demokratischen Anschuldigung ... Nonie fiel tatsächlich in Ohnmacht ... auf das Gras; sie fiel um und setzte sich dann auf – es war keine tiefe Ohnmacht: ihre Augen blieben offen. Sie war leichenblaß. Sie atmete komisch: sie war woanders.

Margy Rogers auf der Betonauffahrt brüllt zu der angeschlagenen Nonie hinauf: «DU MÖRDERISCHE KLEINE HURE, VERSCHWINDE HIER!» Margy schrie Melissa zu: «SCHAFF DAS BLÖDE BIEST HIER WEG, BEVOR ICH SIE UMBRINGE –»

Nonie sagte: «ICH HAB *GAR NICHTS* GEMACHT!»

Es schien meine Schwester nicht gerade zu überwältigen, wie unfair in der Realität mit ihr umgegangen wurde. Sie streckte die Hand nach mir aus – ich sollte zu ihr kommen und ihr zur Seite stehen. Ich ging nicht zu Nonie und stellte mich nicht neben sie ... oder vor sie ... Ich habe bei diesem Vorfall etwas zu verlieren.

Nonie brüllt Margy zu: «SIE HABEN WAS SCHLIMMES ZU MIR GESAGT!«

Daraufhin machte Melissa Van Maytree in der Luft eine schiebende Bewegung und sagte: «GEH HEIM – geh zu dir nach HAUSE – Geh schon –»

Da rannte Nonie los.

Sie rannte unregelmäßig, streckenweise schleppend – nicht leichtfüßig-fünfzehnjährig. Nonie rannte heim. Die Tür ging auf, und Mama war da. Sie breitete nicht die Arme aus ... Nonie fiel ihr nicht in die Arme ... Nonie berührte sie nicht, und sie berührte Nonie nicht. Nonie sagte: «Ich fühl mich schrecklich – gleich werd ich ohnmächtig.» Mama sagte: «Was ist los? Komm rein ... Leg dich auf die Couch.» Dann machte sie die Tür zu.

Ich blieb draußen. Ich war Nonie nach Hause gefolgt, wie um sicher zu sein, daß sie dort ankam, aber ich blieb draußen.

Später spritzte Melissa Van Maytrees ältester Sohn mit dem Gartenschlauch die Auffahrt ab.

Mama sagte später: *Ich habe mich entschuldigt, bis ich blau im Gesicht war, aber das reichte Margy nicht ... Sie wollte, daß ich untersuchen lasse, ob Nonie richtig im Kopf ist.*

Margy sagte zu Mama: «Ihre blödes Vieh von Tochter sollte in einer BESSERUNGSANSTALT verschmachten!»

Mama sagte: «Sprechen Sie nicht so über meine Tochter.» Sie erklärte mir später: «Was hat es schon für einen Sinn zu untersuchen, wer was getan hat? Ich will dir mal ein Geheimnis verraten, Wiley – was rauskommt, wenn du den Dingen auf den Grund gehst. Sobald die Karten auf dem Tisch liegen, ist keiner unschuldig *genug.* Es wird nur darum gehen, wer höher angesehen ist, Margy Rogers oder ich ... Das wird entscheiden ... Darauf läuft letztlich alles hinaus. So etwas kann meine Tochter nicht getan haben ... Wie leben die Leute eigentlich, Wiley? Sag mir das, ich wüßte es gern. Einen Sinn hat es nicht. Weißt du, daß mein Ruf euch beide vor dem Erziehungsheim bewahrt, wenn ihr in Schwierigkeiten geratet?»

Lila sagte: *Nonie ist kein Engel, aber auch kein Teufel. S. L. sagt, Nonie könnte nicht damit leben, wenn sie die Dinge täte, von denen ich sage, daß sie sie tut. Und ich sage, sie hat das hier nicht absichtlich getan* ... Nachdenklich hörte sie auf ihre eigenen Worte, als sie sagte: *Laß uns eine Zeitlang nette Leute sein – ginge das? Bist du einverstanden? Laß uns die Neinsager beschämen. Sei kein Dummkopf und setz uns in kein schlechtes Licht – halt deine Zunge im Zaum ... du weißt nicht. wie gefährlich die Leute sein können. Ich habe den Ärger satt. Ich hätte gern ein bißchen Ruhe und Frieden – und Vernunft, ginge das?*

Lila sagte: *Ich habe noch nie eine Geschichte gerecht erzählen hören – für beide Seiten.*

Mama und Daddy, Mama häufiger, gingen einmal im Monat auf den Friedhof, die toten Babies besuchen. Zu anderen Zeiten verscheuchte Mama jedoch die Gedanken an sie – das sagte sie selbst: *Ich muß weiterleben.* Wenn Daddy auf dem Friedhof gewesen war, kam er manchmal für einen Tag oder länger nicht nach Hause – er machte uns Vorwürfe, am meisten Mama, aber auch uns allen, und Gott und dem Zufall. Wenn er dann nach Hause kam (besonders zu der Zeit, als ich stumm und klein und noch etwas hilflos war), bat er MICH, ihn in die Arme zu nehmen.

Daddy sagte: *Sei ein Schätzchen ... und fang keinen Streit mit mir an. Sei ein guter Junge – sei wie ein liebes Schwesterlein – zeig mir deine süßen Äugelein. Sag mir doch, du hübsches Kind, ob noch mehr wie du zu Hause sind ...*

Nonie sagte zu mir: *Du weißt überhaupt nichts ... Du bist ein Baby; halt die Klappe ...*

Mama sagte zu mir: *Du hältst dich da raus. Halt die Klappe, hörst du? Sei auf Nonies Seite, ohne Wenn und Aber. Unfälle kommen nun mal vor. Wenn ich noch ein Wörtchen mitzureden habe, wird die Schuld an dieser Sache nicht Nonie zugeschoben. Wenn du mit ihr in einem Haus leben willst, hältst du besser loyal zu ihr. Sei nicht dumm ... Das ist mein weiser Rat.*

Wenn Mama jemanden dumm nannte, dann hatte sie das *Los* im Sinn, das dieser Person bevorstand.

(Mama sagte häufig zu mir: «Du hast zu viele *vorgefaßte Meinungen ...* »)

Nonie hatte Katie «geliebt». Was Mädchen miteinander tun, ist kompliziert. Wenn sie aneinander litten, wünschten sie der anderen dann den Tod? Mit blasphemischer Verwegenheit? Die kleineren Kinder in unserer Wohngegend spielten oft gemeine Spiele ...

Aus Katie kam Blut, wie Würmer oder wie halbe grünlich-bläulich-rötliche Grashüpfer – in Schüben ... Am Tag nach ihrem Sturz waren ihre Verbände fleckig von getrocknetem Blut, und sie rochen auch danach.

(Zu den gemeinen Spielen der Kinder gehörten *Räuber und Gendarm* - andere aus Rechtschaffenheit töten, sie imaginär zusammenschlagen und ihnen imaginäre Handschellen anlegen – und imaginäre oder echte *Folter* – und *Cowboys und Indianer* [eigentlich eine Variante von *Folter*] – und *Galeerensklaven auspeitschen, damit sie schneller rudern* [im Grunde eine dritte, kulturell anspruchsvollere Variante des gleichen Spiels] – und allerlei schmutzige Spiele mit Messern [geheim, weil uns Messer verboten waren] oder mit Ziegeln und Steinen, die man gezielt werfen konnte.)

Sowohl meine Mutter als auch mein Vater sagte: *Tu mir den Gefallen – nimm ein bißchen Vernunft an ...*

Benimm dich bürgerlich, furchtsam und gebildet ...

Jeder sollte Ideale haben, aber hör auf mich und lerne, da zu unterscheiden. Lerne, für dich zu sorgen und dich in der Welt zu behaupten – niemand verhält sich fair, wenn er nicht muß ...

Lila: *Wenn du mich fragst, was die Wahrheit ist, dann sage ich dir, egal worum es gerade geht: das ist Ansichtssache ... Manche Leute sind besserer Ansicht als andere. Tja, was kannst du da schon machen ... Jemand kann sagen, was er will, du kannst reden, bis du schwarz wirst, aber wahr ist sehr oft das, was funktioniert ... Tja, Sünder finden eben keine Ruhe. Du meinst, du erinnerst dich an alles, aber so ist es nicht. Manche Leute erinnern sich an nichts – dann reden sie bloß viel daher. Sie hören sich einfach gern reden. Und eine Menge Leute tun mehr, als nur zu reden. Die dafür sorgt, daß etwas durchgefochten wird, bin ich. Ich bin Mrs. Bleib-am-Ball. Manchmal meine ich, ich heiße eigentlich Madame Galeerensklave. Eine verdammte Last, das kannst du mir glauben ... Früher war ich mal die Maienkönigin, aber ich werde alt. Ich hab Köpfchen und mach davon Gebrauch. Du willst die wahre Geschichte wissen? Nun, die wahre Geschichte ist, daß es darauf auf lange Sicht nicht ankommt ... Die Rogers sind nach Kalifornien gezogen, und wahrscheinlich ist es ihnen da prächtig ergangen. Und Nonie gefiel es hier nicht mehr, nachdem sie und Katie zerstritten waren. Glaubst du etwa, jeder wüßte, was wichtig ist und was nicht? Ich lerne ständig dazu – aber von jedem kannst du das nicht sagen. Und wenn ich auf dem Hosenboden hinfliege: ich komme immer viel früher in Capito an als die meisten anderen. Und so sage ich denn, richtet nicht über mich. Um dir die Wahrheit über mich zu sagen – ich kann die Hölle auf Rädern sein. Tja, was kannst du dagegen schon machen – das ist jetzt keine leere Angeberei – ich mache mich in der Welt nützlich. Ich weiß, daß ich zuviel von mir verlange. Na schön, sei's drum. Die Hände in den Schoß legen und alles hinnehmen, wie es kommt, kann ich auch noch im Grab ...*

Eine Fortsetzung: Mama hatte eine Zusammenstoß mit einem Bus. Mir gegenüber sagte sie dazu: *Wo genau ich mit den Gedanken war, kann ich dir nicht sagen, aber irgendwo war ich ... Eins mußt du immer berücksichtigen, weil es wichtig ist: ich bin eine nette Frau. So bin ich einfach. Ich fuhr so dahin, und ohne die geringste Warnung machte es plötzlich krach-bumms: das kannst du dir nicht vorstellen ... Ich war auf einen Bus draufgefahren. Und als der Rauch verflog, standen wir alle kreuz und quer mitten auf der Straße.* Auf der Midland Street. Der Bus und der Buick meiner Mutter ...

Wie ich aussah, hat den Leuten immer gefallen, wenn ich das mal selber sagen darf, aber als wir nach St. Louis zogen, war es nicht mehr so einfach – wie früher. Der Busfahrer brüllte mich an. Die Fahrgäste auch ... Grauenvoll laut – es war GRAUENVOLL. Ich schwör dir bei Gott: ich wußte ehrlich nicht, wie mir geschah ... Ein gutes Ripsseidenkostüm habe ich mir ruiniert: ich war patschnaß, durchgeweichte Schweißblätter und alles ... Jetzt werde ich zu intim. Ich war sehr nervös: der Benzingeruch machte mir angst. Keiner blutete. Ich wußte nicht mehr, wo mir der Kopf stand. Nervös war ich schon immer. So nervös, daß meine eigene Mutter meinte, es wäre nicht auszuhalten mit mir. Die Leute meinen, ich hätte ein leichtes Leben. Ich wäre verwöhnt, sagen sie. Dabei sehe ich nur gut aus. Sollen sie doch mal mein Leben ausprobieren und schauen, ob es ihnen gefällt! Sollen sie mal ausprobieren, wie weit sie's bringen. Meine Mutter hat's gestört, daß ich so amerikanisch war, drum sagte sie, ich wäre zu nervös. Sie sagte, ich wäre ruhiger, wenn ich am Freitagabend die Kerzen anzünden würde. Ich hab's versucht. Frag mich nicht, ob's gewirkt hat – ich kann mich nicht mehr erinnern. Der Busfahrer war wütend – sehr wütend – hab ich schon gesagt, daß es ein Bus vom Land war? Keiner von den großen Stadtbussen ... O nein: so verrückt war ich nun auch wieder nicht ... Der Busfahrer dachte, ich wäre eine reiche Frau ... Ich weiß nicht, was er dachte. Ich wurde älter. Ich hatte ein hübsches Hütchen mit Schleier auf. Wenn du mich fragst, gefiel dem Kerl mein Aussehen nicht. Mein Typ gefiel ihm nicht: ich war nicht sein Typ ... Ich kam aus einer Nebenstraße und knallte ihm seitlich in den Bus. Ich hatte nicht hingeschaut: ich hatte den Blinker nicht draußen ... ich geb's zu. Ich hab mich umgeschaut; ich hab ihn gesehen; ich hatte Vorfahrt. Ich bin hübsch und saß in einem hübschen Wagen und dachte, er würde mir die Vorfahrt lassen – das taten die Männer immer – wenn sie nicht verklemmt waren. Aber statt dessen fuhr er auf mich drauf. Und dann beugte er sich aus dem Fenster und brüllte mich an ... Mein Gott, hast du von so einer Gemeinheit schon mal gehört?

Er behauptete, ich wäre ihm von der Seite in den Bus gefahren, dabei war er auf mich draufgefahren, und er überhäufte mich mit

Schimpfwörtern, mit üblen, UNFLÄTIGEN Schimpfwörtern – er war das letzte, keiner sollte zu einer Frau je solche Sachen sagen – er war Abschaum … ich wette, eine Menge Leute wußten das.

Ich nehme an, er dachte, man würde ihm Vorwürfe machen und ihn feuern. Es war eben ein Unfall – so drückt man sich aus, wenn man kompromißbereit ist. Ich hatte einen großen Wagen, einen Buick, aber so groß wie der Bus war er nicht. Ich wußte, warum der Fahrer diese unflätigen Sachen brüllte und mir die Vorfahrt nicht ließ: ich war zu alt, und er dachte, ich wäre reich.

Hör zu: Ich hab mein Leben damit verbracht, es anderen leichtzumachen: er hätte daran denken können, daß er es mit einer Frau zu tun hatte. Durch den Kopf gegangen ist mir, ich sollte ihm einen Tritt versetzen – ich hab da so meine kleinen Tricks … dann würden die Leute ihn auslachen. In Alton hab ich das mal gemacht – einen Mann getreten. Er hatte mich auf der Straße angebrüllt – ich hatte ihn gerempelt … Er rannte mir über einen Parkplatz hinterher. Ich war zweiundzwanzig. Er war fett und häßlich, und alle lachten ihn aus, als ich ihn trat: alle. Ich hatte ihn gestreift, er hatte ein Päckchen fallen lassen, nichts sonst war passiert. In Alton kannten mich alle, sie lachten ihn aus und sagten, er wäre von einer Frau verprügelt worden, aber die Leute im Bus, die brüllten und schrien alle, brüllten und schrien mich an. Niemand schrie den Fahrer an. Ich trug meine höchsten Hacken, einen engen Rock – ich war im feinsten Fummel, wenn du's genau wissen willst – und trotzdem kam keine Sympathie für mich auf. Tja, weißt du, nun kannst du sagen, vorbei ist vorbei, Schwamm drüber, aber ich war ja nicht von gestern, ich wußte, wann die Lage kippt: die Leute dort kannten mich nicht und mochten mich nicht, keine Spur – denen gefiel nicht, daß ich hatte, was ich ihrer Meinung nach hatte; und ich hab die Röcke gerafft und bin um mein Leben gerannt …

Ich war ungefähr sechs. Die Straße, in der wir wohnten, hieß Amherst Street – alle Straßen in University City waren nach einer Universität benannt. Oder nach einem College. Ich spielte Raumschiff mit einem Jungen meines Alters, einem Mädchen und einem älteren Jungen – mit Joey Brooks, Marilyn Berger, Martin McCauley. Joey stand mit dem Gesicht zur Straße, ich tat gerade was mit einem Strahlengewehr, und er fragte: «Ist das da DEINE MUTTER?»

Am Ende der Straße, von Westen her, im Schlund des Nachmittaglichts, inmitten der gesprenkelten Ungeheuerlichkeit schütter belaubter Bäume, die mir so gewaltig erschienen, als ich klein war, rannte eine Gestalt. Am anderen Ende war die Straße mit einer Kette abgesperrt – die Kette verlief zwischen Steinpfosten, und wo die nächsten Nebenstraßen mündeten, spalteten dreieckige Rasenstücke die Straße in zwei Fahrbahnen, eine zum Wegfahren, die andere zum Ankommen. Die Häuser waren behäbig im Vergleich zu den Märchenwaldvillen an Katie Rogers' Straße.

In der Erinnerung sehe ich den Bus und den Buick vor mir, obwohl es seltsam ist, daß ich so nah bin – ich muß das geträumt oder mir eingebildet haben; ich stand hundertfünfzig Meter entfernt auf einem Rasen, und weit im Hintergrund dieser Szene war unter den prächtigen Licht-und-Schatten-Gebilden der Bäume eine rennende Gestalt zu sehen, überwiegend schwarz gekleidet, verschleiert oder mit geschwärztem Gesicht, mit schwingenden Hüften laufend ... Im Pelz und auf hohen Pumps.

Wenn ich wieder in die Erinnerung eintauche, schrumpfe ich tatsächlich – für mein Bewußtsein, meine ich –, und der Straßenbelag nimmt eine andere Farbe an: es gibt darin viele fast orange leuchtende Steinchen. Auch das Licht ist von seltsamer Beschaffenheit – die Luft war damals auf andere Weise verschmutzt: wegen der vielen Kohleheizungen in so vielen Häusern litt St. Louis häufig unter Nebel; und jedenfalls ist das Licht dickflüssig und ein bißchen ölig: ein weißlich-gelbes, butterfarbenes, stumpfes, aber sattes Licht, und dazu die grünen Flächen, und dazu die rötlich-bräunlich-bläulichen Ziegel der Häuser und die blaugrauen Schiefer- oder Schindeldächer. Vogelgesang und die Temperatur der Luft –

meine verschwitzte Haut – mein Hals, der aus einem Hemd der Kindheit ragt – meine bloßen Beine.

Löwenzahn im Gras ... Die Sprünge im Pflaster des Trottoirs ... Meine Mutter, meine Adoptivmutter, Lila; ich habe den ersten Anblick in Erinnerung, aus der Distanz; und dann folgte der alptraumartige Eindruck davon, wie sie sich auf der Straße bewegte, die herausgeputzte Frau von fünfunddreißig (in Wahrheit achtunddreißig) Jahren, stramm kurvenreich und übertrieben mondän in ihrem Schulterpelz – Füchse mit Glasaugen, die sich in die Schwänze bissen – und einem Hütchen in Form eines Saucenschiffs, hinter dem eine lange grünschwarze Feder herwippte, mit wehendem Schleier, dessen Tupfen dunkler waren als das übrige Gespinst, in schwarzen Handschuhen, darüber Armbänder ... Sie war so eindeutig eine hübsche Frau, daß kleinere wie größere Kinder und Halbwüchsige Grüppchen bildeten oder sich einander zubeugten, um sie vorüberlaufen zu sehen ... An anderen Tagen kamen sie oft zu uns ans Haus und setzten sich auf den Rasen, um sie ausgehen zu sehen; sie sagte gern im Scherz, ich bin die hübscheste Frau in meilenweitem Umkreis ... Unser Zahnorthopäde, unser Hausarzt, unser Versicherungsvertreter schwärmten für sie. Sie konnte etwas erwirken – Gefälligkeiten – bevorzugte Behandlung.

Diese Frau im Schnittpunkt der Blicke, die da in hübschgeradlinigem-und-doch-seitwärts-wegschlüpfendem Lauf in der Mitte der Vorortstraße unter den Bäumen entlanggelaufen kam, im Laufen ihren Schulterpelz verschob und auf ihren Sieben-Zentimeter-Absätzen kaum stolperte, die japste und ihre Handtasche schwang und Perlen trug – es ist meine Mutter.

Ich träumte jahrelang davon – von diesem absurden Anblick, dieser schockierenden Absurdität. In der Sprache des Alters, in dem ich mich befand, machte ich «Auu-ouu», einen pfeifend gestöhnten Ächzlaut – der bedeutete, was zwanzig Jahre später «Oh-du-meine-Fresse» bedeuten würde, wenn ein Kind es sagte. Joey hatte sie schon vor mir identifiziert. Er hatte erst *Das ist doch deine Mutter, Wiley, oder?* sagen müssen, bevor ich wirklich begriff, wer es war. Ich glaube, zuerst dachte ich, Lila mit ihrem Sinn für Ausnahmesituationen und Alltagsschrecken käme angerannt, um uns zu sagen, am Delmar Boulevard landeten Marsmenschen, oder eine Flutwelle wälze sich durch die Midland Street – oder eine Querstraße höher auf der Amherst Street treibe sich ein Ungeheuer herum und nähere sich, um uns zu fressen ... Ich nahm an, sie renne, um uns zu retten – die Kinder, einige von uns, mich. Ich wußte nicht, wovor sie uns rettete – vor Gaunern, Feuer, Landstreichern, einem Überfall von Kindern aus armen Wohngegenden ... Vor der Revolution ... Einer europäischen Invasion ... Vor Bösem. «Nein», sagte ich. Dann rief ich laut «Mama!» und begann, zu ihr hinzulaufen.

Ich rief laut «Mama! Mama!» und Lila fuhr zusammen und stolperte: sie hatte nicht mich gesucht. Es ging nicht um Marsmenschen oder um Dinosaurier, die wiedererwacht aus der Kanalisation gekrochen kamen. Ich rannte zu ihr hin und dann neben ihr her. Fast wortlos rannten wir noch fünfzig Meter weiter – sie sagte: «Frag mich nichts ... ich ... kann ... nicht ... reden ... und ... laufen ...» Und: «Muß ... mich ... verstecken ...» und vielleicht noch ein paar Brocken mehr.

Ich ließ sie nicht allein, sondern lief mit ... ich holte sie ein und hatte manchmal sogar einen kleinen Vorsprung. Und Mama schleppte sich die Steinstufen vor unserem Haus hinauf – sie brachte die Haustür hinter sich – (im Traum kann ich oft nicht in unser Haus) – ich kann mich nicht erinnern, daß sie ihren Schlüssel hervorholte – und wir waren drinnen, im Dunkeln, im verdunkelten Flur ... Das Haus wurde die meiste Zeit dunkel gehalten, damit die Möbelstoffe und Gemälde geschont wurden ...

Und sie sagte: «O Gott ... mein Herz pocht wie ein ganzes Schlagzeug ...»

Dann versteckten wir uns, sie und ich, hinter der Couch; sie war noch immer in kompletter Ausgehkleidung, bis auf die Schuhe; und als sie allmählich langsamer atmete, nahm sie den Hut ab, dann den Schulterpelz, legte ihn auf den Boden und zog die Jacke ihres schwarzen Ripsseidenkostüms aus. In weißer Bluse und Perlenkette kauerte sie da, einen bestrumpften Fuß vorgestreckt, ein Knie unter dem Rock hochgezogen. Männer stapften gewichtig und laut redend zu unserer Veranda herauf – ein Detektiv und der Busfahrer: vielleicht ein paar von den Fahrgästen, oder Polizisten in Uniform: ich konnte sie nicht sehen. Ich sah nur den schlaffen schwarzen, an den Holzrahmen genagelten Stoff der Couchrückseite. Ich hörte laute, bedrohliche, entschlossene Stimmen.

Daß sie mir nachkamen, erstaunte mich, ich hab's vorhergesehen (Unstimmigkeiten signalisierten oft, wie wenig berechnend sie doch war – oder sie bedeuteten, daß sie unberechenbar wirken wollte, um damit irgendwie auszudrücken, wie konfus sie gewesen sei: in ihren feinen Kleidern schnauft sie laut neben mir hinter der Couch, der Pelz liegt auf dem Boden) - *es konnte gut und gern der Ku Klux Klan sein ... nein, die Nazis. Ich hab im allgemeinen ein gutes Gedächtnis, ich habe ein gutes Gedächtnis, punctum. Ich hab auf die Bremse getreten. Ich bin nicht absichtlich auf den Bus draufgefahren; aber die Bremsen meines Wagens waren schlecht: aber was nützte mir das bei dem Pöbel schon? Ein Pöbelhaufen, der mich lynchen wollte ...* Ihre Angstbegriffe – Begriffe sozialer Unsicherheit ... *Warum beschuldigten sie mich? Ich war völlig durcheinander ... Die Polizisten waren auf seiner Seite: Gewerkschafter ... Es hätte anders ausgesehen, wenn ich nicht eine feine ältere Dame gewesen wäre ... Sie kamen ans Haus, und da hab ich ihnen mal ein paar Takte erzählt ... Nein, du hast recht: ich hab mich versteckt – warst du denn dabei? Du kennst mich ja: für Busse hab ich keinen Sinn. Hätte ich eine Kittelschürze angehabt, ungeschminkt und ein Kind dabei, dann hätten sie sich nicht so benommen ... So, wie ich angezogen war, fühlten sie sich verhöhnt –*

tja, was kannst du da schon machen? Oft sind Menschen nett, aber tu mir den Gefallen: verlaß dich nicht drauf. Vielleicht ist auch niemand jemals nett ... Wie soll ich das wissen? Ich bin keine Lügnerin, ich hab nur ein Leben hinter mir, nur mein Leben, ich bin keine Lügnerin von der Sorte, die sagt, ich weiß, was alles zu bedeuten hat und was alle machen ... Ich kenne meine Grenzen. Ich hab bisher noch nie von einem Sohn gehört, der seiner Mutter zuhört, außer in reichen Familien, wo sie das Geld hat. Gefallen dir meine Geschichten? Gefällt dir, wie ich rede? Na ja, was ich so alles nicht weiß, würde ein Buch füllen ... Es füllt sämtliche Bücher – ha-ha, ha-ha. Du magst Geschichten? Dann erzähl ich dir mal eine: Ich hab's mit Absicht gemacht: der Busfahrer war ein Schwein, dieser fies guckende, fette, behaarte Kerl, der mich anbrüllte und mich runterputzte: er gab mir das Gefühl, alt zu sein, und mir war alles verflucht egal. Wenn das den Weltuntergang bedeutet, tut's mir leid. Aber das will ich dir auch noch sagen: es war Zufall, daß es passiert ist ... Ich wußte nicht, daß ich irgendwas tun würde ... und kurz davor hab ich auch keinen Entschluß gefaßt: mir sind einfach die Hände ausgerutscht ... Du glaubst, ich weiß, daß es tatsächlich so war? Du glaubst, ich wußte, was dann passieren würde? Spätestens mit fünf weiß doch jeder, daß man nie sagen darf, man hat es absichtlich gemacht – also machst du nie etwas absichtlich ... Du baust einen kleinen Unfall: ein Witz. Nur was dann daraus wird, ist manchmal nicht witzig ... Es geht zu weit – das Ganze war ein Fehler: nicht das Ganze, aber so sagt man eben. Ich bin vom Typ her seriös: aber trotzdem ... Aber trotzdem ... bin ich mir nicht sicher, was ich weiß und was nicht: ich vertraue meinem Glück – und gebrauch mein Köpfchen. Wenn du mir nicht traust, such dir eine andere nette Frau, die dir eine lange Geschichte erzählt ... Ich bin ja vielleicht nicht, wie-heißt-das-gleich, ideal, aber ich bin nun mal eben so, wie ich bin. Ich erzähle die Geschichte. Vielleicht bin ich ja doch verrückt – die Bremsen waren schlecht – ich mach dir nichts vor; ich sag dir jetzt die Wahrheit. Mit schlechten Bremsen zu fahren ist verboten. Wenn man sich so aufführt, weiß man , was man tut – es ist nämlich sehr SCHLAU, weißt du: auch eine Weise, ganz nach vorn zu kommen. Man kriegt Aufmerksamkeit – mit ein bißchen Aufmerk-

samkeit kann man es weit bringen – nur ist das so eine Sache, weil genügend Aufmerksamkeit zuviel Aufmerksamkeit sein kann, drück ich mich da verständlich aus? Ich habe mich getäuscht, ich hatte Mitleid erwartet, ich war angezogen wie Kay Francis – wer weiß schon, wie sich das auswirkt? Du kannst schließlich nicht alles im Auge behalten. Wenn man als Frau die Nerven behält, wird man interessant ... Oft wollen Leute mich besser kennenlernen, weil sie gern wüßten, wer besser ist, sie oder ich: erst einen Knopf, dann zwei, drei, vier, wer hat die stärksten Nerven hier ... Na, euch werd ich's schon zeigen ... Das ist nur menschlich ... Aber das ist nicht der Punkt. Der Punkt ist, ich hatte mich nicht getäuscht. Die Leute haben mich als schlechter hingestellt, als ich bin. Na, wenn's sonst nichts Neues gibt ... Insgesamt kann ich nicht klagen ... Im großen und ganzen hab ich bekommen, was ich verdient hab – ich bin nicht der religiöse Typ. Was ich verloren habe, darüber trauere ich an jedem Tag, solange ich lebe, aber ich würde nie darüber jammern, daß die Dinge so sind, wie sie sind ... Stell mir keine Fragen, lüg mir nichts vor ... Ich weiß, was Sache ist, und glaub mir bloß, ich fordere es nicht heraus, darauf kannst du dich verlassen ... Ich war nie der Typ Frau, die das dumm herumflatternde Huhn spielt – vor meiner Operation hatte ich große Brüste und konnte es nicht ausstehen, wenn man mich anfaßte: sogar Frauen fassen einen an – ich hasse nichts auf der Welt so, wie betatscht zu werden. Ich bin nie von der schleimigen Sorte gewesen, stand nie mit jedem auf vertrautem Fuß. Ich hab immer ganz anders gelebt: wenn du aus der Menge herausragst – ich behaupte nicht, daß ich das tue, aber viele Leute waren auf die eine oder andere Art von mir beeindruckt –, dann ziehst du viel Aufmerksamkeit auf dich, die Leute möchten dich im Gefängnis sehen, möchten dich in der Klapsmühle sehen: das ist ja auch völlig verständlich. Tja, damit hab ich mein Leben lang gelebt: gib den Leuten, was sie haben wollen, und laß sie zugleich schmoren. Weißt du, warum S. L. und ich Parties gegeben haben, bis uns das Geld ausging? Wir wollten nicht gehaßt werden. Die Leute betrachteten uns als hübsches Paar. Na ja, an hübschen Paaren gibt es solche und solche ... Heute meinen die Leute, ich wäre durch dich schlau geworden, aber ich war schon immer schlau ... Noch mal zurück zu diesen Rogers. Ich werd nicht sagen, es täte mir leid, daß ich zu Nonie gehalten hab. Du mochtest die Rogers, aber sie waren nichts Weltbewegendes ... Sie war hoffnungslos kleinkariert, und er war ein Kriecher, der nur befördert werden wollte. Es tut mir nicht leid ... Ich hab wieder mehr vergessen, als sie je gewußt haben ... ich hab mich nicht ständig weitergebildet ... Damit hab ich irgendwann aufgehört, aber ich lerne trotzdem immer noch dazu ... Das Leben macht eben Spaß, wenn man sich was herausnehmen kann ... Das hat mal ein Ende ... Ich wünschte, ich wäre im Recht gewesen – das macht eine Frau interessant – diejenige zu sein, die recht behalten hat ... Na schöön, mit Doppel-Ö, ich bin das klassische Und-wenn-schon-Mädchen ... Keiner hat sich je dafür interessiert, was Nonie zu sagen hatte. Eine Frau bekommt mehr Gelegenheit zum Nachdenken als ein Mann: unterhältst du dich vielleicht darum gern mit mir? Aber Nonie hat nie riskiert, mal nachzudenken ... Ich wollte den Leuten im Bus nichts zuleide tun und hab auch keinem was zuleide getan ... kann sein, daß sie erschrocken waren ... Sie brüllten schon, bevor ihnen etwas passiert war ... Und wenn ihnen etwas passiert wäre, was wäre daran so schlimm? Ich bin ein erwachsener Mensch, ich gehe zu weit – na und? Willst du mich dafür erschießen? Mich dafür hängen? Als ich jung war, wollte ich Krankenschwester werden, aber das war nicht chic. Ich betätige mich karitativ. Ich bewege was in der Welt. Als ich klein war, wußte Mama immer etwas über mich, was ich nicht wußte, wo ich eine Lücke hatte, was ich hätte wissen müssen – das machte mir angst. Ich hab es ihr gezeigt: ich wurde zum Und-wenn-schon-Mädchen ... Wofür willst du mir Vorwürfe machen? Für das, was ich mir gedacht habe? Für das, was ich nicht gedacht habe? Dafür, daß ich hilflos war? Daß ich zu berechnend war? Oh, bitte, verschon mich doch damit ... ich bin eine kranke Frau. Wieviel Quatsch muß ich eigentlich über mich ergehen lassen? Was soll ein Geständnis, wenn man nicht weiß, was man getan hat? Ich bin zu alt, um gerissen zu sein. Ich hab es satt, gerissen zu sein. Ich hatte keine Lust zu bremsen: ich bin in einen Bus hineingefahren: die Bremsen waren schlecht – und vielleicht sonst noch alles mögliche, was weiß ich – wer weiß das schon? Und wen kümmert's? Ich bin als Letzte durchs Ziel gegangen, aber lange Zeit war ich immer die Erste. Meine Mutter sagte, ich hätte zwei Kinder verloren, weil ich ein schlechter Mensch wäre, eine schlechte Jüdin. Ich vergebe ihr – aber nie, nie werde ich ihr verzeihen. Man kommt nicht über die Dinge hinweg, sondern man rappelt sich auf, klopft sich den Staub ab und geht weiter. An manchen Tagen sitze ich hier und denke darüber nach – wenn ich mich zum Nachdenken gut genug fühle – an manchen Tagen bin ich zum Nachdenken aufgelegt – lach nicht – was Gott wohl wollte, oder wie es gewesen wäre, es besser zu haben. Ich mache Mama keine Vorwürfe – ihr Leben war die Hölle – ich bin niemand, der Vorwürfe macht: ich bin nicht wie du: ich finde mich ab. Letzten Endes weißt du nur, daß du weißt, was du weißt – und was kannst du schon machen? Eine Minute vorher ist es noch nicht passiert, dann ist es passiert, und wie stehst du dann da? Sag du mir doch, wie man mit so was fertig werden soll ... Hör mal, meinst du, ich hätte nicht mit Gelehrten geredet? Ich war hübsch, an gescheiten Männern hat es mir nicht gefehlt, und ich bin auch gescheiten Frauen begegnet. Glaubst du, ich weiß nicht, was das Problem ist? Gott ist dies, Gott ist das, aber dann zählt sonst nichts, dann kommt es auf nichts sonst an. Also bleibst du auf Dingen sitzen, die Gott nicht ist – kannst du mir folgen? Sag mir, was du denkst. Halt: ich verlier sonst den Faden – du redest sowieso schon zuviel ... Ich denke, Gott weiß nicht, was demnächst kommt – Gott ist hier, nicht dort. Wir haben unseren Verstand, damit wir aushelfen können. Ist es wie eine Flutwelle, Mama? Das Anbranden von Zeit und Bewußtsein? *Ich empfinde es wie brennendes Wasser, obwohl ich das nicht gern sage – der Typ Frau bin ich nicht ... Dieser Busfahrer war ein religiöser Fanatiker irgendeiner Sorte, eine schmutzige Hure hat er mich genannt. Ich war hübsch und gut angezogen – er meinte, Frauen sollten nicht Auto fahren – jeder hat eine Meinung, ob du sie nun zuläßt oder nicht ... Und dann geschah das alles: und lief einfach so weiter – sag du mir doch, wem ich das vorwerfen soll! Nonie war nicht Hitler – du meinst, das ist alles ein und dasselbe? So hab ich nie gedacht. Sag mir, was ich ihr zum Vorwurf machen soll, und ich will ein Urteil über sie fällen. Ich bin keine Frau, die aufgibt, außer in ein paar Fragen, wo ich sagen muß, ich passe. Versuch, sie zu lieben, Wiley ... Sie ist töricht ... Ich werfe ihr vor, daß sie töricht ist. Was geschehen ist, ist geschehen ... Ein Unfall ist ein Unfall – sobald ein Unfall daraus geworden ist, egal was deine erste oder zweite Handlung war ... Dieses Mädchen, wie-hieß-sie-noch-gleich, beschimpfte Nonie, nannte sie eine dreckige Jüdin, und Nonie sagte, sie solle sich verpissen, und das Mädchen ist einen Schritt zurückgewichen. Das war kein nettes Mädchen, egal was du in ihr gesehen hast ... Du hast sie einfach gern gehabt – und Nonie hatte sie eine Zeitlang gern – aber ich werd mich doch nicht dumm stellen, bloß weil ihr beide dumm wart. Nonie hat dieses Mädchen nicht mit böser Absicht angetastet, und falls doch, wen schert das schon? Wenn ich in die Hölle komme, wenn sie in die Hölle kommt, wenn wir alle in die Hölle kommen – bist du dann zufrieden? Ich bin nicht wie du, Wiley, ich stehe zu meinen Leuten. Voran, voran, vorbei ... So bin ich nicht. Wenn du gern eine andere Mutter hättest, nur zu: es dauert nicht mehr lange, dann bin ich tot ... Zwei Tage noch ... Ich kenne ein Dutzend Frauen, die dich zu sich nehmen würden. Nur, wenn du in dieser Minute eine Mutter möchtest: die einzige, die du hast, bin ich. Weißt du, Wiley, was ich an mir gut finde: da lieg ich auf dem Sterbebett und hab die Nerven nicht verloren. Weißt du auch, was mir fehlt? Ich bin völlig verbraucht – ich komme mit den Dingen nicht mehr zu Rande ... Ich will nicht zu Gericht sitzen, bevor ich nicht die wahre Geschichte kenne, und sogar dann – wer weiß, wie ich dann darüber denke. Ich hab nie damit gerechnet, im Chevrolet himmelwärts zu fahren. Ich weiß, wer ich bin, ich war schlicht das, was der Doktor für eine gewisse Zeit verschrieben hat. Noch bin ich ein regelrechter Teufel – magst du mich jetzt ein bißchen anlächeln und mir die Hand halten? Hast du jetzt, wo du größer bist und ich mit meiner Weisheit am Ende bin, eine Schwäche für mich? Denkst du an was anderes?* Weil ich gegen die Aufmerksamkeit rebelliere ... *Wenn du fort willst, um jemand anderen zu lieben, nur los ... ich hab genug gehabt ... ich bin meinen eigenen Kopf satt. Ich bin eine Frau, die Gnade nötig hat, und wo ich die kriegen kann, da geh ich hin ... Ich weiß nicht mehr, wo mir der Kopf steht – genug ist genug, wenn du mich fragst. WENN'S DIR RECHT IST, PUPSERCHEN, IST'S MIR AUCH RECHT. Ich verrat dir was übers Sterben – ab und zu werd ich ein bißchen verrückt. Ich kenn mich aus: ich kann nicht sagen, ich hätte je einem weh tun wollen, aber wenn's mir auch weh tut, muß ich wohl früher oder später sagen, daß ich wohl doch kein Engel war, der nie einem weh tun wollte ... Ich tue, was ich nicht lassen kann ... Hie und da verbeiß ich mich gern in einen guten Kampf ... Es macht mir nichts aus zu zeigen, was in mir steckt. S. L. sagt, ich leg mich mit jedem Streuner an. Tja, ich glaube, Frauen kriegen das schlechte Ende ab – offen gesagt hab ich versucht, die Welt zu verändern – das kann ruhig jeder wissen. Ich bin bereit ... die Fäuste stolz gereckt ... hahaha. Ich wollte nie eine von den Frauen sein, die zum Leben zu sensibel sind: hör auf meinen Rat und mach einen Bogen um den Typ. Ich will ehrlich zu dir sein: ich trau mir selbst nicht: ich glaub, ich hab den Mörderinstinkt in mir – ich traue mir nicht immer über den Weg ... ich könnte jemanden umbringen. Ich geh aufs Ganze, weißt du .. Soll mir nur keiner in die Quere kommen ... S. L. hat mir oft gesagt:* Du hast kein Gewissen: du bist die Höllenkönigin ... *Und ich muß dir ehrlich sagen, ich war geschmeichelt. Ich weiß nicht, was das an mir ist ... Ich bitte dich nur um eines, S. L., Liebling, Schatz – Wiley – achte auf das, was ich sage ... Ich bluffe gern. Es macht mir Spaß zu sehen, womit ich so alles davonkomme. Viel von dem, was ich tun wollte, wollte ich bloß aus Jux und Tollerei tun. Wenn ich etwas bedaure, dann nur, daß ich um Kleinstadt-Chips gespielt habe. Wenn er wütend wurde, war S. L. schlimmer, als ich je sein kann: er will dich auf der Stelle tot am Boden liegen sehen ... Er war nicht immer so: wenn du den richtigen Moment und den passenden Ort erwischt hast, konnte er sich anschmiegen wie ein Engel, konnte nachgeben wie ein Engel – er konnte weich sein wie ein Plüschhäschen. Du meinst, du bist höflich, Wiley, wenn du mich so ansiehst wie jetzt, aber es ist, als würdest du mich ins Grab stoßen. Mama meinte, wir hätten fromme Juden bleiben sollen und ständig beten und nicht mal eine Ahnung von dem haben, was wir wirklich dachten und lebten, sondern immer nur töricht und eingebildet sein, aber so war ich nie ... Ich bin, wie ich bin, sagt Popeye der Seemann. Geh jetzt und laß mich schlafen ... Ich rede gern, aber genug ist genug, genug ist schon ein Fest ... ich bin ganz außer Atem. Halt meine Hand; ich möcht ein bißchen schlafen ...*

Die Talmudgelehrten, die einen Rückzug GOTTES postulierten – *simsum* genannt (glaube ich) –, der es der Welt erlaubt, im verlassenen Raum weiterzuexistieren mit Bewohnern, die, nach dem Paradies, zu moralischen Entscheidungen verdammt sind – abgeschnitten vom Allwissen des ALLGEGENWÄRTIGEN *GOTTES* – diese Talmudgelehrten stellten auch die These auf, man solle nie auf Frauen hören. Oder selten. Worauf meine Mutter anspielte, war ihre Vermutung, daß Gedanken zwar die Spur oder den Nachstrom der Wahrheit darstellten, nicht aber die ganze Wahrheit, sondern vielmehr so sonderbar, so vieldeutig, so auslegungsbedürftig seien wie ein biblischer Text für die Juden – und für andere.

Sie meinte das sogar im Hinblick auf die Gedanken, die einem beim Autofahren kommen – sogar auf die Gedanken, die einem kommen, bevor man einen Fehler macht oder das begeht, was andere ein Verbrechen nennen.

Sie meinte nicht, es gebe keine Verbrechen: sie dachte sehr praktisch. Sie meinte lediglich, für Menschen sei dies eine schwierige Frage. Ich *glaube*, ihre These war, daß am Rand der Gegenwart das Ideale zu existieren aufhöre; kein Rückzug des Menschlichen oder Göttlichen schaffe dafür in der Gegenwart Raum.

Und wenn die Gegenwart real ist und nicht ein Traum – und sie äußerte sich nie dazu, was die Gegenwart sei, real oder erträumt, geringer als das Denken oder dem Denken übergeordnet; nie, soweit ich weiß –, doch *falls* die Gegenwart wirklich und wahrhaftig real ist und aus demjenigen besteht, womit zum Beispiel ein Vater oder eine Mutter ganz unmittelbar zurechtkommen muß – oder eine ehrgeizige Frau und jeder Mann (so war sie erzogen worden, und sie rebellierte dagegen, erlaubte jedoch sich und anderen, wie ich glaube, den Gedanken, daß es falsch gewesen war zu rebellieren), also *ein Mensch*, dann ist diese Gegenwart Gott, falls GOTT *real* ist... Falls, heißt das, ein letzter Sinn oder Grund existiert, ein endgültig intelligenter oder sonst ein Gedanke – wie im Moment der Offenbarung in einer Traumepisode –, dann wird dadurch weder die Realität noch die Gegenwart abgetan: jener Sinn muß aus diesen hervorgehen wie aus der Mündung eines Tunnels, jedoch eines Tunnels, der nach oben führt (sozusagen).

Wenn ich Mama als Romanautorin von einiger Bedeutung verstehe, als jemanden, dem man zuhören sollte, als Erzählerin, deren Werk analysiert zu werden und deren Leben erforscht zu werden verdient, oder dies wenigstens in meinen Augen verdient, dann bleibt neben all den anderen Problemen, die sich ergeben, wenn man versucht, damit zurechtzukommen – die sich für mich ergeben, wenn ich versuche, damit zurechtzukommen (ein Außenstehender kann natürlich mit weniger Aufwand als ich die psychologischen Kehren und Windungen durchschauen; einem Außenstehenden bedeuten sie nicht so viel – es sei denn, der oder die Außenstehende hat sich die Geschichte angeeignet, sie verändert und auf sein oder ihr Leben bezogen) –, die beinahe simple Tatsache bestehen, daß Mama annahm, *das Reale* umfasse zwei Realitätsebenen – eine männliche und eine weibliche zunächst; jedoch auch eine, auf der unsichere Vermutungen über das Wesen der Dinge im Anbrausen der Realität herrschen, und eine andere, starrere, der nur ein Narr trauen würde.

Und dies verbarg sie die meiste Zeit über vor mir. So oft sie auch von Wahrheit sprach, war sie als Mutter – oder Quasi-Mutter – doch Absolutistin. Sie gestattete mir (und anderen), die Realität flüchtig zu beäugen; ihre Koketterie war die einer Frau, die heimlich beäugt wird und das zuläßt, eine verruchte Susannah Älteren gegenüber, aber eine ernsthafte gegenüber Jüngeren; umsichtig täuschte sie einen Kern von Wohlanständigkeit vor, von Wohlanständigkeit (und nicht Frömmigkeit) eher angelsächsischen Stils, doch in bezug auf die Realität log sie – sowohl im Hinblick auf die realen Verbrechen, die Schmerzen, die Willenserklärungen, die Blindheit und so fort als auch hinsichtlich der Grenzen, über welche die Verbrechen (vielleicht) nicht hinausgingen.

Sie log hinsichtlich der Entfernung, die uns vom Garten Eden trennte, und hinsichtlich des Grads von absoluter Unschuld, der sie – und uns – auszeichnete.

Daß wir uns nicht im *Garten Eden* befanden, wurde teilweise – jedoch energisch, rigoros und nachdrücklich, überzeugend – ausgeglichen durch snobistische Vorstellungen von dem, wer wir waren, von dem gesellschaftlichen Rang, den wir erreicht hatten (weitgehend durch ihre Bemühungen): ihr Snobismus galt sozialen und individuellen Dingen, manchmal intellektuellen oder zumindest rationalen Fragen, und oft, fast immer, war er sexueller Snobismus. Eine Anklage, die sie oft (gegen andere) erhob, lautete: *Wer würde SO jemanden schon ATTRAKTIV finden?* Nur, sehen Sie, andererseits lebten Nonie und ich, auch S. L., zeitweilig *doch* im Garten Eden, wenn sie es zuließ. Und manchmal wurden wir von Meuchelmördern aus einem Schloß hinausgesandt, die *Realität* zu bewältigen. Es war wirklich sehr kompliziert. Fast immer definierte sie meine Rolle und das moralische Verhalten, zu dem ich real fähig war – als kleines, dann nicht mehr so kleines Kind, dann ein Junge, dann ein Heranwachsender – als *einfach* – und drückte dies oft bildlich aus: *Rück einfach vor, Gridley, und schieß, sobald du kannst*, eine Redensart aus dem Spanisch-Amerikanischen Krieg während ihrer Mädchenjahre, die besagte, man brauche nicht nachzudenken; aber sie sagte auch oft: *Du mußt nicht nachdenken, du bist ein Junge, es wird immer eine Frau geben, die für dich denkt, wenn du schlau bist* – was nicht nur zweideutig und neckisch und ein Zeichen ihrer Überlegenheit als kommandoführender Offizier (als beherrschende Person) war, sondern auch ihre Meriten als Kommandantin hervorhob: sie hatte jedem von uns ein *Goldenes Zeitalter* geschenkt.

Und auch dies war ein Bild dafür, daß wir immerhin ein gewisses Stück von dem erhielten, was unser Herz begehrte, in Wahrheit oder erlogenermaßen.

Doch darüber hinaus war es, weil Emotionen davon zeugten und wegen der nachts in einem Vorort manchmal herrschenden Stille, wegen des Essens-auf-dem-Tisch und sauberer Kleidung, guter Kleidung, auch wirklich *wahr* ... wirklicher wahr, als man vielleicht erwarten würde ... eine Gefühlswahrheit und eine Tatsachenwahrheit. Das verwirrte auch sie – unsere wahre, lokale Königin. Sie hatte Mühe, diese bildüberfrachtete, kipplige, merkwürdig faktische Realität zu akzeptieren.

Und damit verbunden, es jedoch unterminierend, war jene Sache, die sie als Frau stets für weniger einfach hielt, für ganz und gar nicht einfach, für niemals einfach, deren Vorhandensein sie als Realistin jedoch einräumte, manchmal ausdrücklich, und worauf sie oft Anspruch erhob: *was man sich schuldig ist.* Doch dies wurde zu einer komplizierten Angelegenheit, wenn man klar dachte und es in runde Summen faßte ...

Die Lügen; die Wirklichkeit ... Wenn ich über lange Zeitspannen hinwegzublicken versuche, ist es ein wenig so, wie des Nachts über die schwarze Wasserfläche einer Bucht zu schauen; und ich sehe sehr wenig, wenn ich die Aussicht nicht vorher erkundet habe – wenn ich nicht schon die schematische Darstellung eines Kardinalsvogels über dem schwarzen Wasser einer nächtlichen Bucht gesehen habe. Und wenn ich vorinformiert bin, dann sehe ich in der Ferne die Lichter von Schlußfolgerungen, eines Ziels (falls ich auf Reisen sein sollte). Oder ich sehe, wo in diesem Moment andere Leben gelebt werden. Ich sehe es jedoch nur schemenhaft, denn die Lichter und Formen und der Salzgeruch des Wassers verschleiern und erläutern zugleich meine augenblickliche reale Situation, in der ich, sagen wir, auf einem Pier stehe, während der Anblick in der Ferne sich in das Muster fügt, dessen möglichen Sinn ich zu deuten gelernt habe.

Oder ich kann sagen, es verdichtet bis zu einem gewissen Grad den Wirklichkeitsgehalt dessen, was ich sehe, so daß es einen Sinn ergibt: ein Blick über eine nächtliche Bucht. Eine Vorstellung von meiner Mutter . . .

Der anderen Erzählerin. Der erste Erzähler jedoch, oder der zweite, nämlich ich – ich sehe, wenn ich den Blick nah heranhole, dunkles Wasser: die dunkle, sanfte Oberfläche der stillen Bucht und die schwach erleuchtete, dunkle Atmosphäre; und wenn ich dann an die bewegten, möglicherweise wilden Tiefen denke, spüre ich vielleicht zunächst die starke Ruhelosigkeit des Salzwassers, und mich überkommt die erstaunte Furcht, etwas könnte existieren, das ohne Oberflächen oder Schichten wäre – ohne Grenzen.

Und damit denke ich mich in das hinein, was ich da in der Ferne sehe. Oder in das gestische Erzählen meiner Mutter. Daddy sagte einmal angesichts eines offenen Feuers, das Feuer sei eine Hure. Er meinte damit, es sei von Natur aus promisk und voller Verachtung für alles, was durch die Familie Bedeutung gewinnt, und für persönliche Zuneigung. Dächte ich mir eine Geschichte aus, könnte ich darin kühl und unaufrichtig so tun, als hätte ich immer auf eine Weise gelebt, die ich verstand. Ich könnte behaupten, ich hätte *immer* verstanden, daß eine Mutter keine Hure ist – daß eine Mutter *ungezählte Feuer* in sich haben kann, hundert Hurennaturen, soziale wie sexuelle, daß es für sie jedoch Bindungen, oder eigentlich: Realitäten gibt, die so nicht sind – die, in meinem Fall zumindest, nachdem meine leibliche Mutter gestorben war, auf Verträgen und persönlicher Wahl beruhten. Natürlich ist dies für mich das Muster, das ich dann in den neuronalen Königreichen meiner Beobachtungen überall wiedererkenne.

Doch das heiße Buhlen um Aufmerksamkeit – die Kriege

der Welt – die *Schau-mich-an*-Signale, die andere aussenden und auch man selbst – die Egoismen, die dunklen Gewässer, die Sinngebungen, die Mißgriffe, die vielerlei Formen von Selbstzufriedenheit, die es gibt, und die Teilwahrheiten, die darüber zum Vorschein kommen, legen dringlich nahe, es solle mit dem Lügen, wo immer es nur geht, ein Ende haben.

Vielleicht unter dem Einfluß von Medikamenten erinnerte sich Mama der Vergangenheit, schlüpfte in die Vergangenheit, in ein abgelegtes Ich, in eine leicht angestaubte, aber nicht verstaubte Kostümvariante davon, wenn sie sagte: *Treib mich nicht zu weit. Glaub mir, es gibt sehr, sehr viel Liebenswertes an Amerika, aber am besten gefällt mir, daß es den Menschen frei steht, sich zu verteidigen – nimm mich als gegeben hin und guck dann einfach meiner Staubwolke nach. Ich gehe GERN zu weit. Wenn ich für meinen Spaß blechen muß, dann bleche ich eben ... Es ist mir schnurzegal: ich rümpf eben die Nase und bleche – zum Teufel mit allen anderen: lieber bin ich Höllenkatze als Fußabtreter ... willst du mich mal sehen, wenn ich in Rage bin?*

So spricht sie auf mittlerer Ebene, wo Mienenspiel und Blicke keiner Zensur unterworfen werden, weil Kinder zuschauen könnten. Oder Nachbarn.

Ich hab gelernt – und du wirst es auch noch lernen – ob du's glaubst oder nicht: ein paar Lektionen stehen dir noch bevor: DIE WÖLFE LUNGERN VOR DER TÜR – nimm dir das ruhig von Zeit zu Zeit mal zu Herzen. Und glaub mir bloß, oft lungern die Wölfe INNEN vor der Tür: nimm dir DAS mal zu Herzen und probier's. Sei ein Engel und schau, wie weit du damit kommst. Ich will dir was verraten, kleiner Lord Harvard-Stipendiat-zur-Abwechslung-mal-mit-Charakternase: du bist nicht kultiviert, S. L., du weißt nicht, was du tust ...

Es tut weh, ihr zuzuhören. Wem hätte man in der Kindheit beim *Folter*-Spielen schon so sehr vertraut, daß man ihm verraten hätte, wovor man sich am meisten fürchtete? Selbst meine sanftesten Freunde versuchten herauszukriegen, ob sie mich durch ihre Kenntnisse über mich zum Sklaven machen könnten. Verschiedene Leute probieren verschiedene Methoden aus. Sie sagen: *Tu das nicht, sonst hau ich dich ... Oder: Sonst laß ich dich nicht Radio hören ... Oder: Sonst gibt's kein Abendessen* ... Oder: *Sonst hab ich dich nicht mehr gern ...* Oder: *Sonst sperr ich dich in den Schrank und stech dir die Augen aus* ... Man errichtet in sich bestimmte Wälle – Widerstandsformen: geistige und körperliche Gewalt, gewalttätige (und kalte) Wut, schroffe Zurückweisung, vorenthaltene Liebe, öffentliche Szenen. Man erkennt einander, in der Kindheit, meine ich, an dem Mut, mit dem jeder seinen Eltern begegnet. Die Kinder, die aufgaben, die sich ganz und gar als Eigentum behandeln ließen, bildeten eine *Sekte für sich.* Wir rauheren Kinder, die nicht aufgaben, belogen einander, wenn wir Folter spielten: wir taten so, als fürchteten wir uns vor Ratten oder Spinnen statt vor Schlägen auf den Hintern, wenn das die Sache war, die uns am meisten erschütterte. Ich kann mich an kein einziges robustes Kind erinnern, das damals, selbst unter dem Druck extremer, blinder Leidenschaft – oder in gewissen Fällen, wo tatsächlich gefoltert wurde, wo ein Kind gefesselt war und der Henker Lötkolben und solches Zeug einsetzte – zugegeben hätte, wovor es sich wirklich am meisten fürchtete.

Lila sagte: *Du hattest schon immer Angst vor der Wahrheit. Wenn du dich immer wieder von den gleichen Sachen verletzen läßt, komm nicht zu mir gelaufen, damit ich dich tröste. Lern, auf dich aufzupassen. Ich laß dich auf der Straße rumrennen wie ein Ich-weiß-nicht-was ... Du bist der Wilde Mann von Borneo. Ich möchte, daß du lernst, wie es im Leben läuft, Wiley – hörst du? Ich möchte nicht, daß du auf Idioten hörst. Ich möchte nicht, daß du auf irgendwen hörst. Werd selber schlau. Sei kein verschüchterter Drückeberger. Wenn du je bei irgendwas SIEGEN willst, sperr Augen und Ohren auf UND LERN. Komm nicht zu mir, um mir was vorzujammern – und bring mir auch nicht zu viele gute Nachrichten. Ich kann so eifersüchtig werden wie sonst wer. Wenn du vor mir zuviel prahlst, kriegst du eins ausgewischt. Sei Realist. Bette dich richtig: und wundere dich dann nicht, wie du liegst. Ich bring's vielleicht nicht zum Weltmeister aller Klassen, aber meine Ratschläge sind gut. Sei um jeden Preis Realist, kein Träumer. Wenn du alle an Tugend übertreffen willst, endest du am Kreuz. Ich verrat dir ein Geheimnis: lern siegen. Schau dir bei mir was ab. Ich kämpfe fair. Zimperlichkeit bringt nichts. Es hat noch keinem genützt, zimperlich zu sein. Du mußt was ausprobieren. Du mußt lernen ... Ach, du hörst ja nie auf mich ... Hör mal, du Schlaumeierchen. Ich bin nicht der Typ, der gute Ratschläge gibt – nicht einem Jungen. Wozu schlechtem Geld gutes hinterherwerfen? Du hast selbst einen Verstand – du mußt deinen eigenen Willen haben: na schön, nur zu: aber du mußt kapieren, wo's längs geht, sonst rollt der Zug glatt über dich weg. Du liegst öfter falsch als richtig. Na schön, nur zu: glaub bloß nicht, daß ich's nicht merke. Glaub bloß nicht, du kannst mich an der Nase rumführen. Die Rogers' wurden kleinlich, aber hier wohnen bessere Leute, und wegen ihrer Kleinlichkeit haben die Rogers' die Partie verloren. Hör zu, wenn du saubere Hände hast, dann darum, weil ich vor nichts davonlaufe und weil ich dich beschützt habe. Ich habe keine sauberen Hände, und manchmal ist mir schwer ums Herz. Hör auf mich: Du kannst dir ein, zwei üble Sachen leisten, und für den Geschmack der meisten Leute bist du immer noch so gut wie unschuldig. Für meinen Geschmack. Leb in der Wirklichkeit und halt die Augen offen. Ich meine, wenn du willst, daß etwas für dich gut läuft, setzt du dich besser* toute suite *ins Recht. Das heißt nicht, daß du dich zurückhältst: es heißt, daß du zu leben verstehst. Keiner läuft als Bekenner herum und hängt die Wahrheit an die große Glocke. Wenn du willst, daß jeder dich gleich als Narr erkennt, brauchst du das bloß zu machen. ES GIBT EINEN GOTT. ES GIBT GERECHTIGKEIT. Es könnte Gerechtigkeit geben. Wahrscheinlich. Was weiß ich? Margy Rogers hat Nonie eine kleine Hure genannt, sie hat gesagt, sie würde sie umbringen, sie würde sie eigenhändig umbringen, nur wolle sie sich die Hände nicht mit Judenblut schmutzig machen ... Das hat sie die Partie gekostet; sie mußte aus der Gegend fortziehen*

... Die besseren Leute wollten das nicht hinnehmen ... Sie ist übers Ziel hinausgeschossen. Warum soll ich da ihre Gefühle respektieren? Wenn sie so redet, kann sie von mir aus geradewegs zur Hölle fahren. Ich kann ihr vergeben, aber Nonie täte das nie. Wenn du nicht weißt, wo du die Grenze ziehen mußt, ist das deine Achillesferse. Die Rogers' mußten fortziehen ... Tja, ich bin eben keine Idiotin. Ich hab letztendlich gewonnen. Anscheinend tu ich ab und zu doch das Richtige. Wie sich herausstellt, wenn die Karten auf dem Tisch liegen. Verstehst du, die Schuldigen laufen davon. Nicht immer – bloß manchmal. Es ist kein ehernes Gesetz – manchmal kauen sie noch auf deinen Knochen herum. Aber SIE haben das Schlachtfeld geräumt – HAB ICH DEN SPRINGENDEN PUNKT KLARGEMACHT? Mich stört nur, daß keiner es mir dankt. Man wird nie belohnt, Wiley; damit zu leben ist schwer; aber es hat mich nie gehindert ... Mich hat noch nie etwas gehindert ... Es gäbe da eine Menge Geschichten über verlorene Partien, die für meinen Standpunkt sprechen ... Ich möchte eine Zigarette ... Ich geb mich auch mit einem Bonbon zufrieden ... Wenn Lila früher von Nonie – oder von mir – eine Gefälligkeit erwiesen haben wollte, hatte sie uns manchmal hofiert, ihre Tochter, ihren Adoptivsohn ... Nun sagte sie: *Ich rechne nicht mit Dankbarkeit: tu's, weil du mich gern hast. Soll ich Make-up auflegen und ein gutes Kleid anziehen? Dir den großen Auftritt bieten? Gleich bin ich wieder lieb und süß ... Sekunde.* Ihr Gesicht wurde verlockend-süß, schmalzig, komisch und schwül, und darin leuchteten boshafte, schmachtende Augen. *Du magst doch Geschichten? Ich erzähl dir eine. Du glaubst, Affen sind die schlausten Menschen? Überprüf das mal an mir. Ich hab einen schlechten Tag. Ich bin traurig. Wiley – was besser ist als tieftraurig, Pisserchen ... Schau, meine süße Stimme ist wieder da ... Weißt du was? Ich hab nie ein Buch gefunden, in dem die Wahrheit über Mütter stand ... Wie ist man einem leibhaftigen Mädchen eine gute Mutter? Darüber hab ich in keinem Buch etwas gefunden. Wiley, ich bin müde. Ich könnte sterben, so müde bin ich ... Gefällt dir mein kleiner Witz? Ich fürchte mich nicht vorm Sterben; ich fürchte mich davor, deiner leiblichen Mutter in der Hölle zu begeg-*

nen. Oder im Himmel – wer weiß? Wer weiß überhaupt etwas? Aber wie hilft man einem Kind, Wiley? Wie kann man wissen, ob man's richtig macht? Anweisungen zu befolgen war nie meine Art. Machst du einen kleinen Heiligen aus einem Kind? Gibst du ihm ein Gewehr und sagst ihm, es soll ein Nazi-Cowboy werden? Sagst du ihm gar nichts? Das wär nicht sehr freundlich. Ich wüßte gern, wie der Mittelweg aussieht. Wie bringt man jemandem eine gute Selbstachtung bei? Tja, ich zum Beispiel weiß das nicht. Träumst du manchmal mit offenen Augen vom Himmel auf Erden, Pisserchen? Ich nicht. Du hast Augen genau wie eine Eule … Du bist nicht mehr hübsch … Das will ich dir noch sagen, Wiley, ich fürchte mich vor nichts. Ich hab mich selbst erzogen, und das hab ich gelernt: Es gibt nichts, was ich nicht tun würde, wenn es sein muß. Dann: *Von viel zuviel heißt es hier in der Gegend, es wäre meine Schuld … Genug ist genug … Ein Freund würde mich verstehen … Wir müssen alle lernen, so lange durchzuhalten, wie wir können – aber ich nicht, ich darf jetzt aufhören …*

Ich kann kein im üblichen Sinn moralisches Buch schreiben.

Wiley verliebt: 1956: Die zweite Ora: Zwanzig Minuten später

Als du jung warst», fragte sie ein paar Minuten später im verdunkelten Schlafzimmer in New York, «wußtest du da, daß es mich einmal in deinem Leben geben würde? Hast du dir jemanden wie mich vorgestellt?»

«Nein. Überhaupt nicht. Niemanden wie dich.»

«Du hast nie von jemandem geträumt und siehst jetzt, daß es immer schon ich war?»

«Nein. Ich glaube nicht, daß ich überhaupt von jemandem geträumt habe, den ich nicht kannte ...»

«Mit wem hast du das erste Mal geschlafen?»

Pause. «Ich weiß nicht...»

«Das weißt du nicht?»

«Wie definierst du *schlafen mit*? In wen ich ihn zuerst reingesteckt habe? In wessen Vagina ich ihn zuerst reingesteckt habe? Ab wieviel Zentimetern Einschub würde es für dich zählen?»

«O Gott, bist du kompliziert. Wenn du ihn ganz hineingesteckt hast in ... das Mädchen ...» Pause. «War es ein Mädchen?»

Pause. «Für so was hast du morgens um zwei Energie übrig?» Sie antwortete nicht. «Ein erschöpfendes Verhör im Dunkeln und hinterher Alpträume und du am Morgen mürrisch – dann die sexuellen Tagträume – willst du das alles wirklich? Und die Eifersucht? Auf das, was ich mit wem gemacht habe und auf den, der ich in den Jahren, bevor ich dich kannte, war? Wo wir vereinbart haben, nicht im Leben des anderen herumzuschnüffeln?»

«Ich hab eine einzige Frage gestellt –»

«Willst du auf den Unterschieden zwischen mir und dir herumhacken? Es gibt eine Vereinbarung – zwischen dir und mir – wir sprechen nicht über die Vergangenheit.»

«Ich interessiere mich nur ein bißchen für ... Ich halte nichts vom Buchstaben-des-Gesetzes – das weißt du doch, oder?»

«Die Regeln gelten nicht mehr?»

«Ich nehm dich nicht ins Verhör – was du auch immer denken magst.»

«Ora –»

«Ich interessiere mich nicht für Familien, für deine Familiengeschichte: ich frage nicht nach Familienkram ...»

«Hast du denn gar nicht die Befürchtung, daß dieser Kram zwischen uns hochgehen könnte wie eine Bombe?»

«Ich fürchte mich vor dir. Mir vertraue ich. Ich weiß, daß auf meine Gefühle Verlaß ist.»

Ich sagte: «Wenn es stimmt, daß du dich nicht für Familien interessierst – was wäre, wenn ich dich deiner Familie wegen geheiratet hätte?»

«Hast du aber nicht. Ich hasse Genealogien. Sie sind immer verlogen. Aber ich interessiere mich für deine Vergangenheit ...»

«Aber ist meine sexuelle Vergangenheit denn nicht unerträglich für dich?»

«Sie ist *unerträglich.*» Indem sie dasselbe Wort benutzte, wechselte sie das Thema.

«Du fragst nicht mal, ob deine sexuelle Vergangenheit un –»

«Du Schwein.» Sie nahm den Aschenbecher vom Nachttisch und schleuderte ihn in die Finsternis, nicht nach mir, sondern zur Wand; und im Finstern schepperte und klirrte er, schlug krachend irgendwo an, bollerte an der fast unsichtbaren Wand entlang und blieb dann liegen.

«– erträglich für mich ist.» Dann: «Schlafen und nächtliche Gespräche und du mit deinen Gefühlen, das sind alles –»

«Ja?» fragte sie, als hätte sie nicht mit etwas geworfen.

«– Aspekte einer Form von Selbstmord.»

Sie sagte eigensinnig: «Ich bin ein Feigling und zugleich sehr, sehr tapfer.»

«Helen Thwaite» – eine Schriftstellerin aus recht ranghoher Familie (Bostons), eine gutaussehende Frau, herrschsüchtig, interessant, unbezähmt; sie hatte Gefallen an mir und meinen Arbeiten gefunden; das Thema ihres eigenen Werks war sie selbst; sie hatte einen sehr erfolgreichen Roman geschrieben, in dem es zwei Kapitel gab, worin ein zweiter Ehemann, bis zum Wahnsinn gereizt, seine Frau mit Fragen nach ihrer Vergangenheit foltert. Der Roman war schäbiger, platter, erschreckender, unerträglicher als ein gutes Buch über solch ein Sujet es sein dürfte – «sagt, ich sei ein *homme fatal* und du seist eine ausgesprochen vernünftige Frau, mit der absolut nicht zu reden sei; und weder du noch ich wüßten, was wir tun; aber das mache nichts, weil ein Segen auf uns liege.»

«Sie hätten mir einen Namen wie Rachel geben sollen – ich bin eine unmögliche Person – ich bin altmodisch, Wiley. Ich finde, Helen Thwaite ist eine egomanische, verrückte Alte, die voller Scheiße steckt.»

«Mein Gott ... du bist so furchtbar wach. Willst du wirklich morgens um zwei Uhr zehn über verbotene, riskante Dinge reden?»

Ohne Pause: «Ja.»

«Nun, mag ja sein. Aber wenn es schon um verbotene Themen gehen soll, dann laß uns über deine Familie reden und nicht über mein Herumgebumse – erzähl mir von deiner Familie.»

Pause. Ihr Atem, dann ein leises Räuspern und dann ihre Stimme deuteteten darauf hin, daß sie sich auf den Handel einließ. «Meine Großmutter Bomma mochte meine Mutter nicht und beleidigte sie manchmal bei Tisch. In Maine. Im Haus am Mount Desert. Zu jeder Mahlzeit hatte Bomma fünfzehn Personen bei sich, manchmal vierundzwanzig, sogar vierzig – das war damals in Maine so üblich. Man lebte ganz schlicht, selbst wenn man zur Gesellschaft gehörte, aber schlicht im großen Stil. Es passierte also in Maine – vor allen Leuten – vor der Köchin und den Hausmädchen und den Männern, die servierten. Ein paar von den jungen Leuten halfen servieren. Meine Mutter war sehr hübsch. Sie gab sich viel Mühe, Wiley. Sie sah beachtlich aus. Mag sein, daß sie ein bißchen nervös war – ein bißchen betrunken. Und Bomma war gemein zu ihr.»

«Was hat sie denn gesagt?»

«Weiß ich nicht mehr. Meine Mutter lief auf die Veranda hinaus – es war eine riesige Veranda – die rings ums Haus ging – um ein großes Haus, mit dreißig, vierzig Zimmern –, schaute aufs Meer und weinte; sie war sehr gekränkt. Ich bin zu ihr gegangen. Ich mochte sie nicht, aber ich bin genau wie sie. Blut ist dicker als Wasser. Ich war dunkler als meine blonden Verwandten ...» Pause. «Mein Vater beleidigte alle. Er fand sie blöd – und sagte das auch. Sie *waren* auch blöd. Ich konnte mich nicht einfügen. Nie. Ich war *immer* unglücklich ...»

Um die unechten Töne zu erkennen, mußte man wissen, daß Ora sich gerade einmal *nett* gab; man mußte wissen, *wie nett* sie sich geben wollte; mußte Oras dunkle Seite kennen und wissen, wie ihr Nicht-Nettsein aussah, welche Abstufungen es davon gab, wie es sich zu unterschiedlichen Zeiten auswirkte, was es umfaßte, wie weit es ging: man mußte ihre Art zu vergleichen kennen, ihr Nicht-verletzen-Wollen, aber Verletztsein, weil man ihr eigentlich nichts erzählt hat: man muß Ora kennen, um zu wissen, was gerade vorgeht.

«Jack» – John Lorrimer «Jack» Perkins, ihr Vater – «hat gesagt, es sei interessant, von welchen zwei Linien *du* abstammst, auf der einen Seite die halbseidene Eleganz mit ihren Verbindungen zur Gangsterwelt, dann seine Familie, anfänglich Ganoven, im selben Boot wie die Vanderbilts – dann ehrbar werdend – mit Sitzen im Aufsichtsrat, oder sagt man im Ältestenrat, der Trinity-Gemeinde, mit allen möglichen karitativen Ämtern, die auf deine Mutter und ihren Vater hinabschauen, wo doch auf ihrer eigenen Seite, und das ist schon eine *Spur* komisch, einer deiner Urgroßväter im Bürgerkrieg sein Regiment ausgeraubt und die Beute als Grundstock eines Vermögens genutzt hat und dein Großvater sich von ihm lossagte und eine Frau heiratete, die seiner Ansicht nach aus guten Familie stammte und deren einer Großvater ein Anwalt mit schmutziger Weste war, der ein College gegründet hat, wenn auch kein gutes – keine tolle Familiengeschichte, hat Jack gesagt, aber eine amerikanische. Und es ist besser, sich von wahren Geschichten herzuleiten als von falschen. Jack hat gesagt, die Ganoven, die im Staat New York die Republikanische Partei gegründet haben, hätten auf die Gauner hinuntergeschaut, die nach ihnen kamen – warum eigentlich auch nicht? Jack hat gesagt, die Republikanische Partei sei eine Party, die siebzig Jahre überdauert habe.» Jack klang, wenn *er* sprach, für meine Ohren ein wenig wie, nun, wie ein Zeitungskolumnist, besserwisserisch und sententiös. Man merkt einer Intelligenz die Epoche an, von der sie geprägt wurde. «Dann heiratete deine Tante mütterlicherseits diesen Hindu-Dichter, Mahoti ... Und haßte Gangster, wurde Kommunistin, schlief zum Wohl der Partei mit allen möglichen Leuten – somit gibt es da eine ganz schöne Spannbreite ... Sehr amerikanisch ... All dieses Gerede über Club-Zugehörigkeiten und Rausschmisse aus diesem und jenem – aus dem Geheimbund, dem Club oder sonstwas – und die Herabsetzung anderer und die Fehden – und über kultivierte Hochzeiten, vulgäre Hochzeiten, über die Skandale, die schlechten Investitionen und die guten Investitionen, die guten Heiraten; man versteht alles ganz anders, versteht Amerika ganz anders, wenn man es unter dem Gesichtspunkt der Familie betrachtet. Im Grunde hat in Amerika immer ein kleinbürgerliches Durcheinander geherrscht, meinte Jack letztlich. Aber das störte überhaupt nicht, wenn man Geld und Köpfchen hatte – genug Geld, um sich als etwas Besonderes zu fühlen. Jack hat gesagt, daß sein Vater gerade zum Außenminister ernannt werden sollte, als er mit John Hay *und* Mark Hanna Streit bekam, mit dem einen über prinzipielle Fragen und mit dem anderen über einen Geheimanteil an irgendwelchen schmutzigen Geldern, der ihm zustand, und daß er in beiden Auseinandersetzungen verloren hat – in jeder Hinsicht aufs Kreuz fiel ... Ist eigentlich etwas davon wahr?»

«Jacks Geschichten sind gut», sagte sie. «Aber ehrlich gesagt würde ich lieber über Sex reden, Wiley. Ich finde meine Familie furchtbar. Jack kann gute Geschichten erzählen, aber *wahr* sind sie nicht unbedingt ... Das ausgerechnet willst du nach dem Koitus wissen? Ob wahr ist, was mein Vater dir erzählt? Er mag früher mal wahre Geschichten erzählt haben, aber er ist in der Welt vorangekommen – und er möchte dich beeindrucken.»

«Ich glaube, unter anderem liebe ich an dir, daß du dir keine ideale Abstammung wünschst. Sprüche wie *mein vollkommener Vater, meine wundervolle Mutter* kommen bei dir nie vor. Na ja, er ist meistens betrunken. Sie sind meistens betrunken ... Dadurch wird man wohl abgeklärt, oder?»

Schweigen.

Sie sagte: «Er führt gern Leute an der Nase herum – das heitert ihn auf – er muß es tun: aus politischen *und* psychologischen Gründen. Du weißt schon, Wille und Wirklichkeit – hast du Ortega y Gasset gelesen?»

«Angelesen.»

«Er ist sehr gut.» Dann: «Jack hat durchaus eine Position

innerhalb der Familie, obwohl er sie weitgehend verspielt hat, als er meine Mutter heiratete – weißt du?» Dann: «Politisches nimmt Jack sehr ernst – manchmal. Im großen und ganzen. Er stand mal sehr weit links – jetzt steht er sehr weit rechts – in seiner Logik ist er ein Kauz ... Vermutlich steckte ein in Vergessenheit geratenes psychologisches Gesetz dahinter. Die Bedingungen ändern sich, die Grundkonstellation bleibt. Und jedenfalls ist Jack zunächst einmal und vor allem ein *sehr fähiger* Lügner von einer bestimmten Sorte. Zu lügen ist seine zweite Natur – er hat die Fähigkeit dazu mit der Muttermilch aufgesogen – sie ist ihm in Fleisch und Blut übergegangen. Wenn du ihn reizen willst, sagst du einfach etwas unerhört Wahres: das wirkt, als hättest du ihm einen toten Fisch ins Gesicht geklatscht. Manchmal gefällt ihm das.»

«Das glaub ich auch ... Jetzt erzähl mir von deiner Mama.»

«Von Millie.»

«Von Millicent ‹Millie› Burywood Osterwald Hoffenburg Perkins.»

«Sie ist bei bester Gesundheit; sie ist nie krank; sie ist sehr, sehr republikanisch eingestellt; sie hat keinen Kleidergeschmack; alle sind sich darin einig, daß sie fabelhaft aussieht; und alle finden, sie ist ein blödes Schaf. Wir haben manchmal viele Leute im Haus, sie unterhalten sich über Politik und Geld, und niemand spricht mit ihr, so kindisch ist sie. Im letzten Winter hat sie zu jemandem gesagt: ‹Dieser Ike Eisenhower ist ein verlogener Säufer.› Und der, zu dem sie das sagte, ließ sie einfach stehen. Jack sagt ihr ins Gesicht, daß sie ein Schaf ist. Sie sagt, sie weiß, wie es im Leben läuft. Sie schlafen noch miteinander. Verhalten sich Familien im Leben eigentlich jemals so wie Filmfamilien? Auf Millie ist kein Verlaß – sie war nie eine gute Mutter: alle sagen das. Ich sage es. Sie ist kalt. Kalt, kalt, kalt. Sie erfindet Geschichten und glaubt dann selbst daran – mit manchen Leuten hat sie komplette eingebildete Fehden. Ich kann's nicht ausstehen, wie sie mit dem ersten Glas wartet, bis es halb vier ist. Hast du das mal gesehen?»

Wie sie im Sessel sitzt, auf ihre Uhr sieht, dann aufsteht und, in heiterem Sprechgesang die Sekunden zählend, neben dem Barschrank wartet, ganz Soubrette in einer komischen Oper.

«Sind also die meisten *ihrer* Geschichten auch nicht wahr?»

«Bei ihr weiß man nie. Sie kann heimtückisch sein.»

«Was magst du an deiner Mutter am wenigsten?»

«Daß sie mit Tieren redet, wenn sie betrunken ist.»

«O Gott, ja ... das hab ich schon erlebt.»

«Sie mag keine Menschen ...»

«Magst du genau das nicht, oder steht es für etwas anderes? Ich will nicht spitzfindig sein ...»

«Bist du aber.»

«Na ja, magst du nicht, daß sie es tut – oder ist es ein Symbol?»

«Ich mag es einfach nicht. Ich weiß nicht. Ich mag ihren Witz; vielleicht ist es witzig, daß sie in Babysprache mit Tieren redet. Ich kann's nicht ausstehen, wenn sie bei Tisch politische Reden hält und Politiker mit Schimpfwörtern belegt und *hämisch* wird ... ich kann's einfach nicht ertragen, wenn sie von jemand sagt, er ist ein *Spitzentaschentuch*.»

«Ist dir das nicht lieber, als wenn sie tragische Szenen machte?»

«Ich weiß nicht. Ich glaube, Tragisches wäre mir lieber. Ich kann's nicht ausstehen, wenn sie mit den Tieren redet, Wiley ... Sie redet sogar mit Insekten.»

«Sie ist eben betrunken, Ora – und die Menschen mögen nicht mit ihr reden.»

«Sie tut es nicht aus Gefühlen heraus. Sie ist nicht tierlieb. Einmal hat sie beim Pistolenschießen mit Jack und mir eine Drossel getötet.»

«Irgendwas gefällt mir an diesen Schießübungen nach Tisch.»

«Mama und ich mögen einander nicht... Was magst du an deiner Mutter am wenigsten?»

«An welcher?»

«An Lila.»

«Sie ist tot. Ihren Tod...» Dann: «Ich wünschte, sie wäre noch am Leben – dann hätte Millie jemanden, mit dem sie sich herumschlagen könnte.»

«Ich glaube, Mama und ich verabscheuen einander... Millie hat das Gefühl, ich mache mich lustig über sie, so sehr unterscheidet sich meine politische Einstellung von ihrer. Ich mache mich ja auch über sie lustig. Natürlich. Meine Mutter ist eine kalte Ratte. War Lila ein nobler Mensch? Hatte sie eine noble Seele?»

«Ja. Nein. Ich weiß nicht. Ich glaube nicht. Was verstehst du unter einer *noblen Seele*? Ich habe Respekt vor deinem Realitätssinn. Eigentlich habe ich noch nie drüber nachgedacht, Ora.»

«Mein Realitätssinn hat seine Lücken, Wiley. Aber jemand hat dich geliebt; du kommst ziemlich gut zurecht.»

«Du auch. Obwohl es Millie gibt...»

«Jack hat mir geholfen. Und in mancher Hinsicht bin ich ein besonderer Fall, Wiley. Ich wünschte, wir kämen nie mit meiner Familie zusammen. Wenn wir uns lieben, du und ich, brauchen wir niemanden –» Dann: «Du hättest gern meine Familie...»

«Eigentlich doch nicht. Es wäre doch seltsam, einen Schwiegervater mit Verbindungen zum FBI zu haben. Und zur CIA.»

«Warum?»

«Weiß ich nicht.»

«Du spielst ihn gegen Onkel Peter aus...» Gegen den dritten Mann ihrer Tante Hilda: reich, im Vorstand der U. S. Resources Group, eines großen Konzerns.

«Weißt du, Ora, ich hab das Gefühl, ich kenne dich im Grunde nicht. Warum sagst du von Zeit zu Zeit, daß du deine Mutter vermißt und sie sehen möchtest?»

«Ich hatte nie eine Mutter.»

«Aber du vermißt sie.»

«Ja.» Dann: «Du magst meine Familie – du machst dir Sorgen um sie.»

«Was nicht unbedingt heißt, daß man Leute mag ... Ich hab gehofft, du hättest liebe Eltern – liebenswerte – arm und nobel, mit sauberen Häusern.»

Ich bin ein Snob, und die Häuser der Perkins, das Gut in Maryland und das Haus in Philadelphia, waren heruntergekommen.

Ich sagte: «Ich mag sie und mag sie nicht.» Dann: «Millie ist als Hausfrau entsetzlich, und Jack ist *schmuddlig* – wie ein kleiner Junge.»

«In seinem Herzen ist er tatsächlich ein schmuddliger Junge ... Seine Eltern wollten ihn nicht nach Annapolis lassen.»

«Das paßt, scheint mir. Wenn er keine weiße Uniform tragen darf, kümmert er sich nicht um Reinlichkeit.»

Ora sagte: «Er ist der Sohn einer Dame der Gesellschaft ...» Dann: «Du bist ein jüdischer Snob.»

«Ich weiß. Aber die Häuser sind wirklich schmutzig ...»

«Für uns mache ich immer sauber.» Das stimmte. Sie und die Dienstboten nahmen sich jedesmal einen Teil der großen Häuser vor und machten ihn bewohnbar. «Für dich. Für mich.»

«Für einen überspannten Juden aus der Mittelschicht – und eine unmögliche Tochter. Jack hat mir erzählt, daß du Millie damit immer auf die Palme bringst, mit deiner Hausputzerei – das hättest du unerbittlich schon als Zehnjährige getan, sagt Jack.»

«Jack redet gern. Ich mag nicht über meine Familie reden. Hast du als Junge viel masturbiert?»

«Du bist wirklich seltsam. Deine Ausdrucksweise, dein Profil, deine Denkweise – du bist seltsam.»

«Ich bin so etwas wie ein Hollywood-Wesen», sagte sie.

«Das Geschöpf von Studio-Bossen? Selbsterschaffen? Kein Geschöpf der Erbmasse?»

«Du hast's erraten», sagte sie bewundernd. «Du verstehst mich: ich bin nicht das Produkt einer Erbmasse.»

«Du wirkst nicht wie Jacks Tochter – er ist häßlich, hat ein schlaffes Gesicht ... Und derselbe Mann ist imstande zu sagen: *Wir waren nicht so reich wie die Jones*» – wie die Familie von Edith Wharton –, «*aber wir waren in der Lage, sie ein bißchen nervös zu machen*. Wie kommt's, Ora, daß du nicht so bist?»

«Was vorbei ist, ist vorbei.» Dann: «Ich hasse diese Leute *alle* – sie haben sich über meine Mutter lustig gemacht. Was zum Teufel waren sie denn schon? Ein Rudel geschlechtsloser Spinner mit Ganoven als Vorfahren. Ich bin faustisch ...»

«Ach? Ja, warum eigentlich nicht? Stimmt, als wir uns kennenlernten, hast du gesagt: *Meine Familie ist arm: namenlose Leute aus Nirgendwoville ...* »

Schweigen. Dann: «Stimmt ja auch ...»

«Sie sind also arme Farmersleute?»

«Ganz so namenlos nun wieder nicht.» Da beging sie eine Dummheit – um sich zu decken, wurde sie hochmütig.

Ich wußte, daß sie Konversation machte. Genaugenommen war dies kein echtes Gespräch – es war eine Nachahmung von Buchgesprächen, von Dialogen in Büchern. Was sie damit jedoch bezweckte, war mir schleierhaft.

«Wenn wir erst älter sind, haben wir nicht mehr die Energie, uns mitten in der Nacht zu amüsieren ... einander den Hof zu machen», sagte ich. Sie schwieg. «Ora ...»

«Ich bin eine Komödiantin – ein Clown ... das war ich schon immer.» Dann: «Ich operiere verdeckter als du.» Sie sagte es flüsternd, lüpfte das Bettuch, das ich über uns gezogen hatte und betrachtete unsere nackten Körper darunter – keine besonders obszöne Handlung.

Ich ignorierte die frivole Nummer. «Ist es dir jemals gelungen, dich als ein Niemand zu sehen?»

«Wenn ich krank bin. Wenn ich Fieber habe ...»

«Dann wirst du bei erhöhter Temperatur zu einem Mädchen aus dem Volke?»

Sie zwinkerte. Dann: «Fast zum *Naturkind*, Wiley.»

«Scheint so zu sein ...» *Wollte* sie etwa verhört werden?

Wollte sie kommen?

Wollte sie, daß ich noch einmal käme? Was WOLLTE sie nur?

«Ich bin ohnehin nichts als Fleisch und Knochen. Asche zu Asche, Staub zu Staub – o Gott, das läßt mich immer schaudern ...» Dann: «Endlich langweile ich mich nicht mehr. Ich habe dich ...»

«Jack langweilt dich auch?»

«Er ist weniger langweilig als andere Männer. Aber *mich langweilt* er.» Dann: «Jack ist ein zwanghafter protestantischer Lügner.»

Sie sagte das ganz kalt. «Er ist brillant, aber er ist ein Enttäuschter ... Darum läßt er dich nicht mehr los, wenn er erst einmal angefangen hat zu reden ... er ist *Der Alte Mann auf dem Berg*.»

«Ich dachte, es hinge mit seinem Verführerstolz zusammen – er ist doch der große Charmeur in der Familie ... oder? Männer begehren oft die Macht schöner Frauen, ohne daß sie es offen sagen. Sie wollen über Leben und Tod von vielen Menschen bestimmen – in der realen Welt. Als Erwachsenenverderber ist er meisterhaft – nicht in allen Verderbnis-Sparten –, aber es ist schon komisch, wie hitlerartig die meisten Leute sind. In mancher Hinsicht. Eines Abends habe ich zu ihm gesagt: ‹Erzählen Sie mir von Ihren Enttäuschungen› – er hatte mehrmals gesagt, er sei ein Enttäuschter. Da kam er mit einer ganz schön beeindruckenden Liste: Er spiele keine entscheidende Rolle in der internationalen Diplomatie; er zähle nicht zu den reichsten Männern der Welt. Er sei kein

Erfinder von Bedeutung; er gehöre nicht dem Schattenkabinett an; Frauen enttäuschten ihn – die Sexualität habe ihn enttäuscht – die Komödie der Moderne tauge nichts, so wenig wie der moderne Tod; deine Mutter enttäusche ihn; *du* seist eine Enttäuschung; die amerikanische Marine und die amerikanische Außenpolitik, die Geschichte sowie das gegenwärtige Niveau amerikanischer Geheimdienstoperationen und der amerikanischen Intelligenz, des Geistes der Nation, hätten ihn enttäuscht; und seine Eltern hätten ihn enttäuscht; die letzte Maschinendrehbank, die er seinem Konzern gestohlen habe, sei lausig: ein lausiges Gerät: der 45er Colt ebenso – dagegen die Luger: DAS sei doch noch eine Waffe. Die Kultur, Politik, Soziologie und der ganze soziale Mumpitz seiner Zeit seien widerwärtig: die Autokarosserien; das amerikanische Bildungswesen; die amerikanischen Sitten; die Filme: es war höchst beeindruckend – und ein bißchen komisch –, wie er da aus dem Stegreif dieses gewaltige Lamento erhob, die Umkehrung von Hitler und doch hitlerhaft, auf totale Reform aus und auf die totale Macht, sie durchzuführen.»

«Vieles bezieht er von Schopenhauer.»

«Es kam noch mehr: der amerikanische Journalismus; heutige Machtvorstellungen; Hitler sei ein schäbiger Wichtigtuer – sogar von der heutigen Korruption war er enttäuscht. ‹Ich bin wie Candide: ich pflege meinen Garten›, sagte er in dem Akzent, den er morgens um eins an sich hat.»

«Ich weiß. Das ist der Choate-Akzent.»

«Er war doch in Exeter.»

«Aber er hat den von Choate übernommen – der gefällt ihm besser. Er bringt ihn nicht oft an – er mag dich.»

Ich machte ihn nach. «‹Taugt nüüscht, aalles nüüscht, taugt *aalles* nüüscht ...› Bei mir klingt es zu nasal.»

«Ja ...»

«Ich mag ihn trotzdem. Wirklich ... sehr sogar.»

«Er ist schlau, Wiley – trau ihm nicht, versprich mir das – er möchte *gefährlich* sein – er ist sehr stolz.»

«Und du?»

«Ich bin nicht stolz … ich möchte lieber sterben als so wie Jack sein.»

«Ich möchte lieber sterben als wie S. L. sein – aber wenn ich wie er wäre, würde ich trotzdem sterben … Du bist gefährlich. Du hast eine furchtbare Wut in dir. Es ist nicht ratsam, dich zu enttäuschen …»

«Wiley …»

«Ahmt er auch Bogart nach? Will er so was wie ein gebildeter Washington-Bogart sein?»

«Ja …»

«Aber warum bloß *Bogart*?»

«Hat er aufgeschnappt … Bogart kommt aus guten Kreisen …»

«Sogar vom Verbrechertum ist er enttäuscht, hat mir Jack erklärt.»

«Ich mag's am liebsten, wenn er vom Mittelalter spricht … Er wäre gern ein gläubiger Landedelmann … Die Vorstellung von Himmel und Hölle gefällt ihm. Er sagt, Katholiken sind das beste Kanonenfutter – alles, was sie tun, wird ihnen vergeben …»

«Alles?»

«Alles.»

«Toll. Na klar. Stimmt. Das vergesse ich immer wieder. Hört dein Vater eigentlich je zu, oder spult er nur Monologe ab?»

«Er spult nur Monologe ab. Läßt er dich nicht zu Wort kommen?»

«Nur wenn ich darauf bestehe. Dann halten wir abwechselnd Monologe.»

«Tja, mehr ist eben nicht drin. In letzter Zeit spricht er mehr mit dir als mit mir. Trau ihm nie über den Weg, Wiley … Er ist zu allem fähig. Er macht Dinge kaputt, die mich was angehen. Bomma meinte immer, er tauge nichts – sie traute ihm nicht.»

Wollte sie nur das Gespräch in Gang halten? Fürchtete sie sich vor etwas? Hatte sie mich betrogen?

«Er kommt mir sehr durchtrieben vor; er erfindet Zitate. Er verändert die Daten historischer Ereignisse, sogar recht berühmter, zum Beispiel die Reihenfolge der Bürgerkriegsschlachten – und wenn ich ihn dann korrigiere, sagt er, er habe nur wissen wollen, ob ich aufpasse und mich in der Geschichte auskenne. An seine Argumentationsweise werde ich mich nie gewöhnen – ist das pure Skrupellosigkeit? Wozu soll es gut sein, Lügen auszutauschen? Die Wahrheit hat bei ihm keine Chance. Ich ertappe ihn immer wieder. Es läßt ihn kalt. Sein Selbstbewußtsein ist großartig.»

«Er ist eine solche Spinne ... Er hat mein Leben ruiniert, Wiley.»

Sie wollte also doch auf etwas hinaus – sie lieferte mir, was ich haben wollte, literaturähnliche Äußerungen über wohlhabende Amerikaner.

«Dann bist du also ein Krüppel und findest dein Leben gar nicht erfreulich?»

Sie zog ein Gesicht. «Er hat mich *fast* ruiniert ...» verbesserte sie sich.

«Weißt du, was er zu mir gesagt hat: *Finden Sie heraus, wer das schwarze Büchlein führt* – das heißt, wer der Vermittler für die übrigen in der Gruppe ist – und *finden Sie heraus, wer das verfügbare Bargeld ausschüttet – mehr müssen wir nicht wissen*. Du willst also sagen, sein Mangel an Idealismus hat dich ruiniert, dich *fast* ruiniert?»

«Bogart und Jack waren in New York auf derselben Schule. Jack hat immer gern die Geschichte erzählt, wie er Bogart in der ersten Klasse gekränkt hat ...»

«Mein Gott ... Erniedrigungen und jede Menge Versteckspiele – sieht so das Erwachsenenleben aus?»

«Ich verstehe dich zwar nicht genau, aber diese Art Leben, von dem du da sprichst, das führt keiner mehr – es ist aus der Mode.»

«Es muß grotesk gewesen sein. Jack redet ständig von Dekadenz, aber was bleibt Menschen, die sterben müssen, schon anderes übrig?»

Ich wußte noch immer nicht, was sie wollte.

Jack nach einem vertrunkenen Tag: spät abends sitzen er und ich in seiner Bibliothek, und er trinkt noch immer. «Menschen wie Sie und ich, mein lieber mutmaßlicher Schwiegersohn, bilden eine Armee von *angenehm* Enteigneten – wir können uns weder den Himmel noch die Hölle leisten, nicht in Amerika – wir haben nur unsere *Schläue* ... nichts als SCHLÄUE. Vergessen Sie nie, von wem Sie das zuerst gehört haben. Charakter ist in Amerika Unabhängigkeit – nicht Schicksal. Ich vertrete einen Positivismus der Gnade. Können Sie mir folgen? Ihr Juden habt euer Gutes, aber von Gnade versteht ihr nicht viel ... Wie ich die Bibel lese, geht es euch um den *Segen* – was etwas ganz anderes ist. Calvin hatte mancherlei interessante Thesen – hatte manches Interessante zu sagen ... ich wette, Sie haben Ihren Calvin nicht gelesen – so wenig wie Ihren Luther.»

«Doch. Vieles verstehe ich nicht – ich hatte gewisse *kulturelle* Probleme damit.»

«Ach? Tatsächlich? Nun –» und er beugte sich streitlustig vor: ständig imitierte er irgend jemanden. «Was haben Sie denn TROTZ Ihrer *kulturellen* Probleme erkannt?»

«Daß Protestanten einen recht raffinierten Realitätssinn besitzen.»

«Hm ... Oho, das haben Sie erkannt? Protestanten besitzen in der Tat einen raffinierten Realitätssinn. Als Junge habe ich gelernt, daß Leute, die in schönen Häusern sitzen, mit Steinen werfen, und daß stabile Konventionen – und der richtige Stil – mehr bedeuten als Gott, daß sie Gott sind, Gott verkörpern – wenn man die Vorstellung von Gnade akzeptiert – wenn man seine Lebensart und seine Vorstellungen mit einer ausreichend großen Zahl der richtigen Leute teilt – mit genügend Leuten, um gewählt zu werden. Für einen Protestanten ist das sehr interessant. Im christlichen Glauben finden gewisse dem Leben inhärente Probleme Ausdruck – solche der Sexualität und Fortpflanzung zum Beispiel. Ich bin kein Christ: ich bin Heide. Ich weiß jedoch, auf welcher Seite mein Leben – und mein Schriftenglisch – gebuttert ist. Ich weiß, die christliche Vergangenheit basiert in ...»

«Auf ...»

«Ich spreche amerikanisches Englisch ... Sprache und Klasse; verstehen Sie etwas von Sprache und Klasse?»

«Was verstehen Sie unter Verstehen, Sir?»

«Vom christlichen Glauben – von postchristlicher Intensität? Wir sind konfrontiert mit – und das entgeht den Wissenschaftlern – der Suche nach einem *gewinnträchtigen* Weg zum Glauben – verstehen Sie? Intellekt und Vernunft – und ein hohes Absatzniveau – kommen Sie mit?»

«Der Glaube ist immanent, nicht präsent?»

«Ja. Protestanten verstehen es, wahrhaft zeitliche Wesen zu sein.»

«In modernen Situationen von Wahrheit und Unwahrheit – von Wahrheit neben Wahrheit, Unwahrheit neben Unwahrheit – haben Protestanten einen Vorsprung vor der übrigen Welt.»

«Nicht schlecht. Ich will Ihnen etwas beichten – Sie sind eine Spur priesterlich: geben Sie zu, daß Sie eine Spur priesterlich sind? Männer meiner Klasse, ob tauglich oder untauglich – ha-ha –, sind Zwangscharaktere, gerissen und resigniert – fähig zu konstantem Lügen ... Zum Frisieren der Wahrheit ... Aber ich mag Sie. Wirklich. Sie sind nicht hohl. Daß Sie Jude sind, stört mich nicht.»

«Ora stört es, wenn ich lang aufbleibe und trinke ...»

«Ora hat eine gute Bildung, aber sie kann nicht reden wie ein Mann.» Seine Augen trieften vor Alkohol, Lügen und frisierten Wahrheiten. Und sein Körper, sein gesamter Körper war gespannt und bebte vor Willen und abgewehrter Erschöpfung – der leibhaftige Ehrgeiz, eine Existenz von Augenblick zu Augenblick zu führen, als Teufelswerk – sozusagen als Stimme der *Hölle*.

Er wahrte nie lange körperliche Distanz. Er rutschte zum Sesselrand, beugte sich vor, berührte mich am Bein, dann am Arm. Ich spürte das Beben – das Wahrheitselement darin – die Eigentümlichkeit, daß es wahr als Geste in einem Moment in der Zeit war, jedoch nicht allzu wahr, sondern eher Erscheinung eines Moments des Empfindens und der körperlichen Existenz jenseits aller kirchlichen Begriffe von Körperlichkeit, noch zu entwickeln und auf Dauer zu praktizieren ... Seine Unaufrichtigkeit, seine Durchtriebenheit war nicht-absolut. Nichts von dem, was er tat, war festgelegt. Es gab nichts Vertragliches oder Fixiertes darin. Die Ewigkeit wie alle moralischen Konsequenzen wurden damit abgetan, während zugleich ein Scharmützel mit ihnen eröffnet wurde. Die Geste war zufällig – ein Mittel, meine Aufmerksamkeit zu beanspruchen: ein an mich gerichteter Befehl, der sich mit *Binde meine Zuneigung an dich* und mit *Denk über mich nach* in Worte übersetzen ließe.

Was er sagte, war ungefähr das Gegenteil davon. «Ich bin ein treuer Kauz – und der Sohn von einem solchen Kauz. Ich bin bei derselben Frau geblieben ... Ich bin erreichbar geblieben, während meine Kinder herangewachsen sind ... Das ist der Kern der Sache.» Er meinte damit, glaube ich, daß sein Charakter, seine Zuneigung nicht absolut fest, aber vertragsfest seien, daß dies für einen MANN jedoch *tragisch* sei.

Oder tragisch unbefriedigend. «Ganz überwiegend ist das, was mein Herz begehrt, wie das meiste, was den Charakter wahrer Männer und die Realität ausmacht, verboten – und dem Untergang geweiht», sagte er mit Tristan-Pathos. «Ist Ihnen einmal aufgefallen, daß jede, aber auch jede der Sieben Todsünden eine soziale Tugend ist, wenn Sie in der Welt die Nase auch nur einen Zoll hochkriegen wollen: Hoffahrt ... Zorn ... Völlerei ... Wollust ... Habgier ... Verzweiflung

... und die, die noch fehlt. Unmäßigkeit? Ein Mann lebt im Untergrund – er ist eine Seele in der Unterwelt – er gibt den Hintergrund für alle übrigen ab ... Und doch bin ich überzeugt, daß in Männern der Puls des Universums pocht.»

«Schreiben Sie an einem Buch, Sir?»

«Ja. Ja, tue ich. Der Begriff vom Menschen, wie wir ihn in unserer Klasse kennen» – er starrt mich an –, «entstand in diesem Land um 1850, als sich die soziale Möglichkeit abzeichnete, gegen die Sklaverei vorzugehen, und die industrielle Modernisierung einsetzte. Und dieser Menschenbegriff blieb bis 1932 bestehen. Das sollten Sie wissen ... Es sollte in den Schulen gelehrt werden – die Akte von Verrat, die unbedarfte Idioten an ihrer Klasse verübt haben: jeder Versuch, Klassenprinzipien zu etablieren, ist an Verrat gescheitert. Wir haben verraten, was sie am begierigsten nachahmen möchten – Narren, Narren, Narren. Hah!»

«So ist eben die Jugend», sagte er mit wilder Verachtung. «Die feinen Internate waren Schulen für Narren ... Ambitionen, Positionen, Stolz – ich bin ein amerikanischer Realist – nur daß ich die Wörter mag; das liegt bei uns in der Familie – die Lust an Wörtern, meine ich. Tja, mit ein bißchen maskuliner *Unartigkeit* kann man eben nicht die Welt kaufen ... Unartig und boshaft zu sein reicht nicht – nicht, wenn's um DIE WELT geht ... Ora kann warten ... Männer müssen miteinander reden ... Müssen lernen ... Nichts, gar nichts hat Bedeutung, wenn man die Macht nicht verstanden hat. Emerson *ist* Schopenhauer. Das Primäre ist die Frage der Macht. Sie erweitern wir, sie vermindern wir auf eigene Gefahr. Auf unsere Gefahr! Wissen Sie, was das heißt? Unsere Leben stehen auf dem Spiel, unsere körperliche und seelische Ehre. Die Herumtreiberei behagt uns? Dann lodern die Feuer der Hölle auf. Ich habe zu meiner Zeit dies und das geleisch–, geleistet, und ich kenne so einiges; auf diesem Gebiet hier kenne ich mich aus – ich kenne die *Männer*. Vielleicht glauben Sie, ich lüge wie jeder Geschäftsmann, aber ich sage Ihnen, ich spitze die Geschichten, die ich erzähle, schärfer zu als Männer, die berühmter sind als ich.»

Er war um die Fünfzig; körperlich straff und von unbedingter, nicht schüchterner Präsenz. Boshaft und schmutzig, kurzbeinig-geckenhaft sogar im Sitzen, allein dadurch, wie er sein Gewicht verlagerte, war er doch vergeistigt, erfüllt von quälendem Streben nach Wahrheit – nach einer einzigen, nach der einen, endgültigen Wahrheit, nicht der von Jesus; oder, ohne es zuzugeben, doch vergeistigt durch christliche Denker und christliches Sprechen, durch die fleißigen, berühmten, zumeist englischen und deutschen Denker der letzten beiden Jahrhunderte.

Physisch jedoch war er ganz der gehetzte, halb ertrunkene Relativist, der einen mit seinen ungestümen, vielleicht machtvollen Zügen bedrängte, den machtvollen Zügen eines mittelprächtigen Hochleistungsschwimmers.

«Ich bin kein Narr. Nicht *immer*. Mir ist bewußt, daß mich die Eindrücke geprägt haben, die meine Mutter um 1920 von der Noblesse und den Privilegien ihrer Eltern gewonnen hat – deren Überzeugungen viktorianisch waren; die angelsächsische Dominanz nach dem Sturz Napoleons: in ihrer politischen Einstellung war sie noch sehr lebendig ... Und in unserer Religion. Wir hatten den Eigensinn der Deutschen nötig. Wir mißtrauten den Franzosen. Die Vanderbilts waren immer auf der Seite der Franzosen ... Meine Mutter *verabscheute* die Vanderbilts, die Morgans von Herzen – und die Rockefellers: sie nannte sie nur die *grauenvollen Rockefellers* – aber nicht in deren Gegenwart. O nein. Niemals in Gegenwart der Leute. Sie sagte immer, die ‹Genies›, auf die es ankomme, seien gewöhnlich von Stand.» Dann: «Sagen Sie mir doch bitte: warum bin ich kein *großer Mann*?»

«Aber das sind Sie doch, Sir ...»

«Außerhalb dieses Hauses! Für die Archive!» sagte er.

Ora ist das Kind seiner ersehnten, erträumten Größe. Die Existenz, die historische Nichtexistenz seines Lebens hat

Oras Geist erzeugt. Mit ihren nächtlichen Reden übt sie sich in Größe.

«Die letzte eschatologische Wahrheit, wie sie calvinistisch bezeugt wird, das ist die Frage, oder nicht die Frage», sagte Jack. Er war als Redner und Argumentator nicht so gut, daß er seiner Rhetorik Kohärenz oder Überzeugungskraft hätte verleihen können. Ihre Wirkung auf andere war so schief wie die darin enthaltene Wahrheit. Er sagte es selbst: «Um mich zu verstehen, müssen Sie zu meinen Gunsten voreingenommen sein. Ich komme aus einer Gesellschaftsklasse, die sich durch Privilegien und Pflichtgefühl auszeichnet; um jedoch meinem Land dienen zu können, mußte ich zum unehrenhaften Ehrenbürger einer anderer Klasse werden, einer fähigen und leitend tätigen, und damit kann ich nicht immer leben, Wiley. Nein, ich habe das Schlachtgetümmel nie erlebt: dem Rang nach gehöre ich zu den Adjutanten: aber ich kenne den Ekel. Ich habe mich geekelt. Verstehen Sie mich nicht falsch: ich erteile Befehle. Aber ich bin ein Weichling – der allerdings weiß, *entweder wir oder sie* ... Ich kann kämpfen. Letztlich haben wir uns im Krieg zu bewähren, im realen Krieg, aber auch, mein Freund, im internen Kulturkampf ... Gehen Sie noch nicht; es tut Ora gut, wenn sie warten muß. Jugend ist etwas, das ewig währt – wußten Sie das noch nicht? Eine Zeitlang währt sie ewig ... Wo war ich gleich? Wieviel Geld man hat, zählt – es akkumuliert sich. Intelligenz und Beredsamkeit sind für die Salons da. Macht. Macht. Macht ... das ist einem Mann wichtig ...»

«Aber dann sind die besten Jazzmusiker unbedeutend, weil sie keine Macht besitzen –»

«Sie besitzen die Macht zu korrumpieren –»

«Und die schlechtesten klassischen Musiker sind bedeutend – egal wie beschränkt ihr Musikverständnis ist, weil sie über Menschen und Geld verfügen.»

«Musik zählt nicht, mein Junge.»

«Nicht einmal zu Analogiezwecken?»

«Nicht einmal zu Analogiezwecken.»

«Wenn es aber auf Macht – und nicht auf sonst ein Motiv und nicht auf die Wahl zwischen verschiedenen Befriedigungen – ankommt, dann haben Sie ein ganz spezifisches Problem, wenn ich jetzt gehen und mit Ora zusammensein will. Sie wollen ihre Macht, ihre Kräfte demonstrieren.»

«Wahrscheinlich ist meine Tochter so frigide wie ihre Mutter», sagte er mit einem hinterlistigen, unverfrorenen Blick wilden - und - diabolisch - wohlerzogenen - Schranken - Sprengens. Ora hat mir gesagt, daß ihr Vater an den Schlafzimmertüren horcht. Einmal habe ich sein Auge und einen Teil seines Gesichts in der einen Spalt offenen Tür zu seinem Schlafzimmer gesehen, als ich zum Bad ging, nachdem Ora und ich gevögelt hatten. Er sagte: «Wieviel Realität können Sie aushalten?»

«Das hängt davon ab, welcher Art sie ist und aus welchem Grund man sie aushalten sollte. Ich habe doch die Macht, jetzt aufzustehen und zu gehen, oder?»

Er sagte: «Erzählen Sie mir von Ora und was ihr so treibt: Ich frage danach als alter Lüstling, der Sie als sehr, sehr interessanten Menschen betrachtet, als feinen Menschen.» Er schaute mir naiv ins Gesicht, als wäre er auszunutzen.

Ich sagte: «Sie haben Ora immer für frigide gehalten – wie ihre Mutter?»

«Diese gutaussehenden Frauen: alles Miststücke.» Dann: «In manchen Augen, nach manchen Maßstäben» – unter manchen Rangaspekten – «stehen Sie über *mir* – Sie können Dinge haben, die ich nicht haben kann – auch wenn Sie unter dem Gesichtspunkt von Club-Mitgliedschaften nicht so hochstehen wie ich – und was gewisse Diners angeht, bei denen über Fragen des ganzen Landes entschieden wird.» Er sprach mit einiger Genugtuung und einiger Betrübnis. Er sagte: «Ich bewundere Sie dafür, wie Sie sich in der Hand haben.» Ich stand und war im Begriff, den Raum zu verlassen. Er wirkte liebevoll, ironisch, prüfend – verzweifelt, unbeteiligt: dies war gelebter Relativismus, Einstein Jr. (in protestantischer Version), der ränkeschmiedende Relativist, ein Protestant von Stand oder etwas Derartiges – und ich. Er sagte: «Haben Sie Lust, über Einstein zu reden? Ich habe einen Aufsatz geschrieben, in dem ich seine Theorie widerlege ...» Die Abfolge seiner Schachzüge war, an der traditionellem Auffassung von Sinn gemessen, nicht inkohärent, wenn man die traditionelle Auffassung von Sinn nicht romantisch verklärt. Zunächst seine Wärme, dann sein Verrat, dann sein Wille und so fort. Er war der Überzeugung, ein *Ton* genüge, um irdischen Sinn zu transportieren. Genau in diesem Moment sagte er: «Ich halte sehr wenig von irdischem Sinn, denoch bin ich Heide ...» Seine männliche, fast jungenhafte Emotionalität war Teil eines Tagtraums von historischer Bedeutung. Er vermittelte mit den grammatischen Strukturen, in denen er sprach, keinen logischen oder kohärenten Sinn. Er benutzte Konnotationen, Dinge aus den Medien, von denen er annahm, sie seien mir bekannt, und spielte damit. Während seine wulstigen, von Alkohol gelokkerten Lippen schmatzend seine ziemlich gebildeten Ideen auswarfen (falls es denn, strikt genommen, Ideen waren), stand er, korrekt und unkorrekt zugleich, mit seinem Diskurs nackt da ... Seiner Gesellschaftsklasse war diese Sorte von Diskurs in allerlei Varianten eigen. Seine ironische Impotenz-Potenz, seine verzweifelte, jedoch ironische Unverschämtheit – seine Ruchlosigkeit –, daß er eine gewisse Zuneigung für sein zufälliges und unbeständiges Verlangen nach *meiner* Zuneigung empfand – all dies ergab ein ironisches Festhalten an dem so-bekleideten-wie-nackten Zustand des intelligenten Gesprächs-*wie-wir-in-meiner*-(Gesellschafts-)*Klasse-es-kennen*: *Sie wissen doch, was ich meine?* Ora hatte mir über ihn gesagt: «Er hat von mir verlangt, daß ich mit ihm schlafe, als Gegenleistung dafür, daß er mir das Studium bezahlte.» Und: «Ich weiß nicht, ob er es ernst meinte.» Sie hatte es jedoch nicht getan, sagte sie, und er hatte dennoch gezahlt.

«Ich hab ihm angeboten, es ihm zurückzuzahlen, und das werde ich auch. Er wollte, daß ich einen reichen Mann heirate und es ihm zurückzahle. Aber er hat für mich nie das Geld ausgegeben, das ich gebraucht hätte, wenn ich *reich* heiraten sollte. Ich hatte nie die richtige Garderobe dafür. Und kein Junge von *der* Sorte mochte *ihn*. Er war ihnen nicht bedeutend genug ... Oder nicht reich genug», sagte sie, mit ihren Sympathien schließlich auf der Gegenseite angelangt.

Er sagte: «Ich bin das Gegenteil eines absolut gläubigen Menschen, aber ich bin ein Bursche wie aus *Pilgrim's Progress*, in meiner Zeit verloren inmitten der irdischen Eitelkeiten und Verderbtheiten, im Verhältnis zu meinen Reisegefährten auf dem Narrenschiff zwar recht hoch plaziert, aber doch so niedrig, daß ich aus lauter Wut darüber, was meine Intelligenz in einer weniger flachen Epoche als dieser alles hätte ausrichten können, imstande bin, meine Seele zu verkaufen ...»

Sein Leben war so erniedrigend, daß ihm der Verkauf seiner Seele für die Chance, dem Gemeinwohl zu nützen, als lohnend erschien. Ora sagte: *Es ist bequem für ihn, die Epoche anzugreifen ... Freilich IST ES auch eine flache Epoche.*

Ora sagte: «Ich hänge an Jacks Lippen, wenn ich in seiner Nähe bin ... Er hat einen guten Verstand.» Seinem Verstand gelang es, für sie die Schablonen zu ordnen, mit denen ihr Verstand die Dinge erfaßte.

«Ein bißchen billig, sein Verstand», sagte ich. «Ich meine, ich verstehe, warum du vor ihm davonläufst, warum du sagst, *wir müssen von hier fort.*»

Immer wieder verließen wir die Farm oder das große Haus in Philadelphia wie flüchtende Gangster. Wie immer wieder durchbrennende Kinder.

Beim Abendessen beobachtete er uns. Mich mehr als Ora, und dann warf ich Ora einen Blick zu, und je nach ihren Lidbewegungen – sie gab mit den Augen Zeichen – ging ich nach dem Essen, nach der Schießübung oder ohne solche Übung, mit Jack und unterhielt mich mit ihm im Rahmen der Bedingungen, die er vorgab. Oder ich lehnte es im Internatston ab – in meiner Version davon – einer zu nasalen Nachahmung – oder als Rebell oder was auch immer, in einem anderen Akzent. Wenn Jack und ich uns unterhielten, stellte er unweigerlich die Lampe so, daß sie mir ins Gesicht leuchtete.

Ora war innerhalb dieses Systems (ihr Vater und seine Kindheit, seine ersten Lebensmonate, seine Jugend, seine frühen Mannesjahre) eine Tochter, die der Welt ihres Vaters überwiegend mit Ablehnung begegnete: deren Rangordnungen, deren verstaubte Bitterkeit. «Er ist davon zerstört worden, Wiley.» Sie «liebte» ihn, genoß ihn, mied ihn. Sie nannte ihn zweitrangig und sagte, er sei *gescheitert*, und sie ernannte sich zur wahren heroischen Heldin und zu seiner Rächerin; sie würde berühmt werden und seinen Stolz wiederherstellen.

Ich weiß nicht, ob es ihr ernst war. Er bezeichnete sich selbst als Gescheiterten, aber wenn sie ihn so nannte, dann ließ sie die Ironie fort und machte etwas Glanzvolles daraus – etwas Begehrenswertes. Nicht immer. Je nach dem. Und das erhebliche Maß an Trost und Rechtfertigung, das er aus seiner gesellschaftlichen Stellung bezog, tat sie mit der eigentümlichen Grausamkeit des leiblichen Kindes ab: *Welche Dummheit* und *Welche Vergeudung von Leben* ...

Doch die funkelnde, wenn auch exzentrische Bildung des Mannes (mochte er, was ihre Tiefe anging, nun lügen oder nicht), die seine gelegentlich düster verzaubernde und oft bedrohliche Autoritätsliebe, die blasierte Skrupellosigkeit, die Reichweite seines Willens, das Volumen seiner Bereitschaft zu erlangen, was er haben wollte, die emotionale Schroffheit und das fast vollständige Gefühlsanalphabetentum (im Vergleich zu Büchern und zu manchen Menschen, nicht vielen), die witzige Pfiffigkeit und das Verführerische seines Stils, zu vergeben und halbwegs zu vergeben, wenn man ihm seine beträchtlich schwereren und direkter einträglichen Verbrechen vergab – (Ora hatte in ihrem Repertoire das Epigramm, daß er keine Verbrechen profitabler vergebe als seine eigenen – «Jack ist Demokrat», sagte sie ernst – «besonders wenn es um Geld geht und darum, ungestraft davonzukommen.») – hat er sie geprägt? Sind Elemente von ihm auch in ihr? Jetzt, morgens um zwei? Wir hatten alle keine idealen Eltern …

Er sprach unter anderem davon, daß nach dem Tod Gottes alles erlaubt sei – laut Nietzsche, sagte er (und ich sagte: *Und laut Dostojewski*) –, doch zur Verteidigung Gottes und der eigenen Klasse habe das schon immer gegolten. Im Verlauf eines Trinkabends sprach er unterschiedlich über solche Fragen, je nach der Stunde, nach dem, was in seinem Leben vorgefallen war, worauf er im Moment abzielte und wie Ora sich in der letzten Zeit verhalten hatte (vor ihm und ihm gegenüber), je nach der nationalen und internationalen politischen Lage und je nach der Stimmung, in der er aufgrund aktueller Ereignisse war: so konnte er, sagen wir, abends um zehn, nach irgendeinem Fiasko bei einer internationalen Freihandelskonferenz und nachdem sich Ora taub gestellt hatte, als er sie ansprach, behaupten: «Wir haben schließlich das Bedürfnis zu wissen, daß Maßnahme B ergriffen werden kann, um Wert A zu erhalten … Was schauen Sie so zweifelnd?»

«Wir haben das Bedürfnis zu wissen, worin Maßnahme B besteht und unter welchen Umständen sie wahrscheinlich eintritt, unter welchen menschlichen Umständen, wann in der realen Zeit und wie Moment für Moment; und wir haben das Bedürfnis, eine ganze Menge über Wert A zu erfahren.»

In einem merkwürdigen Ton – enttäuscht – sagte Jack: «Nun, daraus ersehen wir, daß Sie kein Mann der Aktion sind.»

«Nein. Ich bin überwiegend nicht Nonie.»

«Was ist das?»

«Ich weiß nicht ... Ich gebe Ihnen recht, ich bin kein Mann der Aktion.»

«Sondern ein Mann der Reaktion?»

Ich blickte ihn dankbar an: «Ja ... Ja ... Ich habe das Bedürfnis, so zu sein ... das moralische Bedürfnis ...»

«Im voraus für Absolution zu sorgen?»

Es ist schwierig, aufrichtig über Männer zu schreiben, von denen man gelernt hat, von denen man große Teile dessen übernommen hat, was aus einem geworden ist. Es ist schwer, im Rückblick nicht überlegen zu tun, memoirenartig zu glätten.

Nach dem Krieg, im College, wies Ora mich im Verlauf von drei Jahren dreimal ab und kam mir dann, im vierten Jahr, nachgelaufen, mehr oder weniger mit vollen Segeln und ironisch-komisch – ich meine, ohne jeden Ulk, so daß es sehr schmeichelhaft war und wirklich SEHR, SEHR VERWIRREND.

«Willst du mich oder nicht?» sagte sie ernst und zugleich verteufelt gleichmütig und *kompliziert*.

«Gib mir vierundzwanzig Stunden Bedenkzeit – ja?»

«Gut, ruf in jedem Fall an. Sei kein Scheißer. Sei kein Scheißer, der zu feige ist, anzurufen und nein zu sagen. Ich hab *dir* mein Nein immer ins Gesicht gesagt.»

Ich rief sie nach einer Stunde und zwanzig Minuten an und sagte: «Also, wie wär's mit vielleicht?»

Sie lachte. «Komisch ist das zwar nicht; aber ich bin eine Verrückte – also meinetwegen.»

Warum wollte sie mich? Nun, anderen war es nicht gelungen, Ora zu interessieren – oder sich an sie zu binden. Ich glaube, für viele Menschen gilt, daß wir an dem Interesse von jemand, der uns interessiert, festhalten – wenn Sie jemanden glücklich machen wollen, können Sie es meistens auch. Sie kam schließlich auf mich zurück. Wieso hatte eine solche Frau *mich* auf ihrer Liste?

Ich war gewissermaßen in Mode – das männliche Objekt des Monats ... gewissermaßen. Immer mal wieder, für einige Jahre. Wie kam es, daß ich in Mode war? Ich war männlich, aber nicht völlig stumpf – nicht nur Wucht und Ausdauer. Ich praktizierte für einige Zeit eine gewisse Selbst-Losigkeit, eine negative Begabung, eine Form von Bildungsbereitschaft, eine zumindest-halbehrliche Offenheit für Ideen. Dies bedeutet Demut der eigenen Vergangenheit gegenüber und im Hinblick auf die persönliche Zukunft ein beträchtliches Wagnis – man entwurzelt sich und ist unverankert ... Und wahrscheinlich unbehaust und bodenlos obendrein. Doch das Fehlen unmittelbarer Ziele, das Gefühl, seiner Neugier zu frönen, wo sie am tiefsten ist – das öffnet einen für andere, und man horcht auf Ideen, die in jenen anderen Leben Ausdruck finden, in jenen anderen Körpern, wenn ich so sagen darf – ich bin in Wahrheit kein Platoniker, oder bestenfalls ein mangelhafter – und man hat kurze Blitze, Anflüge von Inspiration, die nicht immer wertvoll sind, aber doch schon etwas darstellen; und man ist Leuten unterlegen, die ihre Karriere jung beginnen oder eben jetzt, während man dies tut, vor Ehrgeiz brennen; ist jedoch auch offen für neue Wahrnehmungsweisen ... was auch immer *das* wert sein mag; und, na ja, was soll's, *ich* hatte den Eindruck daß ich als «gutaussehend», aber nicht als «schöner Mann» galt – oder ich galt als «richtig schöner Junge», aber eben nicht als «schöner Mann», wenn Sie verstehen, was ich meine. Ich *kam in Frage*: taugt das als Begriff? Wenn ich in einer Pension oder einem Wohnheim ein Mädchen besuchte, hatten sich manchmal eine Menge Leute versammelt, um mich ankommen zu sehen, um mich und sie zusammen zu beobachten. Manchmal sagten Leute Dinge wie *Du bist aber häßlich* oder *Du siehst komisch aus*. Oder sie brummten vor sich hin, wie gut ich doch aussähe. Im Spiegel und auf Photographien war das nicht offensichtlich, es ist nie offensichtlich, welche Beweismittel auch vorgelegt werden. Ich wußte über Ora sehr wenig – ein bißchen Klatsch. Ich hatte keine der Hausaufgaben des sozialen Aufsteigers gemacht – und ebensowenig die Hausaufgaben des Wüstlings. Was seltsam ist, denn ich wollte schlau sein. Schlau, gescheit und gewandt. Zügellos, korrupt und amüsant. Ich vermute, im Hinblick auf Ora hielt ich es für schlauer, überhaupt nicht schlau zu sein. Sie sagte: «Du bist grausam und absurd und *lieb.*»

Man mußte das letzte Wort als Umschreibung für eine verdünnte oder schwache Anziehungskraft empfinden – natürlich konnte es auch sein, daß sie log – wir *handelten* hier schließlich etwas *aus.*

Mit einem bestimmten schiefen Lächeln beugte ich mich massig über sie – eine Haltung, die ich mir in Europa zugelegt hatte, wo ich ein Jahr damit verbrachte, ein *typischer jüdischer Amerikaner* zu sein – und fragte naiv: «Und schlau?»

«Oh, bist du ein Teufel. Ja, du bist schlau ... Aber laß uns über diese Dinge nicht reden – laß uns nicht so ein Liebespaar sein.»

«Hm? Was für eines?» Sie zog die Brauen in die Höhe. Ich sagte: «Die immer nur Psychoanalyse spielen und über sich reden?»

«Du hast's erraten ...»

«Warum nicht? Was würdest denn du gern spielen? Was sollten wir spielen – als Liebespaar?»

«Ach, laß uns einfach vernünftige Liebende sein.»

«Bist du sicher, Ora? Siehst du uns so?»

Wenn ich die Gesprächsebene veränderte oder gleichsam den Saum meiner Unerforschlichkeit lüpfte und meine mehr oder minder echten Beine zeigte – auch hier wieder: sozusagen –, dann veränderte oft auch sie ihre Position, freilich abschwächend, belehrend – vielleicht ausweichend. «Ich habe meine Fehler, Wiley – dazu gehört, daß ich mir in vielem zu sicher bin.» Sie ist ein Jahr älter als ich. «Du bist nicht naiv», sagte sie. «Welch eine Erleichterung.»

«Bin ich dann weltläufig und reflektiert?»

«Ein ausgewachsener *Spinner* bist du», sagte sie. Dann:

«Du bist ein junger Mann, dem etwas vorschwebt ... Das finde ich schon ziemlich toll ... Ich bin ein Mädchen, das es sehr ernst meint ...»

Ich konnte nicht glauben, daß ich oder sie signifikant mit unserer jeweiligen Vergangenheit verbunden war. Ora sagte in der ersten Zeit, nachdem wir begonnen hatten, miteinander zu schlafen, bevor wir beide anfingen, schweigsam und verwundert zu sein – bevor wir mit allen möglichen Regionen unserer Körper darauf zu lauschen begannen, was im Raum und in den Augen und im Atem des anderen vorging – «Mein Hintergrund ist *schlecht*, Wiley ... Meine Familie hat nicht genügend Geld, um mitreden zu können ... Wir haben nicht *wirklich* Macht ... Ich habe vor, als erste meiner Familie etwas *Großes* zu werden.»

Ich sagte zu ihr: «Im Augenblick will ich nicht glauben, daß deine oder meine Identität sehr wichtig ist, wenn wir hinzunehmen bereit sind, was an Verletzendem auf uns zukommt.»

«Wir kaufen die Katze im Sack, meinst du?» sagte sie. «Ich bin nichts als ein Sack voll Leere – der nirgendwo herkommt – vielmehr aus der Gosse, wenn man es genau nimmt.»

Ich glaubte ihr, jedoch ohne viel von solchen Zusammenhängen zu wissen, von denen etwa Helen Thwaite ausging, nach deren Maßstäben Ora nicht standesgemäß war. Ich glaubte Ora aufs Wort und nahm zugleich an, was sie sagte, sei Teil einer «Pose». Ich neige dazu, Leute, denen ich gegenüberstehe, im buchstäblichen Sinn zu glauben, und entsprechend antworte ich ihnen: «Du bist der Gosse sehr hübsch entstiegen.»

Bei ihrem Aussehen. Und ihrem Stil. Und ihrem Verstand.

Ora sagte: «Du bist ein Neuling ... Du bist in mich vernarrt ... Du überschätzt mich. Du bist neues Blut; für dich ist das Leben besser – für deine Nüstern duftet es noch frisch.»

Sie gebrauchte hemmungslos Klischees und Zitate, die mir nicht immer geläufig waren, und versah sie weder mit Quellenangaben noch mit Fußnoten: sie glaubte an ein Universelles Allgemeinwissen. «In unserer Gesellschaft gibt es keine Giganten mehr ... Wir leben in einer Massengesellschaft, Wiley, und die ist nur gut für Ellenbogenmenschen.»

Als ich später Jack und Millie kennenlernte, verstand ich ein wenig, wie Ora auf das gekommen war, was sie gesagt hatte. «Aber *einiges* Geld haben deine Eltern ja wohl», sagte ich.

Ora sagte: «Wiley, als J. P. Morgan starb, sagte Rockefeller: *Wenn man bedenkt, was er alles getan hat – und dabei war er nicht einmal reich.*»

«Hm ...»

Eine gewisse Vertrautheit mit den Gipfeln deutete sich da an – eine vorgetäuschte Vertrautheit vielleicht – aber wen kümmert das schon ...

Noch später dann, als ich über die *Friß-erst-mal-unsere-Scheiße*-Initiationsriten klagte, denen ein neu in Erscheinung tretender Schriftsteller in New York von den Männern und Frauen unterzogen wurde, welche die Hüter des *Vorläufigen Pantheons* waren oder wofür sie sich hielten ... der lokalen Zweigstelle der *Loge nationaler und internationaler Geistesgrößen* (sie hielten sich für die Hüter des *SERIÖSEN Erfolgs*), sagte Ora: «Du hast Glück ... Es tut jedem Menschen gut, wenn ihm das passiert. Du gehst nicht ehrlich damit um. Liebende sollten zueinander ehrlich sein, Wiley, wozu sonst leben wir?»

«Leben wir oder lieben wir?»

«Ersteres. Wenn Liebe kein Vergnügen ist. Und Ruhm wertlos ist, Wiley?»

«Ich will versuchen, ehrlicher zu sein ... Ich versuche es gerade», sagte ich. Ich meinte, in jenem Sinn der Klassenzugehörigkeit, den sie meinte – ehrlicher als einer der Weltbeherrscher (gleichsam) – und auch als Künstler. Oder als *Möchtegern*künstler.

Ich sagte: «Aber was zur Zeit passiert, gibt mir keine Identität, mit der sich prahlen ließe, Ora – es nimmt mir meine Identität und verschleudert sie.»

Sie sah mich irgendwie schief an, mit seitwärts zurückgebeugtem Kopf. «Du lügst sehr gut ... Du hast Phantasien gehabt ...» Das zweite sagte sie tadelnd.

«Nein. Nicht solche Phantasien, wie du meinst. Selbst als ich dich schon wollte, habe ich nie über dich phantasiert. Weißt du, ein Grundsatz von mir ist: du sollst dir keine wirklichen Menschen oder wirklichen Leben ausleihen und im Kopf mit ihnen umgehen – es sei denn, du zahlst ihnen Tantiemen dafür. Das meine ich halbwegs ernst, ich meine halbwegs ernst, was ich sage, Ora, ich lüge nicht gern; es nimmt mir zuviel Raum im Kopf ein, nimmt mir meinen Frieden – ich lüge nicht sehr oft. Als Kind bekam ich in der Familie immer zu hören, ich sei ein schlechter Lügner ... ein erbämlicher sogar.»

«Ich weiß, ich weiß», sagte sie, spitzte die Lippen und hob den Kopf. «Ich weiß. Du bist tatsächlich ein schlechter Lügner. Aber auch wenn du nur halbwegs ...» Wenn ich es halbwegs ernst meinte, meinte sie vielleicht: pickte sich das heraus, um darauf zu erwidern: «Du bist ehrgeizig – ich bin jemand, der viel sieht, und dich sehe ich; ich weiß über dich Bescheid: ich sehe den Dingen gelassen entgegen – was dich betrifft.»

Ich seufzte, durchaus genußvoll. In der Anfangsphase der Liebe kann das Leben angenehm, sogar paradiesisch sein. Ich sagte: «Ich hab's schwer mit Frauen, oder mit Mädchen, die allzu anständig sind.» Die nichts von dem sahen, was Ora sah. Die nicht gewußt hätten, was sie von Lila halten sollten. Doch obwohl ich errötete, hörte ich die mögliche *Beleidigung* darin.

«Oh, ich weiß, ich hasse diese prüden, geschniegelten

Tussies, die sich ewig zieren», sagte Ora streng. Sie sprach – sprach oft über längere Zeit – ohne jegliche Selbstkorrektur, was sie auch immer sagte; eine gutaussehende Frau, der es fernlag, sich zu entschuldigen. Eine Frau mit starken Nerven. Sie war nicht kokett in dem Sinne, daß sie sich leiser Winke bedient hätte. Sie glich eher einem Klima, das sich einem überstülpte, sich einem auslieferte, als sei man Regenmacher oder Sonnenbeschwörer.

Oder sie glich einem Räuberhäuptling, der einen für eine gewisse Zeit willkommen hieß ... Nicht ohne Humor. Sie sagte: «Schließlich ist es dein *Stil*, ehrlich zu sein.» Dann: «Betrachtest du den Stil von Leuten nur als ihre Weise, mit ihrer Leere zurechtzukommen, oder bist du einer von denen, die im Stil die Seele der Dinge sehen?»

«Nein, ich glaube im allgemeinen ist Stil einfach der Weg, auf dem jemand über den Schmerz hinwegkommt, ein bloßer Dilettant zu sein. Das habe ich von Guy gelernt ...»

Guy war jemand, den ich vom College kannte, ein reicher junger Mann mit sehr viel Lebensart (oder Stil), früher und in gewisser Weise noch immer ein Freund von mir und sehr gelegentlich, nicht oft, ein *Liebhaber*. Was heißen soll, daß es schwer zu erklären ist. Ich fand ihn nicht anziehend. Dieser Kram zieht mich nicht sonderlich an. Ich mochte ihn nicht genug. Ich mochte ihn ein wenig. Ich war ein wenig angezogen. Ich wollte seinen Gefühlen gegenüber nicht unfair sein; ich war neugierig ... ich weiß nicht. Gefühle stellen sich in mir nicht mit Namen vor ... Es gibt da nur eine gewisse Hitze, ein Brodeln ... Ich mußte mich zwingen, ihm die Hand zu geben, ihn zu küssen – auf die Wange zu küssen. Doch hie und da passierten andere Sachen. Ich mochte ihn ein wenig, und zugleich ist wahr, daß er mich abstieß. Auch er wollte berühmt werden – wie Jack Perkins; er hatte die gleichen Rangvorstellungen wie Ora – berühmt oder prominent zu sein, auf diese Weise in die Geschichte einzugehen, war das Wichtigste oder Höchste, reale Möglichkeit und Luxus zugleich und *ideal* insofern, als man in der Schattenwelt Profil gewann, als Abbild rasant existierte. Ora und Guy sahen sich ein wenig ähnlich. Ihre Mütter glichen sich. Als Ora Guy kennenlernte, sagte sie zu mir: *Du hast eindeutig einen Typ, und der sind wir.* Was sie waren, stand eindeutig fest; was ich war, viel weniger. Ich wußte nicht, ob ich einen Typ hatte. Ich wußte nicht, was ich sexuell wollte – und was ich professionell wollte.

Beide waren sie in der Gesellschaft *seriöser Leute* keineswegs erwünscht. Jeder von ihnen war auf die *seriösen Leute* sauer – und zog heftig über sie her. Noch etwas anderes machte mich Guy gegenüber zurückhaltend; er war als Freund unzuverlässig – was er ganz fidel und unbekümmert zugab. *Ich tauge eben nichts*, sagte er gern. Für ihn sprach jedoch, daß er nicht über mich schockiert war. Oder es, falls er es doch war, für sich behielt. Insgeheim, still für mich, war ich nicht imstande, mein Leben zu akzeptieren: er akzeptierte es für mich.

Aber er rangierte für mich nie als ein Mensch, von dem mit meinem Leben akzeptiert zu werden mir wichtig war; Ora dagegen hatte diesen Rang..

«Rang» war ein Begriff von Jack Perkins.

Guy war *nouveau riche*, sagte er (daß heißt, reich in der dritten Generation), und *andersherum* (das war damals sein Wort dafür) und suizidgefährdet (wie er sagte), aber ein gutaussehender Mann und sehr reich; die Leute liefen ihm nach. Er war eine glanzvolle Skandalgestalt. Ora war immer eine weit radikalere Skandalgestalt gewesen, schon mit vierzehn, als sie schwarzen Nagellack trug und zu Jack und Millie mit einem verkniffen dreinblickenden, nervösen ehemaligen Häftling nach Hause kam, den sie an einer Tankstelle aufgelesen hatte. Sie waren sich ein bißchen ähnlich, Ora und Guy: ich nahm an, Lila habe mich wohl beeinflußt. Auch Guy war für sein Aussehen berühmt, obwohl nicht im gleichen Maße wie Ora. Ich fand, Guy sehe unattraktiv aus.

Die Lösung des Rätsels war jedoch einfach, denn Lila hatte in erster Linie nichts damit zu tun: Guy und Ora glichen meiner leiblichen Mutter: was mir nicht ganz bewußt war. Aber ihr Anblick und die Gegenwart des einen oder anderen von ihnen besänftigte, befriedete etwas in mir während der für mich harten College-Jahre. Meine erste Mutter in der Gestalt, die sie bei phantastischem gesellschaftlichem Glück angenommen hätte ...

Es ist mir nie möglich, Ora zu sehen, ohne mich zu sorgen, was aus ihr wird. In gewisser Hinsicht war ich so besorgt um sie wie Fans um ihre Sänger. Liebe: eine Art Liebe: Liebesarten ... Nachdem ich sie jedoch eine Weile kannte, rührten meine Emotionen zum Großteil eben daher, daß ich sie kannte, und hatten sich von jener Ähnlichkeit gelöst; oder waren nur noch auf geheimnisvolle Weise mit ihr verknüpft, genauer: auf schmerzliche Weise.

«Ich will dir etwas über mich verraten», sagte Ora. «Zweierlei», sagte sie; sie korrigierte sich nicht, sondern redete schlicht weiter. Und doch korrigierte sie sich, denn sie sprach mich nun direkt an – was nicht gerade oft vorkommt. Ich gab mir alle Mühe zuzuhören. Ich meine, wir brachten einander faktisch in dem Sinn zur Welt, daß wir uns gegenseitig zu Identität verhalfen, auf Straßen von Wörtern – und von individuellem Gesten – gleitend Zugang zu einer Welt aus Namen und Ereignissen fanden. Man tat dies ohne egoistisches Interesse und ohne eigentliche Absicht (oder Berechnung) außer der, es zuwege zu bringen. Und mit jemandem zu vögeln, der einem wichtig war. Ora nannte es mein Pygmalion-Spiel und sagte, alle Männer täten das allen Frauen an, von ganz oben bis ganz unten (auf der sozialen Stufenleiter), und es sei öde. Ora war damals in Harvard und Radcliffe so etwas wie die führende Expertin für Heterosexualität.

«Ich rede nicht wie eine Frau bei Hemingway, und mein Leben ist nicht für Schmerz geschaffen ... Ich hasse Schmerz», sagte sie. Dann: «Ich bin kein eifersüchtiger

Mensch, und ich bin sehr, sehr stark. Das ist der vierte Punkt ...»

Johnno Fynner, der Lyriker, homosexuell (wie Guy, den Johnno nicht mochte), Ex-Katholik und sehr dogmatisch – für viele der Möchtegern-Redner und -Schriftsteller unter den Studenten war Johnno ein König. Freilich war ich das auch auf andere Art. Johnno jedoch gefiel es, König zu sein. Einmal trug ich ihm vor, was ich von einem Schriftsteller hielt, und er sagte nichts dazu; er blieb unergründlich.

«Nun widersprich schon oder stimm zu», sagte ich, und er zuckte die Achseln. Es war geistreich, so die Achseln zu zukken. «Ach, du bist ein Esel», sagte ich.

«*Cum grano salis*, Süßer», sagte Johnno.

Oras Tante Hilda – eine Gastgeberin zehnten Rangs, schätzungsweise; nein, das stimmt nicht ganz; sie schlief mit gefeierten Männern und Frauen oder hatte mit solchen geschlafen und konnte ihr Haus mit Namen dritten Rangs füllen – sagte mit schnarrender Stimme – sie trank – zu mir: «Und wie fühlt es sich an zu wissen, daß Ora mit Ihnen schläft, um ihre Mutter zu bestrafen?»

«Nicht schlecht», sagte ich. «Oras Mutter gehört nicht zu den Leuten, um die ich mir viel Sorgen mache.» Anfangs kümmerte es mich nicht, ob Ora üble «Gründe» hatte, mit mir zusammenzusein. Welche guten Gründe gibt es schon dafür?

Oras Mutter und Tante – Hildas Spitzname war Betticent – hatten nichts für mich übrig. Betticent hegte eine unerwiderte Leidenschaft für Ora. Millicent und Betticent waren beide «gutaussehende, gescheiterte Künstlerinnen». Jack sagte: «Betticent war die schlechteste Dichterin der zwanziger Jahre. Aber sie konnte scharfsinnig sein. Millie war Soubrette: es hätte etwas aus ihr werden können, aber niemand hat sie gefördert.»

Betticent war einer der schlechtesten Menschen, denen ich je begegnet bin und die nicht klar Kriminelle waren. Sie lieh ihren armen Freunden Geld und ließ sie vor sich kriechen. Sie besaß eine Sammlung von Gemälden mit blutrünstigen Szenen, zumeist von Tieren, die getötet wurden, aber eines stellte eine Frau dar, die von einem Luchs angefallen wurde. Betticents Mutter, Oras Großmutter, sagte zu mir: *Haben Sie Betticent schon kennengelernt? Nun, so sind wir nicht, wissen Sie.* Betticent sagte mehrmals, ich sei eine Schale voll reifer Früchte – was allein schon ganz schön widerwärtig ist –, aber sie fügte dem noch hinzu: *Wann immer Sie Ihren Harvard-Mund aufmachen, kommt etwas Gewichtiges heraus.* Johnno mochte Ora nicht; er sagte zu mir: «Ihr spielt ein Puritaner-und-Buße-Spiel – rette dich, John Alden.» So wie er es sagte, schien es etwas Geistreiches zu sein. Die Pointe kapierte ich nicht. Ich dachte mir, um sie wirklich zu kapieren, müsse man als irischer Katholik in Boston aufgewachsen sein. Ich kam selten hinter die Geheimnisse seiner Konversation, nachdem er angefangen hatte, bei jeder Gelegenheit zu trinken.

Um auf Ora und mich zurückzukommen: Mit jener Äußerung über Stil meinte Ora, sie habe Angst vor dem, was ich angesichts der lebenden Beispiele für Stil am Ort – in Harvard – von ihr hielt. Was sie über Stil sagte, war insofern charakteristisch für sie, als es mit meinen Rechten und Privilegien innerhalb der besonderen Hierarchie zu tun hatte, die sie unter dem Gesichtspunkt von Ehrgeiz und des Bestrebens, auf der Welt jemand zu sein, anerkannte. Sehr früh schon, als die Affäre Konturen annahm, begann Ora davon zu sprechen, daß wir eine gemeinsame Seele hätten. Wenn jemand sich mit dir eine einzige Seele teilen möchte, dann geht das nicht sehr lange gut. Die Seele eines der beiden wird untergehen. Ich murmelte: «Du wartest auf einen Sohn ...»

«Komm mir nicht freudianisch», sagte sie. «Bitte nicht ...»

Brüderlichkeit über die Geschlechtsgrenze hinweg, Aufhebung der heterosexuellen Brutalität im Rahmen einer nicht gänzlich dilettantischen jungen Liebe, Befreiung vom Stachel der Fortpflanzung und von vielen Anlässen zu Konkurrenzverhalten in der Lebenswirklichkeit (die jedoch als der-ganze-Konkurrenzkram im Paradies-Sumpf bezeichnet wurden) – ich meine, Ora war eine fabelhafte Taktikerin/Technikerin in manchen nicht-professionalisierten Sparten der Lebenswirklichkeit. Sie hätte nicht solche Scham empfunden, daß sie physisch unheilbar krank wurde, wenn sie ungesellig, ungewitzt, unweiblich gewesen wäre. Sie war eine Femme fatale – auf ihre Art. Betrunken sagte die gemeine, mißgünstige Betticent, Ora sei eine *gescheiterte Femme fatale.* Ora als Femme fatale ... Nun, dies ist in Relation zu real existierenden Männern zu verstehen – und zu Frauen wie Betticent ... mein Gott. Zwei ältere Männer sprachen, vor mir, von den Dingen, die sie Ora antun wollten, wovon noch das mildeste war, sie einzusperren. Sie muß es in jedem Moment mehr oder minder vierundzwanzigstündiger Tage fertigbringen, weiterzuleben und weiterzuatmen. Sie muß mit Leuten sprechen, sie küssen, sie abwehren, sie becircen und was noch alles mehr.

«Ich suche nach *der goldenen Gemeinheit*», sagte sie oft. Düster.

Ich glaube, für ihr Gefühl hatte sie das Recht, Eifersucht zu zeigen. Wir hatten begonnen zusammenzuleben, als sie Prousts Roman las, mit all den Dingen über Eifersucht und Liebe darin. Die Eichen auf dem Gut ihrer Eltern raschelten im ländlichen Wind. Sie saß auf einer Seitenveranda und las, eine Kleenex-Schachtel neben sich: sie weinte und weinte und las und las. Sie sagte: «Er schreibt gut ... Er hat Tiefe.»

Eifersucht

In heftigen Anfällen davon wurde sie wahnsinnig – dann bespie sie ihren Vater mit Schimpfworten. Sie warf Handtücher nach mir. Sie weinte. Als Persönlichkeit hatte sie etwas von einer Collage – sie war eher eifersüchtig wie ein Mann. Ich wußte von Anfang an, daß vieles von dem, was sie darstellte, erkennbar darauf zurückging, daß ich bestimmte Bücher, bestimmte Zeitschriften gelesen hatte, daß ich auf demselben College gewesen war. Ich kannte manche der Leute, die sie kannte.

Ihre Stimme war eine *brillante* Melange aus bester Erziehung und Intellekt (dessen, was in Harvard als Intellekt galt, knapp unter dem Niveau der Professoren-Elite); zudem eine Melange aus Bildung und der Energie einer bestimmten Gesellschaftsklasse, üppig, tief, voll, ein wenig förmlich, was man bei jemandem so Jungen nicht erwartete – und bei jemandem, der aussah wie sie. Oft hatte sie das würdevolle sommerliche Benehmen reicher Leute – ein jugendlicher Wildfang mit seriösen Zielen, ein wenig dünkelhaft, wenn man will, studentisch.

Aber wenn sie eifersüchtig war, brüllte sie. Sie schluchzte, sie wand und krümmte sich. Oder ihr Blick war verschleiert, und sie war kalt, stocksteif und nobel – und mehr als nur eine Spur unrein.

Ihre Stimme war vor Willen so scheußlich, so blechern wie ein Nummernschild, das sie trug, um sich als nicht-was-ihr-erwarten-würdet zu identifizieren – als fähig zu Mord und Totschlag: nach all den vielen Stunden, die sie Pistolenschießen geübt hatte – von anderem zu schweigen. Eine Dame kuriosen Typs – nicht mädchenhaft oder geziert oder schulderfüllt, sondern eine, bei der man gewiß nicht sicher war, und eindeutig *capable de tout* – Oras Phrase. Sie sagte, es sei «typisch angelsächsisch, das französisch zu sagen – wer solche Dinge nicht als Kind lernt, lernt sie nie – das *Wesentliche* liegt in den Details».

«He, Ora, bist du mal wieder am Durchdrehen?»

«Ich bin jemand, der an die goldene Gemeinheit gekettet ist!» Sie war am College für ihre ätzenden Bemerkungen berühmt. Ein für seinen Sadismus bekannter Professor bemühte sich um sie und ging wohl zu weit, und man hatte Ora sagen hören: «Hände weg, Sie kleine mädchenschindende Ratte, Hände weg von mir, oder ich lasse Sie im Nu aus der Stadt jagen.»

Sie sagte zu mir: «Ich bin zu allem fähig, und ich bin froh darüber.»

Oft ergriff jemand für sie Partei – nicht weil sie Tugend und Urteilsvermögen verkörpert hätte, sondern weil sie im Zorn, nun, nobel verkommen war: die Leute schnüffelten nach unanständigem Kram. Sie war Teilzeit-Kleptomanin – meist nur, wenn sie eifersüchtig war und Trost brauchte. Mit Hingabe verleumdete sie Mädchen, die sie ärgerten – oder einfach niedliche Mädchen mit Sommersprossen. Sie zerrte eine Frau nach draußen und ohrfeigte sie, von der sie beleidigt und betatscht worden war. Eine Reihe von Frauen bewunderten sie als Heldin.

Mangelnde Großzügigkeit jeder Art verabscheute sie besonders. Wenn ein Typ, mit dem sie ausging, zu wenig Trinkgeld für eine nette Kellnerin – oder für eine traurige – zurückließ, schmiß Ora es ihm ins Gesicht, sagte «Du widerlicher Knauser» und kippte ihr Portemonnaie über dem Tisch aus.

Sie war oft betrunken. Oft eifersüchtig und manisch. Prämenstruell ... Immer jedoch SCHAMLOS. Sie besaß eine Zigarettenspitze aus Gold und Jaspis. Nach dem Sex steckte sie eine Zigarette hinein; barfuß, an ihrer Zigarettenspitze ziehend, ging sie dann aufs Klo oder in die Küche; oder sie ging nackt, aber auf hohen Absätzen klick-klack umher, federnd, rauchend. Dann konnte sie tragischen Dünkel und Überdruß ausströmen, oder unruhige Furcht vor Bestrafung. «Ich bin die babylonische Hure», sagte sie. «Du bist im Vergleich dazu harmlos ... Psychisch allerdings nicht.» Dann: «Ich bin eigentlich gar nicht die babylonische Hure ...»

Sie setzte sich mit solcher Energie, solchem Elan in Szene, daß einem erst auffiel, wie wenig viele Mädchen sich in Szene setzten. Wie vorsichtig sie waren, selbst wenn ihre Stimmen ganz nach Hochnäsigkeit und Selbstdarstellung klangen – wie vorsichtig in einer Welt voller Gewalt – voll schreihalsig verkündeter sozialer Urteile. Oder wie schlau sie sich bedeckt hielten, wie bitter oder wie komisch sie waren ... Oder wie liebesfähig. Ora war ein schöner Satansbalg, aber damenhaft und belesen – und unmöglich. Zu neunzig Prozent bestand sie aus Verwegenheit. Auf dem Umweg über sie wurde mir unter Schaudern deutlich, wie verschieden Frauen voneinander waren und daß sie dies verbargen – und daß es da einen *Typ* gab: schön oder möchtegern-schön oder etwas Gleichwertiges, verdächtig schön und wahnsinnig, wahnsinnig vor Rebellion – und vor *Courage*: Ora war couragiert auffällig: sie war – ich erfand es und Johnno klaute es – Madame Sturm-der-leichten-Brigade. Schönheit ist nicht Symmetrie, sondern Courage oder Nervenstärke. Männern, Frauen, Homosexuellen, Professoren gegenüber. Den Bildern der Werbung begegnete sie mit hochnäsigem Interesse und ließ sich hochnäsig und trotzig davon beeinflussen: sie wollte diese Lust-(und Horror-)Phantasien gleichsam in Realität umsetzen – und dann fing sie an, sich zu betäuben und sah dem, was passierte, nur noch zu, wobei sie manches davon wahrnahm und vieles ausblendete. Ora war Selbstdarstellerin, als solche eine entschlossene und zugleich unentschlossene Trinkerin, eine heidnisch-feministische Herrin der Verzweiflung, abgebrüht unchristlich, höllisch sinnlich, selbstmörderisch und besiegt, unbesiegt, mörderisch und verrückt ... unbezähmbar.

In einem Gedicht nannte mich Johnno eine «Mannesmut-Motte», gestohlen aus einem anderen, von einer Frau geschriebenen Gedicht. Ora beäugte mich manchmal und sagte mit einem Anflug von Grinsen «Mannesmut-Motte ...» Johnno kam eines Abends zum Essen, und als er zur Tür hereintrat, küßte er mir die Hand und sagte «Ah, hallo» zu Ora.

Ältere Schriftsteller, berühmter als ich und Johnno zusammen, stellten ihr nach, reizten und ärgerten sie. Sie war eifersüchtig auf deren Ansehen und blieb sexuell unzugänglich. Einer der berühmtesten Literaturkritiker jener Zeit, Cory de Haddon (der mit Betticent geschlafen hatte, die behauptete, sie habe ihn, damit er endlich käme, so fest beißen müssen, daß sie sich einen Zahn abgebrochen habe), belagerte Ora bei einem Dinner, rief sie an und sandte ihr Bücher. Ora sagte zu ihm: *Nehmen Sie zehn Kilo ab, und versuchen Sie's dann noch mal – oder warten Sie, bis ich ein Buch geschrieben habe.*

Sie sagte ihm auch, er solle sich seine Kräfte für die unbegabten Schriftstellerinnen sparen, die mit ihm schliefen, damit er ihnen lobende Worte schrieb; sie ging schon sehr weit; sie war schon sehr impulsiv.

Wie des öfteren sagte ich auch in jener Nacht, von der ich schreibe: «Daß du so realistisch bist, Ora, *gefällt* mir.»

Wollte ich, daß sie mit Cory de Haddon flirtete, damit er über mich schriebe? Schon. Aber nicht genug, um sie dazu aufzufordern. Oder auch nur leise darauf hinzuwirken. Ich vermutete, wir würden uns nie davon erholen, sie und ich. Wobei man mein Bedürfnis bedenken sollte, sie um mich zu haben, damit sie mir das kindliche Gefühl unwiderruflichen Verlusts ein wenig nehme – und daß dieses Verlustgefühl nun neu erwachte. Man bedenke zudem die Tageszeit und meine Verstimmung. Man bedenke, daß ich auf sie eifersüchtig war. Daß ich selbstzerstörerisch war, ehrgeizig war. Leicht erregt – so sündhaft war der Gedanke – sagte Ora einmal zu mir: «Du möchtest mich an ihn verkaufen ...»

«Nein. Aber tu, was dir beliebt.»

Optiere für das Glück, wenn es denn eines ist, oder laß es bleiben, meinte ich.

Ich bin der Überzeugung, daß sich in diesem Moment auf

ihrem Gesicht erschrockene Liebe zu mir abzeichnete: sie erschrak darüber – mich heizte es auf. Sie hatte mich schon oft beschuldigt, sie verkuppeln zu wollen, mich nicht darum zu scheren, wie sie sich dabei fühlte. Eine gierige, widersprüchliche Lust auf Intimität, auf Unerreichbarkeit brannte in ihr, und doch war sie vorwiegend, sogar im Wesentlichen, Exhibitionistin.

«Wir beide sind nichts als zwei Narzißten, die einander mögen ...»

«Ich bin außerdem Exhibitionistin», sagte sie. Eine zweifelnde Exhibitionistin, die bei Parties rauschende Auftritte hinlegte und dann mehr oder weniger in Unüberheblichkeit zurückfiel, oder in Semi-Überheblichkeit; nie schlich oder schlüpfte sie aber in eine Party hinein, wie ich es manchmal noch tat ... wenn nicht ihr Stil mich mitriß.

Die Energie, mit der sie *Ora Perkins* war, rührte mich. Die Energie, mit der sie sich in Schwierigkeiten brachte, war zur Hälfte elegante Verachtung für die Welt und dafür, wie die Welt sie selbst – und ihre Mutter – und arme Leute – behandelte; und dies, obwohl Ora politisch im Grunde zur Rechten zählte. Zur Hälfte bestand sie aus kuriosem Verlangen nach und unaufhörlicher Beschäftigung mit dem Honig gewöhnlicher Verrufenheit – nicht mit der tödlichen Sorte, sondern mit jener, die dazu führt, daß man in gewöhnlichen Gesprächen erwähnt wird ... Für sie war dies *immerhin Lebendigkeit.* «Ich bin kein toter Klumpen Fleisch», sagte sie in der Nacht in New York, nicht etwa abgewandten Blicks, sondern die Wand fixierend, als solle die es bloß wagen, sich schockiert zu zeigen. «Das ist so klar wie Kloßbrühe», sagte sie mit ihrer außerordentlich noblen Stimme. Und setzte schamlos hinzu: «Letzten Endes stimmt an mir alles ... überhaupt keine Frage ...» Dann: «Sex mit dir geht nie *Ruckzuck, Händedruck ...*»

«Der schlüpfrige Rutscher ... die Stunde der Rüstung ... die verzückte Stunde der Rüstung ... Auszüge aus dem Kamasutra.»

«Gedanken in Worte zu kleiden ist etwas sehr Seltsames», sagte sie.

Sie war im Begriff, es zu versuchen. Ihr Denken verlief in gesicherten Bahnen, aber es funktionierte dennoch nicht übel. Die Strukturen ihres Systems von Überzeugungen waren nicht offen; sie war nicht bereit, sie aufgrund von Argumenten zu ändern – oder wegen eines Buchs ... Oder wegen eines Mannes. Schliff führt nach einer gewissen Zeit zu Spiegelglanz: dieses Ziel war bei ihr erreicht. Sie sagte: «Die Liebe ist für dich und mich ein Wunder.» Im Dunkeln erriet ich, daß nun Ideen und Gedanken, auch unvermittelte, im Spiel waren. Sicher vertäut wie ein Zelt, war sie darauf eingerichtet, an diesem seltsamen Ort, in diesem seltsamen *Klima* eine Stimmung zu beherbergen – in mancher Hinsicht war sie mir so fremd wie eine Pyramide. (Hauptsächlich ist dies in Nuancen der Sprache geschrieben, die mir zu der Zeit, über die ich schreibe, zugänglich war.)

Sie nahm an, andere seien innerlich so festgelegt wie sie ... und an ähnlichen Punkten unsicher. Sie schien zu wissen, in welchem Grad sie exzentrisch war (und dies ist nun eine Gefühlsnuance aus jener Zeit, jedoch nicht die Sprache, die mir zur Verfügung stand), eine kühn dahinschreitende Seele; sie schien um die Menge, die Richtung von Zeit zu wissen und um die zeitlichen Abschweifungen, aus denen eine Seele besteht, die sich, schwimmend und fliegend, rennend und flanierend, gegen die Zeit stemmt – und den Atem anhält: man sagt, *Meine Seele hält den Atem an* – die vielverhörte, strapazierte Seele, verhört vom Leben; Ora bewegt sich auf Ruhm zu, oder auf Vergessenheit; entweder gruppieren sich magische Silben zu einem berühmten Namen, oder jemand wird vergessen, aus der Erinnerung verbannt. Sie sah sich klarer so, als ich es tat.

Sie war gleichsam jungfräulich zornig und zugleich hurenmädchenhaft amüsiert – wegen seines Aussehens irgendwohin eingeladen zu werden heißt schließlich, zur Hure gemacht zu werden; sie war von einer blutbefleckten und vielleicht nicht zu besänftigenden Bitterkeit, und sie war semi-nahezu-befriedigt und geduldig mit mir, mit uns, mit der Welt: sie hatte das Universum durch ihren Stil in der Hand – durch ihre Tollkühnheit – nicht durch Gebete. Die Augenblicke, in denen sie sich geschlagen gab oder überwältigt wurde, die Augenblicke, in denen sie sozusagen stillos dastand, kamen gebetslosen Andachten gleich: murrender Unterwerfung. In ihr spielte geradezu ein Zirkus von Ideen, und dann auf ihrem Körper, in ihrer Spalte und ihrem Hintern, in Brüsten und Taille, Händen und Hals, und schließlich auf ihrem Gesicht. Mit ihr zusammenzusein war ein wenig so, als spielte man in einem schmutzigen französischen Film über das Leben hinter der Bühne mit. Sie sah Sinn darin, uns, sie und mich, als Clowns zu betrachten, als ernste Clowns inmitten von Halbkriminellen – den anderen Leuten. Und daß wir sexuell miteinander umgingen, betrachtete sie als Zeichen von Reinheit und gleichsam als vor-nostalgisches Leitmotiv. Ich weiß nicht mehr, was sie sonst noch alles in uns sah. Die formalen Elemente, die sie aus ihrer Erziehung übernommen hatte, durch die ihr die Welt zur Schule und Familie geworden war, hatte sie zu einem Bekenntniston von bemerkenswert trauriger Zum-Teufel-mit-euch-Verwegenheit- und Lebhaftigkeit – komprimiert; und zu gelegentlichen, fast herzlosen Momenten eigensinnigen Erbarmens, zunächst mit sich selbst, dann mit anderen. Wenn sie im Bett, im Semi-Dunkeln sprach – «Semi-», weil soviel Licht durch die Fenster drang, vom Mond und von der nächtlichen Stadt – nun ja, für mich war es dann so, als spreche Ora zu mir; ihre Schönheit dabei, ihre tanzende Stimme und die Tatsache, daß sie sich über nichts lustig machte; und daß sie ein Biest war, ihre Biestigkeit aber zügelte, daß sie aus uns einen Grund zur Freude (wenn ich so sagen darf) machte: das war schon etwas. Die prachtvolle, keineswegs dünne, glänzende Haut, die sie hatte, und ihre tiefen Augen: ihr honiglieblicher Gestank nach Rebellion – und nach Grauen, dem Grauen, das Frauen wie etwas ihnen Immanentes quält – und ihre Fähigkeit zu erschaffen – Momente, Gefühle zu erschaffen; sie war ernst und unernst, verloren und gefunden. In Liebe? Nun, all das stand irgendwie mit Stil in Beziehung – nicht mit einem Stil ersten weltgeschichtlichen Rangs. Sie sprach fast ausschließlich in einer Sprache der Bezüge, bezog sich in schräg gebildeter, klassen- und gruppenspezifischer Weise auf dieses und jenes – nicht ehrfürchtig, sondern in scherzhafter, *schräger* Annäherung an Ehrfurcht, noch diesseits von ihrer rebellischen Brutalität, doppelt verlogen trotz allem, was an Wahrhaftigkeit mitspielen mochte, so daß *im Grunde* viel von ihr verdeckt blieb. Sie wollte das Leben bewältigen, sich an ihm rächen, wollte mithalten, ein Fuchs und keine Närrin sein. Es rührte mich und machte mich wild, wie sie war, beängstigte mich und erschien mir als Seelengröße, als wirklich wunderbar in einem wirklich vorhandenen Raum. Das glaubte ich jedenfalls ...

Man kann es auch so ausdrücken, daß sie nicht viel von dem, was sie sagte, so meinte, jedoch immer etwas damit meinte; und viel von dem, was sie meinte, war erkennbar, wenngleich weder eindeutig noch direkt. Sie zählte immerhin so weit als Persönlichkeit, daß mehr bedeutete, *daß* sie etwas meinte, als *was* sie meinte: es hatte öffentliche Resonanz. Man wurde auf die Probe gestellt. Daran hatte sich jüngst, in letzter Zeit, in den letzten zwei Jahren, atmosphärisch – und prinzipiell – etwas geändert, seit *die Welt* es für gegeben hielt, daß ich von größerer öffentlicher Bedeutung sei als sie. Seither hielt sie das von ihr Gemeinte als das GROSSE RICHTIGE hoch, oder als das GROSSE LICHT ... als das Licht der Intimität, das Licht zweier Menschen, im Gegensatz zum Junggesellentum des Gedankenlichts. Sie plapperte nie daher: es ist nur eine halbe Tugend, nicht daherzuplappern. Sie hatte immer ein Ziel, sie war *immer* eine unübersehbare Erscheinung, sie teilte ihre Stärke mit dir;

aber es gab keinen echten Frieden, weil du auf die Probe gestellt wurdest, weil ihr Charakter so war, wie er war und weil Zuneigung ihrem Wesen nach zeitbezogen ist, jedenfalls meine Zuneigung. Sie behandelte mich, als wären wir zwei Banditen, zwischen denen eine halb-verbotene sexuelle Bindung bestünde – halb-verboten, nicht eigentlich zu verwirklichen; aber vielleicht konnte man sie mittels einer gewissen gemeinsamen Blasphemie doch verwirklichen (die zugleich ein Sakrament war, ein weltliches, allseits bedrohtes). So war es: so kam es mir vor; ihre sexuelle Wut, ihre sexuelle Macht auf diesem Teilgebiet, war ungeheuerlich ... UNGEHEUERLICH. Im wirklichen Leben erscheint es als erpresserisch – und als dreist – , wenn jemand, der sich in unmittelbarer Nähe befindet und auf den man sich konzentriert, in seiner Selbstdarstellung und seinen Willensbekundungen den Bezirk offenkundiger Wahrheit ganz nach Belieben betritt und wieder verläßt. So war sie, doch zumeist ging sie die Dinge schief an – und auch das konnte einen wild machen. «Ich kann gar nicht gewinnen», sagte sie im Semi-Dunkeln; «aber das ist mir scheißegal ... ich bin stark.» Sie war eindeutig der schönste Mensch, dem ich bis dahin begegnet war, und das bei weitem neidischste Individuum, dem ich begegnet war. Ich fragte mich, ob ihre Gesundheit (und eine bestimmte Privilegiertheit) daher rührte, daß sie gierig war. Alle, die ich kannte, legten Neid an den Tag. Ich nahm ihn an mir selbst wahr. Neid. Ehrgeiz. Einen gewissen Überlebenswillen. Etwas ständig Vorhandenes oder ständig Wiederkehrendes, unvermeidlich, zum wachen Leben gehörend – vielleicht sogar der Kern von allem.

Ziemlich unscharf schloß ich, sie werde so lange, wie sie anderen den Zugang zu mir neidete, daran interessiert bleiben, an mir festzuhalten. Dennoch bot ich ihr einen Handel an: «Laß uns einander nicht eifersüchtig machen –» Wir bemühten uns darum. Sie belohnte mich dafür: eine Zeitlang befreite es sie – und das befreite mich.

Ich hatte Anfälle von Integrität, in denen ich ganz ich war und sie bleiben oder gehen ließ, wie sie wollte. Ich hatte manchmal einen kühlen Kopf. In jener Nacht baute sie sich ihr Nest. Zu Johnno, der meine Gefühle für sie tadelte, hatte ich gesagt, Ora bedeute für mich soviel wie ein amerikanischer Krieg. Sie überschatte alles in meinem Leben: «Ich bin nicht stolz drauf», sagte ich. «Es ist ja nicht so, als würde ich einen Krüppel oder jemanden sehr Nobles lieben – oder jemanden sehr Nützliches ...»

Aber das beschwichtigte ihn nicht.

Ora und ich waren nun tausend Tage und einen halben zusammen. Ich hatte begonnen, mich weitgehend an ihr zu orientieren – oder an der Umkehrung von ihr – oder an dem, was sie über Männer wußte, an meinem Widerspruch dagegen und meinem Selbstverständnis als jemand, der dem widersprach. Es war ein eigenartiger, Barrieren zerstörender Vorgang – ich war ziemlich tief in ihr Leben eingedrungen und stellte eine Macht darin dar – und obwohl ich nicht die einzige Macht in ihrem Leben war, schien es doch so, als hätte ich eine furchtbare, mythische Handlung begangen und sie aufgefressen. Ich war dem Stil nach nicht mehr Lilas oder S. L.s Sohn (auch nicht der meiner leiblichen Eltern Max und Ceil): ich war ein Typ, der mit Ora Perkins zusammenlebte. Sie wußte, daß sie mich partiell gelehrt hatte, *Wiley-Silenowicz-jetzt* zu sein. Dies war etwas Extravagantes und Willkürliches – vielleicht war es normal. Es fühlte sich ganz wie ein Schicksal an, das andere Männer ebenso ereilte.

Es hatte zwei Seiten, aber symmetrisch waren sie nicht. Als ich meines Schreibens wegen zu einem jungen-Mann-mit-Talent wurde – in den Augen einiger Leute –, orientierte Ora sich anders an mir als zuvor. Sie wollte das auch. Sie verwandelte sich zeitweilig in mich, als wäre es eine ganz gewöhnliche Sache, jemand zu sein, der man nicht ist. Sie hatte dies, glaube ich, schon mit anderen getan, mit Zimmergenossinnen und Erwachsenen, mit Analytikern, mit Männern und

Frauen – und mit Gestalten aus ihrer Familie – aber so mächtig war ihre Urvorstellung, oder ihr ursprüngliches Lebensmuster war so wertvoll für sie, daß keine der anderen Geschichten sie zur Kunst führte oder, richtiger, zur Waise machte. Sie war im Grunde nicht von zu Hause fortgegangen; und sie ging auch jetzt nicht fort, um für mich zu sorgen, um sich um mich zu sorgen oder um, in mancher Hinsicht, ich zu sein.

Sie stellte *Collagen* her. Sie verwendete den Trödelkram anderer, Zeug, das ihr erfolgversprechend erschien. Sie übernahm Bemerkungen, die ich fallengelassen hatte. Zu ein paar Leuten sagte ich, New York sei «der krude Neid, der so tut, als wäre er Intelligenz ...». Dann: «Weiß der Himmel, vielleicht ist er ja Intelligenz.» Und einige Tage später machte sie daraus: *«Eines gefällt mir an New York – hier wissen die Leute wenigstens, daß Intelligenz NEID ist ... Das steckt hinter der New Yorker Ernsthaftigkeit ... Und hinter der besseren GESCHÄFTSTÜCHTIGKEIT ...»*

Nicht lange darauf jedoch sagte sie es fast mit meinen Worten: «New York ist Neid, der sich als Intelligenz ausgibt ...» Und so fort.

Als ich mich über sie lustig machte, sagte sie seltsamerweise: «Aber ich habe nicht gesagt, *New York ist Selbstmitleid kritischen Ausmaßes.*» Als hätte sie, wenn sie das nicht geborgt hatte, nichts geborgt.

«Aber das hab doch nicht *ich* gesagt – das hab ich von Patrizia di Gustino, und die hat's von Bernie Kellow – oder vielleicht auch er von ihr: das weiß man nie ...»

«Ja, ja, hast du mir erzählt.»

«Schon, aber *das* hast du auch nicht gesagt, Ora.» Manchmal fühlt sie sich geschmeichelt, wenn ich ihre Bemerkungen in eine Kohärenz zu bringen versuche, die sie mit den Biographien berühmter Frauen assoziiert.

«Hab ich doch gerade», sagte sie. «Und zwar dir ... Und du machst mir keinen Vorwurf.» Ich hatte, und habe, keine

Ahnung, worauf sie hinauswollte. Ich machte ihr doch einen Vorwurf, oder? Ich bat sie doch nicht um Rat, wie ich in der Realität existieren könne, oder?

«Ich sag's nicht weiter», sagte ich verwirrt. Ich verplappere mich leicht und bin nicht sehr schwer zu überlisten: ein großer, doofer, junger Mann. Mit einigen Fähigkeiten.

Ora hat ein sicheres Gefühl dafür, in welchem Grade andere ihr Leben (und Denken) als real empfinden. Für eine Weile stelle ich mich im Leben (und Denken) dumm an, aber auf lange Sicht bin ich nicht *gänzlich* hilflos.

«Männer stehlen *immer* von Frauen, Wiley.»

In ihrem Satz hallte der Erfolg nach, den sie früher einmal damit verbuchen konnte, ein spröder, vielleicht gar ein wenig schaler Effekt.

Doch dies wurde ausgeglichen durch ihre erregende Präsenz und ihr Unverfrorenheit, durch meine Neugier auf das, was sie nun im Sinn haben mochte. Es war ein eigenartiges, nicht bedrohtes Gleichgewicht. Eben Liebe – wissen Sie? Vielleicht war es das.

Im Dunkeln, im Bett, sagte sie in jener Nacht: «Du wahrst deinen Amateur-Status, indem du laufend improvisierst und dir deine Reden selbst ausdenkst – das ist ein interessanter Zug.»

«Amateur in moralischer Hinsicht? Der die abgekarteten Spiele nicht mitmacht?»

Sie seufzte: sie assoziierte dazu – daß ich mich so verhielt, meine ich – keinen wie immer verdienstvollen Umgang mit Sprache. Indem sie ihre Bemerkungen wiederholte, gewann sie fast ein Labor-Verhältnis zur Sprache, zu ihrer Sprache, ihren Absichten, den Menschen und deren Realitätsgefühl. Dann goß sie das in Bronze, absolutierte es. Dennoch vibrierte in ihren Bemerkungen die unterschiedliche Bedeutung, die sie jedesmal annahmen, der Bedeutungsunterschied im Vergleich zu anderen Situationen, in denen sie bereits gefallen waren. Indem sie dieselbe Bemerkung zunächst machte, wenn sie auf eine bestimmte Weise gekleidet war, anschließend nackt vor mir, und dann wieder angezogen dasselbe zu jemand anderem sagte, nicht zu mir – wenn sie sexuell nicht eigentlich zugänglich war, oder nur unterschwellig –, sammelte sie regelmäßig gewisse Daten: ich beobachtete sie: sie wußte eine Menge. Sie war für meinen Verstand eine Schneide, die ihm seltsam Vorarbeit leistete. Sie war Meisterin im Erzeugen von Echos und im Messen gesellschaftlicher Echos. Sie war eine Labortechnikerin auf dem Gebiet des Erzeugens von gesellschaftlichen und sexuellen Interessen – von Wohlbefinden, weil das Dasein durch sie ein bestimmtes Kolorit erhielt. Dessen rühmte sie sich. Johnno Fynner hatte dafür die Phrase «hinreißend abstoßender Heroismus». Er verwendete seine Phrasen eine Zeitlang, doch sobald sie in seiner Umgebung eine gewisse Geläufigkeitsschwelle erreicht hatten, warf er sie ab – im allgemeinen.

Und er sprach von «all der Pferdestärke in dir, wenn du dich nicht mehr zügeln läßt und zum Flüchtling wirst ... Die wahre Kunst ist das Leben, Junge.»

Ora sagte: «Ich mag ihn ... er ist richtig interessant ... Und ich bin schließlich Talentjägerin ... Nur schade» – sie seufzte –, «daß du mich magst, wird er mir nie verzeihen. Jetzt nicht mehr. Sonst hätte er mich gemocht.» Er mochte sie nie; er starb, ohne sie zu mögen; allerdings ahmte er sie nach. Er fand es ungerecht, daß sie auf ihre Art Anziehungskraft und wertvolle Züge besaß. Er «mochte» unglückliche, meist unscheinbare, «geistreiche» Frauen. Oder hübsche, die ungehemmt sexuell Karriere machten. Wäre es nach ihm gegangen, hätte nur eine Sorte von Menschen als wertvoll gegolten.

Oras Rang: als *das schönste Geschöpf, daß ich je gesehen habe* ... oder als *wirklich schöne Frau* ... Und als ungebundene Frau: es ist leicht einzusehen, wie glanzvoll sie wirkte – und wie jugendlich. Und dann blieb ihr auf einmal, in diesem Jahr – in dem Jahr der Nacht, von der ich schreibe – kaum mehr als der Rang der Person-mit-der-Wiley-zusammenlebt. Dies etwa war nun in New York ihr Rang.

Es war widerwärtig, und daß sie es hinnehmen würde, stand kaum zu erwarten. Die Leute bewarfen uns gleichsam mit Skorpionen.

Die Reaktionen ihres Körpers auf mich verrieten mir, daß sie nicht herumvögelte oder sich viel mit anderen herumtrieb, um sich zu revanchieren – noch nicht. Wie ich es getan hätte. Und gelegentlich tat. Einander treu zu sein zählte nicht zu unseren Vereinbarungen, aber in letzter Zeit wollte sie das ändern – wie ich schon sagte. Sie sagte zu Bern (oder Bernie) Kellow – einem stilbewußten Zeitschriftenverleger, mit dem wir bekannt waren –, sie sei zu besorgt um meine Gefühle für sie, um sich herumtreiben zu können. Ich glaube, sie fand Sex, wenn er tatsächlich stattfand, befremdlich. So ging es Johnno Fynner auch – jedoch auf andere Weise. Als er eines Abends betrunken und zudringlich war – und ich betrunken, selbstsicher und locker war und mich zwei Abende hintereinander über ihn und ein paar seiner Freunde amüsiert hatte – mich sehr amüsiert hatte, ich hatte sehr viel gelacht –, lehnte ich mich gewissermaßen zurück und ließ zu, daß er anfing, da unten an mir herumzumachen, aber seinem Mund fehlte jede Sensibilität. Es war schauerlich.

Nicht einmal in den Momenten freundschaftlicher (aber enervierender, wenngleich noch amüsanter) Dramatik, beim Reißverschlußaufziehen und so weiter, war ein Gefühl zu spüren. Nicht einmal Verlangen: ich meine, es war nichts da außer Bedeutung, Bedeutung knapp vor den Wörtern, noch bevor er sie in Worte gekleidet, noch bevor er versucht hatte, sie in Worte zu fassen, und wonach es ihn verlangte, war lediglich, zu verstehen – und gedemütigt zu werden, eingebildet und schön zu sein. Ich meine, außer seiner Art von Halluzinationen war da nichts. Es war für mich nichts zu haben außer Johnno – und der seltsam abgestorbenen Energie meiner Körperwirklichkeit, meiner körperlichen Dimensionen, meiner Jugend – ich weiß nicht, wie ich es ausdrücken soll: eine befremdlich atemdurchsetzte, *eingesargte* Wirklichkeit – man selbst in einem Sarg zur Schau gestellt, von Spinnen gebissen, von Skorpionen zerstochen – nun ja, gleichsam.

Ich möchte, glaube ich, sagen, daß kein Gegenwartsgefühl da war – nur eine Ahnung von Träumen und, nehme ich an, jene schmerzlos vergehende Zeit, jenes schmerzliche Verlangen, wie sie *in Träumen* regieren – das seltsame Pappkarton-Knarren von Traumverlangen, das im Kopf eines Mannes vorgeht, und in seinem – Johnnos – Gesicht und Nacken – und der lauernde Schmerz und Zorn – wie in Ora und mir auf jene andere Weise – auf die Weise, wie das Leben nun einmal während einer wild von Dämonen durchwüteten, engelsflügeldurchrauschten Paarbildungs-Waffenruhe ist, oder worin sonst wir uns befinden mochten ... *Sag's ruhig noch einmal:* Wie das Leben nun einmal ist. *Er* wollte mir nie etwas glauben – und, geschissen und gefickt sei drauf, sogar mein Körper war für ihn ein Traum. Er ist ein fast pathologischer Narzißt, der, von seiner Wahrnehmung ausgehend, allen ihre Dialoge schreibt; seine Isolation nimmt immer mehr zu – wie in einem Kontrollraum. «Du liebst mich», behauptet er stur.

«Nein, da irrst du dich ... Lutschst du ihn nun ... oder nicht?» Dann: «Die Geschäftsbedingungen sind klar, Johnno.»

Aber sie waren nicht klar ...

Ora ließ mich wenigstens zumeist als jemanden gelten, der in seinen Reaktionen und Aussagen einen eigenen Willen besaß. Sie war nicht so von Formeln besessen wie Johnno. Sie war auch tapferer als die meisten Frauen. Was töricht von ihr sein mochte. Johnno bestand aus Metall, so undurchdringlich machte ihn sein Haß auf die Zeit, vielleicht auf sich selbst, und auf *das-Leben-wie-es-nun-einmal-ist.* Die reale Zeit, davon ging er aus, vergewaltigte kleine Jungen, vergewaltigte *ihn* als kleinen Jungen. Hinter gemauerten Verschalungen aus Wörtern verbarg er sein metallenes Wesen – sozusagen. Natürlich liebte ich ihn ... Doch so, daß es für ihn unsichtbar (und auf ihn verschwendet) war – wie eine eingestürzte Brücke auf einem fernen Kontinent – oder in einer Legende. Sein Mund war wie aus Metall. Er war ein Held – war heroisch – doch das Verquälte an ihm war giftig – Giftsumach oder eine Grube voller Skorpione oder Schlangen – all diese Bilder – und solche von *schwärenden Wunden* – und von Bettlerei, von Bettlerelend, das einen hinunter in die Gosse oder in eine verdreckte Gasse zerrt. Die Qual war groß und weder neutral noch machtlos – die Qual in ihm. Womit ich nicht nur meine, daß sie ansteckend war, es sei denn, man ist sich darin einig, daß Ansteckung auf dem Ehrgeiz von Keimen und Viren beruht ... Ich meine, sie wollen eben überleben. Ora war nicht so. Vielmehr verscheuchte sie rastlos und selbstbewußt die Qual, indem sie sich *verflucht ordinär amüsierte* – oder sich *bohèmehaft* amüsierte – oder mit dem, *was die Welt zu bieten hat.* Ora war die Qual weniger anzusehen. Sie wurde bei ihr durch Leere gemäßigt, durch mangelnden Bewußtseinsstil ... Ihr Bettlertum war auf andere Art dünkelhaft – sonniger. Sie war nicht so ehrgeizig wie Johnno. Er stand, wie ich, oft im Regen der Wörter. Des Bewußtseins. Dies kam vom Willen-zu-bewegen. Vom Willen, durchdrungen zu werden und zu bewegen. Bei ihm war er reiner als bei mir. Sein Glück war höchst kurioser, spiritueller und irgendwie semi-proletarischer Natur – eingebildetes, stolzes, vor Eitelkeit starrendes Speichellecken. Bei Ora gab es wild variierende Formen von Glück, doch meist glich es einem Ellbogen, der sie mit sanftem Knuffen an ihr mißtrauisches Über-das-Leben-Bescheidwissen erinnerte. Und mein Glück? Ach, meines war, wie ich im Leben des öfteren gesagt haben muß: *wie ein aufgescheuchter Vogel.* Ora war sexuell authentisch. Oder beinahe. Johnno nicht. Für keinen von beiden war Sex eine Quelle von Licht – soviel ich weiß, war Abwesenheit von Schmerz ihre Lichtquelle; die Quelle von Lebendigkeit im Gegensatz zu bloßer Hast und irrem Dahinrasen. Einmal, als ich mit Johnno zusammen trank, akzeptierte ich, daß die Dinge für mich so waren, wie sie waren – ich hatte das noch niemals getan, oder wenn doch, dann auf kindliche oder junge Weise. Danach geschah es mir bei Ora, und beim Lesen von Büchern, und sogar bei Guy, bei ihm jedoch in stummen, unwichtigen Momenten – etwa während wir für einen Freund ein Haus anstrichen. Bei Johnno, beim erstenmal – als ich ich mein Leben zum erstenmal akzeptierte, akzeptierte ich es *betrunken* und *vorläufig*: samt Selbstmitleid, Wut, Dünkel, glücklichen Zufällen, Augenblicken des Glücks, Vorherbestimmung und Momenten aufblitzender Willensfreiheit – alles. Daß ich betrunken war, diente schlicht als Entschuldigung für die eitle Bereitschaft, mir ausnahmsweise einmal zu glauben. «Ich bin ein totaler Narr und kein totaler Narr», sagte ich. «Morgengrauen ... schau, das Morgengrauen ... der Morgen graut ... Das Morgengrauen ist das Modell für die Abwesenheit von Schmerz nach dem Entsetzen.» Ich redete viel komplexer, wenn ich betrunken war. Johnno schrieb eine Gedichtsequenz über diese Idee. Ich kann behaupten, ich wüßte manches, wahr ist jedoch, daß ich nicht mit statistischer Endgültigkeit wissen kann, was für andere sexuell die Wahrheit ist und was nicht. Oder die moralische Wahrheit. Ich war froh darüber, daß Johnno die Idee stahl, oder verwendete ... Ich konnte frei atmen ... Ich spekuliere über andere und stelle Vermutungen über sie an. Sein Mund war nicht immer wie aus Metall, jedoch meistens. Sexuelles Erbarmen ist wie Mord – an ihm, an ihnen, auch an einem selbst: man wird *gehängt*, sie hängen der Hohlheit an; man wird zum Anhänger der Grausamkeit, nicht auf andere zu reagieren, schmückt sich mit ihr – eine seltsame Definition. Ich weiß nicht. Johnnos Lippen waren beinahe Lippen – aber nicht ganz. Johnno hatte nun nur noch seine Ansprüche auf Gerechtigkeit – auf Rechtfertigung – im Sinn. Er herrschte wirklich über den Kosmos – wie er ihn sah. Über seine Gesetze, seine Regeln ... Keiner – ich sowenig wie er – konnte seine absolute

Sicherheit zu wissen, wie alles funktionierte, überleben – er riß einen in Sünden- und Freundesbünde hinein – Sakramente, die er zu spenden befugt war – und in seine privaten Lehren vom Vorankommen in der Welt – im Team – und in seine Vorstellungen von Liebe –, als wäre man eine katholische Hausfrau. Oder ein Maurer. Es kam einem wie eine entsetzliche, anbrandende Grausamkeit vor, der er sich und einen da öffnete, die er einführte.

Fynner sagte: *«Du bist ein Genie und ein provinzieller Tölpel ... Wie Cézanne.»* Er lutschte mich, als wolle er mit seinem oralen Apparat meinen Schwanz häuten. *«Zu schade, daß du schön bist, zu schade, daß ich dich liebe ...»* Nun redeten aber in Amerika zu meiner Zeit die wenigsten Leute dabei, auch Frauen nicht; und solche Äußerungen verschreckten einen – zumal, wenn man nicht träumte, wenn es nicht war wie im Traum.

«He», sagte ich nach einer gewissen Zeit – ich zitierte da irgendwie, zwei-, drei-, viermal gebrochen, einen Filmkomiker. «Sag das doch noch mal, ja?»

Er erstarrte – ich glaube, weil ich real war. *«Du willst nichts als immer nur Äpfel malen»*, sagte er verächtlich. Ich sah *interessant* aus: wie gesagt, kamen im College manchmal Leute in den Speisesaal, die dort nicht hingehörten, glotzten mich an und gingen wieder. Johnno sagte da diese schmeichelhaften Sachen über mich, und innerlich hörte ich die Stimme meines Vaters sagen: *Wie findest du denn die Äpfel da?* und: *So sicher, wie Gott kleine grüne Äpfelchen geschaffen hat.* Und was das alles bedeutete, wußte ich nicht, nur daß ich mit meinem Vater stritt und irgendwie nett zu ihm war, lange nach seinem Tod, indem ich es mit Johnno trieb – oder es passiv zuließ.

Später, als ich mich weigerte, den Vorfall in der romantischen Deutung gelten zu lassen, die er dafür vorschlug – in wahnsinniger, irrer, selbstherrlicher Weise vorschlug, wie ich meinte –, sagte ich zu Johnno: «So sicher, wie Gott kleine grüne Äpfelchen gemacht hat, willst du nur darüber reden –

ich bin nur ein Loch mehr, das du gern in deinem Gürtel hättest, du willst es ganz auf Worte und heimliches Einverständnis hindrehen. Aber ich – ich kann das nicht.»

«Du Besserwisser –»

«Na und? Du hältst dich sogar für allwissend. Du redest nur von dir ... Einen Besserwisser nennst du mich dann, wenn ich nein sage.»

Johnno sagte: «Du bist ein unglaublicher Mistkerl.»

«Du hängst doch bloß den Katholiken raus. Schau mal, ich weiß ja auch nicht warum: ICH KANN eben nicht ... Ich will auch nicht, Johnno, aber entscheidend ist, daß ich nicht KANN.»

Seltsam, wie gnadenlos er nun wurde: «Natürlich kannst du: du lügst.» Jedes Angebot zum Waffenstillstand, das ich machte, benutzte er als Korridor zu meiner Niederlage. Mag sein, daß er so zu verhandeln pflegte. Mag sein, daß er sich wünschte, von mir geschlagen zu werden – so bedrängend, wie er sich verhielt, bei den Gesichtern, die er zog, bei der schrillen, komisch effeminierten, stichelnden Stimme, mit der er mir kam. Geschlagen und getröstet zu werden – in irgendeiner unklaren, unheimlichen Melange oder Version. Oder noch lieber vielleicht, nicht getröstet zu werden.

Fieberhaft schien er etwas zu wollen, was ich nicht erraten konnte – falls ich nicht eine kriminelle Schlampe in Unterhosen war – oder etwas Derartiges. Die sympathische Lösung hätte wahrscheinlich darin bestanden, ihn unter dem Absatz zu zerquetschen und dann mit den Folgen zu leben, mehr oder minder lebenslänglich. Meine Mutter pflegte zu sagen: *Ich kann schließlich nicht Gedanken lesen* ... Aber sie konnte es doch. Menschen *können* Gedanken lesen. Ein Blatt, beschrieben mit Gesten, Stimmfärbungen, Hautfärbungen und Mienenspiel; auf eine gewisse Weise dargeboten: eine Feststellung, zur Seite geraschelt: anmaßende Vokative, Fragen, vertrackte Dinge, Geschichten, Verkäufergags ...

Johnno hielt sich körperlich sehr steif – mit katholisch

himmlisch-höllischer *Eleganz* – nicht einer auf Geld beruhenden, sondern raffiniert-persönlichen Eleganz. In Kunst und Leben improvisierte er schräge Szenen, ausschweifende für mich und ihn (und manche seiner Freunde) ... Sketchs. Er nutzte die Beleuchtung realer Restaurants, er nutzte die mentale Beleuchtung in anderen – in mir zumindest –, um einen – und sich – so in Szene zu setzen, daß für ihn, wenn Sie mir da noch folgen mögen, ein Gedicht heraussprang, oder ein mögliches Gedicht oder eine Zeile: indem er einem so lange den Kopf verdrehte, bis man sich als *gutaussehender* junger Mann (vielleicht überwiegend im irischen Genre) oder gar als gutaussehender-junger-Mann-der-mit-Ora-Perkins-zusammenlebt-die-eine-Schönheit-ist fühlte, so daß einem all diese Assoziationen aufgingen, diese Korridore, Kaufhäuser oder Ladengalerien im Kopf, voller Tableaus, in denen man ein bißchen so hofiert wurde wie manche Frauen, wie man selbst in seiner Jugend Frauen hofiert hatte oder es noch immer tat – und Tableaus mit ihm, Johnno, als einer *GROSSEN GESTALT* – einem Zeremonienmeister des Wissens und erhabenen Lebens – Tableaus, an die man auf keine andere Weise herankam. Ich jedenfalls nicht. Dafür mußte man bezahlen. Auf diverse Weise mit Atemfreiheit und Leben. Er machte sich rar. Er spendete widerstrebend. Er wurde wahnsinnig – taifunesk –, und dann verschlug es einen nach Kansas oder nach Oz. Mit Ora war es nicht so sehr anders. Ich wurde in einem Maße beneidet, wie ich es nie erwartet hatte. Ich hatte etwas Düsteres, allem Grinsen Abholdes, etwas Grimmiges an mir, das von Jungsein und Mannsein sang und einem triumphierenden Grinsen gleichkam. Ich spürte sein Brennen in den unteren Quadranten meines Gesichts, eher zur Mitte hin. Dieses Raunen, diese schräge Mischung aus Anonymität und Berüchtigtsein. Man wird belohnt. Und von anderen benutzt. Oder man beutet *sie* aus. Man wird betatscht und verwöhnt. Sogar verehrt. Wenn auch nicht allzu sehr. Es fallen Bemerkungen über Ora und mich: die Schöne und das

Tier. Es ist lausig und erstaunlich ... und alles mögliche. X liebt mich, weil Y mich liebt. Ich war bescheiden – einerseits. Eines Tages lag ich in meinem knallrosa Brooks-Brothers-Hemd (aus jener Zeit) auf dem Rasen des Cambridge Common, guckte in den Himmel und wünschte mir, ich wäre groß. Ich weiß nicht, wie viele Sekunden vergingen, bevor mir einfiel, daß ich ja groß war – und damals schon seit Jahren war. Ich lebte in einer wundervollen Glücksblase, die mir im gegebenen Moment nicht wahrhaft oder auch nur halbkorrekt deutlich, nicht ganz gewärtig war. Später, als ich mit Ora lebte, war ich bekannt als jemand, der brutal direkt über die Annehmbarkeit des Lebens schrieb, *ipso facto*, *a priori*, mit oder ohne Religion.

Oder meine Arbeiten wurden eher technisch bewundert, weil sich in ihnen eine Stimme und Lyrisches äußerte. Eine verfälschte *persona*, die nicht verzweifelte. Ein *Künstler*. Wird man von *Liebe* (vom Geliebtwerden) narzißtisch? Von Lob und Liebe? Von Tod, Zerstörung und Liebe? Verleiht sie einem willkürlich Wert? Unverdient? Eine grausame Bestätigung ... Gewaltige weiße Wolken, das weißliche Licht Manhattans ... Gedanken wechseln von Augenblick zu Augenblick. *Versuch mal, weniger zu wissen und glücklicher zu sein* ... Im allgemeinen war ich weniger traurig gewesen als meine Mutter. Wie hatte sie das also gemeint? Es ist ein beängstigender, erschreckend glitschiger, überlegen-unterlegener Zustand. Permanent herrschen Machtrotation und Fair play – zwischen unabhängigen Willen. Der «überlegene» wird überlistet und erschlagen, gedörrt und zur Trophäe gemacht, zum Wahnsinn getrieben. Ausgehungert ... Im Wandel des populären Geschmacks mit Strafpunkten belegt – Stile wechseln ... Momente vergehen ... auf Nimmerwiedersehen ... *Jeder* ist reicher, schlauer, schöner, glücklicher. Doch man selbst ist derjenige, der eine, den Gastgeber und Gastgeberin erwarten ... Wie heiß einem von besonderer Beachtung doch wird ... Ora ... O Gott ...

In jener Nacht von 1956, aah: es ist warm – spät im Frühling – der adoptierte, zitternde, verstörte Junge – er wird verwöhnt; er ist hier – was bedeutet das? *Lieber Gott, ich verspreche auch, es nicht allzu sehr zu genießen und nicht selbstgefällig zu werden, aber laß es eine Weile so weitergehen. Hilf mir, es so schlau hinzukriegen, daß es noch eine Weile so weitergeht ... Bitte ...*

«Wir sind verwöhnt. Und selbstgefällig, Ora ...»

«*Du bist* verwöhnt. Und selbstgefällig», sagte sie.

Ora versuchte nicht, berühmt zu werden. Sie hatte damit aufgehört. Sie vögelte nicht in der Gegend rum (soviel ich weiß). Diese Dinge hingen in der Schwebe. Sie schrieb keine Drehbücher um Monokel-tragende Gräfinnen oder um junge emanzipierte jüdische Semi-Prinzessinnen mit intelligenten Augen, die mich nicht mochten, oder mich sehr wohl mochten und betatschten, wenn sie nicht hinsah. Sie malte nicht und entwarf keine Kleider. Diese Dinge hingen in der Schwebe. Echte Gefühle? Gefühle, die für ihre Ansprüche echt genug waren? Für unsere Ansprüche? Ich wollte, daß sie arbeitete. Wir brauchten das Geld. Ich fürchtete mich vor dem, was freie Zeit aus ihr machen würde.

Sie sagte: «Wiley, ich möchte einfach für eine Weile zu Hause bleiben – ich möchte mich einfach meinen Gefühlen widmen.» Sie sagte das ein bißchen schüchtern und ein bißchen dreist: «Ich möchte mich auf meine Gefühle spezialisieren, Wiley – vorläufig.» Dann: «Ich möchte Künstler werden wie du.»

Ich wollte das nicht. Ich wollte keinen Spiegel meiner selbst. Und was war dieser Kram denn schon wert, ihre Gefühle und ich? War ich denn so großartig? Hatten wir etwa wirklich solches Glück? Und falls ich ähnlich zu beneiden war wie sie, warum ahmte sie mich dann nach? Nun ja, ich hatte mich in aller Nüchternheit daran berauscht, daß es einiges wert war, sehr viel wert war, ich zu sein – oder wenigstens anscheinend etwas wert. Doch das hatte ich aufgegeben, um zu *Ora-und-ich* zu werden. «Echte Gefühle», sagte sie, «sind etwas Besonderes.» Echte Gefühle? Ich glaubte weder, daß ihr Interesse für diesen Kram und für mich lange anhalten würde, noch daß wir ein Bild der Unschuld wären. Es kam nur durch Arbeit zustande. Und durch Spiegel.

Und durch Glück ...

Glück ...

Glück ...

Glück ... Oder durch den Willen Gottes ... Oder durch einen amerikanischen Zufall ...

Wie auch immer, für aufrichtige Zuneigung hatten wir nicht genug Geld. Wir *mußten* arbeiten. Oras aufrichtige und unsichere, jedoch stolze Zuneigung – verläßlich stolz, herausfordernd und belastend stolz, kostspielig stolz – ihre stolze Besessenheit – war eine Kunstform. Mein übergroßer Enthusiasmus war eine Form von Freiheitswahn. Ihre Freiheit bestand darin, daß sie in diesem Sinn der bessere *Künstler* war. Im Rahmen der Kunst war sie nicht der bessere *Künstler*.

Ich sagte: «Ich wünschte, du würdest arbeiten. Ich fühle mich stärker, wenn wir zwei Einkommen haben, als wenn nur ich die Brötchen nach Hause bringe ... Ich muß dann zu flexibel sein, zu taktisch – ich kann nicht mehr denken. Drum möchte ich nicht, daß du nur eine Freundin von mir bist.»

«Willkommen in der Realität, Wiley», sagte sie. «Ich liebe dich. Dich. Dich. Weißt du, es ist das erste Mal, daß ich ...»

«Ich weise dich ständig darauf hin, daß wir jetzt vier Jahre zusammen sind ...»

Das tat weh: es schmerzte täglich, ja stündlich – der Wert, der Unwert unserer Leben, unseres So-Seins, der Druck, der in jedem Moment davon ausging.

«Denkst du gerade an Sams Film?» fragte ich sie nun. Ein Typ, den wir kannten, hatte einen Film gedreht, in dem er Bilder aus unserem Apartment verwendete; er hatte unsere Leben verwendet, manche unserer Manierismen.

Ora sagte: «Ich möchte fort aus New York.»

«Ich weiß nicht, Ora ... Ich wette, was wir hier um uns haben, ist realer – ich wette, *wir* sind unter dem Druck von New York realer ...»

«Ach, gib doch zu, daß du deine geheimen Gründe hast ...»

«Und wenn ich einfach ehrgeizig bin? Oder naseweis? Oder selbstzerstörerisch ... damit ich dich loswerden und promisk sein kann?»

Ich küßte im Dunkeln ihre schöne Nase, ihre Nasenspitze.

«Hier ist es aufregend», sagte ich. «Ora ...»

«Ich bin nicht dein Sklave», sagte sie.

Sie, Johnno, Guy und einige andere (Bern Kellow zum Beispiel und die Frau, die stundenweise für mich arbeitete) sagten das von Zeit zu Zeit – und deuteten damit an, daß sie sich geistig unterwarfen; bis zu einem gewissen Punkt.

«Ich will keine Sklavin», sagte ich verblüfft. «Ich würde gern einmal so berühmt sein, daß ich die Leute dazu bringen kann, auf meine Weise kohärent zu bleiben, wenn sie mit mir reden.» Dann: «Genießt du denn jetzt, wo du nicht arbeitest, deine Gefühle, Ora?»

«Aufs jämmerlichste», sagte sie.

«Oh, nein!» schrie ich auf. Ich weiß nicht, in welcher Sekunde genau ich merkte, daß sie einen Scherz machte – vielleicht noch vor meinem Aufschrei.

Sie lachte. Und sagte: «Ah, es ist so herrlich, jemanden nicht leid zu werden ...»

«Wir sind einander nicht leid, aber vielleicht werden wir müde ...»

«Um Himmels willen, sag doch so etwas nicht!»

«Entschuldigung ... Immerhin, wir sind nicht frei genug, uns nicht um die Ansichten des anderen zu kümmern ...»

«Wer echte Gefühle hat, bleibt nicht in New York. Man zieht anderswohin, wenn man aufrichtig mit jemandem zusammensein will. Wenn man Probleme sucht, braucht man nur in New York zu bleiben. Wir sind hier in einem Dschungel der Begierden, Wiley.»

«Könnte es sein, daß du in der Regel dem Verlierer zujubelst? Daß du zu Leuten unfair bist, auf die du nicht hinunterblickst? Stört dich das an New York, Ora?»

«Jeder ist hier in einer Stimmung ...»

«Die Stadt als ein gewaltiger Wirbel der Willen und Fährnisse – der geflügelten Worte und Sturmvögel: weißt du, woran ich merke, daß ich dich liebe? Ich würde mich zwischen dich und einen Räuber werfen und den Todesstoß hinnehmen. Zugegeben, ich bin schärfer und mehr von Geilheit geplagt, wenn wir nicht in der Stadt sind. Hier gehört Liebe zum normalen Komfort, könnte man sagen ... aber Zwielicht ist ganz schön sinnlich.»

«Du spielst dich auf», sagte sie. Dann: «Ich mag das.»

Kellow und Higgins. Beide hatten sie Einwände gegen meinen Stil als Schriftsteller – bewunderten aber gleichwohl meine Arbeiten, wie sie sagten. Sie hatten Einwände gegen mich – verwöhnten mich aber und bemühten sich um mich. Jahre später bekannten sie, sie hätten mich «geliebt». Oder täten es. Noch immer, meine ich. Ich konnte nicht hinhören. Ich hatte mich so danach gesehnt, von ihnen *gemocht* zu werden ... Ich meine, ich konnte die wahrere Geschichte nicht ertragen. Kellow war beträchtlich älter als ich und viel weltläufiger. Er besaß drei Zeitschriften und war ein Tyrann, doch auch von vollendetem Charme – milde, energisch, ein feingliedriger Durchboxer-Aufsteiger, gebildet, gewieft, ganz Mentor, ganz der kaltblütige, interessante Gefährte-und-Mentor – die hingebungsvolle Kobra-Hyäne mit einem offenen, kalten Herz (in New York). Seine Sprechweise hatte etwas Libellen- oder Marienkäferhaftes: ein kurzes Schwirren, und er stieg auf; und dann trug er den Gesprächsgegenstand mit sich davon in einen Bau, einen dunklen Bau.

Kaum war ihm Ora unter die Augen gekommen – und, ha, ach, oh, *unsere* Liebe –, konnte ich trotz all seinem Geschlängel, seinem Geld, seiner Macht und enormen Schläue nahezu mit ihm machen, was ich wollte – zumal ich ihn um nichts bat, sondern lieber beobachtete, wie gebannt er war und wie er darauf reagierte, als irgendeinen Profit daraus zu schlagen oder die Freundschaft mittels gegenseitiger Verpflichtungen zu zementieren; ich war lieber mit Ora zusammen, als mich der offensichtlichen historischen Gelegenheit zu fügen.

Was ihn natürlich reizte.

Er war ein Mensch von ehrfurchtgebietender Autorität – die darauf beruhte, daß er Menschen berühmt gemacht, den Zeitgeist erraten, ein beachtliches Vermögen erworben hatte und so fort.

Er sagte: «New York ist kein Ort für wahre Liebe.» Und er sah mich scharf an. «Wegen wahrer Liebe richten sich die Blitzlichter nicht auf einen.» Ich begriff wohl, was er damit sagen wollte, glaube ich – daß man sich der Maschinerie emotional verfügbar zu halten habe, dem Apparat, der bewirkte, daß man für das öffentliche Bewußtsein jemand war. Er sagte: «Nicht-wahre Liebe, die währt sehr lang.»

Seine Frau sagte: «Ach, wahre Liebe hält nicht vor ... Psychoanalyse hält vor ... Und Geld – das hält manchmal vor.»

Und so fort ...

Er war nicht wie Johnno. So war auch Higgins nicht, ein *nouveau*-Stammbaum-Wasp – jemand, der sich, bei kleinstädtischer Herkunft, in erster Generation als Wasp-Patrizier gebärdete. Als einer, der in letzter Minute beschlossen hatte, zum empfindsamen Gentleman zu werden, war er so durch und durch unehrlich, so verschlagen, daß es ihn schon wieder liebenswert machte, gerade weil man ihn nur zähneknirschend ertrug. Ständig bat er um Milde – wie um seine christliche Demut zu betonen. «Liebe ist immer einseitig», sagte er. «Einer leidet immer. Einer ist immer angeödet.» Er war viel zu ichbezogen, um daran interessiert zu sein, daß jemand ihn liebte – Ora bemerkte das. Er war mein literarischer Ratgeber und konnte wirklich gut reden: du kannst dich noch so sehr bemühen, mit dem ersten Satz Licht auf eine Story zu werfen, sagte er; für den Leser bedeutet der Anfang im Grunde nicht mehr als das Licht, das in einem dunklen Gang unter einer Tür hervordringt.

Ich mag Männer, die reden ... Ich fürchte Männer, die zuviel reale Macht besitzen ... Präsidenten und Generäle und Milliardäre ... Ich bin nicht gern Komplize ... und werde nicht gern emotional erschlagen oder okkupiert: ich bin nicht gern angestellt, darauf läuft es wohl hinaus.

Ora sagte, ich würde beide Männer lieben, verhielte mich jedoch unverbesserlich ausweichend und mißtrauisch – und neunmalschlau. Sie sagte, ich glaubte ihnen mehr als ihr, doch das stimmt nicht, jedenfalls nicht in emotionalen Dingen. Auch nicht in metaphysischen Fragen. Oder in ästhetischen. Ich ließ nicht zu, daß sie über Ora redeten. Auch nicht darüber, ob unsere Liebe – die von Ora und mir – *wahre Liebe* wäre.

«Du verachtest deine Freunde», sagte sie.

Diese beiden. «Na ja, für mein Gefühl reicht das, was mich interessiert, über den Kram hinaus, von dem die zwei etwas verstehen. Und sie kämpfen mit schmutzigen Tricks», sagte ich zu ihr. «Es wäre doch seltsam, wenn jemand wie ich wüßte, was wahre Liebe ist – und sie gar erlebte.»

«Wir haben sehr großes Glück, Will.» Ein Spitzname. Sie (und auch Johnno) mochte den Namen Wiley nicht. Er war nicht romantisch.

«Ich bin unabhängig – somit bin ich verloren», sagte ich.

«Pst, pst, soll ich uns einen Kakao machen?»

«Eine ganze Menge von dem, was wir füreinander empfinden, ist doch recht authentisch. Wenigstens das.»

«Außerhalb von New York wäre es authentisch ... New York ist ein Ort für Leute, die nicht imstande sind, irgend etwas wirklich ernst zu meinen – außer den Anschein zu erwekken, alles drehe sich um sie, während sie jeden zu Tode langweilen.»

«Ach ja? Dann sind wir besser als alle anderen?»

«Wir tun nichts, bloß weil es sich zum Konversationsstoff eignet, Wiley ...»

«Nein? Wir tun nur, was uns aus der Seele kommt?»

«Ja.»

«Die Seele wird von Ambitionen verbogen – egal von welchen.»

«Und wieso weißt du über die Seele Bescheid?»

In Oras Gegenwart war alles authentisch. Sie beobachtete mich, um herauszufinden, ob ich sie noch *liebte*, ich beobachtete sie, um herauszufinden, was sie gerade empfand – es war auf dunkle, erfüllende Weise unterhaltsam.

«Gleichen die Hallen der Selbstwahrnehmung den Hallen Montezumas?» Das stammte von Johnno. «Ich hab's nicht richtig zitiert. Die Seele ist die Gesamtheit dessen, was man ist – was man getan hat – was einem angetan wurde und was man in Reaktion darauf getan hat. Aber die Seele kann ausgenutzt werden – aus puritanischen oder promisken Motiven: es kommt nicht sonderlich darauf an, daß Puritanismus und Promiskuität sich in ihren Motiven so ähnlich sind. Es ist fast unwiderstehlich lustvoll, sich zu erniedrigen, seine Seele zu erniedrigen und zum Propagandisten des eigenen Namens und Ruhms zu werden. Zum Schwindler ... Zum Erfolgsgenerator ...»

Ein wenig betrunken, oder bis zur Trunkenheit stocknüchtern und ein wenig verärgert, sagte Ora: «Hier machen sie eine dicke PR-Nummer aus ihren *Gefühlen*, aber es ist immer nur eine *perverse Lüge*. Ich möchte hier verschwinden: ich würde lieber auf dem Land wohnen – oder in Hollywood oder in Paris – sogar in New Jersey würde ich lieber wohnen.» In ihrer Familie lebte man im Staat New York und in Massachusetts, in Connecticut und Maryland und hielt nichts von New Jersey.

In mancher Hinsicht war ich meiner selbst sicher – vielleicht unrealistisch sicher.

«Und was tun wir?» fragte ich.

«Du und ich sind überwiegend echt, Wiley.»

«Na klaar ... und wie ...»

«TU BLOSS NICHT SO ÜBERLEGEN! STELL DICH DOCH NICHT SO BLÖD – DOCH NICHT DABEI – NICHT JETZT – DAS IST JA NICHT ZU ERTRAGEN! Du hast es doch in Gedanken vorweggenommen – du hast alles geplant – nach New York zu kommen – uns – alles, was hier geschehen ist!» Einschließlich dessen, daß sie mich nach einiger Zeit lieber haben würde als zu Anfang. «Du hast mir gesagt, was geschehen würde, und es ist geschehen.»

Ich erinnerte mich dunkel, daß ich diese Dinge vorausgesagt hatte.

«Ora, so gerissen bin ich nicht. Vielleicht planst du allerlei voraus ... ich nicht. Ich hab gepokert. Ich dachte, du würdest New York möglicherweise unterhaltend finden. Ich dachte, wir könnten es ‹spannend› haben. Ich wußte, mit dir würde ich mich gelegentlich weiterhin vernünftig verhalten können, und ich nahm an, das würde dir gefallen.»

«Aber du weißt nicht, wie *dein* Unbewußtes, Wiley, manches so verzerrt, daß die Prophezeiungen auf völlig verrückte Art in Erfüllung gehen.»

«Das Leben überrascht mich ständig, Ora ... Du kannst nicht alles vorhersagen, nicht das Aroma, oder wie man das nennen soll, einer realen Situation.»

«Meine Analytiker haben behauptet, *sie* könnten das.»

Nun sagte sie ins Dunkle hinein: «Mir ist keine Karriere vergönnt» – sie war ein bißchen betrunken, mehr als ein wenig nüchtern – und im Ton erinnerte sie mich eine Spur an Millie: «Man muß sich hinaufschlafen. Wenn man drollig aussieht, klappt's besser – drollig und leicht verkrüppelt – noch viel besser. Dann müssen die Leute einen nicht vernichten. Aber wenn du authentisch bist, versuchen sie, dir weh zu tun, und du schlägst zurück. Sie wollen nichts von einem lernen. Und das war's dann ... Schluß, aus ... Es ist ganz, ganz furchtbar. Was wir heute als Zeitgenossen erleben, sind alles nur schlaue Amateure ... Das ist der Niedergang des Westens.» Sie hatte die Quelle gewechselt und zitierte nun ihren Vater.

Ich sagte unbeholfen: «In manchen Berufen, als Holzfäller zum Beispiel, oder als Forschungsreisender oder als medizinischer Wissenschaftler, weißt du genau, wann das, was du suchst, Menschen umbringt; aber in den meisten Arbeitsgebieten fühlen sich in gewisser Weise alle sicherer, wenn du bluffst, sogar wenn die Welt darüber in Stücke geht. Ein wahres Werk kann alle übrigen umbringen.» Ich sah ihr an, daß sie nichts begriff. Ich ließ oft Voraussetzungen oder Wörter aus, durch die ihr klargeworden wäre, was ich meinte. Ich glaubte immer, ich spräche selbstverständliche, törichte Dinge aus. Ich sagte: «Man verletzt andere leicht. Also hält man sich zurück ...»

Ihre Lider zitterten lautlos. Ihre Augen funkelten. Haben Sie schon einmal Schwalben in einer Schlucht jagen sehen? Ihre Augen flackerten. Dann hatte sie es, hatte etwas kapiert –

«Es hängt damit zusammen, daß man gefährlich ist – mit der Gefährlichkeit der Jungen – und mit Neid – mit Rivalität – mit den Mythen der Spezies.»

Sie sagte: «Ich habe nicht das mindeste Jüdische in mir – ich *kenne* Schuld nicht ... nicht mal in Spuren ...»

«Ich hasse das Wort *Schuld*: ich höre immer *Huld* und Geduld mit, muffig, vergoldet. Wie wär's mit Verantwortung? Verspürst du Verantwortung?»

«Kein stumpfer Wort ist einer Zunge oder Feder je entfleucht», zitierte sie irgendwen, irgendeinen Witz. «Ich bin ohne Skrupel, Wiley.» Sie sagte es in vollem Ernst und schelmisch zugleich ... ihr gelang das. «Hör zu, Wiley» – sie legte mir die Hand auf den Arm: ihr *gefielen* Gespräche im Bett tatsächlich – «hör genau zu», sagte sie, als ob wir ein wirklich bedeutsames, zusammenhängendes Gespräch geführt hätten, wie in einem sehr guten Buch.

«Lady John Wayne hat das Wort», sagte ich.

«Ich bin ein sehr, sehr, sehr *moralischer* Mensch ... Aber ich rechne nicht damit, verstanden zu werden ... Sie können meinetwegen alle zum Teufel gehen.» Dann murmelte sie vor sich hin wie ein Filmstar (sehr hörbar, vorzüglich aufgezeichnet, sehr gewichtig – ich sah mir nicht genügend Filme an, um sagen zu können, ob sie jetzt von Ingrid Bergman oder von Edwige Feuillère beeinflußt war): «Die Verunstalteten, die Makelhaften, die Invaliden denken nicht daran, nett zu uns zu sein. Und sie tun die Arbeit, die getan werden muß. Alle übrigen verpulvern bloß ihre Zeit. Aber was können diese anderen Leute schon *wissen* von dem, was wir wissen, Wiley?» Die nicht Gutaussehenden, die Kompetenten? «Ich mag mich irren, aber ich meine, sie zählen nicht.» Redete sie davon, daß jemand sie mehr liebte als sonst wen? Ihr auch auf diesem Gebiet den ersten Rang einräumte? Daß ich dies täte? «Ich glaube an den Satz von John Adams: *Gesteuert wird alles von den Reichen, den Wohlgeborenen und den Fähigen* ... Ich bin zu Härte erzogen worden ... Ich mache mir um Jack und Millie nie Sorgen.»

Ich verstand nur zum Teil, was sie da sagte, und dieser Teil erfüllte mich mit Verzweiflung. «O Gott, Ora, du bist doch in nichts von dem vorhanden, was du da gerade gesagt hast. Mir wird speiübel vor Angst, so ungeheuerliche Lügen erzählst du ...»

«Dir macht angst, daß ich die Liebe über die Politik stelle, Wiley, aber ich weiß, daß Politik letztlich alles ist. Liebe kommt und geht ... ‹*Gleich einem ungezähmten Vogel ...*›» Das war aus *Carmen*. «Aber unsere Liebe ist eine mythische», sagte sie stur.

«Ich kapier ja schon, was du meinst», sagte ich ernst – um

sie zum Lachen zu bringen. Ich unternahm noch einen Versuch. «Kapieren tu ich's ja. Eben drum wird mir speiübel vor Angst.»

«Ha-ha», sagte sie nun.

«Ich hätt gern ein Schlückchen», sagte sie.

«Nur zu.»

Ora trank, bevor wir zu Parties gingen, während sie erwog, wie sie aussehen wollte und während sie sich anzog. Sie trank viel auf Parties und Dinner-Parties, wüste, ungeheuere, *sagenhafte* Mengen. Und wenn sie dann kräfig getankt hatte, wurde sie, ohne sichtlich betrunken zu sein, inmitten der Blicke, der Leben, der Stimmen anderer Leute zutiefst still, vergnügt und oft nahezu sanftmütig. Sie konnte durchaus laute Reden schwingen – aber meines Wissens tat sie es nie in New York .

«Ich bin froh, daß wir im Bett kein Oh-là-là-Zeug treiben.» Sie war aufgestanden und goß sich aus einer Flasche auf ihrem Kosmetiktisch ein Glas ein. «Oh-là-là-Zeug mag ich nicht», sagte sie.

Womit sie meinte, daß ich von ihr nicht verlangte, sie solle mit Huren oder mit leidenschaftlicheren Frauen konkurrieren.

Im Dunkeln sehe ich ihren Körper, ihren Leib, die halbgeglätteten Wogen ihres Leibes ...

Sie hatte dafür *intime Gründe* von der Sorte, aus denen die Psychoanalyse auf Allgemeines schließt ... hier fehlen freilich die *Leere* und das *Elend* – doch halt, etwas davon ist *doch* da.

«Ich bin ein zerebraler Mensch, Wiley – und das ist ein Makel», sagte sie, an ihrem Scotch ohne Eis nippend, als sie wieder ins Bett kam. «Ich bin ehrlich, Wiley ... Lügner *implodieren.*» Ein Satz von Jack. «Ich hasse implodierte Lügner.» Unter Alkohol redete sie mit mir weniger – oder auf andere Weise – anmaßend, riskierte mehr. Und dann kam etwas Verblüffendes – und Einleuchtendes, wenn man alles zusammen betrachtete –, ein Zitat aus einem ihrer College-Referate: «Was wäre der Sinn permanenter, jedoch widersprüchlicher sozialer Vernunft? Er muß darin bestehen, daß sie menschlich macht.» Ein Argument zugunsten von Leichtfertigkeit. Sie setzte sich auf den Bettrand. «Ein Gentleman spricht niemals davon, daß er nicht korrupt sei», sagte sie. «Andrerseits sind echte Amerikaner keine Gentlemen ... Ich mag Gentlemen nicht, ich liebe dich – und ich glaube an Amerika.» Manches davon stammte von Jack. Sie sagte: «Ich könnte nie Stalinistin oder Trotzkistin sein ... aber es sind Leute dabei, mit denen zusammenzusein Spaß macht.»

Ihre Schönheit. Ihre Courage. *Sie bei Tisch sitzen zu sehen hieß, den Marxismus sterben zu sehen ...*

«O Gott, ich sollte nicht trinken – wie ungezogen von mir ... Mir ist übel.» Sie ging aufs Klo und machte die Tür zu.

«Nicht reinkommen», sagte sie durch die Tür. Sie ließ Wasser laufen, um die Geräusche zu überdecken. Nach einer Weile kam sie mit nassem Gesicht heraus, gewaschen, nicht müde wirkend.

«Liebst du mich noch, Willsy?»

«Klar. Weniger zwar, aber sicher, ich liebe dich noch.»

Sie sagte: «Lieb mich ganz einfach.» Sie meinte es ernst.

«Kann ich nicht.» Dann: «Du hast mich dir nicht helfen lassen ...» Dann: «Klar, so einfach getan wie einfach gesagt. Du auch. Lieb *du* mich einfach.»

«Aah.» Dann sagte sie: «Ich glaube nicht an Gerechtigkeit. Nicht für Frauen ... Bei diesen ganzen Ansichten über gleich-zu-gleich – um Frauen geht es da nie. Alles Ansichten, die nur zu Werbezwecken vertreten werden.»

Sie war nicht die *hübscheste* oder *niedlichste* Frau, auch nicht die mit dem meisten Charme – aber sie war seltsam logisch und kühn im Rahmen ihrer taktischen Feigheit und Unlogik – sie war die schönste aller Ernsthaften – vielleicht die wachsamste aller Ungezogenen.

Eine Diebin, die sich meines Lebens bemächtigt hatte. Eine bleiche, harte Schatten werfende Gestalt. Sie besitzt eine tiefe, zutiefst körperliche Seele – eine Seele wie ein Fjord, wie eine Kluft im Dunkeln ... Einerseits haßte sie es, von einem gewissen Interesse für mich zu sein. Eine Affäre. Ein verspäteter Ausrutscher. Sie sagte: «Du bist sehr ansehnlich im Dunkeln – du siehst sensibel aus, wenn ich dich nicht sehen kann; würdest du auf dein Aussehen verzichten, wenn du dafür schreiben könntest wie Milton?»

Ich spielte den Abgebrühten. «Nein.»

Sie seufzte und sagte: «Ich auch nicht ... Aber an manchen Tagen doch ... Ach, es ist einfach zu traurig; ich bin so banal, daß ich's selbst nicht aushalte ... Ich wünschte, ich wäre ein Waisenkind gewesen ... Wie du ... Wie Moses. Wärst du damit einverstanden, scheußlich auszusehen, wenn du jemand wie Moses sein könntest?»

«Müßte ich auf dich verzichten?»

«Huch, was für eine Kakadu-Kacke», sagte sie mit geziert unentschiedener, dümmlicher Stimme. Dann energischer: «Ja.»

«Nein.»

Langes Schweigen. Sie stellte ihr Glas ab und legte sich auf mich drauf, quer über mich. Meine Arme gerieten auf ihre Brüste. Sie starrte zur Decke. Schließlich sagte sie: «Was würdest du tun, wenn du dafür schreiben könntest wie Shakespeare?»

«Welchen Preis ich dafür zahlen würde? Weiß ich nicht. Was würde ich wohl für fünfzig Millionen Dollar tun?»

«Ich würde für fünfzig Millionen Dollar überhaupt nichts tun.»

Natürlich, sie hatte ja die Wahl gehabt.

Ich in gewissem Sinn auch.

Stille.

Ich betrachtete ihr feines, keineswegs dünnhäutiges, überaus ergreifendes Profil – in der Dunkelheit. Kein Zweifel, die *Schönheit* eines anderen stellt das Selbstbewußtsein auf eine harte Probe. «Ich könnte dir verzeihen, daß du mich ergreifst ... Wenn ich wie Shakespeare schreiben könnte – wenn ich wüßte, daß ich es könnte ... Ich tät's mit Leichtigkeit, wenn feststünde, daß ich schreibe wie er. Ich muß schon sagen, das zu wissen, falls man's denn wissen könnte, wär schon verflucht *aufmunternd*.»

«Hm, leuchtet mir ein», sagte sie quer über mir.

«Aber wie kriegt man raus, daß es keine Illusion ist? Würdest denn du auf dein Gesicht verzichten, um Shakespeare zu werden?»

«Bedenkenlos. Sofort.»

«Und mich verlieren?»

«‹Lieb, die sich wandelt, wo sie auf Wandel trifft, war Liebe nie.›»

«Na komm, halt dich an die Regeln.»

«An welche Regeln? Egal, wie ich dann aussähe – wenn ich so schreiben könnte, hätte ich immer noch ein interessantes Gesicht.»

«Ach so ... ich verstehe ... Aber ich bin an dein jetziges Gesicht gewöhnt.»

Oras Gesicht – der gesittete, wohlerzogene und doch große, ungezogene Mund, der weichlich-vorwitzige Mund, Gesundheit – und Geist? Intelligenz? – ausstrahlend. Und ihre bestürzenden Augen, leidvoll, leer und tief zugleich, mit einem unseligen Funken von *Hurra* darin: *Na komm, treiben wir's mal nicht selbstmörderisch weit*. Partiell «liebte» ich sie. Ich hatte eigentlich keine Ahnung, ob sie ein ernsthafter Mensch war. Sie war ein Mensch.

Ich sagte: «Ich kann nicht solchen Träumen nachhängen ... Marxist sein kann ich auch nicht ... Wir können nicht Shakespeare sein.»

«Na, sag das bloß zu keinem prominenten Trotzkisten, der als Schriftsteller nichts taugt», sagte sie und wurde plötzlich zu meiner Mentorin. «Abgemacht?» Sie war einmal fast ein Jahr lang Trotzkistin gewesen – aber keiner hatte es ihr geglaubt. Sie sagte: «Ich hasse mich, Wiley.»

«Tut mir leid.»

«Braucht dir nicht leid zu tun ... Ich hab ja dich.»

«Ora, ich hab meine eigenen Vorstellungen von der Liebe – und das sind nicht deine – deine basieren auf der Macht der Eif –»

«DICH kann Eifersucht wahnsinnig machen – und *wie* schnell.» Düster sagte sie das – sie stand auf einmal am Rand eines Wutmeers, das mehr gegen Erinnerungen anbrandete als gegen mich.

«Ich glaub nicht daran, daß Eifersucht das Indiz für Liebe ist. Proust hat gelogen. Oder aber alles ist Liebe.»

«Ach, du strotzt doch vor Rivalität.»

«Wieso?»

«Du möchtest ein besseres Liebesleben führen als Proust ...»

«Nun, *glücklich* war er wohl nicht, Ora ... Er ist *jung* gestorben.»

Wir sind nackt ... Der Nachthimmel im Fenster ist im Spiegel ihres Kosmetiktischs zu sehen. Wenn ich aufstünde, könnte ich die Madison Avenue hinauf- und hinunterblikken.

Ora sah ein bißchen, ach, flau und unschicklich aus, reizend; ein bißchen betrunken, bestürzend entflammt und irgendwie unjung.

«Es ist einfach *entwürdigend*», sagte ich. «Eine Frau zu sein ist vernünftiger ... Ich glaube, berühmte Sportler, Diktatoren oder Schauspieler wollen euch kopieren – sie streben nach eurer Art von Wissen um das Leben auf dieser Welt. All die Leute, die auf dich einreden – deine Eltern, Großeltern, Lehrer, Analytiker ...» Dann – ich mußte erst schlucken und wieder zu Luft kommen: «Die Männer vor mir ... Ich bin ein bißchen verrückt. Ich bin immer noch betrunken. Ihr seid die Alexandrinische Bibliothek.»

«Die ist abgebrannt, Willsy ...»

«Ja, jemand hat sie angezündet ... Das ist der entscheidende Punkt. Du kannst mir nicht vertrauen. Ob nun zu Recht oder zu Unrecht. Ich sehe ein Symbol in dir – eine wirkliche Person, die ein Symbol ist – ein Beispiel unter anderen – es gibt Leute, die Wesen wie dich studieren: in dem New York, in dem wir leben, dreht sich alles nur um unglückliche Leute, die etwas werden wollen, was einer schönen Frau gleichkommt.»

«Ich bin nicht schön ... du bist nur in mich verliebt.» Dann: «Du bist schön ... Bern Kellow nennt dich den *Farley-Granger-mit-Grips*.»

«Das ist doch eine liebenswürdige Gemeinheit – er findet Granger widerwärtig! Er sieht in mir deinen Liebhaber – den Glücklichen, der die Vitalität und den Körper dazu besitzt –» Die jemand, der eine Frau liebte, wohl besitzen mußte. «Weiter kann er nicht sehen. Ich habe diese Vitalität, diesen Körper nicht – aber welches Glück, Bern Kellow täuschen zu können, welch selige Hochstapelei. Was mich stört, ist sein Haß und daß er Zwietracht zwischen uns säen möchte. *Und* seine Sorte von Zuneigung. Wäre er doch bloß nicht so ein Giftzwerg.»

«Du hast eine *sonnige* Jugend genossen», sagte sie nicht ohne Neid.

«Ich?» Eine sonnige, sanfte Jugend? «Das ist ja interessant – ich hätte mir also hübsch was gegönnt?» Sie sagte nichts. «Ich weiß, in letzter Zeit bin ich gut in Form – sogar Luft kriege ich. Nehme Gerüche wahr. Kann Farben sehen.»

Plötzlich sagte sie: «Ich bin Ausschußware ... ich bin furchtbar ... ich bin eine billige Fotze.»

«Hast du vielleicht vor, etwas zu beichten?»

«Du hast mich gerettet ... versprich mir, daß du mich noch ein bißchen mehr rettest.»

«Himmel, du bist vielleicht komisch. So hochnäsig, und dann kriechst du wieder masochistisch am Boden herum, als wäre ich der Papst oder König Freud oder ein kluger Herr Papa.»

Sie sagte: «Du bist eben der sensible, feige Junge vom Land ... und mächtig – jetzt auch noch mit Herzstand –» Das stimmte. Ich sagte *Herzstand* dazu, nicht *Ständer*. «Drum ist es so hart, in deiner Nähe zu leben.»

«Was bist du doch demütig – und so locker da oben zwischen den Beinen – oder hast du vielleicht eher zwischen den Ohren eine Schraube locker? Liebling, glaub mir, du bist ein wahres Weltwunder.»

«Danke, Wiley. Ich weiß, daß du mich liebst ... Du bist blind. Liebe macht blind – du bist nicht wie alle, weißt du.»

«Immer gibst du mir Widerworte ... Hast du denn so viel Angst vor dem, was passieren könnte, wenn du mir einmal richtig zuhören würdest, einmal mit mir so reden würdest, als käme es drauf an?»

«Es kommt ja drauf an! Und wie. O Gott. Die Wahrheit ist ja so sexy. Ich werde zu Wackelpudding davon. Nicht auszuhalten, wie sehr es mir drauf ankommt», sagte sie und wand sich, schon sehr gelockert, über meinem Schenkel. «Wenn ich dir zuhöre, brech ich entzwei – wie mein Herz.»

«Tira-tatarata ...»

«Es ist aber wahr: mein Herz ist entzwei.»

«Und Eifersucht hält uns zusammen. Hör auf, mit meinen Gefühlen zu spielen: ich bin ein Waisenkind und neige zu Gewalt, Ora.»

«Ah ... ah ... ah», machte sie. Dann kicherte sie stumm weiter.

«Immer hast du was gegen meinen Schwanz – als hättest du schon bessere gesehen ...»

«Hab ich auch», sagte sie kühn.

Pause. «Ich ersticke vor Wut ... Ich könnte dich dafür umbringen ... Himmel: sind wir eigentlich glücklich? Also, wenn überhaupt, dann in dieser Hinsicht. Ist das denn gut genug, Ora?»

«Jetzt rächst du dich, oder?»

«Frag mich nichts, belüg mich nicht, dann tu ich's auch nicht», sagte ich und sah dabei Lila – und Nonie – flüchtig, geisterhaft, in der Dunkelheit vor mir.

«Jetzt kommen wir zur sexuellen Begierde, auch wenn's etwas weh tut ... bei wundem Schwanz», sagte ich. Dann ironisch: «Und zu ein paar winzigen Sekündchen melodramatischer Keucherei», während ich sie umdrehte, vor allem auf mir, ein Stück aber auch zur Seite. «Jedesmal wenn ich dich berühre, *brennt* sich die Berührung irgendwie in mich ein, erst brennt sie selbst und dann in mir ... Was hat das alles bloß zu sagen? Interessiert dich die Gewalt an mir?»

«Nein. Aber ich kann dich mit Geduld so nehmen, wie du bist.»

Ich war zugleich frustriert und verängstigt von der sexuellen Realität – von dem Gefühl in einem realen Moment in zwei Leben, von dem, was alles *gestattet* war – und so fort.

Ich sagte: «Du bist mein Geistergeliebter und ich deine männliche Jungfrau ... Du bist so sauber ... geistig bin ich fast jungfräulich.» Schon während ich sprach, zentrierten sich die männlich-strebenden Kräfte auf sie, die düsterere von uns beiden, den im Augenblick gewaltsameren Menschen, den freieren, der nichts Jungfräuliches in sich hatte.

Ich hielt ihr mein Ding hin, in der Hoffnung, sie werde es bewundern.

Sie blickte träge darauf und sagte satirisch: «Eines in jeden Topf? Wohlstand für alle? Und nach welchem Rezept, bitte? À la Herbert Hoover?» Dann bewegt sie den Kopf und küßt meinen ziemlich muskulösen Unterleib. Nicht den Schwanz.

«O Gott, bloß nicht nach Herbert Hoover.»

Sie berührte den Schwanz mit der Hand.

«Ach, wie kläglich ist es doch, am Leben festzuhalten», sagte ich *amüsiert*. Wir atmen nicht ganz im gleichen Rhythmus.

Sie sagt: «Da kann ich nicht recht folgen – an der Beschreibung stimmt was nicht ...»

«Ich kann mich nicht konzentrieren», sagte ich. «Ich möchte explodieren und sterben ... Entschuldige das KLISCHEE.»

«Macht nichts; du bist eben in deiner Rolle gefangen. Zu schaffen, was schließlich zum Klischee wird, kennzeichnet den bedeutenden Schriftsteller.» Sie zitierte einen unserer Professoren am College.

Sie hörte auf und sagte: «Ich hätte gern eine Zigarette.» Sah mich aber einfach nur an.

«Typisch du», sagte ich, «ganz die unsymbolische Schönheit.» Ich schlug sie nicht. «Das macht mir angst: du spielst mit Dingen und überspielst Dinge ...»

Sie wandte sich von mir ab, nahm eine Zigarette aus dem Päckchen auf dem Tisch, zündete sie an und wandte sich, den Aschenbecher in Höhe ihrer Brüste balancierend, wieder mir zu, der ich von ihr abrückte und Geschlecht und Schamhaar mit der Hand vor Aschepartikeln schützte, vor Glut.

Sie sagte: «Ich hülle mich gern in einen Rauchschleier.»

Dann: «Ich bin ein zutiefst ernsthafter Mensch: ich spiele nie mit etwas ... Darin bin ich wie manche Männer ... Warum siehst du mich so an?»

«Es ist so bestürzend: wie es *wirklich* läuft. Eben bist du noch am Boden gekrochen.»

«Ich hab einen fetten Po», sagte sie.

«Es geht ...»

«Ich hab eben Ersatz auf Lager für den Fall, daß mir ein Stück weggeschossen wird.» Ein Satz aus dem Repertoire: Ich hatte ihn schon zweimal von ihr gehört.

Ich war seltsam hoffnungsvoll und zugleich von eigentümlich grimmiger Bring-die-Aktion-zum-Ende-Entschlossenheit erfüllt – von hart ans Slapstickhafte grenzendem sexuellem Ingrimm; aber ich kann – konnte in jenem Alter –

manchmal, wenn ich will, in meine sonstigen Gefühle als junger Mann hineinschlüpfen, kann meine Haut fühlen und wie real meine Erektion im Moment, in diesen Momenten ist – und den Grad von Aufrichtigkeit, gleichsam das vorherrschende Aroma der Wirklichkeit, mit einem Hauch von amerikanischem *Wer-wagt-gewinnt-Glück* und nun mit furchtbar realen Elementen von *Glücklich*-und-Traurigsein – auch diese wieder in einer amerikanischen, nächtlichen Version.

Auf einer Diskursebene.

Sie sagte: «Es ist so wundervoll, einen Mann zu kennen, mit dem ich *sprechen* kann.»

Rasch: sag mir, wann eigentlich. Die Aufrichtigkeit glich einer gähnenden, gierenden Schlammfurche, die mich ansaugte – die veränderliche Aufrichtigkeit – ich bin kein so trauriger Mann, daß ich für die Geschichte der Sprache von Belang wäre. Doch bei einer Nervenstrapaze behält man noch die Nerven, während man sein Leben verschleudert. Die Aufrichtigkeit nahm mich gefangen. Das Gefühl, gleichzeitig zu ertrinken und sich emporzuschwingen. Unsere Blicke begegneten sich, und wir verwechselten den Strom der Zeit mit akuten Gefühlen.

Sie drückte ihre Zigarette aus. Da bewegte ich mich auf sie zu – noch immer eine Hand über Schamhaar und einem Teil des Schwanzes, zum Schutz vor der verschwundenen Zigarette. «Ah», machte ich, als ich ihre Brust berührte.

Die warme, leicht sonderbare Wirklichkeit einer eben jetzt vorhandenen Brust kränkt mich und nimmt alle Kränkung von mir. Ora wartet ab, bis das vergeht – dieses Geflatter von Puls und Lidern – und Atmung – bei mir, dieses dit-dit-dit-dit. Meine Reaktionen auf ihre Brüste, meine, interessieren sie nicht sehr, sexuell bleibt sie fast-friedlich, sonderbar gespannt bei sich. Diese Nähe oder Intimität besteht nicht auf beiden Seiten.

Ich sagte: «Deine Brüste langweilen dich?» In Wirklichkeit war ich auf diesem sexuellen Gebiet ein Langweiler.

«In mancher Hinsicht bin ich gestört», sagte sie feierlich, innig. «Für normal haben die Leute mich noch nie gehalten.»

«Ach, Ora, dann fick dich doch selber – ich hab keine Lust auf ein *gestörtes* Mädchen im Bett.»

Erst runzelte sie die Stirn. Dann lachte sie – semi-entzückt. «Schwer geschädigte, verstörte Frauen magst du wohl nicht, was? Am Ende idealisiert du mich vielleicht gar?»

«Ich bin eben ein Schlappschwanz ...»

«Sag so was nicht!»

«Dann sag du nicht, du wärst gestört ... Laß uns eine hohe Meinung voneinander haben – was hältst du davon?»

Dunkel sagte sie: «Ich seh schon, was dich an diesem Spiel interessieren muß ... Ja. Jedenfalls ist es wahr.»

«Was ist wahr?» Sie sagte nichts. «Ora, laß uns den Mund halten.»

«Ich rede gern, aber schön, wenn du möchtest ...»

«Ora, ich hasse die Herr-und-Sklave-Nummer.» Aber sie sicherte meine Erektion kräftig ab.

«Oh, sei doch jetzt nicht kritisch – du bist sehr ichbezogen, Wiley. Starr mich nicht an; wenn der Schuh paßt ...»

«Der Schuh paßt auf die Titte.» Ich legte zur Anprobe die Hand darauf. «Ora, du magst kein Sexualobjekt sein ... Du bist komisch», sagte ich und legte das Gesicht platt auf ihre rechte Brust.

«Oh, manchmal nehm ich's nicht so genau ... Aber ich bin eine starke Person, Wiley. Jack hat recht: Ich bin schwer zu knacken.» Sie hatte mir die Arme um den Kopf gelegt. Nun nahm sie einen Arm fort, zündete sich noch eine Zigarette an, und als sie daran zog, fiel mir Asche in die Haare.

«Laß uns noch mal bumsen», sagte ich und nahm seufzend den Kopf zur Seite.

Sie sagte: «Ich hasse das: kannst du nicht was Romantisches sagen?»

Sie begann, sich zugänglich hinzulegen.

«Nein», sagte ich, hockte mich auf die Knie und strich mir mit beiden Händen die Haare zurück.

«Erst mal muß ich ja sagen», sagte sie trocken. «Und, meine Güte, wie charmant – ‹laß uns bumsen›! Da erwarte ich schon etwas mehr Phantasie. Es ist nicht attraktiv, Wiley. Du tust mir ständig weh – du bist ein fürchterlicher Mensch. Aber ich kann das ertragen: Ich bin sehr, sehr stark.»

Ich schnaubte gegen ihre Haut an und leckte sie unentschieden. «Du klingst wie eine Mutter ...»

«Männer heiraten erst ihre Mütter – dann ihre Töchter. Werd nicht sauer, wenn ich lache – ich bin kitzlig.» Dann brüllte sie los – irgendwie gequält-belustigt. Ich bin ein unbegabter Lecker ... Ich kitzelte sie nun mit Fingern und Zunge, Nase, Ohren und Haaren ...

Sie sagte: «NICHT! SONST KOMM ICH!» Dann: «AAAAUUFHÖREN, ICH MUSS PIIIINKELN ...»

Ich hörte auf. Als ich aufgehört hatte, sagte sie: «Eine Frau zu kitzeln ist Erotik auf *allerniedrigstem* Niveau, Wiley.» Sie sagte das traurig. Sie war enttäuscht von mir, im Ernst.

«Brich mir nicht *das Herz*, Ora», sagte ich.

Sie sagte: «Jetzt muß ich wirklich pinkeln.» Sie stand auf und ging, ein schwankender, heller Schemen, nur halb sichtbar, schön – zum Klo. Die Tür ließ sie offen. «Du liebst mich nicht wirklich: du bist nur verliebt in mich. Das zählt weniger. Ich habe mehr Seelengröße als du – du bist sehr kleinlich ... Ich liebe dich mehr als du mich.»

«Ora, brich mir nicht das Herz.» Dann: «Meine Mutter hat immer gesagt, nähre stets den Stolz dessen, den es zu ficken gilt.»

Sie wusch sich danach und zog die Spülung.

Als sie zum Bett zurückkam, sagte sie: «Ich bin eine langweilige Person ...»

«Und ich bin nur eine *Spur* berühmt.» Dann: «Ich mag

keine langweilige Frau ficken, die mich mehr liebt als ich sie.»

«Ich bin gut im Bett ...»

«Wir sind weiß und aus der Mittelschicht, Ora.»

«Na und? An den ganzen Rassenquatsch glaub ich nicht ... Nur an manches davon.»

«Fein, Ora, aber jetzt wird der Mund gehalten; jetzt wird gefickt.»

«Ach, sei doch mal romantisch ...»

«NEIN!» Dann, während ich ein wenig hinhaltend zwei Finger in sie schob: «Laß uns bloß in Ruhe ... Du bist bereiter als ich.» Ich richtete mich auf den Knien auf. Für zwei, drei Sekunden sah ich sie an – *romantisch*, hoffte ich ... *romantisch-ironisch* – stürmisch, kühl ... ich weiß es nicht. Ich sagte: «Das hier ist ein romantischer Blick ...»

Sie sagte: «Ist es nicht. Sondern ein schauriger und schmutziger. Du bist grausam.»

Beim eigentlichen Ficken würde ich sie nicht sehen können. Schon jetzt sah ich im Grunde nicht sie. Ihr Anblick – ihre Schönheit – war der Anlaß oder die Basis für Halluzinationen. Und für Verwunderung. Für sexuelles Eigenlob. Sexuelle Gewißheit. Und für Gier. Ich bezweifelte, daß es ihr genau so erging, wenn sie mich erigiert sah, aber vielleicht doch, oder so ähnlich. Ihr Gesicht war seltsam verändert von etwas, das ich für den Bewußtseinswandel hielt, der sich vollzieht, wenn sexuelle Impulse in einem zunehmend real werden. Sie ist umsichtiger, wachsamer, geschützter als ich – auf eine Weise in diesen Momenten weniger erfolgreich als ich.

«Leg dich hin», flüsterte ich. Aber sie lag schon. Ich rutschte auf Knien über das Bett und nahm ihre Schenkel mit den Beinen eng in die Zange. Auf Knien ragte ich über ihr auf. Ich sah sie. Sie war in jenem Zustand Slapstick-artigen Ingrimms, der sexuellen Akten im Dunkeln vorausgeht, doch ihr Körper lächelte: er war bereit. Sie «liebte» die Atmosphäre, die Greifbarkeit der Übereinkunft-zu-ihren-Gunsten vor dem Ficken. Nehme *ich* wenigstens an ... Liebend gern unterzieht sie die Dinge einer Belastungsprobe und ruiniert sie – alle außer mir sagen, sie sei alptraumhaft schwierig ... Ich sage, sie ist gescheit und unzufrieden.

Soviel Sinn wenigstens hat das Leben. Sinn dieser Art: gegenseitig genehmigte Ansichten, Handlungen. In dem Maße zumindest, in dem sie bestehen, ist ein Leben sinnvoll. Ich vermute, daß dies sich von Mensch zu Mensch, von Land zu Land überträgt.

Sie sagte: «Wenn wir nur dieses eine Mal hätten, was würdest du zu mir sagen? Wie würdest du mich anschauen?»

«Ora, du begreifst nichts ... Es ist nicht schlau, das zu fragen.»

«Aber ja ... Alles weißt du nämlich nicht ... MEIN LIEBER.»

«ICH WEISS ÜBER SEX MEHR ALS DU.»

«Statistisch gesehen nicht.» Sie war mit mehr Leuten im Bett gewesen als ich. Und unter ernsteren Bedingungen. Ich schob den Knüppelknauf gegen ihre Lippen dort unten, ein wenig hinein. Vielleicht kaum. Ich legte die Hände auf ihre Rippen. Sie war *amüsiert* ... ein wenig. Zumindest war da dieses andere Zeug inmitten der dahinzischenden Ich-Partikel von Bitterkeit und Korruption. Schatten schwappen glitschig über ihr Gesicht.

Das sexuelle Zeug zwischen meinen Beinen beginnt zu pulsieren. *Laß uns einander nicht weh tun*, geht mir durch den Sinn. Was gar nicht einfach ist in Anbetracht der verlockenden Kraft und des ausschweifend süßen und üppigen oder emsig-knausrigen Lebens dort unten – in der Natur. Für irgend etwas zu kämpfen interessierte Ora im Grunde nicht sehr – in jenem Moment, meine ich. Sie starb, als sie achtundfünfzig war. Bauchspeicheldrüsenkrebs. Sie lehnte jegliche Therapie ab. Da war sie mit einem Mann verheiratet, den ich nicht sehr – oder nicht uneingeschränkt – mochte. Er berichtete mir, daß sie schrie und weinte und heulte, nachdem sie die tödlichen Pillen genommen hatte. Aber was sie genommen hatte, wollte sie ihm nicht sagen. Dann sagte sie zu ihm: *Ich hab es mir anders überlegt. Ich will noch einmal neu anfangen ...*

Sie protestierte und kreischte, bis sie starb ... SIE NAHM SICH LAUTHALS DAS LEBEN.

Alle sind sie tot.

Nun sagte sie: «Wir sind ein aphrodisisches Paar ...»

Nahezu mein bester Freund zu jener Zeit war der Schauspieler und Theaterautor Bertrand Millier, der mit zwanzig berühmt geworden war. Er sah gut aus, wurde gut bezahlt, war intelligent und, wie gesagt, berühmt. Mit mir ging er um wie mit einem älteren Bruder. Er war wahnsinnig liebenswert. Manchmal besuchte ich ihn in seiner Garderobe, und irgendein großer Filmstar war da. Bert sagte dann vielleicht gerade: «Mein Ding ist zu klein für diese Rolle.» Das war ein Tick von ihm. Oder er sagte: «Das ist Wiley Silenowicz: er ist nicht wahnsinnig; er hat Haare auf der Brust.» Er war ungeheuer genital fixiert, war aber mit vierzehn von seiner Mutter, dann von einigen ihrer trinkenden Freundinnen verführt worden und hegte sexuell gewisse Zweifel oder Unwirklichkeitsgefühle. Ich weiß nicht, ob auch Männer unter den Verführern gewesen waren. Einmal unterhielten wir uns, und ich glänzte mit allem, was mir an imposanten Äußerungen nur einfiel, als er plötzlich sagte: «Lieber würde ich wahnsinnig, als weiterzuleben.» Er versuchte, mir und Ora Schwierigkeiten zu machen: er spielte den Zuhälter für sie – ohne Erfolg. Schließlich kam es zwischen uns zum großen Krach – sozusagen. Er wurde für zehn Jahre verrückt.

Im Bett küßte ich Ora auf die Wange. Sie lag leicht verdreht unter mir. Ich wand mich ein wenig, um mit der Eichel ein winziges Stück weiter in sie hineinzukommen. Mein Atmen klang wie Gewieher für mich - *tii-hii*. Um das zu verbergen – ich wollte nie, daß Ora meine wirklichen Geheimnisse erfuhr – was ich wirklich empfand –, sagte ich:

«Meine Mutter hat immer gesagt, es wäre die ganzen *Verrenkungen* nicht wert.»

Ora sagte zunächst nichts. Dann sagte sie: «Wir machen das Licht aus und vögeln auf dem Fensterbrett weiter.» Das Fenster hatte einen breiten Sims, es reichte weit in den hohen Raum hinauf und war eher schmal. Umschlungen gingen wir hinüber. Als wir am Fenster standen, herrschte unter uns eine Lichterflut. Geräusche stiegen empor. Großstadtgeräusche ... Ich half ihr, sich auf dem Fensterbrett zurechtzurükken. Stehend führte ich ihn zum Teil in sie ein. Die Stadt – *unsere* Stadt, New York, Manhattan – summte unter uns und funkelte. Wie immer, wenn ich ihn einführte, fühlte ich mich verlangsamt, würdevoll, befreit und schwindlig. «Ich liebe dich», flüsterte sie. Die Wörter kamen aus einer gewissen Ferne, verglichen mit der doch recht dominanten Konversation der Körper, die ihren Liebesaustausch mit gleichsam weißen, scheuen Empfindungen und Erwartungen und einer gewissen erfahrenen Vorsicht aufnahmen. Ich war scheu und nicht traurig, zugegen zu sein und dies hier zu tun.

Für einen Moment.

Ich schäme mich ein wenig für meinen Liebesstil – er ist schwerfällig, glaube ich, und voreingenommen, starrsinnig, eine Spur eingebildet. Immerhin kann ich sagen, daß ich im Bett nie ausgelacht worden bin. Nie? Da bin ich mir nicht sicher. Wie merkwürdig. Jahrelang wartete ich darauf – ahnte da eine Verwundbarkeit ... daß jemand das tun könnte, mir antun könnte. Das Fensterbrett war Oras Weise, meine Schwerfälligkeit mit Imagination, mit Phantasie anzureichern. Nun ja, warum nicht? Aus physischen Gründen, nehme ich an, sah ich in ihrer Gegenwart und in dem Moment ein Wunder, und doch etwas Gewöhnliches, aber mit einem Anflug von Unwirklichkeit, so daß eine Halluzination beim Masturbieren – etwas, das in einer Seele, einer einzelnen Seele ungefähr diesen Raum einnimmt – in mancher Hinsicht wirklicher war, für das Bewußtsein plausibler, weniger fremd, weniger traumartig ... weniger erschreckend als diese gefühlsstrotzende Kopplung der Partien zwischen den Beinen zweier Leute, in der das halluzinatorische Element gleichwohl zugegen ist. Alles wankte vor Zeitlichkeit, vor Vergleichen mit anderen Malen, vor Glück. Etwas in mir löste sich, und ich fand es schwer zu glauben, daß wirklich Wirklichkeit stattfand bei dieser Flut unsymmetrisch zerbrechlicher, innerer Empfindungen. So möchte ich es nicht nennen: es trug kein Etikett: etwas Heißes, Erhitztes: beschwichtigend: beschwichtigt. Schlau ... Im zweiten Sinn ... Die phallische Tönung meines Lebens geht mit einem Zuwachs-an-Kraft, einer Validisierung einher, parallel zu jenem anderen, Geheimen. Ora hat die Zukunft herbeigelockt, sie ist da. Ora hat die Gestalt einer Schwellengöttin angenommen, einer Göttin der Billigung – der Semi-Billigung in Wirklichkeit –, sie ist die Schwelle zur Zukunft, die Zukunft in Geistergestalt.

Ein Hauch von nahender Erschöpfung, Mannesschande: ein jäher Bühnenrand gleichsam; ein Fenstersims. Ich fühlte mich vergrößert, erwachsen, bestätigt – ein wenig. Des halbgebildeten Semi-Provinzlers Rutscher und kleine, semi-taktvolle Vorstöße, *Ausfälle*, meine Atemstöße, Oras *Ahs*, das Herumgerutsche, das Winkelwechseln, Fast-bis-zum-Anschlag-Kommen, ihre gleich einem kuriosen Buch weitgespreizten Beine, ihr mehr oder weniger gastfreundliches Gestöhn – sie blufft: so toll ist das hier nicht – und dann ein Unterton widerwilliger Kapitulation und Bewunderung für mich – weil ich Phantasie aufbringe, nehme ich an, oder ihrem Wunsch gehorche –, doch wenn ich hart vorstoße bis an ihre physischen Grenzen und grimassiere wie ein Athlet aus Bronze, kommt unter der Bewunderung die wahre Geschichte hervor, ihr *Ich-will-dich-tot-und-in-Ketten-sehen-du-Hund-aber* – dieses Gefühl erfährt Läuterung durch einen Gegenstrom sexueller Gnade – durch meine Kraft und durch ihr Erbarmen – ich-laß-dich-noch-mal-und-weiterhin-am-Leben-nur-in-diesem-Moment-ist-dir-und-mir-nicht-zu-trauen.

Da entspannte Ora ihre inneren Muskeln, so daß ich fast nichts mehr spürte, so daß ich klein war im Vergleich zu ihr. Ich meine, der Koitus verwandelte sich in eine Mischung aus perversem Kampf, Maßnehmerei und Trost für sie. Sie tat das nicht unschuldig und nicht böswillig; sie tat es unschuldig-böswillig.

Wenn Ora sich innerlich zu sehr lockert und ich sie ohrfeige, spannt sie ihre Muskeln: einmal habe ich es getan. Was sie da tut, ist, wenn ich meine Empfindungen dabei mit dem Strömen der Momente im Zeit-Kontinuum in Beziehung setze, dialogisch, denn es bereitet den nächsten Moment vor, in dem ich in bezug auf das, was sie da tut, handeln werde. Und dann wird sie darauf reagieren. Also ist es, gemessen an der hier gültigen Skala, ziemlich wichtiges Zeug. Ich drücke ihr auf die Schenkel. Sie spannt sich ein bißchen, läßt dann wieder locker. Sie bewundert mich nicht. Sie haßt mich irgendwie, oder nicht irgendwie, sondern wirklich. Aber es handelt sich nicht um gewöhnlichen Haß, sondern um Ora, die mit jemandem vögelt, den sie vielleicht mag – wenn Sie mir da folgen können –, und was sie sexuell antreibt – ich meine, man fühlt das, ich fühle das –, ist meine Schuld, mein früher Tod, meine Verachtenswüdigkeit im Vergleich zu ihr, zu allem Weiblichen, nun ja, zu ihrem relativen Anstand, zu ihrer Menschlichkeit – zu was auch immer. Das ist nicht unbedingt vernünftig, aber auch nicht unbedingt falsch von ihr. Es hängt davon ab, was passiert – und davon, wie die Welt ist. Wenn Ora mir nicht eine Menge vorwerfen kann, wirklich ganz fürchterliche Dinge wie Trunksucht oder Gewalttätigkeit, kann sie nicht weiterleben: wo wäre denn noch Raum für sie, wenn sie nicht in vieler Hinsicht besser ist als ich? Sie glaubt, sie sei wertlos, wenn sie nicht bedeutend ist. Alles ist irgendwie im Rutschen auf einer schmuddlig-operettenhaften Ebene von Vortäuschung und Hier-steckt-ein-Problem – damit kann ich leben. Dieses schräge Zeug enthält genügend Liebe – vielleicht. *So* übel ist es ja gar nicht . . .

So ungefähr steht es auf der Ebene der *moralischen* Konversation, oder eines Aspekts davon, des sentimentalen *Gebens-und-Nehmens*, und mit dem Gegenteil dieser Sentimentalität. Oras Körpermaße und der Umstand, daß ich die Knie gebeugt halten muß, machen diese Art zu vögeln ziemlich anstrengend. Das Nihilistische daran: das gefällt ihr ein wenig. Damit findet sie sich ab – sie ist etwas Besonderes. Dies prägt die reale und die irreale Seite, den halluzinatorischen Aspekt und die Ausrutschgefahr, die sich durch den nicht unerheblichen Terror der Verrenkungen und durch die Merkwürdigkeit, daß ich ihretwegen vögele, ergibt. In seiner Absolutheit reicht dieser Terror an fast alles heran, was ich kenne ... in seiner Sinnlosigkeit. Rührt das von Nonie her? Von Nonie-in-uns? In mir? Und er ist mit Lust durchsetzt. Die Angst hier ist nicht die vor körperlicher Kastration, sondern davor, daß meine seelische Eigenart durch das, was ich hier tue und was sie tut, nicht rückgängig zu machen ist. Wer *wünscht* sich schon, in derselben Gestalt wie vorher wiedergeboren zu werden? Was man aufgrund dessen tut, was Ora tut, Moment für Moment, von einem Moment zum nächsten, das ist man – ist mein Charakter in einer sexuellen Episode mit ihr. Die vorläufige sexuelle Definition desjenigen, der ich im Zusammensein mit ihr sexuell bin, hängt mit assoziativ aufflakkernden Fragmenten irreparabler Erinnerungen und mit Verlusten in meinem vergangenen Leben zusammen. Verflucht noch mal – egal, ob es in meinen Augen nun rüde oder nicht-rüde ist – unbeirrt weiterzumachen, ohne Ora etwas vorzuwerfen, ist doch irgendwie Vergebung. Dies ist eine Form von Vergebung, von Verzicht auf Vorwürfe und ein Zugang zum rüden Schwank, zum sexuellen Schwank, gemeinen Schwank – klar ist es mir nicht. Aber mir kam es so vor, als würde trotz ihrer und meiner Verbohrtheit – und verbohrt waren wir im Moment beide – über uns und unsere sexuelle Schaumschlägerei – geradewegs auf den Tod zu – heftig gelacht.

Es war leichter und schwerer zugleich, als ich mir das Vögeln als Junge vorgestellt hatte. Beim zweitenmal herrscht keine Leidenschaft, oder eine andere Art von Leidenschaft. Beängstigend war die Möglichkeit, zugetan zu sein, allzu sehr zugetan, und voranzustürmen als edle Bestie oder als unwürdige, allzu zugetane Bestie – zu sehr vom Sex, von der Lust, von mir, von ihr angetan. Das Räderwerk der Momente konnte stehenbleiben, und man würde kopfüber in eine fortan immerwährende, besessene Furcht vor dem Verlust dieser *rüden*, vergangenen Vergebung stürzen. Die Vögelei glich einem Brettspiel, in dem in jedem Moment andere Dinge passierten, die Gewinnchancen jedoch vorgegeben waren, manipuliert waren. Und sie glich einem Brettspiel auch darin, daß wir nicht erkundend – und stürmisch – vorrückten, sondern willentlich blind und gequält davon, daß es sich in der Realität ereignete. Es glich einem Spiel darin, daß es in vielerlei Hinsicht nicht geschah, obwohl es gerade geschah – sowohl emotional als auch darin, daß sexuelle Tiefenschichten berührt wurden und als Versprechen Erlösung lockte, Aufstieg zur Oberfläche und Befreiung vom Druck des Wassers und von Atemlosigkeit. Mit dem Akt malt man gleichsam ein Porträt von sich und von ihr, klatscht Farbe auf Abbilder von Genitalien – nein, diese Metapher funktioniert nicht, denn die Genitalien sind der Pinsel. Zum Teufel damit. Jedenfalls geschieht es, und besonders viel bedeutet es nicht, egal, an welche Tiefenschichten es rührt – es ist eigenartig, man ist befangen und leidenschaftlich dabei, wenigstens eine Spur, man ist man selber und etwas, das man geschaffen hat. Es ist närrisch und Spielbetrug und *so ernst wie nur was*, sogar, wenn man es nur biologisch-allgemein betrachtet. Zum Teil, zum größeren Teil, hat es, nun ja, die Eigenart, nichts zu bedeuten – bringen Sie den Mut auf, das hinzunehmen? Es bedeutet nicht, daß es nirgendwo einen Sinn gibt, nicht einmal, daß es selbst überwiegend sinnlos ist. Es bedeutet sogar dann nichts, wenn man es als sinnlos bezeichnet; und Sinn lauert darin und schimmert immer wieder durch, auch wenn man erklärt, es wäre nicht so. Feiger Staub fickt feigen Staub. Doch dann, während es geschieht, sieht es blitzartig so aus, als bedeute es doch etwas. Die Ehrlichkeit setzt sich erneut durch. Wir befinden uns nicht in einer Geschichte ohne Sinn. Doch, genau darin befinden wir uns. Wir sind zu chic, um ehrlich zu sein. Hier aber ist der errötende, ekstatische *Narr* mit seiner Sinnlichkeit, der nicht die Zeit oder den Verstand zum Nachdenken hat, der Schädling mit der generösen Seele, der Schädling mit dem fiesen Blick. Wer weiß schon, was der ganze Mist, der hier mitspielt, eigentlich ist? Reinschieben, rammen, zucken, wippen, zurückziehen – und Varianten davon. Was täten wir, wenn das alles wahrhaftig etwas bedeutete? Was tun wir, wenn die Realien des Zusammenseins uns überwältigen? Ora, unsere Inspizientin, Regisseurin, Schöpferin, Fickerin-Darstellerin, Dramatikerin-Gefickte, ließ mich – lautlos, wortlos – wissen, ich sei zu umständlich ... zu vorsichtig ... *Leg los ... Sei roher, grausamer, unzurechnungsfähiger – sei ohne Berechnung ... Zähl keine Punkte ... Registriere nicht, was vorgeht, um dir später Rechenschaft geben zu können* ... Haben Sie Erinnerungen an so etwas wie die überschwengliche Liebesbrutalität eines ekstatischen Anfängers, wechselhaft, übererregt, unzuverlässig, menschlich? Nach der Kindheit? In meiner Version davon – wenn ich davon ergriffen werde – mich dem füge – mich darein kleide (wie in einen roten Overall) – dann passiert es (und Ora erspäht es gleich), daß ich in einem häßlichen Rhythmus der Selbstbehauptung und des rohen, verschlagen witternden Stolzes mit den Hüften rucke. Das Minotauros-Untier ist ein Flüchtiger. Der Minus-Turm in ihr. Ich. Da. *Dingsda.* Mein Ding ... Unding ... He, *da, da, gib's ihr, ihnen* ... Mir. Mein Schwanz und mein Geröchel sägen so dahin. In den Muskelnetzen der Ungöttin, des nicht-viel-taugenden Mädchens: in dem *schönen Wirrwarr* –

so nennt sie sich selbst. Nur daß ihr Wille dem Bug eines Ozeanriesen glich und als gewaltige, hoch gewölbte Welle die Möglichkeiten der Erfüllung vor sich herschob – in den Muskelnetzen. Nur daß sie lockerließ. Und würde ein Schlag – in diesem schlagend komischen Moment – oder eine Drohung sie dazu bringen, die Netze zu straffen? Ist dies ein typischer Liebesbogen? Ihre reale Gestalt dehnte meine Wirklichkeit – die Gefühle in meinem Rücken und hinten in den Schultern – kann man derlei Gefühle nennen? –, im Kreuz, dann im Hintern (so war der Verlauf), im Unterleib, in Ober- und Unterschenkeln, im Kopf, in den Augen und in den Füßen, mit denen ich mich abstemmte – meine Wirklichkeit war ausgespannt als eine Art Hängematte aus empfänglichen, empfänglich gedehnten Ich-Fäden, und meinem in Ora gespiegelten, von ihr umfangenen Körper wurde von ihr gestattet, dazusein, er wurde von ihr getränkt mit Leben, von ihrem Geist und Körper, ihren spielenden Zehen, ihrem Po, ihrer Schläue. Ich halte sie in den Armen. Oh, welch ein Meer von Wirkungen. Von Ursachen. Von Sachen ... Oh, welch reißender Strom. Von Momenten ... Heftig schockierten mich die Bösartigkeit und Oras mangelnde Einfalt, der Mangel an lieblicher Gesittung und Ergebenheit – daß sie nicht im Stand der Gnade war –, und ich war daheim: schockiert: empört: über eine lange Folge von Momenten hin anhaltend bei mir.

Dann versetzte Ora uns an einen anderen Ort – auf eine andere Ebene – sie hob eine ihrer Hände; sie hatte sehr schöne, damenhafte Hände, kräftig, recht groß; Ballerinen-Hände – und sie legte mir eine Hand auf den Bauch, wie um mich zu zügeln, als wäre ich stark und schändlich und mächtig genug, um sie zu verletzen und zu überwältigen. Obwohl es sie stolz machte, daß ich all das nicht war. Und es bislang nicht getan hatte. Und ich fühlte mich so geschmeichelt, daß ich ihren Namen flüsterte: «*Oh, Ora ...*» Was ich selten tat.

Nicht daß ich sexuell so überragend gewesen wäre. Ich bin sexuell annehmbar (was eigentlich schon eine ganze Menge ist), aber darauf lege ich Wert, und dies macht mich für manche Leute doppelt annehmbar – daß dies von einem bekannt ist und daß man *versucht*, so zu sein. Zudem bin ich sexuell oft eine Spur gelangweilt – und das verdoppelt meine Annehmbarkeit noch einmal ... Nur eine Spur gelangweilt ... «Du bist der bestaussehende Mann auf der Welt» – das sagt Ora, eine Metapher für irgend etwas. Sie war dabei, sich zu sammeln, sich zu finden, auf unzusammenhängende Weise, nach und nach im Zusammenhang mit unserem dialogischen Erfinden eines sexuellen Stils und in dem festen Glauben, daß im Verlauf der Momente etwas geschehen könnte und daß keiner der Momente (die wir geteilt hatten) bislang verraten worden war und letzten Endes auch nicht verraten werden würde, sozusagen.

Das leiseste Körperzucken, je nach dem Unterton der Bewegung gequält oder angewidert-gekitzelt – alles war lebenswichtig, war von entscheidender Bedeutung für den SINN – insofern es ihn gab – oder für die GRANDIOSE SINNLOSIGKEIT der BESTECHUNG, für den ANIMALISCHEN BETRUG. Wenn Sie auf einer Welle reiten – sobald Sie die Welle erreicht haben, sobald Sie sich in diesem mitreißend strömenden Reich befinden, im tosenden, unheimlich blau-grünlich dahinschießenden Rausch –, kann jeder Teil von Ihnen, den Sie biegen, Ihre Schußbahn stören, und dann werden Sie vielleicht auf Kiesel geschleudert, holen sich Schnitte und blaue Flecken und müssen Wasser schlucken. Sie könnten ertrinken ... Wenn Sie davonkommen und, bis Sie sich erholt haben, als Meeresflüchtling im Sand über der Wasserlinie sitzen müssen, dann wollen Sie auf den Wellen hier vielleicht nie wieder reiten. Es ist also riskant. Sie können alles verlieren – die ganze Vergangenheit, Ihr ganzes verbleibendes Leben. Sie können mit Hilfe eines gewissen Schwungs, einer gewissen Unverfrorenheit siegen und dennoch *alles* verlieren, was hier möglicherweise sonst noch zu gewinnen wäre. Sie können eigentlich nicht sehr viel machen: Zärtlichkeit zwingt Sie, die – statistisch gesehen – üble Gefahr der gegenseitigen Verletzung zu meiden. Einen Körper, von dem Sie gemocht werden wollen, zu langweilen gehört zu den schlimmsten Gefühlen, die es gibt. Es sei denn, es kommt von Anfang an überhaupt nicht darauf an. Körperlich stark, nervenstark, sensibel für den Wellengang, wohin er auch tragen mag, ihm mit allen Tricks gerade noch gewachsen, hingerissen, sind Ora und der Kerl – der Kerl bin ich.

So, wie wir es gerade trieben – ironisch und mit physischem Ehrgeiz, angeberisch und ehrlich – ab und zu –, und all dies sichtbar vorführend (statt dem Physischen Vorrang zu geben) – nun, beim Bodysurfen landen Sie auf dem Strand und haben sich nichts getan und denken an ihren letzten Ritt zurück, um ihn sozusagen im Fast-Bewußtsein zu behalten (aber die Erinnerung ist ganz aufgewühlt, und viel von dem, was geschehen ist, bleibt Ihnen vor lauter genießerischem Staunen verborgen), Sie stoßen auf Splitter von bewußter Wahrnehmung der normalen Realität und des Aufregenden, des Ritts auf der ziemlich gewaltigen Fläche, und dann des Gefühls, jung und nackt zu sein und von der schmelzenden grünen Lokomotive mitgerissen zu werden. Etwas Nicht-Halluziniertes, etwas Greifbares, der schimmernde Anflug von Schweiß auf Oras Gesicht, der Anflug von Verlogenheit, den diese Stellung von vornherein an sich hat – die Rolle des Vorzeige-Rammlers behagt mir nicht. Ich bin Dilettant. *Oh, du schöner Mann* ... sagte Ora. Aber, sehen Sie, das war der *Beweis* dafür, daß etwas nicht stimmte – ich konnte damit leben – und damit ging einher, daß der Sex weich und schlickig-mechanisch war, atemgetrieben, und unmechanisch, passend und angemessen, liebevoll und dumm – und nicht dumm, und großartig, *erhebend* eigentlich nur ein wenig – wie früher, als man noch klein war und auf der Schaukel zu hoch hinaufflog und da plötzlich der Himmel war, Licht und Luft bis ins Unendliche und ein Getrenntsein-von-der-Welt, das unendlich war, einfach unendlich – für eine Sekunde. So sah Oras Urteil aus – ihre Ansicht. Vermute ich. In Anbetracht der diversen Körperteile und dann deren Regungen. Und der mentalen Regungen. Glitzernd, verblüfft, semi-undurchsichtig – wie Augen. Zwei Willen, beide unstet, und dann der Applaus, klatsch, klatsch, von Unterleibern. Und die Einwilligungszeichen, nehme ich an. Die glimmenden Erleuchtungen der Geburt hallen hier nach, werden als semi-umgekehrtes animalisches Zwiegespräch wiederholt.

Das Gewicht ihres Magens mit seinem Druck nach unten hob Ora, als ich sie oberhalb der Taille umfaßte und ein bißchen anhob, in die Brücke – und erst machte sie sich schwer, bevor sie begriff und die Brücke willentlich, bebend zur unbestreitbaren Realität werden ließ; und die Empfindungen nun (im animalischen Dialog) ließen mir meinen Schwanz als mein wahreres Ich erscheinen, nun da auf seinen Bewegungen dieses Gewicht oder dieser Hebeldruck ruhte. Bei der «Liebe» war man *Liebhaber*, kein Schatten-Ich. Zum größten Teil hatte das fühlende Ich sich in diesem Tun heldenhaft begraben lassen ... Und der genitale Wille, die genitalen Empfindungen herrschten. Empfindungen belebten meinen Rücken oder waren selbst lebendig und wuselten mir den Rücken hinauf und hinunter – kennen Sie das ... wenn alles zum Tier wird, ganz Fell, ganz Haut, rastlos, real? Der Kleine Ficker, diese nietende Niete, bewegte sich ein wenig, nur ein wenig. «Das Jo-Jo-Labyrinth», sagte ich. Sie hörte es nicht, beachtete es nicht, entschlüsselte es nicht, mochte es nicht – was weiß ich.

Sie fürchtete sich nicht eigentlich vor Sex – nicht so wie ich. Nicht auf eine meiner Weisen. Und ich fürchte mich weniger davor, als daß ich mich davor-mit-bestimmten-Personen-zu-bestimmten-Zeiten-und-vor-dem-was-mir-dann-passieren-wird fürchte. Ora mißfiel jedoch vieles daran. Ich erkannte, daß ihr sexuell unbehaglich war; daß sie wütend war, glaube ich, weil sie sich überhaupt einließ auf etwas so Unabsolutes, so Unabsolutistisches, das sie nur unter romantischen Schnulzen-Gesichtspunkten gelten ließ – sie wollte den absoluten Fick, *einen Fick, den du nie mehr vergißt, Süßer*. Doch an die Empfindungen kann man sich nie erinnern ... Sie wollte ein «Ich seh Regenbögen, oh, oh, oh ...» Das sagte sie jetzt.

«Erzähl keinen Quatsch, sondern fick einfach, Ora.»

Man braucht gewisse Dinge nicht laut zu sagen: sie teilen sich über das Wogen des Hinterns, über eine bestimmte Nuance des Atmens mit, die Dinge, die man sagen würde, wenn man sie ausspräche.

In mancher Hinsicht weiß ich natürlich zuviel. So versuche ich zu ficken, ohne den Mut zu verlieren. Oder die Inbrunst. Jedenfalls war es mir peinlich, daß ihr Körper auf die Bemerkung reagierte und daß ich nicht wußte, was ich mit dieser Reaktion anfangen sollte.

Statt dessen redete ich: «In einer warmen, dunklen, stikkigen Höhle findet ein Junge EINE LAMPE ... UND RUBBELT SIE ... RUBBEL-DI-SCHRUBB-DI-SCHRUBB ... DIE LAMPE LIEGT IM SCHOSS VON MEINER VERDAMMTEN HUREN-HASEN-TANTEN-TORTE ... GEDICHT ...»

Warum Tante, weiß ich nicht – auf einem Tandem strampeln zwei; und im Schwulen-Slang sind Tanten ältere Liebhaber, kahlköpfig, mit Wanst. Ich redete und vögelte; und ich redete so, wie man es tut, wenn man wichst – da äußerte sich etwas möglicherweise – sogar ganz sicher – Unmännliches in mir, das versuchte, Ora mein Vorrücken zum Kommen hin mitzuteilen und sich nicht an dieser verlogenen Sache mit dem Fensterbrett zu beteiligen, auch nicht an ihren absolutistischen – und autobiographisch begründeten – Vorstellungen von einer sexuellen Episode, die schmeichelhaft toll verläuft, somit ihrer würdig ist und ihrem Leben Sinn verleiht. Und so weiter ...

Ich vögelte. Weniger jungen- und studentenhaft als noch ein paar Jahre zuvor. Mein Kopf war neben ihrem, neben *Oras* Kopf; meine Wange berührte ihr Haar, Oras Haar, eine paar blöde Spitzen davon hatte ich im Mund. Der zentrale Halluzinationsauslöser, von dem die inneren Entscheidungen ausgehen, bewegte sich still in meiner Kehle.

Noch liebte ich sie. Wir wußten es beide. Sie war gewillt. Wir fickten weiter.

Von den Mustern, nach denen ein Fick verlaufen kann, sind einige – die meisten – für mich ausgeschlossen. Ich war sexuell vornehmlich an Aufrichtigkeit und Wahrheit interessiert – was unter anderem bedeutet, wichtig zu finden, was aus dem anderen wird. Diesen Aufstieg zur Hochebene der Selbstopferung, zu dem mich hauptsächlich Verliebtheit und der erregende Gedanke bewegten, wenn einer beim Vögeln im Bett in Ordnung sei, wäre auch mit seinem Leben alles in Ordnung – und die Welt würde sich ändern: diese Dinge nahm Ora als selbstverständlich hin, und all das, wogegen sie sich strafend richteten, akzeptierte sie ebenfalls. Seit ihrem dritten Lebensjahr waren Männer von ihr betört gewesen. Unsere Mentalitäten waren einander nicht ehelich verbunden (und würden es nie sein). Mein Schicksal aber war mit ihrem verflochten. Unsere Augen, ihre und meine Art, die Augen zu gebrauchen, daß heißt, einander zu sehen: sie führen eine Ehe.

Ich weiß nicht warum, aber ich sagte: «Ora, bedaure mich.»

Sie sagte: «Ich kann dich nicht bedauern, Wiley.» Dann: «Schließlich hast du mich ...» Dann: «Hi-hii ...»

«Hi-hii», machte ich und bewegte mich ein bißchen in ihr.

Ich nehme an, dies war eine *Varieténummer* als kleines Zwischenspiel ... oder der Probe zu einer Varieténummer – eine Beleuchtungsprobe, damit wir in ein paar Sekunden anders weitermachen konnten.

Sie sagte: «Das liegt an deinen traurigen Augen ... Und daran, daß du keinen haßt.»

«Nicht etwa daran, daß du *erträglich* eifersüchtig bist?» Daß ich jemand war, den sie in *vernünftigem* Maße lieben konnte und niemand, der sie wild machte.

«Neein – Oh, fick mich», sagte sie. Dann: «Es ist so himmlisch.» Das sagte sie, weil es nicht himmlisch war ... Einerseits zwar schon, aber nicht im Ernst.

«Ora, halt die Klappe. Tut dir der Rücken weh?»

«Eigentlich würd ich lieber im Bett vögeln», sagte sie huldvoll.

Dann, verrucht: «Oder auf dem Fußboden ... Seit Santa Fe haben wir's nicht mehr auf dem Boden getrieben.»

Irgendwie plumpsten wir aus der Fensternummer oder vom Fensterbrett oder von wo immer auf den Teppich.

Wir landeten auf den Füßen. Sie war sofort doppelt so ölig wie vorher und pulsierte innerlich mehr, und ich keuchte und pumpte, während wir mit gebeugten Knien dastanden – ich stand so da, heißt das, und war eifrig darauf bedacht, die Wärme in ihr für mich zu nutzen; so jedenfalls erschien es mir wenigstens in dem seltsamen Bewußtseinslicht, das gerade herrschte. Irgendwie kannte man Ora schließlich. Ich wußte, wer sie war, weniger weil meine Augen es sahen, eher weil die anderen, kurios organisierten sexuellen Sinne es mich wissen ließen, sie und meine Erinnerung, die mir ein Sinnbild für Ora präsentierte – ein kaltes weißes Herz ...

Und ich war vornehmlich ein großer, *weiß* deutender Finger.

So wie wir da mit immer matteren Gliedern fickten, würden wir gleich umfallen. Wir watschelten zum Bett. «Wir

Weißen vergnüügen uns ja sooo», sagte ich. Ich dirigierte sie. Ihre Beine waren eigenartig schlaff. Ich wollte nicht aus ihr rausrutschen und meine Steifheit oder sonst was verlieren und dann wieder in sie eindringen müssen. Ich weiß nicht. Hoffnung, Ironie, ein gewisses jugendliches Raffinement, viel willfährige Unwissenheit, *sehr viel* Torheit, ein frisches, elastisches Herz, ein Körper, der die Anforderungen, die vor allem Oras wegen an ihn gestellt wurden, gefällig erfüllte. Der Körper in jener gefälligen Phase, in der er *imstande* ist, wegen Ihrer Gefühle für eine Frau gefällig zu sein.

«Wir sind nicht gerade toll im Bett ... Keine sehr inspirierte Nummer, das hier ... tut mir leid ... O-ohh ... nnn ...»

«Uninspiriert macht nichts», sagte sie. Sie fand sich damit ab, die Steckdose zu sein. Wir stiegen mehr oder minder ins Bett – ohne Feindseligkeit. Wir fielen hinein. Und dann streckten wir uns vorsichtig ein wenig aus. Ein Durcheinander von störrischen Knochen. Daß ich an ihr festhielt, sie mich in sich behielt, war eine aufrichtig dem Waffenstillstand dienende Übereinkunft, und überdies kam es in mir und ihr zu weiteren solchen Übereinkünften, körperlichen, inneren und äußeren – besonders zwischen ihren inneren Muskeln. Ich meine Übereinkünfte, bestimmte Koordinationen und Regelungen regelloser (pulsierender) Genehmigungen, daß Bewegtes eindringen und der erregte arterielle Puls anschwellen darf – Ausrufe – die nicht von Ora kamen – verstehen Sie? Welch ein unvollkommenes, schmierig-schleimiges Wunder an sexuellem Willkommensein! Das wirklich Fremdartige an der sexuellen Wirklichkeit ist, daß sie an – für menschliche Verhältnisse – *absolute* Vergebung grenzt, während sie zugleich absolut kriminellen Willensregungen Zuflucht bietet – oder einer Form von Dummheit, einer Dummheit des Willens – verzeihen Sie jemandem, in dessen Territorium Sie eindringen? Als Fremdkörper für den Verstand, für Sprache, für Momente, in denen man nicht fickt, in denen man zu den fleischlichen Erscheinungen der Dinge Abstand hält, ist man nun, *in diesem Jahr*, während des Fickens schockiert und unempfindlich für manches an den sinnlichen Prozessen, ist man ein Klumpen gelangweilt-grausamer Erregung, ist in seinem Wesen wie der Akt, wie Ora, von Mysteriösem durchdrungen, von den Mysterien der Selbstsucht, Herrschsucht, Einsamkeit und Schläue. Der Stier ... Und der Mistkerl. Der Freund-und-Mörder und das mörderisch gesunde Mädchen. Die Rangen im Bett, die langbeinigen, leibhaftigen, prall röhrenschwänzigen, warm-mösigen, wackelbusigen Rangen im Bett. Vielleicht ist es ein Witz. Vielleicht ist es kein Witz. Mein Gott, ich weiß es nicht ... Ich tue es .... *Fick-ficke-di-fix* ... Jedenfalls passierte da beim Ficken das, worum ich immer beneidet wurde: andere ahnten da etwas mir Mögliches, mit mir zusammen Mögliches, wenn sie nicht gar eindeutig davon wußten: Ora spielte darauf an mit ihrer Art, sich zu kleiden – und zu lächeln – es war einfach da – zu anderen Zeiten. Darauf, wie wir in unserem Wert und Unwert eine Zeitlang zusammen waren – darauf bildete Ora sich so viel ein: daß sie sich im Bett zu wappnen pflegte – sie war physisch enorm stark – so stark wie Männer, die etwas kleiner als sie waren, oder wie schwache Männer ihrer Größe. Ihre Eltern hatten darauf gesehen, daß sie rauhen Sport trieb und Dinge tat, die sonst Jungen taten, auf dem Boot der Familie die Segel setzte und reffte, solches Zeug – wenn sie sich zusammennahm, spürte ich in ihr das straffe, geriffelte Gewebe von Willensstärke und Erziehung, physisch vernünftig, doch in unvernünftigem Grade – ich meine, sie war *leidenschaftlich* vernünftig – in ihrer weiblichen Muskulatur – und im Privileg so extremer Gesundheit – die hier mitwirkten; und jedesmal drang ich zu einer furchtbaren heimlichen Freiheit vor, machte mich verboten darin breit, eine Teufelspose – und dies mit ihrem Einverständnis –, eine Pose in rhythmischer Bewegung, eine bewegte Pose – und vielleicht war dies eine übergeordnete Wahrheit und nicht ganz und gar Lüge, diese

Freiheit-in-einem-biologischen-Gefängnis. Nichts läßt sich beim Sex wiederholen, und somit kann man sich in nichts daran sicher in dem Sinne sein, daß man es sicher genug wüßte, um es in harte, kalte Aussagen zu fassen. Der männliche Kommandeur, herumkommandiert, gekapert – von diesem und jenem –, der da mannhaft in die gewappnete Mädchenfrau hineinpumpt, der auch noch über ihr liegt: stellen Sie sich die komplizierte strategische *und* taktische Situation für Ora vor, innerlich wie äußerlich, die vielfältigen Entscheidungsebenen; oder lassen Sie es bleiben. Er stellte es sich vor – ich stellte es mir vor – *dann und dort*: ER IST IN IHR. *Ich bin in ihr.* Alle Grenzen überschritten ... Alle? Warum ist es erregend zu wissen, was man tut? Vielleicht nur für mich – vielleicht ist es nicht für jeden erregend. Tatsächlich waren in jenem Jahr unheimlich viele Leute verliebt in mich – es muß daran gelegen haben, daß Ora dieses Zeug gefiel. Das kam bei jenem etwas tiefer gelegenen, Halluzinationen produzierenden Puls der Leute als Empfehlung für mich an. Vorübergehend betreten Sie ein überirdisches Reich der Intimität – oh, nicht endgültig, aber Sie befinden sich doch im Innern der Auster – sozusagen. Und das besitzt hohen Wert. Nur, wollen Sie sich davon in Besitz nehmen lassen? Ich meine, dies als Ihr Emblem gelten lassen? Als das Zentrum, das Sie von einem Tag zum nächsten befördert? Wenn die Frau so unabhängigen Geistes ist wie Ora? Wäre es Ihnen lieber, wenn eine abhängige Frau Sie, wenn Sie vögeln, darauf reduzierte, daß Sie lebenslänglich das Zentrum *ihres* Lebens darstellen sollen? Soweit ich sehe, ist keine eindeutige Entscheidung denkbar, die eine der Möglichkeiten zur eindeutig wünschenswerteren erklärte. Von uns beiden – ziemlich groß, trainiert und auf unterschiedliche Weise muskulös, wobei die männlichen Glieder sich in meinem Bewußtsein massig in den Vordergrund schoben, da sie meine waren – kam Ora Wirklichkeit vorwiegend zu als dem Wabbelbett, das diesen kuriosen, schwärmenden, dümmlich bezaubernden, blühenden – oder was er sonst tun mag – süßen Eros aufnahm. Den süßen, prickelnden Eitlen, den Vorboten. Der Erhellung. Und seines eigenen wortlosen Todes. Man erntet Erschöpfung und Selbstzeugung – wir sind, metaphorisch gesehen, wirklich die Kinder unserer Vögelei. Die Verbrechen der Elternschaft stehen uns bevor. Wir taten es uns selber an. Wutsch, flutsch. Schuuub. Verschwitztes Hauchen ... *«Ich liebe dich, Ora ...»* Die Ahnung von etwas Törichtem in uns, von diesem oder jenem Grauen, dämpft meine Zärtlichkeit.

Mitten im Fick kündigt Ora unsere Vereinbarung über sexuelle Freiheit auf. Ich halte inne und versuche, so zu atmen, daß ich das Schuften von Lungen und Kehle diskret verberge. Noch bin ich in ihr. Sie sagt: «Wenn du mich je verläßt, vergifte ich dich, Wiley.»

«Jetzt wird nicht geredet, jetzt wird gefickt, Ora», sage ich mit geronnener Stimme.

Indem wir vögelten, könnten wir Sekunde auf Sekunde, meinte ich, Grausamkeit und Privilegiertheit in schlichten, zufälligen, leicht ironischen Dünkel überführen, der auf beiden Seiten existierte und zum Lachen war. Treue wäre dann Blasphemie. Es hatte etwas von Ironie, die Dinge, die wir trieben, mit Sakramentalem zu verwechseln, auch wenn es sich noch so unironisch und furchterregend anfühlen mochte.

Es mag seltsam klingen, aber wenn Ora sich auch nach außen hin darunter wand, beugte sie sich innerlich *benommen* männlicher Eigenliebe, sexuellem Dünkel, wappnender Ironie und was noch alles so einen Kerl ausmachte – ich meine, sie wand und beugte sich in solchem Maße, daß sie Ruhe nur fand, wenn sie das unmittelbare Objekt war – der strahlende Stern im Zentrum der Lichtwahrnehmungen hier – der wahre Mittelpunkt bei diesem Teil des Akts: dazu wäre sie imstande gewesen, hätte mir nicht der Makel angehaftet, daß ich allzu viel wahrnahm. Nun ja, ich haßte es eben, daß sie so viel über mich wußte. Und ihr ging es mir gegenüber ebenso. Ich weigerte mich, ihr zu glauben – ihren Äußerungen über mich, über uns. Ich wollte, daß wir anders wären, einfache Leute in einer ländlichen Erzählung ... Das wünschte ich und wünschte es auch wieder nicht ...

Noch konnte ich nicht glauben, wieviel psychische, sexuelle und physische Nähe sie ertragen konnte und tatsächlich brauchte ... Es war eine Menge. Ich hatte die physisch-emotional-spirituellen Wirklichkeitsaspekte unserer Vögeleien nie mit den schlichten Denkmodellen progressiver Studenten erfaßt. Für mich war immer *nur-Ora-und-ich* vorhanden, nichts, was in den Rahmen der Psychoanalyse, bestimmter Filme oder des *Fickverhaltens-unserer-Epoche-rings-um-uns-her* einzuordnen war.

Jede wichtige Person, die in diesem Buch bisher aufgetreten ist (außer mir), wird ziemlich früh sterben. Alle sind sie nicht aufgrund von Langlebigkeit für die Realität exemplarisch. Nun ja ... Dafür interessiere ich mich wohl wegen meiner Adoptiveltern ... *Ein kurzes, aber glückliches Leben* ... Für Menschen, die das verkörpern.

In den Momenten des Vögelns besteht für uns, die wir in diesen partiell erträumten, partiell verleugnet-halluzinatorischen *Momenten* wach sind, die Willens- und Traumwirklichkeit in der realen Welt – wiederum: hauptsächlich – aus prüfender gegenseitiger Beobachtung, aus dem *Erfühlen* der Gefühle, die jeder von uns für den anderen hegt (jene kuriose Komplizenschaft bei dem kuriosen Geschäft des Vögelns). Bei dem faulen Hin-und-Her-Geschiebe von so ziemlich allem, was man an Sinn im Sex finden kann (falls man denn einen Sinn darin finden kann, einen unreinen, aber überzeugenden Sinn, selbst wenn darüber gelacht wird) – in dieser Strömung also nahm ich Oras Körper wahr, ihre Möse, die Lustempfindungen oder, in den mühseligen Phasen, die Nahezu-Langweiligkeit des Moments, und die körperliche Realität ihres *Unterleibs* und ihrer Laute – nahm die Tendenz und Eigenart von Lauten aus ihrer Kehle als verständliche Liebeszeichen wahr; die körperlichen Regungen auch; aber ich nahm Ora nicht anatomisch oder sinnlich als ein Ganzes wahr, sondern ihre Liebe als Liebe-und-Eifersucht-die-hier-entlastet-werden – Liebe als mittels-Eifersucht-entlastete «Liebe»: eine Kategorie für mich – in diesem Moment, mit diesen Mitteln. Oras Eifersucht brauchte nicht notwendig mir oder ihr selbst, wie sie hätte sein können, zu gelten. Sie konnte auch anderen gelten, deren Erzählungen von vollkommenen Ficks, von einander vom Leib gerissenen Kleidern und von erfahrenen Ekstasen – bla, bla, bla. Sie konnte Filmen gelten, einem Glück oder einer Erfüllung beim Sex, wie Geschichten, Scharlatane und boshafte Störenfriede (sozusagen) sie versprachen. Ich brauchte hier nicht toll zu sein. Ich mußte vor allem EINFACH DASEIN. Und dann mußte irgend etwas *Sexuelles* passieren ... Authentisch mußte es sein ... Es machte mich traurig, daß dies die Gabe des Lebens für sie war, und durch sie für uns. Aber die Traurigkeit besagte, was alles annehmbar war – und das war bereits ein Glück. Was Ora empfand, war sozial gewitzter als viele andere Empfindungen – Abhängigkeit zum Beispiel. Es war gewitzter als andere Formen von Liebe. Ansehnlicher. Es war intelligenter, fand ich.

Ich verbinde es mit (sehe darin eine liebenswertere Variante von): *ES WILL MIR WEH TUN ... LASS DU DICH DOCH VOM BLITZ VERBRENNEN – GEH DOCH RAUS AUF DEN RASEN UND LASS DICH VERBRENNEN.* Ich verbinde damit, daß es dies nicht ist – willkürlich.

Ora *liebte* MICH auf komplizierte, kompliziert ehrenwerte, korrupte und selbstsüchtige Weise, in mancher Hinsicht zu ihrem Schutz und ihrer Wappnung – na schön, was zum Teufel ist daran schon neu? Wirkliche Liebe – eignet sie sich für ein Buch? Ich meine, in Büchern wird so überheblich mit übertriebener Reinheit hantiert – mit Abstraktionen. Werden Leser sich für jene «Liebe» *interessieren*, mit der die Beteiligten tagtäglich partiell verlogen umgehen und die doch so schockierend real für sie ist, daß es sie schockiert?

Werden die Leser aufgeben? Vielleicht ist es gar nicht wirklich Liebe ... Ich rate schließlich nur. Woher soll ich schon wissen, ob Liebe wirklich ist oder nicht? Ich kann mich letzten Endes nur an meine Meinung halten.

Männer haben einen sexuellen Daumen, ein Organ zum Begreifen des sexuellen Kosmos. Frauen haben ein lebendes, atmendes Gefäß, das sich zu weiteren, ihren Herzen und Kehlen näherliegenden Gefäßen hin öffnet. In ihnen geht das Drama weiter, während wir gleichsam absterben. Daher verläuft das Drama, oder das Melodram, schon in den frühen Stadien verschieden. Der Kosmos, die Zukunft, die Zeit mit all ihren Strömungen und ihrer Unbarmherzigkeit, die Seelen anderer Geschöpfe nisten in ihnen, landen in ihnen ... in einem traumartigen-und-realen Trichter. Mit Neid umzugehen fällt mir nicht leicht ... Zum Teufel, manchmal beneide ich sogar mich selbst. Wenn ich in Ora bin, beneide ich manchmal den, der ich früher einmal war oder der ich in irgendeiner anderen, heißeren Möse wäre. Oder denjenigen, der ich hier bin – denn so wird es nicht bleiben. Denn es geht nicht um mich allein. Ich bin auf andere Liebesspiele neidisch – auf andere Genüsse. Auf ihre. Auf die von allen. Ich neide ihnen die mangelnde Lust. Was weiß ich. Vor allem aber bin ich darauf neidisch, daß ich dies jetzt hier treibe und einigermaßen Glück gehabt habe und dies endlich ist. Ich weiß nicht, wie ich es ausdrücken soll: ich wollte selbst der Empfänger meiner Beachtung sein, nicht weil ich eitel war, sondern weil ich wissen wollte, worauf ich neidisch war: ich wollte die Knochenvorhänge teilen und in Oras Kopf schauen ... Ich wollte diese Sache mit der Männlichkeit verstehen.

Etwas Universelles und Archaisches ist hier in mir ebenso aktiv am Wirken wie in den intimen Gefäßen in ihr. Eine Schuld, dann eine weitere Schuld, dann eine Unterschuld und Verkettungen mit allem möglichen dehnen die Höhle, den Moment, den breiigen Fortgang der Handlungen. Und die Leckagen! Sie leckt mir die Wange: welpenhaft? Nichtigkeit wühlt sich mühsam durch mich hindurch und tritt Sekunden später aus mir hervor in kleineren und größeren Schüben tatsächlicher Luft, in ein unheimlich-frommes-fast-gottloses Dasein. Ich werde in einen dunkel um sie Besorgten verwandelt – um *sie*, die sich in großer, würdiger Distanz hält, um sie als Publikum und *Mutter*, als so undauerhaft Geliebte, daß durch bedrückend vernebeltes Nicht-Licht und durchbrechendes neuronales Licht etwas in mir beginnt, sich *sehnsüchtig* gewöhnlichem Licht zuzuwenden: nicht ganz dem Helldunkel, das im Raum tatsächlich herrscht, sondern einem vorausgesehenen Licht-danach. Einem noch zu erfindenden Licht. Einem alten, neu gewürdigten Licht. Einer lichten Heilheit, die es neu zu finden, wiederzufinden, erstmals zu finden gilt. Ich wage nicht zu sterben. Inmitten von Ahnungen *aufwendigen*, den vergangenen Ichs – zwei erotischen Kriegern gleichsam – zugefügten Schadens (sei es im Nachher oder während des Fickens selbst) findet auch so etwas wie Buchführung statt, ein aufwendiges Vermeiden jedes bleibenden Schadens, den einer dem anderen in dieser Nacht zufügen könnte. Ora glaubte, solch sorgsame Zurückhaltung sei lediglich Vermeidung, lediglich Zurückhaltung ... Aber auch sie war vorsichtig und ungläubig.

Hier sollte ich sagen, daß ihre Gewißheiten Bluffs waren, Bluffs jedoch, die auf ihrer Erfahrung, ihrer beglaubigten Vergangenheit und ihrem Idiolekt als Frau beruhten, die sie sich durch Führen eines (dummen) Tagebuchs aneignete, durch Stunden bei einem Psychoanalytiker (bei mehreren Psychoanalytikern) und durch Gespräche mit Frauen, durch Lesen und Vergleichen, durch Träumen angeeignet hatte: alles was ich hier aufgeführt habe, bildete zusammen die Quelle für Alphabet, Vokabular und Syntax ihres Idiolekts – soweit es einer war.

Sie hielt viel davon, Männer *sich doch selber ficken* zu schikken. Aber sie weigerte sich, mir Schaden zuzufügen. Sie hat in mancher Hinsicht das Wesen einer Athletin – eines Felsens – *«Bist du der Felsen von Gibraltar?»* sage ich beim Ficken und schiebe sie an die Bettkante. In anderen Situationen hat sie zu mir gesagt: *Oje, ich bin wohl der Felsen von Gibraltar.*

Wenn ich sie auf dem Bettrand in der Schwebe – halbwegs in der Schwebe – halte und selbst auf dem Bett bleibe, wenn sie also nur darum gerade eben nicht vom Bett rutscht, weil ich sie an mir festhalte, dann wird sie in ihrer Unsicherheit anfangen zu lachen, und vielleicht wird sie partiell naiv reagieren, nur weil ihre Balance, soweit es eine ist, von mir abhängt, ihre physische Balance in diesem Moment öligen, verschwitzten und leicht miefigen Rein-Raus-Geschiebes in gebrochenem, individuellem Rhythmus.

Das alles ließe sich auch als Klage schreiben. Aber das wäre gelogen.

Wenn ich sage, sie reagiert vielleicht, dann meine ich damit nicht nach ihrem Idiolekt und Willen, sondern auf mich – frisch, überrascht, erfinderisch. So daß es nur uns beide gibt. Ora sieht wirklich sehr gut aus und hat den Tick oder die Angewohnheit oder Taktik oder Strategie an sich, von einem bestimmten Punkt an mit lockerer Möse zu ficken ... Sie macht, was sie will; der Mann kann sich doch (wie ich schon sagte) selber ficken. Ich sehe das als Nicht-Reaktion an, als Leere, als dem Liebhaber fast mütterlich auferlegten Fluch, ihrem Liebhaber, mir, daß sie mit ihrer Leere sein Was-immer umgibt ... Meine Reise hier. Am Bettrand, wo ich ihre Beine hochdrücke – was sie nicht sehr mag – und packe, fängt sie zu lachen an – ein bißchen – und sagt «Wiley ... Wiley!»

Sie ist unschlagbar, unbezähmbar ... Was immer ... *Also* ist sie, was kleine Zwischenniederlagen angeht, sorglos ... ein wenig sorglos. Daran allein liegt es nicht. Sie ist eine Person, die abstreitet, daß sie gut aussieht – auch daß sie durch Herkunft und Bildung begünstigt ist. Sie sagt, sie sei *sexy*: und verdanke alles nur sich selbst. Zum Teil weiß ich, was sie damit meint – den Stellenwert des Willens; und dann das Schatten-Ich in einem und die Schatten-Geschichte hinter einem; und daß man diese innere Wirklichkeit getrennt von der Zeit-Realität nutzt, so daß sie wie Klugheit wirkt, beinahe wie das Ergebnis einer guten Kinderstube. Physisch, real, hat Oras Aussehen nichts Puppenhaftes, aber für ihr Bewußtsein wird es dadurch zum Spielzeug – obwohl es körperliche Realität bleibt. Ora ist wahrhaft bestürzend *schön*, wirklich schön – was bedeutet, daß sie für niemanden ein Spielzeug ist. Ich meine, sie ist nicht geschlechtslos schön – und das beschämt sie und macht sie furchtlos ängstlich – wenn Sie verstehen, was ich meine – , aber ihre vorherrschende sexuelle Qualität ist die von belohnter Geduld, von Warten, von Warten und Stärke und belohnter Ungeduld. Sie hat etwas von einer eruptiven Jägerin ... Auf ihre sexuellen Abenteuer ist sie jedoch darum stolz, weil sie darin letztlich *geschlechtslos* bleibt – weder Gott noch der Natur noch dem Schwanz unterworfen – nicht daß sie diese Begriffe verwendete, wenn sie sich beschreibt; dies bin ich, der sie beschreibt. Aber sie muß die oberste Richterin ihres Strebens bleiben, im Schattenbereich das Leben zum Verstummen zu bringen. Sie bringt ihre Eltern, ihre Ärzte, deren Theorien zum Verstummen. Sie bringt ihre Liebhaber und Möchtegern-Liebhaber zum Verstummen, diese ganzen Ficker. Ora lernt, wenn überhaupt, langsam – mit Wucht. Aber sie lernt, obwohl sie in gewissem Sinne niemals zu lernen braucht. Sie hat gesagt (und ich habe ihr zugestimmt): *Ich weiß zu viel, mehr, als für mich gut ist.* Darin, in diesem Sinn ist sie beinahe eine Matrone. Eine Frau, *die zum Vögeln zu gescheit ist* – so hat sie Leute zitiert, die mit ihr gebumst haben, und sie hat es über das Bumsen anderer mit ihr und über ihr Bumsen mit ihnen gesagt. Lange vor meiner Zeit hat sie einen Weg zu einer gewissen Freiheit gefunden, eine Formel: deutlicher *sexy* zu sein als ihre Mutter, ihre Großmütter und Tanten, vielleicht nicht wirklich, aber in ihren eigenen Augen; und daraus ergab sich etwas recht Ernstes: die vorübergehende, aber wahrhaft profunde Fähigkeit, als körperlich starkes, sehr junges, außerordentlich gut aussehendes, ziemlich intellektuelles und kaltblütiges Mädchen unter Männern in der realen Welt zu leben, in *deren* Welt, und sogar teilweise zu sehen, was diese Männer sahen – zumindest blickte sie in dieselbe Richtung. In einer bestimmten Ära, in einem bestimmten Teil der Welt hatte sie in mancher Hinsicht eine *Bedeutung* erlangt, wie *ich* sie nicht besaß und nie würde besitzen können. Ihre Vorstellung von einer großen Persönlichkeit war, Sie mögen mir verzeihen, napoleonisch: es war die Vorstellung eines Jungen aus namhafter Familie, der ein feines Internat besucht ... un-Jesushaft, unfeminin ... Kühn ... Kundig ... Sagenhaft frühreif (glaube ich) und nicht ohne Gründe für ihr Tun ... Ob eine Person gut aussieht, darüber bestimmt, so kurios es klingen mag, die Übereinkunft der Interessierten; und es wechselt mit der Übereinkunft. Jedes Gesicht verändert sich stündlich; ebenso die Haltung, die man zum eigenen Aussehen einnimmt. Und der Geschmack der Leute. Von allen Menschen, die ich je kannte, wurde Ora am häufigsten zugestanden, sie sehe sehr gut aus, häufiger als Filmstars (von denen es damals oft hieß, ihre Erscheinung sei nicht distinguiert genug oder zu vulgär) – und doch enthielt das Urteil der Leute über Ora stets einen Vorbehalt; es mangle ihr an diesem oder jenem – mir zum Beispiel gefiel die Form ihrer Brüste nicht ... ich bin oft recht vernünftig. Sie erkannte mich *physisch* niemals an – jedenfalls nicht direkt –, sobald eine Vögelei begonnen hatte. Darin war sie der Zeit eine Spur voraus. Verbal tat sie es manchmal, wenn auch nicht oft. Was sie in dieser Richtung äußerte, war meistens negativ formuliert: *Ein Glück, daß du keinen fetten Arsch hast ... Ich werde NIE mit einem Fettarsch vögeln.* (Ich glaube nicht, daß sie es je getan hat.) Und: *Ein Glück, daß du nicht lachhaft aussiehst.* Das heißt, sie sah ihr eigenes Los partiell in mir gespiegelt. Aber sie reagierte physisch auf mich und lebte mit mir zusammen und verhielt sich auf bestimmte Weise – von alldem spielte beim Ficken etwas mit. Falls ich die Geschichten richtig verstand, die sie über ihre Vergangenheit erzählte, neigte sie dazu, nur die Aufmerksamkeiten solcher Männer oder Jungen zu akzeptieren, die zu bestimmten Kategorien von *Beneidenswerten* zählten – nach Familie, Aussehen oder Familienaussehen, als Anführer einer gesellschaftlichen Clique oder Richtung, oder weil sie sowohl für ihr Aussehen wie auch als Persönlichkeiten bekannt waren, für ein gefälliges, herbes oder heldenhaftes Aussehen. *Die würden mich nicht ständig bestrafen – dachte ich* (sagte Ora). *Sie wüßten, wer sie sind, dachte ich ... Ich hab es nur getan, weil ich so ahnungslos war ... Ich kam als Person erst auf die Beine.*

Mir kam ihr Leben interessant vor, glanzvoll und auf seine Art dramatisch. Doch andererseits kann sie beim Vögeln nicht sehr oft wirklich *physisch* dasein und zugleich an ihrem Leben für sich festhalten. Sie kann nicht im Ernst ihr Leben fortwerfen. Wenn sie das täte, könnte sie sich nicht retten. Sie müßte dann dem jeweiligen Mann vertrauen und mit ihren Verletzungen leben. Sie neigt jedoch dazu, einen Mann mit Verachtung zu lieben und sich um ihre Verletztheit zu sorgen. Das Bewußtsein registriert vornehmlich den Verlauf des Schattengeschehens. Vernünftige, vitale Körperlichkeit ist eine Rarität. Daher die Angeberei mit der Umarmung auf dem Fensterbrett und dann auf dem Rand des Betts. Und die Reflexion, ich spiegelte ihr Los wider. Darauf kann sie reagieren, nicht aber auf den Körper des Mannes, mit dem sie zusammen ist – auf meinen; so jedenfalls steht es in diesem Jahr ihrer Jugend ...

Ihres Lebens.

In meinen Augen ist dies nicht ein *Fehler* von ihr, sondern ein Teil des Preises, den man dafür zahlen muß, sie zu kennen. Beim Ficken störte es mich manchmal sekundenweise – störte mich so sehr, daß ich meinte, mir sei das Herz aus der Brust gerissen worden: es störte mich, daß Ora nicht anders war, weniger strahlend, unsicherer, verläßlicher reaktionswillig – und doch ging immerhin soviel vor in mir, in ihr, zwischen uns, daß meistens zu genügen schien, was da zu haben war, obwohl es, um ehrlich zu sein, immer auf der Kippe zum generellen Bankrott stand, auf der Kippe zwischen Glück-und-Segen und Nicht-Glück, zwischen Wirklichkeit und Illusion – in unserer *romantischen* Affäre.

Doch wieder schwenkte Ora (mit ihrer Seele) um und postulierte – oder erzeugte – *diese-Form-von-Affäre-am-Rand-des-Abgrunds* (ihres Verlassenwerdens oder für unzulänglich befunden Werdens, ihres Übergangenwerdens oder des Nicht-Funktionierens der Vögelei) als eine Affäre, die nur bestand, weil andere Frauen auch Affären hatten. Vielleicht war es so – ich glaube, daß es so war. Diese Affäre war künstlich erzeugt. Ora erzeugte und erfand sie – so ähnlich, wie einer ihrer Urgroßväter einen Teil des Spülmechanismus von Industriekesseln (vielleicht auch von Toiletten, und ihre Familie verbreitete Lügen) erfunden und seine Erfindung dann vermarktet hatte. Ora war ein emsig-kreativ-rebellisch-unabhängig-individuelles und *findiges* amerikanisches Mädchen mit großen gesellschaftlichen Privilegien – eine heiße amerikanische Partie.

Etwas buchstäblich zu benennen fiel ihr schwer – sie zuckte geistig davor zurück – teilweise gegen ihren Willen. «Wir ficken auf dem Rand des Betts», sagte sie laut. Man spürte es in ihrem Körper – dieses Benennen, diese abenteuerliche Kühnheit – diese durch ihr Bewußtsein zuckenden Schatten, die sich zu echten Brüsten und wirklichen Hinterteilen zu wölben beginnen. Die vorsichtige, sogar kleinmütige Distanzierung von dem, was hier stattfand, wurde auf eine Selbstwahrnehmung von *Ora hier* zurückgestutzt; man spürte in ihr bereits die klaren oder verschlüsselten Telefongespräche des kommenden Tags – was sie ihren Freundinnen anvertrauen, wie sie dies hier in irgendeine Legende verwandeln würde, töricht; überhaupt nicht töricht.

Oder Telefongespräche, die sie nicht führen, sondern sich nur ausmalen würde: darin von einer gewissen Treue.

Ich war in den Jahren unseres Zusammenseins nicht besonders treu oder verläßlich, obwohl ich mich hütete, sie in ihrem Stolz zu kränken, und ihre Leidensfähigkeit weitgehend respektierte.

Wir beobachten einander also, *um zu sehen, was wir sehen können* – mein Vater sagte das immer –, und um zu sehen, was uns der Tag gebracht hat, was die Welt uns angetan hat, was unsere Lebensmomente inzwischen bewirkt und was wir uns selbst angetan haben. Wir beobachten am anderen Körper stumme und gespannte Zonen. Und Techniken. Wir mißtrauen den Techniken – was Ora den Oh-là-là-Kram nennt. Wir beobachten alles im Licht ihrer *findigen*, angelsächsischen, anti-napoleonisch-napoleonischen Gesinnung, ihrer *Geschichten-Erzählerei.* Und wir beobachten mich. Wir beobachten einander als Fickende.

Dies tun wir zwischen Momenten der Inspiration und Aufrichtigkeit, in denen wir etwas völlig anderes beobachten. Manche Dinge zu registrieren ist grausam – darüber zu sprechen, meine ich. Etwas in Worten zu registrieren heißt, es anders in Erinnerung zu behalten. So, daß es nicht mehr überrascht.

Das Ganze hier gehört zu einem alten Spiel zwischen mir und ihr. Zu mir selbst sage ich, während ich ficke – sage es im Fick-Rhythmus zu mir – : *Kann die Wahrheit grausam sein?* Ist Wahrheit denn nicht erleichternd?

«Hol mich vom Bettrand weg, oh, o Gott, hi-hii, hör auf damit, HÖR AUF, ICH MAG DAS NICHT ...»

«Mach dich eng, Ora, mach dich eng ...»

Sie wollte nicht. Oder konnte nicht. Sie war käuflich – partiell käuflich –, aber zu nichts zu zwingen. Eine sonderbare Scheu, eine Stärke, ein Ehrenkodex hielt sie zurück, eine Ahnung, eine realistische Idee davon, was für sie und *den Phallus* eine Niederlage wäre. Zur Strafe – oder aus Hilflosigkeit – lockerte sie sich innerlich. Sie konnte ihn (den Phallus) nicht packen, nicht auf ihn reagieren und intensiv und *liebevoll* oder obszön sein. Leidenschaft entstand für sie daraus, daß sie sich der Macht – des anderen –, weh zu tun, fügte, meinem In-der-Welt-Stehen – somit fügte sie sich in kommende Verletzungen, selbst wenn sie Verletzungen im Moment – in Maßen – mied. Daher *liebte* sie meinen Hintern – und meinen Nacken ... und ein bißchen meine Lippen, die nicht-verletzenden Partien. Ich bin phallisch immerhin so groß, daß manche Leute sich so verhalten wie Ora und sich aus Hilflosigkeit lockern. Vielleicht ist das im Grunde ganz verbreitet. Eigentlich liebte sie auch meinen Schwanz – wie sie ein Kind lieben würde, mit dem sie, wenn ich es lieben sollte, rivalisieren, um dessen Aufmerksamkeit sie mit mir konkurrieren und das sie schroff behandeln würde, sollte ich es mehr beachten als sie.

Aber sie haßte die Autonomie des Schwanzes, wenn er wirklich entschieden in Gang kam; seine volle Bereitschaft deutete sie als Kommentar zu sich.

Obwohl sie sich mit Schwänzen auskannte und sie unter der Kleidung von Männern bemerkte, gab es in ihr etwas, das sie erst tilgen mußte, um dem Mann die grandiose Beachtung erweisen zu können, zu der sie fähig war – Tod-getränkt, Tod-trächtig, großzügig, ein-für-allemal ... Und vielleicht nicht sehr echt. Die Rute des halluzinatorischen Absolutismus ... Die Unmittelbarkeit körperlicher Zuwendung gehörte nicht zu ihrem Repertoire, außer wo sie andere als Erweiterung ihrer selbst verstand. Man könnte das Narzißmus nennen, aber wozu? Man kann es nennen, wie man will. Angelsächsischen Individualismus und Stolz. Zum Beispiel manikürte sie mir demütig die Hände – und die *Füße*. Sie paßte sich *meinem* Aussehen an. Sie verlangte nie von mir, ich solle optisch auf sie reagieren – auf ihre Aufmachung, ihren Gang oder auf sie als Ikone in neckischer Gewandung. Als Paar waren wir von einer gewissen Neutralität. Ora verlor sich nie –

oder nie sehr weit – darin, unser Zusammensein optisch oder neckisch zu betonen – sie umgab es ständig mit Lügen – aber für uns bedeutete es physische Intimität, ich meine: unsere, und dann die Welt; und die Reibung zwischen beidem setzte uns – oder mich – in Brand, und dann verlor Ora sich doch – in der Betrachtung ihres Schicksals, das ihr auferlegte, hier mit mir zusammenzusein.

Am Bettrand schrie sie auf: «Ich liebe dich, Wiley!» Aber sie machte sich nicht enger ... War das ein Kompromiß?

«Du liebst weder meinen Körper noch meinen Schwanz», sagte ich und ließ sie auf den Boden gleiten – langsam, aber doch schnell genug, daß sie zusammenfuhr. Ihr ganzer Körper spannte sich – doch nicht das Innere ihrer Möse. Ich war versucht, sie zu ohrfeigen; wenn wir jedoch wirklich gewalttätig geworden wären, hätte ich mich darüber entsetzt und sie verlassen – nicht wegen moralischem Zeug – nur wegen unserer Seelen und Sehnsüchte und des Ausgangs, den die Geschichte wahrscheinlich nehmen würde, wenn wir so mit den Köpfen aneinanderprallten. Das sexuelle Problem, will ich sagen, wäre dann auf eine Weise gelöst gewesen, die ich verachtet und ausgebeutet hätte. Statt dessen war eine andere Geschichte angelegt; die Schrauben der romantischen Affäre waren festgezogen. Die Frage für uns war nun, wieviel Selbstbeherrschung Ora besaß – ich meine, wo ihr Wille ihr doch erlaubte, unbeherrscht zu sein? Und wie frech war ich letzten Endes? Wieviel von diesen Dingen hielt ich vor ihr verborgen? Ich kann nicht unbeherrscht sein – und mich von keiner anderen beherrschen lassen; sie würde auf mehr als nur eine Weise verletzt werden. Natürlich ist das Verhängnis allgegenwärtig. Der Überfluß an Verhängnisvollem macht mich in diesen Dingen skurril. Ora gestand sich das nicht ein – sehr viel von dem, was uns eigen war, blieb verdeckt, aber ich glaube, auf ihre Weise wußte sie darüber eine ganze Menge.

«Verflucht! Du Mistkerl! ICH LIEBE DICH!» sagte das

muskulöse, prachtvoll geschmeidige, gesunde *Biest*, als es in schönster Unordnung auf den Teppich BUMSTE – doch ohne aus dem Ton und dem Rahmen des *Anekdotischen* ... des Traumhaften zu fallen –, während wir weiterbumsten. Doch plötzlich auch am Rand – der Empfänglichkeit für das, was *jetzt* geschieht – einer neuen Schicht tiefer, sogar tiefgründiger Bereitschaft, schwanger zu werden – oder, scheinbar, geschlagen und gehaßt zu werden, und weiterhin dazu, allein und mit mir zu sterben, ganz oder partiell (als junge Menschen einer bestimmten Art) – von Bereitschaft zur Macht, in Versuchung zu führen, zu verlocken, durcheinander zu bringen, auf den Kopf zu stellen und zu erregen, ohne mit wirklicher Überzeugung *zutiefst* der Sicherheit verpflichtet zu sein – seit nunmehr zwanzig Jahren nicht und vielleicht nie. Es war klug und zugleich unklug, jemanden mehr zu *befriedigen*, als sie es durch ihre Erscheinung und Geduld, ihre Gutmütigkeit, Kraft und Findigkeit tat. Sie hatte eindeutig das Bedürfnis, es zu tun – für sich oder für ihr gesellschaftliches Wohlbefinden oder für was auch immer.

Doch vielleicht hatte der profunde Witz in ihr – das kichernde Fleisch in ihrer Möse und in ihrem Mund, in ihren hüpfenden Brüsten und in den bebenden Muskeln ihres Unterleibs und ihrer Schenkel – mit dem nichtsexuellen Charakter der Frage zu tun, wo auf dieser Flugbahn, auf diesem Treck oder was immer, wir stehen blieben. Manchmal deutete sie an, daß sie, sich *breiig* suhlend, auf die nächste Stufe von Resignation oder häßlicher Geduld zurückfiel, und dies mit erzwungener, schmerzlicher Genugtuung – ein Schrei des Körpers, der den irgendwie schmutzigen Genugtuungen des Willens preisgegeben ist.

Unschuld? Eine Form von Unschuld? So daß man im Gesäß – in Rücken, Hoden, Schaft und (verzeihen Sie) dickköpfigem Schwanz – möglicherweise nicht nur die Ungeduld zu kommen verspürt, sondern wahrhaft furchtbare Traurigkeit und brennendes, ja überwältigendes Mitleid – als wäre jenes andere geschehen: als wäre, was flüchtig zu sehen gewesen war, noch Wirklichkeit – ein widerwärtiges Mitleid und Erbarmen – dem geltend, was sie mit anderen Männern erlebt hatte oder noch erleben würde, einschließlich ihres Vaters, ihrer Großväter und männlichen Verwandten – und wozu sie in mir, dem Juden, eine Tradition zu finden erwartet hatte, solche Dinge, solche Männerdinge zu erwarten oder mit ihnen vertraut zu sein ... Ich weiß nicht recht. *Ich* hievte Ora hoch ... Ich hielt sie der Länge nach in den Armen. Ich schaffte sie auf dieser Reise zur Mitte der Nacht zurück aufs Bett, über den Bettrand. «Wir sind hier in Anecdotesville, Ohio, Ora», murmelte ich.

«Klugscheißer ... Oh, du Klugscheißer», raunte sie, mit eigenartigen Augen, glaukomig, kitschig-selig – das heißt, interessiert, nicht befriedigt, aber doch für eine Weile hinlänglich befriedigt – um mich für eine Weile zu lieben, um nicht untreu oder allzu garstig sein zu wollen. Es machte einen ihrer *immensen* Reize für mich aus, daß es sie nie störte, wenn sie nicht kapierte, was *ich* sagte – sie warf mir nicht oft vor, ich sei verrückt.

Sie lag auf dem Rücken am Bettrand, aber davon abgewandt, nicht zum Boden hin oder über den Rand hinaushängend, sondern lediglich auf dem Rand. Ich hatte einen Arm unter ihren Beinen. Ich stand auf dem Boden, und sie lag auf dem Bett. Sie sagte: «Oh, das hab ich noch nie gemacht ... Das ist ja reinstes Kamasutra, Wiley.»

Wieder sah – fühlte – man das Feilschen in ihr zwischen Kühnheit und widerstrebenden Impulsen – und ebenso in einem selbst –, scheidende Ränder wie der Rand des Betts oder der Rand eines gleichsam umgedrehten Lächelns.

Ich glaube, es galt zwischen uns als gegeben, daß ich sie zerstören könnte, wenn ich das wollte – auch wenn sie Widerstand leistete. Sie war in eine Art Falle geraten – wie eine Füchsin oder ein Vielfraß – und ich war aus irgendeinem *inneren* (oder äußeren) Grund im Vorteil.

Daß dies im Dunkeln ausagiert werden muß – wobei ich mich seltsam halbwüchsig verhalte – und sie wie eine alternde Frau –, gehört zu den Dingen, die zwischen uns zu anderen Zeiten unausgesprochen, vielleicht nicht einmal in Erinnerung bleiben. Oder ich erinnere mich nicht daran ... an diese Sache mit Perseus oder sonst wem, wo der Junge das Frau-Objekt tötet.

Nicht so zu agieren bedeutet dennoch irgendwie, es auszuagieren. Ich spreizte ihr die hochgereckten Beine, indem ich Kopf und Schultern dazwischen schob. Sie stöhnte, wo ein Mädchen mit anderer Seele aufschreien würde ... Oder stumm bliebe. Ich wuchtete meinen Körper zwischen ihre Beine. Mit jedem Arm hielt ich eines ihrer Beine. Ich drang wieder in sie ein – gespielt brutal – filmesk vielleicht? Nur eine Spur echt – also nicht freundlich und nicht bloß andeutungsweise eindringlich. Es war echt.

Doch sehen Sie, die Grenzverletzung erklärte, warum Ora sich lockerte – erklärte ihre systematische Abwehr tausendfach. Der Schaft war ein bißchen kartoffelbreiig geworden, aber sie war so breiig und locker, daß man sein Ding in einen geölten Wäschebeutel zu stecken meinte. Man brauchte nicht einmal zu sagen: *Dein Körper gehört mir* ... Oder: *Schenk mir deinen Körper.* Sie hatte bereits auf gleichsam urchristliche Weise – mit einer Seele, die flatterte wie eine große Motte im Märchen oder wie ein Todesgrinsen des Fleisches (durchflirrt vom niederträchtigen Abflug des Geistes hin zum Wissen, gemahnend an das Lallen einer Zunge) – die «praktische» Notwendigkeit dieser Emotionen bei einem Fick akzeptiert. Oras Art, unphallisch zu sein, ist phallisch – und *das* FÜHLT SICH wie ein Fehler in ihren Kalkulationen AN. Und während ihr Körper mich unter Seufzen und breiter werdendem Grinsen – sozusagen – willkommen hieß, war es, als weinte sie, wie von Verzweiflung erlöst, wie in der Kindheit: Namenloses triefte und strömte aus ihr hervor. Wie, das verfolgte ich nicht genau. Sie hielt mich nicht fest, allenfalls mental mit ihrer befriedigenden Bereitschaft, so daß sie, wenn ich *«Mach dich eng, Ora»* sagen würde, es auch täte, wirklich täte; und ich sagte es; und sie tat es; aber dann lokkerte sie sich wieder, als gebe sie ein erwartungsvolles *Sag-das-noch-mal* oder *Geh-noch-ein-bißchen-weiter* von sich, was die Szene veränderte und zum Systematischen hin verschob – wodurch sich, falls es wirklich so war, für Ora eine Ausflucht abzeichnete – nur daß ihr Liebhaber ich war, noch habe ich diese Rolle inne: Hinnahme – fast bräutlich ... fast romantisch ... wallt in ihr auf, obwohl sie unmutig wird, als ich das Eindringen und das umsichtige, bedächtige Rein und Raus Labor-experimentell anlege – wenn auch mit sexueller Bedächtigkeit. Ich schließe Ora, ihre Erwartungen, ziemlich zäh aus – sie schreit auf ...

Und ich lache, mehr oder weniger natürlich: nur eine Art von Grunzen, das fast nach *ich bin beschäftigt* klingt, während ich mein Ding in Stellung bringe oder ein Stück weit reinschiebe und einen Schaukelrhythmus – den phallischen Ragtime – finde – aber unstet, ein strömendes Halt-und-Weiter: «OOh wuii ... ahhhh ... haahhh ...»

«Mir ist ganz schwindlig», sagte sie, romantische *Befriedigung* mit Klage und Zweifeln mischend, ob ich sie auch beachtete.

Ich grinse und mache beharrlich weiter, mir meines *Stands* hier wohl bewußt.

Dann sage ich, irgendwie gemein und amüsiert, und wachsam, und ihrer überdrüssig, aber zu jung, um wirklich überdrüssig zu sein – wie von der Bühne abgewandt, murmelte ich: «Halt den Mund, Ora ... Du alte *Matrone.*»

Das heißt, daß ich sie mag.

«Sei nicht grausam, Wiley», sagt sie und lockert sich.

«Himmel noch mal», brumme ich und klatsche oder schlage ihr leicht auf den Hintern, bis sie sich probeweise, bebend enger macht – mindestens ebenso von Neugier und sportlicher Fairness dazu getrieben wie von sexuellen Impulsen, wenn Sie mich fragen – und sehen Sie, im engen Mösengriff – und dem (sexuellen, furchtbaren, abschließenden) Applaus ihrer historischen Auslieferung an die *Wahrheiten*, die darin liegen, daß sie die *Wünsche und Begehren* fähiger, wohlgeborener, vermögender Männer und Jungen befriedigt, und nun mich und wer weiß wen sonst noch – und in den zähflüssigen, tödlich klebrigen sexuellen Rhythmen (soweit sie zustande kamen) ihres Leibes und ihrer Lust (soweit sie Lust empfand) ist die unberechenbare Grausamkeit ihres außerordentlichen Eindringens in meine unteilbare, leicht abgehobene Lust (in meinem Kopf, meinen Eiern, meinem Kreuz) enthalten, die ich ihr entziehe und die brennt oder funkelt (wie Christbaumschmuck vor einem Kaminfeuer) im Einklang mit den *außerordentlichen und widerwärtigen* Bekken-Köstlichkeiten in ihr, in uns, in der Liebe, im Liebesspiel, während die Becken-Einsamkeit noch immer spürbar ist – noch immer sind wir, sie und ich, unterschiedlich gebaut – und die ganze Sache widerwärtig ist aufgrund sexueller Gerüche und Heimlichkeiten und des Gefühls, vielleicht zu weit gegangen zu sein, selbst wenn wir jetzt schlagartig aufhören würden, und aufgrund von Jugend und zuviel Laschheit in Ora und zuviel *Herumspielerei* in mir und einer wilden, wild antreibenden Öligkeit und dem fernen Zucken (lascher) innerer Muskeln, des zuckenden Netzes der Fischerin, in dem mein Vatertum gefangen ist, und aufgrund der Bewegungen an der Oberfläche – ah, was für ein Witz: das Becken der *Köstlichkeit*, das Becken voll *Einsamkeit*, die nicht unbeträchtliche Köstlichkeit des wundervollen Kopfes, der wundervollen Hände und Schultern, der wundervollen Stimme, des wundervollen Verstands und des zu großen, gleichwohl bewundernswürdigen Pos und der entzückenden, entzückenden, wunderbar *damenhaften* Muskulatur und der wundervoll findigen Haltung dem Alltagsleben gegenüber – all dies – rollt den Hang hinab, während ich erneut dem Orgasmus entgegenklimme.

Und dann mein eigener schmutziger, gleichsam *hochherrschaftlicher* Wille, den sie mir hier gestattet, die Greuel der Eifersucht und des Wissens, gelassene Wahl, Resignation, Raserei und Semi-Sucht – jetzt *Liebe* – die *Realität* des Fickens, diese rädernde Flucht oder was immer sonst, diese heuchlerische Falle für junge Leben – alles *gestattet* –

Und ihre Ansicht, wir seien zu *beneiden*, trägt uns dahin. Und ihre Ansichten zur Realität. Und meine harte, unausweichliche Tendenz zu deduktivem Denken. Und mein unformuliertes, schwer faßbares und doch in meinem Körper gegenwärtiges Lebensgefühl – das Böse und der Rückzug vom Bösen in mir – es ist ANNEHMBAR – darauf bestehe ich; Ora beschließt, mir zuzustimmen – und die Sache mit der entlockten, erschmeichelten Lust – der Schwanz, der einsame Körper und der weithergeholte, weit ausgeworfene Geist – sie billigt all das, billigt es tatsächlich – mit Herz und Seele, wenn ich so sagen darf: wir sind zu Hause – mit allen Fehlschlägen, Aufdringlichkeiten, Erfolgen, Feigheiten ... Ich glaube nicht, daß sie mich je vergessen ließ, was es bedeutete, in einer Welt voller Rivalen – Männer, Frauen und Ora – ein Mann zu sein; daß sie in dieser Welt mein zuverlässigster *Freund* war und daß sie mich umbringen würde, falls ich sie verließ. Oder falls ich sie zu sehr oder zu häufig demütigte.

Oder falls der Sex sie demütigte. Während ich fickte – in *dieser* Haltung (also mit geknickten Beinen, Rodeo-angeberisch, meine Brust zur Schau stellend: im Jahr zuvor hatte Ora sich angewöhnt zu sagen, ich hätte eine *prächtige* Brust) mit einem Schwanz, der in der magischen (schmalzigen) Einkaufstüte ein- und ausging –, empfand ich die Welt gesellschaftlicher und ästhetischer Ambitionen als Reservoir von Wutbereitschaft, die man zu Sex nützen oder (und dies war üblicher, egal was nicht zur Bohème gehörende Provinzler glaubten) in *Dünkel* umwandeln konnte, indem man sich entweder der Verzweiflung (über die Welt) hingab oder, als Variante davon, buchstäblich rasend darauf versessen war, hier und jetzt zu leben, zu existieren, mental, phallisch, eigensinnig, ruhmreich – als wäre man bereits ganz tot oder auch nur weitgehend, ein berühmter Toter ... oder ein von Vorsicht geplagtes Lebeding, voll geheimer Fährten und Andeutungen, halber Skandalauftritte – eine Halluzination oder ein Traum.

In gewisser Weise war dies feminin ... als lebe man in den Träumen einer Frau. Die meiste Zeit über befand man sich in einer *Gruft* oder in einem Grab, und dann vorübergehend in Freiheit – wie ein Vampir ... Ich kann es nicht klar ausdrükken. Mir war nicht klar, daß ich inmitten der Rivalitäten und, äh, *Revelationen*, inmitten der Wahlmöglichkeiten, geistreich (im Rahmen des für Ora und mich Erreichbaren) aufstieg, daß wir uns emporarbeiteten und sie abfiel, daß wir kämpften, Halt suchten, scheiterten. Ich eilte dem Orgasmus entgegen – um ihr rohe Perlen zu schenken, Perlen im rohen, milchigen Stadium ... meinem göttlichen Schwein ...

«Du darfst nie über uns schreiben», sagte sie, gurrend vor sexueller Schufterei.

Man spürte ihre Weigerung, sich *vernichten* zu lassen (eine Idee, auf die sie oft zurückkam: ihre Vernichtung), sogar während in mir die traurige, wilde, überzeugte Bereitschaft, mich vernichten zu lassen, erstarkte, oder ein Fatalismus, ein Tropismus, eine Neigung: als schlüge eine Tür an einen aus lebender Materie bestehenden Tresor: in dieser Empfindung besteht auch die schlagende Tür aus lebender Materie. Noch das Beste, was einem widerfahren konnte, war vielleicht, daß man sich verzehrte.

Ich konnte mich Ora nicht öffnen ... nicht vor ihr.

Sie mußte meine Geheimnisse erraten. Ihr Körper – ihre Möse – waren irgendwie zu Augen geworden, zu kleinen ratenden Fingern. Vertraute ich ihr? War ich ein Feigling? Ein Schwuler? Ihre Weigerung, sich vernichten zu lassen, war vielleicht der Hauptgrund dafür, daß ich mit ihr zusammenlebte. Ist das ein seltsames Motiv, eine Frau zu «lieben»?

Man stelle sich eine Welt voll heiß atmender Nonies vor:

alle jedoch mit unterschiedlichen Wesenszügen: sie gleichen ihr nicht in allem. Oder man stelle sich einen Mann vor, dessen elementarer innerer Wortschatz, in dem er zu sich vom Wesen des Lebens spricht, mit quälenden Halluzinationen durchsetzt ist.

«Halt mich fester mit deiner *Möse*, Ora, *wenn du mich liebst* – auf Festland allein, auf Wasser zu zweien ... HILF MIR ...»

Und sie tat es – für ein, zwei, drei Takte ... die Hälfte des vierten –

«Ist das alles?»

Sie gurrt. «Tu, was du willst, Wiley ... Mehr brauch ich nicht ...» Dann: *«Das ist alles.»*

Wieviel mehr kann man auch von ihr verlangen? Sie lehnt es ab, sich vernichten zu lassen. Eifersucht ... und Liebe ... schüchtern sie nicht ein. Sie hat es bisher abgelehnt, mich zu ermorden. Oder sonst einen. Physisch. Mental und geistig hat sie einem Dutzend Leuten Schaden zugefügt. Einer Hundertschaft. Wer hat das nicht? Ihr jedoch war es bewußt. Ich will von ihr kaum weniger, als daß sie das tragende Gerüst ihres Bewußtseins einschmilzt und in neue Formen gießt, jenes Gerüst, dessen Streben aus rascher Wahrnehmung und Erinnerung bestehen und in gewisser Weise aus Licht – und aus Worten – und seltsamen, spiegelnden Seelensplittern.

«LIEBST DU MICH!» ruft sie und bricht in die intime Zone des Ficks ein.

«Ja», schnaube ich verstimmt und stecke mein Ding tiefer hinein, als es eigentlich reicht, pfähle sie und wundere mich blinzelnd, daß nicht mehr Gefühl im Phallus konzentriert ist und so viel Gefühl in meiner Brust und meinem Hintern – und in meinem rauh atmenden Mund und in meinem Bewußtsein und in einer einigermaßen gepeinigten Seele – oh, ich will *kommen* – und ist denn das alles irgendwie ihr Geschmack, ihr Werk?

Ihre Beine liegen auf meinen Schultern und rutschen ab. Ich verziehe – mögen Sie mir verzeihen – keine Miene, denn ich weiß, daß ich ein wohlgeformtes, leicht elektrisierendes Gesicht besitze. «Was für ein lachhaftes Königreich», sage ich mit Brummelstimme, ihre literarischen Interessen und ihre Schwäche für die Sprache kennend. Ich kneife sie in die Labien – drücke sie gegen meinen Schwanz – ich tue ihr nicht weh. Ich will ihr nicht weh tun – vielleicht ist es mir gleichgültig.

Sie sagte – wild: «Du bist ein Gigant ...» Oder: ein *Pedant*: ich weiß es nicht. Sie ist, von ihrer Möse abgesehen, knauserig, kleinlich: sparbrüstig: nicht ganz da – kritzelt mit Lichtgeschwindigkeit in einem Tagebuch.

«Du bist gigantisch», sagte sie, vielleicht auch dilettantisch. Dann – unverständlich: «Gib nach, gib nach ...»

Das ist wirr, aber nicht unverständlich.

Da sich die Muskeln ihres Arsches gespannt haben, nicht aber die der zuckenden und wie-hysterisch-kichernden Möse (doch da ihr Arsch stramm ist, wird auch die Möse etwas enger), bin ich partiell zufrieden, zufriedengestellt und zugleich im Zustand irgendwie rätselhafter Unzufriedenheit belassen. Ora schützt ihr Gesicht: sie traut mir äußerste Gewalt zu – wie früher meine Mutter und meine Schwester.

Verschwiegen fahre ich fort – ein Halbwüchsiger, mehr als ein Halbwüchsiger ...

«Du bist als Frau schöner als ich, Wiley», flüstert sie.

Ich rede äußerst ungern, wenn ich am Kommen bin. Ich möchte die Sache beobachten.

Trotzdem sage ich zu ihr: «Reden beim Ficken macht den Kohl nicht fett, wie meine Mutter immer sagte.» Ich schiebe Ora weiter zur Bettmitte – ich habe kein gutes Gewissen – und lege mich auf sie – auf ihre ganze Länge (wie sie sich im Schlaf auf mich gelegt hat: ein sexueller Witz) – unter so etwas wie sexuell-romantischem Schweigen, worin ich das arterielle Pulsieren der eleganten sexuellen Aufmerksamkeiten, wenn es denn Aufmerksamkeiten sind und nicht Idiotien oder sinnliche Taktlosigkeiten, als Verbindendes *fühle* und an Einsamkeit nur noch den diesem anhaftenden, stabilen Rest, den Ora nicht auflösen kann und in dem ich meine Schattenhaftigkeit vorläufig mit dem diffusen grellweißen Glanz der orgasmusnahen Sensationen überbrücke. Sie und ich bringen körperlich – und scheinbar beide vaginal – und gleichermaßen phallisch – ein vielleicht (für uns) hinlänglich gutes Selbstgespräch zustande, wie eine längere Rede innerhalb eines Dialogs, oder als sprächen wir tatsächlich einer zu dem anderen, nur spreche ich allein; sie trägt mich durch die Lüfte ... Pegasus ... Bucephalus in nächtlicher Not, wahrhaft bettelarm. Jemand hat uns, hat mich abenteuerlich *reich* gemacht –

Nur bin ich schon zu alt für eine Geschichte, worin der Bettler auf einmal die Welt zu stehlen und zu regieren gedenkt. Und doch war, was ich empfand, erkennbar *eine-Art-Liebe*. Man redet darum nicht dabei, weil Reden die Aufmerksamkeit abzieht. Auch wenn Sie sich konzentrieren, sind Sie noch von Schatten umgeben – und von viel Mistkram verfolgt ... Der junge Mann hat sein verschwitztes Gesicht an ihres geschmiegt. Im Schweiße seines Rückens, seines Hinterns und seiner Beine plackt er sich ab, kriecht einen Hang von grell auflodernden, magnesiumweißen Empfindungsgeysiren hinauf. Hier herrscht eine Heiligkeit des Vertrags, eine Demut, wie sie das Gesetz nicht kennt. Vormaliger Dünkel wird hier geschmäht. *Bettelei* und *Not* begleiten einen auf dem Weg zum Orgasmus. Man ist darin dem Licht verwandt – in diesem einfältigen, unbegleiteten, mittellosen Zustand. In dieser rückständigen, gegenwärtigen Lage. Ich fange an zu brummen – ganz leise.

«Los ... Tu, was du magst», sagt sie wie schon einmal.

Der Hintern fischt nach dem Licht, der Arsch stürzt sich darauf, das Fleisch blickt ihm still entgegen, und so vermag man zu lauschen, und die schlingernden, erhabenen, törichten Rhythmen am Rand des Orgasmus, sammelnd wirksam aus keinem klaren Grund – und das Lauschen – in Einsamkeit, nur drang Oras Atmen (unklug) in die Einsamkeit ein –

es verschleierte die Schlüpfrigkeiten des vorgeblich überbewußten oder gewitzten Obelisken – ich stemmte mich auf die abgestützten Hände. Der Gnadenstrom von Empfindungen verlagert sich sonderbar – intelligent –, als ob er spräche: eine bemerkenswerte Fähigkeit: diese sich selbst genügende Liebessprache, das nun karge Muskelgeschiebe – ein Wechsel der Rhetorik – in Anerkennung der Dominanz des ausgelösten, unübersehbar majestätischen Gefühls, das alles falsche Geplapper erstickt, jedoch axiomatisch, unabweisbar auf gewöhnliche, zugleich aber exotische und tyrannische Art. Die schürfende Lust des zweiten Mals. Der entleerte, erfahrene Wunsch nach Präsenz überlebt den Moment der Stille.

Dann wird er schwächer unter dem demokratischen Ansturm von Splittern und Teilchen der Seele und des Körpers im Vororgasmus, ein Schwall von überindividuellem Wert. Ich sträube mich, erstarre. Man sucht die Wälle zu bewahren – den alten Wirklichkeitssinn. Sie tut das gleiche. Ich werde schwindelerregend kalt. Und an den Rändern versenge ich mich hoch oben in irgendeiner Stratosphäre. Hierher folgte Ora mir nicht nach. Und wenn sie atmete, störte es. Es lenkte mich ab. Mich, bei meiner Selbstverwandlung: sie bot sich mir als Schweif an zu meiner Selbstverwandlung im amphibischen Moment – als Heraufdämmerndes, als Dämmerungsvehikel ... absurd gewaltig und unwirklich, künstlich, erhellt das innere Licht kreisend eine absonderliche Feigheit: man ist obenauf – ist dort oben – ragt jedoch mit dem verkehrten Ende nach oben, blutet Licht – man blutet vor Licht – mutlos. Die zweite Stille ist sehr tief – voll der Verstoßung – ich bin sehr jung. Das Gleitende, Klebrige an Oras Gesellschaft – ihrer Anwesenheit – und etwas Machtvolles, sexuell-halluzinatorisch-neurale Quecksilber-*Milch*, milchiges Zeug in einem erhellenden Spasmus am Ende der Welt. Verbundenheit, Komplizenschaft. Geduld mit dem ätherischen Raum mondigen Geistlichts: man hat nicht das Bedürfnis, nun einem Geschlecht anzugehören. Der Mittelkörper, der buchstäblich voll Scheiße ist und seine eigene Courage und seinen Geruch hat – jetzt ein furchtbarer, stechender Gestank –, windet sich schweißreich unter den physischen Emanationen des kuriosen, innerlichen, ungeheuerlichen, erschauernden und abfließenden oder brechenden Lichts in der, wie ich glaube, heidnischen Seelenweite des Moments. Der *Liebe*, wie wir sie erlebten ... *«Ora, mach dich für mich eng ...»* Aber sie tat es nicht. Vielleicht hatte ich es nicht ausgesprochen. Vom Anker gerissen. Entwurzelt. Das Waisenkind fühlt am Lebensursprung ein Atmen, Stille, die vom aufwallenden Spasmus erzwungenen Wendungen nach innen, die sonderbaren Vorbeben des Flügels zwischen den Beinen; der nicht-ganz-taubenkörperhafte Pimmel pocht. Dann das repetitive Auffliegen der Explosion, wundervoll heiß, gestaltlos, unfaßlich, das entmastete, seltsame Aufgehen des Vorhangs vor Licht und erhitzter Quecksilbermilch als Erklärung für den Anfang der Welt. «Los», flüstert Ora, wie bei dem Fick vor diesem. Das sexuelle Ereignis hat mich hierhergebracht. Eine mich satellitengleich umkreisende, die Richtung wechselnde solare Hitze, ein partiell entleerter, weitgehend unentleerter solarer Speicher im lunaren Licht inmitten von zeichenbildenden Schattenketten in Spasmen von verketteten, außerordentlich eindringlichen, durchdringend wunderbaren Begreiflichkeiten – die mit Sprache nicht zu begreifen sind. *Siehst du, ich hab's dir ja gesagt*, raunt das boshafte Ich. *Siehst du jetzt, was da ist?* Jeder kennt das. Aber jeder anders. Weiß anderes davon. Mein Herzschlag ging so rhythmisch wie Gänsegeschnatter in den Wehen des zweiten Spasmus inmitten des beängstigenden Schwirrens der Nerven und des Gekräusels und Krampfens von Muskeln und elektrisiertem, chemisch provoziertem innerem *Pferdegewieher*, und komischerweise, hier mehr oder weniger lächerlicherweise, gräbt dann die phallische *Schaufel* Quecksilber aus und schleudert es, Gebet und Fontäne, irgendwie seitwärts und abwärts und doch aufwärts, und, nun ja, der Leib ist damit durchtränkt und wird von phosphoreszierenden Zuckungen durchlodert, steht neuronal in Flammen, ist unbeschreiblich präsent – im Klammern und Hämmern und dann Aufgebrochenwerden um des Lichtblutsturzes, des unheimlich entzückten Verhängnisses des Spritzens willen. Um unwiderruflich heißes Quecksilberlicht zu spritzen. Ich bin jung. Ich bin bei *ihr*. Auf ihr. In ihr. Er ist keine Metapher, dieser blöde, brave, bravouröse amerikanische Glitzerkram. Der Waffenstillstand zwischen gutaussehenden Mördern. Dieser Schweiß auf meinen Wangen ... und auf meinem Hintern ... *ICH BIN IN DIESEM LICHT NICHT TOT* ... Nicht für ihren Leib tue ich dies, aber mit seiner Hilfe. Der dritte Spasmus, wippend silbern, pumpt und schwingt hin und her, zerreißend gegenwärtig in mir ... He ... Ah ... Ora sagte einmal (vor langer Zeit): *Was kannst du mir schon antun, Wiley? Ich bin keine Jungfrau mehr, ich bin bereits eine unglückliche junge Frau ... Laß uns zusammenleben* ... Also lebten wir zusammen. In der realen Welt – im Gegensatz zu der entworfenen einer Geschichte, einmal angenommen, ich könnte eine schreiben – kann ich Ora zu alldem nicht wirklich wahrhaft befragen, denn sie kennt diese allerinnersten Bedingungen nicht. Mit ihrem Körper sagte sie: *An eiskalte Typen bin ich gewöhnt ... an männlichen Egoismus beim Orgasmus. An diese Bürde, diesen Wahnsinn* ... Der vierte Spasmus ist schwach. Er kommt mit Schläue einher – mit unverschämtem Wagemut – mit der *Frechheit* bewußten Halbauftauchens, der Hoffnung. Nun merke ich, daß Ora ein bißchen girrt ... Welch *hübsche* Unbekümmertheit ... *Liebe, ein Lustspiel* ... Sie ahnt etwas davon. Meine äffischen Possen – mörderisch. Ich sehe das gesund blasse, dramatisch geschnittene Gesicht mit den dunklen Augen, kolossal präsent unter mir. Ora hat einmal gesagt: *Du bist niemals ERNSTLICH verletzt worden, Wiley*. In schmutziger, resigniert-dem-Spott-entgegensehender Gleichgültigkeit ist man tapfer – und erfahren im Orgasmus dieser Nacht – und man reitet ihn zu Ende – dieses Zeug, das *Glück* sein soll – ah ah ah ... – und nimmt mehr und mehr wahr.

Man tritt ab, durch Schleier verblassenden Geschehens hindurch tritt man auf. Oras Körper beobachtet mich. Es ist wahnsinnig – das nicht kühle, nicht gestrenge *Sich-nicht-Abwenden* eines hübschen Körpers, wenn sich die Person für einen interessiert, für Tod, für Genie eigentlich, flatternd an der Fahnenstange. Das kleine, durch Wimpernschläge modulierte Gedicht der Blicke, das erotisch nun nichts mehr verspricht: Realität. Ich befinde mich hier inmitten von Bedeutungen einer anderen Kategorie auf dem Feld von Oras Atemzügen.

Ich befinde mich in ihren Armen. In ihr, noch immer zitternd. Die Vene im Pimmel bebt. Oras Blick ist vage, läßt mir Raum für mich. Ich lande auf sichererem Grund. Ihr Blick schärft sich, und sie flüstert – unsinnigerweise: «Hör auf, alles zu registrieren.» Dann: «Ich bin da ... Los ...»

«DU BIST HÖFLICH!» sagt der junge Mann einfältig. «Ich bin fertig.» Ich hatte geglaubt, das merke sie. .

Ihr Mund – die mörderische Ad-hoc-Absolution, die ihn umspielt. Schönheit, Kriminalität und Vergebung – nun verstehe ich bestimmte Filme. Ora hat eine weite Seele – es ist ergreifend und aufrüttelnd, wieder das Leben mit sich selbst zu teilen, in dieser, in der einzigen Welt zu leben.

Darf ich fortfahren?

Ich liege hier, in Ora weicher werdend, gelegentlich schmerzhaft wieder etwas steifer, mit weniger Verwunderung und trocknend – sozusagen – unter raschen Schüben oder Hieben von frischer Erinnerung an Teile des halluzinatorischen Sakraments, die süchtig machende «Unschuld» des Halluzinierens.

Ich sagte: «Danke, Liebes.»

Nach einer Weile sagte sie: «Du wirst mir eines Tages weh tun, Wiley.»

«Physisch? Geistig?» Dann sagte ich, bevor sie antworten konnte: «Laß uns jetzt kein Gespräch mehr anfangen – es ist so spät ...»

«Ich führe kein Gespräch», sagte sie in ihrem aufreizenden Man-kann-mich-zu-nichts-zwingen-Ton. «Das ist kein richtiges Gespräch.» Dann: «So unschuldig, wie du glaubst, bist du nicht.»

Ich sagte zu ihr: «*Ich* nehme an, wir bleiben wohl noch ein bißchen zusammen, oder?»

Sie sagte nichts. Irgendeine Schicht ihres Körpers jedoch – ihr Geruch – sprach. Er brachte zum Ausdruck, wie sie und ihr Körper mich im Rahmen ihres Körpergefühls im Moment definierten.

«Beobachte uns nicht, Wiley», flüsterte sie.

Ich sagte: «Ora, bin ich abscheulich?»

«Nein», sagte sie.

«Bin ich herzlos?»

«Ich kann damit leben.» Sie sagte: «Das war eine fürstliche, eine königliche Nummer, Wiley ...»

Und es war vorbei.

Die Momente und wie sie einander folgen

Doch, die Momente folgen – den Momenten – als Kette von Elefanten, von Räumen, von Waggons eines Eisenbahnzugs, so unermeßlich wie das All, als unsichtbarer, aber fühlbarer Zug von sich materialisierendem und verschwindendem Allem, die großartige, verborgene Eisenbahn der Zeit – ha-ha –, und falls um sie herum etwas ist, Zonen eines Alls, das den Zug umfaßt – dunkle oder erhellte Sphären, eine Landschaft vollkommen anderer Art – dann bewegen auch diese sich im Lauf der Zeit ... *In den folgenden Momenten* – in der Reihe der wie von einem Kind umgeblätterten, gefächerten Nuns – atmet man – und vielleicht findet man sich in den Aktionen – Fluxionen – Artikulationen des Abflauens – der Nerven, des Bluts – im leisen Wunder des Erwachens aus dem sexuellen Geschehen auf diesem fremden Planeten *Nachher* wieder, Schauplatz nackter, kannibalischer Impulse – auf dem sich, vielleicht zu meinem Entsetzen, Vertrautheit regt; jeder Morgen hallt hier nach, Wachheit, Erwachen ... Odysseus, der durch die Brandung zur Inselküste stolpert – ein Landstreicher, der vom Güterwaggon springt – die unschuldige Dämmerungsblässe der Objekte, verschwommen konturiert vom fernen Licht, das unser Fenster vor der Schwärze bewahrt, die es in einer mondlosen Nacht auf dem Land füllen würde – was soll man als nächstes tun? Was ist denn dieses *Nachher*? Ist es wahrer als das Vorher? Der Grad, in dem sich Momente unterscheiden, ist charakteristisch für die Wirklichkeit. Warum gleicht nicht jeder Moment weitgehend dem anderen? Die Gefühle hier sind – ein wenig – abgeschwächt und verdorrt, und ein merkwürdiges, ziemlich archaisches Tribunal tagt hier – nackte Stammesälteste im hübschen und zugleich erbarmungslosen Nachlicht, im Licht unvermittelter sexueller Erinnerungen – ah, oh, huch, ach, das Licht! Das Licht! DER LIEBE MISSTRAUEND – DEM LEBEN letztlich –, rastlos wie in der heiligen-und-weltlichen Prozession der Momente, oder nein, des rituellen, beiläufigen, unnachsichtigen, kapriziösen Prozesses der Momente, wie sie sich in ihren Seinsverläufen darstellten, in ihrem in diese und in jene Richtung deutenden Fast-Dasein: indem ein solches Knötchen sich mir nähert, wird es zum leisen Flügelhauch nervösen Wiedererkennens der unermeßlichen, unendlichen und unwesentlichen Prozesse, in denen meine Haut dahinfuhr – so etwas wie ein genähtes Kajak in dieser unheimlichen, anscheinend sprudelnden, antreibenden, kitzelnden Strömung – dieser allgegenwärtigen, in die zutiefst inspirierte, inspirierende Richtung meines Todes, des Todes von allem weisenden Strömung, und leicht verräterisch schlängelt sich der Moment einem grausam harten, apokalyptischen Sinn entgegen – dem Beweggrund zu! Ich werde angetrieben und dahingetragen, geschoben und überall berührt, beansprucht und gepeinigt von einer bloßen Ahnung des Beweggrunds, von dieser Ahnung überschwemmt, von deren diversen Formen erfüllt – ein Kongreß widersprüchlicher Gefühle von vergehender Zeit – ich ertrinke in Wirklichem; kühl ersticke ich an meiner Dumpfheit, obwohl ich doch sofort nach den seltsamen, halb-halluzinatorischen Sekunden des Orgasmus wieder atme; ich ersticke an innerer Verzweiflung darüber, daß ich real bin, daß wir real sind – es ist wie Geborenwerden – in mein Leben hinein: da dies nun einmal mein Leben ist: ich bin in die Pflege von diesem und jenem verstrickt – Ora nahe zu sein war so, als trüge oder besäße ich eine Haut, die nun meine geworden ist – tätowiert? Nun, gestaltet. Es würde mir niemals gelingen, diese Momente völlig abzustreifen – ein Kostüm, das ich spürte und nie sah.

Ich zündete mir eine Zigarette an (damals in den fünfziger Jahren) und setzte den ruhelosen Bedeutungsströmen faktische Bewegungen entgegen. Ich stand auf, sagte «Muß mal pinkeln» und ging im Dunkeln, nackt wie ich war, in das kleine Bad über der 68th Street, unter mir die Lichter der tiefen Nacht, etwas walgleich Vorüberrauschendes, ein Laster, ein Lieferwagen. Der herbe Rauch, die kalten Kacheln, der eine Spur glitschige Badezimmerläufer bedeuten, daß ich da bin – auf dieser Ebene des aktuell Faktischen –, und im Halbdunkel bleibe ich stehen: mein Körper ist noch dünn, nicht mehr so dünn wie bei der Geburt oder mit vierzehn, aber doch dünn: ich habe die Linie deutlich vor Augen, die einige meiner äußeren Ichs in anderen, zurückliegenden Momenten verbindet; und die Sehnsucht – der Ärger über die Sehnsucht und der leidenschaftliche Wunsch, mich nach Dingen nicht zu sehnen, sondern sie zu besitzen und ruhig, am Ufer angelangt, eingeschlafen, ein Liebender, kein Liebender oder was immer zu sein – ist Sehnsucht nach einem Absoluten, dem einzigen Absoluten, nach dem Satz, der einen Aussage, dem Wort, der Silbe, dem Hauch der Intention zu sprechen, worin der Roman, dieser hier, und die Momente und ihre Wirklichkeit geborgen sind, so rein – nun ja, so vernünftig – aufgehoben sind wie ein Samen im Keimblatt oder ein Baby im Uterus oder meine Augen in ihren Höhlen, oder wie ich – angeblich, nach diversen Theologien – im Auge und im Geist Gottes aufgehoben bin.

Doch Gott ist hier, an der Madison Avenue, so reizbar und gewalttätig wie auf Sinai, eine Herrlichkeit, der es beliebt, sich mit Geschlechtsunterschieden und Armeen und vielleicht mit der Zeit abzugeben, da die Zeit – unblasphemisch ausgedrückt – *SEIN Wille ist.* Ich fühle mich wie im Bart des ungeschlechtlichen Gottes, den ich als männlich wie mich verstehe, doch dann auch wieder als weiblich und als Auslöserin sexueller Stürme.

Eine Liebe so flüchtig wie die andere. Ich betete sozusagen halb, während ich pißte, den gesenkten Kopf auf den Arm an der gekachelten Wand gestützt, die Nase nah an den Kacheln, mit seitwärts gebogenem Rücken: *Laß mich etwas sagen, laß mich etwas fühlen, das vollkommen und einzigartig und einfach wahr ist* . . . befreie mich aus der Zeit, laß mich einfach lieben . . .

Doch schon während ich dies dachte, während das bald metallische, bald matt donnernde, bald klingelnde Pißgeräusch zwischen den Wänden ertönte, war ich an einem anderen Ort, auf so etwas wie einem Geröllhang . . . Ich weiß nicht, wo ich bin . . . Ich weiß nicht, ob ich sie liebe . . . ob ich sie weiterlieben werde. Die Zeit, die zeitliche Wirklichkeit in ihren eigentümlichen, dem Tod zustrebenden Wirbeln und Strömen, ist so voll Wahlmöglichkeiten, daß man nüchternen Willens das Nicht-Wählen wählt: *Die Welt ist . . . Meine Psyche ist . . . Die Liebe ist . . . dies oder das, aber starr: eine starres Muster.*

Es ist jedoch nicht mehr so wie für mich als Kind: Formeln und Zitate stillen nichts. Das Zischen der Zeit – das nicht ganz zu hören ist – eine Gans, ein Wirbel im tosenden Meer, ein sich entfaltendes Rauschen – und *plötzlich* (gar so plötzlich nicht) bin ich im Besitz meiner *professionellen Sinne*: Ich stehe nun am Hang einer gewissen Nüchternheit – oder jedenfalls meiner wachen Sinne –, da mein wandernder Geist – dieser skeptische, heftige Beduine – im Dunkeln die bei dieser Haltung abwärtsweisenden Formen auf der Vorderfläche meines Körpers sieht und den Pißstrahl im Dämmerlicht und den unbeleuchteten, ausgehöhlten Mond der Toilettenschüssel.

Geheiligt, geheiligt, geheiligt sei dein Name. Die tonlose Musik der Momente – und die der Pisse – im Dämmerlicht – die tonlose Musik sogar des Dämmerlichts – und ich, auf meinen Arm – auf mein Glück – gestützt, ich betrachtete mein *Glück* – und den im Klo liegenden *Löwen* der Präsenz. Gottes Löwe, die Kacheln – liegend, lügend, fabulierend, und in mir das Rauschen von Tauben, Insekten, Blättern, Böen in toten Blättern, von Staub, der kuriose, alle Bewegung ignorierende Stillstand – dahinziehende Emotionen . . .

In Spiralen verlaufende, landende, sinkende, solche, die mit Gewicht prunken, wenn sie im Wasser versinken, während sowohl willentlich Stillstand herrscht als auch eine gewisse Stabilität mancher Schicksalselemente – wie man zum Beispiel Füße hat, *wenn* man Füße hat; man ruft laut – als ob lautes Rufen ein Wellenbrecher wäre und Wörter Steine darstellten, mit denen sich ein weiterer Wall oder Damm errichten ließe – als ob sie einen Hauch des Heiligen darstellten, das heißt, wenn das Heilige nicht die Zeit wäre – «ORA, DU HAST DICH FÜR MICH NICHT ENG GEMACHT.» Wie kurios doch die Sprache ist: man meint: Sei vernünftig, laß uns vernünftig sein; laß uns vernünftig und unsterblich sein – und Absolutisten.

Wie man sich danach sehnt, auf All-umspannende Weise recht zu haben. Man betet: *Lieber Gott, zeig mir doch nur Deinen kleinen Finger . . . Ich bitte um nichts, was die Geschichte verändern würde*. Und dann – einsam und aufgewühlt, wie man ist – bezwungen und besetzt von Unruhe und Pflicht – bezwungen und besetzt von Realität – und sexuell nicht geleert; und man fühlt noch *ihre* Fußabdrücke, die Mösenwandung, das sexuelle Zeug überall auf und in einem, und das Bewußtsein ist halb von ihr besetzt – und von dem nicht weichenden Eindruck, daß sie den Orgasmus gestört, sich nicht eng gemacht hatte – wichste der junge Mann – rasch: wund und umstandslos. Ich wichste: aus folgendem Grund – um nicht eifersüchtig zu werden, um so ausgeglichen zu sein, daß ich nicht über Ora herfiele – daß sie mich *interessant*, geheimnisvoll, anders, nicht-wie-erwartet fände.

Ich will mir selbst gehören.

Ich finde mich in diesem seltsam trudelnden, dumpfen und dummen Entwurf eines halbverlorenen Ichs – stimmt das? – finde ich den früheren Mann wieder, denjenigen, der den Halluzinationen anheimfiel, aus denen ich erwacht bin, aus denen ich vertrieben bin? Derjenige, der den Garten betrat, ist nicht derjenige, der ihn verlassen hat, vorbei an Engeln mit Flammenschwertern an den Toren. Entflammten und wunden Schwanzes, flammengeschlechtig, wund, dachte ich an ein paar schmutzige *Darstellungen* von Sex – absolute Vorstellungen von Geschlechtlichkeit: Bücher, Bilder. Ich dachte nicht an sie *(Ora)*, sondern an Gebumse in dieser oder jener berühmten und berüchtigten Dichtung.

Sogleich stieg im Blut etwas Übriggebliebenes auf. Scham und Unverschämtheit, das seltsam flirrende Privileg (jung zu sein) in mir, das noch-nicht-genügend-gedämpfte Strahlen – der überdehnte, vorwärtsdrängende Makel neidvoller Individualität – als wäre Individualität eine Absage an den Tod – oder eher, als wollte ich Tod und Leblosigkeit umarmen und nicht Zeugung und Schöpfungen – nicht mein Leben mit Ora ... Der schlechte und rebellische – aber bevorzugte – Sohn, ich, kam *ein bißchen*. Aus eigenem Willen – Gott und Ora sollen verdammt sein. Zur Hölle mit der Zeit. Ich kam *ein bißchen*. Nur. Und es tat weh. Es rauspressen. Ins Dunkle spähen. Die Zigarette in die Toilettenschüssel, den Urin, das Sperma fallen lassen. Den sexuellen Daumen schlenkern ...

Durchatmen. Die Gerüche wahrnehmen – die der Stadt, die durch das offene Fenster dringen – der Kacheln – des Zeugs in der Toilettenschüssel – meiner Brünstigkeit. Was sich da in meinen Eingeweiden regt, dehnt sich und tut mir weh: *Gesetz, nimm deinen Lauf* ... Die Blasphemie war damals eine private, und es ist heute keineswegs beabsichtigt, jemanden damit zu schockieren: das Toilettenpapier war ein sonderbarer Kommentar zur Torah – kein blasphemischer. Wir schreiten in den Prozeduren der Zeit voran – zum Schluß die Reinigung meines Daumens sowie der hinteren Hälfte des Toilettensitzes. Die Spülung führt einen punktuellen Strudel herbei. Ah, mein Gott, der Verstand bedarf für seine Experimente einer Begrenzung der Anzahl von Faktoren.

Der Welt aller Dinge.

Ora liegt schläfrig im Bett und raucht. Üppig grenzenlos kommt sie mir vor – eine aus geringer Entfernung durch Licht und einen Türrahmen hindurch gesehene Gestalt; und dann bin ich am Türrahmen vorbei; und das relative Format der Gestalt verändert sich, das aristokratische Amüsement eines Körpers, an dem selbst Brüste und Rippen in ihrem Erscheinungsbild, ihrer Haltung aristokratisch sind ... der siegessicher amüsiert wirkt, herausfordernd frei von Schuld – voll irdischen Wissens um die inneren Nachrufe in einem – um das gleitende Leben. Ora ist der andere Körper dort – Oberschenkel, Unterschenkel. Sie hat eine Lampe angeschaltet. Sie gehört nicht der Mittelschicht an. Nicht der Arbeiterklasse. Auch nicht der gehobenen Bohème ...

Mein Eindruck, sie sei stabil – *sie* sei zeitlos – sei aus dem Brodeln des sublunaren Stroms aufgetaucht und woge äußerlich und innerlich einem Ziel zu – ist stark und kindlich. Vielleicht bin ich von ihrer Präsenz umfangen.

Vor mir scheint sich der Weg zu gabeln – soll ich sie anbeten oder *es* – vielleicht eine Gnade oder einen Segen – oder eine Verbesserung des Lebens; oder soll ich – und dies ist in mir stärker – wieder an die Arbeit gehen, unter dem Mond und mitten in der Nacht, weil auch Ora von der Zeit umfangen ist und Zeit gefangenhält, weil ihre Emotionen sprudeln und schäumen und weil wir sowohl einander ähnlich als auch unverwechselbar sind: wir sind beides zugleich.

Und das Bett ist unser Floß; und ebenso sind unsere Willen unsere Flöße.

Das Arbeiten mit Pinsel, Messer, Nadel, Axt, das Kapitän- und Mannschaft-Sein, das Hacken und Ausstoßen, Hüsteln und Stocken – ich räuspere mich sehr oft: es kommt nicht darauf an, daß ich mich so danach sehne, stillzustehen und den Löwen Gottes im Raum zu spüren und mysteriöserweise Gottes Atem in mir – das Beben und die schüchterne Verwegenheit des Chorals dessen, was (so gesehen) mehr als die Summe von Molekülen ist – ich habe vor langem den menschlichen Weg gewählt: ich möchte, daß Ora überlebt. Ihre Art, hinterher zu masturbieren, besteht darin, daß sie mein Verhalten mißbilligt und mir dann vergibt – wer genietet wird, nietet zurück – Ora jedenfalls, aber das taten auch die anderen, die ich gekannt habe; man schlägt sich mit diesem Wissen herum, das weder Allwissenheit ist noch mit Allmacht oder mit absolutem Rechthaben verknüpft. Ora zu sehen heißt in gewisser Weise, die Zeit verkörpert zu sehen – mehr nicht. Sie wird mich nicht sexuell attackieren, wie ich es tue – die Parallelvorgänge, die parallelen Waffen entsprechen einander nie ganz, aber sie sind von einer unheimlichen Äquivalenz, die ich «Liebe» zu nennen lerne – Ora wird mich als anmaßend männliche Seele und als Lügner attackieren – als einen, der sich selbst belügt. Über den trennenden, dunklen Zwischenraum hinweg – sie befindet sich im Licht, ist nackt und raucht – und ich befinde mich im Dunkeln, bin nackt und nähere mich dem Bett – sagt sie: «Wenn ich Künstler sein könnte, wäre ich ein guter, kein moralistischer.» Sie wäre ein besserer Künstler als ich. Doch in letzter Zeit fürchtet sie mich, und flink sagt sie – und eine flinke, schläfrige Stimme ist, wie Sie wissen, unverkennbar unaufrichtig: «Du bist mein Leben.»

«Liebesgerede mitten in der Nacht», sagte ich; ich war nun nah am Bett und schaute auf sie hinunter – auf Nabel und Bauch, Brüste und Finger – den Schauplatz der Seeschlacht – oder Jericho, wo die Mauern fielen. Die Windharfen und Trompeten Gottes – der Zeit – des Wahnsinns – des Bei-Sinnen-Seins, welches ein unheiliger, hinterlistiger Zustand ist – erschallen, tuten und summen rings um uns her, schockieren bald Ora, bald mich. «Zeit, an die Arbeit zu gehen? Brücken zu bauen. Zu schlafen.» Was sage ich eigentlich, wenn ich *schlafen* sage? Sie weiß zum Teil, was ich damit sagen will, doch diese Redeweise gleicht dem sexuellen Geschehen insofern, als sie nur begreiflich ist, während sie sich ereignet, und einen danach, als Erinnerung, reizt und schockiert. Ich bin bei der Arbeit; es ist eine Art von Liebessprache. Ich steige ins Bett, unter das Laken – dann werfe ich das Laken von mir – ich bin noch nicht bereit, mich der Furcht, Sorge, Ruhelosigkeit oder Verzweiflung zu ergeben.

Ich bin jedoch auch noch nicht ganz bereit, weiterzumachen; und ich verabscheue Erinnerungen: wie seltsam, daß dies beides gleichzeitig existiert – daß ich *ERNEUT DER ZÄRTLICHKEIT* und dem Wissen um die Dinge entgegensehe, falls ich jetzt oder jemals wieder auf eine Weise empfinden sollte, die als präkoital gelten kann.

Nackt strecke ich die Hand nach einer weiteren Zigarette aus und sage: «Wer weiß, Ora? Wer weiß?»

«Du hast einen hübschen Hintern», sagt sie *verräterisch*. Das heißt, daß ich zum Menschenopfer vorgesehen – ein Schatz – ein Kind – sexuell überzeugend bin (in einem bestimmten Grade).

Wir haben an diesen Dingen schon öfter Verrat geübt, beide; was vorhin vorgegangen ist, wurde schon so oft hintertrieben, daß es tausend-und-millionenfach doppelt hintertrieben worden ist; auch dies ist eine Sache, die unsicher wippend in der Schwebe hängt. In kaltem Ton sage ich: «Ora die Liebende ... Ora die Liebeserfahrene ...» In gewisser

Weise würde ich sie gern zu einer absoluten Aussage reizen, die mich glatt in felsenharte Unbeirrbarkeit schleudern würde.

Absoluter Nihilismus würde vielleicht genügen.

Sie sagte, plötzlich gequält – für Aufrichtigkeit irgendwie zu laut: ich meine, wäre sie aufrichtig gewesen, hätte sie es anders gesagt – sie dröhnte wie eine reiche Göre, die mit einem Machtkoller, ganz die mich liebende Gebieterin, zeigt, wie vital sie ist: «BELEIDIGE MICH NICHT!» Dann, mit ätzender Wut: «Beleidige nicht, was wir hier haben! Mein Gott, du bist der einzige Mensch, den ich je ermorden könnte. Du gibst einem Anlaß, die schlimmste Sünde zu begehen.» Dann: «Ich hab ganz vergessen: Juden sündigen ja nicht – oder?»

«Frauen nach dem Ficken sind Zicken. Hauen klein, was sie nur können.» Ich gebe an. Werfe eine Idee hin, als wäre ich ein leichtfüßiges Mädchen, das mit ein paar goldenen Äpfeln seinen Verfolger ablenkt. «Weiß ich nicht. Juden sind komische Leute. Ich mag die Raucherei nicht ... Schmeckt nach Scheiße.»

«Ich mag das Verschleiernde daran», sagte sie. «Es gefällt mir, nach dem Päckchen zu greifen und eine rauszuziehen – du kannst natürlich was anderes rausziehen ... Aber was soll's, ich bin ja nun wirklich keine Freudianerin: ich glaub das alles nicht ... Ich hab noch nie geträumt, ich hätte Hörner.»

«Ora, wenn du nach einem Traum aufwachst, hast du dann das Gefühl, du hättest alle im Traum im Stich gelassen? Daß sie ausgelöscht – massakriert worden – sind – und du, na ja, du ziehst sozusagen nach Washington und regierst am hellen Tag die Welt? Ist es ein bißchen so? Betrachtest du es als Massaker, wenn du aufwachst?»

«Ich dramatisiere die Dinge nicht so wie du. Ich bin keine Jüdin ... keine jüdische Schriftstellerin.»

«Aus Euch spricht, nun, Haß, Eifersucht, Mitleid – und all das aus kurioser Tochtertreue ... Jack gegenüber ...»

«Danke, falls das ein Kompliment war. Ich weiß im Grunde nicht, wovon du sprichst.» Sie kämpft gleichsam breitbeinig – wie vor Ilium inmitten von Gefallenen – oder wie in der Brandung –, und ich habe dabei das Gefühl, daß sie zum Teil für uns kämpft und nicht nur gegen mich, nicht nur in ihrem eigenen Interesse gegen mich – nicht im Interesse ihres Vaters und dessen Stolzes – sie hat ihn verraten. – Ich begehe Verrat an meiner Arbeit und an vielen Ideen, an denen ich im College mühsam festzuhalten versuchte (im Versuch, mich *auszuzeichnen*): sie kämpft dagegen an, wie es in der realen Zeit um uns steht. Sie sagt, als nähme sie keine Notiz von dem, was ich und sie gerade gesagt haben: «Aber in Wirklichkeit bin ich's doch ... Jüdin. Ich bin dein Zwilling, Wiley; ich bin wie ein Stift in deiner Tasche.»

«Seit wann?» Ich schenke ihr nun wirklich Aufmerksamkeit. Es ist in keiner Weise wahr. Kaum daß sie meinen Ideen Raum läßt: sie teilt sie ganz gewiß nicht – verficht sie noch weniger.

«Seit ich aufgehört habe, verrückter als du zu sein», sagt sie unsinnigerweise, witzelnd – und plädiert damit in Wirklichkeit für das Unsinnige oder Unlogische, für ein organisches Gebilde aus Absolutheiten, die innerhalb eines Sakraments von Konventionalität-plus-Inkohärenz in der Schwebe bleiben, jedoch nicht wirklich in der Schwebe. Man kann sich schwer erklären, wie in einem anderen wache Aufmerksamkeit nach einem Orgasmus heranreift – nach dem zweiten, von dem sie weiß, tatsächlich nach dem dritten. Vielleicht weiß sie, was ich in der Dunkelheit des Bads getrieben habe. Was sie sagt, ist für sie nicht unsinnig: jedenfalls sind ganze Sinnlandschaften darin enthalten: «Ich mag die Träumereien nicht mehr – soll ich dir den Nacken massieren?»

«Keine Träume mehr? Du?» Wiederum ist es nicht wörtlich wahr. Es ist in gewisser Hinsicht wahr. Und die Massage: oft kann ich nicht – überhaupt nicht – schlafen, wenn wir so lange wachbleiben. Wenn ich so lebendig bin oder mich so stark darum bemühe wie in dieser Nacht. Keine Träumereien mehr und eine Massage gegen meine Schlaflosigkeit, das ist eine von Schatten und Sonnenschein gesprenkelte Art zu sagen, sie werde für eine Weile *zulassen*, daß ich wirklich für sie existiere. Das ist so verstörend eindringlich wie ein Fick, wie der in Ora eindringende Schwanz, oder sogar noch eindringlicher. Kurioserweise – denn sie zuckt nicht richtig mit den Wimpern; ihre Lider bewegen sich nur sehr rasch auf und ab – ist es, als brächte sie mich, eine Tatsache, ein Motiv zur Welt. Vielleicht ist es jedoch kein Moment, in dem sie etwas von mir verlangt. Wenn ich sie wäre, würde ich von mir verlangen, daß sie mir etwas gibt: wahrscheinlich sich. Sie verlangt von mir, daß ich bei ihr bleibe ... Und – was mich mehr ergreift – daß ich nicht allzu unglücklich bin. Das heißt, sie verlangt von mir, daß ich nicht als derjenige schreibe und fühle, der ich wirklich bin. Aber sie verlangt das auch wieder nicht ganz ... Natürlich hängt es nun davon ab, ob sie verlangt, daß ich den Preis für etwas bezahle oder etwas Bestimmtes tue. Doch sogar das wäre in Ordnung, falls sie etwas weit weniger Wertvolles verlangt, als sie bietet. Wie ungeheuer viel sie im Leben bietet, ist völlig klar: sie setzt sich über Ideale und über ideale (oder hinterlistige) Bedingungen hinweg. Sie möchte nicht, daß ich mich leichtsinnig von unserer Vögelei abwende. Oder von ihr. Sie hat den Einsatz erhöht. Vielleicht. Möglicherweise bin ich von emotionalen Wahrnehmungen durchdrungen, die ein komplettes Mißverständnis, pures Wunschdenken sind. Letztlich bin ich vielleicht ein Narr, und nichts sonst vielleicht.

Ich sage zu ihr: «Du bist viel rücksichtsloser als ich, Ora – ich fürchte mich vor dir.» Gemessen an dem, wo sie steht, ist das ein Schritt zurück. Ich zerre sie auf diesem steinigen Abhang mit.

«Das solltest du auch», sagt sie. «Aber der Rücksichtslose bist du.»

«Meine Güte, Ora, weißt du eigentlich, wie hart ich daran

arbeite, für dich annehmbar – liebenswert zu sein? Ich schufte mir den Arsch wund, damit die Dinge funktionieren.» Dann sagte ich, nicht gerade schmollend, eher nobel (wie ich fand): «Ich möchte an meinen Träumen für mich festhalten ...»

Ora ist nicht einfach heterosexuell. Sie ist nichts einfach.

«Papperlapp», sagte sie im Salonton. «Du fürchtest dich nur vor dem, was wir hier haben.» Dann ging sie noch weiter – durch Vorhänge und über Berge in eine Form von Wahnsinn hinein, die ich mit allem, was in mir männlich ist, hasse: «Ich möchte, daß du mich träumst.» Die Haß und Ehrfurcht gebietet. Einen in seiner Flugbahn beeinflußt. Ich weiß nicht, was mein Gesicht, meine Atmung und mein Hals gerade tun. Ora weiß es, zieht Schlüsse daraus, stimmt ihre Gedanken darauf ab, peilt und sagt: «Du verstehst nichts von Menschen, Wiley. Weisheit ist nicht das Entscheidende.»

«Das weiß ich.» In anderen Nächten habe ich zu ihr gesagt, es sei nicht weise, von der Liebe zu sprechen: *Das ist nicht weise ... Ora*.

Jetzt sagt sie: «Du verstehst die Liebe nicht ... Ich hab's dir doch gesagt: Ich bin sehr stark.»

«Das ist verflucht wahr. Verfickt wahr ... Ach, verfickt und zugenäht ...»

«Du brauchst nicht so hart zu arbeiten ... Ich bin da. Und ich wünschte, du würdest nicht in diesem Ton vom *Ficken* reden ... *So* angelsächsisch bin *ich* nicht.» Dann: «Und sprich nur für dich ...»

«Ich bin's aber. Und ich tu's. Du bist also nicht angelsächsisch?» sagte ich in ihre unbeholfene Massage hinein. «Mein Gott, dir kann man unmöglich vertrauen.»

«Wiley, das tut weh ... Das ist eine brutale Bemerkung.»

«Was für ein Drachen du bist! Was für Drachen Frauen doch sind ... Du sorgst dafür, daß ich dir von einem bestimmten Punkt an nicht trauen kann.»

«Einen anderen als Selbstverständlichkeit zu betrachten

ist nicht gut, Wiley. Kleinlichkeit paßt nicht zu dir.» Sie war sich nicht sicher, ob ich mich über sie lustig machte.

«Ficken, ficken, ficken», sagte ich. «Ficken macht jeden klein, und es hat seine transzendenten Seiten.»

Das weckte Neugier und Neid in ihr – oder Konkurrenzgefühle. Sie war sich nicht sicher, ob ihr das, was ich da sagte, schon aufgefallen war. «Willst du noch einmal vögeln, Wiley?» fragte sie.

«Nein. Gib mir nicht das Gefühl, winzig zu sein, Ora. Ich bin ausgepumpt.»

Sie sagte: «Ich weiß nicht, wie du dich ertragen kannst – bei deiner Sichtweise ...»

Ich sagte: «Ich sehe, was ich sehe – ich bin, wie ich bin – Kleinlichkeit paßt zu mir.»

«Du solltest mehr auf mich hören, Wiley. Ich weiß eine ganze Menge ... ich liebe dich – eine Frau meines Formats hat nicht allzu oft Gelegenheit, das zu sagen – nicht in *diesem* Leben, Wiley.»

«Ich höre oft auf dich», sagte ich. Dann: «Wir sind zwei schmutzige Bälger», sagte ich.

«Wir sind nicht *schmutzig* – ich habe viel gesehen und weiß, was schmutzig ist», sagte sie.

Nach einer Weile kam ich über meinen Anfall von Eifersucht hinweg und begann zu ahnen, was sie meinte; und ihrer Stärke brachte ich Haß und Mißtrauen entgegen – während die Aufmerksamkeit reifte und ich beschloß, weder mit ihr zu kämpfen noch sie zu verlassen – so vertrackt war das alles, so seiltänzerisch. Ich sagte: «Gute Nacht, Ora», und meinte damit, sie habe sich blöd benommen. Ein Hörspiel, das von einer Frau handelte, die sich blöd benahm, hatte damit geendet, daß der Mann «Gute Nacht, Gracie» zu der Frau sagte.

In die Dunkelheit hinein sagte Ora: «Du bist niemals ungeliebt gewesen ... Sei nicht rücksichtslos ... Gib zu, daß du verwöhnt bist.»

«Nein.»

«Du hast mich zerstört, Wiley.»

«Gute Nacht, Ora.» Dann: «Danke.» Dann: «Sollen wir jetzt über dein Schicksal sprechen oder schlafen?»

Im Dunkeln sagte ihre Stimme: «Du bist wirklich für mich – mein Gott, und wie! Ja, du bist wirklich für mich.»

«*Manchmal*», sagte ich.

Sie sagte: «Du hast großes Glück.»

«Ich bin ein Mann, der Glück hat ... Und du bist eine schöne, intelligente Frau – manchmal.» Sie schnappte nach Luft, so verletzt war sie. «Zwar nicht übermäßig viel Glück, aber doch Glück ...»

Aber sie atmete noch ein paar Sekunden tief, und als sie dann sprach, überging sie ihre Verletztheit: «Ich möchte, daß du glücklich bist ... Wir haben gut gevögelt, Wiley, und das weißt du genau ... *Bitte* sei glücklich: das Leben ist sehr kurz: ich möchte, daß du jetzt sehr glücklich bist, wenigstens für eine Weile.» Dann sagte sie, als verlese sie ein College-Referat – wenn sie so sprach, blieb ich manchmal eher aufmerksam und konzentriert als bei emotionalem Gerede: «*Ich* spreche unglaublich gern beim Sex ... Das war ein richtiger *coup de théâtre*.»

«Schlaf jetzt.»

«Du auch. *Dors bien*. Dir gegenüber bin ich nicht selbstsüchtig, Wiley.»

Wir hielten uns im Dunkeln bei der Hand. Das Pochen des Bluts in uns war ein Pochen gleichzeitigen, jedoch ungleichen Amüsements – unausgewogenen Humor im Dunkeln: den besaßen wir. Dann – so, *als nächstes* – schlief sie ein. Mit mir in einem Bett schläft sie ein. Ihre Seele verweht wie Rauch; ihr Atem klingt wie ein dürres Blatt auf einem Marmorboden ... Ein winziges, schwach hallendes Geräusch markiert, wo sie ist und wo nicht.

Und ich weiß dies, weil ich wach bin, ausgebrannt, voll erschöpfter Hoffnung und halb-erschöpfter Halb-Panik – nervös wach. Ich bin fast friedlich bitter, so unabänderlich wie eine alte Narbe – in diesem seltsamen Licht so schwach wie der Schatten, den ich werfe, wie bei Mondschein. Die Halluzinationen im Schlaf, glanzvoll, melancholisch, monarchistisch-*faschistisch* – meine Träume, jene, die sich mir nun nähern, die schon in mir sind, während ich hier wach liege und mich nach Einfachheit sehne – nach einem endgültigen Urteil über die Emotionen –, schrecken mich. In meiner auch-amüsierten Müdigkeit beginne ich – das seltsam scheele, zischende, schwach knisternde Observatorium, das ich bin – mich (ein wenig) auf partiell gegen meinen Willen aufblitzende sexuelle Erinnerungssplitter zu *konzentrieren* – unzusammenhängend, *aufreizend* – eigentlich wie Werbespots. Ein Grund, weiterzuleben – bis zum nächstenmal. Sich im realen Leben sexuelle Erinnerungsfragmente zu vergegenwärtigen bedeutet, sich augenblicklich von Glutpartikeln ablenken und überzeugen, bewegen, verlocken und erneut verlocken zu lassen. Das Grausame daran, von dem bitter sauersüßen, halbtollen Feuerpfeil getroffen zu werden und in noch frische Sensationen, in heraufbeschworene Fragmente davon zu gleiten, noch einmal, in silbrig-dunkle Wechselreaktionen, Wechselregungen, ölig, schweißglatt lichtverseucht ... das *Rein-und-Raus* – das ganze, ungeheuerliche, entsetzliche Gewicht unabsichtlich-aufreizend pornographischer Erinnerung, sobald Ora eingeschlafen war, es ist, wie gezwungen oder rüde gedrängt zu werden (mit Handgreiflichkeiten oder vagen Horrordrohungen) – zu begehren; sich anzubieten oder um Triumphe zu bemühen. Es ist unziemlich. Das Reisegefühl beim sexuellen Tun, die Arbeit, das Augenmaß (und die sündhafte Maßlosigkeit), die man investiert, das Mühselige und Repetitive wird bei diesen mentalen Blitzbildern fortgelassen, doch das Fortgelassene umgibt als intellektuelle Aura die wie-ausspionierte Erinnerungswirklichkeit.

Und auch der Finstere-Wald-Aspekt, der Eindruck, daß man sich durch einen unter Strom stehenden Dschungel schlägt, die schreckliche Angst und all die Entscheidungszwänge werden fortgelassen: die Verlockung in ihrer splittrigen Kürze, mit ihren phantastischen, geistreich selektiven Verkürzungen ist semi-absolut, deutet atmosphärisch auf das Absolute oder auf *ein* Absolutes hin. Die Sache, die geschehen wird, gleicht nicht dem Gedanken jetzt – nicht der Erinnerung ... nicht den komprimierten, dichten, unsinnig wirkenden, fortgelassenen oder kurios und manipuliert wiederkehrenden Sensationen.

Oras Bein schlängelt sich über meine Beine. Wie ich schon sagte, haßte ich ihre nächtliche Erbarmungslosigkeit. Einen Arm hat sie mir über den Hals geworfen. Ich schiebe ihn auf meine angeblich stattliche Brust hinab. Es ist Arbeit, mit einem Menschen verbunden zu sein – mit Ora ist es, wie ein Pferd oder einen Hund zu halten. Oder einen Rasen zu mähen. So wie sie schlief, in ihrer traumhaft vollkommenen Herrschaft über den Schlaf, atmete sie mit grandioser Befriedigung. Ich begann innerlich zu weinen ... Ich hatte es nicht bewußt herbeigeführt ... es geschieht mir, wie so vieles: etwas aus der Vergangenheit kehrt zurück – als wären alle starken Gefühle, sobald ich müde (und fast krank) bin, miteinander verknüpft. Ich maß ihm keine große Bedeutung bei – dem Teil von mir, der da zurückkehrte – dem geisterhaften anderen Ich, das nun in mir verkörpert ist und sich so geisterhaft verhält – dieser innere Schmerz, dieses ermüdende, unermüdliche infantile Schluchzen ist eher Deutung, Begleitstimme und Musik, ist eher Symptom von Hilflosigkeit-in-gewissem-Sinne als Appell zum Handeln.

Ich kann es zur vorherrschenden Ausdrucksform erheben. Was, o was wäre richtiges Handeln? Ich brauche ein Zeichen. Welches Recht, mich zu täuschen, habe ich in dieser Angelegenheit? Welcher Irrtum, wieviel Irren steht mir zu? Erläutere mir das. Zeig mir einen Himmel. Zeig mir eine Hölle. Stelle Gesetze auf. Lenke mich. Nur sag nicht: *Tu, wie ich dir gebiete*. Nein. Tu das nicht.

Schurken – wie zum Beispiel Ora, Jacks Tochter – und Nonies Bruder, ich – lieben das Unschuldige (wenn man Unschuld stets als relativ versteht) – gebrauchen ihren Sinn für das Glück – für weniger Leid, das in meinen Augen und für mein Gefühl in der Rührigkeit anderer um mich herum besteht. Ich brauche Trost. Es gibt da nur die Wahrheit. Ich zünde mir eine Zigarette an. Ihrer Gestalt nach ist sie Symbol einer umfassenden Wahrheit. Ein törichtes Symbol. Es gibt eine umfassende Wahrheit, aber ich werde sie niemals kennen.

Bald werde ich bestreiten, daß irgend jemand sie kennen kann.

Ich rauche, und im milden Tabakrausch sehe ich eine Sonne, die ein Geschlecht besitzt und eine glanzvolle Psychologin ist, über einem Palast aufsteigen.. Dann weitet sich das Bild, weitet sich mehr und mehr, bis das Geschlechtliche sich verliert und meine Klagen über Schwindelgefühle angesichts der Allgegenwart von Zeit und Bewegung ebenfalls schwinden und die drallen Schlampen meiner Müdigkeit mich willkommen zu heißen beginnen. Und ich drücke meine Zigarette aus ... Und die eigentümliche, oft wirre Nahrung, welche die Nacht uns bietet – das Verhängnis des Geschlechts und die faschistische Eroberung der Zeit setzen wieder ein, Erinnerungen und schweifende Suchen, der als Schlaflosigkeit getarnte Schlaf ... Gefühle, Gedanken, Hypothesen ... die Vergangenheit und die Zukunft ... und der Sinn von alldem, der vorläufige Sinn, solange über weiteres Leben, weiteres Wissen um Wahrheit nicht entschieden ist.

DIE UNNATÜRLICHE

GESCHICHTE

David Coppermeadow

S. L. wurde im Sommer 1939 krank.

Wenn ich diesen Satz anschaue (oder sozusagen hinter ihn schaue), entdecke ich, daß ich ausführlicher auch sagen könnte, daß S. L. im Sommer 1939 erkrankte, nicht aber an so etwas wie einer Grippe, sondern daß er einen Schlaganfall erlitt, während er in einem zweitürigen rehbraunen Chevrolet Coach Baujahr 38 nach Chicago fuhr – so hießen diese Modelle damals: ein Coach war billiger als ein Coupé; es war der billigste Wagen, den er jemals besessen hatte.

Ich weiß nicht, wie stark die Schmerzen waren. Andere erzählten mir später, sie seien sehr schlimm gewesen, aber es sei ihm trotz der Schmerzen gelungen, weiterzufahren, sich bis zu einem Veteranen-Krankenhaus durchzufragen und dort hinzufahren; und daß er erst auf den Stufen zum Eingang des Krankenhauses, das um diese Uhrzeit noch geschlossen war, zusammengebrochen sei.

Wochenlang sei er bewußtlos gewesen, wurde mir erzählt ... Ich habe die Krankenblätter nie gesehen. Rehbraun war seine Lieblingsfarbe für Anzüge, Krawatten und Autos in dem Jahr, in dem er *der Krankheit verfiel* ...

Er fuhr nicht nur so nach Chicago – er hatte Lila verlassen. Und uns, die Kinder. Für immer, hatte er gesagt. Er hatte endgültig genug.

Lila erzählte uns das in einem bestimmten Ton, privat-aber-für-die-Öffentlichkeit-bestimmt, tränenreich, trotzig, unbezähmbar, bezähmbar. Menschlich und persönlich. Und wie Irene Dunne. Sie gönnte die Darbietung ein paar auserwählten Zuhörern: *S. L. hat mich verlassen ... Diesmal ist es kein Witz.*

Im Frühling des Jahres, in dem Nonie von der High-School abgehen sollte, hatte Daddy ihr erklärt, daß er das Geld nicht habe, sie aufs College zu schicken. Sie müsse sich ein Stipendium beschaffen oder das Studium durch eigene Arbeit finanzieren. Doch wie sie selbst sagte, war sie nicht der Stipendientyp, und arbeiten wollte sie nicht vor den Augen von Mädchen, die nicht arbeiten mußten, deren Väter sie in einem Dunstschleier von Luxus zur Männerjagd aufs College geschickt hatten. Daddy sagte zu Nonie, sie sei ein hübsches Mädchen und brauche keine College-Ausbildung, und das Beste wäre, wenn sie arbeiten ginge. Er sagte, an Träumereien sei nicht zu denken; ihre Noten seien nicht gerade toll (sie waren miserabel), und er sei *aufs äußerste* strapaziert (seine Formulierung); die Welt gehe *flötend vor die Hunde* – der Krieg stand bevor; die amerikanischen Nazis machten ihm das Leben als kleinstädtischem Unternehmer-Krösus (ohne Geld) schwer. Die Wirtschaftskrise hatte noch nicht nachgelassen. Nonie konnte ihm helfen, indem sie arbeiten ging. Er wußte nicht mehr weiter, auch ohne sich obendrein den Kopf darüber zu zerbrechen, wie er weitere Summen auftreiben sollte, um eine Närrin aufs College zu schicken.

Er hatte immer gesagt, er werde das Geld für Nonies College-Aufenthalt beschaffen. Er hatte sein Versprechen ohne Vorwarnung widerrufen – Lila sagte, er habe sich aus Feigheit Nonie und der Lage gegenüber klammheimlich auf diese Position zurückgezogen.

Lila versuchte, Nonie zu helfen; sie sagte zu S. L., er solle notfalls eine Bank ausrauben gehen; ein richtiger Mann tue alles, was für seine Familie nötig sei: er habe Nonie sein Wort gegeben.

Und Nonie, in einem anderen, weit intensiveren Ton, bat ihn erst und befahl ihm dann, eben dies zu tun, das Geld zu stehlen. Es war fast schon komisch, wie reizend-aber-stürmisch sie das völlig ernst meinte.

Er sagte zu ihr: «Ich denke nicht daran, mich deinetwegen zu ruinieren ... Du mußt arbeiten gehen ... keiner rückt Geld dafür heraus, daß du aufs College gehst ... Grandma nicht, Casey nicht» – seine Schwester, Nonies Tante, die reich war. Beim Versuch, der Szene und ihren Tränen ein Ende zu machen, wurde er grausam: er habe versucht, das Geld für sie zu beschaffen, sagte er, «aber jeder, zu dem ich gehe, sagt das gleiche: Versuch doch nicht, aus Schweineohren Seidentäschchen zu machen».

Nonies rosiges Gesicht wurde bleich – wir wußten, ich mit meinen neun Jahren wußte mittlerweile, daß S. L. oft arrogant, oft grausam war und daß er oft log – daß er wirklich schändliche Dinge getan hatte, wie nobel er sich auch gab, und daß er kein Vorbild an Rationalität und Urteilskraft war.

Und daß er permanent verlegen war. Oder nahe daran. Oder wütend. Er wollte, daß Nonie ihm verzieh.

Sie sagte: «Dann geh ich auf den Strich ... Ich hasse dich ... Ich werd einen reichen Mann heiraten, und du verhungerst hoffentlich.»

Sie war nicht beherrscht, als sie das sagte. Sie brüllte und kreischte und schluchzte, wenn sie mit ihm stritt. Sie sagte zu ihm: «Du hast mich belogen, du bist nichts wert, jetzt können sich alle, die was gegen mich haben, über mich kaputtlachen!»

«Ein Mädchen wie du sollte doch keine Feinde haben», sagte Daddy. «Doch nicht ein süßes Ding wie du, kleine Miss Sahnetörtchen.» Ironisch. Hinterhältig. Kennen Sie den Ton?

Wir waren alle erwachsener geworden.

Lila sagte: «Über Unglück macht man sich nicht lustig – sie hat dir vertraut, S. L. Du hast ihr das Herz gebrochen ... Erst verleitest du sie zu der Erwartung, du würdest schon alles regeln, und dann läßt du sie im Stich. Da siehst du mal, wie es ist, wenn du für einen sorgst; siehst du jetzt, was du mir angetan hast? Also, was erwartest du denn von ihr? Was soll sie denn tun? Was kann sie denn schon tun, wo du so bist?»

«Himmel!» Dann: «Habt ein bißchen Erbarmen mit mir», sagte er ungerührt. «Und laßt uns mal eine Weile Ruhe geben.»

Lila weigerte sich. Sie und Nonie weigerten sich beide, die Sache auf sich beruhen zu lassen. Sie gaben keine Ruhe – überhaupt nicht. Sie trieben ihn in die Enge – Lila warf ihm vor, er liebe nur sich, sonst keinen, und er fing an zu brüllen, violett im Gesicht. Ein Donnerwetter. Er hatte beträchtliche Kräfte. Als er sie anbrüllte, wich sie zurück. Sie schrie sogar Nonie an.

Aber er hatte nicht genügend Autorität, um sie zum Schweigen zu bringen. Nonie griff ihn an wie David; Nonie beschimpfte ihn; sie sagte: «Du bist ein Schwächling, ein Dummkopf, ein Lügner.» Daddy bekam einen Blick, den ich mit Alpträumen verbinde – diese zornige Gekränktheit, dieses *Mir-ist-fast-alles-egal* oder *Jetzt-ist-alles-egal:* die sich nähernde Entgrenzung. «Du hast mein Leben zerstört, Daddy», sagte Nonie.

Da leuchtete es mir als *logisch* ein, daß er das *Gefühl* hatte, an ihr gebe es für ihn nichts mehr zu zerstören. «Mit solchen Worten von einer Tochter hätte ich nie gerechnet», sagte er. «Vielleicht bist du gar nicht *meine* Tochter – vielleicht kommst du ja aus der Gosse wie die Familie deiner Mutter – hast du daran schon mal gedacht?»

Da ohrfeigte sie ihn.

Er sah sie voll Abscheu an – voll zornigem, gekränktem Abscheu; schlug aber nicht zurück – er sagte: «Du bist nichts wert ...» Als schlichte Feststellung.

Und sie gab es ihm zurück: «DU bist nichts wert ...» Mit wachsender Hysterie.

Er hielt sich noch immer das Gesicht. Zur Luft sagte er:

«Sie ist nichts wert ... Es hat alles keinen Wert. Ich bin mit ihr fertig ...»

Auf Konversationsebene ging das Gebrüll weiter – der Schmerz, die eigenartige Spannung des Zusammenbruchs, des Scheiterns. Immer wieder kreischte Nonie: «ICH HASSE IHN. ER IST SO BLÖD!»

Er saß einfach nur da.

In der Küche kniete sich eine bleiche Nonie auf den Boden, um mich lieb zu umarmen, und murmelte: «Ich glaub, ich sterbe ... Ich geb nicht nach, ich denk nicht dran ...» Ich war eine Spur, ein ganz klein wenig auf ihrer Seite: Eltern sollten keine Versprechen brechen ... Natürlich hatte ich in dieser Angelegenheit ein persönliches Interesse. Doch selbst mit tagelang andauernden Szenen konnten weder Nonie noch Mama Daddy nunmehr dazu bringen, daß er erneut Geld aufzutreiben versuchte, und ob ich die Sache für wichtig hielt, war ihm egal. O je, war er gekränkt. Durch die Seitentür kam Daddy ins Haus, ging auf Zehenspitzen zu meiner Zimmertür und bedeutete mir, ich solle zu ihm kommen: und manchmal tat ich es; wenn ich aber zu ihm hinging, umarmte er mich zu fest, und er roch nach Nervosität und Traurigkeit – und nach Zigarren; und ich konnte protestieren und strampeln, wie ich wollte, er zerrte mich zurück in mein Zimmer und auf mein Bett; und er nahm mich gefangen und legte sich hin; da lag er dann und drückte mich gegen meinen Willen gegen sein pochendes Herz; und dann klagte er über die Frauen – und über mich und über Versprechen – und flüsterte Gedichtfetzen über *früh und spät*, *Gewinnen und Verspielen*.

Und dann sagte er: «Es ist das Ende der Welt, Wiley-Männchen ... Sie haben mich *ausgequetscht* bis zum letzten Tropfen, wie einen Putzlappen haben sie mich ausgewrungen, sie haben keine Liebe und keinen Respekt im Leib.»

Aber er ging auf ungeheuerliche Weise damit um, daß er im Unrecht war. Und ich konnte es nicht ertragen, daß man mich so festhielt. Ich konnte es nicht ertragen, ihm so nah zu sein. «Du hättest Nonie nicht solche Sachen erzählen sollen.»

«Fang bloß nicht auch noch an ...»

«Du hast gesagt, sie ist dein Liebling und sie soll sich nur keine Sorgen machen.»

«Gib mir ein Küßchen», sagte er. «Red nicht wie eine Frau.»

Ich sagte nichts mehr und wartete darauf, daß ich von ihm loskam. Er hielt mich so fest und paßte so genau auf, daß ich ihm nicht leicht entschlüpfen konnte, aber ich fand mich damit nicht ab.

Und mittlerweile hatte er gelernt, daß es nicht viel half, wenn er allzu nachdrücklich versuchte, meinen Willen zu brechen ... In der Schule waren einige Leute an mir interessiert; und mein leiblicher Vater auch.

Von Mann zu Mann sagte S. L.: «Dir ist Geld unwichtig. Du bittest mich nie um Geld. Wiley, sie bringen mich um ... Sei nett zu mir.» Mein leiblicher Vater schickte inzwischen Geld für meinen Unterhalt. Jedesmal wand ich mich aus Daddys Armen und lief aus dem Zimmer und aus dem Haus, bis es mitten in der Nacht war; ich weckte ihn sogar, wenn er schlief: um zu siegen, taten die Frauen ihm weh, wo sie nur konnten. Nonie schrie Lila wie S. L. (besonders aber ihm) immer wieder zu: «WAS SOLL ICH DENN JETZT MACHEN?»

Ich schlief mit einem Kissen über dem Kopf, um die abendlichen Szenen nicht zu hören. An dem Abend jedoch, an dem er fortging, hörte ich die Seitentür *knallen* ... Wie dunkel es doch war! Das Türknallen hallt nach; hallt immer noch nach, dumpf dröhnendes, hohles Holz in einem zehn Jahre alten Haus, das Scheppern des metallenen Türknopfs, der Beschläge. Ich spüre die Dunkelheit. Und mein pochendes Herz. Weit weg wummt die Kofferraumklappe des Chevy zu – ein eigentümlicher, verdichtender Klang; und dann folgen die metallischen, die Luftgeräusche – in meinen Ohren, meinem Kopf – und dann das Gummischmatzen und metallische Klacken und das zippelnde Pfeifen, das vage Sirr-Summ der Chromverzierungen zusammen mit den Grundgeräuschen. Dann die Wagentür – dann Stille – dann das schlurfende Aufwiehern des Motors und das gelegentliche Ploppen in der eigenartigen Höhle unter dem Haus, der Garage, und hinaus in die Luft hinter dem Haus und hin zur Auffahrt neben dem Haus; es zieht an meinem Schlafzimmerfenster vorüber – ein so nahes Rauschen, daß es das Fliegengitter in Schwingungen versetzt – und dann hinein in die Nachtgeräusche der Baumschlucht von Straße, in das Schwirren und Dröhnen von Distanzierung: *Sag deinem Vater auf Wiedersehen, Liebes ...*

Oder: deinem lieben Vater ... falls er dir lieb ist ...

Wie sonderbar die Welt doch ist. Ich spüre es, da ich gezwungen bin, das Neue an den Umständen zur Kenntnis zu nehmen. Ein fast nicht zu ortendes Neues in der allgemeinen Fast-Vertrautheit des eigenen Atemrhythmus, aber gleichwohl beängstigend und nicht zu orten unter jenem anderen Aspekt, dem Entsetzen, allein zu sein; dann beginnt das eigene Atmen einem fremd zu werden.

Lila sagte: «Erzähl keinem, daß er fort ist. Sei eine Hilfe, kein Hindernis.»

Zwei, drei Tage später sagte sie: «Tu mir einen Gefallen und räum selbst auf, was du durcheinanderbringst.» Sie war irgendwie erregt und herrisch. Und trotzig. Sie konnte nicht anders, als Nonie vorzuwerfen, sie habe S. L. vertrieben.

Nonie war wütend, bleichnervig und wildnervig, entsetzt vielleicht, aber frei von Bedauern, ein bißchen feueräugig, endlich und letztlich und nun für immer stur: eine Realistin.

Lila sagte zu ihr: «Spiel dich nicht auf – zeig uns, was in dir steckt, dann sehen wir, von welchem Schrot und Korn du bist.» Nonie besorgte sich einen Job, ging jeden Tag zur Arbeit und war beharrlich und verläßlich. Lila fand zwei Wochen später eine Stelle – sie hatte sich mit einem Mann «angefreundet», der sie mochte und sie als Versicherungsvertreterin beschäftigte –, aber sie hatte *Mucken*, ging nicht immer zur Arbeit und kam häufig zu spät: sie war launisch und wichtigtuerisch. Sie sagte, die Männer wollten alle mit einer Frau schlafen, «wenigstens einmal, nur um zu zeigen, daß sie auch was gekriegt haben für ihr Geld». Sie war unglaublich bitter und wollte mir nicht sagen, warum. In mancher Hinsicht war sie von schlechterem Schrot und Korn als Nonie.

Allerdings sagte sie: «Ich bin nicht die schönste Frau der Welt, aber ich habe das gewisse Etwas, und sie nehmen ganz selbstverständlich an, wenn ich mit ihnen ins Geschäft kommen will, können sie mich haben, falls ihnen danach ist. Tja, da müssen sie jetzt ganz hübsch umdenken – und das erzähl ich jedem, der es hören will. Wie die sich aufführen, könnte man annehmen, ich hätte nichts zu sagen, keine Gefühle, keine Ansichten ... keine Beziehungen. S. L. ist weg, aber ich steh doch nicht allein auf der Welt. Was meinst du, Wiley, wie weit sollte eine Mutter denn gehen, um einen dicken Versicherungsabschluß an Land zu ziehen?»

Sie werde noch einige Jahre lang Provisionen beziehen, sagte sie. «Es geht da zwar nicht um lächerliche Summen, aber was ist es mir wert, aus den Geschäften mit ihnen zweihundertfünfzig Dollar Provision im Jahr zu beziehen? Ist mir das meine Selbstachtung wert? Ich tue gern, wozu ich Lust habe.» Oft lag sie im Wohnzimmer des stillen Hauses auf der Couch, im Dunkeln, um Strom zu sparen, und redete in einem fort über dieses Zeug.

Nonie, die nun ein bißchen wie eine Bucklige ging – Nonie schottete sich aus Kränkung über ihr unbetuchtes Dasein ab und las Romane über Mädchen, die aus eigener Kraft in der Welt aufstiegen, wobei ihre Mundbewegungen jedes Wort mitvollzogen; und sie hörte Radio und redete über das Geld, das die Radiostars verdienten. Sie halte sich schlecht, sagte Mama ständig, sie habe doch immer eine gute Haltung gehabt. *Verlier jetzt nicht die Nerven*, sagte Mama. Zumeist nahm Nonie von mir und Mama keine Notiz. Sie verlobte sich mit keinem der Männer, die sich für sie interessierten. «In der Hinsicht wenigstens hat sie die Nerven behalten», sagte Mama. «Ich weiß nicht, ob ich auf dem aufsteigenden oder absteigenden Ast bin ... Weißt du vielleicht, ob ich auf dem aufsteigenden oder absteigenden Ast bin, Pisserchen?»

Nonie gab damit an, wie gut sie bei der Büroarbeit sei – in Büro-Intrigen –, und das war sie auch. Bald wurde sie befördert, besser bezahlt und ermutigt zu bleiben, doch andere Leute waren darauf erpicht, sie anzustellen, und wegen eines noch besseren Gehalts wechselte sie die Stelle. Sie witzelte nicht gerade darüber, irgendwie aber doch. Sie besuchte Abendkurse, um in den Bürotätigkeiten besser zu werden – sie belegte Psychologie und englische Korrespondenz.

Ich war weder brav noch loyal – ich hielt mich möglichst von zu Hause fern; ich hielt mich viel bei Freunden auf. Zu Hause, bei uns zu Hause, erschreckten mich die geschundenen, bloßgestellten Frauen; und ich half ein bißchen mit, aber so richtig *ins Zeug* legte ich mich nicht ...; und ich verhielt mich auch nicht wirklich liebevoll und freundlich. Ich sagte: «Ihr wart zu hart zu Daddy.»

Als Daddy fünf Wochen fort war und Lila keine Nachricht von ihm erhalten hatte, verkündete sie der Welt (unserer Umgebung; der Welt, in der alle bereits davon sprachen, daß S. L. weg war), er habe sie verlassen und beabsichtige offenbar, sich gräßlich und stur zu verhalten und keine saubere Lösung herbeizuführen. Er war einfach verschwunden – und das war peinlich.

Eine Reihe von Familienberatungen fand statt, und Mama erklärte mir – in der Küche, wo wir von ihrer Mokkatorte aßen – sie konnte backen, aber nicht kochen –: «Es ist alles entschieden: ich reiche die Scheidung ein, sehe mich gut um und suche mir einen, der ein bißchen verläßlicher ist. Und DEN heirate ich dann. Bis dahin unterstützen mich Mama und meine Brüder.»

Ich wurde in die Familienbesprechungen nicht einbezogen – was mich ärgerte. Mein leiblicher Vater kam mich besuchen und sagte, ich könne zu ihm ziehen. Lila erhob keinen Einspruch, wohl aber mein leiblicher Bruder. Ich auch – ein wenig. Genug ist genug – was Veränderungen in der Familie angeht.

Jedenfalls sandte mein leiblicher Vater Geld für meinen Unterhalt, er telephonierte mit mir, kam mich sechs-, siebenmal besuchen und gab sich Mühe, mich dazu zu überreden, zu ihm zu ziehen. Ich wollte weder von meiner Schule fort noch mich ihm anvertrauen. Frühreif, wie ich unter diesen Umständen geworden war, handelte ich mit Lila einen Pakt aus: Sie sollte mich nicht mehr herumkommandieren, sonst würde ich weggehen und das Geld von Max für mich verwenden – sie behielt nun den größten Teil davon oder alles für sich.

Ich trug Zeitungen aus und mähte Rasenflächen. Ich gab Nachhilfestunden – so jung ich noch war. Einige Verwandte und der eine oder andere Professor in der Gegend (*Die wollen mit dir Experimente machen, um rauszukriegen, ob du verrückt bist*, sagte Nonie) erboten sich, mich aufzunehmen. Falls ich bereit war zu konvertieren, hatte ich eine weit größere Auswahl. Die lokalen Jesuiten bemühten sich unbeirrt um mich – *so jung ich war.* «Ich wette, du wärst gern katholisch», sagte Nonie. «Probier's doch einfach mal aus.»

Der ältere Bruder meines leiblichen Vaters Max erbot sich, mich aufzunehmen, wenn ich orthodox (jüdisch) würde. Diese Dinge verwirrten, bedrückten, verstörten mich. Ich wurde mir des seltsamen Maßstabs bewußt, den ich anlegte; ich maß die Menschen daran, wieviel Kummer sie mir anmerkten, ohne mir Erleichterung oder Trost anzubieten. Oder Erbarmen. Plumpes Erbarmen war besser als nichts, aber ich wünschte es mir nicht. Mamas Scheidungsanwalt machte ihr einen Heiratsantrag – sagte sie zumindest ... In dieser Phase neigte sie zum Fabulieren.

Sie sagte, der Anwalt benutze zuviel Eau de Cologne, küsse wie ein Klotz und habe keine Ahnung, wie man mit Frauen umgehe. Aber er besaß einen Cadillac, und ich betrachtete ihn als gute Partie für sie; dann wären wir wieder eine Familie. Und ich könnte im Cadillac fahren.

Mama sagte, sie wisse nicht recht, ob sie sich für den Anwalt entscheiden solle. «Nonie und ich, wir mögen uns nicht: und du – mit Jungen kenn ich mich nicht aus ... S. L. läuft davon, wie es ihm paßt. Ich muß allein sein. Wenn du mich fragst: allein kommt eine Frau am schnellsten voran.»

Es war jedoch durchaus möglich, daß sie die ganze Geschichte mit dem Anwalt erfunden hatte; sie hatte eigenartige Stimmungen, fast wirkte sie hoffnungsvoll. Aber sie war um diese Zeit auch brutal. «Ich will keine blöde Tochter und keinen häßlichen Sohn am Hals haben ... Wenn ich mich schon auf den Markt werfen, mit dem Po wackeln und nach jemandem zum Heiraten Ausschau halten muß, will ich mir nicht noch von euch beiden dabei zusehen lassen.»

Ich «verstand», daß sie gewisse Dinge satt hatte, nicht flexibel und nicht sonderlich einsatzfreudig war. Sie verlangte von mir, daß ich die Arbeiten im Haushalt übernahm, und Nonie bestand darauf und machte mir deswegen Szenen, aber ich hatte meine eigene Arbeit und brachte, wenn man die Überweisungen meines Vaters mitrechnete, mehr Geld ins Haus als jede der Frauen: und ich gewann den Eindruck, daß sie sehen wollten, wie weit sie gehen konnten, ob sie mich bemogeln konnten: sie hatten eigentlich keinen Grund dazu; und es ging nicht im mindesten um Ehre – sondern nur um Persönliches, ungefähr so, wie wenn man einander anstarrt, um zu sehen, wer zuerst die Augen niederschlägt.

«Nonie tut am wenigsten in den Topf: fast alles, was sie verdient, behält sie für sich. Laß doch sie die Hausarbeit machen!» Das wiederholte ich beharrlich.

«Klappe! Halt die Klappe! Du hältst jetzt endlich die Klappe!» sagte Lila. «Ich stell ein Mädchen ein.» Und das tat sie. Wir waren pleite, aber wir hatten ein Hausmädchen.

In dem lockeren Bund, in den wir drei uns so plötzlich verwandelt hatten – in einer solchen Menage ist die Rolle eines adoptierten Kindes sonderbar. Und die eines männlichen Wesens ebenfalls. Man ist der Liebling – und ein Feind – ein Fremder, ein Zugehöriger, eine Ausrede für alles mögliche. Vielleicht ist man nicht ganz Individuum – oder vielleicht war dies ein Problem von mir und nicht eines, das sich aus der Situation ergab. Oder vielleicht sollte man überhaupt nicht verallgemeinern. Die Frauen stritten sich viel – waren einander jedoch ähnlicher als mir – dem Außenstehenden – der ablenkenden Figur – dem potentiellen Verbündeten – der Verpflichtung für Lila, doch nicht für Nonie – den Lila jedoch nicht als Verpflichtung akzeptierte. Einmal sagte sie zu Nonie: «Du reichst ihm ja nie auch nur ein Aspirin, wie kannst du da erwarten, daß er dich mag?»

Doch Nonie blieb verstockt – und glotzte nur stur.

Am Telefon hörte ich sie zu einem anderen Mädchen sagen: «Er kommt von uns allen immer am besten weg – er hat ein prima Schlupfloch.» Dann, in einem kuriosen Ton: «Er braucht ja keinen zu heiraten.» Wie wohl so gut wie alle setzte ihr Lila damals zu, bloß irgendwen zu heiraten – um sie aus dem Haus zu haben.

Aber Nonie tat es nicht.

Launisch sagte Lila: «Ich möchte doch wenigstens einmal im Leben allein sein.»

Oder Mama zieht den seitlichen Reißverschluß ihres Kleides auf, öffnet ihren Büstenhalter, wendet mir den Rücken zu, während sie aus dem Kleid steigt und im Unterrock in einen Morgenrock schlüpft, und sagt in die Dämmerung hinein: «Wo sind nur die Brüste von einst geblieben?»

Sie hält mich dazu an, dies und das zu tun – wie ein älterer Bruder, der rauszukriegen versucht, wie blöde ich bin.

Manchmal tut sie mir leid.

Zu Nonie sagte sie mit ruppiger Munterkeit: «Wir beide sollten Schweden heiraten – die kalten Männer sind die interessantesten.» Und über dickmachende Geschäftsessen: «Schau mich bloß an; ich seh aus wie ein Schwein – und nicht mal wie ein niedliches Schwein.»

Mit den Dingen zu leben, die so gesagt werden, ist schwer.

In einem depressiven Moment sagte Mama zu Nonie: «Tu doch endlich mal was Rührendes und laß dich von jemand aushalten ... Ich sag es dir und aller Welt, weil es die reine Wahrheit ist – alles schaffe ich einfach nicht.» Dann kreischend (Mama fühlt sich nicht wohl): «FÜR DICH STEHT'S DOCH NICHT SCHLECHT ... WAS ZU NICHTS MEHR TAUGT, IST MEIN LEBEN!»

Gleichwohl gehörten wir in der Stadt weiterhin irgendwie zur oberen Mittelschicht – «Was andere Familien schaffen, schaffen wir auch.»

Lilas Stimme klingt wie leise klickende Sperlingsflügel und Sperlingsgezirpe, eine lineare Kette von kleinen Schreien. Sperlinge – dürre Körper, dürre Töne, flink. Ihr Grundton ist nun bräunlich. Wie sich der Polsterstoff des Sessels, in dem ich sitze, durch den abgenutzten Stoff meiner Kleidung hindurch anfühlt ... Wie die Luft im Raum riecht ... Nach Dämmerung ... Wie rastlos die traurige Seele ist ... Wie sehr Mama auf Herrschaft angewiesen ist – und sei es über ein Reich von Traurigkeit: Sie sagte: «Alle stehen für einen ein, einer steht für alle ein.»

«Nein, danke ... Ich muß mein eigenes Leben leben.» Tatsächlich, das sagte Nonie.

Mama bot mich und Nonie feil – wer wollte uns zu sich nehmen? Es kann sein, daß sie Angebote, die mir galten, ablehnte. Sie sagte zu mir: «Du hilfst mir, respektabel zu wirken.» Ich diente ihr als Ausrede, nein zu sagen, meinte sie.

Doch niemand in der Gegend wollte Nonie zu sich nehmen – nicht einmal Großmutter: «Kann isch nischt brauchen junges Dingelschen ...»

Als es Winter wurde, lag Lila in der nun kürzeren Zeit der Dämmerung in noch trüberem Licht auf der Couch und sagte: «Sie haben nicht gerade was gegen sie, aber sie können ohne sie leben ... Sie ist den Eintrittspreis eben nicht wert. Ich bin ein alter Hase; ich hab meinen letzten Haken geschlagen, das sag ich dir.»

Nonie sagte, sie würde uns mal erzählen, wie sie sich einen Mann vorstellte, den sie heiraten würde: sie wolle einen jungen, blonden, unkomplizierten, einen guten Geschäftsmann, der sich zu amüsieren verstünde und dessen Familie ein großes Haus im Kolonialstil besäße – mit Säulen und einer kreisförmigen, von Azaleen gesäumten Auffahrt.

Lila sagte: «Ich möchte zur Abwechslung mal als Dauergast in einer Hotelsuite mit gutem Service wohnen, und als Mann möchte ich zur Abwechslung mal einen gerissenen Unternehmer – das hab ich verdient. Ich hätte jetzt nichts dagegen, meinem Ideal zu begegnen, wenn ihr mich fragt.»

Leicht verschwitzt, befleckt von der Arbeit, verängstigt kamen die Frauen in ihren *guten Kleidern* nach Hause: «Was soll ich nur tun? ... O Gott ... Ich kann nicht mehr stehen.» Sie lassen sich in einen Sessel fallen, erzählen eine unzusammenhängende Geschichte ... und man versucht, sie aufzumuntern. Zu Zeiten stank es im Haus nach Unordnung. Eine periphere Behausung am Rand eines hellerleuchteten Raumes ... Auch wenn sie von der Bühne abgetreten waren, spielten sie in ihrer Traurigkeit weiter. Mama spekulierte mit Nonies *Chancen*, als wären sie Geschäftsanteile. Zum Teil war es Parodie, zum Teil mysteriöse Grausamkeit in einer *unendlichen* mütterlichen *Komödie*. Mama hatte die Welt satt und drängte Nonie hinein.

Zum Teil war es Zuneigung – zum Teil etwas Tieferes als Zuneigung: eine leidenschaftliche, blinde Bindung, die sämtliche Ereignisse um uns her einschloß, mich jedoch ausschloß. Ich bekam davon Gänsehaut – die Ahnung eines dunklen Alls, in dem sich die Frauen aufhielten. Zornesausbrüche, Gunstbezeigungen und Rangordnungsgefechte erhielten für mich in der Gesellschaft dieser beiden Frauen nun einen eigenartig bitteren Beigeschmack.

Ich wurde manchmal als Meerschweinchen für Intelligenztests an der nahegelegenen Universität benutzt. Ein Mann dort, ein Professor, legte mir immer die Hand auf den Arm, während er auf seine Stoppuhr blickte, bereit, *Achtung, fertig, los* zu sagen. Ich versuchte, Lila die beruhigende Wirkung seiner Berührung zu beschreiben; und sie bedeckte mit dem Arm ihre Augen – sie lag *wie per usus* (ihre Wendung) auf der Couch – und sagte: «Das nennt man Ritterdienste – ich mag es auch ... in kleinen Dosen.»

Der Professor fand, ich sei kein Kind, das nun noch zu den Silenowiczs oder zu Lila paßte. Lila sagte: «Ich brauche das Geld, das du einbringst.» Doch so wie sie es sagte, nüchtern, traurig – realistisch, war es keine kalte, kränkende Bemerkung, die einem das Blut in den Adern stocken ließ. Lila erlaubte mir, einen flüchtigen Blick auf die Wahrheit zu werfen. «Schön», sagte ich. «Versuch aber bloß nicht, mich zu etwas zu kriegen, und du mußt mich ins Bett gehen lassen, wann ich will, dann ist es in Ordnung.»

«In Ordnung», sagte sie.

«Abgemacht», sagte ich.

Später sagte sie: «Ich habe noch nie ein so selbständiges Kind erlebt wie dich.»

Sie vermietete mich jedoch für Wochenenden an den Professor – für Tests und was immer. «Macht's dir was aus, wenn ich nicht für dich packe, kleiner Macher?»

Aber sie hatte mich gern, auf ihre Weise.

Ich ging zu dem Haus, in dem der Professor wohnte. Es

war ein Klinkerhaus im georgianischen Stil mit grünen Fensterläden. Der Professor hatte eine zierliche, nervöse Frau. Sie waren *höflich* – sie hatten zwei Kinder; Stimmen, Blicke und Begünstigungen huschten hin und her. Lila hatte mir gesagt: *Du wirst sehen, es geht dort zu wie überall auf der Welt, nämlich real – nichts ist ideal.*

Spät am Samstagabend rief Lila an und kreischte telephonisch auf die Leute ein wie verrückt. Sie war nun wirklich gelegentlich verrückt. Bleich und bedrückt sagte der Professor zu mir: «Deine Mutter ist eine schwierige Frau ... Bitte sei nicht verlegen», sagte er. «Sie möchte, daß du heute abend nach Hause kommst.»

Ich rief Lila an, und sie gab eine Tirade über Kinderdiebe von sich. «Du kommst jetzt besser nach Hause, wo du hingehörst.»

«Warum, Mama?»

«Ich werd dir doch keine Komplimente machen ... Willst du Komplimente hören? Na schön. Ich muß in diesem leeren Haus einfach deine hübschen Augen sehen. Deine Schwester treibt mich in den Wahnsinn: sie will mich umbringen.»

Manchmal beschworen ihre Worte Szenen herauf – diesmal waren es nur Worte.

Was im Kopf ist, schlüpft in Formeln – Kapseln, die man in einem aktuellen Moment parat hat. Doch wenn man sie genau betrachtet, enthalten sie nur Unsinn. Als ich nach Hause kam, hatte Mama Lippenstift aufgetragen: «Ich versuche, für dich toll auszusehen ... Bist du etwa *verlegen*? Vielleicht bin ja *ich verlegen*, hast du daran schon mal gedacht?» (Wegen meines Lebens unter Leuten, die anschließend über sie redeten.)

«Ich versteh da etwas nicht, Mama. Ich weiß nicht, was du von mir erwartest.»

«Ich erwarte gar nichts von dir ... Schalt einfach das Radio ein und setz dich irgendwo hin, wo ich deine babyblauen

Äuglein sehe. Ich muß ein Paar freundliche Augen sehen ... Meine Nerven sind nicht die besten ... Ich will nicht allein sein.»

Über den Professor und seine Frau sagte Lila: «Helden waren das nicht gerade, was? Waren sie hingerissen davon, wie schlau du bist, haben sie mitgekriegt, daß du unmöglich bist? Ich will dir mal was verraten: die Leute wollen einen umbringen. Sag mal nichts ... Man darf sich nicht drum scheren, darauf kommt's an. Ich bin die Mich-schert-gar-nichts-Frau ... Dich und mich, uns schert nichts mehr. Werd bloß nicht aufgeblasen, nur weil du und ich so prima Leute mit so gewitzten Ansichten sind. Ohne dich kann ich nicht leben. Ich brauche dich nicht zur Gesellschaft ... Um meinen Seelenfrieden geht's auch nicht ... Es hat mit dem Geist deiner richtigen Mutter zu tun: sie läßt mich nicht in Frieden. Ich brauch das Geld, das dein Vater schickt.»

Am Rande jeder Aussage lauert das, was sie über das Gesagte hinaus bedeutet – und was nicht. Um uns her lauert das, was Lila leugnet: der Geist meiner leiblichen Mutter schenkt ihr Frieden, von ihm hängt Lilas Seelenfrieden ab, ohne mich kann sie nicht leben. Es geht nicht nur um Geld. Und so fort. Ich meine, man *weiß* einfach, wann es nur um Geld geht – die Stimmen klingen dann anders. Sie sagte: «So übel bist du gar nicht – ich wußte überhaupt nicht, daß ich dich gern habe. Ich bin wie die Garbo – ich möchte aaalllein seiiinnn ... Aber mit dir geht's ...»

Sie hatte noch nie für mich gekocht; aber danach kochte sie für mich. Allerdings war sie eine entsetzliche Köchin. Weder ihr noch mir schmeckte, was sie kochte. Es war ein Symbol. (Die regional übliche Wendung lautete: Es war *eben* ein Symbol.)

Mama ging mit einem Mann aus, dem sie als Mädchen gefallen hatte: «Wir gehen eben ein bißchen in der Vergangenheit spazieren.» Dann: «Ben ist kein interessanter

Mann.» Als kinderloser Witwer wünschte er sich einen Sohn. Er würde gut zu mir sein. Nonie ging mit einem reichen Homosexuellen aus, der ihr gesagt hatte, daß er homosexuell war. Er sei sehr reich, sagte Mama, aber Nonie werde sich nie für uns opfern – um uns zu helfen, werde sie ihn nicht heiraten. Nonie sagte zu mir: «Wir geben ihm dich ... Dich kann er haben.» Sie meinte das nicht ernst: sie stellte mich ihm nicht einmal vor. Sie sagte es auch zu Mama, aber Mama stellte sie ihn vor.

In den Momenten damals ... zwischen den realen Atemzügen ... war nichts, was die Frauen betraf, mir *damals* so zugänglich, daß ich jetzt aus *prallem* Wissen davon sprechen könnte.

«Was ich will, kann ich nicht mehr haben», sagte Mama zu jemandem am Telephon. «Ich bin verwöhnt. Frag mich nichts, erzähl mir keine Lügen.»

Wie deutlich Mama auch mit mir sprach, verbarg sie vor mir doch die Welt, wie sie sie kannte – ihre Welt, wenn ich sie so nennen kann.

Ich blieb tagelang von zu Hause fort – ich wohnte bei Jungen, manchmal Mädchen und deren Familien, deren Müttern, Frauen, die anders waren als meine Mutter und meine Schwester. Man kann sich nicht die Zeit nehmen, sich an jeden Moment im Laufe einiger Wochen zu erinnern: es würde länger dauern als einige Wochen. Ich wollte schwierig und fies sein, gemein und frei ... Durchtrieben ... Und sportlich.

Nach elf Wochen kam eines Tages für Lila ein Anruf von einem Veteranen-Krankenhaus in der Nähe von Chicago. Jemand von dort rief an, um ihr mitzuteilen, daß S. L. krank war; er hatte auf dem Weg nach Chicago im Auto einen Schlaganfall erlitten – und so weiter. Lila erzählte mir das: *Keiner wußte, wer er war, er lag drei Monate im Koma, aber er ist wieder zu sich gekommen und hat nach uns gefragt.*

Unter dem Gesichtspunkt der Plausibilität hat die Geschichte gewisse Schwächen. Ein so langes Koma führt zu Hirnschäden. Daddy hatte eine Brieftasche, einen Fahrzeugschein und einen Führerschein bei sich. Wahrscheinlicher (jedoch nicht notwendigerweise die Wahrheit) ist, daß er sich im Auto sehr schlecht zu fühlen begann, ein Krankenhaus ansteuerte und dort einen Schlaganfall erlitt, ins Koma fiel und in dem Wissen daraus erwachte, daß er ein Invalide war; und dann lebte er von einem Tag zum anderen tief betrübt weiter – oder vielleicht zwei, drei Tage. *Er hat eine schlimme Zeit durchgemacht*, sagte Lila. *Er hat seine Meinung geändert* ... Am wahrscheinlichsten ist, daß er nach einiger Zeit beschloß, nun, da er sein verbleibendes Leben lang Invalide oder Semi-Invalide bleiben würde, dem Krankenhaus zu erlauben, uns anzurufen. Oder jemand tat es, ohne ihn zu fragen. Ich glaube jede Geschichte ... Was mir jemand – egal wer – sagt, glaube ich. Ich stelle mir vor, wie er im Bett liegt und das Vorhaben aufgibt, allein krank zu sein.

Als er nach Hause kam, sagte er zu mir, er habe mich vermißt: aber ich war neben ihm unglücklich gewesen, bevor er fortgegangen war; was also genau hatte er vermißt? Er hatte sich oft beklagt: «Du bist zu schlau für mich – du hast kein Herz.» Er hatte oft gesagt, er möge mich nicht. Ein paar Männern, die ihn besuchen kamen, als er bei uns zu Hause war, erzählte er, im Krankenhaus habe er gesagt, er hätte keine Familie, die Leute vom Krankenhaus hätten auf eigene Faust angerufen, und das würde er ihnen nie verzeihen – ein trockener, nicht witziger Männerwitz. Seinem Bruder in Kalifornien erzählte er am Telephon, er habe die ganze Zeit über nicht sprechen können (oder die längste Zeit, die er im Krankenhaus verbrachte) und niemanden sehen wollen. Nonie erzählte er, die Leute vom Krankenhaus hätten aus seinen Papieren von uns erfahren, sich geweigert, ihn weiter kostenlos zu behandeln, und ihn zu Lila zurückgeschickt, die er hasse. Warum einer bestimmte Dinge beschließt oder warum einer beschließt, bestimmte Dinge zu sagen, ist schwer in Erfahrung zu bringen. Es ist schwer, sich zusammenhängend oder vernünftig zu erinnern. Heute kommt es nicht mehr sehr darauf an. Die Libellenflüge gedenkender Einblicke in dies und jenes Vergangene verwandeln die Dinge ohnehin.

Weitere Familienkonferenzen, auf denen erörtert wurde, ob er zurückkommen sollte – ob wir ihm erlauben sollten, zurückzukommen ... *Wir sind dann alle nur noch Krankenschwestern* ... Konferenzen im Haus und am Telephon. Lila sagte: «Alle kochen sie ihr eigenes Süppchen, ich weiß nicht, was das Vernünftigste wäre und ob es das überhaupt gibt.» Mama sagte zu mir: «Du bist doch solch ein Alleswisser – sag doch mal, was *du* denkst?»

Ich schüttelte den Kopf. Ich weigerte mich zu denken.

Sie sagte: «Ja zu sagen ist keine gute Idee – damit ist mein Leben zu Ende. Wenn ich aber nein sage, muß ich als eine Person leben, die zu ihm nein gesagt hat, als er mit dem Rükken an der Wand stand.»

Ihr Gesicht wurde merkwürdig. Schatten geisterten um ihre Augen. Ihr Mund war umschattet. Inzwischen erklärte Nonie, sie wolle sich ebenfalls lieber nicht an der Diskussion beteiligen. Mir sagte sie, sie sei dagegen, daß S. L. zu uns zurückkomme. «Dann fangen nur wieder die schlimmen Sachen an.» Sie wollte, daß ich ihr beipflichtete. In den Tagen des *Nachdenkens-über-das-was-man- tun-soll* wurde Lila schwieriger, gehässiger zu anderen, freimütiger (also rüde) und eigensinnig; es war *kaum mit ihr zu reden*. «Was für einen neuen Anfang gibt es denn schon? Was kann man in meinem Alter denn schon Neues anfangen? S. L. wird sich aufrappeln und halbtags arbeiten gehen; wir wagen was und kommen wieder auf die Beine – ich kann ihn ja verstehen. Wie ich mich gebettet hab, so lieg ich, hörst du? ... Ich will keinen anderen Mann kennenlernen ... Wenn er sich nicht gut verhält, haue ich ab. Er mag mich ganz gern: es ist nicht leicht, mit mir auszukommen ... Er wäre zurückgekommen, wenn er nicht im Koma gelegen hätte. Ich will nicht noch mal von vorne anfangen. Ich hab mit ihm angefangen, und mit ihm werd ich aufhören. So bin ich nun mal.» Und: «Keiner kann mir sagen, was ich zu tun hab. Ich fang noch mal neu an, aber mit ihm ... Wir schlagen eine neue Seite auf ... S. L. soll nicht wie ein Hund in der Gosse sterben. Ich hab genug gegrübelt. Mehr sag ich nicht mehr zu dem Thema.»

Nonie sagte: «Sie will bloß ihn und uns alle quälen. Sie ist am Ende.»

Nonie sagte: «Also, ich kann doch nicht mit einem kranken Mann in einem Haus leben und Jungen hübsche Augen machen, damit sie mich heiraten wollen! An mich denkt keiner.»

Mama sagte: «In meinem Alter ... ich weiß, daß ich einen Fehler mache, aber» – sie hustete – «aber ich *will* ihn machen ... und jetzt möcht ich mal wissen, wer mich dran hindern soll. Ich möcht gern wissen, wer jetzt gegen mich ist und wer mir hilft. Wie ist das denn mit dir, Wiley? Die Leute sagen, in deinem Alter solltest du nicht in einem Haus mit einem kranken Mann leben müssen ... Hältst du zu mir?»

Ihre Augen: sie waren mir nicht unvertraut. Die Niederlage – die fehlende Heiterkeit – die sichtlich düstere Belustigung – eine Welt halb berechnender Gleichgültigkeit ... man hat nur eine Sekunde Zeit, um zu verhindern, daß man sich rühren läßt. Ich küßte Lila auf die Lider. «Kannst auf mich zählen», sagte ich. Ich war noch ziemlich jung. Ich sagte es im Geschichtenton – als wäre schon alles vorbei. «Ich werd versuchen, dir zu helfen.» Fast war es mir damit ernst.

Mein Gesicht – das hündische, verzerrte Gesicht eines nervösen Jungen von einiger Zähigkeit – «Mein Traumgesicht hast du ja nicht gerade, Pisserchen», sagte sie nun mit schwachem Lächeln. Und schloß die Augen. Sie legte einen ihrer noch-hübschen Arme über die tiefliegenden, umschatteten Augen, und unter ihrem Arm hervor sagte sie: «Na ja, macht nichts.»

«Leg uns doch mal die Karten», sagte sie.

Die Karten sagten, wir täten das Falsche.

Ich deckte die Karten auf und sagte: «Wir tun das Richtige.»

Sie sagte: «Ich weiß ... Laß dir mein Geheimnis verraten: Ich liebe keinen.» Sie äugte in die dunklen Zimmerecken. «Ich weiß nicht, was das alles bedeutet ... Na, vielleicht nimmt mein Geschick ja eine Wendung ... Ich fliege blind, ich flieg so, wie's mein Hosenboden will. Gut, so sei es.»

Ein Krankenwagen brachte Daddy nach Hause – aus Chicago. Er war grau im Gesicht, von Krankheit ausgemergelt, freundlich und emotional, voller Jammer und so eichhörnchenhaft ängstlich, wie er nie gewirkt hatte, bevor er krank geworden war. In der Küche sagte Lila, als spräche sie mit sich selbst: «Mein Gott, das ist ein geschlagener Mann.»

Ich schlief im Eßzimmer auf einer Couch. Dad schlief in meinem Zimmer.

Zu den anderen sagte Lila: «Nun ja, es sind unsere zweiten Flitterwochen und auch wieder nicht, aber eins kann ich sagen, das Gespräch ist wieder eröffnet. Was ich zu tun hab, reicht mir. Den Rest soll der Teufel holen, sag ich immer ... Sieh nichts Böses, tu nichts Böses, sag nichts Böses – setz einfach einen Fuß vor den anderen.»

Sie verhandelte mit sich über Anständigkeit – Absolution – Tod; eine improvisierte Moral ... angesichts von Krankheit und Sterblichkeit.

Spätabends, als es im Haus still war, sagte sie zu mir: «Ich erfinde mein Leben, während ich es lebe.» Sie sagte: «Ich weiß nicht, was ich tun soll.» Am offenen Fenster wehten die Vorhänge. Ich hatte nicht mehr das Gefühl, meine Eltern sonderlich zu mögen oder zu lieben, nicht einmal, sie zu brauchen – und wenn doch, kam es kaum darauf an. Aber ich fürchtete mich, nicht nur davor, mich an eine weitere Familie anpassen zu müssen – immerhin meine dritte –, sondern vor der aufgehäuften Traurigkeit – der Sinnlosigkeit. Ich fand, wir sollten den Tod in einander und in uns selbst bekämpfen und gegen weitere Dinge ankämpfen, gegen unsere menschliche Natur zum Beispiel und dagegen, daß Zufälle und schlimme Dinge alles sozusagen zermalmten, und ich fand es «wichtiger», «lebensnotwendiger», etwas Freundliches zu tun, als intelligent, rational oder vernünftig zu sein.

Ich «beschloß», mich «nicht klein kriegen» zu lassen wie Odysseus und mich nicht darum zu scheren, daß ich arm war und in diesem Mist festsaß, sondern ein möglichst *braves Kind* zu sein – ein Sohn und all das –, an schlichte Dinge zu glauben und heiter, loyal und patent zu sein. Ich sah voraus, daß darin für mich Freiheit lag – eine eigenartige intellektuelle Freiheit, die vom Willen abhing: Ich würde diese Sache hier erledigen, bei den Silenowiczs bleiben und mich *benehmen*; und dann konnte ich darüber nachdenken, was ich wirklich tun wollte. Aber wenigstens würde ich nicht von dem Dunklen in mir gepeinigt werden. Ich würde gut sein zu Dad. Unkompliziert gut.

Lila sah das anders, verstand mich anders. «Wir müssen die Angeschmierten sein, weil das Gegenteil zu sein schlimmer wäre.» Aber sie sah entsetzlich aus: es war wirklich mörderisch für sie. «Ich kann nichts dafür, wie ich aussehe, Wiley: mein Leben ist jetzt vorbei.»

Zum x-tenmal nahm ich mir vor, nicht Erinnerungen nachzuhängen, sondern mich einfach von einem Tag zum nächsten durchzuschlagen.

Daddy sagte: «Du willst also dableiben und mithelfen? Willst wohl die Show nicht verpassen, was, Pupserchen? *Vergeben und vergessen? Nur keine Ansprüche erheben: Gentleman bleiben, auch wenn's dich umbringt?*» Er versuchte, nobel zu sein; er versuchte, skeptisch zu sein; er versuchte, mich an die Vergangenheit zu erinnern; er wollte alles mögliche sein, und so äußerte es sich.

Er sah entsetzlich aus; er war sehr krank, sehr krank und

verängstigt. Panik und Wut erfüllten ihn, bittere Angst dieser Art – und das sah man.

«Hör auf meinen Rat: geh: bleib nicht hier – ich tauge zu nichts – ich tauge jetzt zu nichts mehr.» Dann, unverständlich: «Ha-ha ...» Er sagte: «Ich kann dich vor nichts beschützen ... ich kann dich nicht vor *ihr* beschützen.»

Ich weiß, es klingt verrückt, aber es *fühlte sich an*, als übe Gott Druck auf mich aus; ein Todeshauch, den ich hochmütig erlebte, hielt mich zum Bleiben an und hielt mich davon ab, mit Anfällen oder ewig mit Alpträumen zu reagieren: es gibt vielerlei Weisen, einer schlimmen Situation zu entkommen. Eine davon besteht darin, geradewegs auf sie zuzugehen und sich daneben zu stellen oder mitten hinein, bis man entweder stirbt oder sie als *normal* empfindet; womit ich ihre Nachsicht meine, die Möglichkeiten, mit ihr zu leben, die ihr innewohnen.

Daddy sagte erneut: «Du willst also dableiben und helfen? *Bloß die Show nicht verpassen? Vergeben und vergessen? Gentleman bleiben, auch wenn's dich umbringt?*» Ganz endgültig sind Entscheidungen im wirklichen Leben natürlich nie; man nimmt sich vor, hartnäckig zu bleiben – man mimt sie, die Endgültigkeit. Doch ob man durchhält, entscheidet sich im letzten Moment. Daddy hustet und wird bewußtlos, und man hält ihn in den Armen, bis seine Angst nachläßt und er anfängt, durch seine halbe Bewußlosigkeit hindurch ins Leere zu linsen. Ein wenig liebte ich ihn. Jede Gelegenheit, ihn zu sehen, zog eine Schleppe von *Botschaften*, von Omen nach sich: Funken von Zuneigung: das alte Schulterzucken über ihn freilich auch. Indem ich den Kontakt mit der Welt einbüßte, frischte sich mein Sinn für sie auf.

Wenn ich nun Träumen nachhing, dann mit neuer Intensität und geballten Bezügen auf das, was in der Tat verloren war. Bedeutungen zeichneten sich ab und blieben eine Weile deutlich – wie Wolken am Himmel, wie ihre Schatten am Boden.

Und andere Kinder schufen für mich Raum – ich brauchte mich für eine Weile nicht zu verteidigen. Mir fiel sozusagen dieser Rang, dieser *Freibrief*, diese andere Rolle zu: der Junge mit dem sehr kranken Vater. In einen Tag, in einen Schultag hineinzugehen – in diesen *nächsten* gewaltigen, bebenden Kubus von Zeit – hieß in eine Unmittelbarkeit einzutreten, die individuell auf-mich-als-Sohn-eines-Kranken zugeschnitten war. Man kann es vergessen und in der Hofpause zum Spielen hinausrennen. Doch wenn ich dann aufhörte zu rennen, spürte ich mein Herz in Dad; ich ließ die Hand auf der Brust liegen und fragte mich, ob mein Herz so schwach sei wie seines – ich keuchte wie er ... Nach einer gewissen Zeit fühlte ich mich ihm nahe und nicht wie ein Mensch – nicht wie andere Kinder ... überhaupt nicht.

Die andere Merkwürdigkeit war, daß ich über S. L. das Urteil sprach – als ich neun Jahre alt war. Sehen Sie, er und Lila brauchten mich um sich, weil durch mich das Interesse, Mitgefühl und Mitleid der Ärzte geweckt wurde. Die Präsenz und Loyalität des Kindes weckte Loyalität. Manchmal, wenn ich im Winterlicht nach Hause ging, wünschte ich mir, ich wüßte weniger, doch die Entscheidung, bis nach Hause weiterzugehen, die Weigerung, weitere Entscheidungen zu treffen, wollte mit Atem erfüllt werden. Es war das Gegenteil von Ersticken. Es war nicht so, als schwebte man im luftleeren Raum. Man tat diese Dinge für *sie*, um nicht sich selbst in schlimmerer Erinnerung zu behalten. Das war in Ordnung.

In den ersten Monaten, die S. L. wieder daheim verbrachte, hing ich viel im Haus herum. Ich schwänzte die Schule. Die Schule protestierte, aber ich schwänzte weiter. Zuerst bestürzte S. L. meine unerlaubte Anwesenheit: «Ich will von dir keine Opfer, ich will nicht, daß ein *Kind* mir Opfer bringt.» Ich mußte das *Gefühl* (den Eindruck) gewinnen, daß er mich nicht *mochte*, obwohl ich *ihm nicht gleichgültig* war.

Ich war ein zäher, froschgesichtiger, angespannter Neunjähriger.

Doch in einzelnen Sekunden spürte ich auch, wie seine Atmung sich veränderte, wenn ich sein Zimmer betrat. Und wenn ich mich ihm näherte, nahm ich in seinen Augen einen Wandel wahr, das Nachlassen von Einsamkeit. Zum Teil rührte dies daher, daß ich so blöd gewesen war, bei der Familie zu bleiben: das wußten wir beide – und daß es Raum für ihn schuf. Diese Effloreszenz von Dummheit. Die bestimmten Gefühle eines bestimmten Jungen. Er strich sich die Haare glatt. Oft stand er sogar auf und bürstete sich die schütter werdenden Haare – ich war ein wichtiger Besucher, ob ich nun häßlich, jung und blöd war oder nicht.

An manchen Tagen nahm er mich nicht zur Kenntnis ...

An manchen Tagen legte er mir, obwohl er flach dalag, den Arm um die Mitte und sagte: «Nicht reden ... Setz dich nur hin und sieh dir mit mir das Licht im Fenster an.» Ein-, zweimal sagte er: «Ich kann die Sachen, die du erzählst, nicht ertragen, weißt du? Da, nimm dir ein Stück Lakritze: jemand hat mir Lakritze mitgebracht: das ist schlecht für dich: greif zu.» Er sagte: «Ich sehe so gern dem Licht zu ... Aus mir ist ein einfacher Mann geworden, Pupserchen.»

Das war zwar nicht wahr, aber in Ordnung. Die Eiben, das Licht in den Eiben am Haus, vor dem Schlafzimmerfenster, das Licht auf dem Rasen, auf unserem Gartenzaun: wir sahen dem Spätnachmittagslicht zu wie einer Vorstellung, Daddy und ich.

Daddy sagte – wieder und wieder: «Ich kann für keinen was tun – nicht das geringste – für keine Menschenseele. Bleib da, wenn du willst – aber dann bist du ein Narr ...»

Ich fühlte, wie sein Herz sich aufschwang ... seine Herzschläge gleichmäßiger wurden ... vor Erleichterung, daß er mit einem Narren zusammen war.

Na und? Ich hab nichts anderes zu tun, was genauso interessant wäre. Das gab ich ihm einmal zur Antwort. Er sagte, das sei keine freundliche Bemerkung. Dann, es sei doch eine. Dann, daß er nicht darüber nachdenken wolle.

Man ist nicht mehr scheu. Man ist schroff, kleinjungenhaft, grob und blöd – nicht wirklich man selbst: vielleicht ist man so nun wirklich, so wie man sich in Gesellschaft anderer gibt.

Daddy sagte: «Vielleicht ist das der Witz daran, daß man nichts zu geben hat. Dann macht es einem Spaß, mit einem Narren zusammenzusein ... Und auf einmal fällt einem auf, daß man sogar gern mit sich selber zusammen ist. Merk dir das ...»

Es war komplizierter, als ich es hier zeigen kann.

Mehrere Verwandte leisteten *moralischen Beistand*, und einige weitere schickten Geld. Mama zog die vor, die Geld schickten. Allerlei ernste Eingriffe wurden erwogen, darunter eine Serie von Operationen im Verlauf mehrerer Jahre. Der Plan wurde fallengelassen: er war zu teuer, zu ungewiß, Dad war zu alt, vom falschen Körpertypus, von der falschen Mentalität. Er war es nicht wert ... oder so ähnlich.

Ich kümmerte mich nicht darum.

Meine Eltern liebten mich sehr – wirklich sehr –, liebten mich damals für eine Weile nicht nur, sondern liebten mich sehr, liebten mich lauthals, könnte man sagen.

Nonie sagte noch immer kein freundliches Wort zu mir – nie – nicht ein einziges Mal – nicht einmal damals.

Aber sie verhielt sich anders ... sie achtete mich ein wenig oder fürchtete mich ... eine Spur.

Liebe

Liebe? Ein calvinistisches Gefühl für das Nur-Menschliche in einem selbst und im anderen, oder in einer Familie, ein calvinistisches Gefühl, das hie und da bei mehr als nur einem Menschen an eigenwillige Anmut grenzte, an einen gewissen Starrsinn, an ein gewisses Beharren auf Identität und Bindung, das eine Form von Frömmigkeit darstellt, das an Dummheit und Gläubigkeit sowohl angrenzt wie sich davon abhebt, aus deren Existenz Leuchtkraft und Feuer bezieht – Dummheit-mit-einem-Ziel – eine bestimmte Art von Dummheit um der Familie willen?

«Tja», sagte Lila aufrichtig und ironisch zugleich; sie machte sich auch über mich lustig, «machen wir eben gute Miene zum bösen Spiel ... reißen wir uns alle zusammen – schaffen wir ein Zuhause und warten wir ab, was passiert.» Sie sagte zu mir: «Hörst du mir zu? Bist du geschniegelt und gebügelt? Hast du deine besten Manieren griffbereit? Kannst du für uns andere in einer trüben, trüben Welt den Lichtstrahl spielen?»

Nonie sagte zu ihr: «Laß bloß meine Gefühle aus dem Spiel ... Ich will jung sein, ich will diese Jahre für mich haben. Ich muß mich verheiraten und versuchen, so viel wie möglich zu sparen.»

Mama sagte: «Sie krümmt nie den Finger, um irgendwem zu helfen ... und daran wird sich nie was ändern. Sich selber will sie was ersparen, um mehr geht es ihr nicht. In Wirklichkeit ist es albern ... na ja, albern zu sein ist nicht immer das Schlechteste von der Welt.»

Manchmal aber doch ...

Mama sagte zu mir: «Ach, du, du bist ein Junge – du kannst ruhig Opfer bringen, du kannst die Dinge ruhig ein Weilchen schleifen lassen und wieder da ansetzen, wo du aufgehört hast – du hast dann immer noch ein Leben vor dir.»

Mama bluffte. Und Nonie benahm sich liebenswürdig –

und geduldig, aber *gnadenlos*. Ich nahm an, man könne ihr gegenüber ähnlich gnadenlos sein. Vielleicht konnte man Mama gegenüber bluffen. Vielleicht konnte man ihnen beiden gegenüber seine Interessen im gleichen Maße wahren, wie sie es taten.

Ein paar von Lilas Bemerkungen aus dieser Zeit:

Ich bin für keinen mehr das Schätzchen –

Keiner will einen haben, wenn man alt und grau ist – wenn man Realistin ist.

Das Leben ist ein Kampf, wir führen hier unseren eigenen kleinen Krieg, wir sind eine Sanitätereinheit.

Gott sei Dank hat Gott uns Zähigkeit geschenkt, wir legen uns nicht flach und spielen tot ... Unsere Fassade blitzt.

Zu einem gewissen Prozentsatz war *immer* aufrichtig, was sie tat.

Im Jahre 1940 veränderte sich Daddy. Er war die ganze Zeit hindurch schwierig gewesen, überwiegend schwierig – verängstigt und fatalistisch, überdreht und manchmal fest entschlossen, so zu tun, als wäre er gesund. Nun tat Dad so, als wäre seine Krankheit immer nur Einbildung oder ein Traum gewesen, und wurde mehr oder weniger *wild*, voller Haß auf Lila – und auf den Tod. Er gab ihr die Schuld. Um sich mit ihr streiten zu können, verfolgte er *rachsüchtig* alles Gesunde, zu Zeiten sogar das Tageslicht. Er und Nonie verbündeten sich.

Und Mama spielte sich als heroische Befehlshaberin auf – sie war sehr oberbefehlshaberisch – freilich nicht etwa nobel: sie leistete sich Zorn und Verzweiflung. Der Alltag im Haus glich dem an vorderster Front. «Wir sitzen in den Schützengräben», sagte sie. «Das ist grauenvoll ... Wir werden mit Ungehörigkeit bombardiert – ich kann nicht mehr ... Übernimm du, Wiley.»

Daddy wurde erneut krank, starb und erlebte gleichsam eine Auferstehung. Nonie zog zu Verwandten nach North Carolina. Sobald sie aus dem Haus war, telephonierten wir etwa alle sechs Wochen miteinander, und ich versuchte, sie um Rat zu fragen, wenn Mama und Daddy sich stritten – oder wenn ich traurig war. Ich will nicht sagen, daß ich sie vermißte. Doch, das will ich sagen. Vielleicht bildete ich mir auch ein, sie zu vermissen, weil es sich so gehörte.

Wenn ich in unseren Ferngesprächen über die Familie zu reden begann, wurde Nonie immer laut: «Red mit mir bloß nicht darüber: ich will nichts davon hören, ich kann das nicht ertragen ... ich kann's überhaupt nicht ertragen, wie du so redest: ich will, daß es nett zugeht. Andere Mädchen haben keine kranken Väter. Wenn ich lächle und mich amüsiere, fragen sich die Leute, ob meine Gefühle normal sind – für meinen *Vater*. Ich will nicht, daß die Jungen sich fragen, ob mit mir was nicht stimmt.»

Lila sagte: «Für ihren Geschmack geht's hier zuviel um Leben-und-Tod ... Für meinen Geschmack auch.»

Nonie fragte oft, was es bei uns zu essen gab. Mama hatte erklärt, es würde sie umbringen, wenn sie Essen auf den Tisch bringen müßte – wir hatten ein Mädchen, das dreimal in der Woche kochte; und an drei weiteren Abenden gab es kalten Aufschnitt oder chinesisches Essen, das jemand von uns im Restaurant bestellen ging und in kleinen weißen Schachteln mit Metallgriffen nach Hause brachte. An einem Abend in der Woche kochte Mama, und ich spülte. Aber sie sprach in Wirklichkeit nicht vom *Kochen*. Mama sagte, sie könne nicht weiter Versicherungen verkaufen, Daddy «pflegen» und «in meinem Alter mein Aussehen wahren, wo ich kein leichtes Leben habe. Das Leben ist nicht nett zu mir, das kann ich dir sagen, es ist einfach nicht *anständig*, soviel von einer Frau zu verlangen – ich bin schließlich keine Heilige.»

Daddy, voller Panik und Beschämung, weil er krank war, sagte zu mir: «Haben sie den Latrinenjob dir angehängt? Na, du warst ja schon immer der Narr, stimmt's?» Mama weigerte sich, ihn zu pflegen; er weigerte sich (oder hatte sich geweigert), mit ihr zu sprechen. Die Einzelheiten dieser Geschichte habe ich nie erfahren (obwohl ich sie mir vorstellen kann). Weitgehend übernahm ich es, ihn zu versorgen; und er half mit; er versorgte sich weitgehend selbst, nachdem er sich vom zweiten ernsten Krankheitsschub erholt hatte.

Aber es wurde noch sonderbarer. Mama erklärte mir, davon, wie die Männer sie behandelten, von ihrer Situation als Frau, die keinen Mann um sich hatte, der sie beschützte – in welcher Hinsicht, erklärte sie nicht –, werde ihr so übel, wie Nonie davon übel geworden sei. «Das ist der eigentliche Grund, warum ich sie fortgeschickt habe, damit es jemanden gibt, der über ihre Rechte wacht.»

Jedenfalls gab Mama ihren Job auf – oder wurde partiell gefeuert; sie blieb zu Hause und hatte, was sie einen *Nervenzusammenbruch* nannte – einen langen, vielschichtigen Anfall oder Ausbruch von Sehnsucht nach einem anderen Leben.

Mama sagte, sie ertrage es nicht, auf Wohltätigkeit angewiesen zu sein, wurde aber vollkommen abhängig davon. Sie sagte, sie breche entzwei. Sie sagte zu Dad: «Das ist nun dein Werk, S. L., das ist das Leben, das du mir beschert hast.» Zu mir sagte sie allerdings, so unfreundlich zu S. L. sei sie nur auf Drängen der Ärzte; sie habe den Auftrag, S. L. zu «beschämen», damit er mehr Lebenswillen entfalte, aktiver lebe. «Die Ärzte wollen, daß du kämpfst, S. L., *Feigheit* ist keine gute Arznei für dich.» Daddy nannte sie Madame Goebbels-Giftmaul und sagte, sie bringe ihn um; und sie sagte, er bringe sie um – und mich. Er vergab ihr nie mehr, oder wenn doch, dann so düster ironisch, daß ich es lieber nicht zur Kenntnis nahm; und auch jetzt möchte ich nicht darüber nachdenken, über die ironische Vergebung meines Dad. Mama sagte: «Das mit der Erbsünde begreif ich nicht ... Wenn jeder sie geerbt hat, kann sie so sündhaft nicht sein.»

Sie preßte jedem, den sie zu fassen bekam, Wohltaten ab – Kleider, Einladungen (um von zu Hause und von Dad fortzukommen) –, um zu beweisen, daß sie nicht hilflos und nur zu frommem Erdulden genötigt war, weil sie alterte und von

Krankheit, relativer Armut und Verzweiflung heimgesucht wurde. Manchmal kam es mir so vor, als würden zu Hause täglich ein Dutzend der unwahrscheinlichsten Wahrheiten sichtbar. Lila sagte, sie könne nicht weiterleben, wenn sie nicht sie selbst sein dürfe, ob ich ihr denn den Tod wünschte; und Daddy sagte, er könne nicht leben, wenn er nicht er selbst sein dürfe, ob ich ihm den Tod wünschte, und jeder von ihnen sagte zum anderen: *Siehst du denn nicht, was du dem Jungen antust – willst du, daß ER auch noch verrückt wird?* Mir kam Selbsterhaltung wie etwas Widerliches vor, wie ein widerliches Treiben. Ich weiß nicht recht. Man konnte sich für das Ganze schwer einen Sinn ausdenken, in dem wir alle drei unterzubringen waren.

Doch ohne einen solchen Sinn waren die Tage unmöglich. Freundlichkeit war unmöglich. Vernunft war unmöglich. Die Anschuldigungen – *Willst du mich umbringen?* Und: *Du ziehst uns alle runter* ... Und: *Was bist du HÄSSLICH; du hast uns vielleicht hübsch in die Klemme gebracht – ich schätze mal, das ist das Ende* – machten das Haus zu einem bösen Ort. Träume und schlimme Omen, Ansichten und Launen, Gefühle, Ereignisse und Meinungen häufen sich an, türmen sich kurios auf, doch keine zentrale Wahrheit gibt sich wunderbar zu erkennen, nicht einmal ein *Ich-will-mich-selbst-retten.* Vielleicht, weil Nonie diese Haltung bereits vertrat. Lehrer kamen ins Haus und flehten die Silenowiczs an, mich freizugeben; aber in gewissen Stimmungen bildete Lila sich ein, ich hätte die Lehrer dazu angestachelt, aufgehetzt, rumgekriegt, und flink verbündete sich Daddy irgendwie mit ihr und zog halbherzig am gleichen Strang ... Jedenfalls *glaubte* sie fest, mich um sich zu haben sei gut. Man kann in unserem Wohnzimmer von einem Gesicht zum anderen blicken und sieht nichts als nur allzu menschliche Menschen: man kann zusehen, wie jede Idee versagt. Man kann den Atemzügen lauschen und sehen, wie menschlich Menschen sind. Es wurde so arg, daß es mich – in gewisser Weise – zum Lachen brachte – diese schlimmen fünfzehn Minuten an einem schwülen Regentag, voll hysterischen, unverhüllt schrillen, echten, ja schreienden Entsetzens in einem oder in beiden meiner Eltern. In der Schule vertrat ich im Zeitgeschichte-Unterricht die Position, daß Todeslager *wahrscheinlich* existierten, in Anbetracht von Nazi-Erklärungen, der «menschlichen Natur», der menschlichen Verlogenheit und Unbekümmertheit um die Folgen ... in Anbetracht von Unbekümmertheit und Blindheit ...

Und dann, wenn man hartnäckig bleibt, *beruhigen sich die Dinge wieder*, und wir finden zum Waffenstillstand zurück – sind wieder für eine Weile gut und edel oder normal geduldig, langmütig, tolerant. Ich habe es miterlebt: das Leiden wurde undeutlicher ... wechselhaft. Ich war ein Kind. Lila sagte: «Keiner hat Schuld: wir haben uns Mühe gegeben, wir geben uns weiter Mühe: weißt du, ich zögere nun wirklich nicht, mit Steinen zu werfen; aber soweit ich sehe, ist das hier nicht gefragt. Ich wünschte, S. L. würde sich mehr Mühe geben ... Er ist der schlechteste Patient der Welt ... da hat Nonie ihre Selbstsucht her: die beiden sind die selbstsüchtigsten Leute, die dir begegnen können – tja, der Affe äfft eben nach.» (Damit erklärte sie auch *Hitler:* «Er hat Erfolg – das macht den Leuten Eindruck; du weißt ja, wie es geht – Affen äffen eben nach ... *Tja, was erwartest du auch anderes?*» Sie konnte mit Allzweck-Floskeln eine Menge verschiedener Dinge ausdrücken.)

Sie sagte: «Ich meine nicht, daß S. L., nur weil er krank ist, das Recht hat, mich zu tyrannisieren. Ich weiß, er steht unter Druck, aber unter Druck stehen wir alle, und was genug ist, ist genug. Ich geb keinem die Schuld, aber eins sag ich dir: ich weiß nicht, WIE LANGE ICH NOCH DURCHHALTE – UND DAS IST DIE REINE WAHRHEIT.» Sie sagte: «Auch wenn Menschen leiden, bleiben sie nur Menschen.» Inzwischen war sie selbst krank – ein Gallenblasenleiden und erste Hinweise darauf, daß sie Krebs haben könnte.

Unglücklich, spannungsgeladen und bitter, wie S. L. war, sagte er zu mir: «Deckt diese Frau da dich noch mehr mit Mist ein als üblich? Was hörst du ihr überhaupt zu? Hast du denn keinen Grips? Hast du nicht genug Grips, dich unterzustellen, wenn's schüttet?» Er sagte glatt: «Du solltest dich vor ihr in Sicherheit bringen. SEI KEIN WASCHLAPPEN ...»

Er konnte nicht schlafen, wenn ich nicht im Haus war. Manchmal sagte er: «Bring dich vor mir in Sicherheit», und dann wieder: «Vor MIR sollst du dich nicht in Sicherheit bringen ...» Mann, war das gespenstisch.

«Versuch, nicht drüber nachzudenken», sagte Mama. «Laß dir bloß deine Gesundheit nicht nehmen.»

Manchmal war Mama ausgesprochen grausam zu S. L. «Er hat mich genug tyrannisiert ... Jetzt taugt er zu nichts mehr.» Zu ihm sagte sie das – in der dritten Person, überdrüssig, theatralisch.

Wenn sie merkte, daß ich zuhörte, sagte sie zu mir: «Schnapp, sagte die Neugier und schnitt der Katze den Schwanz ab – das weißt du doch, oder?» In meinen Träumen tötete und verstümmelte die Neugier, ein halbwüchsiger Junge, einen Hund.

Meine Eltern waren zu schneidender Gnadenlosigkeit fähig, die sie nicht immer nur unbewußt oder in Notwehr einsetzten, sondern manchmal auch semi-bewußt, manchmal vollends bewußt – unter wildem Schnaufen und biochemisch aufgeputscht, völlig bewußt, gnadenlos.

Ich brauchte mir das nicht widerstrebend einzugestehen. Ich sah, daß sie einander irgendwie nicht gleichgültig waren, daß ihnen diese Reaktionen von Zeit zu Zeit lieber waren als ein bloß medizinisches Schicksal.

Es wurde noch schlimmer. Daß ich lebendig war, reizte sie ... Inzwischen erlaubten sie sich so viele Dinge – ließen sich Schwächen durchgehen, weil Krieg herrschte oder das Leben hart war – , daß sie gelegentlich leicht in Abneigung gegen mich hineinglitten, nur weil ich da war. Sie waren gewohnt, zu weit zu gehen.

Wenn ich jedoch protestierte, leise oder mit Gebrüll, dann verschlechterte sich ihr Zustand, fast als werde Krankheit durch Schuldgefühle beschleunigt. Jedenfalls brachte ich Geld ins Haus, ohne daß etwas davon für mich ausgegeben wurde – weder für Ärzte noch für Kleidung oder für sonst etwas. Nicht für Schulbücher, nicht für Hefte. Manchmal gab es nicht einmal Milch für mich. Mit faltigem Gesicht und ehrlichem Blick sagte Mama: «Ich halt's nicht aus. Ich kann für keinen sorgen. Wir müssen alle im gleichen Boot sitzen, ODER ICH WERDE WAHNSINNIG.» Ein beängstigender Egalitarismus.

Aber menschlich.

Nichts in meinem Leben deutete darauf hin, daß ich diese Situation lange ertragen könnte, daß ich sie überleben und danach noch eine Zeitlang ein einigermaßen normales Leben führen würde.

Es ist schon sehr seltsam, keinen Privatunterricht zu erhalten, keine Bücher, kein Schreibpapier, keine Stifte und Briefmarken zu haben, nichts außer abgerissenen Kleidern und einem Bürstenhaarschnitt, den man aus Mildtätigkeit umsonst verpaßt bekommt, und dennoch irgendwie der oberen Mittelschicht anzugehören. Wir hatten ein ganzes Spektrum von Armutsformen im Haus, fortschreitende Spielarten von Entbehrung. Die Phasen von Selbstbeherrschung wurden seltener. Mein Vater hatte kaum die Geduld oder Kraft, sich als nobel zu erweisen. Meine Mutter hatte weder genug Hoffnung, um Lügen vorzuleben, noch den Wunsch, es zu tun. Zu nichts von alldem hatte ich nach einiger Zeit noch eine unschuldige Einstellung. Ich versuchte, die beiden dazu zu bewegen, mir zuliebe einfacher und weniger zügellos zu sein, damit ich unschuldig bleiben könnte – ich mag geklungen haben wie Nonie.

Mama, die mittlerweile ziemlich wahnsinnig war, geistesgestört, sagte: «Wenn du willst, daß wir für dich Opfer bringen, zieh anderswohin.» Zu Nonie sagte sie das nie. So konnte ich entkommen. In jenem Stadium versuchte ich auszuziehen; ich zog zu Leuten, die eine Straße weiter wohnten, und schaute jeden Tag kurz zu Hause vorbei. Lila kam mir jedoch nach, blieb auf dem Gehweg vor dem Haus am Water Place, wo ich Unterkunft gefunden hatte, im Regen stehen und kreischte das Haus an, kreischte die Türen und Fenster des Hauses an, in dem die Leute wohnten, bei denen ich untergeschlüpft war: «Wiley, dein sterbender Vater liebt dich und braucht dich, du Köter!» Die Leute sagten, sie sei verrückt – das hinge mit der Anspannung und diesem gewissen Alter zusammen, in dem sie nun sei ... Und daß ich in ein Internat kommen sollte. Dad sagte, sie sei schon immer verrückt gewesen, und jetzt könne endlich jeder sehen, wie sie sei. Wie gesagt, unsere Lebensumstände brachten mich zum Lachen.

Ich bat Nonie um Hilfe – rief sie in Carolina an. Sie sagte: «Ich bin jung, verlang nicht von mir, daß ich eingreife ... Du bist jetzt ihr Liebling: du hast gewonnen – mach, was du willst.»

Lila sagte zu mir: «Ich weiß wohl, was du tust; du sammelst Gründe zur Klage, damit du dich davonschleichen kannst – du bist genau wie Nonie, und ob: wenn du erst so weit bist und's dir paßt, zischst du ab und lebst dein eigenes Leben. Und wir verrecken hier wie Hunde.»

Mir war schon durch den Kopf gegangen, daß ich mich, wenn es allzu schlimm würde und ich fortginge, immer daran erinnern müßte; wenn ich aber blieb, würde ich mich vielleicht nicht mehr bewußt daran erinnern, *sobald das Ärgste vorüber* wäre – eine von Mamas Floskeln. S. L. sagte: «Das Leben ist Scheiße.» Aufgrund seines kaputten Herzens verlor sein Gesicht alle Farbe und er die Kraft, seine Gedanken oder seine Aufmerksamkeit auch nur einen Moment von seinem

Zustand, seiner Krankheit abzuwenden ... er war nicht bei einem – nicht bei mir; zumeist wollte er in dieser Phase nur mit mir reden, nur mich sehen (sagte Lila); wenn ich jedoch bei ihm war, saß ich meinem Adoptivvater gegenüber, der mich bei sich haben wollte, aber es war alles so widersprüchlich, so wahnsinnig widersprüchlich; er war ganz und gar (und aufmerksam, furchtsam) da – sich seiner Gefährdung, seines Zustands bewußt – im Grunde wie ein Mann auf dem Hochseil oder wie einer, der gefoltert wird; und obwohl er mir gleichsam seinen Salto mortale vorführte, wirkte sein Gesicht, auch wenn die Abwehr für die Zeit der Vorführung daraus verschwand, doch weitgehend wie ausradiert, mir entzogen ...

Mama wurde immer wunderlicher: sie war nun imstande, mir, wenn ich heimkam, halb angezogen entgegenzutreten, mit heraushängenden Brüsten, außer Rand und Band, ganz Milch-und-Augen, und zu sagen: «Sag mir doch, wie man das durchstehen kann ... Sag mir, wie man das überleben kann ...»

Wenn ich in Gelächter ausbrach, konnte sie wieder nüchtern werden, wurde oft wieder nüchtern – wenn ich es so nennen kann.

Es war fast so, wie einen Augenblick zu sehen – ich weiß, ein Augenblick ist kein Ding, sondern die Spanne zwischen Lidschlägen, ein Raum mit flimmernden Lidern als Wänden, eine halbluftige Bühne und etwas Baumhaftes, Buchstaben-Nahes, worin ich hockte, während Mom unten stand; und ein Windstoß war als feine Schnörkellinie zu *sehen* – etwas Ruheloses, Flüchtiges, das landete, sich jedoch nicht niederließ: so kamen und gingen zu bestimmten Zeiten die Gunst und Geduld meiner Eltern, verdrängten Ichbezogenheit und Launen und wurden dann von jenen anderen Tendenzen abgelöst, doch immer unstet. Nie wußte man, welcher Blitz oder Anflug von Trotz oder Grausamkeit das Gleichgewicht, die Stimmung, die schimmernden oder mattgetönten Zerrbilder verändern würden. Daddy sagte, alles sei *widerwärtig* – «aber du machst ein Spiel daraus, Pisserchen». Er sagte, ich sei ein Kind und ganz in Ordnung – manchmal. Tatsächlich war dies männliche Vergebung – *landend*, ohne sich *niederzulassen* –, sich verlagernd wie Licht, wie die Atmung oder wie Rippen, etwas Ablenkendes, Großmütiges – eine Form von Liebe in einem bestimmten ... einem besonderen Moment. Liebe? Oft war alles auf seine Weise ganz in Ordnung. Ich weiß noch, wie Mama ins Wohnzimmer kam, wo Dad und ich Radio hörten, und sagte: «Na, mehr habt ihr einer gutaussehenden Frau an einem Regenabend nicht zu bieten? Dann muß ich mich wohl damit begnügen. Rückt doch mal auf der Couch da ein bißchen zusammen, ja?»

Es mag eigenartig sein, daß ich sentimental an eine Schreckenszeit, an die Liebe meines Vaters und den halbgaren Charme meiner Mutter zurückdenke, doch in einer Welt der Erbsünde (falls sie das war) pulsierte insgeheim jene eigenartige, fast erotische *Gerechtigkeit*; und gar nicht einmal so unhörbar – nicht mehr, obwohl man in vieler Hinsicht noch ein Kind war.

Daddy sagte zu mir: «Manchmal bin ich lieb.» Er sagte: «Jeder ist manchmal lieb.»

Bedeutungen

Unser Haus, dann die Wohnung, in die wir zogen, zu betreten, hieß bei so viel Wandel, sich täglich neu in *medias res* zu stürzen. Ständig wurde die Vergangenheit umgeschrieben. Sie ergab nun diese neue Summe – wenigstens behaupteten die beiden, Mama und S. L., das stur.

Vielleicht erwog Lila gerade, ob sie mit einem im Krieg reich gewordenen Industrieboss aus der Gegend schlafen und ausziehen sollte. Oder sie stritt sich mit irgendeiner Frau, die versuchte, sie in eine niedrigere gesellschaftliche Position als jene abzuschieben, die Lila vor S. L.s Erkrankung innegehabt hatte. Oder sie hatte gesiegt oder es sich anders überlegt und leistete sich *heute abend einen kleinen Anfall von Bombenschock, von Kriegsneurose*. Man wußte nie. Vielleicht kamen sie und S. L. gerade miteinander aus. Wirklichkeit *ist gleich* Dauer – aus einem Sturz in *medias res* wird ein Abend. Dreihundertfünfundsechzig Abende ergeben ein Jahr. Dinge, die länger andauern, werden nicht einmal für das Bewußtsein wirklicher. Sie bilden vielmehr das allgemein und wie-*intuitiv* Bekannte. Ich war zehn, elf. Dann war ich zwölf und groß – langbeinig, dürr und mit einem militärischen Bürstenschnitt, für den der Friseur zu meiner Demütigung nichts verlangte, wenn ich nicht darauf bestand. Die Lage zu Hause besteht nun seit drei Jahren. Meine Füße sind groß und stoßen überall an. Ich vergesse immer wieder, daß ich große Füße habe und daß ich gewachsen bin. Es ist Frühling ... Die Fenster stehen offen. Auf dem Heimweg habe ich in den beinahe waagrechten Nachmittagsstrahlen der mittelwestlichen Frühlingssonne schlaffe Forsythienzweige gesehen. Die alternden Vorhänge – schwere, hell blaugraue Seidendamastbahnen – blähen sich ebenso, wie es, nur aktiver und stürmischer, die weißen Musselingardinen darunter tun. Daddy ist im Salon zur Straße hin zu sehen. Hat er sich in der Küche heimlich einen Kaffee geholt? Und Mama telephoniert ... mit ihrer Schwester? Ihrer Mutter? Einer Freundin? Mit dem Firmenchef-Liebhaber oder Fast-Liebhaber, oder was er sonst sein mag? Nie will mir einer erklären, was eigentlich vorgegangen ist. Ich weiß nur, was ich im jeweiligen Alter anscheinend fast wie durch Zufall weiß – nach der fast unerträglich paradoxen Art des Zufälligen, das sich zu einem geometrischen Teppich von Zufällen fügt, zu Wahrscheinlichkeit und Erfahrungslogik.

Die *Logik*, meine ich, setzt an einem gewissen Punkt ein und dehnt sich dann zügig auf bestimmte Phänomene aus. Mamas Augen: nun, da ich so groß war, blickte ich von oben in sie hinein und sah, daß sie verdunkelten Theatern glichen, in deren Dunkel allerlei vorging; und dann gingen gleichsam die Lichter an; eine Vorstellung begann; doch selbst dann wurde einem nicht besonders viel erläutert. Einiges aber erfuhr ich – zum Teil nur, weil ich groß war ... Und verwöhnt, wie Mama sagte.

Manchmal sah ich die Dinge so, daß die *Wahrheit* verwandelt war; und statt zu begreifen, daß ich nun einen anderen Blickwinkel einnahm, meinte ich, Mama hätte sich verändert; früher hätte oft eine Vorstellung – in ihren Augen – begonnen, ohne daß die Lichter angingen und irgend etwas erklärt wurde; doch wenn die Dinge so gänzlich unerklärt geblieben waren, hatte es an meinem Alter gelegen, an meiner mangelnden genitalen Kundigkeit – darf ich das so sagen? – und nicht bloß an Mas Heimlichtuerei.

Wenn Daddy nun über Mama murrte: «Dieses Biest», dann konnte ich einigermaßen – je nachdem, ob ich ausgeglichener Stimmung oder aufgebracht war – raten, ob er wütend war oder auf ein gebrochenes Herz anspielte.

Wenn ich nicht wußte, von wem er sprach, konnte er ärgerlich auf mich werden, weil sein medizinischer Zustand an ihm zehrte und sein Gemüt veränderte, oder weil es ihm ganz ordentlich ging und er mich schlicht unter Männern wegen meiner allgemeinen Stumpfheit und Dumpfheit verhöhnte, wegen meiner Blödheit in vielen Dingen.

Und dann wurde mir ganz heiß, so zurückgewiesen fühlte ich mich – oder ich lachte. Ein gebrochenes Herz reizt man im allgemeinen nicht, versucht auch nicht, es zu heilen – zumal dann nicht, wenn es obendrein das echte, versagende Herz eines tatsächlich herzkranken Mannes ist; doch mittlerweile ließ Daddy zu, daß ich sein gebrochenes Herz ansprach. Eine kuriose, intime Situation, denn vermutlich morbiderweise glich sie der eines Mannes, der seinem Sohn den Wagen anvertraut – so ähnlich war das. Aber es entsprach seinen Gefühlen. Aber man las es aus seinem Blick: diese Bereitschaft,

Sondergenehmigungen zu erteilen – Autoschlüssel und Zündschlüssel – sozusagen – und das entsprechende resignierte Mißtrauen – und ein taktisches, gerissenes Verschleiern des Offensichtlichen: *der Bengel wird verwöhnt*.

Vielleicht kam er dann mit einer Spruchweisheit: «Ein Gentleman petzt nicht, ein Gentleman plaudert nicht aus der Schule.» Nicht darüber, daß er mich nun mochte, hieß das.

Oder er sagte: «Jetzt sei doch ein netter Kerl und flirte mit mir.»

Oder: «Wo bleibt denn die Umarmung ...»

Oft spürte ich hinter seiner männlichen Wichtigtuerei das mörderisch-lüsterne Grollen seiner Überzeugung, dies sei Liebe ... liebenswert.

Liebe jedoch, die etwas bedeutete. Keine fromme Liebe. Sondern wie in der Armee – Sie wissen schon: Nimm mit, was zu kriegen ist, männlich leichtfertigen Stuben- und Freizeitkram. Er schien anzunehmen, seine wahren Gefühle und sein wahres Leben, wenn ich nicht da war, würden ihm in meinen Augen keine Ehre machen, und doch sprach er über manche dieser Dinge, solange ich nicht vergaß, den Anschein zu erwecken – und ihm in gewissem Grade zu entsprechen –, daß ich die andere Hälfte eines Duos war, einer von zwei Kerlen, die in einer Bar sitzen und sich prinzipiell auf loyale und zugleich durchtriebene Weise einig sind, Frauen seien als unaufrichtige Wesen zu verabscheuen – daß wir zwei schweinische, aber treue Kumpel füreinander waren. So war es, wenn ich ihn nicht den Tag über vergessen und mich vielmehr eingehend mit irgend etwas in der Schule oder beim Sport oder in meinen Träumereien beschäftigt hatte. Dieses Gespinst war zwischen ihm und mir über die Jahre entstanden.

Wenn Mamas Gekeife (oder *Gezanke*, wie sie es nannte) ihn, eine verbotene, unangezündete Zigarre im Mund, *von seinem faulen Arsch auf die Beine* brachte und er wie eine blasse Parodie seiner selbst als Gesunder aussah, dann redete er mit mir auf ganz bestimmte Weise. Manchmal klagte er, wie um eine Fußnote anzubringen: «Das Herzflimmern ist wieder stark. Ich geh's mal gemächlich an ... Das Miststück verlangt von mir, ich soll wieder Geld anschaffen gehen ... Mir ist überhaupt nicht nach irgendwelchem Quatsch ... Ich hab einen schlechten Tag hinter mir, *Sonnenjunge ... Pisserchen ...*» Meine Aufgabe ihm gegenüber, als ich zwölf Jahre alt und groß geworden war, bestand darin, mit männlichem Takt das Vorhandensein einer nicht endgültigen, nicht alles andere überwältigenden Liebe anzuerkennen.

Die mußte seinetwegen nicht unbedingt wechselseitig sein und auch meine Gefühle bestimmen, außer ihm war nach Gerechtigkeit zumute, aus einem Gefühl von Stärke oder von Schwäche heraus.

Im Hinblick auf eine Menge von Dingen sind wir unartikuliert – nein: es war eine Übereinkunft zwischen uns, daß ich über viele Dinge nicht urteilte, nicht einmal nachdachte: über gutes Benehmen zum Beispiel, gutes Benehmen, soweit es bei uns angesichts all der Belastungen und der täglich, manchmal stündlich wechselnden Malaisen noch erkennbar war; und *Verständnis* und *Nachsicht* waren wichtige Gesichtspunkte für ihn, nicht für mich; und wie man alles mögliche sein konnte, zum Beispiel männlich, ohne *rauhbeinig* zu sein: darüber bildete ich mir kein Urteil, ich dachte nicht darüber nach, sondern verließ mich da mehr oder weniger auf Dads Geschmack.

Natürlich machte einen vieles davon für andere attraktiv. Daß man so ausgestattet war, der lange, ungeschickte Junge war, der all dies durchmachte, fanden manche Leute anziehend. Eine ironische Situation vor allem darum, weil ich ohnehin etwas unartikuliert war, auf schmerzliche, brennende, stechende, ja mich zerreißende Weise: Verlegenheit ersetzte mir Schuldgefühle und Ironie. Ich fand die Welt schmutzig. Sie war in Ordnung, aber schmutzig. Sie war nicht zu verstehen – wenn Verstehen etwas mit Wahrheit zu tun hatte –, aber jede Menge Theorien lagen in der Luft, jede Menge frommer

Überzeugungen: und massenweise rhetorische Behauptungen. Täglich konnte man die Rhetorik der Schlachten lesen. Oder ich konnte an meinen Vater denken, der Unverschämtheit des Himmels ein Ende machen und ihn zu Tränen rühren und so weiter, ganz falsch war das alles nicht; aber fast ganz wahr war eben auch nichts. Manchmal konnte man – ich, oder Dad – Schmerz verströmen, und das Weltall platzte auf und weinte in dem Sinne, daß der andere gewissermaßen für einen starb, es jedoch für sich behielt und nicht noch zu der elenden Bitterkeit und dem Brennen in einem beitrug, indem er einem zeigte, daß man *den Leuten* gleichgültig war. Einer von uns stand für *die Leute.* Für das Schicksal. Der andere ist *die Leute; sie* kommen zuerst ... Oder was immer. Dieser Patriotismus, dieser Kram setzt sich fort, dieses Mitgefühl, neben den schärfsten, den stumpfsten Wahrnehmungen her; und kommt jenseits von Rache und Rivalität wieder an die Oberfläche. Die Momente ticken dahin; aber zugleich besteht jene andere Unbewegtheit – in einem selbst und diesem Zeug, insofern ein Sinn für einen darin liegt, obwohl es ein bewußt gesetzter ist, eine säkulare, pragmatische Idee. Die Glücksmomente, die dann vorkommen: *sie kommen in den schlimmsten Zeiten vor:* ich weiß nicht, was das bedeutet, aber es war *eine Wahrheit* ... Es existierte gar nicht so wenig Anständigkeit bei uns im Haus, immer mal wieder und einige Tage lang – monatelang manchmal. Nur herrschte sie nicht immer – verstehen Sie? Nie war sie für immer vorhanden.

So sind die Menschen nun einmal, und zum Teil war es eine aufgesetzte, gezielt eingesetzte Anständigkeit; zum Teil war sie vorgetäuscht, erlogen, aufpoliert, zur Schau gestellt, seltsam zensiert ... Propaganda, Provokation. Wenn ich nun auf der Ebene der Meinungen spreche, kann ich eigentlich nicht sagen, daß ich je im Leben etwas Liebenswerteres gesehen hätte als manchmal S. L. in seinen entsetzlichen Krankheitszuständen, wenn er beschloß, das Entsetzen zu dämpfen – mir zuliebe. Er konnte warm und gescheit, freundlich, sanft, ironisch, wissend sein und dabei nicht einmal heucheln – er war besser als jeder Vater in den Filmen jener Zeit. «Was macht denn unter Freunden ein bißchen Sterben schon aus», sagte er etwa, wenn während eines Alptraums seine Atmung ausgesetzt hatte und er nach einem Asthma-ähnlichen Anfall wieder Luft bekam. Ich hielt ihn dann in den Armen. Sein Verhalten hatte Schwung und Eleganz. Und enorm viel Raffinement – enorm in meinen Augen, mehr als ich für möglich gehalten hätte. Einen Anflug von Genialität; jedoch human. Es war kein Rollenspiel – oder nicht nur Rollenspiel. Wissen und Fähigkeiten wurden darin sichtbar, eine nicht ausschließlich ironische Courage und wohl auch Vergebung. Er vergab dem Leben – *Da siehst du mal, was einem an Überraschendem so alles begegnen kann: daß einer wie ich sich in der Krankheit als vorbildlich edler Mensch erweist.* Sehr lange hielt er diese Haltung jedoch nicht durch. Im allgemeinen nicht. Meistens hielt er sie nicht aufrecht – wollte es nicht. Konnte es nicht.

Es kommt nicht darauf an.

Ich leistete Dad Gesellschaft – hauptsächlich tat ich das, statt heranzuwachsen. Die Leute sagten, ich machte meine Sache gut; ich ließe ihn nicht vereinsamen. Ich allerdings wußte nicht, ob ich tot war oder krank – aufgrund von Osmose, Ansteckung, fieberhafter Spiegelung in ihm.

Lila sagte: «Du hast es gut gemacht ... Duftend wie eine Rose bist du daraus hervorgegangen.» Als guter Sohn wurde ich bewundert. Nicht zu knapp bewundert. Ich benahm mich nicht verrückt. Doch sehen Sie, die Zeit steht eben nicht still. Sie können nicht wirklich ein Trauma haben und nur an einem Augenblick des Lobs festhalten. Oder vielleicht geht es doch, aber nach meinen Erfahrungen glaube ich es nicht.

Im Moment, als sie dies sagte, hatte Lila das Gefühl, die Leute bewunderten mich als Sohn mehr als sie für ihre Leistung als Ehefrau, die seit Jahren zu S. L. gehalten hatte und jetzt anscheinend mit ihrem Leben am Ende angekommen war. Das sagte sie zu mir. Sie sagte: «Warum lachst du? Du bist albern geworden, seit du so gewachsen bist – weißt du das eigentlich?»

«Das vage Lachen zeugt von leerem ... von hohlem Geist. Sagt immer ein Lehrer von mir», sagte ich. Man muß sich ausdrücklich daran *erinnern*, daß die Zeit weitergeht, Augenblick um Augenblick.

«So? Na, genau so lachst du ... Wie ein leeres Grundstück – ha-ha ... Unmengen von Unkraut ... Jetzt hör aber mal auf zu lachen, sonst werden wir noch beide krank davon. Ha-ha.»

Ich kriegte immer diese irren Lachanfälle – fast absichtlich: als hätte man sich absichtlich betrunken: hie und da lachte ich nüchtern-trunken. Wir lachten aus verschiedenen Trunkenheiten heraus, Lila und ich: Daddy sollte nicht lachen, weil es sein Herz gefährdete. Er konnte allerdings lächeln und eine Art Männer-Wiehern von sich geben. Lila lacht so perlend wie ein Filmstar, noch beim offensten Lachen photogen – eine Frau, die gelernt hat, photogen, doch überzeugend zu lachen.

Lachend sagte sie: «Ich kenne dich. Ich weiß, was du im Schilde führst.»

«Ach was? Was denn? Was führ ich denn im Schilde, Mama?» Auf Mitteilungen über einen selbst ist man nun mal begierig.

«Vergiß es ... Du kannst es ruhig vergessen ... Du meinst, du kommst damit durch, aber ich hab dich durchschaut.»

«Jetzt sag doch, Mama, womit komm ich durch?»

Unsere Situation, so einfach sie an sich war, lenkte meine Aufmerksamkeit unentwegt auf die Existenz von Wahrheit und Lügen, Liebe und Nichtliebe in den Momenten, in denen die beiden ihre üblichen Nummern aufführten, im falkengleich lautlosen Anflug eines Moments, einer Stimmung, die uns überfiel und schon zu verfliegen, uns freizugeben oder auszustoßen begann. Ein hauchzarter, feuchter Kuß.

«Sag doch, leben wir noch eine Woche? Was siehst du um die Weihnachtszeit für uns voraus?»

«Ich weiß nicht. Wir werden schon was tun. Halt einfach durch, dann siehst du, was passiert.»

«Das ist auch das einzig Interessante, was *du* jemals sagst.»

Daß ich vorschlug, in Neugier einen Grund zum Weiterleben zu sehen, meinte sie.

Im Hinblick auf Liebe und Handeln als Sinnquellen in Calvins Welt der Erbsünde, bei der ich mir nicht sicher bin, ob darin etwas als Tugend definiert werden kann – für länger wohl nicht –, bestand der Segen an der Zeit (wie ich es damals sah) darin, daß sie Projekte zuließ, wie zum Beispiel mit jemandem auszukommen, und wenn man diesen Projekten nachging, bereiteten sie einem selbst und anderen ein gewisses Vergnügen, ein gewisses Glück; und an dem gewöhnlich unklaren Ende, wo das Projekt zum Resultat verblaßte, oder das Resultat selbst verblaßte oder dahinschwand – und im nächsten Projekt aufging –, entstand aus alldem etwas Gutes, das anhielt oder sich vielleicht weitergeben ließ: so maß und urteilte man. Auf dieser Grundlage traf man seine Entscheidungen.

Wenn man standhaft war …

Der Segen der Zeit … Eine komische Bemerkung, nehme ich an.

Fortwährend schlagen «Lügen» in Stimmungen um – sie werden zu Wahrheiten; verlogen bildet man sich ein, die Zeit wäre kein Bestandteil des Lebens, doch dann kommt Böses zustande. Im Lächeln eines erwachsenen Mannes oder im aufgeputschten Lachen einer erwachsenen Frau und ebenso im Lächeln oder Lachen eines Kindes sieht man sichtbar Wahrheit hervorbrechen – für eine Weile … Im fliegenden Gerichtssaal der Welt. Es braucht keine endgültige Wahrheit zu sein: sie bleibt nicht bestehen und bestätigt sich nicht unbedingt durch Wiederholung – manchmal aber hat sie sich dennoch wiederholt – in der schwindelerregenden Instabilität der Umstände.

Es ist eine kuriose Wahrheit, die man in einer Kette von flüchtigen Schlußfolgerungen erblickt, eine Form von Stillstand, die nicht endgültig, aber einem wichtig ist. In einer solchen stillen Zone war man zu Ehrfurcht, zu ein wenig Glück und zum Unterdrücken aller Klagen verurteilt, woraus, wie die scheinbare Botschaft eines besonders guten musikalischen Stücks, eine komplexe Form von gelebter Wahrheit wurde, die ohne Worte war ... Musik und Tanz haben mit Lügen letztlich wenig gemein – nicht sämtliche Wahrheiten der Klänge, der Modulationen, können falsch sein. Wie ein Kind am Strand Muscheln in einer Schachtel sammelt, spüre ich in meiner Jugend Tag für Tag die reale Zeit, die allesfressende, allmächtige, allgegenwärtige Zeit rings um mich und in mir, in meinen Atemzügen und Augen; und darin sind die Kinder der Zeit, wenn ich so sagen darf, die Sandkörnchen des Strandes, die Muscheln, meine Fingernägel, meine Wimpern. Angemessen, wenngleich vorübergehend, sind wir untergebracht im Schweigen, im Rauschen von Wellen und Küstenwind – Muscheln, von den Gezeiten angeschwemmte Überreste in einer Kiste am Strand nah den Klängen der Wellen; und wenn man die Kiste schüttelt, wird sie zu einem Menschen, der die Wahrheit sagt – für eine Weile; die Wahrheit, wie sie offen daliegt – selbst wenn die Wahrheit nicht mehr ist als *das Kind schüttelt eine Kiste mit Muscheln am Strand, und ich höre es unter dem Geräusch der Wellen heraus* – ob dieses Zeug nun als Wahrheit etwas taugt oder nicht, ihm ist eine Schönheit eigen, die einem ins Gesicht springen kann. Oder in das Verhalten, das man an den Tag legt. Dann kehrt auch jenes andere wieder – das *Laß-mich-dein-Gesicht-sehen* der Kindheit, die andere Wahrheit der Dinge.

Und dann, wie böse es doch ist – auch das Teufelszeug kehrt wieder –, wenn Daddy sagt: «Du siehst so selbstgefällig aus, weißt du: mir wird ganz übel von deinem Gesicht», und er sich hinlegt und das Gesicht zur Wand dreht. «Ich langweile und fürchte mich, und du bist Abschaum – ich habe Abschaum satt.» («Dabei ist er ein Mann, der sein Leben lang nie Wort gehalten hat», sagte Lila, die auf dem Gang lauschte, dann später.) «Und ich habe Betrüger und Betrug satt, und dich . . . Die Welt ist Scheiße, und ich will sterben.»

Lila sagte, er könne es nicht ertragen, nicht die Hauptattraktion im Haus zu sein, die Attraktion in der Hauptarena, und nutze seinen (schlechten) Gesundheitszustand aus, um sich in den Mittelpunkt zu stellen; und wenn er nicht im Mittelpunkt stehe, wolle er sich davonmachen. «Immer hat er sich davongemacht», sagte sie.

Vor allem nutzte er das Sterben aus, nicht seine schlechte Gesundheit, nicht nur sie; und er simulierte nicht: er starb wirklich.

Das übrige tat er außerdem, aber er machte sein Sterben auch – nun, ich muß damit leben –, er machte sein Sterben zu einer aufrichtigen Kritik an der Welt, an Lila, Nonie und mir . . . Vielleicht nicht zu einer aufrichtigen. Wie sollte man das wissen können? Aufrichtig nicht als Lehre, sondern im Hinblick auf ihn als Lebenden. S. L. sagte, wir seien böse Leute, und er auch, wir hätten ihn böse gemacht, wir hätten böse Seelen; er sagte, das Leben sei böse – und manchmal dann, wenn ich fragte: «Und was ist mit mir? Hab ich denn eine Chance?», änderte er ab, was er gesagt hatte; doch manchmal auch nicht; und er antwortete: «Du hast keine Chance, keine Chancen.»

Sein zweiter Schlaganfall, als ich zehn war – der passierte mitten in der Nacht. Ich schätze, er und Lila hatten es miteinander gehabt. Vielleicht sich nur gestritten, vielleicht anderes getrieben – der Gedanke kommt einem erst später, wenn man älter geworden ist. Als wir mitten in der Nacht im Krankenhaus warteten, auf den Moment von S. L.s Tod warteten, sagte Lila zu mir: «Ich muß dir etwas Trauriges sagen: die

Wahrheit kann einen töten.» Und: «Sie tut Menschen nicht immer gut ... S. L. mußte sich Dingen stellen, denen sich Menschen nicht sollten stellen müssen.» Sie sagte: «Eine Menge Leute haben uns fallenlassen ... Sie geben mir die Schuld. Tja, was kann ich da schon sagen? Ich war's ganz allein, mit meinem Hackebeilchen – tja, Wiley, du wirst's noch sehen; niemand läßt dir irgendwas durchgehen. Sie rächen sich für alles – sogar für einen Gefallen, den du ihnen getan hast.»

Gefallen ... und Herablassung. Abhängigkeit und Dankbarkeit. Mein zwölfter Geburtstag kam zwei Monate nach Dads drittem Schlaganfall. Auch den überlebte er. Er lebte noch ein Weilchen weiter. Ich war erstaunt, daß ich es auf zwölf Jahre gebracht hatte. Mit dem Familienkram ging es weiter. Als ich zehn war, klang es nach dem Zusammenbruch von Hoffnung, als Lila sagte: «Du weißt nie, ohne was du nicht alles leben kannst, bevor du's ausprobiert hast ... Und auch nicht, womit du alles leben kannst ... bevor du's mußt.»

Nun, so war es bei mir zu Hause. Es gab niemanden, mit dem ich darüber hätte sprechen mögen.

Zeitgedichte

Mit zehn war ich ein Rotzbengel, unerbittlich und ein wenig freudlos als Konkurrent. Sicher änderte sich das, sobald ich als Sportler stärker – und besser – wurde: *Du bekommst allmählich ein bißchen Sinn für Humor*, sagte Mama. *Das finden die Leute interessant, weißt du.*

Wenn ich lachte, dann immer ein wenig verrückt ... als würde ich versuchen zu singen. Ich hatte mich verloren, ich konnte eine Zeitlang die Realität nicht sonderlich gut orten – und als es mir dann besser ging, ging es mir in Wirklichkeit gar nicht viel besser; ich schleppte mich dahin; der Himmel erschien mir düsterer als zuvor; die Dämmerung grauer und unerbittlicher; das Tageslicht vermochte weder meine Benebelung zu vertreiben noch mich zu wärmen. Meine Arme und Beine – vielleicht mein Charakter – wurden hölzern. Ungelenk. Ich litt an einer undiagnostizierbaren Krankheit nach der anderen – an ernsten Dingen, die kein Arzt behandeln konnte. «Ich weiß nicht, was mit mir los ist, ich kriege anscheinend keine Luft ...» Kränklich, seltsam, hinter einer Barriere von Schweigen – von Schmerzen sichtlich zum Giraffenmenschen verzerrt, halbtot und *unaufhörlich grübelnd* – lag ich eines Abends im Bett, lag hoffnungslos herum, und mein Dad sagte: «Tu mir das nicht an.» Mom hatte bereits das gleiche gesagt – vielmehr gebrüllt.

Doch zwischen ihr und mir bestand kein derartiges Bündnis auf Leben und Tod.

Ich überlegte kurz. Den einen Arm hatte ich unter dem Kopf, den anderen über dem Bauch liegen.

Ich sagte: «Meinetwegen. Ich tu's nicht.»

Und ich blinzelte.

Und im gleichen Moment befreite ich mich daraus.

Aber da war ich zwölf. Zuvor hatte ich das nicht getan. Dad sagte, ich täte es aus Liebe, ich sei in Ordnung, ich wüßte, was man einem Freund schuldig ist ... Er sagte, ich sei ein Wonneproppen.

In gewissem Sinne begegnete ich allem Beängstigenden von da an irgendwie hoffnungsvoll, oder zumindest doch mit einer Hol's-der-Teufel-Haltung – einer Form von Humor. Ich glaubte, diese Sache beträfe uns alle drei – und mit dem Tod waren wir zu viert, also uns alle vier; in schlaflosen Nächten jedoch hatte ich manchmal das Gefühl, für meine Eltern sei der Tod nicht ganz das gleiche, nicht deckungsgleich mit meinem, nicht das Produkt derselben Macht; und meiner sei zwar greifbar nah, aber von ihrem doch auch verschieden; die drei Tode im selben Haus waren getrennte Dinge und nicht ein und dasselbe, nicht einmal rhetorisch derselben Kategorie zugehörig. «Wir und unsere Geister», hatte Lila einmal kühn gesagt. Und Daddy darauf: «Ich bin der tollkühne junge Mann auf dem fliegenden Trapez – weißt du das noch nicht?» Aber er hatte auch gesagt: «Der verängstigte alte Jude auf dem tödlichen Trapez ...»

Für uns sechs – drei Personen, drei Tode – war auf einmal alles, was nicht mit dem Thema zusammenhing, tot. Unsere Tode nahmen uns ganz in Anspruch, sie zehrten unsere Anmaßung, unsere Scherze auf, fraßen die nichtigeren Aspekte der Liebe, das Spielerische und Listige an unseren Bindungen, die kultivierten Ebenen, wo man sich ausweichend benimmt und einander wahre oder falsche Angebote macht; unsere Tode fraßen vielleicht uns selbst auf, und die Liebe dazu. Für mich ging es bei diesen Dingen nicht darum, daß die Ewigkeit versagte, nicht um Angst vor dem Nichts und fehlendem Sinn, sondern schlicht darum, daß mein Zeitgefühl diese Form angenommen hatte; und darüber hinaus um das Gefühl, daß zu viele Sinnversionen, die man mir angeboten oder beigebracht hatte, ohne zeitliche Dimension waren – daß man abwartete, bis sie von der Zeit korrigiert wurden, und damit genug. Nur in einzelnen Momenten und an Unterschieden waren wir zu spüren.

Man mußte auf neue Weise – und mit Geduld – begreifen, daß diese Dinge nicht endeten; nur mit dem Tod. Oder in wahnwitzigem, künstlichem Träumerstarrsinn. Oder als Trauma.

Sie bestanden eine Zeitlang pausenlos (und veränderten sich, wenn überhaupt, nur schleichend) in einer animalischen Kammer voll komplexer, bewegter Gefühle, als zeit- und blutdurchströmte Wirklichkeit – im Zeichen von Blutsverwandtschaft, obwohl wir keine Blutsverwandten waren; doch dem Blut kam eine verbotene, intime, zeitgebundene Wirklichkeit zu – und das Unglück bestand darin, daß jedes Gefühl von Sicherheit in einem mörderischen Orkan untergegangen war. Ermordet wurden natürlich wir.

Doch wie Mom betonte: «Anderen ergeht es schlimmer.» Sie wurden rascher, härter, unbeugsamer hingemordet.

Und dennoch war mir vorübergehende Flucht – oder Veränderung – als reale Möglichkeit gegenwärtig, wohnte den Momenten zu Hause und meinen Träumen inne und pulsierte noch spürbarer, wenn ich aus dem Haus und zur Schule ging. Das Projekt, das zeitweilig einen sehr labilen Segen brachte, bestand darin, weiterzumachen, ohne zu verzweifeln ... Ich *glaube*, das war das Projekt. Vielleicht bestand es vielmehr darin, bei Verstand zu bleiben. Oder sich vor Dad und Mom zu fürchten. Wie soll man das entscheiden? Unsere Nachbarn und die Lehrer – und Nonie in ihrer Eifersucht – votierten dafür, mein Verhalten als eine Form von Anstand zu billigen – nicht die einzige Form davon und keine übliche; aber die einzige Form von Anstand, zu der ich damals imstande war. Er äußerte sich in dem, was ich tat; er war mein Erzieher; er war verantwortlich für das, was aus mir wurde.

Immer gab es physische Grenzen für das, was ich über mich brachte, was zu tun ich ertragen konnte. Was ich tat, tat ich um der Zukunft willen. Doch mein Glaube war begrenzt. Kein einziges Mal habe ich Dad gesäubert, wenn er sich beschmutzt hatte. Kein einziges Mal habe ich ihn edelmütig geküßt – mich über alle Grenzen der Schicklichkeit hinweggesetzt, meine ich. Ich tat alles mangelhaft und ein wenig traurig und störrisch; dennoch wurde weithin bewundert, was ich tat. Wenn also Lila so darüber sprach, wie sie es tat, dann meinte sie – wenn die Leute Bemerkungen machten, wie: daß wir gar nicht immer nur traurig seien, daß ich ein ungewöhnlich guter, großmütiger Sohn oder ein schlauer, nicht nur mit sich selbst beschäftigter Junge sei, dann sagte sie: «Ich sorge dafür, daß du redlich bleibst.» Sie glich ein wenig der Stimme des Todes, die mir ständig im Nacken saß. Nicht im metaphorischen Sinn. Tatsächlich.

Aber oft wurde sie auch traurig, und dann sagte sie: «Es ist einfach alles zuviel ... Wir sind einfach zu sonderbar geworden, du und ich ... und *der da im anderen Zimmer ...*» S. L. «Ist es dir jetzt nicht mehr peinlich?» fragte sie.

«Nö», sagte ich. «Ist eben ein echtes Schlamassel.»

Sie starrte mich an – bis sie schließlich lachte, denn ich hatte mich bemüht, wie ein berühmter Filmkomiker zu wirken. Ich lachte wie ein Blöder, fast glücklich – vielleicht photogen.

«Du bist das echte Schlamassel», sagte sie und wurde wieder ernst. «Sprich laut und deutlich, wenn du etwas sagst ... Sprich so, daß die Leute dich auch verstehen, ich kann dich nicht immer verstehen: Ich hab heute abend eine Pille genommen. Ich mach dir keine Vorwürfe wegen dem, was passiert ist, auch wenn manche Leute sagen, du bringst Unglück. Glaubst du, ich will, daß DU mich rettest? Die Leichen liegen nicht im Keller, nicht eine davon – glaubst du, auf uns liegt ein Fluch? Ich will überhaupt keinem Vorwürfe machen. Aber sag doch mal, warum lächelst du eigentlich?»

Ich rezitierte: «Und du hast einen Nietnagel, und du mußt dir dringend die Haare waschen ... Und du haßt den Jammer, der zum Menschsein gehört.»

«Ich bin menschlich – wenn du mich fragst, war ich immer viel zu menschlich», sagte sie und dachte dann darüber nach. Sie gab sich müde-aufrichtig – über alle Lügen nun erhaben: «Glotz mich nicht so an», sagte sie. «Um diese Tageszeit kann ich wirklich drauf verzichten, von jungen Augen angeschaut zu werden.»

Doch die Wahrheit bricht oft aus, schleicht durch unser Haus, hängt für einen realen Moment in der Luft und kann einem, falls man nicht gerade hysterisch ist, als eine Art Schönheit erscheinen.

Schönheit

Schönheit weht mit der Brise durchs Fenster und schwebt zwischen unseren Möbeln umher – und fährt Dad auf gar nicht simple Weise in die Haare.

«Wir versuchen's immer weiter», sagte Lila. «Aber aufgeben wäre vielleicht besser.»

«Wir versuchen es nur so-so», sagte ich.

«Du hast ein interessantes Gesicht», sagte sie. Sie finde diesen Einwurf interessant, hieß das.

«Beim Denken zuzuschauen ist interessant.» Vielleicht hellt Denken ja die Augen auf, verändert die Mundstellung und bestimmt die Kopfhaltung.

«Wonach beurteilst du eigentlich die Leute?»

«Ich?»

«Ja, du wirst erwachsener – sich mit dir zu unterhalten ist nicht mehr so schwer.»

Was hat uns nur hierhergelockt? Warum sagen wir ja und machen weiter?

Ich hatte eine Cousine namens Trish, die zu denen zählte, die Nonie damals gern hatten. Meine Cousine Trish mit den tollen Beinen, dem rührenden Pferdegesicht und der großartigen Figur – einmal sah ich sie fast nackt, als sie schlief und sich alles, was sie trug, auf ihrem langen Körper zusammengeschoben hatte – war für mich geradezu der Inbegriff von Gesundheit.

Die Wahrheit schleicht sich in mich ein und begleitet meine Atemzüge – ihre auch.

«Du darfst dir keine Vorwürfe machen ...» sagte Trish.

«Aber es steht WIRKLICH SCHLIMM ...»

«Macht nichts. Man sieht es dir nicht an.»

«Doch», sagte ich.

«Du bist so tapfer», sagte sie.

«Ach, Quatsch, ich weiß bloß nicht, was ich sonst sein kann», sagte ich.

«Gibst du sonst jemandem die Schuld? Gibst du Gott die Schuld – wie Dostojewski?» fragte sie.

Sie sah wirklich gut aus ... buchstäblich.

«Klar doch», sagte ich. «Mit Gott hab ich nichts mehr zu schaffen. Jetzt geht es nur noch um uns ... um dich, mich, Mom, Dad, die Nachbarn, U. City – verstehst du?»

«Nein ... Du bist wirklich ein eigenartiger Mensch ... Aber manchmal bist du Spitze, daß du's bloß weißt.» Dann küßte sie mich und ging davon; irgendwie dockte ihr Körper plötzlich sexuell an, warf in der Sexualität Anker; sie beendete das Gespräch und ging davon. Vielleicht war sie zu beeindruckt ... Vielleicht zu angewidert ... Wo ist der Unterschied? Falls ich jedoch erreichen wollte, daß sie dablieb und sich mit mir unterhielt, hatte ich es sichtlich falsch angestellt. Ich war für sie nicht greifbar. Ich war vogelfrei.

Lila, an Krebs erkrankt – es begann in dem Jahr, in dem S. L. starb –, sagte zu mir: «Hör zu, Wiley, sag's mir nicht, wenn *du durcheinander* bist, ja? Einverstanden? Tu so, als hätte ich immer alles richtig gemacht, ja? Tust du mir den Gefallen?»

«Klar. Einverstanden.» Da war ich dreizehn, bald vierzehn.

Die Monate und Stunden ... Leben, das in die Gosse sikkert ... das Gefühl, daß es anderen besser geht ... daß sie besser zu leben verstehen ... und dies als Grund für Ehrgeiz, genauer gesagt, für Lügen, wenn sich mit der Niederlage und den Umständen der Niederlage einigermaßen leben, sich darauf bauen läßt. Ich bin ein zersplitterter Kerl, ein seichter Junge, ein geschlagener Mensch – und zudem jemand, der nicht im Mittelpunkt allen Geschehens gestanden hat. Na und? Vielleicht kann ich nun allmählich entkommen. Vielleicht schaffe ich es nicht. Vielleicht werde ich immer fast stumm und traurig bleiben. Wahrscheinlich werde ich nicht sehr lange leben. Meine Kindheit und Jugend habe ich verschenkt. Dennoch, die Hauptsache ist, nicht zu zeigen, wie verletzt du bist und wie schwer es dir in diesem Moment fällt, weiterzumachen. Du willst nicht hauptsächlich ein Gebilde aus Vorwürfen, aus Bezichtigungen – von Erschöpfung sein.

Um meine Mutter zum Lachen zu bringen – ein absurder und wahrscheinlich gemeiner Ehrgeiz (sagte sie zu mir) –, sagte ich: «Daß du Krebs hast, ist ein Tiefpunkt mehr für *meine* Aufs und Abs. Mann, haben wir vielleicht ein Glück zur Zeit.» Sie starrt mich zwei, drei lange Sekunden wütend an, meine Adoptivmutter; dann lacht sie – ein bißchen – zum Auftakt – und nimmt es partiell hin, daß ihr Krebs auch mich auffrißt; und dann unterdrückt sie ihr Prusten lang genug, um zu sagen: «Um ehrlich zu sein, ich schäme mich dafür, daß ich krank bin.»

«O nein! ... Das ist mal ein guter Witz», sagte ich und lachte hilflos. «Dann bist du wohl eine Sünderin, was?»

«Ja», sagte sie.

Auch dieses Mal starb niemand. Etwas regte sich in der Asche, die Familie erhob sich daraus und wurde noch ein letztes Mal für ein weiteres Jahr wiederhergestellt. Mit jenem obszönen Liebreiz eines alternden Gesichts, das beginnt aufzugeben – das sich, Himmel noch mal, Scheiße, Christus auf Krücken, zum Sterben bereit macht –, sagte meine Mutter, meine Adoptivmutter, in einem Alptraum von Fürsorglichkeit: «Von Familienkrankheiten mal abgesehen, Wiley, gehen denn im großen und ganzen deine Träume alle in Erfüllung?»

Sehen Sie, sie hielt mich für einen fähigen Menschen. Sie hielt mich mittlerweile dafür, weil ich überlebt hatte, «ohne in die Klapsmühle zu geraten. Wie machst du das bloß?» fragte Mama schockierend persönlich. Sie stand unter Morphium und war ganz schön seltsam.

«Das weiß ich nicht», sagte ich.

«Ich glaube, der Geist deiner leiblichen Mutter sorgt für dich ... Allein bist du weiß Gott nicht mal schlau genug, dich unterzustellen, wenn es schüttet.»

Die Deutschen fallen in Polen ein: 1939

Der Stadtlärm, die Geräusche von Lastwagen und Straßenbahnen, wurde zu Kriegslärm. Als Nonie nach Carolina ging, hatte ich längst den Kopf voller Bilder von Reitern, die auf kahlen, dunstverhangenen Äckern Panzer angriffen, von Sturzkampfbombern, die aus taggrellem Himmel herabgeschossen kamen, von Fallschirmspringern, Spionen und knallrosarotem Geschützfeuer (es war noch nicht die Zeit des rauchlosen Pulvers). Leben und Tod trennen keine Wände, und ständig plärrt und *blutet* etwas, Notlagen und extreme Gefahr waren Realität am Kampfort und dann überall. Die extreme Vernichtung von allem, etwas entfesselt, brutal, scheinbar unwiderruflich Extremes – die einzige Gewißheit war, daß sich ein neuer Sinn ergeben würde.

Mama sagte, all die vielen Tode ließen einen einzelnen Tod lächerlich erscheinen – sogar den eigenen.

Als die Mobilisierung im Land begann, sagte sie: *Du mußt geradezu selbstsüchtig sein, wenn du als Zivilist mit ein bißchen Anstand sterben willst . . .*

Das ganze Sterben veränderte alles, erzeugte eine Hitze gleich der des Sommers, ein Klima, eine Art Sommer, ein mörderisches Freudenfeuer, einen Ofen – Terror und Metzeleien, willkürliche Terrorisierung, wild frohlockende Sieger . . .

Frohlockend zugefügter Tod, frohlockende Drohreden tagtäglich, sogar am hellichten Tag. Eine schwarzweiße Welt war uns greifbar nah, über und über befleckt mit Schlagzeilen, Photos und Druckkolumnen: Ereignisregen, der Krieg als Herrscher.

Manchmal kommt es einem während dieses unrühmlichen Fests so vor, als hätte man schwarzweißes Blut. Und tatsächlich besteht eine Front zwischen den Helden und den *Daheimgebliebenen*. In unserer bislang vertrauten Welt brach drängend Unvertrautes aus, partiell das einer demokratischen Mobilmachung und infolgedessen das undemokratische Vorgehen der schleichend eingeführten Notstandsautokratie.

Der zugelassene Tod von Soldaten, das Meer von Leid und die Mobilmachung des Alltagslebens machte die Welt kahl und Frauen und Kinder merkwürdig, fast unzulässig frei ... und dennoch ... *merkwürdig*, diese Welt des Krieges. Die verblüffende Zerstörung.

Im Mittelwesten, wo wir uns befanden, bildete sich lokal so etwas wie ein Trümmerfeld eingeschobener Kriegszeit-Stunden, in dem Frauen, Heranwachsende und alte Männer allein und unbeaufsichtigt umherstreiften wie lauter Tarzans. Wir lebten nach anderen Maßstäben – so viele Männer waren nicht da. Wir lebten in schauerlich-schöner, unmoralischer Sicherheit, in einer Zwischenzeit, wie gesagt, die unrein, ruchlos auf irgendwie offenkundig fürchterliche Weise zwischen Blöcke von realer Zeit eingeschoben war. Es kam einem ganz in Ordnung vor, soweit man von Ordnung reden konnte: es war eine Ordnung, wie sie in Alpträumen herrscht (wie man sie damals hatte) – doch hatte man denn die Wahl? Begeisterte, praktische, *lokale* Immoralität, Gedanken an ein universelles Blutbad (und an universelles Leid) sowie etwas *skrupellos*, unbeholfen und sehr deutlich unvollkommen Gutes standen Bösem ungeahnten Ausmaßes und dem offensichtlichen Umsturz von allem gegenüber: eine sehr weit verbreitete Klarsicht hierfür war unverkennbar – man stand vor einer rauchenden, einstürzenden Landschaft *weitverbreiteter* realistischer Haltungen, vor der *Herrschaft* einer seltsamen, beengenden Freiheit, die auf der Abwesenheit von Männern und dem daraus folgenden Kippen aller Dinge beruhte. Zum Stil und Schicksal der *Erwachsenen* gehörte eine skrupellose, nachsichtige und oft fatale Disziplin: in Kriegszeiten ist Tod eine Angelegenheit der Spezies, rauh, konstant eintretend und allgemein anerkannt als furchtbar glorreiches Phänomen, als Pulsschlag von *Genie* – es war, als gehöre beinahe jeder überall der einen oder anderen Armee von Sterbenden an, von Künstlern in dieser Hinsicht – von Möchtegern-Künstlern, Künstler-Imitatoren – *Genies* ...

Zu den erfolgreicheren (emsigeren) Todbringern, dem vernichtenden, Körper-zerreißenden, Zähne-sprengenden *Witz* dabei, sagte Mama: «Ich kann an diesen Krieg nicht denken ... Ich will mich doch nicht wahnsinnig machen lassen ... Trotzdem, ich bin so was von gegen die Nazis, daß ich nicht mehr klar sehe ... Aber eins sage ich dir, wenn ich bloß wüßte, wie, wäre ich Pazifistin.» Dad sagte, er hasse den Krieg und sei dafür, daß die Nazis uns alle umbrächten.

Lila sagte: «Das ist ein Witz, der sehr schwer zu schlucken ist, S. L.»

«Ich kann's nicht ändern», sagte Dad.

Weitere Überlegungen zum Krieg: Der Fall Frankreichs 1940, Pearl Harbor 1941

Noch 1942 ergaben die *Erhebungen zur öffentlichen Meinung* (wie man sie damals nannte), daß die meisten Leute gegen eine aktive Kriegsteilnahme waren. Die gewaltige, filmartige Annullierung und Neuregelung von allem, der irgendwie grob groteske, jedoch ernst gemeinte und kostspielige Drang zu entschlossenem Handeln – und all die Reden auf einmal, so dröhnend rhetorisch – wie sie zumindest für mich als Zehn-, Elfjährigen klangen – führten nicht zu Einmütigkeit. Nichts war damals einfach. Einfach sind Dinge, weil es kurze

Sätze gibt, nicht weil es Einfachheit im wirklichen Leben gäbe. Die, nun, nennen wir es die menschliche Natur – Prostitution, Drogen, Diebstahl, Sauferei, die Unbändigkeit von Kriegszeiten: *Kein Mensch hat gern ein Militärlager gleich nebenan ... nicht, wenn man anständig wohnt, Wiley* – diese Phänomene, die, als sie aufkamen, nur ein weitverbreiteter Anflug (wie man glaubte) von Ruchlosigkeit waren, kamen vor allem als journalistisches Phänomen auf, erklärten manche Reporter, und vorwiegend unter Drückebergern und Offizieren von Nachhuteinheiten. Im echten Kampf gehe es ganz anders zu, erklärten sie, Schnitzer und Unfälle kämen dort häufiger vor als Ruchlosigkeit.

Auch das war jedoch nicht ganz wahr. Eine bestimmte Kriegsmentalität kam in mancherlei Nuancen und Äußerungsformen auf, eine seltsam nackte Zielstrebigkeit der Menschen – in der gesamten Nation, auch ohne Einmütigkeit.

Regieren: Ermahnen, Bestürmen, Ködern, Drangsalieren und Überreden: und Lügen: man lebte in diesem endlosen Umbruch, mit der ehernen Propaganda-Zielstrebigkeit, die sich in individuelle Zielstrebigkeiten aufsplitterte. Man lebte am Rand der Aktionen dieser ehernen Zielstrebigkeit – irrende Generäle und *Ruhm*, Kriegsgewinnlerei und mannigfaltige Konfusion; *die Demokratie ist auf dem Vormarsch*, und diese seltsam wahre Sache: der Tod als Freiheit. Die *Lügen* waren unverkennbar Lügen, und doch war wirklich alles Teil einer sowohl individuellen wie nationalen Frage auf Leben und Tod. Alles war verwandelt und ernst – ernst auf Leben und Tod – und aufgesogen von dem Phänomen, daß solche Fragen kulturellen Überlebens wahrhaftig überall bestanden und daß die Stunden eines jeden mit solchen Fragenkomplexen angefüllt waren, wohin man auch sah. Das hieß, daß Unmengen an Bedeutungsvollem zu ertragen waren. Nicht jeder ertrug sie. Über weite Strecken war die Kriegszeit unerträglich bewegend. Vieles war unerträglich bewegend. Vieles war grauenhaft und machte einen hysterisch. Ich war ein Halbwüchsiger damals.

Verbotenerweise bestanden die unzensierten, heimlichen Reaktionen des einzelnen auf den Kriegskram vielleicht in sehnsüchtig mitempfundener Verderbtheit oder in heldenhafter direkt empfundener Verderbtheit. Oder man war von sehnsüchtig eherner Verderbtheit in seiner Zielstrebigkeit. Oder man war ein heimlicher Friedenskungler. Oder man bezweifelte, daß *die Alliierten* siegen würden. Oder man war letztlich doch, bei aller ehern verderbten Zielstrebigkeit, von einer gewissen Unschuld – überwiegend, oder hin und wieder, zwischen Phasen des persönlichen Zusammenbruchs, als ein Teil des kurios erweiterten und beileibe nicht einmütigen kollektiven Bewußtseins davon, daß die kollektiven patriotischen Ziele himmelschreiend kriminellen Charakters, jedoch edel formuliert – in einer Hinsicht – und dem Tod und der Verstümmelung geltend, kaum je mit realistischer Präzision angestrebt wurden; und das schloß den eigenen Tod mit ein ... bei einem Unfall während der Ausbildung zum Beispiel, oder im Kampfgeschehen, einem wenig fähigen Kommandeur unterstellt, oder in einem Bombardement der anderen, die einen nicht einmal sahen, oder, wenn man noch ein Kind war, weil ein Kind im Tumult übersehen wurde, oder später als Jude, falls *Die Anderen* siegten ... Ja, dieses beileibe nicht einem Herz und einer Seele entspringende öffentliche Bewußtsein bestand zu Zeiten in massenhaftem Starren auf mögliche Endfolgen – und dies steckte einen an oder bestach einen auf merkwürdige Weise, wie bei einem seltsamen Tanz zu einer Melodie, die in den Köpfen der Leute erklang und von den mehr als nur eine Spur wahnsinnigen Formulierungen der Kriegsaufrufe und Kriegsberichte und von der pathetischen Kriegsstimmung – von einer Unzahl pathetischer Elemente – abgeleitet war, bis man geistig und physisch dem mächtigen Bewußtsein, wie bewußt es auch sein mochte, dienstverpflichtet war und diese Dienstverpflichtung zum eigenen Leben, zum eigenen Erscheinungsbild gehörte – ein Heranwachsender während des Krieges ...

Vielleicht waren Massenmitgliedschaft und massenhafter Ichverlust das einzige von Bedeutung, was der *mächtigen* Feuersbrunst abzugewinnen war, der so viele Menschen, so viele Körper, so viele Seelen anheimfielen. Die Privatangelegenheiten eines jeden aber, die Kenntnisse, das in der ersten wie in der dritten Person gehaltene Lebensgefühl, der fleischliche und der Schattenbereich, die Halluzinationen und die Gaben der Brüderlichkeit (wenn man sie besaß), hatten etwas eigenartig scharf Reales an sich; eine Auswirkung der ungewöhnlichen, noch nicht völlig umgewandelten, unklaren Realität der Hauptsachen – man ist nun von mathematischer Natur; man ist Rekrut, Angehöriger einer Meinungsgruppe; die Ziffern stehen Schlange nach Demokratie; man gibt seine Stimme ab, seine zählbare und seine individuelle Stimme.

Mehr als einmal las ich in der Zeitung oder hörte im Radio, daß der Soldat mit seinem Blut abstimmt. Blut und Lärm, Verwirrung und Selbstauslöschung nicht nur vor dem Tod, sondern schon in den Anfangsphasen einer martialischen Aktion: wie man dabei eine Nummer ist, eine Ziffer ... *ein Happen Kanonenfutter ... Ein Staatsbürger* – doch nur in einem bestimmten Sinn: der mathematische Bürger und das demokratisch belanglose, statistisch geringfügige Bißchen Kanonenfutter, das man ist, dieses Ich *hütet das Feuer der heimischen Herde* und leistet damit seinen Beitrag zu den unbeholfen maßlosen, demokratischen Kriegsanstrengungen, zu der demokratischen Anstrengung, Krieg zu führen; man trägt nach Kräften bei zur Aufrechterhaltung und Beschleunigung der nationalen Schritte auf die Apokalypse, auf *eine andere Welt* zu – *Sieg oder Untergang.*

Und man vergißt es – und hat Momente, in denen man *sich um den Kampf drückt und schlau weiterlebt.* Momente der Unabhängigkeit von alldem. Die persönliche Moral, die Moral aller, die Nervenstärke, der Nerv für den Krieg, das couragierte Aufputschen des Nervs für den Krieg, das Dilettieren in dieser oder jener öffentlichen, dieser oder jener privaten Haltung: all das schwankt. Ich werde Guerilla-Kämpfer. Wenn ich ins Lager geschickt werde, dann lache ich und schufte hart auf dem Marsch dorthin. Was stark erscheint, erweist sich im Kampf vielleicht als nervenschwach, *zum Schreien*, physisch und psychisch … falls man überhaupt den Kampf erlebt. Entweder quälten einen Qualen oder der Umstand, daß man keine Qualen litt – seicht war, kindlich, was auch immer … unter den Killern. In einer Hinsicht wird Individualität angesichts von Massenaktionen im historischen Moment verstärkt, hierzulande und anderswo – Helden werden auserkoren; Drückeberger werden identifiziert; Befehlshaber werden nominiert – und so fort. Es war ein *absoluter* historischer Moment, da es um so viel Tod ging. Das heißt, es war in biologischer Hinsicht ein absoluter Moment, obwohl nicht von absoluter Bedeutung.

Bedeutung besaß er als Vorgang zwischen einer Mannschaft mit ihrer Eigenart und einer anderen Mannschaft von verschiedenem Wesen, und hinsichtlich der Verübung minderer Verbrechen angesichts von größeren; doch das sind Bedeutsamkeiten realer Art; sie haben keine absolute Bedeutung. Es war ein so traumnah bedeutsamer Moment, daß er zu Zeiten fast absolut sinnhaft war oder so verstanden werden konnte. Und die Verschiebung von Sinn auf so allgemeine Anliegen wie Sieg und *Freiheit* sowie auf die weniger generellen, jedoch noch immer ziemlich allgemeinen Anliegen wie Leiden an der sowie Entsetzen und Verdruß über die *Geschichte* ersetzte manchen Leuten jegliche andere Art von Sinn, stützte bestimmte Deutungen und wehrte andere ab. Die Leute behielten ihre Meinung dann für sich und hielten sich heraus oder zurück, wenn sie anderen Deutungen den Vorzug gaben. Das schwache, enorme Ungestüm (samt der Lügen) – vielleicht, relativ gesehen, eine Notwendigkeit, sobald eine gewisse Art von Herausforderung besteht – wissen Sie, wovon ich spreche? – schien eine Probe auf absolute Dinge zu sein, eine so kostspielige und endgültige, wie sie sich ein gläubiger Mensch nur wünschen konnte. Welche andere Probe auf absolute Dinge gibt es denn? Was anders ist der Zweck absoluter Dinge, als diese Form von Probe herbeizuführen? Vielleicht kann man ohne ein paar absolute Dinge nicht leben, was soviel heißt wie unlogisch, absolut gesehen, logisch jedoch, wenn man die Vorstellung von gewissen absoluten Dingen zuläßt; und da man sich somit unwahrer und unlogischer Systeme bedient und die meisten anderen Menschen dies auch tun, ist es semi-unvermeidlich, daß die Welt in Unordnung gerät. Und daß wir diese Selbsterdrosselung und Selbstverbrennung betreiben, große Teile dessen, was uns als Spezies ausmacht, ausmerzen, führt zu einem Gleichgewicht von Aschebergen, einem Nachkriegserwachen in vereinfachter, ein wenig verzweifelter Lage – auch so kam es einem vor, wenn man sich, leicht fassungslos, mittendrin befand.

Mobilmachung, dann Krieg

Aus einer zu Friedenszeiten hunderttausend Mann starken Armee wurde eine Armee von einer Million Mann; und dann von zwei Millionen Mann – von zwei Millionen leibhaftigen Männern, tara, tatarata ... *Zwei Millionen* gleich gekleideter, ähnlich nervöser Männer, damit unbestreitbar nur momentweise lebendig und moralisch am Schwimmen, die meisten davon emsig lächelnd, wenn sie Urlaub hatten. Manche lächelten nicht. Ach Gott, diese Großspurigkeit überall. Nicht überall. Die runden Rücken, die schlendernden, die umherschleichenden Kerle ... Und die Weinkrämpfe. Und die Sachen, bei denen die Augen trocken blieben. Eben der besagte Anflug von *Ruchlosigkeit* ... Die weltweite Schulung in Ruchlosigkeit, ruchloser Schläue, ruchloser Schande. Eigentlich oft ganz diszipliniert, wirrsinnigerweise – wenigstens in den erfolgreicheren Armeen: disziplinierte Schrankenlosigkeit ... Eine kalkulierte, nicht ganz und gar ausufernde Blutrünstigkeit.

Wo ich lebte, erstarrte ringsum eine schrottreife ländliche Gesellschaft in leidvoller Selbstaufgabe, die von Dünkel und Furcht nicht zu unterscheiden war. Die Vororte und Farmgegenden, die Slums und besseren Stadtviertel wurden ausgewrungen, damit Armee-Camps entstehen konnten, die in Wirklichkeit kleine Städte waren – vorwiegend männliche Städte –, und aus den zwei Millionen Männern wurden ... was weiß ich, wie viele schließlich – vier, fünf, sechs, sieben Millionen Männer? –, bis alle Städte und alle leeren Flächen überall (proportional jedoch letzlich nur eine begrenzte Zahl von Gemeinden) eine andere Wirklichkeit, eine andere soziale Wirklichkeit, eine andere Struktur von Frieden und Gewalt angenommen hatten.

Die Existenzen wurden überschwemmt von neuen Ereignissen, oft militärischen Ereignissen, und von Männern, die irgendwie neuartig wirkten – verglichen mit denen von ein paar Jahren zuvor – Khaki-Larven, Soldaten, neue Einwohner – , von einer neuen Geschichte, einer neuen Brutalität, neuen Sitten, neuen Gedanken, neuen Haltungen, neuen Affekten und Handlungsweisen; von staatlichen Geldern, die geräuschvoll auf die Straßen platschten, während die lebenden Körper – sie waren eben jung, Verbrechen gab es überall, die Leute beraubten die Soldaten, die Soldaten beraubten die Leute; Mädchen verletzten Soldaten; Soldaten verletzten Mädchen; die Verbrechen waren nicht alle gleich verbrecherisch. Etwas Übergreifendes herrschte, wie ein goldenes Zeitalter oder ein auf den Kopf gestelltes goldenes Zeitalter, das frech zu einem ehernen Zeitalter von Blut, Heldentum und Tod geworden war. Kein Gespräch, in dem nicht vom Krieg die Rede gewesen wäre. Die meisten Entscheidungen waren unklug; und was für eine Flut unkluger Entscheidungen es doch gab. Nichts war inhaltsleer oder nicht mit kulturellen Maßstäben und Rivalitäten in Zusammenhang zu bringen – das Blutbad zwischen den kulturellen Maßstäben und Rivalitäten war entsetzlich, jedoch köstlich; nichts wurde wirklich gut gemacht oder gut bewältigt. Alles wurde notdürftig, verzweifelt getan und war doch mordsmäßig interessant. Und dann dieser *Zusammenhang* unter den Stümpereien, diese getragene Melodie eines national geteilten Bewußtseins von nationaler und internationaler *Stümperei*, von unbedachten und schlecht durchdachten Dingen, so daß die Spezies Mensch mit ihrem offenkundig prononcierten Drang zum Stümpern eine Ahnung von unausweichlichem und unvermeidlichem Stümpern im großen Maßstab überkam, unvorstellbar schlimmer als die Schrecken in Friedenszeiten, dennoch aber irgendwie entscheidender, die wahre Determinante dafür, daß sich nationale und kulturelle Rivalen mörderisch aneinander maßen.

Die Seite, die weniger stümpert, siegt. Und: *Stümperei gegen Stümperei, aber letzten Endes werden Schlachten durch die Moral einzelner entschieden, welche die Stümpereien überlebt und beharrlich durchhält ...*

Und so weiter.

Das journalistisch interpretierte zielstrebige Morden – Morden in solch rechnerischer Größenordnung – die Todesfälle aus *Stümperei*, die gleichwohl zählten, *die gleichwohl das Gewicht auf der Waagschale des Sieges mehren und den Ausschlag dafür geben, ob unsere Kinder in Freiheit oder Sklaverei leben* ... und da ich ein Kind war ... von Jahr zu Jahr weniger ..., bedeutete dies, daß ich nicht wahrzunehmen brauchte, daß Menschen mit dem Geschmack des Jammers im Mund starben. Die Stümpereien, die Erregung und die Notwendigkeit, zu kämpfen und zu siegen, waren wirklich nicht lustig, aber was konntest du schon dagegen tun, angesichts der mit nahendem Sieg zunehmend die gesamte Nation erfassenden, zunehmend *populären* Verdrossenheit, der vagen, hysterisch-allgemeinen Zensur alles *Unzumutbaren* und der realistischen oder resignierten Ruchlosigkeit.

Bei alldem wird man brutal, restlos, ganz plötzlich und roh zum Komplizen. Immer von neuem wurde man mit der Erfindung – die wahr sein mochte – konfrontiert, man habe nicht mehr die Wahl – und nicht mehr die Wahl zu haben bedeutet in Wahrheit, daß man und jedermann moralisch abwesend, moralisch stumpf, moralisch geistesabwesend sein kann. Oder modisch und patriotisch ruchlos. Oder ideologisch ruchlos. Manchen Leuten kam allmählich jede Nicht-Ruchlosigkeit verdächtig vor. Paradoxerweise semi-absolut, folglich falsch und folglich hysterisch. Illusorisch. Man wurde ruchloser ruchlos in der Hoffnung, man sei es; um zu beweisen, daß man es war, daß man ruchlos war. Im Kampf und so unter Beobachtung zu stehen, daß ein Akt der Feigheit – sich vor dem Besteigen eines Flugzeugs zu drücken, sich dem Nahkampf in der Luft durch Hochziehen der Maschine zu entziehen oder kehrtzumachen und auf höchsten Touren mit rauchenden Zylindern heimwärts zu brettern – zur Folge hatte, daß man öffentlich bloßgestellt wurde oder vor ein Kriegsgericht kam; oder aber Offiziere vertuschten es für einen, es kam ganz darauf an ... Es kam darauf an, in welche Richtung das Anliegen der Ruchlosigkeit innerhalb der gemeinsamen Ruchlosigkeit einer männlichen Gruppe tendierte. Daß sich zielgerichtete und erfolgreiche Willen in männlich-nationalistischen Ritualen – seltenen Ritualen – aneinander messen, schien der sozialen Anatomie erfolgreicher Gemeinschaften zu entsprechen. Die Nation ... die ethnische Gruppe ... die Strategie hinter einem erfolgreichen Krieg ... und eine Art moralischer Geheimcode, der gar so geheim eigentlich nicht war, doch öffentlich nie so recht hörbar artikuliert wurde, sie traten sichtbar hervor, indem sie in Relation zum Tod und zum Aufwand an Zeit, Geld und Leben gesetzt wurden. Soviel Geld ausgegeben zu haben, an die Gefahr für die Nation geglaubt zu haben – ein Glaube, an dem auch Wahres war –, die absoluten Kosten für die Gemeinschaft und an Leben als ernste Sache hinzunehmen; und dann sich zu verdrücken, während man andere zum Weitermachen drängte – ein Großteil der Kriegsliteratur nach 1943 handelte von einem Krieg im Krieg, von diesem anderen Krieg zwischen denen, die gegen Feigheit wetterten, und denjenigen, denen das Lenken der Bewegungen und Waffen von Männern oblag, die Tapferkeit zeigen und vielleicht sterben mußten – die Monate des Weges zum *Sieg* waren mit Enthüllungen, Bloßstellungen, Demaskierungen von *Kriegs*charakteren besät; immer mehr Generäle wurden als gewalttätige Tölpel identifiziert.

So waren also die langsamen, willkürlichen Prozesse der persönlichen und nationalen Meinungsbildung dazu, was ein Held ist, was ein Held wirklich ist, und wer sich wirklich gut benommen hatte und wer wirklich nicht, keineswegs in einer antiheroischen Einstellung versickert. Die Leute priesen sozusagen den Krieg, doch keine Helden traten hervor; es wurden keine geschaffen, meine ich. Das war recht merkwürdig. Ethnische Rivalitäten und daher rührendes Taktgefühl mögen es verhindert haben, oder soziale Rivalitäten. Keine Gruppe, die Offiziere nicht und auch die Mannschaften nicht, hatte sich so großartig (oder so schlecht) verhalten, daß sie genügend Autorität beanspruchen konnte, um ihre Helden zu nominieren oder sich ein Urteil darüber zu erlauben, wer Held war und wer nicht. Jedermanns Ansicht dazu, wieviel oder wie wenig Einigkeit wir tatsächlich bewiesen hatten, änderte sich schließlich und wurde kodifiziert. Die Bühnenbeleuchtung änderte sich: und wir waren weder Unterworfene noch Hamlets – auch nicht an Helden interessiert. Der Verdruß verging. Er kam wieder. Wir waren Schicksalsgestalten in der Welt; und waren Ziffern und was sonst noch alles. Der aufgebläht halbgeschickte Militärapparat und die militärisch produktive Zivilistenfront zu Hause waren stillschweigende Partner in einer Vielzahl, einer Unzahl von Geschichten, allesamt falsch erzählt. Der ideologische Aufruhr, der rechte Flügel, der linke (der rechte hatte sich während der Kriegszeit nicht bewährt), die Sympathisanten dieser und jener Couleur, die Populisten, die altansässigen, regierungsnahen Oberschichtfamilien (soweit es sie gab) ertränkten alles in Meinungsverschiedenheiten. Gewerkschaften hatten während des Krieges mit Streik gedroht: zum Teufel mit dem Krieg. Soldaten waren desertiert. Generäle hatten sich betrunken. Die Furcht vor einer persönlichen und nationalen Niederlage verlangte nur eines vom Krieg: keine Niederlage für keinen in Amerika, für fast keinen und für einige Zeit – vielleicht gar für lange Zeit. Die höchst erstaunliche Amnestie sowie die höchst langwierige, vorwiegend wortlose und untheoretische Erkundung der Aktualität diverser semi-aktueller Utopien – wie seelische Gesundheit, Geld und der Wunsch, nie ausgelacht zu werden – mag da begonnen haben. Natürlich war dies nur menschlich.

Songs und Leitartikel stellten uns auf diese oder jene Weise vereinfachend dar, und ohne auf reale Dinge viel Bezug zu nehmen, wenn überhaupt. Unsere Automobile und Häuser, unsere Filme, unsere psychologischen Ansprüche, unsere gehobene Kunst, unsere niedrige Kunst, unsere Hoffnungen wurden immer phantastischer – glichen immer mehr Dingen in Kinderbüchern. Die *Simplizitäten* der Kriegsjahre wurden versuchsweise dem Frieden angepaßt, als unsere Entschädigung, unsere Trophäe: als unser politisch fast weltweit anerkannter Heroismus: eine außerordentlich unredliche Sentimentalität. Daß Leute zusammenbrachen, passierte nicht sonderlich oft. Das utopische Zeug breitete sich immer weiter aus; und erst dann begannen die Leute zusammenzubrechen, in epidemischem Ausmaß geradezu.

Während des Krieges jedoch waren Leute jeder Art unter dem Druck der sogenannten *absoluten* Notlage zusammengebrochen – die (angebliche) Vereinfachung, es ginge um Leben und Tod, brach unter dem Druck des Wissens in sich zusammen, daß es nicht um eine *absolute* Notlage ging, sondern um eine persönliche, den Tod, um den Tod und die beschämende, irreversible Folgerichtigkeit aller Handlungen, des eigenen Lebens, des eigenen Bewußtseins während der Monate voller Gewalt, während eines gewaltsamen Krieges, daß man biologisch, menschlich am Rande der absoluten Auslöschung von einigen und sogar von uns allen stand.

Durch Kapitulation hätte man nichts verhütet. *Die Worte lassen uns im Stich.* Das eigene Leben hatte sich bereits verändert. Schließlich hatte das bißchen verfügbare Sinnkontinuität auf etwas beruht, das ein Schriftsteller, der einen früheren Krieg beschrieb, *eine Tag für Tag blutig erneuerte Hecke von Männern* genannt hatte. Aus welchen Gründen und in welchem Grad Männer auch bereit waren, *bereit* sein mußten, sich ermorden zu lassen, zerfleischt, durchbohrt, zerhackt, zerfetzt, zermalmt zu werden – sowohl dieses wie auch *Glanz* und *Ehre* der Waffen, was immer es damit auf sich haben mochte: als bestimmende Momente oder, wenn einem der Krieg am Herzen lag, als Momente von großer Bedeutung hörten sie jedenfalls mit dem Krieg zu existieren auf – gleichsam der Tod von unsentimentalem Realismus und die Geburt von sentimentaler Brutalität, Widersetzlichkeit und neuer – universal verstandener – Definitionen von Normalität, die gezielt die Vorkriegsbedeutung des Begriffes umkehrten.

S. L. sagte: «Scham macht Männer zu Gaunern.» Sie war sehr sonderbar, die ruchlose Gaunerei und scheinbare Direktheit der Kriegszeit und dann die utopische, gaunerhaft gierige Ruchlosigkeit willensstarker, Halluzinationen hingegebener Phantasten, sobald der Sieg sich näherte.

Sie waren sehr sonderbar, die Ereignisse, die Absolutionen während des Krieges. Als wären die blutbefleckten und idealen Gestalten aus Kampf- und Abenteuerträumen als Erscheinungen zum Leben erwacht, bei einer entsetzlichen Austauschquote, tagtäglichen Lügen und einer Menge Warterei.

Der lange, gleitende Absturz eines Flugzeugs in meinen Träumen aber – ein Verwundeter, der in der Schlacht, unter einem Busch im Wald langsam sein Leben aushaucht – das langsame Auftauchen eines Riesen, der (im Traum) so gelassen wie eine Sonne am Traumhorizont aufsteigt, um die Schlacht zu entscheiden: dieses Zeug wurde für mich zum Fluch des *bekannten* menschlich Absoluten, der Kraft, derer man bedarf, um all die anderen ein für allemal zum Schweigen zu bringen.

Und die geheime Kraft hatte in meinen Träumen etwas mit der Küche in einem zerbombten Haus zu tun, in der Soldaten eine Frau vergewaltigen, die aussieht wie ein Filmstar und die Soldaten an einen Kampfflieger verrät, der dann das Haus im Tiefflug beschießt ...

Es gab da zu viel unlogisch entfaltete Logik ... Falsche Prämissen, eine falsche Annäherung an Realität – in meinen Träumen, meine ich, und in manchen der Lügen über den Krieg. Die Szenen verschwinden, wenn es beginnt, hell zu werden.

Ich nannte das Problem *Unterwerfung unter den Willen anderer.*

S. L., mein Dad, lachte mich wegen meines Kinderpatriotismus aus. Im *Ersten Weltkrieg* war er im Verlauf dreier furchtbarer, berühmter Schlachten, in denen er gekämpft hatte, Pazifist geworden – allesamt unnötig, habe er im nachhinein erfahren, sagte er. *Ich weiß, worum es bei diesem ganzen Kram wirklich geht ... Du nicht ... Also, laß dich nicht zu Kanonenfutter machen*, sagte er.

Krieg: wir, wir Amerikaner, ich bestimmt, *wir waren* GEGNER unbekümmerter, gieriger, gnadenloser *fremder* Willen. Ihrer statistisch gewaltigen Gleichgültigkeit – Unverschämtheit eigentlich, und im größten Maßstab obendrein – uns, unserem Leben, unserer Gemütsart, unserem Tod gegenüber, meinem Tod, deinem Tod und dem Tod anderer.

Und die auf ihren Missionen in Massen über uns hinwegfliegenden Kampfflugzeuge, die Kähne mit Kriegsmaterial auf dem Mississippi und der merkwürdig kompakte Stahl, der zur Armierung verwendet wurde, gehörten für jemanden wie mich zur Jugend und zum Heranwachsen. Ob man gewachsen war, konnte man zum Beispiel an Länge und Gewicht eines Gewehrs messen. Die öffentlichen Zurschaustellungen von Waffen, die Militärparaden, das Erregende am Anblick so vieler marschierender Männer, die eigentümliche, schmutzige Wirksamkeit legten nahe, daß er etwas Eigentümliches und Schmutziges war, der Krieg, in seiner Majestät und Wirklichkeit. Daß man sich immer wieder zu Gottes Abkömmlingen erklärte, um die Kriegswirklichkeit auszuhalten und zu erklären, die Schlagworte nationaler und persönlicher Selbstanbetung: dies nannte man Kampf*moral*.

Das *Schicksal* aber betraf einen persönlich ... eine einzige düstere oder halberleuchtete Zeremonie der Ahnung davon – und wer hätte denn auch ein unpersönliches Schicksalsgefühl haben können, wer hätte lebendig sein und nicht lebhaft so denken können, wie Geister es offenbar tun, überzeugend, als ob jedes Denken nicht stets in Fleisch und Blut eingeschlossen wäre?

Das Schicksal, wollte ich gerade sagen, nahm für die gesamte Nation etwas *nobel* Seltbstloses an – alle liebten alle möglichen Dinge beinahe mehr als das Leben; oder wir empfanden so für eine Weile, wenn wir dazu angeleitet, dazu inspiriert wurden.

Ideale in diesem Sinn, will ich sagen, waren vorhanden, wenngleich nicht immer sehr wohlartikuliert. Aber Ideal bedeutete: absoluter als der Tod. Im Verhältnis zu anderen menschlichen Absolutsetzungen bedeutete es etwas noch Absoluteres als Tod und Niederlage, möchte ich sagen.

Und dennoch bestand da fast so etwas wie ein Vakuum an egoistischem Wollen – eine Nation von Frauen, die ihre männlichen Führer oder ihren Führer liebte, über alles liebte

– und in dieses Vakuum drängten mit Macht die Vorsehung und ein Gefühl von Vorsehung, eine SCHICKSALSMACHT, eine Fügung, die wie das Echo eines Engelschors erschien: Sinn, Bedeutungen überall, Zielbewußtsein und Rangordnung, ein grimmiges stahlgraues Monster menschlichen Dienens, das keineswegs fiktiv war.

Das Unvernünftige wurde zu *vernünftiger* Zielstrebigkeit, in welcher das Vage an manchen Schlußfolgerungen im gewöhnlichen Leben – wenn man etwa sagt: *Bist du WIRKLICH verletzt?* oder gar zu einem Toten: *Bist du WIRKLICH tot, S. L.?* – dieses Vage also mehr und mehr als Wahnsinn kenntlich wird, als Symptom dafür, daß man am Zusammenbrechen ist.

Der Krieg raubt Schlaf und normales Wachsein und wird zu einem spezialisierten Wachen inmitten der Schenkel und Hintern, der Blicke und Haarschnitte, der Verkrüppelungen und Tode, das keinem anderen Wachsein, das man je erfahren wird, gleicht.

HEILIGE NONIE
oder Der Krieg

Forestville oder Die Geschichte des Neids

Weil sie unser häusliches Leben nicht ertragen konnte oder aus einem anderen Grund (oder aus mehreren Gründen), zog Nonie 1941 nach Forestville in North Carolina zu S. L.s Schwester, unserer Tante Casey, meiner Adoptivtante natürlich, zu S. L.s Schwager und den drei weitgehend erwachsenen Kindern der beiden. Von ihnen hieß es, sie seien recht wohlhabend, oder auch «reiche Leute – Südstaatler» – was besagte, daß sie nicht so reich waren wie reiche Nordstaatler damals, in jenen Jahren.

Nicht lange, nachdem Nonie fortgezogen war, hatten S. L. und Lila einen ernsten Streit und lebten von da an getrennt – S. L. zumeist im Krankenhaus –, und da Lila sich wahrscheinlich einen Liebhaber zugelegt hatte und eine verrückte Phase dieser oder jener Art durchmachte, sorgte sie dafür, daß ich bei ihrem ältesten Bruder Simon in Oklahoma City, Oklahoma, lebte, einem weit größeren Ort als Forestville – Forestville hatte nur 44000 Einwohner, 59000 auf dem Höhepunkt (oder Tiefpunkt: Lila sagte mal dies, mal das) des Krieges, als es dort ein Bereitstellungsdepot, ein Armeelager und einen großen Air-Force-Stützpunkt gab, die alle noch nicht voll in Betrieb waren, als Nonie fortging oder fortgeschickt wurde, auf die Jagd nach einem Ehemann oder wozu auch immer – schließlich wird einem Kind nicht alles erzählt, manchmal überhaupt nichts; und gewiß wurde vieles aus Nonies Leben vor mir, dem Kind, verschwiegen, verborgen oder geheimgehalten, auch vor der Meinung, die dieses Kind von Nonie und ihren, unseren Eltern hatte sowie von den Dingen, die sie trieb.

Es war eine Art Waffenstillstand: wir hatten dieselben Eltern, doch die Verbindung zwischen uns wurde nicht offiziell erwähnt. Dieses Verhandlungsergebnis setzte jedoch nicht etwa voraus, daß sie und ich uns mit Block und Stift an den Speisezimmertisch gesetzt hätten, um im Licht oder Schatten dort miteinander zu reden.

Nicht einmal, daß wir, in unser Gespräch vertieft, die Straße entlanggegangen wären oder Hand in Hand auf der Couch gesessen hätten; die Verhandlungen fanden zwischen den Erwachsenen statt, am Telephon und bei Besuchen; in der Familie wurde ein Kompromiß erzielt; und Lila fragte mich, was ich davon hielte, ob ich einverstanden sei; ich weiß wirklich nicht, wieviel Wahlfreiheit ich hatte.

Oklahoma war denkbar ungeeignet für mich angesichts der Schwierigkeiten, die schon das heimische – und sehr fortschrittliche – Schulsystem mit mir, meinen Noten und meinen Antworten im Unterricht gehabt hatte (gewöhnlich wurde ich gebeten, mich aus Freundlichkeit dem Lehrer gegenüber im Unterricht nicht zu melden) sowie mit dem Umstand, daß es eine lokale Aktionsgruppe – eigentlich drei: je eine, der Protestanten, Katholiken und aufgeklärte Juden angehörten – mit dem Ziel gab, mich auf eine Privatschule zu schicken, entweder nach Missouri oder weit fort.

Onkel Simon war ein Mensch, der nicht mit Oma sprach und damals seit zwanzig Jahren keinen aus der Familie besucht hatte; er war auch derjenige, der am wenigstens von mir wußte; und er war bereit, Lila fünfzehn Dollar wöchentlich zu zahlen oder an Unterstützung zu geben, wenn ich zu ihm zöge.

Lila verfügte außerdem über das Geld, daß mein leiblicher Vater schickte.

Nachdem ich ein paar Monate fort gewesen war, wollte

Lila, daß ich zurückkäme, zum Teil, weil sie wieder mit S. L. zusammenleben und er nicht mit ihr leben wollte, wenn ich nicht da war; er wollte das Krankenhaus nicht verlassen. S. L. sagte, Lila sei nicht *anständig*, mit ihr zu leben sei fürchterlich, und sie wolle bei so vielen Streitigkeiten mit so schmutzigen Tricks die Oberhand behalten, daß er es nicht ertrage.

Ich kehrte wieder zurück zu Lila und S. L., der zu ihr zog, sobald ich wieder da war; und ich beneidete Nonie darum, daß sie in Forestville bei reichen Leuten lebte – bei ziemlich reichen wenigstens –, besonders als Lila, seelisch ohnehin aus dem Gleichgewicht gekommen, körperlich erkrankte und operiert wurde, als 1943 dann die Diagnose Brustkrebs feststand.

Man muß sich darüber klarsein, daß die Geschichte von Nonie in Oklahoma eine ist, von der ich ausgeschlossen blieb – obwohl ich versuchen will, sie zu erzählen – obwohl ich vielleicht sogar noch heute aus einer Reihe von Gründen (wieder einmal) davon ausgeschlossen bin; doch mich interessieren die Probleme von Mitgefühl, Urteilsbildung und Moralität in akuten Situationen. Und von Gut und Böse in der konkreten Wirklichkeit – in uns, in mir ... in vielleicht jedem.

Das heißt: wie wirken sich relative Sündenlosigkeit oder Außenseitertum oder beschränkte (in mancher Hinsicht beschränkte) Beteiligung auf einen Schiedsrichter, einen Geschichtenerzähler, das Entstehen eines persönlichen oder unpersönlichen Urteils aus?

Gesetzlichkeit setzt natürlich Relativismus voraus. Ohne ihn bräuchte man weder Gesetze noch Rituale, weder Studien noch Theorien, theologische sowenig wie naturwissenschaftliche. Jener Absolutismus, wie ich ihn bei Regierungen und bei einzelnen – und mehr als nur gelegentlich bei mir selbst – wahrnahm, schien mehr ein Prinzip der Argumentation und der Bündelung persönlicher Energien und Loyalitäten zu sein; er äußert sich zum Beispiel darin, daß Lila über Simon sagte: *Als Vater wäre er ideal* – er war kinderlos – , obwohl sie auch sagte: *Er geht einem entsetzlich auf die Nerven, aber das tust du auch: ihr beiden müßtet eigentlich miteinander zurechtkommen wie Flammen und ein Holzhaus.*

Einmal erklärte ich Simon – ernsthaft sprach ich mit jemandem nur, um zu testen, ob man mich akzeptieren würde oder nicht; es war damals mitten in der Nacht, und ich hatte im Schlaf laut geschrien; diese Seite an mir akzeptierte Simon nicht; und wenn ich dann wieder einmal brüllte, kam seine Frau, meine Tante Elizabeth – *die dicke, dumme Elizabeth*, wie Lila, die ab und zu im Kopf nicht so ganz richtig war, sie zu nennen begonnen hatte – in mein Zimmer.

Aber wie ich gerade sagen wollte, habe ich Simon einmal erklärt, daß Chaos in der Welt nur möglich sei unter Leuten mit einer Reihe von absoluten Ideen samt einer, in der alle gipfeln, und daß Relativismus ein Gesetz nach dem anderen hervorbringe, kleine, größere und noch größere. Und daß Freibriefe, Dispense und Absolutionen stets formalisierter, praktischer unter Relativisten erteilt würden als unter Absolutisten, Monomanen und ideell einspurigen Quasi-Führern, die politisch *allseits* anders verführen. Onkel Simon besaß drei Eisenwarenläden, aber sein wirkliches Interesse galt der Politik; er war der Kumpan und inoffizielle Berater des führenden Senators aus Oklahoma, damals eine Gestalt von einigem nationalem Gewicht; ein barocker, brillanter Mann von einem Stil, auf den man noch immer trifft, der eine Reihe von inoffiziellen Beratern hatte. Simon war in seiner Jugend ein sehr guter Amateurboxer – im Bantamgewicht – gewesen, war in der Lokalpolitik, wenn es um Kompromisse ging, der öffentlich und moralisch anerkannte Unterhändler und neben dem Senator, je mehr dieser berühmt und zur Institution wurde, eine immer weniger bedeutende Figur.

Die reale Politik beruhte jedoch auf der offen erklärten oder verborgenen Vorstellung, die Politik komme an erster Stelle und gleiche der Bühne – der Vorderbühne – oder dem *Korb*, der alles übrige enthält ... Oder ursprünglich enthält.

Und daher war ein gewisses Chaos, ein Zusammenbruch des Sinngefüges, eine gewisse Verdichtung oder Wucht des Bösen ausgeschlossen – nur Böses anderer Kategorie war möglich, ein resigniert nicht-totales, auf die politische Ebene beschränktes Böses, obwohl man zugeben muß, daß die Sprache stammelnd wurde, denn zu den Privilegien des Absoluten zählt, daß jeder, der daran glaubt, auch an die extreme Aufrichtigkeit und Richtigkeit seiner Argumente und Absichten glauben kann: ein göttlicher Dispens ist stets gefährlich, ebenso freilich ein weltlicher Dispens, wenn er unbegrenzt und keiner öffentlichen Kontrolle unterworfen ist.

Faktisch – und vernünftigerweise – ist jegliche absolute Position hier auf der Erde nur zu beherrschen, indem man sie zwingt, ihre Absolutheit aufzugeben – wie etwa durch einen Rat (durch das Einvernehmen) von Nationen oder durch die öffentliche Meinung.

Die Selbstüberschätzung, die Selbstzufriedenheit, die aus absoluten Ideen zu beziehen ist, berauscht, macht süchtig und blind, führt zu betäubenden Wachträumen von Gewalt. Ich glaubte, die Deutschen hätten Juden getötet und würden weitere, zu viele, vielleicht alle teils aufgrund des blinden Dispenses töten, daß sie keiner Gemeinschaft von Gleichen angehörten, und teils aufgrund der düsteren Logik oder Willkür eines Absoluten, das sich zu verwirklichen, sich als irdisches Faktum zu konkretisieren sucht, was es niemals erreichen kann.

Die absolute Hierarchie (angeblicher) Sinngebungen bildet eine tanzende Pyramide oder eine sich wirbelnd entfaltende Tanne, die laut den Absolutisten der Inbegriff von Ruhe ist.

Die Anhänger einer einzigen Idee, will ich sagen, können diese Idee niemals benennen – immer handelt es sich um ein Konglomerat von Ideen, ein politisches Problem, aus welchem die Politik angeblich verbannt ist und in dem sie doch stets existiert; somit herrscht die absoluteste Gestalt – das ist die Regel von Herrschaft –, und somit gibt es keine moralischen Beschränkungen, nicht im irdischen Sinne.

Und somit träumte ich, mehr noch als vom Tod, von Tötern und vom Wahnsinn vorgeblicher Logik dritten Rangs, die dennoch Endgültigkeit beanspruchte. Nur Lila habe mir überhaupt je zugehört, sagte ich mitten in der Nacht zu Simon, und auch sie habe immer über mich gelacht, aber gesagt, Menschen könnten wirklich äußerst böse sein und daß es in der Tat eine Tendenz zu Einsamkeit und traumartiger Gewalt gebe, zu Formen von moralischem Chaos (wobei die Hoffnung und das Ziel wahnsinnigerweise immer ist, die einzige Idee möge auf Erden tasächlich Gestalt annehmen); und daher hätten sie und ich in kleinem Umfang Flüchtlinge erst aus Deutschland, dann aus ganz Europa herübergebracht, zumeist, aber nicht immer Juden.

In Oklahoma habe Simon mittels des Senators dabei mitgeholfen.

Doch Simon sagte, er glaube nicht an Greuelmärchen. Im Ersten Weltkrieg sei er auf alle möglichen Greuelgeschichten über das schneidige kleine Belgien und dergleichen reingefallen. Die deutschen Juden, denen er begegnet war, mochte er nicht.

Ich log und sagte, von Soldaten, mit denen Nonie ausgehe, hätte ich gehört, deutsche U-Boote sendeten Berichte über Metzeleien und Massaker.

«Warum ist dir das denn so wichtig?»

«Weil ich nicht schlafen kann!» sagte ich.

Der eigentliche Grund war das Element von Willensfreiheit, von Komplizenschaft.

Er sagte: «Du bist selbst ein richtiger kleiner Diktator.» Nicht gerade ärgerlich, doch er tat mich ab.

Er wollte mir nicht zuhören.

Ich – ich gewann ihn trotzdem ein wenig lieb. Ich gab nach, gehorchte ihm einigermaßen und so weiter, aber es machte mir etwas aus: es tat weh, ziemlich weh sogar.

Ich versuche hier, meine Neugier aus mangelnder Allwissenheit zu erklären – sowie meine Abneigung sogar gegen die lückenhafte Allwissenheit eines Erzählers: sie ist so unmittelbar Lüge, eine der Erde selbst, der Bedeutung und den Gestalten der Geschichte angetane Grausamkeit.

Für einen Absolutisten, der schließlich nur an eine Wahrheit glauben kann, wird jede Attacke auf den Absolutismus von einem heuchlerischen Absolutisten geführt – das heißt, ich halte dies für ein einseitiges Verbrechen ... Nun ja, nicht völlig einseitig, aber doch überwiegend ein Verbrechen, das notwendig daraus entsteht, daß beim Handeln etwas endgültig Absolutes vorausgesetzt wird – und sei es das angebliche Absolutum Kunst.

Doch Kunst, sogar die der Mathematik, obwohl sie nicht so wirkt, wird zu Kunst nur, wenn die Varianten der Versuche, den Stoff zu beherrschen, noch in der Konkretisierung geometrischer Figuren, geometrischer Ideen – wie in Architektur, Musik oder Prosa –, praktisch und menschlich werden, human und variabel, und wenn es ihnen gelingt, das human Wirkliche ebenso wie das dämonisch Wirkliche konkret zu fassen.

Nun ja, wie Lila – oftmals – sagte, *wer nichts wagt, gewinnt nichts* ... Und mich interessiert die Geschichte des Neids in einem Leben.

Familiengeschichte

Über die Famliengeschichte weiß ich sehr wenig ... Über die Geschichte keiner der Familien, auf beiden Seiten, über Lilas, S. L.s Familie, die meiner leiblichen Mutter, meines leiblichen Vaters. Aber ich habe mir gemerkt, was darüber gesagt wurde; sie waren interessant, die Trends und Moden von Snobismus. Jedenfalls ist es möglich. daß die Männer der Silenowicz-Linie – S. L., sein Vater und seine Brüder – Frankisten waren, christianisierte Juden einer Sekte, die an Promiskuität und an die Nichteinhaltung aller jüdischen Gesetze glaubte, es sei denn in pervertierter Form: dies in der Hoffnung, die Ankunft des Messias zu erzwingen. Und es enthält auch einen Kommentar zur Unvereinbarkeit des *Gesetzes* mit der tatsächlichen Welt, der Wahrheitsidee mit den realen wandernden Gedanken, in der Synagoge wie außerhalb, und mit hitzig wohlgeformten oder hitzig schlechtgeformten Körpern. Es hat etwas mit der deutlichen Qual zu tun, die flüchtig in der Wirklichkeit aufscheinende und für immer und ewig verlorene absolute Ideen dem Willen bereiten.

Frankisten neigen zu ökonomischem Erfolg und zur Bildung recht eng verbundener Familien.

Nach Amerika war die Familie aus Litauen gekommen – vielleicht. Ich weiß, daß S. L.s älterer Bruder Raymond, der älteste Sproß jener Familie, im Ersten Weltkrieg auf dem Schlachtfeld von Château-Thierry wahnsinnig geworden war. Dad erzählte mir: *Leichen waren auf ihn draufgefallen, und tropf, tropf sickerte Blut: es tropfte ihm aufs Gesicht, und er wurde wahnsinnig ... Die Marines eroberten die Stellung zurück, und da lag er ... Aber es war zu spät ... Gott hat wirklich Sinn für Humor: der feinste Weiße, der mir je begegnet ist, mein großer Bruder – und da war der arme Hund auf einmal verrückt wie sonst was ...*

Dad sagte, er und sein großer Bruder, in North Carolina in recht *guten Verhältnissen* aufgewachsen, *gutaussehend* und *ein bißchen wild*, hätten den aktiven Militärdienst kennenlernen wollen und sich *wie die Blöden zur Armee gemeldet.*

Mom sagte – aber da sprach sie von Tante Casey in Forestville (nachdem Mom erkrankt und selbst zu einer unverhohlen aggressiven, aggressiv eifersüchtigen Person geworden war), die *eine so eifersüchtige Person* sei – *dieser Ray und S. L. standen sich sehr nah – sehr, sehr, SEHR nah für Brüder: du weißt ja, wie es in einer Kleinstadt so ist ... Als Ray zurückkam und wahnsinnig geworden war, rannte S. L. vor ihnen allen davon: er hat sich den Dingen noch nie gern gestellt; er war der sensible Typ – er war gar nicht der sensible Typ, aber trotzdem war er sensibel, wenn es um Krankheit ging: entweder er pflegte dich, als hätte er etwas von einer Nonne an sich – oder er lief davon ... Der Bruder – was für ein Prachtkerl – und so zu enden, genau wie ein kleines Kind, hat den ganzen Tag Erdnußkrokant geknabbert ... Merk dir das, Wiley, jede Familie hat ihre Tragödie ... Keiner hat S. L. verstanden: na, ich kann dir schon sagen, was S. L. für einer war, er war einfach einer mit einem Bruder, der so geendet hatte, der im Krieg so schlimm verletzt worden war ... was der Affe sieht, äfft der Affe nach ...*

Ich glaube, sie wollte sagen, er habe Tragödien gehaßt, die gewöhnlichen wie die des Krieges, sie hätten ihn verwundet – verwundet und unsicher gemacht.

Mom sagte: *Es hat S. L. weh getan und vertrieben, als seine Mutter ihn nicht zum Hüter seines Bruders machen wollte ... Zum Vormund ... Diese Rosine hat sie Casey zugeschoben, der das soviel Geld eingetragen hat, daß sie finanziell unabhängig war, mochte kommen, was wollte; die Mutter war eine sehr schwierige Person – sie mochte Männer nicht; sie traute ihnen nicht. Tja, das Leben ist hart: was kannst du da schon machen? Manche Mütter ziehen die Töchter vor; andere die Söhne. Nicht jede sagt, es tut ihr leid. Casey und ihre Mutter waren sich sehr nah.*

Dann: *Casey konnte mich nie leiden. Bei jedem kleinen Anzeichen von Schwierigkeiten zwischen mir und S. L. wollten sie und diese verdammte kreischende Hexe von Mutter, daß wir uns scheiden ließen. Nie wurden sie's satt, auf DIESEM Steckenpferd rumzureiten. Sie hatten für ihn eine Frau im Sinn, die sich von ihnen rumkommandieren ließe. Verrückte Leute – absolut verrückt: als wir dich adoptiert haben, bekamen sie Krämpfe, als würde man Gott damit ins Gesicht spucken. Nicht mal zur Kenntnis nehmen wollten sie dich. Bis nach Carolina sind wir runtergefahren, um dich ihnen zu zeigen. Dein Anblick hätte ein Herz aus Stein schmelzen lassen, aber Casey und ihre Mutter weigerten sich, dich auch nur ANZUSEHEN. Was hatte das wohl zu bedeuten, deiner Meinung nach? Was für eine Art Fetisch ist denn das, wenn Leute so zu Blutsverwandtschaft stehen?*

Und: *Casey sagte zu mir, wir hätten doch eine Tochter, wozu bräuchten wir einen Sohn? Und warum sich denn NICHT scheiden lassen, warum die Ehe retten, indem man jemand Fremdes adoptiert? Tja, und als S. L. krank wurde, konnte sie Nonie gar nicht schnell genug vor mir retten. Wenn sonst alles gleich bleibt, ist Blut eben dicker als Wasser, Wiley. Sei nicht eifersüchtig.*

Ich war eifersüchtig. So neidisch, daß es mir weh tat.

Ich fragte mich auch, ob Mama als Chronistin verläßlich sei – als Erzählerin vertrauenswürdig. Doch im wirklichen Leben nimmt man die Erzähler hin, die einem geboten werden, die Stimmen, die vorhanden sind; oder man muß sich eine Doktrin oder Antidoktrin zulegen, ein System, mittels dessen, mittels all seiner Teile, man sich *intelligent* vorkommt; und man muß die wirkliche Welt aufgeben. Wenn ich sage, es war in meinem Interesse, Lila nie ganz zu glauben, daß sie jedoch einer meiner liebsten Autoren war – und somit einer der Autoren meines Wesens, obwohl sie nur durch Adoption meine Mutter war –, ergibt das einen Sinn?

Traurig (und verzweifelt), verdüstert davon, daß ich in diesen Jahren bei Lila zu Hause bleiben mußte, wo ich doch hätte anderswo sein und lernen können, eine Person zu werden, wurde ich meiner Meinung nach mit Nonie beinahe vertraut, zunächst, als ich größer wurde, weil sie für solch einen Vorgang in der Natur wie im Haushalt mein nächstes Beispiel war, und dann mit ihr selbst, mit Nonie, wenn sie heimkam – zunächst auf Besuch und dann, nach einem ernsten und abschließenden Krach mit Tante Casey, um wieder bei uns zu wohnen.

Daß ich mit ihr vertraut war, lag vielleicht daran, daß sie nicht Lila war. Und weil sie und ich Kinder waren, die eine harte Zeit durchmachten und die auf dem Gebiet der Gefühle und kuriosen Symbole schwer trugen (an Traurigkeit und Ereignissen) und ähnlich nomadenhaft waren. So konnte ich ihr nah sein – falls ich es denn war –, ohne dabei immer einen Kern von einsamem Kummer zu verspüren.

Oh, es ist wohl wahr, daß sie mich interessierte, die heilige Nonie des Krieges, die Tochter unserer Eltern, die Tochter von, Sie mögen mir verzeihen, *Weltereignissen* – meine Schwester vor und nach dem Gesetz.

Nonie, als ich größer wurde: 1943

Na *los, schau sie dir an ...*

Leicht ist es nicht. Die Gestalt, die ich vor mir habe, steht an einer Kreuzung von Pfaden wie im Wald.

Im Licht der Wirklichkeit bin ich in ihrem Zimmer in der Wohnung; ich komme gerade von einem langen Spaziergang durch den Waldpark zurück, war ein bißchen an der Sonne, habe mich um mich gekümmert – und sehe danach aus, ein langer, eckiger Junge.

Ich mag meine Schwester nicht besonders und traue ihr auch nicht, aber in diesem Moment bin ich bereit, ein Beschützer-Bruder für sie zu sein (falls einer sie beleidigt), und mir schweben bestimmte *Bruder-Schwester-Szenen* vor, die ich dann ausagiere, wirklich werden lasse – aber so wirklich wie in Büchern oder in Disney-Zeichentrickfilmen: nicht klar oder mit individuellen Einzeilheiten ausgedacht.

Ich stehe in der Türöffnung und lächle *brüderlich* vor mich hin, bevor ich mich auf ihrem Bett niederlasse – sie packt, denn sie wird wieder zu Casey nach Forestville fahren, nachdem sie uns besucht hat, Dad, Mom und mich. Das war zu der Zeit, als Mom die Kobalt-Therapie hatte. Casey besteht darauf, das habe ich aus Bemerkungen von Nonie geschlossen, daß Nonie sich Lila gegenüber wie eine Tochter und mir gegenüber wie eine Schwester verhält – meinen Geburtstag nicht vergißt und dergleichen: «Casey hat jede Menge Grundsätze», sagte Nonie. Sehen Sie, das Bewußtsein schlittert dahin wie ein Raum auf einer Eisfläche oder wie ein Hans Brinker, der immer partiell ein echter Bewußtseinsstrahl ist, der sich schlau zwischen Themen hindurchschlängelt, wie Lichtkegel, die grell und lautlos ein ganz anderes Jahr streifen, eine Meinung, einen verlorenen Traum, und dann – einsteinianisch von einem Raumschiff reflektiert – wiederkehren oder hin- und herschwimmen, ein bißchen sarkastisch – wie Jonathan Swifts schwimmendes Insel-Königreich Laputa – ; und man kann ihm kein Geschirr anlegen, dem Bewußtsein; man kann kein gesundes, vernünftiges Pferd aus ihm machen; es hat zu viele Schläge abbekommen, ist sklavisch und verschlagen, oder es lungert verschlagen und fuchsschlau herum, oder es flackert im Wind und bietet sich als eine Vielzahl von Theatern, Häusern und Räumen zugleich dar – ein Gedanke ist ein Theater, ein Anblick, ein jemanden erfassender Blick: in dem Theater eines flüchtigen Blicks, der gleich darauf, zigeunerhaft, weiterzieht zu einer traumlastigen Vorstellung von Nonie bei Casey, *normal*, in einem normalen Leben, inmitten reicher Leute, während eines Krieges – wirkt das seltsam und unzusammenhängend? In der mentalen Welt beginnen Zusammenhänge zu entstehen, wo man mit Selbsterkenntnis und Eigensinn auf sein Unbehagen reagiert, auf sein Unbehagen in der Welt. Ein partieller Zusammenhang: ein Unbehagen Nonie gegenüber, der Wunsch, bewundert zu werden, die Vergangenheit erledigt zu wissen – ein enormer Mangel an Vertrauen Nonie, ihren Gefühlen, ihren Berührungen gegenüber – sogar gegenüber ihrem realen Geruch: eine schrille, pausenlose, geschlechtliche Musik. Ich beginne mit dem, was ich weiß.

Sie sagt: «Mr. Kater-der-den-Kanarienvogel-verspeist-hat ... Ah, spitzt du da die Ohren? Bist du jetzt bereit, mich *interessant* zu finden?»

Sie ist *gut in Form*: *sie versteht sich in Positur zu setzen*: sie bewegt sich auf dieser Ebene – ich meine, emotional, mit ihren verborgenen Qualitäten, während sie da zu Ende packt

... *Sie macht eine ganze Menge richtig* ... «Sollen wir ein wenig miteinander plaudern? Kommst du auf Wiedersehen sagen?»

Ich werde rot. Ich finde es ein bißchen erhitzend und schweißtreibend, *ihr* Wiedersehen zu sagen, aber im *gesellschaftlichen* Umgang mit ihr bin ich einigermaßen *cool. Cool* war damals ein wichtiger Begriff. Aber *cool* oder nicht, ich bin rot und schwitze; und das bringt sie dazu, überaus höflich zu lachen, das distanzierte, erwachsene, rauhe Lachen einer berufstätigen, kettenrauchenden Frau. Sie «mag» mich – findet mich interessant, wie sie sich ausdrückt (gemäß dem *Gesetz von den sich anziehenden Gegensätzen*), und zwar jetzt, wo ich gewachsen bin, auf eine neue Weise.

Fast vertraulich, ironisch (mit unglaublich hinreißender, erwachsener Ironie) sagt sie: «Laß dich von mir nicht durcheinanderbringen: ich bin bloß eine Frau: ich zähle nicht – ich habe noch keinen Mann.»

Sie war auf ihre Art ruchlos, aber auf neue Art; und ich bin nun *älter* als früher und größer und fast in Sicherheit. Ich gelte als *attraktiv* ... Wenn ich das erneut erwähne, dann, weil es kam und ging, so kam es mir jedenfalls vor; und es fällt bei verschiedenen Leuten unterschiedlich ins Gewicht, wird unterschiedlich gewichtet – hier, heute, bei Nonie wirkt es sich anders aus als bei Abe, den ich in drei Monaten, oder bei Daniel, den ich in sechs Monaten kennenlernen werde, oder wie bei X oder Y in der Schule, oder bei Leuten, denen ich bei meinen Jobs begegne, beim Nachhilfestundengeben oder bei der Arbeit in einem Schuhgeschäft im Zentrum oder im Lager. Ein in realer Atmosphäre wahr gewordener Traum berauscht mehr als einer, der sich im Kopf erfüllt. Er fügt sich auf andere Weise logisch in die reale Abfolge der Dinge ein, in die reale Folgerichtigkeit und in die Konstante von Kommen und Gehen, wenn ich so sagen darf.

Ich bin mir, obwohl ich im realen Raum stehe, vage bewußt, daß ich in ihren Augen – das heißt, für ihr Gefühl – aus Rohren und Bahnen bestehe und einen Kopf habe, der beinahe einem Hut mit einem ausgestopften Vogel darauf gleicht, einem Vogel mit ausgebreiteten Flügeln, doch es ist ein echter Vogel, mit eigenem Geruch, fast flaumlos, wogendem Brustkorb, weiter Flügelspanne – ein männlicher Vogel in ihren Augen, nehme ich an – ein Albatros: ein junges, männliches Gesicht. Jungenhaft.

Dad sagte um diese Zeit – von Zeit zu Zeit: *Wasser, Wasser ringsumher – und keinen Tropfen zu trinken;* wie die Stelle im «Ancient Mariner» richtig lautet, weiß ich nicht. Dad war krank und stand unter Beruhigungsmitteln; und ein Albatros umgeisterte das unselige Schiff ... Jugend, noch unerforschte Sexualität – mehr als zwei, drei Seiten hat man noch nicht beäugt.

Wir sind dort, wo es sich atmen läßt, während Menschen sterben – meine Schwester und ich sind dort, wo man sich aufhält, wenn man wach ist; und ich meine, wenn man wirklich über freien Raum und Zeit verfügt, dann ist die Logik der realen Welt vielleicht eine moralische, wie hart sie auch erscheinen mag: über den Fußboden auf Nonie zuzugehen, die Fülle und Zielsicherheit meiner Stimme, nah bei *tatsächlich durch ein Fenster dringendem Sonnenschein,* dem Licht der Sonne, das die Ketten und Flaschenzüge der realen Welt in Bewegung hält, und die Gerüche dort in Nonies Zimmer, zunächst mein eigener, der mich umgibt, und dann hinter oder unter dem von S. L. der Geruch ihres langen, nun gefärbten, nun rötlichblonden Haars, der Geruch ihrer Wolljacke – was ich auch immer über Nonie gesagt haben mag, ich fürchte mich jetzt anders vor ihrer Unlogik oder Logik: sie hat für mich nun den Geruch der Frage angenommen, was aus ihr werden wird; vielleicht werde ich für sie sorgen müssen, wenn ich erwachsen bin.

Damit ist sie zum Teil kostümiert – als wäre ihre Jugend darin aufgegangen.

Man nimmt wahr, wie diszipliniert sie nun ist, wie *interessiert* an mir – womit sie mich vielleicht spiegelt; beides so echt wie ihre jetzt anders Halter-geformten Brüste: sie sind sehr auffällig, die reinsten 1943-Brüste. Nonies «Liebe» («Interesse») ist *realistisch;* ihre Gefühle sind adrett ausgestellt; ihr Sinn für häusliches – und für regelrechtes – Theater ist weit stärker entwickelt als meiner; die Andeutungen von «flottem» ironischem Mienenspiel auf ihrem Gesicht und um ihre Lippen sind wahrhaft beneidenswerte, schmückende Glanzlichter einer Weltkenntnis, die den variantenreich aufstrahlenden *Wert* ihrer gepuderten, mit Rouge betonten, lichtgesprenkelten hübschen Wangen ausmacht.

Die *Liebe* – und das Nein-Sagen – und die sich als Wissen *(ha-ha-ha, ich weiß, ich weiß)* und nicht als Lexikonartikel über diverse Zuneigungsformen darstellende Vertrautheit – ihr Blick – ihre Blicke – wechseln so flink, daß sie abtasten, wie beklommen, wie mißtrauisch jeder von uns den Absichten des anderen gegenüber ist. Geregelt wie Maschinengewehrsalven weiterruckend, bestreichen sie das Terrain mit der neuen Gleichmäßigkeit, die sie sich antrainiert hat; sie tun sich vor mir auf wie hohle Hände, auf oder in die ich einen Blick, ein ironisches Lächeln der Erwiderung werfen kann; oder sie gleichen schnalzenden Fingern oder einem gezielt auf meine Nase schnalzenden Gummiband, ihre Blicke: sie können bewirken, daß ich mich winde – was Nonie zum Lachen bringt; während die Zeit dahintickt; der Geschwindigkeit nach ist der verkümmerte Dialog noch immer Dialog, eine kurios hausbackene Stichomythie, eine Form der Wechselrede aus den alten griechischen Dramen, bei der die Äußerungen kurz sind und oft aus idiomatischen Wendungen bestehen; bezeichnend dafür aber ist das Knappe, Ratternde; die Worte sind Partikel eines flüchtigen Moments, in denen die gesamte Vergangenheit enthalten ist wie eine gespenstische Gischt aus Empfindungen, Bildsplittern und Silben – so daß kein Souffleur, kein Drehbuch und kein Kontinuitätsexperte nötig ist. Lila sagte oft: *Da muß ich ja lachen*, und meinte damit so etwas wie jetzt, wo *ich lachen muß*, vor Kränkung.

Ich bin *nicht* jemand, den sie in keiner Armee würden haben wollen – das hat Nonie über mich gesagt, als sie etwas von mir wollte.

Die Ketten von ausdrucksvollen Lippenstellungen, die felsig kompakte Realität ihres Herzschlags, ihrer Atmung, und die Gefühle, mit denen ihre eigenen Angelegenheiten sie erfüllen, und diese und weitere, die mein Anblick weckt – wie Tiere an die Ausgänge ihrer Höhlen lockt – ich schätze, es ist einfacher für mich, das *Gefühl* zu haben oder zu *vermuten* oder (im Bauch) zu *spüren*, daß sie, tonangebend für das Zwiegespräch, mir gegenüber kalt ist, als daß vielmehr zunächst ich ihr gegenüber kalt bin – feindselig, lieblos.

Ob aber ich damit anfange oder sie, der Punkt ist, daß ich sie nicht besonders mag. So geht es mir jetzt mit fast jeder Frau – sie sind mir oft ein bißchen böse. Ich kann nur ahnungsweise zugeben, was da vor sich geht – an sexuell Wirklichem – oder ökonomisch-und-sexuell Wirklichem – und dergleichen. Ein heißes, strahlendes Moment von *Unberührtheit* verhindert es. Ich bin imstande, überhaupt keine Empfindungen zu verspüren – außer solchen, die dem Umstand entspringen, daß ich mich im Windschatten ihres Lebens, ihrer Jahre befinde: sexuelle und ökonomische Strömungen werden nah an ihrer Gestalt – oder an ihr – gebrochen, und ich stehe, von der Wirklichkeit (und meiner eigenen Wirklichkeit) verblüfft, auf Sand, beschützt von ihrem Leben, wenn schon nicht von ihr.

Wenn ich mir das *sage*, nicht in Worten, sondern indem ich eine Ahnung davon zulasse, eine ferne Melodie, eine stumme Szene, ein Stummfilmfragment, eine kindliche Ahnung – von ihren Brüsten, ihrem Hintern, ihren Lippen, ihrem Leben und ihrer Hübschheit als lauter Puffern zwischen dem sexuellen Drang und meinem Dasein – dann zeigt sich das auf meinem Gesicht: es definiert mich. Ich habe glühende Gefühle in mir, aber sie sind auf die niedrigste Stufe geschaltet; oder vielleicht weiche ich in Denken aus – wie auf einen Golfplatz, auf ein Terrain ritualisierter Konzentration auf etwas. Ich übertrage diese Gefühle; ich schreibe sie ihr zu; ich sehe mich selbst als unschuldig.

Jedoch nicht für lange. Mit einem einzigen Herzschlag bin ich dann nur noch so unschuldig wie der Leseraum der öffentlichen Bibliothek in U. City, wie die nicht-unschuldigen, wohl kaum *ununschuldigen* Bücher dort. Die Dinge, die ich von ihr für sie haben will, würden sie, wären sie ihr, schwupps, in dieser Sekunde auferlegt, als das zerstören, was sie ist: Reue, Reiz, Anliegen anderer.

Ich halte mich zurück, innerlich und äußerlich – ich bin eine Bühne fast geschlechtsloser *Unschuld* ... Das führt sie in Versuchung: *fast* bin ich schlau genug, um das zu erkennen; Mom hat mir von solchen Sachen erzählt. Ich bin ein leerer Raum – ich bin sorgsam leblos: als hätte ich kaum eine Wahl. *Nonie rührt gern stille Wasser auf, Wiley: sie ist nur menschlich* ...

Ich fürchte sie zu sehr, um *vernünftig* oder ganz und gar sentimental zu sein ... Oder *freimütig* ... Ich fürchte Nonies *Launen* ... meine *blöde* Schwester – ihr Schicksal – im flutenden, kaum schwächer werdenden Sonnenschein von Missouri. Doch Furcht ist nicht das richtige Wort dafür: es ist Urvertrautheit.

Die wandernde Beleuchtung und die Vorstellung von unveränderlichen und menschlichen Gesetzen: ich ziehe veränderliche vor. Nonie ist vorübergehend aus Carolina nach Hause gekommen, nach einem Streit mit Casey – bevor ich Casey kennenlernte, konnte ich mir nicht vorstellen, daß jemand sozusagen mit seinem Geld in Streit liegen könnte; die Idee des Streits, von Streit überall, im Innern einer Person und in ihrer Umgebung, kam und ging.

Wie auch die Idee der *Vertrautheit*, ähnlich dem physischen Gefühl, das einen erfüllt, wenn man am Ende des Winters bei warmer Witterung in der Sonne sitzt, auf dem Gras oder auf Stufen vor oder hinter dem Haus anderer Leute; und man die verschiedenen Temperaturen und den Tag als eine Hülle von

Vertrautheit um den befremdlich winterlichen, mit Zeit geladenen, vollgepumpten, von Zeit getriebenen eigenen Körper empfindet.

Das aufgewühlte Blut, die Hitze, all das Wiedererkennen zeitigen Wirkungen beim Sport und haben eine sexuelle Komponente: der Wurfarm wird wendiger. Man spürt die verschiedene Temperatur von Hose, Beinen in der Hose und Füßen (manchmal bloß) auf den Platten oder dem Gras und in der Sonne.

Hier, zu Hause, hat Nonie sich nun mit Mama gestritten. Die Unabhängigkeitserklärung in ihren mannigfaltigen Formen besitzt eine Tendenz zum Schlachtruf. *Menschen sind nun einmal Menschen,* sagte Mama mit einer gewissen Entschlossenheit, sich einem solchen Stand der Dinge anzupassen, jedoch ohne Anzeichen dafür, daß sie sich ihm fügen werde. S. L. sagte dasselbe, *Menschen sind nun einmal Menschen*, und tat damit die gesamte verlotterte Sippschaft, alles Menschenartige ab – das heißt, ich hatte noch nie im wirklichen Leben so machtvolle menschliche Abscheu, ein so gebieterisches Abdanken eines Mannes, solch eine Zurückweisung erlebt; er ist in das Veteranen-Krankenhaus übergesiedelt und hat Nonie und Mama die Schuld daran gegeben: er hatte Nonie Mamas Schreibtischschublade durchstöbern und Sachen stehlen sehen: *«Sie kann doch nichts damit anfangen!»* sagte Nonie, rot im Gesicht, aber nicht beschämt. Ich stand in meinem Zimmer und blickte an Dad vorbei den Flur entlang, aber was zwischen den beiden *aufblitzte* oder *aufflammte*, konnte ich nicht sehen ... *Nonie läßt sich von keinem in die letzte Reihe schikken, egal, was er für Ideen hat* ... nicht von Mama, nicht von Daddy ... *Auf Casey hört sie – ab und zu* ... Bei der Arbeit während des Krieges hat Nonie sich als tüchtig erwiesen, sogar als Heldin: die heilige Nonie im Krieg. Sie besitzt *gute* Koffer, damit ihr auf Reisen eine bestimmte Behandlung zuteil wird.

Nonie ist älter, welterfahrener geworden; sie hat den

Krieg bisher in einer Kriegsatmosphäre erlebt und sich daher den dramatischen Stil zugelegt, ihre Launen surren, rauschen und knallen zu lassen – wie ihre Gefühle kommen und gehen, ist *furchterregend.* Im fließenden Stellungswechsel ihrer eher weichen Lippen gibt es kieselharte Varianten – sie kann Bleikugelsäckchen- und Pistolen-Münder ziehen, ebensolche Blicke werfen und Gesichter schneiden: *sie ist eine Pistole … sie ist scharf wie eine Pistole …* In der Schule schüchtern mich manche der weicher strukturierten Mädchen ein, sie kommen mir fast unwirklich vor, wie von einer anderen Menschengattung; die homosexuellen Jungen und Mädchen dagegen kommen mir nicht unwirklich, nur eigentümlich vor. Nonie atmet *gackernd* – eine Familieneigenart: S. L. hatte sie ein wenig; Daniel auch. Nonies rotblond gefärbtes Haar habe ich schon erwähnt: sie ist ein Mädchen aus *der freien Welt*, ein demokratisches, windzerzaustes Mädchen dieser Ära; und ihre Bluse, ihr BH mit seinen Trägern, ihre leicht molligen, leicht wulstigen Hüften unter dem teuren hellblauen Rock, die richtig hochhackigen Schuhe – Plateau-Pumps mit Fersenriemchen –, die Perlen und die hellbeige Wolljacke: sie bezeichnen ihre Klassenzugehörigkeit. Das *Besondere* an ihren Augennischen – Brauen, Knochenrahmen, Lider, Wimpern und ihre eine Spur hektischen, gut geschminkten (oder erfundenen) Wangen und die aktuelle Form ihrer Brüste sind wirklich sie selbst – nunmehr die Heiligengestalt, die wahre Heldin all ihrer eigenen mißlichen Lagen, ihrer Geschichten: diejenige, *die-sie-eben-ist* – so gewitzt, ironisch und erwachsenzäh wie ein gleichaltriger Mann – na gut, du bist cooler, und andrerseits hast du wärmere, Zeit-erhitzte, *Stall*-Gefühle, solche des Bluts, saumäßige, störrische Bastard-Gefühle, vielleicht dumme …

Doch es gibt die vielleicht dumme Schläue und diese Eigenarten unserer beiden Gesichter – reizvoller Gesichter –, das eine männlich und so kurz nach dem Ende der Kindheit vorübergehend zerbrechlich oder seelenvoll, das andere weniger dilettantisch, weniger unbeholfen so, wie es ist; es gibt unsere Stimmungen, fast einen Hang zum Flirt, einen gewissen Widerwillen – den sich grotesk gerade haltenden, ziemlich häßlichen Kindjungen, der für eine kurze Weile *hübsch* ist, und die junge Frau, die partiell als Mädchen gelten kann (als demokratisch windzerzaustes Mädchen *der freien Welt*), deren Augen voll Nonie-esker Dinge sind, ganz unverschleiert, was hier gewitzte, möglicherweise falsche oder künstliche Verträglichkeit bedeutet: für reale Dinge hatte ich damals keine Worte. Man durchlebt seine Momente ohne brauchbare Bildunterschriften. Und ohne Landkarten. Jetzt, fünfundvierzig Jahre später (nach viereinhalb Jahrzehnten) behaupte ich, daß die beste Landkarte, die ich besaß, mir von ihr in jenen Situationen geliefert wurde, in denen sie *eine Nummer für Casey* oder sonst einen Jungen, mit dem sie sich traf, hinlegte, *eine Familiensinn-Nummer*, *kennst du doch, Pisserchen* – so etwas wie ein Parfum oder Blumenschmuck, mit dem man zu bestimmten Gefühlen verlocken kann.

Wenn sie jedoch eine solche Nummer abzog, wollte ich sagen, wenn diese Bühne mit im Spiel war, dann konnte die Theatralik zum Beispiel dadurch verfliegen, daß sie mir einen Tennisschläger schenkte, eines der Namensarmbänder, wie sie im Krieg Mode waren oder dergleichen, einen Gegenstand, der mich an das erinnerte, was ich *beinahe* war oder hätte darstellen können, eine Figur in einer bürgerlichen Salonkomödie, eine vorübergehend kostümierte Seele.

Meine Eltern brachten mir andere Dinge bei – Dinge, die einer länger zurückliegenden Vergangenheit entstammten und von denen sie meinten, sie wären noch von Nutzen oder würden es bleiben, theatralische und häusliche Fragmente von Eigenarten, Gewohnheiten, Einstellungen, die man demonstrieren sollte, die zu den Tugenden einer Person beitrugen.

Damals tastete ich mich ratend vorwärts – ein halbwegs umgebildetes Tier oder ein blinder Bettelknabe in nicht ganz und gar sentimental bestimmten Momenten

Diese undeutlich riechende weitmundige *Intimität – ohne einen Grund* ... als Mamas Nestlinge wissen wir die Augen ein wenig einzusetzen wie sie, wie trügerische, vielleicht vergiftete Pralinen in feinporiger, milchig-rosiger Haut ... ha-ha ... mit begünstigendem, schockierendem, als normal ausgegebenem Liebreiz, der Neid erweckt; Mama sagt: *Welch ein Glück, in einem Krieg diesen englischen Teint zu haben, das muß ich schon sagen. Nonie hat TEUFLISCH Glück.*

Ich kann meine Augen nicht sehen. Ich weiß eigentlich nicht, wie ich auf andere wirke. Diese phänomenologische Unwissenheit verleiht den Episoden meiner Träume und den meisten meiner Gedanken Form: ich bin die Leerstelle, die bestimmende Lakune, die dich erträumt: gib mir ein Gesicht und ein Leben, einen Charakter und eine menschliche Qualität, dann werde ich vielleicht nicht wach, sondern bleibe hier bei dir.

Sie ist natürlich verlockend, aber sie ist auch komplett ausgestattet mit einem Gesicht, einem Leben, einem Charakter und einer menschlichen Qualität, als sei sie von anderen durchaus genügend erträumt worden oder als habe sie die Traumwelt, die den innersten Raum in ihr einnimmt, wie eine Tasche umgestülpt und könne nun unausgesprochene Kränkungen ertragen und überleben; sie kann eine Gestalt in der dritten Person sein; sie kann wissen, wer sie ist – selbst wenn es nicht stimmt –, sie kann eben jene Unbeschriebenheit, die einen so wichtigen Teil von mir ausmacht, kaschieren, kann ihr wahres Gesicht kaschieren: diese ihre Qualität ist kaschiert, überschminkt, verkleidet, als unmittelbar wirkende zurückgedrängt; Nonie scheint nicht wie ich darauf zu warten, daß andere sie definieren; anscheinend ist sie selbst die Definierende – anscheinend stellt sie eine Definitionsmacht dar. Ich blicke in einen Spiegel, in eine Kamera –

oder in ihre Augen – und sehe zumeist nur, wie ich aussehe, wenn ich versuche, mich zu erkennen – wenn ich aus jener Selbstwahrnehmung eines Unbeschriebenen zu erwachen suche. Die Augen: ich habe meine Augen nie anders gesehen als mit einem töricht suchenden oder sich verwahrenden Blick: unwach vor Posieren oder Spähen.

Mama hat Nonie angeschrien, sie solle in der Wohnung nicht rauchen: *WIR SIND HIER KRANK* ... Nonie raucht trotzdem.

«Du, Non, lieber nicht, hm?»

«Uuah, du meine Güte, ich hasse dich ... Du bist so blöd ... Das ändert doch für *die* nichts mehr, dafür ist es zu spät ... Sieh's doch mal ein bißchen klar, zeig doch mal ein bißchen Rückgrat; tu nicht immer, was man dir sagt ...»

Ein gegenseitiger Halbmord, wie realistisch oder faktenbezogen vernünftig das ist, wie stark von Rivalität geprägt – ihr *Quatsch-mal-beiseite*-Ton, und wie sie sich wirklich vernünftig (wirklich *zu Hause*) *in der Wirklichkeit* benimmt: «Sie stirbt doch sowieso, egal ob ich hier rauche oder nicht ...» Was sie auch zu Daddy gesagt hat.

Ich bekam es nie ganz in den Kopf, wie endgültig für Nonie bestimmte Dinge in der Welt feststanden – was Fakten waren, was Takt oder Nicht-Takt, ihr geltende Liebe oder ihr vorenthaltene Liebe – alle möglichen Dinge.

Sie kramt in ihrer eigenartig großen Handtasche aus Kriegskunststoff mit dem riesigen Verschluß aus Plastikblumen. Von Röcken mit langen Fransen am Saum, wie sie einen trägt, hat Mama ihr abgeraten. Sie ist auf irgendwie nicht sehr geschmackssichere, aber erfolgreiche Weise hübsch: zierlicher Bau, Ruhelosigkeit, ihr Charakter: ein Mädchen, das sich unter Männern zu bewegen weiß, von nicht völlig überzeugender Lockerheit, beherrscht, von ungewöhnlich eindringlichem Verhalten – und einem ungewöhnlich eindringlichen, sehr hübschen Gesicht.

Ihr BH ist gepolstert; das weiß ich aufgrund langjähriger

Vertrautheit mit ihren Konturen in vielerlei Kleidern. Ich bin verlegen, wenn sie raucht, denn ich habe deswegen schon mit ihr gerungen, sie verhauen und ihr Zigaretten mit Gewalt aus der Hand genommen. Sie stellt mich auf die Probe, probiert aus, ob ich ihr eine Minute, bevor sie geht, noch die Zigarette aus dem Mund reißen werde. *Sie stellt alle auf die Probe, überall – sie geht den Leuten auf die Nerven; sie ist nicht dumm, aber ein Dummkopf.*

Im Spiegel ihrer Handlungsweisen bin ich nun ein selbsternannter Gesetzeshüter. Ein Echo dessen, was sie in Mamas Zimmer getan hat – rauchend den Schreibtisch zu durchstöbern.

Ist es sexy, herausgefordert zu werden? Nonies Lippenstift-bewehrte Kühnheit einer Dame, die ohne zu grinsen Offiziere herumkommandiert, ihr Stil eines schlauen, *unbändigen* Soldaten – Sie wissen schon – bringt sie dazu, den Mund aufzutun.

«Tja, soo übel siehst duu eiiigentlich nicht mal aus – sogar ein klitzekleines bißchen süß ... da könntest du ruhig noch lernen, ein bißchen liiieb zu sein ... wo du doch jetzt noch ein Weilchen Zeit hast ... bevor du eingezoogen wirst ...» Südstaaten-Schmeicheleien wie aus dem Mund einer Südstaaten-Schönheit in einem Schmöker – eine Form von Spöttelei.

Sie taktiert gerissen innerhalb eines Systems von Blutsbeziehungen. Ich lebe eine *moralische* Beziehung. Ich räkle mich im giftigen Honig der Selbstdarstellung, blinzle aus ungesichert hellhäutigen, sehr jungen Gesichtszügen hervor, aus einer Geschichte umnebelter, halluzinatorischer Selbstverausgabung in sexueller wie moralischer Hinsicht. Ich lebe in dem, was ich tue, was heißt, daß ich mir weitgehend unbekannt bin; und der, den ich kenne, ist jemand zermalmend Großes, Gedankenloses und Selbstsicheres. In dieser Rolle sage ich, ob ich will oder nicht: «Mach die verdammte Zigarette aus, Schwesterchen, oder geh damit auf die Hinterveranda, verflucht noch mal.»

Sie lacht – eine Spur schrill. Es ist seltsam, wie in diesem Alter, durch die scheinbar permanente, schlecht erklärte Erniedrigung, die es bedeutet, daß jeder beurteilt, was man tut, aus allem ein öffentliches Glücksspiel wird – mehr oder weniger, je nachdem, wie dickfellig und lernresistent man in Wesen und Charakter geworden ist. Es ist nicht sicher, ob ich meine Jugend überleben werde. Oder diesen Moment. Meine Stimme kippt ein wenig. Nonie schätzt mein Gesicht ab.

In jenem Jahr benahm sich mein Geschlecht *andauernd* daneben – *tagtäglich* – *praktisch JEDE ZWEITE MINUTE* – zum Lobe einer vergewaltigbaren Welt (die sich meiner zu erwehren wußte).

Nonie ist nicht nett. Mein Schwanz legt sich in der Hose wirklich ins Zeug, wenn ich Befehle gebe, mich durchsetze, hart durchgreife. Wie ich gebaut bin, sieht man es, wenn ich einen Steifen habe. Peinlich.

Innerhalb eines realpolitischen Rahmens *respektiert* Nonie das. Sie schenkt dem verlegenen, jedoch jungenhaft tatkräftigen, ungeschickten und deutlich belichteten (noch nicht hinterhältigen) Anfall von Eigensinn Glauben. Immerhin habe ich sie für das, was sie Dad und Mom angetan hat, verbleut.

Wir wissen beide, daß sie *mir nie verzeihen* wird. Und daß sie die Geschichte verlogen erzählen wird. Wenn sie sich über mich beklagt, ergreifen andere nur darum für mich Partei, weil sie sich gern meine Zukunft ausmalen oder überhaupt Frauen eher mißtrauen. Seit ich vier bin, habe ich mit ihren Verleumdungen gelebt.

«Sei bloß kein Klugscheißer – kein Mensch mag Klugscheißer.» Während sie das sagt, sorgt sie dafür, daß ein Bettpfosten sie von mir trennt. Das soll weder eine komische noch eine komödiantische Nummer sein. Aber ich lächle – starr, mit aufgerissenem Mund; ich gebe mir alle Mühe, grimmig zu lächeln – frankensteinisch monströs. Nonie sagt: «Wenn du gemocht werden willst, versuch bloß, *nett* sein, sonst landest du außen vor – wie so viele.» Das ist eine Drohung. Vielleicht habe ich die Schultermuskeln gestrafft, um mich auf sie werfen zu können. Sie sagt: «Weißt du, wo du noch mal endest? Im Knast.» Rückwärts umkurvt sie die nächste Ecke ihres Betts, immer weiterpaffend. «Du bist von der Sorte, die im Zuchthaus landet ... Also, tu dir einen richtig großen Gefallen ... Sei schlau: mach keine Flüchtigkeitsfehler ... und lern, dich zu BEHERRSCHEN: WILEY! LASS DAS! Benimm dich ... Sei *ein praktischer Mensch* ...»

Sie kreischt ein wenig. Eines der Polster in ihrem BH kriegt einen Schlag ab und verrutscht. Sie schimpft mich einen Mistkerl. Ich werfe die Zigarette aus dem Fenster. Daraufhin sagt Lilas Tochter *ungerührt* – sie will die Szene nicht ausufern lassen: «Du verdammter kleiner Klugscheißer; na ja, wozu denn schlechtem Geld gutes nachwerfen. Du verdienst es nicht, daß man mit dir kämpft, Brüderchen. Sitzt mein Rock über dem Popo auch gerade? Ist die Naht auf meinem Hinterteil in der Mitte? Alles klar, Leutnant? Wollen wir mal runtergehen und aufs Taxi warten?»

Auf dem Trottoir sagt sie: «Ich geb dir einen guten Rat.» Sie seufzt. «Sei gescheit: spiel nicht den Helden.» Wie oben in ihrem Zimmer. «Bring bloß *du* dich nicht um deine Chancen. Ich weiß, was ich weiß: ich wohne nicht zu Hause wie du, Schätzchen. Ich schreib dir mal, aber erwarte dir nicht zuviel – erwarte nicht, daß ich überschwenglich werde.» Sie zündete sich eine Zigarette an, beäugte mich, zwinkerte *ungerührt* ... Dies kommt einem Freibrief gleich, sogar einem Bündnisangebot.

Nonie blinzelt kaum jemals oder nie in der Sonne. Der warme, schwüle Wind von St. Louis fährt mir in die Haare. Der Platanentunnel des Trottoirs, Licht und Schatten darin und ringsumher, diese komplizierte Angelegenheit, jung zu sein – ich erleide einen leicht stechenden Anfall von Geistesschwäche, eine weitere Erektion, die gleiche im nächsten Erektionskapitel dieses Tags, zwischen zwei Masturbationen.

«Alles klar, Leutnant?» fragt Nonie mich, als das Taxi kommt: um den Taxifahrer zu beeindrucken. Das hat etwas mit Klassenunterschieden zu tun – ich werde sie vor *ihm* beschützen ...

«Alles klar, Leutnant», sagt der Taxifahrer zu mir. Mit einiger Wahrscheinlichkeit wird er versuchen, im Taxi etwas von ihr zu haben – von einem hübschen *Mädchen*, einem Gegenstand sentimentaler, schmutziger, unausgesprochener Gedanken; er werde nicht zu weit gehen, will er sagen. Das ist gelogen; er weiß nicht, welcher Art unsere Wünsche sind.

Aus Nonies Blickwinkel sind Halluzinationen atmosphärisch nützliche Gegebenheiten.

«Du kannst dir gar nicht vorstellen, was für ein Paradies Carolina ist», sagt Nonie zu mir und läßt mich grausam mit den beiden Kranken allein, die ich verteidigt habe. Sie steigt in das Taxi – sie ist *ruhmverdächtig* hübsch; sie kann mit verhangenen Augen strahlend lächeln: ein ganz klein wenig schweinisch – alles in allem strotzt sie für diese Kriegsverhältnisse vor Lebendigkeit, schimmert vor Reife, ist ungeheuer willensstark, unterschwellig leicht mürrisch und *tiefgründig*, nicht unehrbar – nicht vergewaltigbar. Fast alle Vergleiche mit anderen Leuten schmettern sie nieder. «Carolina ist einfach das kuscheligste Plätzchen, mein Schätzchen ...» sagte Nonie aus dem Taxi. *Ich hab ja noch nie gefunden, daß du entweder der Kaiser von Rußland oder ein Niemand bist ... aber Nonie hat immer so gedacht: wenn sie nicht die Beste war, wenn irgendwas nicht das Beste war, dann war es schäbig, dann warst du schäbig ...* «Das ALLERBESTE – und nur das Beste ist gut genug: wenn du nur das Beste nimmst, kannst du keinen großen Fehler machen. Zur Union Station», sagte sie zum Taxifahrer. Sie beugte sich genau bis zur Scheibe herüber, obwohl die heruntergekurbelt war. Sie sagte: «Schau dir uns beide nur an – wir sind zwei Helden; EISWÜRFEL sind wir ... Nicht vergessen: Reiche Mädchen sind genauso gut wie arme Mädchen, und reich sind sie dazu. Laß dich bloß nicht festnageln. Geh nicht in die Falle. Gegen *Frauen* können Männer sich schlecht wehren. Da haben Männer keine Chance. Also nicht vergessen: Pferde zügeln; Hose anbehalten – du hast schließlich Zeit.» Und sie streckte die Arme nach mir aus; ihre Hände berührten meine hageren Jungenschultern mit den schmächtigen Muskeln der späten Kindheit und hielten sie fest. «Du bist zu dünn; du fühlst dich wie ein Mädchen an», sagte sie selbstzufrieden. Meine Schultern waren schon breiter geworden, aber sie waren noch mädchenhaft. Und Nonie küßte mich auf den Mund, nahezu unanständig, forschend – eine Spur hölzern – und redete zwischen den einzelnen Phasen der Küsserei (die ich nicht mochte): «Nimm dich bloß vor Amor in acht», sagte sie. «Leg dir Humor zu, wenn du nicht ins Zuchthaus wandern willst ... Und bring keinen um ... Du kennst doch den alten Spruch: jung bist du nur einmal – ha, ha, ha, ha ...» Dann, scheinbar französisch: «La, la, la, la ...»

Mama sagte manchmal zu mir: *Nimm sie, wie sie ist. Lerne, in der Welt zu leben, in der sie lebt, dann kannst du keinen großen Fehler machen.* Und: *In einer Hinsicht finde ich in meinem Herz einfach keinen Platz für sie. Sie liebt das Leben.*

Wenn ich sie so zurückweise, wie ich es tue, dann nicht aus halbwüchsigem Snobismus. Vielmehr hatte ich kaum Lust, mich mit ihr so heftig über mein Wesen und das der Welt zu streiten, wie ich es hätte tun müssen, wenn ich mit ihr hätte reden oder mich in ihrer Nähe hätte aufhalten wollen – andere Meinungen als ihre eigenen interessierten sie nicht – was eine Form von Selbstachtung war; und weder mit Freundlichkeit noch mit Vernunft war sie dazu zu bringen, anders zu denken oder zu empfinden – oder zu leben; wenn man also nicht wie sie war, und wahrscheinlich selbst dann, wurde es zu einem kostspieligen, aufwendigen Unterfangen, sich ihr zu nähern.

Nachdem ich in die Höhe geschossen bin, sind die feinen Knochen ihrer rosigen Finger, ihrer feuchten Hände für mich in Relation zu allem übrigen kleiner als an Nonies erstem Arbeitstag im Jahre 1938 oder 1939. Undeutlich erinnere ich mich noch an die Diskussionen darüber, was sie anziehen würde, was sie 1939, 1940, 1943 anziehen sollte ... Zwischen den Stimmen, die über diese Dinge diskutieren, besteht ein geheimes Einverständnis. Die Strategien, mit denen man in Amerika bei Verstand zu bleiben sucht, ängstigten mich damals. Ich weiß noch, daß sich in Nonie anscheinend alles dagegen aufbäumte aufzustehen, sich anzuziehen, Kaffee zu trinken, zur Arbeit zu gehen. Immer wurde ich geschickt, sie zu wecken. Sie hat ein weißes Nachthemd an. Zwischen Bändchen sind ihre Brüste sichtbar. Sie riecht nach Schlaf. Sie quiekt ein bißchen, schnaubt ein bißchen, als ich *Nonie, aufwachen* sage.

Als heiratsfähiges Mädchen – aus guter Familie (wenngleich Krankheiten in der Familie liegen) – hat Nonie, wie auch ihr Blick, ein geheimnisvolles Nichts an den Tag zu legen, unbestimmte, allgemeine, exklusive Gesellschaftsfähigkeit. Hiermit werden die strategischen und ökonomischen Grenzen signalisiert, innerhalb derer ihr Körper, Geist, Verstand, Willen, ihre Seele zugänglich sind. Eine Form von romantischem *Realismus* – wenn Sie damals einen Haushalt Ihr eigen nennen konnten, dazu ein wenig Liebe erfahren wollten, und beides in praktikablem, vernünftigem Rahmen, dann verhielten Sie sich so – in St. Louis (und im St. Louis County).

Nonie brummte – oder *brüllte*: «Ich will mich aber nicht opfern!»

Ich erinnere mich, daß Nonie anfangs sagte: «Sag Wiley, er soll mich zum Bus begleiten. Ich bin kein berufstätiges Mädchen.» Sie stünde nach außen hin klarer unter dem Schutz einer Familie, wenn ihr noch ziemlich kleiner Bruder bis zum Delmar Boulevard mit ihr ginge.

Obwohl ich mich auf der Straße weigere, sie bei der Hand zu nehmen, und einfach nur neben ihr hergehe, so klein ich bin, spüre ich doch den rasenden Puls in ihrem Handgelenk, das irgendwo ein Stück unterhalb meines Kopfes auf Höhe meiner Brust hängt. Der massige Schwung ihres Pos im Hüftgürtel unter dem Gabardinerock, dieses Hinterteil mit seinen komplexen Pendelbewegungen, ihre hohen Absätze – diese Dinge gehören zur physischen Wirklichkeit meiner Kindheit (in St. Louis).

Eines Abends sagte sie zu Mama: «Jetzt kann mich jeder beleidigen. Du kannst mich nicht beschützen, Daddy ist krank – und Wiley mag mich nicht.»

Durch die familiären Tragödien war sie als kaum *zuchtgeeignet* gebrandmarkt; ich hörte sie und Mama darüber sprechen. Ich *glaube*, es wurde von mir erwartet, daß ich mich von ihr ausstechen ließe, von ihrer Stärke, ihrer Macht, von ihren Privilegien als Frau, ihren Leiden und Ängsten – sowohl von dem Gebrauch, den sie davon machte, als auch von deren Unübersehbarkeit: vorausgesetzt wurde, daß es normal wäre, wenn ich mich ausstechen ließe, daß es sie aufmunterte und motivierte.

Ausdrücklich erklärte sie mir, ich sei langweilig ... Sie fand, es käme nicht darauf an, was sie sagte: ich sollte ihr nur helfen ... ich sei ihr Bruder ... Sie jedoch war nicht meine Schwester. «Ich verdiene doch nicht Geld für *ihn* ...» Ich müsse anfangen, für Unterkunft und Verpflegung zu zahlen.

«Sie fühlt sich gekränkt», sagte Lila. Und: «Warum haßt du sie nur so?»

Irgendwie wies Mama darauf hin, daß ich als FEINER Mensch gar *nicht umhin könne*, mich Nonies Unglücks wegen niedergeschmettert zu fühlen. Einfach, weil Nonie es so wollte. «Männer haben zu Frauen nett zu sein», sagte Lila zu mir. Sie erzog mich. Im Grunde rangen wir tagtäglich auf Leben und Tod – Nonie und ich: in mein Aussehen, meine Art zu atmen, in meine Einstellungen sind diese Kämpfe eingegangen. Unter dem Einfluß von Medikamenten schrie Lila einmal: «Sie ist nicht blutsverwandt mit dir!» Das hieß, ich hätte sie adoptieren sollen – damals war ich neun. Sie ist ein Mädchen, und das Leben hat sie benachteiligt. Mittelmäßig, brutal und nicht vertrauenswürdig, wie sie ist, kann sie sich Sicherheit ervögeln – das sagt sie selbst: «Ich kann ja Hure werden», und obwohl ich mich sexuell in der Latenzphase befinde, weiß ich irgendwie, was sie meint, und wünschte irgendwie, sie würde eine.

Lila flüsterte mir zu: «Hilf ihr ein bißchen – laß nicht zu, daß sie sich wegwirft.»

In seinen Anfällen von Verdüsterung und Haß auf die Welt war Dad auf vielschichtige Weise in Nonie vernarrt; doch solche Phasen hielten nicht an: er begab sich wieder ins Hospital, um von ihr fortzukommen – von ihrer Selbstsucht, wie er sagte. Einmal weigerte er sich, wieder nach Hause zu kommen, bevor sie nicht bei uns ausgezogen war; und für eine Weile wohnte sie mehr oder weniger bei einer Freundin, die ebenfalls noch ledig war. Und Dad kam heim.

Mama beleidigte Nonie mit solcher Routine, als wäre das zwischen Müttern und Töchtern normal (was es vielleicht auch war): «Du schaffst es doch nur, von zweiklassigen Männern gemocht zu werden.» Das sagte sie Nonie ins Gesicht. Dann entschuldigte sie sich: «Wir sind jetzt alle ein bißchen durcheinander, das macht der Krieg ...»

Ich nahm alles, was früher gewesen war, hin, wenn ich dafür weiterleben, lebendig sein konnte.

Nonie zog sozusagen mit mir gleich (mit dem Faktum, daß ich ein Junge war), indem sie mir intime Details über sich zumutete: sie habe einen Ausschlag unter der linken Brust, sie brauche einen neuen BH, die Tampax-Dinger, die sie einmal im Monat benutzte, seien gräßlich, sie sei verstopft: «Du bist ein verwöhntes Balg, da kannst du ruhig erfahren, wie es im Leben wirklich ist.» Wenn ich nicht zuhörte, Fratzen schnitt und sie auslachte, oder wenn ich Widerworte gab, bekam Nonie schlecht Luft – wie eine Asthmatikerin. Wenn ich auf der Straße davonging und sie allein ließ, geriet sie ebenfalls in diesen asthmatischen Zustand. Nachts hatte sie manchmal Schreikrämpfe, Anfälle: sie kreischte, fiel zu Boden, sabberte und hatte Schaum vor dem Mund. Manchmal versteckt sich Dad dann bei mir im Zimmer. Manchmal betutelt er sie. Manchmal schluchzt Lila trockenen Auges. Manchmal macht sie die Augen zu und sagt: «Sie tut mir ja leid, aber ich werde mich von ihr nicht hinunterziehen lassen. Ich habe meine eigenen Probleme.»

Nonie lernte dazu. Ihre anfängliche Verzweiflung und Untröstlichkeit verblaßten. Relativ bald wurde aus ihr, insgesamt betrachtet, eine kühle, aus unklaren Gründen gehemmte junge Frau von recht offenkundiger Tüchtigkeit – und von beachtlichem Selbstvertrauen. Wenn sie dann zornig oder wirr daherredete, war man schockiert: als würden Gespenster auf mich einschnattern – Junge, Junge, war das unheimlich ...

Was man in meinem späteren Leben dann das Mindestauskommen nannte, hieß in meinen frühen Jahren schlicht *Geld*: «Ich will JETZT mein EIGENES GELD haben!» erklärte sie. «Ich will nicht, daß Krankheit und solch grauenhaftes Zeug alles sein soll ... Ich mach doch nicht alles allein!» Sie wandte sich an mich: «Es wird Zeit, daß du dich selbst durchbringen lernst. Es wird Zeit, daß du das Ruder selbst übernimmst.»

«Laß ihn in Ruhe», sagte Mama.

«Geht doch alle zum Teufel», rief Nonie. «Ich mache, was ich will ...»

Lila sagte zu mir: «Du weißt eben nicht, was tragisch ist und was nicht, Wiley ... Ach, Wiley ... Für einen Wiley ist *nichts* tragisch ... Hilf ihr. Hilf MIR ...»

Aus Launen, persönlichen Dingen, Eigensinn werden Fragen der Familie, Fragen der Familienpolitik.

Nonie ging in die Schule und bat dort um finanzielle Hilfe. Lila sagte: «Sie hat ihnen eine rührselige Geschichte aufgetischt, mit allem Drum und Dran, sie war mal wieder für ein Weilchen durchgedreht – das Ganze ging natürlich nach hinten los – tja, daß ich sie nicht gewarnt hätte, kann sie nicht behaupten ...»

Ihre mißliche Lage wurde von einige Leuten *hohnlachend vom Tisch gewischt.* Eine Reihe von Leuten wurden zu Nonie-Gegnern.

(Ich kam mir alt und starrsinnig vor; ich sagte zu meinen Eltern oft *Ma* und *Dad.*)

Für Nonie wurde die Situation schlimmer dadurch, daß es mich in ihrem Umkreis gab. Mein Vorhandensein warf ein gewisses Licht auf Dinge, die sie quälten – relativ gesehen.

Der «Geruch» des Raubtiers: daran erinnere ich mich: ein bebender Wille in einem von Hunger zu Wachsamkeit getriebenen Geschöpf, der säuerliche Geruch ihres Halses, die Ausdünstungen ihres Haars, die oft nachgeschminkten, nach Tabak riechenden Lippen, ihr wechselnder Atemgeruch, von alldem wurde mir ganz elend in der Magengrube; daran, wie sie ruchhaft an einer Zigarette zog oder über ihr Büro redete – und an ihren Gerüchen – merkte ich oder sah ich ein, daß ihre Traurigkeit echt war, daß sie tatsächlich traurig war.

«Auf ihrer Zunge zerginge nicht mal Butter – sie hat das Temperament einer Klapperschlange.» Solche Dinge sagte Mama.

Nach relativ kurzer Zeit, in der sie meistens zuversichtlich wirkte – auf eigenen Füßen, stabil, sagte Ma –, zog Nonie ihr Leben im Büro und die Leute dort, jenes taghelle Leben, uns und dem Leben zu Hause vor. Um diese Zeit begann ich die Geschichten in Romanen als wahnsinnig schön, als sprachliche *Korrekturen* des realen Lebens wahrzunehmen. Ich habe Nonie tatsächlich lange für eine große Prophetin gehalten, eine der realen Welt.

Über mich sagte sie: *Sein Leben hat doch noch nicht begonnen;*

sorgt dafür, daß er mir hilft. Ich hielt Nonie für eine fürchterliche Gaunerin, für eine zweitrangige Langweilerin, die zu nichts nütze war, wenn man sie um sich hatte, aber in weltlichen Dingen für richtig schlau. Ich halte sie für eine Heldin; doch dasjenige, was sie so heldenhaft macht, kommt mir so auffällig blaß und gestaltlos vor wie ein Nachthemd – wie Mondlicht, das sich nachthemdartig über ihre Seele gelegt hat: so stellen sich, Nonie betreffend, die Dinge im Gedankenlicht dar.

Nonie wurde bald und häufig befördert. Nach sechs Monaten kaufte sie sich eine hübsche kleine Aktenmappe und ziemlich teure Bürokleider, eine neue «Büro»-Uhr, eine «Büro»-Halskette. Sie hatte neue «Freunde». Aus dem Exil, das noch immer Augenblicke echten Schmerzes zeitigte, wurde ein Leben, das sie achten und genießen konnte.

«In einem Büro würdest du nichts taugen», sagte sie zu mir.

Dann wirkte sie morgens manchmal wie eine Vorgesetzte. Und abends auch. Ihre Körperhaltungen signalisierten Überlegenheit; sie sah nach weltlichen Befugnissen aus. Sie stieg in der Welt auf, obwohl sie doch in ihr fiel ... auf sie hineinfiel. Sie stieg und fiel, jedoch nicht im gleichen Maße. Die blaß-gestaltlose Courage, die ich erwähnt habe, und ihr Schicksal waren mir rätselhaft. Sie schien mir alles über die Realität zu wissen, in der ich vielleicht niemals würde leben können, in der ich aber verrotten, verrückt werden, krank werden, sterben würde.

Dann ging sie fort, nach Forestville, und ich wuchs.

Der Körper des Jungen wurde härter und bleich, und es schien, als hätte ich die Schwelle zum Angehörigen einer neuen Gattung überschritten, der Geschlechtsreife nahe, dann über sie hinaus – ein ranker, scheuer Junge. Alles war anders als zuvor. Da sämtliche Weltbewegungen sich verändert hatten, schien das Dasein in eine andere Sinnsphäre gewandert zu sein, wie im dritten Satz eines Streichquartetts (eines Jungenlebens); und in dieser Sphäre des Quartetts, wo die Instrumente nun, da ich größer geworden war, eine vierstimmige Botschaft erzeugten, sah ich, wenn Nonie zu Hause war, daß die verlegene Versöhnlichkeit zwischen Daddy und Nonie Toleranz und Zuneigung war und eben nicht Versöhnlichkeit, wie ich gedacht hatte; und daß sie nur gelegentlich aufkam, gelegentlich weithergeholt und immer inkonstant war; und nicht einmal immer tolerant, gelegentlich jedoch von ihnen so gemeint; und vielleicht war darin ein seltsames Modell für Versöhnlichkeit zu erblicken, ein weiterer Schritt, über Versöhnlichkeit *hinaus*, sollte das möglich sein ...

Nonie war glücklich oder unglücklich, war wütend – und Wut machte sie schlauer. Glück lag im nachträglichen Bereden, wenn sie etwas auskostete: «Ich war die Ballkönigin –», am selben Tag, dann metaphorisch, oder bei einem Ball im Country Club, dann wörtlich gemeint. Die nachträgliche Zusammenfassung war vielleicht fabuliert, Propaganda zur Stärkung der *Moral* ... oder, als Element der neuen, gerade-erst-erwachsenen Ironie, die sie nun einsetzte, eine Lüge zu ebenjenen Zwecken, eine Propaganda-Parole, die Dad nicht enttarnte. Ich glaube, daß sie sich weiterhin mißbraucht oder mißhandelt fühlte, aber nicht so sehr, daß sie außer sich geriet oder sich gedrängt sah zu heiraten; sie hatte nicht die Absicht zu heiraten; sie hatte es nicht nötig, auf diesem Wege zu entkommen; ihre Zusammenbrüche waren überwiegend Prämenstruationserscheinungen; ihre Zusammenbrüche dauerten nicht an.

Kurzum, sie war von recht vernünftiger Tüchtigkeit und ganz unvernünftiger Bitterkeit. Unter lokalen Gesichtspunkten war ihre neue Befindlichkeit *skandalös;* sie war *hochnäsig* zu unseren Nachbarn und strahlend heiter oder bitter, bissig und hochmütig, überhaupt nicht so wie immer. An manchen

Tagen wurde sie mit olivgrünen Militärfahrzeugen abgeholt und spät abends zurückgebracht; und ungewöhnlich aussehende Männer, heldenhafte Piloten, fette Einkäufer mit extrem wachsamen Gesichtern kamen sie besuchen, brachten ihr Blumen mit und führten sie zum Essen und zum Tanzen aus.

In den Kriegsjahren schwamm sie in ihrem Leben wieder obenauf; vielleicht war sie stellenweise leicht beschmutzt, im großen und ganzen aber noch immer die *reine* Debütantin – in Kriegsausführung; sie hatte Zukunft, hatte Chancen, reich zu werden – fast niemand beachtete den Umstand, daß sie Jüdin war ... nicht die Jungen, die Männer, mit denen sie sich traf ... oder der Klatsch. Sie konnte sich ungewöhnlich frei bewegen, und sie war «am Zug» – wie Ma sich ausdrückte. Nonies Lieblingsphrase zur sexuellen Einschätzung von Männern lautete: «Ich kann ihn vor lauter Rauch nicht sehen.»

Sie redete anders, wenn es um das Büro ging, um die Leute, die sie behinderten, die ihr halfen, um die halb überschaubaren Bäumchen-wechsel-dich-Spiele, die Parteilichkeiten *(sich auf eine Seite schlagen)*, die «Flirts», die Freundschaften. Nonie gab der Arbeit den Vorrang und schmolz nicht vor Mitgefühl oder Angst dahin; sie fand, es werde «unehrlich» an ihr Mitgefühl appelliert, um sie zu bremsen, um ihre neugewonnene Macht-in-der-Welt zu beschneiden. «Das kann ich nicht ertragen», sagte sie.

Mit der Zeit wirkte sich diese Unzugänglichkeit merkwürdig auf sie aus; es wurde ein Panzer für sie und ihre Gewitztheit daraus. Sie wurde zur unbelehrbaren Schnecke, träge, knochenlos, gewappnet. Man *versteht* nun, daß in einer *moralischen* Geschichte alles so *patent* folgerichtig abläuft. Wie alles schließlich ausgeht – Gott als Erfolg, der Erfolg eines Kusses, der Erfolg, den man einem Rivalen gegenüber hat –, ist von solchem Gewicht, daß man andächtig wird. Sich im Büro so andächtig verhält wie auch als Semi-Debütantin und der Gesellschaft gegenüber. Es gab da dieses rituelle Stehlen von

Bleistiften im Büro: Bleistifte stehlen zu dürfen war ein Vorrecht; wenn man sich von anderen dabei beobachten lassen konnte, ohne daß sie einschritten, bedeutete das einen bestimmten bürgerlichen Status; es hieß, daß man immerhin freundliche Bekannte hatte und mit menschlicher Ermutigung (einer bestimmten Art) rechnen konnte. Alles eine Frage des Rangs und der Verbündeten, sagte Daddy mit knappem, bitterem Lachen, weil es ihn an vieles in seinem Leben erinnerte, als Nonie ihm davon erzählte und ihm ein paar von den guten gelben Stiften anbot, die sie aus dem Büro mitgenommen hatte, obwohl weder sie noch er zu Hause Bedarf dafür hatte.

Sein Lachen und das leicht hechelnde, lieblich-verschmitzte Lächeln des *grausamen* Mädchens, mit dem Nonie darauf antwortete: die Momente, die sie nun miteinander teilen, sind von einer «Tiefe», die andere ausschließt – sie schlossen Lila aus, die überhaupt niemals «wirklich für den Lebensunterhalt» gearbeitet hatte, und mich. Lila hatte wohl gearbeitet, aber in anderem Stil. Ich arbeitete, aber das betrachteten sie nicht als Arbeit; als Arbeit sahen sie ihr eigenes Leben an. Ich lüge da wohl kaum. Ich mische in den diplomatischen Beziehungen unter Menschen anders mit als sie. Nonie war so etwas wie eine Künstlerin des Umgangs mit den Geheimnissen der Mittelschicht ... und der Auschlußdiplomatie. Wie sie, Nonie und Dad, andere ausschlossen – nun, auf mich wirkte es wie eine *Privat*-Dunkelheit, in der sie sich begegneten, aber sie reichten sich darin eine Art von Licht hin und her, ein spärliches Bröckchen Glut im Dunkeln. Den absoluten Kern der semi-komischen, tragischen und letztlich *widerwärtigen* Welt, ihn teilten sie mit verwirrtem, unwiderruflichem Abscheu – wodurch *seinen Spaß zu haben* notwendig wurde, notwendig für die Selbstachtung, weil sich anders der eigene Lebenswille nicht erklären ließ. Und dies erschien mir damals als ausweglos und gefährlich. Aber ich war eifersüchtig auf die Spiele, die sie da trieben.

Ich fragte mich, ob solche Momente wohl wahre Liebe und Höhepunkte im Leben von Menschen darstellten: diese funkensprühenden Befindlichkeiten inmitten von Entbehrungen.

Im Grunde war ihnen wohl das «listige» Verhöhnen der sie umgebenden Realität gemeinsam, ihrer mangelnden Gerechtigkeit, mangelnden Unkompliziertheit und Beständigkeit; jedoch auch das Gefühl, sie wüßten, wie die Realität wirklich war, wüßten es vielleicht besser als jeder andere Mensch auf der Welt.

Also sieht man zu, wie sie miteinander reden. In ihrer Privatsphäre (zu zweit) verkleiden sie sozusagen ihre Augen, so daß ein *geheimes* Kostüm aus wissenden Sarkasmus die eigentliche Anatomie ihrer intimen Weltkenntnis verdeckt, die unbemerkt bleiben soll. Ich erinnere mich an die Posen, die ihre Hälse einnahmen, an ihre verkleideten Augen. Blicke verwandeln sich für sie in Gedanken: *Ich seh schon, was du meinst ... ha-ha, oh-ha-ha* ... (Im Übertragen von Befunden eines Sinnes auf einen anderen ging man sehr weit: Der Geruch einer Sache führt zu einem Urteil über sie; man kriegt ein Gefühl dafür; etwas schmeckt einem ... man hat ein weites Herz für das, was wirklich gemeint ist.) Ich komme, wenn diese Übertragungen stattfinden, nicht vom Verstummen aller Sinne fort, von einem weißgrauen Schweigen in mir, einem Schneegestöber von stummem Snobismus, in dem still Kränkung ihres Weges geht, denn ich weiß, daß sie Erfahrungen durchleben, die ich nicht kenne: sie leben in der Wirklichkeit von Blutsverwandten.

In dieser Blutsverwandtschaft zündet sich Nonie eine Zigarette an und pafft. S. L. lächelt sie erfahren, sanft, pseudozärtlich an, und das Wissend-Müde an diesem Lächeln läßt ahnen, wie stark Vaterschaft dieses Lächeln zensiert hat.

Lila sagte: «Er tut vieles nur, sie tun beide vieles nur, weil sie dich gern eifersüchtig machen, Wiley.»

Wenn einer von uns Nonie nicht beachtet, wenn wir es alle tun, wenn wir uns ihr, ihrem Willen widersetzen, dann *kämpft* sie schrill, in höchster Lautstärke oder mit sonst einer recht extremen Launenbekundung, darum, daß es nach ihrem Willen geht, wobei sie voraussetzt, daß ihr die Welt jegliche moralische Achtung vorenthält, solange sich andere Leute ihr gegenüber verhalten, wie es ihnen gerade beliebt.

Feinknochig, glatthäutig, geschminkt und frisiert, ist sie imstande, mit gebeugtem Kopf zu kreischen – wenn etwas von ihr verlangt wird –: «Ich muß mich um meine eigenen Sachen kümmern – erzählt mir bloß nichts von euch ... erzählt mir nichts über über eure Probleme – o Gott, was denn noch alles – LASST MICH IN RUHE, SONST SCHREI ICH.»

Mama sagte: «Das sind die besten Jahre ihres Lebens. Daß ein Mädchen seinen Kopf durchsetzen will, ist ganz normal, Wiley.» Dann: «Andere zu hassen ist wirklich nicht schwer: wer kann's ihr schon verübeln – bist du noch zu jung, um zu verstehen, wie es nun mal zugeht, Wiley? Um eine hübsche junge Frau zu verstehen, mein Alterchen?»

Für mich wird es zu einem seltsam moralischen Aufschrei, wenn ich zu ihr sage (wie sie selbst, Dad – und Nonie – es manchmal tun): «Laß mich in Ruhe.»

Ich möchte für manche Dinge, die vorgehen, blind sein. Zugleich möchte ich wissen, was vorgeht, und nicht blind sein. So entgeht mir oft das «Unschuldige» an dem dominierenden, zum General, zum Kommandeur gewordenen Mädchen, dem dahingeopferten, hübschen, sturen, leicht verrückten Mädchen mit den langen Haaren und den bemerkenswerten Augen. Sie glüht vor vielleicht berechtigtem Selbstmitleid. Sie ermutigt einen nicht, sie (in einem realen Moment) anzusehen, ohne daß die Achtung vor ihr als einem Ideal das reale Bild von ihr färbt. *Ein feines Mädchen*.

Nonie: *Hat-sich-heute-schon-einer-in-sie-verliebt? Fliegen SIE auch alle auf dich, Süße? Ha-ha* ... Dieser pornographische Rahmen, der sich da um eine romantisch aufgeladene Vorstellung von ihrer Keuschheit legt, um Nonies Bemerkungen über Geschenke, über Bestechung im Büro, um ihre Geschichten darüber, wer im Büro mit wem schläft, wer wen anhimmelt, um aufzusteigen; wer Rebublikaner ist und wer Demokrat; wer wen empfohlen hat (für den Job, die Beförderung, die Gehaltserhöhung); und was dafür über den Tisch geschoben worden ist; und welche Firmen wieviel Schmiergeld zahlten, damit ihr Büromaterial gekauft wurde und kein anderes – Mama sagte seufzend: «Tja, irgendwann müssen wir eben alle erwachsen werden ... Psst, der Kleine kommt.» *Was hast du denn heute so gemacht?* Wenn Nonie das jetzt gefragt wird, ist das ein zugleich mitfühlender und ironischer Kommentar auf den Verlust der Unschuld, den augenblicklichen Stand ihrer Bestechlichkeit ...

Manchmal kreischte Nonie ihre kranken Eltern an. «IHR TREIBT MICH IN FAULE GESCHICHTEN ... AN MICH DENKT IHR ÜBERHAUPT NICHT! IHR DENKT IMMER BLOSS AN IHN!»

Das wissende Erwachsenengeflüster hält an: korrupt wie sie ist, eifersüchtig ist sie dennoch.

«Nonie ist immer noch aus Fleisch und Blut», sagte Mama. Nonie ist in letzter Zeit trotzig vollbusig – gepolstert. Eine mädchenhafte Posse, die mit dem düster-ironischen Umstand einhergeht, daß sie aus Fleisch-und-Blut plus Wattierung besteht.

Es sei *so langweilig in einem Vorort*, sagt sie.

Mama ist um Nonie besorgt: «Hast du Kopfweh? ... Hast du schon wieder Kopfweh?»

Mama wird satirisch: «Hast du schon *wieder* Seelenweh?»

Mama sagt zu mir: «Sie findet jetzt Freunde. Es ist schwer, sich einzugewöhnen. Sie muß sich anpassen: und natürlich sind das nicht Leute von unserer Sorte, an die sie sich anpassen muß ... Wiley, du mußt einfach lernen, sie mit Samthandschuhen anzufassen, wenn sie Probleme hat. Ich habe zwar im Leben schwierige Zeiten durchgemacht, aber von irgendwem Befehle entgegennehmen mußte ich nie ...»

Was sie dann allerdings tat, nachdem Daddy krank geworden war.

Nonie sagt: «Wiley bringt mich durcheinander.» Oder, zu Mama: «Du machst mich wahnsinnig, ich überlebe das nicht, ich kriege noch TB, ich gehe auf die Straße und werde Nutte.» Zu Daddy sagt sie: «Du ziehst mich völlig runter ... Ich überlebe das nicht ...»

«Nein», sagte er. «Ich bin derjenige, der es nicht überleben wird.»

Eine Zeitlang war ich wohl in gewisser Weise krank – gekränkt. Im Streit mit ihr kann ich, selbst wenn sie bedrohlich kreischt oder sich sonstwie aufführt, immer darauf hinweisen, daß ihr Kinn nicht ganz symmetrisch ist, daß ihr linkes BH-Polster eingedellt ist oder daß sie zunimmt; dann wird sie still. Dem Ideal widersprechende Fakten sind ihre Feinde.

Mama bat mich, ich solle mich nicht zu sehr wehren: «Jetzt ist mal Nonie an der Reihe ... Nimm dich zurück ... Für ein Mädchen sind das sehr wichtige Jahre ...» Sie sagte: «Laß das Mädchen doch um Himmels willen *ihre Chance* nutzen.»

Vielleicht ist Eifersucht auf Nonie das mächtigste Gefühl in mir. Oder eines der mächtigsten, neben Trauer und anderem Kram aus der Zeit vor meiner Adoption.

Täusche ich mich also in dem, was geschehen ist? In einer Familie leistet man, wie in einem Büro, eine Menge Detektivarbeit. Man ruht nicht eher, bis man weiß, wer was getan hat. Man behält im Auge, was man erraten hat und was nicht. Vor Leuten, mit denen Lila sich unterhielt, hob sie hervor, wie gut Nonie in solchen Dingen sei. Eine gute Mitbürgerin, nützlich, im wirklichen Leben ausgesprochen nützlich, gibt mal eine ausgezeichnete Ehefrau ab, wird mit Sicherheit in ihrer Gemeinde eine wichtige Rolle spielen.

Nonie sagte recht wohlgelaunt, eine Spur säuerlich: «Alle haben es furchtbar eilig, mich unter die Haube zu bringen.»

«Nonie ist eine ausgebuffte Lügnerin», sagte Mama. «Eine ziemlich gute Schauspielerin ... Auf ihre Art.»

Über den Sadismus im Büro sagte Nonie: «Ich hasse Grausamkeit.»

In einem Schwall von neuen Lebensumständen erzielt Nonie einen Erfolg: sie ist eine Kriegsfrau neuen Typs.

Mama sagte: «Um Nonie zu verstehen, wenn du ihr gerecht werden willst, Wiley, mußt du wissen, was es heißt, Frau zu sein. In vieler Hinsicht war Nonie eine Heilige. Ich weiß, das glaubst du mir nicht, aber es ist wahr. Ich scherze nicht.»

Nonie. Die heilige *Nur-nicht-opfern*. Das ist wichtig.

Zu mir sagt sie: «Du bist ein Junge, du kriegst sowieso mal alles, was du willst. Ich bin eine Vergnügungsnudel ... Ich weiß zu leben ... Daddy hat's mir beigebracht ... Wir sind Philosophen, er und ich: richtige Heilige sind wir, so gut können wir uns vergnügen ...» Nonie sagte: «Ich drehe nie durch, da kann passieren, was will ... Ich bin ein Glückskind – und dabei bleibt's – Ich brauche keine Heilige zu sein – ich bin normal.»

(Mama sagte: «Sie braucht keine Heilige zu sein ... Sie braucht nicht nachzugeben.»)

Bevor Nonie fortzog – und zu der Person wurde, die Casey kennenlernte, mochte und «rettete» –, klagte sie meistens, wenn sie abends heimkam. Mama sagte zu ihr: «Mein Gott, hab doch ein bißchen Mitleid mit mir – mehr als soundsoviel Traurigkeit kann ich nicht ertragen.» Dann listig: «Ich kann nur für soundsoviel die Schuld auf mich nehmen – Ich gebe ja zu, daß ich den falschen Mann geheiratet und ihn dann nicht verlassen habe, um mich reich zu verheiraten, damit du aufs College gehen und in eine feine Verbindung eintreten kannst. Vielleicht habe ich ja dein Leben ruiniert, aber hab ein bißchen Erbarmen, ja? Ich bin nicht gerade in Hochform, falls dir das noch nicht aufgefallen ist.»

«Geh doch zum *TEUFEL*», sagte Nonie. «Du gönnst ja keinem irgendwelches Mitgefühl.»

Mama sagte zu mir: «Alles in allem kann man wirklich nicht sagen, daß Nonie und ich einander guttun. Alles verübelt sie mir ... jede Kleinigkeit. Alles ... Tja, was kann ich da schon machen? Ich kann schließlich jetzt nicht noch mal von vorn anfangen und alles anders machen ...»

Ich hörte mir alles an, was Nonie mir zu erzählen willens war – Geschichten über zu enge Schuhe, über eine ungeölte Schreibmaschine, eine bockende Frankiermaschine, einen Chef, der sie kniff. Ihre Geschichten waren nie so vollständig oder klar, daß ich sie mir einfach nur anzuhören brauchte: immer waren unausgesprochene Dinge darin so wichtig, daß ich ihr nicht folgen konnte, wenn ich mir nicht bewußt vornahm, der Absicht hinter der Geschichte eine Art Gehorsam zu erweisen – man mußte bestimmte Haltungen mit ihr teilen, um sie zu verstehen.

Zum Teil tat ich nur so. Um die Disziplin aufzubringen, Nonie auf besagte Weise zuzuhören, machte ich mir weis, Nonie und ich seien jetzt inmitten all der Familienkatastrophen Verbündete. Aber ganz offenkundig waren Nonie und ich keine Verbündeten; Nonie hatte ein Interesse daran, daß ich mir das weismachte – sie hielt mich gern zum Narren.

Manchmal beließ ich sie im Glauben, es gelinge ihr.

Manchmal hielt sie mich wirklich zum Narren. Ich versuchte, nicht *auf die Wahrheit* zu achten. «Sie weigert sich, dich zu ernähren», sagte Lila empört. Lila hatte ihr Einkommen, ich ebenso: sie hatten also darüber gestritten, wie das Geld eingeteilt, zugeteilt werden sollte. Sie hatte versucht, bei Nonie Geld lockerzumachen, indem sie an ihr Mitgefühl appellierte. «Du kannst aufhören, nett zu ihr zu sein, falls du meinen Rat hören willst», sagte Lila zu mir. Ich dachte jedoch darüber nach und beschloß, nicht beleidigt zu sein und mich von niemandem täuschen zu lassen – aber auch Nonie nicht zu trauen. Nonie war genauso schlimm, wie Mama sagte, oder doch zumindest gelegentlich. Mama sagte zu Nonie: «Tu meinetwegen, was du willst: kümmere dich nur um dich und laß uns alle zum Teufel gehen – sei du ruhig so verflucht selbstsüchtig, wie's dir paßt! Nur quäl mich nicht mehr. Versuch nicht, MIR auch noch das Herz aus der Brust zu reißen.»

Mittlerweile schob sie die Schuld daran, daß sie Krebs hatte, Nonie zu.

«O Himmel, du bist ja ein *BRECHMITTEL*!» sagte Nonie.

Jahre später, in Kalifornien, setzte Nonie einmal dazu an, mir in ihrer eigenen Küche ein Abendessen zu kochen, aber sie wurde ohnmächtig. Sie war volltrunken; aber im Grunde war die Sache die, daß sie mich nicht *ernähren* konnte. Und es niemals getan hat, kein einziges Mal.

Kein einziges Mal.

Als Nonie gerade erst begonnen hatte zu arbeiten, stellte sie sich fürchterlich an: «ICH GEH DOCH NICHT ALLEIN ZUR BUSHALTESTELLE AM DELMAR BOULEVARD, WO JEDER MICH SEHEN KANN!» brüllte Nonie. «SORG DAFÜR, DASS ER MICH BRINGT!» Zwei Kinder der Mittelschicht während eines Krieges. Zwei Katastrophenkinder mit noblen Gesichtern, fast Bruder und Schwester.

Seltsamerweise waren Lila, S. L. und Nonie sich darin einig, daß ich nichts Neues zum Anziehen bekommen sollte. Auf diesem oder jenem Weg, indem sie Szenen machten, sich (mein) Geld borgten oder an mich appellierten (ich solle kein so eitler Fratz sein), wurde mir nicht *erlaubt*, etwas zum Anziehen zu kaufen. Ich trug die Sachen, die mir Verwandte schickten. Ich sah wie ein Narr aus, vielleicht wie ein blasser, liebenswerter Narr in einst teuer gewesenen, kurios geschnittenen, für eine andere Gegend bestimmten, zerlumpten und schlechtsitzenden *Knickerbockern* (aus den dreißiger Jahren); in Knickerbockern und einem mottenzerfressenen roten Pullover aus England, zu klein für mich und unverwechselbar durch eine schmale, aber auffällige Borte mit griechischen und heidnischen Motiven, der die obere Hälfte meines Rumpfes bedeckte, für U. City ein elegantes, sehr fremdartiges Stück.

Ich konnte nicht ertragen, mit welchen Gesichtern die Leute mich betrachteten, dünn wie ich war, in den Sachen, die ich besaß, was ihre Blicke, ihre Gesichter verrieten – wenn sie uns so betrachteten.

Ich hatte einen selbstbewußten, komisch virilen Gang, noch den gleichen wie zu der Zeit, als ich noch kleiner und eher gedrungen gewesen war, innerlich sehr kalt und oft gemein. Als ich in die Höhe schoß, ging ich weiterhin so selbstbewußt und komisch viril, nur anders, weil ich so lang und schüchtern war.

Als ich gewachsen war, kam Nonie nur noch zu Besuch nach Hause, zu zwei Besuchen; und um die Zeit, als Daddy starb, kam sie dann zurück.

Wenn sie «gemein» war, verschwand ich und ließ sie, die Regierungsstenographin, allein zur Bushaltestelle gehen. An manchen Tagen lachte ich sie aus. An anderen Tagen war ich angewidert und langmütig. Sie hob gern eine Handvoll Samenkapseln auf oder streifte Blätter von Gartenhecken und streute sie mir aufs Haar oder bewarf mich damit. Sie sagte: «Was bist du zimperlich ... du weißt ja überhaupt nichts.»

Wenn ich mich weigerte mitzugehen, gab sie keine Ruhe: «Er ist doch mein Bruder! Er muß mich einfach hinbringen!»

«Ich kann entscheiden!» sagte ich. «Wenn ich was von ihr will, sagt sie nie, ich bin ihr Bruder.» Ich sagte zu ihr: «Du behandelst mich nicht wie einen Bruder.»

«Was weißt denn du schon? Mir wird ganz schlecht, so blöd bist du.»

Soviel ich weiß, behandelte sie mich aber nie wie einen Bruder – nicht, wenn ich krank war, nicht, wenn wir miteinander auskamen, nie. Vermutlich will ich sagen: Ich habe es nie gespürt. Wie wäre das – wie ein Bruder behandelt zu werden?

Sie schaute dann schief und verschlagen drein.

Mich reinzulegen stärkt ihre Selbstachtung wie sonst kaum etwas.

Am Delmar Boulevard half ich ihr in ein Sammeltaxi, eine schäbige öffentliche Limousine, immerhin aber eine Limousine, in der man für fünfundzwanzig Cent (die Busfahrt kostete fünf) hinter einem Chauffeur, jedoch mit acht, neun anderen Leuten zusammengepfercht, zwei davon auf den Klappsitzen, die neun oder zehn Kilometer bis ins Stadtzentrum fuhr. Wie Autositze, Zigaretten, Kleiderstoffe damals rochen ... Nonie besprach allen Ernstes mit mir, wie es wäre, wenn sie Filmstar würde; oder wenn sie Elliott Roosevelt heiratete, den ansehnlichsten Sohn des Präsidenten der Vereinigten Staaten. Sie redete ein wenig davon, wie ihre Seele bei jeder falschen Berührung zusammenzucke – wenn andere sie streiften, andere von der falschen Sorte. Mit dreizehn – aber auch schon früher, obwohl mein inneres Vokabular da noch ein wenig anders, weitgehend wortlos war – kam es mir, wenn ich sie zum Delmar Boulevard brachte, wie eine abstoßende, schräge, erstickende Sache vor, sie zu kennen; so kurios, daß man darüber hätte *hysterisch* werden können.

Es kam mir so vor, als wäre es mir grotesk schlecht bekommen, sie gekannt zu haben, sie erkannt zu haben.

Ab und zu sagte S. L zu mir, ich sei ein Schurke.

Eine Vorstellung ist etwas Sonderbares. Eine Vorstellung, die in ihrer Habachtstellung verharrt, in angeblicher Zeitlosigkeit. Nicht etwa in Habachtstellung und in der realen Zeit. Sondern eine Vorstellung von Nonie. Dad hatte nicht die geringste Vorstellung von mir. Nonie behauptete, sie hätte von jedem von uns nur eine einzige Vorstellung.

Der *moralische* Zufall eines Augenblicks: einmal, als ich schon gewachsen und Nonie gerade zu Hause war, hatte S. L. einen weiteren Schlaganfall; und Nonie kam in die öffentliche Bibliothek von U. City, um mich zu suchen und mir zu sagen, daß ich im Krankenhaus gebraucht wurde. Daddy wollte mich sehen. Sie war aggressiv verstört. Die Bibliothekarinnen, gutaussehende junge Frauen aus wohlhabenden Familien, die beide bedruckte Seidenschals und beige Pullover mit rundem Ausschnitt unter hellen Tweed-Blazern trugen, wollten nicht zulassen, daß sie mich im Magazin beim Lesen störte. Eine von ihnen kam in den hinteren Magazinraum, wo ich, in Stendhal vertieft, auf einem Fensterbrett saß; und sie beugte sich über mich, legte mir einen Arm um die Schulter und sagte: «Wiley, dein Vater ist krank. Sie möchten, daß du kommst.» Als ich in den Lesesaal kam und Nonie am Ausleihschalter stehen sah, nahm ich plötzlich ungleich verschärft, so schien mir, wahr, wie unterschiedlich unser Schicksal wohl verlaufen würde – und bereits verlief.

Oder, daß wir im Grunde verschiedenen Klassen angehörten.

Ich entschuldigte mich bei ihr. Oder setzte vielmehr dazu an, und sie rief: «Laß doch ... Laß doch ... Ich hasse das ...»

Ich nehme sie wörtlich, sie und ihr *Ich hasse das*.

Eine *Wahrheit* errichtet man umständlich, mittels Versuch und Irrtum. Letztlich entsteht vielleicht nicht einmal eine Wahrheit. Mama sagt: *«Sie hat ein Recht auf ihr eigenes Leben; laß sie einfach. Wie ihr Leben auch aussehen mag, es ist ihr Leben, Wiley. Laß es in Ruhe ... Laß sie in Ruhe ... Und laß mich auch in Ruhe, wenn du schon dabei bist.»*

Weitgehend hatte ich Gott abgeschrieben – und das Siegen. Bewußt, meine ich. Gott, dessen Sinn *Triumph* ist, lehnte ich weitgehend ab, wenn ich triumphieren sollte und nicht Mama und Dad. Meinem kranken Vater zuliebe, der zu den Geschlagenen zählte, lehnte ich Gott ab. Vielleicht setzte ich das All damit ja unter Druck. Eine komplizierte Sache. Ich adoptierte das Versagen als das wahrhaft Schöne.

Aber ich wollte nicht, daß dieses Zeug überhand nahm und den Rest des Lebens beherrschte.

Manchmal achtete ich Nonie als Versagerin, manchmal als Beispiel für Erfolg und manchmal weder als das eine noch als das andere.

Nonie erhob Anspruch auf Sieg und Dominanz, und damit wurde es im Verhältnis zu ihr unmöglich, etwas individuell Bedeutsames im verletzten Menschen zu erblicken, Versagen als in dieser Welt unvermeidlich und als *schön* zu erfahren, entsetzlicherweise vielleicht. Es wurde unmöglich, es sei denn insgeheim. Sonst nutzte sie es aus. Sie war nur ein Mensch. Ich bekenne, daß ich nicht oft voll Respekt vor ihrem Erfolg an sie dachte – die unabhängig war, eine rebellische Frau, willensstark und kühn, weniger von Glück begünstigt als ich.

In Nonies Denken vermochte ich selten etwas anderes zu sehen als eine tiefgründige Form von Berechnung ... eine ziemlich tiefgründige. Immer wieder haben Philosophen gesagt, wir könnten uns nicht entrinnen. Daß dem so ist, halte ich für unwahrscheinlich. Doch ich gebe zu, daß Nonie letzten Endes nicht ich ist – und daß es falsch wäre, dies zu behaupten.

Ich weiß nicht, wie ich die Differenz zwischen ihrer und meiner Geschwindigkeit, ihrem und meinem Geist erfassen könnte.

Der Krieg

Mama sagte: «Was scheren mich die verdammten Torpedos – Volldampf voraus. Eins kann ich dir sagen: Der Krieg macht mich krank. Vom Leben kann ich natürlich dasselbe sagen ... Tja, je weniger man vermutlich drüber redet, desto schneller heilt es.»

Nonie jedoch nahm die moralische Wirklichkeit des Kriegsdienstes auf sich. Nach Pearl Harbor wurde sie nett zu mir. Sie schickte mir Sachen, Geschenke – den Tennisschläger, den ich erwähnt habe; ich besitze ihn noch immer. Der Krieg verwickelte sie in ein seltsam straffes Verhältnis zu Spannung: *Die Zeit wird es erweisen* ... (Wir erwarten das *Urteil* des *Siegesgottes* ... Oder wir warten den Triumph des Teufels ab.) *Ihre rosigen kleinen Hände mit den zierlichen Knöcheln, den niedlichen Fingern* ... Nonie war über das Böse entrüstet. «Die Menschen sind so schlecht, Wiley», sagte sie.

Nonies eigenartig siedende und brennende, halbherzige Hoffnung, ihr Interesse an Apokalyptischem, ihre schöne Courage: *Wir werden sie beschießen und bombardieren bis zum Jüngsten Gericht*, lautete ihr Schlachtruf, und dann sagte sie: «Langsam fühle ich mich ausgebrannt.» In den seltsamen, eisernen Festlichkeiten des Krieges ... (Daddy sagte oft scherzhaft über Nonie: *Ich kenne sie von kleinauf ... windelaufwärts.*) Nonie war eine aus einem Heer von Nonies. Auf jeder Seite gibt es ein Heer von Nonies. Es war *bekannt*, daß Nonie mit keinem schlief: *Nur viel Spaß und ein bißchen Geschmuse – wenn sie süß sind und sich benehmen können – mehr nicht. Ich bin Schaufensterdekoration – und so soll's bleiben – einstweilen.*

Es kümmerte sie nicht, wenn die Jungen keine Juden waren. Sie bewunderte Mut im allgemeinen, vorausgesetzt daß er nicht mit *geschwollenen Ideen* einherging: jeder sollte wissen, daß sie das nicht *umwarf.* Sie beklagte sich über *Asse* – Piloten-Asse, Chefetagen-Asse und *an allen Rädern drehende Schieber-Asse.*

Einige der Männer waren Spinner: übergeschnappte Jungs, blut*bespritzt* – in manchen Fällen *auch noch ehrgeizig, keinen Trick auslassend* ... in anderen Fällen *erledigt.* Eine Situation beschrieb sie so: «Er war durchgedreht und zittrig. Er wollte, daß ich mich auf seine Knie setze ... Das wäre gut gegen sein Zittern, meinte er. Er sagte: ‹Ich hab noch nie Malaria gehabt, aber ich zittere – die Hochradartisten finden mich einfach toll ... und Sie?› fragte er mich.» Sie erzählte eine Anekdote über einen Fabrikanten (der zugleich als volkstümlich und als eleganter Herr galt), der sich bei einem militärischen Essen zu ihr hinübergebeugt und gefragt hatte: «Sollte die Fertigung etwa zu Ihren Interessen zählen, Süße?» Als sie sich später mit ihm auf einen Drink verabredet habe, erzählte sie, habe er sie gefragt, ob sie «AUS DEM FUTTERTROG SCHLÜRFEN» wolle. «Da habe ich zu ihm gesagt: ‹Mampf-mampf›», erzählte Nonie in Babysprache. «Und er hat gesagt: ‹Prima, Schätzchen.›»

In Kriegszeiten werden die Handlungen eines ganzen Volks zu Teilen eines epischen Gedichts über ein verzerrtes, nervöses Bewußtsein.

Mama sagte ironisch-ratlos: *Und das ist meine Tochter ... ein Kriegsstar ... ein Engel der Schützengräben ... Fleisch aus meinem Fleisch, Blut aus meinem Blut.* Mama stand mittlerweile ihrer Schmerzen wegen oft unter Drogen. Über die Verabredungen in den Kriegsjahren sagte Nonie: «Ich kann immer noch keinen lächerlichen Mann küssen – bei einem lächerlichen Mann, puuh, da krieg ich zuviel. Weißt du, so einer, der sich gern von einer *Air-Force-Göttin* herumkommandieren läßt?

Was Besseres als *mich* gibt es gar nicht: ich hab eine tolle Kampfmoral.»

Lila sagte, Nonie sei so heldenhaft *wie ein Mann*.

Wie ich mich doch vor der Wirklichkeit fürchte ...

In einem Wust von Kriegsnotfällen hielt Nonie, was Gewalt anging, treu an der offiziellen Linie fest, daß Gewalt notwendig sei, wenn wir den Krieg gewinnen wollten. Lila sagte, Nonie denke nie über die Dinge nach, die sie sage; ich glaube jedoch, daß Nonie nachdachte und im Nachdenken keine Befriedigung finden konnte. Mama sagte, Nonie stelle einmal eine Berechnung an, und dabei bleibe sie; die systematische Nonie, fast immer wütend, fast immer wenigstens ein bißchen verrückt: wie ihre Mutter sie darstellte, repräsentierte sie eine einzige Idee; die zwinge Nonie anderen auf, weil sie von Natur so sei, meinte Lila.

Für die Männer der Air Force war Nonie durchaus wertvoll, als sie auf dem Militärflughafen in St. Louis und dann in Forestville arbeitete. Sobald sie in Carolina lebte, sah ich sie kaum noch; was ich von diesem Abschnitt ihres Lebens weiß, habe ich also über große Entfernungen erfahren oder imaginiert. Damals hielten es nicht viele Frauen, nicht viele Männer, in der Nähe von Truppen aus, von Männern, denen der Kampf bevorstand. Manche Leute konnten in dieser Todesnähe, angesichts der bedrückenden Tatsache von Kriegsverlusten, des verlorenen Rechts auf ein Leben, nicht mehr atmen; Nonie jedoch konnte forsch darüber hinweggehen: ohne zu blinzeln, hielt sie die systematische Brutalität und Dummheit, die Herrschaft von Stolz, die behenden Killer, die *Zweitklassigen* aus. Sie war eine sehr willensstarke Staatsbürgerin.

Nonies Geschmack in moralischen Fragen – und ich meine nicht die Haltung allzeit bereiter Wohltäter – gestattete ihr eine offenäugige Haltung gegenüber Gewalt und Willenskraft, und mit der Zeit haßte sie alles, was nicht so war – *ich bin kein naives Mädchen*. An sich selbst hatte sie immer das Gefühl gehaßt, getäuscht worden zu sein. Oder im Unrecht zu sein. Doch die Zerstörung, die von gewissen Schweinehunden herbeigeführt wurde, die so leicht verfügbaren, unsinnigen Todesfälle, die unstet vom Tod anderer ausstrahlende Erhellung, und Trauer darüber, daß *blöde Unfälle* entfesselt, unbeschränkt auf die Welt losgelassen waren – es war wie zu der Zeit, als sie dreizehn gewesen war ... Das war *tatsächlich* Nonie im Gewitter ... Sie besaß ein wenig die Bereitschaft dazu. Sie war eine richtige Expertin in Fragen der Bewaffnung, der Fertigung und der Betrügereien, die Fabrikanten mit ihren Herstellungsverfahren begingen, und manche Gewerkschaften ebenso; sie war Expertin für Betrug, Faulheit, Dummheit. Daß die Handlungen unehrlicher *Seelen*, begangen aus *Kleinlichkeit* (Nonies Wort), tödliche Folgen haben konnten, belastete sie tagtäglich. *Es ist ganz schlecht, aber was kann man schon dagegen tun*. Sie sagte: «Ich komme mir wie *verprügelt* vor ...» Mama sagte, Nonie sei am Ende ihrer Kräfte. Mama sagte, Nonie weigere sich aufzugeben. Mama sagte: *Nonie kämpft weiter*. War jemand im Kampf gefallen, konnte er auch durch einen Unfall ums Leben gekommen sein. Oder durch semi-mörderische Machenschaften der eigenen Seite. *Ich hab genug gesehen, ich weiß, was läuft* – das hieß, sie wußte von Todesfällen, die zustande gekommen waren, weil die Nerven eines Air-Force-Manns versagt hatten. Sie wußte von Todesfällen infolge von offenkundig hohlköpfiger Stümperei schlechter Offiziere. Daß es so handgreiflich uninspirierte, selbstsüchtige Offiziere gab, daß gute Einheiten arglistig entmutigt und gewisse andere Einheiten angespornt wurden, daß Offiziere, Piloten, Wartungsmonteure und die metallenen Geräteteile verschiedene Realitäten darstellen: das lastete auf ihr; was das bedeutete, wollte sie wissen.

Oder sie wollte es ignorieren, abtun: sie möchte sagen, es kommt nicht darauf an; sie hat ihre Aufgabe zu erfüllen; jeder hat eine Aufgabe zu erfüllen – na gut, packen wir's an.

Daß Männer, die sie kannte, zusammenbrachen, zerbrachen oder befördert wurden und zerbrachen oder degradiert wurden, versagten, manchmal furchtbar, die Unterschiedlichkeit der Schicksale und der individuellen Stärke – da konnte *sie* ihre kühle Vernunft nicht wahren ... Steif sagte sie: «Ich habe meine Höhen und Tiefen ...»

Dann wurde sie, alle paar Monate, *heftig* verrückt, doch immer nur für zwei, drei Tage. Sie wurde gemein und gleichgültig, nebulös verrückt. Sie stritt mit jedem. Die Verwicklung ihres Weltbilds, ihrer Wahrnehmungen, ihrer Systeme (ihres Stolzes), ihrer Körpervorgänge mit dem äußeren Projekt des Krieges und den Informationen, die sie darüber erhielt, wie die Organisation des Krieges lief, wie der Ausgang von Schlachten und Luftkämpfen davon bestimmt wurde, all das brachte sie mehr und mehr mit ihrem geltenden Wahrheitssinn in Konflikt ... Ich meine, sie war um bestimmte eigene Siegesgrundsätze besorgt, und das führte zu schlimmen inneren Verknotungen. Sie konnte sich nicht von ihren Stimmungen distanzieren – sie konnte die Knoten nicht auflösen. In ihr herrschte ein Wirrwarr von Reaktionen auf und Kenntnissen über *wie das alles funktioniert ... dieser ganze Schluderkram*. Diese Wendungen, *wie das alles funktioniert ... dieser ganze Schluderkram*, beziehen sich auf das, was bei realen, sich über eine gewisse Zeit erstreckenden Vorgängen alles mitspielt. Sie haben damit zu tun, wie sich der Sinn ändert, wenn man die Zeit mitberücksichtigt. Ich weiß nicht, ob ihr Casey in solchen Phasen half – ich war nicht dort –, und ich weiß nicht, ob sie einander etwas beibringen konnten und so fort.

Kurz, das Autoritäre und Gesetzlose, das maßlos Drittrangige und Unvollkommene begannen sie *herunterzuziehen. Ich schätze mal, ich bin ausgebrannt*, sagte sie und bezog damit dieses Wort schließlich doch auf sich.

Man kann dieses Wort benutzen, doch in realen Momenten werden flüchtige Seelen – die lügen und heulen und zur Wahrheit, zu schwächerem Schmerz zu entkommen suchen, gnädig oder gnadenlos – anders als zuvor: das haben ihre aufgewühlten Minuten an sich; Nonie war in eine andere Welt eingetreten, in eine Welt der Entschlossenheit – der Klarheit, jedoch mit geschädigter Energie und vielleicht letztlich doch undurchdringlich ... Lila sagte: *Nonie hat etwas investiert.* Nonie spekulierte mit ihrer Jugend ... Diese Spekulation, eine bestimmte Spannung, die damit einherging, plagte sie.

Jungen: selten, im Grunde nie ließ sie sich in ihrem Denken von ihnen beeinflussen – soweit ich weiß. Und es gelang ihr, anderen Frauen gegenüber Unabhängigkeit zu wahren. In diesen Dingen *brillierte* sie geradezu. Ihre Systeme beeindruckten mich. Ihr Stil: sie tauchte in alles kopfüber ein, ein Stil, der mit bestimmten Strömungen amerikanischen Fühlens und Denkens in Einklang stand und ihr in der alltäglichen Dynamik einen Platz als semi-außergewöhnliche, dabei aber *normale* Person sicherte – innerhalb eines bestimmten gesellschaftlichen Segments – als Frau, als *nettes Mädchen*.

Den Kriegszeiten angepaßt, kompetent, kompetent-elastisch in der Kriegssituation wie auch in den Situationen, die sich lokal aus den Kriegsumständen ergaben, anpassungsfähig, an der Heimatfront erfolgreich in der Vorbereitung anderer auf den schicksalhaften Kampf im Krieg, wurde ihr geistig eine gewisse, verlegene Beachtung zuteil. Die Leute erkannten ihren Wert. Außenstehende bewunderten sie. Ihr mehr oder weniger egozentrisches Schweigen und ihre Art Schmerz, sogar ihr Weltschmerz, sie zentrierten sich auf das, was in ihrem Kopf vorging, waren auf ihre Beobachtungen fixiert, rührten von ihrem eigenen Leben und ihren eigenen Träumen her ... ihrem neuen Elend.

Nicht von Casey. Bonie bewunderte Casey, die Möglichkeiten im Leben, die Casey für eine Frau sah, und den extrem selbständigen Willen, das wundervoll Dramatische daran; ich glaube, daß es so ist; und sagen wir, Casey war ein Rivale der realen Existenz und meiner Denk- und Verhaltensweisen, doch als Nonie zu einer von Casey beeinflußten

Person wurde, veränderten sich die magnetischen Umlaufbahnen; und ich wurde zu Caseys Rivalen, obwohl wir uns nicht kannten. Ich bin ein Bestandteil dessen, was Nonie kannte, meine ich. Und ich pflegte Caseys Einfluß abzuwehren. Um zu überleben, verwendete Nonie Partikel und Varianten meiner Argumentations- und Wahrnehmungsweisen.

«Ich bin ein guter General – eine *Heilige* bin ich nicht», sagte Nonie zu mir ... Wir haben nicht sehr viele amerikanische *Heilige* ... Sie war noch immer Nonie, aber sie rief aus der Ferne an, und in unserem Haus voll Kranker war ich derjenige, der ans Telephon ging.

«Bist du immer noch so wild auf Geschichten?» fragte sie als erstes.

«Klar», sagte ich darauf zu der Zeit, als ich elf oder zwölf war.

Oder sie berichtete von ihrem *Liebesleben* – so nannte sie es – oder vom Selbstmordversuch irgendeines Mannes – oder von einem echten Selbstmord, einer Scheidung: sie lieferte Informationen über die Welt.

Sie sagte zum Beispiel: «Sag mir erst mal, was deiner Ansicht nach ein echter Mistkerl ist.»

Oder: «Findest du das Leben traurig? Steht in den Büchern, die du liest, viel über Traurigkeit?»

Es war unheimlich. Ich konnte ihre schwebende *Eifersucht* hören – sie schwang so hörbar in Nonies Atmung mit, wie wenn ein Pferd im Dunkeln mit dem Schweif schlägt und man darin geflüsterte Andeutungen von nervösem Trappeln vernimmt.

Ich antworte ihr stets mechanisch, vorsichtig, gewissermaßen diplomatisch. Und oft lief ich vor ihr davon, auch in ihrer Gegenwart, besonders aber, wenn eine Distanz bestand, sowohl geistig, meine ich, als auch durch das Telephon. Und von alldem schrieb ich ihr nie.

«Kommt drauf an», sagte ich. «Im allgemeinen ist es nicht gerade schlau, sich da festzulegen.»

«Ach ja? Und warum?»

«Wer sich festgelegt hat, gewinnt keinen Krieg.»

«So? Aber warum denn nicht? Erklär mir das doch mal.»

«Nonie, das kann ich nicht ... Ich *glaube* einfach, daß es nicht gut ist, wenn man sich völlig festlegt. ... Oder daß es sich zum Schlechten kehrt – daß entschiedene Ansichten ganz schnell unwahr werden ... Aber man hat nicht immer die Wahl ... Man muß den Mund halten. Und irgendwie weitermachen ... Jedenfalls oft, meine ich.»

«Ich wäre gern ein netter Mensch», sagte sie unbestimmt.

Mit seltsam brüchiger, halbwüchsiger Stimme sagte ich: «Du bist doch ein netter Mensch ...»

«Nein, bin ich nicht. Aber ich bin schon in Ordnung. Putz dir nur immer hübsch die Nase, Brüderchen.»

So etwas hängt in der Luft, entspringt dem Zeitgeist – entspricht der Kriegsmode.

«Da sind wir nicht gerade gut drin – im Verstehen von solchen Sachen zum Beispiel», brüllte ich, für sie ein dummes Kind, beinahe ins Telephon.

Keine ihrer Kriegsfreundschaften hatte Bestand. Ihre Affären mit Männern dauerten höchstens ein paar Jahre. Mit Casey blieb sie zweieinhalb Jahre befreundet.

Nonie ist unter dem Gewicht dessen, was sie jetzt weiß, am Zerbrechen.

Von den Leuten, die sie aus den Büros kannte, in denen sie zu Anfang des Kriegs gearbeitet hatte, hielt ein Jahr später, laut Nonie, keiner mehr Kontakt – nach Versetzungen, Zusammenbrüchen und Depressionen ... *Jeder schämt sich viel zu sehr*, sagte sie. Dann: «Ich könnte speien, so schäbig ist das alles», sagte sie.

Sie und ich sind Faktoren einer Mathematik, die viel schwieriger ist als die aus Multiplikation und Division bestehende der Gefühle innerhalb einer Familie.

Ihre jetzige Traurigkeit bedeutet, daß ihr Vokabular sich verändert hat: Lebensereignisse (wozu die Liebe zählt) nehmen eine seltsame Färbung an, wenn *so viele Leben vertan* worden sind … *als Kanonenfutter*; die Hierarchie der Verdienste – und des Überlebens – ; die Hierarchien, die über den größeren oder geringeren Nutzen des einzelnen für die Welt bestimmen; und dann die nach Willensstärke, erfolgreicher Eitelkeit und Verruchtheit gestuften Hierarchien …

Was Casey früher mit Entzücken in Nonie erblickt hatte, eine junge Frau, die angesichts ihrer frühen Blüte verstummte, war nicht mehr sichtbar.

Nonie sagte: «Wir werden älter, Wiley … Klüger werden nicht viele, das kann ich dir sagen …»

Diverse Absolutismen sind ihr eigen, ein eingrenzender Blick, eine gewisse Enge, Spielarten von *Disziplin*, doch jeder davon weitet sich nun auf trübe, vielleicht geschädigte und schädliche Art zu einer weitreichenden, persönlichen Empfindsamkeit für das Geschehen in der Welt … Sie ist nicht intelligenter geworden, jedoch erfahren und traurig. *Taktvoll war Nonie noch nie, weißt du. Was dann aus ihr geworden ist, hat uns alle überrascht – es war für uns alle das reinste Überraschungsfest* … «Liebe» als ein Überraschungsfest? Wie lehrreich … Wie strapaziös … *Auf dieser Welt belehren sie dich besonders gründlich in dem, was du gar nicht wissen willst, aber du lernst trotzdem, mit dem Wissen zu leben.* Die SEELE, und das ist die Gesamtsumme dessen, was du bislang bist, was dir bis zu diesem Moment hier angetan wurde, was du dagegen getan hast: dieses Gewicht in der Brust nebelt die Kammern der Aufmerksamkeit ein. Du hast hier einen Notfall – der Seele. Was ihre Fähigkeit, Aufmerksamkeit und Sehschärfe, Konzentration zu erzeugen angeht, ist sie in einem sonderbaren Zustand. Wenn es darum geht *auszublenden*, öffnet sie sich vielmehr kurios verstohlen. *Auszublenden* ist in Kriegszeiten verbreitet; *auszublenden* und sich dann konzentriert für eine Situation zu öffnen, das ist gemeint, wenn man sagt, jemand sei *in etwas gut*. Das bedeutet *Konzentration*. Und *ein Spinner zu sein*. Nonie *spinnt, wenn sie so hart arbeitet, sie liebt ihre Arbeit* …

Man nennt das so lange *seine Arbeit lieben*, bis man *ausgebrannt* ist.

Nonie erklärte mir, daß niemand Ausgebranntsein von Drückebergerei unterscheiden kann ... von Überdruß ... von bloßer Rastlosigkeit ...

Die jetzt noch unerkannten Momente zeigen mir auf mythische, vielleicht unsterbliche Weise – parabelhaft, meine ich –, daß Nonie sich wie *ferngesteuert* auf eine Distanz zu sich hinbewegt, zu sich inmitten der Todesfälle, der Emotionen, der Torheiten, die alles so stark beherrschen, daß es unbeherrschbar wird ...

Nonie sagte: «Die Leute, die es am besten machen, nehmen es ernst, aber nicht *zu ernst* ...» Sie möchte eine Formel finden.

Sie ist ein Porzellanpüppchen, sagte Mama. *Sie haben zuviel von ihr erwartet ... Auf einer Party mußt du nett sein, aber du mußt auch lernen, nein zu sagen ...* Und: *«Sie hat einen kleinen Knacks, meine Tochter ... Na ja, ich bin krank: ich hoffe mal, daß Casey sich um sie kümmern kann ... Wenn du krank bist, mußt du dich immer gleich nach mehreren Seiten wehren»*, sagte Mama und seufzte.

Niemand, den ich kannte, überstand den Krieg ohne Zusammenbruch – zumindest für eine Weile brach jeder ein ... manche kamen darüber hinweg – manche kamen einigermaßen darüber hinweg. Andere nicht; nie mehr.

Du mußt so zäh sein, wie es eben sein muß ... Wenn du's mit Rauhbeinen zu tun hast, mußt du lernen, ihnen rauh zu kommen ... Alle bestimmen sie mit, wie du zu werden hast ...

Es war wie in Träumen. Im Schädel des Träumers, in jenen hochtrabenden Darstellungen der Realität, wirken Atembewegungen in der Nähe wie der hochtrabende Versuch, als plausibel hinzustellen, daß in der Messerschmitt ein *Monsieur Schmitt* mit einem Ra-ra-Ratschemesser sitzt, Herr Jedermann im Allerweltsfahrzeug des Mordes – und nicht wie reale Bewegungen.

«Wer bin ich eigentlich?» fragte Nonie. «Wenn mir das nur mal einer sagen würde ...»

Manche der ersten Todesopfer waren unnötig gewesen, unnötig sogar unter dem Aspekt des Opfers. Die Ausbildung wurde raffinierter, wirklichkeitsnäher, richtete sich mehr an den aktuellen Feinden und ihrer Bewaffnung sowie an der Topographie aus. Unwissenheit und Erschöpfung sind große Mächte; sie gestalten unser Leben mit und entscheiden über den Ausgang von Schlachten. Von allen, die Nonie gekannt hatte, war sie belogen worden.

Nonie arbeitete hart – *sie schuftete sich zu Grunde*: sie trug zur Konsolidierung der Air Force und zur Reform der Ausbildungsmethoden bei; sie trug zur Unterweisung von Menschen in Kampfverhalten bei ... *Die Air-Force-Leute haben ihr zum Scherz einen Orden verliehen.* Sie führte einen zähen Kampf, und sie sah so jung aus. *Zwölf Flugzeuge haben sie nach ihr genannt, und Straßen in zwei verschiedenen Camps.* An den Wegen zwischen den Zeltreihen stieß man auf Schilder mit ihrem Namen: Nonie Street. N. S. Silenowicz Street ... *Sie konnte sich mit jedem Oberst messen ... Sie ist meine Tochter, und sie leistet wichtige Arbeit ... Sie hat sehr wichtige Dinge geleistet ... Eine wichtige Arbeit, die einen SINN hatte – Leben oder Tod von vielen, vielen Menschen hing davon ab ...*

Wichtiger vielleicht als alles, was ich tue, tun kann oder je tun werde.

Nonies Nerven: damals im Krieg entsprachen zwei Jahre einer Generation. Sie sagte, von ihrer Arbeit bis zur Kampffront sei es nur ein kleiner Schritt.

Als willensstarke, tückenreiche Frau, als eigensinnige – und sehr gutaussehende – Unruhestifterin leistete sie auf ganz spezieller Leistungsebene eine Menge. Die Millionen und Abermillionen Jungen, die in jedem Augenblick jenes Jahres achtzehn wurden, deren Jugend im Schattenreich der Geister aufging, dann in der Realität und in weltweiter animalischer Vernichtung – wie lebt man bloß damit? Vielleicht ist Krieg der Triumph überhöhter Gewöhnlichkeit. Ich weiß es wirklich nicht. Nonie glättete im Krieg vielen den Weg und half vielen, bei Verstand zu bleiben. Glättete sie den Weg zum Mord? Da nun einmal jeder Moment den nächsten stützt oder bedrängt und flüchtig, jedoch nicht deutlich zu diesem wird, sind solche Fragen schwer zu entscheiden. Die meisten Aufschreie aus moralischer Empörung sind in ihrem Realitätsbezug inkompetent. Sicherlich – wir sollten von Feinden ermordet werden.

«Wie kannst denn du dir ein Urteil erlauben? Ich verstehe nicht, wieso dich irgendwer nach deiner Meinung fragt», sagte Nonie zu mir.

Ich sagte: «Aber DU hast mich doch gefragt.»

Wie kann ich mir ein Urteil erlauben? Das weiß ich nicht. Nonie erfüllte eine uralte Rolle, eine, die Frauen seit Jahrtausenden erfüllt haben – die der Priesterin, die Unschuldige auf die Opferung vorbereitet. In einem altmodischen Sinn war sie eine wahre Heldin – kostspielig für die Welt.

Zudem eine Lebensretterin ...

Sie sagte: «Ich bin ein viel netterer Mensch als du, Wiley, und wichtiger für die Welt, weißt du ...»

Sie war seelisch krank und welkte dahin. Selbstaufopferung und Reue kamen ins Spiel, als das Pendel umgeschwungen war – zu unseren Gunsten. Und ein anderer Geist kam auf: noch kompliziertere Verwaltungs- und Ausbildungsrichtlinien waren zu befolgen. *Die Siegeswelle* war eine damals geläufige Phrase.

Mir kam es so vor, als herrsche im Krieg fast überall Relativismus; dies war der Schlüssel zu dem, was vorging – wer ist jetzt stärker, wo und in welchem Maße. Alles beruhte auf Vergleichen. Das Denken schwamm von einem gefährlichen Vergleich zum anderen ... Der Tod ist, im Vergleich zum Leben, irgendwie ein Absolutum. *«Für mich persönlich ist das ein Absolutum»*, sagte einmal ein Junge zu mir. Die Mathematik, nach der sich eine hohe Zahl von Todesfällen zum nationalen Schicksal summieren, gehört zu jener Reallogik, durch die relativistisches Denken in Kriegszeiten verdienstvoll wird. Im Krieg sieht man, daß die Sieger scheeläugige Relativisten sind, die reale Situationen ermessen und gewichten, mit einem Sinn und Gespür für die Realität des Zeitlichen, seiner Realitäten, die sie genau studieren; Nonie dagegen konnte nicht ertragen, aus ihrem Gefühl verjagt zu werden, sie habe Zugang zu dem einzigen Sinn, den es gibt.

Ihre Persönlichkeit als Wesen, das Zugang zu der zentralen Wahrheit besitzt, die eigentliche Natur ihrer Seele, setzte den Einzigartigen Traum voraus, der vielleicht das Etikett trug: *WER ZULETZT LACHT, LACHT AM BESTEN, und Millionen müssen dafür sterben.* Sie halluzinierte ein steinern-unvergängliches Laubwerk, das zwar irgendwie geädert war, jedoch in unwandelbar regloser Richtigkeit außerhalb der Zeit existierte. Das Universum, die Welt, verneigte sich vor ihr als einer Tochter, einer Bürgerin. Hierin bestand Nonies gewichtige – und zerbrechliche – Vorstellung von sich als Spekulationsobjekt, die dann im Krieg auch tatsächlich in Stücke ging ...

Sie sagt: «Ich weine nicht ... Ich weine nie ...» Heftig schüttelt sie den Kopf. Welch weiblicher Wille in einem mädchenhaft muskulösen Körper, in einer Schönheit sogar, in diesem zunehmend gepeinigten Exemplar einer fortschrittlichen, jungen Ungebundenen, die zuviel weiß, die *den Schneid hatte, hinauszugehen, ihren Willen durchzusetzen und den Preis dafür zu zahlen – und zwar nicht etwa nur im Traum ...*

Dies waren Jahre, in denen Nonie auf Männer nicht neidisch war und nur wenig auf Frauen ...

Vielleicht erahnte sie damals vage, daß absolute Überzeugungen einen isolieren, auf Inseln verbannen ... Der Ich-Kontinent, der in einem Meer sich verschiebender Notschubimpulse überdauert ... das gleicht dem Zusammenbruch, den manche Leute zu Beginn des Studiums haben ...

Sie war einfach nicht mehr vom richtigen Typ ... Ich sollte so nicht mit dir reden, aber was soll's ... zum Teufel damit ... Mittlerweile war jeder Patriot geworden, und gegen so viel Konkurrenz kam sie nicht an ... Und, ehrlich gesagt, so jung war sie auch nicht mehr: das ändert sich rasch, weißt du. Sie brauchte eine Pause. Sie wünschte sich ein anderes Leben, eines ohne Nachrichten ... Kannst du verstehen, daß es Menschen so ergeht, Wiley?

Die Traurigkeit eines Menschen, keines herausragenden, sondern eines Menschen, der neben einem existiert? Nonie, von Gott für dieses Leiden und für ihr Geschick im guten oder schlechten und für die Ereignisse ihres Lebens auserwählt, mit ihrem plötzlich halb abgeworfenen Egozentrismus und der Tiefenerfahrung, daß ungezählte andere gestorben und gedemütigt worden waren: Nonie war demütig und gestraft. Erschüttert und gebeutelt, inzwischen aufrichtig und aufs gestrengste unterwiesen, erlebte Nonie, daß ihre Vorstellung(en) von sich – einst zu den wahnsinnigeren Spielarten des Glaubens zählend, man wäre der absoluten Gnade teilhaftig – ihr entwichen und sie gebrochenen Herzens, verlassen und verstört zurückließen.

Der Ausdruck ihrer Augen – ich habe sie in dieser Phase zweimal gesehen – der Ausdruck ihrer Augen, dieser von ziemlich unheimlichem Licht erfüllten Aquarien – ihre anhaltende physische Gesundheit – die Zielsicherheit meiner Schwester – nun, Mama sagte: *Täusch dich bloß nicht, Nonie hatte sich gefunden – zu schade, daß es nicht angehalten hat ...*

Das heißt, die Momente waren nicht stehengeblieben ... Was sie niemals tun ...

«Das bringt mich durcheinander ... ich habe Kopfschmerzen ...» sagte Nonie. Und: «Da tust du was für den Moment und hast keine Zeit nachzudenken, aber die Folgen davon bleiben ... weißt du, was ich meine? Na, dann sag mir mal, was das bedeutet ... Was die Philosophen dazu sagen ...»

Ich sagte: «Ich möchte, daß die Welt weiterlebt ... und keine Apokalypse ... mit der alles vorbei ist ...»

«Na ja, du bist eben jung», sagte Nonie. Es klang fast geistesabwesend ...

«Klar. Ich weiß. Aber ich möchte, daß die Welt auch *danach* noch weiterlebt ... Nach mir ...»

Sie sagte: «Es bringt mich ganz durcheinander, wenn du so redest ... Ich habe Kopfschmerzen.»

Mama sagte: *Ich hasse es, wie sich die Dinge für sie entwickelt haben.* Mama weinte heiße Tränen. *Ich hasse sie* ... Dann nahm sie sich zusammen und sagte: *Sie war immer schon verwirrt* ...

Nonie konnte während des Krieges auf ihre Weise leben, weil ich bei ihren kranken Eltern blieb. Ich schenkte ihr einen Teil meiner Jugend – und dann litt sie eben deswegen. Ich verzichtete auf meine Kindheit und frühe Jugend – darüber wurde geredet; es war bekannt, die Leute unterhielten sich darüber. Ich wollte, daß meine Schwester Nonie die Kriegsanstrengungen mittrug – sie sollte ein eigenes Leben führen können ... Ich wollte, daß sie reich würde und daß ihre Träume in Erfüllung gingen. Ich wollte von ihr in Ruhe gelassen werden.

Als Nonie in Forestville bei den Warners lebte und für das Air Corps arbeitete, sorgte Tante Casey – oder vielleicht mein Cousin Daniel oder Onkel Abe, denn sie hatten alle einen Sinn für korrektes und geziemendes Benehmen, für Konventionen und Verpflichtungen – dafür, daß Nonie alle paar Wochen ein Ferngespräch mit *mir* führte. Weil ich ihr die Flucht ermöglicht hatte. Und weil mein Leben düster war.

Hinter ihr hörte ich jemanden sagen: *Frag ihn, was er braucht* ... Ich erhielt niemals die Sachen zum Anziehen oder die Bücher, die ich brauchte und ihr nannte. Selbst in ihrer heiligsten Phase blieb sie, was ihre Gefühle mir gegenüber anging, *ein praktischer Mensch – Mach deine Lebenserfahrungen und lern was,* sagte Mama zu mir. Sie sagte: *Und laß andere leben ... Nun sieh dich bloß mal an, du hältst die Heimatstellung ...* Und dann lachte sie.

Aus innerer Disziplin verbietet man sich, einem anderen Schlechtes zu wünschen ... Man versteckt sich hinter Worten, man sagt sich, fast flüsternd: *Ich will hier fort ...*

Mittlerweile gehörte es zu unserem Vertrag, daß meine Eltern mir nicht sagten, was ich zu tun hatte. Sie konnten mich um etwas bitten, mir aber keine Anweisungen erteilen. Ich konnte tun, was ich wollte – in gewisser Hinsicht ... In gewisser Hinsicht war ich jetzt *das Familienoberhaupt ...*

Das hat die Zeit bewirkt. Ich werde sehr groß ... Und darüber redeten die Leute ... Mama sagte: *Allmählich bekommst du ein Gesicht ...* Auch darüber redeten die Leute.

Mama sagte: *Nonie fängt an, dich ein bißchen gern zu haben; irgendwie bist du niedlich, so wie dieser Typ im Kino, der mit den Sommersprossen – und du weißt ja, ein Mädchen entwickelt immer Sympathien für Leute, die ihr Vorteile bringen ... Ha-ha ...*

Ihre scharfe Zunge hatte Mama noch nicht eingebüßt.

Der Anruf

«Rat mal ... Aber nichts sagen ... Achtung, Feind hört mit ... So, jetzt wollen wir mal unser monatliches Palaver halten – aber mach mir diesmal keine Kopfschmerzen, hörst du?»

Schwarze Kunststofftelephone ... Wenn das Fenster ihres Büros am *Luftstützpunkt* offenstand, hörte ich die Flugzeuge warmlaufen, abkühlen, starten und landen ... Manchmal hörte ich militärisch klingende Floskeln im Hintergrund ...

hinter ihrer launenhaften Stimme der heroischen jungen Frau im Krieg ... Um das Verhängnis von sich zu weisen, gibt man sich übertrieben freundlich – korrumpiert: vom Tod, von der Gefahr, vom Anblick des Todes ... Ich leide an einem unheilbaren bleichen Fieber: einem seltsam ironischen Fieber der Geduld mit allen, die für irgend etwas *Liebe* aufbringen – zum Beispiel für Handlungen, aus denen hervorgeht, daß man mich nicht mag ... Ein Fieber der Ungeduld ist es außerdem.

Doch zunächst die Freundlichkeit: «Wie geht's denn so da draußen – gefällt's dir da draußen noch?»

«Ja.» Ungeduldig.

«Und die Arbeit? Ganz in Ordnung?»

«Ach, Arbeiten ist *so langweilig* ... so gräßlich *langweilig* ... einfach *tödlich* ... Ich stecke Zeug in Kästen ... ich mache nur das, die *ganze Zeit* ... Im *Kästenfüllen* bin ich *gut*. Ich bin eine von den Starken, die nicht viel Worte machen – ich gehöre zu den Überfliegern ... Der Oberst möchte mit mir durchbrennen – ich würde eine gute Soldatenfrau abgeben ... Ihn noch mehr an der Nase rumführen ... Ich bin eben genau das Mädchen, das *gut* nein sagen kann ... Na, und wie geht's dir so? Im großen und im kleinen? Was tut sich denn so im guten alten U. City?»

Ich kannte sie kaum ... Daß ich nichts von ihr wußte, lag mir bei dieser Entfernung als kalter Klumpen in der Brust ...

Ihre Stimme: *«Ich stecke nicht bloß Zeug in Kästen ... Ich ziehe dich nur auf. Wir haben hier gerade einen wirklich tollen* Sonnenuntergang, *Bruderherz ... Du, Brüderchen ... Du hast doch keine Probleme, oder? Gut, sorg dafür, daß es so bleibt ... Ich bin heute nicht sehr gesprächig. Zur Zeit läuft's für mich nicht so toll ... Huch, ich amüsier mich ja so köstlich ... Und du, Brüderchen? ... Wenn's keinem so richtig wonnig geht, sag ich immer, warum sich nicht ein bißchen Spaß gönnen? Wird dich freuen zu hören, daß isch ändlisch Reschtschreibunk gelennt hab, hier im so-so-sonnigen Carolina ...*

Ich mag Flieger; du solltest Flieger werden ... Ich finde, die fliegenden Jungs sind was ganz Besonderes ... Pfiffig und flink sind die – und klein – wußtest du, daß es besser ist, klein zu sein? Ich weiß nicht, ob du jetzt noch Pilot werden kannst ... Ich wünschte, du wärst der Pilotentyp – wenn du ein Jagdflugzeug fliegen willst, solltest du dir die Beine abhacken, am besten an den Knien – ha-ha ... Und neue Augen wirst du brauchen: Piloten müssen Augen wie Adler haben ... Einen neuen Kopf brauchst du auch ... Ich mag die Kerle hier – sie brauchen jemand, mit dem sie reden können – mit mir können sie reden; ich weiß, was vorgeht – glaub mit, Kerle wie die hier muß man einfach lieben – ich hasse Jammerlappen: ich mag Sieger ... Gauner können mir gestohlen bleiben ... die Schleicher auch ... Im Air Corps sind die am falschen Ort, das kannst du mir ruhig glauben ... Wenn du Charakter hast, mußt du einfach tun, was du zu tun hast, und Schluß. Na ja, ich kenne schlimmere Kerle als dich – wenn du dich richtig ins Zeug legst, ist vielleicht noch mal was mit dir anzufangen ... Nur jetzt keine Klagen, hörst du – wir brauchen eine stabile Heimatfront ... Und ich hab von dir gehört ... mal was anderes gehört ... Jetzt muß ich mich wieder an die Arbeit machen ... Der Krieg ruft mich ...»

Ich fragte sie: «Bist du verlobt? Gibt es Asse unter den Ausbildern? Wo waren sie im Einsatz? Sag mir das noch, bevor du gehst ...»

«Ich gebe ihnen ihre Marschbefehle, Brüderchen ... Ich frage sie nicht nach dem Krieg aus ... Ich weiß, was sie zu tun haben, und erwarte von ihnen, daß sie's tun ... Sie geben mir keine Widerworte ... Leb dein Leben und lern was ... Du, ich muß Schluß machen. Bis demnächst ...»

Dennoch behaupte ich heute, daß sie damals, in solchen Momenten, ein anderer Mensch war.

Ihre Stimme klang anders – sanft zuversichtlich, dann bebend, erleichtert, abwehrend ... intim wie manchmal Frauenstimmen im Kino.

Sie sagte: «Möchtest du, daß ich einen Kriegsheld heirate?» Das fragte sie mich.

«Nur einen guten Typ ... mehr nicht ...» sagte ich vorsichtig.

Sie sagte: «Also, einen Helden kenn ich – Huddleston. Er ist Kanadier ... Ich trage sein Pilotenabzeichen ... Das ist ein HELD, Brüderchen, da kannst du Gift drauf nehmen ...»

«Nein, wirklich, Nonie ...» Dann: «Hat er Alpträume, vom Krieg her?»

Sie sagte: «Ich sage ihnen klar und deutlich, *rückt mir bloß nicht zu nah* – mit gebrochenem Herzen wäre ich für keinen zu gebrauchen ... Ich mag sie alle. Ich trage ihre Abzeichen – Ich trage mein Herz auf dem Ärmel. Nein, nicht wirklich. Ich trage drei Abzeichen auf der Bluse ... Sie dürfen mich alle photographieren ... Hi, Marina», sagte sie zu jemandem bei ihr im Raum. «Hi, Jocko ... Ach, du bist vielleicht ein Teufel ...» Dann zu mir, in anderem Ton: «Ich sag ihnen allen, daß sie Teufel sind ... Jocko ist über Lae verwundet worden ... Das ist der komischste Mann, den ich kenne: Hände weg, du Miststück! Laß das ... Das Leben ist schon komisch ... Glaubst du eigentlich an *Glück*?»

«Ich weiß nicht ... wahrscheinlich ... Warum? Und du?»

«Ach, sicher ... Ich habe eine Aufgabe. Zufällig ist mir meine Arbeit nun mal wichtig ... Es gibt da jemanden, den ich liebe – und der ist ein ECHTER Held, Wiley – ein ECHTER *Gentleman*, Wiley, und nicht bloß eine schlechte Ausrede für einen Mann. Im Herzen bin ich traurig ... Wiley: dieser furchtbare Krieg ... Aber ich mache zu allem eine gute Miene ... Ich habe eine gute Kampfmoral ...» Dann: *«Kannst du mir helfen?»*

«Hat er – dieser Huddleston – etwa ‹eine ganz reizende Familie›?» Ich weiß nicht recht, wieso ich darauf kam, ein bißchen leicht abgemilderte Ironie werde sie beruhigen, aber so war es ...

Es fiel ihr schwer, aber sie raffte sich dazu auf: «O ja – sie haben ein ganz wundervolles Haus ... Ich werde ein sehr gutes Leben haben ... Das ist jemand, der bei der Sache bleibt, keiner, der *steckenbleibt*, launenhaft ist er nicht ... Die Männer hier stehen einander und mir näher, als es Verwandte je tun ... je tun können ...»

Mama sagte: *Für eine Weile ist sie verrückt geworden* ...

Ihr zuzuhören erzeugte ein sonderbares Gefühl. Wie mag es sich anfühlen, frage ich mich, wenn man während eines Krieges spürt, daß man verrückt wird? Wuchert da in einem plötzlich erstickend Nächstenliebe, so daß man den Schmerz anderer überhaupt nicht mehr erträgt? Ist es vielleicht ein Virus – einer, der die Empfindlichkeit für alles maßlos steigert?

Es fühlte sich an, als liebe sie mich – auf irgendeine Weise ...

Nicht auf eine Weise, die ihr etwas nützte ... Oder mir ...

«Kannst du eigentlich manchmal mitfliegen?»

«Maschinen können verrückt spielen – das ist nicht bloß das reinste Vergnügen: Flugzeuge kriegen Materialermüdung ... Ich habe meiner Schreibmaschine einen Namen gegeben. Ich lasse niemanden sonst dran: Jackie kann Riesen töten; sie ist ganz schön rasant. Ich habe einen neuen Freund – Huddleston; wie Clark Gable sieht er aus ... Er ist blond ... Ich finde, blonde Leute sind glücklich ... Na, wart mal, bis du ihn siehst. Er hat so unheimlich schöne Haare ... Ich kann die Hände nicht von seinen Haaren lassen ... Endlich habe ich jemanden zum Lieben gefunden – und er heißt Roy. Pierson. Huddleston ... Sag Mama nichts davon. Dad auch nicht. Hörst du? Ich bring dir Nachrichten von sämtlichen Nachrichtenfronten der Welt. Also, lies das und spare nicht mit Tränen: *Dieser Bericht handelt von einer kleinen Gruppe von Männern, die ausradiert wurden, als sie den Rückzug ihrer Kameraden sicherten.* Viel von dem, was ich hier tue, ist *Blödsinn*, Brüderchen – jeder schmutzige Trick ist erlaubt. Du hast Glück – du könntest es nicht aushalten. Du würdest hier nichts taugen ... Ich kann nicht den ganzen Tag die Ferngesprächsleitung belegen und mit dir plaudern – die Wände haben Ohren ... Hier hört mir gerade jemand mit großen Ohren zu ... Geh bloß weg, Roy ...»

Es war immer schwer für sie, sich mit mir zu unterhalten ... Immer ...

«Du, Bruder, ich bin dabei, leicht verrückt zu werden ... Ich werde leicht verrückt, mein Bruder ... Ich hab's gar nicht so lustig ... Krieg, Krieg, Krieg, Laufpaß, Laufpaß, Laufpaß ... Kannst du dir ja vorstellen ... Für Kinder ist es ratsam, früh zu Bett zu gehen ... Keine guten Zeiten für Kinder ... Na ja, erzähl das mal den Marines ... Ich bin eine junge Frau, keine Maschine. So wie ich schlafe, kenne ich mich nicht wieder ... Die Formulare kommen mir zu den Ohren raus ... Ach was, sei eine patriotische Zivilistin und laß die Jungs nicht im Stich ... Vorwärts, christliche Soldaten ... Ich tue, was ich kann – ich glaub, ich kriege Grippe – sag mir mal in höchstens fünfundzwanzig Wörtern, was hat das für einen Sinn, *frömmer-als-der-Nächste* zu sein? Sag mal, Glück zu haben ist doch unheimlich, oder? Aus mir würde eine gute Spielerin ... Jede Menge von den Typen brechen ein: die Neunmalklugen und die Sir Galahads halten nicht lange durch. Aber so bin ich nicht ... Von manchen Typen wird mir schlecht ... Sie machen mich wahnsinnig, falls du's genau wissen willst ... Du weißt ja von nichts was ... Na, was hättest du denn gern zum Geburtstag? ... Wiley, geht's denn im Leben bloß, letztlich, meine ich, sag mir, wie du das siehst, Wiley, läuft es wirklich, ausschließlich, schlicht und blöd auf Glück hinaus?»

«Gute Frage ... das fragen sich viele Leute.»

«Na, dann sag doch mal ... wie ist es denn wohl, was meinst du?»

«Ich glaube nicht, daß jemals bloß *eine blöde* Sache mitspielt ...»

«Ich vergesse immer wieder, was für dumme Antworten du einem gibst ... Ich krieg Krämpfe im Hintern, wenn ich mit dir rede ... Du bist ein kleiner Schwachkopf, der meint, er wüßte alles. Daß du mir mal bloß keine Holzmünzen annimmst! Also, meine Zeit ist um. Ich muß aufhören; ich gehe jetzt. Ich muß die Leitung hier räumen ... Halt das Kinn hoch und die Sorgen flach: leb ewig und halt die Oberlippe steif, Brüderchen ...»

Sie war nicht oft verrückt – oder vielleicht doch. Oft haßte ich sie, wenn sie verrückt war. Ich will mich nicht in sie hineinversetzen. Ich will nicht wissen, ob sie Schuldgefühle hatte, und falls ja, weshalb. Ich will sie nicht kennen. ich will nicht wissen, wie sie war. Zur Hölle mit alldem – zwanzig Jahre später ist sie lebendigen Leibes verbrannt. Ich will sie mir nicht vorstellen bei ihrem langen inneren Rutsch auf die Flammen zu ...

HOMOSEXUALITÄT
oder
Zwei Männer im Zug

Worin ich partiell in eine Geschichte eintrete, aus der ich ausgeschlossen bin

Die Zugfahrt: manchmal fühlt sich die Wirklichkeit so bedrückend an wie die Träume. Zunächst die grandios ausgedehnte Ebene von Illinois, die abscheuliche Endlosigkeit amerikanischer Distanzen, die der Zug überfüllt und schlingernd überwand, bei nur tageweise modifizierten Ausblicken vor den schmutzigen Fenstern.

In den so schräg um ein Klickete-Klack vermehrt bewegten Momenten war ich, ein vaterloser (und zeitbesessener, ungläubiger) Waisenjunge mit meinem neunundzwanzigjährigen *reichen* Cousin auf Reisen.

Die anderen Reisenden waren, jeder in seinem momentanen Reisezustand, junge Soldaten mit Schiffchen auf dem Kopf, mit kräftigen, angewiderten Gesichtern und angespannten, kriegsbereiten Körpern in Khaki auf den meisten der Sitze, die roßhaargepolstert waren. Und wohlhabende, einigermaßen unter Reiseschock stehende Zivilisten mit vorsichtigen Gesichtern, manchmal befreit wirkend, wie betrunken, wahrhaftig reisetrunken, so davon angeregt ...

Um die Zeit von S. L.s Beerdigung, da hatte Benjie gesagt: «Daniel ist ein ernster Mensch, aber ich? Ich bin *Vom Winde verweht* in Reinkultur, Schätzchen.»

Die mir atmosphärisch angetragene Freundlichkeit – nun ja, unbekannt war sie mir nicht. Ich war dünn, bei über ein Meter achtzig vielleicht sechzig Kilo schwer, recht jung und unbedrohlich aussehend, ziemlich kräftig (durch Sport). Ich benahm mich störrisch normal, meiner Ansicht nach *andauernd mit ein paar Ausrutschern* – also *manchmal* –, und obwohl ich vielleicht eigenartig aussah, wurde ich oft angestarrt, sprachen mich Unbekannte an, berührten mich oder unternahmen den Versuch dazu und gaben sich öfter hilfsbereit, als man erwartet hätte, ganz schön viel öfter.

Daniels Freundlichkeit: die Geschichte bislang: Tante Casey kam in dem Frühling, als ich noch zwölf war, mit ihrer Jüngsten, Cousine Isobel, nach St. Louis; sie suchten nach dem geeigneten College für Isobel, ein großes, bei schlechter Haut gutaussehendes, sich kantig bewegendes und sprachgewandtes Mädchen, grotesk ungestüm, Drogen nehmend, schwungvoll im Stil fortschrittlicher Kleinstadt-Mädchen jener Jahre und sehr gescheit und snobistisch. Psychisch vielleicht zerbrechlich. Ein bißchen gaga.

Ich gab mir einige Mühe, vorzeigbar zu wirken; und Isobel, achtzehn, und ich, dreizehn, waren drei Tage lang «verliebt» – Geschmuse, Kinobesuche, ein bißchen Petting.

Sie beendete die Affäre, als sie einen Jungen ihres Alters kennenlernte – dunkel, umschattet, sehr schlau, übergewichtig, ein gestörter Tyrann aus reichem Haus, zugleich ebenfalls zerbrechlich, jedoch irgendwie auch umwerfend. Sie blieben zwei Jahre hindurch in Kontakt.

Casey zog gesellschaftlich orientierte Colleges in Erwägung, mit nicht zu hohem intellektuellem Anspruch, aber ordentlichem pädagogischem Niveau und dem Ruf, nicht antisemitisch zu sein und mit den jungen Frauen, die sie besuchten, grausam umzugehen.

Casey hatte ein liebenswert auffälliges, sehr eindringliches und wohlgeformtes Gesicht und eine schmale, dünne Figur in enganliegenden Kleidern; und sie war in St. Louis bei den Frauen sehr beliebt. Mit Männern traf sie nicht zusammen; und S. L. begegnete sie nicht. Nonie lebte damals in Forestville bei Casey, Abe, Isobel und den Söhnen Benjie und Daniel. Daniel war bereits eingezogen worden.

Indirekt verlangte Dad von mir, ich solle mich von Casey fernhalten; und Casey reagierte darauf sofort und für alle Zeiten.

Dad hatte gesagt, sie sei eine Lügnerin und Tyrannin, die Männer nicht möge, und er habe sie zuerst ganz in Ordnung gefunden, sei aber von ihr im Hinblick auf Lila getäuscht worden, die er obendrein für ganz *anders* als Casey gehalten habe ... Es ist schwer zu erklären, daß ich zuhörte und zugleich dieselben Worte sehr weitgehend überhörte: ich war halb abwesend – ein großer, vager, sich verbergender Junge mit abrupten Phasen von traumhafter Kühnheit, die allerdings wohl kaum jener Kühnheit glich, wie sie damals unter Jungen im St. Louis County in Mode war, und auch nicht sehr Dads Kühnheit.

Ich weiß nicht, wie ich erklären soll, was ich hörte und was nicht. Mama sagte, Dad wolle nicht, daß ich Casey möge. Andeutungen auf gewisse Geschichten fielen, aus Familiengeschichten, die man partiell mit einer Szene oder zwei, drei Fetzen daraus illustrierte und auf die man sich bezog; Geschichten, die ich von anderen Gelegenheiten her ein wenig kannte, in der Familienversion davon oder in S. L.s Version ... Dad blieb als Erzähler immer dunkel, anspielungsreich bis an die Grenze zur Mimikry – er verließ sich darauf, daß man die Geschichte kenne, daß jeder über die gleichen Erfahrungen verfüge oder daß Einsichten weit verbreitet und fraglos möglich seien.

Seine Geschichten mieden, als er krank war, oft dramatische Momente; es war schlecht für sein Herz, wenn er sich aufregte. Die Geschichte, die er andeutungsweise wiederholte (in der Erwartung, daß ich sie begriffe), wurde sonderbar – sowohl dem Gestus nach als auch überhaupt – erzählt: in welchem Alter er und Casey gewesen waren, welche Anlässe und Motive vorgelegen hatten, wo im Zimmer er gesessen hatte, an welchem Wochentag und zu welcher Tageszeit es gewesen war – all das blieb kunstvoll ausgespart; das Verstehen kam strukturell mit winzigen Bruchstücken eines parabelhaften *männlichen* Schicksals aus: worin Männer schlecht behandelt, ausgebeutet, geschädigt und in den Wahnsinn getrieben wurden. Ständig glitt er in Schilderungen hinüber, die Filmen und der Wirkung, die sie auf ihn gehabt hatten, entliehen waren: eine solche Szene war die Passage in *Tom Sawyer*, wo Tom und Becky sich in der Höhle verirren oder eingesperrt werden – ich erinnere mich nicht mehr –; ein weiterer wichtiger Referenzpunkt war ein pazifistischer Film über den Ersten Weltkrieg, *Im Westen nichts Neues*.

An beiden ließ sich gut beschreiben, wie grausam das Leben mit einem Mann verfährt. Abgesehen davon und von irgendeinem Unrecht, das Casey ihm zugefügt hatte, erkannte ich in den Geschichten und Monologen, den Verleumdungen oder Wahrheiten, die er mir erzählte, sehr wenig wieder. Und doch, da war seine grammatisch eigenartige Sprechweise, lakonisch und dennoch irgendwie Gehör heischend, gespickt mit Zitatfetzen und Pointen – und allen möglichen Akzenten –, mit Bildern und Dialogstellen aus jenen beiden Filmen und ein paar weiteren, seine implizite oder knapp ausdrückliche Abschätzigkeit und Verachtung: er war überhaupt nicht belesen; und sein Redestil nahm kaum jemals auf Bücher bezug, nicht einmal sehr auf Zeitungen; immer aber, soweit ich es erraten (erfühlen und/oder erkennen) konnte, auf Menschen, die lebten oder einmal gelebt hatten, die vor ihm gestanden hatten und mit realen Stimmen auf eine Weise geredet hatten, die er interessant gefunden und sich zu späterer Verwendung angeeignet – in seine große Sammlung alltäglicher Sprechweise aufgenommen hatte.

Lila, Nonie und ich besprachen seine Geschichten selten untereinander. Wir waren selbstverständlich mit dem offenkundigen *Problem* konfrontiert, daß die Geschichten mit Meinungen und Stimmungen umschichtet waren, oft mit einer als Meinung ausgegebenen Stimmung, und sich entsprechend verändern konnten; auch wurde nicht klar, wie hoch ihr Gehalt an Fakten war und wo und wie man diese Fakten erfassen sollte – er war ein Fabulierer, ein Lügner; und ich neigte zu der Überzeugung, daß es auf seine Lügen nicht ankomme – daß er im wesentlichen die Wahrheit sagte.

Wenn ich sage, daß wir, die nächsten Angehörigen, nicht oft versuchten, seine Geschichten zu besprechen, zu mustern, zu einer Übereinkunft zu kommen, dann meine ich vornehmlich, daß ich weder mit Mamas noch mit Nonies Gesichtspunkten einverstanden war.

Er hatte eine Meinung über uns als Zuhörer; er hatte beschlossen, daß Lila eine grauenhafte Zuhörerin sein; und Nonie auch; und oft verließ er den Raum, ohne zu Ende bringen zu können, was er zu sagen begonnen hatte.

Oft fand er meine Reaktion – ob sie nun eine ausgesprochene oder eine gestische war, in einer Miene oder Körperhaltung bestand, wie hängenden Schultern und dergleichen – unangemessen, dumm, blind für den springenden Punkt; aber er brach seine Geschichten nicht immer ab, wenn er mit mir sprach.

Ich *meine*, er hat mir erzählt, daß Caseys Familienleben reichhaltig und unrein sei, jedoch ganz in Ordnung und wohlerzogen, allerdings furchtbar und hochgestochen – im Vergleich zu Proleten und weißem Abschaum nicht gerade übel, aber doch anders als er, Dad.

Ich weiß tatsächlich nicht, was er eigentlich damit sagen wollte, außer daß Casey ihn übers Ohr gehauen habe. Er sagte: *Sie kennt kein Erbarmen* ... derlei Dinge.

Als ich mit Isobel schmuste, meinte ich, sie hätte gesagt, ihre Familie sei komisch, aber ich erinnere mich nicht wörtlich. Daß ich äußere Dinge in so wechselndem Maße bewußt oder unbewußt beachtete, bedeutete, daß ich gleichsam hinstarrte, mal beiläufige Blicke darauf warf, von denen ich mich kaum tragen ließ; und dann, irrig und selbstquälerisch, wenn ich wichste und halluzinierte oder sonst vor mich hin träumte oder Szenarien für mein Leben erfand – imaginär, partiell wirklich, deutlich umrissen, autoritativ, allwissend wie Erzählungen in Büchern –, rührte ich meine verschwommenen Ahnungen von Vorgängen in dieser Familie, diesem Haus hinzu, in der Hoffnung, daß etwas mit mir geschehen würde, aber nichts geschah.

Wie wenn man auf dem Rad sehr schnell an einem Maschendrahtzaun entlangfährt, dieser von Geschwindigkeit verwischte Eindruck – vielleicht hat das etwas *Romantisches*, wenn man jung ist.

Dann kam in dem Winter, in dem ich dreizehn war, dem Winter, nachdem ich Casey und Isobel kennengelernt hatte, Abe, Caseys Mann. Ich wollte unbedingt der Situation zwischen mir und S. L. entkommen, obwohl wahrscheinlich die Tatsache, daß ich in dieser Situation so lange ausgeharrt hatte, der Hauptgrund dafür war, daß sich überhaupt jemand für mich interessierte.

Das und meine *Zukunft*. Vielleicht war ich zum *gefangenen Prinzen im Turm* geworden: Lila murmelte so etwas.

Ich könnte forschen, ich könnte mich als nützlich erweisen: für *Amerika* und meine *Leute* (wie immer die Nachbarschaft dieser zwei Begriffe auch aufzufassen war), und ich war in einem *hellen* Alter – manche Christen wollten, daß ich nicht länger Jude bliebe, und Juden machten sich Sorgen wegen der Grausamkeit, mit der Christen gescheite jüdische Kinder behandelten – *und die Leute langweilen sich und mischen sich gern ein*, sagte S. L. –, aber es war auch allen klar und bekannt, daß, was ich tat und dachte, merkwürdig war – oder daß man *von so etwas noch nie gehört* hatte, wie Lila es ausdrückte; oder *verrückt* oder *wirr im Kopf* oder *überkandidelt* und *unpraktisch*: *für keinen von Nutzen* –, so daß für diejenigen, die *Interesse* zeigten, der gemeinsame oder verbindende Gesichtspunkt darin bestand, daß ich meinen Vater, S. L., geliebt hatte.

Ich schätze, sie finden, irgendwann ist es mal genug, sagte Lila.

Eine Zusammenfassung reduziert allerdings die von aktuellen Vorgängen eingetrübten Erfahrungen auf die eigene, nach außen und innen gekehrte Sicht. Aus verschiedenen Gründen ging ein gewisser Glanz von mir aus; und zu versuchen, mich zu retten, war beinahe eine Mode – mir kam der ganze Wirbel weitgehend kitschig vor, wenn man vielleicht auch durchaus für die Welt von Nutzen sein konnte; nur daß ich annahm, es sei für mich zu spät: ich sei zu alt. Seit ich neun wahr, hatte ich nicht eigentlich in der Welt gelebt; ich brauchte Leute, die mich verteidigten – selbst konnte ich es nicht. Als leicht nutzbar kamen mir meine Ideen nicht vor.

Bei allem, was ich tat, selbst beim Einschlafen, verschob ich den Akt aus meinem verbalen Bewußtsein anderswohin; die der Realität nächste Umschreibung dafür war, daß es einem Sportlertrick ähnlich sei, vielleicht durch Training erworben, jedoch nicht zu bereden und nicht zu beobachten; und daß man nicht über sich reflektieren könne, wenn man eben das tun wollte, was man gerade tat.

Ich meine, es gab da in allem, was ich tat, ein finales Moment, aufgrund dessen letztlich nichts, was ich zu tun vermochte oder gerade tat, ganz in meiner Macht stand, sondern das tat, was es wollte; daher konnte man kein Versprechen darauf leisten, damit Handel treiben oder sich darauf verlassen – es konnte mit der gleichen Wahrscheinlichkeit über das Ziel hinausschießen wie beherrscht und zielbezogen bleiben.

Doch wenn man – aus Aufsässigkeit oder Verzweiflung, aus Verzweiflung und Neugier oder aber aus vernünftiger Umsicht – dieses Moment fallen ließ, oder es in sich zerstörte und mit selbstbestimmtem Training begann, lange Wanderungen unternahm und sich den Elementen aussetzte, wenn man still und hohlwangig wurde und sich im Unterricht nicht mehr meldete, dann lautete die klimatische Bilanz – nun ja, dann hoben Lila und S. L. hervor, daß ich ihnen in der Welt ihre Position als Kranke, den Punkt fortnahm, an dem sie bei anderen den Hebel ansetzen konnten; der Hauptgrund, den sie dafür angaben, daß sie soviel Wohltätigkeit wert waren, lautete, daß sie diesem schwierigen und sehr loyalen Jungen (mir) ein Zuhause boten.

Onkel Abe war nach Kalifornien unterwegs, als wegen Schneestürmen weiter im Westen für ein paar Tage jeglicher Zugverkehr unterbrochen wurde. Er befand sich in Chicago und schaffte es irgendwie, zu uns nach St. Louis zu kommen – mit einem Leihwagen vielleicht. Möglicherweise kam er, um sich anzusehen, was mit mir los war, was hinter der Geschichte steckte – S. L. und Lila sagten, daß er gekommen sei, um mich S. L. fortzunehmen – er und Casey hatten es zum Lebensgrundsatz erhoben, Lila und S. L. zu übertrumpfen.

Lila, von kalter, unwiderruflicher Wut auf S. L. erfüllt und nun selbst an Krebs erkrankt, wollte Dad weh tun; und S. L. bemühte sich gar nicht erst, eine Szene zu machen; vielmehr wurde er, zu meiner halb belustigten Verzweiflung, bleich vor Verzweiflung und irgendwelchen Schuldgefühlen und sagte dem Sinn nach etwas wie *Tut was ihr könnt, holt aus ihm raus, was ihr könnt* – noch niemals hatte er sich für mein Leben unabhängig von ihm interessiert.

Loyalität und wahre Liebe in gegebenen Momenten sind viel zu sonderbare Probleme, als daß man sie realistisch behandeln könnte. Sie sind immer gegenwärtig, allgegenwärtig ... *du bist hübsch wie ein Mädchen*, sagte Daddy ... Das hieß, daß er *wirklich* aufgebracht war, zu böse und traurig, um böse zu sein, daß er mich bloß irgendwie vernichtet sehen wollte – wissen Sie? Er bediente sich oft literarischer Anspielungen: *Du bist ein richtiger kleiner Tom Sawyer Fauntleroy ... Sagt an, hübsche Maid, gibt es bei Euch zu Hause noch mehr von Eurer Sorte?*

Er tatschte mir auf den Allerwertesten – Po, Hintern, Arsch –, und da ich erst seit so kurzem ein Halbwüchsiger und so groß und so weiter war, schuf dieser Kram ziemlich Probleme zwischen uns – genau gesagt, für mich.

Doch ihm gefiel das Endgültige an Respektlosigkeiten. Es blickte dann immer irgendwie verschlagen drein – die Andeutung eines Lächelns, die einzuordnen mir schwerfällt.

Mit dir ist schwer auszukommen, finde ich, ein richtiger haarspalterischer Kopfzerbrecher bist du, sagte Dad humorig.

(Lila hörte das und übernahm es: wie manche Filmstars der Zeit schwang sie manchmal Männersprüche.)

Ich brächte ihn in jedem Fall um, hatte er mitten in der Nacht zu mir gesagt. In einem trockenen Ton, der damals für mich nicht zu entschlüsseln war ...

Daß ich *sündhaft häßlich* war und in einem *allamerikanischen,* fast populären Stil recht schön – daß mein Knochenbau und wer weiß was sonst noch zu einem besonderen Ergebnis geführt hatten – sicher zu keinem, das überall populär war –, soviel war mir bewußt ... Es war mir in *vernünftigem* Maße bewußt ... ich vergaß es ...

Ich war nicht ganz und gar närrisch ... oder ganz und gar kein Narr. Dies war ein trüb durchsichtiger Bereich – zu einer Zeit, als S. L. im Hospital war und meine Arroganz Mama aufbrachte; da nutzte Lila ihre Beziehungen und verschaffte mir einen Job als Verkäufer von Damenschuhen im Zentrum; ich wollte das nicht machen; sie erpreßte mich – und schließlich überwog das pervers Sexuelle daran (und meine Neugier); ich war dreizehn, und man mußte sechzehn sein, um arbeiten zu dürfen; und ich mußte mir einen Anzug und Krawatten leihen; aber diese beiden Dinge wurden geregelt; und im Laden wurde mir die zweite Gruppe von sechs Sesseln nah am Schaufenster zugeteilt, neben einem anderen Verkäufer, der sechsundzwanzig war und Tuberkulose hatte, einem außerordentlich gutaussehenden Typ: wir waren vom Trottoir aus zu sehen.

Aber ich weigerte mich, die Frauen anzulügen, und verkaufte weit weniger Schuhe als der andere; und der Chef, ein sehr, sehr großer, lächerlicher und sehr harter Mann, der ein Korsett und einen dünnen Schurrbart trug, hetzte mich umher und versuchte mich mit anspornenden Reden zu mehr nüchternem Ehrgeiz zu bewegen.

Also wußte ich irgendwie Bescheid, trotz der trüben

Durchsichtigkeit solcher Dinge, der Fülle von Widersprüchen, Semi-Verwunderungen, Unannehmlichkeiten und Gefahren, die dazu gehörten, und trotz des schamvollen Gefühls, daß es sich dabei um etwas Sentimentales handelte, das sich sowohl verändern als auch schnell zum Tode führen konnte (zum Tode in der Zeit wie auch durch die Veränderungen des Phänomens selbst oder dadurch, daß man älter wurde mit einer falschen Vorstellung davon, was man mit sich anfangen sollte), trotz auch der Ahnungen von Verhängnisvollem, die mit diesem Zustand einhergehen und schließlich trotz des innerlichen Stolzes darauf, daß man um Geschichten wußte, etwas von *romantischen* Gefühlen wußte – aber vielleicht wußte ich doch nicht genug – all das ist in dem Wort *Okay* und in dem Urteil *geht so* enthalten, die mir dafür angemessen schienen – denn ich dachte nie direkt oder deutlich darüber nach. Ich «wußte», daß es da war – und vergaß es oft. Aber ich wurde von anderen daran erinnert.

Meine Eltern stellten beide klar, daß es auf mich verschwendet sei. Ich war seltsam und schlecht gekleidet; und wenn ich redete, *machen die Leute auf dem Absatz kehrt und rennen davon, ha-ha-ha*, sagte Mama.

Mir war bewußt, daß es – bei manchen Leuten – als Erlebnis galt, mich anzusehen – als ich in jenem Alter war; aber das ignorierte ich ziemlich weitgehend – ich war weder sexuell an mir interessiert noch daran, ob mein Aussehen in der Welt einen Wert besaß – ich *glaube*, daß sich darin eine bescheidene Selbstwahrnehmung äußerte, angehaucht, vielmehr gefärbt von Krankheit, Tod, Frühreife und ungezählten anderen Dingen.

Ich wollte eigentlich nicht wissen, wer ich war, und wollte dieses Was-auch-immer nicht in geläufige Worte übersetzen. Ich war mir ganz hübsch sicher – auf ziemlich linkische, gelassene, jedoch ignorante Weise –, daß mein Leben unlebbar, unwirklich, nutzlos war, in der Welt, für die Welt und für wen auch immer. Onkel Abe war unterwegs nach San Francisco, wo er über irgendwelche großen Kriegsgeschäfte zu verhandeln hatte. Und er wollte nach Reno fahren und sich mit Varieté-Mädchen vergnügen, sagte Mama. Dad ließ durchblikken, es handle sich um junge Tänzer, doch Dad war immer sehr bitter, wenn es um Abe ging. Mama gab ein bißchen damit an, daß Abe sonst immer darauf bestehe, in Hotels abzusteigen, bei dieser Reise aber bei uns wohnen würde – darüber sprach sie, wenn sie mit Frauen telephonierte: mit *Abes Fan-Club*, wie sie sagte. Es gab in der Stadt Leute, die Abe gesehen hatten und ihn kannten: aber ich weiß nicht, wie es dazu gekommen war.

Oft konnte man während des Krieges kein Zimmer erhalten, um keine Bestechungssumme; dennoch hätte Abe bei anderen Verwandten wohnen können, die reicher waren und größere Häuser hatten; aber er schlief bei uns, wenn auch nur eine Nacht; dann zog er in ein staatlich geführtes Hotel und kam uns einmal am Tag besuchen.

Abe war in der Nahrungsmittelindustrie tätig und hatte auch mit Baumwolle und Tabak zu tun; und ein bißchen mit Kohle – er war kein Wirtschaftskapitän, auch keine der wichtigeren Gestalten, aber für die Kriegsanstrengungen nicht unwesentlich. S. L. wollte sich auf keinen Fall mit ihm im selben Haus aufhalten; und er ließ sich im Krankenhaus aufnehmen. Wenn ich mich-mit-dreizehn – genauer gesagt, jenen anderen Jungen in der Geschichte – in die dritte Person versetze, dann würde ich sagen, daß der Adoptivvater des Jungen nicht zusehen wollte, wie sich der Junge auf dem Versteigerungspodest feilbot.

Und der Vater vertraute inzwischen nicht mehr darauf, daß er weiterhin Loyalität von seiten des Jungen verdient hatte – das heißt, er hatte sich dem Jungen gegenüber so oft so schlecht benommen, ganz zu schweigen von den sexuellen Belästigungen, die mich mittlerweile in den Wahnsinn trieben – buchstäblich, in lange, angespannte Nächte sinnloser Verstörung: ich war stark genug, um mir S. L. vom Leib zu halten: aber irgendeine Horde verquerer Elemente – daß S. L. ein Sterbender war, daß mit dem, was er da tat, die Bilanz mir gegenüber ausgeglichen wurde – wurde gleichsam wachgerüttelt, nicht etwa von Zärtlichkeit oder von S. L.s Notlage oder von seiner Neugier in letzter Minute, sondern von Neid oder der Lust, jemanden zu foppen, oder dem Wunsch, für jemanden zu zählen, den wichtigsten Einfluß darzustellen.

Na ja, wenn dir nun mal ein seltsames Leben zuteil werden soll, obwohl du doch in Normalität und Durchschnittlichkeit und in ein nicht-seltsames Leben verliebt bist, dann kannst du es auch gleich genießen. Ich stellte immer wieder meine Nerven auf die Probe, indem ich mir so realistisch wie möglich böse Streiche vorstellte – wobei ich sogar so weit ging, mir Überlandfahrten in Güterwaggons auszumalen, vom nächsten Bahnhof der Wabash Railroad Company aus. Ich wollte mich darin üben, zu lachen, Leute aufzuheitern und auf dem Weg in die Todeslager den Clown zu spielen – außerdem wollte ich üben zu entkommen. Noch glaubten von den Leuten, die ich kannte, nur wenige an die Todeslager, aber ich glaubte daran – an die Todeszüge. Aus der Bibel nahm ich das Bild von Juden, die in einen Feuerofen geworfen werden. Und aus der Geschichte und dem Ritual den Krieg zwischen den Kaisern in Rom mit ihrem Anspruch auf Göttlichkeit und den Juden. Solche Kriege führten, wie ein Disput über die Möglichkeit immerwährender irdischer Liebe, wenn du auf der einen oder anderen Seite warst (und das war jeder), notwendig dazu, daß du dich so extrem wie nur möglich demütigen mußtest, um zu beweisen, daß du nicht *den Segen* besaßt oder, falls du ihn doch besaßt, daß es nicht darauf ankam – hierin spiegelte sich irgendwie das Zeug wider, das zwischen mir und Dad vorging: mein Gespür für das, was historische Realität war, kam daher. Alle sagten – die Leute in der Schule, Dad, Mama manchmal und Nonie immer –, *ich* hätte bestimmten Menschen Schaden zugefügt und sie in ihrer Funktionstüchtigkeit gebremst oder aus der Bahn geworfen. Oder ich hätte sie in ihrem Ehrgeiz blockiert.

Das mit dem Schaden war eine eigenartige Sache. Wenn du angeblich das hellste Kind bist – sogar-noch-heller-als-ein-Mädchen –, dann gehen manche Leute darin noch verflucht viel weiter als du selbst und fragen sich gleich, ob du der gescheiteste Mensch der Welt bist oder wer weiß was noch; und falls du das bist, dann fragen sie sich, wer denn *sie* im Vergleich dazu sind – welche Hoffnung es für *sie* noch gibt –, wie Dad, der sich weigert, unter einem Dach mit Abe zu bleiben. In gewissem Sinne war ich *immer* auf der Flucht, aber das waren eine Reihe von anderen Kindern auch. Als ich später Abes Söhne kennenlernte, fiel mir auf, daß sie mit mir fast nie über Abe sprachen, zumindest nie in Anekdoten oder emotional – all das lag wie hinter einem Feigenblatt. Nahezu zeremoniell wurde ich Onkel Abe im fahlen, grauverblichenen Winterlicht eines Spätnachmittags vorgestellt; und ich erblickte einen Mann in S. L.s Alter, der, wie ich mit tiefem Erschrecken sah, der schönste Mann war, den ich im Leben bislang zu Gesicht bekommen hatte.

Sobald ich wahrnahm, wie er aussah, *sah* ich einige der Elemente der Entführung oder Rettung, die mir da angetragen wurde. Ich *sah*, daß seine Söhne ihn nicht zu amüsieren, zu befriedigen vermochten; und ich sah gewisse Momente seiner Macht als Persönlichkeit – als ein reicher Mann, der so aussah. Diese Momente glichen großen weißen Vögeln, Albatrossen, die in den Raum geraten waren und einem um den Kopf flatterten. Ah, wie eingeschüchtert man doch reagiert. Ich habe nie versucht, wieder in jenen Augenblick einzutreten. Auch er war eingeschüchtert. Dieser elektrisierend amüsiert wirkende, dramatisch gutaussehende Mann, sein durchdringendes Atmen, die eigentümlich helle Ausstrahlung seines Gesichts, diese Zustimmung oder Anerkennung – so etwas wie ein ungeheurer neuronaler Schwall erfrischte und erschreckte mich, bis man, als sei man naß und striche sich schwimmend mit den Händen die Haare glatt und aus den Augen, einen Großteil seines Lebens bisher vergaß – ich war bereit, zumindest für einen Moment, von Abe praktische Vernunft zu erlernen und es zu riskieren, mich und meine Zukunft, meinen Verstand und meine Überzeugungen in seine Hände zu legen. Wie immer er vorbereitet gewesen war, was ihn auch hergeführt hatte, er nickte nun ... Er war ein sehr großer, sehr dünner Mann mit feinen Gesichtszügen und straffer, wohlproportionierter Statur, der stark wirkte – als wäre er berüchtigter-(und professioneller- und nützlicher- und ihn seelisch aufreibender-)maßen unwiderstehlich – dieser Mann mit Provinzwohlstand und einer merkwürdigen Frau. Und vor ihm der dreizehnjährige Sonderling in einem atemlosen Moment physischer Annehmbarkeit, die für ihn selbst unsichtbar ist, ihm aber nun von Nutzen. Man ist einbezogen in das Erwachsenensystem von Liebe(n) – die nicht alle vollzogen werden: derlei Zuneigungen amüsieren die Erwachsenen, halten sie lebendig und erklären höchst unbeholfen ihre Lebensläufe – dies gehört zum wahrhaft und furchtbar Skandalösen daran, daß man lebendig, daß man real vorhanden ist – die Peinlichkeit, die wahrhaft entsetzliche Erfahrung, Schuld zu tragen und sich nichts daraus zu machen, eine glücklich ertragene, glücklich hingenommene Schuld, gleichmütig hingenommen: *Ich werde diesen Weg einschlagen* – mein Onkel war erotisch und persönlich so wach, daß es an Gewaltsamkeit grenzte – kein gewöhnlicher, kein rasch zu erklärender Wesenszug – und auch kein ganz für die Öffentlichkeit bestimmter.

Ich kann verstehen, warum sich Menschen – in den meisten Büchern und im Leben – als Helden jemand Passives und Farbloses wünschen: dieser Mistkerl stank nach Vorrechten und Macht, nach Formen von Wahrheit und skrupelloser Willensstärke ... Er war nicht ohne Gewissen, doch seines war ein anderes, ein gleichsam in den Schatten stellendes, von Projekten entbundenes, der wichtigsten Person im Raum angemessenes Gewissen.

Er war es wert, daß man in seiner Nähe über die Stränge schlug. Im Jahre 1956 in New York empfand Ora meine Mißbilligung von ihr und mir als schlecht, weil es bedeutete, daß ich nicht mehr das Gefühl hatte, sie besitze diese andere Qualität, dasjenige, was sie kostete, wert zu sein. Und in der Tat war Abe der Maßstab für Glanz und hohen Rang. Von Anfang an war mir bewußt – wie auch in dem Schuhgeschäft, in dem ich arbeitete, nicht aber in der Schule –, wie billig diese Eigenschaft in gewisser Hinsicht war, daß sie einen in eine Form von Grausamkeit hineintrieb, wenn man nicht geradezu anstößig rein und verrückt war. Zu Lila war Abe fürchterlich, gelangweilt kokett, wegwerfend verächtlich; er besaß sehr wenig Schamgefühl – obwohl ich wußte, daß er jeden Morgen betete; er legte die Gebetsriemen an - *er hat Angst davor, im Henkelkorb zur Hölle zu fahren*, hatte S. L. zu mir gesagt: er sei kein guter Kerl, hieß das.

Er war mühelos so verrucht wie S. L. und brachte Frauen ebenso rasch dazu, in Verteidigungshaltung zu gehen, und er war ebenso auf Lebensgenuß und Triumph erpicht wie Mama. Mir kam er gewandter als sie beide darin vor, er selbst zu sein, selbstbewußter erfahren; er ging *systematisch* vor, wie auf Autopilot beim gezielten Bombardement; und seine Gefühle waren automatisch gesichert – wie nach der Rochade beim Schach –, aber es war angenehm, daß er nicht gütig war. Er hielt meine Hand zu lange fest, aber nicht aus sexueller Absicht, sondern nur, um zwischen uns die Oberhand zu erringen – mich aus dem Gleichgewicht zu werfen und zu zeigen, daß er kein *gewöhnlicher* – kein berechenbarer – Mensch war. Ich meinte *Sünde* in ihm flackern zu sehen, bewußte Sündhaftigkeit – jenen Instinkt eines Mannes, der regelmäßig zu weit geht und dies aufwendig, umfassend und nicht ohne Generosität tut, jedoch stets wachsam; und ich sah eine ganze Welt, eine Atmosphäre von Überdruß und Wut darauf, so sein zu müssen, ein großes Unternehmen zu führen, auf das Leben und sich selbst – und dann wilde Entschlossenheit, weiterzumachen.

Ihm gegenüber war ich wehrhafter und fühlte mich in meiner ganz eigenen Form von geistiger Wildheit unbefangener, und ich zog meine Hand weg, mit Hilfe der anderen.

Er nahm mich einfach von neuem bei der Hand.

Er sagte: «Stell dich nicht so an», was ich nicht deutlich verstand. Ich wußte, im wirklichen Leben bedeutete es *Beachte mich gefälligst, du Miststück* ... So redete mein Vater. Und dieser oder jener in der Schule.

Lila hatte uns zugesehen und sagte: «Sei nicht schüchtern, Wiley ...»

Mit unermeßlicher Grausamkeit sagte Abe zu meiner Mutter: «Dir bleibt jetzt nichts anderes übrig, als diesem hier den Vortritt zu überlassen ... Tja, man lernt eben nie aus; ist aber trotzdem ganz schön gemein, was Lila?«

Seit Jahren war er grob zu ihr gewesen – er zählte zu den Männern, die automatisch auf frühere Gespräche anspielen können. Im wesentlichen wortkarg, ein Mann der schmerzlichen (jedoch passionierten) Tat, äußerte er sich grausam nur, um so Befehle zu erteilen, grausam und freundlich, oder aber grausam mit einem Anflug raschen, automatischen Urteils – ein Mann von Rang, der an der Macht teilhatte und *auf dessen Schultern ein Teil des Gewichts der Welt lastete.* Seine irgendwie abgestandene Ausdrucksweise umgab ihn wie eine Kiste. Ich glaubte, Mama würde gekränkt sein, aber sie saß nur mit durchtrieben liebenswürdigem, verblaßt gutaussehendem Gesicht da, die Arme verschränkt – vor ihrer mißhandelten Brust.

Sie log, als sie später über Abe, über diesen Besuch sagte: *Wir haben geflirtet, er und ich, daß die Wände wackelten, ein Leben lang hatten wir gewartet, kann ich dir sagen, und selbst dann sind wir miteinander zu nichts gekommen.*

Sie überließ ihm ihr Schlafzimmer; sie schlief in meinem Zimmer. Ich schlief bei einem Freund.

Vielleicht haben sie tatsächlich *geflirtet* – oder sich unterhalten. Allerdings ging oft das Telephon, für ihn ... Nein: das war am folgenden Tag. Es gab eine Bindung zwischen ihnen: in Hinblick auf die reale Sexualität der älteren Menschen in seiner Nähe wird ein Kind belogen (und beschützt), und gleichwohl widerfahren ihm Zudringlichkeiten und Verletzungen. *Abe hat die Gelegenheit genutzt, in St. Louis ein bißchen Geschäfte zu machen*, sagte Lila später. Das bedeutete, daß er am nächsten Tag von zwei Marinesoldaten in einem Wagen der Regierung in eines der Hotels am Kingshighway begleitet wurde, die dem Kriegsministerium unterstanden. Ich freute mich darauf, Abe an jenem Nachmittag wiederzusehen; aber in den Stunden, in denen er in der eingeschneiten Stadt seinen Angelegenheiten nachging und ich in der Schule war, träumte ich nicht von ihm ... Falls ich es doch tat, weigere ich mich jetzt, mich daran zu erinnern. Mama fand Mittel und Wege zu verhindern, daß ich ihn auf seinen Geschäftstouren begleitete. Sie sagte, sie wolle kein Geld für Kleidung ausgeben, damit ich ihn auf diesen Runden begleiten konnte. Sie war jedoch kein Geizhals. Als ich an jenem zweiten Tag aus der Schule heimkam, saß sie wartend im Wohnzimmer: «Küß mich», sagte sie. «Küß mich», befahl sie.

Gott, wie ich es hasse, an mich zurückzudenken.

Sie riecht nach Drogen – nach Morphium und Schwermut – Dad hat sie schon *Madame Schopenhauer, Mrs. Schwarzseher genannt* ... An der Sitzhaltung sieht man, daß sie physische Schmerzen hat, sieht es unter der fast gelassenen Drogenoberfläche, während sie hoffnungsvoll von diesem Moment zum nächsten übergeht. Laß mich jetzt entkommen. Sie sagt: «Bist du das ganze Geturtel und Getatsche leid?» Dann: «Spielst du den Unerreichbaren? Den großen Schulhofmakker? Bist du ein zu großes As, um eine Frau zu küssen, die häßlich geworden ist?»

Ich verstecke mich dahinter, daß ich dreizehn bin – ihr Sohn bin – *schamhaft* und scheu bin.

«Ach komm, mein Großer, es bringt dich schon nicht um ...»

Lebendig zu sein fühlt sich in diesem Jahr an, wie in einem Futteral – der langbeinigen Hauthülle – zu stecken: kann ich das so sagen? Himmel, ich hatte ganz vergessen, wie anders alles für mich in jenem Jahr war ... wie sich mein Gesicht über dem Hals anfühlte, wie es sich anfühlte, diesen Hals zu haben ... Meine Gefühle? Ich traue Lila nicht ... Ich bin ihre Methoden leid, ihr Kontrollsystem ... ihre Art und Weise, etwas vom Leben zu haben.

«Ich steh wohl nicht sehr weit oben auf deiner Liste, Pisserchen, oder?»

All diese Empfindungen, in meinem Körper, meinem Gesicht – hoch in der Luft sozusagen – und dieser Kram da zwischen meinen Beinen, dieser weiche, knetbare Knäuel, und wie er in diesem Jahr ständig geometrische Form annimmt – und meine Füße in den Schuhen, meine Kleidung ... mein Bewußtsein ... Die wechselnden Ungleichheiten, Rangbesonderheiten und spezifischen Liebesvergangenheiten und all der Kram, mit dem du, dieser Feigling, hier in dieser Wohnung klarkommen sollst – im Moment sexueller und erotischer Kram der Kategorie nach und für uns noch einmal von spezieller Art – und daß ich es immer von neuem wieder lernen muß – die romantische Pflicht und die gegenseitige Verachtung – und Wissen voneinander – Respekt und mangelnder Respekt – das Vergleichen und Ermessen von Leben – ich, Wiley in der Welt anderer, die bei meiner Mutter anfängt ... Ich stehe jenseits des Vorhangs inmitten der Romanzen – obwohl ich *nicht alle meine Sinne beisammen habe*; oder, wie es Mama formuliert: *Du weißt immer nur, was DU weißt* – na und, wen kümmert das? Ich war von Abe verführt, von ihm genommen worden, ich war von ihm eingenommen: und dieser Mensch wollte ich sein ... Mama log in bezug auf ihre Romanzen, ihre

Motive, ihre Stimmungen, in bezug auf alles – nein, nicht auf alles: sie lügt, aber sie belügt keinen ganz und gar, nicht absolut – weder sich noch ihre Vertrauten, ihre Liebhaber, ihren Mann oder mich – einmal sagte sie zu mir: *Ich vergesse immer viel von dem, was vorgegangen ist ...*

«Nein», sage ich auf gut Glück in die Kulissen; eine generelle Weigerung – wie in einem Buch.

«Du verrätst aber auch nichts», sagt Mama.

«Nein, ich will dich nicht küssen», sage ich. «Wir bräuchten solche Spielchen wirklich nicht.»

Sie brauchte es nicht zu wissen.

Ich mache kehrt und sehe sie an, bevor ich im Schwung dieser gedämpft theatralischen Geste den Raum verlasse.

Doch auf der Bühne des dynamischen Moments, in dem ich aktiv auftrete, wissen sie und ich, daß ich zurückkommen und sie küssen werde; und ich werde zulassen, daß sie mir die Sache mit Abe verpfuscht, nicht aber, falls er entschlossen ist, die Entführung – Adoption, was immer – durchzuziehen ...

Abe konnte nie bei irgendwem im Haus wohnen: die Dienstmädchen, die Töchter, die Frauen – niemand war sicher, wenn er in der Nähe war ... Man muß schon Casey sein, mit eiserner Kondition, einem Herz aus Stein und verrückt bis dorthinaus, um mit einem Mann wie Abe zusammenleben zu können. Casey hatte eine langjährige Freundin, die Frau des Arztes in der Stadt, wo sie wohnten; und die beiden haben einander gestützt. Ich beneide Casey darum, wie sie das alles hingekriegt hat ... Sie hat sich als Siegerin herausgestellt, und glaub mir, Wiley, das Leben ist hart – zu hart für dich. Abe hatte ein teuflisches Selbstvertrauen, und er war vielleicht gemein – gemein wie der Teufel ... Mit ihm war nicht zu spaßen ... Du bist noch gut davongekommen – alles und jeden hat er kaputtgemacht ... In vielen, vielen Dingen war er liebenswert, aber so fies wie ein Stinktier – ließ keinen im Raum zu Luft kommen, verschlang jeden, der in Sicht war – so ein Überflieger war das ... Niemand wurde mit ihm warm: du konntest verrückt nach ihm sein, aber warm wurdest du nicht [wurde keiner] *mit ihm ... Er hatte seine wunden Stellen und*

Schrullen – er mochte Akademiker.. Keiner konnte nein zu ihm sagen ... Und in seinem eigenen Haus duldete er keine Sperenzchen – aber nicht doch! Seine Kinder lebten wie Gefangene – ein Spinner ist er: daß ein Lebemann wie er so ein altmodischer Pedant sein kann ...

Zum außerordentlichen Glanz von Abes Persönlichkeit trug bei, daß ihn eine *Ich-weiß-wie-man-das-macht*-Aura umgab. An jedem Tag oder Abend, an jedem der drei Abende, die er bei uns war und an denen ich ihm ausgehändigt wurde – Lila händigte mich aus –, war ich wie mesmerisiert ... oder war ich mesmerisiert ... Aber ich verhielt mich vor ihm hitziger, respektloser als je vor jemand anderem; und zugleich war es, wie freigelassen zu werden: verlorengangene, bittere Anteile von mir, die verschwunden waren – sie fühlte ich mir *entgegenkommen*. Lila sagte unter vier Augen: *Ich versteh dich – du willst kein Tugendbold sein* ... Ich wollte die sonderbare moralische Mathematik eines solchen Mannes erlernen ... eines Mannes wie Abe ... Er wollte, daß ich sie erlernte. Sollte ich Abneigung für ihn empfinden, nachdem ich ihn kennengelernt hatte, würde es Ärger geben: ich will sagen, hier ging es um ein ernstes Sakrament – ein lebenslängliches Versprechen. Im wesentlichen erteilte er ohne Umschweife Befehle – *manche Leute mögen das, Wiley* –, und man begriff, warum Mama gesagt hatte, er sei *ein heißer Kerl, aber ein kalter Fisch* ... Die physische Präsenz, die ihm eigen war, und dazu seine maskuline (und sexuelle) Konzentration erzeugten eine Wirkung, als hätte er mich bei der ersten Begegnung beäugt und ließe dann bei jeder, aber auch *jeder* Wiederbegegnung eine beträchtlich erkaltete Beachtung (für den Moment) folgen, die mich als kalten Schauer die Hitze seiner Ansichten – seines Blicks – spüren ließ: daß *man* beständig und inständig von ihm geprüft wurde, auf Flinkheit, auf Loyalität hin geprüft und daraufhin, ob *man* es wert sei – und dies war, wenn als Ergebnis dabei *Billigung* herauskam, *noch immer* so ansteckend wie heiße Kälte, heiß-kalte Reizung, und man klirrte steinig oder metallisch, schnatterte wachsam, achtete auf seine Zunge, erwies sich als diesem Manne nützlich ... selbst mit der sogenannten harten Hälfte des Herzens.

Um von mir zu sprechen – wenn ich in den Moment zurückschlüpfe, vollständiger als eine der darin anwesenden Personen – als eine Gestalt im Dort und Damals – wenn ich ganz und gar ein *Ich* bin (und kein *Er* oder *Man*), dann fühlte ich mich, das muß ich leider sagen, befördert; ich wurde erhöht, in meinem Rang erhoben; und ich blickte auf Lilas Schicksal, auf den Raum, auf fast jeden hinab ... auf S. L., auf solche Details unserer gemeinsamen Geschichte wie die Dinge, die er mir mitten in der Nacht erzählte, wenn er nicht schlafen konnte ...

Dem Ton und der Funktion nach, in ihrer grammatischen Form hatten diese Dinge immer etwas von Alpträumen über die geschäftige Wichtigtuerei und die Notwendigkeiten, die jemandem wie Abe sein Status auferlegte – nein: allen wichtigen Männern, auch manchen Frauen, den reichen, die S. L. gekannt hatte, und ehrgeizigen Ehefrauen: er war der Meinung, daß sie die Welt in Stücke hackten und kein Gewissen hatten, daß für sie im Eifer des Gefechts alles und alle nur Kanonenfutter waren ... Er, S. L., hatte von dem «Schaden» gesprochen, den Abe seinen Kindern zugefügt habe, und ihn zum leibhaftigen Teufel erklärt.

S. L. hatte ein Bild vom wahren Menschen entworfen, der im Schatten stehe – sowohl statistisch als auch geistig. Und mehr noch hänge es von gewissen menschlichen Kräften ab, zum Beispiel der, nicht der Verzweiflung anheimzufallen ... In diesem Ton und Tempo etwa redete er, meistens in meinen Armen, oder neben mir, in meinem Bett.

Das alles ergab erst allmählich einen Sinn; ich mußte ihn mir zusammensetzen, zusammenstückeln während der Jahre, in denen S. L. krank war und ich zu ihm hielt – soweit ich das tat.

Dieser Sinn lag weniger in seinen Worten; denn darin klafften Lücken und Lakunen, da eben seine lückenhafte Allwissenheit so *funktionierte*, die auf Leid, Vorwürfen, Schuldzuweisungen und seinem Gefühl beruhte, das Schicksal sei grausam und er selbst sei genarrt und verletzt worden und brauche Arme, die ihn hielten; sowie auf seinem Gefühl, daß er *typisch sei*, typisch menschlich und dadurch wichtig und, wie gesagt, berechtigt, im Arm gehalten, angehört und auf *männliche* Art und Weise verstanden zu werden.

Bis dahin hatte ich ihn vielleicht schon fünfhundertmal in den Armen gehalten, bis er sich von seinen Alpträumen erholt hatte und weiterleben konnte.

Abe war buchstäblich ein Exempel dessen, was S. L. Alpträume bereitete.

Befördert und erhöht? Vermutlich sah man mir das an. Lila sagte über Abe ganz nüchtern: *Das ist ein König unter lauter Menschen.* Er sah mich an, plauderte ein wenig und blickte dann auf Mamas dicklich werdende, schlaffe Arme, und darin lag ein Urteil über sie und mich, das mich erschaudern ließ und beängstigte, obwohl ich keine Angst hatte – und wenn er zum Fenster hinausblickte, kam ich mir auch dadurch beurteilt vor, aber nicht lediglich abgetan, sondern wie dem Klima gleichgestellt – als wären der Schnee und ich ungefähr das gleiche.

(Mama hörte ich am Telephon zu ihren Freundinnen sagen, er habe Geld geerbt und weit mehr daraus gemacht, daß er *mehrfacher Millionär* sei, daß er einen abklopfe, mit anderen vergleiche, abschätze, welchen Preis man wert sei. Sie sagte: *Wenn du mich fragst, muß ich sagen: er ist ein verfluchter Mistkerl – aber ihn um sich zu haben ist spannend.*)

Er fragte mich: «Du bist also deines Vaters Augapfel, wie ich höre?» Es interessierte ihn (und viele andere Männer), daß ich für S. L. in seiner Krankheit einen gewissen anhaltenden Respekt bekundet hatte. «Nun sag mal: stimmt das, *mein Süßer?» Mein Süßer?* Im wirklichen Leben schockierte mich solch ein Südstaaten-Kram allerdings, zumal so düster-undurchsichtig war, wie es um seine Gesundheit und seinen Status bestellt war, um seine persönliche, seine sexuelle Macht – und so fort. Man wußte insgeheim um etwas, was er vorwiegend als traurigen Witz empfand – daß da ein wirklich gescheiter Mistkerl noch die süße Gabe der Jugendlichkeit besaß... Mehrfach hat Mama gesagt: *Casey und Abe haben nichts miteinander gemein, aber sie kommen miteinander aus.* Nun, er war jemand, auf den das zutreffen mochte: *so* kompliziert war er *mal mindestens.* Gelegentlich sagte Mama, wenn sie von einer ganzen Reihe verschiedener Familien sprach: *Ich kriege das schon nicht mehr richtig zusammen, wer noch mal wen geliebt hat...* Ich konnte mir vorstellen, daß sich Leute um seine Beachtung rauften – nicht zuletzt darum wurde er so hoch geachtet – *Ich kann solche Männer nicht ertragen, die es fertigbringen, daß sich um ihre Aufmerksamkeit unentwegt alle reißen...* Ich war nicht so groß wie Abe. Von einem Sessel aus packte er mich am Arm, zog mich vor sich hin und sagte: «Gar nicht so übel siehst du aus – und es ist auch überhaupt nicht schwierig, mit dir zu reden.» Ich wiederhole: etwas Mechanisches war ihm eigen, wenn er sprach; sehr viel Erfahrung, die ihn sich bewußt für diese Formel statt für eine andere entscheiden ließ: und das Moment von freiem Willen, der Duft oder Geschmack der augenblicklichen Wirklichkeit, das giftig berauschende – oder honigsüße – Moment lag im Tempo seines Sprechens, bestand aus den komprimierten und verknappten, zensierten und berichtigten Kommentaren seines Gesichts – darin, daß er zufrieden oder nicht zufrieden war.

Und dazu kam, daß er Wachfeuer, Hitzewogen, Entdekkerfreuden – über Verschwörungen, über Selbstschutzregungen – in sich entfachen konnte – in diesem anscheinend lebendigen Körper mit Brustwarzen und Hüften unter der Kleidung, mit sichtbaren Lippen und Nüstern, mit seinen

Stimmungen ... unsichtbar warf er den Körper den Automatismen seines eigenen Systems entgegen – wie bestimmte Filmstars in schwankartigen Liebesfilmen sich aus dem Stand fallen ließen – und bei ihm war es ein Trick, er meinte es nicht ernst, er tat es einfach – mit irdischen Intentionen – aus praktischen Gründen – so daß einen seine Zielstrebigkeit bei allem hitzigen und derben Zugriff wie ein In-Ruhe-gelassen-Werden anmutete, von den praktischen Fragen einmal abgesehen – daß er einen in Besitz nahm, meine ich.

Die Worte jedoch, die einen anwiesen, ihm Aufmerksamkeit zu schenken oder ihm in seinen Absichten Zustimmung zu gewähren – oder ihm für einen Augenblick Gesellschaft zu leisten –, sie waren nicht zentral: «Willst du eine Uhr? Nimm meine ...» Er griff nach der Uhr an seinem Handgelenk – sie hatte ein elastisches Armband; solche Bänder waren damals neu, und ich mochte sie nicht –, streifte sie ab und mir über die Hand; und er packte mich fest am Handgelenk, damit ich nicht nach hinten ausweichen konnte und wir uns physisch nah blieben, wobei zwar ich stand und er saß, wir uns aber, an einer gekippten Ebene gemessen, Auge in Auge, Brust an Brust befanden, und er sagte: «Ich zwinge dich, sie mir zum Gefallen zu nehmen – sonst kann ich nämlich sehr zornig werden – ha-ha – ich bin da ein hartnäckiger Fall: probier's ruhig mal aus ...» Und als ich flüchtig, nervös, regulierbar grinste, da lachte er noch ein wenig weiter, fast gelöst; und er sagte: «Du willst ja nicht wie ein Almosenempfänger aussehen ...» Damals ein geläufiger Spruch. «Immer hoch über der Welt schweben – wie auf dem Scheißhaus – hörst du: *immer auf den großen Haufen scheißen* ...» Dann: «Jetzt hör mal zu. Ich werd mich um dich kümmern – weißt du, was das heißt?» Er sah über mich hinweg oder an mir vorbei, drehte den Kopf so, daß er Lila im Blick hatte: «Mit dieser Scheiße ist für dich ab sofort Schluß ...»

«Nicht mit deiner Scheiße, Abele», sagte Mama.

Er zuckte mit den Schultern. «Meine Scheiße ist pures Gold, Lilabeth ... Ich bin kregel ...» Sie war das offensichtlich nicht. Jedenfalls fand ein Handel statt: wir sprachen über meine Zukunft; ich sagte, ich würde gern in sein Unternehmen einsteigen – ganz spontan kam das –, und ich sagte, daß ich Dad nicht gleich jetzt verlassen würde; und er sagte, na ja, das könne er schon verstehen.

Von da an sandte er jede Woche Geld, zusätzlich zu dem, was Casey schickte – dieses Geld war für mich vorgesehen, aber ich erhielt es nie, obwohl er von Zeit zu Zeit anrief, vielleicht, um die Sache zu überprüfen ... Ich weiß es wirklich nicht. Ich nehme an, daß Lila mich belog und mir nicht sagte, was sie damit machte. Ich möchte hier nicht allzu zynisch werden – schließlich rate ich nur, was er beabsichtigte und wie es weiterlief. Ich habe nie wieder mit ihm gesprochen. Er sandte Karten mit Grüßen, und einmal auch einen kurzen Brief, in dem er vorschlug, ich solle zu ihnen kommen; und Lila sagte: «Das regle ich.» Dann wurde er gegen Ende jenes Winters krank und starb im Frühling darauf.

Lila sagte: *So läuft das, eines Abends gehst du zu Bett, und alles ist wie immer, ganz in Ordnung, und am nächsten Tag wachst du auf und bist krank, und alles ist vorbei; alles fällt auseinander – glaub mir, ich kenne das ... Wiley, Abe hat etwas ganz, ganz Furchtbares* – (flüsternd) *Knochenkrebs: was Schlimmeres gibt es nicht – es ist entsetzlich; die reine Qual; die Knochen brechen ihm bloß davon, daß er auf ihnen liegt; ganz egal, wie dünn er wird, allein von seinem Gewicht brechen ihm Tag für Tag Knochen, kannst du dir das vorstellen ... Ich bin ja wirklich nie schadenfroh, aber kannst du dir vorstellen, daß sich dein Glück derartig ins Gegenteil verkehrt; wie sich das dann anfühlt? Casey ist sehr loyal und pflegt ihn* (Mama hatte S. L. kaum gepflegt) – *ihr macht das nichts aus, nicht einmal das Schreien; sie behält die Nerven ... All die Jahre hat er sie herumkommandiert, und sie hat sich behauptet: und trotzdem schlägt sie sich auf seine Seite. Sie ist ein ernsthafter Mensch, wenn es um ihre Verpflichtungen geht ... Es hat keinen Zweck, daß du ihm schreibst: er steht unter Drogen: glaub mir, einen Mann, der so etwas durchmacht, kann man nicht auch noch mit Briefen von dir belästigen.*

Er starb; und S. L. starb kurz danach – ich habe nie wieder etwas Derartiges bei irgendeinem Mann empfunden, nicht einmal entfernt.

Seine Söhne – Abes Söhne – Daniel und Benjamin kamen zu S. L.s Beerdigung. Nicht Casey, nicht S. L.s Schwester. Daniel, der ältere, trägt eine gute Uhr mit Lederarmband; und er sagt: «Mein Vater hat auf Reisen nie gute Uhren mitgenommen; er hat sie entweder verloren oder verschenkt. Die er dir geschenkt hat, taugt nichts; und er wollte, daß ich dir eine gute mitbringe. Die hier hat er für dich ausgesucht, bevor er nicht mehr aufstehen konnte.»

Und: «Er hat mir aufgetragen, ich soll mir dich gut ansehen und überlegen, was ich tun kann, um dir zu helfen ...»

Inzwischen war Nonie wieder nach Hause gekommen und lebte bei uns.

Einer von Abes Söhnen

Es gibt so viele Weisen, homosexuell oder partiell homosexuell – oder glatt nicht homosexuell – zu sein, daß man jeden kennen müßte, der am Leben ist, und jeden, der je gelebt hat, um sich einigermaßen auszukennen.

Abes jüngerer Sohn Benjie kam, bevor er starb, nach New York; in seiner Jugend war er für sein gutes Aussehen bekannt gewesen; breite Schultern, kantiges Kinn, blonde Haare zu dunkelbraunen Augen ... Lila hatte gesagt, er sei *sehr, sehr liebenswert* und habe *joie de vivre*; gegen Ende sagte er: «Jetzt bin ich alt, und mein Gesicht sieht aus wie aus dem Wäschekorb gezogen ... ich hab ein Bügeleisen nötig ...»

Er trug Lip-Gloss, eine dicke Schicht Make-up und eine dichte blonde Perücke, ziemlich leicht als solche zu erkennen. Ich kannte in New York eine Reihe von heterosexuellen Männern, die sich mit diesem Kram abgaben: es hat mehr damit zu tun, daß man an einem bestimmten Punkt als bezaubernd gilt und sich weigert, in die nächste physische Phase überzuwechseln: wer mag schon alles ständig neu durchdenken und umentwerfen. Benjie war verschroben und flatterhaft, verlegen, komisch und eigensinnig: ernsthaft obendrein – reizend, nehme ich an ... Lila hatte über ihn gesagt, er sei *anspruchslos – immer strahlend wie ein Penny: er setzt sich nicht in Szene, und das will schon etwas heißen, wenn du bedenkst, wieviel Geld er einmal erbt. Ich finde, er sieht sehr, sehr gut aus – von innen heraus, es ist nicht nur unverschämtes Glück* ... (Das hieß, sein gutes Aussehen war echt, nicht zufällig und vielleicht Ansichtssache wie meines.) *Er hat keine Willenskraft, und das ist furchtbar schade – ein schwerer Nachteil – als feste Burg wird er nie taugen ... Er wird nie irgendwen verteidigen. Aber er ist amüsant ...*

Er wolle mit mir über das «geheime Leben» sprechen, sagte er. Ich erklärte ihm, ich hätte kein heimliches Leben geführt. Nun zögerte er kurz, dann sagte er: «Ich habe dich *geliebt* ...» Er sagte es neckisch, leichtfertig, wiewohl mit gerunzelter Stirn. «Ich habe meinen Daddy und Daniel so sehr geliebt, daß ich dachte, es würde mich UMbringen! Und dich fand ich so *nett*: ich bin betrunken – nimm mich nicht ernst ... Ich hab zwei, drei Pillen genommen [außerdem]: warum auch Zeit vertrödeln, wenn man nur ein Wochende hat – im Big Apple – und es einen Hemd und Hose kostet – und noch die zweite Hose, wenn man eine hat?»

Ich sollte hier sagen, daß ich überzeugt gewesen war, ihm sei ein seltsam friedliches – oder in gewisser Hinsicht friedliches – Leben in Wohlstand vergönnt gewesen; aber eigentlich hatte ich nicht darüber nachgedacht. Er war so sehr zu Scherzen aufgelegt gewesen, so bereit, sich in bestimmten Grenzen zu gestatten, Schaden anzurichten, hatte so nahezu unverhohlen an alle appelliert, ihn doch in mancher Hinsicht korrupt sein zu lassen, daß ich als Junge – mit dreizehn und vierzehn, als ich nur über diverse unvollständig ausgeprägte Denkschemata verfügte und Benjie ebenso unvollständig kannte – gedacht hatte, und nicht einmal herablassend, daß er fast ein Märchengeschöpf sei oder doch in mehrfachem Sinne märchenhaft und ein Repräsentant jenes boshaften, verspielten Lebensgefühls von Gnomen und Zwergen. Langeweile, Sinnleere, *sinnloses Leiden* – menschliche Dinge – der furchtbare Kram, der *großen Leuten* im Blut liegt, oder etwas Derartiges sowie Ritterlichkeit bei höhnischem Leichtsinn, *vorzügliche* gesellschaftliche Manieren: dies waren seine Insignien, daraus bestand partiell sein soziales Verhalten, sein Geschmack und seine Metaphysik ... Bei ihm stand dies in Beziehung zu Sachen, die in Häusern wie dem von Katie

Rogers in U. City vor sich gingen. In einem gewissen, offenkundigen Sinn ist Benjie noch immer der perfekte Sprößling, aber auch eine Ratte, ein Petzer, ein Intrigant. Zugleich ist er jedoch in der Tat geistreich und ein Mann, der einem den *noblen* Tod seiner Willenskraft als Zeichen dafür darbietet, welch angenehmer Gesellschafter er doch ist oder sein könnte, falls man nett zu ihm ist oder sein kann, indem man ihm einfach hilft und Tinker Bell Beifall spendet – ich meine das wirklich nicht herabsetzend, aber er war außerordentlich unaufrichtig: er ist nie großzügig, freundlich oder wirklich gut zu irgendeinem gewesen, nie jemandem außer seiner Mutter dienlich, obwohl er habituell jedem gegenüber Diensteifer suggeriert; und sein Habitus von sexuellem Diensteifer schließt seine Bereitschaft und Fähigkeit mit ein, andere in die *Scheiße* zu reiten – seine Fähigkeit, sie Scheiße fressen zu lassen. Ich mochte ihn sehr, doch in der kurzen Zeit, die ich mit ihm bekannt war, hinterging er aber auch jeden – vorsätzlich und um sich irgendwie einen letzten Rest von Selbstachtung zu bezeugen ... Jetzt lacht er mir zu und fleht mich an und tut überhaupt nicht feierlich. Auf eine Weise ist er schön und tapfer: seine sozialen Manierismen, seine Überzeugungen und Gepflogenheiten ändern sich weder mit zunehmendem Alter und nahendem Tod, noch fallen sie von ihm ab – er ist reuelos, wundervoll und ausgesprochen gräßlich.

Und wenn er seine Privilegien auch als Deformationen oder deren Begleiterscheinungen empfand, bedeutete das keineswegs, daß er sich auf irgendeine unwiderrufliche Weise minderwertig fühlte ... Vielmehr hatte er vor langer Zeit bereits die moralische Entdeckung gemacht, daß es ein Fehler der anderen war, wenn sie an seinen Fehlern Anstoß nahmen.

Er sagte: «Ach, Wiley ... wir hätten uns SOVIEL öfter SEHEN sollen ...»

Charme. Ich war erheblich besser gealtert als er, fand ich

– wenigstens soweit sich derlei in diesem Moment ermessen ließ –, und so watete ich in die *Scheiße* hinein und fragte den lieben alten Benjie probeweise (ich dachte an Abe und an Benjies Bruder Daniel): «Bist du eigentlich gequält worden? Im Leben?»

«Oh, sicher, aber darüber hab ich immer nur die Schultern gezuckt ... Was ist das für eine Freude, dich zu sehen, Wiley ...»

«Gewiß, es freut mich auch, DICH zu sehen ... aber HATTEST DU ES SCHWER?»

Er lachte auf eine Weise, wie er es früher nicht getan hatte, geschwollen und gallig; und er sagte mit Ironie: «Ah, mir war doch ganz entfallen, wie *ernst* du bist ... ABENDFÜLLEND ERNST ...»

«Und du?» Ich versuchte, es nicht nach einem Kreuzverhör klingen zu lassen, sondern in die Oscar-Wilde-Richtung umzubiegen, in eine mittelwestlich-populäre Version davon: «Und DUU, mein Lieber ...»

Es brachte ihn zum Blinzeln – und Zusammenzucken –, wo ich mich als mitfühlend erwies und wo nicht – das heißt, nicht wo er es erwartete. Mit seinem Zwinkern und Zucken machte er mich – wirklich, als schmierte er mich mit Make-up ein und wechselte ständig die Bühnenbeleuchtung – zum Schurken ... Aber zu einem *tollen* Schurken ... «Ach, was sind wir doch nun alle so interessant ...» sagte er taktvoll. Und vage. Dann beäugte er mich, um anzudeuten, daß wir einen Flirt haben und mehr sagen wollen, als wir ausgesprochen haben. Dann strahlend (aber matt): «Ach du, du hast uns doch immer glatt durchschaut ... In *allem* hast du durchgeblickt ...»

Letzteres war eine ziemlich vernichtende Attacke.

«Nicht doch, nein ...» Dann: «Es ist mir nie in den Sinn gekommen, daß ich mit meinen Vermutungen so nah an der *Realität* wäre, Benjie ...»

«Mir auch nicht, und ich habe mittendrin gelebt!» sagte

Benjie in einem unglaublich schrillen Ton und wechselte damit das Thema, vielleicht, ohne es zu wissen – und vielleicht für sein Gefühl überhaupt nicht.

Seine laute, schrille Stimme – späte *joie de vivre* – kann losgehen wie ein Wecker, der verkündet, es sei Zeit aufzustehen.

Es liegt auch Wahrhaftiges darin, sosehr es einem zusetzt, und Fluchtventile und nun auch Eigensinn.

«Was für ein Ausbund von *Charme* du doch immer warst», sagte ich, Entdeckungen auf der Spur. Dann, weil es mir zur Gewohnheit geworden ist, mich zu erklären: «Menschen brauchen einen Grund, um zu sprechen; Freundlichkeit schlägt rasch in Schweigen um, und dann bedauerst du nur noch, und das ist ein Zustand, in dem du nie sehr lange verharrst ...»

Benjie sagte: «Ah, du hast schon immer Witze gerissen, die unheimlich waren ... Ernst, wie du bist ... Ich war ein unheimlicher Witzbold ... ich *auch* ... Mit vierzehn – da warst ein Ausbund von *Charme* ... stimmt's etwa nicht? Ich rede doch nicht bloß so dahin ... Fändest du das nicht herrlich, noch mal zurückzugehen, bloß um so zwei, drei Dinge nachzuholen, die du nicht gemacht hast, als du die richtige *Figur* dafür hattest?»

Ich empfand quälende Verzweiflung darüber, daß ich kaum etwas mit ihm teilte – daß er für mich verloren war, wenn ich so sagen darf. Höflich neutral sagte ich: «Ich habe nicht so ein Science-fiction-Zeitgefühl ... Benjie: wenn ich arbeite, wenn ich schreibe, kann ich nicht im Gespräch so herumspielen, sonst verliere ich den Faden – in den Gedanken zu meiner Arbeit ...»

Mit dem alten, besänftigenden Charme sagte er: «Du weißt ja, wie das ist ... In der Jugend fliegt's dir zu, aber wenn du alt bist, fällt dir das Loslassen schwer ... Ich bin so froh darüber, wie sich die Dinge für dich entwickelt haben – daß du schließlich Frieden gefunden hast mit einer Arbeit, die du achtest – ich weiß, du hast ein schweres Leben gehabt ...» Dann: «Ha-ha ...»

«Frieden habe ich nicht gerade gefunden – das ist es wohl nicht», sagte ich.

«Oh, ich lese schon, was du schreibst. Du redest gern über die Vergangenheit, stimmt's? Und du versetzt dich einfach mitten hinein –»

«In die Vergangenheit?»

«Du bist ein richtiger *Ewiger Seefahrer*, wenn du schreibst –»

Seelen wie Albatrosse, manche aus der Vergangenheit, umflattern einen Restauranttisch, in einer Geschichte ...

«Ich höre gern Sachen über die Vergangenheit ...» sagte Benjie. «Ich hab eine Menge gelernt, mußt du wissen ... Ich bin nicht einfach stehengeblieben. Ich hab mir nicht einfach gesagt: Behalt deinen Saft für dich, zügle deine Gäule – ich bin zum Analytiker gegangen – hab Augen und Ohren offengehalten – wurde erwachsen – ein Stück weit ... Oh, ist das ein verrücktes Zeug, es ist einfach so *gruselig* ... du brauchst nur anfangen, ein bißchen herumzugraben; ich war einfach hingerissen von uns allen, ich war ein braves Kind, aber was für ein schwieriger Haushalt ... Oh mei, oh mei. Meine Eltern konnten sich nicht ausstehen – ich wette, du hast das gewußt ... Du hast's durchschaut, und ich hab Jahre der Analyse gebraucht, bis ich wußte, daß ich eine viel bessere Ehe führe als mein Vater ...» Ein Film von Tränen in den Augen brachte ihn zum Blinzeln – «Achte nicht auf mich: das ist nur eine kleine Gefühlsanwandlung, und dann die Pillen und die Kontaktlinsen ...»

«Ich erinnere mich jeweils nur an einen kleinen Ausschnitt, Benjie», sagte ich. «Ich erinnere mich nicht besser als du.»

«O doch, das TUST du ...»

Ich erinnerte mich, daß Daniel mir Benjie vor Jahren einmal als jemanden beschrieben hatte, *der glaubt, meine Eltern hätten einander geliebt. Na ja, sie hatten Manieren* ... Ich beschloß, das Benjie nicht zu erzählen. Dann kam ich zu dem Schluß, das sei nicht fair, und erzählte es ihm doch. In seiner gefühlvollen Stimmung sagte Benjie gütig: «Ist schon recht ... Du brauchst mir keine Dinge über *mein Leben* zu erzählen ... Erzähl mir doch ein paar schmutzige Dinge aus deinem Leben – ich hab gern meinen Spaß ... Und *überhaupt*, ich finde, nur *Eltern* sollten sich mit ernsten Dingen befassen dürfen ... Wenn ich in New York bin, bin ich kein Vater – hier bin ich Handelsvertreter, und bis Dienstag benehm ich mich auf mindestens siebzehn verschiedene Weisen schlecht ... Ist das hier nicht ein gutes Fischrestaurant?»

«Es ist nicht übel», sagte ich und meinte das Gegenteil.

«Es ist *kein* gutes Fischrestaurant?» fragte er erstaunt. Ich war verblüfft, daß er es nicht wußte. Vermutlich schmeckte er nicht, was er aß.

«Ist das vielleicht kein gutes Fischrestaurant?» sang er und machte aus dem Augenblick eine Nummer ... Von anderen Tischen schauten Leute zu uns herüber. Benjie sagte fröhlich – jedoch ohne allen Frohsinn –: «Ich war immer schon ein Tunichtgut ... ein ungezogener Junge ...» Er erwartet von mir, daß ich verstehe, was er sagen will, doch als er merkt, daß ich nicht ganz verstehe, fragt er höflich: «Und woran arbeitest du jetzt?» Er tut dies mit dem Charme eines Menschen, der zeigt, daß er sich für andere interessiert und daß er flexibel ist; als ich nicht antworte, sagt er: «Du wolltest immer die Welt verändern – und ich, ich wollte nur einen Reifen wechseln – Hast du vielleicht einen Ersatzreifen? Ich bin ausgesprochen fett. Vor lauter Traurigkeit möchte ich sterben. Nie tut sich was bei mir; ich hab nie was anderes getan, als mich zu amüsieren. Bloß nichts *Trauriges* für mich – mit traurigem Zeug komm ich *einfach* nicht klar. Ich find's schon traurig genug, mich zu kämmen – was noch an Haaren übrig ist. Um die Wahrheit zu sagen: Ich hab gar keine mehr. Das da ist eine PERÜCKE. Und wo ich schon bei den Wahrheiten bin – dich bewundere ich sehr. Ich hab nie den Mut gehabt, richtig Wirbel zu machen. Ich war zwar egoistisch, aber ich hab immer brav zu Mama gehalten. Ich hab mich amüsiert, aber es war hart – vor allem hart gegen mich!» Er sah mich mit einem seltsamen, *menschlichen* Lächeln an. «Zwanzig Jahre lang hab ich in San Francisco einen Geliebten ausgehalten.»

«Zwanzig Jahre?»

«Alle paar Jahre einen anderen», sagte er mit verschmitztem Stolz; er hatte aus der Geschichte eine andere gemacht.

«Wußte Casey das?»

«Sie war ein schwieriger Mensch, aber sie konnte schon was dazulernen – sie war kein starres altes Huhn. Bist du eigentlich so weltmännisch, wie ich meine? Bist du sehr links? Oh, *dir* gegenüber konnte Mama wirklich schwierig sein.» Das Problem an Bekenntnissen, dachte ich, besteht wohl darin, daß sie niemals wahr genug sind. Als ich ihm eine Frage zu San Francisco stellte, sagte er schamhaft: «Ach, ich habe mich daran beteiligt, einen auszuhalten.» Dann: «Nicht immer denselben ... Ab und zu ...» Den Rest murmelte er vor sich hin. «Es war eben wie mit Daddy und seinen Varietémädchen», sagte er trotzig ... vielleicht hoffnungsvoll. «Verheiratet geblieben bin ich außerdem ... Ich hab nie gewußt, was ich da eigentlich tat – hast du gewußt, was du gerade tatst? Ich wüßte schon verflucht gern, was das alles bedeutet hat. Jeder Hinweis von dir dazu wär mir sehr willkommen.»

«War es denn wie ein Fremdkörper für dich? Hast du ständig an den Mann gedacht?»

«Ach, du kennst mich ja», sagte er. «Aus den Augen, aus dem Sinn. Ich hab ihn vom Büro aus angerufen; wir hatten einen Code ... Die dort am anderen Ende hab ich ... Wie hab ich sie noch genannt ... Ich weiß es nicht mehr ... Es ist einfach zuviel ... Daß mein altes Herz sich erinnern soll, ist zuviel verlangt: das ist jetzt alles tot und begraben – wie alle, die ich mal kannte – und wie wir, du und ich, früher oder später –» Er schielte mich freundschaftlich und bedeutsam an: «Du weißt ja, die Ärzte sagen immer: Wer zu früh alt wird, ist zu spät klug geworden.»

«S. L. hat das immer gesagt – gelegentlich. Das und: *Affen sind die besten Menschen ...*»

Die Momente, in der die Liebhaber sich begrüßten – der Ausgehaltene und der Aushälter – Benjie würde sich wohl nicht gern von einem Mann am Flughafen abholen lassen ... waren dies Momente gewesen, die alles andere erlöschen ließen? Waren sie leidenschaftlich gewesen, nicht eindeutig persönlich, stilisiert, hochdramatisch?

«Ich war immer enttäuscht», sagte er.

Ich sagte: «Homosexuelle Bindungen sind nicht notwendigerweise besser als heterosexuelle ...»

Benjie sagte: «O-o-oh, sag mir bloß das nicht! Ich brauch doch irgendwas zum Träumen!»

Die Vergangenheit ist kein Traum.

Daniels Freundlichkeit

1

Zurück zu Daniels Freundlichkeit: Vielleicht vertraten die Jungen, Benjie und Danny (wie er in seiner Jugend genannt wurde), aneinander Mutterstelle. Ihre Mutter hatte sehr klare Vorstellungen von ihrem eigenen Leben. (Oder: Denn Casey war vielleicht eine sehr kühle Frau ...) *Logisch* wäre, daß die Männer jenes Haushalts in ihrem *Unglück* zusammenrückten und einander trösteten – vielleicht auf gefährlich instruktive Weise. Vielleicht eigneten sie sich modifiziert die Lustprinzipien ihres Vater an – indem sie da, wo es ihnen einleuchtete, etwas abwandelten. Verschwommen nahm ich solche Vorgänge wahr.

Vielleicht schirmten sie einander vor Abe ab. Oder ihre Eltern setzten sie für eigene Zwecke ein. Ich erlaube mir dazu kein Urteil.

Daniels Großmutter war S. L.s Mutter – mehr an kulturell Verbindendem gab es nicht. Doch seltsam, S. L.s Eigenarten und Überzeugungen – seine nächtlichen Küsse – verbinden mich in gewissem Grade mit Daniel. Ein Familiengefühl läßt sich nicht *erklären*. Physisch bin ich Daniels Mutter gar nicht so unähnlich: immerhin wurde ich nicht zuletzt wegen einer gewissen Ähnlichkeit mit S. L. adoptiert.

Daniel sieht wie ein blasserer Abe aus. In manchen Aspekten ist dies eine leichtere, *blassere* Welt als die von Abe.

Wenn es um die eigene Wirklichkeit geht, empfindet man sie anders – die Geschichte, die man erzählt. Mama kann nicht von *sich* sprechen, wenn sie von sich *spricht* – und ich kann es auch nicht. Ich weiß nicht, wie Nonies Version hiervon lautete, wie sie es empfunden hat, gerettet zu werden, nach Carolina unterwegs zu sein. Daniel sieht mich mit intensiven Verwandtschaftsgefühlen an: dies ist eine eigenartige Verwandtschaft, eine kaum begründete: daß unsere Nasen gleich geformt sind, erklärt nicht die Vertrautheit seines Blicks. Die intrinsische Ähnlichkeit unserer Nerven und Sinne ist eine des Bluts, nicht aber eine feuchte, verschwitzte, muskuläre und charakterologische. Sein Bewußtsein und meines absolvieren ihre Saltos und Flugakte nicht in ähnlichem Tempo. Auch nicht in einem ähnlichen Vokabular. Unsere Stimmungen, Augenlider und Atemgepflogenheiten sind merklich sehr verschieden. In Haltung und Händen, Fingern und Fingernägeln gleichen wir uns nicht.

Man hat ihn mir als denjenigen *mit dem meisten Grips* in der Familie beschrieben. Er hat zu mir gesagt: «Nonie ist das Letzte.» Sollte er Intelligenz (einer gewissen Art) im Sinn haben und die Tatsache, daß ihm Nonie als sehr unflexible, an absoluten Kategorien ausgerichtete Person unsympathisch ist, dann kann ich verstehen, daß er Familienähnlichkeiten sieht. Manchmal sehen mich Leute so an, nehmen es dann aber zurück.

Manche Leute glauben, S. L. hätte mich mit meiner richtigen Mutter gezeugt. Falls es so gewesen sein sollte, dann wären Daniel und ich tatsächlich Cousins ersten Grades; und alles, was hier vorgeht, wäre erklärt.

Alles? Widerhallende, irgend etwas einkreisende Sehnsuchtspartikel und Informationsfragmente, die einen flüsternd umkreisen, während man irgend etwas wahrnimmt, wenn nicht gar eine gewisse Ähnlichkeit und dann beinahe Zwillingsliebe – ein vibrierendes Echo für jemanden, der sich möglicherweise einsam fühlt.

Vielleicht gleichen wir uns sexuell; und er, der Weltkundigere, erkennt und weiß das. Etwas an ihm ist mir vertraut:

er ähnelt seinem Vater, gleicht ihm aber nicht sehr; ich könnte nicht in dem Sinne, auf den sich die Leute manchmal beziehen, beschwören, daß er *ganz der Sohn seines Vaters* ist.

Meine Vorstellung von seinen Lebenschancen mag von Groll befleckt sein – und von einem kuriosen, auf komplementärer Selbstwahrnehmung beruhenden Machtgefühl.

Auf seine Bemerkung zu Nonie, mit der er einerseits zuviel Mitgefühl für die Vergangenheit bezeugt – sein Mitgefühl, selbst wenn er es so zum Ausdruck bringt, schlägt eine emotionale Saite in mir an, die mich ein für allemal zum Dahinschmelzen bringen könnte –, antworte ich: «Hie und da hat S. L. gesagt, ich wäre *das Letzte* – »

«Wie die Leute eben so daherreden ...»

«Er hat auch gesagt – über sich: *Vielleicht hab ich ja die ganze verfluchte Zeit hindurch das Übelste davon abgekriegt* ... Also hat er darunter gelitten, daß er mich kannte ...»

«Wenn du immer noch davon sprichst, heißt das, es ist dir nicht gleichgültig.»

«Er war nicht böse zu mir ... Vielmehr war ich für ihn gefährlich. Nicht andauernd ... Böse war er auch, oft sogar ... Manche Leute in der Familie – und in der Schule – sagen, ich würde sonderbar daherreden ...»

Daniel entschied sich nicht dafür, mich zu necken. Er sagte: «Scheint mich nicht zu stören, wie du redest.» Verstehen Sie, das war ein Versprechen. Kein festes. Syntaktisch *scheint* und *nicht stören* zu verbinden war ein Trick seiner Gesellschaftsklasse.

Erwecken Sie in Ihrem Leben gewisse Gefühle? Wie war das, als Sie jung waren? Führen Sie eine Existenz inmitten von Gefühlen, eigenen und solchen anderer, auf Sie zu und manchmal von Ihnen fort strebenden Gefühlen?

Haben andere sich jemals leicht nervös und interessiert gezeigt? An Ihnen interessiert?

Zeitweilig beschäftigt er ein paar tausend Leute. Er hat Besitz – Fahrzeuge, Immobilien –, ist stärker, tiefer, fester mit der Welt verbunden als ich. Er ist launisch, eigensinnig, mächtig: *mein Cousin* Daniel ...

In unseren Augen, nach dem Zeugnis unserer Gesichter, ist das Thema, das wir behandeln, *Das Letzte* sowie die Schimpfwörter, mit denen man von seinem (nun toten) Vater bedacht worden ist, kein ganz unromantisches; es liefert einen Grund für Sympathie, es strahlt eine gewisse Wärme aus, die nicht unsexuell ist: *das Letzte* ist – bedrohlich: für alles Ordentliche, für snobistische Ansprüche. *Das Letzte* ist nicht seriös. Ist *käuflich*. Für jeden, der es will, zu haben. Willkürlich kann es auf- oder abgewertet werden. Auf einem roßhaargepolsterten Platz auf der einen Seite des Abteils sitze ich. Daniel mir gegenüber. Ich nehme an ihm Gefühle wahr, die mir gelten – vielleicht vor allem meiner momentanen physischen Gestalt: ist das nach S. L.s Tod eine traurige Sache?

«Menschliche Regungen kommen und vergehen», sagt er. Wie Jahreszeiten? «Du hast getan, was du konntest ...» Mit Nachdruck sagt er das. Für lange Zeit, fast permanent, wie es nun schien, war ich ein *tröstliches Kind* gewesen. Haben Sie jemals einen Menschen, der Ihnen geholfen hat, geliebt? Daniel half mir ... Daniel sagt: «Du hast dich als sehr hilfreich erwiesen.»

Was für ein Getue um Unschuld und hilfreiches Verhalten, und voller Schnitzer ... Eindeutig unterlaufen hier *Schnitzer*. Als Gast und Empfänger von Wohltaten bin ich bereit, die Schnitzer ohne Mißfallensbekundungen hinzunehmen. Geduld, Toleranz und Nachsicht von seiten eines Gastes, eines jüngeren Cousins, sind zugleich Zeichen davon, daß der Cousin sehr wild sein kann. Daß wir über wilde Erfahrungen verfügen, räumen wir stillschweigend ein; daß wir das Leben (von Männern) kennen, eher intellektuell in unserem Fall, im Fall von Männern, wie wir es sind, er und ich, stiftet ein wohlwollendes Verhältnis zwischen uns.

«Wir mögen beide Bücher», sagt er lächelnd.

Man ist jung, doch alt genug, um zu wissen, daß jemand Jüngeres einen in der Position desjenigen, der jung ist, ablösen wird. Einstweilen aber bist du an der Reihe, hast du deine Chance – so drückt (drückte) sich Mama aus. Auch darin liegt etwas vom Leben in der Wildnis, daß man um derlei weiß, partiell zumindest: daß es der Realität entspricht und daß man es weiß, sind *wilde* Dinge. Ich hatte oft besondere Hilfe nötig und habe sie nicht immer erhalten – aber vielleicht häufiger als manche anderen, wenn sie Hilfe brauchen ... Cousin Daniel war gekommen, um herauszufinden, ob ich Hilfe brauchte. Und um sich anzuschauen, wie ich aussah; in jenem Jahr *interessierte* sich *jeder* dafür, wie ich aussah – darüber wurde viel geredet. Man ist kein Kind mehr – man kann sagen, man sei kein Kind mehr –, aber noch vibrieren in einem unvollendete, unerloschene Kindheitsmomente. Nach seinem – Daniels – Gesicht hier im selben Abteil zu schließen, ist sein Interesse an mir gewiß homosexuell ... Die Art seiner Aufmerksamkeit ...

Wir gleichen einander. Wir gleichen einander nicht.

Falls Daniels Aufmerksamkeit nicht in Ordnung war, würde ich es erkennen? War sie merklich *homosexuell*? Und wenn schon ... Die sexuelle Neugier in ihm, das Wesen, die Färbung seiner Aufmerksamkeit, vielleicht die Professionalität seines Interesses – dies waren schlechte Dinge. Worauf er seine Aufmerksamkeit während unserer Reise richtet – daß er sich *nicht* sehr für seine eigene Stimmung interessiert und nicht für die seltsam anspielungsreiche, flache Weite der Landschaft vor den Zugfenstern, die abrollende Haut des irdischen Amerika, die fast wilden, dramatischen Überraschungen dort draußen, sondern für ein jüngeres Exemplar seiner eigenen Gattung, für ein noch rohes, nicht durchfiguriertes Exemplar, mich – all dessen bin ich mir nur undeutlich bewußt und über diesen Kram alles andere als gut informiert; ich habe eine in erheblichem Maße theoretische, junge, dumpfe Einstellung dazu.

Und ich bin befleckt von Tod und mit dumpfer Umsicht versöhnlich gegenüber Leuten, die in der Armee dienen; und ich bin wachsam nur aus Trauer, sonst jedoch nicht darauf erpicht, Neues zu erkunden; ich habe aufgrund einiger Jungen, die ich in der Schule kenne (und die ich mag), eine Ahnung, wie *grauenvoll* und *befremdlich*, lustvoll und strapaziös dieser Kram ist.

Ein Junge also, in dem lauter Zweifel glimmen? Der seine jungenhafte Aufmerksamkeit *höflich* differenzierend zuteilt, sich mit höflicher Zeilstrebigkeit Prioritäten setzt? Jungenhaft gesittet – der Inbegriff des Reinen durch solch einen Versuch, solch eine Differenzierung?

Spielten Jungenstolz männliches Taktieren in Gegenwart eines Älteren und eine bestimmte Ethik mit – die stark modifizierte Nachahmung der Haltung, die ältere Jungen in dieser Frage oder zu diesen Dingen *gesellschaftlich* wie menschlich einnahmen? Sehen Sie, ich wollte von Dan gemocht werden; die Hoffnung, daß es mir gelingen könnte, heranzuwachsen, ohne wahnsinnig zu werden, ohne allzu verrückt zu sein – nicht selbstmordgefährdet, nicht mit der Sucht oder dem Hang zu obszöner Selbstinterpretation belastet –: Wünsche dieser Art machen mich vernünftig und geduldig unter meiner doch etwas angestrengten jungenhaften Unbeschriebenheit. Dies sowie das Bedürfnis nach unverzüglicher Semi-Absolution und eine konsequente moralische Strategie, *in der Welt voranzukommen*, sodann das spezifische Gefühl, daß – ich bitte um Verzeihung – meine Brustwarzen, Rippen und Hände, meine Beine in den Hosen, meine Augen, mein Verstand und meine Haare etwas *darstellten* – eine Art von sozialer Wirklichkeit für einen Jungen *von bestimmter Art erzeugen* – alldem wird *geschmeichelt*. Und ich kann Daniel jede Sekunde allein lassen, wenn ich muß, kann ihn und das Abteil verlassen und mich vielleicht mit einem beliebigen anderen – männlich oder weiblich, jung oder alt – in diesem Zug anfreunden; ich sei generell annehmbar, sagt Daniels Schmeichelei; und –

sozial – ziemlich gut beschützt (vielleicht). Jedenfalls weitgehend nicht gefangen.

Diese praktische Absolution, will ich sagen, bringt mich zum Bleiben. Ganz abgesehen von alldem *stört* mich dieser Kram nicht. Oder doch, aber so wichtig ist es ja nicht – oder?

Ein geradezu unvernünftig klar definierendes Denken schwebte über seinen momentanen Gefühlen, als stünden sie womöglich fest und wären verläßlich. Dies stellte jedoch eine Art zu lügen dar, und zugleich eine Spielart von *intellektueller Wahrheit*. Er hat Überzeugungen zu dem parat, was er tut. Was er fühlt. Er ist als Beobachter eines Jungen höchst spezialisiert.

Wie sonderbar er doch ist, als Objekt von Aufmerksamkeit weit sonderbarer als ich. Man sieht ihm an, daß er sich selbst als sonderbar empfindet. Niemand ist jemals *fair* zu Daniel gewesen ... Daniel philosophierte gern. Er glaubte daran, daß unwiderrufliche, klare, absolute Bedeutungen existieren. In bestimmter Hinsicht kann ich *ihn* retten, meint er. Er wirft Blicke zu mir herüber, in denen, halb verhohlen, ein gewisses herb beleidigtes Ergötzen liegt. Zum drittenmal an diesem Tag im Zug sagt er: «Wir sind keine Blutsverwandten.»

Ich lächelte wie ein Gast – wie ein junger Gast.

Die Temperatur im Abteil, die ich zugleich mit sexuellen (und sozialen) Problemen registriere, meine Verlegenheit und das Gefühl, unwissend zu sein, vermengen sich mit Empfindungen von, nun ja, gehetzter Arroganz und schwacher Erregung.

Ich wiederhole, dies fiel in eine jener mal einen Monat, mal sechs Wochen anhaltenden Phasen meines Lebens wie damals, als ich zwei Jahre alt war, in denen *alle* (oder *jedermann und sein Bruder*) sagten, sie liebten mich. Oder sich anscheinend um mich sorgten. Oder *interessiert* zu sein schienen. (Wie Lilas Formel lautete.) Alle? Viele Leute. Jeder zum Beispiel, der mich ansah, zurückfuhr und erneut hinsah. Aus diversen Gründen bewirkte das bei mir fix und regelmäßig eine schuldbewußt-mürrische Erheiterung. Ich wußte, daß sich mir da ein Fluchtweg bot – ein kostspieliger vielleicht – und ein selbstzerstörerischer ... oberflächlicher ... et cetera. Primär war man ahnungslos. Die Ahnungslosigkeit war ein schwarzes Loch, so etwas wie ein klaffendes *Und?* und *Na und?*, dann ein *Was willst du?* und ein *Was heißt das?* Und weiter zu einem *Geht mich das was an? Falls ja, für wie lange, wie sehr ...*

Und so fort ... Ist das so wichtig?

2

Ein gewisser intellektueller Hochmut zeichnete ihn aus, und eine frühe Form von doktrinärem sexuellem Starrsinn. Er war intellektuell von sich überzeugt und resigniert. Daß er zudem geistig, emotional und sexuell überheblich war, versteht sich von selbst. Natürlich tastete er sich, wie andere auch, im Gespräch und im Zusammensein vorsichtig voran – wenigstens bei mir. Vor mir. Der Zug schnaufte. Er brachte mich dazu, über Sachen zu reden, die mit Sport zusammenhingen; er beobachtete mich leichthin, mit wechselnd intensiver Aufmerksamkeit; er brachte das Gespräch auf Bücher. Dann kamen wir auf Familienklatsch, Philosophie und Gott. Ich erhalte einen ersten Eindruck davon, wie verschieden die Welt für ihn und für mich ist – es sieht so aus, als wäre er *alle anderen Leute*. Es sieht so aus, als käme ich bloß *nachgestolpert*. Eben dies hat Nonie bereits getan: sie ist von zu Hause fortgegangen und in den Wust der Gefühle anderer Leute vorgedrungen. Eine Menge von dem, was ich tue, kann ich nicht bewußt kontrollieren. Ich erschaudere, ich schwitze (ich glimme); ich taktiere. Ich sage zu manchen Dingen automatisch nein. Ich kann nur raten, was ich tun soll, selbst was ich tun *will* ... Ich will eine Menge *verschiedener* Dinge tun. In khakifarbener Uniform sitzt Daniel im Abteil; er ist aus familiären Gründen von der Armee beurlaubt – vielleicht auch aus geschäftlichen Gründen – das Familienunternehmen ist tief in die *Kriegsanstrengungen* verwickelt ... Auch sein Vater ist tot, wie meiner.

Dein Banjo hast du zwischen den Knien ... Ich fahre nach Carolina.

In der maßvollen Hoffnung, daß es mir Freude machen könnte, mit ihm zu philosophieren, sagt Daniel: «Objektivität bedeutet, nicht egozentrisch zu sein – im Hinblick auf die Dinge, die man weiß – und empfindet.»

Klicke-di-klack macht der Zug.

Ich sage: «Ist das ein Aspekt von Aufmerksamkeit?»

Er blinzelt.

«Ist das eine Qualität, aus der heraus bestimmte Aufmerksamkeitsformen Fakten zu registrieren scheinen?» Ich sagte: «Es handelt sich dabei doch nicht um eine von Aufmerksamkeit separate Kategorie – oder?»

Ich wußte nicht, von welcher Sprachebene an ich ihm nicht mehr als ganz in Ordnung und interessant vorkommen würde, so daß er beschlösse, mich nicht zu mögen.

Cousin Daniel sagte: «Betrachte es mal so: das Auge *Gottes* ist objektiv, Wiley.»

«Über das Auge Gottes sollten wir ja wahrscheinlich nicht sprechen ...»

«Das Auge von *Elohim* ...»

«Nein. Ich meine, warum sollte sich Gott die Mühe machen, sich Augen zuzulegen? Oder ein Geschlecht? Warum sollte sich Gott mit Unterscheidungen wie der zwischen objektiv und subjektiv abgeben?»

«Ich komme nicht mit. Sprichst du als aufgeklärter Mensch? Zitierst du da ... irgendwen?»

«Ich glaube kaum ... Aber ich kann mir nicht alles merken, was ich lese.»

«Du solltest nicht versuchen, über *Gott* zu disputieren ...»

«Das habe ich auch nicht getan. Nur hast du Gott Attribute zugeschrieben ... und ich habe von dem geredet, was du gesagt hast.»

«Nun, das tun wir Juden nun mal ... Gott Attribute zuschreiben.»

«Welche Juden? Alle Juden tun das?»

«Nun ... Ja. Ja, Wiley. Du bist noch so jung – sehr jung – bist du auch nicht verletzt, wenn ich das sage? Verletzt es dich? Es ist uns erlaubt, Gott anzusprechen.»

«Erlaubt? Das verstehe ich wirklich nicht – außer wenn Gott gar nichts Besonderes wäre, sondern nur die Idee von einer IDEE, an der du eigentlich nicht festzuhalten gedenkst – warum sollte denn Gott etwas *erlauben* – weißt du, was ich sagen will?» Wenn ich den Schalter einmal auf *Nicht lügen* gekippt habe, habe ich mich für eine Weile nicht mehr in der Hand. Ich kann nicht auf der Stelle kehrtmachen. Vielleicht mag er mich am Ende trotzdem. Daß er so ist, wie er ist, bedeutet ja vielleicht, daß er jemanden *mag*, der so argumentiert wie ich. «Objektivität in deinem Sinn scheint zu bedeuten, daß du jede reale Verbindung zu normalen Zwecken abzubrechen meinst, dich von allen Dingen des Lebens absonderst und dich an Gott und die Religion bindest, und dann sagst du, du tätest das, um klarzusehen ... um objektiv zu sein. Aber es heißt nur, daß du ein übermächtiges Absolutes eingeführt hast, das niemand überprüfen kann – du trägst da wirklich einen dicken, dicken mentalen Prügel mit dir rum.»

«Hältst du dich für so gescheit, daß du keine nationale Konkurrenz zu scheuen brauchst?» fragt Daniel.

«Es ist noch keine Feuersäule neben mir aus dem Boden geschossen», sage ich gewunden. Solche Fragen hat man mir schon öfter gestellt. Ich habe da ein wenig Übung.

«Ich denke an zweierlei», erklärte mir Cousin Daniel, «entweder ich mache ganz groß Kasse als Wissenschaftler, oder ich werde ein moderner orthodoxer Rabbi.»

Dieser sonderbare, schlaksig-gutaussehende, reiche junge Mann aus Carolina, der so wundervoll geschniegelt und gebügelt war, hatte kein Ohr für meine Überlegungen. Na gut. Aber im Grunde wehrte er sich gegen jegliche Fremdbestäubung, gegen das Kreuzen von Ideen, von Lebenserfahrungen. Er hing einem endgültigen Glauben an und gierte süchtig nach absoluten, Aussagen, absoluten Wahrheiten – letztlich nach einer einzigen Wahrheit, die alle und alles umschloß, so daß er mich mit seiner Ahnung einer einzigen Wahrheit auf ein Figürchen in seiner Landschaft reduzierte. Nonie hatte gesagt, er sei ein *Leuteschinder*. Mit Benjie war sie ausgekommen, mit Daniel nicht.

Ich war fest entschlossen, ihn zu mögen. Davon, daß Nonie ihn nicht gemocht hatte, inspiriert und neuerlich inspiriert, sah ich ihn mir an: er war wirklich adrett, eine Spur exotisch: überhaupt nicht unordentlich: erstaunlich ichbezogen – eher Wohltäter als ein Mann des Geistes oder der Wahrnehmung. Er war vielgeschlechtlich, gebieterisch, ein Züchter von *exotisch* und *erotisch* geladenen Situationen der *intelligenten* Art. Fast sicher war er kein *Liebender*... wenn man dies als Kategorie versteht, meine ich. Niemand, der reale Menschen liebte. Er war kein reflektierender Wissenschaftler. Ausschließlich ichbezogen war er nicht: er *verfügte* über Merkmale anderer, als deren Chef, Mäzen oder Förderer. Daß ihm, mittels Haß oder Liebe, eine zielsichere Intensität zur Verfügung stand, gab ihm vielleicht in der Tat etwas Narzißtisches, da er sich so in keinerlei aufrichtigem Sinne auf die relativen Vorzüge eines anderen einzulassen brauchte, der sich zu Lehren voranwagte, die jenseits der etablierten, prädizierten und seine recht absolutistischen Träume widerspiegelnden lagen. Somit kam ich – der Junge, der ich damals für ein paar Monate war, meine ich – ihm zwar in mancher Hinsicht für seine Phantasien *gelegen*, *tatsächlich* aber sagte ihm sein Sinn für absolute Dinge, ich sei die beste Person, der ideale Junge, die höchste Ausprägung dessen, was zu bewundern oder auf besagte Weise zu betrachten war. Diese Botschaft erhielt er an jenem Tag.

Und seine Spielart von Absolutismus war durch nichts qualifiziert, enthielt kein irgendwie intellektuell definiertes Element von persönlichem Ideal. Ich konnte seine Zuwendungen in keiner Weise *«romantisch»* akzeptieren, es sei denn, indem ich mich nahezu als Ventil für Aphorismen, Gesetze und Psalmen über das Ideale Objekt, den Jungen-der-ich-war, verstand; sein Bild von mir umgab ein wahrhaft grandioses Engelsflattern ... vielleicht. Nicht daß ich seinen Gefühlen keinen Glauben geschenkt hätte; eher verstärkte ich noch meine nebulöse Vorstellung von seinen Gefühlen, meine Vorstellung von anderen Männern, indem ich diese nirgends umgesetzte Skizze von einer Mannesseele ihm und mir anbot. Ich drückte mich. Daraus, daß er in einem gewissen Maße Selbstironie besaß, in einem gewissen Maße sanft mit sich verfuhr und daß es ihm in einem gewissen Maße mit seiner Bewunderung des jungen Spinners ernst war, daraus ergab sich eine Art von Fingerabdruck, den ich mit dem ganzen unspezifischen Kram über Flirts, die nicht zu Ehen und Kindern führten, in Verbindung brachte – verstehen Sie? Mama hatte mit Frauen geflirtet. In der Schule war einem derlei Kram wieder aufgefallen. Jetzt ist man halbwegs davon überzeugt, daß seine Mutter und meine Schwester in irgendeiner Form einen Flirt miteinander gehabt hatten. Ohne Grund lachte ich laut auf – auch wieder nicht so laut, daß er mich gemustert und gefragt hätte, was los sei, oder überrascht gewesen wäre.

Natürlich, nach jahrelangem Lesen – nach Jahren, in denen ich die Realität durch das schmiedeeiserne Gitter des Alphabets beäugt hatte – nach der Lektüre bekannter Prosa und berühmter Geschichten (berühmt zumindest für die meisten Englischlehrer an der Schule) – sah ich ihn auf eine changierende, verschwommen vorgeprägte Weise, die damit zu tun hatte, wie dieser Kram, wie solche Meinungen in Büchern dargestellt worden waren; doch daß jenen Deutungen eine Realität entsprach, keine Geschichte, sondern eine Person, das verblüffte mich doch sehr.

Aus strategischen Gründen glaubte ich meinen Lehrern grundsätzlich nicht. Ich glaubte mir keinen Gedanken, den ich hatte. Ich betrachtete ihn als *kontingent* gedacht.

Die Zeit wird es erweisen. Das Faktische in meinem Sinn umfaßt die Zeit. Was *faktisch* geschieht, wird irgendwie aufzeigen, was «die Wahrheit» ist, vielleicht die Wahrheit gemäß semi-kindlichen Maßstäben. Vielleicht werde ich irgendwann, möglicherweise im Augenblick des Todes, faktisch erkennen, was wirklich vorgegangen ist, werde ich endlich Einsicht nehmen, ein wenig jedenfalls; ich werde ein wenig sehen.

Aus einer gewissen Noblesse in Daniel, einer praktischen Beschränktheit, war eine freiwillige Selbstbegrenzung geworden, die ihm half, seinen pietistischen Absolutismus zu begrenzen – er war beinahe liberal. Die Situation jedoch, daß er als «begehrenswerter» älterer Mann, der mich errettete, in einem Zugabteil saß und ich der-begehrenswerteste-Jungeder-Welt war, das Holprige und Schubsende an dieser Situation, die Ungleichheit der Vorgaben – begehrenswert und der-begehrenswerteste-der-Welt, wodurch das «Romantische» irgendwie als zu-seinen-Gunsten-ausfallend hingestellt wurde –, das alles war nicht so liberal. Auch nicht großzügig. Da er im wesentlichen überzeugt war, daß jede gute Sache nur in einer Form existiere, in vorbildlich hoher Ausprägung, und alles übrige entweder Scheiße oder aber ein Aspekt des hohen Vorbildlichen sei, des großartig erhabenen Normalstandards, bedeutete dies, daß alles danach beurteilt wurde, ob es dem finalen Punkt oder Sinn nahekam; wenn nicht, wurde es als Dreck, als gestorbenes Thema und so fort betrachtet. Ob unwissend oder nicht, man hat seine Verfahren, Kram wie den eben beschriebenen zu erkennen, woraus sich erschließen läßt, wie sich jemandes Hände anfühlen würden, falls sie einen berühren, wenn sie einen berühren.

Ich *weiß* nicht, aus welchen Momenten meine Heterosexualität besteht. Und meine Androgynität.

Welche Meinung ich von ihm habe? Unter anderem registrieren meine Sinne folgendes: daß er, soweit ich sah, nicht für eine Sekunde seiner wachen Stunden außer acht ließ, wie eindrucksvoll ausgefeilt seine Gestalt doch physisch (und gesellschaftlich) war. Darüber rührte er sich nicht hinaus; wölbte sich weder an irgendeiner Stelle noch entmaterialisierte sich, verwandelte sich in einen nur noch Schauenden oder dergleichen. Oder schwang sich dazu auf, die Atmosphäre wahrzunehmen. Ich erinnerte ihn an sich selbst. Was immer ich auch sein mochte, es wurde kribbelnd, kitzelnd zurückgeworfen, so daß dir allein daran, wie er dasaß, Dinge an dir selbst auffielen. Freilich fixierte er einen *intelligent*, das schon ...

3

Wenn ich sage, daß ich als jemand, der einem geschenkten Gaul ins Maul schaut, genötigt bin, etwas an mir neu zu überdenken, dann meine ich nur, daß ich offenbar das Gefühl hatte, in recht erheblichem Maße frei wählen zu können. Selbst schrieb ich mir, nicht einmal gelegentlich, keine besondere *Schönheit* zu, allenfalls einen Mangel daran. Ich wußte, daß ich nicht quälend ohne Wahlfreiheit war. Ich wußte, daß andere auf mich reagierten. Somit wußte ich, daß ich niemand war, auf den andere *nicht* reagierten. Ich wußte, daß ich so, wie ich insgesamt war, bei manchen Leuten unweigerlich Ergebenheit auslöste, indem ich etwas sagte, und bei anderen sofort Abscheu – für eine Weile; und dann auch Enttäuschung, oder doch oft. Aber ich nahm nicht systematisch davon Notiz, hatte keine taugliche Theorie oder Hypothese dazu, die über die physische, sozial betrachtet taktische Ahnung hinausgegangen wäre, daß es eine *unwahrscheinliche* und *berechnende Aufdringlichkeit* sei, Gefühle zu wecken, Gefühle, die in meiner Innenwelt undefiniert blieben, denen aber eine Temperatur und ein Tempo zukamen. Ich schwöre, daß ich von nichts Derartigem eine klare Idee hatte und keinen Phantasien darüber nachhing – zumindest nicht mehr, nachdem es Teil meines Lebens geworden war. Ich wußte, daß ich emotional auf Menschen wirkte. Nicht immer. Daniel hatte mich in ein teures Geschäft in St. Louis mitgenommen, und der Verkäufer, der Geschäftsführer und die anderen Leute dort hatten mich angestarrt und einigen Wind gemacht – keinen großen Wirbel, nur einen diskreten, aber ganz schön intensiven Wind – man ist darauf gefaßt, denn *das kann immer mal vorkommen*. Daß Leute deinetwegen wild werden ... wegen des Jungenkrams, der Gemeinheit, weil es so unheimlich poetisch oder tief oder was weiß ich ist, sich *gefoppt* zu fühlen; daß Leute rauszukriegen versuchen, *woraus du eigentlich bestehst;* das kommt vor. Ich hielt es nicht für einen grundlegenden, einen verläßlichen und statischen Aspekt meines Lebens; auch nicht für eine Konstante meines *Schicksals* als Heranwachsender; es war manchmal da, oft da, und manchmal nicht: es kam und ging, verdammt noch mal: es war eine unzuverlässige Sache. Zu versuchen, es tagtäglich herzustellen oder sich seiner als eines bekannten Umstands zu vergewissern hieße, eine Form dafür zu erfinden und es zu verändern, hieße, etwas Neues zu erfinden und das Vorhandene zu ändern: das Vorhandene war zufällig, improvisiert – ein Anlaß zu Belustigung (manchmal) und zu Ärger (oft). Sehr wenige Menschen – vielleicht nur Lesbierinnen – lassen mich *im allgemeinen* in Ruhe. Manchmal mögen sie mich, manchmal greifen sie mich an. Manchmal möchten sie gern mit mir flirten, über mich verfügen und mit mir konkurrieren, während ich nur partiell weiß, was vorgeht. Es gibt nur wenige oder keine Photographien aus jener Periode, die den Jungen deutlich zeigen. Die existierenden zeigen kaum mehr als das filmartige Moment, daß man auffällt und von anderen seltsam absticht als derjenige, *den alle ansehen* ... der gefoppt wird ...

Darüber, *wie ich aussah*, wurde oft in meiner Hörweite geredet, nicht aber über mein Aussehen. Über mein Aussehen wurde nie gesprochen; mein tatsächliches Aussehen interessierte keinen. Es ging nicht um Symmetrie, um Wangenknochen, um einen guten Haaransatz. Ich war ein gegabeltes, überraschendes Stück physischer Realität oder Präsenz, gleichsam eine wandernde Metapher, geeignet, mit anderen solchen Metaphern von Beachtung verglichen zu werden, mit anderen Ensembles von Beachtungssignalen (Augen, Haltungen, Gebaren), mit anderen Objekten vergleichender Beachtung. Was ich eigentlich evozierte, waren Gedanken, Sinnesreize.

Mama sagte: *Du hast keine Proportionen ... du bist nicht gut gebaut* ... Damit hatte sie unrecht, fand ich. Ich hatte mich in Schaufenstern gesehen, als unscharfe, entkernte Gestalt, hauptsächlich aus Proportionen bestehend, ein Nebelgeist, flächig und doch Mehrdimensionalität suggerierend, den Bau des Ganzen. Die Wirkung, die von mir ausging, oder die *davon* ausging – die, fand ich, würde schon eine Weile anhalten ... Oh, doch nicht *dieselbe* Wirkung. Das meine ich überhaupt nicht. *Es* war ein wenig, als wäre man ein Sack, aus dem Päckchen purzeln – eingewickelte Päckchen. Die Leute konnten mich auf einmal anschauen, als empfänden sie mich so. Meine Freunde erklärten mir, ich wäre häßlich – das war *nicht* die Wahrheit. Wann immer Polizisten sich uns auch nur näherten, meinen Freunden und mir, dann wurde ich vorgeschoben und sollte für uns sprechen. Ganz fremde Polizisten reagierten beim ersten Blick auf mich – sobald sie mich zu *Gesicht* bekamen. Ich konnte ... meistens ... mit Sonderbehandlung rechnen, von ausnehmend höflicher und nachsichtiger oder höchst unhöflicher – und dünkelhafter, gefährlicher – Art. In Bars, für die wir noch zu jung waren, mußten wir uns manchmal meinetwegen prügeln. Manchmal brach eine Schlägerei aus, und die Schläger machten für mich eine Ausnahme. *Du nicht*, sagte so ein Bursche und trat zurück. Manche Leute wollten mir unbedingt dies oder das ersparen. Lila sagte oft: *Es kommt nicht darauf an, wie du aussiehst ... Du bist ein Junge ... Du hast eine Zukunft vor dir* ... In der Schule schickten mir Mädchen Zettel, in denen sie mir Anträge machten – oft unschuldige, nicht sexuelle, aber bis zu einem bestimmten Punkt boten sie sich doch an. Wenn sie dann manchmal sahen, daß ich nicht von ihnen geträumt hatte, hatten sie *einen Haß* auf mich. Sie rächten sich auf alle möglichen Arten, ziemlich plump oder ziemlich ausgebufft. Aus Bequemlichkeit hörte ich in diesen Dingen, die so unerwartet in mein Leben eingedrungen waren und die ich nicht begriff, sittsam auf meine Mutter. Es kam mir so vor, als hätte ich sie nicht verstanden; sie meinte nicht, es komme auf die Oberflächenwirkung nicht an: sie war der Meinung, es handle sich nicht um eine Oberflächenwirkung, sondern mein Leben bisher, die Krankheit, das heißt, die von Dad, daß ich dageblieben und unglücklich gewesen war – all das habe zusammen mit den biologischen Einflüssen eine Wirkung gezeitigt.

Es mag schwer sein, einem, der solche Dinge ausspricht, zuzuhören, doch wirklich schwer zu ertragen ist es, wenn es einem fortwährend geschieht, dem adoptierten Kind, dem Adoptivvater-Liebhaber, dem mittellosen, intelligenten Anarchomoralisten, dem Kopf, dem Schwanz – den Augen – dem Mund ... Man sollte versuchen, einfach zu sein. Man hatte einen auf bestimmte Weise geformten Schädel, ererbte Merkmale, Augen von einem bestimmten Schnitt; man hatte eine bestimmte Körpergröße und Traurigkeit, seinen Teil Fröhlichkeit und willentlich gewahrter Frische. Man verfügte über allerlei Mienen. Man schaut zum Abteilfenster hinaus, auf das Sitzpolster hinunter, zur Wand, in Daniels Augen und erblickt dort, wie in diesen Wochen so oft in den Augen anderer, eine Entgegnung – spontan, ziemlich intensiv, eigentlich nicht unverständlich. Nicht völlig unverständlich.

Da ist Lebensinteresse ... weil ich – weil jemand, der aussieht wie ich, jemand, in dem ich stecke, da ist: so etwas muß es sein.

4

In der seltsamen Welt gleitender, plötzlich gegenwärtiger Wahrnehmungen, wo ständig Deutungen und Hypothesen umgedeutet und ergänzt sein wollen, wo man eine Idee (oder Ideen) zum Zuvor-Geschehenen oder darüber hat, die man unverzüglich auf naheliegende und weithergeholte Weisen mit dem Jetzt vergleicht, um sodann auf die Zukunft zu spekulieren, da ist ein Moralist jemand, der Sinn zu finden hofft.

Als Moralist besaß Daniel jene moralistische Hurenhaftigkeit, die in gewissen Momenten realistisch Gewalt über die Welt verleiht, und zwar mittels fertig vorhandener Gedanken, die nun nur noch am Leben zu verifizieren sind; der Wille drängt darauf, daß dies geschieht, daß man seine Gedanken verifiziert – Gedanken, wie es scheint, in den grauen Roben der Unsterblichkeit. Und da Gedanken weder Tag für Tag in verschiedenen Köpfen noch, als in ein und demselben Kopf wiederkehrende, die gleichen bleiben können, hatte Daniel Gedanken, die von *seinen* Vorstellungen von Unsterblichkeit, Finalität und moralischer Vortrefflichkeit getönt waren. Es waren seine persönlichen Gedanken, aber sie trugen Züge des Anspruchs auf universale Gültigkeit. Modifiziert wurden sie allein durch Daniels taktisches Gespür, sein Gespür für Zahlungsmittel, für Geld und effektive Köder, die er allesamt als absolute und moralische Dinge betrachtete, jedes für sich, ohne einen Zusammenhang herzustellen; doch aufgrund seiner Charakterfestigkeit und starken Persönlichkeit hielt er sich für einen zutiefst, ja rigoros *zusammenhängend* denkenden Menschen. Ich versuche hier, den Eindruck zu vermitteln, den man von ihm hatte – einen leicht schweißtreibenden Eindruck.

Mit meinen Handgelenken in den Manschetten des neuen Hemds, mit den neuen Venen auf meinen neuen Armen und der kuriosen senkrechten Ader mitten auf der Stirn ... mit alldem empfand ich Daniel auf neue Weise.

Im großen und ganzen war Daniel keine Hure. Obwohl gutaussehend und vorzeigbar, war er doch niemand, nach dem andere Verlangen hatten. Er wurde bemerkt, bewundert und gemieden: als ein etwas kantiger, von sich faszinierter und darüber ungehaltener, ansehnlicher und intelligenter Mann ... Ein *Narziß* – überzeugt, man brauche nur ihn zu kennen, um die ganze Wahrheit zu erfahren. Manche Schuljungen gebrauchten für solche Gemüter das Wort *sadistisch*, was heißen sollte, daß der freie Fall des Individuums durch die reale Atmosphäre insgesamt unter bösen Vorzeichen stehe, Stunde für Stunde und in jeder Stimmung unter dem Einfluß eines glühenden Meteors, der neben sich nichts duldet. Die Begleitumstände einer bestimmten Begegnung, der Tick, eben diese Begegnung, während sie noch stattfindet, Minute für Minute zu benennen, werden in seiner Nähe bedrückend: dieses *Oh, welch eine Überraschung*, diese *Krümmungen* und *Wendungen*, dieses fortwährende Benennen, das die Leute an sich haben – es gab für die Kriegsjahre spezielle Finanzierungspläne wie *Leihpacht* und *Mietkauf*, und der Krieg war tagtäglich zu spüren, immer eine Spur anders – als würde man auf einem Pferd reiten, aber in Wirklichkeit, in der realen Zeit, während des Krieges, wandelten die Leute sogar die unsterblichen Kriegsziele der Demokratien fortwährend um – und Daniel hatte etwas von der Gemeinheit *der Alleinigen Wahrheit* an sich.

Er war reich – und autokratisch ... tüchtig ... *Das hier sind vereinzelte Fragmente, die zu einer Theorie, einer Hypothese führen könnten* ... Mit jedem Merkmal, wie man aussieht, welchen Haarschnitt man trägt, wie man lächelt, in allem wird man in seiner Gegenwart – jedenfalls war es auf dieser Reise so – ständig von ihm beurteilt, mit Bemerkungen oder Blicken, im Lichte dessen, was er von der weiteren Welt her *weiß* – *meint* oder als die *Wahrheit* anzusehen beschlossen hat. Er *weiß*, was in Männersachen Mode ist. Man war sich – aus Erfahrung – momentweise darüber im klaren – es ist einem klar, daß man von allen möglichen bewußten und unbewußten Urteilen über einen selbst umgeben ist – man wird vielleicht nicht gerade auf seine Zuchtqualitäten hin abgeschätzt, sondern auf seinen *Unterhaltungswert* hin – als besonderer Fall ... als Kuriosiät ... als Schönheit ... Und du mußt irgendwie entscheiden, inwiefern er *weiß, wovon er redet*, oder ob er *noch ein Kind ist (auch wenn er nicht so aussieht)* oder ein *Psychopath* – verrückt, in sich verliebt und unfähig, die Welt richtig einzuschätzen – oder ob er *draußen vor* ist (provinziell, verstockt) oder *nicht mehr ganz dicht vor lauter Liebe – gaga* (Lilas Begriff; auch Nonies Begriff – Nonie ordnete Männer, die sie gern hatten, verschiedenen Kategorien zu; eine davon hieß «Mamas kleines Dummerchen»... *Klar, so einem Jungen mußt du das Rückgrat ersetzen – was gar kein so übles Leben ist – zumal die Familie Geld hat* ... und so weiter ...), oder du kannst dich dafür entscheiden, den Unkomplizierten zu spielen. Du kannst die Sache als geklärt betrachten. Du kannst dich betrunken oder schlicht unbekümmert geben. Oder von Verzweiflung getrieben. Du kannst die Flüchtigkeit alles Visuellen übernehmen, die Flinkheit der Augenbewegungen, die keine Zeit zum Nachdenken lassen. Oder du kannst dich zurückhalten. Sich zurückzuhalten oder Distanz zu halten ist, ob man will oder nicht, im wirklichen Leben eine Art zu denken.

5

«In U. City haben wir in der Schule so eine Marotte – wir fragen ringsum jeden: Was für eine Waffe bist du? Man muß nicht antworten ...»

«Ein Sechskammerrevolver», sagte Daniel nach kurzem Zögern – und verschlagen.

Ich kannte ein paar der Jungen in der Schule, die einige der diversen homosexuellen Disziplinen ausübten – Dinge mit der Tendenz zum homosexuellen Gruppensex –, und ein paar Jungen, die zeitweilig homosexuell waren; außerdem eine Gemeinde von wahren Gläubigen, die *intellektuell* waren und mit den Händen fuchtelten, jedoch mit so komischer Stimme redeten und die Leute so komisch anstarrten, denen es aber mit ihrer Religion ernst war. Daniel hat mit derartigem Gruppenkram nichts im Sinn – er ist ein strikter Feind von diesem Kram. Er ist strikt, unnachsichtig, rigoros gegen liederliche Manierismen, doch wie es sich so fügt, spricht er übertrieben musikalisch, was *befremdlich* wirkt und womit er irgendeine spezielle Sinnebene andeutet, als ob er La-la-la sänge; er trägt einem irgendeinen speziellen, *melodischen* Humor an.

«Bist du ein Opernliebhaber?» frage ich, während der Zug ruckel-di-zuck über die Kriegsgeleise rattert.

«Ja. Und was für eine Waffe bist du?»

«Das wechselt bei den einzelnen jeden Tag – Stimmungen sind erlaubt – ich bin eine Kanone ... eine altmodische Eisenbahnkanone ... Ich bin langsam ... Ich mache eine Menge Arbeit.»

All diese Urteile, wo man doch partiell gegen Urteile ist; die gekreuzten Klingen, die Opfer (oder Ansinnen), die weißen Fahnen, die Gesten – sich auf den Rücken legen und seinen Bauch zeigen, oder sitzend den Hals hinhalten, oder das Hinterteil präsentieren – und verbergen, was man denkt (unter Blättern sozusagen, oder hinter systematischem Geplauder oder Schweigen) – Gedanken, Willen, Ehrgeiz, Kalkül verbergen, oder sie vorzeigen wie einen Paß: dies alles hat man schon längst getan, bevor man in ethnologisch und biologisch ausgerichteten Artikeln in *Reader's Digest* davon gelesen hat. Man wird wie eine zweifelhafte Kollektion von Merkmalen beurteilt – wie von einem Pferdekäufer auf einem ländlichen Markt, denn schließlich lügt man ja vielleicht oder vereinfacht oder ist einfach in einem Ausnahmezustand – weil jemand einen unter Drogen gesetzt oder einem die Haut bemalt hat, so wie sie lebendigen Pferden das Fell einfärben; beurteilt werden ein Lächeln, eine Art Grips, eine gewisse körperliche Größe, Kampfgeist (ob vorhanden oder nicht), ob man von *angenehmem* Charakter ist oder nicht – wie umgänglich man ist (ob man zu männlicher Unverfrorenheit, Unverschämtheit, Dreistigkeit und so weiter neigt oder nicht) ... keineswegs aber in einem natürlich-pluralistischen Sinne. Man selbst schätzt vor allem ab, wieviel Gefahr einem von dem anderen droht und wie die Chancen stehen, einen Verbündeten in ihm zu haben, falls man in Gefahr gerät.

Man schätzt ab, man entnimmt eine Bohrprobe, befindet provisorisch darüber, ob er Unterhaltung, Gesellschaft, guten Rat, Geld zu bieten hat ... Liebe, Bewunderung-trotz-mancher-Zweifel und so fort. Wie anständig oder unanständig er ist ... welche Überzeugungen er hat – was für einen Code; wie viele Menschen vermutlich schon Anspruch auf seine Zeit erheben ... Was davon noch für Freundschaft übrigbleiben mag, für einen selbst in dieser Hinsicht, welche Möglichkeiten für einen in dem Zuwendungsangebot, das er unterbreitet, liegen ...

Ich kann nicht sagen, mir wäre die sexuelle Idee von *dem Jungen im* (nahen) *Bett* gänzlich unvertraut oder genauestens vertraut gewesen.

Die Merkmale, die man aufweist, sind die *eines zugänglichen Waisenjungen* ... für Phantasien zugänglich: Lila hat das einmal gesagt. Diesen plebejischen Glanz hat man aufzuweisen – zigeunerhaft. Verstand – oder Schulleistungen – lassen sich in Relation zu *Geld und Status* betrachten.

Oder zu Originalität. Zu Temperament. *Gefährlichkeit ... Kannst du das hier verkraften*, oder *hast du die Kraft dafür?* Derlei nimmt man mit den Lebensumständen in sich auf – Sie lernen es, weil es Ihnen in der Schule, im Umkleideraum begegnet; Ihre Mutter und ihre Brüder bringen es Ihnen bei; Ihr Vater lehrt es Sie ungebetenermaßen – oder ein Onkel.

Und häufig lehren es Bücher ... *Dicke Bücher, schöner*

Schein, fall nicht auf den Schwindler rein ... Die wogenden Weidenzweige, Pseudofruchthülsen, erträumten Hände und Lippen anderer, und wie diese anderen ihre – oft *erotischen* oder amourösen – Lebensumstände erleben ... Manchmal mißt man Menschen daran, wie begehrt sie sind oder waren: haben sie erfahren, was es heißt, von früher Kindheit an umworben, geehelicht, geschieden und verlassen zu werden? Haben sie die Nerven, sich der Welt zu stellen? Wahr ist, daß ich manche der offen tuntigen Jungen in der Schule mag, sogar ziemlich mag, weil sie solche Nerven haben, ebenso eiserne Nerven wie die besten Baseball-Spieler beider High-School-Ligen, Nachwuchs- und Junior-Liga. Ich bewundere die enorme Verwegenheit des Typs, der sagt, er küßt andere am Arsch, und von dem andere sagen, daß er es wirklich tut. Ich halte es noch nicht mal aus, daran zu denken, und ich könnte schwören, daß es nicht zu meinen Wünschen zählt, am Arsch geküßt zu werden (und nie zu einem meiner Wünsche wurde). Zur damaligen Zeit ist das verbotenes Terrain, aber ich bewundere den Typ für seine Nerven und seine Energie.

Und Typen an der Schule, die Bollwerke der Solidität sind, die Boxunterricht nehmen, gut in Sport und Sport-Fans sind – die *nie rumfummeln* ... sie mag ich auch.

Weder Lila und S. L. noch die Schule haben mich jemals so restlos kaufen können, daß ich ihre Ansichten verlogen als meine eigenen vertreten hätte.

Aber irgendwie hackt in der Schule jeder auf mir herum, fängt irgendwann Streit mit mir an: ich bin in der Schule derjenige mit den besten Noten (bei weitem), deswegen trifft manches mich als ersten; aber daran liegt es nicht allein ... Eher daran, daß meine Eltern krank oder in Schwierigkeiten sind, daß mich eine ganze Menge Leute mögen und daß ich mich, wenn ich nicht weiß, was ich tun soll, nach dem Gespür entscheide und sich das oft als ganz richtig herausstellt. Dieses *Ich-weiß-das-eben* ist in mancher Hinsicht erotisch wie die

Brust eines Jungen. Oder eines Mädchens. *Was-ich-eben-weiß* – das hinter-mir-liegende Leben – mein noch-andauerndes Leben und die Theorien, auf die ich nun aufgrund meines ungewürdigten, unglücklichen Lebens verfalle, wirken vielleicht wie ein Federschmuck. Der Schuldirektor ist so etwas wie ein zeitweiliger Fan, Anhänger oder Freund von mir – was genau er ist, schwankt und verändert sich in der Schattierung von Tag zu Tag, von Mal zu Mal; er ist ein kleines bißchen antijüdisch eingestellt, aber ein netter Kerl, er bleibt nett dabei – manchmal weist er mir Leibwächter zu, wenn ich etwas getan habe, mir in einem Disput jemanden zum Feind gemacht oder einen Preis gewonnen habe zum Beispiel, oder für die Schulzeitung, oder gar für die Schulbehörde, etwas geschrieben habe und ein paar Schüler mir mit Drohungen kommen – oder ein paarmal, als ich mich verliebt hatte, für jemanden schwärmte oder so, und ein paar Jungen sagten, sie würden mich schon kriegen ... Es ist richtig komisch, wie die Haltung der Schule sich sofort ändert, wenn jemand, eine Bande, es auf mich abgesehen hat. Der Direktor sagt, wie meine Mutter, ich würde noch mal umgebracht werden. Sehen Sie, Bücher bleiben vage, was die Art der *Macht* angeht, die sie einer Gestalt zuschreiben, sogar wirklich gute Bücher; im Leben aber wird man an seiner Magnetkraft, an seinem Einfluß-auf-andere und an allem möglichen gemessen, das mit den Arten von *Macht* zu tun hat, die man besitzt. In einem sehr seltsamem Sinn besitze ich davon eine ganze Menge. *Hast du denn noch was zwischen den Beinen, Wiley?* Hast du auch noch ein Banjo *zwischen den Knien*? Ich werde viel verspottet. Aber ich bin auf zwei, drei kleinen und auf zwei großen Parties gewesen, wo die Hauptattraktion, oder eine der Hauptattraktionen, darin bestand, mich ganz oder weitgehend auszuziehen und mich tanzen zu sehen und so weiter.

Ich weiß nicht, was das bedeutet. Wie unheimlich oder schauerlich ein Leben auch sein mag, es ist immer nur eine Variante – des Lebens, meine ich, und außerdem des Lebens der Spezies; ein Beispiel dessen, was für ein Geschlecht, eine Epoche und so weiter typisch ist, und höllisch weit vom Ideal entfernt. Daß er und ich – Dan, Daniel, *Danny* und ich – jeder ein Leben, einen Verstand, Ziele, Ansichten, *Bedürfnisse* (ein bei uns damals beliebtes Wort) haben und Beine, einen Schwanz zwischen den Beinen, Nerven und Stimmungen – ich *denke*, man wird mit Gewalt in den Wahnsinn getrieben – ein Teil der Schülerschaft damals landete dort – oder in eine gewisse Sittsamkeit, Manierlichkeit – und geistige Starrheit; es hängt davon ab, welche Form das Interesse annimmt, das man für das *wirkliche Leben* aufbringt ... Doch *andere Dinge* spielen auch noch mit ...

Mir ist bewußt, daß ich Anfälle von Ärger, sogar von Wut und sicherlich von Neugierde habe, jedoch auch, und das ist noch seltsamer, Anfälle von Neugierde und Desinteresse gleichzeitig, von *nein danke* oder *ach nein*, die sich ziemlich entschieden äußern und Kämpfe, vielleicht sogar den Tod nicht ausschließen. Eher sterben als nachgeben.

Als auf die Sache ganz generell eingehen, darauf, wie sie mir präsentiert, angetragen oder aufgedrängt wird, physisch oder durch irgendeinen Erpressungsversuch.

Natürlich bin ich in alldem noch unerfahren – unerfahren in diesem Kram, wenn er solche Ausmaße annimmt, unerfahren darin, in diesen Dimensionen dieses Alters zu sein. Wenn ich jetzt etwas tue, merke ich, mit welcher Vorsicht ich *mit diesen Dimensionen*, mit dieser Größe, diesem Alter umgehe; ich vollführe einen Balanceakt; ich versuche, die Balance zu wahren; doch die kann ganz hübsch schnell in Zügellosigkeit umkippen – ich kann im voraus entschieden haben und weiß dennoch nicht, ob ich mit einem *Ja* oder einem *Nein* reagieren werde, wenn der Moment kommt, falls er kommt, wo andere sich entscheiden zu *lieben* oder *nicht zu lieben*. Oder zu kämpfen oder nicht. Oder was immer.

Ich kämpfe nicht. Ich bin Pazifist. Dafür kann ich nichts. Das kommt von all dem Leiden. Aber irgendwie kämpfe ich doch. Ich lasse mich nicht gern von Kerlen aus dem Feld drängen, denen gerade danach ist, *unangenehm* zu werden.

Ich verteidige mich, indem ich mir sage, daß dieser Kram jedesmal auf spezifische Weise passiert, sich im Grad der Offenheit und in den Bedeutungsnuancen unterscheidet, anders ist ... Oder auch nicht .... Immer geht es um Liebe – oder Feindschaft.

Bei Typen, die offen *anders herum* sind und als Gruppe auftreten – *anders herum* war der Begriff, mit dem sich damals manche Männer selbst kennzeichneten –, kommt es zwar darauf an, wie systematisch diese Typen in dem sind, was sie sind, aber immer scheint die Gegenwart meines *Geistes* und meines Urteils, soweit ich eines habe, irgendwie in Opposition zu der Unverfrorenheit illusionärer und absolutistischer Tagträumereien zu stehen, sogar zu ihrem Gefühl, bestimmte Dinge – was es auch sein mag – gefielen ihnen, es treibe sie, bestimmte Dinge zu tun, und sie hätten möglicherweise ein Recht darauf, sie zu tun ....

6

«Glaubst du daran, daß im Krieg und in der Liebe alles erlaubt ist?» fragte ich Dan.

«Nun ja, einem christlichen Spruch traue ich nie», sagte er lächelnd.

«Ich glaube nicht daran. Es stimmt nicht, finde ich. Man steht nur in mancher Hinsicht außerhalb der Gesetze, nicht mehr.» Im Krieg und in der Liebe. «Vielleicht irre ich mich ja ...»

Viele Leute weichen zurück; manche werden, hm, semieisig, wenn man sich auf bestimmte Weisen äußert.

Er sagte: «Würdest du sagen, daß du verwöhnt bist?» Dann: «Durch das, was aus dir geworden ist?»

«Ich würde sagen, wenigstens einmal, eine Zeitlang, passiert das jedem, egal, was man ist, Junge oder Mädchen, Mann oder Frau, Kind oder Erwachsener – an irgendeinem Punkt des Lebens ist es so. Darauf könnte ich wetten. Nonie weiß das.»

Dan schwitzt ein wenig. Klicketi-klack-klack-klicketi macht der Zug. Der Altersunterschied zwischen uns und alles übrige – und das ist ganz schön komplex-kompliziert –, daß man (als Cousins) ein gutes, arrogantes Team ist, daß die Arroganz zeitweilig aufgehoben ist (sexuell und aufgrund des *Alters*), daß Nachsicht herrscht (jene Nachsicht, die eine Zeichen von Vernarrtheit ist, sich aber als gesellschaftliche Billigung ausgibt): man muß das ignorieren. Ich meine, du kannst es nicht besprechen, nichts davon, ohne daß es völlig schiefgeht, und wie kommst du dann mit den Folgen klar? Ich will nach Forestville. Von der Möglichkeit, daß die Sache heute nicht klappen könnte, werde ich insgeheim *verkrampft*. Daß es überhaupt mit einer Menge Dinge nicht klappen könnte, daraus wird auf Daniels Seite ein wirklich stringentes, abgehobenes, leicht ätzendes, *absolutistisches* Werben (um mich), dessen Gefühlsintensität in dem Maße schwankt, wie seine Billigung steigt und fällt; im großen und ganzen aber ist er bislang einverstanden; im großen und ganzen hast du seinen Test bestanden; das gesamte All (das glaubt er wahrhaftig) wird für dich zurechtgebogen. Doch du bist immer noch abgestoßen – es reicht nicht: soll er doch das All verbiegen – er spricht nicht wirklich mit *mir*.

Vielleicht ist es besser, wenn du abgestoßen BLEIBST, wo dieser Kram in der Luft ist. Ich nehme einmal an, daß er moralischer Gesinnung ist, aber wer weiß, wie er sich *in einer Umarmung* aufführt. Auf meiner Seite ist die Sache die, daß ich am Leben, dankbar und ausweichend-vorsichtig bin: es stimmt, daß wenige Leute mir zuhören, ohne sich mit mir über das, was ich sage, zu streiten; aber bei Daniel ist die Sache anders – er streitet mit mir über nichts. Er ignoriert mich, während er mich zur Kenntnis nimmt. Wenn ich momentweise trotzdem entsetzt bin, trotz des um mich, den Jungen, herum zur Tüte gebogenen Alls, dann ist das eine Art von Reiseübelkeit im Inneren der angespannten, unglücklichen Situation, daß jemand sich vernarrt hat (in dich) und du überzeugt bist, daß es (wohl) nicht funktionieren wird.

Mich durchzucken, hier im Zug, immer wieder Fluchtimpulse; und phallische Bestätigungsimpulse (wackliger Art), Zuckungen nur, Samenkörner für ein fast unfreiwilliges Lächeln hier, ein halbes Lächeln dort, das aufkeimt und hastig zurückgenommen wird. Für mein Gefühl haben wir im Wechsel bereits vielerlei vielseitige Übungen von miteinander unvereinbarer Überlegenheit absolviert, er und ich; und dies erkennen wir mit klarsichtiger Nächstenliebe an.

Doch seine Nächstenliebe in dieser Angelegenheit ist mechanisch, fast routiniert. Ich *glaube*, er wird vor meinem Schwanz, meiner Jugend auf die Knie sinken. Das haben Jungen schon zuvor getan. Und ein Mädchen. Aber das will ich nicht: zunächst einmal bin ich noch jung. Die Bestätigung, die darin läge, stünde in Zusammenhang mit Dads Tod und mit Dans Geld. Und für sich genommen wäre es irrsinnig respektlos. *Mir* gegenüber. Als ob man ein Benzinschlauch wäre, der ein Auto auftankt. Hierin liegt für mich ein komplexes Problem den meisten Männern gegenüber, wie sie als Männer auch immer sein mögen, oder wer sie auch sind, und manchen Frauen und einigen wenigen Mädchen gegenüber.

7

Meine Wahrnehmung ist akuter als seine – weniger routiniert. Dem liegt eine intellektuelle Entscheidung zugrunde, und es ist das Resultat davon, daß ich sechs Jahre lang versucht habe, meinen Vater zu pflegen; außerdem kommt es in hohem Maße vom Lesen. Die Vielstimmigkeit eines Buchs, sodann die enorme Viefalt von Stimmen in verschiedenen

Büchern, sehr vielen verschiedenartigen Büchern – diese Stimmen sind in mir nicht zum Chor gebündelt, der von einer Lehre singt. Eine Lehre ist etwas, dessen man sich nach dem faktischen Geschehen bedient, vielleicht vornehmlich, um die Stimmenvielfalt zu bezwingen – sage ich. Ich denke nach einer funktionierend unsystematischen Methode, in fortwährender Improvisation, im *recitativo* (Dan und ich sprachen über einige dieser Dinge), worin ich Formen von *Unabhängigkeit*, von Rebellion sehe – eine zielstrebige Überlegenheit-bei-Unterlegenheit, als sei man ein Pfadfinder aus dem äußersten wilden Westen, trage starkriechende Wildlederkleidung und halte sich im alten St. Louis unter den gewaschenen und gestärkten, kunstvoll frisierten, schnauzbärtigen Reichen auf.

Dan ist älter als ich und gescheit, er verfügt über viel eigenes Geld und sieht nach den meisten gängigen Vorstellungen weit besser aus als ich, ist aber an diesem Punkt seines Lebens weniger attraktiv als ich; und dies «wußte» ich nicht. Es stellt sich jedoch während der Zugreise immer deutlicher heraus. Es fliegt einem zu ... Vielleicht erhasche ich flüchtig Einblick in Überlegungen, die Lila durch den Kopf gegangen sind. Partiell kapiere ich – nur partiell – rückwirkend vergangenes Zeug; das Jetzt-Zeug ist mir ziemlich rätselhaft.

Dan stellt mir Fragen zu Darwin und zur Offenbarung. Er fragt in einem Ton, der andeutet, daß er *nach letzten Dingen* fragt und im Hinblick auf eine übermenschlich absolute Antwort. Nun ist aber eine Antwort, die einen Gegenstand darstellt, für mich ein abstoßendes *Götzenbild*. Wie zum Beispiel manche Jesus-Bilder, wenn sie vergegenständlicht sind. Ein lebendiger-atmender-sterbender-aufschreiender-und-wiederauferstehender Gott-Jesus jedoch ist etwas anderes.

Ich gedenke nicht, mich von Dans Gottesidee unter Druck setzen zu lassen, und er würde das auch nicht versuchen (mich unter Druck zu setzen), wenn er mich nicht im Verdacht hätte, daß ich ihm nicht auf den Leim gegangen bin: das lese ich an seinem Verhalten ab. Von ihm *beeindruckt* bin ich schon. Er setzt diese Dinge *höflich* ein, nicht ständig als Ultimatum, sondern als etwas am äußersten Rand des Verhaltens Angesiedeltes, so daß daraus Selbstaufgabe in einem gleichsam verspiegelten Nichts wird – man wird irgendwie in ein wabernd wolkenverschleiertes Nirgendwo versetzt, wie vor dem Einschlafen, und es ist warm dort, wie unter Dekken. Dies ist das Königreich des Großspiegels von China – wo alles parodiert wird, jedoch mit Momenten von insgeheim hysterischer Aufrichtigkeit, die eine Form von Denken ist, und dann erscheint es plötzlich im Spiegel, das wie in der dritten Person manifestierte Ich und seine Geschichte, die Autobiographie, das erotische Ich, keusch oder nicht, was immer objektiv richtig ist, weil so eben die Aufmerksamkeit des Spiegels funktioniert, falls ich das so sagen darf – verstehen Sie?

Eine andere Person kann für Daniel nicht mehr sein als eine dünnwandig höhlenreiche Quelle von Echos dessen, was er bereits weiß, von Echos, die einen Festanlaß ankündigen. Und dann wird man zum *Fleisch-mit-Kartoffeln* dieses Festes. Aber es ist fies, darum zu wissen, es ist fies von einem, daß man es *weiß* (oder bemerkt); alles wird einem vermiest – kennen Sie *gesellschaftliche* Situationen wie die, von der ich spreche? –, aber da ist auch noch etwas anderes: Daniel sind diese Dinge nicht fremd; er kennt sie von Männern her, die darin besser sind als ich; und zwei Arten von Rücksicht sind vorhanden, die weltmännische oder stets von neuem zum Systematischen gewendete Art und die derb improvisierte, bei der es nur uns gibt, uns zwei, nichts sonst – mich in meiner neuerdings grotesk maßlosen Einsamkeit und ungeheuren, ungeheuer verzehrenden Hoffnung auf Freundschaft und Ähnlichkeit zwischen Cousins, auf etwas Verläßliches; und ihn mit seiner beträchtlichen Erfahrung und in der vollen Rüstung seiner Überzeugungen, der für mich eine Ausnahme macht, momentweise eine Ausnahme aus mir macht, mir – nicht aus Schwäche – mit meinen Seltsamkeiten Duldung zugesteht.

Nonie hat mir vorgeworfen, ich bräuchte *Homos*, weil sie die einzigen seien, die mich notgedrungen wenigstens halbwegs so akzeptieren, wie ich bin.

Ich mit meinen Hoffnungen, die in gewisser Hinsicht meine Ambitionen sind, wo die meisten Hoffnungen solche der derben Art sind, wobei *derb* neu und improvisiert, tastend und ungewiß bedeutet – Daniel als intellektuell selbstsicherem Weltmann ist es peinlich, daß ich so bin, wie ich bin, und derbe Hoffnungen habe, die er nicht hegt.

Und er neigt dazu, zurückzuweichen, auf jenes andere umzuschwenken, darauf, Mitleid und Geduld mit mir zu haben – er neigt dazu, jene Seite in sich zu ersticken und abzutöten, welche die Existenz eines Terrains von Gefährtenschaft zuläßt oder legitimisiert, auf dem ich, ohne mich zimperlich zu schützen oder auch nur vernünftigen Widerstand aufzubieten, Liebe empfinde, wenn ich sie empfinde, und lediglich (oder für ihn interessantermaßen) so bin, wie ich bin.

Etwas Forderndes liegt in dem, was er tut, wie er ist. Ich glaube, daß er seine Fragen, wie er eben ist, aus einem ganzheitlichen Lebensbild, einem Lebenswerk heraus stellt: ich habe ein *Potential* (ein verbreitetes Wort damals), bin die embryonale oder wolkige Vorstufe zu – einem Jungen; etwas langbeinig *Gutaussehendes*, wenn auch nicht so richtig; richtig gutaussehend ist er; aber er sieht mich so, jedoch nicht in dem Stil, in dem er selbst es ist; auf diese Weise verleiht er meinem Leben, meiner Identität Einzigartigkeit.

Er ist reich, wirklich reich – reicher als alle, die in U. City mit mir zur Schule gehen, und als die Väter aller Leute, die ich gut kenne. Er ist geschliffen, in diesem Sinne vollendet; und ich bin eifersüchtig, ein, schmuddliger eifersüchtiger, jüngferlich-putzig eifersüchtiger Herunterputzer alles Geschliffenen und Vollendeten höheren Rangs – wenn auch vielleicht nicht vorsätzlich. Vielleicht doch. Gewiß bin ich, wenn eine gewisse Distanz erhalten und eine gewisse Privatsphäre unangetastet bleibt, geradezu süchtig nach dem Umworbenwerden. Man kann danach süchtig werden. nach den speziellen Verhaltensweisen dabei, nach all dem, was einem dann gestattet ist, nach dem Licht, das solche Freiheiten werfen, und nach dem Lächeln, den Gesten, die in dieser Freizügigkeit erblühen, die beinahe schon Geduld mit dem bedeutet, was man im Wirklichen ist – nach dem Erhellenden, das dann die eigene Existenz und die existierenden Emotionen an sich haben: sehen Sie, umworben zu werden ist relativistisch, indem alles sich dadurch verändert, es sei denn, Sie halten standhaft ironisch an der Überzeugung fest, daß dies nichts als eine Illusion ist und daß Sie sich nicht verändern lassen, sich nicht zu einem anderen Leben hinreißen lassen sollten, nicht über den Rand des Wasserfalls stürzen, sich nicht in die Stromschnellen tragen lassen sollten, in bräutliche, blendende Momente – oder was auch sonst.

Über das veränderte Denken, die nun veränderte Geschichte, den veränderten Körper (und die *andersartigen* Aspekte der eigenen körperlichen Existenz, die *verblüffend* andere Blume oder Textur des Moments), darüber lachen manche; doch ich bin danach süchtig, nach diesem Phänomen, ein anderer zu sein, der nun mit einem anderen zusammen ist, wodurch nun alles anders wird ...

Manchmal im wirklichen Leben entspringt Sensibilität (und vorbildliches Benehmen) meiner dünkelhaften Ansicht, ich könnte zu Recht oder Unrecht, als Mistkerl oder ganz akzeptabler Bursche, der Meinung sein, daß ich so, wie ich bin, jedem, der mich mag, das Zeugnis lausig überreifer Selbstverliebtheit ausstelle. Das Bunker- oder Schützengrabenartige daran, daß einen jemand mag, daß man darin Schutz sucht, dieses kultiviert und raffiniert kodierte oder kodifizierte Andere ist ein anderer Mensch, der einem, vielleicht aus extrem überzüchtetem Narzißmus heraus, Angebote macht, von denen manche echt sind, manche nicht.

Und es steht nicht einmal fest, wer der eine, wer der andere ist. Oft zieht sich auch der andere in einen Bunker zurück und läßt die Front ganz und gar im Stich – und einen selbst.

Der fähige Typ dort drüben kann nur erschließen, wie meine Wirklichkeit aussieht – unmittelbar empfinden kann er sie nicht. Ich fühle mich unbefriedigt, im realen Sinn ungenährt. Partiell bin ich jedoch zufriedengestellt; es handelt sich da nicht um eine Entweder-Oder-Frage, außer im nahen Umfeld des Ja-oder-Nein von *Lutschst du mich?* Des *Lutschmich* als scherzhaftem Befehl, als Jux-Kommando. Oder wenn man bloß mit den Händen aneinander rumfummelt – oder das Blinzelspiel spielt. Dann heißt die Antwort *nein*, bei diesem Spiel, doch das macht den Jungen traurig. Es verblüfft ihn, daß diese Dinge für Dan – *für Leute wie* Dan – feststehen und doch zu durchbrechen sind. Wiley imitiert und übernimmt zum Teil Dans Vertrauen auf kategorische Aussagen, seinen Absolutismus: dies gehört dazu, wenn man mit ihm zusammen ist, mit ihm Gespräche führt – na ja, soweit das überhaupt Gespräche waren, was zwischen uns stattfand; es gehört zu einem *umgänglichen* Benehmen. Außerdem ist es Diebstahl, Spionage und vielleicht Hinterlist.

Ich empfinde Dan jedoch als hölzern, als *komplett blind* (Dans Bezeichnung für die Uneingeweihten, für einen Uneingeweihten, einen Außenseiter), als geschlagen mit einer Blindheit, aus der heraus er einen erstaunlich sensiblen *Tastsinn* entwickelt hat. Mit einer Hölzernheit, die Vorsicht erzeugt. Aber auch eine lebhafte Stimme. Es ist schon beachtlich ... eine Gebärdensprache unter reflektierten und systemgeschulten Leuten, eine Scherzzone, in der bis zu einem gewissen Grad Bildung stattfindet.

Wenn diese Bildung aber nicht revolutionär ist, wenn sie keine komplette Umwälzung herbeiführt – durch Liebe etwa, durch mein Bedürfnis, ihn zu schockieren, etwa, mal angenommen, ich könnte ihn schockieren, Stunde um Stunde, bis er umgestülpt, *bouleversé*, umgewandelt wäre – falls sie das nicht ist, wendet er das Erlernte prompt auf das an, was er für noblen religösen Glauben hält. Man ist schließlich gebunden, er zumindest; sein Verstand verbindet, was er über dich erfährt, mit dem, was er bereits weiß ... somit mit Zeug, das du ebenfalls weißt oder bald wissen wirst.

Ich nenne ihn innerlich Danny, Dan oder Daniel, je nach dem momentanen Stand meiner Gefühle für ihn.

8

In der Tat sah mein Cousin Daniel unheimlich gut aus. Seine Lippen waren tiefrot. Er besaß eine glatte, bräunliche Gesichtshaut mit dichtem, gründlich rasiertem Bartwuchs von glänzender, geometrisch getüpfelter *Schwärze,* ornamental und Neugier erweckend – wodurch kommt diese geordnete Gesamtwirkung von Schönheit nur zustande? Er hat enorm lange, recht strukturierte und doch raupenhafte Augenbrauen, die fast seinen Haaransatz berühren, über großen, weiten braunen Augen von immenser Sehnsucht, langen schwarzen Wimpern und mächtigen Lidern. Ein Wust von Locken krönt seine breite Stirn, und die winzige Nase darunter ist ungemein schmal – wirklich zuviel des Guten.

Und enorm lange, leicht behaarte Finger mit Nägeln, die, obgleich kurzgeschnitten, an diesen Fingern phänomenal lang erscheinen, so nah an den obersten Gelenken setzen sie an. Er hatte ein Grübchen im Kinn, einen spitzen Haaransatz und zierliche, klargeformte Ohren. Er sprach mit einem guten Akzent, mit einigem Sarkasmus (oder, im idealen, gebildeten Sinne, mit Ironie), ohne es an wendigem Lippengekräusel fehlen zu lassen – er hatte eine sehr ungewöhnliche, südlich schleppende Stimme mit einem ganzen Repertoire an unterdrückten, gleichwohl noch immer tiefempfundenen Posen, opernartig, beinah schön. Vielleicht schön: das ist eine Frage des Geschmacks. Letztlich nur das. Das Empfinden, daß er sich als (stilistisch, ökonomisch und gesellschaftlich) überlegen empfinden muß, wirkt aufreizend – ob man will oder nicht, sexuell – auf einen, wenn man Kampf und Rivalität sexuell erregend findet, wenn man ihn zum Zurückstekken zwingen will.

Zum Teil rühren seine Empfindungen daher, daß ich zwar seine monomanischen Strukturen absoluten Wissens und den damit einhergehenden maßlosen Dünkel – die Anmaßung, vom Schöpfer und der Seele des Kosmos abzustammen – respektiere, jedoch wohl keine Spur daran glaube. Ich liebe Gott weder in ihm, Daniel, noch durch ihn, auch nicht die Sicherheit, die mir von ihm gleichsam auf Gottes Befehl verliehen wird. Ich liebe meine Sicherheit und ließe sie mir gern von Daniel schenken, wenn er darüber verhandeln möchte, aber ich betrachte sie nicht als Sicherheit unter den Bedingungen, die sich aus dem *Zusammensein mit ihm bisher* zu ergeben scheinen und die im Moment die einzig bestehenden sind – und die einzigen, die jemals in Momenten bestehen können. Ich betrachte diese Bedingungen als aufs übelste erstickend – als maßlose Feigheit meinerseits, sollte ich mich darauf einlassen: diese hier heuchlerisch angebotene, falsche Sicherheit.

Ich weiß nicht, warum ich so bin, wie ich bin. Mein Leben hat dazu geführt. Stimmt schon, ich liebe es, daß diese Dinge möglich sind; und mit Dan im Zug unterwegs zu sein liebe ich irgendwie auch; vor allem aber, mit etwas List, mit etwas Reinheit, *liebe* ich ihn – für seine Freundlichkeit, für seine Unverfrorenheit, für seine irrigen Überzeugungen und dafür, daß er so aalglatt und letzten Endes doch ein Klotz oder Blödmann war. Ich liebe das Dilettantische, das Semi-Dilettantische an vielem – an dem meisten Zeug in ihm.

Nun, sehen Sie, er *empfindet* diese «Liebe» zu mir als einen Geist, eine Hitzewolke, eine Fata Morgana in Sphären, die fühlende Wesen bewohnen, als heiße Möglichkeit. Mit jenem Ich, das Ideen vertritt – der Korb, jedoch nicht der genitale, sondern das allumfassende menschliche Ich, der weltliche Bug der Seele, des seelischen Anteils – jenes Teils, der das Ganze umfaßt – mit jenem Ich also sieht er vor sich das *gestrafte, das befreite Kind,* das er, Daniel, befreit hat – diese Begriffe sehe ich in seinem Gesicht. Sämtliche Momente des Zusammenseins mit mir bislang sieht sein funktionierender Verstand als eine von den einzelnen Momenten abgekoppelte Geschichte an. Für einen Absolutisten kann all das Zeug, das in Sekunden vor sich geht, überhaupt nicht existieren, oder allenfalls in der Wahrnehmung einer bemitleidenswert unaufgeklärten, unaufgeklärten und irrenden Person. Wahrhaft existent sind nur die Folgerungen, die Ideen.

Für mich jedoch ereignet sich da so etwas wie Jazz. Das Moment ist wirklich da. Es wird wie im Jazz nach den einzelnen Momenten gemessen. Und zudem wie alles Kampf- und Kriegsgeschehen. Krieg ist zeitgebunden. Daniel will Nonie strafen. Er nimmt mich nach Carolina mit; wenn er dort jemanden hat, den er «mag», wenn er mich *«liebt»*, ist dies natürlich mit anderen Geschichten verflochten. Die man nur ungefähr ahnt. *Herumzumachen* jedoch, *herumzuspielen* – sicherlich wenigstens in meinem Alter –, oder zu «flirten» oder sich mit jemandem anzufreunden: dies heißt, wenn es sich nicht im Rahmen des Homo-Gruppenzeugs abspielt, daß man sich weigert, einen Part in einer fixierten Geschichte zu übernehmen, daß man sich weigert, anders als in Parenthese, als temporär zu existieren, abgeschottet vom normalen, im Ablauf der bürgerlichen Zeit enthaltenen Sinn, dafür Jazzartigen oder emotionalen Sinnformen irgendwie verbunden, oder – nach meiner Ansicht – echten und nicht falschen.

Dans «Liebe» geht mit einer intellektuell so klaren, zugleich so unklar ehrlichen Einschätzung dieser Liebe, seiner Emotionen, seiner Handlungen, ja der Person einher, die er in einem solchen Zustand ist, daß es mich verwundert, wie er für die vorrückende – dahindampfende – Zeit Worte finden kann, die allesamt die Zeit negieren. Wann wird seine «Liebe» sich ereignen? Wann sich auswirken? Mir scheint, wenn er in diesem Zustand ist, existieren wir, ich, mein Leben kaum für ihn ... wir sind entbehrlich – der Klarheit zuliebe setzt er sich über die Zeit, die physikalische Welt, die Existenz von Gefühlen, die Existenz von allem hochnäsig hinweg.

Vielleicht spürt er jedoch den heidnischen Hauch der realen Existenz, der Liebe enthält – uneingestandene Liebe. Er schwankt ein wenig: er ist davon angezogen, ist hingezogen zu der heidnischen Existenz von Liebe als einer Realität, jedoch vielleicht nur als seiner eigenen Realität, in der ich sowie er und seine Eifersucht nicht vorkommen; denn seine Eifersucht ist ein fast lebendiges, atmendes Abbild – oder frankensteinhaftes Zerrbild oder Phantombild – von mir; oder nicht von mir, sondern von dem Jungen, dem ich gerade da, an jenem Tag, glich.

Doch Eifersucht: das ist er, von mir träumend – in einem Schlummer, in dem er der Kosmos ist.

Im Moment ist er ohne bewegende Kraft: gewiß bin ich mir dessen freilich nicht. *Manchmal, wenn du nicht dazu kommst, einen Mucks von dir zu geben, wenn du keinen Fuß in die Tür kriegst, weißt du nicht, woran du bist – Marionetten hängen an Drähten ... Du mußt dich in acht nehmen, Wiley ...* Ich setze mich wieder aufrecht hin und lege meinen Pullover über den Schoß. Lila hat mir eine Menge eingeschärft, mir Ratschläge gegeben, bevor ich von zu Hause fortgegangen bin: *Versuch nicht zu glänzen ... Sei schlau: zeig nicht, wie schlau du bist, und zeig nicht, wie blöd du bist.* Wau. Ganz schön vertrackt. «Zückt die Schwerter, da kommt ein Gelehrter», sage ich und sehe Daniel an. Dann runzle ich die Brauen. Mama hat mir kryptische Dinge über Daniel erzählt. Und über Casey, seine Mutter. *Sonderbare Menschen sind das, Wiley, sehr sonderbare: nicht mal aus einer Papiertüte könnten die sich rauslavieren: so fromm sind sie; einem Katz-und-Hund-Verein könnten die nie vorstehen, beide nicht ... Das sind Menschen, die ihren Kopf durchsetzen müssen.* Sie sagte: *Hab Geduld mit ihm, aber verlier nicht deine Selbst-*

achtung. Und denk dran, daß Selbstachtung nicht das Ein und Alles ist – aber nütz deinen Kopf. Jetzt hör mal zu, Wiley – sei nicht so närrisch zu glauben, daß Daniel es ernst meint, wenn er sagt, er mag intelligente Leute: in Wirklichkeit will er nur, daß jemand nett zu ihm ist. Hör auf meinen Rat und stell dich blöd: Sei vernünftig – das ist nämlich seiner Meinung nach *Intelligenz.* Und: *Zeig ihm ja nicht, wie eingebildet du bist.*

«Wie eingebildet bin ich denn, Mama?»

Mehr als genug ... Genug, um Probleme zu machen, Wiley. Keiner ist darauf vorbereitet ... Du erwartest zuviel von anderen – tu mir den Gefallen und zeig auf dieser Reise keinem, wie wenig du von ihm hältst ... Daniel hat eine sehr hohe Meinung von sich ...

Er greift auf sich zurück und ist wieder er selbst – ein Mann, der *weiß*, was er tut. Er versichert sich seiner augenblicklichen Würde als Familienoberhaupt: so etwa ist es – er schiebt *mich* seiner Familie unter. Das hängt in der Luft. *Sein Problem ist, daß er sich leicht langweilt*, hat Mama mir erklärt, bevor ich St. Louis verließ. *Das Leben ist sehr einfach, Wiley: sei nett zu den Leuten, dann sind sie auch nett zu dir.*

Ich sage zu Daniel: «*Nett zu den Leuten* zu sein ist überhaupt nicht einfach. Nein, eine *einfache* Sache ist das nicht, *nett zu den Leuten* zu sein. Seit ich größer bin als meine Mutter, sagt sie immer erst mal *Setz dich, Wiley*, wenn sie mit mir reden will, sogar wenn sie selbst steht – jedesmal macht sie das.»

Als adoptiertes Kind besitze ich kein sprachliches Fundament. Meine Sprache entstammt nicht den Schattenzonen dieser Familie. Meine Sprache ist eindeutig ein Gebäude aus Fälschungen und Deduktionen – mit mehr oder weniger gutmütiger *Aufrichtigkeit* spiele ich eine Rolle, die eines Familienangehörigen, aber eine Spur problematisch, fragwürdig ist das schon.

Ich denke und fühle weitgehend nicht in Worten. Das Licht, das durch die Scheibe fällt, spielt auf Daniels gestärkter, winkelreicher Khakihemdbrust. Daniel lehnt sich vor, lehnt sich zurück. Böen von *Diesem-oder-jenem* sausen hin und her, weniger so, wie es ihnen beliebt, als in Schneisen, die ihnen meine Innenlandschaft nicht versperrt. Über die Neigungen der Landschaft im Inneren eines Menschen ist nicht leicht zu sprechen.

In mir spricht fortwährend eine innere Stimme, sogar wenn ich schlafe. Lange dachte ich, das rühre von genetischer Vereinsamung her – daher, daß ich von den Familien, von meinen beiden Familien im Stich gelassen wurde, wenn ich nicht tat, was sie verlangten. Diese Stimme gleicht einem falschen Datum, einem noch nicht lange vergangenen Tag, dem zentralen Gestern, einer Familie, einer Mutter, einem Bruder, einem fürsorglichen Vater ... derlei Stimmen werden jedoch zu einer Stimme, und nicht zu einer verfügenden oder zielstrebigen, sondern nur zu einer *unterweisenden*, wie damals, als man noch klein war und Menschen einen an der Hand führten und Sachen zu einem sagten; man ging neben ihnen dahin, sie schweiften mit ihren Gedanken ein bißchen ab und freuten sich daran, wie unschuldig man war.

Nur indirekt gibt diese innere Stimme *Erklärungen* – sie mag glatt sieben Schritte davon entfernt sein, in Worte zu übersetzen, was geschehen ist, aber sie schreit leicht auf: *DU BIST AUF IHN EIFERSÜCHTIG* oder: *DU BIST ZU ANALYTISCH, WENN DU SO WEITERMACHST, KÜHLT ER NOCH ZU EIS AB.*

Noch unausgedrückte *Gedanken* existieren jedoch oft als Gefühle und als innere Haltungen, in denen man sich mit erregter Aufmerksamkeit in eine bestimmte Richtung wendet, oder in ein Bündel von Richtungen, die man fast so gut kennt wie den Lageplan eines Schatzes, tue soundso viele Schritte nach da, soundso viele nach dort, nun schaue zur magischen Eule auf, und so fort.

«Sie ist ganz in Ordnung», sagte Daniel und beäugte mich dabei – als mein Retter ... und mit Nebentönen.

«Sieht aus, als wäre sie ernstlich durcheinander.»

«Sie spielt es hoch.» Dann: «Sie dramatisiert gern.» Er

stellt mich auf die Probe, die Stärke meiner Bindungen ... Bei Daddys Beerdigung war Mama ungeschminkt und unscheinbar aufgetreten, als zerzauste tragische Königin. «Eine Hekuba», sagte Daniel und prüfte gleich noch meine *klassische* Bildung – immerhin ohne mich scharf zu beäugen: er gab sich nicht dominant ... wollte auch nicht dominieren: sondern *kultiviert* sein ... tolerant ... respektvoll oder *bestechend* ... oder alles zugleich. In den Vereinigten Staaten mit antikklassischem Zeug zu kommen heißt im allgemeinen, daß man etwas will. Er sagte: «Für sie sind die guten Zeiten jetzt vorbei ... Sie tut mir leid ... Die Helena von Troja in der Familie bist jetzt du.»

«Der Meinung wäre sie nicht», sagte ich und fing an zu lachen; dann wurde ich trübsinnig und schaute auf meine Knie.

9

Einige Leute sprachen mich so überspannt an, nicht viele. Immerhin so viele, daß ich daran gewöhnt war.

«Ich weiß nicht, wie du das aushältst», sagte Dan und blinzelte in das Licht, das schlingernd und pulsierend durch das Abteilfenster schien: er saß mit dem Rücken zur Lokomotive – mir zuliebe. *Ein bißchen Verhätschelung könnte dir nicht schaden ... Und die kriegst du, wenn du deinen Kopf gebrauchst:* der Grund (einer der Gründe), warum ich hier bin ... sozusagen ein auf bürgerlicher Moral basierender Grund. Wenn meine Nerven bebten, dann weil das, was ich dabei empfand, eine so unbestimmte Angelegenheit war – der Moment hatte viel von Improvisation und war doch so von Gewohnheit infiziert, so methodisch arrangiert, gemäß mir unbekannten Methoden. Ich bin vielleicht doch kein sehr begabter Saxophonist.

«Meine Mutter ist ein interessantes Gesprächsthema, finde ich, aber tu mir den Gefallen und fang nicht von St.

Louis an.» Dazu lächelte ich höflich, vielleicht halbwüchsig. Dann wollte ich sehen, was der Moment zuließ, und ging – im Rahmen einer Konversation – ziemlich weit: «Tu mir den Gefallen und halte den Mund zu St. Louis.» Er sagte nichts, und ohne ihn anzusehen, fuhr ich fort: «Lila unterhält sich besser mit mir, wenn ich auf einem Hocker sitze und sie mit dem Kopf nicht überrage. Aber wenn ich über sie rede, habe ich ein komisches Gefühl. Als wäre ich jemand anderes.» Ich sackte in meiner Hälfte des Abteils in mich zusammen; ich schlage die Beine übereinander, lege den Kopf zurück und blicke ihn über mein Gesicht hinweg an, meinen Cousin, sehr verschwommen, sehr scheu – seines Interesses wegen gleichsam auf abstrakte oder blasse Weise verwandelt.

Vieles von dem, was ich hier zu kennen glaube, habe ich von bestimmten Jungen in der Schule. Ich kenne schließlich nicht jeden – ich kenne bestimmte Jungen. «Persönliche Fragen sind wie Geknutsche ... Ich hasse Zungenküsse.«

Daniel – im Zug – brach in johlendes Gelächter aus; ein amüsiertes, schockiertes Stakkato-Lachen, das rasch verstummte. «Du sagst wirklich *sehr* ausgefallene Dinge» – Daniel, im Zug, sondiert.

Ich grinse nervös – ich kann nur soundsoweit vorausdenken. «Ich mag über den Kram zu Hause nicht reden ... Nichts Wirkliches passiert so, wie ich angenommen habe ... Ich finde selber, ich klinge kurios.» Wenn ich die Wirklichkeit bewußt registriere, wird mir zumeist klar, daß ich blind vorgehe, auch wenn ich meine, ich sähe voraus. «Alles gerät wüst durcheinander ... In mir ... Das ist anstrengend – aber schon in Ordnung. Wenn man versucht zu reden, ist das, als würde man auf einem Minenfeld herumspazieren – Dinge, die man gar nicht sagen will, platzen heraus ... man platzt. *Ich* platze.» *Ha-ha* ...

«Kennst du die Geschichte von den schottischen Regimentern bei Al Alamain, die in Kilts und mit schallenden Dudelsäcken auf die Minenfelder marschiert sind? In die Explosionen hinein?» Typen, die sich grammatisch korrekt ausdrücken, übrigens auch Mädchen, und Typen, die von Kilts reden – die flirten mit einem, das weißt du doch, oder? Das hier ist ein Vorstoß. Daniel sagt: «Die Deutschen haben sie *die Höllendamen* genannt, so gute Soldaten waren das, die Kiltträger.» Auf *Aufregendes* zu reagieren – auf Dinge, die in einem realen Moment riskant sind – bedeutet, daß man blitzschnell zwischen seinen Sinnen hin- und herspringt – vom Rattern und Knattern, Klacken und Schnaufen des Zugs – zur Wärme der Fensterscheibe – zum Anblick eines kleinen Flusses in der Ferne – zu dem Gefühl, man habe Staub (wegen der staubbedeckten Erdoberfläche, die an den Fenstern vorbeisaust, und wegen der staubigen Scheiben: eine weitere staubige Fläche) an den bebenden Fingern, die beben, weil der Zug vibriert. Dies schnürt mir die Kehle zu, also flüchte ich, suche Zuflucht bei dem Gefühl, das vom Stoff neuer, leichter Hosen auf meine Fingerkuppen übergeht, die jenseits des Pullovers auf meinem Schoß an den Bügelfalten der Hosenbeine auf- und abstreichen.

Ich kann ihm wohl nicht trauen. Daß ich ihn so deutlich sexuell wahrnehme, irritiert mich. Ich möchte diesem Zeug nicht weiter nachgehen – man kann mit diesem Zeug nicht herumspielen, um über einen anderen etwas in Erfahrung zu bringen, ohne zuviel zu erfahren. Grobe Selbstgefährdung, sinnliche Selbstgefährdung – und so weiter. Das unterschwellig Verzweifelte, das dieses Zeug damals an sich hatte (und noch hätte, wenn die Betreffenden hier im Abteil wären), als ich zusammen mit bestimmten Jungen in St. Louis eine blödsinnige, heiße Erleichterung suchte – dieses Zeug könnte sich hier bei Daniel, in diesem Abteil, erneut einstellen. Ich hoffte, dies vermeiden zu können, indem ich über St. Louis nicht sprach.

Und die Assoziationen, das Aufsteigen alter, nun modifizierter Gefühle, Spuren davon, Rudimente, jedoch vom Jetzt neu geschärft, das Gerangel mit anderen Jungen zum Beispiel, und diese Sache, daß man den anderen, Junge oder Mädchen, verachtet, weil man nicht sentimental ist, daß man sich im voraus festgelegt hat, weil das Zeug nicht – nicht wirklich – leidenschaftlich ist und eine andere Form von *Höflichkeit* verlangt, sozusagen; und der *möglicherweise* blöde Mut, den das andere Zeug kostet, ist hier nicht erforderlich, die vielleicht amoralische Sorglosigkeit (unsterblicher Art) anderer Arten von *Liebe* – die behenden Tricks des Willens und der Selbstvergebung, des Rausches bei voller Nüchternheit, der Wut und ironischen Verzweiflung, das alles möchte ich vermeiden ... Fast sicher stehen hier Liebe und Betörung an ...

Jedoch nur in gewissem, in wechselndem Umfang.

10

Indem ich innerlich (in einem aktuellen Moment) einem mentalen Bogen folge, erkenne ich das Muster, daß ich irgendwie, wie soll ich sagen, Menschen *hasse*, die mich dazu bringen, zu ihnen nein zu sagen.

11

Ich kann mich zwingen, ja zu sagen. Ich kann mich verleiten lassen. Ich kann mich paradox verhalten. Ich hüpfe zwischen den Möglichkeiten dahin und hänge dem nach, «was ich dabei empfinde». Natürlich ist es *interessant*, Dinge zu durchleben, doch in den Momenten, in denen man es tut, ist es nervenaufreibend, bedrohlich – für mich zu bedrohlich, als daß ich mich anders dazu verhalten könnte, als ein bißchen hochnäsig und irgendwie aufgekratzt darüber zu grinsen. Wir sind ungefähr gleich groß, Daniel und ich. Daniel macht jenen Eindruck, den auch ich manchmal erwecke, diesen *ein-so-richtig-männlicher-Junge-ist-Wiley-ja-nicht*-Eindruck, der leicht in den entgegengesetzten, *EIN-ECHTES-MANNS-BILD-VON-JUNGE*-Eindruck umschlägt. Ich mag *sexuell ein Witz* sein, ein *richtiger* Junge mit ernstem Gesicht.

Daniel beugt sich vor und berührt einen *richtigen* Jungen mit *ernstem Gesicht* – ich habe noch seinen Khakiärmel in Erinnerung, die Manschette daran, gestärkt; den Knopf, gesprungen; seine Uhr – eine billige Stahluhr mit billigem Armband –, das Handgelenk, seine Gestalt, die irgendwie schräg verlaufenden schattigen Kuhlen und Kerben zwischen den dünnen Muskeln dort; das schmückend Humane des Sehnenfächers und die Inselkette der Knöchel, den Muskel in der geschwungenen Bucht zwischen Daumen und Zeigefinger – das ist ein Handrücken, seiner; er berührte mich auf bedacht *normale* Weise; wenn ich den Moment aber richtig in Erinnerung habe (den mir geschenkten Moment), dann gleicht das atmosphärische Geflecht darin fast dem sprachlichen Geflecht in einer Geschichte, die ich nicht geschrieben habe – an einem Punkt, meine ich; es kann sogar mitten in einem Satz passieren, wenn sich darin etwas auf eine andere Welt mit fast vollständig anderen Bezugspunkten bezieht und den relativistischen Reiz der Gegenüberstellung erzeugt. Die Gefühle, Wörter, Meinungen, die man produziert, sind nicht unsterblich, nicht Komponenten eines unsterblichen Spannungsfeldes zwischen Gesetzestreue und Ungehorsam. Sie halten unterschiedlich lange – sogar als (sogenannte) Kunst.

Doch dann verdreht sich der Sinn so, daß Gefühle zur Last werden, und dieser Sinn ist weit sinnhaltiger oder stellt Sinn in einem höheren oder auf höherer Ebene nützlichen Aggregatzustand dar. Über den Boden rückt eine Wolke voran, die etwas verhüllt – einen Fuchs, einen Schwan – wer weiß? Zeitweilige Liebe, das einen überfallende, weitgehend vielleicht unerwünschte *Wissen um die Dinge* – ich kannte ein Mädchen, das gesagt hatte, in einer Berührung *Gefühle* zu erkennen fühle sich so ähnlich an, wie wenn man eine Prüfung ablegt oder in der Schule an einer Feuerübung teilnimmt; und wie am Kopf getroffen zu werden, möchte ich hinzufügen, doch sonst stimme ich zu – es ist eine nützliche Amnesie, eine nutzbringende Gehirnerschütterung oder ein erwungener Moment des Träumens mit offenen Augen, eine bestürzende, nicht zu steuernde Halluzination.

Und es gleicht einem Schlachtfeld, einem echten, und einer echten Kriegsszene; man befindet sich auf unübersichtlichem, scheinbar verhängnisvollem Gelände, wo das Geschehen wie in der Schlacht aufs mächtigste vom eigenen Willen unabhängig ist. Natürlich besitzt man dennoch einen Willen – sich hinzulegen, tapfer zu sein, durchzuhalten. Du kannst dich auf den seltsamen Verlauf der Geschichte einlassen, auf das Nacheinander der Ereignisse im wirklichen Leben. Du wirst dir zu eigen machen, was du tust, obwohl dabei Zwang, Taktik und Schwindel mitwirken. Die Sache ist nur die, daß hier eine Geschichte abläuft, die sich stark von der in jedem mir möglichen Versuch, sie zu verstehen, unterscheidet.

Eine in Daniel ablaufende, mich – irgendwie – einschließende Ilias, die nun, in diesen klacke-ti-klack dahinruckelnden Sekunden, zum Bestandteil meiner inneren Landschaft geworden ist.

Daß Daniel nicht selbstsicher wirkt, als er es tut, hängt teils mit Manieren einer bestimmten Art zusammen, teils mit der Tatsache, daß ihm die Geschichte, obwohl sie ihn betrifft, partiell zu hoch ist. Dies gibt er nicht zu. Die Differenz zwischen der Person, die er im Zusammensein mit mir ist, und seinem Verhalten Lila gegenüber entspricht der Differenz zwischen seiner (vielleicht jüdisch-männlichen) Mißachtung der meisten Dinge einerseits und dem darin andererseits verborgenen Hinweis auf die Wichtigkeit gewisser anderer Dinge, die er nicht näher untersucht, weil er nichts davon wissen will, daß sie ihm fremd sind. Daß man ihm wichtig ist, erweist sich an einem gewissen Geruch – von Angst. Seiner. Wegen der klaffenden weißen Flecken auf diesem Manövrierfeld, dieser Angriffsfläche und so fort. Meiner Angst, weil ich jünger bin und derlei Dinge nicht eindeutig geschehen lassen will, jedoch vorwitzig bin, und weil es sich bei seinen Gefühlen um einen Irrtum seinerseits handeln könnte, jetzt – immer: um den Irrtum, ich wäre ihm wichtig ... *Vielleicht bist du ja einer von denen, die in Erinnerung bleiben* ... Oh, zum Teufel: die Dinge geraten in Bewegung, bevor man sie entwirren kann.

Vielleicht bin ich stärker engagiert als er, wenigstens hinsichtlich des halbwüchsigen Staunens über die Phänomenologie großer Gefühle in einem selbst – dies verberge ich vor ihm. Mißachtung und *Diskretion* – meine wie seine – verstärken einander, sind sich jedoch nicht gleich; sein Mangel an Selbstvertrauen und dann der Krieg, der physische Moment in seiner historischen Ausführung, sind in lodernder Komprimierung in dem enthalten, was ich flackernd empfinde. In den puffenden und klicke-ti-klackenden Sekunden springen in meinem Bewußtsein die Zeitformen der Verben – die *Jetzts* und *Danns* in ihren diversen Formen – bei dem partiell natürlichen Tageslicht, das im Abteil herrscht, im Schulsinne aus ihren Reihen, genauer gesagt jedoch in meinem Sinne, in der seltsam schlingernden, stets zum Landen ansetzenden und doch nie landenden Gegenwart.

Unscharf sind Jungen aus der Kindheit anwesend, ältere Jungen aus der Zeit noch vor dem Kindergarten, und Momente in der Schule, von denen manche mittlerweile zu schlechten, andere zu sentimentalen Momenten geworden sind; und meine Schwester ist da; Nonie ist hier, mein Dad, der Umkleideraum in der Schule und mein leiblicher Vater. Ich glaube, daß ich in gewisser Hinsicht mittels *Verhandeln* den Weg durch das Labyrinth von Zurückweisungen zur Sexualität finde, selbst wenn das Drama gewisser sexueller Vorfälle für jeden anderen Beteiligten aus verschiedenen, einem einzigen Willen entspringenden Impulsen und Akten der Einwilligung besteht. Sicher bin ich mir jedoch nicht.

Das liegt daran, daß ich es noch nicht weiß. Ich will dies oder das, ich erbe dies oder das, ich glaube dies oder das. Während *wir* unterwegs sind (in den Momenten), scheinen die Umstände darauf hinzuweisen, daß meine Existenz als taktisch *aktiver* Faktor für uns (ihn und mich) einen hohen Stellenwert besitzt, doch er betrachtet die Dinge als feststehend; er ordnet sie ständig neu, kommt stets zu neuen Schlüssen darüber, wie die Dinge sind; und ich empfinde die Dinge als von Zeit durchsetzte und durchgeisterte Verhandlungssache. Nicht so stark, daß ich wahnsinnig würde, aber doch so sehr, daß es meine Gefühle sind, obwohl er und ich uns nicht im Einklang befinden.

Er benutzt Wahnsinn nicht zur Verführung – oder als Ausrede –, *vielleicht* aber nutzte er seinen Sinn für den eigentümlichen menschlichen Wunsch, dem ordinären Wachzustand – dem *O weh* – zu entkommen ... Er hat einen komischen Blick, mit dem er gewisse Dinge beobachtet und andere auslöst (bei mir); die Höflichkeit oder Diskretion oder was immer, das Umworbenwerden (falls es das ist), gibt mir bei Daniels Charakter quasi-absolute Macht über die Momente, jedoch nur vielleicht. Und es hängt davon ab, wie flink ich bin, wie flink ich raten kann.

Liebe als Zustand besonderer Verbundenheit – mit einer Person – und als so lange, wie die Liebe andauert, fortwährende Ehe mit der jeweiligen Gegenwart ist mir ein wenig neu als ehemaligem Mittelschichtkind, das von vielen Menschen umgeben und umsorgt gewesen ist: ich weiß noch, welchen Aufruhr und welche Unannehmlichkeiten es gab, als ich meine Eltern und meine Schwester ablehnte. Wenn man in seiner eifersüchtigen Aufmerksamkeit nun so konzentriert ist, zeigt dies, daß man in seiner Freiheit für einen Moment von Gefühlen bedroht ist, die mit einer anderen Person – mit jemandem in der dritten Person – zu tun haben: in diesem Fall mit einem *Er*, aber es könnte auch ein Kind, ein Mädchen sein, und man hat das Gefühl, ich habe das Gefühl, daß ich über dieses Zeug Bescheid weiß – in mancher Hinsicht – und daß Daniel es weiß: er weiß es aus den Geschichten über mich und meinen Dad, als es Dad noch gutging und als er dann krank war.

Das Wissen des Liebenden gleicht dem mythischen Raub des Feuers. Wie im Mythos schenkt man jemandem dieses Feuer kriminell-einzigartigen Wissens um sich selbst; der freilich kann es nicht unbedingt reproduzieren. Von dieser Prahlerei (sollte es eine sein) jedoch einmal abgesehen, ist man sich bewußt, daß man – oder die Urform, die Idee, die man aufkommen läßt – ein bestimmtes Lebensgefühl, ein Gefühl für die Momente erzeugt – unter dem Aspekt jenes Feuers in seiner realen Bedeutung, wenn die halluzinatorische Sirene sexueller Schönheit ertönt. Zum sexuellen Spiel ruft – vielleicht zum Halluzinieren im unheimlichen Licht der Halluzination.

Unberührt zu sein, in welchem Sinne auch immer, ist eine sehr reale Dummheit – und Unwissenheit gleicht einem Knüppel, der auf einen einprügelt. Ich kann leugnen, daß dieses Zeug, daß alles, was ich dazu gedacht und empfunden habe, real existiert, kann, was dieses Thema angeht, jede Fähigkeit zur Einsicht leugnen: *Ich bin nicht schlampig, wenn es um Liebe geht*: und dennoch kann ich hie und da nicht übersehen, daß diese Einsichtsfähigkeit mir so anzusehen ist wie die Farbe meiner Augen und daß sie einen großen Teil der Wirklichkeit – «der historischen Realität» – jener Jahre, jenes Monats ... jenes besonderen Moments ausmacht. Meiner inneren Wirklichkeit, die Daniels Interesse fesselt.

In einer Hinsicht, nur in einer, braucht man nicht deutlich zu werden. Man hat das Gefühl, daß man in seinen Augen brennt; man ist für ihn eine vor lauter Gewichtigem erbebende und pendelnde Laterne – vor der Gewichtigkeit der Gefühle, die er für sich hegt.

Diese Gefühle gelten auch dem Jungsein, meiner Jugendlichkeit. Er hat zugleich recht und unrecht: man dürfte kaum das *vollkommene* Objekt für romantische Regungen sein: was hat er hier bloß zu suchen, dieser große Idealist? Das viele Gewichtige nähert sich, bedrückt mich leibhaftig und lastet als Gewicht auf – oder in – meinem Schoß. Man kann vor sich selbst die Existenz von *Liebe* leugnen, das Eingeständnis jedoch, daß Emotionen aus dem Bereich des *Liebe* genannten Interesses existieren, wird einem in manchen Momenten abgezwungen. Man *entbrennt* darunter, auch wenn es Verschwendung ist.

Ich neige zu der Annahme, daß Ältere, eigentlich *alle* anderen, wissen, was sie tun. Oft vermag ich nicht zu glauben, daß für gewisse Randzonen eines akuten Moments jeder blind ist ... Das Lebensgefühl des Blindekuh-Spielers oder Bluffers, berauschter Träumer auf dunkel(nd)en Ebenen bei Mitternacht und solcher Kram zählt nicht zu den Dingen, an die ich unverbrüchlich glauben kann. Wohl kann ein Augenblick eine wirklich fatale Forderung an das Herz stellen. Die Art und Weise, wie man lächelt, unstet, abwesend, die Berührung ignorierend, und sich doch zur Kenntnis nehmend, wie es vielleicht jemand viel Jüngeres täte – man ist so überrascht worden, daß man seine extravagante Haltung der Liebe gegenüber durchscheinen läßt.

Als bliebe er beim Thema, sagt Daniel: «Wir wissen alle, daß du deinen Vater geliebt hast.»

«Ich hab meinen Vater geliebt? Das weiß ich nicht mehr richtig. Aber ich mag's, wenn es mir einer sagt.»

«Dafür mag ich dich», sagt er. «Ich mag dich. Punkt.»

«Du magst mich zu rasch», sagt der Junge steif. «Mich zu mögen ist schwierig.» Ich wollte nicht, daß das Thema gewechselt würde, das weiß ich noch.

Ich weiß noch, daß ich Daniels Reaktion auf mich ignorierte, mir einfältig und nutzlos frühreif vorkam.

ER, Daniel, sitzt ausdruckslos da, als ich zu ihm hinsehe, ohne eine Botschaft für mich; heute möchte ich sagen, daß ihm vielleicht die Botschaften ausgegangen waren, denn was ich gesagt hatte – und daß ich das Gespräch nicht abreißen lassen wollte –, hatte uns zum Verstummen gebracht.

Es mag damals so ausgesehen haben, als wüßte ich, was ich tat, oder als könnten wir uns, so wie ich redete und aussah, ruhig so verhalten, als wüßte ich es sehr wohl. Zum Anführer taugte ich freilich kaum, obwohl ich aufgrund des Krams, der zwischen mir und meinem kranken Vater vorgegangen war, so einiges wußte. Meiner Erinnerung nach habe ich an jenem Tag das Gefühl, bewußt um gewisse medizinische, stark riechende, gefangennehmende Details von Bindungen zwischen Menschen zu wissen – um möglicherweise erbärmliche – und für das Leben dessen, der sie kennt, kostspielige Details. Weil sie zu einem absurden Leben gehören. Als Dad zum erstenmal aus dem Krankenhaus zurückgekommen war und ich beschloß, mich ihm gegenüber korrekt zu benehmen, war ich noch sehr jung, aber ich war verwöhnt und hatte mir überlegt, daß es mich das Leben kosten könnte, unter anderem aus diesem Grund, na ja, nicht *genau* deswegen, aber aus diesem erstaunten *Ich-hab's-dir-ja-gesagt*-Grund – diesem *Halt-das-Kind-von-kranken-Leuten-fern*-Grund. Das Wissen darum, wie du diese Dinge von Moment zu Moment erkennst und registrierst, wird dir auf absolute Weise von einem hingerissenen Absolutisten geschenkt, für den du – wie für viele Leute, nach deinem heutigen Eindruck – einen außergewöhnlichen, gefährlichen Genuß darstellst, beeindruckend, mit Befehlsgewalt ausgestattet, verblüffend unwissend und sonderbar. Und vielleicht auf ungeahnte, verborgene Weise zerstörerisch. Die monotone Zickzacklinie der technisch gesehen toten, momentanen Macht in mir auf dem Meßblatt wird zu meinem Pulsschlag, zusammen mit dem Gefühl: *Ich würde ihn enttäuschen* (wenn er besser Bescheid wüßte, wenn wir irgendwas zustande kriegen, eine Freundschaft oder etwas Raffinierteres). Man ist unwissend, weiß jedoch, daß sein System und seine Überzeugungen nicht zulassen, daß irgend etwas real ist, daher wird er natürlich enttäuscht sein.

Sich selbst bis zu einem gewissen Punkt als JÜNGERER Junge eines bestimmten Typs wahrzunehmen, und dann – semi-schauerlicher, peinlicher und leicht melodramatischerweise – gerade nicht mehr als Typus, sondern als man selbst – und als man selbst in einer bestimmten Befindlichkeit – einen Monat nach dem Tag am Fluß –, so daß das *Nein* in mir einem verkrampften Muskel gleicht: vielleicht ist das von *moralischer Schönheit*. Vielleicht ist es neckisch – für gewisse narzißtische Idioten. Und Daniel sitzt dem gegenüber.

Daniel ist braungebrannt, dunkelhaarig; er trägt maßgeschneiderte Khakisachen; ich weiß noch nicht viel über ihn. Es ist unwahrscheinlich, daß ich viel über ihn erfahre – wie kann ich seine Gefühle beurteilen? Er ist straff, selbstsicher und herablassend, er ist bitter-säuerlich (sagt man ihm in der Familie nach) und liebens-würdig-manierlich – ein vielleicht *verwöhnter* Mann (also ein Narzißt in dem Sinne, daß er ein Privatleben ohne Frauen darin führt, ohne jemanden, der ihn mit seiner Erlaubnis liebt); es gibt für ihn Kontemplation, freundlichen, jedoch melodramatisch liebevollen und feurigen Sex und Emotionen – ich rate nur ... ich errate das. Das Licht, das durch die Fenster scheint – es stört mich nicht, grell angestrahlt zu werden. Daniel befindet sich im Zustand spannungsgeladener oder wie-elektrisierter Erregung. Es ist ein bißchen so, als käme dieser Moment für ihn in einem vom Anfang ziemlich weit entfernten Kapitel vor. In einem spannenden Buch. Ich lese nicht das gleiche Buch. Oder, wenn doch, nicht das gleiche Kapitel.

Ich kenne ihn nicht. Ich kenne meine Einstellung zu diesem Zeug nicht – auch nicht zu ihm. Ich weiß, daß es hier um etwas Romantisches geht, aber es zählt nicht zu den Dingen, mit denen ich mich jemals gezielt beschäftige – von einem Erwachsenen geliebt zu werden oder so. Ich bin verlegen. Ich bin solide – angesichts dieses Zeugs ein solider Mittelschichtjunge – vielleicht phantasiere ich mir das auch nur sehnsüchtig zusammen. Ich bin ungeschliffen – häßlich und gutaussehend zugleich. Wenn ich kleiner wäre, reiche Eltern hätte und wir in irgendeinem Sport gegeneinander kämpfen würden, hätte ich einen klareren Kopf.

Doch zwischen uns besteht keinerlei klare, normal menschliche Beziehung: nur seine Gefühle, die meine ausgelöst haben.

Ich fragte mich, ob dieses Zeug ruinös sei. Ich spüre alles, was er tut; und die Ebene, auf der ich seine Arme, seine Beine, die kitzelnden Haare, die Muskeln seiner Arme spüre, macht aus diesem Zeug nicht Objekte meiner Beachtung, sondern Subjekte spielerischer, aber wirklich gefährlicher männlicher *Verbformen* für Bindung ... Kinderkram. Aus unaufhörlicher, täglicher Übung, aus lebenslanger Erfahrung weiß man, wie gefährlich sie ist, die Bindung; man haßt sie, die Erniedrigungen, *das ewige Auf und Ab*, die ganze Erfahrung. An dem, was man bei Nachbarn, bei Schulkameraden, bei *den anderen* ahnt, kann man ermessen, was es mit diesem Kram tatsächlich auf sich hat. Die Leute erzählen Lügen über Gefühle und Motive, und weil sie lügen, werden sie hysterisch; und dann hacken sie *dir* den Kopf ab.

Ein Blickwechsel kann den Tag wegwischen, die Reise tilgen, für lange Zeit das Schweigen infizieren. Die Nerven. Die Atmung. Das ist die Schattenseite meines Wunsches, Daniel solle mich mögen. Vor dem Fenster geht Indiana in Ohio über. Scheiße, da ist es, Spannung-und-Gefühl – Junge, das ist ja, als wären im lichten Raum zwischen uns gewaltige Bettücher gespannt, die das Abteil zur Bühne machen und die Atmosphäre bleichen. Gefühle werfen meine Konturen in riesenhafter oder niedlich zwergenhafter Größe auf das Laken. Und Daniel ist ein verzerrter Geist, alptraumartig – oder komisch – vielleicht ist das hier lustig? Ist es etwa lustig? O Himmel.

Nonie hat oft gesagt: *Mir tut jeder leid, der's mit dir zu tun kriegt.*

Partiell ist man allerdings in diesen Fragen heimisch – wie eine Schnecke mit ihrem transportablen Unterschlupf.

Aber es stimmt auch, daß man unbehaust, ungepanzert ist; man ist draußen in der Welt. Ich habe Angst.

Er verschwindet nicht und versucht, im Zug mit Frauen anzubändeln. Er liest kein Buch und keine Zeitung. ER REDET NICHT ÜBER FRAUEN.

Das hier ist besser, als ignoriert zu werden. Es ist *interessant* aufregend; was hieran aufregend ist (insofern es das ist), macht das Leben interessant. Ich bin ein merkwürdiger Mensch: Haß amüsiert mich nicht. Was ich weiß, mag falsch sein und zu Kollisionen führen; und ich bin es – oft – leid, tapfer zu sein und so zu tun, als wäre alles in Ordnung. Daniels Gefühle, seine Aufmerksamkeiten, seine Freundlichkeit korrigieren Lücken meines Selbstvertrauens, korrigieren meine Lebenssicht – im Moment. Ich bin kein kompletter Blindgänger. Ich hätte gern Freundschaft, keinen Sex und keine Komplikationen – das ist meine utopische Vorstellung, und ich bin erfahren genug, um zu wissen, daß sie sich wahrscheinlich als unmöglich erweisen wird. Ich gebe nicht gern zu, daß sie wahrscheinlich unmöglich ist – mein Dad hat gesagt, ich hätte was vom Träumer. Allerdings hat er auch gesagt – und andere ebenfalls –, ich sei zynisch. Gegen ein bißchen harmloses Gefummel hätte ich ja nichts, wenn nur Liebe ausgeschlossen bliebe. Oder wenn Wissen genügen würde. Vielleicht würde ich das eine oder andere machen, wenn er es wirklich wollte. Aus Spaß. Aus Dankbarkeit. Verstehen Sie? Aber ich hoffte, ich würde es nicht tun. Ich *wünschte*, ich wollte es tun. Mittlerweile werden meine Jugend, meine Vergangenheit, meine diversen Arten von Hitze berichtigt, während wir in dieser *Lustbarkeit* dahinreisen. Das Klicke-ti-klack und Rütteln des Zugs und die erregende Möglichkeit summieren sich zu einem Morgen der Berichtigung, einem Nachmittag, an dem meine Geschichte überarbeitet und vielleicht ruiniert wird, bis sich ganz tief in mir Schwitzendem etwas regt, nämlich, hm, die *Würde*, die er mir durch sein Verhalten schon den ganzen Tag lang zugesteht.

Um vier Uhr sind wir nicht mehr weit von Pennsylvania entfernt. Wie ich mein Leben als Sohn, ob adoptiert oder nicht, empfinde, einem Sohn in einer Geschichte außerordentlich ähnlich, welche Macht dies hat, welcher Freiraum einem eingeräumt wird, Unfug zu treiben, wie garantiert einem die Absolution ist, sogar als verlorener Sohn – zumindest für eine Weile: das wirkliche Leben ist nicht gerade eine Parabel – diese Sache, daß Sie jemanden zur Seite haben, der aus gutem Grund zu Ihren Gunsten voreingenommen ist, aus genetischen Gründen, wie zum Beispiel wegen ihres Aussehens und ihrer Haltung – es hat bisher Bestand gehabt, was gar nichts darüber besagt, daß man die Zukunft daran ankoppeln könnte, aber es besagt, daß Sie über ein bestimmtes Gewicht an Chancen in der Welt verfügen, weil andere Menschen Gefühle für Sie hegen. Das mysteriöse Moment sexueller Macht, romantischen Zwangs: wer beugt sich dem? Wer wird dadurch gefoltert? Manchen ergeht es so. Schon die Empfindung, daß dieses Zeug für ein paar Stunden einen selbst betrifft, ist verführerisch – auf einer Ebene desto mehr, sobald sie zu einem Thema wird, das von einem lebendigen Bewußtsein im Lauf der Momente mit intensiven Gefühlen besetzt wird. Hier ist eine Wirklichkeitsebene beteiligt, auf der ich lebe und die *er sieht*, die für mich durch seine Aufmerksamkeiten real wird, real für uns beide, jedoch auf unterschiedliche Weise. Real, obwohl nicht unmittelbar mit Sprache zu erfassen. Es gehört zu dem knotigen, dem partiell verborgenen Aspekt der Dinge, wie sie sind. Wenn andere am Abteil vorbeigehen – und unsere Tür steht offen, damit die Luft zirkulieren kann, denn die Zeit der Klimaanlagen ist noch nicht gekommen – im Vorbeigehen sehen sie vielleicht eine Szene mit, nun, einem älteren und einem jüngeren Bruder. Ich befinde mich hier sichtlich in seiner Obhut. Was ich jedoch in Wirklichkeit bin, bleibt unersichtlich: wer kann sich *mich* schon vorstellen? Ich weiß, wie schwer es ist, sich irgend jemanden vorzustellen – ich meine so, daß es wirklich jemand anderes ist und nicht man selber –, aber im Umkleideraum, bei den Streichen im Umkleideraum, wenn einer dich da an den Genitalien berührt, dann fühlst du dich plötzlich *erkannt*; und vielleicht bist du das auch, nicht sprachlich, sondern im Schatten des Feigenblatts – vor-sündhaft, bereit zu sündigen – oder wie auch immer. Das könnte es auf der Welt schon seit Urzeiten geben. Oder nur in jedem einzelnen, von Kinderstubenzeiten her, als andere Leute mit deinem Körper spielen durften; und jetzt hier, bei diesem Zeug – aber hier fällt mehr Tageslicht darauf als im Umkleideraum. Heute, am gegenwärtigen Tag, während des heute ablaufenden Gegenwartstages glaube ich an dieses Zeug und glaube nicht daran. Nach S. L. kann ich nicht mehr an Liebe glauben, nicht an dieses Zeug im Zusammenhang mit Daniel, aber ich komme mir real und – allerdings ein bißchen heimlich – anerkannt vor; und ich bin aufgeregt und interessiert, jedoch nur an den Motiven, an Freundschaft, nicht an diesem Zeug. Aber das Zeug ist *da*. Ich bin höflich, jedoch am Rande des besagten Unfug-Freiraums – der für mich innerlich von Dad bis heute existiert, wenn auch zum Teil als Gegengift zu Dads Tod. Wie unwirklich das Wirkliche hier ist und daß ich es gleichwohl als etwas Unwirkliches, aber doch irgendwie Wirkliches durchlebe, das ist meine Form von Tagträumerei – vielleicht eine Folge, vielleicht ein Ende der Trauer.

Ich glaube, so war es für Nonie.

12

Im Zug möchte ich mich gar nicht erst auf den ziemlich scheußlichen Kampf einlassen, mir darüber *klar* zu werden, was man letzlich hier für *Realität* halten wird. Das Gefühl von Unwirklichkeit bricht manchmal mit so etwas wie einem Bums vor irgend etwas ab, das auf der Handlungsebene als nächstes ansteht: dieser Bums bringt vorwiegend eine Schwächung des realpolitischen Gespürs mit sich. Sagen wir, ich bin eine in Zeit verhedderte (jüdische) Abstrusität – oder nicht wahrhaft eine jüdische, sondern eigentlich eine heidnische – dann also eine heidnische Abstrusität: ein verheddert sonderbarer, zutiefst wütender Junge, an dem viel gefrevelt wurde; jedenfalls die abstruse Version eines Jungen, eine Abstrusität von Jungen, der in Wirklichkeit dreizehn Jahre und acht Monate alt ist und sagt, er wäre vierzehn, in jenem Alter, da sich die Sexualität von Tag zu Tag fast unmerklich, aber stetig verändert – fast eine heilige Abstrusität an phallischen Qualen. Dann ist da noch die Sache, daß man *auserwählt* sei – nicht bleibend oder der Legende nach und doch ein wenig wie Joseph, David oder Ganymed, wie eine jener Gestalten; dann die erstaunten Einsichten, Halbeinsichten, die ungläubigen Feststellungen: dem aus Selbstschutz dürftigen Halbbewußtsein davon stellt man sich *realistisch,* als Realpolitiker für den Augenblick, schnaufend ... Das Zeug hier ist auf die Komplizenschaft meiner Mutter zurückzuführen, auf die Handlungen meiner Schwester über die Jahre hin und auf meinen eigenen Wunsch, den Ort zu sehen, wo Nonie *gerettet* wurde – und auf meine eigene Schläue ... wie es darum auch stehen mag. Aus dieser speziellen Gruppe von Ursachen ergibt sich, glaube ich, eine Art Verwandtschaft zwischen Daniel und mir – ich glaube, jeder hat das irgendwann einmal durchgemacht: erpreßt, gezwungen von Verlangen irgendeiner Art, selbst wenn es kein sexuelles Verlangen ist, ein partiell sexuelles jedoch zweifellos, von einem Verlangen, mit dem man unsicher die beteiligten Leute besetzt; denn um Verlangen muß es sich handeln, wenn das Bedürfnis nach einer Intimsphäre und nach verfügbarem Geld, wenn das Gefühl, daß es eine biologische Universialie ist, und all das Zeug, das man gelesen hat, zu einem Leben gehört und in Momenten wie diesem da ist, trotz der Lügen, die andere Leute erzählen. Ich meine, schließlich hat man Nachhilfestunden gegeben und hat als Freund in den Familien anderer Kinder verkehrt – die besorgniserregende *Bürde* von Realpolitik ist hier zu spüren; und man verläuft zu Formlosigkeit, läuft vielleicht *davon*, nicht gerade, weil man sich sagt *wart erst mal ab*, nicht gerade aus *Resignation*, sondern aufgrund früherer Fassungen dieses Moments mit ihrer süßen Klebrigkeit, ihrem Grauenhaften, Herzzerbrechenden, ihrer Eigenart, in endlose düstere und trüb beleuchtende Höhlengänge zu münden.

Doch man ist halbwegs erfahren. Irgendwie erlaubt man ihm, einem weh zu tun; man erlaubt ihm, den nächsten Schritt zu tun, geht aber nicht andeutungsweise darauf ein – dies ist Höflichkeit, ist Tugend. Man behält die Nerven und beginnt sich in den diversen, sehr sonderbaren, sehr schmerzlichen Disziplinen der unerträglich komplizierten Aufgabe zu üben, mit der dem Gerücht nach vorhandenen oder augenblicksweise zugestandenen Verantwortung, die der Besitz einer nicht ganz und gar androgynen, nicht länger der Kindheit zuzurechnenden Fähigkeit, Gefühle zu wecken, ihr Anlaß zu sein, mit sich bringt; es ist eine Form von *Schönheit*. Und man übt sich in der Disziplin, etwas zu wollen, was man nicht unbedingt braucht: diese Reise nach Forestville, für einen Monat oder zwei in jener anderen Umgebung, jenem Paradies, jenem Utopia jung zu sein ...

Die Soldaten auf dem Gang, *Kerle*, so *unheimlich* scharf sie sind – jung und entwurzelt – vom Krieg –, so kraftvoll und nett sie (oft) sind, in welchem Ausbildungsstadium sie sind, wobei ihre Ausbildung von der Waffengattung und der ihnen darin zugedachten Rolle abhängt; wie sehr sie Gentlemen sind – «Gentleman» als Maske des Todes und als das geschärfte, geschliffene oder polierte Antlitz des Ich verstanden, abgespalten von jeder häuslichen Wirklichkeit ... dies ist ein Kriegsphänomen, kein ästhetisches Phänomen im üblichen Sinne; Kriegsdienst hat etwas mit der Ästhetik von Moral zu tun, aber das ist eine Ästhetik für sich, die Ästhetik der Kampfes, des Konflikts – eine *männlich*-moralische Ästhetik, die ungeheuer viele Frauen teilen. In meinem Falle, so wie ich es mir als Heranwachsender deute – meine Deutung ihres Verhaltens läuft auf ein Phänomen von Ehrgeiz hinaus, in dem sich kurioserweise die Umstände meiner ersten Entführung, meiner Adoption widerspiegeln. Dies ist von häuslicher Wirklichkeit nicht restlos abgespalten, aber doch weitgehend. Und in sonderbar starkem Maße ist es eine ästhetische Frage; eine Ästhetik der Moral spielt hier mit – und keine simple. Mir ist bewußt, daß mir das irdische (und sexuelle) Recht zusteht, meinen Umständen zu entkommen.

Es kam mir allerdings wie ein Mißbrauch des Begriffs *Soldat* vor, wenn man sich als Soldat im eigenen Dienste verstand. Es konnte natürlich sein, daß man Offizier war: ein Alexander der Große oder ein Antinous im Dienste der Götter des Entkommens, des Aufstiegs in der Welt – der Götter jener Schönheit, die einem dem Gerücht nach eigen war, der individuellen Schönheit in dem Sinne, daß sie Gefühle, eine Bestimmung evozierte; dies kann man im Dienste *romantischer* Ereignisse und nationalen Glanzes tun – sozusagen.

In der Schule hatte mir ein Mädchen den Hof gemacht, die eine gebildete Sozialistin war, bereits Griechisch konnte und sich mit Latein und römischer Geschichte beschäftigte – unsere High-School war in vieler Hinsicht eine wirklich gute Schule –, und dann wurde ich von zwei schwulen Jungen hofiert, die ich mochte, ohne sie sympathisch zu finden. Von ihnen lernte ich *intellektuelle* Dinge. Eine gewisse Sensibilität, eine Ichbezogenheit, die ich an ihnen wahrzunehmen gelernt hatte, nahm ich nun an Daniel wahr: Ich ahmte sie andeutungsweise nach, damit Daniel mich verstünde, wenn wir uns unterhielten – jedenfalls theoretisch. Dazu gehörte ein bestimmtes Bild von Daniel, als sei man ausgeschnitten und hebe sich in seinen Konturen von allen anderen Leuten im Zug ab – sogar von Daniel; dies übernahm ich von ihm, von seinem absolutistischen Denken, dessen Zentrum etwas *ALLUMFASSENDES* war; diesen ferienartigen Aspekt begriff ich. Das *ALLUMFASSENDE* war das einzige – bestand allerdings aus einer ganzen Menge von Teilen, schätze ich. Nie wußte ich so recht, was eigentlich vorging, nur daß ich das *Gefühl* hatte, die Bilder, die hier eine Rolle spielten, seien mir durch das Leben bei meinen Adoptiveltern vermittelt worden. Ich meine, die aus realen Szenen stammenden Bilder und Muster wanderten in einen inneren Bereich, in den in der normalen Zeit nicht mehr leicht oder bequem Einblick zu nehmen war. Lila hat gesagt, daß der Geist meiner toten Mutter leise Engel und Helfer jeder Art für mich herbeiruft. Anders ausgedrückt, ich bin lediglich der Sohn meiner leiblichen Mutter, das «rettet» mich, und was ich unternehme, gelingt von selbst. Und dieses mütterliche Erbe führte mich wie ein Faden im Labyrinth (das meinte Lila, glaube ich; ich meine, die griechische Erzählung glich dem, was Lila mit ihrem Geist meiner Mutter meinte) durch das Dunkel der bösen Orte, wo ich kämpfte und gewann (vermutlich), führte mich fort vom Gestank der Niederlage und Tyrannei, fort von Verstümmelung und was weiß ich noch allem. Nun ist jedoch ein von Genen und Geistern erwirktes Heldentum, das einem vielleicht eine längst verstorbene leibliche Mutter eingeflüstert hat, die man als reale Erscheinung zuletzt als Zweijähriger sah, eine verflucht seltsame Sache. Die Wirklichkeit sieht aber so aus, daß ich dies in mancher Hinsicht so empfand. Nun ja, als würde ich von einem Albatros-Kraken verfolgt – dieses Ding flog mir auf den Bahngeleisen hinterher und drängte sich in das Abteil. Es landete auf meinem Kopf; und überwältigte mich mit Tentakeln und Schnabel; ich trug einen wahnsinnigen Achilles-Helm, einen Weltraumhelm aus Unsichtbarkeit und Ichverlust. Gedankenartiges drang durch meine Augen in mich ein, durchlöcherte mir das Gehirn und zehrte in mancher Hinsicht meinen gewohnten Orientierungssinn auf. Zum Teil kann die Wirklichkeit darum so kompliziert sein, weil sie so viele Momente enthält. Doch ein Moment der emotionalen Anziehung ist ohnehin nie einfach. Und es geht nicht nur um einen Moment. Das hohle

Dröhnen, dieser Hörsaal-Hall in mir, kam vielleicht nur von den rastlosen Bewegungen meines von Vergangenem geprägten Geistes. Ich *spüre* sie: die Geistergestalt. Ich verspüre *ihre* Stimmungen. Die von jemand anderem, nicht meine eigenen. Ich fühle die wahre Geschichte einer Art *Liebe.* Und einer Art mathematisch exakter Vorsehung in diesen Dingen. Eines Abgrunds von Liebe. Das Muster dessen, was emotional vollkommen unabweisbar zwingend ist.

13

Neben dem Haus, in dem ich geboren wurde, und diagonal dazu verlief eine eingleisige Bahnlinie auf einem zwei Meter hohen Damm. Wenn ein Zug sich näherte, begann das Haus zu beben; es bebt jedesmal mit verblüffender, schwacher Stetigkeit, bis es, wie in einer arithmetischen Arena, immer schneller, in einem Rhythmus, der nicht mehr menschlich ist, zu rütteln und zu flattern beginnt. Es ist, als würden aus ein paar Kieseln in einer Schütteltrommel erst vier, dann acht größere Kieselsteine, dann sehr viele, und dann werden sie zu Brocken, vielleicht wie Zahlen aus Messing, die in einem Blechzylinder einen bizarren Krach erzeugen – fast wie Vögel – jedoch logischer. Bei allem Irrsinn steigert das Geräusch sich in mathematischen Sprüngen, mit einem Nachdruck, der nichts mit einem Pulsschlag oder den Rhythmen eines Zuges gemein hat. Es ist laut, real und unvorstellbar. Die Nägel und Schindelbretter, Glasscheiben und Möbel, die hölzernen und blechernen Gegenstände in den Schubladen rappeln, quietschen und scharren mit so unaufhaltsam stetig wachsender Lautstärke, daß man sich auf keine Weise dieser Signale des Nahens erwehren oder sie ausblenden kann. Der Krach wird zu einem gähnenden Ding, als wären die Wände vom Haus gerissen und wir purzelten ins Chaos. Meine Mutter und ich. Wir alle. Der Lärm und seine Echos kamen von allen Seiten. Der fast unerträgliche Baß der mächtigen Innenbalken des Hauses ertönt ohne erkennbare Gesetzmäßigkeit, sondern pocht schmerzhaft ziellos, losgelöst. Des Nachts fegen die Scheinwerfer der Lokomotive an den zitternden Fensterläden vorüber, und ein blindes Gleißen überschüttet uns zu all dem Krach mit einer unbeständigen, ungreifbaren Milch. Das rollende und tollende Ding, das da inmitten mächtiger Luftwellen halbwegs am Himmel dahinzieht, tut mir dies an: Lärm deckt mich völlig zu und schwindet dann; das Gerüttel und Getöse und der Aufschwung fluten, rieseln ab und davon, und der Geruch nach Gras und Nacht, der zuvor da war, ist mit dem von Ozon, von Spuren von verbranntem Metall vermischt, mit dem Gestank verschwundener Funken, von Schwaden des Lokomotivenrauchs, wenn es windstill war. Über die Felder, den Mais hinweg entfernt sich der Zug. Das Haus und alle Sinne in einem klopfen und pochen, prickeln und beruhigen sich. Die Züge fahren südwärts, auf St. Louis zu … auf mein künftiges Leben zu.

Auch hier der nach Holz duftende Schatten einer Veranda, der leicht strenge Geruch des Hauses: Holz und Seife – ein ländlicher Geruch. Der Körper meiner Mutter im geblümten Kleid. Ein Sommer, ein Herbst, ein Winter – das hatte ich von meiner ersten, meiner echten Mutter. Sie verschwand. Für immer. Sie ging ins Krankenhaus; sie wurde aus dem Haus in einen Krankenwagen getragen; sie kam nie mehr zurück.

Das Haus hatte sehr große Fenster bis ganz nah zum Boden. Vor diesen Fenstern waren Jalousien von einem unmenschlichen Grau-gelb, der Farbe des Fells eines alten Löwen im Zoo oder von alten Maisfäden, von Pappelblättern, wenn sie eine Weile auf der Erde gelegen haben – von jenem verblichenen, irdenen Weißgelb. Das Glück meiner Mutter war der Welt nicht wichtig. Vielleicht hatte sie Frauen zu Geliebten, jedenfalls nachdem sie über dreißig war – vielleicht schon immer. Ich glaube, meine Mutter hatte eine Geliebte, eine sehr hübsche Frau, Einwanderin, aus dem ländlichen Tirol, eine Soubrette dem Typ nach: sie arbeitete für meine Mutter und war vielleicht der Grund, warum meine Mutter sich bereit erklärte, meinen Vater zu ehelichen und in einen so kleinen Ort zu ziehen – um in der Nähe dieser Frau sein und sie beschäftigen zu können. Sicher, ich weiß das nicht. Ich habe eine halbe Erinnerung daran, daß meine Mutter mit mir eine Zugfahrt unternahm, um der Geliebten zu entfliehen – der Tag duftete nach Freikauf. Ich meine, daß meine Mutter ein wenig weinte und mit mir scherzte. Die Abdrücke meiner Hände, meiner Nase, mein Atemhauch auf der Fensterscheibe des Zuges – daran erinnere ich mich, und an die mechanischen Gesten, mit denen die Hand meiner Mutter die Spuren abwischte. Ich sehe schwankende Maisfelder, gelegentlich Bäume, Windmühlen, Farmen. Zwei Jahre, nachdem ich Daniel begegnet war, erzählte Lila mir, meine Mutter habe Frauen geliebt – nicht Männer. Lila sagte: *Sie hatte mehr Charakterstärke als irgendeine Frau, die ich je gekannt habe, aber was hat es ihr gebracht?* Sie sagte: *Mein Bruder war immer auf dem Sprung, wenn es irgendwo einen Dollar zu verdienen gab, und er hat gesagt, sie sei ein Geschäftsgenie.* Sie sagte: *Weißt du, alles in allem hab ich mit jedem Mitleid, der sich in dein hübsches Gesicht verliebt.*

14

Die Muster, die man sieht: im Gegensatz zu jenen inneren, die man nicht sehen kann: für meinen damaligen Geschmack war Daniels Aussehen eher nicht das richtige. Und ich darf mich entscheiden. Ich weiß nicht recht. Ein *hübsches* Gesicht habe ich nicht. Vielleicht hatte ich das für eine Weile. Bill Gill, ein Junge in meiner Schule, der plötzlich kein Kind mehr war, sondern ein langer Kerl ... in ihm sah ich, als er sich gerade erst in ein sexuelles Wesen verwandelt hatte, eine wilde neue *Schönheit*, die bald vergehen würde – als andere Schulkameraden sich darüber unterhielten, sah ich es ... Bills neuerdings silbrig schimmernde Haut, seine dunklen Augenbrauen, rötlichen Lippen und seine entgeistert, scheu, fast entsetzt stierenden Augen. Vorübergehend ein Orpheus, der nicht sang und schon beinahe zerrissen war. Von was oder von wem, weiß ich nicht. Dann gewöhnte er sich an das alles. Den anderen Kram, daß er ein Kind gewesen war, vergaß er. Er erwachte zu seinem neuen Leben; und seine Augen wirkten *amüsiert*, überrascht, liebenswürdig; dann störrisch. Dann arrogant.

Dann war seine *hübsche* Phase vorbei; er war ein gutaussehender *größerer* Junge mit vielen Brüdern.

Wir waren gute Freunde gewesen, er und ich. Seine Mutter war eine echte Freundin. Ein paar Jahre lang *rettete* sie mir das Leben.

Ich weiß noch, welch prophetisch irren Blick er während seiner hübschen Periode hatte, als Jungen und Mädchen ihm nachzugehen, ihn zu umschleichen, zu hofieren begannen. Er war nicht so lang und tapsig, so vorsichtig und steif in seinen Bewegungen wie ein paar Monate zuvor ich. Im Gegensatz zu mir hatte er die *Hurenhaftigkeit* des Waisen mit einiger Bestürzung von sich gewiesen und, bei aller Vorsicht während dieser vorübergehenden Maskerade des Fleisches, eine gewisse hitzige Unbekümmertheit empfunden, die ich mir nicht erlaubt hatte.

Eines Morgens war meine Mutter zum Schulhof gekommen, um sich bei mir dafür zu entschuldigen, daß Bill sich so verändert hatte. In der Nacht, die ich im Zug verbrachte, lag ich in meiner Koje, der unteren Koje, und hörte über mir, während der Zug dahinratterte, Daniel sich bewegen. In der Schule hatten wir sozusagen *den attraktivsten Jungen des Monats* gekürt – den nächsten, der diese Initiationsphase durchlief.

Sie hält nicht lange an, diese Hübschheit, dieser Ausblick

auf eine andere Welt. Wenn Sie es vergessen haben und es Ihnen dann wieder einfällt, kommt es Ihnen sehr sonderbar vor, als wäre es in Wirklichkeit ohne jegliche Dauer gewesen. Andere jedoch, die zu jener Zeit in Ihre Nähe kommen, sind *schockiert.* Vor den Kopf gestoßen. Nicht alle. An manchen Tagen *wirklich* alle. Es fühlt sich an, als hätte man die Fahrkarte zur Klapsmühle in der Tasche. Dan hatte sich in manchen Momenten abgewendet und hatte doch hingestarrt, gelinst oder ein inneres Bild vor Augen gehabt – hatte er sich erinnert? Lag es daran, daß man einer Filmszene gleicht, die so kraß oder sonst was ist, so stark Reminiszenzen weckt, daß Kinder und manche braven Leute sich die Augen zuhalten? Irgend etwas Absurdes verleiht einem gleißende Konturen – man ist ein Junge, der an seinen Rändern brennt. Auf meinen Atemzügen schlitternd, rase ich dahin.

Ist alles vorherbestimmt? Wenn das so ist, warum muß *ich* dann irgendwas entscheiden? Man lacht lautlos vor sich hin – *ohne einen Grund.* Sollte man laut lachen, würde Dan fragen: *Stimmt was nicht, Wiley?*

Trotz der Dunkelheit rahmt das Abteilfenster einen matten Widerschein. Man erinnert sich, daß man nach dem Football-Spielen oder Laufen unter der Dusche, na ja, spöttisch interessierte Pfiffe auf sich gezogen hat. Man erinnert sich, daß einem dieser und jener seltsam aufdringlich seine Gunst zeigte. Man fühlt sich auf starre Weise gleichgültig. Manchmal fühlt es sich an, als säße man im Wagen eines Freundes, der zu schnell fährt: man durchleidet den Moment: man stellt mit seiner Jugend, seinen Genitalien plötzlich einen Preis dar, was alles andere als einfach ist. Gleichgültig zu sein ist etwas *Glanzvolles,* besonders nachdem man mit einem Kranken gelebt hat, dem gegenüber man nicht gleichgültig war, wenn auch oft nur aus Pflichtgefühl. Am Rande des flüsternden Verfliegens realer Distanzen zwischen Städten, im ratternd durch die Nacht schlingernden Zug – Minuten surren, galoppieren, trotten vorbei, und die Dunkelheit des Pyjamas umhüllt die neubewerteten Genitalien – lebt man weiter. Im Februar und März hatte ich zweiundachtzig Leute gezählt, die mir das Haar verstrubbelten, achtundfünfzig Männer (Jungen mitgerechnet), vierundzwanzig Frauen (und Mädchen). Im Zug haben mich bisher achtzehn Leute angesprochen. Und davon haben die meisten mich berührt.

Berührt zu werden macht mich nervös. Ich befolge Lilas Rat: *Laß nicht durchschimmern, daß du weißt, was läuft, sonst heißt es nur, du wolltest es ja so haben ... Zeig KEINEM, daß du die mindeste AHNUNG hast.*

Ich weiß aber nicht, was läuft, Mama: sag's mir. Sag's mir mit einfachen Worten – bin ich ein Sonderfall? Was bin ich eigentlich, Mama?

Sie entschied sich, mir zu antworten: *Du bist attraktiv, dieses Jahr bist du attraktiv. Für Kriegszeiten. Du wirkst frisch. Die Leute würden nie sagen, daß du hübsch bist. Ich muß schon sagen, Wiley, es ist interessant, wie wenig du mir gleichst.*

Aber höchstwahrscheinlich bedeutet das alles überhaupt nichts. Lautlos flüstere ich: *Ich wünschte, ich wüßte mehr ...* Und in dem Versuch, die Möglichkeiten zu vergleichen: *Berühr mich nicht ...* Und: *Berühr mich.*

Lila hatte gesagt: *Leute, denen du nicht gleichgültig bist – ich möchte, daß du versuchst, mit diesen Dingen erwachsen umzugehen –, scheuen sich überhaupt nicht, dich zu benutzen und wegzuwerfen ... wie ein Kleenex. Ich muß schon sagen: Beneiden tu ich dich nicht.*

Das tut sie wohl, aber nicht ständig.

Wenn Sie jemandem zuhören, hören Sie dann mehr auf die Worte, oder achten Sie vor allem auf deren momentanen Bühneneffekt? Wieviel von dem, was Lila sagt, betrifft wirklich *mich*? Sie macht mich irgendwie zu einer Ausnahme. Ich kannte den heimlichen Argwohn, mit dem man manchmal verfolgt, wie man behandelt wird, wenn sich jemand für einen *interessiert*.

Lila sagte: *Daniel respektiert dich. Er sieht gut aus, und er ist gescheit und zuverlässig.*

Das bezweifle ich. Ich bezweifle, daß ihm zu trauen ist. *Er ist eben, wie er ist. Erwarte von den Menschen nicht zuviel.*

15

Falls ich hier die Idee nahelege, Daniel erwarte regelrecht *Sex* in einer für mich bislang unerhörten und nicht leicht zu erratenden Spielart – daß ich mich ausziehe, und zwar nicht in einem Umkleideraum, und er sich ebenfalls, selbst wenn wir beide bloß mit einem Flittchen oder einer Hure zusammen sind – nun, ich empfinde es so, als würde mir eine unsakramentale Ehe angetragen – als würde ich ernsthaft aufgefordert, einem Team beizutreten. Oder als würde man dem Initiationsritual eines Clubs oder einer Verbindung unterworfen, die man ernst nehmen soll – und die ich bisher nicht ernst genommen habe. Und wie eine mysteriöse, geheime Sache, die vielleicht in meinen Besitz übergehen und ohne äußere Folgen bleiben könnte, oder keine, über die es sich lohnte nachzudenken, abgesehen natürlich von der Verwandlung in jemanden, der diese Erfahrung gemacht hat. Dieses Moment existiert und gleicht der Auffahrt zu bislang ungelebten Momenten. Wenn Sie bestimmte Dinge tun, sind die vor Ihnen liegenden Momente für eine Weile wie erschlagen – sind, als Konsequenzen, so erstarrt wie Leichen –, davon abgesehen, daß Sie irgendwie flüchten oder sterben oder verrückt werden können. Sie müssen erraten, was Ihre Zukunft vernichten und die Momente tot erscheinen lassen wird. Oder halb tot. Oder wertlos. Falls wir uns voranbewegen, Dan und ich, werde ich dann nicht semi-hilflos werden, für mein ganzes verbleibendes Leben? Wütend oder schlaff? Möglicherweise einfach nur menschlich. Und er wird getröstet sein. Durch das Opfer. Den Raub. Aber ich weiß hier überhaupt nichts sicher. *Was weiß ich denn schon?* Ich habe in U. City einen Freund, der mir immer sagt, ich soll alles vergessen und ich selber sein. Er meint damit: *Sei eine Null* ... Nackt – wie Tarzan – nur auf eine einfältige Identität Anspruch erheben. Das Leben ist beängstigend. *Sei ein Held und eine Null, Wiley* ...

Die Vorstellung, es könnte eine persönliche Identität und Unterschiede geben, ist dem Typ, von dem ich gerade gesprochen habe, verhaßt. Wie alle anderen, die ich kenne, erfüllt ihn mehr Wut als mich. Politisch steht er weit links: Identität führt er auf Geld und Familie zurück – und auf sportlichen Kram. Manchmal auch auf sexuellen Kram, aber nicht wirklich: dieser Kram läßt sich rein *medizinisch* regeln. Der ganze Witz, Hetero zu sein, besteht für ihn darin, daß man sich für jeden einzelnen Vorteil, den irgendeine andere Identität hat, revanchiert. Ich nehme an, das hat er in der Psychoanalyse gelernt, der Typ, von dem ich rede.

Gegen ein bißchen sexuellen Kleinkram ist Waffenstillstand zu erkaufen, oder wenigstens eine Gefechtspause. Wenn man aber sozusagen herumhurt, wird man vielleicht in einen Frosch verwandelt. Es wäre *interessant*, mal auszuprobieren, was Dan so alles gefallen mag, und abzuwarten, ob man vor Ekel ganz eisig würde oder schon klarkäme, besser als, sagen wir mal, Nonie mit jedem von diesen reichen Typen, mit denen sie nicht klargekommen ist.

Auch über diesen Kram weiß ich aufgrund des Umkleideraums in der Schule und meines kranken Vaters ein bißchen Bescheid.

Dan weiß nicht, daß ich überhaupt etwas weiß. Er sieht nur *nein, ja, ja, nein* in blitzschneller Folge, wie hin- und herkippende Lichtschalter oder die Zeiger der Meßuhren von Maschinen – nicht mehr. Das sieht er vielleicht.

Gut ein dutzendmal beschließe ich, zu allem, was er anbietet, ja zu sagen, aber ein Teil von mir weiß, daß ich es nicht sagen werde. Ich kann es nicht. Ich weiß, daß nichts passieren wird.

War es für Nonie auch so? Ist es Nonie auch so ergangen? Sind wir wirklich in vieler Hinsicht Bruder und Schwester?

16

In der Regel kann man nicht erraten, in welche närrische Richtung sich die Individualität eines anderen bewegen wird. Dieses verschwitzt feuchte Gefühl da zwischen den Beinen – man ist eben jung. Daß man unverändert bliebe, ist ein Mythos – selbst wenn man nein zu allem sagt, gibt man damit zu, daß man sich verändert hat. Man kann sich weniger oder mehr verändert haben. Ein wenig weiß ich schon, wie es bei mir ist. Ich weiß es so halb ...

Dan ist, glaube ich, *homosexuell, realistisch und moralisch*; gesagt hat er es jedoch nie; wir haben nie offen darüber gesprochen. Er verhält sich apologetisch *auf der Kippe* zum Frohlocken – nach meinen Beobachtungen reizen ihn nun die Momente, stimulieren ihn zu unvernünftiger Liebe. Ich weiß nicht, wie das passiert ist. Darauf wetten würde ich nicht – das ist mal sicher.

Ein fast unerträglich exotischer Wirklichkeitsmoment, nicht ohne Attraktionen: die sexuelle Wirklichkeit, geheimes Zeug und etwas Immanentes, das für mich Gewicht hat; und während wir uns am Morgen anziehen, gibt es nun fast keinen Moment, in dem nicht etwas in ihm *Qualen leidet*. Die ganze Wohltätersache hat sich verkehrt – ist jedenfalls zur gegenseitigen geworden. Wenn-du-mich-liebst-findest-du-den-Duft-meiner-Qualen-in-allem-wieder-was-du-eine-gewisse-Zeitspanne-lang-siehst-und-bei-der-leisesten-Berührung-eine-Zeitlang-spürst.

Meine Mutter hat gesagt: *Du brauchst nicht immer so empfindlich zu sein*. Ich kann mich besaufen, *toute suite*. Ich kann mit Daniel einen Scotch zum Frühstück kippen. Wir sind von einer gewissen männlich-sündhaften Offenheit für Ereignisse: anderes als früher wirkt jetzt plausibel. Ich kann jedoch darauf bestehen, daß die ALTE PLAUSIBILITÄT weitergilt. Mir scheint, ich empfinde jeden Augenblick in seinem losen Rahmen, in seiner Augenblicklichkeit, intensiver durch pflichtschuldige Sorge um das, was als nächstes geschehen sollte, was man tun sollte, und durch leichtsinnige Sorglosigkeit, durch ungewohnte Lust zu *Unfug* und die Ahnung der Qualen, die Dan neuerdings leidet, und der neuen *Plausibilität* zwischen uns.

Klicke-ti-klack macht der Zug, machen meine Gefühle; und der Zug in seiner Bewegtheit ist an diesem Morgen intensiv, pochend und ungreifbar in *seiner* Brust, seinen Schultern, ja seinem *Schädel* gegenwärtig – in dem meines Cousins – im Herzen meines Cousins: in dem Mann dort mit seiner mangelhaften Liebe – falls es Liebe ist. Ich muß erst mal abwarten. Teils bin ich überwältigt, teils nur belustigt davon, daß die Zugbewegungen zu meinen Gefühlen geworden sind. Ich muß wohl meinen, die Zugbewegungen transportierten deren Sinn – haben sie denn einen? Als Flüchtling des gestrigen Tages bin ich in diesem schlingernd quälenden Morgen im Exil. Das liegt an Dans Gequältheit. Ich beäuge ihn aus dem Augenwinkel, während er sich im Abteil ankleidet, sich mit bloßem Oberkörper rasiert. Vielleicht werde ich auf die eine oder andere Weise sterben, verstoßen, aufgegeben. Leichtfertig weggeworfen. *Sexuelle Dinge* sind plausibel, und das nagt an meinem Gleichgewicht und macht mich schwindlig – wie in einem Stück über Krieger und *Mädchen*. Dans Gefühle gelten einem Jungen – dem Jungen, den er mit Haut und Augen wahrnimmt, nicht dem Jungen, den er noch nicht kennt, dem Kompendium-und-Anthologie-artigen Jungen vieler, vieler Tage – den meine Mutter im Verdacht hat, er sei zu *eingebildet*.

Ich weiß irgendwie, daß es gesellschaftlich *schmutzigen* Lorbeer einbringt, wenn man so tut, als unterwürfe man sich den erpresserischen Übereinkünften bei allem menschlichen Treiben (wie Lila diese Dinge auffaßt). Was Lila weiß, hat sie mich gelehrt. Sie hat mich gelehrt, was sie mich lehren wollte. S. L. hat mich ebenfalls belehrt, anders als Mama. Wenn ich zurückblicke, in das Morgenlicht im Abteil hinein, dann meine ich zu sehen, daß Dan damit rechnet, enttäuscht zu werden, es aber nicht ganz glaubt. Ich meine zu verstehen, daß der Junge weiß, wie eng seine (eigenen) Grenzen bei einer Umarmung wären. Und daß er abzuschätzen versucht, wie Dan das ausnützen würde. Ich glaube, ich verstehe, warum Benjie gewöhnlich keck *vorgab*, über *meine* Sexualität Bescheid zu wissen. Daniel ist zuversichtlich; er ist vorbereitet. *Die Leute sind Realisten, Wiley, mehr als du.* Mit seinen geschwollenen Lidern und rosigen Wangen ist Daniel respektvoll, strotzend vor keimender Bereitschaft zu unbefugten Schritten und einem sehr anständigen, halb verhehlten Groll. Ob sein spiritueller Tod wohl schon sehr weit fortgeschritten ist? Ob er er sich der Wiedergeburt nähert? Hängt sie von mir ab? Was wird sie mich kosten?

Im einen wie im anderen Fall, meine ich.

Wirklich aus der Nähe betrachtet, ist nichts ideal. Die vielen, nonstop miteinander in überspannter Frühreife der Gefühle verbrachten Stunden, umnebelt von strategischen Listen! *Die Leute benutzen dich, sonst gar nichts.* Das sagte Nonie 1943, als sie tiefunglücklich war. Mit *du* meinte sie partiell etwas Allgemeines, alle, Widerspiegelungen ihrer selbst. Wünscht Daniel sich einen Sohn? Jemand Gescheites? *Tu mir den Gefallen und lern abzuwarten, was passiert.*

17

Ich habe das Gefühl, ich werde *spirituell* ausgeplündert, stehe spirituell unter Beschuß. Ich fürchte mich vor *meiner* Wildheit, meinem Sinn für Gerechtigkeit, vor dem, was ich anstellen könnte. Als mein Vater dem Sterben nahe war, bat er mich immer wieder, ihn auf eine bestimmte Weise zu küssen, weil er so niemals einen Jungen oder Mann geküßt hatte, aber ich konnte es nicht, wollte es nicht tun. Ich weiß nicht. Ich hatte all die Jahre hindurch in vieler Hinsicht für ihn gesorgt warum reichte das nicht? Warum andererseits nicht mehr tun? Zum Teil wollte er mich necken. Er wollte von mir bewiesen haben, daß ich ihn liebte. Er wollte bis zum Ende nicht auf sexuelle Macht und Verfügungsgewalt verzichten. Partiell starre ich vor Groll auf Männer.

Ein gesamtes Leben aus Abertausenden von Momenten ist mit Daniel hier im Abteil präsent. Ich möchte ihm ehrlich sagen, was ich denke, aber ich kann nicht. Die Unformuliertheit von fast allem in den auf dieser Reise mit Daniel verbrachten Momenten und meine Anstrengungen im späteren Leben, artikuliert zu werden, stehen mit der phänomenalen, total nicht-glaubwürdigen Reichhaltigkeit der Realität in Beziehung.

Der kuriose Umstand, daß ich mich im Zug befinde, schleudert mich umher. Umkleideraumgerede bedeutet: *Mach dir keine überzogenen Hoffnungen; laß dich von deinen Eiern nicht durcheinanderbringen; halt dich nicht für so toll.* Andere Kerle sagten: *Ich bin nicht dein Sklave.* Das sagten auch Mädchen und erwachsene Frauen. Doch manche Leute verhielten sich dann wirklich wie Sklaven – manche werden ganz gemein und verstörend sklavisch. *Das Leben kocht, was, Junge? Gefällt dir dein Leben jetzt, Pisserchen?* Das sagte S. L., bevor er starb, wenn zwischen uns Spannungen herrschten.

Zeitweilig ist es interessant zu leben. Ich fühle mich lebendig.

«Mogelst du bei Spielen, Dan?» frage ich ihn. Er knöpft sich das Hemd zu.

«Nein ... Spiele mag ich nicht.» Ein dünnes Lächeln.

Ich spüre eine Erektion einsetzen, als ich frage: «Aber im Krieg und in der Liebe ist alles erlaubt?»

«Nein ... Ja ... Manchmal ...»

(Na, *so einem* traue ich bestimmt nicht ...)

(Lila sagte: *Eins muß ich Daniel lassen, vertrauenswürdig ist er ganz bestimmt.*)

Die elektrisierende Koketterie – der Frage – wirkt so, als

wäre ich zu fein angezogen. Ich begreife, daß ich mich dadurch beim Frühstück im Speisewagen seltsam ausnehme. Die Leute starren zu uns her. (Was mich *amüsiert.*) Im Weiterrasen der normalen Zeit ist mir bewußt, daß ich in der rund um die Uhr funktionierenden realen Welt keinen Beschützer habe und daß ich ein Wald für Dans nächtliche Jagden bin. Ich weiß, daß ich größtenteils nicht weiß, was sich in dem Wald verbirgt – auch wenn ich der Wald bin. Den Teil von mir, der Beute ist, kann ich nicht identifizieren. Ich habe nicht unbedingt etwas gegen schlimme Dinge, die mir passieren, weil man dann, wenn sie passieren, Gelegenheit hat, die Welt unter einem neuen Aspekt auszuspähen. Bin ich *unglaublich* SCHLIMM? Bah. Pah. Na ja. Hängt davon ab, wen Sie fragen.

Ist es Taktik, Hoffnung, Verblendung, wenn man DIE SCHEISSE HIER ALS NORMAL HINNIMMT? Ich werde ausdruckslos, weil alles, was ich zeige, in ihm eine Reaktion erzeugt und die Vielzahl seiner Reaktionen – seiner Echos – allmählich zum Gebrabbel wird. Weiß der Himmel, was Daniel sieht, wenn er mich ansieht. Moment auf Moment. Jedenfalls möchte ich kein Opfer sein. In keiner Hinsicht. Undurchdringlich, seelisch steif, stachlig – ich; dann soll die Geschichte eben einmal so aussehen.

Zu zehn Prozent besteht die Welt aus Leuten, die offen die Sonderdisziplinen verlegen halböffentlicher Homosexualität praktizieren. Homosexualität ist unter anderem ein Verfahren zur Erstellung eines Weltmodells – man kann Männer, Frauen und die Sprache bespitzeln, indem man sein eigenes Leben und Lieben als spezielle Version des Allgemeinen benutzt. Es ist wie eine Modelleisenbahn (zum Teil). Ich dachte: *Es tut mir leid.* Damals hielt ich homosexuelle Liebe nicht eigentlich für Liebe, sondern für ein Liebesmodell, wohldurchdacht und funktionell. Heute halte ich sie für echte Liebe. Damals jedoch dachte ich, jeder homosexuelle Flirt müsse unter dem Gewicht jeder anderen aktuellen

Liebe zusammenbrechen, könne sich nicht als gewichtiger erweisen als die Welt. Verlust und Verlangen sind jedoch aktuell vorhanden. Zweitrangige Liebe ist noch immer Liebe. Zu weiteren zehn Prozent besteht die Welt vielleicht aus verdeckt Praktizierenden, zeitweiligen Partizipanten und aus Leuten, die es versucht und beschlossen haben, nicht vorrangig oder oft damit fortzufahren, jedoch ein gewisses Interesse daran bewahren. Und fünf Prozent der Menschen auf der Welt sind sich unsicher und schwanken oder tun so. Somit haben meiner Schätzung nach fünfundzwanzig Prozent von allen direkt damit zu tun. Vertraut damit sind alle, egal, was sie behaupten. Eine Rauferei und deren Nachspiel, ein Ringkampf, alles, was sie mit einem *Bruder* tun, die Erfahrung, von einer lesbischen Lehrerin angeschrien zu werden, die Jungen nicht mag; unsere eigenen Gefühlen hie und da: wir alle wissen eine ganze Menge darüber. Oder doch einiges. Freilich reagiert jeder von uns verschieden.

Was Nonie vielleicht durchlebt hatte, als sie unserem Haus und den Krankheiten dort entkam, die emotionale Färbung, die ihre Momente annahmen, als sie gerettet worden war – nun, meine Momente waren emotional auf folgende Weise gefärbt: Das Abteil ist etwa khaki- oder zigarrenfarben, wie das Sonnenlicht auf bestimmten Landschaften zu dieser Tageszeit, ein mir neues Reiselicht. Sandfarben, changierend. Die sich verschiebende, schwankende, hüpfende, über den Rädern dahinziehende Kammer – *Licht steht niemals still* – nirgendwo im All steht Licht je still. Angeblich tut es das im Himmel, und in schwarzen Löchern mag es sich verlangsamen. Mir kommt die Ahnung, was sie auch taugen mag, Daniel werde durch die Betörung ein wenig von seiner unerklärlichen narzißtischen Einsamkeit erlöst. Ich meine, für ihn ist die Schwierigkeit die, sich für die Welt zu interessieren; er lebt in schmerzlicher, partieller Freiheit; ich habe ihn im Verdacht, zu abrupten, kapriziös tyrannischen Kehrtwendungen, Stimmungswandeln zu neigen, in denen er einen moralisch abtut. Das ist seine *Persönlichkeit.* Ich täusche mich zwar in Fragen des Lebens oft, aber ich glaube, er verwischt sein Drama, obwohl er es gerade als scharf und *biblisch* hinstellen will.

Also: ist er *ein eitler Schleicher* – ein bißchen wie ein Reptil? Wundervoll salamanderhaft? Als Werbender? Mit ebenso plötzlich einfrierenden Posen, solch spürbarem Wärmeverlangen? Ist er leicht zu verletzen?

Lila hat erklärt: *Die Welt besteht aus lauter Stars; Leuten, die sich hintanstellen, trifft man selten.*

Das Hufgetrampel der rasend ihre Kreise ziehenden Rennpferde des Herzschlags – *eine Illusion – Wo ist denn der große Gedanke?*

Was ist denn schon groß dabei?

Ich könnte mich in allem komplett täuschen.

18

Am nächsten Morgen.

Ist Daniel ein Schleicher? Erfüllt ihn unbesänftigte, wilde *Liebe* – ich meine eine Nach-High-School-Version davon oder eine, die unbeherrschter ist als ein guter, aber leicht aufbrausender Lehrer?

Objektiv zu sein heißt, daß man sich nicht in der Geschichte befindet. *Subjektiv* zu sein heißt, man befindet sich darin. Durch die Existenz eines Lesers kommt ein Wettrennen zwischen dem Autor und dem Leser oder der Leserin um die Frage zustande, wer weiter außerhalb der Geschichte steht. Dies ist das Gegenteil dessen, was die Technik der Werbung mit einem Produkt macht, das Gegenteil des Akts, eine ideale Phantasie zu etablieren, die Realität zum Verdunsten zu bringen.

19

Im Morgengrauen.

Das Abteil im ratter-di-klappernden Zug riecht nach Nacht.

Noch ist von dem neuen, trüben, miefigen, aber gnädigen Licht hinter der halb heruntergezogenen, muffigen Jalousie vor dem Fenster kaum etwas zu sehen. So fremd sind mir das Reisen und der Moment, daß ich mich wie ein hauchdünner Ballon fühle – so verletzlich –, unterwegs in und getragen von etwas, das im wesentlichen *ein Märchen* ist, das Nirgendwo-irgendwie-Irgendwo des mentalen Raums einer vieldimensionalen, zwischen Objekten, die meiner Erfahrung noch fremd sind, spielenden Geschichte.

Es ist ein *strahlender Morgen*, aber er strahlt nicht. Ich setze mich in meiner Koje auf und sehe die Schatten hier, in diesem schattenreichen Licht, die Felle, die kämpfende, zirkelnde Nachtwölfe hier hinterlassen haben – melodramatische Bücher für Jungen haben sich auf meinen Verstand ausgewirkt.

Dann höre ich in der bereits leicht schweißtreibenden Morgenhitze über mir Daniel sich in seiner Koje bewegen. Er ist wach.

Unsichtbar, als Stimme nah der Decke – und der Zug ist laut – erklärt mir Daniel, daß er morgens betet, wie sein Vater vor ihm; er legt die Tefillin an; doch heute morgen nicht.

Er schwingt sich herab. Ich blicke durch Fenster – hebe den Rand der Jalousie an und sehe ein endloses, von Tau glitzerndes Feld, ein Farmhaus und weit entfernt einen lautlos dahinrennenden Hund, winzig klein im Verhältnis zum Feld.

Daniel hat weiße Shorts und ein khakifarbenes T-Shirt an sowie ein paar Hundemarken um den Hals. Er hat zu kräftige Muskeln an den Beinen; sie sind mir peinlich; sie gefallen mir nicht.

Sonst ist er jedoch dünn, fast spindeldünn, gutaussehend

und vortrefflich – vortrefflich in Form –, und das adelt in meinen jungen Augen.

Nicht aber, daß er fragt: «Und was hast du die ganze Nacht so getrieben?»

Er geht in die kleine Waschkabine in der Ecke und schäumt sich sein knochiges Kinn und die kräftig aussehenden Stoppeln auf Gesicht und Hals ein. Ich bleibe in meiner Koje. Stünde ich auf, wäre bei meinem und seinem Format das Abteil überfüllt.

Seine mich spiegelnden Augen, die Periskop-Spiegel-Augen von einem-der-mich-mag, derart männlich interessiert, sollten meiner Ansicht nach bedeckt sein. Na ja, die Wirklichkeit ist eben unwirklich.

Er fängt von Fahrstunden zu reden an, die er mir geben will. Während er sich rasiert. Er feilscht. Fahren zu lernen ist für mich wichtig; nur klingt es zu gefühlvoll, wie er davon spricht, es kribbelt; und sein Körper ist mir zu nah, obwohl er vielleicht einen Meter entfernt steht. Dennoch handelt es sich beinahe um die zwischen Männern in Kriegszeiten zu erwartende Kameraderie.

Er fragt mich, ob mir das Zugfahren Spaß macht; und ohne zu wissen, warum ich so etwas Kompliziertes und Abgehobenes sagen muß, sage ich: «Ich weiß nicht, ob ich Spaß daran habe, aber ich habe keine Schmerzen.»

Dann kapiere ich, daß ich es wiederum nur sage, um zu sehen, ob und für wie lange er mich ertragen kann, oder ob ich ein Schattenriß – mit Jünglingseigenarten – für ihn bin.

Ich komme mir wie ein Kind, oder fast noch ein Kind, am Fuße einer Mauer vor, die einen Ort umgibt, an den es gelangen will. Ob dies *sexuelles* Verlangen ist, weiß ich nicht.

Ich würde ihn gern anrempeln und symbolisch mit ihm ringen, doch nicht so, als wäre man auf einer Rolltreppe, in einem Aufzug oder Zug, wo nur ein einziger Aktionsvektor besteht, sondern auf einem Feld, wo alles möglich ist, einschließlich eines Neins.

Oder ein Ereignis, das in Wirklichkeit ein Nein darstellt.

Ihn zu vertreiben – darum, glaube ich zumindest, ging es wohl – obwohl ich mir bewußt war, daß ich *Zeug* mit ihm machen würde, falls er das wollte, falls er mir signalisierte, daß er wußte, in welch engen Grenzen diese Handlungen bleiben müßten, und falls er mich, meine Wirklichkeit, ertragen konnte, wenigstens zu einem gewissen Teil.

«Weißt du, Daniel», sagte ich, «ich bete morgens nicht wie du, ich meditiere über die Präsenz von etwas mir Nahem auf der Welt, das auf die Möglichkeit hindeutet, daß ich auf lange Sicht tatsächlich Glück habe... auf einen günstigen Ausgang – weißt du? Und was das kurzfristige Glück angeht, denke ich an Masturbation –»

Sein Gesicht glättete sich. «So?» Jetzt hört er mir zu.

«Ich denke über Glück und Sünde nach, nehme ich an. Ich denke über Glück und Sünde nach und bin dabei so ähnlich wie eine Pfingstrose, die sich auf den Tag voller Begegnungen mit Insekten vorbereitet, weißt du? Eine plustrige Pfingstrose am frühen Morgen, über die der Wind streicht?»

Niemand kann ertragen, wie ich rede. Es ist nicht sonderlich plausibel. In der, wie es mir nun scheint, schwermütigen Wärme des Zugabteils habe ich die Hände hinter dem Kopf liegen. Daniel sagte nicht: *Du bis verrückt.* Er zensierte lediglich den Ausdruck seines Blicks – in seinem Blick wimmelte es von echten und geheuchelten Urteilen.

Ich redete weiter, wobei ich abwechselnd ihm zusah und in die Luft starrte – und auf die Bodenfläche der oberen Pritsche: «Also, Beten heißt zu bekommen, was man haben möchte; es hat mit Siegen zu tun; darum ist es eigentlich seltsam, wenn ein Jude oder ein Christ betet, zumindest einer, der Christus liebt, es sei denn, er dreht sein Gefühl um und strebt nach Rache. Beten hat doch vor allem damit zu tun, daß man in der Welt ganz obenauf sein möchte – mit Erfolg, einem günstigen Ausgang. Das kann ich nicht. Vermutlich glaube ich, Gott ist allgegenwärtig, in jedem und um jeden herum, so daß du das *Göttliche* niemals anzusprechen brauchst, außer dir selbst zuliebe, dem Moment in dir zuliebe, um es zum Wirken zu bringen. Ich finde, Beten holt mich zurück in den Schlaf und in Träume, in den Zustand, in dem mein Schädel das ganze, wirkliche Universum zu enthalten scheint, und viele Stunden Zeit und Millionen von Bewohnern. Jedenfalls mag ich eine Menge schiefgelaufener Sachen: Menschen, die Verlierer sind, und Ideen, die nichts taugen, weißt du? Und tote Blumen. Ich stehe eigentlich nicht auf der Seite der Natur. Oder des Schlafs. Oder von Übermenschen. Ich praktiziere so etwas wie Hinausgehen: ich konzentriere mich auf etwas außerhalb von mir und warte ab, wie lange ich es aufrechterhalten kann: verstehst du – ich schaue einfach – es ist gar keine große Sache; mein Bewußtsein verschwimmt irgendwie, und ich spüre die Präsenz GOTTES. Gewöhnlich ist er sauer auf mich – vermutlich, weil *ich* es so empfinde. Daß *ES* sauer ist. Das *ALLUMFASSENDE* ist sauer. Jetzt, wo S. L. tot ist, verhandeln wir sozusagen über meine Rückkehr, das *ALLUMFASSENDE* und ich – ich habe S. L. den Vorzug vor GOTT gegeben. Vor allem. Ich habe meinen irdischen Vater geehrt – den hier unten. Aber es ist keine richtige Verhandlung, wenn man mit beiden Stimmen spricht – dann ist es bloß der freie Wille, der herumspielt. Ich übernehme beide Stimmen, drum weiß ich eigentlich nicht, was die Bedingungen sind. Solange das so ist, starre ich jedenfalls einfach in die Welt, und dann denke ich, na ja, ich habe das *Gefühl*, ich hätte sozusagen GOTT gesehen, was kaum einen Sinn ergibt, wenn GOTT überall und du selbst ist, wer du auch sein magst inmitten all der anderen, die Gott ebenso ist und die ebenso Gott sind, verstehst du? Ich glaube, es ist irgendwie ein schmutziger Gucklochblick – vielleicht der Blick von einem laschen Typ. Oder einer für harte Kerle – ich weiß es wirklich nicht: das Gefühl ist deutlicher als alles, was ich darüber sagen kann. Dann rasten mir die Augen – und die Hoffnung – aus; sie drehen durch. Meine Hoffnungen, Mehrzahl. Aber das ist okay. Ich komm schon damit klar. Irgendwie ist es toll und blöd – toll und schwachsinnig – ganz toll und entsetzlich, wenn du dir eingestehst, wie blöd du gerade bist und daß die Wahrheit so was wie siebzigtausend Unendlichkeiten grandioser, größer, ernster, komischer und alles ist: du ahnst etwas Ehrfurchtgebietendes. Nüchtern wirst du davon nicht; du verfällst nur dieser schwindelerregenden Erwartung von psychischer, vielleicht geistiger Gewogenheit, weißt du? Von Liebe statt nur immer Schmerz? Gerecht ist das nicht, weißt du – sondern als wärst du das Lieblingskind – für einen Moment. Du mußt zwar wieder nüchtern werden, aber bisher ist es ganz okay. Ich muß dann nämlich alles für völlig unglaubwürdig erklären: ALLES: *Was für ein Haufen Quatsch*, stimmt's? Aber das liegt bei uns in der Familie – in meiner richtigen Familie. Dann tue ich auch noch etwas anderes, langsam bis siebzehn zählen – doch, lach nicht: *immer* stellt sich eine Vision ein, bevor ich bei siebzehn ankomme. Dieser Vision glaube ich auch nicht. *Nie* glaube ich ihr. Aber sie gefällt mir ... Meistens erscheint sie zwischen 11 und 14, ich glaube, vor der Zahl 15 hab ich Angst. Es ist nicht immer eine visuelle Vision – mehr die Ahnung einer Präsenz, von etwas Weiterreichendem; so etwas wie ein Löwenkäfiggestank, aber nicht ganz und gar unsichtbar. Etwas Atmendes, beinahe Sichtbares, Anstößiges – vielleicht auch eine kryptische Formel: *Laß los ... Laß los* ... Wahrscheinlich ist es ohnehin bloß ein genetisch bedingter Tick. Da ist es jetzt ... Aber ich weiß, ich bin kein Prophet. Es stammt alles nur von mir. Tick-Tack. Es *bedeutet* also überhaupt nichts – außer daß es für *mich* etwas bedeutet, nur für mich, somit ist es letzten Endes eine Angelegenheit von Teamgeist und Stolz ... Wir gegen sie ...»

Obwohl Dan mir erzählt hat, daß er einsam ist und es gern nicht mehr wäre, halte ich das für milden Kitsch und nehme an, daß er im wirklichen Leben derjenige ist, der in seiner Umgebung meistens das Wort führt, vielleicht sogar immer.

Wenn er im Zusammensein mit jemandem, den er mag, nicht immer das Wort führte – wenn nicht *alle* seine Reden nach seinem Geschmack wären –, dann wäre es kein wahr gewordener Traum.

Ich bin einsam, wenn ich rede, aber ich habe Casey in St. Louis kennengelernt, und ich glaube wirklich, Daniel hätte es nicht paradiesisch gehabt, wenn er nicht immer das Wort geführt hätte.

Wenn er zugäbe, daß Casey wirklich vorhanden ist, würde er wahrscheinlich in lichterloh brennende Stücke von wer weiß was zerplatzen.

Ich glaube, Daniel malte sich in seinen Träumen einen Dialog *ohne* zweite Stimme aus, einen Dialog zwischen ihm und jemand anderem, bei dem er der anderen Person nicht zuzuhören brauchte; er rechnete damit, daß jemand ihn – sein Geld, seine Diszipliniertheit, sein Aussehen ... seinen Körper, seinen Brustkorb, seine behaarte Brust, seine kräftigen Beine, seinen Schwanz – seine Kehle – so sehr begehren würde, daß dieses Begehren einer guten Rede in einem vernünftigen Buch und so weiter gleichkäme. Dann würde Daniel mit dieser Person einen *Liebesakt* vollziehen, die andere Person *glücklich* machen – das heißt, die andere Person würde jene vollkommene Rede halten; und damit hätte die andere Person gesprochen, ihren Part des Dialogs geleistet; der bestünde in dem Glück, der Befreiung oder wenigstens Erleichterung, den der Liebesakt für sie, ihn, es war.

Indem er begehrt würde – so, glaube ich, kalkulierte er ejakulierend –, finde auf *bessere* Weise ein Dialog statt, als er durch Sprache zustande kommen könnte.

Ich bin überzeugt, daß er mir dies in den folgenden Jahren vermittelte: diese mystisch-absolute Vorstellung von Sex und von dem darin möglichen Glück.

Ich behaupte nicht, er habe nicht recht gehabt; doch fiel mir schon bald, nachdem ich ihn kennengelernt hatte, sogar schon im Zug, etwas an ihm auf, und er tat mir leid; er ließ mich rasend und verkniffen werden – vor Mitleid und aufgrund des Schweigens. Es war so unartikuliert, meine ich, daß es sich anfühlte, als wäre ich aus meiner eigenen Geschichte verbannt, bis auf das *NEIN*, das mich in seine Geschichte versetzte und das seine Aufmerksamkeit fesselte.

Im Zug wurde davon weder etwas *identifiziert* noch annotiert. Das Motiv war einfach da: war einfach, wie es war – kryptisch, und uns enthaltend – ein abgegrenztes, nicht-nacktes Motiv.

Jedenfalls wußte ich nun, daß er mich küssen würde – ich hoffte, aufs Haar; daß er mich küßte, würde, falls ich keine Szene machte, meine wahre Rede sein, die an die Stelle der inneren Bedeutung dessen treten würde, was ich soeben gesagt hatte.

Das heißt, dessen innere Bedeutung war, daß es ihm Gefühle entlockte.

Noch rasierte er sich; er spült sich das Gesicht ab und hebt zu einem Vortrag über das jüdische Morgengebet an – als wäre ich ein Katholik. Ich seufzte, denn mir wurde da ein weder sonderlich aufrichtiger noch genauer Vortrag gehalten – das meiste darin war Propaganda –, dann kam er mit nassem Gesicht und nassen Haaren zu mir herüber, hielt inne, stieg in seine Khaki-Hose, und dann lockerten sich seine (noch immer Vortragssätze auswerfenden) Lippen – sehnig, länglich, ziegelrot; seine großen braunen Augen (mit den schwarzen Kernen) – näherten sich mir, der ich in der Koje lag; da war sein ganzes Gesicht, sein Schädel; aber unscharf … Er atmete ein bißchen sehr geräuschvoll; er hielt nicht taktvoll den Atem an; er hatte sich mir nicht auf Zehenspitzen genähert; er schien fast tosend zu blasen und zu zischen – und schmatzend zuzuschauen –, als er mich auf die Haare, dann aufs Ohr küßte.

Gewandt und sanft – verweilend, ein wenig feminin – nicht männlich-ruppig – nicht verächtlich, wenn auch ein bißchen nach *leg-dich-bloß-nicht-mit-mir-an (denn-ich-bin-reich-und-sensibel)* und auch nach *DIR steht kein Urteil über mich zu.*

Ich war jedoch verblüfft – er besitzt eine andere Seele als ich; es liegt nicht nur am Altersunterschied zwischen uns; es gibt eine unglaublich umfassende *Differenz* – als ob er einer anderen Spezies angehörte oder ein tanzendes Ding wäre, ein Felsen etwa, der morgens lebendig wird. So verblüffend war es – *Es war ja gar nichts, mach deswegen nur kein Theater* -, es war liebevoll auf eine Art, wie ich es dutzend- und hundertfach gesehen hatte, und doch zielte es in *anderer* Weise auf mich – über eine *andere* Kluft hinweg.

Es hatte eine gewisse unelegante Eleganz – als fühle er sehr viel, auf diese oder jene Art – Mißbilligung oder Entrüstung, entrüstete Sympathie –, und daher bewegte er sich physisch (zwei, drei Schritte) und mental weiter fort, während er doch stehenblieb: sein Bewußtsein entfernte sich ein ganzes Stück, und seine Gefühle auch. Nun, die Sache war eben die, daß er während des Kusses und danach einem Traum nachhing. Ich hätte ein blonder Puppenjunge sein sollen mit guten Beinen und allem, was dazugehört – mit der ganzen Scheiße, die einen formbar macht – zu einem wendigen, gefügigen Universalschraubenschlüssel von *eisernem* Mann formbar macht; aber von der Sorte war ich nicht.

Und er war froh, daß ich so nicht war – womit ich vielleicht zum erstenmal erkannte, welch kuriose Sache der sexuelle Geschmack doch ist – etwas Perverses an sich und besonders, wenn er einem selbst gilt, wenn Dan ihn verspürt und ich ihn als von ihm ausgehenden verspüre.

Ich lachte. Manchmal, glaube ich, ist mir danach, über die Liebe als Neid zu schreiben – als *Laß mich dir Schaden zufügen und dein Leben ruinieren* ...

Oder als: *Ich beneide die Erwachsenen* ...

Oder: *Ich beneide die Päderasten.*

Aber wie berauschend es doch ist – zum Teil, weil es mir gestattet, mich in tiefem Schweigen vom Reden zu erholen. Die Sache, daß man *erwählt* oder ersteigert – oder idealisiert und dennoch alles in allem so klar erkannt sein soll, daß man mit all seinen Makeln registriert ist –, ist merkwürdig geheimnisvoll und verstörend.

Und außerdem, wenn er nichts sagt und ich nicht auf ihn, sondern auf die Decke der Bahngesellschaft sehe, die auf mir liegt – *Verfluchte Scheiße, was soll ich denn jetzt tun?* Es ist doch möglich, daß ich komplett mondsüchtig irre daneben liege und das hier alles glatt erfunden habe.

Ich meine seinen Herzschlag zu hören – vielleicht hat das nicht viel mit der Realität zu tun, bei all den Zuggeräuschen im Abteil.

Wenn meine Peilung nun stockt, was bedeutet das? Daß sein Körper, sein eigentümlicher Brustkorb, von der Seite schmal und überhaupt nicht breit, jedoch muskulös – und seine eigentümlich angespannt und *rigide* wirkenden Hüften – oh, *halbwegs* nehme ich den fundamentalen Dreibock mit dem Ausleger oder aufgestellten Hebebaum einer Erektion zur Kenntnis – bin jedoch zu scheu und verfüge nicht über genügend Stil (und Menschlichkeit), um mir das wirklich klar vor Augen zu führen.

Ich vernehme nicht, will ich sagen, was er hiermit verlautbart – ganz so, wie er meine Reden, die ich in Worte kleide, nicht vernimmt.

Dieses langbeinig besitzergreifende Ding von einem Mann empfindest du als spindeldünn und als innerlich nicht generös, sondern als befangen im einzigartig egoistischen Phänomen des Traums von romantischer Liebe – einer eigenartig wirren Vermengung von Einsamkeit und seinen Erfahrungen bei der Suche nach Gefährten –, die überhaupt nicht der Verwirrung gleicht, wenn eine Frau an einem saugt oder einen in sich hineinsaugt: man dringt nirgendwo ein – sondern dringt in sich selbst ein, mit dem kuriosen Eindruck von *Logik,* die ein Traum vermittelt – oder eine Halluzination beim Wichsen –, und dies verzerrt das Bild, weil sie irgendwie einen Sinn zu haben scheint, die Macht (über sein Blut? über seinen Schwanz?), die ich im Augenblick besitze und die mir mißfällt, die mich jedoch innerlich verschwitzt – wie seltsam – zum Grinsen bringt und mir die Freiheit gibt, *nachzudenken* …

Im Ernst: es hat eine traumhafte Qualität.

«Hu», mache ich. «Na, na.» Ich bin schon im Begriff, mich aufzusetzen, so verquer, wie es das Vorhandensein der oberen Pritsche erfordert; ich sitze auf der Kante meiner Pritsche, in Unterkleidung, aber mit der Decke über mir, die ich ziemlich weit hochgezogen habe, nicht allzu unfreundlich, hoffe ich … Aber, sehen Sie, es ist absolut unerträglich und die Hölle, von einem Absolutisten physisch berührt zu werden. Was man dabei fühlt, wie es sich anfühlt, was es bedeutet, durchbohrt einen – wirklich grauenhaft.

Was mich stört, ist nicht das Homosexuelle. Sondern daß jemand unbefugt in meine Selbsterträumung eindringt, und zugleich das Gefühl, plump beraubt zu werden, während man semi-pseudo-selig *stumm* ist … So geht es mir, es ist kein generelles Prinzip.

Er berührt mich im Nacken. Meine Empfindung, meine bewußte Empfindung damals war, daß ich ihm keine Vorwürfe machen, keine *Tragödien* oder Szenen herbeiführen wollte. Und ich wollte nicht, daß der milchspermige Dreibock irgend etwas freisetzte – oder absonderte; und im Widerspruch dazu gefiel es mir auf verdüsterte, verzweifelte, semi-amüsierte Art, Macht über *seinen Körper* auszuüben.

Also, wenn die Situation *komplex* wird (unter Halbwüchsigen in U. City war *komplex* ein Mißbilligung bezeichnendes Wort), sage ich mir einfach irgendwie: *Einfach nicht beachten* …

Und: *Ich will nicht, daß irgendwer mit mir über diese Sache redet* … (Womit auch Daniel gemeint war. Ich wollte keine Interpretation, keinen Rat hören – keine Zeugen haben.)

Ich wollte, in einem kuriosen Sinn des Wortes, unschuldig sein – bei genauer Untersuchung, nicht unbedingt auf den ersten Blick –, und zwar auf die *denkbar schlimmste Art*: nicht wie ein Kind, so wie ein Kerl im Umkleideraum oder wie die männliche Gestalt in manchen berühmten Liebesgeschichten, die als Gast die Geschichte hört, aber nicht in ihr vorkommt; er sucht zum Beipiel bei Sturm in einem Spukhaus Schutz; und er wird den Angriff oder die Verführung durch den blutsaugenden Vampir mit seiner (oder ihrer) promisken Liebe zu *Lebenssäften* überleben: wird jedoch den Vampir nicht *hassen*; auch weder die Liebenden, falls es sich um eine Geschichte anderen Typs handelt, noch sich selbst – falls sich herausstellt, daß auch dies Liebe ist.

Nicht in einer vielleicht *miesen* Geschichte mitspielen zu wollen ist ein eigenartiger Topos im Leben, ob hochgestochen oder gewöhnlich, übermächtig oder feige. Ein tapferer Bursche ist eindeutig *kein Feigling* – wissen Sie, was ich meine? Eine Nase ist kein Auge. Ein Auge keine Wange. Die Iris ist nicht das Weiße des Auges. Tapferkeit ist oft eine ziemlich naheliegende, auf Gewohnheit beruhende Sache. Was ich tue, ist vielleicht feige. Möglicherweise tapfer; ich weiß es nicht. Er hat mich zur Figur in einer Geschichte ausersehen, und ich möchte darin nicht so vorkommen, wie er es vorschlägt – zwar nicht unabänderlich vorschlägt, aber er ist kein flexibler Typ. Er ist verwöhnt.

Vielleicht hatte er eine ganze Menge Probleme, als er jung war: Leid kann einen trainieren, kann einem zu dem Versuch bewegen, sich zu ändern, es sei denn, man hat etwas gegen Veränderung und findet sie fürchterlich.

Im wirklichen Leben hatte er vielleicht das *Gefühl*, es gehöre zu meinem *Jungsein* dazu und sei ein Grund für ihn, alles mögliche zu fühlen: daß ich sozusagen hoffte, Leid werde ihn ändern; daß ich mich seinem sexuellen Charakter keineswegs und ihm selbst nicht sonderlich *gewogen* fühlte.

Wie gesagt, berührte er meinen Nacken. Dann, glaube ich, berührte er seinen eigenen Nacken. Erst meinen, dann seinen. Als bereite er eine Enthauptung vor – gewissermaßen, während er zu der Ecke mit dem winzigen Waschraum ging. So richtig sah ich es nicht, allenfalls aus dem Augenwinkel. Ich guckte in die Luft, dann zu dem partiell abgedunkelten Fenster hinüber und zu den bewegten Bildern unter der ein Stück weit hochgeschobenen Jalousie. Ich seufzte nicht; gewisse Gefühle kamen mir – was wäre wohl, wenn ich jetzt ein Gesicht ziehen und knurren würde *Laß das . . .*?

Also knurrte ich das. Nun ja, jeder kriegt hie und da einen Schock ab – meiner bestand darin, daß ich offenbar, sonderbarer- und *erschreckender*weise, so erschöpft und dem Kranksein nahe ich von dem ganzen Kram zu Hause in St. Louis war, in mancher Hinsicht stärker war als er. Scheiße, was soll's. Fast sofort kam er vom Klo zurück, sein Waschzeug in der einen Hand; den Rasierer in der anderen Hand; in beiden Händen eines davon. Er ließ mir die Sachen in den Schoß fallen. Seine Hände waren zerkratzt, blutbefleckt – die Nägel zerbissen; die Nagelhäute bluteten hier und da.

Was ist der gemeinsame Nenner? Ich kann keinen finden.

Es war ein sich selbst mißtrauender Moment. Für mich ist der jeweilige Moment meine reale Hülle, meine Bekleidung; er bläht sich oder fällt oder zuckt, irgendwie übertrieben leidenschaftlich, elektrisiert, lautlos wetterleuchtend . . . Was meine Person angeht, hege ich eine enorme Scheu. Eine moralische Scheu? Eine feminine? Furcht vor dem Skandal? Nein. Doch. Man kann die Decke abwerfen, schauen, was da passiert – und man kann sagen, es sei doch alles nur ein Scherz. Man könnte gar aufs College geschickt werden . . .

Da schraubt sich das Angebot eines bestimmten Lebens wie ein Luftzug, wie ein Bild im Bewußtsein, auf ein anderes Leben, auf einen Körper und ein Bild in einem Bewußtsein zu, auf eine potentielle, desillusionierte, auf höherer Ebene leidenschaftliche, oft haßerfüllte Nähe zu. Ich weiß, was für mich im Zusammentreffen mit anderen geschieht. Andere gut zu kennen, von ihnen durchdrungen zu werden, wo man doch eine Geschichte hinter sich hat: das kann einen schon scheu machen.

Der Schwanz ist ein unwahrscheinliches Gebilde. Wie übrigens jeder Finger, besonders aber der Daumen. Und ein Hals ist etwas ebenso *Unwahrscheinliches*. Der *Schwanz* ist länglich, veränderlich und knochenlos, angebunden, feinfühlig, blaß – eigensinnig – ein eigensinniger Elefantenrüssel, jedes Mannes ganz private, *sensible* Schoßhund- oder Drahtpuppen-Wurst, totes Fleisch, ein mysteriöser Daumen zum Ertasten von Empfindungen – läppisches Anhängsel, stolz, bleich und scheu; scheu und fleischig: fleischesscheu, wann immer ich nein sage und dem Nein gehorcht wird.

Lachhaft, wie die Macht in mir den Windsack bläht – und die Strömungen, Fata Morganen und Halluzinationen in der Atmosphäre hier einfängt.

Seine Beziehungen zu Menschen und Ereignissen sind scheu verhüllt. Jede Erörterung von Gewalt ist sonderbar obszön. Wer und was ist jetzt mit welcher *Gewalt* der Gefühle von *diesem Ding da* betört? Von wem oder was ist *es* betört? Bin ich hier denn der Polizist – ich, meine Kraft, mein Glück, irgendein mysteriöser Teil von mir?

Bin ich in meine Dominanz oder meine Chancen zu dominieren verliebt, selbst wenn es gelogen ist, daß ich dominiere? Oder in die Macht des Geldes? Will ich es bezähmen? Seine Braut sein – oder sein Bräutigam?

Bin ich in die Macht verliebt, die *normal* zu sein bedeutet – von ein paar Vorfällen abgesehen oder gerade ihretwegen?

Oder in die Niederlage der Nazis – indem ich mich als Offizier der amerikanischen Armee sehe (in ein paar Jahren)?

In der Umgebung des Zuges gibt es weit und breit keine Deutschen. Kein Feld, an dem das Fenster vorübergleitet, ist von Japanern besetzt. Stellen die Namen vom Krieg verwüsteter Städte – Rangun, Stalingrad, Saloniki – etwa einen Freibrief dar? Wer hätte einen hageren Halbwüchsigen schon im Verdacht, eine sexuell anonyme Seele zu besitzen? (In Wirklichkeit hätte jeder diesen Verdacht; nur ist auf dieser Welt keine Seele anonym ... Wie seltsam das doch ist.)

Mir machte die Bereitwilligkeit zu schaffen, mit der jemandem wie mir die Absolution erteilt wird, fast ausnahmslos. In wenigen Minuten wird ein Beschluß sich abzeichnen, ohne daß die Zeit stehenbliebe.

Ich habe Nonie ausrufen hören: *Man braucht nicht alle Sachen zu benennen! Sie sind nicht so, wie du behauptest!* Und: *Es ist viel einfacher, darüber zu reden, daß man einen reichen Mann heiraten will, als es wirklich auszuhalten.*

Man pendelt auf und ab und im Kreis herum und saust dann davon ins dunkle Nicht-nur-ein-wenig-Wissen. Natürlich liebte ich Daniel (zeitweilig) und in jenem Moment: mit jugendlicher Erbitterung und Ungeduld. Das wußte er. Es war ihm nicht unvertraut. Er erwartet es. So gemocht zu werden. Liebe, wenn man so will, kommt vom Gang herein – oder aus dem Sonnenlicht draußen. Kommt im Abteil in Sicht. Daniels tiefliegende, unsanft von Gefühl getönte Augen tragen eine Schattenmaske. Fangen wir schon schuldbewußt an? Ist es für Daniel so? Ich bin noch nicht schuldig, soviel ich weiß. Ich nehme freudig an, er wisse, daß ich es ihm, wenn ich ihn *liebe*, ersparen muß, mich kennenzulernen; ich muß den ersten Schritt zur Unterbrechung des sinnlich-persönlichen Dialogs tun, der für ihn das Paradies ist (falls dies so ist). Ich freue mich, sagen zu können, daß ich seiner Phantasie nie stattgeben oder sie mir gefallen lassen würde – daß ich sie wirklich nicht aushalten kann.

Die Qual, die *falsche Person* zu lieben ... Himmel noch mal, *so* selten ist das doch wirklich nicht – oder?

Und dennoch fühlt es sich ungewöhnlich, heimlichtuerisch und elitär an, nein zu sagen, während man kein Wort laut sagt, sondern nur steifgliedrig sitzen bleibt.

Die Intensität dieses besonderen Moments verblaßt zu etwas, das in der schrill ironischen Form ein Echo findet, die Brüderlichkeit (oder Mütterlichkeit) und Gastfreundschaft in Daniels Version annehmen – als er mich ansieht, einen Moment gleich nach dem übernächsten. Ein Ausbruch-mit-einem-Blick – das ist schon irgendwie diszipliniert: seine Pose des Wohlerzogenen, der an den Rand des Zusammenbruchs getrieben wird. Das *Martyrium* eines reichen Mannes ist zwar nicht unbedingt ein Witz, aber auch nicht pathetisch. Daniel ist weder unschuldig noch lieb, nicht ganz. Und auch kein Opfer. Man hat ihn nicht im Verdacht, daß er ein Kind belästigt, nur daß er sich fahrlässig mir gegenüber benimmt, den sein Vater gleichsam für ihn ausgesucht hat – oder den sich einmal anzusehen ihm aufgetragen wurde –, vielleicht aus Opposition zu der Sympathie seiner Mutter für Nonie, die beide Männer verärgert haben mag. Ich werde es nie erfahren. Wir befinden uns nun hier, an dieser Biegung der Geschichte, und ich kenne nicht den Wortlaut seiner Darstellung, nicht die hier einwirkenden Faktoren des anderen Handlungsstrangs.

Verallgemeinerungen kommen mir unwirklich vor; ich kann verstehen, wieso Nonie sich als effizient und nützlich erweisen mag und ich nicht.

Ich gaffe sozusagen blöde – innerlich. Äußerlich bleibe ich manierlich.

20

Dan ist stramm gebaut, stramm wie eine Forelle, nur feiner. Die Sonne strahlte auf flaches Farmland und wogende, bewaldete Hügel nieder – ein *Ah-da-seid-ihr-ja* und *Oh-da-kommt-er*, ein *Aha* und *Sieh-doch-mal* nach dem anderen, das innere *Geplapper*, das Ab- und Anschwellen der *Spannung*.

«Was hältst du eigentlich von Lloyd C. Douglas?» fragte mich Daniel im khakifarbenen Licht, mit einer Art Freundlichkeit über der Erbitterung, die mir eine höllische Angst einjagte.

«Ich mag religiöse Bestseller», sagte ich taktvoll und hoffte, richtig zu tippen.

«Ist es nicht Zeitverschwendung, so etwas zu lesen?» Entweder stellt er mir eine Falle, oder er sagt das aus Frömmigkeit ... Oder beides.

Oder er will einmal für eine Weile nicht fromm sein. «Ich lese aber schnell: zweihundertfünfzig Seiten in der Stunde, dreihundert, wenn ich die Schilderungen überspringe. Pearl S. Buck und Hervey Allen gefallen mir besser als Lloyd Douglas.» Ich sah ihn an und zeigte, daß ich gesprächsbereit war. Wenn die Leute sich weigern, mit einem zu reden, verweigern sie einem *manches*, andererseits könnte Schweigen einem helfen, in der Kategorie derer zu bleiben, die noch jung sind. Ich sage: «Ich lese gern Bestseller, in denen was über Frauen steht.»

«Ich mag Khalil Gibran», sagte er. «Kennst du vielleicht einen Gedichtband mit dem Titel *This Is My Beloved* ?»

«Ist das der, wo ‹Schamhaare wie Salatblätter› drin vorkommen?»

«Ja.»

«Klar. Den haben ein paar Typen im Umkleideraum gelesen.»

Er senkte die Lider. «Kitsch», sagte er. «Meine Schwester liest das.» Das wußte ich. Sie war in St. Louis gewesen, wir hatten miteinander geflirtet; sie hatte mir einiges daraus zitiert.

Er existiert wirklich; er besteht nicht aus meiner Meinung über ihn. Auch ich existiere wirklich.

Daniels betrübtes Gesicht zeigt mir, daß meine Bemerkung über Frauen ihn getroffen hat, wohingegen seine straffe Haltung besagt, daß er Unreife duldet, unreife Rüpelei. Unreife Grausamkeit. Wenigstens von mir. Ich räkele mich auf meinem Platz, stelle mich zur Schau.

«Ich bin ein *ernsthafter* Leser; ich lese langsam und regelmäßig», sagte er. «Ich schätze Sholem Aleichem – auf Jiddisch ... ich lese Jiddisch, Französisch, Hebräisch, Deutsch, ein bißchen Griechisch und Latein ...» Er wartet auf eine Reaktion.

«Ich lese nur Sachen auf englisch. Ich mag James Joyce – was er so über Familien schreibt und seine Schweinereien. Tolstoi mag ich auch. Dostojewski heb ich mir fürs College auf.»

«Gute Idee. Wie ein Leser siehst du mir nicht aus», sagte mein Cousin Daniel. Ich lasse mir nichts anmerken. Komisch, daß man zu allem Training und Glück braucht. Mut außerdem.

Ob du mich magst oder nicht ist mir egal, aber dich mag ich, wenn du mich so akzeptieren kannst, wie ich eben bin.

Köder, Pläsanterien ... Geld ... Aussehen ...

Sein Bein glitt irgendwie seitwärts, bis sich sein Knie kribbelnd neben meinem befand, ohne mich zu berühren. Ich zuckte – unwillkürlich – zusammen, und er nahm es fort. Ich ziehe in sexuellen Dingen niemals als *erster*. Wenn man sich aber gut benimmt, *provoziert man Ärger*. Bei aller Peinlichkeit habe ich das Gefühl, ich sollte mich entschuldigen, und unbarmherzigerweise fühle ich mich peinlich *belustigt*.

«Magst du einfache Dinge?»

«Ich bin selbst einfach», sage ich.

Mit jemandem, der mir im Alter näher wäre, würde ich es darauf ankommen lassen, wer mehr schmutzige Wörter kennt; vielleicht würden wir uns keuchend voreinander zeigen, wenn es nichts zu bedeuten hätte, wenn es buchstäblich nur der Information diente und nicht auf anderer Ebene Teil einer persönlichen Absicht wäre – wenn es zum Beispiel nicht einem vielleicht echten, vielleicht dauerhaften Gefühl diente. Ich meine, man läßt sich darauf ein, auf die Erinnerung daran und auf Wiederholungen davon.

Wenn Daniel ein *stinknormaler Kerl* wäre, würden wir miteinander ringen oder so. Ich wäre derjenige, der das Sagen hat und der bestimmt, inwieweit der andere für eine Weile gehorcht, erotisch und nicht-erotisch, wenn man so will ... Wer wen mag, wer die Sache hier im Abteil steuert. Wann wer dran ist. Oder so.

Das Gleißen draußen läßt mich die Augen zusammenkneifen. Der Zug neigt sich, als er eine kurvige Geleisstrecke befährt, und setzt unsere Fenster direkt dem Licht aus. Auf eine Frage von Daniel erwidere ich: «Ich bin ein besserer Ringer als Boxer; ein besserer Pitcher als Baseman; ein besserer Batter als manche, die eigentlich besser sind, weil ich treffsicher bin. Ich kann auch schlagen, wenn's ums Ganze geht. Das hab ich raus.»

Die Fragebögen des sozialen Lebens ... Der Zug fährt in einer heruntergekommenen ländlichen Gegend durch die kalten Schatten sehr hoher Alleebäume. Ach, diese Momente von *Beinahe* und *Zutiefst*, von *Nicht sehr*, *Flüchtig* und *Reserviert*! Ich komme mir gemein vor. Noch selbstsüchtige Leidenschaft ist sakramentaler als das, was ich da treibe. Obwohl Leidenschaft etwas ganz schön Übles ist. Vielleicht *«liebe»* ich ihn ja neckisch – und sadistisch ... nur eben nicht leidenschaftlich. Jedenfalls war das Objekt zutiefst sakramentaler Gefühle für ihn junge Männlichkeit, nicht ich – oder nur partiell ich. Im Grunde studiert er das *Transzendente* hinter der männlichen Realität. Ich glaube, daß dies zu einer adoleszenten Tradition der Sinnsuche gehört, aber genau weiß ich es nicht. Voranzuschreiten, sich in jenes Transzendente zu verwandeln ...

Mittlerweile, während wir bald vibrierend dahinzuckeln, bald rasch voranrücken, erzeugt der Drachenatem seiner Beachtung irgendwie den Eindruck, als berühre ihn mein Anblick so, als wäre ich ein Mädchen. Das Licht mir übertragener Bedeutsamkeit geht von mir aus – vielleicht. Zwei Fliegen summen in der Hitze und bedrängen einander in einer Ecke des schmutzigen Fensters. Ich weiß nicht, ob diese Zugreise den Erfahrungen meiner toten Mutter oder denen von S. L. in seiner Jugend entspricht. Ich glaube schon. Sicher weiß ich es nicht – ist die ganze Welt sexuell oder nicht?

Anlässe, maßlos jung zu sein, ergeben sich häufig.

21

Gegen Mittag sagte Daniel: «Wir sind Juden ...»

«Ich finde es *interessant*, jüdisch zu sein.»

Er sagte: «Das ist eine schlimme Bemerkung.» Metaphorisch sagt er: «Ich werde das Tor zu einer ordentlichen jüdischen Unterweisung für dich sein.»

Ich sage: «*Tora-Tor* ... Sag bloß – du?» Und beiße mir dann auf die Zunge, fange aber dennoch an, das Lied aus *Carmen* zu summen; ich hatte mich nicht mehr in der Hand und merkte plötzlich, daß ich das tat.

Er blickte schockiert drein, schmollte für einen Augenblick und war dann *interessiert.* Die *Carmen*-Geschichte handelt von fataler Leidenschaft ... Noch war *Lolita* nicht geschrieben, als Glosse oder Kommentar zu *Carmen*, als eine andere *Carmen*, trauriger und vorsätzlich alberner, was dieses Zeug betrifft.

«Wir spielen auf Reisen immer Drei Drittel vom Gespenst: ihr auch?»

«S. L. mag das Spiel nicht. Wir haben's nie gespielt. S. L. war schlecht in Rechtschreibung.»

Erst werfen wir eine Münze, um zu entscheiden, wer mit Drei Drittel vom Gespenst anfängt – Daniel sollte mich herausfordern, und das tat er auch; er sagt: «O ...»

«P», sage ich.

Etwas leise Anstößiges schwebt über jedem Moment.

«E», sagte er.

«‹OPE›», sage ich. «Wie der Cockney gern sagt: Offen is gut, offne Hand besser. R.»

Der Altersunterschied zwischen uns. Sein Geld. Sein Aussehen. Seine eigenartige Selbstbeherrschung ...

«N.»

«Opern. Du hast verloren.»

«Magst du Opern?»

«Ich weiß nicht – du?»

«Ja. Viel zu sehr ...»

«Warum *zu sehr*?»

«Es gibt noch anderes zu tun – und die Oper ist eben sehr, sehr – ich weiß nicht ... Sie sondert einen von den Menschen ab.»

«Ach so ... B ... Wenn du weiterspielen möchtest ...»

Daß ich gewinne, heißt, ich flirte nicht.

Dünkelhaft an ihm ist, daß er *Liebe* generell als Monolog versteht – getönt von erregtem Schmollen, worin sich die Macht eines verwöhnten jungen Mannes spiegelt. Aber ich sehe, daß wir uns in einer seltsam exponierten, fast semi-feurigen, gut-schlechten Episode befinden – in einem Kampf.

Er ist prahlerisch und geheimniskrämerisch. Ich trage ein *Denk-dir-nichts-Böses*-Lächeln und eine snobistisch arrogant-demütige Haltung zur Schau – *wie ein reicher Junge* – nicht das Lächeln eines reichen Jungen, sondern eines, das dem *gleicht*: der Dünkel eines armen Jungen.

Daniel sagt: «B? Ich verstehe dich nicht.» Dann schroff: «Ich will dich nicht verstehen.»

«Warum?»

«Das wäre schlecht für mich. B? Irrst du dich da nicht?»

«Ich glaube nicht.»

«Sag mir – glaubst du an Gott oder nicht? Möchtest du Barmitzwa feiern?»

«Das kann ich dir sagen. Ich glaube an Gott, aber nicht an einen Gott, über den man sprechen kann. Ich kann mir keinen allmächtigen Gott vorstellen, der sich mit solchen Dingen wie Geschlecht oder Sprache abgibt – nicht einmal zum Spaß. Ich kann mir keinen Gott vorstellen, der die Zukunft kennt, glaube aber nicht, daß wichtig ist, was ich mir vorstellen kann. Ich stelle mir vor, daß Offenbarungen den Bemühungen bestimmter Menschen entspringen ... Als würden Bücher und Steine höher und höher aufgetürmt ... Ich kann mir eine endgültige, einzige Wahrheit vorstellen, nicht aber als Rahmen für hier, den man erkennen könnte. Ich halte es für schäbig und falsch und richtig gefährlich, all das, was mit dieser einzigen Idee zusammenhängt, in den Kram herunterzuziehen, der sich bei uns abspielt. Man nähert sich ihr im Geist in einem gegebenen Moment an; und man kann darüber sprechen; aber nicht ernstlich – man kann diese Dinge niemals als öffentliches Terrain benutzen, ohne Mord zu rechtfertigen. Eine einzige Wahrheit bedeutet, daß anderes Zeug gelogen, trügerisch, falsch und böse ist. Die Wir-hier-die-da-Scheiße ist eine Falle. Ich bin nun mal der Überzeugung, daß Mord eine weltliche Angelegenheit sein sollte. Ich kann nicht glauben, daß Gott mehr gegenwärtig oder weniger gegenwärtig ist. Ich bin nun mal der Ansicht, daß die Bibel, die ich aufrichtig bewundere, vornehmlich eine Geschichte des Bewußtseins ist – bei dem Geist, der über dem Wasser schwebt, bei der Erscheinung, wo sich Firmament und Wasser scheiden, und in der Davidsgeschichte geht es um das Jungsein, und bei Christus am Kreuz geht es um sehr viele Dinge. Und im Koran auch. Die Frage ist nicht, ob es Gottes Wille ist, daß man keinen Mord begeht: woher soll *ich* denn wissen, was Gottes Wille ist und was nicht? Ich bin jedoch davon überzeugt, daß *Gott* so etwas wie eine Vorliebe für ausgedehnte Netzwerke von Interessen gezeigt hat – für demokratische, protestantische Nationalstaaten ... Am Anfang war das Wort, und das Wort war Gott. Oder war Gottes Wort. Sicher. Und nun? Ich kann verstehen, daß die Sprache zur Befindlichkeit des Gebets tendiert – sie ist ja ein Turmbau aus Sinngebungen, die Sprache; und um einen endgültigen Sinn zu wissen hieße, *wirklich* recht zu haben: aber das weißt du nie, es sei denn, die Apokalypse kommt. Ich meine, wenn du glaubst, eine Lehre – egal welche – hat recht, dann wettest du letztlich so, daß du nur im Moment der Apokalypse deine Karten auf den Tisch werfen und abwarten kannst, wem der Topf zufällt. Jedenfalls will ich an keiner Wir-hier-die-da-Sache beteiligt sein ...»

«Juden können da nicht umhin ...»

«Ich weiß. Aber *einiges* davon kriegt jeder ab. Es steckt in jedem – deswegen werden Verführer gelegentlich erschossen. Hat das mit sexueller Eifersucht zu tun? Mit ethnischer? Ich taste mich da irgendwie nur stolpernd vorwärts. Umstände setzen weitere Umstände – das nehme ich als gegeben an. Mein liebstes Gebet lautet: *Ich weiß nicht, hilf mir, die Stärke aufzubringen, noch eine Weile weiterzugehen.* Daniel, ich weiß es einfach nicht. Ob es da etwas geben mag oder nicht – ich komme nicht damit klar, daß ein menschliches Wesen so dünkelhaft ist zu glauben, es wüßte, was dieses *ETWAS* ist ...»

Er schockierte mich so, daß ich verstummte, in gewisser Weise für mein ganzes Leben, indem er sagte: «Das ist selten: ein hübscher Junge, der gern über ernste Dinge redet. Auf welches Wort wolltest du hinaus? Ich habe ja bereits verloren.» Beim Spiel.

«Operabel.»

«Gibt es das Wort wirklich?» Dann: «Gott würde mich nicht ohne Botschaft leiden lassen ...»

«Das ist ganz hübsch dünkelhaft.» Dann, zum Spiel: «Na komm – nicht mogeln ... Du weißt genau, daß es das Wort gibt.» Dann: «Niemand behauptet, ich wäre hübsch.» Das eitle Gefühl, ihn partiell zu begreifen – nein, eher gleicht es einem Privileg –, verleiht dem Schweigen eine besondere Kontur. Das Privileg – wenn es denn eines ist – in der realen Zeit. Und die Macht mit ihrem schwankenden Handelswert ... in der realen Zeit ... Der *taktische* Aspekt dieser Sache. *So* betrachtet, bin ich nicht menschlich. In Reaktion auf meine *unmenschliche* Abkapselung sinkt Daniel *beinahe* fröstelnd ab und wird wieder jung. Die Plüschpolster der Sitze, die toten Insekten und der Staub auf der Scheibe, die lebenden Fliegen im Abteil, das repetitive Rattern und Klacken des Zuges, der auf der gekrümmten Erde voranrückt – auch das alles ist real.

«Beim Schach gewinne ich nie.» Ein Angebot von mir. «Ich habe ein Reiseschachspiel dabei ... Ich hab's in einer Mülltonne gefunden. Ein Springer und ein Läufer fehlen.»

«Und wieso gewinnst du nicht beim Schach? Warum wohl nicht?» fragte er.

Ist er noch interessiert? Protegiert er mich? Es ist mir immerhin so wichtig, daß ich es im Auge behalte. «Das weiß ich nicht – okay?» sage ich. Gebrochenen Herzens – widersinnigerweise, buchstäblich, während die Gelegenheiten sich von Moment zu Moment giftig mehren. *Ich bin ein Wichser.* Mir sind schon viele Schimpfworte an den Kopf geworfen worden. Ich weiß nicht, wie ich die Proportionen und Wertverhältnisse abwägen soll – bestimmte Formen der Weigerung kommen der Anerkennung vielleicht zu nahe. Halbwegs erkenne ich meine Perversität an. Ich möchte nicht wissen, wozu ich eigentlich nein sage. Nein zu sagen kann ein Spiel sein. Man kann zum Problem werden – Sachen stehlen, Szenen machen, Eifersucht wecken. Welch ein reiner – geisterhafter, weitäugiger – halluzinatorischer Moment, in dem das hin- und herrasende Bewußtsein da und dort gegen die Schädeldecke prallt wie gegen die Abteilwände. Daniels Atem ängstigt mich.

Diese Momente auf einer gleichsam moralisch minderen Ebene der Geschichte – wenn man die Geschichte als seinen Vater versteht: «Ich kann nicht das gesamte Spiel im Kopf behalten», sage ich – *allen Ernstes.*

Wieviel Unschuld besitzt ein Mensch in einem realen Moment? Unschuldiger als damals bin ich nie gewesen.

HOMOSEXUALITÄT 2
Nach der Zugfahrt

Vom Siegen und Normalsein, bis zu einem gewissen Punkt

Das Selbstgespräch

Nachts in jenem Haus, in meinem Zimmer, inmitten der Anblicke, die sich in diesem Zimmer bei Lampenschein darbieten, und dazu die Geräusche aus der Dunkelheit draußen vor dem Fenster – das Sommerkichern des Wildgrases auf den Feldern jenseits der Rasenflächen, auf den Wiesen am Fuß der Hügel, das Rascheln der Unkrautblüten im Gras – und die Sterne, die den partiell blausilbrig leuchtenden Nachthimmel tüpfeln und bestäuben, den über dem gezackten Blech der nicht sehr fernen Berge, der Blue-Ridge-Kette, eine Mondsichel aufhellt, da war ich, wie des öfteren schlaflos vor Nervosität, mir des gewaltigen Wals dieser anderen Landschaft bewußt, der da, zu Teilen weiß im Mondlicht, mit dunklen, vom Mondlicht gesäumten Schatten, nachtträge dahinschwamm.

Man kann nicht schlafen. Gleichgültig knirschend dreht sich ein Ventilator an der Decke. Wind kam auf, und das Haus schien sich zu schütteln und zu regen. Zu Hause schlief ich immer eine Weile tief ... Diese Folter war mir neu: ich hatte nicht erwartet, daß sie mit meiner offenkundigen Errettung einhergehen würde.

Ich fühle mich in *nervöser* Schlaflosigkeit wie in einem Gewebe aus persönlicher Geschichte gefangen.

Später wird Daniel mir erzählen, daß er in Häusern anderer Leute niemals schlafen kann und in Hotels nicht gut. Er schlug vor, ich solle zum Einschlafen in fremden Räumen Proust lesen – doch nicht die fremdartigen Wände, die verrutschten Fenster, das ununterbrochen originelle Rumpeln der physischen Realität schienen, obwohl sich all das bemerkbar machte – und anziehend und mir lieb war –, dasjenige zu sein, was da so brutal in das Gefühl einbrach, ich sei entkommen und alles sei, wenigstens größtenteils, *nun in Ordnung*.

In meinem Falle hatte ich mehr den Verdacht, es sei etwas mit Schlaf Unvereinbares anwesend – eine Art Reproduktion (in der – relativen – Stille im Raum und in der Nachtwelt zu dieser Stunde) der Tatsache, daß ich ein Gast in diesem Hause, daß ich ich war, aber nicht wirklich: sondern vielmehr, *zunächst einmal und vorrangig*, Gast – und in allzu vieler Hinsicht anders als die Menschen hier.

Daß meine frühere Schlafensweise und meine einstigen Träume hier, sollten sie sich einstellen, sollte ich sie hier haben, unangemessen wären, dies hielt mich in der ersten Nacht dort wach – an dieser Unangemessenheit dessen, was ich war und gewesen war, ließ sich die Distanz ermessen, die ich überwunden hatte, um hier herzukommen – die weite Landschaft eines Urteilssatzes, dem nun ein weiterer folgen mußte. Daran ermessen ließ sich, wie real die eine oder andere Zeit war. Freischwebend schienen die Muster früherer Schlafensweisen vorbeizudriften, unerreichbar von der ölig schwarzen Oberfläche des Nachtbewußtseins aus. Alte nächtliche Selbstgespräche kehrten wieder, Erinnerungen an andere Situationen, an Fragen, die Pflichten zu Hause und in der Schule betrafen – dort bei uns zu Hause, in meiner Schule dort; die Träume, aus denen ich vom bloßen Dösen nun erwachte, um Schlaflosigkeit vorzufinden, waren von Leuten aus St. Louis bevölkert, von Freunden, von Lila und Nonie: sie lebten in jenem Sommer zusammen; sie lebten *dort hinten* in St. Louis – weit westlich von hier.

Ich weigerte mich, über St. Louis nachzudenken und

meine *Meinungen* über das Leben dort, über mein Leben dort und meinen Aufbruch von dort zusammenzutragen, zu überprüfen, zu berichtigen und zu beurteilen – ich war sowohl zu feige als auch zu betäubt dafür. *Logisches Denken* gilt als emotionslos, aber natürlich ist damit nur gemeint, das es relativ emotionslos ist – es soll weniger gierig als andere Befindlichkeiten sein. Wirklich logisches Denken, meine ich. Im wirklichen Leben ist ein *Vakuum* immer nur relativ; und der Versuch, die Denkvorgänge anzuhalten und eine Logik durch eine andere zu ersetzen – die wache Weltsicht durch Traumlogik –, die Logik, die man früher praktiziert hat durch ein *Hier hast du nicht sonderlich viele Sorgen*, durch eine *moralische* Leere, die sehr süß ist, durch ein Urlaubsvakuum, in dem die realen Verpflichtungen und die wahre persönliche Geschichte und die lange Liste der Pflichten, von denen man manche erfüllt, um andere sich gedrückt oder herumgemogelt hat, das persönliche Register von Notfällen und der Reaktionen darauf vorgeblich nicht existiert: keine Gebirge alter Gedanken: geborgte Teilnahmslosigkeit ... Der Playboy spielte weiter – jedoch nicht mehr so leichtsinnig. Das Elend, das ich sonderbarerweise empfand, war teils Sorge um Daniel, teils Besorgnis wegen meiner Weigerung, mich um Daniel zu sorgen – *Er ist reich; er ist jung* ... Der Wust von Fragen, welche soziale Bedeutung den Dingen zukäme, war noch da. In der Art zu reden ist man von dem beeinflußt, den man anspricht, und von den Gründen, warum man – jetzt – überhaupt spricht; und es steht in – zwar nicht fixierter, aber doch vom jeweiligen Verhältnis, vom Grad an Nähe bestimmter – Relation zu dem sonderbaren Faktor von annähernder Bedeutungslosigkeit sowie, indirekt, zu den Absichten, die man hegt, und der *Autorität*, die man besitzt – zum persönlichen Charme oder gesellschaftlichen Status –, also zu dem Maße, in dem man über das Recht verfügt zu bestimmen, was gesagt wird und wie es ankommt, ob als weise oder töricht. Die Regeln dafür sind neu – ich meine, wer bestimmt, wie bestimmt man gemeinsam mit einem anderen oder wie bestimmen alle zusammen, in dieser neuen Familie zum Beispiel, darüber, was einen Sinn ergibt, was vernünftig ist und wie man mit Tante Casey zu sprechen hat, wenn man mit ihr allein ist oder bei Tisch? Und was exzentrisch, was langweilig ist und wo die Grenzen zur Gemeinheit liegen – und so fort.

In gewisser Weise konnte ich *besser* sprechen als die meisten, als alle Leute, denen ich bislang begegnet war, jedoch nicht ständig und nicht nach jedermanns Geschmack; was nicht hieß, daß ich witzig oder geistreich oder logisch sprach – zumindest nicht ständig –, sondern daß ich das eine oder andere davon manchmal tat; doch das verlieh mir zuviel Autorität ... Ihr Leben lang behauptete Nonie beharrlich, ich würde unverständlich reden, wie ein Buch – und wie ein Narr ... *Keiner mag es, wie du redest* ... Und wie Tante Casey bestand sie darauf, daß ich wie *sie* zu sprechen hätte, wenn ich mit ihr sprechen wollte: sie, sie beide, weigerten sich, *mich* reden zu lassen; ich tat es trotzdem – aber nicht oft. Durch Schweigen und Lächeln konnte man sich in einer Art von Niemandsland bewegen, wo direkte Konfrontationen unterblieben und die Waffen schon darum ruhten, weil man nicht zum Kampf antrat; und das taten bei uns zu Hause die meisten gescheiten Jungen, sich in nutzbringendem Schweigen zu üben – ein wenig besorgt und oft befangen, von einer Aura aufsässiger Pflichtvergessenheit umgeben und stets am Rand von Szenen balancierend, die denen, die ich durchmachte, verwandt waren, sich aber anders äußerten.

Dies kennzeichnete den Redestil *intelligenter* Frauen, ob jung oder alt, diese grundsätzliche, aufsässige Pflichtvergessenheit ihres Gebarens, ihres Sprechens – so ernsthaft, so höhnisch und anspielungsreich im Krieg mit den Regeln höflicher Konversation, im Eingestehen der Existenz von Schwierigkeiten, die fast nicht zu ertragen waren, es sei denn unter reflektierten, beunruhigenden Menschen, die sich durch vielschichtige, mannigfaltige, unerhörte Ansichten und Hypothesen auszeichneten.

Mir das Anstands-Pidgin, das hier gesprochen wurde – denn es handelte sich dabei um ein Pidgin der *anständigen* Leute –, mir die Rede-wie-die-anderen-reden-Sprache dieser wohlhabenden Leute anzueignen, um überleben und gut leben zu können, ermüdete mich und machte mich mehr als nur eine Spur ängstlich; und ich war ein wenig ärgerlich und ein bißchen wütend darüber, daß ich auf diese Weise beurteilt wurde – doch ich möchte mich einbringen, wie ich bin, statt auf dieser Welt ewig allein zu sein, nur mit einer eigentümlichen Ernsthaftigkeit zur Gesellschaft: sich das bloß vorzustellen, o je ...

Nahezu der winzigste Anflug eines Gedankens weckte mich, zerrte mich herunter vom Pfad in den Schlaf. Hungrige Gedanken, Landstreicher –, Pennergedanken ... Der Logik ist alle Bewegung verhaßt: die Menschen erfinden Sachen, die statischer sind als natürliche, als Eisen und Gold ... Ich wünschte, das hier wäre ein Zimmer mit goldenen Wänden, so fest im Raum verankert. Wenn man so eine Atmung hätte, reglos wie Gold – als Ballast, als Kiel. Als Rüstung gegen Mannsbilder, die mich packen wollen – ha-ha. Nichts, was hier unter diesen Leuten vorging, gehörte meiner Vergangenheit an – ob Nonie ihre Geschichtslosigkeit genossen hatte? Sie sei gescheiter und vernünftiger als ich, sagte Mama, und verstünde mehr von Siegen und Verlieren. Vermutlich hatte sie es genossen, *reinen Tisch* gemacht zu haben – war das ein zu advokatenhafter, zu schlaubergerischer Ausdruck? Wahrscheinlich. Klang zu sehr nach etwas, das ein Zeitungsmensch sagen würde: Casey wäre verstimmt.

Für mich war es ein bißchen so, als versuchte ich, über der langsamen Umwälzung meines Lebensgefühls Schlaf zu finden, das sich zu einer Stimmung traurig grundierter, dunkle Schächte hinabtanzender Strenge hinbewegte, zu einer individuellen Wirklichkeit, in der ich versuchte, mich zurechtzustutzen und zu verkleiden, mit aller Willensanstrengung nach den großen, in der Ferne sichtbaren Preisen zu streben, nach Belohnungen, die gänzlich losgelöst waren von den Formeln der Selbstbeschreibung, mit denen alle anderen, die ich kannte, ihr künftiges Geschick skizzierten ...

Die nervöse Abneigung gegen den Schlaf war eine Unfähigkeit – gerade so, wie ein Privileg eine Mißbildung war (und eine Mißbildung ein Privileg, falls man sie so zu betrachten verstand) –, die Unfähigkeit, jetzt schon zu träumen, auszuruhen oder zu hoffen.

So etwas wie ein erschrockenes Identitätsgefühl, das darin bestand, daß ich in dieser *Übergangsperiode* keine Identität besaß, und das sich im Charakter nicht von dem Gefühl während des Teils einer Nacht unterschied, den ich einmal im Gefängnis verbracht hatte, von der gefährlichen Klaustrophobie, die mich in der stickigen, stinkenden Atmosphäre eines Exkurses ins Nichts der Gefangenschaft befiel, der Unfähigkeit, nach Laune fortzugehen, des Zustands, aller Pflichten ledig zu sein, buchstäblich für einige Stunden niemand zu sein.

Ich hatte meinen Namen nicht angegeben. Der Onkel des Jungen, mit dem ich zusammen war und mit dem ich in jener miesen Kneipe in die Schlägerei geraten war, kam und holte uns heraus. Entscheidend war nicht, daß kein Engel mich hören oder meine Stimme erkennen und mich beschützen wollte, sondern daß kein menschliches Wesen aus meiner Vergangenheit dies tat: sie hatten alle versagt. Sie waren alle tot oder Sterbende. Oder waren trickreich darauf aus, mich zu vereinfachen – mich zum Arbeiterjungen zu machen, sagen wir einmal, oder rabbinerhaft, oder schüchtern. Persönliche Freiheit und persönliches Verhängnis riechen gleich; sie haben die gleiche Struktur; beide zeichnen sich durch die Todesnähe (so oder so) und den Eindruck aus, man sei in Klammern gesetzt, bedeutungslos für die Richtung des Urteilsspruchs, jedoch ein Zeugnisträger, ein Tümpel oder Hügelgrab von Sprache – von artikuliertem Bewußtsein.

Wenn allein mit sich und seinem Schicksal (wenn ich so sagen darf) zu sein also eher so ist, als wäre man in einem Sarg statt in einer Zelle eingesperrt, dann folgt daraus, daß es von den Sinnen nur vernünftig ist, so geballt das Bewußtsein zu erfüllen, daß man jeden Hauch von Farbe, jeden Anflug von Geruch registriert, und zwar nicht nostalgisch, sondern als Fleck von klarem Wissen um etwas hier weitgehend nicht zu Erforschendes, lediglich zu Erlebendes, das man später durchdenken und erkennen soll, falls es denn der Erkenntnis zugänglich ist.

Alles wird durch die unvorgebildeten Sinne gefiltert, im dunklen Augeninneren verborgen und eingeschlossen, in Momenten, die, wie man weiß, zugleich wattiert und flatterhaft sind; die, eingefangen und festgehalten, mir die Luft nehmen, oder so weitgespannt und bewegt wie der Atem oder die Außenhaut und die gerippte Decke meines nippeltragenden, gekerbt-dürren Brustkorbs, der mich foppt, die schwach wogende, semi-verankerte Wirklichkeit, mehrschichtig, wattiert, bekannt ... Ein Moment hier ist von außerordentlich seltsamer Gestalt, mit *Ärmeln* versehen oder einem Ärmel gleichend, und der Rest des Mantels oder Kaftans ist das Haus, ein Nun, schlaflos, unbeständig und sich in den Minuten der Schlaflosigkeit entfaltend. Der Mittellosigkeit. Zu meiner Bestürzung heitern mich Bettücher aus Leinen nicht auf. Ich war so verdutzt darüber, daß ich ich war, als würde ich dessen gewahr wie einer Eule, die auf mich zugeschwirrt käme, oder als gliche mein Geist einem Baumstachelschwein auf seinem Ast, dessen aufgestellte Stacheln es, diese Kreatur der Wälder, vor mir beschützen, vor meinen Blicken und Begierden. Wie sonderbar doch das von anderen unabhängige Bemühen, am Leben zu bleiben, ist – und dann erscheint es einem seltsam, daß es in einem vorhanden ist, jedoch heimlich. Oder scheu. *Laß mich glücklich sein, wenn es dich nicht stört.*

Dem Blut nach stamme ich von einer unvernünftigen Familie ab – bekannt dafür, daß sie machten, was sie wollten, Männer wie Frauen.

Mein Großvater sagte, er spreche täglich zu Gott und erwarte von seinen Kindern, daß sie dies anerkannten. Statt dessen haßten sie ihn, und er sagte, sie taugten nichts. Er gehorchte keinem Menschen und störte sich nicht an ihrem Haß.

Und mein Vater: *Gib ihm einen Auftrag, und er schlägt dich* ... sagte S. L. *Abschaum von dieser Sorte endet in der Gosse ... Was kann sonst schon aus ihnen werden?*

Schlaflosigkeit

Ich habe Angst. Ich habe Angst und möchte lieber nicht träumen, und falls doch, möchte ich mich lieber nicht an meine Träume und die Dramen darin erinnern, an die Botschaften, an den Wust der Bilder mit ihrer ominösen, lieblichen Grammatik, wie sie keine gesprochene Sprache kennt. Man schläft inmitten der Omen und der Meinungen, die man über Dinge hegt, welche als objektiv ausgegeben und als Objekte und Dramen dargeboten werden, jedes als Beispiel von Klarsicht völlig überzeugend; und so geht es eine Weile, wenn einen niemand beim Schlafen unterbricht und einen weckt.

Eine gestörte Klarheit. Furcht und Schrecken lauern im Dunkeln, die Träume von Leben und Tod und dieses Verlangen, das ich in mir habe, wie andere zu sein. Natürlich kann man zu jemand in dessen Schlafzimmer gehen, um nicht allein zu sein. Ein paarmal bin ich an meine Zimmertür gegangen, habe dort gestanden und auf einen Wunsch, einen Automatismus gewartet, der mich lenken würde; und jedesmal bin ich umgekehrt. Man kann das Haus ausrauben. Moralischer Ekel zügelt mich, vielleicht auch Furcht. Solch eine nomadische *Null* im All der Nacht zu sein – lautlos schreie ich im Dunkeln. Ich. Ich bin adoptiert und sonderbar. Verrückt.

Das in Realität zu übertragen – als eine Null sein Leben und das von allen anderen aufs Spiel zu setzen –, kam mir moralisch unratsam vor. Ich besaß nicht genügend *genetische* Selbstachtung, um als sexueller Spieler durch die Welt zu ziehen und alles zu riskieren. Oder als sozialer Spieler. Ich fürchte mich zu sehr vor möglichen Verlusten. Im Augenblick bestehe ich bestenfalls aus einem Sortiment von Geistern, von allerlei geisterhaften Dingen, einem falschen Namen, einem vorläufig jungen Äußeren und dem Ruf eines Jungen, der seinem sterbenden Vater beigestanden hat. Ich bin eine Anthologie von Schatten, nicht eine Enzyklopädie von Realien – wie reichere meines Alters. Als Empfänger milder Gaben habe ich im geliehenen Bademantel an meiner Zimmertür gestanden. *Du liebst niemanden so sehr, daß du um Hilfe bitten würdest.*

Ich habe niemals real existiert; niemand ist weniger real als ich. Wenn ich mich in dem Glauben lasse, ich sei real, rast mein Herz, meine Atmung wird komisch, und meine Nerven zucken und hüpfen wie Drähte oder wie Grashüpfer im Feuer oder wie Lichtstrahlen, aber wie welche, die weh tun. Meine Wirklichkeit hat Sekunde für Sekunde, wirklich Sekunde für Sekunde Flecken von flackerndem Wahnsinn, von frohgemutem Eigenwillen und von einer Unbekümmertheit, die mich tief beschämen, auf die ich gewaltig stolz bin. Der Wahnsinn ist nicht weit. Den Stolz eines anderen zu vernichten oder in soziale Katatonie zu verfallen: dies sind für mich die normalen Umstände bewußter Existenz.

Ob voller Wut oder in quasi-pietistischer Hinnahme, immer mißtraue ich dem unschlüssigen Pendeln des Ichs zwischen Schrumpfen und gefährlichem Anschwellen.

Oft masturbiere ich, um schlafen zu können. Ich schäme mich meiner Gedanken beim Wichsen. Die Stimmung und die Lebensgeschichte, die zu dieser düsteren, abwegigen Größe geführt haben – dieser Größe in Minderwertigkeit –, bringen Selbstekel und Selbstbewunderung hervor. Hilfe gegen die Versuchung wird in den vielfältigen Beschwörungen des Radios gesucht und gefunden, so leise eingestellt, bis ich aufgbrund des leisen Murmelns ferner Stimmen und all dessen, was sie an Schäbigem, phantastisch Törichtem und Unnützem murmeln – nicht inspirierte Torheiten, sondern grausame Hirnlosigkeiten –, bis ich also nach einer Weile lieber in lächerlicher Reglosigkeit beinahe schlichte Schmerzen leide und einfältig und unbewegt ins Dunkle starre, als mich abzulenken oder zu masturbieren.

Bitte laß den Schmerz aufhören. Ich weiß nicht, ob der Schmerz Trauer ist oder Einsamkeit oder Neid auf andere. Den sonderbaren Gedankenformationen entspringt nun jedenfalls dieses Credo: *Wenn ich das Richtige finde, worüber ich nachdenken kann, bin ich befreit und darf einschlafen.* Wenn meine Denkbedürfnisse beschwichtigt sind, werde ich schlafen können.

Man tut die *irrsinnigsten* Dinge, um schlafen zu können: ich messe mein *Glück*: Ich klebe ihm, als wollte ich es zur Post geben, eine Maske auf oder füge ihm eine Beschreibung bei. Tapfer bewege ich mich auf das *Unglücklichsein* zu: ich denke an üble Ungerechtigkeiten – an den Tod anderer, an mein eigenes Dilemma, meine deutliche Auflösung dadurch, daß ich nur noch versuche, in meinem eigenartigen Leben irgendwie zurechtzukommen, daß ich hier nicht leben kann – bisher ist dies eine Foltermethode: ich stehe vor dem Inquisitionsgericht eines Unglücks von solcher Macht, daß ich ihm in seinem BRUTALEN STREBEN NACH BESSERUNG antworten MUSS, sonst muß ich STERBEN. Was sich wie Kühnheit und Glück anfühlt, könnte eine Falle sein: letztlich zählt nur der Sieg. Alles für mich *Interessante* liegt auf einem Gebiet außerhalb des Schmerz-Kontinuums. Was *dies* angeht, *belüge* ich mich und andere. Wenn ich ganz aufrichtig bin, fühle ich mich eigentlich nie *unglücklich.* Ich empfinde echten Schmerz: und alles übrige ist ein *Glücks*zustand. Schritt um Schritt schreitet die Schlaflosigkeit voran, manchmal auf die Demütigung zu, daß man kein Schicksal wie alle anderen hat. Man ist hierhergekommen, um bei einigem Glück Zugang zu einer statistischen Gruppe zu finden.

Sie sind reich genug, um dich ertragen zu können.

Während des Tages kann ich so tun, als wäre ich real. Momentweise, hie und da für zwei, drei Momente sogar – welche Seligkeit – so tun, als steckte ich nicht voller *Unsinn*. Manchmal entspricht meine Realität in einem gewissen Grade der anderer Seelen.

Manche Leute können mich ertragen, solange ich noch in diesem Alter bin.

Was ich für andere bin, ist oft primär eine Vorstellung, die sie aus Büchern und Filmen bezogen haben, aus Gesprächen und allerlei Strömungen in der Welt (damals), eine populärwissenschaftliche Vorstellung davon, was eine Person ist, wie das Leben für einen Jungen aussieht, eine Vorstellung von der Art Junge, die ich sein könnte, und davon, was ich als Beispiel eines Jungen bin.

Bei einem Football-Spiel oder Sportfest gehen für mich, während ich vor Zuschauern dahinrenne, der erhöhte Realitätspegel, die Adrenalinausschüttung und all das übrige mit einem Gefühl von Unwirklichkeit einher. Wenn ich nicht schlafen kann, ist das wie ausradiert. Das ist die platte Tatsache ... Hier zu sein ist so unwirklich wie ein großer sportlicher Wettkampf, und gut auszusehen, als gutaussehend zu gelten und gescheit zu sein: das sind Dinge, die einem ein Gefühl von Unwirklichkeit vermitteln. Man ist zwar nicht undankbar dafür, aber diese Dinge stellen keine Lösung dar: sie bedeuten nur, daß man ins Spiel einsteigen oder es verweigern kann.

Ich habe mich dem Spiel hier nicht verweigert. Von Casey erwarte ich, daß sie sich von mir erweichen läßt. Und von Daniel, daß er vernünftig bleibt. Weder das eine noch das andere sollte geschehen, aber das wußte ich nicht.

Gescheiter zu sein als jemand weniger Gescheites, oder

weniger gescheit zu sein (als beispielsweise Nonie, als Nonie sich Casey gegenüber verhielt), welche mögliche Bedeutung konnte das für das reale Leben haben? Ich kannte kein Gedicht und kein Shakespeare-Stück, das mich darüber unterrichtet hätte, und keine Tradition, die diese Frage behandelt: Ist *Hamlet* eine Tragödie über Intelligenzunterschiede? Über Unterschiede in der moralischen Intelligenz? *Der Sturm*, *Macbeth*, *Der Mohr von Venedig* und *Antonius und Cleopatra* – alle sind sie zum Teil Studien darüber, was es heißt, einerseits intelligenter und andererseits weniger intelligent zu sein als die Leute, die einen umgeben ... Doch was konnte in der Welt *Intelligenz* bedeuten? Oder sein? Ein mentales Attribut, das oszilliert und meistens nicht viel ändert? Etwas, dem es an sich an realer Existenz mangelt und das sich daher nur mit Hilfe der Welt und anderer materialisieren kann?

Ich hatte kein Geld. Ich hatte keine Macht – das stimmt nicht ganz; in begrenztem Maße besaß ich Macht; aber ich verfügte nicht über eine Sprache, die einer anderen Beziehung zur Welt entsprungen wäre, als daß ich mein ganzes Leben auf dieser Welt verbracht hatte. *Erfolg:* Macht und Sprache: Geld. Das Wesentliche und Empörende an einer organisch realen Sache ist, daß es nicht jedem, nicht allen möglich ist, sie zu akzeptieren. Die Sache muß sich Akzeptanz erkämpfen. Lila hatte seltsam sibyllinisch gesagt: *Du solltest Arzt werden ... Kranke Leute machen dir nichts aus.* Und wenn die Leute um sich fürchten, lassen sie einen in Ruhe ...

Zerstört worden zu sein bedeutete auf Dauer was? Ein Gedicht? Siebzehn letztlich lebenswerte Stunden unter all den Stunden, die man lebt?

So gescheit bist du gar nicht ... Du bist zu gescheit für das, was dich quält ... Paß auf, wo du den Fuß hinsetzt ... Du träumst ... Du weißt nicht, was du tust ...

Jeder hat sich in mich verliebt. Eine solche Hochstapelei

ist so quälend, als steckte man in einem Faß – als wäre man steif von erzwungenem Kauern. Und wie *sonderbar* das ganze ist: vollkommen *grotesk*.

Die Knochen schmerzen; das Herz schmerzt; man kann nicht schlafen.

Ein beschwerlich erfülltes Nichts-Sein, ein vorläufig melodramatisches Schicksal – es ist nicht schwer, das mit der Nichtigkeit aller Dinge zu verwechseln.

Wahnsinn

Wahrnehmungen im Dunkeln. Nicht im Nichts – Zeit ist etwas ... Bin ich krank? Ich weiß, daß das erste bergende Paradies der menschliche Bauch meiner Mutter war. Es war so wandelbar, daß ich in jenem Paradies, der salzigen Geburtsstätte meines Geistes, dem Verstreichen von Zeit begegnete, gewahr (vage darauf vertrauend), daß man sich besser fühlen, daß man keinen Schaden nehmen würde: dies war der lockere Beweis, dies war der Maßstab für ein Paradies von Anbeginn an. Vom amphibischen Stadium an. Zur Nichtwiederkehr, aus der die Zeit besteht, gehört der mechanische Effekt, daß Wahrnehmung stets ein Element des Widerstands gegen die Zeit an sich enthält. Die Wahrnehmung weist die Identität zurück, welche die Zeit Augenblicken, ja allem zu verleihen behauptet. Die Wahrnehmung ist eine Widerstandskraft, die sogar jenen Kräften widersteht, die sie selbst hervorbringen. Die Kraft der Individualität in einem Partikel sollte, da sie zeitgebunden ist, nicht gänzlich mechanisch schwanken, schwächer werden und die Welt sowie Anomalien gebären. Eine Balance, eine Situation muß eine Form von Wahrnehmung oder Wissen davon haben, daß sie etwas *Balancierendes* ist – wie sonst könnte sie im Verlauf der Momente existieren? Der Zeit wohnt der Drang zu existieren inne – und sie benennt und individualisiert auf symbolisch elektrisierende – und mächtige – Weise, sich selbst stets von neuem geheimnisvoll individuierend – bis sie für dieses oder jenes versagt; hastig dämmert Materie herauf, semi-schlaflos, ist nackt der emsigen Formung und den anatomischen Grenzüberschreitungen der Daseinsschöpfung ausgeliefert – und dann der Abfall, das Loslassen, der Zerfall – die Rastlosigkeit der Korrekturen: darin ertrinke ich, wachend-und-schlafend, mit Glücksfällen auf Arten und Weisen bedacht, die im mentalen Licht in der Dunkelheit jeder wirklich lähmenden Angst spotten, bis das Gedankenlicht zum Tanz in der mentalen Dunkelheit von Angst und transzendierter Angst wird, ein natürliches, biochemisches Feuerchen im Schädel, ein bißchen Geknister von Höllenfeuer – und Widerstand – im Schädel, unter den Haaren.

Nicht zu heilen, nicht einzudämmen, wechseln die Erinnerungsblitze und der Gegenwartseindruck, daß dies hier nur ein Zimmer ist, einander ab.

Und vor den kriechenden, wurmartigen, madengleichen Sekunden und Atemzügen, den winzigen transparenten Schlingeln meiner Atmung, dem schlangenhaften Beben von Lidern und Lungen resignierend, erdulde ich meine Strafe.

Bei all dem Wechsel scheint mir, mein Schatten fresse die Welt und zerre mich in seinem Bauch (im Geist meines Geistes) in einen Moment totaler Verfinsterung hinein. Mein verdüstertes Ich ersehnt und vollzieht eine furchtbare, inzestuöse Vermählung mit der Dunkelheit selbst, mit dem Furchtbaren. Eine kindliche, anscheinend unendliche Geduld im Inneren der Nacht bewahrt mich, während ich die Hürden der Wechsel, Windungen und der von Moment zu Moment verhängten Verlängerung dieses Zustands der Einsamkeit und Qualen überwinde, in amphibischem Widerspruch zu allem, was man mich über Einfachheit und Ideen gelehrt hat.

Indem ich über ein Denken ein weiteres Denken stülpe,

ein beobachtendes Bewußtsein, einen weiteren Standort der Wahrnehmung über dem vorhergegangenen errichte, und dann über das Denken, die beiden Denkebenen den Körper stelle und all dem noch eine schwindelerregend luftige (und traurige) Denkebene überordne, und noch eine weitere, die alles bewacht, beurteilt und beobachtet, erklimme ich eine Höhe, von der aus sich mir ein flüchtiger Einblick in den nächtlichen Raum eröffnet.

Die Leute sagen: *Darüber weiß ich alles* ... Und: *Wir wissen nichts darüber* ...

Ich bin Gott nicht leid – doch die Idee Gottes ist soviel einfacher als die Ahnung einer Präsenz im Vergehen der Momente, daß ich um nichts bitten, sondern nur auf Gnade warten kann – hier, so lange nachdem ich in den unmoralischen Zustand bloßen Daseins hineingeboren wurde: mit schweren Flügelschlägen schwingt man sich zur Reise auf. Das Denken und das Erkennen der Denkbewegungen, eine kaum vorstellbar umfassende Kollektion simultaner Kräuselungen von räuberischen Bekundungen des wortgewaltigen Willens, Geschichten und wer weiß was noch, bestehend aus steifen Lettern, fügen sich zu einem phallischen Ganzen, einem einzigen Dorn, der ausreicht, oder nicht ausreicht, um die Verzweiflung abzuwehren. Ich spüre das Flüstern in mir und außerhalb von mir – befremdliche Urgeschichten: *Würdest du gern die Sprache der Atome sprechen, Wiley?* Ist das die Entstehung des Kosmos? Sind das die ersten Kriegsrufe an der Küste? Wenn du nicht einschlafen kannst, hörst du das Geheul der Elektronen in den schwarzen Löchern in dir; und eine Art Troja erhebt sich – und versinkt –, das Nichts, gestichelt von seinen eigentümlichen Zuckungen, ein Ränder, Grenzen gewinnendes Nichts, bis es ich geworden ist – faktisches, vorausgesagtes Wahrnehmungslicht, lichtähnlich, eine Form von Zeit (vielleicht), Gewicht und Gegengewicht, Gewicht der Anziehung, der Masse und der Geschwindigkeit. Lila läßt mir viel Freiheit – weil sie krank ist. Über die Jahre hin haben wir dies ausgehandelt.

Meine demokratische Schlaflosigkeit ... ich bin nicht bereit, bei Daniel zu schlafen ... ich bin nicht bereit, ihn zu berühren ... Die Realität unterweist mich in Dingen der Realität – es gleicht einer Liebeswerbung: die verhurte Realität heckt eine Nebenrealität auf dem Boden dessen aus, was an mir real ist. Daß dies ein Zustand der *Deprivation*, ein Nullzustand ist, wird mir deutlich, weil die Zeit nun säuselt: *Erkenne mich*.

Wenn alles zu glauben möglich wäre, dann würde man sich vielleicht, überzeugt davon, man könne fliegen, von der Veranda stürzen. Wir verfügen nur über kleine Zeitlaboratorien und begrenzte Fähigkeiten; wir haben es mit großen Wundern und gewaltigen Schrecken zu tun; und oft stehen uns weithin unüberwindliche Unglücksgefühle im Wege – darum bleiben wir besser begrenzt – in Grenzen wissend, in Grenzen der abstrakten Wahrheit treu, denn dann erhält das Lügen besondere Bedeutung.

Weil dann die *Wahrheit* durch die Lüge bestätigt wird, da sie, die Wahrheit, eben nicht die Lüge ist. Dann existiert die Wahrheit.

Das tut sie jedoch nicht. Eine Möglichkeit; etwas unmittelbar Gegebenes: das ist nicht das gleiche. Dies zählt zu meinen relativ absoluten Wahrheiten, ist in dem Peinigenden, das ihnen eigen ist, enthalten: das Beharren darauf, daß die Zeit ein Vorhang ist; und jenseits davon ist ein Gott mit einem bauchigen Paradies oder eine wissenschaftliche Vereinfachung, etwas mechanisch Verläßliches – wie nichts verläßlich ist; und die den menschlichen Willen repräsentierende Lüge – menschliche Gerissenheit, prometheisch, eigenwillig, schlau –, die Lüge als die einzige Möglichkeit, das Wahre darzustellen, da sie imstande ist, mich aufzuschrecken und erstarren zu lassen, mich voll Angst geduldig warten zu lassen – ich treffe die Wahl, mit meinem Leben, meiner Vernunft auf das Unmittelbare zu setzen. Sie bewegen sich mit den Momenten, das Unmittelbare und das Wahre: wie ein Löwe in einer alten Geschichte, mit wogendem Fell und mageren Rippen: die Wahrheit besteht aus Momenten und hält, trägt, schiebt oder zieht mich jetzt, verwirrt mir den Verstand und frißt mich, frißt meinen Schatten. Ich hatte niemals eine Vorstellung von der Unbewegtheit besessen, wie sehr ich mich auch dazu drängte – sowenig wie von der *Zeitlosigkeit*; ich habe niemals eine Vorstellung von der *Ewigkeit* gehabt – nur die, *daß dieser Kram noch eine Weile weitergeht.* Ich glaube, wenn die Leute sagen, was sie zu sehen meinen, lügen sie. Die Natur richtet es so ein, daß wir wichtig sein müssen, sonst haben wir keinen Grund, in der realen Zeit am Leben zu sein.

Einzuschlafen heißt, ein Kanu auf die dunkle Fläche fließender Geräusche hinauszuschieben, und die Strömungen tragen einen in eine gnadenlose, lichte Vergänglichkeit, die sich als etwas Unbewegtes, als absoluter Sinn darbietet, als Theater von solcher Plausibilität, daß ich es für echt halte und mich fürchte zu erwachen, weil ich glaube, daß Erwachen Tod oder Wahnsinn bedeuten würde. *So schlafe ich ein.* Die Kinderreime, die man mir erzählt hatte, überzeugten mich davon, daß ich der Familie aller Menschen angehörte. So schlafe *ich* ein, inmitten der absoluten biologischen Gegebenheiten, und bewege mich hin zu ungezählten Schlafesbrüdern und Schlafesschwestern, die mir genommen werden können. Mein Blick und das Licht, in dem er sieht, können nicht durch Unbewegtes, durch eine stillstehende Atmosphäre, durch ewig unveränderliche Partikel reisen. In wahrem Stillstand kann ich weder wissen, daß ich von der Atmosphäre geschieden bin, noch daß ich, in solch einem Zustand angehaltener oder aufgelöster Identität, von dem, was ich sehe, unterschieden bin. Ich *empfinde* dies als Irrtum. Ich muß mich belügen, wenn es mir gelingen soll, dem Gefühl, daß alles in Bewegung ist, zu entkommen. Und wenn ich dies tue, habe ich, wie gesagt, nicht das Gefühl von Unbewegtheit –

nur von allumfassender Bewegung, was bedeutet, daß ich wach und nicht tot bin, was wiederum bedeutet, daß ich existiere und nicht nur aus unvollkommenem Bewußtsein bestehe. Ich muß nicht notwendigerweise sterben, wenn jemand anderes stirbt oder wenn ich schlafe. Ich werde jedoch sterben. *Es* – der Tod in mir – zupft und zieht an mir, ein unamphibischer, unambiguöser Anstieg zu einer Art von Einsicht in mich: genau solche *Gedanken* halten mich wach; es ist, als wäre man ein Kind von sieben oder acht, das barfuß mit nackten Beinen auf einer Türschwelle sitzt; der Vorplatz ist der des Todes. Meines Todes. Nur des meinen. Der vereinigende Kern in mir, das punktförmige persönliche Licht im universalen Dahinrauschen von Zeit wird, wenn ich mit meinem Wassertreten und Schwimmen in den Wirklichkeiten je gegenwärtiger Momente fertig bin – dieser kleine Lichtkegel auf dem Boden des Doms (gleichsam) wird verlöschen. Ich möchte meinen Tod nicht vorhersehen. Daß ich das kann, bezweifle ich ohnehin. Ich glaube, daß Benjie, Casey, Daniel und Isobel ein scheußliches Leben bevorsteht. Aber ein Leben steht ihnen bevor. Ich möchte kein Unheil anrichten, aber leben möchte ich auch. Ich möchte so viel vom Leben haben wie sie.

Ich bin hier in einer ägyptischen Kammer mit goldenen Ornamenten begraben, in einem skythischen Tumulus, einem indianischen Grabhügel.

Und es ist eine chinesische Totenkammer mit Terrakotta-Rüstungen und Terrakotta-Soldaten, meiner Totenarmee. Meiner eigenen Armee.

In diesem Zimmer im Haus ziemlich reicher Leute ist man anders schlaflos als bei den wenigen Malen, als man in St. Louis nicht schlafen konnte. Zu Hause kommt es selten vor, daß ich nicht schlafen kann. Wenn man dort nachts leidet – und schwitzt –, dann vor allem, weil andere leiden – mein Vater oder Menschen im Krieg; deren Leiden wirkt auf einen ein und wird zu eigenem Leiden, ohne je ihrem zu entsprechen oder gleich zu sein. Ich meine damit nicht, daß Unglück ansteckt. Auch nicht, daß Mitgefühl ansteckt. Sondern ich meine, daß der Unterarmknochen bestimmter Handlungen andere affiziert und einem dann den Arm verdreht oder gegen die Stirn schlägt oder sonstwohin, wie ein Atom in der Quantenmechanik springt.

Die nächtliche Atmosphäre besitzt so spürbar eine Realität für sich, daß mir scheint, alles sei offensichtlich realer ich oder bestehe weniger aus Irrtümern des Willens und Zufällen. Wenn ich die Welt nicht beschuldige, kann ich mich nicht finden; ich beschuldige jedoch die Welt und das Geld: und hier bin ich nun; ich denke: Hier drinnen ist es zu warm. Ich höre den Ventilator an der Decke quietschen und sehe im Dunkeln, daß er bei seinen Umdrehungen an seinem Stengel kippt; vertraute, körperlose Finger von Luft, die der Ventilator mit seinen Bewegungen ausstreckt, berühren mich – dies ist gleichsam mein Morgengebet. Ich habe mich entblößt, der schlaflose Waisenjunge inmitten der Veränderungen an diesem Schwanzende meines wachen Lebens, halb darauf gefaßt, daß sich ein Gebet dieser Art ereignen würde. Benjie hat gesagt: *Du bist mir vielleicht ein Schurke, Süßer.* Das sagte er einmal in einem Gespräch, in dem unter anderem von Genitalien die Rede war. *Und ich schwätz da nicht bloß so daher.* Wenn ich die Schalter, Meßuhren und Ventile in mir so einstelle, daß ich hierbleiben kann, und wenn ich sie anschließend so einstelle, daß ich Daniel retten oder Casey besänftigen kann, dann ist das so, als bestünde ich aus zwei Zügen oder hätte zwei Züge in mir, die auf einen Zusammenstoß zurasen. Nichts wird so richtig klappen. Daniel retten, indem ich ihn irgendeinen sexuellen Triumph über meinen knausrigen Körper erringen lasse? Meine Genitalien sind hier ... Und auch ich bin hier. In diesem Moment, da ich mich im Dunkeln nach außen wende, in der Hoffnung auf einen nützlichen Gedanken, in der Hoffnung auf Schlaf, in der Hoffnung, daß mir eine Bestimmung eigen ist, welche die Ereignisse meines Lebens ERLEBENSWERT erscheinen lassen wird.

Der Schluß, zu dem das Selbstgespräch führt

Wie sehr sich ein Leben doch vom anderen unterscheidet – uff. Huu. Ahh. Zu sagen, ein Leben sei GENAUSO wie ein anderes, dürfte eine absolute Behauptung sein, mit dem Zweck, die uralte Rhetorik von Gott und Staat zu ersetzen. Die Verzifferung. Die statistische Erfassung der Seele. Die Leute können deswegen richtig komisch und erregt werden: *Du bist wie wir ... Du bist nicht anders als wir ...* soll heißen: *Unsere Absoluta gelten auch für dich*; darüber können die Leute gewalttätig werden. Die Unterschiede zwischen einem Leben und dem anderen werden jedoch richtig schmerzhaft, bis schon die Wahrnehmung, daß dies hier mein Körper und nicht der von Daniel ist (er hat sowieso den besseren Körper) und daß sein Geld und die ihm zufließende Aufmerksamkeit nicht mir gelten, sich anfühlt, als würde man andauernd verprügelt – au, tut das weh.

Der nackte Junge im Bett befindet sich irgendwie auch in grauem, diffusem Licht zwischen Wolken. Ah, er schläft. An die Unterschiede zwischen diesem und jenem Leben zu denken hat ihn befreit. Die Erschöpfung ist eingetreten ... In seinen Träumen geht es um Unterschiede zwischen diesem und jenem Leben – und seine Theorien zu dieser Frage hängen mit der Polizei und einer Frau zusammen, die er in der *Tchecho*slowakei liebt – dem Land der Schecks (des Geldes), der Vernunft (der ausgeglichenen Konten) und der Slowaken, also der schlauen Wachen. Die *Geheim*polizei jagt mich. In prachtvollem gelbweißem Sonnenschein überquere ich eine weite Piazza. Eine gewaltige Kathedrale ist von Licht überflutet. Sie steht in einer Flut von Licht – wie von Gedankenlicht erfaßt (und weniger von dem natürlichen, punktförmigen Licht, das vom Kern meines Bewußtseins ausging). Nun bin ich auf der gewölbten Kuppel der Kathedrale. Männer hetzen mich, andere Leben, sie haben Gewehre, ha, ich habe auch ein Gewehr, wir feuern alle; ich töte viele; bald werden sie mich töten; ich *bin* bereits verwundet; ein kleines Flugzeug schwebt engelsgleich herbei, um mich hinwegzuzaubern; aber ich werde erschossen, und die Flut von Menschen im grandiosen Licht auf der Piazza brüllt; und der nackte Körper schreit – maßvoll – in sein Kissen, scheu vor Panik, scheu in seiner Panik, und ist in dem fremden Haus der reichen (Adoptiv-)Verwandten, die ihn vielleicht noch retten, wieder hellwach.

Nimm den Mund nicht vom Kissen, sagt er sich. Das Bett bebt von meinen Spasmen so, daß es gegen die Wand scheppert. Aus dem Nebenzimmer kam Benjie, der mir nachspioniert – warum auch nicht? –, an meine Tür und sagte mit Humor und nicht ohne Freundlichkeit: «Wichst du, Wiley?» Dann: «Ist bis zum i-Tüpfelchen alles bestens?»

«Das hat mein Dad immer gesagt.» (Er mußte es von seiner Mutter haben.)

Benjie kam einen Schritt näher ans Bett, streckte die Arme aus und sagte: «Aber was ist denn – geht's dir nicht gut? Süßer, wir sind doch deine Familie.»

«Nicht den Arm um mich legen – bitte. Benjie, geh weg ... GEH WEG.»

Ein echtes, phallisches und bedrängtes Ich würde ihn vielleicht ausnutzen und ihm irgendwie so schaden, daß er sich nicht so leicht davon erholen würde.

«Sei nicht überempfindlich», sagt er.

Teils, um ihn zu amüsieren, und teils, weil ich wußte, daß er zurückweichen würde, und weil ich nicht sagen wollte, *das würde ich gern EINEM erzählen*, sagte ich: «Mein Gott, bin ich es leid, von allen Leuten geliebt zu werden.»

Er wich zurück und sagte: «Huch, bist du vielleicht *brutal* ...»

Ganz plötzlich bin ich wilder, als Casey es im Garten war. Ohne Vorwarnung sage ich zu Benjie: «Du beschissener Schwanzlutscher, du Mamasöhnchen, du Arschloch: du würdest doch jeden in die Pfanne hauen, ohne eine Sekunde zu zögern –»

Tränenlos schluchze ich, von Spasmen geschüttelt. Ich hasse diesen Mist. Ich würde fast lieber sterben, als das durchzustehen.

«Ein ungehobelter, schroffer, stachliger *Mensch* bist du», sagt Benjie irgendwo jenseits meines Anfalls. Das meinte ich zu hören; vielleicht hatte er etwas ganz anderes gesagt.

Er bietet Trost an: «Du bist doch hübsch: du brauchst doch nicht zu leiden: bestimmt kommst du auf ein gutes College: und ich wette, da finden alle deine Haare toll.»

«Himmel, was für ein Quatsch», sage ich, gebeutelt und durchbohrt von dem Schmerz, daß so kaltes Blut unter den Rippen mein Herz umströmt – weil er ein solcher Mensch ist, weil ich so weit davon entfernt bin, mich für ihn zu interessieren, weil er so weit von dem entfernt ist, was ich nötig habe in einer Welt, in der mir schlimme Dinge in ziemlich regelmäßigen Abständen geschehen. Benjie ist das, was Casey nötig hat. Sie ist eine reiche Frau.

Nackt wie ich bin, schaffe ich es, auf die Füße zu kommen. Ohne Scham. Und mit dem Rücken zu ihm beuge ich mich über das geblümte Porzellanwaschbecken, das es in diesem Zimmer gibt, klatsche mir heißes Wasser ins Gesicht, benutze das Handtuch, das dort hängt, und winde es mir dann um die Hüften, um meine Nacktheit zu bedecken. Ich war tatsächlich sexuell unschuldig. Innerlich bebte ich. Ich konnte mich nicht mehr an den Traum erinnern; und ich erinnerte mich nicht mehr an die Gedanken davor, während des Anfalls von Schlaflosigkeit. Es kümmerte mich nicht sehr, in welchem Maße ich von meiner Vergangenheit beschädigt worden war – oder ob Benjie es rührend fand, wie jung ich war. Peinlich ist mir meine maßlose, nun unbeherrschbare Traurigkeit. Benjie schnauft so seltsam ... Ich wandte mich ihm zu und sagte: «Emotional bin ich noch sehr jung für mein Alter.»

Mich interessieren seine Sünden nicht, sowenig wie meine eigenen; in Kriegszeiten kommt es kaum auf sie an – außer wenn sie gerade begangen werden. Ich habe einige Schwierigkeiten mit dem Gehen und Atmen, aber ich schaffe es bis zu der Tür in meinem Zimmer, die auf einen ganz kleinen, in eine Dachschräge eingelassenen Balkon führt. Er liegt hoch über der Erde. Ich bekomme die mit Drahtnetz bespannte Tür auf, halte mich an ihrem Rahmen fest und versuche, fröstelnd und bebend, nicht allzu melodramatisch zu atmen – ab und zu wurde mir schwarz vor den Augen; und ich verspürte Schübe von Trauer, nehme ich an, die für das Bewußtsein jedoch Schmerzen waren; und ich erwartete, daß sie mich umbringen würden – wenn nicht gleich, so würde ich in ein, zwei Tagen infolge der Anstrengung, sie jetzt zu ertragen, sterben. Vor Benjie konnte ich nicht zu den Schmerzen stehen, weil ich nicht von ihm getröstet werden wollte ... Ich kann mir vorstellen, daß er sagt: *Na, wenn du so bist, dann darfst du ruhig hübsch leiden, Kleiner* ... An der Schwelle zum Balkon, bei offener Drahttür, beginnt die freie Außenwelt. Die Nuancen von Frische dort draußen helfen mir. Die Furcht vor Gewalt umfaßt auch die Furcht vor Gewalttätigkeit in mir, zudem das Traumfaktum der wiederkehrenden Toten und die Unterschiede zwischen Körpern, Leben und Bestimmungen, und daß die Natur unter uns eine Wahl trifft, und all dieses Zeug unterliegt auch noch der Zeit, ist von der vorwärtsdrängenden Natur der Zeit erfaßt: mein Leben bereitet mir Entsetzen.

Es hätte nicht so zu sein brauchen, wie es gewesen war. Was mir ermöglichte, mich zusammenzureißen, war ein *Gefühl* für den Triumph, den andere empfinden würden, wenn ich hier wahnsinnig werden sollte; derlei Konkurrenzgedanken sind hier *beschämend* präsent.

Benjie kann mir das nicht ansehen; daß er lieber nicht in den Gefühlen anderer liest, ist kein Defekt an ihm – nur ein Teil der *Differenzen* zwischen uns. Der Schmerz darüber wird dadurch bis zum Erträglichen gemildert, daß ich mich im Freien weiß. Und dadurch, daß ich mich umbringen kann – ich kann mich vom Dach stürzen. S. L. ist tot. Ich bin frei. Ich habe die Wahl, hinauszugehen und mich im enorm dichten, weiten, dunklen *Draußen* niederzulegen; und ich kann Benjie sagen, er soll mich in Ruhe lassen.

«Siehst du, du bist richtig auf den Beinen; du brauchst dich vor nichts zu fürchten. Hast wohl einen bösen Traum gehabt, was?» Er sieht, daß ich aus der Krise auftauche.

«Weiß ich nicht mehr», sagte ich.

Die Sterne, die dunklen Bäume auf dem Rasen – die Pfadfinder-Trupps identifizierbarer Bäume, die Pfadfinder-Punkte von rastlosem Licht: Sterne, Konstellationen, die *Milchstraße* – die stille Körperlichkeit des Dunkels: natürlich ist sie ganz anders als die rasende, bedrückende Mittagshitze. Der wie-muskulöse Körper der Dunkelheit, die zerklirrte Lampe von Wolken und Sternenlicht legt irgendwie nahe, alles, was ich in meinem Leben durchgemacht und getan habe, sei normal. Das Gefühl, man selber sei normal, ist einzigartig stärkend. Die Dunkelheit ist einzigartig stärkend.

«Deinem Pimmel ist nach einem Baseballspiel im Finstern», sagt Benjie.

«Geh zum Teufel», sage ich, nicht ärgerlich, und gehe hinaus auf den Balkon. Das Handtuch rutscht. Benjie und Isobel haben durch das Guckloch auf der Rückseite von Benjies Wandschrank gelinst und *witzelnd* über meine Genitalien und mein Hinterteil geredet, auf eine entblößende und von mir Besitz ergreifende Weise, die mir von der High-School her irgendwie bekannt ist. Ich kenne sie auch von meinem Vater. Mein Vater mochte mich auf *andere* Weise, als Benjie mich mag oder halbwegs mag. Die verschiedenen

Differenzen umspielen mich auf dem Balkon wie das warme Lüftchen der Sommernacht in Carolina.

Benjie sagt: «Einen tollen Schniepel hast du, einen verflucht niedlichen kleinen Schniepel.»

Wenn ich ihm (geistige und sexuelle) Verachtung entgegenbringe, verachte ich damit auch Casey? Und das Geld?

«Halt den Mund, Benjie», sagte ich. Dann: «Wie ein Vogelschnabel, ein Spechtschnabel ... Hast du schon mal einen Baum gefickt? Ich hatte letztes Jahr einen Lehrer, der hat *ständig* ‹dumpfe Spechte› vor sich hin gemurmelt. Daniel hat das Wort ‹Schniepel› benutzt.» Zu reden macht mir Mühe – ich versuche, höflich zu sein.

«Das hat er von mir, Süßer.»

Das Entscheidende für den Deprivierten – dem die Identität entzogen wurde, der kein Zuhause hat und für den sich konventionelle Einstellungen nicht als *nützlich* erweisen – ist, daß man sich nicht den Zugang zu jenen Voraussetzungen versperren läßt, die den ersten Schritt zu den Vergleichen darstellen, welche die wichtigsten Instrumente und Tätigkeiten des Verstandes sind. Zu den Vergleichen, die eine Identifizierung erst ermöglichen. Nun zwingen einen jedoch allzu große Veränderungen der Lebensumstände, generalisierend zu blicken – zumindest für eine Weile lebt man dann in mehr als einem Raum gleichzeitig, lebt generell, unverwurzelt – darf ich vielleicht sagen: lebt nur ungefähr? Und man verliert das Vermögen, zwischen einem Moment und einem anderen, zwischen eher geringfügiger und größerer Freundlichkeit zu unterscheiden. Die Mehrzahl der Vergleiche, die ich anstelle (und die oft Anlaß zum Geduldigsein liefern), haben mit meiner realen Geschichte zu tun. Mit der Realität. Man hat ein von Schmerz durchsetztes Gefühl für die Differenz zwischen der Lichtlosigkeit der Atmosphäre nun im Freien und der Lichtlosigkeit zuvor im Zimmer, als man einzuschlafen versuchte, doch dieses Gefühl hat man als Sohn meiner leiblichen Mutter und als Sohn von S. L. Man ist erzogen worden, und die Erziehung, die Erfahrungen als man selbst wurden einem trotzdem nicht entzogen.

Doch stur an der eigenen Vergangenheit festzuhalten heißt, befreit zu werden – allerdings nur zu Trübsinn. Man ist nicht öde und neu, nicht glatt – ist das denn zu ertragen? Es scheint so. Man zittert in dieser neuen dünnen Nacktheit inmitten der Erinnerungen an diese bisherige Episode, angesichts der nahen Nacht und ihrer luftigen Weite und der nackten Vollständigkeit der eigenen Geschichte darin. Auf der Ranch Transparenz, in der Herde von Winden, hat der eingeschüchterte Hirtenjunge (der dünne Junge ist plötzlich klatschnaß vor Angst, die seinen Körper mit einem Film von *feiner* Panik überzieht, ein geistiger Nachhall – und ein physischer dazu – des Alptraums) eine Theorie über die Macht, die zu erringen ist, indem man all dies aus seinem alltäglichen Ich verbannt.

Die Konvulsionen: Ich befinde mich nur wacklig in der Gegenwartsform, bin aber in der Gegenwartsform ein König, *eine bedeutende Gestalt für Benjie*: «Benjie, GEH WEG», sage ich, um mich von dieser gottverdammten Offenbarung abzulenken. Dann, um Beherrschung, um die Erfassung des eigentlichen Punktes ringend: «Ich möchte allein sein.»

«Hör mal, Garbo, ich bin hier die Oberschwester und das Chefspülmädchen, also laß uns mal sicherstellen, daß du auch keine Lungenentzündung kriegst – während du im Haus meiner Mutter wohnst: sie hat nämlich REICHLICH KRANKHEITEN FÜR EIN JAHR GENOSSEN, NA DANKE, DANKE BESTENS. So wie du aussiehst, erweckst du García nicht zu neuem Leben ... Ich hab schon bessere Pimmel gesehen.»

Ich bin klatschnaß – ich habe eigentlich keine Ahnung, wovon er redet. Vielleicht ist es ja sinnvoll. Für mich ergibt es keinen Sinn. Was kommt es auf Sinn schon an? Ich bezweifle, daß es auf mein Leben ankommt. Warum tröstet mich das? Ich bin an die verborgene Stimme gebunden, die – so wortlos und klar – aus dem spricht, was *ich* bisher gekannt habe; und dafür hat Benjie keinen Sinn – vielleicht ist es ihm egal. Aber ich möchte meinen Schmerz, mein Glück, mein Leben *meinen* Zielen vorbehalten wissen, nicht seinen – das ist doch bestimmt nicht ungewöhnlich.

Vielleicht ist es bei Frauen weniger ungewöhnlich – und Frauen meidet er.

Benjies Unschuldsbekundungen, seine Beteuerungen, er sei harmlos, seine freundlich gemeinten Handlungen haben wenig mit den Konsequenzen jener Handlungen zu tun, die er im Sinn hat und ausführen zu wollen glaubt oder die sich aus dem ergeben, wie er tatsächlich handelt. Was sich daraus ergibt: dafür ist er nicht verantwortlich. Moralität ist in Amerika eine offene Frage, ein noch ungelöstes Problem, und es muß ungelöst bleiben – das ist eine politische Gegebenheit; und dann ist da die Freiheit des Menschen, die reale, allgemeine Bereitschaft von Bürgern, mal zu sehen, womit man so alles davonkommt – und dann die Schuld, die Heuchelei, damit leben zu müssen.

«Ich bin gleich wieder auf dem Damm, in fünf Minuten.»

So geübt und wohlgeplant der Wille auch ist, ununterbrochen vermag er nicht zu wirken: er blinzelt und verkehrt sich in sein Gegenteil: er ist ein Gebilde aus Ja-Neins, ein Spektrum derselben. Benjie weiß das. Er umwirbt mich. Ich weiß wirklich nicht, warum.

«Laß dir von mir helfen», sagt er. Er steht nun an der Schwelle zum Balkon.

«Nein.»

«Du willst mich doch nicht kränken, oder?»

«Ich will überhaupt niemanden kränken – dich nicht, deine Mutter nicht, Daniel nicht. Auch nicht mich. Lila hat so oft zu mir gesagt, *Daniel*» – ich wußte nicht mehr, daß er Benjie war; ich wußte nicht mehr, daß ich mit *ihm* sprach – «‹Du brauchst nicht boxen können; du brauchst keinen Boxunterricht nehmen; du brauchst nur auf jemanden zugehen und auf deine nette, bescheidene, ehrliche Art sagen: *Ich bin gescheiter als du*, und damit kannst du den Leuten ihr ganzes Leben kaputtmachen.›» Ich hatte auf dem Balkongeländer meinen Badeanzug gefunden. «Der Badeanzug hier ist trokken.» Ich zog ihn an und legte mir das feuchte Handtuch um den Hals. Ich ging im Dunkeln auf die Tür des Zimmers zu; ich trat in das Zwielicht, das vom Flur hereindrang; und ich sagte: «Ich bin gescheiter als du, Benjie.»

Nach einem Moment irgendwie *ernüchterten* Schweigens grinste er und sagte: «Also, Süßer, DAS macht mich nun aber gar nicht naß. Ich bin nämlich jemand, der jede Art von Quatsch schluckt ... Ich mag *jeden*, Süßer ... Was du da sagst, juckt mich nicht; ich nehme, was mir über den Weg läuft, und damit bin ich so glücklich wie eine Miesmuschel bei Hochwasser ...»

Ich sagte: «Ich bin bald wieder auf dem Damm – und das ist jetzt wirklich kein Quatsch, Benjie, ich muß allein sein.»

In seinem Gesicht ging etwas vor; ich weiß nicht, was es bedeutete; eine normale Einsicht war es nicht – ich glaube, es war Furcht vor dem *Skandal*. Ich glaube, er sah in mir jemanden, der Nonie – oder seiner Mutter – sehr glich, jemanden, der groß herauskommen wollte ... und zäh war. Ich bin mir ziemlich sicher, daß er mich so fürchtete, wie er zu fürchten gewohnt war ... Angst stieg in ihm auf. Durchwehte seine Augen, umwirbelte sie und ließ seine Lider schwellen. Und seine Wangen. Er sagte: «Ruf, wenn du was möchtest. Wenn du mich brauchst ...» Und verzog sich.

Liebend – auf seine Weise ...

Man betritt die Welt ein wenig explosiv, wer immer man ist – und egal, wie schlaff man so tut, als wäre man so etwas wie ein Keinem-wohl-keinem-weh-Typ ... Ich habe meine Arten von Macht ... ich kann etwas bewirken ... In der realen Welt, meine ich. Vielleicht nicht als Autor. Nicht als Macher.

Ich war allein auf dem Balkon und legte mich auf die Schaukelliege dort – vierzehn, unbehaust ... *unkonfirmiert* –

von keinem Sakrament berührt. Ich befinde mich unter dem amerikanischen Himmel; hier habe ich ein Bleiberecht; ich sehe die Sterne über mir. Ich bin im Freien, wo sich meine Schreie in Luft auflösen werden, wenn ich erneut heulend aufwachen sollte. Hier draußen bedeutet meine Präsenz keine Grenzüberschreitung. Ich bin ein nervöser, fähiger Junge in einem Badeanzug, ein Handtuch um den Hals, das ich mir zum Mund hinaufziehe, in das ich beiße und das ich in der einen Mundhälfte zwischen den Zähnen behalte, damit es mir zu Stummheit verhilft, während ich versuche einzuschlafen.

Ich frage mich, ob es für Nonie auch so war ... Ich frage mich, inwieweit ich die Welt mit ihr teile ...

HOMOSEXUALITÄT 3
oder Der zweite Blick

Ich erkunde, was normal ist (bis zu einem gewissen Punkt)

Von einer Hauptfigur in einer Geschichte hätte man damals angenommen, sie wisse, inwieweit Benjie gegenüber Danny loyal war – ob er für ihn das Terrain sondierte, unter seinem Einfluß stand oder ihn hinterging und sich wie ein Rivale verhielt; und wie mich das affizierte – ob es mich trauriger und verrückter machte; und oft setzte der Erzähler in einer Geschichte Rätsel, Paradoxien und kalte, bewußte Irreführung ein, um eine «realistische» Wirkung zu erzielen – im wirklichen Leben jedoch kann es passieren, daß man nicht annähernd genug weiß, um solche wichtigen erzählerischen Fragen auch nur aufzuwerfen; oder das Leben nimmt einen anderen Verlauf, und auf diese Fragen kommt es allenfalls im Zusammenhang mit allem übrigen an – wie sehr ich Casey unsympathisch war und aus welchen Gründen: man ist schon erleichtert, wenn man überhaupt etwas erfährt.

Oder man ist durcheinander, aber entschlossen, es sich nicht anmerken zu lassen; oder abgestoßen und möchte auch von hier entfliehen – als wäre die Neigung zu fliehen zugleich eine Sucht und eine Universalie.

Für mich bestand das formgebende Element – das Wissen oder die Pointe – darin, daß bei einem Anfall von Verzweiflung, Nervosität oder Semi-Wahnsinn stets ein homosexueller Flirt, ein Flirt zwischen Männern, möglich war ... eine Konstante, die einen als erfolgreich kennzeichnete, ein Vorgang, der gleichsam in Klammern stand und nicht eigentlich zum Schicksal des Betreffenden (oder zu meinem) gehörte.

Und ich hatte das Gefühl, dies treffe auf «alle» – Männer und Frauen – zu und es sei das Moment, das Bündnisse, Geschäftsinteressen und Freundschaften erzeuge; und die sexuelle Seite davon bleibe unausgesprochen, unverwirklicht ... was auch immer ...

Die Hauptsache war Tag für Tag das Problem, sich anzupassen, eine gelenkige, biegsame Persönlichkeit zu haben – ein geschmeidiger Hochstapler zu sein. Mama und Dad hatten «Verständnis» für «Anpassungsschwierigkeiten» gehabt – schließlich waren sie beide aus dem College geflogen (das sie dann nie beenden sollten) und hatten beide über die Welt und über den Preis geklagt, den man zahlen müsse, um in ihr zu überleben.

Sich anzupassen: man hörte auf, mit Vorhersehbarkeit zu rechnen. Es bestand keine offenkundige Sicherheit mehr – denn man konnte scheitern. Die Fähigkeit, sich im Besitz einer – individuellen – Geschichte zu fühlen, von Eigenarten, die sich vom Anpassungsziel unterschieden, überlebte, wenn man innerlich rebellierte, wenn man bei dieser (Wieder-)Geburt hassenswerterweise weiter danach strebte, genetisch, genetisch vorgegeben, von der Welt und der Zeit gepeinigt, man selbst zu sein und weiterhin um ein eigenes Schicksal rang.

Gewiß hatte Nonie sich geweigert oder darin versagt, Casey gleich zu werden, aber vielleicht war von ihr auch nicht in solchem Maße verlangt worden, daß sie sich änderte, wenn überhaupt. Sich zu verändern ist keine leichte, keine lichte Sache. Daß sich die Zeit um Lichtstrahlen herum krümmt, kann eigentlich nicht passieren, nur manchmal kann man blindlings, hinter der Biegung des Korridors, nach Einsichten und Schlußfolgerungen, Theorien und (logischen) Konstrukten zur Vergangenheit tasten, zu der verlotterten, aber monolithisch aufrichtigen (wie es schien) und monotheistischen Vergangenheit.

Mama hatte recht gehabt, Dad auch: Ich hatte mir nicht klargemacht, was von mir gefordert werden, woraus Liebe bestehen würde – aus Lügen und Illusionen, während das Leben real war und die Illusionen korrigierte, doch sie kamen zuerst; daß einem sein Ich entrissen und durch Funktionsfähigkeit ersetzt würde, und dies mehr noch bei einem Gast, wie man selbst einer war, als bei den anderen.

Es war nicht ratsam zu lesen – Ideen zu vertreten, wie sie in Büchern lebten. Niedergeschriebenes Räsonieren besteht aus einem Ich, einer intimen Stimme (gleichsam), die zu den vielen Ichs, die man darstellt, unabhängig von dem Leben spricht, das man führt: was sich ertragen läßt, wenn man der Mentalität nach Beduine ist, wenn man sich an einem Ort heimisch und anderen gegenüber stabil fühlt oder wenn man ein Lebensgefühl hat, das auch solche Merkwürdigkeiten mitumfaßt, wie das, was aus einem wird, wenn man liest (und glaubt, was man liest oder mit den dargebotenen Ideen experimentiert).

Ein Selbstgespräch in einem Moment der Errettung kann als unausgesprochene Verfluchung von Erinnerungen, Schlafzimmern, Flüssen, Ichs und Ideen enden; und wird zu einem Gesang der Metamorphose, einer ungewollten vielleicht, in der man, wie gesagt, seine Sprache mit ihren Denotationen, das anständige Pidgin, das Pidgin des Anstands aufgibt, um zu überleben – und es auf sich nimmt, wie die anderen zu reden, damit man nicht allein ist auf der Welt.

Da die Konversation – wie auch Essays und Theorien – nun einmal so unzulänglich in dem Sinne ist, daß sie einem bei diesem Problem der Metamorphosen – der physischen und kalendarischen, der mentalen (im Hinblick auf dasjenige, was man dazulernt) und spirituellen (sei es im Hinblick auf Schmerz, auf Schuldgefühle oder beides, sei es im Hinblick auf Glück irgendeiner Art) – nützen könnte; und da sich die Philosophie ebenso wie imaginäre Zwiegespräche als untauglich erweisen, wenn man nicht wissen kann, wofür man in der Welt jemals taugen wird, bleiben einem nur unredliche, erzählerische Wege übrig, Sentimentalität und ihre verborgene, immer unecht-sexuelle Basis.

Vom Kindergarten an und während meiner Schulzeit wurden in gewissen Abständen irgendwelche Leute ganz aufgeregt und sagten, ich sei *ein Genie ... Und wenn schon*, sagte Mama oft genug zu diesem Thema: *Bringt das Geld ein? Werden die Leute deswegen für ihn sorgen?*

Tatsächlich lautete die Antwort ja – was Mama weh tat. Eine seltsame Form von Konkurrenz zu dem, was *sie* darstellte, entstand.

Du weißt nicht, wie die Dinge nun mal laufen, sagte sie. *Wart erst mal, was dein Vater macht, wenn er DAVON hört ...*

Ich sagte: *Er wird auf mich stolz sein; er ist nicht so gemein wie du – er hat mich gern ...*

Bücher hat er nicht gern – er behält gern die Oberhand, du kleiner Pisser ... Er möchte, daß du von ihm abhängig bleibst – wie wir alle ...

Wo blieb da seine freiwillige Güte?

Ich glaubte ihr nicht. Ich hielt seine Zuneigung für meinen Besitz. S. L.s Zuneigung. Ich hielt sie für etwas, womit ich bedingungslos rechnen konnte.

Ich ging auf unsere große, von Drahtgazefenstern umgebene Veranda hinaus, legte mich schräg auf die Schaukelliege, auf die Kissen, und stieß mich mit einem Fuß von der Rattanmatte auf dem Boden ab, und zum quietschenden Geschaukel hielt ich mir ein Schulbuch für die dritte Klasse über den Kopf und las es mir laut vor ... Ich hatte mir an diesem Tag das Lesen beigebracht – im Grunde in wenigen Sekunden; nun ja, hauptsächlich in wenigen Sekunden, auf einen Blick; und in der nächsten halben Stunde erschloß ich dann die Einzelheiten; und dann konnte ich Zeitschriften und Zeitungen lesen – die immer mehr aus dem Häuschen geratende Lehrerin hatte mich *getestet* ... Miss Chatterton, die Jungen nicht mochte, ein berüchtigter Drachen, testete mich fortwährend; und dann nahm sie mich am Wickel, schüttelte mich und sagte: *«Dir sitzen doch deine Eltern im Nacken, kleiner Jude, nicht wahr? Die dressieren dir das zu Hause an ...»*

Nein. Lesen habe ich gerade eben gelernt, hier in der Klasse.

Sie schlug mich. Und ich, der ich mir plötzlich und ganz unerwartet sehr wichtig vorkam, sagte: *Lassen Sie das ... Das sollten Sie besser bleibenlassen ...*

Wir gingen ins Büro des Rektors, und ich merkte, daß meine Beschreibung des Geschehenen klarer und der Wahrheit näher war als Miss Chattertons Darstellung.

Und Mr. McClure, der Rektor, merkte das auch; erst blickte er seltsam drein, doch dann zog er mich zu sich auf den Schoß und sagte: *Na, na, was haben wir denn hier vor uns?*

Lesen zu können war sonderbar – wie einen Mond in sich zu haben; so war es für mich an jenem Tag.

Als Daddy nach Hause kam, setzte er, S. L., sich in Anzug, Krawatte und Fedora-Hut auf die Schaukelliege und herzte mich, *wie per usus*, sagte er, und ich sträubte mich, wie seit einiger Zeit per usus – *Was ist denn in dich gefahren, Pisserchen?* –, und er küßte mich mehrmals aufs Gesicht, auf die Wange, geradezu leidenschaftlich; und ich sagte: *Laß das, hör mal zu. Ich kann lesen ... In der Schule haben sie gesagt, ich wäre EIN GENIE ...*

Ich las ihm vor, und er stand auf, ging von der Veranda, kam dann wieder an die Verandatür und sagte: *Du kleiner Angeber ... du verdammte kleine Rotznase – keinen Funken Bescheidenheit hast du im Leib: DU HAST SCHLECHTES BLUT IN DIR ...*

Daß er zu echtem Zorn neigte, war mir geläufig, aber noch nie war ich das Ziel davon gewesen, nur Lila in meiner Gegenwart und mein Kindermädchen. Ich war verblüfft, aufgebracht, neugierig und dennoch gelangweilt: von seiner eisigen, lauten Stimme, seiner Gekränktheit, seiner Abneigung – es war, soweit ich wußte, das erste Mal, daß er mir Abneigung entgegenbrachte – *SEI BLOSS NICHT HOCHNÄSIG!* schrie er.

Ich – noch nicht ganz fünf Jahre alt – sagte: *Doch, wenn ich will.*

Bücher mag er nicht. Mich hatte er für eine Weile gemocht – einen Teil von mir wird er immer mögen ... Mama hat diese Bemerkungen gemacht, und unbeholfen nehme ich sie als einen Aspekt von mir hin, ohne sie zu verstehen: sie sind nicht dazu da, von mir verstanden zu werden. Es sind keine üblichen Bemerkungen. Eigentlich sind sie das doch, wenn man sie anders auffaßt – wenn man sie als Bemerkungen über *Ungleichheit*, über Varianten und Unterschiede des *Seins* auffaßt. Und als Bemerkungen über die *Liebe* – das Wesen der Liebe ...

Verbirg, was du weißt; bleib höflich und zügle deine Zunge ...

Eine Weile lang versuchte Dad mir das einzubleuen.

Davor wurde ich gerettet.

Wofür ich aber dieses letzte Mal gerettet worden bin, das ist nicht eigentlich *mein Bier*, jedenfalls noch nicht; es liegt sozusagen jenseits der Berge – wie in einem Folksong –, und dem Jetzt, das kein süßes Nach-und-Nach ist, sondern das Hier-und-Jetzt, muß man sich anpassen; man muß rührend sein – oder respektiert werden. *Denk nicht: schlafe* ... Die Politik schafft seltsame Bettgenossen – Sex zu haben hilft.

Ein imaginärer Dialog (der nicht viel hilft)
über das Siegen und das Normalsein
(bis zu einem gewissen Punkt)

Ich A (sechzehn und Harvard-Student, aber eigentlich noch weitgehend der Fünfzehnjährige in Carolina, den neuerliche Isolierung und noch vollständigere Flucht verändert haben): Ist Entkommen gleich «Siegen»?

Ich B (in seinem Zimmer in Harvard ist eine Art Mentor, sein wirkliches Ich zehn Jahre später in New York – sein wirkliches Ich mit allerlei neuen, halbneuen und semi-neuen Anteilen, teils gestohlen, teils zugewachsen): Kommt darauf an, wie du die Dinge für dich arrangierst.

Ich A: In einer Geschichte? Oder im Leben?

Ich B: Im Leben ... Eine Geschichte hilft dir im Leben: das Leben kommt an erster Stelle – nicht für den Schriftsteller-Heiligen natürlich, aber als Grundlage der Wahrheit oder als Wegweiser zu ihr.

Ich A: Wer zum Teufel bist du eigentlich? Ich erkenne dich nicht wieder.

Ich B: Strikt genommen eine Unmöglichkeit. Ich muß eine unselbständige, von dir imaginierte Gestalt sein, eine bloße Projektion von dir mit einer gewissen erstaunlichen Fähigkeit, wie eine Grubenlampe Gedanken zu beleuchten, die dir vorschweben, an die du aber nicht herankommst; ich muß ein Besucher sein, jemand, den du begehrst, weil er dir überwiegend gehört, bevor ich eine Möglichkeit werden kann; als selbständiger Wille kann ich niemals in einem Zimmer mit dir existieren.

Ich A: Bist du homosexuell? Bist du hinter mir her?

Ich B: Nicht wirklich, aber doch, ja, wenn ich muß, um soviel von dir in mir zu finden, daß ich auf dich projizieren, dich besuchen und ein wenig begreifen kann, wie du bist.

Ich A: Dann ereignet sich das hier also nicht – wir können das hier überhaupt nicht tun ...

Ich B: Nein. Aber falls ich sechzig Jahre alt werde – in vielen, vielen Jahren –, dann kann ich eine solche Begegnung zwischen Ichs, die ich einmal war, als eine Art von mentalem Märchen *projizieren* – oder als Sinnbild: dafür, wie die Ichs beim Sprechen verschmelzen – das jüngere Ich spricht aus dem älteren, und das ältere kündigt sich schattenhaft bereits in den geistigen Strukturen und im Wissen des jüngeren an; und Selbstlob – Sorge – und Bedauern verschmelzen ... Siehst du, aus meiner Sicht hast du nie «gesiegt»; bestenfalls bist du «entkommen». Du hast nie ganz verstanden, um was es ging oder was vorging.

Ich A: Wie ein *Sieg* fühlte es sich auch nicht an – es war kein Triumph, wie davor für Nonie. Es fühlte sich wie eine Erleichterung an – und in einem gewissen Maß wie ein Triumph über sie, aber nur in meinem Kopf, nicht im wirklichen Leben: ein Entsatztrupp, der in einem alten Film aus den dreißiger Jahren zu der belagerten Wüstengarnison vorstößt: daß du so freundlich zu mir bist, ist das homosexuell?

Ich B: Jede Beziehung zu einem selbst dürfte wohl partiell homosexuell und partiell androgyn sein – so daß man möglicherweise nach äußeren Spielarten von Aspekten seiner selbst Ausschau hält, nach ähnlichen Gestalten oder sogar nach Zwillingsgestalten; vielleicht aber auch wieder nicht ganz nach Zwillingsgestalten: ich meine, so wie ich dich projiziere, bist du nicht so besonders gescheit, aber durchaus gescheit genug, mehr so, wie ich mittlerweile andere einschätze. Eine Frau, die völlig anders ist als du, kann einen leisen Hauch von dem in sich haben, wie du bist – deutlicher hörbar – oder deutlicher sichtbar, wenn ich das sagen darf; mehr davon jedenfalls, als wenn ihr euch von Anfang an gleicht. Wenn ihr euch von Anfang an gleicht, dann werden Rituale notwendig, als Stützen der Bindung und zur Verschleierung der Eigenliebe und all der Dramen, die sich aus der Liebe anderer und der Unfähigkeit, andere zu lieben, ergeben.

Ich A: Ich empfinde keine Abneigung gegen dich.

Ich B: Das würde mich sehr erleichtern, wenn du nicht nur eine Projektion wärst ... Siehst du, sogar ein Gespräch mit dir selbst korrumpiert. Darum wird als spirituelle Übung die Meditation empfohlen.

Ich A: Jenseits des Stacheldrahts gab es mehr derartige Momente – Daniel war wie S. L., und Casey war wie Nonie. «Wie» bedeutet nicht *genauso wie*: es bedeutet, daß dein Bewußtsein sich in diese Richtung bewegt und unter den vorhandenen Möglichkeiten umherspürt wie ein Jagdhund – oder wie der Schein eines Blitzlichts ...

Ich B: Ich wollte mein Leben wirklich verstehen, weißt du, es als wichtig sogar im Vergleich zum Krieg und zum Tod meiner Eltern betrachten – einfach mein gewöhnliches Leben, mein Atmen, Essen, Schlafen – und Lieben und Flirten. Ich wollte von Nutzen sein, falls sich ein Verstand dieser Art als nützlich erweisen sollte: ich bezweifelte das sehr ... ich zweifelte es so sehr an, daß ich ganz sonderbar wurde ... Siehst du, ich ahme ein wenig meine unbewußten Erinnerungen an dich nach.

Ich A: Ich wollte wirklich nicht noch mehr isoliert werden ... Ich habe wirklich ernsthaft befürchtet, ich hätte keinen Verstand, nur einen sehr spezialisierten ... Ich hielt mich nicht für gescheit; ich meinte, ich hätte bestimmte, sehr begrenzte Möglichkeiten – die aber immer einen Preis hatten. Ich sah nicht, wie ich meinen Willen einsetzen könnte, ohne Schaden anzurichten. Ich fürchtete, der Verdammung des Lebens – und meines Lebens – anheimzufallen und niemals diesen Posen entkommen zu können, diesem veritablen Gefangensein in Schuld ... Ich glaube, daß die *Angst* (und Seltsamkeit) von Heranwachsenden eine Wahrheit repräsentiert, die Wahrheit, daß sie schuldlos sind: Ich war weder ein Prinz noch das Oberhaupt der Familie. Ich fürchtete mich nicht davor, zum Kanonenfutter zu werden – an Hochmut lag es wirklich nicht. Es war ein Problem der *Logik* – nicht der Schullogik allerdings. Aber diese Sache mit dem Siegen – diese Sache, daß man *am Ende Sieger bleibt*: Ich hatte haben wollen, was Nonie zugefallen war; ich hatte nach Forestville kommen wollen; ich wollte von zu Hause fort – lieber wäre ich auf ein Internat gegangen, Forestville war meine zweite oder dritte Wahl; Lila fällte die Entscheidung; man konnte ihr zusehen, wie sie Pläne schmiedete, kombinierte, im Auge behielt, daß *die Nummer eins* auch bestimmt nicht übergangen wurde ... Siehst du, S. L. hatte verloren – er war krank geworden und war untergegangen; und als ich nicht von ihm fortlief, haftete mir das an – wie einem Priester oder Arzt. Du kommst davon;

andere Leute mögen dich irgendwie; es geschieht etwas – aber wer bist du dann wirklich? Ein altes Ich? Eines aus der Kindheit, aus den Jahren, bevor irgendwelche Probleme aufkamen? Die Zwischenphasen sind verschwunden. Du wirst ohne Leitfaden und ohne logische Ich-Struktur irgendwo abgeworfen. Du bist so etwas wie ein Glitzerspiegel. Ein *Niemand*, der bestenfalls eine Glitzergestalt besitzt; ein Lichteffekt im Spiegel ... Eine Image-Gestalt – das heißt, dein Schatten ist noch das Wahrste an dir ... Ich werde dir etwas sagen, was du vergessen hast: Alle Schatten sind vollkommen ... Nicht für sich selbst: sie sind voller Sehnsucht nach Dimensionen; in der Sonne sind sie die pure Gier. In Carolina saß ich oft in der Sonne und betrachtete meinen prachtvollen Schatten, so schmal und adrett unter mir, als läge ich auf einem Handtuch oder flöge in die Weite hinaus, wie ein wohlgestaltes, makelloses Tuch, eigentlich ohne jedes Gefühl, abgesehen vom Gefühl zu fliegen und einer bedeutsamen, an der Pose zu erkennenden Anspielung auf Gefühle – oder auf Sexuelles – und auf Jugend, wenn ich mich aufsetzte oder aufstand, wenn Proportionen, ja sogar wissenschaftliche Rationalität offensichtlich wurden: Ich habe einen Schatten. Ich habe einen Verstand. Nonie-Nora, die als Zweiundzwanzigjährige die Stufen vom Haus zum Swimmingpool herunterkommt, körperhaft, fremd, und deren feiner Schatten ihr vorausfliegt oder hinter ihr auf das Haus zu fliegt; und ich sehe, daß ich eine Nike in ihr sehe – wie Casey, wie Lila, verstand sie sich aufs Siegen; Nonie und Casey waren nicht von Krankheit und gewissen Niederlagen entstellt. Nonie und Casey wußten – wie Abe – um diese Dinge, wenn auch vielleicht nicht im gleichen ungeheuerlichen, ungeheuer wahnsinnigen, immer weiter zunehmenden und lebensverkürzenden Maße wie Abe; doch sie überdauerten ihn; sie siegten tatsächlich ... Meine Siege, so es sich denn um welche handelte, waren stets eigenartig: ich erlangte einen Rang, vernahm ein Geständnis oder zwei, wurde zum Ziel der Gefühle eines Menschen oder einer Reihe von Leuten; fand Gelegenheit nachzudenken, fand evident Lebendiges und aktuelle Substanz in dem Gedachten, das durchaus nutzlos oder halbnutzlos sein mochte, sicher aber Mängel aufwies. Man konnte die Gier sehen wie durch ein Fenster hoch oben am Ende der Treppe einfallendes Licht, die Gier, ein System vorzulegen, zu Gott zu sprechen oder anscheinend zu ihm zu sprechen – zur Finalität. Ein wirklicher Sieg ist in der Tat niemals geringfügig, ist in der Tat niemals unböse. Ist ein Rang, ein Geständnis, stets partiell unverdient, stets partiell auf einen höheren Punkt der imaginären Treppe und auf das Absolute projiziert. Meine Siege waren denen anderer niemals gleichwertig, niemals tatsächliche Berichtigungen der Vergangenheit, niemals eine Form von wahrer oder angemessener Revanche; sondern sie waren etwas viel Furchtbareres und viel, viel schwächer – fast besaßen sie den Reiz von Babies – oder eines adoptierten Kindes, das mit vier Jahren wieder zu sprechen beginnt oder noch immer stumm ist: so etwas wie ein Schattentriumph – ohne Leben – nicht tatsächlich Bestandteil irgendeiner irdischen Existenz. Und andere sterben, werden wahnsinnig, beißen und kämpfen; und sie betrachten den Schattentriumph als realen, erkennen ihn jedoch nie an und unternehmen alles, um ihn nicht real werden zu lassen ... Zumeist ist daran nichts zu ändern. Die meisten Menschen kämpfen, um zu überleben; die meisten Menschen kämpfen die meiste Zeit über auf der falschen Seite. Ich glaube natürlich, daß ich recht habe – und nicht die Leute, die bereits ähnliche Ideen zu den begrenzten Siegen hegen. Ich ziehe mein eigenes Ideengefüge zum Thema vor. Genau neben den real-imaginären Stufen der Systeme und Lehrgebäude habe ich meine Schattenfolge von Stufen: es ist geradezu eine Ballettszene: die Schatten prallen mit dem wirklichen Leben in Duellen zusammen, die von Bedeutung sind. Vielleicht weicht der Schatten ja zurück wie ein Utopist, ein Semi-Utopist ... Und dann überläßt man das Leben den anderen – denjenigen, die zu siegen und zu hassen verstehen –, und man wird sozusagen zum Meister einer Hochstapelei, auf die niemand hereinfällt. Man ist ein ziemlich müdes, liebes, überintellektualisiertes, vielleicht anmaßendes Wesen – ein Schatten, an dem Teile eines Körpers hängen – weißt du, was ich meine?

Ich B: Ja.

Meine Flucht war kein Entkommen. Ich gewann nichts hinzu – abgesehen von ein wenig verfügbarer Zeit, ein paar dramatischen Effekten – *ein paar Momente, in denen du andere Leute so irritierst wie mich – und jeden* (Lila) –, ein wenig Sonnenschein und Mondschein, die ich als solche ansehen konnte, nicht mehr als alarmierende Zeichen.

Aber ich genoß mein Schattenleben. Für eine Weile war ich in jenem Haus eine wichtige Person.

Hören Sie, ich bin niemals eine *gute* Seele gewesen – das hat auch keiner jemals von mir behauptet. Wichtig – oder gescheit – nützlich oder wohlmeinend ... das schon. Aber niemals *gut* ...

Es geht hier nicht um Heiligkeit im Gegensatz zum Nonie-esken. Es geht – in Anbetracht der alle hetzenden Zeit – um den Vergleich von Leben, die stets weithin unerklärlich bleiben, jedoch präzise nach dem Modell des Möglichen und stets in Relation zueinander entworfen werden.

Und ich bin der bessere Mensch – zudem der bessere Sprecher und Denker –, jedoch nicht immer, nicht unter allen Umständen, nicht für jeden Zweck.

Nonie erzielt realere Siege, erleidet realere Niederlagen. Dies bezweifelt sie. Wie auch Casey es für sich bezweifelt. Wenn ich tot bin, können ihre Vergleiche selbstsicherer ausfallen.

Mittlerweile haben sie allen Grund, sich im Vergleich zu mir insofern im sicheren Besitz evidenter Überlegenheit zu fühlen, als sie *effektiv böse* sind. Schlecht. Real. *NORMAL.* Aber normale Frauen. Oder was immer.

Lila: *Du mußt lernen, unter Menschen zu leben – du mußt lernen, dich zu verteidigen – du kannst dich nicht überall als lebende Zielscheibe anbieten.*

Doch, das kann man. Aber das ist nicht die Hauptsache bei der Geschichte.

Die Wahrheit ist, wenn sie radikaler heraufbeschworen wird als bisher, eine Waffe. Ich weiß dies nicht wirklich. Ich biete es als Theorie an, als eine, an die ich glaube: und andere – andere Leute, die sich ihrer Kompetenz in Lebensfragen gewisser sind – können darüber urteilen.

Gemäß einer Erzählgrammatik der Unpersönlichkeit formuliert: meine Cousins *behandelten* mich nach einer Weile wie jemanden, der bei ihnen im Haus wohnte, annehmbar sowie nobel-und-verläßlich war (realistisch gesehen), jedoch beunruhigend, weil er seltsam war und beunruhigenderweise eine Betrügernummer darbot, wozu die theatralische Vorspiegelung gehörte, er verfüge über den zweiten Blick.

Unser Alltagsleben – nein: meines – glich einem *gefährlichen* Fest in einem komischen oder ernsten Horror- oder Spionagefilm, oder einem Maskenball im Film. Von zu Hause fort zu sein, in einem anderen Haushalt mit anderen Regeln zu leben, in jenem Party-Glanz, den für mein Gefühl jeder Tag besaß: es war, als *tanze* man in einer hallenden Glasglocke *umher*, die in ihrer Zerbrechlichkeit dazu dienen sollte, zu dramatischen Verwicklungen, Entdeckungen, Konfrontationen zu ermutigen, in einer Glasglocke voller *VORGÄNGE* – einer Glocke von (eine Wendung, die ich nie gebrauchte) ERNSTHAFTEN *Beziehungen*, solcher, die irgendwie noch im Embryonalstadium waren und sehr alter … Beziehungen der Familienmitglieder untereinander, eines jeden zu seinem Leben – ihre familiären Bindungen waren angespannt, sie hatten Zerstreuung nötig – neue Themen, neue Konditionen: mich.

Ich vermied es, an melodramatische Folgen, melodramatische Momente, gestohlene Liebessplitter zu denken – ich vermied es, mir Meinungen zu bilden, zu analysieren. Mein Kopf war leer. Ich registrierte nicht, wieviel die drei «Kinder» tranken – eine Menge – und daß Benjie und Isobel sich mit Kaffee, Süßigkeiten und gewissen Drogen aufputschten; oder ich registrierte es doch; aber ich wollte bleiben.

Oder daß sie, die beiden jüngeren, Daniel ständig betrogen, um sich damit eine Identität zu sichern; oder wie würdevoll und bitter, wie (sonderbar) verantwortungsvoll, mit welch offenkundiger Sehnsucht, ihnen allen zu entkommen (einer so sorgsam zensierten Sehnsucht, daß sie wie Liebe und Geduld erschien, wie einiges an Liebe, einiges an Geduld), Daniel ihr «verzeihliches» Geltungsbedürfnis betrachtete. Daß er genauso «in der Falle saß» oder «angebunden» war wie ein anderer, noch junger Mann aus episkopalischer Familie in der Nachbarschaft, daß solche Fesseln für einen Mann etwas ganz FURCHTBARES waren, stellten er wie auch der andere noch junge Mann immerhin so klar, daß ich ein neues Verständnis für Kränkungen (in der Familie), «grauenhafte Formen von Liebe» und «Unannehmbarkeit» gewinnen mußte und dies übelnahm: ich wollte ein naiver Besucher bleiben ... Mit Menschen, die man nicht billigt, kann man nicht zusammenleben – höchstens auf grauenvolle Weise ... Also hatte ich für dieses Haus nur vorübergehend einen Blick.

Jedenfalls ÜBERSAH ich es *rigoros* (WIE ES SICH FÜR DEN HÖFLICHEN GAST ZIEMT) (statt ihm mitfühlend oder parteinehmend Beachtung zu schenken, wie es sich für einen Liebenden ziemen würde); ich war der Empfänger von WOHLTÄTIGKEIT und GASTFREUNDSCHAFT ... So ordnete ich mich ihnen unter, auch wenn es nicht gerade die Art von Anpassung war, die ihnen vorschwebte. Ich war ergeben und zugleich im Grunde UNBE-

SIEGT, ungefesselt – unabhängigen Blicks, unabhängiger Kopfhaltung, mit den Schultern eines freien Mannes –, was Casey mißbilligend beäugte, und dann pflegte sie in Klagen zu verfallen, die sich rechtfertigen ließen, jedoch in unwahre Worte gekleidet waren: *ER SPIELT SICH AUF!* Doch wenn überhaupt, tat ich das nur in dem Sinne, daß zufällig die (sonderbare) Mischung aus einem befreiten, *unabhängigen* Jungen, einem mit Narben übersäten, verschreckten, bettelarmen (und verwaisten) Feigling und – in gewisser Hinsicht – Narren verführerisch wirkte.

Ich sagte ihnen ihre Zukunft voraus – zumeist mit Karten. Die «Kinder» im Haus hatten beschlossen, ich hätte den *zweiten Blick*; ein Fimmel von ihnen: der Versuch, eine Lösung zu finden.

Wenn ich die Karten legte, nachdem Isobel mir, vielleicht um mich sexuell zu provozieren, eine Frage gestellt hatte, nahmen stets Dinge, die ich mir überlegt, die ich gesehen und nicht in mein Bewußtsein hatte dringen lassen, plötzlich Form an und sprangen in die Sätze, die ich aussprach, so daß ich hörte, was ich dachte, während ich noch darum rang, es zu zensieren, es im Rahmen des Höflichen zu halten. Ich gab Weissagungen von mir wie ein sprechender Hund. Weissagungen und Warnungen nützten nichts, fiel mir auf. Mir fiel auf, daß bei den Warners Neugierde und eine Politik der Abschottung ihrer eigenen Systeme das Bestimmende waren.

Daß ich jedoch die Zukunft voraussagte und mich damit gewissermaßen nützlich machte, trug zu dem bei, was man die «Veralltäglichung» von Wohltätigkeit-und-Zuwendung mir gegenüber nennen könnte – bis zu einem gewissen Punkt.

Das Schwanken der Grenzen, der Taktiken und relativen Gewißheiten desjenigen, der sich anpaßt – die Idealismen und Realitäten, die Träume und utopischen Momente –, dazu eine gewisse Skrupellosigkeit, die einem erlaubt, die Dinge ziemlich wirklichkeitsgetreu zu sehen – mich selbst zum Beispiel als kompliziert und andere als ebenso kompliziert, jedoch mit unterschiedlichen Repertoires an Wörtern und Gesten sowie den zusätzlichen Komplikationen, die sich aus realen Gewinnen, realen Verlusten ergeben, so daß ich einfach, einfältig wirke, doch wiederum nicht eindeutig, denn ich verfüge über Ich-Stärke und will bestimmte Dinge haben, wie Frieden, friedliche Vergnügen, eine richtige Identität, einen richtigen Sinn dafür, wie man siegt und verliert, und dergleichen mehr –: aus all diesem Kram entsteht wie von ungefähr eine provisorische Zuflucht für den neuen Bewohner.

Vernünftig zu taktieren hieß mehr als nur charmant zu sein – es hieß, normal und unbösartig zu sein, denn dann ist man leicht zu handhaben. Daß jeder Tag so unheimlich etwas von einem fremden Planeten hatte, dazu der verhängnisvolle Kampfaspekt, weil man irgendwohin ausgesetzt war, wo man fortwährend neuen Momenten gegenübersteht ... obgleich man es nicht zugeben muß ... Wir alle sind Schlachten führende Generäle im Laufe der oft höflich uneingestandenen Irreversibilität der Momente auf dem Terrain der eigenen Gefühle und derjenigen anderer – ein perverses Fieber des Tatendursts, der Sprache und des Willens – die rauschhafte Erfahrung, nicht heimgeschickt zu werden: dies findet in einer wogenden, nicht nährenden, vielleicht *verfremdeten* Landschaft statt, voll herrlich eisiger, weißflockiger Illusionen, die mehr oder minder zivilisiert in Erscheinung treten, als Semi-Illusionen, als Übersehen von Dingen, als Semi-Kämpfe, Semi-Nachsicht, Nervosität und Neuheit.

Seinen Ausdruck findet dies in einem Fieber der Zufriedenheit, paradiesischen Befindens. Ich verspürte echte Dankbarkeit, wenn man mir gestattete, ich zu sein, und täuschte in anderen Situationen Glück darüber vor, in diesem Hause leben zu können: die reine Perversität war das – wie sie mit Wendungen wie *Zeitverschwendung, Nichtstun* und *So kommt man nirgendwohin* nicht eingestanden wird –, die Wahrheit steckt jedoch in unserem Tonfall und in unseren Voraussagen *(Du wirst Soundso mögen, ein Film der folgenden Art wird dir gefallen)*; sie ist phallisch und vaginal präsent, im tatsächlichen Leben präsent, nicht nur symbolisch.

Die Liebe zum Absoluten, der Faschismus der Träume macht einen als Gast oder als Gastgeber zum Ekel, aber eine gewisse Dosis davon braucht man. Daß das eigene Wohlbefinden den Mittelpunkt des wachen Lebens bildet, wozu es doch nie ganz kommen kann, es sei denn, die Liebe gerät außer Rand und Band, und selbst dann nur auf unheimliche Weise, fast scheint es wahr zu werden – es ist das Zentrum von Gastfreundschaft an sich.

Im Mittelpunkt zu stehen bedeutet, daß einem alle Bedeutungsebenen, sämtliche, zugänglich sind – sagen wir, der Gastgeberin, die einen umsorgt; in der Tat wohnen sie der Sprache, den Manieren, der Logik inne, deren man sich bedient, der Position, die man im Hause einnimmt: eine manierliche *Wirklichkeit* funktioniert aufgrund diverser ausgesprochener Begriffe: eine gute Gastgeberin, gute Menschen, ein guter Junge, ein guter Schüler, ein guter Amerikaner, ein guter Jude. Nichts ist verboten, aber stell's nicht auf die Probe. Niemand ist dumm, aber nimm das bloß nicht ernst: stell auch dies nicht auf die Probe.

Ich hatte es offen auf niemanden und nichts abgesehen. Man mußte erst etwas in Szene setzen, bevor man zu mir nein sagen konnte – und mich damit für einen Auftritt, ein Drama in Anspruch nehmen konnte.

Dies stand in absurdem Widerspruch zu dem (nach familiären wie demokratischen Maßstäben) ganz hübsch tyrannischen Stil, der in diesem Hausstand *das Normale* war.

Die Kinder beschützten mich. Sie taten es, indem sie mich auslachten, bevor Casey es tat, indem sie mich voreinander nicht in Schutz nahmen – indem sie Casey dazu brachten, mich zu meiden, was hieß, daß ich in Ordnung war (und nicht nach Hause geschickt wurde); aber es hieß auch, daß ich machtlos war und auf glühenden Kohlen saß, denn gemäß der Hierarchie in diesem Hause leitete sich alle wahre Macht von Casey ab, von Caseys Gunst und ihren Erfahrungen mit wirklichen Siegen.

Sie war der Pascha, und sie ließ haremhafte Untreue zu, obwohl man sich nicht darauf verlassen konnte, daß sie nicht in Wut geraten würde: das machte ihre Kinder verrückt – aber sie nahmen es als normal und human hin ... Es ließ Dinge zu, unter denen sie litten, wobei das Leiden ein schürfendes Eingeklemmtsein zwischen den Muschelschalen zweier Paradoxe darstellte – zwischen Normalität und einer sexuellen Existenz oder Reinheit, zwischen der eigenen Wirklichkeit und der Wirklichkeit anderer.

Daß diese Dinge für manche Leute einfach zu bewältigen sein könnten, war ein Traum von Normalität, der sexuelles Begehren weckte, glaube ich.

Das Ziel von Begehren ist jedoch, sich zum Erlöschen zu bringen. Das Leben hier ist auf eine gewisse Dauer angelegt. Sex ist gar nicht so übel, solange dadurch keine *Veränderungen* entstehen ... Und solange keiner so recht weiß, daß er stattfindet. Casey vertritt die Haltung *Leben und Lebenlassen*, aber sie spioniert, entnimmt ihre Hinweise der Wäsche; dann steigt sie plötzlich heftig schnaufend zu uns hinab; daß sie in der Tür zu einem Zimmer steht und uns in einer ihrer abnormal-normalen Launen launisch beäugt, ist bestürzend, aber wir nehmen es als *noch normal* in Kauf.

Mich hatte ihr verstorbener Mann ausgewählt, der ein schwieriger Mensch gewesen war; er hatte mich wegen meines Aussehens ausgewählt, was jedoch den Charakter mit einschloß, wie das Aussehen eines Pferdes – und daß ich einen Sinn für die Dynamik dieses Haushalts habe, gehört zu den Gründen, deretwegen er mich erwählte oder zufällig auswählte. Dieser Sinn für die *Dynamik* unterscheidet sich emotional von meinen Reaktionen auf das Haus – von denen manche gespielt waren. Ich weiß nicht. Man sagt: *Sieht nach Regen aus*. Der wirkliche Junge ist ein lokaler Fall von – relativer, willkürlich bestimmter – Normalität inmitten der Paradoxien in einem *recht feinen Hause*.

In diesen Realitäten fand ich mich bis zu einem gewissen Punkt als Gast besser zurecht als die *alteingesessenen* Familienmitglieder – denn sie hegten blinde und verblendende Vorstellungen von dem, wie es zu Hause stand, und klare Vorstellungen davon, wie das Leben dort funktionierte. Daher konnte ich vorhersagen, was sie zu Hause oder draußen tun würden – ich konnte ihnen die Zukunft voraussagen, wenn auch unvollkommen.

Mama hatte mir oft erklärt: *Es ist immer überall das gleiche, wo du auch hinkommst ... Lern, manche Dinge für dich zu behalten – lern, den Mund zu halten – zeig nicht mal mit den Augen, daß dir etwas auffällt ...*

Also bin ich der *Narr* auf Besuch – das Arschloch.

Benjie nannte mich *Sherlock Scharfschütz Nicht-ganz-da ... Nicht so ganz heimisch ...*

Ich zähle zu dem, was da ist ... Ganz einfach.

Im Garten, in der Hitze, schwamm ich zu Anfang jener Woche gerade meine Spätnachmittagsbahnen – hundertfünfzig Züge ...

Daniel sagt über Casey: «Ich hoffe, du machst ihr keine Vorwürfe. Sie kann nichts dafür, daß sie so ist. Sie macht eine schlimme Phase durch ...» Er hatte sich auf die Taktik verlegt, mir Angst zu machen und mich zu loben. Er bereitete das Fundament für seine Emotion vor, für das Gefühl, daß er an mir Emotionen sehen wollte. Auf junge Art verstand ich ihn.

Ich war aus dem Wasser gestiegen; ich keuchte noch; und legte mich auf die kühl-heißen Steinplatten neben dem gekachelten Beckenrand. Ich triefte; Grashalme, die zwischen den Platten wuchsen, kitzelten mich.

«Schließlich ist sie kein Schuft – wir sind keine Schufte», sagt Daniel.

Lila sei ein Schuft, hat er gesagt. Ich bin unschuldig und nicht-unschuldig. Ich bin der Schuft – der Neuankömmling. Die moralische Dimension von allem, was getan – und gesagt – wird, erweitert sich gähnend zur Frage – Unvollkommenheit: die moralische Frage wohnt dem Unvollkommenen weit stärker inne; oder vielmehr existiert sonst keine moralische Frage.

Unentrinnbar hat man es bei Daniel – diesem Absolutisten – damit zu tun, daß er der Realität des Unvollkommenen ausweicht, indem er sich dafür entscheidet, das unmittelbar Vorhandene als Grenzfall der Apokalypse zu betrachten – Krieg, Konkurs, private Gemeinheit zwischen Menschen. Im Licht der moralischen und spirituellen Apokalypse steht er dann als der hier Moralischste da – als derjenige, der noch am ehesten absolut im Recht ist. Seine Entscheidungen sind endgültig – meistens. Wenn er vergleicht, dann immer zwischen zwei absoluten Momenten. Das vielleicht Entsetzlichste an den meisten realen Verbrechen besteht darin, daß sie jeden anderen seiner Realität berauben, der sich durchpfuscht und voranlügt innerhalb der Grenzen des Nicht-so-ganz-Einwandfreien, jedoch ohne die extreme Entgrenzung von Massaker oder Raub, des ökonomischen Massakers (und ökonomischer Vergewaltigung).

Daniel war kein Schuft. Ich aber bin ein Schuft. Darin liegt eine liebenswerte Ironie. Wenn er jedoch sexuell zugänglich ist, dann ist er der Schuft – in gewisser Hinsicht. Wie schwer real vorkommende Dinge als Verbrechen wiegen, ist ungewiß.

«Ich kann auch nichts dafür, wie ich bin.» Der schwachsinnige Liebling der Moral spricht.

Ich schätze Daniels Absichten im Hinblick auf einen Geisterjungen einerseits und einen realen Jungen andererseits ab; für letzteren erwarte ich von Daniel eigentlich kein Interesse. Jemand meines Alters würde mich, wenn überhaupt, kennenlernen wollen, um ein paar von den Strukturen zu stehlen, die mich ausmachen und zu gewissen Dingen befähigen; Dan hat jedoch einen Diebstahl oder Akt anderer Art im Sinn. Ich bin nur schwach und aus weiter Ferne erleuchtet und kann mich nicht in der dritten Person wahrnehmen.

Er betrachtet aufmerksam meinen Rücken – meine Rückseite; wenn wir reich sind, sollen andere Dinge ja angeblich keine solche Rolle spielen. Oder wenn man eine betrachtenswerte Rückseite besitzt, dann strömen Sympathie und Neid in eine schräge Richtung.

«Es ist so luxuriös hier ... *glückseriös* ...»

«Worauf willst du hinaus?» fragt Daniel.

«Das *weiß* ich nicht.»

«Was soll das heißen?»

Ich bin gerettet worden, und das verschlingt mich – gnadenlos und ohne Reue oder Erklärungen, die zur Absolution verhelfen. Ich will nicht, daß Dan die Sache zwischen uns zum Kippen bringt. Ich will, daß alles glatt läuft.

«Ich finde nicht, daß *Ich weiß nicht* zu sagen eine Sünde ist.»

Da ist er still. Zu den mannigfaltigen merkwürdigen, unaufhaltsamen Regungen zählt auch die, mit Vorliebe einfach stumm und dumm beim menschlichen Strandgut zu verharren, das durch partielle, Zeit-durchsiebte, zeitweilige Unterwerfung aus diesem oder jenem Grund entsteht.

Nicht alle Verbrechen wiegen gleich schwer. Bücher benutzt man wie andere Leben, die man hätte haben können. Ein bestimmtes einfaches Phänomen, *die Zeit*, ist bei genauer Betrachtung überhaupt nicht einfach – Zeit zu haben wird seit Tausenden von Jahren als Verbrechen bezeichnet.

Was ich bin, das will er nicht – er will die Aura, die Hülle – will ihr etwas antun, etwas für sie tun. Ich weiß nicht, was. Liebe gilt als Entschuldigung für Gier.

«Du hast eine knubblige Wirbelsäule», sagt er. Dann (wie

es mir früher oder später fast jeder sagt): «Ich glaube kein Wort von dem, was du sagst.»

«Ich weiß wirklich nicht», sage ich mit halbwüchsiger Verzweiflung.

«Heißt das, ich soll die Klappe halten?» fragt er, traurig-amüsiert.

«Du wolltest mir doch das Autofahren beibringen», sage ich in dem Versuch, mich so menschlich zu geben wie andere Jungen.

Ich stelle mir vor, wie es wäre, wenn er *mit mir spräche*. Der andere Atem, die andere Stimme meiner Vorstellung ist immer die Zeit, die zu mir spricht, und keineswegs aus Versehen; doch dann muß ich es dahingehend korrigieren, daß jemand versehentlich zu mir spricht, das gedämpfte Flüstern der Zeit übertönend, die uns, die mich mit Macht in die nächsten Momente trägt, drängt, zerrt, schwemmt. Sie müssen verstehen, daß die *Zeit* an jedem ihrer vorrückenden Säume, innerlich und äußerlich, im Begriff ist, Stimme zu werden; jedes ihrer Elemente ist, wie sie selbst, dem Wesen nach silbenbildend – die Zeit ereignet sich wie ein Satz ...

«Ich bring's dir bei – wir könnten einen Ausflug in die Blue Ridge Mountains machen ...»

Ich versuche, ja zu sagen ... In der Vorstellung höre ich mich ja sagen.

«Nein», sage ich, ohne den Grund zu kennen – daß ich ihm nicht derart nah sein will.

Er sah auf einmal furchtbar aus, fahl oder bleich, verzerrt, verletzt – die Niedertracht, deren ich verdächtigt werde, existiert nun, und wenn ich mich verteidige, indem ich mir sage, daß Daniel ein ehrenwerter, feiner Mensch ist, wenigstens wenn man nicht zu genau hinsieht, wenn man ihn nicht geistig oder sexuell umarmen, seine Eier anfassen oder seine Seele würdigen und sein Credo übernehmen muß, dann sind die Umrisse der Niedertracht klar.

«Du spielst nach anderen Spielregeln», sagt er.

Nach denselben – anders betrachtet. Ich sage: «Vielleicht sollte ich jetzt nach St. Louis zurückfahren ...»

«Nein. Sei doch nicht albern ...»

Es ist zu meinem Vorteil, daß er der Lebendigkeit in einem Jungen höheren Wert beimißt als dem Lebendigen in sich selbst. Noch immer ist er jedoch ganz der Imperator. Das ist so unvereinbar – und falsch –, daß ich nur staunen kann.

Ich sage: «Und laß dir unterwegs kein Katzengold andrehen.» Das hoffe ich wirklich für ihn.

Mir war übel vor Angst um mich – und ihn –, weil ich nein sagte. Weil das Leben so ist, wie es ist. Und ich weiß nicht, weswegen alles noch.

Er sagt: «Laß *du* dir kein Katzengold andrehen.» Dann, da es so gar nicht gleich klingt – nicht einmal etwas Ähnliches zu bedeuten scheint –, sagt er: «Ich verstehe dich nicht.»

Ich lächle jetzt starr, starr, aber persönlich, Gesicht und Blick ihm zugewandt, wende mich jedoch ab, sobald ich spreche – kehre in meine Privatsphäre zurück –, und wiederhole: «Laß dir *jetzt* kein Katzengold andrehen –»

Geschlagen – belehrend – murmelt er: «So was Blödes ...»

Und er steht vom Liegestuhl auf und geht zum Haus, bleibt aber noch einmal stehen, um zu sagen: «Ich hoffe, *du* läßt dir kein Katzengold andrehen ...»

«Iiich find, er ist – unser – Zigeunerprinz –», sagte Benjie. Er stockt und stammelt, klaubt aus abgelegenen Winkeln seines Innern Fragmente dessen, was er sagen möchte, zusammen – und läßt sich dazu herab oder schwingt sich dazu auf, es voll Würde vorzutragen. Benjie, sagt Daniel verächtlich, *tut kund*, er *deklamiert*. Unter anderem wollte Benjie sagen, meine Unbehaustheit, meine Ungezähmtheit – meine wilde Nichtswürdigkeit – verleihe mir die Freiheit, in mystischen Welten umherzuschweifen, Dinge wahrzunehmen und als Komödiant *sexy* zu sein.

Die halb traurige, halb snobistische Meinung, *ich* hätte nichts zu verlieren, wenn ich bei der Wahrheit bliebe und die Wahrheit – das wirkliche Leben – amüsant fände ...

Inmitten von Zentren der Intensität und zwischen ihnen hindurch – von den utopischen Belangen der oberen Mittelschicht umgeben – bewegt sich Benjie – *die Pointe braucht ihr nicht zu kapieren, aber ich erwarte von euch, daß ihr lacht* – voll Ehrfurcht vor der Macht und voll Achtung vor physischer Sensibilität und Freiheit (die zumeist Freiheit von phallischen Konfrontationen, von Wachsamkeit, Voyeurismus und phallischer Zudringlichkeit war) – und er atmet, während er sich bewegt, gleichsam den Sauerstoff des Ehrgeizes durch eine Maske der Bildung und des Kunstverstandes. Seine wohldurchdachte Vorstellung von seelischer Gesundheit besteht ein für allemal in Nichtstun.

«Hochmut kommt vor dem Fall, Benjie», sagte Isobel. Sie ist heute Abend Rita-Hayworth-und-Carole-Lombard-unwiderstehlich – eigentlich doch nicht; sie ist ein bißchen beschwipst –, charmant, schmachtend und von einer gewissen lokalen Verwegenheit – ein Bluff, der gewöhnlich in Bekenntnissen mündet: *Ich tu gern so als ob, aber in Wirklichkeit bin ich ein ganz schlichtes Mädchen* ... Ein Bluff weist jedoch immer auf die Wahrheit hin. Isobel sagt: «Wir sind schlichte Leute – zu schlicht – wir sind *provinziell* – nichts passiert ...»

«Das ist doch großartig, wenn nichts passiert», sagt der einfältige Zigeunerprinz.

«Aah, bist du jung ...»

«Wenn dir die Leute nicht zuhören mögen – es könnte ja an deiner Art zu reden liegen. Vielleicht machst du da etwas falsch», sagte Daniel.

«Um *Ideen* streite ich mich nicht gern», sage ich. «Nichts ist so geklärt, wie es in Büchern wirkt – es läuft eben immer auf Komplexität hinaus ...»

Benjie sagte: «Unser kleiner Zigeunerjunge hat jeden Makel auf der Liste, aber häßlich ist er nicht, und auch keine graue Maus ...» Dann: «Aber er überlegt nie, wie er mit *Menschen* am besten umgeht. Redet erst mal, überlegt später ... Überlegt *nie*.»

Da sage ich: «Das ist doch die reine Scheiße ...» Dann: «Eine solche Scheiße, daß es schon wieder ein Witz ist.»

Benjie wiederholt das, aber nun klingt es anders: es hat eine andere Bedeutung – eine gegen mich gewandte.

Daniel – verletzt – unter Spannung stehend – von «Leidenschaft» *gepeinigt* – angespornt – sagt: «Wer flucht, produziert Lippenunrat.» Dann: «Ich kann's nicht ausstehen, wie wir auf *allem* herumtrampeln.»

Die knisternden, sommerlichen Schübe von Bewegung, *heißem Atem*, das unscharfe Gesprenkel geisterhaften, kamelienfarbenen Mondlichts und die acht Zitronengras-Stäbchen, die über die Veranda verteilt brannten, stark duftend, ungleichmäßig, wechselhaft ... Und Licht aus dem Zimmer und von Benjies und Isobels Zigaretten. Winzige, so illuminierte Partien von Nasen, von Armen.

«Wiley, wir lassen uns von Coral Emma-Jean zum Lunch einladen, und du sagst uns dann, ob sie *normal* ist – oder nicht.»

Daniel sagte: «Ich komme nicht mit. Laßt mich da aus dem Spiel.»

«Oh, bitte, Süßer – wir sind auch ganz lieb.»

«Mehr Dramatik! Endlich mehr Dramatik!» rief Benjie, fast kreischend.

Isobel beugt sich vor: «*Magst* du mich, Wiley? Wiley, bin ich deine Lieblingscousine? Ach, es ist ja so *öde*, wenn man nicht phantastisch in jemand ganz Phantastischen verliebt ist. Du, Wiley ... ich kann's gar nicht abwarten zu hören, welchen Eindruck Emma-Jean auf jemanden mit frischen Augen macht ... Ich bin einfach zu blasiert, das ist mein Problem.»

Ich sah ein, warum Daniel wollte, daß Menschen aus ihren Rollen und aus kodifizierten Tugenden bestanden, aus nichts sonst.

Angewidert und resigniert sagte Daniel: «Ich kann einfach keine Konversation treiben.»

«Wenn du tiefe Gespräche führen willst, dann müssen wir uns alle erst dazu ausbilden lassen», sagte Benjie.

«Würde dir nicht schaden», sagte Daniel.

Ich sagte: «Was man sagt, sollte schon etwas bedeuten.» Ich wollte für ihn Partei ergreifen.

Am Tag des Lunchs, in der lösenden Atmosphäre *weiterer Informationen* – im Verzeichnis von Wahrheiten – und gesellschaftlicher Lügen, fragte der törichte Junge: «Wie redet man denn mit Coral Emma-Jean Marie?»

Daniel sagte: «Überhaupt nicht. Coral Emma-Jean Marie macht das ganz allein.» Er sagte: «Du brauchst *gar nichts* tun.»

Isobel sagte: «Sie ist eine *große Dame der Gesellschaft*. Ihr Haus ist eine BÜHNE.»

Ihr Haus: Ein großes, dunkelgrün gestrichenes, schmiedeeisernes Tor in einer drei Meter hohen roten Ziegelmauer mit weißer Krönung wurde von einem kräftigen Burschen im Overall und mit Strohhut geöffnet. Ein rosa Kiesweg führte unter mächtigen Bäumen in Windungen an kleinen Teichen, Weiden und Blumenrabatten vorbei. Das Haus hatte eine rosa Ziegelfassade, schwarze Fensterläden, siebzehn Kamine, einen puritanischen Portikus mit weißen Säulen und einen wappengeschmückten Ziergiebel.

Wir ließen den Wagen auf einer großen, ovalen, von Büschen gesäumten Kiesfläche gleich neben dem Rondell, in dem die Auffahrt vor dem Portikus mündete. Wir gingen die Stufen hinauf, durch eine weite Halle, die sich zu einem Gang verengte. Diesem folgten wir, an goldgerahmten Bildern und halbrunden Tischen an der einen Wand vorbei – die andere war, bis auf eine Bildtapete, die das Panorama einer Hafenstadt im Kolonialstil darstellte, leer –, bis wir zu einer seitlichen Veranda gelangten, die fast so weiträumig wie der Portikus und von ähnlichen weißen Säulen umgeben war.

Und dort nahmen wir auf Korbsesseln und Metallstühlen Platz. Einspurig führte eine Verlängerung der kiesbestreuten Auffahrt im Bogen direkt vor der Veranda vorbei; jenseits davon sah man einen vernachlässigten Brunnen mit zwei halblebensgroßen Figuren inmitten von Beeten großer, üppiger Blumen, und von dort strahlten drei Wege zwischen Spalieren, gestutzten Bäumen und kunstvoll beschnittenen Sträuchern aus, die an Weiden und hügeligen Rasenflächen vorüber zu einer niedrigen Steinmauer führten, hinter der man in recht naher Ferne grüne und braune Hänge erblickte, und dahinter prunkten, noch immer nicht gar zu fern, blaue Berge mit subalpinem Profil. Von einem Trio alter Eichen am Rand der Szenerie – sie begrenzend, abschließend – , dort, wo der Bogenweg seitlich der Hausfront begann, drang das fast *grenzenlose* Gezwitscher, Gesinge und Gepfeife lockender, jubilierender Vögelchen; fortwährend von innen her bewegt, raschelte das Laub, und allerlei Vögel, eine Goldamsel, eine Drossel, ein Rotkehlchen, flogen daraus hervor und kehrten später wieder. Da, wo man im knirschenden Korbsessel auf geblümtem Kissen saß, fächelte einem die leicht bewegte Luft das Gesicht. Es war das Äußerste an Eleganz – zumindest für amerikanische Begriffe, und *hübsch* oder *entzückend* und auf maßvolle Weise unübertrefflich schön, jedoch unsymmetrisch und ein bißchen steif.

Zwei Hausmädchen boten Gebäck und Limonade an, und ein Butler servierte harte Getränke.

«Mir gefällt es – aber protzig ist es schon», sagte Isobel zu mir; sie saß auf einem romantischen Korbsofa, das sie leicht zum Schwingen brachte. Dann: «Vulgär, nicht?»

Da ich eine von Isobels Fallen witterte – jenen Trick, konventionelles Geplauder in eine Kreuzung aus Turnstunde und Orientierungstest zu verwandeln, den manche Frauen beherrschten – , antwortete ich: «Nein . . .»

Daraufhin sagte Isobel ohne jedes Anzeichen von Doppelbödigkeit: «Ich bin davon hingerissen. Es hat wirklich

Klasse, finde ich.» Die Zeit erlaubt den uneingestandenen Sinneswandel, Relativismus mittels nacheinander bezogener Positionen, Kompromisse, Inkonsequenz, Inkohärenz. Fallen. Doppelbödigkeiten. Neuerlicher Kompromisse. Als normal. Oder als üblich – im Rahmen bestimmter sozialer Übereinkünfte.

«Finde ich auch», sagte ich glücklich, erleichtert, aus dem gelösten Behagen und der Befriedigung heraus, mich an einem nicht mehr zu überbietenden Ort zu befinden, bei der herrschenden Klasse, bei Leuten, denen ihr Lohn zuteil geworden war.

«Forestville ist keine für Landsitze berühmte Gegend», fuhr Isobel fort und legte jenen Sinn für Hiercharchien, Nuancen und platte Fragen der Rangordnung an den Tag, der in ein Gefüge aus Offensichtlichkeiten Leben bringt. «Zum größten Teil wurde dieses Haus hier erst nach dem Bürgerkrieg erbaut. Trotzdem» – ich sah nun, und das meine ich im Ernst, daß um mich her *mindere* Schönheit herrschte. Isobel hob die Stimme und verkündete im Veranda-und-Garten-Ton – «ich finde es hinreißend, einfach hinreißend. Es hat so viel Klasse, findest du nicht?»

«Es ist schon recht nobel.»

Mit welchen Makeln es auch behaftet war – was immer an seinen realen Aspekten, an deren Elementen schäbig oder disproportioniert sein oder der Mäßigung, Verbesserung, Berichtigung bedürfen mochte –, es war viel *zu* nobel – das heißt, schön und reizvoll aufgrund der – vielleicht gigantischen – Anstrengung, die es hervorgebracht hatte, der Anstrengung und des Geschmacks, so es denn einer war – ich meine, man wußte, daß dieser Park nicht zu den berühmten im Staate, geschweige denn der Welt, zählte; er war zweitrangig und strebte solchen Glanz vielleicht erst noch an oder war im Abstieg begriffen und würde niemals hohen Ruhm erlangen – doch durch die Melange (oder den Mischmasch) von

Farben, durch die zooartig zur Schau gestellte Vegetation, die weiche, reine Luft, durch die Abgeschiedenheit und den Ranganspruch des Anwesens, durch den aufschlußreichen Umstand, daß sich außer uns niemand darin aufhielt und daß Menschen dafür arbeiteten, es bewohnbar zu halten, war es traum*ähnlich* – ich meine, offensichtlich *real* und doch von Mauern umgeben, wenn auch nicht so rundum wie ein Gehirn, und stumm: ein Park für erwachende oder wache Schläfer, für die *Aufgeweckten*, wie man im Süden sagt.

Und solchen Aufschluß träumerisch und in erträumter, auftrumpfender Wirklichkeit zu erhalten – indem man einer strotzenden Natur und einem semi-unzivilisierten Kontinent solche Privilegien abschwindelte – : dies wies auf eine große Seele hin – luftig, parkartig, ganz anders als die kranker Leute –, so daß man endlich den *Stolz* verstand, der Menschen von Rang und Vermögen erfüllt, nicht etwa nur darauf, daß sie umworben und gefragt sind, weil sich die Macht des Geldes wie eine magische Metapher in allerlei Wirklichkeiten verwandeln läßt, vielleicht in jegliche Wirklichkeit (vielleicht auch nicht); sondern auf ihre Anstrengungen und Fähigkeiten – und das bedeutet, stolz darauf, daß sie im Besitz der Schönheit sind.

Zu Daniel – denn er hörte mir manchmal zu – sagte ich: «All das *Hübsche* hier» – also das *Schöne* – «mag verdorben, mag im Grunde sogar häßlich sein, aber wenn man auf den Grund sinkt, tun einem die Dinge wohl – manche Dinge», korrigierte ich mich, als ich seine Miene sah. Eben in diesem Augenblick kam eine zierliche, irgendwie mollige Frau mit interessantem, jedoch sehr maßvollem, sehr beherrschtem, *intelligentem* Besitzergebaren und mit merkwürdigem Gesicht, ein wenig grob, unecht wirkend und stark geschminkt, aus dem Haus, in Reitstiefeln, Jodhpurs und einer sehr weiten Bluse. «Oh, ha, da seid ihr ja alle», sagte sie, wobei sie Floskeln mit kleinen Schnörkeln der individuellen Wahrnehmung beinahe jedes einzelnen von uns und jener Mitglieder ihrer Familie versah, die sich auf der Terrasse befanden und die bereits bekannt waren – das habe ich versäumt zu sagen: sie wirkten *tatsächlich* wie Leute, die hier wohnten. Wie zum Beweis ging von ihren Gesichtern – und ihrem Haar – diese Wirkung aus, von Menschen jener Sorte, die im sehr gehobenen amerikanischem Stil ein süßes, weiträumiges Leben mit Dienstboten und diversen Formen von Macht führen, die ihnen zugeteilt, jedoch eigentlich überhaupt nicht in ihnen verwurzelt sind, jedenfalls noch nicht. «Ah, Tag, du», sagte die Besitzerin zu mir. «Das ist ja wirklich nett, dich kennenzulernen. Randall», sagte sie zu dem Butler-artigen Mann, «haben Sie dran gedacht – Beefeater Gin mit Tonic für Mrs. Wahna?» (Casey.) «Ah, du ... Casey, hast mir ja ganz verschwiegen, daß er grad so wie Errol Flynn und mein Vater ausschaut ...» Ich sah kein bißchen wie Errol Flynn aus; das war nur so ein Scherz, über den Isobel prompt kicherte und Benjie lauthals lachte.

Doch damit war mein Aussehen als marktfähig, als beredenswert eingeordnet. Es berührte mich wie etwas, das einen zu verbrühen drohte, wie ein heißes Gesichtstuch beim Friseur. Frühreife beruht schließlich auf Unwissenheit und nur partiellem Wissen.

Isobel machte große Augen auf eine Weise, die darauf hindeutete, daß sie Coral Emma-Jean Marie nicht mochte – auf den Gedanken, daß Isobel Coral Emma-Jean Marie *haßte*, war ich noch nicht gekommen. *Ich* hatte Casey eigentlich wegen nichts Vorwürfe gemacht und war nicht darauf aus, daß andere das täten. Doch ich hielt es für undenkbar, daß eine lebenslange Freundschaft, sentimentaler oder sonstiger Art, zwischen Casey und dieser mächtigen Frau nach vernünftigen Maßstäben von einer *Unschuld* wäre, die Isobel tröstlich finden konnte.

Caseys Handeln mir und Daniel gegenüber nahm tastend die Dimensionen eines Scheinwerferstrahls an – wie übrigens auch Daniels Handeln –, was ich nun registrierte, irrigerweise vielleicht.

Ich meine damit nicht, daß ich es ihnen *vorwarf*. In U. City, wo ich herangewachsen war, hatte man gegen Homosexualität zwischen Frauen eigentlich nichts, bewunderte sie sogar dafür. Und zwischen Jungen wurde sie zumeist hingenommen, solange sie dadurch nicht gar zu verrückt wurden. Darüber hinaus nahm man an, daß Homosexualität denen, die sie praktizierten, Zeit und Gelegenheit zum Denken verschaffte, so daß sie kultivierter, moralisch gefestigter und elastischer werden konnten als normale Leute. Mehr noch: sie galten nicht im mindesten als der Feind. Das allerdings verriet man manchen Männern nicht. Ich hatte da so eine Idee, daß Casey Daniel jetzt *liebte* oder gern hatte, dies aber vor langer Zeit nicht getan hatte, wodurch er ihr gegenüber mißtrauisch geworden war; und daß ihr dies nun leid tat, sie sich aber weigerte, über die Vergangenheit nachzudenken; weshalb man ihre Ruppigkeit jetzt – oder ihre Abneigung – zum Teil als Versuch von ihr begreifen konnte, zu spät ein Verhältnis zu Daniel zu finden: das alles bedeutete etwas anderes; und seine Reaktion auf sie wäre dann ein gewisses böses Schicksal – *vielleicht*... Ich wußte es nicht wirklich; als Wahrsager jedoch konnte ich derlei Dinge beurteilen ... Nicht immer und nicht im Ernst. Sondern ich war ein Reporter oder Jounalist, der aus einem Kriegsgebiet über die Lage berichtet; und ich hatte meine Ansichten, meine Fähigkeiten ... meine Wildheit ...

«Nun saag mal, du ... hält Casey dich auch nett bei Laune?»

Auf den zweiten Blick war Coral Emma-Jean Marie nicht so, wie sie einem auf den ersten Blick erschien: in gewisser Hinsicht sah sie unauffällig aus – ziemlich kleine, klare, graue Augen, kleine Nase – doch dann löste sich der erste Eindruck auf, und ihr Gesicht wurde das einer Christin und melodramatischen Person. Das war meine Ansicht.

Beim zweiten Blick (wie beim erneuten Hören einer Sonate) stand ihr schwermütiges Gesicht vielleicht unter gespenstischem Gewissensdruck, oder gab sich vielleicht kapriziös, um jenes Gewissen, das sie als zu ausgeprägt empfand, zu leugnen. In ihrer Trunkenheit fand sie den Spielraum für Willensakte und Handlungsweisen, die alles normal Berechnende überstiegen – *eine kuriose Schnepfe*, vielleicht *eine große Seele*. Eine Besitzerin.

Ein Kuß – welch *wilder*, auf der Landkarte untraditioneller und gleichwertiger Entgegnungen nirgendwo verzeichneter Ort. Ursprünglich eine Abschweifung, ein blasphemisches *Zu-weit-Gehen*, eine jugendlich sentimentale Regung oder ein sexueller Reim, der irgendwann, irgendwie mit Höllenahnungen und Gesetzlosigkeit verknüpft oder assoziiert wurde – solch ein Kuß, der eingeübt, wiederholt wird, ein Echo findet, sich zu einer Geschichte solcher Küsse auswächst – dieser Kuß kann jederlei Gestalt annehmen, kann in der Luft zu spüren sein als drückende, nun ja, als *südliche* Luft, als Hitze vor dem Regen – Schuld und Leidenschaft in einer Geschichte, und aus Handlungsfähigkeit wird (in dieser Geschichte) eine wirklich gelebte Überlegenheit, was in gewisser Weise Flucht ermöglicht, das Leben bestimmter Menschen beherrscht … Auch dies wußte ich damals nicht – und weiß es noch heute nicht. Aber es kommt einem im Licht der Realität wahrscheinlicher so vor, als werde jene verborgene Struktur in dieses oder jene recht erfolgreiche Leben inkorporiert und als gehöre ein solches Leben strukturell immer mehr mit zu meiner Umgebung, zu den üblichen Lebensweisen – eine begrenzte Welt zu gestalten ist keine so kleine Leistung. Menschliche Gefühle aber sind oft kleinlich. Ein Kuß, dem kein vorhersehbares Ziel mitgegeben wird, der nicht offen romantisch oder mütterlich ist, sondern mal hingebungsvoll ungezogen-mütterlich, mal fußnotenhaft, mal seltsam spiegelnd, mal die Erkundung von seltsam unähnlichen Zügen an einem Menschen, der einem anatomisch semi-gleichwertig ist – wie die Größen auf der anderen Seite einer Gleichung, nur eben auf ungezogene, ernstlich ungezogene Weise – wie die Elemente eines Vergleichs oder einer Metapher bei einem Dichter wie Baudelaire oder Rimbaud –, ein aus gierigem Herzen kommender, lichtscheuer Kuß des Widerstandes: ein solcher Kuß kann eindeutig sündhaft oder etwas nebulös Böses sein, das allen übelwill, und dennoch viel *Tugendhaftes* unangetastet lassen, viel wohlerzogene Besonnenheit, viel anständigen oder semi-anständigen Wahnsinn gestatten. Ich kann mir vorstellen, was an einem solchen Kuß *interessant* sein mag. Aber ich würde mir doch vorstellen, daß der lockende Ruf des Bösen, von Wahnsinn und Geltungsbedürfnis, interessanter wäre, sowohl als Tagtraum wie auch unter der herrischen Peitsche der sonst vielleicht allzu zahmen Halluzinationen eines erotischen Moments. Die Welt niederreißen? Mit einem Kuß, der in Variationen ein Leben lang währt? Sehr oft befreit einen nur Erfolg, nichts als Erfolg, nur das. Manchmal nur Scheitern. Wenn man seine Seele selbst verarztet, muß man raten können; man agiert allein. Casey war in vieler Hinsicht brutal – mich störte das nicht; mir gefiel es, wie kühl unintelligent sie war, und dann doch wieder intelligent und charakterstark. Sie ist gleichsam ein blitzendes Messer von Frau, flink zustechend, flink reagierend – kein guter Mensch. Das stört mich nicht. Ich verurteile das nicht. Ich kann mir jedoch einen Kuß vorstellen, der zu gezielt, zu kundig ist: er wird zu einem *Sollen-wir-weitergehen*-Kuß; ein verblüffendes Gestöber von Implikationen und Andeutungen erwächst aus den gestischen Momenten eines solchen Kusses – gescheit, schlau und charaktervoll – und nicht ungefährlich – und von einer animalischen Intelligenz, die dem Gurren einer Taube gleichen mag, dort und damals in der Vergangenheit, dort und damals auf der Veranda, dem Vogel der Venus, oder dem leisen Sog eines hoch in der Luft dahingleitenden Falken, oder dem feinen Atem einer bis zur

Durchsichtigkeit getarnten, geduldig lauernden, dann mit fast lautlosem Flügelschwirren zwischen den harzduftenden Stämmen eines stickigen Kiefernwaldes hindurchschwebenden Eule – ich empfand sie in der Welt gültiger Handlungen, jeden von ihnen auf andere Weise, als diskret und einfühlsam; Lila würde sagen (wie Ora), *ganz bei sich*.

Ich kann mir vorstellen, daß die einem solchen lebenslangen, oft unterbrochenen Kuß entspringenden Konsequenzen Daniel verfolgen mögen; oder daß der Kuß an sich – als geheimnisvolles, aus Partikeln und Wellen bestehendes Bündnis – ihn verfolgte, teils weil er voll der Bewunderung war, teils weil er ratlos rätselte, wo sich das blashemisch erkennbare Zentrum der *Geheimnisse des Universums* wohl befinden mochte …

Doch so brauchte es nicht zu sein. Was für Coral Emma-Jean Marie *eine politische*, intime und sündhafte Angelegenheit ist, das ist für Casey eine wütend rebellische und unter Bann stehende Sache, gleichsam in mehreren persönlich-moralischen Destillen gereinigt, bei jeder der Frauen durch Loyalitäten und ihre eigene Form von sozialer Intelligenz gefiltert – Dinge, die mir zu hoch sind und auf die ich, glaube ich, eifersüchtig bin. Diese gereinigte, unter Bann stehende Essenz ist Casey und Abe angenehm – aus verschiedenen, vielleicht verwandten Gründen angenehm; und Daniel sieht oder fühlt dies, fühlt sich davon, daß seine Mutter gewisse Anteile seines Wesens mißbilligt, zu einer Entwicklung hingeführt, die ihn nicht interessiert, die jedoch Glanz besitzt; und ähnlich wirken die Billigung und Mißbilligung seines Vaters – es war keine einfache *Gleichung*.

Es ist eine Last, vielleicht nicht belastend genug und vielleicht – nur – letzten Endes eine Art von Liebeskraft. Vielleicht billigt Daniel es selbst, daß man ihn übergeht, oder bemüht sich zu lernen, wie er dies vermeiden kann; oder er bemüht sich fortwährend, die Warum-empfinde-ich-so-und-nicht-anders-Konflikte zu lösen; er tut es immer wieder ... Sucht er nach dem Warum?

Aus den Geheimnissen jedoch – aus den geheimnisvollen Dingen: den Naturgesetzen und Geldmengen, den theologischen Prinzipien und Körperteilen, aus den Handlungen, moralischen Dilemmata, dem moralischen Schmutz und den Kompromissen, die sich aus der Macht ergeben, welche einer als Kind und als reicher Mensch besitzt, als gutaussehender Mensch und als ältestes Kind – amalgamiert Daniel gewaltsam die Flaschen und Kolben, die blitzenden Maschinen und seltsam unterkühlten Pole der elektrischen Strömungen im Fleische, bis sie bereitstehen, um alles zu einem einzigen Baum zu vereinen, zu einem Strang, einem Wipfel, einem System mit einem einzigen finalen Geheimnis – eine Lüge natürlich; Daniel kann weder Gott herbeizitieren noch nach Belieben zum Himmel aufsteigen – in seinem Falle nicht einmal in der Phantasie –, auch nicht lieben oder einen solchen Kuß erfahren, den zeitlich weitgespannten Kern einer nicht-schlechten Kindheit – oder vielleicht einer schlechten. Ich fälle Urteile, jedoch nicht zu allem. Casey ist der stärkere Charakter – Daniel der bessere.

Unter den Monden und Sternen, den Filmleinwänden, den Wüsten Sinai und den machtvollen Worten eines solchen Sinns für Ganzheit, für die Einheit von Licht und Schatten, dafür, daß ein Kuß bestimmter Art Licht und Schatten des einen großen Ganzen enthält, sind Daniels aktuelle Anliegen verstreut: Verliebtheit, Launen, Urteile über Menschen (sogar über die Geschlechter), dazu launenhafte Schwindeleien und Macht-Tricks, bis schließlich für mich, den in ein anderes Haus, eine andere Familie aufgenommenen Waisenjungen, den leibhaftigen Jungen (aus Fleisch und Blut) mit seiner bedürftigen Seele solche Küsse, da sie in all ihren Mutationen die Hoffnung oder den Anspruch enthalten, man sei der einzige, statt des Zugeständnisses, daß dem Dialog Einzigartigkeit zukommt und daß ich darin präsent bin – solche Küsse also nichts mich persönlich Anerkennendes mehr haben, wenn ich ihr Empfänger bin. Daniel küßte mich drei-, viermal – auf die Stirn, aufs Ohr, aufs Haar. Man kann die Geschichte solcher Küsse *lesen* – daß es *derartige* Küsse sein müssen –, bevor sich die Geschichte noch ereignet hat. An einem solchen Kuß und an einer solchen Geschichte eines Kusses nimmt man die Leugnung der Gegenwart – und der Geschichte – wahr. Was ich wahrnehme, ist Leugnung; ich bin eine Stimme, die eine Schattenrealität angenommen hat, die eines Jungen; und wenn ich andere in diesem Stil küssen sehe, nehme ich ich wieder nur Leugnung wahr – Leugnung der Motive, des Herzens, des Kindes, ja selbst der Melodik dieser Küsse. Sie üben keinen pornographischen Sog auf mich aus. Ich wage nicht, zu diesem Punkt aus meinen Erfahrungen im Lichte der Theologie oder Darwins allgemeine Schlüsse zu ziehen – zum Thema der relativen Absolutheit sexueller Reaktionen, sexueller Wünsche und der Ächtung oder Disziplinierung sexueller Ängste, sexueller Abscheu, sexuellen Nein-Sagens, der Überlegenheit des romantischen Ein-und-Aus, wenn es von der Geschlechterdifferenz unabhängig ist. Die Lust wird nicht entfacht, sondern rechtzeitig gelöscht, als ob die Zeit nicht existierte. Gefahren sprießen, erwachsen und erblühen aus dem, wogegen man sich wehrt – und das ist die Zeit. Man widmet sich dem anderen, dem Zeitkram, weil man Hoffnungen hegt. Mit der Zeit wird sich erweisen, welche Sache funktioniert.

Das heißt, einen Vergleich, einen Test, einen Versuch habe ich angestellt, in dem es um meine Verlegenheit angesichts des wirklichen Lebens ging. Als Casey Ora sah, sieben Jahre später, nicht lange nach meiner ersten Begegnung mit Ora, da sagte Casey *Guten Tag* und dann kein Wort mehr, außer *Ich muß jetzt gehen*.

Und das sagte sie nach wenigen Minuten; sie blieb nicht da, um mit Ora zu reden oder sie zu bewundern – nichts dergleichen. Daniel war nicht dabei. Isobel und Benjie waren dabei. Und einen Monat später kam Dan nach New York, rief an und erschien zum Abendessen, das Ora und ich gerichtet hatten; als ich ihn da beobachtete, nahm ich an, daß er und Casey inzwischen über ihre jeweiligen sexuellen Abenteuer gesprochen hatten, bis zu einem gewissen Punkt, auf irgendeine Weise – zu erraten, wie das verlaufen war, lohnte nicht den Versuch: es gab zwischen ihnen einen Pakt, und sie mochten einander nicht. Der Moment, an dem eine Wiederannäherung zwischen ihnen möglich gewesen wäre, war vertan.

Ich wette, Casey, Isobel und Benjie hatten von Ora gesprochen. Ich mochte Daniel (oder Dan oder Danny) eigentlich nicht, und er war kein *Freund von mir.* Was es mit seiner Liebe, seinem Interesse an mir auch auf sich haben mochte, es war zugleich langweilig und gefährlich – gefährlich jedoch, ohne einen Adrenalinschwall auszulösen; ein Kuß, angeboten in einem Moment mit Namen *In einem Stall im Schloß*, in einem Moment, in dem die echohafte Ähnlichkeit der Gestalten, das potentiell *Klare* jeder Berührung – flüchtige Blicke, mit den Augen getroffene Feststellungen – vornehmlich nur einen Diebstahl umreißen, vornehmlich eine abgebrochene Lektion – wünschenswert, ob abgebrochen oder nicht – vornehmlich nur der mutmaßliche, vorläufige Beweis für *Überlegenheit* in bezug auf irgend etwas, auf seine Mutter oder mich, die Geheimnisse seiner Eltern, die große Masse – es kommt darauf an und auch wieder nicht, da alle Überlegenheit im Lichte der grundsätzlich nur eine einzige Richtung kennenden Zeit und der traumsüchtigen Intelligenz eines Mannes wie Daniel, eines so romantischen, so reinen und so klassischen Mannes wie Daniel-der-lieb-und-teuer-ist-weil-er-mich-einmal-mochte, nur ein Teil dessen ist, was ihm vorkommt wie, sich für ihn anfühlt wie eine ganze Karriere der Überlegenheit, die ihn, dem Wesen der Dinge nach, gleichsam zu einem Raumflug abheben lassen muß, als Engel oder im Inneren einer Raumfähre, oder wie man im Kopf abhebt, wenn man mit seiner Familie abends bei Tisch sitzt, sich erst zu dem oder den Menschen, mit denen man zusammensitzt, aufschwingt, sich dann über sie erhebt und weiterfliegt zu funkelnden – und zum Star machenden – Enthüllungen verhaßten und doch segensreichen Rangs, widerwärtig, weil sie eine unschöne künftige Geschichte in Aussicht stellen und mit Erlösung winken. Dies sind die Dinge, die man heraushört, wenn man jemanden atmen hört – die eigenartige *Ähnlichkeit,* der reale Umstand, daß sich zwei Menschen von fast gleichem Typus und einigermaßen austauschbarer Daseinsweise gegenüberstehen, kann einen Prozeß in Gang setzen, der, wenn man von griechisch-antiken, auf Individuen bezogenen Proportionen ausgeht, so machtvoll ist, daß eine schicksalhafte, schicksalsschwere Geschichte daraus wird ... Daniel wird, glaube ich, wieder und wieder seine Dramen mit Mutter und Vater ausagieren – dem männlichen Prinzip mit freundlicher Zuwendung, Ausbeutung und Rivalität begegnen; und er wird etwas von sich geben, das meiste aber zurückhalten. Ich möchte weinen. Man weiß nicht, daß das Leben auch besser sein kann oder sein sollte – man sieht in Daniel den selbstgerechten Boten der Zerstörung. In leicht wahnsinnigen Momenten höre ich die Odyssee mit ihrem Sinn für Vielschichtigkeiten so donnernd im Blutbad am Ende versinken, wie wenn ich aus einem Traum erwache, all die Traumgestalten und Traumcharaktere ausgelöscht sind und ich mich zu Hause vorfinde.

Oder ich sehe einen Mann seinen Vater auf den Schultern aus einer brennenden Stadt tragen. Mit Schuld hat das nichts zu tun. Auch nicht mit dem Gedanken, man könne dem Schicksal entgehen, oder damit, daß man nicht dem Ideal entspricht. Es hat mit einem wahnsinnigen, ziemlich schwindelerregenden Schmerz zu tun – der, darauf könnte ich wetten, untrennbar zu meinem Charakter gehört. In einem Traum stieß ich einmal auf eine Eule mit Namen *Schicksalsschmied*, und sie packte mich ...

Du gehst in den dir fremden Lauten ein und aus: nein: die unerhörten Silben wallen, sprudeln auf und fliegen dir ins Ohr – Wespen und Wolken der Artikulation, Kultur und Zielgerichtetheit.

Eine erstmals vernommene Stimme ist beinahe etwas Ungeheuerliches.

Im Hinblick auf das Sprechen gehe ich von folgenden Regeln, oder *Gesetzen* aus: 1.) Niemand ist willenlos, solange er oder sie lebt. 2.) Niemand ist wirklich demütig oder besiegt, es sei denn, der Tod ist eingetreten. 3.) Zum Teil ist Sprechen akzidentiell, zum Teil durch Kultur, Tradition und Erziehung bestimmt – wobei diese Faktoren jedoch als geschlechtsspezifische und individuelle zu verstehen sind –, zum größten Teil aber entspringt es dem unmittelbaren Notlagegefühl.

Die wichtigste *Theorie* zur Rede, von der ich (verzweifelt, jedoch amüsiert) ausgehe, besagt, daß Sie (man, ich oder eigentlich du) in jede Rede, sei sie nun intimer oder weit ausholender (oder umherstreunender) Art, ein gewisses Stück weit eindringen können (kann, kannst), wenn Sie sich vorstellen, diese Rede käme in einem Buch mit einer Handlung vor – in einem Kriminalroman, einem Roman über Mord oder Krieg (wie die russischen) oder einem Seefahrerroman –, in dem es um ein Abenteuer und eine Notsituation geht.

Befinde ich mich einer Frau gegenüber, so erzeugen, wenn sie spricht, eine ganze Reihe von sozialen Kategorien eine Notsituation. Sie bildet sich ein Urteil darüber, wie wohlerzogen ich bin, wie frei und natürlich ich reagiere, ob ich wie ein Schwindler antworte, wie einer, der aus den niedrigeren Kasten der Privatschüler-Klasse oder gar noch tieferstehenden Kreisen hervorgegangen ist – oder mit Grandezza und Leichtigkeit oder was immer, wie ein gewitzter schwarzer Junge oder der Sohn eines kleinen Farmers – dies sind die aggressiven Momente, die das Schattenboxen, die Hackordnung bestimmen.

Die passiven Momente ergeben sich aus der seelische Anmut der Frau, aus der Anmut ihres Sprachgefühls – ihrer Mutter- und Vater-Sprache – ihres Sinns für Ruhm und Ideen – und aus dem sozialen Rang.

Coral Emma-Jean Marie war nicht im europäischen Sinne damenhaft. Sie war eine Amerikanerin aus den Südstaaten von der *Geh-doch-zum-Teufel*-Sorte, mit Hupenstimme und großem Selbstbewußtsein trotz ihres gelassenen Gesichts – und ihrer (fraglichen) Freundlichkeit; sie war schon irgendwie damenhaft, aber auf überwältigende, nicht auf klassische Art, nicht bestrebt, sich als typisch auszugeben, oder nur insofern, als es notwendig war, damit ihr gesellschaftlicher Rang und ihre Position wirksam blieben. Bei Ora gab es gleichsam die negative Entsprechung hierzu, den Wunsch, sich als das Reguläre und öffentlich Wahre auszugeben und nicht als Figur der Gesellschaft: sie hatte aus Filmen das Leitbild einer Frau übernommen, die erfolgreich ist, jedoch nicht so beneidenswert, daß man sie auf der Leinwand haßt. Coral Emma-Jean Marie war todsicher nicht bedauernswert oder *warm* oder aus dem Nichts zu Ruhm aufgestiegen. Zunächst einmal hatte sie ihre Kinder vorzuweisen, drei an der Zahl. Sie war auf lebensechte Weise unbekümmert – oder wie ein Filmstar, der einen Auftritt hinlegt, der seine Karriere beenden wird; nur, sehen Sie, für Coral Emma-Jean war es eben nicht eine *Karriere*, sondern ihr ererbtes und verdientes Leben.

Doch sogar wenn sie *mit Volldampf voranpreschte* und sich *keinen Deut um andere und was die wohl denken mögen* scherte, wenn sie auf diese Weise ihre gesellschaftliche Unangreifbarkeit bewies, verhielt sie sich Casey gegenüber sehr bedacht – warf ihr rasche Blicke zu und vergewisserte sich, daß bei Casey alles richtig ankam.

Allzuviel ging zwischen ihnen vor – und zugleich zu wenig, als daß Signale zwischen ihnen die üblichen Bedeutungen haben oder ganz ohne Bedeutung sein konnten. Sie hatten Erfahrung ... Und sie waren ein Paar; diese beiden waren *diese beiden*: diese Qualität besaßen diese beiden Frauen. Casey als *Grundbesitzerin*, in erster wie letzter Linie Hüterin der Familie, Gottes, des Patriotismus und des Staates Carolina – dies kam aus diesem Hause hier, von Coral Emma-Jean.

Coral Emma-Jeans Vertrauen auf diese Lehre in ihrer finalen, *absoluten* (und unpolitischen) Form, in ihrer therapeutischen, C. E.-J. am Leben haltenden Form: das kam von Casey. Eine Tarnung, ein Bluff. Casey war eine Person, die – bis in ihre Kleidung hinein – vorgab, ein Ensemble semiabsoluter Überzeugungen lokaler Art zu vertreten, bis nah an die Grenze des simulierten letzten Absoluten. Sie war zu stolz-unbezwingbar, wo doch natürlich jeder, als selbstverständliche Folge protestantischer Erziehung, bezwingbar ist, *in jedem Fall* bezwingbar ist und allenfalls unter dem Schutz von Wohlwollen und Gnade steht – von Glück, Politik und amerikanischer Rüstung.

Auch das hatte sie in sich; unbehaglich schwang es neben dem anderen mit.

Jede der beiden Frauen würde, darauf hätte ich gewettet, ihr inneres Leben hingeben, um ihr äußeres zu wahren, um die Dinge so am Laufen zu halten, wie sie liefen: darin waren sie sich einig.

Obwohl sie Absolutisten waren.

Gegen *sie* hatte Daniel Position bezogen und war zum Apokalyptiker geworden ... bereit, ihrer Welt den Garaus zu machen; und er war Apoplektiker – gefährlich romantisch, da willens, das gesellschaftliche Leben auf Arten und Weisen zu opfern, die sie nicht mit der Zange angefaßt hätten. Sex war für ihn ein Niederreißen von allem – ein revolutionärer Akt, der die Welt aus den Angeln bricht, eine Methode, Möbelstücke an der Decke zu fixieren ... Er bestand auf seinem Innenleben; und sein äußeres Leben war hinter einer barocken Schicht ererbter Traditionen asketisch. In einem gewissen Maße bin ich auf Caseys – und Coral Emma-Jean Maries – Seite; ich stehe ihrer Partei näher als seiner.

Doch ich zähle auch nicht zu ihrer Partei. Ich bin ein Besserwisser. Coral Emma-Jean Marie machte den Eindruck, als habe sie ein emotionales Spektrum, das zwei Teilstriche Zuneigung, siebzehn Teilstriche Abneigung und tausend Teilstriche unbeherrschbarer Abneigung umfaßte: dies war bei Hunden, Pferden und vielen Leuten sehr wirkungsvoll; und sie besaß die Ausstrahlung einer Monarchin: einer absoluten und wahnsinnigen natürlich – mit großen Ländereien; sie besaß jene Qualität, von anderen als Vorbild betrachtet zu werden: als Mode-prägende Gestalt; sie war ein demokratischer, alternder Wildfang, die Schläue und Ängstlichkeit in Person, «trunken» begierig, sich so richtig gehenzulassen und vor *Kindern* und allen Leuten so richtig unergründlich zu sein, wie eine Künstlerin oder ein Bühnenstar, und gleichwohl *eine Dame*. Das wollte sie auf Teufel-komm-raus – weil es eben ein so diabolisches Begehren war – und weil sie den vielleicht anmaßenden Wunsch hegte, über das Schattenreich zu herrschen – über die Schattenreiche aller, reduziert einzig und allein auf ein Publikum für irgend etwas Künstlerisches oder irgendeine niedergeschriebene Tirade – und damit wollte sie *absolut* und schrankenlos brillieren: sie verstand nicht, wie relativ offen die Kunst für das Umherschweifen des Geistes, für unerwartete Erektionen und für sich einmischende Kaprizen ist. Sie wollte, auf dem Boden ihrer Verdienste, ein finales Reich – vielleicht als Träumerin, vielleicht als Erbin, vielleicht als Repräsentantin einer Stammeslinie, eines Volkes, einer spezifischen Kindheit inmitten von Menschen, die sie übermäßig achtete und die ihr gründlich unsympathisch geworden waren, die aber im Stich zu lassen sie nicht im mindesten beabsichtigte.

Und sie war nicht ohne gewisse geistige Vorzüge – und nicht ohne Tiefe – der Verdammnis, wenn Sie mich fragen. Eine gewöhnliche, billige Sünderin war sie nicht.

Daniel war zugleich logischer und offener; er hatte den *Wunsch*, in die Schattenreiche vorzudringen – vielleicht auch, dort zu herrschen; gestand jenen Bereichen jedoch ein unabhängiges Dasein zu, unabhängig von ihm.

Er ging nicht so weit darin, Attrappen zu errichten und reale Versionen dieser Attrappen und sie stützende Realitäten zu schaffen, wie es in seiner Vorstellung die Frauen tun. Seine Mißbilligung, wiewohl konstant und vorherrschend, hatte auch eine komplementäre Seite reiner Anerkennung und schlichter, nahezu höflicher, achselzuckender Verachtung: zu *ihm konnte* man nein sagen. Er haßte einen dafür – und verwarf einen, möglicherweise als Barbaren – er war ebenso eingebildet wie die Frauen –, erkannte jedoch die Vorstellung von Sünde und das Umherschweifen des Geistes an und wußte, daß er in mancher Hinsicht ein Kind war. Und er wünschte sich ein finales Reich herbei, war jedoch demütig in seiner Lasterhaftigkeit (wenn es eine solche war) und wollte die Finalität als Gabe oder logisches Geschehen erfahren: äußerst widerstrebend war er, nach seinem Wortverständnis, ein *Frevler*.

Coral Emma-Jean war geistig für ihren Mann *völlig außer Reichweite*. Und sie war für Daniel – und die anderen jungen Leute – außer Reichweite, ebenso wie für ihre Geistlichen und Ärzte: sie benahm sich, aber nur gerade noch passabel; sie tat oft, was sie wollte – aber heimlich, in dem einer Frau gemäßen Rahmen, hinter den Mauern ihres Reichtums, in einem verrückt machenden, betrügerischen, unidealen Eden.

Hätte sie nach denselben Regeln wie Daniel operiert, dann wäre sie ihm für mein *Empfinden* wahrhaft überlegen gewesen. So aber mochte ich sie weit lieber als ihn, fand ihn jedoch mehr im Recht.

Und ich sagte mir nicht: *Hör nicht auf dich* oder: *Glaub dir bloß diesen Quatsch nicht*... Ich erteilte mir innerlich Autorität – etwas zu riskieren, weiterzuspielen.

Und zwar, weil ich sie auf den ersten Blick *mochte* – oder in gewisser Weise liebte. Ich kam zu dem Schluß, daß sie mich überragte, aber nicht außerhalb meiner Reichweite war ... nicht für mich. Ich bin mir nicht sicher, ob solch ein Schluß je mehr als eine ehrgeizige, eine erotische Wette ist ... Es ist ein furchtbares Kompliment, will ich sagen. Wir standen uns als gleichrangig gegenüber.

Sie erlaubte das. Ließ es zu. Hatte mich dazu ermutigt – eine Form von Verführung.

Natürlich hatte sie nicht erwartet, daß ich so wäre, wie ich war. Die Tendenz des Lebens, zu überraschen, galt auch für sie, aber sie war verwöhnt und stampfte dann mit dem Fuß auf oder trank zuviel, um die Überraschungen niederzutrampeln.

Mit ihr zu *flirten* war eine harte Sache – der Kampf führte zum Tod, zum Tod der Eigenliebe, des eigenen Lebens in diesem Haus: was mit einem geschah, kümmerte sie nicht.

Zugleich hatte sie Erbarmen, wenngleich nicht unbedingt mit *einem*. Dies läßt sich entsprechend auch sexuell, in sexueller oder sozialer, in intellektueller oder religiöser Hinsicht, über sie als *Frau* aussagen; es läßt sich als Joker einsetzen, wenn man in Fragen der Geschlechtsdifferenzen nicht weiterkommt – sie war eine zähe Frau, lebte jedoch in der Welt, in der alle leben, in der Welt atmender Wesen – der normalen Welt.

Wenn ich annahm, ich sei Coral Emma-Jean Marie gewissermaßen gleichrangig, und keine Furcht zeigte, dann lag dies, *glaube* ich, an jener Art von gesellschaftlicher Freiheit, die ich aufgrund jener Faktoren in meinem Leben besaß, deretwegen mich Benjie einen *Zigeunerprinzen* genannt hatte ... Darin sah sie ihre partielle, auf Vermögen beruhende Freiheit parodiert und – trüb – gespiegelt.

Daniel war in reinerer Form der Mensch, der er war, als Coral und ich. Zum Beispiel war Coral eine sehr auffällige, sexuell zimperliche Schamhaftigkeit eigen, die zu Übergriffen einlud, gleichgültig, aus welchen Gründen im Detail – solchen der Geschlechtszugehörigkeit, des Alters oder der Gesellschaftsklasse – man dies von sich wies; Corals *Schamhaftigkeit* war eine Form von Verlangen, in dieser Welt das Wort zu ergreifen und zu leben, jene Auffassung voraussetzend, nach welcher Redefreiheit und freies Leben als *Schamlosigkeiten* gelten ...

Coral wollte offen mit mir kämpfen, mich auf die Probe stellen – sie war noch immer so etwas wie ein schamloser Wildfang, ein Wildfang mit dem kosmopolitischen, unter provinziellen Gesichtspunkten *anstößigen* Glanz einer reichen Frau: Emma-Jean hatte die Welt südstaatlicher Schicklichkeit hinter sich gelassen – Dan nicht. Doch er war schließlich Jude.

Ich drehte durch und legte richtig los – wie ein Berserker drosch ich um mich.

Kühnheit stellt eine Form von *Liebe-auf-den-ersten-Blick* dar; wie auch Sprachlosigkeit.

«Tag, du», sagte ich mit spontanem Spott und wußte sofort, daß ich zu weit gegangen war.

Sie linste mich an: ihr Kartoffelgesicht und ihre Kartoffel- oder Wassermelonen-Titten blieben erst reglos, dann hießen sie mich willkommen: sie war nicht dumm – mit einem Blick auf mich wußte sie, daß ich in sie «verliebt» war.

Sie sagte – ich werde nicht versuchen, ihren Akzent phonetisch wiederzugeben ... sie ermutigte mich, stachelte mich vielleicht an, wie es manche Lehrer in der Schule getan hatten, indem sie ironisch (aber nicht vernichtend, soweit ich es beurteilen konnte, das heißt, meiner Meinung nach) sagte: «Du glaubst ja nicht, wie scheiß*wichtig* mir das ist, daß *du* dich auch rundum wie zu Hause fühlst, Süßer – daß du einem zu schaffen machen kannst, ist schon bei mir angekommen ... Ich hoffe mal, wie ich so rede, stört dich nicht; so reden wir eben hier ...»

Das hieß, ich konnte den Mund aufmachen, wenn ich nur

wußte, daß ich exzentrisch und schwierig war. «Nein, das stört mich nicht», sagte ich naiv – als kümmerte es sie, was ich mir dachte. Mittlerweile beobachteten alle die Szene. «Ich sage eigentlich selber ganz schön oft Scheiße. Meine Mutter sagt das in jedem zweiten Satz.» Casey hielt hörbar die Luft an, weil sie wußte, daß ich log – *belogen* hatte ich Casey nie.

«Na, ich bin jedenfalls scheißfroh, dich zu sehen, nachdem ich soviel über die gehört habe», sagte Coral stur, aber auch wieder nicht zu stur, um nicht mädchenhaft zu werden und den Ton der allmächtigen Matriarchin abzulegen, nachdem sie zwei-, dreimal einen Blick auf Casey geworfen hatte, die starr und mit leicht gerunzelter Stirn dasaß.

Politischer Grips ist Relativismus in Aktion, in unreiner Form natürlich, mit Einsprengseln von Absolutismus und geheuchelter Anerkennung.

Coral Emma-Jean Marie gedachte jedoch, mich für meine Unverfrorenheit zu bestrafen oder zu belehren: wie das auch Daniel wollte: sie lag auf der Lauer. Alle atmeten irgendwie verhalten; ich war selbst angespannt. Coral gab sich kapriziös und tat, was sie wollte: «Ich liebe Gedichte, du nicht auch?» fragte sie, eigentlich wie eine Freundin, aber keine meines Alters, sondern wie eine, die in der Erwachsenenwelt über Geld verfügte, erwachsene Ideen und etwas zu sagen hatte.

«Nö. Gedichte sind mir zu hochtrabend», log ich. «Ich mag sie, wenn jemand aus St. Louis sie geschrieben hat. Und vielleicht jemand aus Irland. Eine Liebe, ‹vonVerzweiflung gezeugt/auf dem Lager der Unmöglichkeit› ... Wem nützt schon so ein Vers? Wer will schon eine solche *Scheiße* im Kopf herumspuken haben?»

Daniel wußte, daß etwas im Gange war, doch etwas weit außerhalb seines Erfahrungshorizonts: daß das, was ich da trieb, ungezogen war, wußte er, was es natürlich auch war, wenn man es so betrachtet. Er beobachtete Emma-Jean und mich – und er war *eifersüchtig* ... ganz krank vor Eifersucht sogar ... Es schwebte einem dabei das Bild nervöser, starker, blutbefleckter Hände vor. Und man dachte an Casey. Ich schaute flüchtig zu Daniel hin, zumeist aber hielt ich mich nebenbei aus dem Augenwinkel über ihn auf dem laufenden, weil er mein Gönner gewesen war und weil ich nun, bei Coral Emma-Jean, so ein *Gefühl* hatte, als würde ich ihn mitziehen; doch dann vergaß ich ihn auch wieder.

Casey aber blicke ich ziemlich offen an ... In diesem Moment war ihr Gesicht ganz verzerrt und von dumpfen *Gefühlen* irgendwie verschmiert ... Schließlich kam mir in meinem Schlachtfieber (wenn ich so sagen darf) der Gedanke, es könnte doch immerhin sein, daß Casey alle Leute, die *ernste* Gespräche führten und Worte wichtig nahmen, haßte, mit Ausnahme von Coral und in geringerem Maße von Daniel – sie wirklich haßte, meine ich, sie als Greuel empfand. Und S. L. hatte das auch getan. Haß löschte bei ihnen nicht immer andere Gefühle aus. Man erkennt dies flüchtig – und dann vergißt man es. Man hält sich an den kindlicheren Eindruck, daß sie ausgeschlossen war. Oder sich ausgeschlossen fühlte. Und daß man dies taktvoll korrigieren kann – ich fühle mich oft so, und es macht mir etwas aus, wenn ich es einem anderen antue und wenn es mir angetan wird; es mag jedoch auch noch eine ernstere Ebene geben, auf der man das Gefühl, ausgeschlossen zu sein, empfindet und zufügt, und wo es kein Scherz ist, sondern eine Sache auf Leben oder Tod – man kann in anderen etwas kaputtmachen, eine Feder oder den ganzen Mechanismus ihres Lebens, und dann sterben sie – wie Wilde; das Herz wird einem entrissen; oder man sagt, einem sei das Herz gebrochen.

Was für einen spricht, reicht nicht aus, um diesen anderen Mangel aufzuwiegen.

Dieser seltsame, bittere Bankrott des Ichs ritt in vielerlei Abstufungen und Erscheinungsformen auf – so etwa in der Psychoanalyse, bei Gestapo-Folterungen, im Eheleben oder zwischen Geschwistern. Später an jenem Abend, im Bett, wand ich mich innerlich vor Schmerz und Entsetzen, versuchte zu durchdenken, was geschehen war, es zu korrigieren und zu ändern, als mich plötzlich eine Ahnung, nur eine Ahnung überkam, welche zu einer paßte, die ich an einem bestimmten Punkt in Corals Haus gehabt hatte – daß eines anderen Menschen Leben, dasjenige sehr vieler Menschen, *anders* ist, nicht so wie meines, und daß darin, beinahe am Mittelpunkt, ein Sinn für die Ähnlichkeit mit dem Leben anderer verborgen ist, für das Geben-und-Nehmen als Basis einer ausgehandelten, partiell ergaunerten Überlegenheit, des Gefühls für das *Vollkommene*, das Ideale und Finale ...

Ich meine so, wie der Oberschulrat in U. City mir zu erklären versucht hatte, daß jenes Zeug in Form von wahrem-gerade-weil-unwahrem Dasein kaschiert genau Aussagen entsprach wie: *Ich bin nicht der andere Mensch, und das, wovon ich weiß, daß es wahr ist, ist nicht vollständig dasselbe wie das, was für sie oder ihn wahr ist* ... Der Unfaßlichkeit eines anderen Lebens – als real Vorhandenes, biologisch und möglicherweise auch im Hinblick auf Erlösung betrachtet – konnte man als ebenso unfaßlich einen behaupteten Absolutismus gegenüberstellen, das heißt, die Vollkommenheit der Idee – und mehr noch, der in der realen Gegenwart verkörperten Idee – im Ritual etwa, in den sozialen Erscheinungen und Sitten ...

Und immer schon hatten Menschen deswegen getötet. Falls eine nicht-absolute (somit nicht zu gegenseitigem Töten führende), jedoch universale (somit jedem innewohnende) Rivalität existiert – falls sie *genetisch* angelegt ist –, wie sollen wir dann überleben, wenn jemand derjenige ist, den die anderen am meisten lieben?

Nach meinen Regeln oder Gesetzen zur Sprache ist wahre Unterwerfung unmöglich: Sie bringen es bestenfalls zu Kram wie Versklavung, Zombies, Lebend-Totsein. Wovon Sie, wenn Sie einer von den Robotern sind, behaupten können, es sei desto mehr Leben, je schriller es ist. Oder je grausamer – irgend jemand anderem gegenüber.

Wie kommen Sie dann also an mit dieser Zickzack-Sache klar, daß X besser ist als Sie?

Sie erfinden Erzwingungsmethoden – Gesetze und so fort, Polizeigewalt, Gewalten diverser Art –, um bestimmte Formen von Rangordnung zu schützen. Sie erfinden spirituelle Formen der Überlegenheit-durch-Bescheidenheit. Sie verhängen den Tod.

Die Regel ist die Regel. Die Dinge brechen zusammen. Man hat eine emotionale Geschichte, das heißt, eine Geschichte von Emotionen; und ein separates Bewußtsein, einen unabhängigen Teil des Geistes, der Emotionen in Erinnerung hat: diese brennende Kopplung mag Teil eines Schmerz-Kontinuums sein. Menschen sterben. Menschen sind lebensunfähig. Manchmal. Casey und Coral Emma-Jean Marie – der romantische Kram, die Versicherungen, die Unterwürfigkeiten, die speziellen Versicherungen.

Dann der verwöhnte Junge. War anwesend. Sie sah ihn. Und sie wußte es. Was sie als mit den Texten bekannte, teils gehorsame, teils rebellische Jüdin, als erfolgreiche, jedoch leidenschaftlich schweigsame Person bei Coral Emma-Jean nie gefunden hatte, das sah sie nun im Besitz von jemand anderem.

Und wenn es somit natürlich und logisch wäre zu kämpfen? Man kann sich nicht unterwerfen; das Leben und die Zeit lassen es nicht zu – sie lassen nur den Schein von Unterwerfung zu und gewisse Lügen, die man sich selbst erzählt.

Sah ich *wahre Liebe* in Caseys wütendem, nicht hingerissenem Gesicht?

Ja.

Ich sah das, wovor Daniel – und die anderen Kinder (Benjie und Isobel) sich fürchteten – Im Vergleich zu Casey, meine ich. Ich *sah*, wie bestimmte Dinge im Hause Warner eigentlich funktionierten, in Caseys Haus – juristisch Daniels Besitz.

Ich bezweifle, daß Casey eine Nacht durchgeschlafen hat,

solange ich in Forestville war. Ich hatte sie um zwei Uhr morgens durch die Flure ihres enormen Hauses gehen sehen, wenn ich nicht schlafen konnte und selbst unterwegs zur Küche war oder einfach nur hinaus auf den Rasen wollte, um draußen im Dunkeln zu sein, voll Furcht und mit einigem Zittern, furchtlos und schockiert, daß ich der Trauer hatte entkommen können. Ich sah Casey auf ihrer Terrasse im ersten Stock sitzen – sah sie vom Rasen aus: sie trug im Mondlicht etwas elegantes Graues über einem Nachthemd; ich verbarg mich.

Sie starrte vor sich hin. Ein Geschöpf der Bewegung blickt auf das Unbewegte, auf eine Ansicht, vielleicht in sie hinein, sieht eine abschließende Idee sich regen, so wie der Himmel, wenn man ihn fixiert, durch die Beobachtung in Bewegung gerät: er löst sich auf, sobald man seiner gewahr wird.

Man erträgt seine *Eifersucht* oder erträgt sie nicht. Die Menschen verzichten auf manche Dinge, um die eifersüchtige Beachtung der Götter ein wenig von sich abzulenken – das hat mir ein Englischlehrer erklärt; sie verzichten auf Teile ihrer selbst; sie zerreißen ihre Kinder, um sie *normal* zu machen – nicht allzu auffällig ...

Ambitionen bleiben jedoch bestehen; man atmet sie ein. So etwas wie ein Meer von Ambitionen umgibt jene, die auf vieles oder fast alles verzichtet haben – manche nehmen dies mit Anstand hin. Es gibt disziplinierte Menschen.

Wie oft aber in ihrer emotionalen Geschichte, in den verkoppelten Episoden hatte es sie geschmerzt, einer anderen gleichrangig und gleich zu sein? Wie hatte es ihr Leben *geformt*? Man stellt sich vor, daß eine Freundschaft Phasen durchmacht. Dramen. Coral evozierte, verdiente, hatte Anspruch auf – es klingt kurios – *effeminierte* Ergebenheit: auf Caseys feminin männlichen Stil. Sie war zu dem geworden, was Coral am meisten brauchte. Andere wurden es leid, von Coral benutzt zu werden – Casey jedoch letztlich nicht (soweit ich weiß: dies ist eine Theorie).

Die Frage, was sich als gut erweisen wird, wenn ein Mensch die Rolle einer *Mutter* einnimmt, war schon immer offen; *sah* denn Daniel aber, wen seine Mutter am meisten *liebte* – in gewisser Hinsicht am meisten liebte? Die Auseinandersetzung hatte gerade erst begonnen – noch war nichts *bewiesen*. Ich segelte auf der Veranda durch die Momente, erspähte hier etwas, erkannte da etwas, war übermäßig aufgekratzt, weil eine so intelligente *Person* mich prüfte, und nahm bestenfalls symbolisch, flüchtig, bündig (und jungenhaft) wahr, was an bedeutsamen Dingen zu meiner Rechten und Linken oder vor mir geschah, die Gefühle der anderen und dergleichen.

Was ich tat, das tat ich unter der Flagge meiner Zukunft, für die ich Sorge tragen mußte – wegen der ich mich darin üben mußte, bewußt in der Realität zu agieren – mich mit themenbezogener Disziplin kapriziös vor jemandem zu bewegen, der Sinn für Kaprizen hatte; ich tat es um des Lebens der jungen Leute willen, die anwesend waren.

Nicht als Julius Caesar. Nicht als Christus. Nicht als Antichrist. In meinem Schulleben in U. City hatte ich ein System entwickelt – man tat im Augenblick etwas für sich selbst, brach das jedoch ab und zog keinen Gewinn daraus, bewahrte sich aber die Fähigkeit, das gleiche *wieder* oder beim nächsten Mal zu tun: man betrat nicht einen bestimmten geschichtlichen Weg, schloß sich nicht einer bestimmten Zeitströmung an; man wurde nicht auf diese Weise *menschlich* ... Ich weiß nicht, ob es funktioniert hat.

Meines Wissens überhaupt nicht. Vielleicht hat es ein wenig, ein klein bißchen funktioniert – mein System, falls es denn eines war. Und das ist schon alles: Ich tat es für Daniel – um von ihm freizukommen. Um es ihm zu zeigen. Um Schluß zu machen mit ihm, mit meinen Schulden bei ihm und mit seinem Leiden – Himmel, es gibt so viel Leiden, das berücksichtigt werden muß: wie zum Teufel kommt man *ohne* eine Vorstellung von *Vollkommenheit* und von realem Entkommen aus, ohne an ein reales, zugleich aber ideales und vollkommenes Entkommen zu glauben? Wie beugt man sich dem Joch des Faktischen?

Ach, Scheiße, der *Zigeunerprinz* bringt alles fertig – das ist eine absolute Formulierung. Falls mein System nicht zusammenbricht – oder jemand mich *rettet* – oder Gott (vielleicht in Form einer Krankheit) eingreift, muß ich fort von hier, wenn ich so weitermache: die Freiheit eines Nachmittags, eines Moments, alles Mögliche hängt an einem Haar und kann durch eine Sekunde der Wildheit fallen. In der Zukunft werde ich diesen Nachmittag gelegentlich vergessen haben; und die Vergangenheit wird mir partiell wieder vor Augen treten, wenn ich an Daniel denke; sein Anblick war jedoch so heilsam, er erinnerte sich – und mich – so stark, daß es ihm auffiel und er uns aus Kränkung darüber schließlich verbot, weitere Verabredungen zu treffen, uns jemals wiederzusehen; und dabei blieb es sogar, als er dem Tode nahe war.

Was bewirkte ich denn bei ihm, das alles in Stücke sprengte? Nun, zunächst einmal: nicht alles wurde in Stücke gesprengt. Ein paar Dinge lockerten sich, mehr passierte nicht. *Ich* wurde in Stücke gesprengt.

Coral Emma-Jean bot mir etwas Alkoholisches an und sagte dazu: «Wir wissen doch alle, daß man in deinem Alter raucht und trinkt und ein bißchen über die Stränge schlägt: seien wir also ganz einfach offen – da, magst du mal einen richtigen Drink, mein hübsches Lämmchen?»

Casey, die sich nun in einem Korbsessel niedergelassen und ihre langen Beine übereinandergeschlagen hatte, die Handtasche neben sich im Sessel, an ihrem Schenkel, lachte in naher Distanz höhnisch, verstimmt auf.

Die unharmonische (und jammervolle?) Bekundung, daß sie ein guter Kumpel sei? Ungeduldig? Sauer?

Da begann Isobel – von der Spannung affiziert – trocken und stoßweise zu husten – ein Hustenkrampf.

Ich sagte zu Coral Emma-Jean: «Magst du das Kino und *wahre Liebe* – findest du, das kommt dem wirklichen Leben nah?»

«Was?»

«Glaubst du an wahre Liebe?» fragte ich.

Coral Emma-Jean Marie sagte: «Mit wahrer Liebe liebe ich meinen Garten und meinen Hund, aber alle anderen nehmen sich lieber in acht.» Dann: «Ich liebe die wahre Filmliebe – wie das im wirklichen Leben so ist, weiß ich nicht so recht – ha-ha-ha ...»

Ich übertrumpfte ihre Stimme noch (ein Versuch, besser zu sein als *sie*) und trompetete jungenhaft: «Filme sind so verflucht sentimental für meinen Geschmack – diese Sentimentalität ist doch wirklich lachhaft ... Dieser Quatsch, meine ich, daß jeder immer für den anderen *an* erster Stelle kommt ... so daß es ganz schmerzlos abgeht. Oder alle sind am Ende tot ... auf die Weise ist der Schmerz auch aus der Welt geschafft ... Ich hab mal in einem Buch gelesen, wenn man nicht an erster Stelle kommt, ist man unsichtbar – wie ein Geist, ob man's weiß oder nicht: das hat etwas mit wahrer Liebe zu tun ...»

Junge, Junge.

Das Schweigen auf der Veranda, in dem dieser Moment, der scheinbar so naive Moment, verstrich, wie sein Sinn geleugnet wurde, wie man sich weigerte, seinen Sinn auch nur wahrzunehmen, wie man durch Schweigen gleichwohl zugab, daß man einen gewissen Sinn daran wahrgenommen hatte: das war für das gewöhnliche Leben schon etwas Tolles.

Coral Und-so-weiter sagte: «Na, das ist mal eine *interessante* Frage – wenn man für interessante Fragen was übrig hat ... Also, ich, ha-ha, ich komm ohne interessante Fragen prima aus ... Ich schätz ein ruhiges Leben und hab's mehr mit den leichten Fragen ... Macht dir wohl Spaß, für Putz zu sorgen, was, Schätzchen? Na, Zuckerlämmchen, du bist mir vielleicht einer .... Noch nie im Leben hab ich mit einem Jungen ein ernstes Gespräch über die Liebe geführt – schon gar nicht beim Lunch – mit dem Glas in der Hand ...»

Zunächst einmal brachte ich kein Wort heraus. Ich empfand mit voller Wucht, wie unwirklich – wie neu das war, was ich getan hatte. Langsam sagte ich: «Hu. Nein. Ich hab's ehrlich gemeint: ich wollte keinen Putz machen – hab nur so dahergeplappert ...»

Was die falsche Kindlichkeit bedeuten sollte, wußte ich nicht.

Nun explodierte Casey und sagte: «Ach, sei du doch einfach still – und lächle ...»

Danny sagte: «Sie meint das nicht scherzhaft, Wiley ... Hör auf sie ...» Er war inzwischen ohnehin sozusagen rund um die Uhr gegen mich, und nun nahm er auch noch gegen mich Partei wie ein Verliebter. Recht hatte er natürlich außerdem.

Ich sagte: «Ich weiß nicht, was meine Haltung dazu ist, an erster Stelle zu stehen ...»

«Na, du bist ja ganz schön *intensiv*», sagte Coral Emma-Jean Marie; allzu herrisch klang es nicht. Zu Casey sagte sie: «Ich mag ihn.» Was Casey verblüffte, aber auch ihre Befürchtungen zu nähren schien. Coral wandte sich wieder mir zu, gleichsam wie ein großes, sich niederlassendes Tier; und irgendwie kleinlaut sagte sie: «*Ich* finde, wir sollten einander Beistand und Hilfe leisten, wo es um Liebe geht ... wie gute Christen –» Dann, halb im gleichen, halb in einem anderen Ton: «Verdau das mal, du Rotzbengel ...» Irgendwie erstickt lachte ich auf. Sie sagte – bevor ich noch Luft geholt hatte, schnitt sie mir das Wort ab, so daß ich nur ein dümmliches Atemgeräusch herausbrachte – : «Hier in den Südstaaten haben wir Manieren. Wir können einander nicht ausstehen, aber wir stehen zueinander: da verstehen wir uns drauf. Wir wissen, wie man miteinander auskommt. Wir verstehen was von *Liebe;* wir brauchen nicht drüber nachzudenken, wer für uns an erster Stelle steht, wer für wen am wichtigsten ist – das überlassen wir denen im Norden ...»

In den merkwürdigen Moment hinein sagte ich: «Du versuchst nur, einen Pluspunkt zu verbuchen: was du da gerade gesagt hast, meinst du gar nicht ...»

«Süßer, was ich dir da sage, ist bei Gott wahr: in Familien versteht man sich auf diese Dinge ...»

«Gut, ich akzeptiere, daß man in dieser Frage auf Wohlerzogenheit pocht, aber ich habe doch meine Zweifel, ob es im Hinblick auf wahre Liebe etwas nützt, auf *Wohlerzogenheit* zu pochen – wirklichen Menschen gegenüber, nicht nur in einer Diskussion –»

Emma-Jean sagte *eigenartigerweise* – in einem Tonfall, der besagte, sie wolle sich, um welchen Preis auch immer, auf diese Auseinandersetzung einlassen: ich hatte dies noch nie jemanden so rückhaltlos tun gehört –: «Aber wir machen es schon seit so vielen Jahren so, daß wir's auch eine Gewohnheit nennen können. Wir sind *Südstaatler*. Zählt es denn als Liebe, wenn dich nicht jemand *am meisten* liebt?» Emma-Jean warf den Kopf herum, daß ihre Haare flogen, und sagte: «Ich weiß nicht. *Ich* will immer am meisten geliebt werden. Damit komm ich klar.» Sie wandte sich ab und sah einige der anderen an, die da saßen. Casey. Ihre eigenen Kinder. Dann wieder mich. Sie sagte – und das klang gefährlich –: «Na, macht's Spaß?» Melancholisch, charmant, ironisch, ernsthaft – empörend – fragte sie mich: «Meinst du, wenn man nicht am meisten geliebt wird, kriegt man Krebs?»

Von irgendwoher sagte Isobel zu mir: «Ach, was bist du doch für ein Kind.»

Caseys *Eifersucht* – falls sie *eifersüchtig* und nicht angewidert oder gelangweilt war: das innerlich Aufbrodelnde und Versackende, das Unbehagen trägt kein Namensschild (Casey betrachtete das Ganze als ungehörig und unzivilisiert, als *überflüssig*) – beruhte darauf, daß Coral Emma-Jean Gespräche dieser Art gefielen, sie zumindest interessierten.

Daniel sagte steif-intelligent (so klang es): «Coral Emma-Jean ist schon weit *verständiger* als ich.»

«*Verständiger?* Meinst du, mutiger?» Ich wollte für Putz sorgen, ob ich es zugab oder nicht. Ich war trunken von der Erlaubnis, die ich mir gegeben hatte, über die Stränge zu hauen, grob, barbarisch oder sonst etwas zu werden.

«Ich möchte nicht immer am meisten geliebt werden», sagte Benjie dramatisch, beschwichtigend.

Ich schaute ihn mir an – er war niemals *am meisten* geliebt worden.

Daß dies so war, erfüllte das nun folgende Schweigen mit beklemmenden Ahnungen von Gefahr und Hitze – als presse sich ein riesiges Tier an uns, das sich auf uns legen und ein paar von uns erdrücken könnte ... seine Jungen. UNS.

Ich meine, niemand von uns verstand so ganz, was da gesagt, zugegeben, geleugnet, zurechtgelogen, abgemildert wurde.

Wäre jedoch abgestimmt worden, dann hätte sich die Mehrheit der Reaktionen, glaube ich, weniger von meiner Ansicht zu dem, was vorging, unterschieden als von den Ansichten aller übrigen Leute.

Alle, die anwesend waren, will ich sagen, folgten irgendwie der Erörterung.

«Aber dann fühlt es sich doch nicht wie Liebe an, oder?» sagte Isobel. «Dann ist es eine Freundschaft.» Sie klang auf ziellose, träge Weise *tragisch* ... «Ich bin ja keine große Leserin – und *verrückt* bin ich obendrein –, aber ist Liebe nicht *der verlorene Born der Welt*?»

«Na, was meinst du dazu, Wiley?» Das kam von Coral Emma-Jean, die mich fordernd ansah – gelangweilt, aber *interessiert*. Viel mehr als das kann ich mir nicht erhoffen, obwohl ich gern mehr hätte.

«Ich weiß nicht ... Wie definiert ihr *am meisten* oder *Liebe* ... oder *irgendeinen* dieser Begriffe ... Oder *zählen* ... *zählen* in welcher Hinsicht?»

«Ach, was für eine *jüdische* Ausflucht!» sagte Coral Emma-Jean. «'tschuldigung: ich bin *keine* Antisemitin.»

«Na sicher», sagte ich mit blödem Grinsen – Sie wissen schon: wie ein Irrer.

«*Stirbt* die Liebe, oder hat man noch immer Liebe in der Brust, wenn man NICHT DAS ALLERWICHTIGSTE IST?» fragte Coral Emma-Jeans zweitälteste Tochter; sie rief es aus, sie *ließ die Katze aus dem Sack* – das tat sie oft.

«Wir alle fallen am Fallschirm durch die Luft», sagte Coral Emma-Jean. Nun manipulierte sie das Gespräch, indem *sie* sagte: «Ich meine, daß jeder auf andere Weise wichtig ist, zählt nicht – NUMMER EINS IST NUMMER EINS.»

«O Gott», sagte Daniel angewidert; nicht höflich – brüsk.

Selbstsicher und heiter – und gekränkt – sagte ich: «Ich sehe, jeder hier hat *mehr* darüber nachgedacht als ich.» Ich versuchte, das neidvoll klingen zu lassen, innerlich aber triumphierte ich, denn ich hatte noch nicht begriffen, was geschehen würde.

Casey sagte spröde, voll echter Mißbilligung: «Amüsieren sich alle hier gut? Ich für meinen Teil ziehe gute Manieren vor. Finden die Leute das etwa heutzutage *amüsant*? Ich mag *ernste* Gespräche nicht; gute Manieren sind mir lieber, aber ich bin ja auch keine Intellektuelle.» Sie hatte keine Bedenken, sich zu wiederholen. Oder ließ zumindest keine Bedenken erkennen.

Vielleicht zum erstenmal empfand ich Tante Caseys Dummheit als *schmerzhaft* – wie in der Wendung *so dumm, daß es weh tut* ... Vielleicht spürte ich, daß dies Einfluß auf ihren Lebenserfolg hatte – vielleicht begann hier der Zusammenbruch.

Caseys ausgeprägter Stil: Ihre unerschrockenen Verfahren, sich Geltung zu verschaffen, ihre Courage wogen ihre *Dummheit* vielleicht auf. Vielleicht bewiesen sie, daß sie nicht dumm war.

«Viele Filme sind so wie das hier», sagte Benjie, südstaatlich schlaff. «Voll mit diesem ACH SO bedeutungsvollen Gerede ...»

Daniel erläuterte das seiner Mutter: «Daß die Leute herumsitzen und sich über ein Thema, eine Sache unterhalten – das kommt in vielen Filmen vor, Mutter.» Er sagte es zärtlich gelangweilt, während er sich zugleich erregt und angewidert auf der Veranda umblickte. Wenn Casey denn Coral Emma-Jean ihm vorzog, dann verstand man hier, warum.

Neugierig fragte Benjie mich: «Warum machst du das alles eigentlich, Süßer?»

Ich sagte: «Ich kann nicht anders ...» Dann: «Ihr könnt mich ja dafür hassen ... Die Aufmerksamkeit von Leuten ist etwas Merkwürdiges: manchmal zählt alles, was du sagst, und manchmal nicht ...» Dann: «Ich *möchte* diese Sachen sagen ...»

Mir war klargeworden, daß ich das für das Beste hielt – für das an diesem Punkt Richtige oder so.

Und zwar, obwohl und weil diese Leute so aneinander gewöhnt, in jenen Fragen alles andere als Dilettanten und zudem leibliche Kinder ihrer Eltern waren, so daß sehr vieles von dem, was sie hinnahmen, was sie taten, was sie mißbrauchten oder ignorierten, mir zu hoch war, mir aber als reizvoll, sogar als schön erschien, was immer alle anderen Anwesenden davon halten mochten – selbst wenn es völlig abgestanden und in einem bestimmten Sinn schräg und Zeitvergeudung und selbstzerstörerisch war, pures Kamikaze – «Meiner Ansicht nach ist es *schön* ... und ich reagiere auch nicht völlig allein so», sagte ich zu Benjie und sah ihn so lange an, bis er ein wenig zu spüren begann, daß in Wirklichkeit er isoliert war – wie verschieden er und Coral Emma-Jean zum Beispiel waren, über welche Freiheit sie verfügte, wie brillant undeterministisch ihr Verstand sich voranbewegte.

«Dafür zu sorgen, daß du *der Wichtigste* bist – ist das vielleicht deine Art, dich zu vergnügen?» Spöttisch sagte das Emma-Jean Und-so-weiter. Zu mir.

Es wirkte verrückt, als nun Casey, gleichsam aus dem Hintergrund, sagte: «Deine arme Schwester.»

«Deine arme Schwester», wiederholte Coral Emma-Jean (das, was jemand anders sagt, zu wiederholen ist leichter, als sich Eigenes auszudenken), aber sie sagte es *gewichtig.*

«Ich hab ihr nichts getan. Ich mag sie nicht», sagte ich kühn.

«O Gott», sagte Daniel.

Pause. Emma-Jean sagte: «Junge, du bist mir ja wirklich einer.»

«Ein Mensch muß sich eben wehren!» sagte Daniel.

«Vielleicht sollte sie sich nicht wehren – wenn wir hier über *moralisches Zeug* reden ... Hast du schon mal davon gehört, daß man sich auch *abwechseln* kann?» sagte ich.

«Das gäb dann erst ein schönes Tohuwabohu, das wär vielleicht eine Welt – eine hundertfünfzigprozentige Horror-Show gäbe das, wenn man die überhaupt noch *filmen* könnte ...» sagte Coral Emma-Jean Marie.

«Mit dir als Star?» fragte mich Benjie verschlagen. Er spürte, daß ich isoliert war.

«Abwechselnd vielleicht?» sagte ich zu Coral Emma-Jean.

«Da wehr ich mich überhaupt nicht», sagte Coral Emma-Jean unendlich vernünftig – amerikanisch-pragmatisch vernünftig ... «Ich will dir mal was sagen, Junge ...» Dann: «Der reizendste Mensch hier ist Benjie ...» Sie brandmarkte ihn als den Verräter. Alle auf der Veranda waren ganz Ohr. Da sagte Coral Emma-Jean: «Männer machen Frauen das Leben einfach zur Hölle ...» Das hieß, man müsse sich wehren. Sie sagte: «Ich bin ein Zwilling – ich fürchte mich vor Feuer ... Mal angenommen, DU wärst nicht das Wichtigste bei dir zu Hause, wärst DU dann unsichtbar?»

«Anonym», sagte ich.

Isobel sagte fröhlich: «Ich finde, wir unterhalten uns hier *sehr* intelligent. Hoffentlich gefällt's Daniel – der kann doch Konversation nicht ausstehen ...»

Coral Emma-Jean sagte: «Ich sehe uns alle in einem ganz besonderen Licht... Wirklich... Na ja, ich weiß nicht –» Sie setzte dazu an, das Gespräch zu beenden: «Ich hab drei Martinis intus – und ich schwör euch, ich bin die tollste Frau des Tages, ach was, des Zeitalters – jedes Alters: es muß mich einfach jeder am *meisten* lieben – schließlich trinkt ihr alle meinen Gin – ha-ha – den Vermouth hat Casey mitgebracht – Vermouth hatte ich nicht mehr viel.»

Ich drängte darauf, das andere Thema wiederaufzunehmen – als wäre das Gespräch ein mit schweren Gefühlen beladener Schubkarren, den es anzuschieben gelte: «Das ist doch eine Farce: alle tun so, als gäbe es gar nichts zu diskutieren – das ist zu einfach.» Dann: «Daß *jeder* an erster Stelle kommt, ist wirklich ein guter Witz.»

Ganz der faire Tyrann, sagte Coral Emma-Jean fast warnend, doch mit plötzlich neu erwachtem Interesse: «Eher laß ich mich vollends vollaufen, bevor ich *darüber* noch mal nachdenke.» Doch da sie ein fairer – oder intelligenter – oder freisinniger Tyrann war, wie eine alternde Prinzessin etwa, sagte sie dann: «Doch, mehr als alles andere von jemandem geliebt zu werden, von dem man geliebt werden will, der einen interessiert, das ist *ein wahr gewordener Traum...*» Als Emma-Jean dies sagte, waren ihre Augen sonderbar vernebelt von Gedanken (fand ich), aber ihr Gesicht strahlte streitlustig; sie hatte ihr Denken und damit mich auf mein wirkliches Format zurückgestutzt, während sie zugleich das Steuer übernahm, während sie ganz diejenige war, die von den Musen am meisten geliebt wurde ... Nicht hinterlistig, sondern schockierend fuhr sie fort: «Wenn man am zweitmeisten geliebt wird, lachen alle über einen ...» Dann wurde sie hinterlistig und wich irgendwie merklich aus: «Alle lachen – und wissen, wie es steht... Nur ein Irrer würd sich DARAUS nichts machen ... Na, sie täuschen sich. Manche von uns können Pferdedung von Schuhcreme unterscheiden, andere nicht – tja, wir müssen eben alle überleben ... Was wir tun müssen, das tun wir», sagte sie unbestimmt, aber hochmütig – ein bißchen wie Lila: ich bringe das in Menschen zum Vorschein. Und dann – mit umwerfender Schläue, oder vielleicht nicht aus Schläue, aufgrund ihres vielleicht unklugen oder gar *verrückten* taktischen Gespürs – gab sie mir plötzlich nach – wie auch Lila manchmal; ließ sozusagen mich übernehmen: «Das ist dein großer Augenblick, was, Zuckerlämmchen?»

Der Butler hörte stehend zu und vergaß nachzuschenken – er sah *nachdenklich* aus.

Während ich vor Schock noch den Atem anhielt, bevor ich Coral noch erwidern konnte, sagte Benjie: «Na ja, ich würd's tragen wie ein Mann – am zweitmeisten geliebt zu werden. Ich würd's versuchen – ich würd mich tapfer schlagen.» Um nicht bösartig zu werden. Um friedfertig zu bleiben.

Daniel sagte: «Eins möcht ich allen raten, die es interessiert: Nie auf jemanden hören, der erklärt, etwas käme an erster, zweiter oder dritter Stelle: das ist nur Abgötterei ... Andrerseits bin ich ein komischer Vogel; und in *diesen* Dingen will ich mich gar nicht *als Mann erweisen*.»

Ich starrte ihn an, denn ich war mir nicht ganz sicher, was er damit sagen wollte, aber daß er überhaupt nachdachte, war ein erstaunlicher Gedanke für mich.

Benjie, der weiter seinem Gedankengang folgte und entschlossen war, Daniel zu unterbrechen, sagte: «Ich weiß nicht: wenn einer immer an erster Stelle kommen muß, wenn eine Menge Menschen so sind, wenn alle so sind, dann wär das Leben doch keinen Penny wert, dann wär's doch nur Scheiße, die *reine* Tyrannei: und SO *furchtbar* find ich das Leben gar nicht, IHR etwa?»

«Wieso ist das mein Augenblick?» fragte ich Coral Emma-Jean.

«Ach, du; du bist kein netter Mensch. Ich mag dich, aber nett bist du nicht. Was für ein Durcheinander du anstellst! Ich hatte mal einen irischen Setter, der war genau wie du – wir mußten ihn erschießen lassen – du bist *FÜRCHTERLICH* –»

Sie sehen, das Ganze zerfiel in einzelne *Persönlichkeiten* – so drückten wir uns damals in U. City aus.

Mich hat es schon immer geschmerzt und verwundert – wie Ideen sich bis zur Unfaßbarkeit in den Momenten auflösen und wie die gemeinsame Konzentration auf ein Thema in vielerlei Leben verschwindet, die blind dahinschwimmen – nicht etwa über eine Woge nach der anderen, sondern mit jenem wahnsinnigen Elan, mit dem Gott immer weiter hinaus in die Unendlichkeit der ziemlich unbekannten Zukunft vordringt.

Ich meine, die Gewalt und entsetzliche Schönheit der Zeit liegt darin (oder liegt partiell darin), daß man in ihr nirgendwo hingelangen kann – außer in Halluzinationen und Gebeten; man *wird* von ihr getragen wie von einem ewigen Vater, wird emporgetragen, löst sich jedoch auch in seinen Armen auf.

Man trifft einfach in immer weiteren Momenten ein, ist aber weniger dort hingelangt, als daß man es bis dahin ausgehalten hat; man ist hingekrabbelt, hingedriftet, hingeschwungen – wie Tarzan vielleicht oder wie der Sänger einer Band, wie ein populärer Sänger damals während des Krieges – und *das Leben geht weiter*, aber nicht wie immer, es sei denn, man meint damit, so gewaltig *wie immer*: wenn man wach und nicht in seine Gedanken vergraben ist, krabbeln all die anderen Leben ganz in der Nähe dahin und neben einem her ... Vielleicht bewegen sich die Leute jetzt auf eine andere Weise in der Zeit, die einem ein wenig besser gefällt.

Corals Sohn ignorierte seine Mutter weitgehend; er wandte den Kopf zu Seite, zog ein Knautschgesicht und sagte: «Das ist nun wirklich *mehr* als blöd.» Dann: «Lachhaft ist das.» Dann: «Was *er* sagt, gefällt mir ...»

Ich?

Ich.

Coral sagt: «Meine Tochter Isobel» – eine andere Isobel – «hat diese Angewohnheit, *Warum denn nicht beides?* zu sagen. Wenn du die Wahl hast, nimm doch alles, was dir geboten wird ... Ich liebe die Gier. Ich muß an erster Stelle kommen – da habt ihr's. Und damit Schluß.»

Eine ihrer Töchter sagte: «Aber das heißt doch, daß es einfach *UNMÖGLICH in deiner Umgebung auszuhalten* ist, Mama ...»

Corals Tochter Isobel, eine unerschrockene, sehr große junge Frau, die kühle Leidenschaft von äußerster Diskretion und Distinguiertheit ausstrahlte, sagte, nicht scharf genug, um Streit anzufangen: «In keiner Weise, Form oder Hinsicht bin ich für sie *JEMALS* an erster Stelle gekommen.»

«In keiner Form?» fragte Daniel sie.

Scharf sagte Coral zu ihm: «Das ist nicht wichtig, Daniel.» Sie sagte: «Niemand kommt bei mir an erster Stelle – da bin ich ganz fair ... Ich habe meinen Stolz als Frau ...» Sie nahm den ersten Schluck von einem weiteren Martini, blieb jedoch ganz sanft: mit müder Verschlagenheit formulierte sie das Gesetz: «Niemand hier kommt für irgend jemand anderen hier an erster Stelle.»

«O weia», sagte Benjie; man hörte, daß er sich zurückgenommen hatte und nach innen schaute – nun, da er die Lügen und das Machtstreben sah; im Fluge sichtete er sie – und wie gesagt, Jahre später, als er krank war, besuchte er mich.

Daniel sah immer wieder zu mir hin, wie um zu sagen, nichts davon treffe auf ihn zu, er sei nur ein Opfer von alldem. Sie müssen die Verantwortung für Ihr Handeln übernehmen, bevor ich Ihnen traue oder Sie mag.

Daniel sagte: «Ja, wenn wir alle an erster Stelle stehen wollen ... dann haben wir mächtig Konkurrenz ... Dann geht der Schuß nach hinten los ...»

Ich sagte: «Benjie, ziehst du jemanden vor?»

Ich brachte es nicht über mich, Daniel direkt anzusprechen.

Ich meinte, jemanden sagen zu hören: «Dann bricht das sogenannte Herz ...»

Jemand sagte: «Versuch dich *trotzdem* zu amüsieren ...»

Mit *verengten*, trunkenen, der Wahrheit verantwortlichen, in Machtfragen unverantwortlichen Augen sagte Coral: «Wenn du in ein Wespennest stichst, kriegst du das echte Chaos. Und wiiiie echt. Was haben wir doch alle Grund, viel von uns zu halten: wir waren heute *wiiirklich* toll – was, meinst du, könnten die Leute hier wohl von Sokrates lernen? Ich hätt ihm glatt einen tüchtigen Tritt versetzt – mitten auf die Sitzfläche ... Von Sokrates lernst du nämlich Null, nur Scheiße. Von wem du wirklich was lernst, das sind deine Eltern – du brauchst bloß mich zu fragen: ich bin hier die Expertin. Und von deinen Hunden, von denen lernst du was – magst du Hunde? Hast du das Thema deswegen aufgebracht? Sind wir deine Versuchshunde? Denen du diese Frage vorgeworfen hast? Hast du deswegen gefragt?»

«Wir brauchen nicht alles zu wissen. Genug ist genug», sagte Casey.

Dies ist eine genaue Transkription – und auch wieder nicht. Was geschehen ist, läßt sich schwer beschreiben. Nichts ist im Leben so klar wie in einer Erzählung, zumal nicht Stimmen, Motive und Handlungen.

Casey war unauffällig betrunken. Ihr eine Spur gemeiner Blick war nun ausdruckslos gemein, in Einklang mit einem Denksystem, das gewissermaßen unabhängig von sprachlicher Artikulation und erkennbar systematischer Kontrolle funktionierte.

Meine Cousine Isobel tat betont so, als ginge es ganz *alltäglich und vernünftig* zu. Ich hatte bisher nicht geahnt, daß es in ihrem innersten Wesen ein ihrer Willensfreiheit zugehöriges Moment gab, welches Unerklärliches ausschloß – in der *Regel*. Ich hatte sie noch nie so eindringlich betrachtet – über die weniger bedeutenden Gestalten Genaues zu erfahren ist nicht leicht. Niemals.

In dem fast schon imaginären Dialog, diesem weder mit Lila noch mit Nonie stattfindenden Gespräch, einem hinsichtlich der Vergangenheit, der Vorstadien verkürzten, bereinigten Gespräch, setzte Coral Emma-Jean Marie eine entschlossen *normale* Miene auf und sagte: «Wir hier im Süüüden reden nicht uuunentwegt über Gefüüühle.» Dann, scheinbar ganz nüchtern: «Was dieses Land braucht, ist ein netter kleiner Zar und ein bißchen altmodische Zensur ... Auf meine liberale Art stehe ich sehr, sehr weit rechts ...» Sie hatte nun gegen ihr früheres Interesse an dem Thema Position bezogen. Mit plötzlich aufwallender christlicher Verzweiflung und echtem Gefühl sagte sie: «Mich quält, daß es mit Qual und Tod geendet hat, als Gott auf die Erde kam; es ist genau so, wie Dostojewski gesagt hat; und es käme nur wieder genauso, wenn Gott zu uns zurückkehrte.» Sie sprach mit tiefer, ursprünglicher, wenngleich wahrscheinlich vorübergehender Liebe von dem, was sie – vielleicht – am meisten liebte. «Nehmen wir uns also nicht zu ernst: wir sind doch alle nur Abschaum ... Ich hab auch so schon genug zu verkraften ... Meine Eltern hab ich schlicht idealisiert. Das tu ich immer noch, mein Lebtag lang. Sie waren einfach die *prächtigsten* Menschen, die's gibt – *die beiden* hat jeder geliebt ... Aber sie hatten ihre kleinen Fehler. Sie haben mir beigebracht, *leise aufzutreten und trotzdem einen großen Knüppel zu schwingen*. Hast du auch einen großen Knüppel, Süßer? Ich weiß ja nicht, wie's euch so geht, aber ich bin eine ziemlich erledigte Frau, die ihr Nickerchen braucht. Ich hab schlicht zu viele Fragen beantwortet, das macht mich müde. Geistig bin ich ein einziger dicker Schnarcher – wund rundum. Ich schmeiß Zeug nach meinen Hunden und gehör in eine Anstalt, wenn ich kein Nickerchen halten kann. Das brauch ich eben. Da ist nix gegen zu machen. Ich könnt auf der Stelle den Löffel abgeben. Wenn ihr jetzt nicht allesamt zum Swimmingpool abzieht und euch wässert und was trinkt, mir zu Ehren und dem guten, alten Sternenbanner zuliebe, während ich mich hinlege und ein bißchen auffrische, dann komm ich *um*. Wirklich. Na, das war interessant. Wirklich. Arg interessant ... Komm mich mal wieder besuchen, du. Weißt du was, du hübscher kleiner

Junge: du hast uns alle ein bißchen piesacken können, aber jetzt ist der Nachmittag vorbei, und du bist immer noch arm, und ich bin immer noch reich. Ich komm später runter und schau euch beim Schwimmen zu – hört ihr? Ich hoff mal, du hast hübsche Beine; dein Schwesterchen, Nonie, hatte richtige Piano-Beine. Piano-Beine kann ich nicht ausstehen. Also, bis in einer Stunde.»

Sie zwinkerte zwar erst schrecklich, wurde dann aber beim Reden sehr viel nüchterner, als sie auf Dostojewski und ihre Eltern zu sprechen kam, auf Christus und Theodore Roosevelt (den großen Knüppel schwingen), auf Erschöpfung, Gastfreundschaft, die Fahne und den Tod. Ich würde eines Tages gern mal ein Theaterstück schreiben, und darin gäbe es dann eine Gestalt mit einem Hund namens *Lust-und-tiefere-Bedeutung*. Ich würde eine Frau darin auftreten lassen, die ständig «Achte auf deine Manieren!» sagt, sogar zum *Engel ihres eigenen Todes*. Und ich brächte eine Gestalt wie Casey darin unter, die ständig heult und sagt: «Oh, laßt uns doch *jetzt* nicht *davon* sprechen!», und eine wie Coral Emma-Jean, die andauernd sagt: *Das hab ich satt, das hab ich satt*, und die dann sagt: *Darüber werd ich jetzt reden* ... Und ich brächte eine Gestalt wie Daniel darin unter, überdeutlich repräsentiert durch den wohlerhaltenen nackten Körper eines Mannes in seinem Alter – ein Schauspieler, der behauptete, in Daniels Alter zu sein, würde einen nackten Körper besitzen, der ein bleiches Tuscheln in jenen Schattenzonen wäre, aus denen hervor er spricht und agiert.

Und eine Gestalt wie mich werde ich darin überhaupt nicht auftreten lassen.

«Ich gehe zurück nach St. Louis», sagte ich plötzlich, als wir unsere Badesachen anzogen. Ich hatte weder die Energie, phallisch und dies und jenes zu sein, noch die, nicht-phallisch und dies und jenes zu sein. Ich hatte damals einige Erfahrung darin, wie ich auf den Tag reagierte – auf die bloße Präsenz von Zeit im wirklichen Leben, wodurch Dinge, die man tut, Kram hervorrufen, der einem über den Kopf wächst und außer Sicht gerät; und ich wußte, daß man in gewissem Ausmaß lügen und unbarmherzig sein muß, weil man sonst nicht existieren und überhaupt keinem helfen kann. Ich wünschte mir, jemand würde etwas sagen, um mich zurückzuhalten. Aber keiner sagte etwas. Daniel leerte sein Glas. «Ich gehe zurück nach St. Louis», sagte ich noch einmal. Ich sagte: «Tut mir leid. Ich geb's auf. Ich möchte euch allen nicht länger lästig fallen. Ich möchte kein Geld fürs College.»

Benjie sagte: «Nicht doch, Engelchen, du hast doch mächtig Erfolg ...»

«Ich gehe zurück nach St. Louis ... Mehr Mistkram halt ich nicht aus, meinen eigenen mitgerechnet ...»

Zu begreifen, welchen Schaden ich anrichte und was mir angetan wird.

Ich meine, du handelst irgendwie und kannst unmöglich wissen warum, jedenfalls nicht mit Gewißheit, und du kannst nicht alles, was geschieht, im Auge behalten, während es geschieht, nicht nur bei einer Einladung oder in einer Schlacht, sondern sogar wenn du allein bist; und du kannst nicht wissen, wie es weitergeht, gleich nachdem du getan hast, was du getan hast. Die Momente dehnen sich – wie der Schulhof, wenn die Kinder zur Pause hinausgelassen werden und auf die geteerten und aus gestampfter Erde bestehenden Flächen laufen. Zu leben kostet unglaublich viel Mut, auch wenn man sich und anderen diesbezüglich oft etwas vorlügt.

Kein Mensch weiß wirklich, was er tut ... nur so ungefähr ... Ständig muß man raten ... Etwas davon habe ich Daniel erklärt, aber er hat anscheinend nicht zugehört – warum sollte er auch? Ich versuche zu helfen und nett zu sein, aber dazu weiß ich nicht genug; und wenn ich mich vorsichtig verhalte, werde ich vor Untätigkeit bald wahnsinnig. Ich werde wahnsinnig, wenn ich nicht bald nach Hause fahre. Mein ganzes sprachliches Leben, die Informationen eines ganzen Lebens sind zu Hause gespeichert. Dort kann ich besser kombinieren. Von dort aus kann ich mir die Zusammenhänge klarer vorstellen.

Benjie, jetzt in Badehose, betastete seinen Körper und sagte: «Ich setz schon Rettungsringe an. Zu mir ist niemand nett. Ich komm aber klar, ich lebe von Krümeln wie ein kleiner Spatz. Du fährst doch nicht wirklich heim, Sonnenschein, oder, alter Freund – du bleibst doch unser kleiner Störenfried, oder?»

Im Halbdunkel der Badehütte sagte Daniel: «Das ist keine gute Idee …»

Ich sagte: «Ich hab's dreimal gesagt – wie im Märchen … Hu, ist's hier warm.» Bewußt versuchte ich nur, jung und normal zu klingen.

Zu spät begriff ich, daß das Wort *warm* mich befreit und Daniel zum Schweigen gebracht hatte.

Es war ein Unfall, mehr oder weniger. Aber ich beließ es dabei.

Ich weiß nicht, was geschehen wäre, wenn er mich gebeten hätte zu bleiben; eine Wahrheit jedoch ist, daß er zu beeindruckt war; er sagte: «Wir können dich hier einfach nicht bei guter Laune halten … Du bist eben viel zu gescheit für uns …» Am Bahnhof, bevor ich abfuhr, legte mir Daniel den Arm um die Schultern; aber er nahm ihn wieder fort, als er in meinen Sehnen, Knochen und mageren Muskeln die Spannung gespürt hatte, die übererregte *Verweigerung*, die starre Duldung in dem Jungen, den er – in vieler Hinsicht – fort- oder zurückschickte, abwies – fast wie ein potentieller Freier. Er sagte: «Mr. Noli-me-tangere, du hast die unmöglichste Mutter von ganz Nordamerika. Du weißt nicht, wie du dich verhalten sollst. Ich möchte, daß du eins weißt: ich mache meiner Mutter keine Vorwürfe – sie ist alt, sie ist eine alternde Frau, sie hat ein Recht auf ihre alten Gewohnheiten. Du bist sehr, sehr ungestüm: ein *Baby* bist du … Ein richtiger Neunmalklug … Ich habe ein Einkommen von vierzigtausend Dollar im Jahr und gebe nur zehn davon aus: bitte mich doch um das, was du brauchst, um nach Exeter gehen zu können ...»

«Nein, danke schön», sagte ich.

Er bestand darauf, und ich sagte: «Ich schreibe dir, wenn ich etwas brauche.»

Jahre später sagte Johnno an der South Station in Boston – er war ein bißchen angewidert und nervös: «Kannst du's mit deinem Glauben vereinbaren, jemanden zum Abschied zu küssen?»

«Nein», sagte ich, gegen den diffusen Schimmer einer Erinnerung anblinzelnd. Dann: «Jedenfalls nicht dich, Johnno ...»

Im Zug, den Blick auf mein Spiegelbild im Zugfenster gerichtet, sagte ich vor mich hin: «Laß mich in Ruhe ...»

Aber ich bedauerte, daß er es getan hatte.

Versuchst du, die Menschen anhand von Büchern und Theaterstücken zu verstehen? fragte mich Johnno auf dem College. «Dazu sind für mich Filme und Fan-Zeitschriften da ...» Er sagte: *Glaubst du eigentlich Filmen ÜBERHAUPT?*

Filme machen mir angst; es ist wie in Träumen, in denen man ebenfalls in der einen Welt atmet und in einer völlig anderen von falscher, jedoch bezeichnender Plausibilität zu leben scheint.

Daniel sagte am Telephon: «Ha-ha, ich hab gerade über dich nachgedacht: da dachte ich, ruf ihn doch mal an.»

Daniel fragte mich am Telephon: «Du weißt nicht einmal, wie ungezogen meine Mutter dich fand, stimmt's?»

«Kann sein. Weiß ich nicht. Wie du meinst», sagte ich. Es machte mich richtig glücklich, ja euphorisch, daß er nicht anbot, mich besuchen zu kommen.

Casey sagte mir in Forestville nicht auf Wiedersehen. Sie hat mir nie geschrieben, soweit ich mich erinnern kann.

Ich hielt mich lange gern für einen kalten Menschen.

Ich schaffte es, vom Bahnhof zu unserer Wohnung zu kommen. Nonie war zu Hause. Mama sah angegriffen und mitgenommen aus. Als sie und ich in ihrem Zimmer allein waren, sagte ich: «Die Zugfahrt hat mir Spaß gemacht – ich hab mich mit Leuten unterhalten – Daniel schickt mich nach Exeter, Mama.»

Sie sagte: «Sieh mich nicht an, als ob ich ein Menschenfresser oder so was wäre, aber ich kann dich nicht gehen lassen ... Ich kann dich nicht fortlassen, Wiley.»

Ich sagte: «Ich weiß nicht, ob ich noch viel mehr aushalten kann, Mama.»

Sie sagte: «Ach, verlassen wir uns doch aufs Gefühl – können wir's so machen, einfach vernünftig sein, uns am Riemen reißen und mal sehen, wie's so läuft: können wir's so machen?»

«Nein», sagte ich.

Sie begann zu weinen. «Laß mich nicht mit Nonie allein. Ich versprech dir auch, daß ich bald sterbe. Du brauchst nicht lange bei mir bleiben. Nur sag mir, daß du mich nicht verläßt, Wiley.»

Ich sagte nichts, und sie tat den nächsten Schritt: «Tja, jetzt geht's nur noch um dich und mich, Wiley, und darum, was die Zukunft bringt.»

Arme Nonie.

Ende 1943, Nonie ist zu Hause auf Besuch. Wenn ich mir Nonies Gesicht damals vor Augen führe, sehe ich ein recht hart arbeitendes, *vornehmes* Geschöpf, was nicht ausschließlich Fassade war, taktischen *Scharfsinn*, eine träge und zugleich wuterfüllte Korruptheit barbarischen Ausmaßes und eine Tüchtigkeit, die sie anödet ...

Sie ist als Person gleichsam zerfetzt, unendlich rührend und zugleich in schwer beschreiblichem Maße verdorben – sie ist labil und launisch, sehr kalt und gemein; und sie hat sich, um zu überleben, in stumpfe Wahrnehmungslosigkeit sinken lassen; und dennoch nimmt sie bebend eine Menge wahr ... Sie hat einen Zusammenbruch von der in Kriegszeiten vielleicht allergängigsten Art ... «Es wird Zeit, daß sie heiratet», sagte Mama. Nonie schaffte es, sich jeden Tag anzuziehen, und wenn sie Lippenstift und Augen-Make-up trug und sich die Haare gekämmt hatte, dann stellte sich plötzlich die Frage, wie verrückt sie eigentlich war – vielleicht nur auf die übliche Art und Weise von jemandem, der wirklich eine Unmenge sehr harter Erlebnisse hinter sich hat ...

Mama nahm sich vor Nonie in acht, war aber ein bißchen stachlig zu ihr; sie sagte über sie: «In bester Form ist sie nicht gerade, aber hochnäsig wie *per usus* ... Sie ist mit Piloten rumgezogen, die überhaupt nichts darstellen ... Sie hat den Sinn für gesellschaftliche Finessen eingebüßt.»

Wenn ich Nonie mit Daddy zusammen sah, dann sah ich, daß sie ebenso ein Mann war wie er, nicht weil sie androgyn gewesen wäre, sondern einfach so; sie war beinahe ein Mann *wie* er; sie hatte nicht am Kampf teilgenommen, aber beinahe. So, wie diese zwei in der Wohnung zusammensaßen, ein abgehärtetes Kleinstadtmädchen aus der oberen Mittelschicht und ein sterbender Mann, waren sie beide deutliche Anti-Lilaisten. Um diese Zeit stand Lila die zweite Krebsoperation bevor. Ihr Krebs war erneut aufgetreten. Daddy und Nonie sitzen im Wohnzimmer; und Nonie raucht gierig, süchtig, verloren, kalt, eine merkwürdig funkelnde, exotische, wissende Figur, schwankend und dennoch entschlossen und sonderbar. Daddy ist grau, er leuchtet nicht. Dennoch sprüht er hie und da vor Leben oder Licht. Düster, dennoch kichernd (lachend sogar) sprechen die beiden nun, mit der kalt-heißen Skrupellosigkeit dessen, was hinter ihnen liegt, laut und deutlich davon, wie toll es wäre, wenn Lila jetzt stürbe, wie toll, wenn Lila tot wäre.

«Komm doch rein, setz dich zu uns», sagte Daddy zu dem Jungen. «Wir stellen uns gerade vor, wie *nett* es hier doch wäre, wenn deine Mutter auf dem Operationstisch sterben würde ...» Nonie lachte ein bißchen – spitzig, weil die Situation eine so *erwachsene* war. «Dann hätten wir vielleicht ein bißchen Stille. Die Stille – das ist eine wundervolle Frau», sagte Daddy ganz ernsthaft, obwohl er scherzte. Zum Teil spielte er, während er dies sagte, mit himmelwärts gerichtetem Blick den Betenden.

Dann sah er mir starr in die Augen – Daddy, der Kriegsheld aus einem früheren Krieg, derselbe, der sich einmal als jemanden bezeichnet hatte, der etwas gelernt habe und zu heldenhaft für *einen Helden* geworden sei.

Nonie, um eine Pokermiene bemüht, auf düstere Weise sehr ernst, sehr erwachsen, beobachtet mich. Ich beginne, rasch zu atmen. Es ist, wie mit Bestien in einer Grube zu sein ...

Verletzt sagte ich ihnen, sie seien abscheulich. Dad beugte sich über den Tisch und versetzte mir eine Art Kinnhaken, aber keinen richtigen; es war so etwas wie ein Schlag: er schlug mir sozusagen ins Gesicht. Dann verrückten er und Nonie ihre Sessel, sie schlossen mich aus.

«Vielleicht halt ich's ja noch ein, zwei Wochen durch, ohne den Verstand zu verlieren; vielleicht kann ich ja aufhören zu rauchen, wenn sie erst mal tot ist», sagte Nonie zu Dad. Beide ignorierten sie mich ausdrücklich. Nonie ließ ihren BH nach oben schnalzen und sah Daddy dabei neckisch an, ganz die Verschwörerin.

Dad schmollte noch. «Beachten wir das überempfindliche kleine Miststück doch einfach nicht», sagte er, obwohl sie das bereits taten.

Lila starb nicht. Nonie fuhr zurück nach Carolina. Ich bin mir nicht sicher, ob Daddy und Nonie danach noch freundschaftlich miteinander umgingen. Ich glaube, das war das letzte Mal.

In den letzten sechs Wochen, die Daddy lebte, kam Nonie endgültig aus Carolina zurück, doch nun, da er dem Tod nahe war, wollte er Nonie weder sehen noch sprechen. Er ließ sich ins Krankenhaus bringen. Nüchtern sagte er, daß er sie verschonen wolle.

Also reiste Nonie an die Ostküste, um einen reichen Typ zu besuchen, mit dem sie als Neunzehnjährige bekannt gewesen war – Ted Prexiter.

«Genaugenommen ist er nichts als ein Drückeberger, aber was für eine *Partie*», sagte Mama seufzend. Wieder einmal sagte sie, Nonie sei erwachsen geworden – sie sagte, Nonie meine es nun (endlich) ernst.

Die Prexiters, das war das große Geld. So viel Geld (erheiratet) zu haben käme einer landesweit anerkannten Karriere gleich. «Nonie könnte noch mal genauso *reich* werden wie John D. Rockefeller», sagte Mama. Dad sagte: «Ich will nichts davon hören ...» Ich dachte an das Drama zurück, das sich abgespielt hatte, als Nonie neunzehn gewesen war – an das enorme Getue damals – und Ted Prexiter sich mit ihr verloben wollte. Er war zweiundzwanzig gewesen. Nonie hatte etwas vom Leben haben und nicht heiraten wollen, wenigstens nicht so jung. «Einen, der so reich und so klein ist, will ich nicht heiraten», hatte sie gesagt. Die Verwandtschaft war zum größeren Teil nicht glücklich darüber, daß ihnen der Draht zu den Prexiters entging ... Mama hatte für Nonies Garderobe Geld geborgt, als die Beziehung sich anbahnte. Nonie brach unter dem Druck manchmal zusammen oder fast zusammen, kicherte zwischendurch immer wieder eigensinnig und sagte, sie wolle einen, den sie liebe ... Mama: «Es war ein harter Kampf, aber letzten Endes hat keiner sich eingemischt. Nonie mußte sich entscheiden, sie hat getan, was sie wollte, und sie ist damit durchgekommen ...»

Nonie schrieb Ted, telephonierte dann mit ihm, «und er hat Interesse – oder er will seine Rache haben», sagte Mama. Nonie flog an die Ostküste. Die Prexiters hatten ein Haus in

New York, an der Fifth Avenue, und eines in den Marschen von Virginia. An dem Wochenende, das Nonie in Virginia verbrachte, hatten sie, laut Mama, «ein Kabinettsmitglied bei sich, noch ein paar andere Leute und einen ‹Typ vom Film›, wie Teds Vater ihn genannt hat ... So redet Teds Vater nun mal, sehr bodenständig; *ich* würde ihn sofort heiraten, vorzeigbar ist er ja ...» Mama sagte: «Nonie versteht es, zu jedem Spiel gute Miene zu machen. Endlich ist sie in der Stimmung, die Heiratsfrage mal mit Köpfchen anzugehen, aber es sieht mal wieder nach so einem Fall aus, wo einer zu spät und zu kurz springt ...» Und: «Niemand in der Familie ist jemals *so* gut gelandet, aber ihr ist das im Grunde schnurzegal ...»

Zu Nonies *Skrupellosigkeit* der Kriegsjahre; ihrem zerzausten, verbitterten Zustand; ihrem widerspenstigen, gerissenen, autoritären Kriegsnaturell; und dann zu ihrer jetzigen Nervosität und Absonderlichkeit; ihrem Stolz «auf sich und das, was sie erreicht hat»; und dann zu ihren Wunden: «Sie ist nicht mehr das junge Mädchen, nach dem Ted so verrückt war ... Sie ist keine lockere Biene mehr ...»

Zu Nonies Kriegsglanz, ihrem sexuellen Wert damals, ihrer mit Härte einhergehenden Verantwortlichkeit: «Diese Leute haben sie gewogen und für zu leicht befunden ... So geht's nun mal, wenn du das Eisen nicht schmiedest, solange es heiß ist: jetzt gelten andere Spielregeln. Sie ist keine neunzehn mehr.»

Sie bringt die Nerven nicht mehr zum Kribbeln mit ihrer relativen Unschuld und ihrer vielleicht entsetzlichen Willensstärke eines locker und komfortabel aufwachsenden Mädchens – sie erregt nicht mehr wie früher die Gefühle. «Menschen wie Nonie blühen einmal, und das war's dann für sie. Es ist vorbei. Ich weiß, wann ich meine Aktien abstoßen muß. Ich werde zu ihr stehen und ihr nicht mit *Ich hab's dir ja gesagt* kommen, aber sie hat die Chance gehabt, bis zu ihrem Lebensende jemand zu sein, und die hat sie sich vermasselt. Ich muß es einfach sagen: solche Opfer, und dann das fette

Los, das sie am Ende gezogen hat ... Sie hat mich bloß ausgelacht und gesagt, ich wär ein schlechter Mensch ... Zwar ist's ja wohl nun nicht so, daß ich diejenige wäre, die am letzten lacht. Zum Lachen ist das hier wirklich nicht. Tja, was soll's? Sünder finden nun mal keine Ruhe ... Also, Pisserchen, deine Schwester wird nicht Königin von England – sie ist nicht Ihro Hochnäsigkeit, die Oberpriesterin der Schnulzen: die Leute, denen sie gefallen will, die kriegt sie nicht; gar so schlau ist sie doch nicht. Ich mach ihr keinen Vorwurf draus. *Mir* soll deswegen das Herz nicht brechen.» Und so fort.

Mama rief bei den Prexiters an, um Nonie zu sagen, daß Daddy im Sterben lag. Auch wenn sie sofort zurückkäme, erklärte Mama ihr, würde Dad sie nicht sehen wollen; drum könne sie ruhig noch bleiben: «Immer eins nach dem anderen: laß uns mal soviel unter Dach und Fach bringen, wie nur möglich ist.» Doch Nonie kam nach Hause, machte sich ein bißchen barsch über die Erwartungen lustig, die ich, wie sie meinte, gehegt hatte, und lachte Mama sehr barsch aus. Ich hatte mir tatsächlich einiges erwartet. Bei S. L.s Beerdigung weinte Nonie nicht. Sie sagte: «Er hat immer dafür gesorgt, daß ich glücklich war ... Ich wollte, daß er stirbt ... Er wollte sterben, und da würde ich *ihm* doch nicht widersprechen ...»

Daniel und Benjie erschienen zu S. L.s Beerdigung; und weitgehend ignorierten sie Nonie: es hatte da irgendeinen Streit gegeben. Nonie sagte, sie wolle jemanden, der «mehr Mann» sei als Ted. Zu mir sagte sie, *Ted* sei «über die Jahre sehr dünkelhaft» geworden; «er hat nichts anderes mehr im Sinn, als wer er ist und was er ist – dabei ist er bloß ein Wicht; so einen Mann kann ich nicht ausstehen: ein fieser, kleiner, reicher Junge – und *Junge* meine ich wörtlich. Ich kann's nicht ertragen, wenn ein Mann eingebildet ist – Na, eins kann ich dir verraten, durch Reifen bin ich nicht gehüpft ... doch nicht für einen so eingebildeten kleinen *Niemand* ... »

Sie war vielleicht immer noch ein bißchen verrückt. Oder angeschlagen vom Krieg. Oder von *ihrem* (oder unserem) *Pech*.

Das sagte Benjie über sie. Mama sagte das gleiche. Benjie mochte Nonie nicht sehr, aber er brach nie ganz mit ihr. Daniel sagte, Nonie sauge sich jedes Wort, das sie sage, aus den Fingern – ich glaube, sie war ihm äußerst unsympathisch.

Wenn ich bedenke, daß er der *reale* Daniel war, Mama die *reale* Lila und Nonie die *reale* Nonie, dann sehe ich eine gewisse Unvermeidlichkeit in allem, die mich traurig macht.

Ein Jahr nach Ted, im folgenden Jahr, heiratete Nonie einen gewissen Hank Appleberg «aus Chicago, aber seine Familie ist nach Kalifornien gezogen, und er hat viel, viel mehr vom Kalifornier als von einem aus Chicago ... Er ist groß und sieht gut aus, und er hat einen Orden aus dem Krieg ... Er ist richtig schlau. Und richtig tapfer. Und ein richtiger Mann – und ich liebe ihn – ha-ha – jede Menge, mehr als für mich gut ist.» Nonie und ich standen eigentlich nicht in Verbindung – wir gingen förmlich miteinander um. Ich habe keine Ahnung, wie es ihr damals ging und wie es zu dieser Verlobung gekommen war. Ich habe Hank nie näher kennengelernt. Mama sagte resigniert: «Er ist so blöd wie sie.» Aber ich nahm Lilas Berichte inzwischen zynisch auf und fand sogar, daß sie Nonie sehr geschadet hatte. Aber sie auch aufgebaut hatte. Über Hank sagte Lila wörtlich: «Er hat kein Kinn ...» Zu Nonies Hochzeit wurde ich nicht eingeladen. Mama sagte: «Nimm's als Kompliment ... Du bist ein Harvard-Mann ...» Die Hochzeit fand in den ersten Wochen des Studienjahres statt, so daß von meiner Anwesenheit gar nicht die Rede sein konnte... «Du ziehst zuviel Aufmerksamkeit auf dich ... Hab eben Verständnis ... mit den Menschen, wie sie sind ...» Nonie und ich hatten uns nicht gestritten.

Über die Jahre bin ich Hank ein paarmal begegnet; jedesmal sagte er: «Einen Harvard-Mann erkennst du immer, aber glaub ja nicht, du kennst was, das er nicht kennt.»

«Stimmt», sagte ich jedesmal. Darüber kamen wir nie hinaus. Ich wollte es nicht. Und er interessierte sich kaum für mich – oder für meine wirkliche Existenz, obwohl er einmal fragte: «Wie kommen die Leute eigentlich darauf zu sagen, du wärst gescheit und ich nicht?»

Nach einigem Vor und Zurück und Versuchen meinerseits, eine Antwort zu vermeiden, sagte ich: «Wenn es stimmt, daß manche Leute das sagen, dann heißt das, sie meinen, ich kann mir denken, was du denkst, aber du kannst dir nicht denken, was ich denke ...»

«Scheiße», sagte er; und es war, als hätte ich eine Szene gemacht – es war wie in Forestville.

Ich wollte den ganz menschlich Unzulänglichen – und eine Spur Boshaften – heraushängen und begann, ihn anzulächeln. Wir hatten etwas getrunken – Bier. Nonie ließ grundsätzlich nicht zu, daß ich in ihrem Haus etwas trank, es sei denn, ich brachte es selbst mit. Und auf einmal konnte ich nicht mehr aufhören zu grinsen und sagte: «Das Gehirn hat einen rechten Lappen und einen linken Lappen, und Lapp und Loeb waren zwei berühmte Kitzel-Killer, weißt du; und der rechte Lapp ist ein echter Killer-Kitzel im Kopf – den du wahrscheinlich nicht hast, *alter Freund* ...»

Aber er lachte nicht. Und taute auch nicht auf. Ich kannte ihn nur als die Verkörperung dieser speziellen Form von Eifersucht.

Die Sache mit Harvard war auch für Lila, wie sich herausstellte, kein Witz, obwohl sie entschieden hatte, daß ich dort studieren sollte. Von Harvard wurde ich an Lilas Sterbebett gerufen. Sie lag in einem Krankenhaus in Los Angeles. Hank und Nonie wohnten damals zwanzig Meilen außerhalb von San Diego. Der Anruf kam von Lilas Krankenschwester, nicht von Nonie. Wir schrieben uns nicht. Telephonierten auch nicht miteinander. Ich hatte sie, und keineswegs im Scherz, dafür versohlt, daß sie Mama, die sich nach ihrer zweiten Krebsoperation gerade von der Narkose erholte, mit Verwünschungen überhäuft hatte. Mama, die ihre College-Ausbildung an der Louisiana State University im zweiten Jahr abgebrochen hatte, bäumte sich immer wieder im Bett auf und rief «Giftzahn! Giftzahn!» Ich hatte nichts dazu vorzutragen, wie Lila mit Nonie verfahren war – ich wollte nur nicht, daß Lila von Nonie bestraft würde. Als ich in L. A. ankam, sagte Nonie, ich hätte dort nichts zu suchen – sie meinte, bei der sterbenden Lila; ich sei kein richtiges Kind von Lila; ich gehörte nicht zur Familie. Sie war so aufgebracht, daß sie leicht sabberte und in ihrer Tirade kein Ende fand. Sie sagte: «Du bist zu fein für uns.» Es wurde ziemlich lästig. Mamas Krankenschwester nahm mich beiseite und führte mich den Gang hinunter – niemand vom Personal sprach mit Nonie. Die Schwester aber – nun ja, Mama hatte ihr versprochen, ich würde mit ihr ausgehen. Mama verbrachte die letzten drei Tage ihres Lebens vor allem redend und wendete sich nur an mich. Nur einmal war sie bereit, den Arzt in ihr Zimmer zu lassen. Sie sagte, sie wolle auf ihrem Sterbebett mit mir sprechen ... Und alle anderen sollten bleiben, *wo sie hingehören. Ich bin sie alle leid ... Und ich bin's leid, krank zu sein...*

Zu mir sagte sie: «Ich hab Angst vor dir – du kennst jetzt lauter feine Leute ... Erzähl mir was von Harvard ... Erzähl mir was von den reichen Leuten, die da hingehen – wie ziehen sich denn die Mädchen an? Erzähl mir, was sie so sagen, wenn sie mit dir herumziehen ... Worüber unterhalten sie sich so mit dir, Pisserchen, wenn sie nett sein wollen?»

Ich erzählte ihr, daß in Harvard eine kalte Atmosphäre herrsche, daß die *Mädchen* dort *ehrgeizig* seien und daß es nicht als schick gälte, hübsch zu sein, «außer manchmal, zur Überraschung ...»

«Ich glaube, du bist in zu vielen Dingen zu wählerisch ...»

«Nonie ist am Durchdrehen», sagte ich. «Willst du dich nicht von ihr verabschieden?»

Mama sagte, unter Morphiumeinfluß: «Eins bringen sie dir in der Schule nicht bei – und Freud hat es auch nicht gelehrt: Langweile deine Eltern nicht zu sehr, sonst zahlst du mal einen höllischen Preis dafür ... Tja, wenn's mal reicht, dann reicht's auch. Sag mal, Pisserchen, glaubst du, es gibt einen Himmel, oder nicht?»

Hätte Nonie Ted Prexiter geheiratet, dann wäre das eine größere Sache gewesen, als daß ich in Harvard studierte. Oder vielleicht auch nicht – weltliche Dinge werden eigenartig bewertet. Auf dem Sterbebett sagte Lila, ich hätte *jeden* trickreich dazu gebracht, mich zu dem zu zwingen, was ich ohnehin tun wollte. *«Du bist schlauer, als du aussiehst, Pisserchen ...»* Es sei wohl voreilig, Harvard so zu werten, als wäre ich in der Welt eine Stufe aufgestiegen, erklärte ich ihr – denn viele der Typen, die ich kannte, hatten ernste Nervenzusammenbrüche, brachen das Studium ab, fickten sich zu Tode, wurden Alkoholiker. Viele, unheimlich viele, die zum Studium dort hinkamen, wurden bei lebendigem Leib gefressen. Von den Haien dort. Vom Stolz. Mir hatte man dort erklärt, ich sei es der Gesellschaft schuldig, ein jüdischer Naturwissenschaftler zu werden.

Lila sagte: «Ach, *deine* traurigen Geschichten mag ich mir nicht anhören ...»

Nun gut, da Identität eine unsichere Sache ist, mag es an der Zeit sein, daß ich versuche, mir vorzustellen, ich wäre Nonie.

Ich stelle mir vor, Nonie zu sein

Ich kann das nicht.

Wenn ich sage, ich kann nicht, dann ist dies eine Beschwörungsformel, die mich häufig schüttelt, bis ich einsehe, daß ich es letztlich vielleicht doch kann, und die mir den möglichen Übergang zu den Momenten des Handelns aufzeigt, mir die Grenze so deutlich (wenn auch nur kurz) zeigt, daß ich in dem Moment, da ich sage, ich kann nicht Nonie sein, störrisch und hochnäsig, als stünde ich unsicher auf Zehenspitzen, in jenes (glaube ich) Feld hineinblicke (oder hineinzublicken meine), das sie gewöhnlich sieht.

Sie ist physisch weitsichtig. Unempfindlich für Struktur- und Farbnuancen, nimmt sie jedoch, mit fast übernatürlicher Voraussicht für Bewegungen, jedes Schwanken oder Flirren der Schattierung oder Leuchtkraft von Flächen hinter ihrem Rücken wahr, hinter Baumstämmen, am Rande und jenseits ihres Gesichtsfelds, schwach oder deutlich ... Ich *empfinde* das als ihre Sehweise: ich fühle mit der mir geistig vorgegebenen Selbstgerechtigkeit, was ich tun kann und was nicht und was ich als Nonie nicht tun werde – wenn sie ich ist, wenn ich jenen Körper, jenes Alter habe ...

Wenn ich sage, ich kann nicht sie sein, dann gehe ich – oder der Teil von mir, den ich als mein Ich ansehe, in einen leeren Raum hinein; *man* geht in ihren Körper über: der Körper befindet sich unterhalb des selektiven, erklärenden Ichs (und steigt in dieses auf) ... als Nonie ... Zur Hälfte bin ich noch als ich selbst präsent in diesem an ein Trojanisches Pferd gemahnenden Phänomen, sie zu sein ...

Ich stelle mir vor, ich sehe ihr Gesichtsfeld – ich stelle mir vor, daß ich behaupte, ich sähe *alles* ... Was geht da vor? Selektion? Die Vorbereitung auf eine Rolle. Am äußersten Rand entschlüpfe ich, eine Spur verstohlen, einem männlichen Selbstbild.

Unentschlüpft bilde ich ein enorm schockierendes, gigantisches Wahrnehmungsorgan für Bewegungen – jeder Art – nahebei ... Stell dir vor, du bist von einer so nervösen Grenze umgeben. Man hat hier und dort ziemlich viel knochenloses Fleisch, Hüften und Brüste. Teils ist man ein lauernder Lemur ... teils eine Katze. Ich habe für mich – Wiley – nie von einer solchen Alertheit geträumt und nie ganz daran gezweifelt, daß Nonie sie in fast übernatürlichem Maße besitzt ... Als *Akteur*, der diese Vorstellung ausführt, ist man ein Kind, das Frauen ausspioniert und so tut, als wäre es eine, um etwas über Männer zu erfahren.

Lila zu sein heißt, düsterer zu sein: amüsierter. Keine Lemur-Katze – eher eine fettschenklige, aufgerichtete Sphinx ... Doch woher soll ich wissen können, was in einer Lemur-Katze oder einer Sphinx, ob nun aufgerichtet oder nicht, vorgeht? Was weiß ich von meiner Mutter, von meiner Schwester? Sich einen Zustand vorzustellen, indem man eine Darbietung vorbereitet und sich fragt: *Ist meine Mutter so?* – wie sonderbar das für mich wäre ...

Als Nonie hat man junge Haut – wie auch ein junges Bewußtsein –, und dieses *Bewußtsein* fühlt sich in meinem Schädel anders an (als das von Wiley), und die Haut auf mir fühlt sich auch anders an. Sämtliche Ideen zu Frauen verlieren völlig ihre vertraute Grundlage, wenn man hofft, die Wirklichkeit einer Frau darstellen zu können. Es ist eher unwahrscheinlich, daß die *Bilderwelt* einer Frau, das Bild, das Eingebildete, erraten oder einer zuvor unformulierten *Masse* von Beobachtungen entsprungen sein könnten, die man an der Seite von Frauen angesammelt hat; vielmehr besteht wahrscheinlich ein Zusammenhang mit Halluzinationen ... mit Halluzinationen und Diebstahl ... Die Strukturen des angeblich psychologisch Unanständigen, das mit dem Kennen von Frauen einhergeht, dann der jochähnliche Transvestismus (in der Variante eines Bruders – das mag es sein), die Beziehung(en) dieser Momente sowie ihrer Teile zueinander: dies alles hat etwas mit Erinnerung zu tun – und mit Tagträumerei; mit der kuriosen Frage: *Was hält sie wohl von dir* ...

Kommt es darauf etwa an?

Man saust mit dem Pendelschwung dieses Versuchs ins Dunkle hinaus, kommt zurück und versucht es mit dem beschwörenden Zweifel – *Ich kann nicht* verwandelt sich störrisch in *Laß mich doch sehen, laß mich erst mal sehen*, bevor die momentane Identität allzu sehr verblaßt. Das Medium einer wirklichen Atmosphäre, das der forschende Luftikus in seinem Bewußtsein heraufbeschworen hat – stürmisch, exzentrisch, wie an einem windigen Frühlingstag, an dem Wolken gefährlich rasch über die blaßblaue Landschaft des beinahe frühlingshaften Himmels gleiten –, birgt eine Landschaft und ein Gesicht darin, das sich lebendig regt – ein Gesicht, das als meines mir vorzustellen ich nicht *ertragen* kann. Nonies tatsächliche Präsenz in einem realen Moment, sie als Sehende und Fragerin – wenn ich zwischen ihr und jeglicher Absicht, einen mir nützlichen oder zur Unterweisung dienenden Sinn zu entdecken, trenne, dann könnte diese Präsenz – in der Erinnerung – durchaus wirkliche Gestalt annehmen, ich könnte flüchtig Nonie werden, in meine Gedanken an meinen jüngeren Bruder bräche mein Abscheu vor ihm ein – abscheulich und selbstsüchtig ist er ... [Atmen, atmen ...] Aber niemand Wichtiges ... Er ist nicht gebrochen und geschlagen, er lebt bloß nirgendwo. Reell - das bin *ich. Vielleicht-möchte-ich-ja-noch-mal-daß-er-für-mich-sorgt.* [Atmen, atmen ...] *[Ich wette, ich könnte ihm weh tun, wenn ich wollte ...]*

Auf dem Kopf habe ich (gefärbtes, strohiges) langes, rötliches Haar. Sein Gewicht, seine starre Abhängigkeit weisen auf eine Dauerwelle hin. Die Brüste – die Schenkel – der Hintern ... Einatmen. Ausatmen. Meine Beine, gar nicht schmal, verjüngen sich mächtig zu kleinen Füßen, verbreitern sich ebenso mächtig auf meine Hüften zu. Mein ziemlich umfänglicher Mädchenoberkörper steuert meinen eigenartig pendelnden Gang. Wenn ich gehe, schwebt mein Rumpf – meine *Brust* – mit den zierlichen Rippen wie gewichtlos dahin, als ob es da noch einen anderen Verstand unter dem lässig *fern*gesteuerten, eher *intellektuellen* Gesicht gäbe ... Nonie? Das bin ich. Ich, dieses prächtige Ich-als-sie, stecke in einem *pendelnden* Pappmachékostüm, wenn nicht in einem ganzen Karnevalswagen. Um der Stimmung nach sie zu sein, muß ich innerlich und äußerlich stiller werden, gehüllt in ein filigranes Netz von hier und da hervortretenden Regungen ... Ich atme leise im Vergleich zu dem, was ich als Junge gewohnt bin – meine Atmung als Nonie ist sehr laut, wenn ich durcheinander bin. Was da in meinem langen Hals vorgeht, hört sich für mich geräuschvoll an: ich bin ein langhalsiges, etwas seltsames, *pendelndes*, flinkes, erschreckend alertes Mädchen: ich fühle es, ich fühle, daß ich ein Eindringling bin, in ihrer Haut, dann in meiner eigenen, in Nonies Gewichtigkeit und Hitze. Ihrer Hitze – derjenigen, die ihr als Nonie eigen ist. Ich habe das Gefühl, daß in ihr zu sein die Kraft eines Flüchtigen zu haben bedeutet – die Verkörperung von Schnelligkeit, Gewandtheit, Sorge, Willensstärke und Eigensinn ... Wissen und Gewissen, die Wälle der Zuversicht, das Flappen der Sorge, die entsetzliche *Wachsamkeit* – diese Art von Sensibilität –, der *psychologische* Sinn für andere und mein Gedächtnis, offenkundig und geduldig uninspiriert, dann wieder ungeduldig, ja wunderbar *inspiriert*, an den Anforderungen des wirklichen Lebens gemessen, *scharfsinnig* ... Konventionelle Meinungsgebinde, mit Nuancen von lebensnaher Hartnäckigkeit – und von Resignation; Szenen, Konsequenzen, Fast-Vergegenwärtigungen tatsächlicher Meinungen zu mir, zu Dingen, zu Kleidern; und Schmerz und Nicht-Schmerz, an den ich (Nonie) mich piktoral erinnere, den ich in meinen Beinen und meinem Rücken samt Gänsehaut und Gefühl, echten Gefühlen, in Erinnerung habe ... Ich bin auf andere Weise wach als Wiley. Ich bin das wichtigste, das beste Beispiel für alles, wozu eine Meinung zu äußern ich geneigt bin. Ich bin der fundamentale Maßstab für das Wahre und Geziemende in dieser Kultur. Wenn ich zu jemandem im Büro – oder zu meinem Bruder – *Du Vieh* sage, dann heißt das, es ist nicht gewürdigt worden, daß sich daran, wie man mich behandelt, ermessen läßt, wie zivilisiert jemand ist. Bei dem mir eigentümlichen, hochgradigen inneren Schweigen stellen praktische Erinnerungen, scharfschneidige Versprechen, Verpflichtungen (Verträge) und schlechte Träume mein Gedächtnis, mein Selbstvertrauen, meine Sicherheit in Frage. Die Stimmen in mir sprechen nicht in Worten, sondern sie verraten ihre Geheimnisse und geben Informationen so preis, wie *Tiere* sprechen, mit ihrem ganzen

Wesen, durch Umstände und Blicke. Andere Leute äußern Verheißungen, die versteckte-oder-offene Ansichten über mich, über *meine* Macht enthalten: den ganzen Tag, die ganze Nacht hindurch blasen sie Kritiken über mich in die Luft. Für mich ist ein Gesicht eine rapide, wortnahe Geste von unmittelbarem Belang, die auf ein Urteil über mich zusaust ... Über Tod (Zufall, Ungerechtigkeit) bin ich unsterblich erhaben: Ich bin sehr hübsch ... Ich weiß, was ich weiß ... Ich bin ein *praktischer* Mensch ... Ich gebe da mal ein Beispiel:

(Auf dem Flugplatz kam ein Mann auf Vierundzwanzigstundenurlaub am selben Tag bei einem Autounfall ums Leben, an dem ein Mechaniker einen Piloten erstach, der ihn heruntergeputzt hatte.) Alle sind nur herumgeschwirrt. Bei mir haben sie sich angelehnt. Ich habe gesagt: *Stellen wir mal den Schaden fest und machen wir uns über alles weitere nachher Sorgen ... Und damit meine ich: nachher ... Und ich hatte recht: alle haben sie auf mich gehört ...*

Wo oben und unten ist, das weiß ich. Wenn ich durcheinander bin, wenn mich nachts was plagt, dann gehe ich zu Tante Casey ins Schlafzimmer, und sie bemitleidet mich; der Mann von ihrer Freundin Emma-Jean ist Doktor; Casey gibt mir was von ihrem Kodein. Der Mann, der bei dem Autounfall umkam, war aus Columbus, Georgia. (Die Leiche des – nicht großen – Mannes war ganz entstellt, teilweise verstümmelt, angekohlt – sie war grauenvoll hübsch rosa und rot und schwarzverbrannt; und gelb und pustelig.) Ich kann was vertragen.

(Auf dem Flugplatz, wo Maschinen abheben, landen, in der klaren Luft Übungsflüge absolvieren, werden die Motorengeräusche von dem felsigen Hindernis des hübschen, seitlich weggekippten Wirrwarrs der Berge zurückgeworfen.)

Ich gebe nicht auf. Ich gebe nicht nach. Ich vergebe mir nichts ... Ha-ha ...

Ich schau weg, wenn ich muß. Ich weiß, wie ich mich verstecken kann ... im blassen Zelt ihres damenhaft warmen Körpers ...

Der Typ, der umkam, war ein Raufbold, nicht zu gebrauchen, ein Quartalsäufer – ein Feigling war das – ein mieser Fliegerkandidat ... (Seltsame menschliche Voraussetzungen für einen Kampfpiloten-Anwärter.)

Dann stumm, nur gestisch: *Ich habe Angst, daß ich als Frau durch das, was ich weiß, Schaden genommen habe.*

Der Mechaniker hat einen angeberischen schwedischen Typ aus North Dakota erstochen – er hatte einfach einen Haß auf ihn – du weißt schon, oder?

Wahrheiten werden sichtbar, während die perverse *Republik* des Todes sich ausdehnt. Die schräge Logik von Nonies Kalkulationen, ihr Sinn für das Verhalten der realen, aluminiumhäutigen Kampfflugzeuge (schlanker Rumpf, senkrechte Heckflosse, zarte Metallflügel) – sie weiß, welche der Maschinen auf dem Flugfeld ihre Mucken haben und besser gemieden werden; ihr Rat ist nützlich – bringt sie in die Nähe von Entscheidungen über Leben oder Tod.

Die Ticks eines Piloten, seine Reflexe und bestimmte Eigenarten seiner Augen, die Vielfalt der Versionen, der Varianten seines Willens zu überleben, seine Unbekümmertheit ... Ich bin, sie ist, in solchen Fragen eine Schwester. Ihre – meine – Sinne sind so scharf, daß ich das Gefühl habe, kein Mann könne *irgend etwas fühlen*. Meine unausgesprochenen, mit Ausrufezeichen gespickten Blasengedanken sind ein brabbelndes Schreckgespenst, das zeigt, ich bin am Überschnappen. Andere Leute machen mich müde. Ich bin so empfindlich und mürrisch wie ein Drachen und flink wie eine Füchsin – ich bin in mancher Hinsicht so mächtig wie Samson, aber ich will in keine Falle, keinen Käfig geraten, mich nicht einfangen lassen, nicht mal ein klein wenig. Im Trösten bin ich schon keine Amateurin mehr; in meinem Alter jetzt bin ich schon eine *professionelle* Trösterin. Ich werde noch mal die berühmteste Frau der Welt. Das weiß ich. Ich habe Krallen. Ich verkörpere das, was *auszuhalten ist.* Ich bin für einen

Mann das Symbol dessen, *was nicht auszuhalten ist.* Wenn ich etwas nicht ausstehen kann, oder wenn er's nicht kann, dann sagt er, ich kann's nicht ausstehen, und dann ist es verboten: auf die Art inspiriere ich Männer, ha-ha. So wahren sie das Gesicht. An dem rhythmischen *Gebrabbel* (dem Witz oder Rhythmus) meiner Atmung erkennt man meinen Humor: ich beweise meinen Humor, indem ich atme und lächle – ich erzähle keine Witze ... Ich fälle Urteile – mit meinen Sympathien, meinen Launen: ich beurteile alles ...

Und dann kreischt meine innere Begleitstimme mit ihrem semi-komisch-traurigen Sopran jedesmal auf, wenn ich erneut in das Grauen, in den Gestank des real vorhandenen *Animalischen* eingeweiht werde ... Ich kenne dieses andere Ich nicht ... da in mir ...

Ich stehe unter Streß hier ... Unter lauter Erwachsenen bin ich ein ernstlich hübsches Mädchen. Sie beobachten mich, weil sie sehen wollen, was ich so mache, was ich mit meinem Leben mache. Sie wollen was zum Lachen haben. Und die unermeßliche Wahrheit davon legt sich um meine Gedanken wie ein Gespinst aus Fallstricken, das mich manchmal fast in die Knie zwingt. Wenn ich ein *hübsches* Mädchen sein soll, muß ich über so vieles die Nase rümpfen, daß ich ganz überlastet davon bin, was ich alles ignorieren muß.

Insgeheim bin ich der stolzen Überzeugung, daß ich stärker bin als sogar der Teufel.

Wenn ich mich nicht so fühle, sehe ich verhärmt aus.

Das kommt von meiner biographisch bedingten Panik, meinem Dünkel; ich bin eben, wie ich bin, und aus den Augenwinkeln sehe ich selber, daß ich in Bewegung bin, daß ich renne, um mich in Sicherheit zu bringen ... mit meiner Panik in den Brüsten und mit all meinen *Vorzügen* – da muß ich lachen –, dem größer geschminkten Mund, dem hübschen Gesicht mit den großen Augen, das manche Leute anstarren, flitze ich dahin, schlage Haken und renne, ein verrücktes Mädchen unter verrückten Jungen ...

Und bei meiner wie verrückt alternden, aber immer noch jungen, jugendlich kundigen Seele – als Sportlerin vor dem Krieg hab ich gelernt, wie Wahrheit zustande kommt – hab ich jetzt irgendwie das Gefühl, der Gegner ist zu stark für mich – daß Ungerechtigkeit kein Witz ist, meine ich – sondern *mehr-als-nein-danke-mir-reicht's-wirklich* ... In mir scharren lauter kleinfüßige Hühner herum, die picken und picken ... oder Flöhe und Läuse rascheln in mir und ticken dahin – ich bin so nervös, die Nerven sind noch mal mein Tod ...

Soll doch alles zum Teufel gehn; ihr könnt alle zum Teufel gehn; meinetwegen sollen sie doch alle zum Teufel gehn ... Mir flattern die Hände: *SEID FREUNDLICH ZU FRAUEN, SEID FREUNDLICH ZU FRAUEN* ... ich verlange gute Manieren – das ist doch nicht zuviel verlangt: *Ich bin ein einfaches Geschöpf, ich bin ein nettes Mädchen, tut mir leid, ich entschuldige mich ja, aber Sie wissen doch, wie das kommt, oder ... SIE HABEN EINFACH KEINE MANIEREN!* Ich bin nicht so wie meine Mutter ... Ich hab keinen richtigen Bruder ... Ganz flott und ungerührt ziehe ich an einer meiner Locken und lächle dich an, und wenn ich dir ein bißchen schmeichle, träumst du nächtelang von mir. Das weiß ich. Hör auf meinen Atem: schau mir in die Augen: ich bin lebendig ... Eine flotte *gentille alouette* ... Lebendig, lebendig, oho ... OH ... Mit fast kicherndem, kaninchenhaftem Instinkt weiß ich, daß es sich nicht empfiehlt, *immer* Probleme zu haben – ich sage dann, ich war *immer* glücklich – verstehst du? Ich mag's nicht, wenn Leute sich jede Kleinigkeit merken, die ich so sage ... Ich streite mich nicht gern ... ich mag's nicht, wenn einer mit mir streiten will ... Ich möchte gern den Regenbogen und ein Lächeln sehen; ich bin wie mein Daddy ...

Feuchte Tage sind für mein Haar das letzte. Die Luftfeuchtigkeit gerinnt zu Halsketten aus Opalen, meine Lieblingssteine ... Tupfen von gebrochenem Licht, winzige Kreise von farbigem Licht – aber was nützt mir das, wenn ich aussehe wie der aufgewärmte Tod ... Durch mein dunkles

Zimmer schweifen die Scheinwerfer eines Autos: ich schwitze, unterhalb der Taille zieht etwas in mir, das da unten stutzt mir die Flügel ... die gespannte Stille da in mir ist der knitternde, in diesem Moment quälend hochgeschätzte Glanz meiner Jugend – während er sich trübt. Mein Glück. Meines? Wir, mein Glück und ich. Die Leitmelodie meiner Seele ... Ich bin nicht schlecht dran. Aber ich hab Probleme ...

Ach, ich drehe schon nicht durch ... Ich bin zäh ...

Durchdrehen kommt nicht in Frage. Nur über meine Leiche: Ich bin schließlich kein Mann ...

Nonie hat das einmal laut gesagt, allen Ernstes ... und noch einmal, da allerdings war es teils komisch, teils ernst gemeint. Staubpartikel in der Luft haben farbige Ränder – wie Ölflecken auf Rollbahnen; ich hab da eine Aufgabe. Zweimal im Monat reden die Leute vom F. B.I. mit mir. Männer finden mich toll ... oft. Wenn Männer oder Frauen vom Ficken reden, muß ich kichern. Immer hab ich Angst ... ich habe nie Angst ... Wer ist hier denn bitter? ... Ich doch nicht, sagte der Zuckerwürfel ... Nicht ich, sagte die Zitrone. Ich schon gar nicht, sagte das brave hübsche Mädchen. Ich bin nicht gierig und gerissen ... ich bin voller Haß, aber dafür kann ich nichts. Ich bin keine nette junge Frau – klar bin ich das. Meine Mutter sagt, ich bin blind und vertue *blöd* mein Leben. Ich doch nicht, verdammte Kuh, ich bestimmt nicht ... Ich bin so rein wie Neuschnee ... Das ist ein Witz ... Aber es stimmt wirklich. Versuch mich doch mal zu korrumpieren und wart ab, was passiert ... Ich laß dich einen Kopf kürzer machen. Wenn ich mir irgendwas vorgenommen habe, krieg ich das prima hin. Um bei der Wahrheit zu bleiben, der Psychiater, der hier zugange ist, kann MIR nicht das Wasser reichen – ich kümmere mich gut um die Jungs ... Ich bin *keine Hure* ... Ein Krieg ist kein Paradies ... Ich behalte die Nerven ... Ich tue meine Arbeit ... Männer können sich nicht brüsten, ein Mädchen schon ... ha-ha. Ich bin wahrhaftig lieber ein Mädchen als so ein blöder Stinkjunge mit Haaren unter den Achseln. Wenn ich die Nerven verloren habe, bin ich trotzdem noch kein Feigling. Es gibt da *sündhafte* Bereiche ... Feigheit ... und Nervenfieber ... richtiges Feuer ... und Leute schauen zu ...

Und wie ist das mit persönlichen Verdiensten und echtem Mut, wenn einer etwa für jemand anderen stirbt, für eine Frau – wer kann mir hier etwas über diese Dinge sagen? Ich rufe euch an, sprecht, Schweigen-in-der-Zimmerecke, molekulare Glimmerpünktchen, die lieblich gezackten, winzigen Asteroide (der Staubkörnchen) in den offenen Fenstertüren meines Zimmers an einem heraufdämmernden Hochsommertag ... Scheinwerfer in meinem Zimmer – Talons von Spielkarten – Gänseblümchen, die ich entblättern kann ... ich rufe euch und meine Handlinien auf, mir über mich Auskunft zu geben ... über mein Schicksal ... mein Glück ... Ich bin eine in Schweigen ertrinkende Frau ... Hör mal, Junge, ich bin schön wollig und weit ... Das sind noch nicht meine letzten Worte ... Ich habe geheime Bilder in mir ... Meine Absichten behalte ich für mich ... Ich bin die Beste ... Ich mach's von allen am besten ... Ich mach's so gut ich kann ... Ich kann gemein sein: probier's doch mal ... Ich hab schon hin und wieder mal ein paar Lahmärsche und Mistkerle das Zittern gelehrt ... An mir hast du ganz schön was zu knabbern ... Dieser gottverdammte Flugplatz ist die reinste Metzgerei ... Ich möchte irgendwo in der Sonne auf dem Hintern sitzen bleiben und Daiquiris trinken ... Ein Weilchen schaff ich's noch, aber ich könnte einen hübschen Verlobungsring und eine lange Erholungspause an einem hübschen Ort vertragen ... Daß geschmiert wird, weiß ich, aber ich nehm kein Schmiergeld an ... Ich laß mich nicht einschüchtern ... Die korrupten Typen und gewisse Offiziere kommen mir mit Drohungen, na wenn schon – ich hab das F. B. I. Und die Army Intelligence ... Und ich hab die Warners ... Ich rümpfe über eine Menge Sachen die Nase ... Ich bin kein Niemand ... Aber alles hat seinen Preis ... du weißt ja, wie's so ist ...

Ich kenne meine Grenzen ... Ich hab nicht die geringste Ahnung, und alle anderen auch nicht ... Ich will nicht zum Teufel gejagt werden, aber ich werd mir doch von beschissenen Niemanden auch keinen Mist bieten lassen, solange ich jung bin ... Verlaß dich drauf ... denen zahl ich's schon heim ... Wir sind alle nur Menschen, wir müssen alle mal ins Bett, wir müssen alle auf den Lokus, wir schlüpfen erst mit einem Bein, dann mit dem anderen aus der Hose ... Ha-ha ... Wenn du mit mir redest, kriegst du wahre Sachen zu hören – vergiß das nicht. Ich bin ein sehr bekanntes Mädchen, hellere als ich sind nicht zu haben ... Mein Name ist Puddintame ... *Wir bewegen uns in irrem Tempo über der Erde ... Paul läßt mich sein Flugzeug steuern ... Ich nehme den Knüppel in die Hand ... Während des Fluges wollte er, daß ich IHN BERÜHRE ... Man kann mich überreden, aber ich hab keine Schwierigkeiten, nein zu sagen ... Ich hasse den Mist, der in den meisten Büchern steht ... Ich bin begabt dafür, nicht lieb und brav zu sein ...* Du willst mich küssen? Nicht: ich hab meine *Tage* ... und ich rieche. Es bringt Unglück, über GEWISSE DINGE ZU REDEN .... Darüber zum Beispiel ... JETZT HÖR MAL ZU, DU ROTZNÄSIGER DRECKSKERL – oh, hab ich dich erschreckt? Das war Absicht ... Ich hab dich erschreckt, stimmt's? Hast du dich wieder gefangen ... ABER JETZT HÖRST DU BESTIMMT, WAS ICH SAGE.

Siehst du, ich bin gar nicht hilflos.

Manchmal doch. Wieviel mehr kann ich noch aushalten? Bei meinen Nerven bin ich hier ein großes Tier, ich hab's im Griff. Ich bin die Königin des Stützpunkts. Ich hab mein Spezialgebiet, ich hab einen Spitznamen: Große Eisenmöse: ich werd nicht sentimental. Weißt du, was mir noch gesagt worden ist? Das hier: *Du bist ein prima Mädchen. Das ist uns sehr wichtig. In unseren Augen bist du ein Beispiel für eine Menge Sachen, die gut sind an diesem Land. Süße, du bist ein echter Schatz – ich glaube, in einer Menge Songs geht's um dich.*

Ich bin so gescheit wie du ...

Liebesgeschichte

Casey und Nonie

In der Geschichte, von der ich ausgeschlossen bin, trifft Nonie in Forestville ein und wird von Tante Casey abgeholt, damals einer großen, geschmeidigen, ansehnlichen Frau («sie ist gut gebaut») mit einer dieser dahingleitenden, distanzierten Südstaaten-Stimmen – geräuschvoll melodisch, freundlich, jedoch (dennoch) immer recht herb ... Vielleicht sexuell aggressiv ...

Casey ist noch nicht alt. Sie schreitet den Bahnsteig entlang. Einer der Männer, die für sie arbeiten, wird Nonies Koffer tragen. Isobel, Caseys Tochter, vier Jahre jünger als Nonie, ist mitgekommen. Nein. Auslassungen verbessern den Text, wenn man nicht über eingehende Informationen verfügt. Nonie sieht entsetzlich aus. Ihr wurde das Herz gebrochen; ihr Vater ist krank; was ihren gesellschaftlichen Status angeht, hat sie einen unheimlichen Abstieg erlebt. Ich habe sie jedoch gesehen, bevor sie abfuhr – sie wirkte aufgeregt, ein bißchen traurig, aber nicht sehr. Sie war nicht sonderlich mitgenommen.

Tante Caseys *kalter Blick* – für den sie in der Familie in der Tat berühmt war – der Blick einer kalten Frau: Nonie erwidert den Blick ihrer Tante *unschuldig*: «Nun, da bist du also – ist alles in Ordnung? War es eine unangenehme Fahrt?»

Beide besitzen sie Routine darin, gutaussehende Frauen zu sein – man sieht es an der Haut um ihren Mund, an ihrem Blick, ihrem diskreten Lächeln –, und begrüßen einander mit einer erstickenden, labyrinthischen Falschheit, die jedoch probeweise Aufrichtigkeit signalisiert und weder effeminiert noch ekelhaft ist. Wie sie einander mit leicht feuchtem, femininem Takt küssen, das gleicht, da jede der beiden Frauen ein Taktgefühl von eigener Art besitzt, einem Zwiegespräch – ebenso auf einem Vertrag beruhend, ebenso informativ.

Tante und Nichte ... Lila hat gesagt: *Die erste Stelle nimmt im Leben die Liebe ein ...*

Ein Gepäckträger oder Tante Caseys Bediensteter bringt die Koffer zu einem zwölfzylindrigen Packard Kabriolett Baujahr 1939.

Nonie im Wagen, die knappen Zwischenräume dort – der Bedienstete auf dem Klappsitz, Casey am Steuer – Nonies Finger auf einer Scheibe – ihrem Gesicht ist anzusehen, unter welchem Druck, Liebe zu erwecken, sie steht. Ah: Ich fühle ihr unglückliches Glück – unsere eigenen eifersüchtigen und übereilten Regungen zwingen uns eine Idealvorstellung von der Lebenswirklichkeit anderer auf.

(Mama sagte: *Was kann ich dir schon erzählen: Es ist nie leicht, im Haus eines Reichen zu leben* ... Mama ist gleichsam die Stimme Gottes in der häuslichen Literatur unserer Umgebung.)

Ich glaube, daß ich einmal an Eifersucht hierauf fast erstickt wäre – nicht hierauf, auf etwas, das ich mir simpler ausmalte. Es brannte in mir wie Holzkohlenrauch in den Lungen.

Indem ich Nonie aus dem Leben in ein zweidimensionales Schattendasein (in dem es sich gut leben ließ) verbannte, ermordete ich sie offenkundig.

Man findet im eigenen Leben keine Spuren solcher Umstände, wie ich sie mir für sie imaginierte. Im Hinblick auf Nonie zensiert man die Wahrnehmungen von Sinnen und Verstand. Wo es um Nonie geht, liegt der Verstand wie ein Haustier an der Kette. (Mama sagte: *Du warst schon immer verrückt, wo es um Nonie ging.*)

Nonies Ansprache für Tante Casey: «Oh, ich bin ein Mädchen, dem noch nie irgendwas passiert ist. Ich bin schon traurig, aber so tief geht's nicht. Wenn Mama und Wiley nur Daddy in Ruhe lassen würden. Aber mein Leben ist ganz in Ordnung – in *meinem* Leben gibt's eigentlich nie schlimme Sachen. Ich bin richtig leicht zu haben ...»

Dann gesellt sie ihrem lieben Lächeln einen kurzen Blick bei, der noch einmal besonders unterstreicht, wie unschuldig ihre Zuneigung und wie sehr sie selbst bestrebt ist, Tante Casey zu gefallen ...

Sie sagt: «Mama macht mich verrückt ...»

«Laß uns nur an heitere Dinge denken», sagt Casey. «Jetzt bist du ja hier ... Eins nach dem anderen ...» Im strahlenden Sonnenschein.

Frauen haben's nicht einfach, Wiley. Sehr gesprächig war keine von den beiden ... Eins mußt du Nonie doch lassen: sie konnte in ein Haus hineinspazieren und den Leuten dort gleich das Gefühl geben, sie wäre schon immer dagewesen ...

Das Spannende an einer Geschichte aus dem wirklichen Leben: *Ein junges Mädchen* ist ein Gegenstand besonderer Aufmerksamkeit ... Bevor ich dies jedoch romantisiere – ich kann mich an Ähnliches bei Männern angesichts von Jungen erinnern: dieses Gefühl von Jugend, diese ungewöhnlich schmerzvolle Bewunderung, als würde man von einer Säure verätzt; und wie sich die verschreckte Person dann rächt und alles dominiert ...

Ich war oft von Menschen angezogen, die ein homosexuelles Leben führten – Lila hat mir erzählt, meine leibliche Mutter sei homosexuell gewesen.

Doch in keiner Provinz jener anderen Welt bin ich jemals akzeptiert worden.

Hat Nonie diesen Kram wohl als bedrängend empfunden? Mußte sie darüber lachen? Hat sie sich geweigert, sich *kaufen* zu lassen? War sie zwar steif, aber nach den Maßstäben des unbotmäßigen Treibens noch *okay*, wie sie es als Dreißigjährige nicht gewesen wäre? Tante Casey: Wie fühlt man sich eigentlich als Expertin im *Kaufen* von Menschen?

Nonie, leicht verschwitzt, übertreibt, wenn sie sich sagt, wie *glücklich* oder *ein bißchen glücklich* oder erleichtert sie doch ist, und zieht eine Schau ab: kommt sie auch als «schlau» an? Wird es klappen? Entsprechen ihre Gefühle denen der stillschweigend einwilligenden «Heldin» in Thackerays *Jahrmarkt der Eitelkeiten* – einem Buch, das ich gelesen habe – oder denen von Scarlett O'Hara?

Fühlt sie sich wie ein FILMSTAR? Auf dem College sagte Johnno von einem weiblichen Star, einer jugendlichen Naiven: *Sie lebt nicht in einem Buch, sondern in Hollywood, also im Himmel-auf-Erden, USA.*

Heldin und Filmstar, Opfergestalt – Mama sagte: *Nonie hatte gute Nerven – aber sie haben versagt* ... Nonie, die wohlsituierte junge Frau – mit zerbissenen Fingernägeln, erstaunlich hübsch, von tapferem, wenn auch aufgewühltem Gemüt und einer gewissen Hartherzigkeit ... diese junge Frau außerhalb meiner Sichtweite ...

Ich bin ihre Mutter, sagte Lila, *und da will es was heißen, wenn ich behaupte, Nonie hat Tage, da würde ihr Anblick auch ein Herz aus Stein zum Schmelzen bringen* ...

Von ihrer ungewöhnlichen Courage geht ein Duft, ein Sirren aus wie von einem sonnigen Tag; einem couragierten Wesen, dessen Beweglichkeit und Hitze nahe zu sein ist herzerquickend. Die weibliche *Anmutung* von überragender Gelassenheit unter Streß, die (für eine Weile) physisch von ihr ausgeht, und ihre unerschütterliche Zielsicherheit verleihen ihrem Lächeln und den Bewegungen ihrer Brauen etwas lexikonartig Geheimnisloses. Unsere Cousine Isobel imitierte Nonie darin – das entsetzlich hübsche Mädchen mit abgebissenen Fingernägeln, das mit einer Schicht von Geheimnislosigkeit als romantischer Eigenschaft über einem vielleicht gigantischen geistigen Dunkel lockt.

Und die viel, viel ältere Frau: sie lieben sich für eine Weile ... Nun ja, warum auch nicht? Warum ist nicht mehr darüber geschrieben worden? Über solche beiläufig gefundenen Lieben, ihre verschlüsselte Festlichkeit und Unmaskulinität? Schweigen. Schweigen. Geständnissen traue ich nicht. Auch der Hoffnung nicht. Kein Mensch kann irgend etwas *richtig* beurteilen – man urteilt unter juristischen oder persönlichen Gesichtspunkten, und damit hat es sich. Wenn man Nonie rettet, dann ist die Gerettete noch immer Nonie.

Sehnte Nonie sich danach, am meisten geliebt zu werden? Vielleicht unterscheidet Liebe sich im Charakter von einem Menschen, einem emotionalen Typus zum nächsten und je nach den Umständen nur sehr wenig, aber ich möchte es bezweifeln.

Wie da den Willen aufbringen, aufrichtig und generalisierend etwas über das unbeobachtete Leben eines anderen auszusagen? War das, was in jenem Jahr von Nonies Leben zwischen der Casey dieses Jahres und der Nonie desselben Jahres bestand, durchweg oder partiell *ein Glück* für sie beide? Lila sagte: *Es war ein Glück für sie beide*, und dann in Widerspruch dazu: *Ich hab es ihnen beiden heimgezahlt, als ich Nonie damals nach Forestville geschickt habe* ... Es könnte so oder so gewesen sein. Hatte Nonie sich seit Jahren seelisch nach einem solchen Fest mit einer Frau, die nicht Lila wäre, gesehnt? Hatte sie so etwas bereits mit einer Tante, einer Großmutter erlebt gehabt? Ging sie nun einen Schritt weiter, auf eine verschlüsselte Lust zu?

Sie mochten sich ... Nach meinem Geschmack ist Casey nun wirklich nicht ... Aber ich muß ihr dankbar sein: sie hat mir da wahrlich eine Last von der Seele genommen und sich aufgepackt ... Die beiden haben sich verstanden wie die Turteltäubchen ...

Liebe als etwas außerhalb der Gesetze, als neues Gesetz für zwei so ungleichartige Frauen – etwas so Sonderbares, bei einem Schwall neuer Gefühle, neuer Konstellationen: jemand anderes ist nun wichtig – letztlich bedeutet es einen Schwall der Erleichterung. Ich rate natürlich nur.

Ich stelle mir vor, daß die Langweile nachließ; daß die

Macht der Persönlichkeiten den Hebel, den Drehpunkt und die Basis dafür lieferte, Gefühle auszuleben und dem Leben dankbar zu sein ...

Liebe, Liebe, Liebe ... Glück? Waren sie glücklich? Nonies verlegene Gesten, bevor sie gelernt hatte, geschickt mit ihrer neuerworbenen Ironie umzugehen – war sie ein Mädchen, das zuviel gesehen hatte?

Hatte sie zuwenig gesehen?

Ihre Verletzlichkeit, ihre Verfügbarkeit: sie rauchte, sie schwatzte – mit ihrer Bürostimme?

Ich stelle mir eine spannungsgeladene, gedämpfte, melodische, sehr intime Stimme vor, mit der ich sie niemals habe sprechen hören. Oder die ich nicht in Erinnerung behalten, vielleicht nicht einmal bemerkt habe – gleicht dieser Moment einem Test, den Nonie bestehen kann?

Nonie kann jederzeit mit einem Kerl durchbrennen, wenn Casey ihr auf den Geist geht; glaub mir, um Nonie mache ich mir keine Sorgen ...

Ich bin mir sicher, daß Nonie Casey *tatsächlich* geliebt hat – ich sah es ihr in späteren Jahren an; sie liebte Casey mehr als jeden anderen Menschen, vielleicht mehr als ihre eigenen Kinder – oder jedenfalls dann, wenn ich sie sah.

Ich weiß nicht, was diese Liebe alles umfaßte. Waren sie *einander gewachsen*? Fraß Nonie Tante Casey auf? *Casey war ein selbstsüchtiges Biest, aber faszinierend als Frau – weißt du* ... Ihre Verfügbarkeit einer Klassenlosen: *Sie ist nicht belastet mit, sagen wir, übermäßig viel Kultur oder Grips* ... Jene diskrete, sepiafarbene Photographie aus den zwanziger Jahren – wie hübsch Casey da ist, von welch gestrenger Haltung, wie isoliert von allen übrigen ...

Eine unbewegte Photographie, ohne die Melodramatik realer Momente.

In einem nicht photographierten, nicht realen Moment legt Nonies Tante eine Hand auf Nonies Rücken, während diese sich im Packard vorbeugt, um den Zigarettenanzünder im hölzernen Armaturenbrett zu benützen. Eine aufmunternde, züchtige Berührung ohne den mindesten Hintersinn, außer daß sie in Wirklichkeit, als wirkliche Berührung, natürlich auf allerlei anspielte, daß sie real war und keinem Akt in einem Film, einem Roman oder überhaupt in einem Buch glich. Fragen verdichten sich in dem leisen Beben von Caseys Hand ...

Wenn du sensibel bist, Wiley, kann dir an manchen Tagen eine Berührung schon genügen – eine Berührung kann dein Leben verwandeln ...

Und so fort.

Nonie und Casey

Ich kann mir vorstellen, daß Casey zu Nonie sagt: *Keine Nachricht ist eine gute Nachricht*, und daß Nonie triumphierend und übermütig, aber ohne witzig sein zu wollen, erwidert: *Keine Nachricht ist keine Nachricht.*

Nonie setzt sich gerader auf und wendet ihrer Tante das Gesicht zu, ihr Gesicht, *Liebe* mit einer gewissen, erläuternd heißen Aufmerksamkeit – Keuschheit und Schwärmerei, eine physisch empfindsame Vorsicht, mit Zuneigung gewürzt, voll des Entzückens, des Entzückens und Entzückenden von unenttäuschter Liebe – so verwöhnt, so gleichsam pornographisch ...

So viel Verständnis, und auch noch etwas anderes, Unverständnis oder Zweifel, die durch einen Kuß zu beheben sind ... oder zur Strafe unbehoben bleiben ... Oder: das quälende Ausbleiben von Küssen vermag einen Tag sowohl zu beleben wie zu trüben.

Da haben wir das Flattern eines Lids. Und welche Bedeutung dieses Flattern besitzt ... freundschaftliches Gewogensein ... Sich über Minuten erstreckende, vieldeutige Jas ... sowohl ernst wie neckisch, entsetzt und gelegentlich verzweifelt, ein wenig unterwürfig, manchmal drohend ... Wie die Verhältnisse neu geregelt werden, wie ein Verhältnis geschaffen wird, oder lediglich Nähe, wie man zur *Favoritin* wird ... Ich kenne nur die Nonie, die sie vor meinen Augen war.

Über sich und Casey sagte Nonie: «Wir können lachen, wir lachen und lachen, wir lachen uns zusammen kaputt, wie Zwillinge ...»

Zwei geschwätzige Clowns? Komikerinnen? *Ich hab mich in Forestville nie gelangweilt*, sagte Nonie – ein Lachen wie das Zucken von Muskeln unter der Haut eines Tieres? *Wir haben uns richtig gut amüsiert.* Wenn sie so glücklich gewesen war, warum liebte sie dann nicht für eine Weile *mich*?

Lila sagte: *Sie haben sich gegenseitig verrückt gemacht, wenn du mich fragst ...*

Aber sie sagte auch: *Eins muß ich Casey lassen, am Ende hat sie mich immer ausgestochen ... Sie hat das Beste bekommen, was Nonie in sich hatte – ich weiß wirklich nicht, warum ihre Tochter Isobel ihr nicht genügt hat ... Vielleicht hing's auch mit mir zusammen ... Vielleicht wollte Casey mich einfach bloßstellen ... Casey war sehr auf irdische Dinge aus – am ersten Tag, als Nonie gerade dort angekommen war, ist Casey mit ihr einkaufen gegangen ... Fünfundsiebzigtausend Dollar in bar hatte Casey immer auf ihren Konten liegen ... Für Notfälle ... Und um einkaufen gehen zu können, wann es ihr gerade einfiel – um sich in dem Kaff dort ein gewisses Prickeln zu verschaffen ... Für eine Frau aus einer Kleinstadt verstand Casey vom Einkaufen eine Menge ... Im ganzen County hat sie gekauft ... Sie kannte sich aus und konnte sich gut entscheiden, sie war ein sehr, sehr praktischer Mensch – das ist die vortrefflichste Sorte überhaupt, wenn du mich fragst ...*

Eine von ihnen lächelt die andere an. Oder haucht ihr einen Kuß zu.

«Das ist ein eins a Rock ...»

Oder: «Na ja, auf Kaschmir bin ich eigentlich noch nie geflogen ...»

Oder: «Für billige Baumwolle bin ich zu alt.»

Und mit einem Anflug des *Bekenntnishaften*: «Ich hasse Rot ...»

Und der Ratsuchende: «Was hältst du eigentlich von Schwarz? In Kriegszeiten?»

«Ich finde es einfach nicht dezent. Und was meinst du?»

Und die *passionierten* Vergleiche: «Ich habe häßliche Beine – deine sind *vollkommen* ...»

Und: «Du bist vollkommen ... Dein Haar ist einfach vollkommen.»

Die *Berührung*, die ein Blick der anderen bedeutet, und Fingerspitzen, die sich nun beim dramatischen Befühlen von Dingen berühren, wenn eine sie der anderen reicht. Das Zupfen an einer am Rücken schlecht sitzenden Bluse. Die *Intelligenz*, die in jedem von Geschichten strotzenden Moment am Werk ist, hat *Bestseller-Niveau* ... dem Gehalt an Romantischem nach.

Nonie, die in einer Abteilung eines auf Eleganz (nach regionalen Maßstäben) spezialisierten Modehauses raucht; und die Verkäuferin tritt hinzu, und Nonie lügt ihr zu einem Brandfleck am Ärmel eines Kleides etwas vor – wie man eine Lüge erzählt, in welchem Stil man lügt, daran ermißt sich in der realen Welt, wie intelligent man ist; und all die Urteile übereinander, all die Korrekturen, die auf *Einfluß* abzielen, und all die höhnischen und melancholischen Signale zum Angebot und angesichts von Leuten, denen die Erkennungszeichen nicht bekannt sind: «Schwarzweiße Socken, also wirklich ...» Und: «Rayon kann ich nicht tragen ... Aber diese glänzenden, fiesen Rosas finde ich ja so herrlich ...» Und: «Ich werd allmählich müde ... Gönnen wir uns doch mal eine Pause ...»

«Ich rauche zuviel – hast du vielleicht Pastillen bei dir?»

Ein Geschäft namens Zorn; ein weinrotes Kleid, und Casey sagt schroff: «Sie sind mal wieder auf den Früchten des Zorns rumgetrampelt ... Das habe ich von Emma-Jean ... Sie muß den Witz in Mottenpulver liegen haben, so alt ist er ... ha-ha ...»

Vielleicht sagt Nonie: «Ha-ha, das weiß doch jeder, daß Motten nicht an Witze gehen ...»

Nonie sagt: «Oh, bring mich bloß nicht zum Lachen, ich versuch gerade, den Reißverschluß hier zuzukriegen ... Ich liebe dieses Blau ... Ich wünschte, ich hätte den richtigen Teint, um bei elektrischem Licht Blau zu tragen ... Vielleicht wenn ich mir das Haar aufhellen ließe ...»

«Oh, tu das bloß nicht – dein Haar ist vollkommen ... Meines ist zu gewellt; ich liebe so feines Haar wie deines ... Ich liebe dein Haar, so wie es ist ...»

Ein Stil ist Schicksal. Manchmal ...

Kopfschmerzen ... Die Gedanken schlagen neue Bahnen ein ... *Falls du überhaupt Gedanken im Kopf hast... Hast du aber nicht* ...

Nonie sagt zu Casey: «Ich wünschte, ich hätte deinen Körper.»

Mit ihrer hohen Zwitscherstimme sagt Casey sarkastisch: «Ach, ich bin doch alt ...»

«Na, so, wie er ist, würde ich glatt tauschen ... ha-ha ...»

Casey, bald fünfzig, geht nicht ohne Nachsicht mit sich um ... Nonie, kräftig um die Hüften und enorm hübsch, tastet sich im Dunkeln voran ...

Die Farben jener Ära, die Lippenstiftlippen der Frauen; wenn Schwarz und Weiß die Farben der meisten Träume sind, dann findet sich hier kein *Stoff für Träume* ... Die Monotonie der Olivtöne, die schlichten Blaus des Krieges.

«Ist das aber nett ... Du bist so nett zu mir ... Ich fühl mich ja so toll ... Wahrscheinlich mach ich mich lächerlich, aber mir gefällt alles so unheimlich ... Das Drumherum ist hier so nett. Ich geh sonst gar nicht so gern einkaufen ... Es ist ja so oberflächlich ...»

Mama sagte: *Zu leben ist härtere Arbeit, als du dir je vorge-*

stellt hast ... Die Leute haben verdient, was sie kriegen – auf lange Sicht gesehen ...

«Jetzt brauchst du noch einen Badeanzug – und einen Pullover ...» sagt Casey, herrisch auf *ihre* Weise.

Nonie hatte ihren eigenen poetischen Ton ... und ihre *Hübschheit* ... «Das ist das Paradies hier ...»

Die Adverbien des Flirts – die verwässerten oder konzentrierten Signale, die Aura von Freizügigkeit ... Oder von Beschränkung.

Ich stelle mir vor, wie Casey über ein weit ausgeschnittenes Kleid, das Nonie betrachtet, sagt: «Die Leute hier tragen durchaus ausgefallenere Sachen, wenn sie sich mal dazu durchringen, sich in Schale zu werfen ... Traumhaft, wie du darin aussiehst ...»

Einzukaufen heißt ohnehin, am Rande von Halluzinationen entlangzubalancieren.

Nonie erzählte mir, trotz ihres Alters gefielen Casey enganliegende Kleider ... *Und sie sieht sogar gut darin aus.*

Kapriziöse Gemeinheiten, aufreizende, fast *verspielte* Gemeinheiten: «Ich hasse dieses Kleid— Ich hasse dieses Rot ...»

Und: «Was schätzt du, wieviel Spiegel es in diesem Geschäft gibt? Zählst du manchmal die Spiegel?»

«Du kaufst mir viel zuviel ... Wirf bloß nicht dein Geld zum Fenster hinaus –»

«Den Gürtel hier möchte ich dir schenken: ich mag Lackleder so ...» Ein Lächeln. «Ich werfe mein Geld schon nicht zum Fenster hinaus ...»

Dieses Gesicht, diese *Augen*, dieser *sensible* Hauch von Dankbarkeit ...

«Wie gut dir dieser Pullover steht ... mein Schatz.»

Später wird jemand in Caseys Haus sagen: «Ihr beide habt euch gegen uns andere verschworen ...»

Sind die Flitterwochen vorüber? Gewinnen sie den Preis?

Nonie sagte zu mir: «Dad, Casey und ich, wir sind einfach netter als andere Leute ...» Doch dann: «Die halbe Zeit über lachen wir uns über alle möglichen Leute kaputt ...»

(Lila hat mir erzählt, meine richtige Mutter sei *sehr witzig* gewesen – *oft hat sie jemanden nachgeahmt – ich erzähl dir das zwar ungern, aber sie konnte sehr gemein sein, man konnte sich drüber kaputtlachen, wie gemein sie die Leute nachahmen konnte* ...)

Ich stelle mir vor, daß Nonie zu Casey sagt: «Ach, ich hab mein Pulver noch nicht verschossen – du weißt ja nie, was wirklich mal passiert ... Ich hab da noch so ein paar Trümpfe im Ärmel. Immerhin bin ich Pfadfinderin ...»

Gewisse Formen von *Liebe* trösten den Ehrgeizigen, andere sind Ehrgeiz. Manche sind ehrgeizige Vorspiegelungen und dennoch süß – aber man bedenke, was dann aus dem Ehrgeiz wird.

Wieviel Mut erfordert es? Anders als ich zu sein?

Gibt es keine Gerechtigkeit in der Liebe? Gibt es in der Liebe eine gewisse Gerechtigkeit?

Im ernsthaften *Mief* des Lebens, im ernsten Gestank realer Ereignisse eine halb-bekannte Geschichte, leicht vom Hauch des Liebeswahns umweht – nun, kein Traum kann dir in einer solchen Sache Unterweisung bieten ... Kein Traum, kein Akt der Phantasie kann den wirklichen Lebenshauch enthalten, oder den wirklichen Tod, oder auch nur einen Splitter der Liebeswirklichkeit ...

Liebesgeschichte

Mama sagte: *Reisen erweitert den Horizont ... Du mußt lernen, andere Menschen zu verstehen, und an einem neuen Ort lernst du's besser. Natürlich lernt keiner jemals aus ... Was* versteht *man denn schon je wirklich?*

Ich höre, daß sie sich *wahrhaftig* geben will – inspiriert – als Frau von *gottgegebener* Intelligenz, in ihren Analysen zu Offenbarungen fähig, präzise und gerecht in ihren Verwünschungen: eine Illusion vielleicht, aber ein echter Stil ... ein Stil, dessen sie sich vielleicht besonders dann befleißigt, wenn sie über die Liebe spricht ...

Ihr Stil signalisiert, daß sie hart arbeitet ... ein Genie ... erfahren ist ... Wo auf Wissen gepocht wird, spielt immer das Moment mit, für den Sprecher sei ein Traum wahr geworden – ein Stil, dessen sich eine ganze Anzahl von Frauen und einige Männer bedienen. Es ist kein Stil, der einem weltweit begegnet.

In einer Variante dieses Stils sagte Lila, als sie im Sterben lag und ich das zweite Jahr in Harvard studierte und an ihr Bett gerufen worden war: «Du warst immer so ein guter Zuhörer – bist du noch einer? Bist du immer noch so ein Schatz?»

Mir war gesagt worden, sie werde binnen vierundzwanzig Stunden sterben, und ich nahm einen Nachtflug von der einen Küste zur anderen, dann ein Taxi und traf um drei Uhr morgens an ihrem Bett ein. Sie hatte geschlafen oder dahingedämmert; aber sie wachte auf und begann zu reden; sie redete – und schlief – dann fast drei Tage hindurch – die ganze Zeit zu mir.

Der Arzt sagte leicht sarkastisch, es sei ein Wunder.

Lila erzählte mir Geschichten, sie monologisierte, korrigierte die Vergangenheit, berichtigte frühere Behauptungen, alte Strategien. Sie tat dies mit einer gewissen Nervosität, wobei sie die Person, als die ich mich in ihrem Zimmer aufhielt, den Mann, der aus mir geworden war, ignorierte – nicht aber meine Erscheinung; der schmeichelte sie, deren war sie sich in furchterregendem Maße bewußt.

Aber sie sprach in mir denjenigen an, als der ich ihr über ein paar Jahre hinweg in unregelmäßigen Abständen präsent gewesen war und den sie nun in Gestalt eines älter gewordenen Heranwachsenden vor sich hatte, eines Achtzehnjährigen, der hauptsächlich aus einem Kompendium von Erinnerungen bestand, die den ihren glichen – was natürlich nicht stimmte. Wohl wurde sie auf eine bestimmte Weise davon beeinflußt, von dem Problem meiner gegenwärtigen Erscheinung und dem Unterschied, der zwischen dieser und ihrem Bild von mir in unzähligen Momenten der Vergangenheit bestand, bis zurück zu mir als krankem Kind in Windeln und dem verrückten kleinen Jungen, der ich zur Zeit der Adoption gewesen war. Der Fremde dort in ihrem Krankenhauszimmer war ihr verbunden durch mentale Dinge (und diverse Geheimnisse), war mit Dingen in ihrem Kopf verbunden, ihrem Geist; und vermutlich auch in ihrem Körper, obwohl wir in Wirklichkeit nur Verwandte waren, nicht Mutter und Sohn; doch in den Jahren, die wir zusammen verbracht hatten, war eine mentale Blutsnähe mit bestimmten Merkmalen entstanden und ein physisches Wissen umeinander, das dem der ererbten Art glich und auch wieder nicht.

Es gibt da etwas Unheimliches an der Liebe – und an Menschen, die mit einem darüber reden wollen –: ich meine, daß sich daran eine gewisse, von Anfang an bestehende Sympathie erweist. Lila hatte mir testamentarisch alles Geld vermacht, das sie besaß, doch Nonie war eine Kopie des Testaments in die Hände gefallen, oder Lila hatte sie damit gefoppt; und

Nonie war aufgebracht gewesen; und Lila hatte einen Rückzieher gemacht und mir zwei Drittel ihres Vermögens vermacht: dieses Vermögen war so klein, daß es nicht sonderlich darauf ankam – *Aber Nonie sagt, Geld ist Geld, und da hat sie schon nicht unrecht;* Lila entschuldigte sich jedoch dafür und sagte, sie wolle, daß ich über einige Dinge *die Wahrheit* erführe, zur Entschädigung für das Geld, das mir entgehe.

Als sie um drei Uhr nachts aufwachte, saß ich mit verschränkten Armen da, in Los Angeles, und versuchte, nach dem seltsamen Flug mit einer Propellermaschine Luft zu bekommen. Sie sagte: «Wiley, bist das du? Bist du gekommen? Ich möchte dir ein paar Dinge sagen.»

Ein paar Dinge? Was für Dinge? Streng bitte deine Stimme nicht an. Laß uns einfach zusammensein.

«Nein, ich will mit dir reden ... Das ist ein Vermächtnis: nun sei mal kein Narr. Ein Vermächtnis ist eine gute Sache, hörst du: und eins kann ich von mir sagen, eine Lügnerin war ich nie ... Alle sonst in der Familie haben gelogen, weißt du das? Die Menschen lügen immer. Lügen, lügen, lügen ... Aber das ist ja nicht gerade eine Neuigkeit ...» Dann ganz unvermittelt: «Du gibst dir an zu vielem die Schuld ... Casey und Nonie sind zärtlich zueinander gewesen.»

Zunächst hatte ich keine Ahnung, was sie sagen wollte. Ich hatte die Warners vergessen, wie andere wiederkehrende Erinnerungen jeder Art und wie den Beginn meiner Adoleszenz, Nonies Leben – alles. Die Eindrücke, selbst die Atmosphäre von alldem, waren der Oberfläche meines Bewußtseins nicht so nahe, daß mir die Erinnerung an jene Tage als bedeutsam präsent gewesen wäre.

Doch dann fiel es mir auf einmal wieder ein. Auch daß ich so etwas irgendwie gewußt oder erraten hatte – vage.

«Deine Mutter hatte auch so jemanden ... Casey hatte eine liebe alte Kindheitsfreundin: sie haben immer zusammengehalten – anders hätte Casey in der kleinen Stadt dort nicht leben können ... und den Verstand behalten ...» Casey und Emma-Jean Marie ... Bestenfalls nahm ich mit halbem Bewußtsein auf, was Lila mir da erzählte: daß sie etwas Reales andeutete: die realen Belange der Frauen. Ich hatte keine Ansichten, keine übergeordnete Meinung zu dem Thema und, soweit ich wußte, kein Interesse daran – und dennoch verwandelte sich, als sie davon sprach, nach zwei, drei Sekunden der Verzögerung erst die Erinnerung – irgendwie scheel und sperrig allerdings – und dann mein Gefühl, das Vergangene sei mir partiell verborgen geblieben und ich sei noch nicht alt genug, um damit fertig zu werden, in irres, studentenhaftes Interesse: Ich wollte kein Idiot mehr sein. Gleichwohl vermag ich Ihnen nicht annähernd zu berichten, wie sonderbar die Sätze mit ihrem Furnier, ihren Intarsien von Informationen mir erschienen, wie leer sie waren und wie die Leere sich dann auftat, als platzten Fruchtkapseln in einem verborgenen geistigen Garten, in dem verschwommen nicht ganz glaubhafte Szenen spielten, die mich vor Rätsel stellten: Wie konnte Mama von diesen Dingen wissen? Mit Wissen welcher Art würde sich erweisen, daß solche Mitteilungen den *Fakten* entsprachen? Zu einem beträchtlichen, einem großen Teil erschließe ich, was andere sagen wollen, wenn sie sprechen, aus ihren Absichten – mir gegenüber, dem Zuhörer, dem Thema gegenüber; wobei ich gewöhnlich mit dem beginne, was sie *mir* gegenüber beabsichtigen. Ich kann nicht um alles wissen, was beabsichtigt ist; eine topographische Besonderheit verhindert dies: ein Berg liegt zwischen uns; Lila ist durch ihre Existenz getarnt, durch das, was uns unterschied, als wir noch beide am Leben waren.

Eine Zielrichtung jedoch ist zu erkennen. Und diese Zielrichtung kann einfach sein – aufgrund von Aufrichtigkeit oder Schmerz –, gewöhnlich aber ist sie den Intentionen nach eine zumindest dreifache: auf die Vergangenheit, auf mich jetzt und auf die Zukunft ausgerichtet: Lila wollte mich beeindrucken – oder das, was sie sich unter dem Harvard-Intellekt vorstellte ... oder unter der Denkweise eines jungen Studenten: die Gegenwart ist – unausweichlich – furchtbar sexuell. Mein gutes Aussehen, falls es denn eines war, hatte sich nicht völlig verflüchtigt; und was Lila da tat, taten auch einige andere Leute – einige wenige. Dennoch ist es wohl kaum jemals einfach, einem Monolog ausgesetzt zu sein. Hier, in einem Krankenhauszimmer in L. A., in einem katholischen Krankenhaus, nahm ich als erstes (mit männlich-zimperlichem Widerstreben, das ich hoffentlich vor ihr verbergen konnte – wissen Sie, welch ein Problem Takt am Bett Sterbender ist?) wahr, daß sie Einfluß darauf nehmen wollte, was ich über Frauen dachte, was ich über sie wußte, und daß dieser Einfluß noch lange, nachdem sie tot wäre, fortwirken würde ... die Samen, die Eier – Partikel ihres Monologs ... die nun, mit dem Nachdruck einer Sterbenden, in mir abgelegt wurden. Sie wollte meiner Einstellung zu Nonie Farbe verleihen. Und meiner Einstellung zu Casey, die Mama dann um fast dreißig Jahre überlebte und der Nonie ihr Leben lang mehr Innigkeit und tiefere Bewunderung entgegenbrachte als Mama, der Nonie in Gedanken näher stand. Oder an die zu denken Nonie näher lag. Mama wollte mir helfen. Sie schob andere Frauen beiseite – solche, von denen sie wußte. Sie wollte mir sagen, daß sie allein sei, auch sie eine Waise und damit mir gleich; sie wollte sagen, daß ich in Anbetracht der Welt, wie sie nun einmal ist, in Ordnung sei. Relativ.

Jetzt wenigstens. Jetzt, da ich auf dem College war. In Harvard.

Sie wollte außerdem – indirekt und unausgesprochen – sagen, wieviel Anteil sie und Nonie aneinander genommen, wieviel sie geredet, angedeutet und erschnüffelt hätten, wieviel Anteil sie selbst, Mama, genommen habe, so daß sie in alles ihre Nase gesteckt, nachgebohrt und über die Dinge nachgedacht habe und daher wisse-was-sie-nun-einmal-wisse – und daß Nonie gewollt habe, daß sie es wisse, daß sie diese Dinge herausbekäme ... oder vermute. Daß Nonie es mal gewollt habe, mal wieder nicht, je nach Stimmung.

Doch ein Spionagesystem hatte existiert, Mama hatte Wege gewußt, solche Dinge herauszufinden, Anzeichen wahrzunehmen und daraus auf das zu schließen, *was vorging*; ich meine, wie hätte Mama all das tun können, wie hätte Lila über diesen Kram Bescheid wissen können, wenn sie die anderen Frauen nicht geliebt hätte – und die *furchtbare Wahrheit*, die sie hüteten?

Ich glaube, zur Tatsache begann es zu werden, weil einige Leute wußten, daß derlei vorkam, weil sie darüber redeten und es als Tatsache in einem gewissen normalen, sozialen Sinn verstanden, nicht jedoch in irgendeinem theoretischen Sinn.

Vielleicht wollte Mama aber auch sagen, Nonie – und meine richtige Mutter – hätten ganz vernünftig mit ihr darüber gesprochen, dies und das teils ausgeplaudert, teils sie damit gequält, sich damit vor ihr aufgespielt, sich an ihr gerächt oder ihr nachgestellt; und sie habe das nicht übersehen.

Sie hatte diesen Kram und die Frauen, die damit zu tun hatten, immerhin genug geliebt, um sie genau zu beobachten; und die anderen hatten sich für sie interessiert – nicht so, wie Daniel an mir interessiert gewesen war, sondern auf irgendeine sonstige Weise.

War sie bitter und zensorisch – und bösartig?

«Wenn sie in der Stadt ihre Einkaufsbummel unternahmen, huschten sie immer auf eine Damentoilette und küßten sich ... Sie waren ja so romantisch – aber vorsichtig ...» Ihre von Medikamenten und vom Sterben rauhe Stimme, ihr mitgenommenes und doch hübsches, erschöpftes Gesicht ließen Stimmungen erkennen: eine verzeihende und doch erbarmungslose Bitterkeit und dann das schal gewordene Behagen darüber, von jenen Frauen einbezogen worden zu sein, ein Behagen, das zunahm, bis es schockierenderweise den halben Verrat mit umfaßte, den sie an ihnen nun, so spät in ihrem Leben, mir gegenüber beging.

Doch dann war es auch wieder schwer, sich Nonie und

Casey zusammen in einer Geschichte vorzustellen, ohne Mama zu vergessen – es war gewagt von Mama, als Sterbende die ablenkenden Bilder einer solchen Geschichte heraufzubeschwören.

Hatten die beiden Frauen sich in Forestville überzeugend romantisch verhalten? Doktrinär in ihren Gefühlen und Handlungsweisen? War es *ein halber Scherz* für Nonie – ein ironischer Schlenker für Casey? Eine Spielerei? Hatte Mama es erfunden? War sie erst später darauf gekommen?

Bewies jede von ihnen Humor, einen Caseyanischen, einen Nonie-esken Humor – einen Sinn für Humor, wie sie es nennen würden – bei ihren diversen, trotzigen, regelwidrigen, hübschen (und nicht so hübschen) Streichen, bewiesen sie in verschiedenem Grade Persönlichkeit und verführerische Macht – oder lockten sie die Leute, partiell unbegründet, auf eine falsche Fährte?

Besitzen Geheimnisse tatsächlich Macht – mittels Fünkchen des Geistes und des Blicks –, verströmen sie eine Art Unlicht oder führen eine wassergleiche Brechung oder einen Nebel herbei, der nur partiell Konturen, eine schräge Definition von Wirklichkeit ahnen läßt?

Meine richtige Mutter – also, Lila erzählte mir da eine wirre Geschichte; Taktgefühl zügelte sie, meine zweite Mutter, und auch meine *Scheu*, wenn ich das sagen kann: irgend etwas zügelte meine Reaktionen und minderte mein Hörvermögen – habe ich richtig gehört, ist richtig, was Lila sagte, litt meine richtige Mutter, die große Ceil mit dem Gesicht einer indianischen Squaw, wirklich *Liebesqualen* wegen «so eines hübschen Hausmädchens von ihr, das sie regelrecht an der Nase herumgeführt hat – dieses Hausmädchen war eine fürchterliche Person, jahrelang hat sich die Sache zwischen den beiden hingezogen ...» War es so? Lila legte Frauen gern Mord zur Last – sie war sicher, daß Tante Henrietta Onkel Henry angeschrien hatte, bevor er einen Herzschlag erlitt, und so dafür gesorgt hatte, daß er starb. Sie glaubte sich oft –

oder gelegentlich – ihre Geschichte über Nonie und die beiden Kinderprinzen im Turmgemach. Sie behauptete, ihre eigene Mutter habe ihre ältere Schwester schikaniert und deren Tod herbeigeführt – an Krebs. Fast immer unterstellte sie Frauen grenzenlose Willenskräfte. Über *das hübsche Hausmädchen* sagte sie: «Sie war eifersüchtig auf dich und hat zum Tod deiner Mutter beigetragen – glaub mir, du weißt gar nicht, was Eifersucht anrichten kann ...» Vielleicht weiß ich es wirklich nicht. Zwölf Jahre nach Lilas Tod – ich war mittlerweile ein besserer Zuhörer und Beobachter –, als alle meine Eltern tot waren, kam ich von einem Aufenthalt in England zurück und fuhr in die Kleinstadt, in der meine Mutter am Ende ihres Lebens gewohnt hatte, ohne zu wissen, daß ihr nur noch eine so kurze Lebensspanne blieb – wo sie in den letzten acht Jahren ihres Lebens gewohnt hatte, wo sie gestorben und geboren war. Als ich in einem weißen Chevrolet durch die Straßen des Ortes fuhr, stellte ich fest, daß ich mich an ein bestimmtes Haus zu erinnern meinte. Als ich eine ältere Frau auf der Straße ansprach, sagte sie: «Sind Sie hier aus der Gegend? Sind Sie Aaron Weintrub?» Sie sagte mir, wo das Hausmädchen wohnte; diese Frau lebte noch, in dem Haus, an das ich mich hatte erinnern können. Ich war an dem Haus, wo ich geboren war, vorbeigefahren, ohne es wiederzuerkennen – ich erkannte es erst nur von dem seitlichen Gartenstreifen aus. Seltsam, wenn man Gegenstände aus der Vergangenheit tatsächlich vor Augen hat, scheint die Erinnerung nicht mehr in einem, sondern draußen im Freien zu existieren ... *Der Ort spricht mich an:* Ich hatte einen Freund, der solche Dinge sagte ... Ich erkannte Dinge aus meiner frühen Kindheit wieder; das Problem von Größenverhältnissen und späteren Erfahrungen plagte mich – die Tatsache, meine ich, daß ich die falschen Dinge kannte.

Ich sagte mir, *ich kann mich nicht erinnern*, und dann sah ich am Rande meines Versagens dieses mentale Phänomen, das aus Impuls und Willen hervorgeht und einen in Entgrenzung taucht; und dann erinnerte ich mich – an den Geruch meiner Mutter, an ihre Kleider, ihre *Büste*, ihre Brüste ... Ich erinnerte mich an die Qualität ihrer Lebendigkeit: sie hatte einen Geliebten oder eine Geliebte, ein Interesse dieser Art – und mich: sie hatte mich ... *Du hast es ihr leichtgemacht; du hast sie nicht gequält* ... Die Spannung wirklicher Erscheinungen steigt und fällt – die Abwesenheit von *Leere* ... In jenem anderen Haus lebte das Hausmädchen noch immer – welche Treue, muß ich sagen. Im ersten Augenblick, als sie an die Tür kam, sah ich – nein, sie – nein: Im ersten Augenblick, als sie an die Tür kam, sah ich eine Frau, die *méchant* war, noch immer unheimlich hübsch, als alte Frau – so hübsch wie ein Filmstar, nach Art eines verruchten Luders: ich wußte, was alles mit ihr – für sie – möglich war.

Ihr Mann sah in seinem hohen Alter ebenso gut aus, wie sie hübsch war, aber er war ein freundlich lächelnder, einfacher Mann, und dennoch kam auch er mir mörderisch vor. Die Menschen lösen ineinander nun einmal, sagen wir, *eigentümliche* Dinge aus. Ich sagte zu der Frau: «Das hier wird eine sehr sonderbare Sache.» Sie sagte: «Aaron?» mit einem österreichischen Gebirgsbauernakzent, einem Tiroler Akzent, glaube ich. «Ich wußte, daß du mich einmal besuchen kommen würdest.» Sie öffnete weit die Tür und versuchte naiv und nichtssagend dreinzuschauen, und vielleicht gelang es ihr auch, wer weiß: Ich sah eine Frau von sehr schwarzer Seele, aufs höchste gespannt, ein wenig ängstlich und resigniert, furchtbar, freudlos, neckisch und herausfordernd.

Während ich bei ihr war, nannte sie mich nur bei meinem alten Namen – bei meinem ursprünglichen. Sie beschrieb den Tod meiner Mutter mit solcher Falschheit des Details, mehr noch, des Tons, und berührte mich dabei immer wieder, ein Lächeln auf ihrem sehr alten, wirklich verblüffend hübschen Gesicht, und starrte mich mit ihren Filmstar-Augen auf verwunderte, hübsche, beängstigende Weise an;

und dann warf mir diese Bergbäuerin, die (meinem Gefühl nach) keine Grenzen kannte, während sie weiterlog, ein paar flüchtige Blicke von der Seite zu, Blicke so voll verdorbener Beschämtheit und Abbitte, so gekränkter, ausdauernder Liederlichkeit, daß mir übel wurde, denn unerlaubter-, unbewiesenermaßen *wußte* ich, was die Wahrheit war.

Mitten im Lügen hielt sie inne und sagte mit diesem listigen, reizenden, schamlosen, gekränkten Alptraumblick gealterter, befleckter, schal gewordener, unbeugsamer Liederlichkeit: «Ich wußte, daß du eines Tages kommen würdest, um mit mir zu reden ...»

Liebe. Und die Gedanken, die einer Frau durch den Kopf gehen. Auf ihrem Sterbelager sagte Lila: «Ob es völlig sauber zugegangen ist und wie sich's gehört? Ob es nur Gerede war? Ich habe nie danach gefragt; ich hatte nie den Mut dazu: ich wollte nicht die Wahrheit über sie erfahren ....» Über Casey. Nonie. Meine Mutter. Ihr Hausmädchen. «Als deine Mutter krank wurde, hat Max diese andere Frau nie mehr in deine Nähe gelassen ...»

«Wußte er es denn?»

«Bei einem Mann wie Max kennt man sich nie aus – vielleicht hat ihm jemand gesagt, er soll deine Mutter mal ein paar Takte lehren: sie war eine kalte, stolze Frau, und so erfolgreich – auch noch in der Wirtschaftskrise. Deine Mutter konnte einem angst machen ... Sie war gescheit, aber in vieler Hinsicht nicht gerade vernünftig. Wenn ihr danach war, hat sie jedem ins Gesicht gesagt, was sie so empfand – ein Blümchen war das nicht, kann ich dir sagen ... nicht mal im Vergleich zu einem abgebrühten Kerl ... Eine Tigerin: das waren sie, diese Frauen da ... Tigerinnen ... Ich hätte in dem Ort nicht leben können.» Aber ihr Tonfall besagte, daß sie sich glücklich schätzte, mit dem unreifen, aufgeschlossenen Jungen reden zu können, der neuerdings so männlichstumm geworden war – der für die meisten Situationen eine langbeinige Version des maskulinen Harvard-Gebarens angenommen hatte.

Ich hatte gehofft, das Hausmädchen hätte meine Mutter *geliebt* oder Freude an ihr – oder an mir als Baby – gehabt und würde in Erinnerungen schwelgen.

Statt dessen hatte ich das Gefühl, mich in einer Atmosphäre von *Mord*, Verruchtheit, Leidenschaft und zahllosen faulen Absolutionen zu befinden – bei der katholischen Beichte erteilt, die jedoch bei dieser Frau nichts bewirkt hatte; sie stammte aus einer Weltgegend, wo Menschen sich über Generationen befehdeten.

Gerade so, wie ich bei Lila am Ende etwas Nicht-Mörderisches herausfühlte.

Aber es ist ein *Gefühl*.

Lila sagte: «Deine Mütter sind beide jung gestorben, Pisser ... Da hast du kein Gück ... Nimm dich in acht vor Frauen ... Ich muß dir sagen, *ich* habe nichts, was sie getan haben, aber auch nichts, abstoßend gefunden. Eine Frau hat das Recht, jeden Menschen zu lieben, der sie wiederliebt. Weißt du, eine etwas andere Hölle muß gar nicht immer so höllisch sein. Ich hoffe, du bist vernünftig. Ich will dir etwas sagen, ich will dir eine Menge sagen, wenn meine Kraft reicht, alles, was ich dir sagen kann: Ich weiß nicht, wie das mit dir ist; aber eine Frau kann einem Mann niemals etwas sagen, was er nicht hören will – er hat einfach keine Ohren dafür; er kann sich keinen Reim drauf machen; und wenn du mit einer Frau sprechen willst, stellen sich nicht immer die passenden Worte ein – nicht alles holt Worte aus einem Menschen heraus, Wiley ... Jetzt rede ich mit dir, aber innerlich tu ich's schon seit Wochen ... Der Geist deiner Mutter hat mir aufgetragen, dir alles zu erzählen. Als ich jung war, wollte ich alles ausprobieren ... Ich wollte in der Haut von jedem stecken und erfahren, wie andere sich vorkamen, aber dann hab ich mich dran gewöhnt, ich zu sein ... Und sogar jetzt möchte ich niemand anderes sein ... Ich möchte nicht irgendwo hingeschickt werden, wo ich nicht hin will – ich möchte nicht wie eine Ehefrau behandelt werden, Wiley … WENN ich jemanden geliebt habe, dann habe ich ihn auch geliebt. So hab ich's gehalten, Wiley … Daran hab ich alles gemessen … Bist du kleinmütig? Oder kannst du in einer Welt leben, in der die Dinge so sind, wie sie eben sind? Ich sag ja nicht, es wäre leicht. Ich möcht's nicht noch mal tun, ich möchte nicht noch mal von vorn anfangen … Aber es stört mich nicht, daß ich es einmal getan habe und daß es so ausgegangen ist. Es hat Mut gekostet – aber ich hab's getan – meinetwegen kann's auch ruhig jeder wissen, und ich scheu mich nicht, dir zu sagen: ich bin stolz auf mich, weil ich's überstanden hab, ohne den Kopf zu verlieren … Und ohne irgendwem was nachzutragen …»

Die strömenden Partikel und rastlosen Wellen waren für sie bereits zum Stillstand gekommen, oder sie vereinten sich zu einer farbigen Fläche der Rückschau und Bilanz, die für sie einen gewissen Wert besaß, einer Absicht diente; Lila sagte: «Ich habe mir lauter Dinge aufgespart, die ich dir sagen will. Ich bin immer noch couragiert genug zu sagen, was mir paßt …» Sie gab Töne von sich, die fast ein rauhes Lachen waren, ein Zeichen von Freundschaftlichkeit, ein Lachen unter Freunden. «Ich will dir verraten, was manchmal in mir vorgeht: Ich sehe einen Menschen, ich mag ihn, und das ist der Tropfen, der das Faß zum Überlaufen bringt: für eine Weile bin ich völlig aus dem Häuschen: findest du mich komisch? Ich finde das nicht immer so besonders schlau, aber was soll man denn schon machen? Verdorren wie eine Pflaume? Ich hab immer gern ein paar Eisen im Feuer gehabt – nimm mir's nicht übel, Wiley – ich hab alles falsch gemacht, und dafür bezahl ich auch, aber ich bin's leid, die Dinge so zu betrachten – sieh mal: du bist immer noch da; besser hättst du gar nicht geraten können, wenn du mich fragst. Tja, jetzt bin ich auf deiner Seite – egal, wie viele Fehler ich gemacht habe, ein bißchen Anerkennung dafür, wie's ausgegangen ist, hab ich verdient – du erkennst mich an, Pisser, und ich möchte mit dir reden, als ob du wirklich mein Sohn wärst, oder vielleicht so, als wärst du wirklich meine Tochter: findest du das komisch? Findest du mich komisch? Findest du, das sind alles komische Geschichten? Tja, ich weiß auch nicht, was ich davon halte – komisch find ich's wohl nicht ... Ich denk gern über Sachen nach: ich seh gern zu, was passiert, wenn du auf ein Pferd gewettet hast – Geld kam für mich immer erst an zweiter Stelle: lach ruhig, wenn du willst, ich bin nicht mehr empfindlich: also, hör zu, ich habe manche Dinge nie streng gesehen – ach, das findest du komisch? Sehr erwachsen bist du nicht; in Harvard bringen sie dir wohl nicht viel bei. Was ich wirklich denke, hast du nie gewußt», sagte sie aufgebracht. «Ich hab als Mutter eine verflucht gute Leistung gebracht – zeitweilig ... Wenn du dich später an mich erinnerst, wirst du dann kichern? Ich möchte, daß du mich als immer komisch und nicht so leicht zu entschlüsseln in Erinnerung behältst, das heißt, als eine Persönlichkeit ... eine ernst zu nehmende Person. Wo war ich gerade? Ach ja. Jetzt weiß ich's wieder. Geld hat mir nie genügt – es genügt keinem jemals, Wiley, merk dir das – ich möchte, daß du weißt, ich hab mich amüsiert, vom Anfang bis zum Ende, immer. Ich brauchte nie auf alles eifersüchtig sein – natürlich war ich ein Plagegeist; ich hatte ja meine Selbstachtung: es war ein Experiment. Ich bin nicht zu kurz gekommen ... Man redet zwar nicht mit seinen Kindern drüber, aber ich hab mich immer für die Liebe interessiert. Ich war schon eine Nummer – es hat mir sogar gefallen, wenn es anderen passiert ist. Daniel hat S. L.s Beerdigung bezahlt; für ihn kam Geld nicht an zweiter Stelle – ich wußte, daß er nicht gleichgültig war: er hatte sich tief verguckt; man konnte sich auf ihn verlassen; er ist schon immer ein ernsthafter Mensch gewesen ... Dir würde es an nichts fehlen, und wie närrisch du bist, würde schon nicht auffallen. Vielleicht *sollte* eine Mutter sogar genau das tun, wenn sie gescheit ist – beiseite treten und sicherstellen, daß ihr Kind beschützt ist und es ihm an nichts fehlt. Ich bin gescheit, Wiley, ich will dir was sagen: mein Leben lang hab ich nie gern gelesen – willst du was zum Lachen haben? Willst du einen Witz hören ... Das Lesen hat mich immer angeödet ... im Ernst ... Ich hab's gehaßt, wirklich gehaßt, mir wurde schlecht davon, ich mußte mir meine Gedanken selber machen ... Tja, und Daniel las so viel wie du. Er *mochte* Bücher. Wer würde auch ein Kind nicht gern gesichert wissen? Vielleicht kann ich ja nicht alles sagen, was ich sagen möchte? Vielleicht gestehe ich nicht die richtigen Dinge ein – woher soll denn *ich* das wissen? Ich hatte schließlich keinen Knigge als Berater neben mir ... Tja, man lernt sein Leben lang nicht aus ... Daniel meinte, ich müßte mich dafür schämen, wie ich mit dir umgegangen bin – du warst immer zu weich – ich hab ihn nie gemocht – immer mußte er dirigieren; die Sorte kommt nie auf einen grünen Zweig. Mich hat er herumdirigiert, kann ich dir sagen – ich hab's immer gehaßt, wie die Leute mit Geld es einsetzen: sie haben zwar keine Phantasie, aber ihren Willen durchzusetzen, das schaffen sie manchmal phantastisch ... Darin haben sie schon Phantasie ... Ich hasse Kleinlichkeit ... Ich mag Leute, die hie und da mal nachgeben ... Ich wollte dich nicht fortlassen – du warst endlich witzig geworden, fand ich ... Du warst der Mensch, mit dem ich reden wollte: ich wollte dich kennenlernen – das ist eins meiner Geheimnisse. Du warst der einzige, mit dem ich reden konnte. Aber ich hab dich gehen lassen. Vielleicht war er ja nicht sehr nett zu dir – es dauerte keine zwei Monate, und du warst wieder da», sagte Mama rauh. «Aber ich hab dich fortgelassen und dich nie wiederbekommen – in Wirklichkeit bist du gar nicht zu mir zurückgekommen: wußtest du das eigentlich? Du warst so reserviert ... Weißt du das noch? Ist der Sommer so schlecht verlaufen, daß du's mir verübelt hast? Ich glaube, du wurdest eingebildet; gib's zu: du hast vor dir selber Angst bekommen ... Tja, Pisser, ich hab dich eben zuviel lernen lassen, immer, hörst du, und ich war zu grob: Hör mal zu, Pisser, ich möchte dir sagen, daß es mir leid tut ... Es tut mir leid, und jetzt habe ich Angst ... Ich weiß, daß ich oft zu unverschämt zu dir war – der Geist deiner Mutter kommt hierher und macht mir angst, Wiley; ach, Pisser, Pisser, es tut mir leid – egal, was jetzt auf mich zukommt, es tut mir leid – ich war keine gute Mutter ...

Aber die einzige, die du hattest – keine andere hat's versucht ...»

Die kalte Dreistigkeit, mit der ich damals förmlich zu erkennen gab, wie schleierhaft Mamas quasi-formelle Erzählungen, Geständnisse und dergleichen auf dem Sterbebett mir waren – daß da eine Distanz zwischen mir und den Geschichten bestand, Ungläubigkeit –, erregte ihre Aufmerksamkeit: «Oh, du bist mir vielleicht einer – willst du etwa so tun, als ob du gar nicht wüßtest, was es heißt, der Lieblingssohn zu sein? Was Nonie alles angestellt hat, um aus dem Schatten rauszukommen? Tust du so, als hätte keiner um dich geworben? Abwechselnd haben wir dich alle gehaßt, Pisserchen ... Jetzt sag mir mal, Wiley, wie kindlich bist du eigentlich noch?»

«Ich weiß es nicht», sagte ich mit dem Lächeln eines Harvard-Mannes – blaß, nobel, demütig-überlegen ...

«Ich hab von einer Menge Sachen zu sagen, daß sie mir leid tun, aber wenn du nicht hinhörst, dann laß ich's bleiben ... ich hab's gern, wenn man mich würdigt, Wiley ... Ich tu das alles nicht bloß zu meinem Wohl. Ich werd dir alles sagen, soweit ich komme: verstehen kannst du's später, wenn du älter bist – falls du noch mal vernünftig wirst. Wir haben uns so oft nur um dich gestritten: es war den anderen wichtig, wen du am liebsten hattest. Wir wollten sehen, wer das war. Und dann wollten wir's wieder nicht wissen.»

Die Unaufmerksamkeit eines Zuhörers: der Geist schweift zwischen den Rätseln einher; Geister schweifen nun einmal: das ist ihr Geschäft. Im wirklichen Leben kratzen Sie sich heimlich und *höflich* am Ohr, wenn sich ein Rätsel stellt.

Manchmal waren meine Eltern liebevoll gewesen. Wenn die peinliche Ambiguität eines Rätsels Sie auffrißt, wenn es Ihnen das Zeitgefühl wegfrißt, dann können Sie in jenem rätselhaften Dunkel, worin die Zeit Ihrer Wahrnehmung entzogen ist und Ihre Mutter stets nur lieb war und Ihr Vater nur den Charakter eines *Vaters* hatte, allerlei Experimente anstellen ... Sie können mit der Zeit spielen ... das heißt, sie verlogen mit von Rätseln strotzenden Antworten löschen; das mit Lichtgeschwindigkeit dahinsausende Raumschiff Auge – dessen abgespreizte Ständer realen Lichtstrahlen gleichen – und das Flattern jener anderen Zeit, in der man atmet und sterben wird, während man so so tut, als wären der Zeit jene anderen Dimensionen eigen, schleierhafte Weiten, durchscheinend und scheinbar lehrreich: diese beiden Phänomene bestimmen, wie facettenreich man wahrnimmt, denn die Wahrnehmung ist zeitgebunden und existiert nur innerhalb der Zeit. *Die Wahrheit ist* ... Jener *anderen* Zeitebene wegen vermengt und verdreht meine schweifende Aufmerksamkeit die Dinge, staucht sie zusammen und bringt Lilas Worte durcheinander: sie gleitet knapp am Verstehen – dieser Verklärung des gespenstischen Geistes – vorbei und vernachlässigen den Körper. Der Geist besitzt keinen wahren Körper – er spielt sich dem Körper gegenüber als Nonie auf.

Aber ich glaube an den Geist, Mama.

Als Sterbende war Mama weniger Mama als irgendwie ein letztes Kapitel von Mama, oder noch eher eine Stimme, die irgend etwas Bestimmtes zielsicher verfolgte – zielsicher, semi-mütterlich.

Im letzten Augenblick menschlich – wie in anderen Kleinigkeiten.

«Mama!»

«Laß mich zu Atem kommen – ich brauch ein Nickerchen ...»

Ich wartete darauf, daß die Sterbende aus ihrem Drogenschlaf erwachte.

Wenn man keine – oder kaum noch eine – Zukunft hat, wenn die Zeit nur noch zweiseitig ist und als Element aller Dinge verblaßt, was dann? Lila versuchte, mir – im letzten Augenblick – etwas über das Leben zu sagen, über einen der wichtigen Faktoren: darüber, wie Frauen, manche Frauen, sich Frauen zuwenden. Gunstbezeigungen, Gesten der Loyalität – Küsse in Nachtgewändern, Seelen in Körpern in Pyjamas und Nachtgewändern, heiße Schokolade vor dem Schlafengehen ... Rasche, wahnsinnige Liebkosungen ... Reizbare, wahnhafte Eröffnungen und *Geheimnisse* ... Die Geheimnisse fliegen von Seele zu Seele wie fortgeschleuderte rote Ameisen, die beißen, oder wie Kakerlaken, die einen zum Aufkreischen bringen – und vielleicht zum Lachen: O NEIN, O NEEIIIN – HUCH ... OH, WIRFT MICH DAS UM ...

Als ich in Lilas Krankenhauszimmer saß, nahm ich an, ihr wichtigster Impuls sei, sich als die einzige wahrhaft heterosexuelle Frau, die ich in meiner Kindheit gekannt hatte, darzustellen – als die einzige, die Männer bevorzugte, die von allen die fairste, zu mir am fairsten gewesen war ... In gewisser Hinsicht. Manche Frauen schmücken sich manchmal mit einem heroischen Aspekt davon, dem der Ausnahmeerscheinung, um am meisten geliebt zu werden. Ich weiß nicht. Sie wollte schockieren – und wichtig sein; sie hatte mir von einer Welt berichtet, in der ich nie würde wichtig sein können, sie es jedoch war.

Sie hatte einmal zu mir gesagt: «Such dir eine Frau – eine gescheite Frau, die kämpfen kann; nur eine Frau kann dich gegen Frauen verteidigen, Wiley ...»

Sie wollte erklären und warnen, warnen und unterhalten, unterhalten und belehren. Daß manche Menschen dies für zwei *sanfte* Eingriffsformen halten, ist höchst sonderbar. Mama wollte meine Denkstrukturen sprengen, beeinflussen und verändern – auf unterhaltsame Weise ... Sie wollte mir in Erinnerung bleiben ... verdientermaßen. Sie war eine fatale, sterbliche Scheherazade, eine Morgan Le Wie-hieß-sie-noch, eine Femme fatale bis zum Ende – kraft Todesnähe unschuldig, tugendhaft vornehmlich, um zu verführen – wie bestürzend sie doch auf mich wirkte! Und wie absichtlich *dickfellig* und für sie unzugänglich ich jahrelang gewesen war – aus Abwehr. Absichtlich hatte ich mir die Pointe, auf die sie abzielte, seit meinem vierzehnten Lebensjahr entgehen lassen.

Sie wollte mir gewisse Wahrheiten mitteilen, als ihre Gabe vom Sterbebett aus, um mit unnachgiebiger Energie bis ganz zum Ende von Bedeutung zu sein. Ich hatte eigentlich immer (oft) gesagt, ich *wolle* die Wahrheit wissen. Und hatte mich an den Rätseln, den fehlenden Puzzle-Steinen in den unvollständigen Geschichten gestört, die man mir erzählte.

Lila hatte inzwischen mein Geschick, ihr auszuweichen und damit ihr Interesse zu erregen, vergessen. Es war wie zwischen Ginger Rogers und Fred Astaire, nur daß hier Ginger Rogers mir nachsetzt; und obendrein wirbelt sie solo umher und enthüllt *rechter wie linker Hand Geheimnisse*.

«Männer taugen nichts», sagte sie. «Frauen wollen ihren eigenen Willen haben.» Das hätte ich bei Chaucer gelesen, sagte ich. (In vieler Hinsicht hatte ich es natürlich *schon immer* gewußt – schon vor meiner Geburt, auch wenn ich nicht gewußt hatte, daß die umschließende Schale die ozeanisch-bergende Frau war.) Lila starrte mich an. Seit langem hatte ich ihre Zuneigung zu mir nicht mehr als Prämisse verwendet, um etwas zu verstehen. Eine Seele träumt: ein Leben verlagert sich. Man tut so, als wäre es anders, weiß jedoch, daß die realsten Kenntnisse dem Beobachten von Bewegungen entspringen. Mama liegt im Sterben und erzählt mir Sachen und lauscht ihren eigenen Geschichten – natürlich nicht mir. Daß sie mir *jemals* zuhörte, war immer geheim geblieben. Was sie für wahr hält, hat sich verändert und verändert sich durch die Worte, die sie nun verwendet, noch weiter; sie kämpft in zum Teil aschfahlen, sich schweratmig dahinschleppenden Momenten mit der Mechanik der Sprache, mit linguistischen

Problemen. Sie wird von den Zufällen ihres eigenen Sprechens affiziert, aus denen die halben Zufälle ihrer Gedanken werden, auf die sie zu ihrer Überraschung inmitten der Erkenntnisse stößt, die ihr gekommen sind, seit sie im Sterben liegt. Ihre gewohnte, geometrisch geordnete Beherrschung wird nun von Leben und Tod verzerrt; und woher sie das ganze Zeug weiß; und wie ich jetzt für sie aussehe (wie ein Pferd, bis in den Charakter hinein, oder als-würd's-gleichregnen, um dieses Thema wieder aufzugreifen); und wie ich mich jetzt verhalte (nach so etwas wie einem Grundprinzip); und die Zufälligkeiten des Pulsschlags und der Redewendungen und Assoziationen in ihrem Kopf – und ihrer Prahlerei vor mir – und vor sich selbst: es scheint von einem anderen Teil ihres Lebens auszugehen, von einer anderen Kategorie von Leben, einer unerhörten Art von *Leben-im-letzten-Augenblick* ...

Es stimmt, daß sie auf sehr flache Weise heiter ist. «Was habe ich zu meiner Zeit nicht alles gesagt», sagte sie, «und zu so vielen Leuten; es tut mir leid, verleideter, am verleidetsten, Sir ...» Sie hatte da etwas falsch verstanden und hielt es für einen Casino-Witz. Oder ich verstand sie jetzt falsch – das Sprechen fiel ihr schwer. Oder sie macht einen dummen mittelwestlichen Scherz, obwohl wir in Kalifornien sind, einen Scherz für einen Jungen aus dem Mittelwesten. Gemäß dem eigenartigen Begriff von gesicherten Fakten kann sie für mich nun keine wirklich allwissende Erzählerin mehr sein. Auch nicht für sich selbst. Wenn ich dem, was sie sagt, (zum Teil) Glauben schenke, dann, weil ich auf frühere Äußerungen von ihr zurückgreife, die ich mir erneut vorsage ... Weil ich einiges von dem, was sie sagt, sofort aufsauge ... Angesichts des Stands der Tatsachen im Moment, derjenigen in diesem Raum mit ihr und mir darin – ich so verändert und sie nun sterbend –, wobei die wichtigste Tatsache darin besteht, daß sie zu mir *spricht*, zu einem nicht ganz realen Wiley, aber zu einem, der ihr präsent ist; und angesichts ihres Gefühls, sie müsse mit Chaucer konkurrieren, und ihrer Todesahnung und ihren Konkurrenzgefühlen gegenüber anderen Frauen und sogar dem gegenüber, was sie nicht mehr erfahren wird, was sich für mich ereignen wird, nach ihrem Tod und in immer fernerer Zukunft – sie ist sich dessen, ungläubig vielleicht oder schmerzlich oder quälend, bewußt – ich glaube, sie operiert im Rahmen einer Konkurrenz mit meiner Art (Harvard-)Wahrheit, läßt ihre eigene Nützlichkeit gegen diese Form von *Überheblichkeit* antreten ... Sie hat nicht eigentlich das Gefühl, daß sich die *Niederlage* nähert ... Ich bin beeindruckt und verstehe, warum ich sie, als ich noch klein war, sehr oft am liebsten hatte; es rührt mich, scheinbar der *Wahrheit* zum Greifen nahe zu sein – in Wirklichkeit Wedeln und Blättern von sehr vielen verschiedenen Wahrheitsarten, von denen ich jedoch keine als Zeichen von *Allwissenheit* akzeptieren kann ... Als wahr, sicherlich, als Irrtum-und-Wahrheit, und Lila liegt im *Sterben* ... Wenn sich kein lodernder Streitwagen und kein mystisches Licht im Raum befindet, dann ist es die Wahrheit, ja, ohne Allwissenheit, dann will sie recht haben, mehr recht als ich, dann will sie etwas wissen, was ich unmöglich *wissen* kann – dann will sie auf dieser Ebene an ihrem Ende im Recht sein. Wahrheit, ja, doch noch immer nicht *Allwissenheit.* Aber mehr, als ich bieten könnte. Ich bezweifelte, daß ihre Art von Überheblichkeit die verbotene war, wenn aber doch, dann hatte ich nichts dagegen. Ich glaubte ihr und glaubte ihr teilweise nicht, aber ich war stolz auf sie, weil sie mit soviel Verve starb – und so überaus anders als S. L., der sich an seinen letzten Tagen geweigert hatte zu sprechen, zu vergeben oder den Tod, das Leben, die Lebenden, die Toten anzunehmen und irgendwie episch, düster satirisch und ein stummer, vielleicht verlogener oder mogelnder oder von sich selbst überzeugter Alleswisser gewesen war. Ich liebte ihn deswegen nun weder mehr noch weniger, überhaupt nicht; aber ich zog Lila und ihre Art, die Dinge zu erledigen, vor – das konnte einen schon aus der Fassung bringen.

Außerdem war sie noch nicht so alt, daß sie alles Geschlechtliche als Frage und Wirklichkeit hinter sich gelassen hätte – was mir seltsam vorkam, aber von ihrer Seite aus die Wahrheit war ... Ich war schon irgendwie erschüttert, aber ich hatte vor, mit ihr bis an den Rand des Grabes zu tanzen, wenn sie das wollte – mich derart, in diesem Maße als letzten Endes höflich zu erweisen.

All die Gedanken und Erinnerungen, die sie gesichtet hat, werden nun durch eine ihrer Absichten gefiltert und *geläutert* – mich als ihr Fleisch-und-Blut zu behandeln; das ist der Sinn der Übung – ein Sinn davon. So viele Male hat sie über die Dinge und darüber, wie sie mir davon erzählen sollte, nachgedacht, hat überlegt, sich erinnert und dann beschlossen zu sprechen – und wenn sie mich nun übergeht, dann werde ich dennoch nicht übergangen: ihre Vorstellung von mir ist darin enthalten, und dazu gehört wiederum ihre Vorstellung, daß dieses ganze Unternehmen scheitert, wenn ich spreche; mein Zuhören aber ist eine Form des Sprechens; sie spricht für mich, als wäre ich stumm; sie stiehlt mir die Sprache – jedoch mit dem Ziel, es endlich gut werden zu lassen; die Gedanken sind ihr im Verlauf einer gewissen Spanne von Zeit gekommen; durch die Art und Weise, wie ich übergangen werde, wird die Geschichte, die sie erzählt, sogar berichtigt. Die äußere Zeit mit ihrer unentwegten Folgerichtigkeit und die innere Zeit mit ihrer rotzfrechen, willkürlichen Sprunghaftigkeit (und ihrem diktatorischen, ästhetisierten Wirrwarr) haben Lila an einen Punkt der Klarheit und Wahrheit (und sprachlichen Verve der letzten Chance) gebracht, wo ihr die Dinge endlich so klar sind wie Wäschestücke diverser Größe, die sie gemeinsam mit dem Hausmädchen glättet oder die von der Waschfrau idiotisch gestapelt worden sind, weil die nicht Mamas Grips besitzt, jedenfalls nicht, wenn man Mama fragt. Doch dies ist, wie gesagt, eine *Wahrheit* und nicht Allwissenheit. Endlich aber, angesichts des Todes, Wahrheit. Sachen aus einer Schublade – als würde sie einen Schreibtisch räumen und die Stapel am Ende nicht in einen Karton legen, sondern in mich; sie wird Ordnung schaffen – im Kopf, in meiner Vorstellung von einer oft grausamen Vergangenheit. Ich habe die Vergangenheit jedoch romantisch besetzt und sie, wie Nonie, zum Normalen erklärt: Ich möchte mit alldem nicht belästigt werden. Schon gar nicht mit einem daraus abgeleiteten Wirklichkeitsbild. Somit ist manches an Lilas Erzählungen schon sehr seltsam, der Wahrheit und des Todes und meiner – vielleicht ängstlichen, vielleicht vernünftigen, vielleicht partiell kalten – Haltung wegen, in mir sei im Hinblick auf die Vergangenheit nunmehr alles geregelt – die Kindheit war das Paradies. Manches von dem, was sie erzählt, ist seltsam wegen der ästhetischen und intellektuellen Unterschiede zwischen uns, von denen sie sich eine – ihre – Vorstellung macht und die sie nun – in ihren Augen – überbrückt hat.

Über die Liebenden kann sie nichts sagen – sie spricht von ihnen nicht in Formulierungen wie: *Sie liebten einander so aufrichtig und intelligent, wie niemand sonst sie lieben konnte* ... (wie sich nur Frauen auf die Liebe verstehen können). Auch nicht, daß sie arrogant, trotzig und blasphemisch geliebt hatten, einander so schockierend, als würden sie in Kriegszeiten zueinander sagen: *Ich scheiße auf den Krieg,* so unter vorgehaltener Hand (wie in einem berühmten Buch). Obwohl sich Mama dessen, was sie weiß, sicher ist und auf ihrem Sterbebett skandalöse Dinge aufdeckt, sagte sie nicht solche Sätze über die Liebe.

Sie sagte: «Sie waren schamlos, aber auch schlau.» Sie sagte: «Ich sag nicht, daß es schlecht war, hörst du – wem steht das denn schon zu? Ich sage, niemandem ist ein Vorwurf zu machen; ich werfe nicht mit Steinen. Aber es ist doch keine Zeitverschwendung, wenn du erfährst, was los war, oder, Junge?»

Das nicht, aber ich *weiß nicht*, was sie *wirklich* sagen will – und ob es nach, nun ja, *seriösen* Maßstäben wahr ist.

Ich nahm an, sie meine Dinge wie den Satz über die

Liebe, den ich gerade angeführt habe, keine embryonale Form davon, sondern eine ausgewachsene, wie ich sie viel später für eine Weile in mir erlebte, und daß sie zudem im letzten Augenblick doch noch ein Urteil fälle ... «Liebe?» sagte ich. «Hat Casey wirklich Nonie *geliebt*?»

«Kommt dir das so unmöglich vor? Wer weiß. Sie waren kalte Fische, alle beide. *Sie hatten es miteinander* – stell mir keine Fragen, Wiley: ich kann nicht reden und gleichzeitig auf Fragen antworten ... Ich bin Jüdin ...» (Also eine Art Absolutistin.) «Ich liege im Sterben –» Dieser Aufmarsch *absoluter* Faktoren war atmosphärisch – und ontologisch – schwindelerregend: so viele letzte Dinge, ein jedes davon total, wissen Sie, was ich meine? Da ist es wirklich nicht einfach zu wissen, was man tun soll.

«Ich möchte nur verstehen, was du mir da sagst, Mama ...»

Sie räusperte sich und schnaubte: «Na, so schwer ist das doch nicht, wenn du kein Dummkopf bist.» Sie sagte: «Frauen beweisen gern, daß sie keine Männer sind – du beweist, daß du nicht von einem Mann erzogen worden bist ... Du brauchst dich nicht um das Larifari zu kümmern, das Männer von sich geben ... Du bist nicht blöd – du bist nicht verklemmt ...» Ich hatte nicht wirklich eine Ahnung, wovon sie sprach, nur daß ich manches dieser Art Frauen gegenüber empfand. «Du liebst deine Freiheit», sagte sie, und aus dem Zusammenhang und ihrem Ton ging hervor, daß sie von Frauen sprach – von Frauen, die sie kannte? Geht hier eine Initiation vonstatten? Wird das geschlechtsspezifische Verhalten und das Rollenspiel von Frauen in der normalen Gesellschaft verhöhnt? Kommt es hier nur auf den Willen an? Auf den Willen und darauf, daß man *entkommt*? Auf etwas dieser Art? Hastig sprach Mama weiter: «Es kann so sein, wie frische Luft zu atmen ... Es kann dir beibringen, dich im Griff zu haben ...» Ein As von Unterhändler attackiert ununterbrochen und macht einem keine Zugeständnisse, attakkiert einen, bis man zu einer vernünftigen Einigung bereit ist, gleichgültig, was man aus eigener Kraft (wie es damit auch stehen mag) ergattern könnte. Jedoch nicht ergattert, wenn man nicht schlau und stark ist. «Casey mußt du gewachsen sein ... und das ist Nonie – siehst du, Nonie ist genauso ...»

Intime, fein gewebte, mysteriöserweise wie an Kehle und Oberlippe getüpfelte, nicht schürfende Stimmen: Sie sind mir aufgefallen, ich habe sie bemerkt, mit ihnen gelebt.

Mama sagt: «Sie haben sich geküßt ...»

Wenn Sie zwei Menschen einander küssen sehen – oder wenn Sie davon wissen – , was glauben Sie über die beiden oder über sich selbst zu wissen, darüber, was Sie sehen können? Welches Wissen bringen Sie schon mit? Können Sie sehen, ob die beiden heucheln? Können Sie sehen, ob sie sich damit gegen andere Arten von Küssen in ihrem Leben auflehnen? Können Sie die Momente von Widerstand gegen die Zeit erkennen? Ob da etwas Besonderes existiert – als *Liebe*? Mama bediente sich eines Stils begründeter Verachtung ohne festgelegte Grenzen – aber die Geschichte sprach für sie selbst als intelligente, wissende Frau, die das Leben kannte; und damit war, so mußte man annehmen, ihre Behauptung begründet.

Ich sah die beiden nicht vor mir, sah nichts von alldem, war davon nicht berührt, fühlte mich nicht ausgeschlossen, aufgestachelt oder erregt; ich hatte kein Bild vor Augen, das irgend etwas *exemplarisch* illustrierte, wie aus einem rätselhaften Lehrbuch – ich fühlte mich weder ausgeschlossen noch *initiiert*: Ich habe etwas zu tun, was ich unklugerweise *Totstellen* oder *Nichtfühlen* nenne, eine Art Begrabensein bei lebendigem Leib – wie wenn bei einer Rauferei Schläge auf einen niederprasseln und man abwartet, bis es vorüber ist.

Man weigerte sich, davon berührt zu sein, doch nicht erst, nachdem man davon durchdrungen worden war, sondern schon zuvor. Also stellt man sich nicht nur tot, sondern verfällt tatsächlich in Totenstarre – oder in einen Wartezustand, wie etwa ein schlafender Prinz oder wie Wintervorräte in einer Kiste ... Einem Film kann man sich verweigern – ich mochte *Tom Sawyer* nie, den Film, der Dad so beeinflußt hatte, auch nicht *Im Westen nichts Neues*: Ich mag nicht geschoben und gezogen und emotional manipuliert werden, nicht einmal negativ; ich mag nicht schrill und nicht distanziert sein, mich nicht zum Mann machen lassen – also bin ich in einem Zustand, als wäre ich wirklich tot, abgestorben, beschädigt, erledigt, ein Zombie oder Geist: etwas Lichtscheues, nicht Öffentliches.

Damit etwas zum Film oder Gesprächsthema, öffentlich zum Thema werden kann, muß es bereits zugelassen sein. Ich liebe Lila, traue ihr und interessiere mich für sie auf vielfältige Weise, nur nicht *voller Vertrauen* ... Ich weiß, daß sie psychologisch scharfsinnig ist. Man begräbt etwas in Schweigen. Oder setzt es frei, läßt es wild werden. Wäre ich von ihrer Hilflosigkeit überzeugt gewesen, hätte ich ihr vielleicht zugehört – möglicherweise auch nicht. Gewöhnlich hört man genauer zu, wenn einem unbehaglich ist. Der Kern dessen, was ich über Nonie in Forestville weiß, ist eine solche unbehagliche Sache.

«Muß ich Ihrer königlichen Hoheit etwa alles zu Ihrer Unzufriedenheit erklären!» sagte Mama ungeduldig; sie hatte meine Sitzhaltung gedeutet – mein männliches Format, meine gegenwärtigen Ansichten zu den Dingen – und war an das falsche Wort geraten: *Zufriedenheit*, meinte sie; vielleicht wollte sie auch geistreich sein; die Leute haben kuriose Vorstellungen davon, was geistreich ist.

Jedenfalls bedeutete sie mir damit zugleich, sie sei auf meiner Seite.

Nun, auf welche Weise jemand auf Ihrer Seite ist, das hängt davon ab, was sie als die Realität und die politische Lage dort betrachten: hier wurde Verrat an Casey und Nonie begangen, wurden in gewisser Hinsicht die Geheimnisse von Frauen verraten, Eindringlingen blieb der Zugang zum Zimmer verwehrt – und Nonie war ausdrücklich unerwünscht; nur zwei Nonnen, ganz bestimmte Nonnen, eine junge Krankenschwester (mit der ich nach Mamas Vorstellung ausgehen und schlafen sollte, glaube ich) und ich wurden eingelassen.

Sicher, es ist verwirrend, aber du *fühlst* es, wenn etwas VON HERZEN kommt, selbst wenn nur ein einziges Herz – das eines realen Menschen – beteiligt ist ... Du *fühlst* die Entschiedenheit – und den Ingrimm – der Adoption im letzten Augenblick; und daß das Königreich dir übergeben wird, letzten Endes dir; und dennoch ist da nur Mama, eine mächtige Mama vielleicht, wenn du sie an deine Gefühle heranläßt; oder wenn irgendein Automatismus oder dunkler Punkt in dir, der über solche Dinge entscheidet, es ihr erlaubt.

Du kannst verschlossen, wachsam, verschwiegen, ausnehmend höflich, zärtlich und respektvoll sein – und damit Spannung erzeugen: wie zwischen Ginger Rogers und Fred Astaire.

Und all das ist nicht mehr zu beherrschen, all der Gefühle und des nahen Todes und einer noch intensiveren Zuneigung wegen – vor verborgenem Lächeln, einem Grabeslächeln sozusagen, das jedes andere Lächeln in sich aufgesogen hat, während an der Oberfläche Mama ihrem Harvard-Sohn eine ernste Visite am Sterbebett gestattet ...

Somit wendet sie sich, über den Intellekt, dennoch an die Gefühle: das Wissen um *diese* Liebe wird das Problem «lösen», daß man über jene Leute und über ihre Gründe Bescheid weiß, uns gegenüber so und nicht anders zu handeln. Es erteilt eine Antwort. Antworten, denen du glaubst, stärken dich oder scheinen dies zu tun, selbst wenn es in Wirklichkeit falsche Antworten sind – verstehst du? Verlangt deine Eifersucht etwa die Gewißheit, daß aller Sinn in dem enthalten ist, was du jetzt siehst?

Mama kann in mir *lesen*: «Auch wenn du nicht dabei bist, kannst du Bescheid wissen. Du mußt dich entscheiden: wie du über die Dinge denkst, das entscheidest du; wenn du dich wie ein Narr entscheidest, dann bist du eben ein Narr; das ist mein Ernst, Wiley. Jetzt mußt du mir mal zuhören. Daß du nach Harvard gekommen bist, ist mir egal – vielleicht hältst du dich ja für Napoleon, oder vielleicht bist du gar nicht verrückt, vielleicht hat dich die Katze ins Haus geschleift, he-he, he-he [Andeutung eines Lachens], aber du bist ein Narr, wenn du das Woher und Wogegen von dem, was du zu wissen meinst, nicht kennst ...» Aus diesen Gründen hier ist geschehen, was geschehen ist. Ich werde deiner Welt einiges von ihrer Unerklärlichkeit nehmen. Ich werde dich im Auftreten so stärken, wie ich nur kann ... Das sagte sie auf vielerlei Weise. Zu behaupten, es sei klargewesen, heißt, den fragwürdigen Punkt zu umgehen – und doch, für menschliche Verhältnisse war es klar.

Und damit auch der vielleicht allzu beeindruckende Grad von Aufrichtigkeit am Ende ...

Es war jedoch keine im Kreuzverhör dargelegte Aufrichtigkeit – die Zweistimmigkeit fehlte. Vielmehr sprach Lila zu einer Stimme, die ihrer Meinung oder Phantasie nach die meine war. «Hör zu, es ist auch als Ergebnis von dem geschehen, was nun mal geschieht – also lern daraus, Pisser ... Das rat ich dir auf dem Sterbebett ...»

Immer muß man die Wahrheit einer Sache bestimmter Art erst übersetzen, wenn sie auch in anderen Momenten oder für einen selbst Wahrheit werden soll, nicht nur auf Papier. Ein Kuß entspricht, wenn man ihn gibt und empfängt, selten ernstlich dem, worauf sich ein Erzähler, eine Erzählerin bezogen hat oder bezieht, wenn von einem Kuß die Rede ist ...

Selbst dann nicht, wenn Ihnen jemand zusieht und eine Droge nimmt oder sehr viel trinkt und dann etwas über Ihren Kuß lallt – selbst dann nicht, wenn dieser Mensch die andere, am Kuß beteiligte Person ist. Übersetzen läßt es sich, das Gesagte trägt, aber Sie müssen eine gewisse Arbeit leisten oder sich dem Gewicht einer Offenbarung beugen – *Ah, das also war es* ... Aus dem Schweigen hervor gleichsam befördert zu werden in ein Dasein sowohl als Gestalt in den Rätsel-Träumen anderer wie auch als eine an Ihren eigenen, oft trügerischen Klarheiten beteiligte Gestalt, bedeutet relative Klarheit. In der Realität ist die Beförderung in den Rang eines wichtigen *Liebhabers* und Sünders (natürlich) sehr fühlbar, selbst wenn Sie davon nicht plappernd Zeugnis ablegen können – davon, daß Sie auf dem (heidnischen) Baum der Aufmerksamkeit anderer viel höher aufgestiegen sind; daß Sie und der Kuß im Rückblick für das Bewußtsein irgendeines Menschen einer absoluten Sache weit näher kommen als jeder Kuß, wenn er sich gerade ereignet; und in Ihrem eigenen Bewußtsein findet das gleiche statt.

Ich kann versuchen, mir die Epistemologie vorzustellen, die Wahrheit der Frage, woher ich wissen kann, was ich über einen Kuß weiß; oder ich kann mir den Kuß nun als in hohem Maße – und nur in hohem Maße – affektiert vorstellen; aber das möchte ich lieber nicht tun: Ich war erst achtzehn. Als ich mit sechsundzwanzig Oras Verehrerinnen kennenlernte – die Monokel-tragende Gräfin; die vorübergehend Monokel-tragende Schauspielerin (welche die Monokel-tragende Gräfin imitierte); eine Bühnenagentin, die außerdem mit *mir* oder mit uns schlafen wollte ... Ich wüßte nicht, daß die *Stimme* – die Stimme vom Sterbebett – mir da sonderlich geholfen hätte. Vieles erscheint verzeihlich, wenn man bereit ist, ein frommer Narr zu sein. Vieles erscheint unverzeihlich. Wenn man andere nicht narrt oder besiegt, was bleibt dann noch an Gutem? Welches Gute kann in der Welt existieren?

Ich habe nicht besonders viel verstanden. Ich weiß, daß Mama sich dafür entschieden hatte, bei Nonnen zu sterben: «Sie sind nett, Wiley, und sie lassen mich in Ruhe, weil ich Jüdin bin. Aber sie sind gütig – sie tun einem nicht weh ... Es ist, als ob wir alle auf Zehenspitzen gehen, Hand in Hand, wie in der Schule – bist du immer noch ein schlechter Jude?»

«Ja, Mama ...»

Lila – jene Lila, die über diese Dinge redet, die im Sterben liegt – ist die zweite Mutter, die mir stirbt; und ich war darauf vorbereitet, sie sterben und verschwinden zu sehen – so daß ich frei würde, in gewisser Hinsicht frei, frei, zu lernen und über die Stränge zu schlagen, frei, Dinge zu tun, ohne zu überlegen, ob diese Dinge Lila auch Ehre brächten; frei, dem Kurs des Geistes – wie ich den Geist verstand und mir vorstellte –, des Lebens, der Lust und des Geldes zu folgen ... Ich weiß wirklich nicht ... Sie starb; ich war in Anspruch genommen. Davon ebenso in Anspruch genommen wie von ihr, wenn nicht mehr. Ich war dankbar, sträubte mich jedoch innerlich dagegen, zu hören oder zur Kenntnis zu nehmen oder mir vollkommen und bis in die Gefühle hinein bewußt zu machen, daß sie mir jene *anderen Wahrheiten* erzählte, falls es denn solche waren: das Skandalöse, das eine Wahrheit darstellt und das eine Menge erklärt.

Und ich war in meiner Rolle als passiver Betrachter von Verlegenheit und dem starken Gefühl ergriffen, Lila sei gar nicht so übel – ich sollte zur Erläuterung sagen, daß ich weder versuche, sie zu retten, noch sie länger am Leben zu halten – und daß dies uns beiden bewußt ist – und daß es *edelmütig* von ihr ist, es nicht zu erwähnen und mich nicht auszulachen. Beide sind wir verlegen und rücken sehr schnell voran, schneller und schneller, obwohl doch vieles an ihr sich verlangsamt – Vakuen und schwarze Löcher tun sich auf. Sie hat die Star-Rolle inne, und im Vergleich zu mir ist sie großartig, so großartig, daß ich dem, was sie sagte, nicht sehr gut folgen konnte ... Ich *glaube*, ich sah das ein, genauso wie damals, als ich noch klein war und operiert werden mußte – ich war vielleicht sieben, und mit mir stimmte irgend etwas auf einmal ziemlich drastisch nicht mehr –, und als ich aus der Narkose erwachte, hatten mich Krämpfe befallen, und Lila hatte, fein angezogen, bei mir im Zimmer gesessen und mir nicht helfen können; Assistenzärzte und Krankenschwestern hatten mir das Leben gerettet – ich glaube, ich wußte, wie es ein Halbsohn eben wissen kann, woran sie dachte, wenn sie in Frauen Mörderinnen sah und auch in Männern Mörder: in jeder Unterlassung wird ein Mord gesehen, oder eine Vorform, der Anfang davon.

Ich konnte ihre Wahrnehmungen nicht mit ihr teilen ... In einem der berühmten Texte, die ich auf dem College in jenem Jahr gelesen hatte, hieß es (und ich zitiere falsch): *Sie küßten sich schamlos, und jede Seele umfing in zwei Körpern sich selbst.* So kann man einen Kuß sehen, wenn man nicht einer der Handelnden ist, nicht eine der Personen, die sich umarmen; ein Beobachter spricht so ... Mama teilte mir das mit, so merkwürdig es ist. Stimmt es denn nicht, daß man einen Kuß so nicht empfinden kann, wenn man der Küssende ist? Kann man denn, meine ich zunächst, *schamlos* und selbstverloren küssen? Ich meine, ist jemand, der nicht ich ist, dazu fähig? Und ein Kuß fühlt sich niemals schamlos an ... Das ist so eines der Etiketts, wie sie gewissen Akten angeheftet werden, um einen bestimmten Stil oder *innigen* Realismus zu erzielen.

Der jedoch eine Reise über Moralität und alles Gerede von Mord und Scham hinaus zum Suizidalen beschreiben kann – zu Liebenden, die Romeo-und-Julia-artig sterben.

Oder eine Reise in den Wahnsinn.

Aber Frauen – ohne Beimischung von Männern ... von männlicher Feigheit ... Ich kann nicht nach außen übermitteln, was Lila mir vermittelt hat – die Größenverhältnisse zwischen den Konstellationen, zwischen den Elementen einer Konstellation, der schwer auszumachenden Gestalt von Kassiopeia im Sessel oder des Drachens aus einer Geschichte, der Sinnbilder des Wahren.

Ist es wahr, daß zwei Menschen einen Willen, eine Seele haben können? Besagt diese Feststellung nicht nur, daß der eine Mensch dem anderen nachgibt? *Zwei Leute sind sich in NICHTS einig*, hat in Harvard jemand traurig, angewidert, zu mir gesagt. Ich glaube, daß es in der Bemerkung über zwei Körper und eine Seele um machtwütige Sehnsucht geht und daß sie ein Beispiel für die enorm wahre Rhetorik des Gefühls ist, die man zu interpretieren versteht (oder zu interpretieren verstehen sollte), daß die Wahrheit aber mehr dem gleicht, was zwischen Mama und mir war – die Wahrheit von etwas, das tatsächlich geschehen war. Liebe und Schmerz. Eine Seele – wollte man sich rhetorisch ausdrücken – oder eine sterbende Frau auf einer gewissen Höhe ihrer Kräfte (wenn ich das sagen kann) und ein zugleich ehrfürchtiger und nicht ehrfürchtiger Betrachter, zum Teil ein Narr.

«Du hast meine Geschichten immer gern gemocht ... Ich hab dir immer Geschichten erzählt, als du klein warst ... Immer beklagst du dich, daß du nicht weißt, was vorgeht ... Schön, hör zu, ich versuch dir jetzt, wo du auf dem College bist, eine Geschichte zu erzählen, die ich dir nicht erzählen wollte, als du klein warst ...» Sie hat nun *noble* Gründe – wenn sie sich auch nicht ganz so verhält, wie man es einem Kind gegenüber täte, und nicht leicht zu unterbrechen oder in jemand anderen zu verwandeln ist, wie man es angesichts eines Geliebten wäre – sogar in den letzten Minuten vor dem Selbstmord.

Ganz so wie jetzt ist sie in der Vergangenheit nie gewesen. Ich *fühlte* mit einiger Überzeugung – mit zuviel Überzeugung, um darüber zu reden –, daß sie irgendwie am Ende dazu übergegangen war, MICH zu lieben.

Wahrscheinlich verblüffte mich, wie die Dinge sich für sie veränderten, als sie keinen Grund mehr hatte, sich zu schützen, da sie aufhören würde weiterzuleben.

Ich erkannte eine gewisse Neigung zu Illusionen.

Und wie andere so etwas ausnutzen könnten.

Noch immer aber wollte ich, daß sie stürbe, damit ich auf meine Weise leben konnte ... Die Empfindung, endlich geliebt zu werden, veränderte mich nicht – ich war auf einen bestimmten Kurs ausgerichtet, festgelegt oder fixiert; aber ich war traurig und beeindruckt. Bis zu einem gewissen Grade siegt sie immer – ein Grund dafür, daß sie sich so stark engagiert, wie sie es tut.

Das hatte ich schon immer gewußt. Und manchmal ausgenutzt.

Die tiefste Empfindung aber war für mich vielleicht das Gefühl, hinauszuschwingen wie auf einer Spielplatzschaukel, oder auf irgendwie kompliziertere Weise – als flöge ich durch ein Fenster, in Wirklichkeit aber – das hatte ich einmal geträumt – in dunkle Räume, in Sternenglanz (um es gefühlvoll zu formulieren), in Zeiten und Wirklichkeiten hinaus, auf die zu hoffen, um die zu konkurrieren sie aufgegeben hatte.

Ich könnte schwören, daß sie sich amüsierte, leicht gereizt – und *edelmütig* –, was immer derlei Begriffe taugen.

Sie begriff manches; sie begriff etwas; ich glaube, sie begriff, was der Fall war, und wandte sich davon ab, obwohl sie sich damit konfrontierte: «Versprich mir, daß du dich an mich erinnern wirst ... Versprich mir, daß du in Erinnerung behältst, was ich hier sage ... Ich hab dich immer vorgezogen, aber darauf kam es nicht immer an ... Was nützt es denn schon, du bist kein guter Zuhörer mehr ... Du hast jetzt deinen eigenen Kopf, und wie – stimmt's, Pupserchen? Pisser? Im Leben.»

Sie stockt und hebt an; sie setzt erneut an; sie wechselt die Richtung; sie bewegt sich in Spiralen. Sie sackt ab (auf Tod und Schweigen zu) ... Beim Zuhören *weiß* ich, daß sie mir nicht die Details erzählen wird – *ich* weiß, daß dies eine gefilterte Wahrheit ist – und höre (auf gewisse Weise) nur halb zu. «Was ich weiß, das weiß ich ...» sagt sie mit dieser überwältigenden Größe – oder Aufrichtigkeit des Todes – und in der

Überzeugung, daß ich – auf gewisse Weise – zuhören werde. Sie ist lieber edelmütig, weil *Edelmut* – der hohe wie der niedere – *Liebe* ist, Liebe anderer Art und mit völlig anderem Eigeninteresse empfunden als je in Zeiten, in denen sie nicht dem Sterben nahe war, mit *edlem* Eigeninteresse ...

Manches davon hatte sie, an meiner Seite, bei S. L. gesehen: er war fünf-, sechsmal gestorben und ins Leben zurückgekehrt oder zurückgeholt worden – provisorisch sozusagen.

Sie aber hatte wahrgenommen, was im Krankenhaus vorging; sie war *edelmütig* gewesen und hatte sich sogar im Rollstuhl umherbewegt, hatte Gesellschaft und Hilfe geleistet: sie hatte den realen Tod, das echte Sterben studiert.

«Ich bin kein Schriftsteller», sagt sie. «Du mußt dir schon selber was zusammenreimen ...» Fast sicher wird sie den Sinn nicht richtig übermitteln – wie sollte sie das auch können?

Ist das aber nicht bei Schriftstellern ebenso?

Zum Teil hängt es damit zusammen, daß sie die Feindin oder Rivalin und partiell eine Ursache der Ereignisse war – niemand steht jemals vollkommen außerhalb der Geschichte oder ist objektiv: ich, ich mime einen Sterbenden. Vielleicht auch eine Sterbende – ich weiß es im Grunde nicht. Es ist verboten, falsches Zeugnis abzulegen – es ist verboten, auch nur zu versuchen, schreibend das falsche Zeugnis zu meiden: in diesen Fragen die Wahrheit hinlänglich zu kennen, übersteigt die menschlichen Kräfte.

Lila will es jedoch für mich tun. «Ich war immer ein schlechter Mensch», sagt sie selbstgefällig.

Dann sagt sie es stürmisch, voranpreschend.

Es ist verboten, journalistische oder erzählende Prosa zu schreiben, doch ich tue es – ich versuche es zu tun. Manches davon widme ich ihr, nicht weil sie es mir beigebracht hätte – das hat sie nicht getan; sie tut es am Ende mir zu Ehren, in meinem Stil, so gut sie kann. Es ist verboten, mit Skandalen Handel zu treiben, weil man seine eigenen Motive grundsätzlich nicht durchschauen kann und weil man in seinem Urteil über sein eigenes Urteil für Irrtum anfällig ist, doch sie wird es tun – im letzten Augenblick ... Und ich tue es, *wie* im letzten Augenblick ... Dad pflegte von uns zu sagen: *Was für ein Paar* ...

Zur *Wahrheit* bedarf es eines Sinns für das Leben und für Charaktere – man muß mit diesen Dingen in ihrer realen Gestalt vertraut sein, die Gesellschaft muß einem vertraut sein. Wer Nonie im ersten Jahr, nachdem sie von zu Hause fortging, war; und dann in anderen Jahren. Und wer Casey war, wie ihr Leben war – nicht nur als das eines Opfers, sondern als Ergebnis des Wechselspiels zwischen ihr und den Umständen – und ohne Idealisierung und die falschen Apothegmen des falschen Wissenden, desjenigen, der Wissen abtut. Also auch Mamas Tod und ihre Kraft zum unidealen Wahren am Ende. Und ihre sozusagen semi-einselige Liebe. Im letzten Augenblick – am Ende ... Egal ... Und MICH, als den Zuhörer. Mit Hilfe des Todes kann Lila sich selbst übertreffen, bis sie nicht mehr soviel falsches Zeugnis erträgt wie vordem, jedoch ein gewisses Maß davon, und die Bürde ewiger Bestrafung erträgt – falls es eine Ewigkeit danach gibt – und den Adoptivsohn, der dies nicht zu schätzen weiß, sowenig wie die Menschen, hat sie es denn nicht immer gesagt, etwas zu schätzen wissen, *warum sich also die Mühe machen* ...

Doch sie ist *edelmütig* und bereit, ein gewisses Quantum Wahrheit zu verkünden, nur um der Wahrheit willen – und um gelegentlich, hie und da, für eine Weile zu spotten, nicht gerade über den Tod, sondern über mich und sämtliche Worte eines Lebens – und um mir zu zeigen, *wie das geht*: intelligent zu sein; im Grunde verspottete sie mich ganz und gar.

Edelmütig. Mit unermeßlicher Liebe.

Und ich wußte es nicht zu schätzen – obwohl es doch nur menschlich war ... Obwohl keine Engel mit Posaunen und Flügeln und unglaublich farbigen Gestalten den Raum erfüllten, in

Reih und Glied an den Wänden standen, auf Treppenpodesten, von äußerster emotionaler und vollkommen zeitloser Bedeutsamkeit. Ich wahrte lediglich meine Distanz zu der Sterbebettszene und den Versprechen, die sie mir abpressen wollte (was ihr auch gelang). Meine Vermutung war, sie werde noch immer partiell (und seufzend) lügen, manchmal, um ein breiteres Spektrum von vielleicht approximativer Wahrheit zu erfassen – wie jemand, der auf einem weiten Feld im Regen steht.

Man muß sich brechen, wie durch Folter; mit bestimmten Verfahren erreicht man das, sich zu bezähmen, sich eine furchtbare Demut beizubringen, die skandalös an Todeslager gemahnt, eine skandalöse Unterwerfung – skandalöse Vergehen – Skandal – ungeheuerliche Erniedrigung –, wenn man sich von der Wahrheit statt von Hochmut und Mißachtung vorantreiben und anstacheln lassen will – als armer, lauterer Ochse des Erzählens – verschnitten obendrein; vielleicht trifft das auf Lila als Sterbende zu. Vielleicht konnte nichts sie vollständig brechen. Mich schockierte sie nicht – auch ihre Geschichten taten es nicht. Ich war geschmeichelt und fühlte mich von ihr gelobt und betrachtete es als Liebesbeweis und war ungeheuer, ungeheuer, ungeheuer dankbar, aber ich konnte nichts tun und nichts sagen. Sie durchwandert in den drei Tagen bis zu ihrem hinausgeschobenen und dann eintretenden Tod ein Feld zielgerichteter sprachlicher Beharrlichkeit. Mit ihren silbisch sich spannenden und lösenden Atemzügen bezieht sie sich selbstbewußt auf Ereignisse, Menschen, Beweggründe und tatsächliche Momente. Sie spricht mit einer fidelen, prächtigen und eigentlich beängstigenden, nervenaufreibenden Atemlosigkeit des letzten Augenblicks, fortwährend, unempfänglich ... Ich kann sie mit nichts unterbrechen, nicht mit dem, was ich weiß, erfahren habe oder einmal dachte – auch nicht mit meinen Eindrükken, daß sie mich vor langer Zeit falsch interpretiert und eingeschätzt hat, zu falschen Schlüssen über mich, meinen Verstand oder meine Lektüre gelangt ist, zu dem, was ich aus dem Gelesenen geschlossen und seither erfahren habe, seit ich von ihr fortgegangen, seit ich auf dem College bin; und nicht mit dem, was ich weiß und gelesen habe, was mir Mädchen, Dozenten und manche Typen meines Alters erzählt haben und was ich selbst getan habe. In der Vergangenheit hat sie einmal gesagt: *Warte, bis ich sterbe, dann will ich mit dir reden* ... Sie hatte nicht gemeint, als Geist: sie hatte gemeint, sie wolle, daß ich mich für eine letzte Szene zur Verfügung hielt.

In der sie Nonie hintergehen würde? Na schön, erzähl mir die Wahrheit, wie du, Lila, sie siehst – diese mütterlich-gewichtige, spezialisierte Wahrheit mit ihren rebellischen Verallgemeinerungen oder Halbverallgemeinerungen – mit ihrer Anmaßung von Gesetzmäßigkeit. Ihrer Gesetzlosigkeit.

Das Gewisper, die Mulden, kieselreichen Windungen und schlammigen Ufer eisiger, dunkel umschatteter Flüsse (dessen was sie aus den Tiefen ihrer Gefühle hervor und auf den Höhen ihrer Bemühungen hier sagt) nehmen den furchtbaren unterschwelligen Sinn einer Scheinwahrheit an. Für mich. Die aus dem Schein von Leben-und-Schönheit bei Tod-und-Häßlichkeit besteht. Und aus der Weltkenntnis einer Frau. Skandalös. Ich wurde – und werde – oft als Skandal empfunden, meines Verstands und meiner relativen (wohl kaum überall bewunderten) Schönheit wegen, war aber in meinem Handeln noch nie belebend skandalös ... menschlich ... Wäre ich es gewesen, ich würde mir bewußt und leicht das Recht anmaßen, zu rügen oder zu verzeihen. Vielleicht auch nicht. Gleichwohl waren Casey und Nonie in meinen Augen wirklich böse, mehr als ich und Mama, und Mama wiederum mehr als ich; jedoch mehr als Casey und Nonie, wenn man das Stundenglas umdreht, obwohl wir gar so schuldig nicht waren, obwohl wir ganz schön schuldig waren; dennoch waren wir wohl kaum so böse wie manche andere, wie S. L. und Abe, und wie ich im Jahre 1956 und wie eine Million, wie Millionen anderer natürlich. Casey und Nonie befanden sich in jenem Mittelfeld, das in jeder Gemeinde akzeptiert wird – wie freilich auch die Nazis –, jedoch in keiner seriösen Gruppe, und sie kamen nicht für jede Form von Liebe in Frage: nur für die dunkle, vielleicht gewaltsame Form, die defätistische *Todeslager*- und Realpolitik-Liebe ...

Ich verstehe. Da verstehe ich es. Es funktioniert partiell als Hypothese – eine Geschichte ist eine Hypothese über menschliche Ereignisse oder über ein Ereignis – ein Ausschnitt, ein Modell für einen Teil des Lebens: für das Hören, das Leben, das Küssen oder was immer. Was ich als meinen Tod in mir ansehe, als den Tod, die Auflösung, die Preisgabe des Parlaments von Ichs, dieses Zeug ist vielmehr mein Horchen (sogar wenn ich redete) auf Mama; die nahen und fernen Hohlräume in meiner Mutter, die Hörräume – zum Teufel, Lila sagte ja sogar: «Gibt's hier drinnen denn ein Echo? ... Das Morphium stellt komische Sachen mit mir an – ich hör ein Echo ...» – verbünden sich mit der angestrengten, tastenden Suche nach äußeren Formulierungen; und da setzt das spannende *Was-als-Nächstes* ein, jedoch als etwas Wahres, zuerst Gedanke und dann Akt, oder als endlich gefundene Wahrheit – die für den Zuhörer, der Vergleiche anstellt, vielleicht nur eine halbe Wahrheit ist: Mama ist nicht Aristoteles; doch Mama *ist* hier Aristoteles – bis zu einem gewissen Punkt: der Zuhörer, der Leser, vergleicht andere Sterbebett-Wahrheiten mit dieser. «Wirst du auch Gebrauch von dem machen, was ich sage, Wiley?» Für sie ist die Sache mit mir genau die, daß sie mich zum erstenmal allein hinausschickt – der ganze Kram hier hängt, sobald sie meine Aufmerksamkeit gewonnen hat, sobald sie mich vorläufig an der Leine hat, mit Loslassen zusammen; sie muß mich loslassen, aber sie tut es mit einem gewissen *Respekt* – als wären letzten Endes doch manche meiner Ideen zu mir in ihren Augen wahr.

Wenn die Welt nichts Absolutes ist, dann habe ich meistens recht – nur eben nicht absolut recht. Wenn die Welt nicht das kleinste bißchen (oder überhaupt nicht) absolut ist, dann bin ich okay – nur eben nicht absolut okay. Da man auf so unterschiedliche Weise eine Geschichte hört und sie, das Gesagte, erfaßt – wenn man dies im Licht der Zeit und des Nicht-Idealen untersucht – und auch im Licht der Liebe (und des Todes): würde meine Mutter wahrhaftig gesprochen haben, wenn sie mich wahrhaft gekannt hätte? «Ich war immer unfair zu dir, und dafür entschuldige ich mich – ich habe immer gewußt, wer du wast, aber ich wollte nicht, daß du gegen mich davon Gebrauch machst; ich habe mich für etwas ziemlich Besonderes gehalten – ich fand, ich hätte meine Rechte ... Hörst du, Pupserchen, ich weiß, was für ein Mensch du bist ... Ich weiß, daß ich hier nichts *Endgültiges* aussage ...» Das sagte sie. Wirklich, Lila? Ich glaube, teilweise kannte sie mich tatsächlich.

Nein, ich nahm an, sie spräche nicht, wenn sie mich besser kennen würde ... Es geht ihr besser, wenn ich schweige. Wenn ich zum Schweigen gebracht und vom Tod übermannt bin.

Jetzt glaube ich, ich habe mich geirrt.

Sie wollte an ihrem Ende reden.

Verspätet, unangemessenerweise, kann ich als junger Mann so tun, als sei es endgültig – endgültig ein Skandal –, obwohl ich keineswegs den Wunsch oder den Impuls hatte, es für skandalös zu halten: das Wichtige war, wie es sich mit der Zeit entfaltete, zu einer Karte oder Tafel wurde, welche Macht es ausübte; die moralische Dimension und Hitze, welche die Zeit entfacht, wie eine Magic-Matchbox-Viehtransporter-Ungeheuerlichkeit von Garten, worin wir auflodern, mal auf diese, mal auf jene Weise. Der Versuch einzuräumen, etwas sei endgültig so, fällt einem nicht leicht. Anzuhören und zu begreifen, was eine Frau sagt, ist schwer, sagte Lila, um das zu können, mußt du das Leben von Frauen kennen – ihre wirklichen Momente. Allerdings kennt man das Leben von Frauen schon – vielleicht. Was ich jetzt höre, kann ich an Erinnerungen überprüfen, die wiederkehren, die sich in diesem Falle gar *wiederereignen*, was ich unheimlich – und eine Spur komisch – finde und die, ach, sagen wir, von mir sind, ein wenig weiß ich ja auch, ich weiß von diesem Zeug doch nicht nur von Mama – das gab's schon, als ich noch klein war, sechs vielleicht, zwischen diesen Riesenfrauen, die mich überall mit hingenommen haben (und jede Nacht tauchen sie, gigantisch und drall, in meinen Träumen auf), ohne Verlegenheit überallhin: Sie haben sich ausgezogen, gepinkelt und sich unterhalten. Manchmal haben sie einander angefaßt. Bis ich sieben war. Vor mir. Frauen haben sich vor mir ausgesprochen – beinahe kann ich erraten, was sie da sagen ... Sie haben mich ausgelacht ... oft richtig nett ... Sie haben mich auf den Schoß genommen ... Haben mich ihren Körper anstaunen lassen – Teile ihres Körpers ... Diese Gerüche. Die Strumpfbänder. Ihre Beine. Ihre Röcke. Ihre Augen – und was da alles in ihren Augen und in ihren Kleidern war ...

Und in ihren *Köpfen*. Und in ihrer Art, einen zu berühren. Meine lang zurückliegenden Eindrücke von Frauen-unter-sich kann ich verwenden – mehr und mehr hörte ich, während Lila sprach, in diesen letzten Tagen eigenartige Schnipsel heraus: mittels Assoziation: merkwürdige, Erinnerungen heraufbeschwörende Stimmen, als zündeten die Worte, die ausgesprochen wurden, diese Stimmen, und machten sie sichtlich hörbar: Lila oder Nonie, die – in der Vergangenheit, vor langer, langer Zeit, und dann, ironisch vielleicht, erst kürzlich, vielleicht sogar hier im Krankenhaus – sagen: *Psst, da kommt er ... Kleine Krüge haben große Henkel ...*

Die Wörter, die Frauen gebrauchen, ihre Art, einander zu berühren – sie kommen mir wie schwirrende, flatternde Motten auf meiner Haut vor, wie große, bleiche Motten: *Kleine Krüge haben auch große Augen ... Tja, es wird Zeit, daß wir was ändern – von jetzt an gehst du eine Tür weiter ...*

Was bedeutet das? Was bedeutet das?

Das kehrt wieder.

Vielleicht sollte man so tun, als wäre man ein Baby, und still daliegen und infantil sein – ob *sie* dann vor dir reden?

Mama stirbt. Sie ist die Frau, die ich auf der Welt am besten gekannt habe. Ich höre ihr, wenn ich wirklich zuhöre, mit mehr Verständnis einer gewissen Art zu, als ich es für irgend jemand sonst aufbringe.

Liebe ... Ist es Liebe?

Was schiefgegangen ist, willst du wissen? Es geht doch immer alles schief – was glaubst denn du? Etwa, daß die Leute vernünftig sind? Ärger gab es schon früh: Nonie hat sich von jedem, der wollte, in Caseys Haus besuchen lassen: in Gruppen sind sie gekommen, vier, fünf Soldaten – hundert manchmal ... Die Leute haben Fotos von ihr geknipst ... Es waren patriotische Zeiten; sie war ein patriotisches Mädchen. Ein Krieg macht den Leuten zu schaffen; du ahnst ja nicht, was für Opfer die Leute gebracht haben – wozu die Leute alles fähig sind, wenn's drauf ankommt – Blut, Schweiß und Tränen; aber alle, die ein bißchen Leben in sich haben, die finden immer noch einen Grund zum Lachen, sie legen sich nicht einfach hin und sterben, Wiley ... Na, was glaubst du wohl, wie Casey sich gefühlt hat? Stolz etwa? Wenn du willst, kannst du nach Gründen suchen – bei Casey ging es anständig zu, sie hatte nicht gern dutzendweise Fremde im Haus, dazu war sie zu pingelig ... Du kannst natürlich sagen, Casey hat gern das Kommando geführt ... Du kannst sagen, tja, Nonie ist eben Nonie: du kennst Nonie ja: sie hat das Haus an sich gerissen ... Sie muß überall der Star sein. Sie fängt Streit mit dir an und sagt, es wär alles deine Idee gewesen, oder du mußt dies und das tun, aber es ist einzig und allein wegen Nonie ... Du kannst dir's ja wohl vorstellen ... Sie war nicht gerade wählerisch: als die Kugel erst mal am Rollen war, hat sie sich dem Krieg angepaßt; sie war kein prima Kumpel, aber anpassen konnte sie sich. Glaubst du etwa, die Armee bestand nur aus netten Jungs? Wer, glaubst du wohl, erledigt das Töten? Glaubst du vielleicht, Menschen sind sanft und lieb? Steck bloß nicht den Kopf in den Sand. Eine Menge Leute sind nicht besser, als sie unbedingt müssen, und das ist noch wischiwaschi aus-

gedrückt ... Casey hat sich aufgeführt, als ob sie alle das Letzte wären – waren sie vielleicht auch: ein paar davon haben Sachen mitgehen lassen ... als Souvenirs: ein Krieg bringt die Leute außer Rand und Band. Was denn sonst? Casey wollte schon, daß der Krieg gewonnen wurde, aber so nun auch wieder nicht; und ich will dir mal was sagen: Wie Casey sich verhalten hat, ergibt nur einen Sinn, wenn du das andere nicht übersiehst, wenn sie Nonie geliebt und an den Krieg verloren hat ... Tja, wärst du auf so aufregende Dinge etwa nicht eifersüchtig? Von Ballkönigin zu reden, wäre untertrieben ... Sie war die Königin des gesamten Kriegs in dem Städtchen dort ... im ganzen Staat ... Ich kann dir sagen, Casey hat das schier umgebracht; bis hierher hab ich davon reden hören, wie sie sich aufgeführt hat. Abe konnte Nonie noch nie ausstehen; er hat mit ihr geflirtet und sie fallenlassen; aber er hat ein paar Spitzen von sich gegeben, die bis zu mir gedrungen sind ... Ich kann dir sagen, was ich da als Maßstab nehme; ich kann dir sagen, wie ich mich verhalten habe – und glaub mir ruhig, in manchen Momenten war auch was dran an dem, was Nonie immer gesagt hat, ich wäre eifersüchtig auf sie, weil sie jung war. Aber zu meiner Mama hab ich gesagt, es hätte sich gelohnt, daß sie nach Amerika gekommen ist, weil Nonie ihren Platz an der Sonne haben konnte ... Du weißt nicht, wie das ist, wenn einem ein Grund dafür gegeben wird, daß man so ist, wie man ist – wie ein Frühlingshauch nach einem schlimmen Winter ist das. Frauen haben ein schweres Leben, Wiley ... und mit zum Schwersten gehören die schlechten Begründungen und die Nicht-Begründungen, die einem die Leute so geben ... Es steht in der Bibel, oder: So ist es eben ... Das geht so weit, daß du schließlich damit rechnest, vom Blitz getroffen zu werden, wenn du dir selber deine Gedanken machst ... Nonie ist nie im gleichen Maß unabhängig gewesen wie ich, aber sie hatte ihren eigenen Kopf. Sie hatte ein Gefühl dafür, wie sie aussah – sie sah aus wie das Mädchen von nebenan, aber ihre Gesichtszüge waren besser. Ihr Allerwertester und ihre Arme waren ein bißchen mollig, aber sonst war sie schlank, und sie hat keinen verscheucht, außer, er sah ganz fürchterlich aus. Und DU kannst denken, was du willst, aber Nonie war nicht seicht; sie war mit S. L. zusammengewesen; er war krank ... Mit dir hat sie ihr Leben lang im Kampf gelegen: aber sie konnte ganz vernünftig sein – gar nicht so wenige Leute fanden sie interessant ... Und sie hat ihnen nicht das Gefühl gegeben, sie wären Proleten. Ich will sagen, du brauchst bloß an der Oberfläche zu kratzen, dann siehst du, daß sie nicht bloß ein hübsches Mädchen unter vielen war: sie wußte, daß Menschen sterben können ... Sie wußte, was es heißt, im Schatten zu stehen. Sie wußte, was es heißt, sich entsetzlich zu fühlen – über Nacht alles zu verlieren. Sie wußte, was es mit Büchern auf sich hat, nicht vom Lesen zwar, aber sie mochte sie trotzdem nicht; sie kam den Leuten komisch, aber sie war kein albernes Ding: sie war ein Mensch, der weiß, daß es auf der Welt Friedhöfe gibt ... Sie wußte, wie gescheit andere daherreden ... Was du von ihr hältst, ist mir egal – alles in allem ist sie ein nachdenklicher Mensch. Mir halte ich das nicht zugute. Als es drauf ankam, hat sie sich bewährt, und für eine Weile war sie nackdenklich, und ich war sehr, sehr stolz auf sie. Daß sie kein Stehvermögen hatte, wußte ich doch – du hältst mich wohl für blöd ... Ihre Fehler kenn ich nun vorwärts, rückwärts, seitwärts, in- und auswendig ... Trotzdem bin ich noch stolz auf sie – jetzt sag ich mal was Schreckliches: für Nonie ist es richtig schade, daß der Krieg nicht ewig weiterging. Wie sie damals war – völlig egal, was du denkst – und gemocht hab ich sie nie - nicht ein einziges Mal hat sie mich täuschen können, als Kind nicht, und als sie in Carolina war, auch nicht – Casey hat damals eine Persönlichkeit geliebt, Nonie war jemand, ganz Carolina, der ganze Staat North-Carolina riß sich um sie, eine Zeitlang war Casey richtig kirre ...

Im Ersten Krieg hab ich's bei einer Kriegsanleihen-Kampagne mal auf die Bühne geschafft, und ein paar tausend Männer schauten mich an, und dieses Gefühl – wie ein heißer Luftschwall: ich konnte ihre Gedanken lesen ... Ich wollte anfangen zu lächeln, aber weißt du was? Mir ist wieder eingefallen, wie albern mir Frauen auf der Bühne schon vorgekommen waren, und unbegehrenswert wollte ich nicht wirken, da hab ich mich in Pose geworfen und geblickt wie, ach, du weißt schon, wie ein Vamp; und da haben die Leute dermaßen geklatscht und gepfiffen – ich wußte ja, daß ich bloß ein Mädchen war, keine Schauspielerin, aber in dem Moment hab ich begriffen, daß ich eine außergewöhnliche Persönlichkeit war ... Auf meine Weise ... für eine Weile ... Ich bin nie eingebildet gewesen, wie du's bist – wie Nonie ... Ich bin gescheit, Wiley: Ich sag dir, tausend Männer haben mal was darauf gegeben, was Nonie getan und gesagt hat – sie war das Maskottchen, die Schönheit – und was weiß ich noch alles ... Vieles hing von ihr ab – so haben's die Leute empfunden. Ich red hier keinen Unsinn, ich rede von einem KRIEG. Ich bin kein Kind; ich mag ja kein Harvard-Professor sein, aber ich weiß, was Sache ist. Nonie war eine bedeutende Figur. *Du weißt ja nicht, wie das ist. Dann wollen die Leute wirklich ein Stück von dir an sich reißen. Es kommt sehr darauf an, ob du's mit anständigen Leuten zu tun hast oder nicht. Die wenigsten sind's. Du weißt ja nicht, wie eifersüchtig eine Frau wie Casey sein kann ... auf das, was ihr fehlt, ihrer Meinung nach, oder was ihr dem Rang nach zusteht: sie fängt sofort an zu kämpfen ...*

Davon ahne ich wohl höchstens etwas.

Aber Nonie fängt schon an, bevor du ihr nur guten Tag sagen kannst ... Was Männer so reden – viel davon ist nicht gerade anständig ... Nonie wollte eine kleine Welt für sich haben: sie wollte etwas haben, was Casey nicht antasten konnte – daß Casey ihr nicht erklärte, was gute und schlechte Manieren waren, mit dem Finger schnippte und deutlich zeigte, wer denn Nonie das Leben so angenehm machte ... Wenn Casey gewußt hätte, was für sie gut war, hätte sie gelernt, Nonie ihren Willen zu lassen ... Ich meine, Casey hätte nicht heimlich horchen sollen ... Verwundete gibt's immer. Krieg ist Krieg. Wenn du's nicht angingst wie eine Närrin, kam alles wie zu erwarten ... Natürlich kamen Männer scharenweise an: Nonie hatte genau das richtige Aussehen für den Krieg; und sie hat rasch kapiert, wie sie sich verhalten mußte; und sie steckte in alles ihre Nase – sie war glücklich – auf ihre Weise war sie glücklich ... Also, laßt sie doch spielen – es ist zwar kein Sandkasten, aber was soll's. Eins muß ich Casey aber lassen – sie hat versucht, Gefühle zu retten. Sie wollte nicht, daß die Kriegsstimmung Leute verdarb, die ihr wichtig waren; aber wenn du mich fragst, hat sie den Kopf verloren: Sie wollte nicht, daß Isobel irgendwas mit Soldaten zu tun hatte, und sie ließ nicht zu, daß die Jungen fluchten: ich sag dir, sie hat den Kopf verloren ... Vielleicht bin ja ich ein schlechter Mensch, und sie ist ein guter ... Die Soldaten sind überall mit schmutzigen Stiefeln herumgetrampelt, sie haben nur Scherben hinterlassen – auf tramplige Leute war Casey sowieso nicht gut zu sprechen – sie fanden sie gründlich unsympathisch – tja, so was kommt eben vor ... Aber in so einem Fall fragst du dich doch, wie die Geschichte wirklich war ... Hat Nonie sie gequält? Waren sie hintereinander her? Das ist ja nur menschlich ... Ein Oberst wollte wegen Nonie seine Frau verlassen ... Wie Casey sich aufgeführt hat, das ergibt überhaupt keinen Sinn – so was passiert doch andauernd; ich könnte gar nicht aufzählen, wie oft mir das passiert ist – du lächelst nett, jemand ist trübsinnig, und bevor du dich versiehst, bist du für den anderen Mahatma Gandhi ... der Messias, die leibhaftige Wiederkunft, nur daß du eine Frau bist und der andere keine Angst zu haben braucht, daß du die ganze Welt umkrempeln und eine Bombe schmeißen oder irgendwen zur Hölle jagen wirst. Also hat's jemand auf dich abgesehen, und es wird eine Spur dramatisch – aber das Ende der Welt ist es nicht ... Höchstens, wenn du mit deinem Lächeln für jemanden der Messias bist. Mich kannst du fragen: ich hab mein Leben lang die Augen offengehalten. Ich kenn dich, Wiley: du willst nicht zuhören. Du willst den kleinen Lord Fauntleroy spielen und glauben, alles ist in Butter, auch wenn's nicht so ist. Tja, ich kann die Geschichte nun mal nicht so erzählen, daß sie dir in den Kram paßt. Ich könnt's vielleicht, aber ich hab's mir überlegt, und ich werd's nicht tun. Vom F. B. I. und von der Army Intelligence kamen auch welche; Nonie hat für sie einiges im Auge behalten: schlau hat sie das gemacht; keiner wußte was Genaues; alle wußten ein bißchen was. Mir hat sie gesagt, was sie da machte; sie hat mir damit gedroht. Das war für sie ein Knüppel vom richtigen Format. Casey konnte es nicht ertragen. Nonie tat es zur Erhöhung der Kriegsanstrengungen; vor solchen Sachen – harten Maßnahmen – ist sie nicht zurückgeschreckt, der Typ war sie nicht, sie machte den Leuten ordentlich Ärger ... Diese anderen Leute da haben sie beschützt – ich nehm an, sie brauchte Leute, die sie beschützten –

wie konnte sie Casey denn auch trauen? Das hätte sie, wenn Casey zuverlässig gewesen wäre – in Geldfragen war Casey ehrlich, mußt du wissen; warum hat Nonie ihr also nicht getraut? Ich sag dir, Nonie ist kein Teufel; sie ist ein ganz normaler Mensch, so blöd wie die meisten. Du mußt nun mal wissen, bei wem du mit Hilfe rechnen kannst, und sie hat gern kommandiert, Nonie mein ich; sie brauchte oft Hilfe – war sie denn so dumm? Na schön, na schön. Es kann um Religion gegangen sein. Oder um Politisches. Vielleicht um gesellschaftliche Unterschiede. Aber ich sag dir, es ergibt nur dann wirklich einen Sinn, wenn du sie beide als Frauen ansiehst, die das Übliche satt hatten. Na schön, ich bin gemein. Warum sollten sie auch nicht was satt haben? Warum hat Casey nicht zu ihr gehalten? Warum wohl? Erzähl mir bloß nicht, aus Prinzip – zu Abe hat Casey gehalten, solange er gelebt hat; sie hat ihr Leben lang zu ihrer Freundin gehalten – und die waren vielleicht ein Paar, die beiden.

Sie sprach für mich, mir erzählte sie die Geschichte; doch in ihrer Einsamkeit – ihrem *Solipsismus* – glich sie jemandem, der einen Roman zu schreiben versucht. Sie wollte die Geschichte selbst erfahren; sie erkundete die Dinge – und glich damit menschlicherweise die Tatsache aus, daß sie jedermann aus ihrem Zimmer verbannt hatte. Als ich angekommen war, hatte sie zu mir gesagt, sie sei froh, mich zu sehen; sie gedenke, in meinen Armen zu sterben, sagte sie. Doch nun ging etwas anderes vor: Dies war die Wut, der Zorn von Sterbenden, den ich manchmal erlebt hatte, wenn ich in Krankenhäusern arbeitete, und den ich ein wenig bei S. L. beobachtet hatte – das logische Außersichgeraten der Sterbenden, ihres Genius. Diese entsetzte Wut, mit der sie auf mich zuraste wie jemand am Steuer eines Wagens, glühte inmitten all der übrigen Dinge, die vorgingen. Wie winzige Streichholzflammen tanzen Funken und Spritzer von Licht auf dem Netzgitter vor dem Fenster. Oder, und das ist nun mein Ernst, wie der Widerschein von Geschützfeuer in der Ferne. Ich versuche hier, überlegen und als meiner Sinne mächtig zu wirken, und das versuchte ich auch damals. Gerechtigkeit hat im wirklichen Leben, diesseits der Apokalypse, mit dem Bemühen zu tun, eine Situation so gut zu bereinigen, wie man es unter den je gegenwärtigen Umständen, wie sie auch aussehen mögen, nur kann – und das tut weh; und folglich haben Angriff und Verfluchung etwas mit Ungerechtigkeit zu tun und sind Taktiken, die auf Gerechtigkeit angesichts der Apokalypse – der drohenden allumfassenden Gewalt – verweisen ... Du willst die Welt – diese Welt – unsere Welt – unsere in gewissem Sinne – verstehen? Dann mußt du hierum wissen. Du mußt es zugeben. Da sitzt du und hörst, wie sich draußen der kalifornische Wind warm, hitzegeladen regt, dazu Mamas gequältes, mühseliges, mühevoll zorniges Atmen – klar wollte ich anderswo sein; ja, ich wollte das nicht sehen; doch eben dies hat mich schockiert, verwundet, geschädigt, mir Zuflucht geboten (gelegentlich) und dazu beigetragen, mich zu formen. Ich will hier bekennen, daß ich mich niemals wieder einem solchen Zorn gegenübersehen sollte – es ist mir immerhin gelungen, so schwer faßbar, so reserviert und mächtig zu werden, daß ich Einfluß darauf habe, was andere sich herauszunehmen wagen. Gewiß, anonyme Briefe gibt es dennoch, und Spuren des Besagten.

Selbst Mama würde, wenn ich geräuschvoll – und warnend – die Luft einzöge, ihre Art zu sprechen ändern, dessen war ich mir ziemlich sicher.

Oder wir konnten, wenn sie darauf bestand, wie gleich und gleich miteinander zurechtkommen. Unangenehm war die Verbindung von Pathos, Erbarmenswürdigem, bewußt Abscheulichem und Zorn, der nun wirklich nicht den Punkt traf; dies erschien mir als Vergeudung menschlicher Kräfte, obwohl ich fand, man könne solche Dinge bei jemandem, der im Sterben lag, nicht *verurteilen*.

Lange zuvor waren sie und ich übereingekommen, daß sie mir diese Realien ersparen würde. Wir waren übereingekommen, daß diese Realien ihrer Gesundheit schadeten.

Doch gerade so, wie das Fehlen einer Zukunft Mama die Freiheit gab, Gefühle zu offenbaren, die mich wärmten und die in gewisser Weise den Boden meiner Existenz glätteten und festigten, gab es ihr auch hierzu die Freiheit; und dieses Zeug mutete mich an wie schattenwerfende Mauern bei Nacht – ein Gehege, in dem ich, verwöhnt und auch wieder nicht, lebte.

Ich machte es ihr nicht zum *Vorwurf* – ganz und gar nicht: das schwöre ich. Und ob ich es ihr vorwarf; und ich wollte diesen Mist nicht hören; aber ich «verstand», daß er Teil des anderen – Teils? – war. Er vollzog die Kurve mit, die der sinkende Wirklichkeitsgehalt der Momente beschrieb: darum hatte ich nicht bei ihr sein wollen, wenn sie starb.

Es war, wie in einen Höllenschlund zu blicken – nicht eigentlich, weil sie so teuflisch gewesen wäre, eher aufgrund des Implizierten: wegen der *Normalität*, um diesen Begriff erneut zu verwenden, wegen des wuterfüllten Alltags von verbitterten, hart arbeitenden oder liberalen Leuten: Ich weiß nicht. Bedeutet, etwas nicht getan zu haben, die Hölle? Und jemanden zu hassen, der es getan hat? Ich weiß es nicht. Ich bin mir nicht einmal sicher, ob es Haß war und nicht Parodie oder eine Manier, von der Anziehung zu sprechen, die etwas auf einen ausübt, wenn man eigentlich ziemlich schüchtern ist – ach, weniger schüchtern als wütend und sauer, oder gar nicht sauer, sondern trivial-besserwisserisch: bitter ... Beklagen Sie Ihr Leben? Frißt es an Ihnen?

Ich weiß nicht, unter welchen Umständen man davon sprechen kann, eine reale Stimme sei beschränkt. Oder vom Gesetz der ausgleichenden Gerechtigkeit. Oder davon, daß die Realität eine dunkle Sache sei. Gewiß muß man sich doch glücklich schätzen, wenn man überhaupt eine Stimme hört. Geliebt wird. Nur empfindet man nicht immer so.

Man spricht von dem, *was mir gegeben worden ist.* Nicht autobiographisch: als Art und Weise, mit dem Gegenwärtigen umzugehen, verantwortungsvoll vielleicht.

Aber eben damit lügt man auch, nicht immer, aber manchmal: *gegeben?* In welchem Sinn denn?

Gleitend ging Mama zu einer parodistischen Facette ihrer Geschichte über: *Hoch mit den Gänseblümchen ... immer im Kreis rum; eine Menge von dem, was passiert, haben die Menschen verdient; vieles hätte nicht mal ein Hund verdient, Wiley*, sagte sie selbstgerecht.

Dann wiederholte sie, mit tiefem, warmem Gefühl, ohne den Unterton des Fluchs: *Vieles hätte nicht mal ein Hund verdient, mein kleiner Wiley ...»*

Ich glaube, ich hatte das Gefühl, sie mogle sich an Gefühlen und Selbstdisziplin vorbei, sie fühle sich lebendig und wolle noch ein, zwei Stunden weiterleben: Kennen Sie das?

Sie sagte sogar: *Es fühlt sich an wie eine Zwangsjacke ...* Das Sterben. Das Geschichtenerzählen. *Du hast ja keine Ahnung, wie häßlich die Leute sein können – ich hab christliche Frauen gekannt, die sagten, sie wüßten, daß Menschen sogar noch schlimmer sind als der Teufel – sogar als Gott, wenn er zornig ist ...*

Aber Mama, wie denn das: du kannst doch nicht unvergleichbare Fähigkeiten vergleichen; du mußt ein bißchen mehr Sorgfalt walten lassen, wenn du vergleichst.

Ich muß überhaupt nichts: ich sterbe, und ich hab ein bißchen Geld auf der Bank; ich kann mir leisten, was ich will. Ich fürchte mich nicht vor Gott – der ist gescheit; vom Zuhören versteht er was ... Ich fürchte mich vor meinen Gefühlen ... Jemand wird verletzt: du fängst an, dich zu schämen – du wirst nervös ... Ich war nie darauf erpicht, daß sie nach Hause kommt und uns stört, Wiley ... Ich weiß, du bist aufs College gegangen und hast uns verlassen. Du hast uns verlassen, um dich zu amüsieren. Du hast mich verlassen, weil ich Nonie nicht gehen lassen wollte ... Ich mach mir Vorwürfe, Wiley ... Mit Casey stimmt irgendwas nicht: wenn sie so gemein ist, stimmt etwas nicht ....

Eine Person spricht da über eine andere.

Wiley, mach wieder ein nettes Gesicht .... Ich verrat dir, was ich weiß: du wolltest doch immer wissen ...

Mama, Nonie hat immer geklagt, deine Geschichten wären gemein. Und nicht wahr.

Zu der Spitzeltätigkeit, von der Mama zuvor andeutungsweise voll Verzweiflung gesprochen hatte, sagte Nonie, als ich sie danach fragte: *Ich war ein großes Tier, ich hatte alle im Auge* ... Das konnte eine Bestätigung sein ... Sie sagte: *Soll mir nur keiner sagen, was ich zu tun hab* ...

Vermutlich hat's dir einer gesagt.

Komm mir bloß nicht neunmalklug ... Weitgehend ist mein Nonie-Bild von damals, so wie ich es jetzt zusammenfüge, von Dingen geprägt, die ich später an ihr wahrgenommen habe ... Als Nonie nach St. Louis zurückkam, fragte ich sie – das hatte ich aus Kriegsromanen, in denen es um ernste Fragen ging –: *Hast du unter Gewissensnot gelitten?* Im Krieg. Bei den Dingen, die man tun mußte.

Du redest wie ein Baby, sagte sie.

Ich hab eine Menge Bücher gelesen – [ich weiß,] es ist hart für einen.

Sie sagte: *Der Krieg ist die Hölle ... Du liest zuviel – wenn du dein Aussehen rasch ruinieren willst, brauchst du die Nase bloß in Bücher stecken.*

Für eine Weile nahm sie an mir nur mein Aussehen als wirklich existent zur Kenntnis. Nur, wie ich aussah.

Verschiedene emotionale Wirklichkeiten: eine Geschichte über Beliebtheit (in Kriegszeiten), über das Gerangel um die Aufmerksamkeit ihrer Tochter, über das Ausmaß, in dem man über das eigene Leben bestimmen kann – selbst wenn man stirbt: sie, Mama, sagte:

Was geschehen ist, kümmert mich nicht mehr. Mag sein, daß es für sie glatt um Leben und Tod ging. Ich sterbe jung, da werde ich tolerant, ich kann's mir leisten, tolerant zu sein ... Tja, ich will eben einen guten Eindruck hinterlassen – was ihr tatsächlich gelang, wieder einmal. *Wenn erst das ganze Getue losgeht, sobald du gestorben bist, wenn sie alle dastehen, meine Mama und deine Mutter, die arme Ceil, und mein Papa – also, wenn du mich fragst, es wird Zeit, ein anständiger Mensch zu werden. Es gibt eben komische Geschmäcker – tja, was kannst du da schon machen? Beide haben sie mich nicht gemocht – Casey und Nonie; sie meinten, ich hätte Grillen im Kopf, ich wär die schlechte Nachricht in Person; SIE SIND ZU WEIT GEGANGEN – VON DER SORTE WAREN SIE ... Nun waren sie also zusammen, nun hatten sie's, beide vom gleichen Schlag, unter einem Dach, und waren so viel besser als ich, haben mich ausgelacht, es mir mal gezeigt, und glaubst du, es hätte mir was ausgemacht? Hat es nicht. Wer zuletzt lacht, das bin ich – ist zwar kein schallendes Gelächter, aber was kannst du da schon machen? Ich hab mehr Grips gehabt als die beiden zusammen; ich hatte bessere Beine; in einer Hälfte von meinem Hinterteil hatte ich mehr Leben als sie zusammengenommen ... Aber wenn zwei die Köpfe zusammenstecken, dann fühlt sich das gut an, viel besser als einer, bloß gab's da einen Haken, ha-ha: sie kamen nicht mehr auseinander ... Zu gescheit zu sein bringt einem überhaupt nichts ... Es bringt wohl was, hie und da nett zu sein: dann versauerst du nicht so; du siehst nicht irgendwann wie ein Drachen aus. Ich verrat dir, wie's bei mir war: Aus dem College haben sie mich rausgeworfen, weil zu viele Männer um mich herumgeschwirrt sind, aber ich hab immer ein Auge für Frauen gehabt; ich komm mit Frauen aus; bloß war Casey eine von denen, die immer die Männer übertreffen müssen – sie mußte sie austricksen; sie war eine gute Lügnerin; ihrerseits hat sie die Abmachungen immer eingehalten, außer, sie hatte gute Gründe. Ich kann ein Stückchen voraussehen – Casey konnte das nicht. Aber sie hat Glück gehabt. Sie hat nach der Nase gehandelt – von Augenblick zu Augenblick entschieden –, und bei ihr hat das bestens funktioniert. Ich glaube immer noch, daß ich wußte, was passieren würde ... Ich hatte Pech ... Ich bin überrumpelt worden ... Das Pech hat mich eingeholt und ist mit mir Schlitten gefahren: du kannst schon Mitleid mit mir haben, Pisserchen ... Aber schlecht war ich nicht ... Ich war eigentlich gar nicht so schlecht, ha-ha ... Die Leute haben meine Meinung immer respektiert – ich hab auch dafür gesorgt ... Ich trau dir zwar nichts zu, Pisser, aber bisher hast du dich ganz ordentlich gehalten,*

und das ist schon was – das kann man schon an die große Glocke hängen. Würd dir nicht schaden, aufzuwachen und zu sehen, was so vorgeht – du solltest mal davon kosten, vom wirklichen Leben. Du weißt ja, was man über Harvard-Leute sagt: Einen Harvard-Mann erkennst du immer, aber nie kennst du was, das er nicht kennt ... Ich hab ein bißchen was hiervon, ein bißchen was davon im Kopf ... Hoffentlich kannst du auf dich aufpassen ... Ich war dir nicht die beste Mutter der Welt, aber ich hätte am Ende gern ein ruhiges Gewissen, falls ich deiner Mutter begegnen muß; sie kommt hierher ins Zimmer und redet mit mir. Die Wurzel allen Übels ist, was der Affe sieht, äfft er nach – das war immer mein Untergang. Was hat's schon für einen Sinn, etwas zu tun, weil jemand anderes es tut? Eine Falle ist das. Tu, was du kannst. Ich hatte zuviel Ehrgeiz. Hab ich immer noch. Casey war immer so gelassen: sie ist kalt; tja, sie ist nicht krank ... Sie hat schon Gefühle; weißt du, sie ist verrückt. Manche Leute sagen, sie haben keine Gefühle, aber bloß um dich zu piesacken – um keine Gefühle zu haben, braucht einer sehr viel Gefühl. Du bist damit ausgestattet, damit du überhaupt was hinkriegst – ohne Gefühle kannst du nicht mal Luft holen ... Männern ist's egal, wieviel gelogen wird; für sie zählt das Ergebnis: warum sollen Frauen es anders halten? Was geschieht, geschieht eben ... Frauen tun, was sie können ... Ich bin kein Mensch, der aufgibt, aber ich sterbe jung, was weiß ich also schon? Ich rede gern mit dir, aber ich finde, du bist dafür der Falsche. Du solltest ein bißchen Respekt haben vor dem, was Menschen passiert ... Und weißt du, du gibst zu früh auf. Keiner führt ein vollkommenes Leben – das kannst du einem nicht vorhalten ... Irgendwas, irgendwer kommt vorbei, und der Mensch denkt: Das könnte nett werden – wird ja Zeit, daß ich mal was von der Sonnenseite kennenlerne, etwas, das sich lohnt; das denkst du, und du läßt dich drauf ein, und wo landest du dann? Ich verrat's dir: im Nie-im-Leben-Land landest du, und das wünsch ich keinem Hund ...
Ironisch-ernst-scheu, immer bereit, sich zu unterbrechen: *Das fasziniert dich? Rede ich so gut wie die Leute, die du in Harvard kennst? Ich bin zwar eher ungebildet, aber Feuer hab ich schon immer in mir gehabt ... Daß ich nichts zu verbergen hätte, hat noch nie einer*

gesagt. Ich bin jemand mit dem gewissen Etwas ... Ich schau mir das mal an – sagst du ... sagst du dir ... und schon steckst du tief drin ... und weißt du was? Es kümmert dich gar nicht ... Es ist wie beim Rennen: Es geht drum rauszukriegen, was der andere als das ihm Wichtigste voranstellt, und ob du ihn dazu bringen kannst, da was dran zu ändern, bevor du wahnsinnig wirst und rechts und links alles durcheinanderbringst. Die Leute haben ihren Stolz an den komischsten Stellen sitzen ... S. L. und ich haben nicht zueinander gepaßt, aber es war keine schlechte Ehe: Ich hab mich dafür interessiert, was aus ihm wurde; ich konnt ihn dazu bringen, seine Pläne zu ändern – wie er über mich gedacht hat, hat mir immer weh getan ... ich hab mich nie innerlich von ihm gelöst ... Natürlich hat ER gesagt, er hätte gegen mich nie eine Chance gehabt, aber wer weiß, was das bedeutet hat? Ich sterbe, und schüttle du da mal nicht so höflich das Köpfchen. Casey und Nonie – die glichen einander wie zwei Erbsen – und Nonie hat sich gut gehalten: keine hatte einen Funken Angst im Leib, DIE doch nicht ... Jede hatte einen Wortschatz von ungefähr zwei Wörtern ... Tja, das muß ich dir ja nicht erzählen ... Aber um dich in diesem Leben schlau anzustellen, mußt du nicht reden können ... Schau dir doch bloß mich auf meinem Sterbebett an – und mein großer, stummer Süßer ist bei mir ... Nicht verlegen werden: das vertrag ich nicht ... Dann weicher: *Tja, ist das denn so schlimm, zur Abwechslung mal ein bißchen was zu fühlen? Ich glaub, nur so können Menschen überleben. Ich glaub, nur deswegen sind überhaupt erst welche nach Amerika gekommen – um ein bißchen Zeit und Geld zu haben und ungebunden damit rumspielen zu können – ich mein nicht bloß mit einer Sache, sondern mit allem, was dich interessiert: Wohltätigkeit, der Elternverein, ein Hund; du kannst auch mit einer schlauen Idee rumspielen, die irgendwer hat, sobald du sie kapiert hast – wußtest du eigentlich, daß ich Skeptikerin bin – daß ich skeptisch bin? Das hab ich dir verheimlicht. Hast du mich in Harvard vergessen? Ich bin zynisch – wußtest du das von mir? Ich bin eine Zynikerin, die glaubt, daß sich die Welt nur weiterdreht, weil du in irgendwen oder irgendwas vernarrt bist, sonst gibst du dir die Kugel. Oder wirst krank und fällst tot um. Das mein ich ernst. Auf meine Art bin ich eine großzügige Frau – ich liebe dich, Wiley, aber ich hab verloren, stimmt's? Ich hab verloren. In vieler Hinsicht. Ich hab gehofft, sie würden einander nicht zu rasch auf die Schliche kommen; ich hab gehofft, sie würden mit ihrem Schwarm füreinander glücklich werden; beide haben sie mich sofort wissen lassen, was lief: Casey hat ihre Überweisungen erhöht; und sie hat eine neue Bettjacke, eine neue Nachttischlampe für die Kranke geschickt, aus bemaltem Porzellan, die Lampe, mein ich, mit plissiertem Seidenschirm: Meinst du etwa, ich bin kleinkariert? Meinst du, ich hätte nicht gewußt, was sie mir damit sagen wollte? Sie hat hat sich abgesichert, Flankenschutz, Rückendeckung hat sie sich verschafft. Sie wollte keine Feinde haben. Ich weiß ja nicht ... Und Nonie am Telephon, schmalztriefend – Casey wollte, daß sie anrief:* Wir wollen uns wieder vertragen, *hat sie gesagt: ICH WUSSTE, was das hieß ... Bescheid wissen sollte ich ...*

Tja, was kannst du schon machen? Sie sind sich auf die Nerven gegangen. Das kommt vor, weißt du. Es mußte dazu kommen – Casey hat Nonie durchschaut – Nonie ist egoistisch; Nonie hat Casey durchschaut – Casey ist verrückt und muß einem immer den Fuß auf den Nacken setzen ... Na und: Dreht sich's da vielleicht um Leben oder Tod? Ich hab Frieden gestiftet, glaub mir ... Oder glaub mir nicht ... ist mir egal ... Von mir sind die Scherereien zwischen ihnen nicht gekommen ... Und wenn, tja, dann war's fies von mir; dann hab ich mich gehenlassen – jetzt sag ich dir die Wahrheit: Ich hab gesehen, daß es um Leben und Tod ging ... Ich war draußen vor und hatte meine eigenen Sachen auf Leben und Tod laufen – nicht solche allerdings; und je weniger drüber geredet wird, desto schneller wächst Gras drüber ... sagt das Sprichwort, oder? Ich hab mich gut benommen, Wiley, sagte sie, mit schwankender Stimme jedoch, mal dreist, mal flehend; flehend sagte sie: *Was kannst du von einer Frau wie mir denn mehr verlangen? Das Unerträgliche ist, in allem immer ein bißchen falsch zu liegen und nicht zu wissen, worauf es hinauslaufen wird ...*

Hör zu: Bei Casey ist keiner auf Rosen gebettet ... Wenn einem in der Familie nach einer romantischen Affäre war, dann hat er sich dafür aus der Stadt begeben: So stand's in Caseys Umgebung, weil sie alles besser wußte, alles im Griff hatte, alles bestimmte. Die Oberbefehlshaberin der Streitkräfte. Wenn du so reich bist, machst du dir leicht ein übertriebenes Bild von dir – von dem, was andere sich von dir gefallen lassen; Casey hat Nonie wie eine arme Verwandte behandelt ... NIE, NIE darfst du das tun, Nonie wie eine arme Verwandte behandeln ... wenn dir dein Schlaf lieb ist ... Das Mädchen ist der reinste Robin Hood ... Schön und gut, aber sieh einer an, Nonie hatte das eine oder andere gelernt: sie hatte ihre eigenen Streitkräfte, ihren eigenen Geheimdienst: das ist ihr zu Kopfe gestiegen – sie hat doch glatt vergessen, sich vor Casey zu fürchten ... Sie hat die Zukunft nicht gefürchtet ... Du lachst zwar nicht, aber ich hab gelacht ... Hör zu: Es war einfach so KOMISCH mit den beiden... Alle haben Wunden davongetragen ... Sogar du, Pisserchen ... Die Soldaten gingen ein und aus; sie haben Nonie Ständchen gebracht. Ein paar betrunkene Offiziersanwärter sind mit dem Jeep durch Caseys Azaleen gebrummt ... Menschen reagieren nur – endlos; du lernst was; aber wie verlernst du's wieder? Tja, was der Affe sieht, äfft er nach ... Nonie mußte unbedingt Casey sein. Casey mußte der König der Berge sein. Sie haben darum gekämpft, ohne die Stimme zu heben – sie wollten fein sein. Isobel war so verschreckt, daß sie bei Jungen Schutz gesucht hat – natürlich ist das nur geraten. Ich sag ja nicht, du hättest von so einem Kampf was merken müssen ... Es war ja nur zwischen Frauen ... Klar ironisch gesagt. *In so einem Kreuzfeuer hat kein Mann eine Chance ... Hier hast du mal eine schlichte Wahrheit: einen großen Teil des Lebens kämpfst du um andere ... Und die anderen kriegen gar nicht mit, was vorgeht ...*

Dann haben sie sich wieder versöhnt. Keine Ahnung, wie das ging. Und dann, als Abe krank wurde, weißt du was? – da hast du mal einen Mann, der sich verschwiegen wie eine Gruft verabschiedet und seine Geheimnisse mit ins Grab genommen hat ... Glaubst du, er hat sein Leben genossen und ist jung gestorben? Daß ihn die Vorstellung, noch weiterzumachen, gelangweilt hat? Vielleicht möcht ich mich gar nicht als alte Frau sehen. Wie Mama. Vielleicht sterb ich da lieber, Pisserchen ... Ich will ehrlich zu dir sein, Pisser, ich langweile mich in letzter Zeit. Ab und zu verlier ich die Nerven. Aber in vieler, vieler Hinsicht bin ich's zufrieden, daß es vorbei ist ... Mein Doktor macht mir schöne Augen, und sieh mal, wie du mich anstaunst ... Es ist komisch: du lernst, die Dinge so zu nehmen, wie sie kommen, aber du willst sie gar nicht mehr; du sagst nein, und dann änderst du deine Meinung, aber es ist zu spät; und dann ist Schluß ... Das ist alles so sonderbar wie ein Mond voll grünem Käse ... Ich verrat dir was über Abe: er hat das Wunder nie gefunden, er ist nie wirklich an die Spitze gekommen, er hat sich über die Leute lustig gemacht, und das hat ihm geschadet ... Tja, aber schlau war er: Casey wußte das immerhin , das ehrt sie ... Tja, an dem Tag, wo Abe seine Diagnose bekam, Knochenkrebs, also, Casey stand damals ihrer alten Freundin, wie heißt sie gleich, nicht sehr nahe, dieser alten Freundin von ihr, dingsbums, Emma-Jean oder so, aber Caseys Leben hatte sich verändert, und da hat sie sich nicht Nonie zugewandt, sondern der anderen; und was ich dir jetzt erzähle, wirst du mir kaum glauben: Nonie, die doch Krankheiten haßt, war so eifersüchtig, daß sie von dem Tag an eine Spur verrückt geworden ist ...

Sie war eifersüchtig, weil Abe krank war und das anderen nicht gleichgültig war ... Sie war auf Abe eifersüchtig ... weil Casey ihm Aufmerksamkeit geschenkt hat ... Nonie stand irgendwie unter Druck, und nach S. L. war das zuviel. Und ich bin auch krank. Casey kann Verrückte nicht ertragen. Geduld hat sie, aber sie flüchtet schnell, nicht vor den Menschen, sondern vor deren Gefühlen. So, und damit war die Sache zu Ende, ob sie's nun wußten oder nicht; für DIE beiden gab's kein in guten und in schlechten Tagen mehr ... Casey hat Abe treu gepflegt – das muß ich ihr wirklich lassen ... Natürlich gab's Leute, die meinten, sie hat's genossen – hat alle herumkommandiert wie Ihre Majestät, die heilige Florence Nightingale. Abe war hilflos ... Meistens hat er geschrien: das war eine furchtbare Sache, Wiley. Casey und ihre Freundin, die beiden alten Freundinnen haben zusammengehalten – und nun rat mal, wer im Regen stand? Nonie sagte, man wäre doch im Krieg. Alles hat sie rotzig weggewischt. Ihr Leben war ihr das Wichtigste – war's ja vielleicht auch. Erst hat Casey gesagt, sie versteht's, daß Nonie sich vor

Krankheiten fürchtet. Aber die Soldaten kamen immer weiter ... Das war nun doch zu verrückt ... Du weißt ja, wie's so geht, es wird immer schlimmer ...

Halt, Mama. Hör mit der entsetzlichen Geschichte auf. Laß das jetzt. Laß mich in Ruhe.

Casey hat mich angerufen – hör zu, das war nämlich interessant: Sie hat mich gefragt, ob Nonie ihre Seele dem Teufel verkauft hätte – ist das nicht interessant?

Tja, hab ich zu ihr gesagt, eine Mutter kannst du das nicht fragen ...

Ich weiß nicht, was mit Nonie wirklich los war ... Ich bin ihre Mutter, aber ich weiß es nicht ... Ich denk mir, vielleicht konnte sie mit keinem Mitleid haben, mit nichts, und auf lange Sicht hat sie das zum Wahnsinn gebracht ... Sie hat versucht, die Überlegene zu spielen, aber was hast du schon davon, ein pfiffiges Biest zu sein, wenn du wahnsinnig bist? Nichts hat geklappt ... Sie wollte nur auf sich selber hören – als wär sie der Messias ... Keinem konnte sie vertrauen ... Sie war wie eine Neuauflage von S. L. ... Wie Mahatma Gandhi, Leo Tolstoi, Man o'War, Franklin Roosevelt, Gary Cooper und Babe Ruth in einer Person ... Die zwei hatten mehr Dünkel im Leib, als ihnen guttat ...

Mama, hör auf.

Was kann ich dir schon sagen? Nonie hatte ihre Höhen und Tiefen ... Sie war nicht vernünftig ... In mancher Hinsicht war sie schwachsinnig ... Ich nehm mal an, dafür gibt's die Psychologie, dafür sind alle möglichen Sachen da, um Schwachsinnige schlau zu machen, einigermaßen schlau ...

ICH WOLLTE NICHTS MEHR HÖREN ... Blieb jedoch geduldig sitzen.

Casey jedenfalls, sie hat mich angerufen ... MICH ... Umpusten hättest du mich können ... Wir waren wieder Freunde: Ich sollte Nonie dazu bringen, aus Forestville zu verschwinden und nach Hause zu kommen ... Ich hab mit Nonie gesprochen, aber zwischen den beiden gab's eine große Szene: Nonie hatte die ganze Zeit den Mund gehalten – wie gesagt, sie hatte Casey sehr gern. Nonie sagte, was sie so dachte – also, sie hat Dampf abgelassen, und Casey warf sie aus dem Haus ... Buchstäblich: Casey hat sie in den Zug zurück nach St.Louis setzen lassen ... Nonie war glatt wahnsinnig, aber vor Leuten konnte sie sich ganz ordentlich zusammenreißen ... Ich bin für vieles haftbar. Es tut mir leid, daß sie in deinem Leben auftauchen mußte, aber (und dies nun in einem gemeinen Ton, im Angriffston) *noch mehr leid tut mir, wie ich sie behandelt habe ...*

Ich bin ihre Mutter ... Jetzt, in meinen letzten Tagen, muß ich nicht mehr Mutter sein, und das erleichtert mich – und ich will sie nicht hier haben ... Ich will nicht, daß du dir was vorwirfst; ich will nicht, daß du dich dahinter versteckst, daß sie das leibliche Kind ist und du nicht. Aber ich will, daß du dich um sie kümmerst, wenn ich nicht mehr da bin. Nur, jetzt will ich sie hier nicht bei mir haben. Versprich mir, daß du ihr helfen wirst, damit wir weiterreden können: ich will mit dir reden; ich will dir sagen, daß es mir leid tut; ich will, daß du mir vergibst ... Ich wollte nie, daß es so abgeht, wie es abgegangen ist ... Ich hab's gut gemeint ... Und wenn's mal nicht so war, hab ich's für mich behalten – ich hab sicherlich kein großes Theater drum gemacht. Casey will nicht vergeben und vergessen, sie ist nicht bereit zu sagen, was vorbei ist, ist vorbei, sie hat sich von Nonie nie wieder besuchen lassen, sie hat ihr Karten und Geschenke geschickt, aber sie will sie nicht sehen ... Wenn Casey mal was entschieden hat, dann ist sie eisern ... So ist sie in der Welt zu was gekommen ... Sie hat immer befürchtet, Nonie hätte mir was erzählt, aber das muß ich Nonie lassen: sie kann ihre Zunge im Zaum halten – ein Geheimnis kann sie wahren. Sie hat ihren eigenen Kopf ... Sie ist zäh ... Sie hat gesagt, es wär ihr egal. War's ihr aber nicht. Nonie verliert immer. Wer schon nicht. Sie meint, sie kann andere täuschen – und manchmal kann sie's auch ... Sie meint, sie klingt okay – sie weiß nicht, wann sie wahnsinnig ist ... Über Casey hatte sie kaum ein schlechtes Wort zu sagen ... Was glaubst du, wie ich mich da wohl fühle?

Vielleicht ist ja alles furchtbar: vielleicht ist es sogar zum besten, wenn man sich zäh der Versöhnung widersetzt ...

Ich bewundere Casey. In ihrem Leben hat sie sich triumphal be-

währt. Ich mag kalte Menschen – je weniger einer fühlt, desto besser, sag ich immer ... Manche sind zu kalt: was genug ist, ist genug ... arme Nonie ... Sie ist gar nicht anders als alle übrigen, aber sie verdirbt sich alles – was meinst du wohl, warum? Ich möchte, daß du dich um sie kümmerst, wenn ich tot bin ... Wiley, ich weiß, daß sie nicht auf dich hören wird, ich weiß, daß es da böses Blut gibt, ich weiß, daß du dich rasch langweilst ... Ich weiß, du kannst immer sagen, ich wollte sie nicht bei mir im Zimmer haben, nicht mal, um ihr Lebwohl zu sagen; aber was soll's, ihr habt wie Bruder und Schwester gelebt, du hast einen Kopf, kümmere dich um sie, hilf ihr, laß nicht los, tu für sie, was ich nie für sie getan habe ... bitte. Ja? Ich bitte dich darum auf meinem Sterbebett ... Belüg mich nicht. Belüg mich, wenn du mußt ... Im Vergleich zu Nonie siehst du immer gut aus ...

Nach dem, was ich gehört hab, gab's zwischen ihnen eine Szene: Casey kann Szenen nicht ausstehen; alle haben alles gehört; und Nonie war so grauenhaft, daß sie ein Jahr später alle beschlossen haben, dich liebenswert zu finden ... Ha-ha ... Nein, im Ernst ... Es gibt Dinge, an die denkt man lieber nicht. Du mußt dir deinen Weg selber freihauen. Ihre Karten im Handumdrehen ausspielen, das konnte Nonie, aber nie vorausschauend vorgehen ... Vielleicht kann das ja keiner ... Vielleicht liegt's auch in unserer Familie ... Sie baut sich ein kleines Nest bei Leuten, die gegen mich sind: so macht sie's. Sie ist wie ein kleines Tier aus dem Bilderbuch ... Ich möchte, das du ihr vergibst und ihr hilfst ... Ich hab versagt, und ich will, daß du jetzt übernimmst ... Ich bin ein bißchen stolz auf dich und trau dir was zu ... viel sogar ...

In Tonlage und Gebaren war sie in jenen anderen Bereich zurückgekehrt – zu jener anderen Fasson oder Methode des Sterbens, nicht wutentbrannt – oder wütend zärtlich –, brennend zugeneigt.

Manchmal glaub ich, sie hat kein Körnchen Vernunft im Kopf. Weil zuviel von dem, was sie getan hat, falsch war, kann sie jetzt nicht mehr aufhören zu bemänteln – den Fehler machen viele. Du würdst annehmen, daß sie sich logischer verhalten. Nonie will, daß alles so geht, wie's ihr paßt, traurige Dinge mag sie nicht: hilf ihr. Es gibt so vieles, was ich nicht weiß ... Dich versteh ich überhaupt nicht, aber du kommst irgendwie zurecht ... Ich kann sie jetzt nicht allein auf der Welt zurücklassen, Wiley, und einfach dich am Ende vorziehen und mich um nichts anderes mehr kümmern ... Ich mag sie nicht, aber ich hab ein Gewissen ... Du hast ein Gewissen ... Hast du in Harvard dein Gewissen verloren? Hast du gelernt, dich wie Schilfrohr zu verbiegen? Nonie – wenn die was umgehauen hat, stand sie wieder auf ... Was kannst du von einer Tochter mehr verlangen? Was willst du auch sonst von einer Tochter, die du nicht mehr genug liebst? Aber du warst da immer anders. Wenn dich was umhaut, dann bleibst du liegen, ha-ha, oder du läßt dich erst gar nicht umhauen. Ich wollte, daß sie bekäme, was ich nicht bekommen hab, aber dann hat sich gezeigt, daß du derjenige bist, der sich weiterentwickelt. Ihr hab ich gegeben, was ich konnte, aber wer so ist wie ich, das bist du. Wir haben deswegen ja manchmal arge Schwierigkeiten gehabt, aber, tja, Vorwürfe solltest du mir machen, nicht ihr ... Du kannst dich nicht zwingen, jemanden zu lieben ... Sie ist nie was anderes gewesen als ein Kind. Sei groß, sei nett zu ihr. Gut. Sorg du jetzt mal für mich. *Du bist dran: erzähl mir eine Geschichte – erzähl mir von einem Mädchen, das dir begegnet ist, das dir gefallen hat ... Nein: wart mal: Geh bitte mal raus und hol die Schwester ... Sorg dafür, daß Nonie dich nicht sieht. Laß sie nicht hier rein. Ich kann das Gerede von ihr nicht mehr ertragen, kein Wort – hol die Schwester und sag ihr, es ist Zeit für meine Spritze ... Ich möcht noch über was anderes reden, aber ich brauch ein bißchen Ruhe ... Ich will über dich und mich reden – über mich und dich ... Ich verrat dir was Entsetzliches über mich: ich würde mein Sterben gern genießen, wenn ich kann ... Wenn ich aufwache, sag ich dir ein paar ernste Dinge ... Ich werd dir so allerlei erzählen, wovon ich dachte, ich sollt's dir sagen – viel bessere Dinge noch, als ich dir bisher erzählt hab. Verlaß dich drauf. Du wirst sehen – ich mein's ernst ... Bloß laß mich nicht allein ... bleib einfach hier am Bett sitzen, damit ich auch wieder zurückfinde, wenn ich eindöse ... Meine Träume tragen mich weit fort von hier, und ich gerate durcheinander; ich hab das Gefühl, ich bin jung und kann tun, was ich will; und wieder zurückzufinden ist schwer ... Aber ich weiß, was du für einer bist. Du magst nicht, daß Menschen sterben. Du bist weich. Mindestens einmal komm ich noch zu dir zurück, das versprech ich dir. HOL DIE SCHWESTER. AH, AH ...*

Ihre Schmerzen waren außerordentlich stark.

Wir redeten noch zwei weitere Tage miteinander ... Das heißt, zumeist redete sie. Sie redete und schlief. Jedesmal wenn sie wach war, erwähnte sie einmal Nonie; sie, Lila, meine Mutter, wollte sehen, ob ich ihr immer noch versichern würde, daß ich bereit sei, mich um Nonie zu kümmern.

Doch wir, sie und ich, sprachen nie wieder über Nonie, wie sie war und wie die Welt mit Nonie darin aussah.

Wir sprachen über die Vergangenheit, über meine Abenteuer in Harvard und über das Krankenhaus, als wären dies Welten, in denen niemand und nichts Nonie Gleichendes existierte.

Und wir hatten einen verdammten Spaß. Mama sagte es selbst – auf allerlei Weise, sanft und erstaunt. Einige Male brachte ich sie zum Lachen, und hie und da lächelte sie; und zweimal brachte sie mich zum Lachen. Es war wirklich ganz in Ordnung. Sie sagte: *Ich schiebe das Ende hinaus ... Wir halten uns gar nicht so übel, was, Pisser? Ist mit dir alles in Ordnung?*

Klar, sagte ich, *klar doch, wenn du es sagst ...*

Sie sagte: *Du bist ein kompletter Spinner, aber ich mag dich ...*

Dann sagte sie: *So gut ist es nicht immer gelaufen ... Sag mir, daß du mir vergibst ...*

Ich hatte wohl schon zuvor gewußt, daß es Grenzen dafür gibt, was man – ich, sie – an Mitgefühl und Nähe aufbieten kann. Von S. L. her hatte ich wohl noch in Erinnerung, daß jemand stirbt und daß man weiterlebt; daß der Schnitt derart akut war (wie zwischen einem Stein und dem nächsten in einer Reihe), selbst wenn die verschiedene Person für einen innerlich als Präsenz und als Stimme weiterlebte; dennoch stürzte ein Stein aus der Reihe um und geriet außer Sicht, und der andere blieb zurück. Ich dachte oder glaubte wohl, man könne darüber hinausgelangen, in andere Bereiche oder Ebenen des Fühlens und der Bindung: Als Lila zuvor von meiner richtigen Mutter gesprochen hatte, wie sie gestorben war, vielleicht an einer verpfuschten Abtreibung, nachdem mein richtiger Vater sie mißhandelt hatte (Lila erzählte mir nichts Optimistisches, abgesehen von Sätzen, die das Leben und die Menschen in den Geschichten priesen), da hatte sie gesagt, meine erste Mutter habe, zumal sie in einem so kleinen Ort lebte, alles – emotional – in das Baby investiert, in mich zu jener Zeit; und das Baby habe so stark an seine Mutter gebunden gewirkt, daß sie, Lila, es als sonderbar, ja bemerkenswert empfunden habe, daß das Baby, ich, am Leben blieb. *Keiner hat erwartet, daß du überlebst, aber hier bist du*, hatte sie gesagt.

Ich sagte: *Vielleicht habe ich ja eigentlich gar nicht überlebt – vielleicht ist es ja bloß ein Schattendasein ...*

Lila sagte: *Nein, es lag an deiner Mutter: sie wollte nicht, daß ihre Mühen vergeblich waren ... sie hat dich am Leben erhalten ...*

Nachdem sie dies jedoch gesagt hatte, wollte Lila die Fragen des Lebens nach dem Tod und grenzenloser Gefühle zwischen Menschen ergründen – Dinge, die sich jeder üblichen Lehre und jeder Berechnung entzogen – einerseits die Bindung einer Seele an eine andere, und andererseits beträchtliche Sünden; sie glaubte mir jedoch, oder behauptete das wenigstens, als ich darlegte, es gebe zwar keine Grenzen dessen, wie weit man darin gehen könne, sich einem einzigen Gefühl oder einem Ziel hinzugeben, wohl aber gleichsam seitliche Grenzen, da dieses Gefühl sich nicht in ein anderes verwandelte, sich auch nicht umleiten oder verdünnen lasse. Und daß man vielleicht nicht von *Berechnung* sprechen solle, wenn die Hingabe eine warme – oder heiße (*Ha-ha*, machte Lila heiser) war; sondern daß sie Willenskraft oder *Inbrunst* erfordere, wie Sportler sie bewiesen, Boxer und auch Rennpferde.

Lila sagte: *Tja, DU bist noch am Leben – Wunder über Wunder ... Ich schwör dir, jemand hat dich BESCHÜTZT* ... [flüsternd] *ein Geist ... deine MUTTER ...*

Ich wußte, daß Mama ein wenig eifersüchtig – und ehrgeizig – im Hinblick auf andere Sterbebettszenen war, auf Opernszenen, auf S. L. und generell auf alles, was andere Leute besaßen. Und ich hatte die Begegnung eine Spur flacher gehalten, als sie beabsichtigt hatte, vor allem, um durchhalten zu können und nicht entsetzt die Fassung zu verlieren; und sie hatte das verfolgt, glaube ich – fortlaufend bewertet. Als sie um Vergebung bat, war ich zuerst ein wenig bestürzt, weil es mir unjüdisch vorkam – natürlich *vergibt* man Sterbenden; jedem vergibt man – mehr aber noch, weil sie damit suggerierte, es wäre etwas zwischen uns vorhanden, das nicht vorhanden war: wir waren niemals, auch nicht in meiner Kindheit, sentimental miteinander umgegangen – Lila hatte wenig oder kein Talent für Sentimentalitäten. Ich nahm an, sie meine etwas Banales, wie in einer Filmszene – ein künstliches, fiktives Leben, das Neid für eine Weile aufheben soll: Sie mochte keine Süßigkeiten, und sie hatte kein Talent für Gefühlsduselei, aber sie hatte eine Schwäche dafür, berühmte Szenen im wirklichen Leben nachzuspielen – sie ließen das Leben ungewöhnlich erscheinen: sie verliehen ihm historische Denkwürdigkeit.

Ich glaubte mir aber nicht – ich glaubte nicht, daß ich recht haben könnte. Ich glaubte jedoch, ein wenig in ihr lesen zu können. Also probierte ich gleichwohl eine Filmszene aus: *Da gibt es nichts zu vergeben – du warst immer offen zu mir ... ziemlich offen ... Du hast fair gespielt: wir haben uns immer ziemlich nahe gestanden, Mama ... Vergebung ist für UNS kein Thema ... doch nicht für uns, Mama ...*

Ich will sie aber, sagte sie. *Von dir will ich sie haben – WILLST DU MIR WOHL VERGEBEN!*

Na gut, vergibst du denn mir? Steht das denn nicht außer Frage? Zwischen dir und mir? Findet Vergebung denn nicht gerade statt? Betrachten wir sie denn zwischen uns nicht als selbstverständlich – du und ich?

Es gibt einen Unterschied zwischen dir und mir; für mich ist es anders; ich bin nicht du; ich bin niemand, und ich liege im Sterben – du warst ein Kind: Ich habe die Versprechen, die ich deiner Mutter gegeben habe, nicht gehalten; ich habe nicht getan, was sie von mir wollte – ich dachte, ich könnte tun, was ich wollte, und damit durchkommen – ich brauche DEINE Vergebung ...

Mama ... Es ist mir egal, ob du deine Versprechen alle gehalten hast ... Ich bin nicht meine andere Mutter ... Ich kann mich nicht mal an sie erinnern ...

Du bist sie ...

Mama ... du machst daraus eine viel zu ernste Sache – also wirklich, wofür brauchst du denn meine Vergebung? Was hast du denn so Böses getan? Ich bin am Leben, ich bin hier, ich bin auf dem College; ich kann nachts schlafen; ich habe jetzt Mädchen um mich; es gibt Leute, die mich mögen ...

Die Welt ist hart, Wiley. Ich weiß, was vorgegangen ist. Ich hab gesiegt, als ich nicht hätte siegen dürfen. Ich hab Dinge getan, die ich bedaure. Ich will deine Vergebung. Sei nicht bloß höflich: ich mein es ernst. Es ist mir ernst. Ich hab darüber nachgedacht. Ich denke jetzt seit Monaten jeden Tag über dich nach. Und das will ich von dir haben.

Mama, du hast es doch – hast es immer gehabt. Hier hast du meine Vergebung: so sicher wie die Hölle vergebe ich dir: du hast mir das Leben gerettet ... Ich bin froh, daß ich am Leben bin – ich hab dir nie wegen etwas, was du getan hast, Vorwürfe gemacht ...

ICH WILL, DASS DU ES AUS TIEFSTEM HERZEN UND TIEFSTER SEELE SAGST ...

Fast eine Sekunde lang konnte ich nicht weiter. Ich konnte meine Lippen, meine Kehle, meine Lungen zu nichts mehr bewegen. Sowenig wie meine Seele. Und mein Herz. Ich konnte nur noch atmen – und schließlich blinzeln.

Zunächst war da Erstaunen, Erstaunen als leidenschaftliche Form der Erbitterung über die Vergangenheit; ich war der Vergangenheit wegen nicht bitter; ich wollte bloß jetzt nicht über sie nachdenken oder sie ernst nehmen, wo ich damit konfrontiert war, daß Mama starb; ich starb nicht; ich war *ihr* gegenüber nicht bitter; es ging darum, daß ich jetzt nicht *aufrichtig* sein und eine Menge fühlen und eingestehen wollte, nur weil ihr danach war. Oder weil sie es brauchte.

Er war so etwas wie gequältes Erstaunen darüber, wie echt vielleicht und wie tief ihre Gefühle waren, wie unsentimental und real. Über die Präsenz echter Gefühle im Raum.

Nicht meiner. Nicht nur meiner. Mein erstauntes Schweigen erhob mich für einen Moment in den Rang von jemandem, der die Dimensionen von etwas wahrnehmen oder erahnen kann, das größer ist als er. Was ich da erspähte, war ein aschfahles, weitgehend lichtloses Gefühl. Ich mag mir die Gestalt, in der ich es sah, eingebildet haben, aber seine Präsenz war unverkennbar. Lila hatte mich bisher nie wirklich um Vergebung gebeten, allenfalls um eine oberflächliche sowie um die Bereitschaft zu vergessen, zum Teil automatische Bitten; und sie hatte mich gebeten, sie nicht zu strafen, indem ich mir Schaden zufügte, sondern weiterzumachen – in der Vergangenheit meine ich; und mehr als das hatten wir nie einstudiert. Ich hätte nie gedacht, daß sie furchtsam und *schuldbewußt* sein könnte – jedenfalls nicht mir gegenüber. Ich war geschmeichelt. Ich war enorm gerührt. Ich war von Ehrfurcht überwältigt. Aber ich konnte ihren Ton nicht aufgreifen, ich brachte keine einem Partner geziemende Antwort hervor. Ich konnte weder ins Auge fassen, daß ihre Gefühle echt waren, noch daß ich sie nicht ins Auge fassen konnte. Zum Teufel, ich war innerlich wütend – jedoch nicht wutentbrannt –, aber höllisch verängstigt, so gigantisch – und schweflig – vor Gefühlen aus Ton und Asche kam sie mir vor: fast ein Golem; und ich selbst kam mir unwesentlich und geringfügig vor – und sie genoß das, wenn auch matt, wenn auch nur matt.

Aber ich war sauer, weil sie nicht wußte, was für eine prekäre Sache es für mich war, einen Tag nach dem anderen durchzustehen; ich lebte ziemlich vollständig – jedoch in Grenzen – ästhetisiert und hatte vieles, das meiste Zeug, *an den Verstand abgetreten*. Ich mache wohl kaum von mir als Ganzem Gebrauch, wohl nicht einmal von der Mehrheit der Teile – oder ich kann, zum Teufel noch mal, nicht davon Gebrauch machen, ohne gewalttätig und sonderbar zu werden: isoliert; auf eine bestimmte Art gefährdet; auf eine bestimmte Art im Tanz oder Boxkampf mit Menschen, mit den vorüberziehenden Momenten und mit dem Leben befangen. Meine Vergangenheit ist für mich explosiv – sie bedeutet, daß soviel Schwieriges wieder real und präsent werden kann, sie bedeutet die Schwierigkeit, zu verstehen und ständig die Situation durchschauen zu müssen. Ich glaube kaum, daß ich einen Menschen kannte, der sich so sehnlich nicht erinnern wollte, wie ich mir wünschte, mich an nichts erinnern zu müssen ... Soviel Nonie, Dad und Mama auch davon faselten, sie würden nie zurückblicken, schwelgten sie doch oft, ja ständig in Erinnerungen; sie flanierten unaufhörlich den Erinnerungsboulevard rauf und runter ... Ich besaß in meinem Leben mittlerweile einen eingebauten Sensor dafür, wann ich mich dem Punkt (meiner Grenze) näherte, von dem an ich – falls ich weiterging – falls ich diesen Punkt überschritt – auf ein paar hundert verschiedene Weisen untröstlich, fassungslos, krank oder tot sein würde; Mama pflegte das früher *den Kopf verlieren* zu nennen, und ich fürchte mich vor dem Leid, das dabei wieder aufgewühlt wird. Und obendrein war ich hier in L. A, wo ich nur wenige Leute kannte ... Daß meine Verwandten mir nicht helfen würden, wußte ich ... Der Arzt würde es tun. Ich will sagen, ich hatte eine lange Vorgeschichte von Keine-Freundlichkeit-von-seiten-meiner-Familie und so mancher Freundlichkeit-von-seiten-Außenstehender. Lila konventionell zu vergeben, das wäre mir möglich gewesen – ich hätte dann nur diesen Schwall von Warngefühlen erlebt; aber die eigentliche Sache, echte Vergebung von Mensch zu Mensch, von tief innen, was hieße, daß wir irgendwie so etwas wie gleichrangige Leben hätten und uns gleichberechtigt im selben Raum befänden, wobei ich der Wichtige bin, dem Unrecht geschehen, der herumgeschubst worden ist, die war für mich unmöglich, wenn ich ihren Tod überleben wollte.

Ganz zu schweigen von *Mord* in diversen Erscheinungsformen – mörderisch war es, jedoch von beiden Seiten, und die mörderischen Impulse zuckten in alle Richtungen und zeigten, wie so oft, daß es um fundamentale Dinge ging. Wenn du dann meinst, daß vielleicht auch *Unbekümmertheit* und *Neugier* und eine Art Liebe denkbar wären – nicht für ein Kind, sondern für dich mit deinem gegenwärtigen Körper, und nicht für eine Auswahl aus dem, was in dir steckt, sondern für einen Casanova-Romeo-Francis-Bacon-Caesar-*Feigling* oder für eine falsche, lokale, jedoch echt mächtige Cleopatra; vielleicht für jemanden, den du ohnehin nicht für sonderlich lebendig oder für ausreichend lebensfähig hältst: oder für jemanden, der nicht *liebt,* jedenfalls nicht auf eine Weise, die du so recht verstehst; oder die du doch verstehst, die aber unter lauter Decken vergraben ist; und einer von euch sieht vielleicht eine *mordsmäßig* reizende männliche Puppe, die man – halbwegs sanft und sehr gefühlvoll – gern mitnähme ins Schattenreich; und der andere erblickt dahingeschwundene Brüste, Schmerz, gigantischen Dünkel im letzten Augenblick – eine gewisse Art von Humor, sogar von Aufrichtigkeit ... Oder du meinst, der kleine Lord Casanova ist im Grunde *zäh* ... oder *vom Glück begünstigt* ... und diese Zähigkeit, dieses Glück willst du auf die Probe stellen, erleben ... und du meinst, die ermattende Cleopatra ist letztlich doch weder sehr vom Glück begünstigt noch sehr zäh ... hat jedoch noch ein paar Überraschungen zu bieten ... einen Rest von Unentzifferbarkeit ... Und dann stell dir vor, es könnte da ein in sein Gegenteil spielendes Gefühl geben, in den Wunsch, das andere Geschöpf bis an dessen äußerste Grenzen und deine eigenen und bis an die Grenzen der anderen Gefühle in dir zu retten; in den Wunsch, nah zu sein und Lebwohl zu sagen, vielleicht auf diese Weise, vielleicht auch nicht, es in deinen eigenen Worten zu sagen, gemäß deinem Leben und Willen.

Und dies hängt partiell damit zusammen, daß du das andere Leben, seinen Fortgang, sein Glück – welcher Art auch immer – nicht gutheißt, nicht gutheißen kannst. Jenes andere Leben bist nicht du. Und der Steg, der dorthin weist, ist noch zu neu. Stell dir Gefühle vor, die nicht strikt zensiert, nicht zugeeignet wären und Sekunde auf Sekunde dahinzögen. Stell dir eine Großmut vor, die an sich ungroßmütig wäre, die *Was soll's* sagen würde, aber mit starken *Vielleicht*-Anteilen. Und die kuriose Taxierung, die eine Mutter an einem Kind vornimmt, das nicht ihres ist, jedoch in oft atemberaubender Intimität mit ihr zusammengelebt hat, eine Taxierung, die nun reale Verhaltensweisen zeitigt und die für mich keineswegs offensichtlich ist – verflucht, was eigentlich *tust* du da? Es war enorm schmeichelhaft und überaus entblößend und sprach dafür, daß man eine zumindest relative Unschuld, einen bestimmten persönlichen Wert besaß, der keines weiteren Schutzes bedurfte. Und da es die Wahrheit darstellt, negiert es, daß du jetzt oder in der Vergangenheit jemals wirklich belogen worden bist oder Lügen über dich gehört hast. Es war mir unmöglich zu verstehen, daß sie im Sterben lag und ich selbst dann ihre Gefühle nicht einmal zum Teil begriff. Wenn es mir also mißlang, ihre Bitte zu begreifen, wenn es mir offen, dreist mißlang, großmütig zu sein, dann hatte das etwas zu bedeuten. Zunächst war es mir nicht bewußt. Dann aber doch – der Ansatz zu einem Urteil, das ich nicht ertragen konnte. Nicht einmal dies zu wissen konnte ich ertragen. Zu allem anderen konnte ich nicht ertragen, darum zu wissen. Ich ertrug es nicht, auch nur ansatzweise zu wissen, daß ich hier etwas wußte und nicht ertragen konnte.

Selbstvorwürfe, Reue, und nicht nur Reue, sondern Entsetzen erfüllten mich: und Widerstand – die Schwindel bereitende Loslösung eines schlaflosen Trauernden von Zeit, Loslösung vom Denken und Fühlen im Zuge der Momente, während freigesetzte Regungen zur Seite ausbrechen, sprunghaft resistent und gefahrvoll: Worte, ein Schwall davon, bildeten sich – ich mied sie. Ich umging die ungeheuerliche (oder engelsgleiche) Szene. Ich bediente mich jungenhafter und seichter Gewandtheit – des *Flirts*, wenn ich so sagen darf – und des Starrsinns. Das Leben, der Fortgang des Lebens, der Fortgang jenes Halblebens und Vierteldenkens, das mir möglich war, der Fortgang der Geschichte: dies waren meine wichtigsten Prämissen, meine wichtigsten Anliegen – nichts Apokalyptisches ... nichts Absolutes. Nicht einmal Lilas Tod. Ich war in bezug auf sie Jahre zuvor abgestorben oder emotional erkaltet. Gewiß zählte ihr Tod jetzt nicht zu den wichtigsten Dingen. Ich hatte den Wunsch, ihr Fragen zu stellen und über ihre Antworten zu streiten. Aber ich vermied die *Umwälzung* meiner Persönlichkeit, diese Ehrenrettung, die sie wünschte, die erlösende Metamorphose (in einen *richtigen* Jungen mit eindeutigen Ambitionen und Manien).

Doch das *Nein* in mir – die jahrelange Weigerung, ihr Zugang zu meinen Stimmungen zu gewähren, und daß sich *dies* bis in meine letzte Szene mit ihr hinein fortsetzte – huh, ich stinke noch immer wie damals nach dem Schweiß, in den ich plötzlich ausbrach, weil sie uns beide retten wollte, weil sie mich so sehr auf dem falschen Weg glaubte, weil sie die Bindung zwischen uns für so falsch hielt oder zu halten vorgab, um nun, auf dem Proszenium ihres Abgangs von *der* Welt, ihren Willen durchzusetzen. Ich versagte ihr einen Triumph. Ich leugnete ihre vergangenen Triumphe. Und Versündigungen. Über mich. An mir. Das *Nein* siegte – wie oft zuvor. Es setzte sich durch. Die Summe der Vergangenheit in mir belief sich auf ein *Nein-das-KANN-ich-nicht.* Ich kann mich krümmen und vor Schmerzen winden, aber bestimmte Dinge kann ich nicht tun. Ich kann sterben. Ich kann sterben und eifersüchtig sein, aber diese Dinge kann ich nicht tun.

Ich liebe dich, ich hab dich immer geliebt, es stimmt zwischen uns, Mama – da, ich vergebe dir – genügt das?

Nein ... Aber es wird genügen müssen ...

Dann sagte sie: *Ich hoffe, du kannst lernen, auf dich aufzupassen ...*

Später kam sie auf das Vergebungsmotiv zurück, und ich versuchte, Aufrichtigkeit zu heucheln und sogar ein bißchen aufrichtig zu sein, jedoch ohne mich zu erinnern und ohne mich zu zerreißen und gleichsam in Stücke zu gehen, die herumliegen und darauf warten würden, auf irgendeine grotesk entstellte Weise wieder zusammengesetzt zu werden, zu einer neuen, *nach-dem-Tod-meiner-zweiten-Mutter* datierenden Form.

Darum ging es für eine Stunde, und später noch einmal zwei Stunden; ich sage: *Mama, schau mich doch an: ich komme schon klar ... Wie kann ich dir denn Vorwürfe machen, ohne bis aufs letzte alles fortzuwerfen, was ich jetzt erreicht habe; und wenn ich dir keine Vorwürfe mache, kannst du mir dann* verdammt noch mal *sagen, wie ich dir in dem Sinn, in dem du davon redest*, vergeben *kann?*

Anscheinend bringen sie dir in Harvard bei zu argumentieren, sagte sie. *Nein: darin warst du schon immer gut. Tu, was du willst – das tust du ja sowieso ... Ich glaub, daß ich nach dem Tod deiner richtigen Mutter begegne, und dafür möcht ich das Gefühl haben, alles ist bereinigt; aber ich weiß, du bist ein Junge, der denkt, ein denkender Mensch, ich weiß, du hast mich immer gemocht, hast immer eine Schwäche für mich gehabt ... Aber Liebe – mit Liebe gehst du vorsichtig um ... Mag sein, daß deine letzten Endes die ist, die hält ...*

Und sie sagte: *Jetzt sag ich dir die Wahrheit: Ich hab dich geliebt. Immer. Kann sein, daß ich immer wieder darauf zurückgekommen bin. Ich hab nicht das Richtige getan – hier und jetzt sag ich dir, daß ich nicht immer das Richtige tun wollte ... Hier liege ich und denk darüber nach und bereu es: sag mir, daß du mir dafür vergibst ...*

Klar vergeb ich dir's – das ist doch nicht so schlimm, Mama ...

Ich hab dich geliebt und ausgenutzt, und ich hab nicht immer gut für dich gesorgt, und es ist nicht wie Liebe angekommen ...

Doch, ist es ... Nur ändern sich Sachen eben – manchmal ...

Und sie überlegte, und sie nahm sich zusammen, und dann sagte sie mit Macht (wie ich es empfand): *Du meinst, am Ende, wenn du keine Zeit mehr vor dir hast – daß du dich da um alles zu kümmern hast, während es geschieht, ist nicht das Ein und Alles ...?*

Stimmt genau – das meine ich, Mama ...

Tja, man lernt doch nie aus – siehst du, ich kann noch Witze machen. Küß mich und sag, daß du mir vergibst, und dann können wir das Thema wechseln ...

Das tat ich.

Und sie sagte: *Ich hätte dich nicht mit Nonie zusammenleben lassen sollen ...*

Dann, am letzten Tag, eine halbe Stunde, bevor sie starb: *Du bist sehr nett gewesen, Wiley – du hast mir das Sterben beinah nett gemacht ... Rück jetzt ein Stückchen ab; setz dich da in die Ecke, wo ich dich nicht deutlich seh – ich weiß dann, du bist da, aber es lenkt mich nicht ab ... Der nächste Akt ist schwer. Der nächste Akt ist ernst. Der nächste Akt ist einer, von dem ich nicht will, daß du ihn siehst – du wärst nicht mit mir einverstanden, wenn du mein Gesicht von nahem sähst. Und mehr kann ich nicht ertragen; ich bin soweit; es ist Zeit; und ich will nicht, daß deine Meinungen die ganze Zeit an mir zupfen – ich will nicht gerettet werden. Ich will nicht, daß du mein Gesicht von nahem siehst, während ich sterbe .... Aber ich will auch nicht, daß du fortgehst: laß mich nicht allein, bevor ich hinübergegangen bin; aber laß mich tun, was ich tun muß ...*

Sie schloß die Augen und atmete mühsam – ich dachte, fast unbeteiligt, sie werde es sich anders überlegen und weiterleben. Ich sah ihr Gesicht von da aus, wo ich saß. Binnen kurzem sah ich, daß sie losließ, sich an das Atmen klammerte und wieder losließ ... Es ging mir nicht durch den Sinn, sie zum Weiterleben zu ermutigen. Sie starb mühsam – womit ich meine, daß ihre Atemgeräusche und der Anblick ihres Gesichts und Halses den Eindruck machten, es sei ein schmutziges Geschäft – das Loslassen –, schmutzig und für sie interessant: sie tat es mit Entschiedenheit – als hätte sie in den fünf Jahren, die sie krank gewesen war, beinahe gelernt loszulassen, und als ließe sie nun wirklich los, wie sie es Schritt für Schritt geübt hatte, und ohne über das Neuartige oder das Unermeßliche zu erschrecken, über keines von beidem, auch nicht über die Einsichtigkeit, die Bitterkeit und das feierliche Erstrahlen von Sinn.

Oder falls sie doch erschrak, so ging sie dennoch weiter und vollbrachte es, gar nicht soviel anders, wie sie es von Daddy berichtet hatte, als sie am Tag seines Todes nach Hause kam und sagte: *Ich möcht darüber reden – kann ich mit dir darüber reden, Pisser? ... Du solltest schon etwas über den Tod erfahren, über S. L., findest du nicht?*

Nein, sagte ich.

Ich hatte mir die Ohren zugehalten. Ich hatte auf der Couch gelegen und einen Roman gelesen, und sie hatte sich auf den Rand der Couch gesetzt.

Sie hatte gesagt: *Ich kann's nicht wie eine Geschichte erzählen – ich weiß, ihr zwei habt euch geliebt ... Er hat nur einen Namen im Mund geführt, und das war deiner; ich werd dir nicht erzählen, was er gesagt hat – das erspar ich dir ... Er wollte am Ende mit keinem mehr reden; er hat das Gesicht zur Wand gedreht und sich sterben lassen. Ich hab ihn gebeten, es nicht zu tun, aber er wollte nicht auf mich hören ... Du warst wohl der einzige, den er wirklich geliebt hat, Pisser ... Ist ja schon komisch, wie die Geschichten so ausgehen ...*

Ihr Todesröcheln war bündig und final. Ein wenig Flüssigkeit trat aus ihrem Mund, Nicht viel. Sie sah häßlich aus. Das einzige Geräusch im Raum war das meines Atems, und da stand ich auf, ging zu ihr hinüber, schloß ihr die Lider und küßte sie auf beide sowie auf beide Wangen, nicht weit von ihrem Mund. Die Bewegungen meiner Lider hörten sich richtig laut an, furchtbar störend, wie ein Insektenschwarm oder wie ein seltsamer, leiser Applaus für mich, von seiten der Zeit, in der sie mich auf ihre Weise – mit Unterbrechungen – aufgezogen hatte.

Ich sagte laut *Mach's gut, Mama*, aber auf einmal wurde mir klar, worauf es nach meinem Willen nun ankam. Also strich ich ihr ein wenig die Haare glatt und legte eine Wange an ihre Stirn, als wäre Zärtlichkeit die wichtigste Macht der Welt oder wäre es für uns gewesen – was sie vielleicht, relativ gesehen, auch gewesen war; und dann erlaubte ich mir, ehrlich zu sein, und dachte bei mir: *Ich bin durch* (mit einer Menge Sachen), *und – ich bin froh darüber;* und dann machte ich mich auf die Suche nach einem Arzt oder einer Krankenschwester, nach jemandem, dem ich sagen konnte, daß Lila tot war.

Der Arzt sagte: «Ja, nun, das war ein Wunder ...»

Ich ging in den Warteraum, wo Nonie, Lilas jüngere Schwester und einer ihrer Brüder seit drei Tagen gewartet hatten, und sagte es ihnen, sah dabei aber vor allem Nonie an, die sagte: «Ich glaub dir nicht ... Ich will das erst vom Doktor hören ...»

Und dies war eigentlich das einzige Mal, daß ich mir wirklich Mühe gab, das Versprechen zu halten, das ich meiner (Adoptiv-)Mutter an ihrem Sterbebett gegeben hatte.

Nach ihrem Tod war ich ein Jahr lang immer wieder krank, und dann nahm ich mein Leben wieder auf. Ich experimentierte mit der Homosexualität – teils, weil ich weder die Traurigkeit von Frauen noch die Erinnerungen an meine Versuche, stark und ein Partner zu sein, ertragen konnte, teils, weil es mir unerträglich war, mich oder meine Gedanken Frauen aufzubürden; und das Schweigen, das so entstand, wenn ich mit ihnen zusammen war, fand ich erstickend, es machte mich grausam – und fluchtbereit … Mit einigen Frauen kam ich dennoch zusammen, immer. Vielleicht waren sie sogar die Hauptsache in meinem Leben. Ich begab mich daran, mir ein wenig Selbstvertrauen zu erarbeiten, damit ich Naturwissenschaftler oder Schriftsteller werden konnte. Die wissenschaftlichen Annäherungen, die damals als *Fakten* betrachtet wurden, wo sie doch kaum mehr als geraten waren, zugekniffenen Auges – und mein Unvermögen, die auf mich gerichteten Blicke eines Publikums zu ertragen, sollte ich versuchen, Schauspieler zu werden –, trieben mich dazu, es mit dem Schreiben zu versuchen.

Doch daß ich es versuchen würde, hatte ich immer schon gewußt.

Daniel veräußerte das Familienunternehmen und wurde Maler, scheiterte, ging noch einmal an die Universität, studierte diverse nützliche Dinge und führte ein nützliches, wohltätiges Leben unter Armen, zeitweilig jedoch unter zähen Pionieren in diversen Ländern, landete fromm in Israel, ein frommer Mann und hart arbeitender Pionier in mehreren landwirtschaftlichen Siedlungen, der seine Ferien in Paris, Rom und, wenn es sich ergab, in Berlin verbrachte. Ich glaube, daß er in beträchtlichem Umfang Gutes bewirkt hat, doch andererseits möchte ich dies glauben: ich weiß es eigentlich nicht. Summarien sind im Grunde niemals wahr genug, um wirklich von Gewicht zu sein.

Leonie oder
Die Geschichte eines
Kusses

Wie man beinahe flachgelegt wird

Doch siehe da, in einem Moment, zwischen den gewaltigen Lidschlägen der unfinal dahinsegelnden Rose, kommt ein hochgewachsener Junge daher und setzt sich auf eine Couch. Unter meinem Hemd befindet sich eine unbehaarte Brust – es gibt da diese irre Sache, mit der mir manche älteren Mädchen kommen, Nonies Freundinnen in jenem Jahr, als ich fünfzehn war, in dem Jahr, in dem Nonie beinahe mit Tom verlobt war, und im nächsten, als ich sechzehn war: sie stecken einem ihre Finger zwischen den Hemdknöpfen durch, diese Freundinnen von Nonie – *Na ja, wir haben Krieg, kann schon sein, daß ich mal über die Stränge schlage* –, und befummeln sich und einen, um rauszukriegen, wie ähnlich oder unähnlich sie sich anfühlt, die Haut, wenn man sie wirklich berührt.

Manchmal kriege ich dann schwer Luft. Oft halten sie dabei das Gesicht abgewandt oder schauen ins Leere, aber sie reden und kichern und plappern. Manchmal jedoch sehen sie dich an, sehen mich an, während sie das machen, und du versuchst, den Blick zu erwidern. Ich versuche das als Gleichrangiger; ich bluffe; manchmal klappt es. Und dann starrt ihr einander an, ohne mit der Wimper zu zucken und wie mit allen Wassern gewaschen, und es wird *heiß* – ein Kriegsausdruck für Kampfgeschehen oder Sex – es ist ein intensiver, unseliger Moment.

Ich kriege dann dieses irgendwie enorme, beängstigende Gefühl, wenn sie die Finger an mir haben, vielleicht einen dämonischen Schwall von allen möglichen Gefühlen – ich, noch immer linkisch, mit verändertem Gesicht, fast schon an manches gewöhnt, und doch ... man veränderte sich förmlich fast von einem Tag zum nächsten und ganz sicher mit jedem Ereignis – manchmal, wenn das Mädchen dich berührt und du sie direkt ansiehst und ein zäher-Bursche-für-dein Alter zu sein versuchst, büßen deine Augen ihr wirkliches Wesen ein; sie werden zu trüben Marmordingern, wie die Augen einer Statue. Und wenn sie diese Seinsform haben, empfindest du die heißen, verschwommenen, milchigen, statuenartigen Augen in deinem Gesicht irgendwie als mangelnde Zerbrechlichkeit und Zeichen einer sich vollziehenden Metamorphose.

Wenn man aus Stein ist, wird es möglich, rumzumachen – ich glaube, ein Typ, den ich kenne, hat das gesagt; vielleicht auch meine Mutter. Sehnsüchtig hart, aus Stein – nicht allzu menschlich ernsthaft – nicht allzu zart: so bin ich vielleicht in Carolina – so zu sein, habe ich früh gelernt – ich bin ein schlimmer Typ – in gewisser Hinsicht aus der Gosse – mit mir können Mädchen rummachen. *Ist ja nicht so, als würde man auf Eierschalen gehen, Wiley* ... Für die Welt ist es kein Verlust, wenn ich vernichtet – oder lächerlich – bin, hier, in diesem Moment; wenn ich für eine Weile besessen oder stumpfsinnig bin – oder für immer.

Ich spreche nicht von der Liebe, von der man träumt, aber es ist Liebe – manchmal ... hie und da ... für einen Moment ...

In diesem Moment finden seltsam widersprüchliche, jedoch simultane Dinge statt. Ich sehe irgendwie halb-deutlich, daß die Augen des Mädchens Waldgeschöpf-scharf sind – wie die von Waldgeschöpfen in einer Geschichte – daß man blind ist und es dennoch riskiert, Augen zu haben – in diesem Walddämmerlicht. Du starrst mit deiner Haut, deinen Armen, deinem Schwanz – und dann die Gerüche, der sexuelle Stil des Moments, die Fuchsaugen – die Eulenaugen, die glotzenden Fischaugen ... das Seetang-Haar – oder Sturm-

Haar, Schneesturm-weiß an den Rändern, wo der Lampenschein eisig blendend auf dunkle Fäden fällt – manchmal werden ihre Zähne sichtbar, und meine: Seejungfrauen- und Frettchen-Quatsch. Mama hat mir Unbändigkeit vorgeworfen; sie stirbt: *Das ist keins von deinen guten Jahren, Wiley ... keins von denen, wo du gut zu mir bist; wenn du mich fragst, bist du außer Rand und Band ... Du kümmerst dich nicht drum, was mit dir passiert ...*

Meine Unvorsichtigkeit. Daß ich Nonies *Sündenbock* bin ... oder unter Nonies Einfluß stehe; davon spricht Mama.

Lustbarkeiten im Dunkeln ... Von dem Mädchen hängt ab, wie sehr ich in Gefahr bin ... sozusagen. Heute abend ist das Mädchen Leonie Sminship Midder – ich bin *willens und bereit*, meiner Absicht zu leben andere Leute zu opfern – was jedoch auch für die anderen Ichs in mir gilt, für jene neben demjenigen, das leben will.

Kennen Sie diese ausgreifende, unglückliche, rastlose Art, die manche Mädchen beim Flirten an sich haben? Diese stillschweigende Behauptung, da man selbst im Spiel ist, könne ja *nichts Ernstes* sein ... Nonie sagte, Leonie sei *vertrackt* ... ein Scherz, kein Scherz – ich hatte keine klare Vorstellung von *vertrackt*, außer daß Nonie es über jeden sagte, der mich mochte.

Die Pubertät benutzt einen manchmal, um verblüffende Effekte zu erzeugen. Frisch und feucht, kaum geschlüpft, kannte ich manches aus Erfahrung und wußte von manch anderem aus obszönen Comics und aus manchen *bedeutenden* Büchern – aus dem *Decamerone*, aus Ovids Sachen, dem *Goldenen Esel* und den Büchern von James Joyce. Ich atmete ein paarmal tief und stellte fest, daß ich Leonie anstarrte, nur weil sie, als Nonie uns einander vorstellte, gesagt hatte: «Oooh, toll ...» Irgend so was. «So groß ...» Dann hatte ich mich wahrscheinlich verhört: «Prima Spaghetti ...» Weil ich so dünn war und mich so seltsam hielt ... *Ein Junge* ... eine Idee.

Ich fange an zu lachen – Komik tritt an die Stelle gewisser

Formen von Schüchternheit –, jedoch das Schenkel-tiefe Beben und das partiell unfreiwillige Zucken hoch im Rücken sind irgendwie töricht, abscheulich peinvoll vor antizipierter Lust und Härte – wie beim Football. Grinsend starrt sie, mehr oder weniger blind, *die Idee* an – ein frisches Jungengesicht – in Kriegszeiten.

Sie lachte ebenfalls, ein kurzes Japsen, hoch und schrill: «Scheint ja zu stimmen, daß ich vertrackt bin.» Diese mittelwestliche *Rastlosigkeit* der Taillenpartie, abgründig-schmutzig, semi-verrucht, dumm – Sie wissen schon: *ältere* Frauen haben dies oft an sich.

Nonie sagte: «Na, warum knutscht ihr zwei denn nicht ein bißchen ... ha-ha.» Nonie setzt ihre alte Zwitscherstimme wieder ein – diese starr auf einer Tonhöhe verharrende Stimme, die an fest geschlossene Beine und Scharen kleiner Vögel erinnert; zu Hause zwitschert sie manchmal noch mit dieser Stimme, doch weitgehend ist sie verschwunden. Zumeist war ihre Willensstärke nunmehr in eine völlig andere Stimme gekleidet, ganz anderen Umfangs, der Kriegszeit angemessen verwöhnt-damenhaft-(rauchig-)männlich, brutal feminin-*gebieterisch*. In mancher Hinsicht die Stimme einer erfolglosen Sportlerin: eines *seriösen* Menschen. War sie nun ein seriöser Mensch?

Sie gab ihren Spruch von sich, und Leonie und ich fuhren nicht schuldbewußt zusammen und wichen nicht einen Schritt zurück, beide nicht.

«Ich muß mir andere Schuhe anziehen gehen», sagte Nonie. Und zu sich: «Ha-ha.»

Leonie drückt mit der Zunge von innen gegen die Wange, die dann richtig vorsteht – das alles sind Gesten der Kriegszeit: man kann sie in den Filmen sehen, die in jenem Jahr herauskamen.

Sie bewegt den Kopf hin und her und fragt dann: «Wie alt bist du?»

«Setzen wir uns erst mal», sagte ich anzüglich. Damals ver-

blüffte es mich immer noch, daß beinahe alles in englischer Sprache Gesagte anzüglich wirken kann. Ich hatte in jenem Jahr viel mehr Courage als vielleicht jemals seither. Wir machten auf der Couch füreinander Platz.

Amüsiert und mitfühlend zugleich sagte sie: «Du atmest so komisch.»

«Weil ich so atemberaubend schmutzig bin ... das ist leicht übertrieben ... Lust, zur Sache zu kommen?»

Die Bruchteile einer Sekunde, in denen das anmaßende *Zur Sache zu kommen* fällt... die darüber entscheiden, ob die Spieler (wir) etwas vertragen können – oder vielleicht *Spielverderber* sind ... während uns sehr bewußt ist, wieviel Luft unsere Oberkörper trennt ... herrscht Tempelbezirk-Stille, doch dann sagt Leonie: «Bist du denn alt genug, selber auf dich aufzupassen?» Dann: «Du siehst vielleicht komisch aus – du bestehst ja nur aus Beinen.» Ihr Kopf ist mir ein wenig nähergerückt.

«Was soll das heißen?» frage ich, bereits leicht zerzaust – und obszön sprungbereit atmend – ich bin darauf vorbereitet, einen Kuß lang die Luft anzuhalten.

«Gar nichts, wenn du den Dreh nicht raushast», sagt sie.

Ich erinnere mich noch an Leonies verschmiertes Gesicht, an mein heißes, nervöses Schuldbewußtsein – und wie ermuntert ich mich fühle –, als wir ganz nah beieinander sind, mit den Köpfen, doch dann leckt sie mir die Nase und weicht zurück; vornehm sieht sich mich an, ein wenig an ihrer Nase entlang – die klein ist –, *gebieterisch*, ganz der vorgesetzte Offizier. Was soll das heißen?

Zur Luft sagt Leonie: «Er ist eine Kreuzung zwischen Gary Cooper und Bad Abbott ...» Stimmt nicht. Das stimmt gar nicht. Was heißt das, wenn sie etwas sagt, das nicht stimmt? Dann sagt sie, über mich und Nonie: «Ihr seht aus wie Bruder und Schwester.»

«Twiit-twiit», mache ich.

«Was ist denn das?»

«Inséparables ... auch Sperlingspapageien genannt ...» Dann: «So gut wie alles an mir ist ein Witz ...»

«Du Armer», sagte Leonie. Sie hatte lange Beine ... Damals fiel mir selten etwas in einer Weise auf, die mir erlaubte, eine Form des Ausdrucks für das zu finden, was mir auffiel. Mir war nicht deutlich bewußt, wie ich aussah – ich hatte in diesem Punkt einen gewissen Stolz, jedoch aus keinem deutlichen oder zwingenden Grund und ohne ein Gefühl dafür zu haben – lediglich ein historisch bedingtes Gefühl dafür, wie andere darauf reagierten; und somit hatte ich strikt genommen auch kaum ein Gefühl für das Aussehen anderer, sondern vornehmlich dafür, wie Menschen auf sie reagierten ... mich eingeschlossen. Die sonderbare Tonalität des sexuellen Flirts – die Immanenz der Idee, die physische Ahnung von echtem, wenn auch begrenztem Sex – das antagonistische Moment und die Furcht zu Beginn der minderbedeutenden Geschichte *schmutziger* Liebelei – eine Tragikomödie – meine relative Unschuld, sogar als *aufgeweckter* Junge (ein Modewort damals, das *klug* bedeutete): all das roch etwas beängstigend, sehr sogar, nach Metamorphose im dunklen Wald.

Ich blickte hin und sah, daß Leonie ein Jungengesicht hatte, einen bronzefarbenen Teint und derbes Haar, so stumpf gelbbraun wie totes Herbstlaub; und gewisse Formen von sexueller Feigheit in ihr sind sogar für mich mit fünfzehn erkennbar – und unter dem Farbton toter Blätter sehe ich einen gewissen sexuellen Snobismus hervorspähen ... zu mir. Ich hatte den Ausdruck *sexuelle Panik* noch nie gehört oder gelesen. Meinen nervösen, aufgeputschten Zustand betrachtete ich ich als *stinkig* oder als *stinkoid.* Desodorierende Mittel benutzte ich nicht .... Ich verließ mich darauf, daß Tugendhaftigkeit und eine gewisse Aufrichtigkeit, was die Nervosität anging, üblen Geruch verhinderten. Es kommt darauf an, durch Blicke zu zeigen, daß du es ehrlich meinst – daß du das Vergnügen zu schätzen weißt ... und danach ist es Glückssache.

«Ach du, für Schlafzimmeraugen bist du noch zu jung.» Pause. «Aber du hast welche.» Sie *küßte* mich auf die Nase – und leckte mich dann wieder. Mein Mund glitt zu ihrem hinauf.

Scheu und Schwäche, und einiges an Schläue und Nicht-Schwäche ... Sie rückt ab: «Ich mag Leute, die bei der Wahrheit bleiben», sagt sie.

«Ich halt mich ziemlich an die Wahrheit», sage ich.

Jeder von uns faßt sich ein wenig.

Sie sagt: «Magst du mich, oder findest du, ich bin eine alte Hexe?» Dann: «Laß uns schwören, daß wir den anderen nie belügen – lüg mich jetzt nicht an.» Dieses ländliche *jetzt*, wie in: *Sei jetzt brav, hast du gehört* ... Dieses: *Mach dich nicht über mich lustig* ...

«Ich find dich ehrlich attraktiv ...»

«Ich find dich ehrlich attraktiv, aber laß uns nicht in Schwierigkeiten kommen.»

«Wir kommen nicht in Schwierigkeiten ...»

«Ich sag dir mal was über mich ... Ich bin eine Spur flatterhaft: ich küsse gern. Nicht übelnehmen ... Nimm's mir nicht übel.» Um dies auf eine unpersönliche Ebene zu heben: Ich bin nur gerade da, sie ist nicht hinter *mir* her – ich soll deswegen nicht verärgert sein.

«Ich nehme nichts ernst», sagte ich.

«Oh! Also dann: Kontakt, Roger, Kommen und Ende», sagte sie. Dann, als unsere Lippen sich eben berühren: «Gesteh jetzt du was: du bist dran: Ich hab was über mich gestanden.»

«Ich gestehe, daß ich Lust habe ...» Ich fand mit den Lippen wieder ihren Mund, und wir holten Luft. Sie rieb mich mit dem Fuß, *ohne den Schuh auszuziehen*.

Sie zog den Mund fort und sagte: «Ich bin irgendwie verrückt nach Füßen ...»

Ich küsse ungeschickt. Ich bin zu schockiert davon, wie scheinbar real – nur eben nicht bloß *scheinbar* –, wie real Lippen, die Seele und der gesamte andere Mensch sind. Ich stehe zu sehr unter Schock, um gut zu küssen ... oder um locker zu küssen. Zum Beispiel fühle ich ihrem Mund an, wie traurig sie darüber ist, kein Junge zu sein.

Ich küßte sie – das heißt, ich bewegte meine Lippen – mit dem vagen Gefühl von Vertrautheit, seit sie es fertiggebracht hatte, mich mit dem Schuh am Fuß zu streicheln. Mir fiel wieder ein, daß ich – Trick eines kleinen Jungen – meinen beschuhten Fuß im Kampf gegen Größere als Faust eingesetzt hatte, oder wenn viele Kinder am Kampf beteiligt waren, in der damals körperlich grotesken Welt heroischer Veränderlichkeit und seltsamen Ungleichgewichts, mit ihren Spuren von Nachsicht einem kleinen Jungen wie mir gegenüber. Ich meine, während unsere Lippen miteinander ringen, an Leonies heißem, bewegtem Atem zu spüren, daß sie sich über meine weibische Unbehaartheit und meine Anfängerschultern amüsiert. Über meine mit Unerfahrenheit gepaarte Länge. Über die Ungeschicklichkeit, mit der ich phallisch bin.

Früher Phallozentrismus.

Dies war *lokal* vorstellbar – als schmutzig; einhergehend mit verborgenen Vorstellungen davon, wie Tod und Krieg (in dieser Gegend) das Leben von Menschen beeinflussen. Mich interessierten diese Vorstellungen. Ich war noch halb mädchenhaft, aber an einem entscheidenden Punkt angekommen und im Begriff, zum Mann zu werden – vielleicht. Somit konnte sie, wie sehr sie mir auch gleichen mochte, sich *einbilden*, aus ihr erwachse eine männliche Wirklichkeit ... sie werde zum Mann ... gleichsam ...

Diese Sache hier zwischen ihr und mir war ein Erfolg, aber so dunkel – und sie fühlte sich tief und soghaft an, erheiternd, sonderbar ... wie in den Wogen ... in *tiefem Wasser*. Ich stecke tief drin – da ist keine Sicherheit – stumme Gefühle. Nach der *Spannung* in ihren Lippen – nach dem, was die Berührung durch ihre Lippen beim sogenannten Kuß mir vermittelte –

zu schließen, dachte sie über sich nach, und dabei küßte sie mich.

Sie besänftigte den Jungen mit temporärer Zuneigung von merklicher Stärke ... nicht von überwältigendem Gewicht. Sie zählte nicht zu denen, die einen auf die Probe stellen – mit Endgültigkeit und mächtigen Andeutungen möglicher Vögeleien. Die ersten Küsse rührten nur leicht – taktvoll, fein – an den skandalösen Umstand meiner *Männlichkeit*, wenn ich das so sagen kann. Ich fühlte mich von Gefühlen eine Spur *gekidnappt*. Mein und ihr Mund, meine und ihre Stimme waren verstummt, abgesehen von dem, was wir beim Küssen und durch die beim Küssen geweckten Gefühle äußerten – man kriecht in den schmalen, feuchten, düsteren Tunnel *dieses Zeugs* ... in den Kanal, in dem einem anderes Zeug entgegen- und in einen hineinströmt, bis man gewissermaßen professionell männlich ist, jedoch noch als Anfänger in diesem schwarzen Tunnel des Moments am Rande einer unbekannten Zukunft ...

Als männlich kannte ich mich weitgehend beim Sport – die meisten anderen Dinge wurden geteilt. Nicht aber Sport und Kleidung ... die Kleidung nicht vollständig ... Ein nicht einmal entfernt phallischer, doch nach dem phallischen Kompaßpunkt ausgerichteter Mensch – ein junger Mann; ein Lehrling von noch etwas unklarem Charakter. Man wird getestet und darf sich die Lösungen hinten im Buch nicht ansehen. Ich werde vorzeitig belohnt, auch wenn sie ständig ausbüchst. Sie will nicht, daß ich zu ausgelassen werde.

Wir bringen einander *zur Welt* – ich bringe nur einen Aspekt von ihr zur Welt, aber die Geschichten gehören zusammen.

Ich will nicht, daß sie mich *kennt*. Anders als so, wie ich vorgebe zu sein. Ich will nicht, daß sie weiß, was ich wirklich fühle. Ich will keine endgültige Bindung eingehen. Aber unweigerlich liebe ich doch ein wenig, wenn diese Dinge passieren. In meinem Bericht über Carolina habe ich gelogen: ich habe unterschlagen, wie sehr ich das Haus, den Sonnenschein, die Leute liebte ...

In einem sexuellen Moment ist man partiell aus Holz – eine Marionette; die genetische und soziale Kraft des sexuellen Geschehens ist stärker als die Kräfte in einem selbst: als deren netzartiges Gerüst.

Isobel hatte über Jungen gesagt: *«Diese vulgären Jungen – ihre Körper sind wie, ach, ich weiß nicht – wie Riesenspielzeuge ...»*

Ich glaube, sie wünschte sich *einen Mann*, der so fremdartig wäre, wie sie das Leben empfand – ein Mann repräsentierte vielleicht das Leben-außer-Haus. Sie wünschte sich partiell einen Automaten, der in seinen Stimmungen gelähmt oder fest auf eine Stimmung eingestellt war, eine aufgemalte. Der Mangel an ersichtlichem Willen – nein, der Mangel an idiosynkratischem Willen – die gehorsame Erfüllung eines allgemeinen Willens: das Element von *freiem* Wollen in ihr ist *Mitleid;* ein Voluntarismus. Neuronale Hilflosigkeit – keine physische Kraft an den Tag zu legen – wie ein *vulgärer* Junge, ein *willig mitspielendes* Spielzeug ... das ist eine ihrer Ambitionen.

Daran erinnert mich Leonie, nehme ich an.

«Oh, wir sind wahnsinnig, das ist ja so *wahnsinnig*», sagte Leonie und strich sich das derbe Herbstlaubhaar aus der leicht feuchten Stirn.

«Mir gefällt's ziemlich –», sagte ich. Dann: «Hochgradig»; ich versuchte, drollig und gesittet zu wirken – seriös.

Es ist schwierig, einen sexuellen Stil ehrlich zu beschreiben, ohne sarkastisch zu werden oder so, daß Werbung für Sex, für Reinheit und für einen selbst daraus wird.

Doch eigentlich geht es um eine bestimmte Haltung und ein bestimmtes Tempo in einem Moment der Aufmerksamkeit dafür, daß man in die lockere Lustbarkeit der Unterwerfung unter die sexuelle Wirklichkeit eintritt – wie immer sie für einen aussieht.

Und wie immer sie aussieht, sie ist wichtiger Natur. Die Segmente jener Momente, markiert durch Atemzüge und die unausstehlichen Melodramen der Stellungsänderungen – daß sie ihr eigenes oder dein Haar zurückschiebt und daß du dir auf der Couch eine neue Haltung suchst – bilden einen Abschnitt deines Lebens voller Anflüge von mäßig oder unmäßig verdünnt Erschreckendem in einer Wildnis von Möglichkeiten. Sich hier zu kennen ist so, als wolle man sich in jeder Phase eines Baseball-Spiels oder beim Bergsteigen kennen; die Spannungselemente werden vermittelt – von Mund zu Mund. Natürlich kannst du cool bleiben. In der Verschiedenheit der Körperformen – Brüste, Brust, Pimmel, Möse – liegt der Schlüssel zu dem von Moment zu Moment neu Aufregenden und dazu, wie dies Zeug übermittelt wird, ganz verwischt durch Aktionen und Bedeutungen und durch die Versuche des Kerls, alles zu ignorieren, und durch die Aufmerksamkeit der Frau.

Doch ihr lügt beide: sie ist nicht wirklich aufmerksam, und du ignorierst nichts ... Die wahre Färbung eines Kusses und des Öffnens eines Knopfs in dieser Situation ist *wahrhaft* undefinierbar hinsichtlich der Frage, wer dem Aufmerksamkeit schenkt und wer, manchmal vorsätzlich, an etwas anderes denkt. Zuviel Schwung verdirbt die Chancen für das absolute Zeug und dafür, daß der Flug vom absoluten zum geistesabwesenden Zeug sich irgendwie einfach und natürlich vollzieht. Der Verlauf des Geschehens, die verwischte Sache, die biologische Vorübung, das Anständige (oder Unanständige) und das verrückt Individuelle daran lassen sich an keiner einzelnen Handlung, an keinem ausgewählten Punkt exemplifizieren – dies gilt für die Sache abzüglich der Lügen; die aktuelle Intensität oder Nicht-Intensität der Berührung von Leonies *fünf* Fingern, oder ihrer *zehn* Finger, wenn beide Hände sich um mein eigensinnig bebendes Kinn schmiegen – also, ich meine, das ist die am meisten bestürzende und verblüffende Zählweise, die mir bekannt ist, verblüffender, als wenn du um Treffer oder Hiebe wettest und einer dir fünfundzwanzigmal auf den Deltamuskel haut und du grunzt und ächzt und beinah schon lachend und demonstrativ laut mitzählst, damit er sich beeilt, um dieses komische Grausen oder was es ist zu messen; aber wie sollst du diese Berührung hier symbolisch erfassen? Sie besteht aus ihr und dir, in einem Moment, sie ist begrenzt und persönlich, temporär (sogar schlitternd), elektrisch geladen, funkensprühend, ein Tor von Funken, das tote und nicht-tote Segmente der eigenen Bewegungsbögen inmitten all der Bewegungen definiert.

Die Emotionen verstehe ich nicht. Das Spektrum von Leonies Aufmerksamkeiten und die Bedeutungslosigkeit mancher davon und die Bedeutsamkeit mancher anderer repräsentieren eine beiläufige Willensgröße, nervös und widerstrebend, von einer Anziehungskraft, die derjenigen mancher Knochenkonturen unter hübscher Haut gleicht: wie nervig, wie kühn – wie bravourös – ihre Berührung ist, deren Esprit und was ich daraus erfahre. Was sie vorhat, weiß ich halbwegs aus einem pauschalen Bericht, der bei mir angekommen ist, bevor wir angefangen haben: Sie ist eine Freundin von Nonie; sie ist älter als ich … Sie ist keine Hure … Sie ist keine Unbekannte in einem Zug. Das unaufhörlich erregende, elektrisierende Gefühl jedoch, das ihre Berührung bewirkt, kommt mir ein bißchen vor, als ob ich von einem primitiven Stamm gefangen worden wäre, und kleine Säugetiere wuselten über mich hinweg, stupsten mich mit ihren Schnauzen, bissen mich mit ihren Zähnchen und kitzelten mich tief drinnen irrsinnig mit ihren schmutzigen, Krankheiten übertragenden Pfötchen, ihrem sanften, besessenen, wilden Nagen, wie in einem Buch, in dem es darum geht, daß jemand gehemmt ist und dann zum schmutzigen Gefangenen sexueller Vorgänge wird.

Man ist *jung und romantisch* … zumindest in diesem Sinne. Ist das ein furchtbarer Sinn? Nicht so romantisch wie in einem Buch, das romantische Dinge feilbietet, sondern jung und ausgeliefert, jung und schmutzig, wissentlich, jedoch zufällig eingebildet, je nachdem, wie es sich ergibt, halb-aufgeklärt, verängstigt und furchtlos, JUNG BESCHMUTZT von der Ahnung, daß sich darin gewisse Chancen widerspiegeln – für sexuelle Ambitionen jenseits dessen, was dazu in Büchern steht. Der tatsächliche Charakter des Moments ist bestimmt von Ruhelosigkeit und merkwürdiger Resistenz gegen (und Verachtung für) die Zeit, diesen vielblättrigen Hagel von Empfindungen, Schlägen und Verletzungen – meine Existenz sucht Deckung, sie leckt ein bißchen – wie blind die Sache doch vorangeht – die Geschichte verletzter Nerven, die Wellen der Leiden einer blonden Kindheit setzen sich bis hierher fort. «Oh, Mann ... O wei», macht verdutzt der Junge; er hat sich einigermaßen im Griff und möchte drollig wirken.

Nicht absolut gesehen, liegt die Natur einer Umarmung – wirklichen Küssens – darin, daß man *in relative Gefangenschaft* gerät, da sich der Maßstab ändert, sobald man jemandem nahekommt.

Dann werden die geräuschvollen Explosionen und Eruptionen, die einem entgegenplatzen – Springkrautschoten von Gefühlen – zu Blitzen neuronalen Lichts und ungeheueren Hitzewellen. Meine größeren Knochen und dieses andere Fleisch sind ich, und sie erschaudern in nächster Nähe zu anderen Knochen, zu – dem neuen Maßstab nach – noch weniger vertrautem, noch weniger bekanntem, noch stärker erregendem und beängstigendem *anderem* Fleisch. Meine Mutter stirbt, aber die kindliche Neugier, dieser Drang, von außerhalb in die Belange Erwachsener hineinzuspähen, hat nun die Form neuer, bisher noch kaum ausgeloteter Gefühlskapazitäten angenommen, gleichgültig, ob man sich inmitten von Entsetzlichem befindet – Krieg, Krankheit, gierige Hurenhaftigkeiten. Der gerissene, semi-turmartig alle überragende, blonde (vielleicht sinnesblöde) Bengel hofft, das Mädchen werde ihm gütig Zärtlichkeit in einem der ortsüblichen Stile erweisen, maßvoll und konzentriert, nicht exotisch, nicht gelehrt, nicht *überladen*.

Hier sind nur sie und ich – hier sind nur ich und sie … Und soziale Vorsicht und psychologische Behutsamkeit und dann das mißtrauische Beäugen der nackten, immanenten Enttäuschung – dieses völlig neue Kampfgebiet, wo man verurteilt und geschlagen wird oder neutral und irgendwie Sieger bleibt: all dies liegt in der distanzierten Aufmerksamkeit jenes Teils von mir, der im aktuellen Moment nicht bebt. Der Junge ist ein riesiges Neugeborenes, bis auf einen gelehrt wortmächtigen, wahnsinnigen, vorgeblich verständigen, aber wie eine verrückte Eule tickenden, schnaubenden Richter-Teil – den Teil, der Gottes Kind ist – nicht voll erwachsen ist.

Er urteilt über jenen Teil von mir, der eine reale Hand ausstreckt, um das lockige Haar an der Wange des Mädchens zu berühren – urteilt wie ein kleiner Junge im Kino. *Ist das wohl eine gute Idee, ist das eine gute Version von einer guten Idee* … Ihr Mund öffnet sich und verschlingt Luft, verharrt wartend nah an meinem Mund, begibt sich in erhitzte Nähe und auf den Genuß der unmanierlich rauhen Furchen ihrer Lippen und dessen zu, was noch von ihrem Lippenstift übrig ist.

Eine Erektion, ein Aug, ein Ich – ein Fleischesast – beim Kuß – hie und da nehme ich, der die Arme um das Mädchen gelegt hat, das scheinbar große Gewicht meines Rückgrats wahr, die gezerrten, gestauchten Muskeln in Rücken und Flanken und die andere Komplikation da, in meinem Schoß. Ich ziehe die Aufmerksamkeit vom Kuß, von dem Mädchen ab und richte sie auf diesen Zustand: ich denke manchmal, Zustandsveränderungen sind etwas Grauenhaftes. In anderen Momenten kommen sie mir sinnvoll vor. Ich lache und sträube mich, obwohl ich mitten im Kuß, in der Vereinigung der Lippen stecke – in der Klemme dieser Technik, dieser Eigentümlichkeit der suburbanen *Kuß-Technik* – die in meinem Fall nichts Berechnendes … keinen Versuch zu manipulieren … nichts Überraschendes im üblichen Sinne umfaßt: Nichts packt einen wie in einem düsteren Flur oder wie wenn sich jemand einen Scherz erlaubt, sondern es nähert sich vielmehr auf bloßen Füßen und ist auf einmal da, von *Stille* umgeben, weil es neu für einen ist.

Für mich, meine ich.

Sie sagt: «Ihre Zufriedenheit ist unser Ziel ... Ha-ha.»

Die zuckend sich verschiebende Wirklichkeit ist ganz und gar alles, was mich umgibt, und sie saugt an meinem Herz, als befände sich in meiner Brust ein Mund. Mein vergrößertes, geschwollenes, in einem seltsamen Rhythmus schlagendes Herz – dies hat das Leben zu bieten, diese blinzelnd *erfüllte* Aufmerksamkeit. An den Empfindungen, die mir ihr zu aktiver anderer Mund vermittelt, begreife ich nach und nach, daß sie mich dominiert – ich kann es nicht ertragen, dominiert zu werden, überhaupt nicht. Meine bedrückte, lerneifrige *Aufmerksamkeit* ist von der frischen, dunstigen, jedoch zugleich brenzligen Qualität ätherischer Halluzinationen – als würde man für einen Auftritt, der einem bevorsteht, eine Klavierbegleitung akzeptieren: die physische Wirklichkeit des Küssens. Manche der Halluzinationen sind Streiflichter und Strahlen der Erinnerung, ein reges Kommen und Gehen von Erinnerungsfragmenten, in denen man zusammen mit anderen Frauen erscheint, oder allein (masturbierend), oder Typen, die schmutzig und angeberisch daherreden ... vielleicht um mir zu schmeicheln, um mich zu ermutigen. Wie ich einmal mit dem Ball über die gegnerische Linie gestürmt bin, und was dann hinterher im Umkleideraum los war. Die *sensiblen*, schlecht bewehrten Bereiche des Gesicht-Munds, des fast verborgenen Gaumens, des Geistes und des Selbstvertrauens: die Zunge passiert die Zähne, und die Erregung bei ihrem Eindringen ist unangenehm; sie trieft; also ist man sonderbar; aber der Puls des Mädchens und mein eigener sind zu fühlen, und der Puls in meinem Pimmel und der Puls in ihrem Bauch – elektrisch oder mechanisch pochend, ein Lagerhallen-Dröhnen von etwas Schwerem (einem Stapel gefüllter Kartons etwa), das verschoben wird, und das Gefühl, hohl zu sein wie eine Aula, bewirken, daß ich auf merkwürdig reflexive – oder offene – Weise beklommen *glücklich* bin; mein inneres Ich ist ein Ort mühsam gewahrter Härte. Zu fest wahrscheinlich packe ich Leonie bei den Armen und bin erstaunt und erschrocken darüber, daß mein erektiler Staudruck wächst und vor Sadismus, Härte und Schweiß dreister wird. Es bringt mich durcheinander, sozusagen lotrecht auf einem *sündigen Geschehen* zu reiten ... eine aggressive Haltung ... Partiell unbewehrt – und unbeschuldigt – macht ihre *weibliche* (mit einer Möse ausgestattete) Wirklichkeit mich zum *Schurken* – und das bringt den Jungen *endgültig* zur Erektion: das Axiom dieser Dynamik des Fleisches beruht für eine Weile auf Theoremen darüber, daß es ein klardefiniertes Gesetz sei, sich nicht dominieren zu lassen.

Zufall und Natur beschwören ein Gefühl von schicksalhafter Individualität herauf. Die Maße des Jungen bringen es mit sich, daß für ihn mehrere Grade der vollen Erektion existieren, etwa fünf Stadien. Die Erektion hat in ihrer Entwicklung nunmehr ein doch so *beschäftigendes* Stadium erlangt – falls *ich* das sagen kann – , daß sie meinem Willen beinahe entzogen ist: doch ob darin nun die genetische Natur am Wirken ist oder lediglich meine, oder noch eher nur meine Natur in diesem Alter oder gar nur in diesem Moment: ich war von spekulativer, zugleich auch skeptischer Ehrfurcht davor erfüllt, wie vor einem lautlos auf den Geleisen auf mich zu dampfenden und tutenden Zug.

Meine Erektion hat ihren eigenen Willen. Ich murmele ständig *ja*, *so*, *ja*, *ja*, *so*, *ja*, während ich Leonie küsse und innerhalb der Zungenbewegungen lache: in ihnen drin, um den Punkt, daß ich nicht dominiert werde, hervorzukehren, aber ich bin so abgeschottet wie vom Bühnenvorhang der Schulaula ...

Mein Gefühl für die Zeit – für Bewegtheit – kommt zum Vorschein, als ich mich Leonie entziehe und murmele: «Die Geschichte eines Kusses ...»

«Ha-ha», sagt sie.

Ein weiterer Bogen von Empfindungen – von mobilen Gefühlen – umfaßt die etwas aufdringlichen Pfeilbewegungen des immer wiederkehrenden, immer sonderbaren und sonderbar neuen Geschehens auf der Couch. Liebe und Lust, sodann die Idee und das Studium der Wahrheit – die Darbietung von Gefühlen kennt zwei Hauptströmungen, die Strömung dampfender Wirklichkeit, die aktuelle Massenszene, wobei die Empfindungen den Pöbel darstellen – und dann das Geschehen vor dem Tribunal, das Blinzeln eines Urteils. Zweifel, Scheu, Nervosität – Erhitzung und der Versuch zu urteilen, blinzelnd wie gesagt: sie ergeben ein beflecktes Stück Biographie – man liebt die Geschichte seiner Küsse in St. Louis, die Küsse des Mannes – und der Frau – aus dem Westen, liebt sie einen Moment lang.

Und einen Moment lang ist nichts schal, oder, sollte das ein zu starkes Wort sein, in der Luft lag nicht so sehr – um einen alten, sentimentalen Begriff zu gebrauchen – die Möglichkeit sexueller Lust erwachsener Art, nicht die Möglichkeit einer solchen Zerstreuung, sondern vielmehr diese heiße, schwachsinnige Form der Linderung.

Trost für Mamas vorübergehend pingeligen Sohn – der *schmutzige*, mit Zunge und Lippen stöbernde Kuß – mein Mund passiv Leonie gegenüber, meine Hand ein wenig brutal auf ihrer Brust: Ich habe, seit ich zu sprechen begann, Nonie nicht ein einziges Mal mehr auf den Mund geküßt – die Sprache schloß aus, daß Gefühle dieser Art für Nonie in mir aufkamen. Leonies Brust: Teil eines Fluchtprojekts. Ich möchte, daß Nonie mich sexuell achtet. Der Kuß des Air-Corps-Mädchens. Ich möchte nicht, daß Nonie mich auslacht.

Leonie beendet den Kuß. Es ist, als erwachte ich und sähe sie – Leonie, die Raucherin, hustet ein bißchen; sie legt mir zwei Finger auf die Wange und sagt – hustend – «Nicht schlecht.»

Ich hatte sie übersehen, aus den Augen verloren, hatte

nicht gewußt, daß sie sich dazu herabgelassen hatte, mich zu küssen – wie ungerührt, wie wenig bedroht von mir sie war. Ich verbinde mit diesem Moment, in dem ich zu meinem sexuellen Dasein mit ihr erwachte, daß ich aus der Kindheit herausgereift war. Reif genug für das Verlangen, Leonie möge mich fürchten? Nonie sieht vom Türbogen aus zu. Hätte man all dem abgeschworen, man hätte der *Realität* ins Gesicht gespien. Nonie vögelte nicht vor der Ehe, soviel ich weiß – zu einem gewissen, vielleicht sogar großen Teil bestand ihre sexuelle Erfahrung darin, mich zu beobachten. Und andere. Über den Sex sagte sie manchmal zu jemandem: *Warum sich mit weniger Gutem zufriedengeben, wenn man auch warten und das Beste kriegen kann?* Tom, einer von Nonies Beinahe-Verlobten, hatte zu mir gesagt, Nonie sei *ein sauberes Mädchen* (was hieß, es war ihm *angenehm*, mit mir zusammenzusein, ihre Familie kennenzulernen). Was bedeutet *ehrlich* in der realen Zeit? Ein reales Zusammensein gleicht keinem fiktiven oder metaphysischen *Modell* von Zusammensein. Die klaren Farben von hoher Geschwindigkeit erfordern wolkenloses Licht. Im Raumschiff verläuft die Zeit anders ... In der Schule ergeben Laborexperimente nie genaue Resultate. Eine Lehrerin – nicht Eitelkeit läßt mich das sagen – eine Frau, die mit mir flirten wollte – sagte von Schülern, die behaupteten, ihre Experimente hätten präzise Resultate ergeben: *Sie lügen*.

Ah, wie bestürzend doch die Erinnerung an ein ganz bestimmtes Licht – und an Hitze – an einem Swimmingpool – in dem neuerdings knochigen Schädel des heranwachsenden Jungen in University City ist!

Hinter den neuerdings älter wirkenden, nicht völlig ehrlichen Augen hat sich etwas Artiges erhalten, ein Sinn für vergangene Keuschheit – und für die Formen, die nun an deren Stelle treten.

«Immer fein lächeln und küssen», sagte ich. «Nur nicht das Gesicht verziehen.»

Mein Gott, was für ein nachsichtiges Gesicht sie macht ...

Weil ich noch so jung bin ... Wie mein Dad manchmal im letzten Jahr, bevor er starb.

Sie verwuschelt mir das Haar und sagt: «Ich kann auch ringen ... Ich hab meinen Brüdern dabei zugesehen.»

«Aus der Nähe?»

Bleiche, *phallische* Arme ... stellt man sich pötzlich vor ... derb vor Anstrengung.

«Das Leben ist ja soo sexy», sage ich mit Falsettstimme; ich imitiere niemanden, tue aber so. Der Besitz männlicher Schönheit ... sie ist realer, und doch beim Liebesakt nicht tatsächlich von Belang ... eigenartig *verschleiert* von der Abfolge der Phänomene ... eine emotions*technische* Grundlage für widerwillige, von Lügen durchlöcherte, belästigende *Billigung*.

«Küß mich, Dummkopf», sagt sie. Ein Scherz aus der Ära ihrer Mutter. Reaktionen ... Hart sein oder untergehen ... *Führen* ... Nonie im dunklen Flur ... Ich ficke für die Ehre des Hauses – und du?

Leonie sagt: «Du hast einen hübschen Mund.» Sie kehrt die Ältere heraus. Die Unverwundbare. Unverwundbar sagt sie: «Hübsch, hübsch, hübsch ...»; durch Babygeplapper macht sie aus allem einen Witz, der zeigt, wie unerschrocken sie ist ... Sie leugnet niedlich-schlau die vorhandene, greifbare Intimität – nimmt ihr den Platz auf dem Bogen, der eine beschlossene sexuelle Zukunft bedeutet hätte; und einem dann noch auf die *Lippen* zu starren – einem *ohne zu lächeln* auf die Lippen zu starren und dann bewußt zu lächeln – einen anzulächeln – das ist dreist.

Die Wirklichkeit braucht nicht plausibel zu sein. Sie ist kein Traum. Sie geht ihrer eigenen Wege. Du kannst ihr zubrüllen *He, warte, mein Bewußtsein kommt nicht nach*, aber auf dich zu hören liegt ihr nicht ... der Wirklichkeit. Finger stemmen sich im Dunkeln gegen die Couchlehne, und der andere Satz Fingerspitzen berührt den leicht körnigen, gewachsten Fußboden. Ein paar Knöpfe meines Hemds sind offen.

Ich sage: «Das tut weh ...»

Sie übertrifft das noch und sagt: «Es wird einem *angst* davon.» Dann richtet sie das Gesicht aufwärts: «Da mußt du dich doch fragen – *gibt's das* wirklich?» Es klingt irgendwie mechanisch ... Es ist ein konventioneller Spruch. Sie berührt mich an der Brust – *flatternd*. Mit ihren Gedanken ist sie anderswo. Sie denkt an ihre eigenen Wünsche. Und ich kämpfe dagegen an, *flatternd* zu atmen oder zu lächeln. Ich kämpfe darum, ein Pokergesicht zu wahren – das sexuell Wirksamste für mich ist, mich auf dem Gebiet phallischen Wollens zu bewegen – nicht unbedingt aktiv, jedoch aktiv in dem Sinne, daß die *Verlegenheit* beherrschbar ist; dies ist ein Gebiet, wo ich etwas wagen kann. Ich stupse sie und presse mich an sie. Bereit ... *anständig groß* ... Aber ich *weiß* nicht – Umkleideraum-Geilheit – geht's nur darum, ein *starker, schweigsamer Typ* zu sein? Das ist nicht geklärt. Aufgrund von Rivalitäten – sexuell mit sämtlichen anderen Männern – ist meine Männlichkeit vielleicht eher symbolischer Art ... pervers ... «Ich wünschte, wir wären betrunken ... Es tut *WEH*, so hellwach zu sein.» Das ist mein Spruch: irgendwie genauso konventionell wie ihrer. Was eigentlich wollen wir? «Lila hat nie etwas Alkoholisches im Haus. Sie inspiziert meinen Schreibtisch, ob ich da etwas verstecke. An der Schule gibt's eine Menge Säufer.» Nonie trinkt zuviel – bis sie umfällt – und behauptet, sie wäre strikt gegen Alkohol und nicht daran gewöhnt.

Wenn ich mich nicht dominieren lasse, bin ich dann dominant? Wenn ich frei bin und Leonie nicht – und damit meine ich nicht: in bezug auf mich –, bin ich dann *relativ* dominant?

Grausamkeit heißt hier, innerlich abwesend, mit anderem beschäftigt zu sein als die andere Person. Bloß darauf zu sehen, daß es auch passiert – jener andere Kram –, heißt noch nicht, daß man da ist.

Dazusein, das ist ein wenig so, wie in begieriger und vielleicht übersatter Trunkenheit seine Seele gegen eine Suppe zu verkaufen ... gegen Sex. Ich will meine Seele noch für später behalten – sokratisch. Wen interessiert schon, was *ich* will? Ich bin nicht reich. *Du mußt dich anpassen, Wiley* ... Wenn *ich* so eine Ausstrahlung – eine Aura – hätte, als sei ich vielseitig *begabt*, als stünde mir eine Zukunft bevor und als verfügte ich *naiv* und humorvoll über ganz gewöhnliche (und ungewöhnliche) Vorzüge; wenn ich ausstrahlen könnte, mir seien Glück – oder Segen – beschieden, ich sei in dieser Weise *begabt*, dann könnte das so wirken, als wäre ich *reich* – oder aristokratisch –, und dann würde es Leonie interessieren, was ich will. Was aus mir wird. Es könnte sie widerspenstig und irgendwie unbändig werden lassen – ich käme damit vielleicht nicht zurecht. Ich kam oft nicht zurecht.

Die Winke des Schicksals, des sexuellen Schicksals – sie wirken sich so aus, daß ich nun wirklich *sie* ansehe.

Was ich jedoch empfinde, sind zu großen Teilen Furcht und Unbehagen, Neugier, Verlangen und Neid, und ein gewisses Selbstvertrauen. Das männlich-weibliche Billigkeits-Unbilligkeitsverhältnis befindet sich im Rahmen des Legitimen, wenn man den illegitimen Umstand berücksichtigt, daß sie so alt ist; Leonie – eine busenstolze Exhibitionistin mit edlem Hals – ist gewitzter als ich: Ich bin übermannt, entwaffnet ... Ich habe kein schlechtes Gewissen. Sie hält sich ganz verborgen und stellt sich ganz zur Schau – ich fühle mich so zur Schau gestellt wie ein kleiner Junge auf einer Veranda, wo ältere Mädchen oder Frauen ihn auf seine Männlichkeit hin beobachten; Vorsicht kommt mir da suizidal vor, ist jedoch suizidalerweise vorhanden. Sportlicher, verwöhnter, reicher Junge; abgebrühter Unterschichtbengel; kleines Kind: wechsle ich zwischen deren Rollen, Tricks, Spionagemethoden, Selbstdarstellungsformen, Unterwerfungsarten, Unabhängigkeiten, Behauptungen? Ich bin als Spion auf mein eigenes Leben angesetzt. In den Kriegsjahren galt man, wenn man geil war, als *Frauenheld*.

Leonie weiß, daß ich sie nun mit wachen Sinnen wahrnehme.

Leonie sagt – in einem Stil, der in gewissen lokalen Kreisen als gehoben gilt –: «Ich bin mir nicht sicher, ob ich dich mag. Ich bin mir nicht so sicher, ob du so sanft bist, wie du aussiehst. Kann man dich wohl mögen?»

Sie wirft mir da ein verschlüsseltes Kompliment hin ... Ich bin *gefährlich* und nicht bloß lieb.

Zugleich bedeutet es: Sie fürchtet sich nicht und verfügt über Spielraum ...

Ob man mich mögen kann? «Ist das bloß so ein Spruch oder dein Ernst?»

Sie sagt: «Hoffentlich haßt du mich nicht ...»

«Ich *hasse* dich bestimmt nicht ... ha-ha ...» Dann: «Männer lügen, wenn's um Sex geht.»

«Was denn so?» fragte sie.

Sie war mir zu interessiert. Ich sagte: «Sie lügen wie gedruckt ... Magst du *Verrückte*?»

«Redest du eigentlich immer so?»

«Ich rede eine Menge Quark ... Viel davon ist bloß Gefasel, *Firlefanz* ... »

«Du hast ja einen großen Wortschatz ...»

«Weiß ich nicht ... Wenn du mit älteren Männern vögelst, machen die dann kuriose Gesichter?»

«Darüber will ich nicht reden ...»

«*Richtige Männer* sind in Kriegszeiten die wichtigsten Leute.»

«Verlang nicht zuviel von mir, Wiley.»

Die Phase des Flaxens, die beim Knutschen dazu beiträgt, daß man einander kennenlernt ...

Die Haut ihres Gesichts – leicht flaumig und mit Make-up-Spuren –, ihr Hals und die anderen Partien ihres Körpers, etwas schwitzend, gelenkig *schmelzend*, amüsiert und – ein wenig – erhitzt: ein begrenztes (semi-häusliches) Feuer brennt in ihr ... wie niedrige Flammen in einem Kohleherd ... Ich war nicht ganz und gar beschämt. Allerdings auch nicht informiert genug, um mich geschmeichelt zu fühlen.

Ich lehnte mich steif zurück und bedeckte mir die Stirn mit einem Arm – aber mein anderer Arm umfaßte ihren Rükken und kam drüben an ihrer Taille heraus, die meine Hand nun leicht, ein bißchen irrwitzig, knetete – nur die Taille; und ich sagte: «Tut mir leid.»

«Was hast du denn jetzt Schlimmes vor?» sagte sie lachend.

«Ich *weiß*, ich benehme mich *jung*», sagte ich. Und düster: «Wie ein Kind.»

«Na und?» Dann: «Was willst du denn damit sagen?»

«Ich hab Angst, wir machen nicht weiter.»

«Huuh ... Du nimmst ja wirklich kein Blatt vor den Mund, und dazu bist du noch so *hübsch*.» Der Ton war der eines Milieus, das ich nicht kannte.

Ich zog ein Gesicht – ich fand mich selbst auf liebenswerte, vertraut gequälte Weise bizarr. «Bist du eine Schildkröte?» fragte ich. An der High-School war das eine halbgeheime Redensart: manche Jungen und Mädchen, die Verbindungen angehörten, Christen, verwendeten sie in der Schule: es war schick, das zu sagen.

Sie sah mich blinzelnd an: «Ich hab meinen Panzer nicht dabei – ich liege auf dem Rücken und komm nicht weiter ... was heißt das?»

«Weiß ich nicht ... bloß so eine Redensart ... wie Schankedön, Datz ...»

Sie blinzelte erneut. Dann sagte sie: «Du gefällst mir.»

«Was bin ich doch für ein Held», sagte ich – noch immer eifersüchtig auf *richtige Männer*.

«Du bist nett. Ich kann die Punktezählerei nicht ausstehen – ich mag keine Punkte machen und keine vergeben», sagte sie; und ich seufzte. Sie sagte: «Puste, puste, schnauf, schnauf, du willst, daß ich dir das Haus umblase.»

Erst ein Jahr später wußte ich, daß sie damit oralen Sex gemeint haben könnte. Meiner Meinung nach wollte sie mich zum Lachen bringen.

«Ich möchte vögeln ...»

«Oh. Du, streng dich bitte nicht so an.» Ihr Körper lag merkwürdig da, als hätte ein horniger Schnabel auf ihn eingehackt. Ihn mißhandelt. «Du bist bei *bester Gesundheit* ...»

«Häh? *Darauf* kommt's doch nicht an.»

«Schon, wenn bei jemandem der Geschmack in diese Richtung geht», sagte sie.

«Ach», sagte ich nachdenklich. Ich ließ mich von einem Impuls zu einer erregten – und exotischen – Imitation der schmeichelhaften Dinge hinreißen, die sie von sich gab: «Also, *du* bist wirklich toll», sagte ich traurig.

Mein Herz, mein Pulsschlag, die Hitze in mir – es gibt da eine komplette Achterbahn, wie in einem verfremdeten Vergnügungspark in einem surrealen Traum; frei gewählte Automatismen – sozusagen – bedeuten, daß du dir die Fahrt aussuchst, die du unternehmen willst. Panik ganz nach Wahl, Kreischen garantiert. Ich höre eine Art Klicken in Leonies Atemzügen ...

«Darf ich deine Bluse aufknöpfen ...»

Sie atmete einfach weiter, als ich einen Knopf öffnete ... Ich habe einen trockenen Mund. Und mein Körper bockt ein wenig. «Ich komm mir so blöde vor», sagte ich und fummelte idiotisch am nächsten Knopf herum.

«Gehst du mal auf ein gutes College? Ich glaube, du bist gescheit.» Wie sie riecht, das erinnert an die Arbeiterklasse ... die Seife, ihre Unterwäsche. Sie sagt, als ich ihren Büstenhalter – mit der Brust darin – knete: «Bist du Kommunist?»

«Nein. Ich weiß nicht. Vielleicht. Ich hätte nichts dagegen.»

Sie sagt: «Manchmal sag ich zu etwas nein, weil's mir eigentlich egal ist, ich sag einfach nein, aber manchmal steht ein Schema dahinter. Geht dir das auch so? Verstehst du, was ich sagen will?»

Nein, tat ich nicht. «Ja», sagte ich trotzdem.

«Du bist sehr selbstsicher.» Sie rankt sich *locker* über mich; sie sagt: «*Uff*... Bin ich wie eine Schwester für dich?»

«Nein ... Arrh ...» Ein Grunzen. Ich berühre sie ... da unten. Meine mehr oder minder schmerzhafte Erektion scheint einen Lichtwirbel auszusenden – kribbelnd, heiß: eine Halluzination, aber von unheimlich echter Hitze ...

Sie sagt: «Ist das nicht französisch? Magst du's denn *französisch*?»

Ich knöpfe mir die Hose auf, öffne meine Hose, vom Bund an – nur wenige Hosen damals hatten Reißverschlüsse –, knöpfe mich auf und sehe sie dabei an; ich mache mich auf diese provinzielle – konventionelle – Weise geltend. Dieser Sphinx-Mist, die umspringende, schlüpfrige Wirklichkeit *vor dem Ficken*, stürzt auf mich ein und kommt mit Rätseln, die du zu lösen hast, sonst mußt du sterben. Ich meine, es war nun wirklich nicht gewiß, ob sie sich ficken lassen würde ... Ich meine nur, die Gefühle in mir hatten den strammen Drall einer jugendlichen, schwindelerregenden und ein bißchen wilden ... jungenhaften ... Bereitschaft ...

«Hier Leonie», sagte sie. «Ende ...»

«Hier Wiley», sagte ich – so sanft wie ein grüner Klugscheißer, der den *wilden Mann* spielt ...

Sie gibt partiell nach. Wir geben uns, sie gibt mir einen Zungen-Lippen-Kuß ... Ich mache den Versuch, ein wenig die Zähne spielen zu lassen – ein bißchen milde Lippenknabberei. Ich beiße ihr in die Lippe ... wie ein großes As ...

Nichts. Nihil. Nil.

Ich werde oral passiv. Wenn ich passiv bin, habe ich festgestellt, locke ich die Leute an – ihre Neugier. Ich bin passiv und herrisch ... Sie brachte unsere lokalen Sexualpraktiken der Kriegszeit mit – dem Stil der Kriegszeit gemäß knapp und selbstbewußt, volkstümlich beflissen, zugleich herausfordernd debattierlustig, aufgrund bester Kampfmoral triumphreich – ein bißchen unehrlich. Ein noch unbegriffenes obszönes Ich liegt in ihr auf der Lauer: das schmutzige ältere

Mädchen. Sie ist physisch recht diszipliniert – sie treibt Sport; ich *fühle*, wie nervig sie ist, daß sie sich halb amüsiert und darauf brennt, mir weh zu tun, um zu beweisen, wie relativ stark sie ist. Ich weiß nicht, ob sich dies von meinem Wunsch unterscheidet zu beweisen, wie vergleichsweise stark ich bin ... Sie ist mit einem Jagdflieger verlobt, der eine Reihe von Einsätzen geflogen ist – all die Angst, all diese Adrenalinschübe ... Ich glaube, zum damaligen Zeitpunkt hatte er drei Abschüsse erzielt.

Ein wenig kichernd sagte sie: «Ich finde, du bist *sehr* französisch – oh, du machst mich ganz wild.» Das war so eine Art Witz, müssen Sie wissen. Sie meinte fast das Gegenteil dessen, was sie sagte. Wenn ich stark, gescheit und schön wäre, könnte ich ihr Leben ruinieren.

Ich blickte sie aus traurigen, trüben Augen an – irgendwie lebendig.

Sie besaß die Intensität von jemandem, der durch und durch von einer bestimmten psychologischen Unbekümmertheit erfüllt ist. Ich konnte sie in ihr summen hören, beschmutzt, *verräterisch*, ungütig, unverhohlen gebieterisch – ein finaler, das heißt, *teuflischer* Ehrgeiz war in ihr. Ich jedoch werde *aus der Asche* gerettet ... Durch diese an einem nagende, nach einem schnappende (und einem zuflüsternde) Sphinx mit ihrem unbekümmerten Fast-Sex. Vielleicht gereicht sie mir ja zur Zier, die *leidenschaftliche* Kriminalität, mit der ich dieses ganze Zeug herumdrehe und diese Frau zum Ficken kriege, wo es mir mit meinen eigenen Gefühlen nicht einmal ernst ist.

Leonie schmatzt mit den Lippen, und verächtlich-bewundernd-*herablassend* sagt sie: «Du bist ein Wunder ... Oh, wir sind in Schwierigkeiten.»

Wäre das wahr, würde sie amüsiert den Mund halten.

Ich faßte ihre Brüste an.

Ich nahm ihr die Spange aus dem Haar und sagte entschuldigend: «Ich habe eine kleine Zunge.»

«So? Ich glaub, das macht nichts», sagte sie erwachsen; sie sprach im Akzent der Gegend. «Du bist sehr *feinfühlig* ...»

«Tut mir leid», sagte ich.

«Hast du's sehr schwer im Leben?»

«Ach, weißt du ...»

Sie sagte: «Ich wette, du hast mit Mädchen eine Menge Spaß gehabt ...»

Ich wußte nicht, was eine schlaue Antwort darauf war – ich sagte: «Gelegentlich schon ... in mancher Hinsicht ...»

Ihre leicht geschwollenen – aufgeplusterten – Lippen besaßen gleichsam eine orale Erektilität. Leonie berührte meine Unterhose mit einem Finger, ihr Finger berührte mein erigiertes, schmerzendes Ding unter der weißen Baumwolle hinter der bugwellenartig geteilten Hose. Ich war *aufrichtig* ... Und hoffnungsvoll. Wie ich es sexuell in jenem Jahr die meiste Zeit war. Es ist kein Traum. Man ist wach; ein Junge mit seiner schockierten, leicht von sich selbst und dem Weiblichen eingeschüchterten Bereitschaft ... Es gibt keine Gerechtigkeit, wenn man großartige Ansprüche daran stellen will, doch eine gewisse Gerechtigkeit gibt es. Hier herrscht eine gewisse Gerechtigkeit. Vergleichsweise. Eine *gewisse* annehmbare Logik bestand hier. Man verfolgt sein Anliegen weiter, sei es auf Einladung hin oder mittels eines wirklich energischen, tiefschürfenden Willens. Du lachst, zweifelnd, höhnisch; dann jedoch ist das Ich, wenn das Gefühl sich aufbäumt, nicht mehr an seiner eigenen Geschichte interessiert, sondern nimmt die natürliche Entsagung auf sich und ist ganz auf *ihre* Seele, ihre Augen, ihre Wahrnehmung des Zeugs hier, des *Herummachens*, konzentriert. Dein Herz beginnt zu pochen, und du gerätst buchstäblich in *Hitze*, in Schweiß – daß eine Frau dich so mag, daß diese Intimität möglich ist, stellt alles in ein anderes Licht; und das Herz (und der Verstand) des Falken, des Räubers, schont sie. Du möchtest sie vor dir beschützen.

«Du bist wiiirklich eine Wucht», sage ich zu ihr.

«Du bist auch nicht übel», gibt sie prompt zurück, aber irgendwie verschliffen, mit einem kuriosen Liderflirren, das zum anstehenden Vorgang ermutigt.

«Mama, Mama, steck mir ein Röslein an», sage ich und küsse ihre sich nun so kurios aufführenden Lider.

Ihr Körper prüft – hinter einigen seiner Tore, unter ihrer Haut – die Indizien dafür, daß sich Zufall-und-Halluzination hier in einen verläßlichen Wahn verwandelt haben. Dies ist ein wichtiger Maßstab für Sex. Es ist bemerkenswert, und vielleicht sollte man es mit Geringschätzung übergehen, wieviel an Messung in einem sexuellen Moment vorgeht. Die Ambitionen werden gemessen ... die Hoffnungen ... im Käfig der schwappend unaufhaltsamen, hitzegepeitschten, schlingernden Atmosphäre. Das Ein-und-Aus sexueller Intimitäten entfaltet sich und wird erspäht. Ich weiß nicht, wie allgemeingültig dies ist ... ich glaube, es ist verbreitet. Das Beduinen-*Denken* – und das sandknirschende Anliegen ... namenlose Vergehen – namenlose Tugenden. Ich spiele mit meinem Gewissen und mit Leonies Beurteilung der Lage. Der Löwe in den Baumwipfeln brüllt dies als unreif nieder. Von einem bestimmten flachen Punkt in meinem Mund an raubt mir ihre Zunge die Luft. Sie streichelte mir den Nakken, während wir uns küßten, aber ich erstickte dennoch an ihrer Zunge. Mit mikroskopischer, semi-erschütterter Aufmerksamkeit reibe ich ihre Unsichtbarkeit mit diversen Pulvern ein, bis sie vage sichtbar wird. Als Körper ... Sie reibt mich mit einer Hand und hält mich mit der anderen am Nakken – ich stecke im Vakuum ihres Eulendunkels ... der Tiefen und Höhen im Wald und oberhalb des Waldes.

«Machst du das mit Männern?» fragte ich.

Sie gab keine Antwort.

Dann, nach einer Weile, hob sie den Kopf; sie tat es, um ihr Haar umzuschichten, und sagte: «Ich mag dich, Wiley ...» Was hieß, sie *liebte* mich nicht. Sie sagte: «Ich bin eine weise alte Eule ... Wiley ...»

Sie streifte sich mit einem Fuß den Schuh vom anderen Fuß und streichelte mich mit ihrem bestrumpften Fuß – was mich irritierte –, und ich knetete ihre Brust, deren Schönheit zu erkennen ich zu jung war; aber ich ging damit um, als ob ich gar so jung nicht wäre.

Gleichwohl sah ich darin eine *typische* Brust. Sie gefiel mir sehr, aber ich nahm an, das rühre von meiner Naivität her. Ich wollte *ein richtiger Mann* sein (der weiß, welche Brüste toll sind). Diese etwas flache und doch kugelige Brust – der Schönheit ist eine seltsame Qualität eigen ... Sie zu erkennen kommt fast einer Dummheit gleich. Wenn man sie erkennt, dienert man vor ihr. Ich rieb meine dürftig muskulöse, jungenhaft rosige Brust an ihren *Brüsten* ... Ich weiß nicht ...

Generalisierend sagt sie: «Jungen in deinem Alter sind interessant.» Dann: «Du riechst gut.»

Ich sage: «Was weißt du denn über Jungen meines Alters?»

Sie sagt: «Touché.» Dann: «Du bist nett.»

«Nein. Es liegt an dir», sagte ich. Sie schaute, als habe sie mich verstanden – in ihrer Eitelkeit bildete sie sich etwas auf ihr *Englisch* ein.

Die Poetik des Wahns fordert den Orgasmus – dies ist, inmitten der Mirakel dahinrasender Lichtpartikel in diesem gekrümmten Universum, ein strikter Befehl.

«Da, ich lecke *dir* den Nacken», sagte sie. Um mich daran zu hindern, weiter ihren zu lecken. Ich ließ es sein. Nach der ersten Sekunde leckte sie mich nicht weiter, sondern fragte: «Warum sagst du das?» und lehnte sich plötzlich zurück.

«Ich habe gar nichts gesagt», sagte ich. Ihre Bewegungen waren nicht ruckhaft – sie war motorisch talentiert. Ich lag still und sagte: «Ich weiß nicht – warum sollte ich auch was sagen? Machen wir noch weiter?» Dann hängte ich ein «Ha-ha» an, um zu kaschieren, in wievieler Hinsicht ich jung war.

«Ha-ha», machte sie freundlich. Dann legte sie den Kopf wieder hin und gluckste noch ein bißchen weiter.

Tatsächlich aber LAUSCHTE sie, auf etwas *Bestimmtes*. Sie wirkte, als sähe sie *tapfer* ihrem *Los* entgegen. Die rasenden Inventuren, die man vornimmt, bringen einen Spritzer Kaufmannsschläue in die grundsätzliche Zärtlichkeit, doch die verhält sich (im Moment) weitgehend träge in bezug auf Schläue – wen juckt das denn überhaupt? Es ist also, wie am Klippenrand zu stehen. Wie unter Wasser zu küssen. Zärtlichkeit – am Rand der Liebe.

Es kommt darauf an, *zu weit zu gehen ... über den Rand*.

«Wiiiiii», machte ich.

Manchmal weiß ich, daß andere keinen Sinn in dem erkennen, was ich sage. Wenn sie Absolutisten sind, sagen sie: *Sprich deutlicher*... Wenn jemand dich mag, kann er das *Gefühl* haben, daß du dir den schmalen Pfad zu Gott erschlichen hast... Mein Dad sagte oft zu mir: *Du bist der absolut reine Tor*, und meistens ließ er mich dann stehen. (Manchmal kitzelte er mich allerdings auch und drängte mich, ihn zu küssen.) Haben Sie jemals das Gefühl, daß es nicht sehr klug ist, sich gegen Ihr Schicksal zu erheben? Ich freute mich wie ein Blödmann darüber, daß alles *so gut* lief, und hatte das Gefühl, daß sehr oft nicht ich schuld daran gewesen war, wenn ich früher in der Welt versagt hatte.

Wenn wir uns der Liebe hingeben und auch wieder nicht – die Liebe irgendwie meiden – schauen Sie, diese Frau ist im Moment männlicher als ich. Das weiß ich. Ich bin *aufrichtiger* und weniger *todeswütig* als ihr Verlobter. Sie und ich, wir sehen uns an, und wir begreifen fast, und unsere Augenblicke sind ein warmes Gebrabbel – unser gegenseitiges Belügen. *Es ist eine Sache des Gefühls*. Wir vermeiden den Skandal. Ich bin hier teils ratlos, teils ganz zufrieden. Wie hat Leonie Liebe als Kind erlebt? Als schmutziges, dichtes Wir-wissen-schon-Schweigen, auf beiden Seiten, so daß weder ihre Eltern noch sie sich Liebe und Liebesgeschehen als Kontinuum vorstellen konnten, über die Generationen hinweg und im einzelnen Leben?

Wird sich ihre sexuelle Manie in Religiosität verwandeln?

In weltliches Verstummen? Vielleicht fühlt sich ihr Freund von seinem eigenen Angstgestank im Cockpit der dröhnenden Maschine gedemütigt – er bepißt sich jedesmal, wenn er einen Kampfeinsatz fliegt. Vielleicht weint er die meiste Zeit, die er in der Luft ist, still vor sich hin. Vielleicht beschämt ihn sein Schließmuskel – Piloten haben mir derlei erzählt.

Eine schräg romantische Sympathie, erotisch und schwer mit dem Geruch von Tod behaftet, ist das noch Sympathie? Die Wirklichkeit geht zu weit. Ich laufe ihr nach – wie ein Kind dem Kindermädchen. Zärtlichkeit und die erdrückende Schuld des Begehrens – *Lutsch mich, saug mir am Schwanz* – man ist allzu menschlich – ich setze mich auf, ziehe sie zu einem feingerippten Kuß hinauf – feingerippt auf beiden Seiten – und lasse mich, mit ihr in den Armen, spielerisch zur Seite plumpsen, mache jedoch Fickbewegungen, während wir fallen. «Wie beim Sport», erkläre ich ihr. Es gleicht der *Freundschaft* und Interessengemeinschaft beim Sport.

Man streift ihr den Schlüpfer ab …

«Nein, nein», sagt sie. Dann: «Du bist doch noch kaum in der Oberstufe.»

«Ich bin College-geeignet.»

Sie lacht – es ist mir wider alle Logik *wertvoll*, dieses Lachen.

Leonie sagt etwas, aber ich höre es nicht – ich befingere ihre Möse. Wie herrlich zum Erschaudern das doch ist …

«Oh, du bist mir vielleicht *köstlich*!» sagt sie und nimmt meine Hand von da unten weg. «Eines Tages legt dich glatt noch mal jemand um … Und frißt dich auf der Stelle … Wie kommt's, daß dich noch niemand umgelegt hat?»

Ein Feld von Niemandsland-Stille: ein männlicher Atemzug reift heran: ich sage «*Bimbam, bimbam bum.*» Ich zerre ihr die Bluse hoch, hieve den Büstenhalter hoch und nuckle an ihrer linken Brust.

«Haah, du bist mir vielleicht ein Brüderchen», sagt sie.

Im Hinblick darauf, daß mein «Benehmen» der Erhaltung

des *Status quo* (ein wichtiger Begriff in jenem Jahr) diente, war ich so feminin wie sie und Nonie.

Mein Schnaufen – und ihres – und die Tönungen ihres Gesichts – und die Hitze in meinem – und in meinem Unterleib – und wie atemschwer ich meinen *gebogenen* Rücken spüre – daß dieser Kerl hier ich bin – und mein und ihr Entgegenkommen – und meine Erektion – die Erektion eines Jungen — ich breche plötzlich ein und kann nur mehr *lauschen* ... Ich bin so wie vorhin sie.

Dies ist für sie ein kleines Lustgefühl am Rande, keine durchbohrende Sensation, keine dunkle Pracht – es zählt nicht zu Momenten, in denen das Ich erstirbt. Wir gleichen den verlogenen Vorstellungen, die wir uns von *anderen Leuten* machen.

Sie sagt: «Gleich stecken wir im Sumpf ... Machen wir mal ein bißchen langsam.»

Ich legte mich neben sie. «So was sagt eine Mutter.»

«Ich weiß», sagt sie. Mit Löwinnenstolz. Leonie ließ eine automatische Rivalität entstehen, ein ständiges Ausschauhalten nach Kränkungen und der Lektion, die einem das All erteilt ... Eine lutherische Wahrhaftigkeit.

Ihre Kleider sind zerknittert. Sie sagt: «Es ist himmlisch ... *Du bist* himmlisch.»

Träge – einen Arm über dem Gesicht – sage ich: «Du bedeutest mir alles.»

«Du machst dich über mich lustig.»

«Klar», sagte ich und reckte einen Arm der Wohnzimmerdecke entgegen. «Stimmt genau.»

«Ha-ha ... Und *komisch* bist du auch noch? Mmm.» Sie rollte sich herum und küßte mich feucht und herablassend.

«Du hast hübsches Haar», sagte ich furchtsam; ihre Laune *verletzte* mich.

«Ach, ich habe Problem-Haar», sagte sie. Und nahm mir das Rederecht. «Mein Haar ist schwierig und macht *eine Menge Arbeit: es ist zu glatt, zu fehlfarben und zu fein*.»

Sie hat ihre Art Witz, ihren Körper ... Sie steht sozusagen bis zu den Schenkeln im Blutstrom des Femininen. Sie ist nicht besonders *glücklich*. Dem bewußten Versuch eines halbwüchsigen Jungen heranzuwachsen mangelt es, vielleicht sinnigerweise, am Sinn für Individualität. Man kriecht durch die Unterwelt der Frauen – der Frauen aus der nahen Umgebung – auf die fast unvorstellbare Pein der verwirklichten Individualität zu, die einem bestimmt ist. Ich fürchte, nichts wert zu sein. Ich befürchte, diese Frau könnte nichts wert sein. Ich – ich da auf der Couch, ich mit dem unklaren Gesicht, mit den vierzehnjährigen Augen, mit Feuer in der Brust, gepriesen und betatscht ... Jugend: Ich bin dankbar dafür, einbezogen zu sein, in die Lehre der sexuellen Wirklichkeit zu gehen.

Dann Nonies Schritte, Kleiderrascheln. Hier kommt Ihre Nullität. Ich bin doch wahrhaftig zusammengezuckt und erstarrt. Ich bedecke mich mit einem Couchkissen. Welche Wucht, wieviel dunkles Leben – und eine Skala von Gefühlen, als sie den Raum betritt: «Ich hab gedacht, ich schau mal, wie ihr zwei so auskommt ... Benehmt ihr euch auch?»

Nonie erhob ziemlich entschieden den Anspruch, über die Welt absolut Bescheid zu wissen. In Anbetracht dieses Wissens war sie gar nicht *so verrückt* (ihr Ausdruck), vielmehr *opferte sie sich auf*. Zum Teil bestand ihr Wissen aus Wissen um mich – und durch mich, durch meine Existenz ... Grundsätzlich stellte Nonie sich Wissen als allwissend vor, und als Teil göttlicher Allwissenheit. Es war das Ganze und zugleich ein Teil davon. Ihre Verachtung für das eigene Aussehen, als sie älter wurde – ihr eigener Leib erregte sie nicht sexuell. Eine strahlende Phase hatte mit Geringschätzung ihrer Augen und ihres Haars geendet. Ihr Hochmut freilich blieb bestehen – eine nahezu unbehauste Allwissenheit. Ihre Sexualität schien sich mir stets im Leeren zu entladen – zwar nicht ganz ungesehen, aber doch an einem von Mauern umgebenen, weitgehend leeren Ort.

Sie strömt Gefühle aus – eine Welle bewußter Schlauheit und Duldsamkeit uns gegenüber, während sie zugleich verdrießt und bedrückt, was wir tun. Ich linse zu Leonie hinüber, um zu sehen, welchen Weg durch die Ödnis und generelle Konturenlosigkeit sie einschlagen wird, nun da man sich tristerweise auf Nonies Anwesenheit einstellen muß – die ich auf mir vertraute Weise auch als *aufregend* empfinde. Ich brauche Nonie gegenüber nicht gerecht zu sein. Ich bin nicht ihr Richter – ich bin ihr Bruder.

Sie gibt sich *kultiviert* und *gebieterisch*. Sie raucht eine lange Zigarette – womit sie zwar angeregt, jedoch traurig, sogar düster alle Erregung von sich weist, tragikomisch, semi-tragisch, Salon-gigantisch, ganz die Deprimierte, die Geschlagene ... die Hintergangene: all dieses Zeug umspielt ihr wunderhübsches, müdes ... vielleicht ein wenig Blei-gefaßtes Gesicht.

«Ich bin heute abend schlechter Laune. Aber was ist da schon zu machen; so was kommt im Nu und geht im Nu ...»

«Klar doch», sagte Leonie.

Entspricht es einer *Tradition*, daß ich wenig Sinn für Nonie, wenig Sinn für ihre Geschichte habe, ich meine, darüber hinaus, daß ich weiß, in welchem Grade sie fähig ist zu lügen? In Romanen – und in Filmen – kommt es nicht selten vor, daß man eine Frau nur soweit kennt. In ihrer Liebe. Lieblosigkeit. Einsamkeit. Nonie wollte gern davon überzeugt sein, daß Glück existiert. Sie mochte Filme, in denen Glückliche ihr Glück fanden. Ihr eigenes Dasein ist jenseits, ringsum, unter und über diesem Zeug angesiedelt – ihr Amüsement und ihre Geltung, ihre anderen Bewußtseinshaltungen: ein beinahe heiratswürdiges Mädchen. Ich hatte eine lesbische Lehrerin, die ich sehr mochte; sie sagte: *Was für ein Spiel wird hier gespielt?* Und dann: *Wißt ihr, das ist nämlich eine sehr interessante, tückische Frage.*

Nonie paffte an ihrer Zigarette – eine hübsche Zarin mit durchdringendem Blick; wird hier stählerne Dame gespielt?

«Du hast heute abend ja richtig große Titten», sagte ich. Sie polsterte sie auf.

Leonie trat nach mir und hauchte: «Aber, Wiley ...»

Auf einer Skala der Gefährlichkeit, die von eins bis hundert geht, welchen Gefährlichkeitsgrad erreichte Nonie da? Zwei? Zweiundsiebzig?

Nonie sagte: «Wiley, du hast mehr Phantasie, als dir guttut. Der Junge ist der Eimer, der zu oft zum Brunnen gegangen ist. Ich hasse es, wenn er über mich redet ... Ihr zwei seid vielleicht eine Augenweide ... für Blinde ... Oh, wie komisch: zum Lachen – ihr bringt mich zum Lachen, ha-ha.»

Wir lachen ein bißchen mit.

Sie ist nicht mehr jung. Sie ist ein Lear in Mädchengestalt. Sie sagt: «Oh, Wiley, mach doch deine Hose zu; für einen kleinen Bruder interessiert sich keiner.»

«Ich mag ihn», sagt Leonie in einem Ton, der wahrscheinlich aus dem Büro stammt.

«Wir verstehen uns ganz gut, er und ich – in diesem Monat», sagt Nonie. Mit der zäher und härter gewordenen Sanftheit eines alternden *Mädchens* ... «Was der Affe sieht, sieht er zuviel», sagte Nonie und lachte – sie lachte über mich. Sie legte einen Arm über ihre gepolsterten Brüste. «Du brauchst nicht alles zu wissen: sei kein Klugscheißer: es macht sich nett, wenn der kleine Bruder ein bißchen natürlich und menschlich ist.» Sie plappert daher.

«Ich sorge für mich selbst, ich bin Selbstversorger», sage ich, um vor Leonie anzugeben; und zu Nonie: «Ich zahle für Verpflegung und Unterkunft – mehr als du ...»

Nonie sagte nüchtern: «Ich bin ja kein Schwachkopf ... Ich verdiene doch nicht Geld, um dich zu unterstützen.»

«Nein. Du leihst dir lieber Geld von mir ... Na, erwarte bloß nicht, daß ich Geld verdiene, um dich zu unterstützen.»

«Du bist ja so ein Schwächling, wer weiß, wo du mal landest», sagte Nonie. «Ich komme immer ohne dich aus ... du wirst schon sehen ...»

«Ich weiß wirklich nicht, warum sie so redet», sagte ich – angeödet – zu Leonie.

Nonie sagt: «Ach du, was du sagst, stimmt doch nie, keiner hört auf dich ... Na, was habt ihr zwei Tunichtgute denn so getrieben? Habt ihr schlimme Sachen angestellt: lügt Mama Bär bloß nichts vor. Ich weiß alles. Alles, alles. Man sollte euch erschießen.»

«Ha-ha», macht Leonie. Sie streicht noch ein wenig ihre Kleidung glatt.

Ich mache auch «ha-ha». Aber ich bin gekränkt ...

Wohnzimmer-Lampenlicht in einem Monat, in dem es früh dunkel wird: Gelbes, orangefarbenes und ein wenig bläulichweißes Licht spiegelt sich auf den Glasscheiben vor den Gemälden ... und Schemen, veränderliche Schemen: Nonie sieht berühmt und schmierig aus. Ihr Porträt schmückt zwei Broschüren für Rekruten. Auf dem Umschlag der einen steht sie allein in der Sonne, aufrecht, jedoch wie zurückgeneigt von der Kamera, die sich vor ihren Knien befindet und der sie mit nervöser Bestürzung, dennoch mit einer gewissen Keckheit zulächelt; und auf dem anderen steht sie in der Mitte, zwischen zwei Fliegern – sie trägt ein wehendes Kleid mit Tupfen: sie wirft den Kopf zurück; sie lächelt hier anders, leicht gepreßt, keck-tapfer. (Lila erklärte mir: *Die Idee dahinter ist, daß Frauen von Nonies Sorte Männer in der Air Force mögen und daß die Piloten ihren Spaß haben, bevor sie ums Leben kommen – ob sie in Friedenszeiten arm waren oder nicht.*) Vom Wind zerzaust und sonnig sieht sie auf den Photos aus ... *ein prachtvolles Mädchen* ... ein strahlendes, von Sonne und Wind berührtes Kriegsmädchen ... Hier im elektrischen Licht ist sie unscharf beleuchtet, und ihr hübsches Gesicht wirkt unfertig. Ihre Augenbrauen sind zu einem künstlich *natürlichen* Bogen gezupft, einer Kriegsmode entsprechend. Ihr spitzer BH ist gepolstert. Sie hat lange rote Fingernägel ... aus Zelluloid, unecht. Ihr glattes Haar ist gekämmt und gelegt – es ist lang, füllig, locker fließend, *glamourös*. Seine

Dichte ist künstlich: eine Kriegsfrisur; und sein Farbton ist nicht natürlich: es ist rotblond. Sie ist eine wahr gewordene Reklame – ein leibhaftig anwesender Soldatentraum.

Sie befindet sich mit mir in einem Raum, und ihr Wille, ihre Stimmung, das leise Raunen ihrer Atmung – und mein Verdruß über sie (Wer hat schon Lust, sie *Tag und Nacht* zu besänftigen?) und ihre gewichtige, Hüftgürtel-kompakte Persönlichkeit, eine *unverankerte, nach einem Ankerplatz suchende* Hübschheit, die unstet durch die Dunkelheit treibt. *Ein hochmoralisches Mädchen mit vorzüglicher Kampfmoral.* Allwissend. *Eine Gefangene.* Munter und verleumderisch. Ungeduldig. Umbezähmbar. Intrigen und Verleumdungen sind Realitäten in der Karriere eines Mädchens. «Er ist ein Lügner, wie alle Männer.» Nonie ist hier. Dies bedeutet zwingend, daß kein Mitgefühl herrscht. Gott ist, wer gewinnt.

Die Atmosphäre, das Licht im Raum, die feine, blasse Haut meiner Schwester – noch in den verzerrten Mienen, die sie zieht, während sie eine Pall Mall raucht, wirken ihre zierlichen Gesichtszüge quälend lieblich –: Ich bin dem Krieg versprochen – ich bin ein Verlobter, ein Bräutigam des Krieges.

«Du bist einfach ein Irrer – total übergeschnappt *[paff, paff]*, aber es gibt eine Zeit und einen Ort für alles ...» Ist sie tiefgründig? Ihr Äußeres in seiner ganzen Falschheit sagt: *Träume mich.* Das vogelköpfige Mädchen mit dem schmalen Torso – Nonies Kriegsfigur – und ich, einen Meter und fünfundachtzigeinhalb Zentimeter groß, vierzehn Jahre alt, zweiundsechzig Kilo wiegend. Nonie hat zerbissene Fingernägel unter den falschen. Sie trägt ein tailliertes Schneiderjackett mit breiten Schultern, einen ziemlich langen Faltenrock und Pantöffelchen. Um den langen Hals hat sie einen mondänen Schal geschlungen; die Enden verschwinden im Ausschnitt des Jacketts.

«Er ist hübsch wie ein Mädchen», sagt Nonie paffend. Sie steht auf. Nun habe ich den Schal um den Hals, über meinem mageren Brustkorb (mit dem aufgeknöpften Hemd). Ganz lässig hat sie das gemacht. Ich habe dazu angesetzt, sie abzuwehren, traf aber Leonie mit der Handwurzel an der Schläfe, und Nonie sagte: «PASS AUF ...»

Also habe ich den Schal um den Hals, eine mauve-graue, grüngemusterte Chiffonschlange. Ist sie mir wohlgesinnt? Ich glaube, das ist keine sonderlich wichtige Frage. Für mich schon, aber nicht für die Welt. Ich werde den Abend trotzdem weiter durchstehen.

Nonie sagt: «Da, probier meine Ohrringe an – zeig dich mal Leonie damit.» Ich bin eine Jammergestalt, eine Vogelscheuche ...

Ich sage: «Nein. Ich habe Kopfweh.»

«Du *machst* einem Kopfweh ... so einer ist das», sagt Nonie zu Leonie. Sie sagt: «Ich komm mit ihm klar ... Ich bin nie deprimiert – ich bin schließlich Realistin. Mit ihm werd ich schon fertig. Magst du einen Glimmstengel?» fragt sie Leonie.

Ohne hohe Absätze ist Nonie ein bißchen untersetzt. Soviel ich weiß, will ich kein Mitleid. Mit ihr zusammenzusein ist mir eine traurige Freude, eine Genugtuung, die mir vieles an meiner Kindheit erklärt. Nonie amüsiert es, wie ich bin. Ich bin unvorsichtig: mein Bewußtsein nimmt sich das Zeitkontinuum vor, knickt und faltet es und löscht dann die meisten Erinnerungen aus – dies gehört mit zu dem Wahnsinn, den man in einem aktuellen Moment erlebt.

Der Staub, die Polster – *Die Einsamkeit dieses Augenblicks* – wissen Sie? Mitleidige Selbstverachtung überkommt mich in Nonies Gegenwart viel stärker als irgendwo sonst. Das Flattern ihrer Hände, wie blasse Sperlinge – sie und ich, ihr Gesicht und meines: mimisch haben wir ein Vokabular gemeinsam. Sie kennt meine Gefühle und hat sie besser in Erinnerung als ich. Ihre *Gewöhnlichkeit* kommt mir ungewöhnlich vor. Oder alle sind so sehr daran gewöhnt, daß sie der Inbegriff des Wahren ist. Nonie sagt zu mir und Leonie: «Jetzt nicht bewegen ...», und sie hält sich mit beiden Händen eine imaginäre Kamera vors Auge und tut so, als würde sie uns knipsen.

Es ist so vorgesehen, daß Frauen dich reinlegen ... Es ist das Nonplusultra der Weltläufigkeit. Wenn ich in den Krieg ziehe, werde ich morden und heimtückisch sein.

«Willst du für uns beten? Hast du für uns gebetet?» fragt mich Nonie höhnisch – als wäre ich als Nonne ausstaffiert und nicht mit ihrem Schal. Ihr Hohn, den meine Freunde grobschlächtig und undosiert finden, ist traurig und subtil, wenn man sie seit langem kennt. Sie ist *reizend*: provinziell ... nicht mehr jung. Ich drehe und wende mich und verfolge sie, als wäre ich ein Radarschirm in *Die Schlacht um England*. Nonie steht neben der Couch; sie verschiebt und verdreht mir den Kopf – jetzt zeigt sie ihrer Freundin, mit der ich (ein bißchen) geknutscht habe, mein Profil. Sie das tun zu lassen ist nach Kleinstadt-Maßstäben galant.

Leonie ist nicht hübsch – sie ist attraktiv ... Ihr rasch irgendwie plustrig hochgestecktes Haar krönt eine athletische, *sinnliche* Persönlichkeit. Zu ihr gehört ein breites Gesicht mit flachen Erhebungen, das sich zum Kinn hin nicht stark verjüngt. Wenn sie den Kopf bewegt, huschen die Schatten flächig und jugendlich schwungvoll über ihr Gesicht. Etwas leicht raubtierartig Maskenhaftes – wie bei einem Wolf: ein Gesicht mit einem Anflug von Verkleidung. Da sitze ich im aufgeknöpften Hemd, den Schal meiner Schwester um den Hals – es ist ein wirrer, erotischer Moment, irgendwo am Rande komisch und erregt.

Nonie sagt: «Sei jetzt mal nett zu Leonie. Ich möchte, daß sie dich von deiner besten Seite sieht – ich hab ihr von dir erzählt. Zieh meine Ohrringe an ... Zeig's ihr.»

«Nein ... ich will nicht ...» *Nööh ... machichnich* ...

«Sei kein Spielverderber ...» Es gibt kein Publikum. Wir sind unter uns. Trotz meines Gefuchtels gibt Nonie sich alle Mühe, mir einen Ohrring anzuhängen. Auf einmal lasse ich es geschehen. Warum? Verflucht, ich will eben nicht brav sein

... Ich will diese beiden Frauen da kennenlernen ... Ich will für einen Moment an den *schlüpfrigen*, von Ungewißheit geprägten Flächen mitbauen, auf denen man in Sex hineinschlittern könnte ... Mit Ohrringen versehen, tut mein Gesicht so weh wie meine Hände, die ich so weit gespreizt ausstrecke, wie ich nur kann. Die Dehnung meiner Gesichtsmuskeln – *Ich weiß nicht, was ich da tue ... Ach, Scheiße, verfluchte Scheiße* ... Meine Augen in diesem Gesicht fühlen sich wie bespritzt an. Wie heiß bespritzt ... Ich strenge mich heftig an, mich enthemmt der Travestie auszuliefern. Ein Zucken im feucht ruhenden, etwas geschwollenen Genital. Ah. Der Schal, das Gewicht der Ohrringe ... die Aufmerksamkeit der Frauen ... Ich halte mich noch zwei, drei Sekunden zurück und lasse dann das wütende Gelächter heraus, die Laute des Geschändeten in mir – die grausige Lust, die Langeweile: es ist doch keine Lust, wenn sie einen klein machen, um viel Getue um einen zu machen. «Ist das hier *pervers?*» frage ich. Leonie lacht – eine Spur geschockt.

Ich möchte komisch sein. Beide testen wir, Nonie und ich, den Stand der geheimen Erkenntnisse des anderen über Leonie. Ich bin hier illuminiert, gedemütigt, verfügbar, *in komische Dinge involviert.* Soweit ich weiß, bin ich verachtenswürdig männlich, schmutzig, beschmutzt ... *furchtbar.*

Berichtigt ... *gepeinigt* ... Ich werde in Geheimnisse eingeweiht.

Irrt Nonie sich? Sie sagt: «Ist er nicht süß?» Dann: «Ungezogen sind wir – das stimmt mit uns nicht.» Hysterisch dreist, spricht Nonie mit einer schwach flüsternden Vogelstimme von beachtlicher Verwegenheit – ein heroisches Mädchen: «Ich gehöre erschossen. Ich sollte rausgehen, mich auf die Straße stellen und von einem Polizisten erschießen lassen ... Ich gehöre erschossen wie ein Polizist.» Sie streicht mir das Haar glatt.

«Oh, das stimmt wirklich – du bist grauenhaft», sagt Leonie.

Nun wiederhole ich das: «Oh, das stimmt wirklich – du bist verdammt grauenhaft.» Eine ironische Imitation in finsterer Bariton-Stimmlage. Ich bin jedoch mit dem Schal und mit Ohrringen geschmückt. Leonie lacht – laut –, aber noch in den Grenzen des Schicklichen: sie ist bestürzt. *Blasiert* war damals ein wichtiger Begriff. Nonie sagt: «Blasiert bist du nicht ...»

Mit einer noch tieferen Stimme, die ein paar Sprünge hat, sage ich: «Klar – immer fein im Rahmen der Etikette bleiben ...»

Ich sehe ihren Gesichtern an, daß ich hier auf eine Art und Weise vorgeführt werde, über die ich nicht viel (wenn überhaupt etwas) weiß. Der Mangel an Takt hier ist beinahe der Haut anzufühlen: Hier sind das *junge* männliche Gesicht mit glühender Haut, die zart zielenden, dahingegossenen, hofierenden Blicke, die Spritzer, niedergegangen und entzifferbar. Das entzifferbare Spritzen aus den inneren Quellen dessen, *was ich denke*, nun als *derber*, augenfälliger Scherz ... vielleicht wie von schauspielerhafter Schönheit ... ich weiß es nicht. Doch ich verstehe jetzt, wozu *Würde* dient. *Derb* für Übergriffe zur Verfügung zu stehen ist ein Merkmal des Waisenjungen-Politikers. Dies ist ein magisch-bürokratischer Moment für mich. Nonies Benehmen ist *ein bißchen amtlich* (*Sie benimmt sich zu amtlich* – das sagt Mama manchmal über sie). Hier handelt es sich darum, daß eine Amtsperson auf der Feuertreppe Böse-brave-Mädchen-Dinge treibt – Ungezogenheit als Aspekt romantischer Autorität. Es ist strapaziös, sich alles zu merken, was man wissen sollte. Es ist ein animalischer Drang, sein Wissen zu zeigen. Man stellt etwas von seinem Wissen aus, um zu zeigen, daß man als Freund in Frage kommt ... oder als was immer ... Nonie mit ihrer wahnsinnigen Kommandogewalt einer kriegerischen Jungfrau – *Kämpfe für mich*. Ein erotisches Kommando ... Sie läßt unter der Haut *die Muskeln spielen*: ein Experiment. In jenem Jahr meines Lebens sah ich noch nicht, was an einem Mädchenschicksal schlecht sein könnte. Ich verstehe nicht sehr viel. Das Wesen weiblicher Abscheu, Angst und Sehnsucht zum Beispiel: das ist mir zu hoch.

«Lächle doch mal für Leonie», redet Nonie mir zu.

Schnapp-klemm ... *Ich sehe wie ein Mädchen aus ... Aber mit mir ist alles in Ordnung. Das ist ebenso wie mit dem Trojanischen Pferd* ... Neugier und Hitze setzen mir zu, und ich atme wie halb erstickt. Nonie hat mich schon ein paarmal so übel reingelegt, daß ich Monate gebraucht habe, um mich zu erholen, aber ganz so übel wie damals scheint das hier nicht zu sein – bis jetzt fühle ich mich nur ein bißchen beschämt. Ich klammere mich noch an meinem Willen fest.

Nonie singt: «Ich bin ja so schlecht, hii-hii ... Zieh keine albernen Gesichter – sei hübsch ... sei nett.» Dann: «Wiley, bitte ... ich hab heute die Verlustlisten gesehen ...» Die Wochenliste.

Ich finde es abstoßend, daß Nonie das ausnutzt. Aber ich wette, Leonie wird mich für diesen Kram entschädigen.

Nonie redet *sensibel*-wütend auf mich ein: «Du sollst nicht ernst sein, sondern nett.» Sie lacht mißbilligend – ermutigend: wie eine Schwester. Sie wirkt leicht, vogelgleich. Sie spielt oft das Spiel, Mitleid zu erregen und doch Befehle zu erteilen – das ist eine Technik.

Beschalt und beohrringt, ein Travestie-Junge, ein halber Party-Scherz, klopfenden Herzens, mit erstickter Traurigkeit – und Neugier – lächle ich anstößig intim, wie ein Kerl im Film, der so herausgeputzt ist, um zwei Frauen zu erfreuen. Es ist kompliziert, was Nonie tut. Wie Nonie und ich sind. Die Ohrringe bestehen aus falschen Rubinen, in falsches Gold gefaßt.

Nonie sagt zu Leonie: «Er kann sich einfach nicht *entspannen* ... » Zu mir sagt sie: «Enspann dich und genieß es ... Wir finden dich so niedlich. Wir schmeicheln dir ... Hab Geduld: du gefällst uns ... Wiley weiß über das *familiäre Leben* noch nicht Bescheid ...» Ich weiß nicht, wovon sie redet.

Ihr Gang, merkwürdig plump, ist der einer fett werdenden Sportlerin ... so ungeübt zögernd sind die Bewegungen – mädchenhaft klobig und unüberhörbar. Ihr Wille sagt: *Die Welt hat sich nach mir zur richten* ... Ihr Leben beschämt mich ... Nonie sagte nachdrücklich-verächtlich zu Leonie, zu der Luft vor Leonie: «Er ist noch jung: *er* braucht sich keine Gedanken zu machen.» Ich habe mich auf die Couchpolster gestellt, einen Fuß im Schuh, der andere barfuß, weiche ihr aus und wehre sie mit einer Hand ab: sie will mir den Mund mit Lippenstift bemalen. «ER braucht nicht ans Heiraten zu denken – tja, du mußt ihn eben genießen, solange er noch nett ist. *Hübsch* ist er ja – wie ein Mädchen – lange wird er's nicht bleiben –» Sie zielt mit dem Lippenstift nach mir, ich ducke mich weg. «Halt still ... So gefällst du mir ... Es kann dir gar nicht weh tun: ich tu dir doch nicht weh.» Halb mit Gewalt bringt Nonie den Lippenstift an eine meiner Lippen.

«Nicht ... Das Zeug fühlt sich ja scheußlich an.»

«Halt still, sei nett, laß mich ...»

Ich bin dünn, aber ich gehöre der Football-Mannschaft an. Ich bin dünn und hübsch und eulenäugig – ich bin ohnehin eine groteske Gestalt, und jetzt bin ich grausig verziert und stumm. Die sonderbare, gestaltlose Formel der Mittelschicht, *gestaltlose* individuelle Schönheit ...

Leonie sagt: «BITTE ... laß dir von ihr die Lippen schminken.» Dann läßt sie Nonie, die mich schminkt, nicht aus den Augen, sagt aber, um mich zu besänftigen: «Du hast einen schönen Mund ...»

Nonie sagt: «Bei einem Jungen die reinste Verschwendung ...» Und: «Er hat so einen komischen Teint: Lippenstift gleicht das aus.»

Mit zusammengepreßten Lippen sagte ich: «Ich kenne Männer, die einen besseren Mund haben.» Dann: «Das ist doch blöd ...»

Neugier ist eine alles übertönende Sache, die gewisse Impulse verkürzt. Ich bin nicht auf die Apokalypse erpicht. Ich möchte, daß die Welt weiterexistiert. Ich bin ein Anhänger des Dauerhaften. Nonie und Leonie mühen sich ab – Leonie nimmt den kleinen Finger, um den Lippenstiftrand an meiner Oberlippe zu korrigieren. Beharrlich *lasse ich es geschehen*, mit irgendwie linkischem Amüsement. Gefühle stauen sich an ... Meine Haut ist selbst ein überanstrengtes Auge ... Ich fühle Leonies und Nonies Bewegungen in der Haut, den Adern, Sehnen, Muskeln und kleinen Knochen meines *Halses*. Nonie murmelt: «Halt still – du kennst mich ja, Al.» Seufzend, fast schon lachend, sagt sie nun: «Oh, bin ich eine ungezogene Person, ich gehöre erschossen. Du kennst mich ja, Al.»

Abneigung, jähe Freundlichkeit – eifrig, vielleicht aus *praktischen* Gründen, sexy: das ist Nonie ...

«Du bist ja kindisch», sagt Nonie. Ich finde in mir keine Worte für die Dinge. Einen Moment lang frage ich mich – als Schauspieler, als Spion –, ob die *Dinge* hier schlecht ausgehen werden. Diese Sorge sitzt mir im Nacken. Und in den Knien. Bin ich schon *verdorben*? Hat man mich *verdorben*? *Was wird als nächstes passieren?* Ich schaffe es, nicht allzu wachsam zu sein. Im Strohgeflirr des Lichts im Raum ...

«Halt still – auf *alles* reagierst du *übertrieben*», sagte Nonie.

Ich packe Leonie und ziehe sie zu mir heran, wie eine Geisel. «Schluß mit dem Mist hier!» sage ich. Leonie rieb die Rückseite ihres Körpers an mir – dem reich verzierten Jungen. «Oh, Wiley», sagte meine Schwester, «wir spielen doch bloß ein bißchen rum ... Was ist denn los mit dir? Bist du etwa homo?» Zitate aus einer Schulhof-Pausenpredigt: Wenn nicht, halt still – du kennst doch die Redensart – aushalten oder Mund halten ...

Der geheiligte populäre Wortgebrauch, soldatisch-schmutzig ... Unerklärt ... Egal welches Verb: *mögen*, *nicht leiden können*, *schikanieren*, *lieben*, *hassen*, *begehren* – komisch, daß sie alle passen. Ich posiere mit Schal, einem Ohrring – der andere ist abgefallen – und mit Lippenstift auf den Lippen.

Nonie sagt: «Schau mal, einen ganzen Akt hab ich doch verpaßt ...» Leonie lachte glucksend. Ich neige den Kopf wie ein Filmstar, die Hände in den Taschen. «Nein. Hände weg», sage ich. «So gefällt's mir ...»

Ich fummle nach dem abgefallenen Ohrring im Futter meiner Hose – da hat er sich verhakt. Ich werfe ihn Nonie zu, die ihn knurrend fängt. Ein Zeichen von Potenz ...

Ich hatte alte Filme gesehen, in denen die Männer geschminkte Lippen hatten. Ich gebe einen Schwertkampf zum besten: Ich stehe auf der Couch und fechte mit meinem Schatten. «Das ist blöd», sagte Nonie. Turmhoch überragte ich, geschminkt und mit dem Schal geschmückt, die Mädchen. Leonie sagt: «Oh, du bist ja dermaßen komisch ...»

Nonie sagt: «Komm schon, sei tapfer – sei ein guter Soldat ... setz dich jetzt hin und sei ein Mädchen ...»

Eine Heldin. Eine von ihnen. Ich rieche nach Schweiß. Halbwüchsig brünstig. Nach Lippenstift. Ich habe den Kopf voller Bilder vom Petting; ich rieche nach Petting und nach Herumrennen im Raum – und nach Jugend. Leonie sieht unjungfräulich aus: ihr enger Rock ist auf Höhe des Dreiecks an ihrem Unterleib verknittert.

«Hör auf damit», sagt Leonie.

Sie streckt die Arme zu mir hinauf, zieht mein Gesicht zu sich heran und küßt mich auf den Mund. Vor Nonie. Als würde sie sich Nonie zuwenden, sagt sie: «Du hast ihn nicht fertig geschminkt – los, ich mach's ...» Nonie wirft ihr den Lippenstift zu.

Als etwas außer Rand und Band geratene Harem-Diva beugt sie sich über mich, und ich lehne mich auf der Couch zurück; und Nonie setzt sich neben mich, während Leonie meine Mundbemalung korrigiert.

«Der Lippenstift schmeckt komisch – irgendwie schleimig.»

«Das ist Kirschrot. Von Helena Rubinstein.» Das ist Nonie.

Leonie schnaubt und konzentriert sich. *Das ist vielleicht eine, Nonies neue Freundin* ... (Lila.) Ich bin qualvoll auf der Hut – träge, *verwöhnt*, sexuell aufgeputscht. Ich stelle eine Reklame für meine Schwester (und meine Mutter) dar. Fragmente von Kastenzeichen zieren uns – Leonie, mich, Nonie – in verschiedener Weise. *Aus betuchtem Kleinstadt-Stall* ... (Lila.) Leonie sieht mich an, hebt die Stimme aber so, daß sie eindeutig Nonie anspricht – wie sie den Hals hält, so angespannt, wie er ist, wirkt er wie erigiert; ein Anblick, der wie Feuer brennt und mir Wunden zu versetzen scheint. Leonie sagt: «Ach, er ist ja so entzückend ...»

Wenn ich das bin, geht es nur sie beide an; es ist nicht *meine* Angelegenheit, will sie sagen.

Nonie sagte: «Tja, du und ich, wir sind wie Schwestern, und, ha-ha-ha-ha – jetzt *[Seufzen]* sind wir alle ZWILLINGE!»

Leonie sagte: «Oh, ich weiß nicht ...» Zu Nonie sagte sie: «Meinst du, er macht die Gäule scheu ...»

Ich sage plötzlich: «Ich möcht jetzt galoppieren!» Und ich sprang von der Couch und kanterte im Raum umher, stampfte auf dem Fußboden auf und machte mit Fersen und Mund Hufgeräusche.

«Weck Mama nicht auf», sagte Nonie.

Das gelinde Pornographische, leicht Gewagte nahm dadurch eine andere Färbung an; das Pornographische bestand nun darin, daß ich in die Welt der Mädchen integriert war – wenn ich das sagen kann. Für zwei, drei Momente war ich mit ihnen zusammen in irgendeine Gruppe integriert.

«Der Rodeo-Star», sagte Leonie zu mir.

Nonie sagte lachend, wie zu sich selbst: «Oh, diese beiden ...» Nonies Lachen – ihr offener, volltönender Mund – in seiner großen Intensität umfaßt der Moment *wild* strömende Liebe, trotz allem ... Einen nahen Bach, der über die Ufer tritt ... Hier herrscht kein möglicher, annehmbarer Relativismus. Nonie hat ihren Anspruch auf Allwissenheit und auf das

Primat des Verlangens: der reale Tod verleiht ihr Status – und autorisiert sie. Sie lacht, weil ich kein überzeugendes Mädchen bin ... Ist es komisch, daß ich es nicht bin? Ist es unheimlich und komisch? Ich *weiß* nicht, was es mich *kostet*, liebenswürdig zu sein. Mit *Gefühl* trage ich die neuerdings eingekerbten (sichtbaren) Muskeln an meinen Armen umher ... Nonie lacht und sagt: «Er ist wie ein Lamm – für die Schlachtbank ...»

Nonies Lachen manchmal, sein Klang, seine Handgreiflichkeit – es konnte Lila dazu bringen, «Ich geb's auf» zu sagen, und dann erhob sie sich und ging aus dem Raum.

Nonie sagte zu Leonie – vertraulich – «Wir geben mal keine guten Mütter ab.»

(Lila sagte zu mir über Nonie: *Ihre Geheimwaffe ist, daß sie die Verantwortung für sich übernimmt: keiner MUSS für sie sorgen – und das macht einen attraktiv* ...)

Wildfang ... befreites Mädchen ... Beine. Möse. Brüste. Mund.

Ruckartig fühle ich mich bei alldem sportlich – und willensstark – eitel und körperbewußt – *listig* gelehrig. Ich bin Teil einer bewegten – einer prachtvollen – Photographie, die man nicht vergißt. Nonies Gesicht an einem Abend ohne Verabredung, ihr Verhalten Leonie gegenüber – das alles ertrage ich, genieße ich, finde es aber eigentlich nicht besonders erträglich.

Mag sein, daß ihre Periode bevorsteht. Reale Liebesgeschichten sind ihr nicht versagt geblieben. Sie sagt zu Leonie – über mich und Mama, glaube ich –: «Sie wollen immer, daß ich sie rette ...»

«Ich mach, was ich will – halt du bloß den Mund ...» Ich äffe sie nach.

«Tom sollte Wiley heiraten. *Tom* könnte auch Politiker sein – du würdst dich wundern ... Aber ich weiß nicht, wer ihn wählen würde. Frag mich nichts, dann lüg ich dir auch nichts vor.»

«Nonie, du bist einfach *nie* mal nett», sagt Leonie.

«Bin ich doch. Und ob – zu netten Leuten. Zu dir bin ich sehr nett ...» Die Wirklichkeit einer hübschen Person – *sie hat vielleicht zuviel Stolz* ... «Ich bin völlig ausgehungert ... Ich sterbe vor Hunger, wie in Indien ...»

Nonie wirkt rührend aufgebracht. Sie hat das Gefühl zu warten – und das ist ihrem Gesicht nun anzusehen. «Ich muß zu Mama und schauen, daß sie ihre Medikamente nimmt ...» Wenn Mama bereits unter Medikamenteneinfluß stand, brauchte sie einen Zeugen, der darauf achtete, daß sie nicht im benebelten Zustand allzuviel Morphium nahm. Nonie sagte zu mir und Leonie: «Ich bin ja so beschäftigt. Warum knutscht ihr zwei nicht ein bißchen und schaut, ob's euch gefällt? Ha-ha ...»

Sie ist eine vernünftige Jungfrau – erhaben über uns: den Jungen mit dem angemalten Mund, die vage wölfische Zwanzigjährige.

«Sie ist prima – sie hat eine ganze Menge gesunden Menschenverstand», sagte Leonie.

Lippenstift-klebrig sage ich: «Na ja, ihr seid schon beide in so manchem gut ...»

Sie kam mit dem Gesicht bis auf vielleicht zehn Zentimeter an mich heran. Im Moment ist sie – mit ihren stumpfen (wolfsähnlichen) Gesichtszügen, der abrupt vorspringenden Nase, den ihr wie maßgeschneidert sitzenden, geschmeidigen, kompetenten Bewegungen, den spektakulären Zähnen, wenn sie grinst – ein auffällig liebeswertes Mädchen; *ein Niemand*, sagt Lila.

Natürlich weiß ich nicht das Schlimmste über sie. Mit kräftigen Lippen setzt sie mir einen *hübschen* Kuß auf den Mund ... Sie sagt: «Ich weiß nicht. Ich nehm mal an, was aus einem wird, ist nicht wichtig, wenn man in St. Louis wohnt ...» Ich blicke ihr auf den Kopf, wenn ich sie eng an mich drücke. Ich schaukele hin und her. «Ha-ha», mache ich leise. Unsere Füße befinden sich irgendwo weit da unten ...

Diese Nervenstärke, diese Zähigkeit in ihr: *Sie* werden dieses physische Wispern eines kraftvollen weiblichen Körpers kennen – des kraftvoll gebauten Wesens einer jungen Frau, die ihrem *Wesen nach* partiell *männlich* ist... Möglicherweise eine künftige Hure... Oder ein Mädchen-das-sich-noch-mal-umbringen-wird ... ein Mädchen, das alles in letzter Minute schafft...

Ich saß auf der Couch. Leonie setzte sich mir auf den Schoß, schlang mir die Arme um den Hals und sagte: «Sag mir doch bitte was mit diesem hübschen Mund...» Dann lehnt sie sich, ohne mich aus den Augen zu lassen, zurück und – verrückt – zur Seite, sie bewegt sich und bewegt sich – mit Hilfe von mir, der ich sie halte – mit angespannten Armen halte ich sie und lasse sie langsam hinab, so daß sie langsam nach hinten kippt, bis sie horizontal auf der Couch landet...

Ich sage: «Quizfrage: Haben Sie das Gefühl, ihre Hände werden feucht, wenn sie mit ihr allein sind? Haben Sie das Gefühl, Sie haben Glück? Fühlen Sie sich anderen überlegen? Sinn des Anlasses sind ihre Busendinger ... Meine Güte, hoppsassa ... Ist ja alles fast OK ... Sagt mir mal, ob sie mich mag: sie mag mich, sie mag mich nicht...»

«Autsch», sagte sie. Ich biß sie – erst in eine Brust, dann in die andere.

«Sie liebt mich nicht. Sag mal», sagte der Junge, der weitgehend auf ihr lag, ganz außer Atem, «bedeutet das hier überhaupt nichts? Schämst du dich wegen uns? Schämst du dich deinetwegen?» frage ich sie von oben.

«Das überleg ich mir nun seit sechs Jahren hin und her, und ich bin verlobt, seit ich siebzehn bin, und ich hab einfach keine Zeit, mich zu schämen, Wiley...»

Ihr Mund war verknittert, ihr Blick durcheinander (aber schlau), und alles an ihr sagte: Erhol-dich-mit-mir-von-der-Erbarmungslosigkeit-des-Krieges.

«Also, es handelt sich nämlich *wirklich* um den WELTUNTERGANG – *du solltest nur mal die Photos sehen*», sage ich.

Das fast posthalluzinatorische Urteil des milchigen, Lichtgepeitschten Applauses – des Pulses im Zustand des Begehrens – lautet, daß ich Glück habe, Leonie zu kennen ... «Gnädigste, mein Puls huldigt Ihnen» – ich zeige ihr die Erektion: eine Huldigung (nach der Unterbrechung erneuert), bedeckt mit einer Unterhose, bis auf Teile der Spitze und der Eier.

Das vulgäre, alltägliche Wispern der Geschichte; mir ist schlecht von Geschichte – von der Kriegszeit. Ich bin so einsam, daß ich das Wort *einsam* überhaupt nicht mehr benutze. Alle auf der Welt sind beschäftigt ... Ich trage Lippenstift, Ohrringe und eine Erektion.

Wir sind halbwegs sicher.

Leonie flüstert mir ins Ohr: «Ich nenne Nonie *die Drachendame* –» Dann: «Verrat's ihr bloß nicht ... Nicht den Mund abwischen: laß mir noch ein bißchen übrig, wegen dem Geschmack. Magst du deine Schwester eigentlich, Tiger-Bruder?»

«Mein Dad hat gesagt: *Sei kein Narr ... laß kein Kanonenfutter aus dir machen* ... Lippenstift und Ohrringe und der blöde Schal da – alles KANONENFUTTER ...»

Leonie sagt: «Versteh ich nicht», und steckt mir die Zunge in die Wange ... Welch ein unlogisches, seltsames Vergnügen ... meine inneren Oohs, Ohs, Huuchs, Iihs ...

Die Wörter, die Begriffe *erst*, *auf den ersten Blick*, *sofort*, *gleich*, *jetzt gleich*, *jetzt* – die gehören zu ihr. Die Eile in ihr ist eine *In-letzter-Minute*-Eile. Ihr Gesicht ist locker, ihr Gebaren erotisch-taktisch. Ihr Vorgehen: *zügig* ... in jenem Jahr bei uns ein Modewort. Sie küßt mich flott und feucht auf den Nasenflügel ... Ein kurzes, gekitzeltes Schnauben ... O Gott ... Meine *Liebe*, wenn es das ist – gequält, sensationell, sensationellerweise da – einer Person geltend, getönt und abgekühlt und zum Überfließen gebracht durch quälendes Halbverstehen – ich möchte weniger fühlen ... Die Zeit treibt Blüten und bringt in mir die Erkenntnis hervor, daß meine Stimmung schmerzliche – und künstlich erzeugte – Verliebtheit ist ... ein *Amüsement.*

Wahrscheinlich ahnt sie es ... Für einen Moment liebt sie mich ... Ich meine, die sonderbare Kurve jener Hitze *wiederzuerkennen* – jenen besonderen Esprit ... Da liegt die reizende Mädchenfrau breitbeinig bereit – aber nicht verfügbar. Ich zupfe lippenbetont an ihren Brüsten. Wie eine Wespe sirrt die Minute mir in der verschwitzten Nase ... Maikäfer der Gier kitzeln mir innen und außen die Kehle ... Meine Wange liegt an ihrer Wange. «Unser Haar heiratet», sage ich. Sie schweigt.

Dann greift sie es auf, als Witz, mit ihrer rauhen, hastigen Stimme, die ich nun wie zum erstenmal höre: «Unser Haar heiratet, ja?»

Schon strömt mir der Atem anders durch die Lippen, von *Liebe* befleckt – der entronnene, fahle, Libellen-Affenpfoten-Atem zupft an ihrem Haar, ihren Lidern ... *Entkommener* Atem ...

Sie sagt: «Fluchst du viel?»

«Ficke-die-Fut, ficke-di-bums, Kamelfladen ...»

«Küß mich ...»

«Zück-die-Zunge», sage ich. «Ruckzuck in die Suppe ...»

«Was du für einen Schmalz erzählst –»

«Schmatze-Schmalz. Ich hab eine kurze Zunge ...»

«Ich hab eine lange», sagte sie.

«Nicht zeigen», sage ich, zurückzuckend.

«Ich liebe deinen Lippenstift – du gefällst mir mit Lippenstift – das schmeichelt ungemein», sagt sie mit «intellektueller» Hysterie – Wörterscheu ... Schieb sie weg, hüstle und räuspere dich ... Huste dich aus ...

Wie ich sie physisch wahrnehme: eine Mädchenfrau mit verlogen verlassenem, gelöstem Gesicht und fliegender oder hastig strömender, sachlicher, praktischer, schlauer, ungezähmter Hitze. Ihre Haut riecht nach Zigaretten. Verstehen Sie, warum ich sie irgendwie liebe und mir halb wünsche, dies würde nicht passieren?

Ich bekenne, daß ich ein entleertes, hängendes Lächeln aufweise. Ein sexuelles Kompliment für sie, dieses halb grinsende Abzeichen des Sergeantenrangs an dem eben erst eingezogenen Rekruten. Die *Körperwirklichkeit* des Moments, der Fluß von Empfindungen: Ist es von moralischer Tragweite, daß sie einen Meter siebzig mißt, einen breiten Brustkorb (schmal von der Seite) und kleine Brüste wie Duftkissen (oder wie gepolsterte Taschen) hat und daß sie nicht reich ist? Ihr Hals ist köstlich – kraftvoll, bebend. Ein ganzes Spektrum von Schatten ist in ihr – verborgene Dinge. Verborgene Dinge sieht man jemandem an, aber ich kann sie nicht entziffern. Ich: mit einem Ohrring und dem Schal versehen, halte ich Leonie in meinen mageren Armen. Sie streichelt mich – wie ein Schoßtier ... Wahrheit ist etwas Grauenhaftes. Schatten lauschen an den Wänden ihrer und meiner Haut auf das Geflüster im anderen. Nun rückt sie von mir ab und sagt etwas, das sie gehört hat: «Weißt du auch, wer der große Pornograph ist? Gott ... Gott ist ein Pornograph.» Wahnsinnig-einsichtig, erläuternd, sagte sie mir das aus geringem Abstand ins Gesicht.

Die seltsame Verläßlichkeit des Grenzenlosen an einem Moment: *was zum Teufel soll's* ... Mein Magen – ich habe einen Kinderbauch. Einen in den Tod verliebten Jungen-Magen ... Im Krieg.

«Wir kämpfen ja hier alle an der Heimatfront», sagt sie im Scherz. «Nonie sagt, du taugst nicht zum Ernährer. Ein Hallodri bist du.»

«Ich weiß nicht ...»

«Ich finde, du bist ein As.» Leonie wiederholt es: «Du bist ein As.»

Die Einsicht, wie zufällig die Ereignisse doch waren, brannte mir in der Brust.

«Na ja, klar doch ... Wer weiß?» sagte ich zu Leonie.

Mit der Höflichkeit der Unverheirateten sagte sie – zu den Zimmerwänden: «Schluck das und verdau's ...» Und obszön schob sie mir ihre große Zunge in den Mund, wie um mich zum Würgen zu bringen und zu ersticken. Zwei, drei Sekunden lang würgte ich nicht. Im Moment hält sie *nicht* nach einem richtigen Mann Ausschau. Sie schaut in einer stickigen Kammer ins Dunkle.

Plötzlich verleihen mir Hitze und Blut Gewicht; mich überkommen phallische *Gewogenheit* und Gier nach Finalität, durchzuckt von betörten, auf Zuflucht ausgerichteten Impulsen.

Ein gewisses Maß von Liebe ...

Leonie entzieht sich, lächelnd und nickend. «Du siehst so sauuber aus», sagt sie: mit angestrengtem Mund – vom Knutschen. Nach meinem Eindruck führt sie ein so fortgeschrittenes Erwachsenenleben, daß es *bereits ein Konzept* für sie geworden ist, Frau zu sein. Das heißt, sie ist von Ideen gesteuert. Ängstlich erregt mache ich «Ha-ha»... ein bißchen forciert. Leonies Gesicht besteht aus Hitze und glitzernden Partien, aus schwammigen und *knochigen* Partien ... et cetera. Zu meiner Schulter sagte sie über mich in der dritten Person: «Warum ist er bloß nicht zehn Jahre älter? Und vom Überseeaufenthalt scharf? Und verrückt nach mir ...»

«Ich bin doch verrückt nach dir ... ha-ha», sage ich. «Warum heißt das hier eigentlich Knutschen?» Und ich knutsche sie am Hals.

Sie küßt mich ihrerseits auf den Hals, was ich langweilig finde ...

Der schwere, überzeugende Zauber sexuellen Empfindens bildet ein Bewußtsein für sich. Ich küsse sie derb. Wie eine sonderbar biegsame kleine Rippe lasse ich meine Zunge auf Leonies Unterlippe ruhen. Dann fing ich an, ihr mit der Zunge den Namen auf das Gesicht zu schreiben – schwitzig, High-School-schmutzig ... Mein verschwitztes *Halt-mich-*

bitte-für-Abschaum-Gesicht glitt küssend durch die diversen Milieus, die sich hierbei bemerkbar machten – der membrandünne Duft der (zarten) Haut ihres Halses – Küsse auf Untreue und Unglauben ... Sie lachte mich nicht überheblich aus. Die Zerbrechlichkeit des Selbstbewußtseins fand hier ihre erläuternde Entsprechung in der Zerbrechlichkeit aktueller Ereignisse, in der einzigen Wirklichkeit, die es gibt. Ich sagte: «Ich benehme mich ausnahmsweise mal *gut*», ohne es ernst zu meinen, denn ich legte zwei Finger dort unten an und schaffte mich in sie hinein ...

«Du benimmst dich ausgesprochen *schlecht*», sagte sie. Wirklich bestürzt war sie jedoch nicht. Dort unten tat sich so etwas wie ein Vogelflattern, und ihr bebender Mund nahm eine schleimige Klebrigkeit an ... Der überraschend aggressive Schmerz von Wahrnehmungen – nichts vermag Unwissenheit zu beschützen ... Ich hüte mich, ihr zu sagen, daß Knutschereien freundliche Kümmernisse sind, in denen die innerlichen Schreie und Notlagen von Babies und erwachsenen Männern einen Ausdruck finden ... Das edelmütig Abschaumhafte daran, daß man sein Leben fortwirft, wegen dessen Sinnlosigkeit oder wegen eines Fehlers, der einem beim Erfassen des Sinns unterläuft ... Daß animalische Zuversicht hier so erreichbar ist – Lider, Herzen, entblößte Brüste: man ist hoffnungslos erregt.

«Ich bin ganz weg, ich bin außer mir, ich bin nicht mehr bei Sinnen, ich bin hinüber», sagte sie höflicherweise.

Ich möchte *Oh, danke* sagen, lasse es jedoch.

In dieser Situation, während sie atmet und die Lider bewegt und sich ihre – und meine – Regenbogenhäute mit einem merkwürdigen, leicht weißlichen Sekret überziehen, herrscht fast ein Bärenfellgeruch – nach Schweiß, Brunft und verknautschten Kleidern ... Und die zerknitterte Couch ... Ich bin wahrhaft rasend vor innerem Drang, in einem Moment der Intimität mit einer anderen Person, die auf *komplizierte* Weise keusch-unkeusch ist. Eine tragische Intimität, wie sexuelle Bekenntnisse sie an sich haben ... schmutzige, köstliche Intimität – ein wenig übelkeiterregend dazu ... Wir tun es stumm: mit weichen Atemzügen – als sexuelle Erpresser aus der *Nachbarschaft* – als Leute, die einander erpresserisch wortlos wissen lassen: *Mach gefälligst mit, oder* ... Sie denkt nicht.

«Hast du Angst?» fragt sie.

«Irre Angst – ich kann kaum noch *das Wasser halten* ...»

«Oh, du ...»

Wir werden ficken ... das besagt ihre Stimmung. Ich starre sie an ... Aufmerksamkeit ist kostbar ... ist eine Form von Liebe. Nichts hat sich verflüchtigt, nicht unsere Füße, unsere Schuhe, weder der Altersunterschied noch unsere Gerüche, doch die *Aufmerksamkeit* inszeniert und präsentiert, verdichtet und gestattet hie und da sekundenweise rein erscheinenden Sinn. Die vernünftige Realität verschwindet blinzelnd, und Leonie ist nun irgendwie ideal: da wo ich herkomme, nennt man das *Nicht denken* ... Poetisch handeln die Phantasien von verheimlichter Schläue. Leonies Geist hat sich zurückgezogen ... Dann ist sie wieder da, sie kommt zurück – in ihren Mund und Blick kehrt bewußte Aufmerksamkeit zurück wie Vögel zur Luke eines Vogelhauses ...

Sie seufzt. Man wird vor einem realen Gericht durch einen realen Urteilsspruch für OK befunden, *jedenfalls für ausreichend romantisch* ... Eine dürre, provinzielle Version von physischem Flirt ... Vielleicht kann ich doch in der realen Welt leben ... Ich sagte zu Leonie: «Ich wette, dein Vater hat dich gern gehabt ...»

Ihre Wimpern, ihre Lider ... so gesund ... real. *Wir tollen herum* ...

Wie mit weit offenen Augen, jedoch hinter meinen plötzlich gesenkten Lidern, fühlte ich: *Ich liebe dich* ... Ich sagte mir, *JUNGE, SAG DAS BLOSS NICHT LAUT* ... Man wird, ob nun zum Guten oder Schlechten, in jemanden verwandelt, der diese Dinge getan hat. Ich machte kehrt und begann, mich zu hassen und physisch dringlicher zu werden.

Sie sagte: «Woher weißt du das mit meinem Vater?»

«Weiß ich nicht ...»

Ich halte sie an beiden Armen und zeige ihr mein Gesicht. Nonies Schal hängt mir schlampig um die Schultern.

«O Gott, du bist schon Spitze», sagte Leonie steif. Sie sagte: «Wenn du älter wärst, brächte ich dich dazu, mich zu heiraten.» Dann: «WÜRDEST du mich denn heiraten?»

«Klar», sagte ich; die Hand (oder Flosse) jungenhafter Lässigkeit, die Sache, daß ich da nicht ernstlich eine Möglichkeit sehe – ich empfand plötzlich nur Schmerz – sie ist wieder überlegen ... unerreichbar ...

«Du bist ein Teufel», sagte sie und störte taktisch-taktvoll die Erregung.

«Ein Leisetreter jedenfalls nicht», sagte ich. *Noch ein Nagel zu meinem Sarg* ...

«Oh, küß mich», sagte sie eigenartig wild, vielleicht ungeduldig – oder schuldbewußt – wer weiß, wer kann mir sagen, woher die Regung kam? Die Welt ist unzulänglich und übervölkert, voll lausiger Lehrmeister und unpassender Geständnisse, die einem so gut wie nichts erklären.

«Bist du dann – sozusagen – ein schlechter Mensch?» fragte sie mich.

«Aber ja», sagte ich ungeduldig.

«In welcher Hinsicht denn? Sag's mir ...»

Ah: nun schüttle ich den Kopf.

Ihr Kopf rückt vor, der Luftraum zwischen uns schrumpft ... Ich ziehe ganz automatisch ein Gesicht, weiche zurück und lasse mich gegen die Couchlehne fallen. Ich verstehe, was simples Vorwärtsdrängen so anziehend macht ...

O Himmel ...

«Es ist unheimlich interessant, sich mit dir zu unterhalten», sagte sie – irgendwie jetzt eine andere. Sie sagte: «Du bist fünfzehn.»

Sie lächelte.

Die übertriebenen Geräusche im Gang kündigen Nonie an. «Störe ich?» sagt sie. Sie trägt einen blauen Bademantel.

Leonie sagt zu Nonie: «Dein Bruder ist ein Teufel ...» Anscheinend im Scherz fragt Leonie mich vor Nonie: «Ist zwischen uns alles vorbei, Wiley?» Sie seufzt und sieht Nonie achselzuckend an; sie bringt ihre Kleidung nicht gerade in einen ordentlichen Zustand, schließt aber ihre Bluse und zieht den Rock über die Knie. «Ich hätte der Air Force treu bleiben sollen ... Ein ganz gefährlicher Kerl ist das ... Der reinste Herzensbrecher ...»

Nonie ist Raucherin; sie atmet laut und gierig.

Nonie sagte: «Paß auf ... er beißt.»

«Ach, halt doch den Mund», sagte ich steif.

Leonie fragte mich: «Beißt du?»

«Nöö ...» Die beiden haben eine Geheimsprache. Ich weiß nicht so recht, wovon sie reden. «Nöö», sage ich noch einmal. Und: «Sollte ich denn?»

«Nein ...»

Ich sehe zu Nonie hin und lege dann den Kopf auf Leonies Schoß. Sie schiebt eine Hand in mein Hemd ...

«Bah», machte Nonie, stand auf, blieb eine halbe Sekunde stehen und verließ den Raum ...

Wachsam liegt Leonies Hand in der fast trägen Hitze der neuen Haut meiner Brust. Ich war wie bedeckt mit Küssen – wie wenn man sich als Kind in einem Haufen zusammengeharkter Blätter versteckt und die Blätter einen berühren, kitzeln, pieksen und einem die Luft nehmen. Ich rieche stärker und schaler als ein Kind.

Ich blicke auf und frage: «Ist das gut, wenn man *beißt*?»

Leonie sagte: «Oh, was bist du JUNG ...»

Ihre nun wieder offene Bluse gibt den Blick auf schlanke Rippen und den ziemlich kleinen Baumwollbüstenhalter frei, der verrutscht auf den unregelmäßig kugeligen Brüsten sitzt.

Ich befreie ihre Brüste – und spüre ihre Präsenz – und die ihres vehement lebendigen Haars.

Leonie fängt meine Hände ein, sie bremst mich. Fast niedergeschlagen sagt sie: «Ich werde allmählich eine alte Frau. Es ist schön, mit dir zusammenzusein ... Deine Sichtweise gefällt mir.»

Aneinandergepreßte Körperteile. Feuchte Haut ...

«Wie ist denn dein Verlobter?»

«Ach ... Das ist ja nicht gerade der richtige Moment für schwierige Fragen ...» Dann sagte Leonie seufzend: «Nonie hat gesagt, du wärst ein Besserwisser.» Dann verlagerte sie – ein bißchen schwerfällig – ihr Gewicht: «Und daß du viele Bücher liest – stimmt das?»

Ich gebe keine Antwort.

Sie beugte ihren etwas feuchten Oberkörper vor und kitzelte mich an den mageren Rippen. «Sprich mit mir ... nicht schmollen ...»

«Stell ich mich blöd an?» fragte ich.

«Na, wie meinst du denn das?»

«Bei dir ...»

Sie gab es auf, genau verstehen zu wollen, was ich meinte. «Nein», sagte sie munter. «Du bist interessant.» Dann: «Nonie sagt, die Hälfte von dem, was du sagst, versteht sie nicht ... Die Leute sagen, bei dir gäbe es Tragödien im Hintergrund ...»

«Mag schon sein.» Dann: «Wenn die Leute sich langweilen, erzählen sie alles mögliche – und dann wird alles sehr, sehr seltsam – weißt du, was ich meine?»

«Glaubst du, du bist irgendwie ein bedeutender Mensch ... oder wirst mal einer ... irgendwann?»

Ich zuckte die Achseln.

«Nicht? Mal im Ernst. Hast du das Gefühl, du wirst eines Tages bedeutend?»

«Kommt auf dich an – wenn du mich zugrunde richtest ...» sagte ich und strich mit der Hand über ihr Bein.

«Mach keine Witze ... Ich wäre gern bedeutend», sagte Leonie. «Meinst du, du wirst mal Arzt? Manche Leute meinen, jüdische Ärzte sind die besten ... Und jüdische Komiker mag ich auch.»

«Weiß ich nicht», sagte ich. «Erst mal möchte ich Kampfpilot werden.»

«Wie sind denn deine Augen? Aber zu groß bist du in jedem Fall. Sag doch mal die Wahrheit, und ich werd auch bestimmt nicht albern oder wütend: Hältst du dich für wirklich bedeutend – möglicherweise – und mich nicht?»

Nach einer Weile: «Nein.» Dann: «Als du klein warst, hast du da mal eine Fliege getötet und gebetet, Gott soll sie wieder lebendig machen, wenn es einen Gott gibt und es ihm nicht gleichgültig ist, was du so denkst?»

«Nein.» Dann: «Ja ...»

«Ist dir das mal passiert?»

«Oh, was bist du für ein Clown», sagte sie und kniff mich in die Nase. «Nein, aber manchmal hab ich gebetet, und dann sind Dinge passiert ...»

«Ich auch ... Aber es war nicht klar abgegrenzt.»

«Hmh?»

«Es war nie ein klares Zeichen ...»

«Ich weiß, was du meinst ...»

«Ist schwer zu verstehen. Dein Leberfleck gefällt mir.» Sie hatte einen Leberfleck auf der Wange.

«Sag mal was wirklich *Intelligentes* ... was wirklich Logisches – und sehen wir mal, ob ich mitkomme ...»

«Wenn du mich interessant findest, können wir dann nicht auch vögeln?»

«Was bist du für ein eigenartiger Junge ... Du bist ja *wirklich* ein Teufel ...»

«Also?»

«Ein Brunnen ist ein Loch im Boden ...»

«Findest du das Leben verrückt?»

«Manchmal. Ab und zu. Ja und nein, könnte man sagen.

Manchmal macht es mich sehr traurig. Du hast schöne Lippen.»

«Du nimmst es nur halb ernst – du willst, daß es nach dir geht», warf ich ihr vor.

Sie sagte: «Ich mag Spinner – das ist meine Schwäche. Du redest wie ein Buch. Ich finde, du sagst hübsche Dinge.»

«KÜSS MICH! MIR TUN DIE EIER WEH!»

Der Luftraum zwischen uns schrumpft, als wir uns näherkommen, auf seltsame Restformen zusammen, bis uns Fäden und Folien von warmer, schweißgesättigter Luft fast aneinanderschweißen. Die Konturen ihres Haares umgeben die lichten Karnevaltupfen von Stellen ihrer Haut so nah vor meinen Augen ... Herablassung, Neugierde: ihre Haltung in der leicht pulsierenden Nähe, der irrsinnig kohärenten Distanzlosigkeit zwischen unseren Körpern. Nähe kennt keine klaren geographischen Grenzen, ist eine nachlässige, sinnliche Verschwenderin ... Leonie mangelt es an der melodramatischen Stärke, die mich einbeziehen würde. Charmant verschlagen (eine lokale Form von Charme) sagt sie: «Du redest so hübsch. Wirklich, du bist ganz reizend – ich wette, du wirst noch mal ein ganz Schlimmer: was tun wir hier eigentlich? Zwei Idioten sind wir ... Ach, was soll's ... Was kann man an einem Abend mitten in der Woche auch sonst anstellen ...?»

«Magst du's, wenn dir jemand sagt, was du tun und lassen sollst?» Verschlagen nach High-School-Art. «Damit du dann genau das Gegenteil machen kannst – sollen sie doch zum Teufel gehen?»

«Du hast Zigeunerblut, du kannst hellsehen: ha-ha ... Na, komm ... Küß mich so wie am Anfang ...»

«Die hier tun mir weh», sagte ich und hielt mir pantomimisch die Hoden, nur partiell vorgetäuscht, aber doch zu übertrieben. «Noch eine Portion Brei, bitte», bettelte ich. Dann: «Ach, vergiß es ...»

«Versuch's auszuhalten. Kann dir ruhig weh tun», sagte sie nüchtern. «Besser dir als mir.»

«Ich will dir nicht weh tun ... Ich spiele nicht gern mit den Gefühlen anderer.»

«Meine Güte, aus dir wird mal ein harter Brocken für eine Frau», sagte sie. Dann: «Du bist zu launenhaft ... Man kriegt dich nicht zu fassen: du bist unfaßlich. Ist dir's wichtig, Nummern zu schieben? Zählst du mit? Werd mir nicht zu hitzig ... ich mag coole Männer.»

Der Stoff meines aufgeknöpften Hemdes berührt meine weitgehend entblößte, mickerige Brust ... reizvoll. Einsam.

Die einsame Eigenliebe davon fließt in meine Überlegung ein, daß Leonie ihre Bluse auf der Haut auch so empfinden könnte.

Fühlt sie sich lebendig und überzeugend? Ist ihre Überzeugungskraft ein Zeichen von Verdorbenheit ... der Welt?

«Du lügst zuviel», sage ich.

«Aber nett», sagt sie. «Meine Lügen sind alle nett ... Küsse sind auch nette Lügen.»

Wenn ich *auf sie eingehe* (wie wir da, wo ich herkomme, sagten), wenn ich lächle (so, wie ich sie anlächle), dann scheinen wir der Bildwelt anzugehören, die in einem einzigen Kopf entsteht.

Sie ist Nonies Freundin. Gewandt erotisch flüstert der Junge: «Nein.»

«Ich mogle, Wiley», sagt sie. «Ich bin eine alte Frau. Wer Durst hat, lernt, auch aus dem trüben Brunnen zu trinken. Ich hab gelernt, Kompromisse zu schließen ... Und wie ist das mit dir?»

«Das weiß ich nicht.»

Da, eine kleine Brust. Leonies Mund ist voller Geistesabwesenheit ... Eine Ballsaal-Höhle gähnt die andere an ... Ich denke immer wieder, daß ich sie liebe ... Obwohl ich die meiste Zeit über bereits weiß, daß ich sie nur ein wenig mag.

Sie sagt: «Entschuldige meine schmutzige Redeweise ... Kennst du eigentlich viele Mädchen, die so sensibel sind wie du?»

Es war, als beugte ich mich in ein weißes Feuer der Erinnerung an Leonie, wie ich sie vor einer Weile empfunden habe. Ihr Gesicht wird von ihrem Hals gehalten – dazu angehalten, schlau und *launisch* zu wirken. Sie ist ein bißchen flatterhaft. Es gibt Dinge in ihr, die man mögen kann.

«Du wirst ja immer besser», sagt sie, als sie sich einem Kuß entzieht. Was sie da sagt, gehört zu ihrer Masche ...

«Na ja, es ist jetzt auch einfacher ...»

Ihre Lippen sind ein bißchen wund. Sie atmet schnell und flach. In ihrem Blick, so scheint mir, liegt die Reife einer Zwanzigjährigen. Daß sie so lange gelebt hat, muß auf einer moralischen Qualität beruhen, stelle ich mir vor. Sie sagt: «Du bist sehr lieb ...»

«Ich will aber nicht *lieb* sein.» Ich frage sie: «Spielst du dir beim Küssen im Kopf Filmszenen vor?»

«Ich hab dich doch zu nichts verführt, oder? Wenn ich dir auf die Pelle gerückt bin, tut's mir wirklich leid ...»

Sie gehört nicht mehr derselben Gesellschaftsschicht an wie vorhin ... Junge, Junge, wie man sich täuschen kann ... Aber irgendwie täuscht man sich vielleicht auch nicht. Hitze entströmt ihrer Haut. Sie kitzelt mit den Zehen meinen nackten Fuß. Ich habe es hier mit einem komplizierten Intelligenztest zu tun ... Es klingt *schmutzig*, richtig beängstigend sogar, als sie in dem Ton, der zu ihrer anständigen Seite oder was weiß ich gehören mag, sagt: «Ich führe mich hier ja wirklich auf wie zu Hause ...»

«Mmh», sage ich vorsichtig und frage mich, was zum Teufel eigentlich vorgeht ...

«Du bist ein richtig angenehmer Gastgeber», sagte sie wohlwollend, aber *unaufrichtig*. Dann: «Sehr gesprächig bist du nicht ...»

Sie ist es schon ein wenig, kraft ihres Alters im Vergleich zu mir. Ich winde mich innerlich, erschrocken darüber, wie Aufrichtigkeit sexuell auf mich wirkt und welche Gefühle Unaufrichtigkeit in mir weckt ... welch grausame Gefühle.

In mancher Hinsicht ist Leonie unphallisch – und naiv. Eine Person, die mir an Gerissenheit und Erfahrung überlegen ist und im Moment das Heft in der Hand hält, jedoch weder *vollkommen* gerissen noch weitaus erfahrener, sondern eine gescheiterte Führerin: Leonie ...

In einem Anfall von gesundem Wahnsinn, in einem ganz bestimmten irren Ton, sage ich: «Vom Geficktwerden verstehst du nicht sehr viel, stimmt's?»

Leonie stellt ihre Stacheln auf. Sie klemmt mit den Beinen meine Hand fest, die zwischen ihren Schenkeln liegt. Feucht wird sie dennoch ... Ein Interesse am sexuellen Sieg ist nicht das gleiche wie sexuelles Interesse.

Sie sagt: «Ich hab dich gemocht, weil ich dich sensibel fand ... Aber ich hab mich getäuscht ... Du bist unsensibel ... Also, du übertreibst wirklich ... du bist einfach unmöglich ... Na, macht ja nichts: ich bin eben nur eine alte Frau ...» Sie atmet jedoch knarrend tief – eine Spielverderberin ist sie nicht. An diesem Abend hat sie, was Männer angeht, keine große Auswahl. Ich atme ebenfalls rauh. Nicht gerade überdrüssig, aber auch nicht ganz im Ton ihres anständigen Ichs, sagt sie so routiniert, daß ich sie anstarre: «Du bist zu groß: es würde was ausmachen – obwohl du noch ein Junge bist ... ich kann ihn nicht in mich reinlassen ...»

Mit entsetzlich gebrochenem Herzen, mit vielleicht kindlicher Stimme sagte ich, nein, rief ich aus – ich hatte die Fassung verloren und achtete nicht auf meine Stimme, setzte sie nicht gezielt ein: «Das ist nicht FAIR ...»

«Es würde was ausmachen ... Ist es denn so nicht auch gut?»

«Gar nichts ist es ... Es ist immer das gleiche ... Es ist gar nichts.» Ich legte mir den Arm über die Augen.

Sie sagte: «Du bist einfach zu jung. Nonie würde mich umbringen.» Sie legte mir die Hand auf die Wange: «Erinnerst du dich mal an mich, wenn du erst berühmt bist? Sei wieder nett, ja?»

«Ich werde nicht berühmt ...» Dann sagte ich, als sie ins Leere blickte: «Dafür stimmt zuviel nicht mit mir ... Ich will gar nicht berühmt werden: ich will flachgelegt werden ...»

«Hiih ...» Ein merkwürdiger Laut, ein grimmiges Lachen vielleicht. «Das ist unheimlich nett von dir – du bist doch kein schlechter Kerl. Ach, ich muß dich einfach an mich drüücken ... Du machst der Damenwelt noch mal die Hölle heiß ... Hallo, du da ... Oh, wenn ich nur einen Bruder wie dich hätte. Jetzt machen wir mal den Laden dicht, einverstanden?»

«Scheiße», murmelte ich und nahm eine Hand von ihr in beide Hände ... Phantasien tanzten mir durch den Kopf ... Vielleicht vor absurder, elektrisierter *Eitelkeit.* Das Tribunal, das über den Sinn für mich entscheidet, brütet, wie es seine Art ist, in wahnsinniger Distanz. Auf einer Insel ist man gestrandet, umgeben von den eigenen Atemzügen, Wimpern, Haaren, in einer Fülle von *Distanzen* ... Allein, anonym, nicht von aller Welt geliebt, höre ich *Leonie* etwas sagen.

«Bist du ehrlich, Wiley?» fragt sie.

«Huu, huu, huu», mache ich. Dann: «Mehr als du ...» Dann: «Manchmal bin ich ehrlich.»

«Huu, huu, huu», macht Leonie.

«Manchmal muß man unehrlich sein.» Die aufgewendete, verschwendete Zeit ist Verlust-und-schwarzer-Raum, ein Nachtschleier, ein Gewand aus geschaffenen Traumräumen, in dem man mit dem funkelnden Knüppel der Emotion hantiert ... *Nonie ist hier* ... Diesmal kommt sie lautlos herein. Zwischen den Beinen und im Hintern des geküßten Jungen dröhnt ein Echo nach wie in einem hölzernen Faß, in das man hineinruft ... das Echo der vorausgegangenen Umarmungen. Es kitzelt, prickelt, tickt dahin. Das Herz scheint nun zu schwitzen. Das heftige, verrückt machende Pochen des Pulses: der wispernde Raum.

Reales, nicht symbolisches Licht: Abend: elektrisches Licht – von den Lampen im Raum, *pudrig* weißes Licht, das in gezackten Ovalen an der Decke schwebt, von Haut, von den Porzellansockeln der Tischlampen, von *gewachstem und poliertem Holz* reflektiert wird – und über die Fasern des dunkelroten Perserteppichs spielt. Dazu das Licht des Geistes und das – schockierende – Licht von Augen. Die vorstädtische Ungestörtheit, die relative Stille der Wohngegend: der Tag und Monat: der Nervenzustand, in dem man sich befindet – Gier, ein moderner Drang: geisterhaft heiter spielt die rege Erinnerung in mir ein Stück aus der Vergangenheit – nun ist es vorbei. Phantasien und der Schmerz des Wartens sind banal-vernünftige Elemente von *Liebe*: *Versteh mich – auf deine Gefahr;* wir sind bislang die einzigen Überlebenden der Nacht. Ziemlich altes Zeug, die verborgene Atmosphäre ist von Kindheitsschlaf erfüllt: vorstädtisch-liebeslustig, schnüfflerisch: Poetisches erscheint in einem Vorort wie Spinnerei – der *Sinn* eines Jungen für die Situation, er und die beiden Frauen: die komplizierteste aller vorstellbaren Melangen aus Vergebung, Liebe und Sex: verspätet und beseelt: ist es so, erlöst zu werden?

Beleuchtet, schwach beleuchtet und unerleuchtet von Semi-Licht, Halb-, Viertellicht, von Licht, das einer üppigeren Lichtquelle entlehnt zu sein scheint, partiell gebrochen, verwischt, getrübt: die nervenzerreißenden normalen Schatten ... die Hell-Dunkel-Schattierungen der Atmosphäre: diese winzige, instabile Dreiergemeinschaft: ein bräunlicher Anflug, eine Sommersprosse auf einer Brust. Gestuft, gestaffelt, austariert – eine den Schmerz umspielende Idiotie, mich auf diese Weise in Gegenwart meiner Schwester zu befinden ... «Was ist deine liebste Gedichtzeile?» fragt Leonie, obwohl Nonie da ist.

«Weiß ich nicht.»

«Verrat's mir ...»

«Aaach ...»

«Bitte ...»

«Hältst du mich etwa für verrückt?» Für so verrückt, daß ich vor Nonie über Derartiges reden würde.

«Und ob», sagte Leonie neckisch.

Nonie raucht.

«Stell dir vor, w-ü-r-d-e würde mit großem W geschrieben – würdest du das verrückt finden oder nicht?»

«Du drückst dich unverständlich aus ...»

«Mmh», macht Nonie.

Ich werde rot und sage: «Na und? Für einen, der wie ich gebaut ist, bin ich stark.»

«Du – du drückst dich unverständlich aus.»

Klares Denken und REINES ENTZÜCKEN ... Zeit – und normale, romantische, sexuelle Gedanken, ein ungestörtes, unvernünftiges, für Unterbrechungen anfälliges Gedankenlicht von sengender Geschwindigkeit, Spiralen beschreibend, beinahe schwarz ...

«Hallo, du da», sagt Nonie, «haben wir etwa keinen Spaß? SIND WIR AUCH ALLE GLÜCKLICH?» (Der wiederkehrende Spruch eines zu jener Zeit berühmten Bandleaders.) «Ihr beide schwebt auf Engelsflügeln? Tja, jedes Holz macht den Ofen heiß.»

«Nonie, sehr hilfreich bist du nicht ...»

«Weißt du, was Müll ist? Müll bleibt Müll ... Sagt dir das was, Müll?» Bürokratische Tautologien – so geistreich wie die *liebenswürdige* Tautologie eines wohlgesinnten Bürokraten.

«*Kaffeesatz, alte Zeitungen, Orangenschalen* ... »

«Oh, wie komisch ... Du bist ja *wirklich* noch ein Kind», sagt Nonie. Und zu Leonie: «Wenn man was für kleine Ziegenböcke übrig hat, ist er ein nettes Kerlchen ... Er landet noch auf dem Müll ... Nimm dich in acht: er ist der Teufel ...» Sie gebraucht starke Worte ... Bei einer Frau ist das so, wie wenn ein Mann einen starken Rücken hat.

Dann sagt Leonie zu mir: «Uuuch, nimm mal deinen Arm da weg – deine Haare kitzeln mich.» Dann: «Wau, wau ... was für ein Hundeleben.»

«Bob Hope kannst du nie ersetzen – zum nationalen Lachkrampf fehlt dir einfach das Zeug», sagte Nonie zu ihr.

Ich sagte zu Leonie: «Ich gehöre in die Gruppe *Irgendwer-und-IHR-Bruder.*» Leonie sah mich leer an.

Nonie sagte: «Von Wortspielen halt ich wenig.»

«Gott liebt seinen Müll», sage ich zu Nonie. «Das war übrigens kein Wortspiel, Bleischnecke.»

«Ich weiß nicht, wovon du redest ... Ich weiß *nie*, wovon du redest. Ungute Gefühle sind ein Luxus, den ich mir einfach nicht gestatte.» Die unübersetzbaren egoistischen Schwenks in Nonies Blick bilden einen aufwühlbaren Sumpf, einen *einladenden Schlamm*, ein Watt, das dem ausgeliefert ist, was ich tue – zum Beispiel lächeln.

Mit ihrer entschiedenen, seltsamen Bürostimme, seimig vor Anspannung, vor Mangel an Verbindlichkeit, wie sie das wirkliche Leben erzeugt, sagt Nonie zu mir: «Siehst du, hab ich's dir nicht gesagt, wenn eine Frau hinter dir her ist, mußt du sie einfach mögen. Merk dir das jetzt mal, Wunderkindchen ... Aber ein Mann kann sich nun mal nicht schützen ... Frauen sind eben zu schlau für Männer: merk dir das ein für allemal, Wiley-Klein», sagte sie höhnisch.

«Ich HASSE diesen Krieg» sagt Leonie.

«Ich auch», sagt Nonie und schüttelt scheinbar traurig den Kopf.

Die restlos bewegte Wirklichkeit, ein so überaus komplexes Medium wie schimmernde Baumstämme in Stromschnellen – oder wie Holz, das von einem Holzlaster fällt – ein akzidentielles, aktuelles Geschehen – oder wie der rauschende Applaus von Gänseschwingen – oder eines Pulsschlags – hier, des *Schicksals*: Nonie schlägt die Beine übereinander und streicht ihren Bademantel glatt ... und ein Junge schließt wieder ein paar Knöpfe an seinem Hemd ...

«Er hat ein gutes Profil», sagt Leonie zu Nonie.

Ist das Leben denn böse? Ist das Leben böse und süß? Der Geruch der Seele besteht worin? In etwas Anziehendem – wie etwa für Motten? In einem hell-dunklen *sexuellen* oder *sozialen* Murmeln oder Flüstern, das von den Formen, dem Aussehen

– der Stimmung – eines Gesichts ausgehen kann? Das Normale steht in Brand ... *Heute abend sind wir wahnsinnig* ... In den Punkten aber, auf die es Leonie ankommt, ist sie geistesgegenwärtig. Eine schimmernde Fläche mit mächtigen, fließenden Reflexionen. Ich sitze da und atme ein bißchen laut.

Nonie sagt: «Er verhält sich nicht wie ein normaler Mensch.» Nurrmaler Määnsch. «Er gehört doch in die Anstalt – widerlich ist er! Ha-ha ...» Der Scherz einer Bürokratin-Schwester. Nach lokalen Maßstäben wirkt ihr Gesicht in diesem Moment weltläufig. Der Bademantel, ihr Haar, ihr Aussehen ... Sie sagt: «Die Schlimmen sind leicht zu lieben, nur lebt es sich mit ihnen schlecht – das kannst du mir ruhig glauben, ich weiß Bescheid ... und wie ... Wer weiß das schon besser als ich?» Dann: «Ich denk nicht gern über mich nach.» Sie fragt: «Warst du auch ein braver Junge?»

Auf einmal fange ich an, gewissermaßen Lila, meine Mutter, zu imitieren: «Was bringt's denn schon, sich auslachen zu lassen? Es ist ja sicher ein Vorteil, wenn du auch komisch sein kannst, aber nur ein Narr meint, das wäre schon alles ... Sei komisch, wenn du willst, aber du mußt wissen, was du tust – behalte genau im Auge, was du wirklich willst – man kann sich auf mehr als eine Art aus der Schlinge ziehen – es gibt immer auch noch andere Arten. Beliebt zu sein ist nicht so entscheidend, wie die Leute meinen.» Dann: *«Ich hab nun mal die Wut der Familienschönheit in mir ... Ha-ha ... Ich hab lernen müssen, einen Scherz wegzustecken ... ha-ha ... Schreib dir was von mir ab – lern, über dich zu lachen. Wenn die Leute auf dir herumhacken, hat das sehr oft damit zu tun, daß sie dir näherkommen wollen. Zu kaufen ist jeder, aber manche von uns sind einfach zu billig zu haben – mich hat man nie so mir-nichts-dir-nichts am Zopf ziehen können – ich war immer zu stolz, um gut durchs Leben zu kommen, aber ich hab trotzdem überlebt. Ich war der Typ, auf den andere eifersüchtig sind – wenn die Leute meinen sollen, du hättst eine Mutter mit schlechtem Charakter gehabt, brauchst du nur so weiterzumachen. Wiley, du mußt aufhören, ständig DU-WEISST-SCHON-WAS-ICH-MEINE zu sagen ...»*

Nonie sagte: «Daß du mich ja nie nachmachst...»

«Dann sei eben nett zu mir.»

«In den Schultern hat er weniger Kraft», sagte Nonie zu Leonie.

«In den Schultern hat er weniger Kraft», sagte ich zweideutig, höhnisch und zugleich nachdenklich. Dann sah ich in das hübsche, ovale, derb geschminkte Gesicht meiner Schwester und sagte: «No-no-nie: O wei, ich weiß nicht WIE...»

Sie warf mit ihrem Feuerzeug nach mir. Dann mit einem Pantoffel.

Ich sagte: «Sie bietet *Krieg gegen Streit*... Besser gesagt, *Krieg gegen Geist*... Ich bin kein Unterpfand», sagte ich zu ihr.

«Du verfluchter kleiner Besserwisser», sagte sie. Nonie in ihrem unförmigen Bademantel... ohne Hüftgürtel...

«Wirst du nicht ziemlich fett?» frage ich sie. Zu Leonie sage ich: «Sie vergißt nie etwas... nicht die klitzekleinste, lächerlichste Lappalie...»

Inwieweit kann jemand wie sie vergeben oder vergessen?

Wenn man ein Junge ist, lebt man als Spion und Lügner. Von Bedrohungen umgeben.

«So ist er ständig», sagte Nonie. «Was kannst du schon dagegen machen? Er ist wie eine Maschine. Genau wie ein Roboter... Du kommst nicht gegen ihn an.»

«Ich find ihn nett», sagte Leonie.

Ich sage: «Bin ich olé, olé, der Ochs ist los?»

Leonie sagte: «Vielleicht lassen wir dich doch noch leben ... Wenn du mal von zu Hause wegwillst, kannst du zu mir ziehen – ich koche miserabel, und putzen mußt du, aber du bist willkommen. Gefallen würd's dir nicht, aber Platz für dich ist da.»

Nonie sagte zu mir: «Ich brauch ein neues Päckchen Glimmstengel – kannst du mit einem Wink was anfangen? Sei nicht so ein Idiot, dem man alles erst schwarz auf weiß geben muß.» Zu Leonie sagt sie: «Ist er nicht verflucht aufgeblasen? Ich find ihn verdammt aufgeblasen ... Tu mir den Gefallen, Wiley, und halt ab und zu mal die Klappe.»

«Was für ein Witz ... Das ist doch alles nur ein Witz ... mehr nicht.»

Nonie sagte: «Benimm dich einfach wie ein Mensch, dann ist es schon OK. Ich hasse diesen Krieg. Es ist alles so furchtbar. Ich *hasse* Hitler ... Wenn ich bloß einen tollen Bruder hätte – ich kenn viele Mädchen, die Brüder haben, auf die sie stolz sein können ... Menschen sind nun mal Menschen.» Sie sah mich an, während sie das sagte.

«Ich versteh's nicht – wozu der Krieg? Wofür sind denn Gesetze da ...?»

«Ach, Wiley», sagte Leonie müde.

Ich sage zu ihr: «Ich versteh's nicht. Wirklich nicht. Kultur bedeutet doch nichts anderes, als daß wir nicht behaupten können, wir wären hier alle gute Menschen, oder?»

«Niemand ist gut – sie wollen einen bloß einwickeln. Viele Leute haben Angst», sagte Nonie.

Ich hatte die Pose des Zuhörers eingenommen, fast eines Komplizen; etwas zu begreifen, weil eine lange Vertrautheit besteht – oder die Wahrheit von etwas zu erkennen –, macht einen zum Komplizen.

Zu den Stimmen in meinem Kopf sage ich: *Ruhe im Gerichtssaal: der Affe will etwas sagen* ... Dann, aus keinem mir erklärlichen Grund, sage ich es laut: «Ruhe im Gerichtssaal: der Affe will etwas sagen ...»

Nonie sagte: «Jetzt reicht's aber; ich hab die Klugscheißerei satt. Es ist grausam, eine müde Zivilkraft dritten Ranges zu zwingen, sich Baby-Quatsch anzuhören.»

Leonie sagte zu mir: «Sei lieb.» Dann: «Ich bin nicht müde.» Ich brauchte eine Weile, um zu begreifen, daß sie damit sagte, sie werde noch aufbleiben, wenn Nonie zu Bett gegangen wäre. Zu Nonie sagte sie: «Er ist unmöglich, aber er hat Schlafzimmeraugen ... Ich glaube, ich mag dein Scheusal von Bruder, Nonie.»

«Oh, was für ein Leben», sage ich; womit ich sozusagen alle nachäffe. Ich sage: «Wir schäkern nicht herum – wir sind Feinde.»

Nonie sagt: «Du meinst, du hättest einen eigenen Kopf, aber in Wirklichkeit bist du verrückt ... Ich geh in die Küche: will noch jemand ein Glas Milch und ein Knäckebrot?»

«Ein Ende ohne Schrecken ... Für auserwählte Protagonisten ein stiller Anlaß zu einiger Freude ... Nonie verläßt den Raum», sage ich zu Leonie. «Was nun? Darf ich mir was wünschen?»

«Sag was Hochgestochenes. Führ mir mal vor, wie du reden kannst ...»

«Die Geistermaschinerie giert nach dir, schnapp, schling, schluck ... Wirf den Gänsen Schicksalsbissen vor, und das warnende Kriegsgeschnatter ist bezwungen. Meide die altehrwürdigen Wunschlitaneien.»

«Heißt das was? Das hast du dir doch nicht ausgedacht.»

Nonie betritt wieder den Raum. «Hier kommt der Milchmann ...»

Leonie sagt zu Nonie: «Ich komm mir im Vergleich zu ihm so alt vor.»

«Also, ich bin nicht alt», sagt Nonie. «Bloß weil er jung ist, hat er keine Sonderbehandlung verdient. Du könntest meine Kampfmoral verbessern, wenn du *umsichtig* mit ihm umgehen würdest.»

«Wenn einer Umsicht nötig hat, bin's ich ...»

Leonie blinzelt. «Also, ich steh ja nicht dazwischen ... Ich bin ganz neutral.»

In Nonies ernstlich hübschem Gesicht flackert – in diesem Moment – Verachtung auf und wird dann rasch zurückgenommen. «Sieht er nicht komisch aus? Nichts als Beine.» Das sagte sie mit ihrer Zwitscherstimme, mit ihrer nach zusammengeklemmten Schenkeln, nach Scharen von Vögelchen klingenden, auf einer Tonhöhe eingefrorenen Stimme – eine kläffende Unterlegene. Sie ist müde ...

«Na dann, bis bald», sagt Leonie – schuldbewußt – zu mir. Die Frieden stiftende, scharfe Leonie. «Mach's guuut», sagt Leonie leicht säuerlich, charmant, nervig-gewitzt autoritär.

«Du auch», sage ich. *Du Au(genvie)ch ...*

In der auf einmal eintretenden Stille, in der etwas zu krächzen scheint – irgendein Drama ereignet sich –, wirkt Nonies gleichgültiger *(soll doch alles zum Teufel gehen)*, wissender Blick zermalmend und arrogant. Ich bin in ihrer Welt der Parvenu der Allwissenheit, ein unbedeutender Beobachter auf Außenposten.

Die Kindheit liegt für mich noch nicht lange zurück.

Meine Schwester: ich habe sie all die Jahre hindurch gekannt.

Leonies Verlobter

Ich weiß einiges über ihn ... Wenn ich sie küsse, küsse ich Zeug von ihm in ihr – Zeug, das damit zu tun hat, als junger Mann im Gefecht zu stehen. Seine behaarte Brust – sie kenne ich annähernd, nicht in ihrer Unverwechselbarkeit, sondern aus Leonies Reaktionen auf meine unbehaarte Brust. Seine Einsamkeit, seine Albernheit, seine Ängste ... Seine Reaktionen auf sie, und wie sie in ihr widerhallen, so daß sie sich lausig fühlt oder großartig, wie ein großartiger Mensch ... Ich weiß nicht, wie man jemandem nahekommen könnte, ohne den Schattenkram von einer Menge anderer abzukriegen und beinahe alles zu stören. Es ist so ähnlich, als würde man in der Welt zu einer historischen Gestalt, nicht wahr? Nur daß dies im Leben eines anderen geschieht ... Ich bin Waise und in gewisser Hinsicht klarer, klarer konturiert, weniger verwurzelt als die meisten Männer, weit mehr als sie einem Banditen ähnlich, dem Sie im Wald begegnen könnten; doch wenn sie mir nahekommen, kommen sie meiner Geschichte nahe ... Mir leuchtet ein, daß es an bestimmten Punkten ratsam wäre, die eigene Geschichte mit Lügen zu verbrämen, um gewisse Dinge von sich annehmen zu können – wie etwa ... nun ja, daß man frei von Bösem ist oder was Gründe sind, den Mund zu halten.

Ich weiß um dieses Zeug körperlich, nicht sprachlich. Später im Leben jedoch wird man das Körperwissen vielleicht auf die Bahnen des geistigen Labyrinths übertragen und dann allmählich in das Vokabular einer bestimmten Epoche, eines bestimmten Berufs fassen können ... Was man weiß ...

Und dann wird man die Lückenhaftigkeit dieses Zeugs, das Geruckel und Gezuckel des Erinnerungsvermögens, vielleicht als quälend empfinden; man wird den Sinn von so manchem entdecken wollen; und man beginnt, fiktionale Konstruktionen zu errichten – Dinge, die nie geschehen sind, Personen, die man nie gekannt hat –, und diese mischen sich ein, stören die Vorgänge innerhalb der Sprache – oder tun dies sozusagen – und nähern sich anderen Geschichten an; und manchmal wirken sie wahr, manchmal nicht.

Ich sage heute, sowohl die Dinge, die ich in Leonie *fühlte*, als auch ihr Wesen kamen partiell von ihm – man erzieht sich selbst, man wird von anderen erzogen – und man wird düster gestimmt und skrupellos (auf mädchenhafte Weise); man braucht dies nur ein wenig zu verschieben, um sich ihn in seiner ewig-männlichen Strategie vorstellen zu können, den Mann, der rastet, der Urlaub hat, den Kämpfer beim Spiel sozusagen, verängstigt von der Welt und ein wenig unterwürfig – wie fremd er ihr doch ist!

Und er spürt, wie fremd er ist; daß er seine Emotionen in der Gewalt hat – unvollständig zwar, aber doch so weit, daß er Luftgefechte fliegen kann –, daß er sich von Gefühlen verschwitzt und besudelt vorkommt und überleben will, daß er *kämpft* und vielleicht nicht mehr zu trösten und nur noch fähig ist, sich zu zerstreuen: der chemischen und elektrischen Zustände, die mit alldem einhergehen, ist er sich bewußt; und er *tötet* und *erinnert sich* ... Wie befremdlich die Lebensrealitäten doch sind ... wie unglücklich er ist ... all das existiert in Leonie, hat sie angesteckt, hat auf sie übergegriffen, abgefärbt, hallt in ihr wider, prägt sie – wie mich und Nonie. Ihr trotziger Unabhängigkeitssinn – diese Melange aus Ketzertum und Gläubigkeit – die schlampige und doch fast grandiose Inkonsequenz, die an verrückte Inkohärenz grenzt – ihr trotziges Gefühl dafür, was *Sünde* ist, und für sich selbst und den anderen ...

Aus meiner Sicht ist der verborgene Mann wirklicher als

ich. Seine Pflichten, sein Leben machen ihn abschreckend unrein – er ist nicht jedermann, nicht der Inbegriff des Männlichen, auch wenn ich dazu neige, es (ihn, seine Präsenz in Leonie, in mir durch meine Episoden mit Leonie) so zu empfinden. Ich weiß, daß ich nicht er bin, und dennoch bin ich partiell er. Ich wette, daß er ein Repertoire von Floskeln besitzt – eine Rüstung ... darauf wette ich ... *Steck's dir in den Arsch, die können mich mal alle, mach sie alle, gib's ihnen, pack sie in den Knast ... 'tschuldigung, muß mal rasch bei so einem Kerlchen namens* Tod *vorbeischauen ... Jetzt kratzt du ab, du Arsch ...* sowohl als Tatsachenfeststellung im Kampf als auch als Witz. Und so fort ...

Zu erheblichen Teilen besteht das Leben aus *vorsätzlicher Unaufmerksamkeit*, selbst während man eine gewisse Aufmerksamkeit walten läßt ... während das Ich wie ein in einen See geschleuderter Stein von Ort zu Ort hüpft ... Man verwandelt sich in ein Spion-Ich, einen Guckloch-Späher, einen Ich-krieg's-noch-raus ...

In einem Krieg zu kämpfen bedeutet, daß alle auf die eine oder andere Weise davon infiziert werden. Ich habe diesen Kerl nicht als Person für sich vor Augen, aber ich färbe bei ihm ab, und da ich weiterhin mit Leonie auskommen will, ahme ich wohl vage seine geisterhafte Präsenz in ihr nach; und somit bin ich nun älter als zuvor am Abend.

Inzwischen haben Leonie und ich verschmierte Gesichter und eine nervös schuldbewußt-unschuldige *Attitüde* ...

Nonie, eine bedrohliche, jedoch *annehmbare* Seele – ich bin ein besserer Mensch als sie: es ist mir wichtig, daß dies ein wenig so ist: ist es mir etwa nicht wichtig? Verlegenheit und *Erbarmen* – natürlich versucht Nonie *im Grunde* nur zu überleben ... In der Erinnerung finde ich einen Moment, der mir real erscheint, wenn dasjenige, was vorgeht, nur wie von Figuren auf der Szene verrückt erraten wirkt, obwohl doch partiell klar ist, daß selbstsicher zu sein – wie jemand in einem

Buch oder Film –, daß *absolut* sicher zu sein *sich gehört* – oder aber entsetzlich ist, wenn man betrachtet, wie es sich in der Realität auswirkt. Die Wahrnehmungsweise des Körpers – was er an Geschehen in der realen Zeit vermutet, bei sogleich eintretender Reglosigkeit des Geistes, der sich aus Wachsamkeit und Rekapitulation oder Kalkulation (des Motivs) davonblinkt – ist eine von verlegenem und barmherzigem oder verhärtetem und berserkerhaftem Heldentum ... «Na, was hat sich denn getan – oder sollte ich nicht fragen? Was ist denn so gelaufen, ihr zwei ...» fragt Nonie.

«Nonie läßt sich von Reklamesprüchen beeindrucken. Du kannst sie einschüchtern, indem du sagst, wir hatten es ganz zauberhaft – wie in einer Reklame. Oder im Musical.»

Auf furchtsame Weise ist sie vom Glück besessen, obwohl sie an anderen vielleicht eine Emotion am höchsten schätzt, die Nonies eigene Wirklichkeit widerspiegelt: wenn sie furchtsam von *ihr* besessen sind und dadurch solch ein Stahlgespinst entsteht, wie es bei Hängebrücken Verwendung findet. Sie hat eine praktische Einstellung zum Verhalten anderer, und als ich jene Bemerkung machte, wurde ihr Gesicht seltsam: sie dachte über mich und Leonie als eine Realität nach, nicht als etwas Tadelnswertes oder als eine traurige Enthüllung, sondern als schlicht das: eine Realität ... Wenn sie an einem scheitert, wenn sie einem nicht jene furchtsame Besessenheit von dem, was sie sagen und als nächstes tun wird und was sie empfindet, einpflanzen kann, wie kann sie dann in ihrem Büro die Chefin sein oder Mutter werden und einem Haushalt vorstehen? Man lacht darüber – wie etwa über eine schauderhafte Annonce – und spürt, daß sie dem Temperament nach unkultiviert und kalt ist, doch sie ist auch heiß und gereizt – letzten Endes treibt mich dieses komplexe Amalgam von Regungen mir gegenüber von ihr fort. Als Erzähler bin ich nicht notwendigerweise ein ehrenwerter oder besonnener Richter über Charaktere – ich leiste vor dem Tribunal erzählender Prosa, was ich kann, doch meine

Stimme ist weder frei von Elementen, die von Nonie stammen, noch von solchen, die den ihren von Natur aus entgegengesetzt sind ...

Gleichwohl höre ich aus dem, was Leonie sagt, Elemente von Nonie heraus und erkenne solche von ihr in dem, was Leonie tut – nicht einfach Nachahmungselemente, sondern menschliche Überlappungen.

Partiell hängt es mit der Frage zusammen, wem der Segen zuteil wird, daß man ihm zuhört.

Nonie war für mich der Büttel *des Absoluten*; dies stellte einen Götzendienst ganz am Rande dar und war nicht etwa der Versuch, sie zum Symbol zu erheben, wenngleich es bedeutete, daß einiges von dem, was ich ihr in Gedanken zuschrieb, wenn ich über sie nachdachte – so wie man einem x oder y eine mathematische Quantität oder einen realen Umstand aus der realen Welt oder aus der Antike zuordnet –, symbolhaft war ...

Ich will sagen, das symbolhafte Moment beschwor eine Erinnerung an Nonie herauf, und eine Erinnerung an Nonie beschwor eine bestimmte Meinung über die Realität, über die Welt herauf. Manches von dem, was Nonie ausmacht, existiert in jedem. Nonie glaubt zuzeiten ungestüm an Gott. Manche Menschen lieben sie. Liebe neigt dazu, zu kommen und zu gehen: «Oh, sei doch still: du redest wie ein Junge ... Sei still und mach das jemand anderem weis.» Ihre Regungen erinnern an – fliegende oder watschelnde – Gänse: die Bewegungen ihres Verstands und ihrer Emotionen. *Ich finde, sie riecht* abgestanden ... weil sie Systeme und Methoden so sehr liebt: Gott ist, was siegt ... Sehen Sie, sie hat da all diese todsicheren *Methoden* ... Ich möchte dieses Haus und sie verlassen und will das seit meinem zehnten Lebensjahr. Vielleicht jedoch nicht nur. Ich möchte sie lieben und in die Arme schließen und damit die Welt, mich und mein Leben, den Krieg und das Sterben meiner Eltern annehmen. Ein Käfig stülpt sich über sie, läßt ihren weinenden Kopf jedoch *frei*, und ich möchte zu ihr in diesen Käfig hinein und ihren weinenden Kopf küssen, aber ich habe Angst und bin angewidert und müde; ich bin furchtsam – wie der Pilot. Wenn sie verschreckt haßt, kommt ein wenig Leben in sie – das heißt, wenn sie lebendig wird und ihre Vortrefflichkeit fühlt – ihre Zulänglichkeit. Wie sie ist, davon wird meine Taktik bestimmt. Zu Lila sagte ich: *Willst du denn, daß ich ihretwegen mein Leben so fortwerfe, wie du's getan hast?*

Tu mir das nicht an, Wiley. Du darfst über diese Dinge nie mit mir sprechen – sowenig wie mit anderen Leuten: versprich es mir ...

Nonie sagt gerade: «Wie einer ist, das zählt ... Du solltest dir mal Manieren zulegen, Bruderherz.»

«Danke schön, Nonie ... Das erklärt mir wirklich die Welt ...»

«Ach. laß mich doch in Ruhe – ich find dich gar nicht lustig. Du paßt nicht mehr in deine Schuhe.»

«Und was ist daran nicht in Ordnung?»

«Du hältst zuviel von dir – tu mir den Gefallen und gib keine Antworten mehr auf Fragen, bevor ich dich dazu auffordere.»

«Ich nehm von dir keine Befehle entgegen, falls dir das noch nicht aufgefallen sein sollte ...»

Nonie, Lilas Tochter, sagt: «Du hast dir das Gesicht verhunzt – du siehst aus wie von der Katze reingeschleift – haha: du hast mal wieder gegrübelt ... Leg den Schal richtig um: du versaust ihn ...»

Ich höre ihr mit besonderer Wildheit zu. Ich laufe Gefahr, alle möglichen Sachen zu begreifen – bis zu einem gewissen Punkt.

Tatsächlich ist die Gefahr beträchtlich.

Nonie sagt – milde: «Ich hoffe, es kommt dir zugute, wie du bist, das hoff ich wirklich ...»

«Wenn ich nichts tauge, dann bitte du mich bloß nie um Hilfe», sage ich kalt – zornig – auf Gerechtigkeit versessen.

«Oh, du bist ja so logisch, stimmt's? Also, du legst ja eine Menge Leute rein, Wiley, aber mich nicht. Ich bin ein *praktischer* Mensch ...»

«Du bist Zivilkraft *dritten* Ranges ...»

Sie seufzte: «Alle mag er mehr als mich. Dagegen kann ich überhaupt nichts machen ...»

Ich kann Nonie gegenüber auf keinem Wert beharren, ohne den heftigsten Stellungskrieg zu führen, der nur vorzustellen ist. Meine Erfahrungen mit Sprache – mit Waffenruhe, während Sätze sich entfalten, mit dem Gefühl, als Herold mit einer Unterhändlerflagge dazustehen – sind wertlos. Meine Mutter hat gesagt, wenn Kugeln vor meinen Augen einen Unbekannten träfen, würde ich ihn – oder sie – retten und nicht Nonie. Hierüber habe ich ein wenig (unzusammenhängend) mit Jungen meines Alters geredet – und mit Lila: *Aber was ist sie denn wert? Schau dir doch verdammt noch mal an, Mama, wie sie's schafft, MICH so viel zu kosten.* Und Lila sagte: *So wird hier NICHT geredet! Hab ein Herz, wenn du redest! Das ist ja, als würdest du mit einem Knüppel auf mich einschlagen, wenn du so redest. Sie ist mein Kind ... Hab sie mir zuliebe gern ... bitte .... Ich bin keine gute Mutter gewesen: hilf mir, Wiley. Ich fühle mich entsetzlich* ... Hilf mir sterben und gib mir am Ende das Gefühl, daß ich's ganz richtig gemacht habe. *Sag mir, daß du zu ihr hältst ... Familie ist Familie ...*

Zum Teufel, eben nicht. So ist es eben nicht, verflucht noch mal. *Du willst wegen ihr nicht weiterleben, und du hast gesagt, für Nonie würdest du niemals sterben, und –*

Kein Mensch meint alles so, wie er's sagt, Wiley.

Was meinen die Menschen denn dann? Ich mag Nonie nicht ...

Sei fair zu ihr ...

Das wäre nicht zu ihrem Vorteil ...

O mein Gott, was bist du nur für ein Mensch! Du hast vieles mit ihr gemeinsam, Wiley ...

Nicht genug, Mama, sie lügt – Mama, wenn sie nur halbwegs fair zu mir wäre, gäbe es gar kein Problem ... Ich kann sie mir nicht leisten ...

DOCH, DAS KANNST DU ...

Nein ...

Viele Leute sagen, du wärst selbstsüchtig ...

Viele Leute sagen das über jeden.

Du bist nicht der einzige, der die wahre Geschichte kennt – du solltest lernen, anderen Raum zu lassen – auch wenn sie nicht immer sorgsam mit deinen Gefühlen umgehen, haben sie noch Rechte, Wiley, und sie können eine Menge Gutes auf der Welt bewirken ...

Aber ich habe auch Rechte ...

Ich liebe dich, Wiley ... Was heißt, du hast keine Rechte im Vergleich zu den Rechten derer, die ich nicht auf diese Weise liebe .... *Glaubst du, ich wüßte nicht, wie Nonie ist? Sie ist keine gute Schwester – aber denk da nicht drüber nach – tu's für mich – du bist gut zu mir gewesen ...*

Sie möchte, daß meine pflichtbewußte Seite nach ihrem Tod weiterexistiert – ich meine, sie möchte sie zu einem Teil ihres Nachlasses machen. Es gefiel ihr, mir auf dem Kopf herumtanzen zu können, indem sie *meine* Gunst verteilte.

Na schön, was soll's. *Sicher doch, Mama ... in Ordnung ... Ganz wie du wünschst ... Ich werd's versuchen ... Ich werde mich nicht aufführen wie der böse Bruder in Büchern, die Frauen so schreiben ... Nur wird es nicht funktionieren. Sie wird Besitzansprüche auf mich erheben. Sie lügt und stiehlt* ... Sie hatte Mama noch auf dem Sterbebett bestohlen. Und Mama beleidigt: deswegen hatte Mama angeordert, sie solle nicht ins Zimmer gelassen werden. Mama hat von Nonie nicht Abschied genommen ... sie an ihrem Sterbebett nicht geduldet. Mama sagte: «Es tut mir leid, aber genug ist genug.»

Doch sie wollte nicht, daß ich es aussprach ... Und noch als Sterbende wollte Mama kommandieren ... Sie wollte *bis zur letzten Minute* machtvoll sein ...

Nonie wird es noch fertigbringen, daß ich sie mir nicht leisten kann – du wirst schon sehen ...

Du hast da einen Trick, Wiley ... Du ermutigst andere, zu weit zu gehen und sich scheußlich zu benehmen, und dann läßt du sie stehen und im eigenen Saft schmoren ... . Sie gab ein rasselndes Sterbebettgeräusch von sich, ein Lachen gewissermaßen: *Das wird für sie kein Picknick, wenn du dich um sie kümmerst, SOVIEL kann ICH dir versichern ...*

Als ich klein war, brüllte mich S. L. mehr als einmal Nonies wegen an: *LIEB SIE, VERDAMMT NOCH MAL, LIEB SIE! SIE IST DEINE SCHWESTER!*

Mehr als einmal habe ich – als ich noch klein war – gesagt: «Ich wünschte, ihr würdet Nonie in ein Heim stekken.»

Der hochaufgeschossene Junge auf der Couch – das entflammte, halberwachsene Kind – nimmt Nonies Blick als lebhaft und verschwiegen wahr: sie hat nicht die Absicht, sich in dem Krieg zwischen uns zu zeigen ... Halt Ausschau, solange du willst, du wirst sie nie erblicken. In gewissem Sinne darfst du sie niemals erblicken. «Oh, sieh einer an ... da ist ja unser Musterknabe, der sich überall beliebt macht ...»

Ich hasse sie – helft mir ...

Nur die üblichen Reibereien zwischen Bruder und Schwester ...

Das Gedächtnis des Jungen springt sporadisch an – es kommt und geht und transportiert Fragmente, nicht solche der Wirklichkeit, sondern Fragmente lang vergangener Ansichten davon, was noch früher stattgefunden hat: es fliegt in diesem Sinn von Hügelkuppe zu Hügelkuppe, von imaginärer Hügelkuppe zu imaginärer Hügelkuppe, quer durch England, wie zur Zeit Napoleons die Nachrichten über das Heliographensystem. Das *Jetzt*-Gefühl des Jungen beruht auf Indizien und Meinungen, sicher aufbewahrt in einer Vitrine hinter geschlossenen Türen und nun auf einen Duft reduziert, so daß die Muskeln des Jungen, die Fasern seiner

Identität darauf reagieren. *Es* – und seine Reaktionen – hängt mit so etwas zusammen wie: *Jemand ist ihm nicht übel gesinnt* ... oder: *Jemand ist ihm wohlgesinnt* ... oder: *Jemand ist ihm gar nicht gut gesinnt, das kann ich dir versichern* ... Und: *Du weißt nie, wie milde oder heftig diese Gefühle sind* ...

Ich hege mindestens fünfzehn Gefühle – zwanzig, dreißig, tausend ... Ein Bürokrat ist ein halber Voyeur. Berufsbedingt. Mehr oder weniger *vergebe* ich ihr immer, bis zu einem gewissen Grad. Manchmal, wenn ich unglücklich bin, bindet mein Unglück mich an sie, und bestimmte Arten von *Schmerz* machen einen Star aus mir, da sie etwas von mir will. Ich möchte mich jedoch nicht in Schmerzzustände ziehen lassen, nur um von ihren lästigen Ansinnen befreit zu sein.

Sie weiß, ich bin nutzlos, wertlos für sie, wenn ich krank bin, und sie pflegt mich dann nicht, sie verhöhnt mich. *Ich möchte, daß du stirbst*, hat sie schon gesagt. Ich glaube, es ist ihr ernst. Ich weiß nicht, ob sie in irgendwelchen Schächten und hinter den sieben Bergen noch andere Gefühle hat. Es ist nicht klar, wo sie in ihrer Einstellung zu mir einmal ankommen wird, oder vielmehr, meiner Meinung nach ist es klar, und ich gedenke nicht, es darauf ankommen zu lassen. Sie hat sich darauf festgelegt, mir übelzuwollen.

Und dieser Wunsch wird sie über Wasser halten – oder untergehen lassen.

Ich hatte das Gefühl, meine Lider würden steinern – haben Sie das auch manchmal? Sie gelangen bei einer *endgültigen* Meinung an – die nicht final wie in der Logik oder Geometrie ist, sondern engültig wie im Leben: Sie schließen ein Thema ab; sie träumen davon, sogar wenn Sie wach sind und es vor sich haben: Sie gehen mit dem Symbol eines Symbols um; eine Person, die für Sie zugleich wirklich und symbolisch existiert, wie etwa eine Mutter, eine Schwester oder ein Mädchen, das Sie kennen, wird zu einer Flagge ... und nicht nur für den Moment, sondern von nun an *auf ewig* ... das heißt, für eine lange Periode ...

Ich, der Nonie nicht leiden kann, sie fürchtet, sich in mancher Hinsicht als ihr Beschützer fühlt, sie unterschwellig haßt, sie liebt, ich bin – unter der Schicht von Geplapper, Hü-Hott und Rüschenrascheln (mein Cousin Benjie!) – genauso zu fast jedem, lähmenderweise vielleicht. Und vielleicht zu vielem, was auf der Welt vorgeht ... Die Stimmung (der Seele) strafft sich, flappt mit den Flügeln und kreischt – oder singt – wie ein irischer Barde. Doch moralische Neutralität plus Komplizenschaft – komplizenhafte *Beschwichtigung* – Zuwendung als Verhandlungsresultat ... nicht ganz menschliche Billigung, nicht ganz warm empfundene Nächstenliebe ...: dies bestimmt Nonie und ihr Leben und macht sie immerhin so unglücklich (was obendrein so deutlich auf einen tiefen Sinn hinweist), daß es sie ... nun, über diese oder jene Klippe stoßen mag ... *Du bist ihr nicht wirklich wohlgesinnt,* sagt Mama. *Nicht tief im Innern. Zwischen euch beiden hat immer schon Krieg geherrscht ... Ich kann nicht sagen, wer von euch es schlimmer getrieben hat, nicht mal drüber nachdenken kann ich. Du spielst gemein und eiskalt – nein: der Geist deiner Mutter hat das angerichtet ...*

Sie sehen, ich bin vom rechten Wege abgewichen. Zu weitgehend findet mein Leben seine Erklärung in Mamas Warnung: *Wirf bloß* du *nicht noch mit Steinen nach ihr; es könnte dir nicht schaden, wenn du ausnahmsweise mal ein Herz für sie hättest ...* Es liegt an Nonies selbstsüchtigem Klotz von Bruder im Federkleid der Jugend ... Als Unterströmung birgt seine Jugend im Moment den qualvollen, halbirren Drang, den Bruch herbeizuführen, ein Wespennest beunruhigender, befremdender Züge an ihm – in ihrer Haßliebe, so leidenschaftlich kalt, ist Nonie mir mehr zugetan als ich ihr ... Lila hat einmal gesagt: *Damit setzt du dich ins Unrecht, Wiley ... Du bist zu kalt ...*

Ihr Geist ist hier: nein, es ist ihr Körper, ihr häuslich niedergelassenes Gesäß, das dem Untergang geweihte Mädchen, das verblichene, abgewandelte, magisch wiederhergestellte *Potential.* Gefühle, leise Kreaturen, wuseln in mir umher – im Atrium des antiken, attischen Ichs ... Die leisen *Flügelschläge* der Empfindungen – leiser Emotionen – bezeugen: *In der Welt zu leben ist schwer* ... Der Junge lacht, und Nonie sagt: «Schau ihn dir an: was er ohne guten Grund so alles macht ...»

«‹Das leere Lachen, das von müßigem Geiste zeugt ...›»

«Frag ihn doch mal, ob er gern küßt ... Er ist genau das, wonach mein sehnsüchtiges Herz sich lange schon verzehrt.» Dies kommt von Leonie, die poetisch klingenden Kram mit feucht-weicher Friedensstifterei verrührt – semi-inkohärent. Sie ist *nett* ... aber nicht nur ... Leonie ist eine ungestüme Mädchenseele, *demütig* nervig, kompliziert – von vielseitigem Stimmungsrepertoire, interessant willensstark, nicht sittsam ... partiell verläßlich ...

«Seine Kenntnisse im Küssen hat er aus einem Buch», sagt Nonie.

«Das stimmt», sagte ich.

Leonie lächelt: durch meine Nerven flirren Halluzinationen – eigentlich eine kolossale Halluzination, das Aufleuchten der Nerven im Zustand des Begehrens, im Auflodern einer sexuellen *Meinung*, die nicht in einen Machtimpuls übersetzt ist ... jedoch nicht gänzlich impotent ... Der neuronal erleuchtete Junge ... Die Brüste der Frauen und sein sexuelles Ich – eine nicht ungewöhnliche, der Beherrschung und Erforschung bedürfende Materie – sind stimmungsabhängige Gebiete und solche der Unwissenheit, sind klassen- und geschlechtsspezifisch; der Verstand des Jungen wehrt sich, indem er etwas von Fotzen einwirft, doch die polemische *Schubkraft* davon schwindet und weicht einer Vorstellung von der realen, empfindsam muskulösen, empfindsam pelzigen Sache, zart und mülleimerig (in gewisser Hinsicht), wählerisch und der Quell des *Schönen* und *Wahren*, wie ich es kenne ...

Komm mir bloß nicht mit schön und gut ... Du bist genau wie alle anderen, du willst, daß es nach dir geht, du willst im Rampenlicht stehen ... Tja, das will jeder ... Ich auch, Mr. Paßt-nicht-mehr-in-seine-Schuhe Wiley Silenowicz ... du eingebildeter kleiner Traum-Romeo ... Lern, uns zu mögen, dann hast du auch gelernt, in der Welt zu überleben. Dann findest du auch ein Zuhause, genau wie jeder andere – ein Zuhause zu haben ist keine schlechte Sache ...

Ich bebe ein wenig. *Nonie als Realität* ... Vergleiche stürmen auf mich ein – die Frage, wie ich mich verhalten soll: eine allumfassende oder pauschale Scham: die Geschwindigkeit ist affenartig – *Verwunderung* empfinde ich, Scham, Abscheu und Ekel ... Nonie bleibt mit scheinbar unerbittlicher Ruhe bei ihren Zielen, ihren Realismen – ihren Frömmeleien, ihren alles abblockenden Frömmeleien ...

Du hast ihr das Leben ruiniert, Wiley; es war nicht vorherzusehen, aber es lag an dir ... Ich [Lila] *habe* [immerhin] *getan, was ich nur konnte ...*

Nonie hat nicht das Gefühl, ihr sei das Leben *ruiniert* worden ...

«Wiley!» sagt Nonie – sie scherzt nicht, sie hat genau meinen *Abscheu* getroffen ... Wie im Traum ist das. Ich träume oft schlecht. Ich bin in Nonies Träumen schon gestorben – sie hat es mir erzählt. In der realen Atmosphäre lebe ich noch ... Sie möchte mich an sie gefesselt und auf faßliche Weise besiegt sehen – *wie ein richtiger Mann* ... Im wirklichem Leben sind wir Feinde ... nicht ganz und gar – nicht absolut. Es ist eine ziemlich unveränderliche Sache, eine nur zu unveränderliche – genügend Charakterstärke dafür hat Nonie. Zu dieser Feindschaft gehören bestimmte wiederkehrende poetische Motive: *Sie ist eben nur ein Mensch*, sagt Lila, *genau wie du ... Ach, ich geb's auf. Euch beide geb ich auf ... Ich bin es leid. Findet ihr mal selber eine Lösung ...*

Momentan leben wir in *relativem* Frieden. Friedlicher ist es zwischen uns nie zugegangen ... Sie langweilt mich ... Was zwischen mir und ihr ist, kommt weitgehend durch meine Stimme zum Ausdruck ... Es prägt meine Kopfhaltung ... meine Mimik ...

Sie sagt: «Ich bin heute abend so nervös. Laß mich auf deinen Schoß ... Nimm mich auf den Schoß, Wiley ...»

Ich überlege ein bißchen. Dann: «Na gut ...» Dann: «Aber benimm dich. Versuchen wir's mal friedlich; geben wir mal vor Leonie an ...»

Leonie rückt bereits, um auf der Couch Platz zu machen, so sehr möchte sie, daß sich der *Ton* hier ändert ... *Auf irgendeine Art ist jeder schöpferisch*, sagte Mama gern. Nonie setzte sich auf meinen Schoß und lehnte sich zurück, an mich – ein Akt, der in kurioser Stille vonstatten geht, mit Leonie und mir als Zuschauern, als Publikum; und dann sagte Nonie: «Ich habe Angst. Manchmal frag ich mich, ob ich durchhalten kann ... Ich weiß nicht ...»

Sie sagt da etwas Wahres ... So redete sie vor mir so selten, daß ich den Moment als bedeutsam empfand und ihn mir merkte; und als Erinnerung wurde er dann niemals zu einer von denen, die ich vergaß, und sei es nur für einen Tag. Immer schnellt er mir in den Sinn, sobald ich den Namen *Nonie* höre oder in Gedanken streife ... Mein Leben hat ihres eingeengt – und dasselbe habe ich ihr angetan, nicht etwa unschuldigerweise. Zu sprechen tut ihr weh und erbittert sie: «Ich red nicht gern. Wer immer redet, ist Wiley ... was anderes kann er nicht ... Leonie redet gern: sie kommt kaum richtig zum Arbeiten ...» Nonies Einstellung zur Liebe wird partiell davon bestimmt, daß sie Liebe bei anderen «nicht mag». Darauf ist sie stolz ... Diese Gefühle bleiben unbenannt, werden als *Utopismus* abgetan. Mir wäre es lieb gewesen, wenn sie jemanden geheiratet hätte, der bereit gewesen wäre, mir im Leben weiterzuhelfen, mit Geld, oder wenn nicht mit Geld, dann mit moralischer Unterstützung. Im Grunde meinte sie, sie habe nicht die Absicht zuzulassen, daß irgend jemand mir half, aufs College zu kommen ... Dies ist natürlich eine *sehr* selbstsüchtige Interpretation ihrer Äußerung. Wie Nonies eingeengte Seele es sieht, fordert sie mich auf, vernünftig zu sein – und mein Leben selbst zu sterben ...

Seufzend sagte Mama über einen neuen Jungen, mit dem Nonie ausging: *Nonies Anforderungen erfüllt er komplett: Er springt für sie durch Reifen. Er ist nichts Besonderes. Er ist respektabel. Er hat ein Mutterproblem: er ist auf Nonie bestens vorbereitet ... Ich weiß nicht, wie sie damit ein Leben lang zurechtkommen will; wie kann man es denn mit so einem Leben ein Leben lang aushalten* ...

Ich lege die Arme um Nonie. «Bist du wirklich traurig?» *Ist das hier echt – versuchst du auch nicht, mich an der Nase herumzuführen* ...

Sie sagte: «Ich hab Angst davor, wie's mal wird ... Wenn's gar nicht gutgeht [ein paar Schritte – oder Galane – weiter], kann ich mit dir rechnen? Hilfst du mir?»

«Klar», sagte ich. Ich meinte es nicht ernst – jedenfalls nicht bedingungslos. Ich war bereit, es ernst zu meinen, wenn sie *nett zu mir war* ...

«Wirklich?» fragte sie. «Sag doch ...»

Geh zum Teufel, dachte ich. Ich meine, ihr Körper war für mich wie aus Gummi und abstoßend, wirkte aber sexuell erregend, was ich übelnahm: das hochentwickelt-antagonistisch Regelhafte daran, an ihrem Körper, bedeutete, daß sie nicht vorhatte, *nett zu mir* zu sein ...

«Kann sein», sagte ich. «Klar ... mal sehen ... Ja», sagte ich. Eine Lüge.

Sie wackelte mit ihrem ziemlich dicken, ziemlich harten Hinterteil – auf mir; auch im Hüftgürtel ein ganz schön dickes Ding ...

Sie seufzte ein bißchen erleichtert und sagte: «Ich werd mit dir genauso fertig wie Mama.»

Leonie hustete – ihr Raucherhusten.

Gespielt kindlich sagte Nonie zu mir – ich glaube, es galt mir – : «Gib mir einen Kuß.»

Mein Körper wand sich auf die Art, die *Geh-von-mir-runter* bedeutet, signalisierte aber mit einem «Ha-ha-ha»: *Ist nicht unfreundlich gemeint* ... In einer Demokratie hat man über andere Leute nicht entsetzt zu sein … Und ich fing an, mich zu verrenken, um sie zu küssen, falls sie es denn wollte.

Auf die Wange, dachte ich. Doch sie hielt mir den Mund hin.

Lila sagte zu mir, bevor sie starb: *Ich hab nie begriffen, warum ihr zwei euch so gehaßt habt. Es muß an irgendwas gelegen haben, was ich getan habe …* Und: *Du könntest doch nachsichtig mit ihr sein – so sehr unterscheidet sie sich doch nicht von allen anderen* … Doch der Körper besitzt ein Gedächtnis, das ernst zu nehmen ist. *Ein bißchen Humor würde dir ihr gegenüber nützen* … Männlich-humorige Gemeinheiten? Nur kann eben mein *Körper* ihr Wollen, ihre Wünsche nicht akzeptieren. Als Sterbende sagte Lila: *So schlecht ist das Sterben gar nicht … Ich bin ja selbst froh, von ihr loszukommen … Ach, es ist furchtbar, aber was kannst du denn schon machen – wenn du mich fragst, wählst du doch nur zwischen sechs von dem und einem halben Dutzend von jenem: Wenn du mitten im Leben stehst, mußt du eben essen, was auf deinem Teller ist … Ich nehm's dir nicht übel, wenn du sie fallenläßt, aber wenn du kannst, tu für sie, was dir möglich ist …*

Nonie sagt zu Leonie – oder in die Luft, ich sehe nicht mehr viel, seit ich Nonie auf dem Schoß habe – : «Ich möcht gern wissen, ob eine Frau ein besseres Leben hat, wenn sie auf den Strich geht … Ich würd gern eine Zeitlang auf die Straße gehen, als Stricherin, um's rauszukriegen … Allerdings bin ich wohl nicht der Typ dafür … Bei mir ist die Sache die, daß meine Eltern mich immer geliebt haben. Ich bin normal: ich weiß, wer ich bin. Ich hab eine glückliche Kindheit gehabt … Ich weiß nicht, wie das bei dir ist – ich bin immer glücklich gewesen … Wenn du anders bist, tut's mir leid … tut's mir leid für dich … Wenn Leute davon reden, wie unglücklich sie sind, weiß ich manchmal gar nicht, wovon sie reden, sie tun mir einfach leid …»

Als Kämpferin respektiere ich sie – halbwegs. Ich weiß nicht. Sie erwartet regelmäßige Reaktionen, kaum mehr als Automatismen, aber Nonie kann sie nutzen und rechnet damit. Sie schwebt in einem Traum von Freiheit ohnegleichen einher, ihrer eigenen Freiheit im Grunde, aber sie hat *politische* Vorstellungen ...

«Ich wünsche allen, was ich gehabt habe – ich wünschte, alle könnten es so haben, wie ich es hatte – dann hätten wir eine bessere Welt. Ich weiß nicht, warum nicht alle einfach ehrlich sein und jeden Tag ehrlich arbeiten und *nett* zu den anderen sein können ...»

(Lila sagte, bevor sie starb: *Wenigstens kann keiner sagen, ich hätte ihr keine Selbstsicherheit mitgegeben ... Selbstsicher ist sie doch, oder? Wenigstens in einer Hinsicht hab ich bei ihr was Gutes bewirkt ...*)

Nonie sagte: «Ich hab nicht genug Geld ... Wenn ich genug Geld und die richtige Position hätte, wär mein Leben vollkommen ... ha-ha ... Ich bin jung, ich bin hübsch, ich bin schlau – auch wenn ich's selber von mir sagen muß: ich weiß zu leben, ich weiß, wie ich meinen Spaß haben kann ... Ich hab Glück – ich bin ein glückliches Geschöpf ... Meine Eltern haben mir beigebracht, glücklich zu sein ... Ich bin was ganz Besonderes, ein sehr, sehr, sehr glückliches Geschöpf ...»

Ich glaube das nicht. Ich glaube, es ist eine Taktik von ihr, das zu behaupten.

Laut sage ich: «Ich denke, wir sollten alle denken lernen ...»

«Ach, er redet immer», sagte Nonie, «aber nie sagt er was Sinnvolles ...»

Zu den Momenten, die sie in Gang halten, gehört fehlende Bescheidenheit ... ICH GLAUBE NICHT, DASS NONIE VIEL TAUGT.

Nonie, die auf meinem Schoß sitzt, sagt zu Leonie: «Wenn ich doch nur seine Wimpern hätte ... Er ist zwar selbstsüchtig, aber gute Wimpern hat er ...» Dann: «Er ist selbstsüchtig, und so schlau ist er gar nicht. Alles macht er nach Schema. Er muß sich erst vorsagen, wie das Pinkeln geht, sonst kann er nicht aufs Klo ... Er ist viel zu verwöhnt – die Air Force würd ihn im Nu geradebiegen, zusehen könnt man dabei – juch-hu, wär das vielleicht nicht was?»

«Interessiert dich denn die Air Force?» fragt mich Leonie: ihre kühnen Blicke sind weniger kühn, wenn Nonie da ist, aber etwas anderes in ihr befindet sich auf dem richtigen Fleck. Sie verspricht, nicht mit der Wimper zu zucken. Zu ertragen, was geschieht. Kennen Sie diese Art von Versprechen einer jungen Frau, sich als wirklich mutig zu erweisen? Im Gesicht und im Verhalten einer jungen Frau?

Nachdem ich es einmal gesehen hatte, blieb ich auf immer davon angezogen, wo es auch in Erscheinung trat, und nur davon, niemals von irgend etwas anderem ...

LÜGEN! LÜGEN! LÜGEN! WAHRHEIT! WAHRHEIT! WAHRHEIT! – von lautlosen Ausrufen dieser Art, als Erklärungen gemeint, hallt die Atmosphäre wider.

In der Annahme, daß Heldentum eine gute Idee sei, sagt Leonie zu Nonie, fragt vielmehr: «Soll ich mich auf einen Sessel verziehen?»

Nonie weiß, daß sie seltsam reagiert, als sie sagt: «Ich kümmere mich um meine Angelegenheiten: wenn du mich fragst, also, ich gehör nicht zu den Leuten, die sich ständig Sorgen machen ... Ich rauch noch die Zigarette hier aus, und dann ab in die Heia ...» Dann sagt sie mit einer Gutmütigkeit, die mich so schockiert, daß ich mich ganz plötzlich alt und stur fühle, und ohne Vorwarnung grinst sie dazu – sie *weiß* also, daß sie im Unrecht ist: «Ich laß euch zwei Unzertrennlichen allein ...»

Keiner sagt nun etwas. Dann sehen wir ihr wallendes Haar und ihren Körper im blauen Bademantel von hinten, Leonie und ich, die wir im Einklang atmen, während wir Nonie beim Abgang zuschauen. Als sie außer Sicht ist und den hinteren Flur entlanggeht, sagt Leonie: «Sie ist ein toller Mensch – wir haben uns zwar rasch angefreundet, aber jetzt sind wir echte Freundinnen ...»

Meine Augen fühlen sich leicht getrübt an. Mich überrascht immer, was andere tun, was sie sagen. Ich schaue an meinem Körper hinunter, um festzustellen, wie nah sie mir ist: nicht sehr – ein sexuell erregender Anblick für mich. Ich weiß nicht, was sie tun wird. Es ist im Moment so, als verstecke man sich im Gebüsch, ein Moment der Zurückgezogenheit, des Spionierens, nur spioniere ich zum Teil mir selber nach. Stetigkeit gehört nicht zu meinen Eigenschaften; ich wittere Leonie mehr, als ich sie sehe; und da ich so jung bin, wittere ich sie, scheint es, mit Stirn, Ohren und Haaren – es ist völlig verrückt, sensorisch. Als ich sie mit den Händen berühre, ist das ein fremdartiges, verrücktes Gefühl. Doch sie bringt *Geduld* auf. Für all das habe ich kein begriffliches Vokabular. Ich gewinne von Leonie den *Eindruck*, ihr Gedächtnis schwinde rasch und sie bereite sich, gleichsam richterlich unvoreingenommen, darauf vor, das Spiel hier mit nützlich (und einigermaßen sensationell) getrübtem Gedächtnis zu spielen – erst eine Meinung über Nonie, dann ein bißchen sexuelles Zeug, das dieser Meinung widerspricht ...

Ich wende mich ihr offen schläfrig zu, mit einem Schmerz, mit schmerzlicher Unbekümmertheit: anscheinend bin ich, was Leonie angeht, ohne Vergangenheit. Ich sage sogar laut – ich versuche, gescheit und anziehend zu sein, aber wahrscheinlich wirkt es blöd – «Wer bin ich?»

Ich spüre eine neue Wachsamkeit bei Leonie, jedoch eine, die partiell nun auch gegen mich gerichtet ist – ein *Wer-bist-du-denn-schon*: ich meine, zum Teil bestimmt Nonie darüber, was für Menschen Realität ist. Vielleicht wegen der Dinge, die Nonie über mich gesagt hat; vielleicht weil Leonie viele Dinge spürt, darunter auch, daß ich ihr zuvor einiges an mir – viel von mir – verborgen habe ... Vielleicht sind wir beim detektivischen sexuellen Feilschen um Wahrheit nun an dieser Stelle angelangt ...

Leonie ist zur ältesten Person im Raum geworden. Ein Moment, ohne daß Nonie im Raum ist ...

Leonie sah mich an. Auf der realen Ebene ist es, als würden von einem Probeaufnahmen für eine Kußszene gedreht. Ich bin unschuldig – ich senke die Lider ...

Leonie sagt: «Bring mich nicht auf Gedanken ...»

Immer bin ich ein wenig im Irrtum. Hier ist nun auch eine Unterströmung von Feindseligkeit vorhanden ... ein biederes Mißtrauen gegenüber der Welt. Ein sexuelles System, in dem mich unter der Oberfläche befindliche Dinge mit Hitzedampf anspringen ... Lila riet mir immer: *Willst du, daß sich für dich mit anderen etwas tut? Dann laß dich von ihnen zum Narren halten ... Ich* spiele pflichtschuldig den Narren – jetzt –, und ich mag sie; ich bin interessiert – plötzlich atme ich ein wenig lauter, während ich auf verborgene Dinge *lausche*, die jedoch eigentlich zugleich durchaus sichtbar sind, wenn man scharf hinsieht ... Mein pflichtschuldiges Verhalten riecht nach freiem Willen.

Leonie glaubt, sie sei im Wissen um Gefühle möglicherweise ein *Champion*. Mit nur zwei Fingern rubbelt und stupst sie – uh, aah – meine Brust. Dann nimmt sie die ganze Hand; sie beugt sich mir zu und sagt – ganz eine Spielerin, die sich an die Regeln hält –: «Frauen bieten am Anfang immer hoch, aber sie gedenken nicht, dabeizubleiben ...»

«Und Männer sind Miststücke?» murmele ich, der jugendliche Fragende.

Zu den Freiheiten, die ihr Gesicht, ihre geöffneten Lippen mir eingeräumt hatten, zählte nicht die Redefreiheit. Sie hatte nicht erwartet, daß ich sprechen würde. Nun versteift sie sich, als wären ihre Knochen Flügelstreben an einem Doppeldecker.

Die Sache hier ist, daß wir Betrunkenen gleichen, ohne betrunken zu sein – wir befinden uns außerhalb der Überwachung durch die Erwachsenenpolizei, deren schmutziger Beaufsichtigung ... Natürlich glaube ich nicht, daß es wirklich dazu kommt – ich will keinen Skandal, und ich traue Nonies Einfluß auf Leonie nicht. Er gleicht einem fernen Echo.

«Ich geb's auf. Wer bist du?» sagt sie gemäß einem lokalen Gesprächsmuster. «Ich möchte dich kennenlernen ... Ich weiß, wer du bist ...»

Ihr Stichwort. Sie war sechs Monate lang am Lutheranischen College gewesen, danach zwei Jahre an der University of Indiana, dann hatte sie das Studium aufgesteckt und begonnen, für die Armee zu arbeiten.

Das hier ist beachtlich: wir beide auf der Couch. Mit sprachlichen Mitteln kann man Jungsein als etwas Absolutes erscheinen lassen, im Leben jedoch wirkt es überhaupt nicht *absolut* und ist es auch nicht: verläßlich ist es jedoch für eine Weile, für einen Abend, als biographische Tatsache.

In meinem Fall zum Beispiel war Leonies Blick, was die Rangordnung anging, verschleiert oder vernebelt. Wie ich – physisch – bin, davon ist sie nicht überwältigt; sie mag mich, inoffiziell bislang – doch das liegt an etwas anderem, daran, daß ich in mancher Hinsicht eigentlich nicht jung bin ... *Süß* war kein sexuelles Lobeswort. So jemand galt als lausig – schlaff. Und doch hat Leonie etwas *schneidend* Süßes an sich. Das schmeichelnde Was-auch-immer eines Ohrenkusses – ich fahre mit der Zunge den Windungen ihres Ohres nach ... Ich sage: «Darf ich?» Ein Moment wie bei einem Gartenempfang, doch wild wie ein Traummoment, grenzenlos und gleichwohl gefangen.

Sie erträgt es, dann bewegt sie sich und sagt: «Nein ... ich hasse das.» Wie Nonie, doch wenn ich recht verstehe, liegt es bei Leonie daran, daß ich in mancher Hinsicht, durch Dilettantismus und jugendliche Unreife, gefährlich bin.

Sie schüttelt den Kopf, um das Kitzeln im Ohr loszuwerden.

Sie sagt etwas, das zwischen Beaufsichtigung und Nichtbeaufsichtigung liegt: «Ich möchte nicht, daß wir einander hassen ...»

Ich sage: «Ich bin nicht darauf aus, uns in Schwierigkeiten zu bringen ...»

Sie starrt mich an, bis ich mit dem Kopf so nah an ihren komme, daß sie die Augen schließt. Dann küsse ich den zarten Bogen ihres Lids und das leicht borstige Geflirr ihrer ungetuschten, gar nicht weichen Wimpern. Wie ich von ihrem Gesicht Gebrauch mache, ist frühreif und privilegiert.

Aufrüttelnd entzieht sie mir ihre Präsenz ... Mein lautes Atmen, rasselnd, geschmeichelt und vielleicht nervös, bedeutet, daß ich keine Ahnung habe, in welchem Maße es sie amüsiert, daß ich mich nicht beirren lasse. Das Flirren ihrer Lider, ihrer Wimpern, die spitze Kehlung ihrer Lippen: verkürzt besagt dies, daß es *uns* um *wirkliche* Billigung nicht geht.

Im Laufe des Moments entstand aus Höflichkeit und Verschworenheit und einer gewissen spezifischen Gewitztheit in ihr und mir mit schockierender emotionaler Deutlichkeit das geheime Einverständnis jener, die umeinander werben: das schmutzige Billigen von Möglichkeiten sofortiger Absolution, falls sich die Sache zu, sagen wir, Innigkeit erweitert, oder zu einer Art Liebe, wenngleich nicht jeder beliebigen Art. Es ist unaufhörlich nicht-unschuldig und dennoch *romantisch*: man fordert nichts: man legt eine Hoffnung an den Tag ... Man muß nicht weiter vorstoßen. Und nicht praktisch denken.

Was keinen Preis besitzt, hat eine Chance, als unbezahlbar angesehen zu werden – hat Lila mir erklärt ... *Der Diamant von himmlischem Gewicht* ... Die Megalomanie und Gier in diesem Punkt sind offensichtlich, jedoch stilisiert; und welchen Amüsement-Faktor man auch annimmt – nun, niemand wird hier ERRETTET. Ich ziehe ein Knie auf die Couch, dann tauche ich – irgendwie im Scherz – auf beiden Knien – ein etwas spaghettiförmiger Junge – ab oder kippe vornüber, auf sie drauf, jungenhaft – aber nicht nachdrücklich, ohne bedeutende Nachsicht von ihr zu fordern. Sie zuckt zusammen – und versteift sich wieder. Ich finde ihren Mund. Meine andere Zunge, dieses zungengleiche, fleischige Ding, liegt, noch behost, neben ihr, nicht zappelnd, aber pochend – unwillkürlich, als Kompliment für Leonie (nur daß ich so jung bin ...). Eine blöde, fast selige, derbe Pantomime ... Es echot von Körper zu Körper, doch ich weiß nicht, welchen Klang die Echos für sie haben. Und ihre Hände und Arme tätscheln mich, betatschen mich, schlagen halbwegs süß-sexy über die Stränge (das heißt, tief unten auf der Skala starker sexueller Impulse). «Ha-ha», macht sie, mir in den Mund hinein. Dann knurrt sie, rückt von mir ab und kommt zurück. Sie streichelt mir den Hinterkopf mit stromgeladenen Würmern, dünnen Fingern ... In einer Pause sagt sie: «Du bist so was von verrückt.» Süß sagt sie das, verworfen, dem Leben und was sonst noch allem hingegeben; und mit Autorität ...

Ich fühle mich, auf die Art eines Fünfzehnjährigen, ganz heimisch. Wir schmusen so dahin, ziemlich trödelig meistens. Innerlich bin ich, ist meine ganze Brusthöhle mit Bruchstücken von Melodien ausgelegt. Irgendwie ist es für mich so, als kreise ein musikalisches Rad um uns – periodisch laut und kakophon –, eine *schneidende*, neuronale *Süße*, die beinahe ätzend ist, die seltsam sture Grammatik dessen, worin ich eine gewisse Skrupellosigkeit der Orgasmusprozeduren wiedererkenne. Unerklärliche, unbenennbare Prinzipien, nicht zu katalogisieren, einzuordnen in die Kategorie der sakramentlosen Dinge: da stehen sie umher: dies ist in mir, die schwankend sexuelle Diskursebene, auf der dies spielt. Leonie küßt auf eine Weise, die besagt, daß sie mich *noch* mag, obwohl sich doch schon die Frage stellt: Küsse ich gern so? Küsse ich gern *sie*? Eine ältere *Frau*? Eigentlich nicht besonders gern; es ist ein Ersatz, sentimentale Schlamperei und in keiner Hinsicht *rein*. Das ist meine sexuelle Meinung ... Ich bin ein blöder Junge, von Neuartigem geblendet und liebkost. Alles ist verschwommen und unbekannt, blöde und frustrierend – aber es ist *neu*.

«Klar doch», sage ich und räume damit zwar mir keinen Jugend-Bonus ein, versuche aber, ihn bei Leonie geltend zu machen. Ich spüre in ihr, wie gesagt, das Interesse *des richtigen Mannes*, die Bindung an ihn, seine Prägung. Das männliche Zeug, meine ich, das ich nicht darstelle. «Hast du spezielle Kenntnisse darin, was verrückt ist? Ich nämlich nicht», sagte ich.

«Ich auch nicht», sagte Leonie, was im Licht der Realität einen wahnsinnig komplizierten Sinn annahm. Sie sagt: «Du bist so sauber um den Mund – ohne Stoppeln …»

«Du auch», sage ich und grinse wie verrückt.

Ich kenne ungefähr ihre gesellschaftliche Kaste. Sie gehört nicht *der Gesellschaft* an …. Ich *rieche*, daß ihr Dad partiell ein Gauner ist; Geld dieser Sorte steht hinter ihr. Das Mädchen preßt die Brüste an mich, und prompt bin ich ihrem Vater .. ihrem Freund, ihrem vorletzten Freund nahe. Es gibt einen Mief nach anderen Männern, den ich an einer Frau meistens ignoriere. Ich will jene Männer nicht durch sie kennenlernen …

Der gute, verruchte Gestank realer Umarmungen – er ist so schmeichelhaft, daß ich halb wahnsinnig davon bin. Und, meinem Typ gemäß, etwas angeekelt.

«Gibt's das wirklich?» fragt sie – eine Floskel. Es ist in Ordnung.

«Mal sehen», sage ich und küsse sie fester – nicht eben geschickt. Ich frage: «*Na* – gibt's das WIRKLICH?» Der Kuß, in den ich mich blind gestürzt hatte, war nicht geschickt – aber er verblendete mich. «Mal sehen, wie wir so küssen» – ich insistiere, denn ich habe falsch geraten. «Ha-ha», mache ich. Ah, wie jäh elektrisierend einen die sublim bedeutungsvollen Wogen von Gerechtigkeit und Belohnung überfluten … Gerechtigkeit ist Belohnung, und ohne Belohnung wird das Tier an sexuell Erlaubtem sterben, mir von Leonie erlaubt, weil Nonie so war, wie sie eben ist … Die bartlose, getriebene, überstürzte Unbeholfenheit meiner Jungenküsse … Die Intimität, die entsteht, wenn einem ein anderer Kopf nahe ist, gleicht den Lichtern und der Tür eines Hauses. Die

Lichter und die Tür, die meine Präsenz als Küssender darstellt, der große, harte Schädel des unbeholfen Küssenden, die Raumschiff-Akropolis des Geistes, der Stachel der Wahrheit in einem von Sinneskerzen erleuchteten Moment, der beschwichtigte Körper und Götterstrahlen – ein Rausch ... Diese Nähe, bei all dem unerwarteten Geruckel, Gezuckel und Genuckel des Küssens, bedeutet, daß man niemals aus diesem Geschehen erwachen wird: es wird von nun an in bedeutendem Maße Teil meines Charakters bleiben ... Dies wird partiell zum Exempel dafür werden, wie ungeheuer wichtig die tröstende Präsenz eines anderen ist. Der besondere, der reale Moment ist furchterregend und deutet, von einer biologischen Finalität einmal abgesehen, auf nicht Allgemeines hin, es sei denn, man verbannt sich selbst aus dem Moment, während man darin ist ... Ich wollte niemals an Gott glauben. Ich wollte kein guter Mensch sein ... Leonies Gesicht mit seinen Erhebungen, ihr Kopfhaar und der Moment bilden eine Isthmus-Landschaft, mit Winden und einem Meer zu beiden Seiten. Ich – ich bin eine Halbinsel. Ein Komitee von Ichs von äußerster Zielstrebigkeit. Eine Ambition ...

Sie ist – merkwürdiger Mischstil – vorsichtig und leichtsinnig zugleich; eine gewisse Kühnheit macht sie irgendwie weiblich-grausam gegenüber dem so offenkundig verletzlichen Tier in ihr und mir. Wir hätten in ein zivilisiertes Verhalten zurückgeworfen werden können – in Teilen jener Episoden, in denen sie die Küssende war.

Sie gibt eine gegenseitige, gegen das Eltern-Prinzip gerichtete Verwegenheit vor, zärtlich, liederlich und erschrokken – nicht gerade süß – und nimmt sie dann zurück: Furcht macht ein Eltern-artiges Wesen aus ihr, eine Betschwester im Hinblick auf die Meere, die Würde und Stürmischkeit des Sexuellen, auf das Schwelgen in ihm – nun ja, so ergeht es ihr bei mir, jedenfalls bei diesem Mal, in diesen Minuten.

Ich habe eine ungefähre Vorstellung davon, wie ich reagieren sollte; ich habe so eine Vorstellung von rauhbeinig-manierlichem Selbstbewußtsein, während man überwältigt wird – wissen Sie, was ich meine? Ich hatte diese Vorstellung aus Büchern und vom Zusehen bei Football-Spielen. Ich kann nicht behaupten, daß ich jemals auch nur so getan hätte, als würde ich sie in die Praxis umsetzen .... Vor allem habe ich das Gefühl, mir würde das Herz gebrochen – weil ich ungeübt und nicht wohlgerüstet bin –, aber dennoch bin ich froh, daß dieser Kram passiert. Erinnerungen verändern nachträglich die Dinge: überhaupt geht es in Büchern vornehmlich um nachgetragene Erinnerungen und nicht so sehr darum, was geschehen ist – das behaupten die Bücher nur –, vielmehr bestehen sie aus Ereignissen, die so verändert wurden, wie es jemandem heute behagt, wie es seiner Erinnerung behagt und damit sie ihm ein halbwegs überzeugendes Erfolgsgefühl vermitteln. Oder vielleicht zur Selbstrechtfertigung. Es kostet Mut, nah an reale Momente heranzugehen – ergeht es so auch anderen oder nur mir? Wie sich die Luft anfühlte; die Nähe ihrer Lippen: meine bloßliegenden, vielleicht bloß niederen Begierden. Ich war so jung. Ich war mir nicht sicher, welche von meinen Begierden ich eliminierte, weil ich nicht den Verstand verlieren wollte. Leonie bietet eine komplementäre Version dazu an. Sie ist, für meine (damaligen) Begriffe, *eigentümlich* frei von Schuldgefühlen – sie entkommt ihnen Sekunde auf Sekunde; eine weibliche Form von Blasphemie vielleicht. Eine gewisse Verwegenheit – ihr sexuelles Interesse wird davon mitbestimmt. Daß sie für mich sexuell interessant ist, ruht auf dem schiefen Sockel des bereits Geschehenen; es kann sich ändern und vergehen. Sie hat keine Angst vor mir – vor dem, was passieren könnte ... Sie ist sexuell wirklich ganz schön interessant. Wenn das Wort *bezaubernd* eine bemühte, halb magische, partiell logische Gewitztheit (und was weiß ich) bedeutet, dann war Leonie sexuell *wirklich bezaubernd*. Sie ist wahrhaftig nicht – oder noch nicht – gebrochen; und sie ist eher düster als traurig, aber vernünftigtraurig – *unter-den-gegebenen-Umständen* – während meine Befindlichkeit eine absurd reizbare und überspannte ist – ich bin sozusagen in Treibsand geraten, entsetzt, schuldbewußt, zum Verzweifeln leidgeprüft, zu glücklich, *zu sehr* alles Mögliche ... Leonie kenne ich *fast* auf jene furchtbare Art, wie man jemanden in der Kindheit kannte, als man die Wirklichkeit in so gewaltigem Maßstab, mit solcher Klarheit der Sinne und solcher Inbrunst des Blicks, der Unwissenheit und Unschuld wahrnahm; nur kenne ich Leonie sexuell. Und dennoch ist es wie in der Kindheit, in der man einen Menschen (für die eigenen Bedürfnisse) sogleich und vollkommen kennt, wenn man weiß, wie er riecht und wie sich seine Hände anfühlen: man kennt das Wesentliche an seiner Berührung, also kennt man ihn. Man kennt ihn daran, wie seine Kleidung gebügelt ist – an jener Steifheit: vernünftig ist das nicht; es ist vernünftiger als nur vernünftig zu sein, diese Orientierung nach den unmittelbaren Erkenntnissen der Nerven. Ich kenne Leonie, weil ich ihre Lippen und die Struktur ihrer Haut kenne, und ich kenne die Männer, die sie gekannt hat. Wirklich.

Ach, die immense, intensive, beängstigende, partiell unvereitelte, partiell ungescheiterte Intimität, sogar diese *frühe* Intimität nun, mit ihrem Ende als *Einsamkeit* (wenn sie noch nicht zwingend Einsamkeit ist), eine Art Tod ist sie – ein schmutziger Tod, man beißt ins Gras und alles – und doch eine gute Sache, eine erwachsene, gut-schlechte Sache – herzzerreißend, wissen Sie. Und ich will sie: sie ist begehrenswert. Ich drückte Leonie eng an mich, in der lachhaft anmutenden, beschmutzten, gries-gruftigen *Gnade* des geschäftverhandlungsartigen Geschiebes und Geziehes, das so fast ganz und gar im Hier und Jetzt stattfindet, in dem wogenden, von der Haut modulierten Moment, und genehmige mir dabei einen gewissen Anschein von Unbefangenheit – eine schmutzige Kinderunbefangenheit: beinahe ist es das.

Zugleich jedoch eine Berichtigung der Kindheit. Ist dies

genetischer Betrug? Muß ich gescheit, vom Glück begünstigt, gesegnet sein, um hiermit klarzukommen, oder kann ich einfach so weitermachen, ohne zu überlegen?

«Wa, wa, wah», sage ich blöd und laut, um Atem zu schöpfen; da blicken ihre Augen mich – meine Imitation von Infantilität – an, mit nebelstumpfem Leuchten: es gibt noch Grenzen, selbst beim augenblicklichen Hitzegrad unserer fast leidenschaftlichen Übereinkunft, diese Dinge zu treiben. Doch diese Grenzen stoßen, und das ist fast spannend, an das fast weite, wundersam beleuchtete Feld *Gleich-werden-wir-uns-küssen* ...

«Bittäh, Wiley küüssen», sage ich in Babysprache.

Ihr Blick entspannt sich auf die Babylaute hin.

So begegnen sich unsere Münder in dem kuriosen Einverständnis, wir seien irgendwie zurückgeblieben oder regrediert. Sie sind ein wenig feucht und rissig, als sie sich berühren. Wir halten inne, ohne uns voneinander zu lösen: mit den Lippen lauschen wir auf all das *Zeug*, das die Mundhöhle des anderen birgt. Ich meine, ein Geschwirr von Fetzen ihrer Gedanken zu hören – wie eine Schar von Schulkindern – oder wie das in einer Gruft verwesende Ich – hier ist der Todesgeruch anwesend. Ich bin sonderbarerweise für meine Bedürfnisse phallisch wohlunterrichtet, wenngleich in dieser Hinsicht ein besonders tolpatschiger Casanova. Meine Gefühle bestehen aus einem sonderbaren Druck, einem Muskeldruck oder Muskelkrampf ähnlich, und doch zersetzt eine bestimmte Qualität an diesem Gefühl wie eine Schneide (als wäre das Gefühl der Flügel eines Schmetterlings oder einer Motte, einer Mammutmann-Motte) die Lippenflächen, bis sie vermodern, und in den Moder rinnt und sickert *ihr* Moder, bis mir die Lider platzen und ich in ihre Augen sehe, und sie ist da ... Ich weiß nicht, wer sie ist, doch dies ist kein unwesentliches Ende der Einsamkeit – ein merkwürdig sportgerechtes – und doch ein Verhängnis. Es ist, als blute man zu Tode, nur daß dies nicht geschieht. Wie sonderbar die Welt doch ist. Ich kenne dieses Mädchen. Wie sonderbar. Wie sonderbar. Wie sonderbar. Vermodernd lasse ich meinen Mund an ihrem und verblute emotional, in eine von leichenschändenden Wesen durchgeisterte Alles-ist-vorbei-Intimität hinein. Nichts ist jedoch vorbei. Ich fühle mich von der Intimität zutiefst gestört – und hülle mich in sie. Sie beängstigt mich. Wiedergekehrte Wesen ergehen sich darin: die Toten. Die Liebe und ihre Trauerfälle – kennen Sie diesen Mist? Die Schädel – samt ihren Gesichtszügen und Haaren – der beiden erloschen lebendigen jungen *Zicklein* gleichen halbvergrabenen Laternen an einem Ort, wo ein Windhauch sie entfacht, so daß der – wenn ich so sagen darf – Brennstoff in jedem Schädel – sexuelle Halluzination, sexuelle Kalkulation, sexueller Witz, sexueller Egoismus, sexuelle Dummheit oder was immer – sich geisterhaft, schmutzig, effizient von Schädel zu Schädel bewegt und in den magnetischen Prozessen, die solchen Bewegungen entspringen, jede Seele verglüht.

Sodann passiert der Geist stürmische Zonen, und man ahnt, daß dem Geist des anderen Gleiches widerfährt ... Ich muß schon sagen, nicht gleichgültig zu sein tut außerordentlich weh. Und es ist *schmutzig* ... das Gesabber und all das. Es kommt einem tatsächlich wie ein Laster vor, dieser chemisch untermischte Rückstand von Echos und *Geschmacks*spuren – der Geschmack der anderen Person, die schließlich auch nur menschlich ist – und ... Anscheinend liefert die starre Unwandelbarkeit mehr Informationen, als mir lieb wäre.

Auf dem schlüpfrigen, hitzigen Fest der Informationen (wie auf einem königlichen Fest) ist es peinlich – und verrucht – und *sportlich* – und (manchmal) wirkungsvoll zu sagen: «Lutsch an meinem Pimmel ...»

Ich sage es, aber im Grunde ist es ja eine Frage.

Sie küßt gern; sie streichelt gern; doch dies ist ein bißchen etwas anderes – sie legt eine Pause ein, um nachzudenken. Sie sagt nicht ja oder nein; sie sagt: «Du hast schöne Arme ...»

«Tut mir leid», sage ich. Ich habe Druck auf mein Gegenüber ausgeübt, wo es doch meine Absicht ist, mich undeutlich zu äußern – poetisch; auf sexuellem Gebiet ist Poetisches gröber und mehr der Politik verwandt, als ich erwartet hätte.

In Wirklichkeit bin ich niedergeschmettert.

«Du hast schöne Arme», sagt sie noch einmal, aber sicher kennen Sie den Effekt, wie man etwas so sagen kann, daß es nichts besagt. Indem sie nicht auf das antwortet, was ich gesagt habe, sagt sie mehr als nachsichtig etwas Ungesagtes. In der Frage, ob sie mich mag oder abweist, steht es seltsam: Sie läßt sich nichts befehlen und ist nicht überwältigt, sie befürchtet keinen unerfreulichen Verlauf; sie fürchtet nicht, mich zu zu verlieren – sie ist nicht eingeschüchtert; sie genießt es, wie blöd ich bin. Zudem stört es sie nicht, daß ich nicht gut küsse ... und jenen Satz gesagt habe.

Doch sie will auch sagen: *Warum überhaupt weitermachen – du bist nicht gut genug. Du bist niemand, dessen Eigenschaften so viel Erfolg in der Welt erwarten lassen, daß ich mit dir Nachkommen zeugen kann ...* oder etwas ähnlich Kompliziertes.

Also nehme ich eine beinahe aufrechte Haltung ein – ohne die Couchlehne im Rücken, mit sehr gedehnten, in dieser Pose verdrehten Muskeln – und küsse sie nun wirklich gut (bedeutsam und irgendwie aufrichtig); ich gestehe das Schlechte, das den Dingen im allgemeinen innewohnt, sowie meinen grauenhaften, aufgeblähten, garstigen sexuellen Willen ein und erhebe sie damit in eine besondere Kategorie.

Ich möchte jedoch nicht, daß sie schlecht über mich denkt und nur herumschäkert. Ich will und brauche die Intimität, die mich stört. Nun interessiert sich Leonie für den Erdgeruch, das Grauen und die Geister, die ich in mir habe und die in der intimen Situation zum Vorschein kommen, so, wie sie sich vielleicht für eine Wohnung, für ein seltsames Gedicht oder für irgendwelche Theorien über Menstruation interessieren würde.

Als ich mich ihr mit dem Kopf nähere, mit meinem ganzen

gestrafften Körper, mit Augen, Geschlecht, magerem, straffem Torso, da sehe ich, daß die ganze Sache sich bei ihr zu meinen Gunsten auswirkt. Ich weiß jedoch nicht, warum. Ist es nur Glück? Habe ich im erwachsenen Sinne Charakter? Ihre Atemzüge, die ich auf der Haut um meinen Mund herum und in den Nasenlöchern spüre, beschleunigen sich. Die Seide ihrer Weiblichkeit ... Mit einer gewissen Verzweiflung, daran erinnere ich mich, dachte ich, daß Männer mir – als *Objekte* – wahrscheinlich besser gefielen als ihr. Ich meinte es nicht als Euphemismus. Daß ich auf so exotische Weise *durch sie* nach meinem heimlichen Schattenbild von individueller Männlichkeit (und *Unmännlichkeit*) fahnde oder greife – dieser Aspekt mag ihr *zu hoch* sein, aber ich bezweifle es – und nach fernen Männern: dies erschreckt mich, und es erscheint mir als falsch, als nicht erregend; doch so kommt mir auch alles Suchen nach ihr, nach Leonie vor. Ich will nicht feminin sein. Mir werden hier weder Sicherheit noch wirklich akzeptable Begriffe für sexuellen Kram geboten: ich bin ein Junge und keine so großartige Partie ...

Wie auch immer, ich fühle es: ich füge einem *Mann* Unrecht zu ... Es ist wichtig, wem man Unrecht zufügt.

Zungen und Atemzüge. Meine dünnen Arme, mein Zaudern – für Leonie bin ich beinahe eine Variante ihrer selbst. Mein Alter, mein Körper, meine Begierden. *Die* mag sie auf andere Weise, als ich *SIE mag* ... Ich habe das Gefühl, an mir werde gepickt, geknabbert – es ist, als schnipple jemand mit einer Nagelschere die Stiche an einem Football oder Basketball auf, stäche auf mich ein und bringe mich langsam zum Erschlaffen: nicht meine Erektion, sondern einen Mythos um das ganze sexuelle Getue. Inflation. Deflation. Demütigend (Wahnvorstellungen provozierend) flüchtig ... Der *selbstbewußte* Waisenjunge reibt sich mit den Hüften an ihr ... Liest ihr Körper in mir wie in einem Buch? Tut sie es?

Ich *folgte* ihrer Führung nicht, fiel mir dumpf auf.

Sie sagte: «Du bist so *wild* ...»

Nach ihrem Ton zu schließen, war ich «unmöglich ... Du gehörst niemandem» – eine Bemerkung von Ora.

«Das ist ein Kompliment», sage ich in der Hoffnung, sie werde mir bestätigen, daß es ein Kompliment sei, daß ich endlich *normal* geworden sei ...

Ihre Augen blitzen – verlogen vielleicht – , und sie sagt: «O JA ...»

Dennoch, ich *hasse* es, beurteilt zu werden. Es brennt und beißt ...

In den Hohlräumen des Moments jedoch, trotz der brennenden Schüchternheit, trotz des beißenden und sonstigen Zeugs, bewegt mich die reife, offene Landschaft der Erkenntnis, daß eine Frau mir freie Hand läßt, so sehr, daß ich mich vollkommen glücklich in der Zeit, wenn ich so sagen darf, bewege, ohne daß meine Bewegungen im mindesten denen der Kindheit glichen ... Es ist *PERSÖNLICH*... oder was immer sonst, dieses nicht lächelnde, leicht verschwitzte *Glück* – es ist, als würde in mir ein weißer Suchscheinwerfer eingeschaltet und illuminiere meine Zeit auf Erden, mein Leben, dieses scheinbar stillstehende und dennoch zeitbewegte Leben – eine ganze Topographie.

Eine Topographie jedoch, die nicht statisch ist.

Dies zupft an meiner Balance, so daß ich eine hart ans Machtlose grenzende Macht in einem Meer von aufleuchtendem und wieder verlöschendem weißen Licht bin, das Dinge illuminiert, die im Wesentlichen Sache des Gewebes sind, jedoch die Seele irgendwie tief affizieren. Dies soll eines der großen Mysterien des Lebens sein – ich habe davon gelesen. Und hier ist es nun. Es ist in mir. Und eine andere Version davon in ihr. Erstickt lache ich in mich hinein, und ihr Körper strahlt auf. Ob ich von diesen Dingen sprechen kann? Sexuelle Ernsthaftigkeit mag ihr gefallen, aber sie hegt da auch ihre Zweifel. Sexualität ist nicht notwendig amüsant: sie ist nicht notwendig auf amüsante Weise amüsant. Mein Körper und meine Seele ersticken in Lachkrämpfen und in einer Art

Reglosigkeit – ich bin Beobachter, Kapitän, Akteur und Adept zugleich – ich erlebe ein rauschendes, düsteres Vergnügen, während ich im Begriff bin, mich aufrichtig dem Leben und vielleicht dem Tod zu stellen.

Vielleicht bin ich bereits aufrichtig. Vielleicht ist es bereits zu spät, so zu tun, als wäre ich es nicht. Sie fühlt sich vielleicht wie ein Star – ich rate nur. Ihre Atmung biegt sich; sie zerfasert; eben war sie bretthart, nun ist sie geschmeidig. Sekunden vergehen. Ihr Körper ist knochig, gerippt, stark – *da herum, dort herum*. Was soll ich nur als nächstes tun? Es ist ja nicht so, daß ich nicht erschrocken darüber wäre, dies überhaupt zu tun. Ich fange an zu schwitzen. Mir ist bewußt, daß ich sie mit meinen Bewegungen, meiner Atemtechnik nicht im mindesten beherrschen kann – ich bin auf Ausdauer angewiesen, es sei denn, ich habe sie irgendwie das Fürchten gelehrt. Sie ist im Begriff, einen *Helden* zu hintergehen.

Sie hat es sich so ausgesucht. Hier geschehen ausgesuchte Dinge: wir sind verrucht.

Du meine Güte. Ich bin schockiert. Ich bin minderjährig. Ich mache langsamer. Wie gelähmt von Lampenfieber. Als wäre es gegen meine Ehre, weiterzumachen. *Verrucht* übernimmt sie die Regie. Seufzend gibt sie den gefangenen Jungen frei. Sie küßt mich – mit viel Zunge, *liederlich*, aber bedeutsam – nobel und obszön zugleich. Ein bißchen schematisch, aber ich werde doch einem geschenkten Kuß nicht in den Mund schauen ... ha-ha. Ich bin glücklich, aufgeregt, übererregt, verzweifelt, am Verzweifeln; ich bin mir bewußt, daß ich auf die Probe gestellt werde – es ist mir verdammt egal ... All dies läuft teils nacheinander ab, teils im so-gut-wie-simultanen kometenhaften Bogen, in harmonischer oder kollidierender Simultaneität – von Pulsschlag, Atmung, Gefühlen, Leonies Stimmungen –, was für mich sexy ist, aber ich mißtraue ihr und versuche sie im unklaren darüber zu halten, was in mir vorgeht.

Ich will ihr meine Gefühle nicht erläutern, und ich will

nicht, daß sie Erkundungen anstellt und meine *wahren* Gefühle entdeckt.

Sie spielt mit mir – das schafft nun weiteres Dunkel, weiteres Licht. Man ist ein Spielfeld. Ihr *schwebt vor*, jeden, der nicht hier ist, partiell zu betrügen. So empfinde ich das sexuelle Kompliment, das sie mir macht, indem sie sich des stillen Hohns enthält. Ich habe die Hände auf beiden Hälften ihres Hinterns. Wird sie, ob sie nun will oder nicht, mit einem Jungen vögeln? Sie ist imstande, mich auszulachen, wenn ich sie nicht herumkriege – sie ist eine Freundin von Nonie ... Es ist mir scheißegal, ob sie mich auslacht: sie ist traurig und vernünftig und hat einen tollen Körper. Ich weiß nicht. Ich bewege die Hand in ihrer Spalte hinten, dann tue ich es mit der Faust, und dann tue ich es – dieses Auf und Ab –, indem ich vor allem einen Finger einsetze ... Dann lasse ich einfach meinen Daumen auf ein paar von ihren hinteren Kurven reiten, während sie ihre Empfindungen prüft ... Ich fühle mich einsam, verspüre fast einen tödlich erwachsenen, unwiderruflich männlichen Zorn darauf, daß ich einsam bin ... Mit männlicher Einsamkeit ist nicht zu scherzen. Die Erektion hat keines ihrer finalen Stadien der Vollständigkeit erreicht, sondern eine *flockige* Halbstarre. Durch das Herumspielen wird die flockige Wärme sozusagen zum unruhigen Nerven- und Muskelfeuer ... Meine emotionale Hitze gleicht mittlerweile der einer stinkenden Matratze ...

Ich möchte mich ins Geschehen werfen, spüre jedoch Leonies Reserviertheit, die eine Vögelei weder verspricht noch umfaßt, wenn Sie verstehen, was ich meine. Ihr – vorne – verschlossener Unterleib, die zu ahnende Höhle darin sind Privatgelände.

Es ist jedoch für uns ein Moment von selten starkem, weithin unaussprechlichem Interesse ... DIES ÜBERRASCHT UNS BEIDE. DAS KANN DOCH GAR NICHT GESCHEHEN, ODER? SIE IST VOLL UNMUT. Und überrascht. Ich *fühle* es ihr an. Ich möchte nicht in sie verliebt sein ... Die Halluzinationen sind ein merkwürdiger Spielplatz für die Seele – soviel sehe ich – ich fange an, mir Freuden auszumalen ... Vermutlich war ich sexuell vom Typ des *tollkühnen Einzelgängers*, der an jeder High-School vorkommt, eine lokale Variante des *Spinners*.

Die Möse: ein riechender, warmer Wigwam ... Du steckst den Finger rein ... Du matschst herum ... Du ziehst den Finger ... puritanisch ... wieder raus aus dem Hort der *Zerstreuung*. Mir ist dies lieber, als mit einem Jungen zusammenzusein, aber ich fürchte mich hier mehr. Ich möchte Leonie nicht lieben, doch die erektile Schönheit dieses Moments von blasphemisch-sakramentalem Charakter – so herumzugeigen, wo Nonie in der Nähe ist – erzeugt eine Wachheit, die traumartiger – für das Ego attraktiver – ist als das meiste in meinem Leben. Männer träumen ihr Leben. Leonie spricht womöglich über sexuellen Kram mit Nonie – o Mann ... «Da, da, da», flüsterst du – wie sexy im Bett dumme Witze sind, hängt vom Geschmack ab: «Der Turm von Bommel», sagte der Junge und griff ein bißchen albern nach einer ihrer Brüste, während er sich an ihrem Bein rieb.

Sie blieb stumm. Vielleicht hängt sie phallischen Träumen nach. Wer weiß. Ihr Bewußtsein flattert, fliegt umher: dann landet es hier, liegt hier. Da sage ich: «Ich möchte fikken lernen.»

Sie antwortet nicht, sondern bemüht sich masturbatorisch um mich, das heißt, sie reduziert meinen allzu großen Erfolg bei ihr – in meinem Alter – auf eine Trockennummer. Dennoch, ein reizendes Geschenk. Verlegen hebe ich mich ein bißchen von ihr ab, dann mache ich (partiell reibend) im Rhythmus schlafwandlerischer Vermessenheit weiter ... als täte ich es im Schlaf ...

Sie sagte: «Du hast einen schönen Hals: nicht so einen häßlichen Adamsapfel ...» Ich schlucke idiotisch laut. Wenn sie soviel redet, wird hieraus nie eine Vögelei. Allerdings tut sie gedankenlos, wenn sie redet; es soll schläfrig klingen.

Sie ist – jedoch – ein bißchen in mich verliebt, aber nicht sehr, schätze ich.

Als hätte sie an meiner Haltung gesehen, was ich denke, sagt sie: «Ich bin ein bißchen verliebt in dich ...»

Es wird sozusagen vom Geheimnis zur Tatsache. Man muß weiterziehen. Jemand phallisch Eitles kann abstoßend sein – oder interessant.

«Ich würde irgendwie gern vögeln ...» Dann: «He, du, ICH WILL VÖGELN ...»

Sie sagte überhaupt nichts. Ich küßte sie *untröstlich*, ungestüm. Sie versteifte sich, jedoch unwesentlich im Verhältnis zu meinem Ungestüm.

Wie viele Male im Laufe eines Jahres gibt man nach? Ist dem Nachgeben eine religiöse Aura eigen? Hatte es in ihrem Leben eine große, von Gewalt und Streit bestimmte Szene gegeben, bei der sie gezwungen gewesen war, nachzugeben?

Hoffte sie, siegreich zu bleiben? Ich nehme es an.

Ihre Lieder flirren. «Bitte, tu's nicht», sagt sie.

Mich beschleicht das unheimliche Gefühl, daß sie MICH als moralisches Wesen betrachtet. Wie gesagt, sie liebt mich ein wenig ... Jedoch ohne Hoffnung. Nun verschmähe ich ihre Liebe. Mit meinem Gesicht. Mit meinem Schmerz. Mit ihrem geistigen Blick erkennt sie in dieser Landschaft die brütende, adoleszente Trauer. Ich kann die Realität nicht ertragen. Ich denke: *Das ist hier nur Geknutsche* ... Als der Narr und Schurke, der er ist, sagt der Junge: «Wie du willst – du bist der Gast ...»

Leonie, schönäugig, sexuell keck, schubste oder bewegte mit ihrem Mund so lange meine Lippen, bis ich den Kuß – ein wenig – erwiderte, und dann gestattete sie es meinen Lippen, auf den ihren zu landen oder sich niederzulassen oder auszuruhen. Und dann teilten sich ihre hartgewordenen Lippen langsam; und sengend atmeten wir und berührten uns Mund an Mund – und sie leckte – ich verstand die Klauseln – und Grenzen – ihrer Entschuldigung sehr wohl ... ich lecke nicht – langsam und behaglich, gemäß irgendeiner Regel, die da behauptet: so-tut-es-weniger-weh ... Auf diese Weise sprachen wir einander in den Mund hinein ... Dieses Zeug stammt von dem Piloten – oder von ihrem Bruder: es ist tiefes, aufrichtiges, zärtliches, wahrhaft schmutziges Zeug: Leonie schlängelt sich, bis ihre Körpermitte sich an meinen Bauch schmiegt, mehr an die Kuppe meines Schwanzes unter den Kleidern als an den Schaft, und dann verlagert sie einiges vom Gewicht ihrer Beine gegen die Unterseite des erigierten Schafts, wo durch ihre Bewegungen sehr viel Gefühl aufflattert und sich regt. Das Empfinden, fast umschlossen zu sein, das mir das Gewicht ihres Körpers gibt, ist ebenso mächtig, als würde mich das Wasser eines großen Flusses bedrängen. Überheblich, eigensinnig und traurig, wie ich bin, *weiß* ich, dies ist das eigentlich Sexuelle, ein wenig schal, aber großartig schal und ein Geschenk, mit dem mir zwar noch *immer* einiges vorenthalten wird, doch das ist mir viel zu hoch. Auf beiden Seiten *erkennen* wir unsere Grenzen ... Oh, diese Traurigkeit auf beiden Seiten ... Man kann jedoch nicht argumentieren, auf Sex käme es nicht an – auch nicht, er verändere einen nicht –, denn Sex ändert viele Definitionen – wie diejenige der Bewegungsweise der Momente und des Ichs, der Ichs ... Dies leichtfertig zu tun, wäre Verrat. Ich nehme an, man könnte sich abschotten. Ich habe niemals wieder auf diese Weise geküßt.

Verrat? Ach, an physischer Nähe, an Heimlichkeit und Intimitäten mit, sagen wir, einer Mutter, es sei denn, Ihre Mutter war kalt und vorsichtig; immer jedoch Verrat an der Kindheit und an Klagen ... Verrat an Klagen. Wenn man ein wahrhaftiger Mensch ist, hat man hierzu kaum das Recht. Man wurde freigesetzt als Abschaum oder Ausschußware; darüber zu reden fällt zu schwer.

Ich beginne zu bocken, vor allem, um mich als Ekel zu erweisen im ruhelosen Drang, das zunehmende Gewicht von Beweisen und Unterweisungen durch *Den Moment* zu mindern, der einen bestimmten Ton hat, welcher emotional kaum weniger ernst ist, als sähe man das vor sich, worauf es wahrscheinlich im ganzen künftigen Leben ankommen wird. Ein junger Mann, der leidet – erlogenermaßen: wahrhaft –, und Leonie – Madame Vervielfältigungsmaschine – mit ihrem lauschenden, semi-akrobatischen, wogenden, auf mir lastenden Körper und diesem inneren Körper, der hohl etwas von Wahrheit, Unwahrheit, Wert und Unwert murmelt ... Es ist furchtbar. Und auch interessant. Schönheit jeder Art ist von gewaltiger Sinnlichkeit und wirft einen noch gewaltigeren Schatten, oder sie ist ungeheuer von sich überzeugt und klettenhaft, sie haftet an einem; und dann die Obszönität, die obszöne Schönheit, die Urteile, das Vorenthaltene, das *Spiel* mit der Betörung *– Liebst du mich eigentlich ein wenig – mein junger Geliebter?* Und: *Werden Sie für mich sterben oder doch wenigstens Ihr Leben für mich zerstören, freundliche Dam*e ... Ich fahre fort, wir fahren fort, ignorieren abwechselnd die Schönheit, indem wir weitergehen, denn nichts anderes tut man in Wirklichkeit. Ich bocke, jetzt jedoch offen im Licht der Schönheit – einer Art Häßlichkeit, wenn man sich das vorstellen kann, halb schon überblendet, konvertiert, illuminiert und zur anderen Hälfte widerstandsfähig und eigensinnig –, und versuche, ihr geistiges Auge dazu zu bringen, daß es mich billigt und an dieser fesselnden Kombination von sexuellem Kram und mir Gefallen findet, und es, Leonies inneres Sehen, in dasjenige einer *hingerissenen* Was-weiß-ich umzubiegen – einer Zuschauerin-Partnerin, einer Mutter-Schwester, die nachgibt? Nicht gerade hingerissen von mir selbst, aber von dem Obszönen an sich oder von Leonies Wunsch, anderen zu schaden – ich kann in gewisser Hinsicht ganz schön skrupellos sein: Ich wollte sie hingerissen sehen von dem, was mit mir vorging. Damit erhoffe ich mir zuviel. Sie ist maßvoll aufmerksam – etwas mehr als nur nachsichtig und nicht ganz so stürmisch, wie man es sich von einem älteren Mädchen vorstellt – oder von einem faszinierten Jungen, von einem, der von diesem Zeug hier fasziniert ist.

Dieser Akt unseres Zusammenseins verlief gemächlich, mit kleinen Pausen der Stille. Unser Bestreben ist, den Alptraum zu vermeiden, zudem mit gleichsam moralischer Neugier vorzugehen – ich wiederhole: unter Meidung des Alptraums –, blind und hitzig auf das *Laß-uns-über-die-Klippe-springen* zu – dies wie im Wechsel von starren Blicken und Geblinzel –, mit mehr als Geblinzel, eher mit fest geschlossenen Augen und dann starren Blicken, die nicht die regulären sind, nicht das reguläre wache Schauen repräsentieren, sondern vorwiegend eine Form von *geselligem* Wahnsinn – mit Sterntaucher-Augen, irren Augen, von einer Höflichkeit wie im Irrenhaus –, gelockert und auf schmutzige, irgendwie unentschlossene Weise sexuell, als ob man lediglich im logischen Sinne irrsinnig wäre. Als ob dieses Zeug immer vorhanden wäre. Und man es aufgegeben hätte, es angestrengt zu verbergen und unter Kontrolle zu halten. Und man forcierte es auch nicht. Erlaubterweise männlich, maskulin zu sein, alle Bedenken dagegen annulliert zu wissen – nun, verkehrtermaßen befinde ich mich auf einer Bühne, in einem Proszeniumskasten, und mir wird zugeschaut, während ich Leonies Schenkel, ihren Bauch streichle. Ich gehe nun in einem Stil vor, der partiell betrügerisch, partiell antagonistisch ist, partiell Sexualität, die von Wunschdenken im Hinblick auf Leonies *Moralvorstellungen*, soweit sie welche hat, und auf ihr Urteil geprägt ist, sowie auch teils Liebe, die insgeheim den versteckten Witz männlicher Skrupellosigkeit und männlicher Zärtlichkeit (Begünstigung, Nachsicht) für jene beachtliche Schönheit enthält, die hier «im Bett» Leonies Esprit ausmachte und auch den ihres Körpers – jenes Körpers, der mir teilweise, äußerlich und innerlich, lauschte.

«Man kommt so leicht komplett unter die Räder», sagte sie. «Pause.»

«Ich weiß nicht», sagte ich.

«Nein. Es ist mir ernst. Ich brauche eine Pause ...» Sie

legte den Kopf an die Couchlehne und hustete in die Hand: «Bin ich die schlimmste Person, die dir je begegnet ist?»

«Na klar. Sicher. Nein. Wer weiß?»

Sie brach irgendwie in Halblachen, in Viertellachen aus und verwuschelte mir das Haar – sie küßte mich auf ein Lid. «Du bist ganz reizend. Was immer du von dir hältst – na, verdopple es doch einfach mal vier», sagte sie unmathematisch. «Du kannst die Leute dazu bringen, daß sie den Kopf verlieren, Süßer ...» Dann: «Du Honigbär ...»

«Wirklich?»

«Aber das willst du gar nicht ... Ich würde dir sonst vielleicht die Augen auskratzen», sagte sie, fast zufrieden mit ihren irren, bestialischen Phantasien und den Szenen, die sie vor mir verbarg.

Und sie sagte es beschämt – schmutzig –, mit flatternden Lidern und seltsam lebhaften Lippen, die sich unabhängig von Gesprochenem in ihrem Gesicht bewegten – *schmutzig eben* ... «Lies mal was darüber nach, du hübsche kleine Intelligenzbestie ...»

«Soll ich's dir von den Lippen lesen?»

«Oh, das kannst du gar nicht, du kleiner Teufel ... Meine Lippen sind versiegelt ... Mit dir ist alles so anders ...»

«Du hast keine Angst vor mir ...»

Sie lächelte fast nicht. Sie befeuchtete sich die Lippen. Mit aneinanderklebenden Lippen und träger Artikulation sagte sie: «Nein, das ist bei Gott die pure Wahrheit, ich habe keine Angst vor dir.»

Vielleicht war ich eine Halluzination, sonst nichts ... Vielleicht eine halbwegs gruselige aus einem Horror-Hörspiel, das sie gehört hatte. Oder etwas Ähnliches. Als verwaister Junge war ich froh über diese Indizien (bildete mir sogar etwas darauf ein) dafür, daß ich nicht von sämtlichen Geschichten ausgeschlossen bleiben würde – von gewissen sentimentalen Komödien und sogenannten *Dramen* (jener Ära) und gewissen Genres von Träumen und Wünschen, die in alberne Aktionen umgesetzt wurden, wie in einem albernen Stück.

Im Bogen beugte Leonie sich vor – voll Eigenliebe, wie ich nun sehe: warm und doch so herb, eine heiße Felsenwüste; und Leonies Augen sind – während wir einander in den Armen liegen und uns beschnuppern (und nur das) – ihre Augen sind alt und steinern, skulpturengleich vor Erfahrung und Übung – das heißt, wenn sie geöffnet sind, wenn Leonie in ihnen präsent ist; ihre Augen sind architektonische Gebilde aus Lehm und Licht, Ausdruck einer nicht völlig wahrhaftigen Toleranz und einer traurigen Lustbarkeit, von etwas Leichtsinnigem, Verbotenem. Ich glaube, sie hat vor, dies wiedergutzumachen: dafür zu büßen. Sie ist nicht *edler* als ich, aber in diesem Moment die Person, die im Vergleich zu mir mehr der Mühe wert ist – Nonie will immer, daß ich dies in bezug auf sie, Nonie, und mich eingestehe. Ich kitzle Leonie ganz leicht, streichle sie zwischen den Beinen – erdreiste mich jedoch nicht wirklich – in unserem Leben, jetzt, ist dies der einzige reale Punkt. Ein Rest von Spannung in den langen Muskeln ihrer Schenkel und Hüften und ihre innere Politik, die Luft zwischen ihr und mir rein zu halten, sagen mir, daß *bis zum Letzten zu gehen* für sie eine reale Möglichkeit ist, jedoch mir gegenüber keine echte, weil sie in diverser Hinsicht *loyal* ist und es *büßen* müßte, wenn etwas geschähe.

Ich meine, ich bin im Grunde ausgeschlossen und kann es mir gefallenlassen – und versuchen, etwas zu verändern –, aber es würde mich zuviel kosten. Vielleicht täte sie es ja, weil ich gesellschaftlich über ihr stehe, aber dann würde sie nur der Aufstiegserfahrung wegen bumsen – verstehen Sie? Und ich bin *hübsch* ... was bisher nützlich war, nun aber lästig ist ... Oder sie würde mit mir vögeln, weil ich Nonies Bruder bin ... ich weiß es nicht. Falls sie beschließt, etwas zu trinken und sich *richtig* zu betrinken, richtig betrunken zu sein und der Familie Schande zu bereiten, dann käme so eine brauchbare, schändliche, fast neutrale Bumserei vielleicht in Frage – wir beide völlig unzurechnungsfähig ...

Einblick in ein Motiv zu nehmen und meinem Urteil zu trauen oder halbwegs zu trauen ist für mich so, wie wenn ich mich ganz gehenlasse und dazu bringe, so heftig zu rennen, daß ich mich, wie ich weiß, nicht mehr in der Hand habe und mich in der Willensfinsternis auf einen Appell an die *Gnade* einlasse – an die Gnade des Willens wenigstens, wenn schon an keine andere –, um Gnade und letztlich um *Vergebung* dafür flehe, daß ich ehrgeizigerweise auf der Welt bin, lebendig im Sinne einer teils bewußten, teils unentrinnbaren Mobilität – und die Beherrschung über mich verloren habe. Leonie drängt mich nicht hierzu, sie deutet auch nicht etwa listig an, dies sei *erwünscht*. Sie besitzt jedoch zum Teil auch eine proletarische Seele, mit der sie mir den Wahnsinn ihres Realismus «offeriert».

Ich erfahre etwas über sie – und ein wenig über Sex und mich – aus einem beschränkten Blickwinkel: SIE IST NONIES FREUNDIN. Ich wüßte nicht, daß ich normal sein wollte ... Ich habe sozusagen eine Bestimmung. Wenn ich überlebe. Den Krieg. Und alles übrige. Sie ist vielleicht *theoretisch zu fünfundzwanzig Prozent* an einem Mann-wie-ich interessiert, der sexuell in sie verliebt ist, jedoch letztlich nicht an *mir* interessiert ... Falls aber doch, dann will ich es nicht wissen.

Hauptsächlich aber kann sie sich von mir kein Bild machen. Sie ist weniger strikt auf der Hut als vorhin: dies ist eine *intelligente*, gefährlich verrückte Masche, die manche Frauen in unserer Gegend damals draufhatten – sich als Köder oder Lockmittel anzubieten. Natürlich ist das ein Kompliment – es kann jedoch auch ein Hinterhalt, eine Falle sein. Die Sache ist die, daß sie wirklich sympathisch ist und vielleicht in Ordnung, vielleicht auch nicht, aber sie *taugt* nichts ... Sie mag gut zu mir sein. Oder gut in diesem Zeug hier ... Beides bezweifle ich. Sie und ich, wir nähern uns – wie in einer allegorischen Erzählung – einer Armut der Seele, die ein Bedürfnis nach dem anderen in uns entstehen ließe; und damit wären alle Spuren von spielerischem Luxus, Mogeln und Fallenstellen aus dem verschwunden, was wir nun miteinander treiben, und statt dessen käme eine reale Bedürftigkeit auf, die jede bewußte Individualität – und jedes moralische Urteilsvermögen – für eine Weile ausmerzen könnte. Man kann seinen Verstand verdrehen und ihn so punktuell entfachen, daß er noch in einer Welt geschwächter moralischer Kräfte irgendwie Licht spendet und gerade noch ein wenig über dasjenige, was man weiß, was man gewöhnlich erblickt, hinausreicht, aber wer ist man dann? Im Besitz der halben moralischen Kraft, eines Viertels? Derselbe Junge wie zuvor? Ein Hochstapler? *Sexuell* bewundert zu werden ist wirklich teuflisch, wenn einen der Sinn für Wahrheit plagt; es ist sexuell fade, wenn es einen selbst und das Mädchen einengt. Und es ist auch wieder himmlisch ... Man ist nicht verliebt – oder aber doch, man ist in seinen privilegierten Status, oder was es sonst sein mag, verliebt. Es ist abscheulich, dieses Gemisch aus Verlangen und ein bißchen Liebe. Es höhlt mich aus. Das Dämmerlicht im Raum, in diesem bewegten Moment dampfenden Knutschens und fließender Gefühle – und Sinnesreize –, entspricht dem Seufzen in der Lyrik dieser Ära – Leoparden, Smaragde, Phonographen, Zynismus und derlei Quatsch mehr: Ich ersticke unter Leonie, unter Stilen, der Jugend, Privilegien, sexueller Hitze, adoleszentem Gefasel. Emotionen gehören wahrlich in den Bereich einer exzeptionellen Macht, in den der Liebe, die man, wie jede andere Macht, bis zu einem gewissen Grade meiden, der man entkommen kann. Ich habe das Gefühl, daß ich in diesem Kokon von Nähe mit ihr den Beweis für meine sexuelle Unmaßgeblichkeit und künftige Maßgeblichkeit entdeckt habe – das Ding und seine Grenzen –, und dies trägt in (vielleicht) *niederschmetternd schwerwiegendem* Maße zum Verständnis von Lila und Nonie bei – zum Verständnis einer vielleicht nicht gerade entfernten Verwandtschaft ...

Zugleich ist da das *physische* Potential der eigenen körperlichen Wirklichkeit – und dies vermittelt ein wahrhaft unheimliches Glücksgefühl ... gewisser Art.

«Es wäre zu riskant ... du bist gut darin», sagt Leonie, womit sie mich als einen beschreibt, der ausgezogen ist, um etwas einzufangen – als eine Macht. Sie löst sich, um Atem zu schöpfen, entzieht sich mir jedoch nicht weiter als nötig, um Luft zu holen – von unserer Haut aufgeheizte Luft. Wir liegen so eng aneinandergepreßt, daß wir unsere eigene Hitze einatmen. Ausgehöhlt, den Hals in der Garrotte, dennoch jungenhaft – wie bei einem Volleyballspiel im tiefsten Winter, wenn anscheinend keine Luft in die Sporthalle kommt; und wie geplündert – aber *etwas* habe ich sehr wohl zu sagen: ich kenne sie. Ich kenne sie (und dieses Zeug) bei allem Wahnsinn: Selbsteinschätzung und Selbstverhöhnung – nun ja, dieser töricht erigierte Pimmel – und die Grausamkeit, die Bitterkeit über die sexuelle Rangordnung ... *Also, diesmal bist du auch wieder nicht flachgelegt worden, du Blödmann* ... Und: *Leonie ist ein richtig schmutziges Frettchen von Frau* ... Eine Wölfin-Frettchen-Eule? Im Herzen und im Geiste *weiß* man Bescheid, es liegt am Moment, aber man versucht, absolut und final zu urteilen. Man *weiß* um bestimmte blöde, genetische Gesichtspunkte bei diesem *schmutzigen* Kram: Ich komme für Leonie als *Zuchtmaterial* in Frage. An der Skala ihrer Reaktionen gemessen, rangiert sie nicht als sexueller Star in meinem Leben, und ich rangiere für sie nicht als *Leinwandgeliebter*, als irdischer Gigolo, als *echter Casanova* oder Heiliger oder was weiß ich, aber dennoch ist da etwas – flatternde Haare, verrückt spielende Muskeln und (ein Kriegsklischee) *hemmungslose Münder* – sie kann sagen, sie habe etwas für mich *übrig* gehabt ... und ich hätte *in ihrem Leben eine Rolle* gespielt ... Was sie tut, bestärkt mich jedoch in gewissen Hoffnungen und definiert gewisse Leiden (wie dasjenige, man sei ein *romantisches* [oder ein Sexual-]*Objekt*: eine Halbwüchsigenphantasie) als Anzeichen dafür, daß ich dem Leben gegenüber undankbar und eifersüchtig bin, auf beinahe jeden und mit einer leichtfüßigen geistigen Anmut, die grundsätzlich Liebe zur Welt und Respekt vor ihr ist ... Und dies in dem Bewußtsein, daß ich Nonie kenne, ohne jedoch Nonie als Inbegriff von irgend etwas anderem zu kennen als von bestimmten menschlichen Eigenschaften und zeitgenössischen Daseinsaspekten, mit denen ich nichts zu tun haben möchte. Des Gefühls etwa, daß das Böse unausweichlich allem Unvollkommenen, allem Irdischen innewohnt – meine eigenen Gefühle kommen mir böse vor, ob sie nun in Leonies Augen eine jugendliche geistige Anmut besitzen oder nicht. Sie blickt und lauscht durch diverse Öffnungen und mittels der Vibrationen diverser Dünnhäutigkeiten und diverser tierhafter Nervenspitzen und so fort: Es ist nicht nur möglich, es ist sogar wahrscheinlich, daß sie *mich umbringen* wird (wie wenn man sagt: *Du bringst mich um, aber wirklich*, wenn es die Wahrheit ist), indem sie mir erneut ein Gesetz der Einsamkeit aufzwingt. Ich kann erraten, daß sie *einen hübschen Jungen* küßt, *einen Romeo, eine gottverlassene Falle für eine vernünftige Frau* ... (Bemerkungen von S. L.). Sie küßt Nonies Bruder, einen jungen Schwachkopf, einen Büchernarren.

Laut sagte ich zu ihr: «Ein hübscher Junge, ein Romeo, eine gottverlassene Falle für eine vernünftige Frau ... Nonies Bruder ...» Ich war verlegen und auch wieder nicht: ein prahlerischer Exhibitionismus galt Leonie, wie ich sah, bis zu einem bestimmten Grad als Teil der sexuellen Grundausstattung ... als gehöre Selbstdarstellung zu einem unauffälligen zeitgenössischen Ritual. Ich beugte den Arm und sagte: «Sieh dir mal diesen Muskel an. Der ist dünn. Und jetzt sieh dir den andern an.» Ich deutete darauf. «Gar nicht so dünn.»

Mein Vater hatte, bevor er starb, gelegentlich mit mir geflirtet. Ich hatte angenommen, S. L. mache Witze ... Nein, das hatte ich nicht ... Ich hatte ihm auf sehr verwässerte, semi-kindliche Weise geglaubt, hatte vieles nicht verstanden, es aber als *Information* in mich aufgenommen.

Ich hatte zuviel Angst gehabt, um sinnlich amüsiert, hoffnungsvoll oder dergleichen zu sein ...

Leonie sagte: «Du bist ein Quälgeist ... Du bist nicht das, was Mama verordnet hat.»

«Erraten ... Du bist wirklich was ganz Tolles – weißt du das? Mein Vater hat manchmal versucht, mich auf den Mund zu küssen ...» Sie starrt mir von ganz nah in die Augen. Ich starre zurück. «Ich *weiß*, daß ich die Leute manchmal verschrecke ... Drum soll ich ja auch den Mund halten ... Die Leute sagen immer, sie wüßten bei mir nie, was ich als nächstes sage. Und wenn schon. Nur werden sie dann richtig unangenehm – weil sie nicht mithalten können, wenn du mich fragst.»

«Dein *Vater*?»

«Es hat mir unheimlich viel ausgemacht, aber es war eigentlich gar keine große Sache», sagte ich tapfer. «Es gehörte eben zum Leben.»

«Oh ... Wiley ...» Flink kam ihr mein Name nicht gerade über die Lippen. Sie küßte mich, wie um den Schmerz zu tilgen.

«Es gibt im Leben so vieles, was ich nicht will – ich will weder Krieg noch Tod, und Schmerzen will ich auch nicht. Ich bin *ein schwieriger JUNGE* ... Die Griechen waren verrückt: du kannst dich nicht selbst erkennen.» Dann gehe ich viel zu weit: «Und meine sexuelle Unbeholfenheit ist ein Reiz – für mich selber auch. Fast eine perverse Tugend.»

Ihre Augen haben etwas listig Spähendes, wie in einer heidnischen Geschichte – ihre Lehm-Licht-Tektonik ist heidnisch – selbstbewußt verbirgt sie manches vor mir ... Wie zwei Späher behalten wir einander fest im Auge ... Sie ruckelte mit der Körpermitte auf dem neuen Zeichenzirkel (und Knüppel) der Erektion und zeigte, wie um meine Selbstbeherrschung zu verschlingen, ihre Zähne; ich schloß jedoch den Mund, spitzte ihn – und berührte mit einem Finger ihre Lippen, um zu zeigen, daß es nicht funktionierte.

Da, als nächstes, schiebt sie wie in bester Laune die Hand *dort unten hin* ... Ooh, oh, ah ... «Wie kann bloß jemand weiterleben?» sagt der Junge und kneift die Augen zusammen.

Na ja, wir sterben schließlich alle – ist das eine Antwort?

Nein.

Ich brauche einen präzisen, phallischen Sinn. *Ich tausche dich dagegen ein* ... Ich kann nicht ausschließen, daß ihr vor Schwindel ein bißchen übel ist und ihr die eigene Macht widerstrebt. Mit der Erlaubnis weiterzuleben hat man nach meiner Erfahrung noch nicht die Aussicht auf stilles Wohlbehagen.

Ich gewinne allmählich eine klares Bild von uns als Paar: Ich kann nicht ausschließen, daß sie das Ganze hier weniger *erregend* findet als vielmehr – *oberflächlich verlockend*. «Gerecht ist das hier als Bescherung nicht», sage ich. Damit kann sie sich gar nicht erst abgeben. Ich befand mich in einem typischen Jungenzustand – man fühlt sich wie zerschmettert, sexuell leiderfüllt, zerlumpt und verarmt, während man widersprüchlicherweise zugleich eine reiche, vielleicht beflügelte Lichtgestalt von äußerster, übermenschlicher Willenskraft ist und doch am Ende resigniert. Ich empfinde meinen Zustand als real und als einen, dem ich nicht entkommen werde. Er ist ein Faktum – wie die Struktur des losen Eutergewebes ihrer Brüste, ihre knochigen Hüften und das straffe Fleisch des Schenkels und ihrer Schenkelmuskulatur, als ich sie unbeholfen ernsthaft dort streichle. Gefühle gehören zu ihr ... Männer sind dürre Wesen.

Ich atme kaum, luftfern bin ich von meiner Versenkung in das Medium des bewegten Salzigen durchdrungen – als ihr Opfer.

Setzt aber für mich nicht aus Eigenliebe der Anstieg zum Orgasmus ein?

Nun schnaufe ich geräuschvoll, während ich mich an den allzu nahen Verwandtschaftsbeziehungen zur Aktualität reibe. Die Aktualität ist allgegenwärtig. Sie ist von Zeit durchsiebt. Ist Demütigung, Tod, Mut und Vernunft. Doch nichts ist mit einer vertraglichen Beschreibung dessen versehen, was sie einem antun wird. Ich mag den Rhythmus nicht, den Leonie mir bietet, aber ich möchte mich nicht als undankbar erweisen. Ich bin nicht hingerissen davon, wie ihre Haut sich anfühlt. Wäre ich nicht Waise, würde ich mich jetzt zurückziehen. Eine der großen Quellen von Keuschheit besteht darin, daß man andere sexuell vergleicht und einschätzt, ohne viel von der Sache zu verstehen – der wirkliche Vergleich zerreißt einen, reißt einen wirklich in Stücke, ungelogen. Das Schwierige an der Liebe ist, daß Liebe natürlich verdient, geschenkt, grausam erzwungen – der animalische Aspekt! – ist und so zeitgebunden wie alles übrige, so daß es auch eine Qual darstellt, für einen Moment keine Qualen zu erleiden. Ich sehne mich nach meinem eigenen Rhythmus; ich will mich selbst umsorgen. Nein. Ich erlege ihn ihr auf, indem ich ihre Hand packe und sie auf mir *bewege* ...

Diese plötzliche, *elegant* erscheinende Umorganisierung der Bewegkräfte verändert alles.

Für zwei, drei Sekunden tut Leonie mit, dann läßt sie es bleiben. Sie lehnt sich zurück.

«Du bist ein kleiner Nimmersatt», sagt sie.

«Tut mir leid», sage ich aus einem inneren Krampf vollkommen echter Qual heraus.

Sie sagt: «Ein schmutziges Buch bist du ...»

«HALT DIE KLAPPE!» sage ich. Dann: «Tut mir leid ...»

Gott sei Dank glaubt sie, ich hätte es nicht ernst gemeint.

Ich nahm sie in die Arme. «Ich bin keiner von denen, die immer wissen, was das Richtige ist. Du?» Sie kuschelte sich an mich; die Frage der Rechte – und der persönlichen Vorzüge – bleibt in der Schwebe, wenn man sich fortbewegt, es sei denn, man ist vom Typ her ein Alexander der Große, ein Alles-Eroberer.

«*Nicht*», flüstert sie. «*Bitte nicht* ... » Sie hat die Oberhand.

Ich hatte ihr den Rock gelüpft und an ihrem Höschen gezogen – hatte sie nicht nur in die Arme genommen: «*Bitte nicht*», flüsterte *ich* ironisch, als könnte ich so ihren Willen aufheben – und meinen durchsetzen ... Ich begann zu lachen, ein beiläufiges, ruckelndes Geräusch, jedoch kindisch genug oder kurios genug, um sie zu erschrecken. Sie riß die Augen weit auf und dachte tief nach: Kennen Sie diesen Zustand an einer Frau? An einer, die Sie in eben diesem Augenblick physisch umwerben? Prüfend, abwägend; und Sie wissen nicht, was sie vor dem obersten Kammergericht ihres Geistes aussagt: ein ganzes Feld von herbeizitierten Problemen, Wünschen, Bildern, grotesken und intimen ... als liege sie im Laub.

Was ist für sie Liebe? Tod? Ich meine, die echte Erfahrung – ein an Krebs sterbender Onkel, Typen auf einem Flugplatz, was immer ... Mutterschaft? Ich weiß, daß sie weiß, was es heißt, jung zu sein und in Konkurrenz zu stehen. Ich schätze, ihr Ego unterscheidet sich gar nicht sehr von meinem. Im Grad der Aggressivität mag sie sich unterscheiden.

Ich lachte noch ein bißchen weiter, weniger laut, dafür unbeherrschter und weniger sprachlich, aber mit diesem Schaudern, das teils von sexueller Hitze (die eine Art Kälte ist) in einer sexuellen Situation, einer sexuellen Landschaft herrührt. Von einem Ort oder einer Geschichte, die mich bedrückt und beseligt.

«Du willst nicht mit mir vögeln», sagte ich.

«Das wäre *hier* doch kein echtes Vögeln.» In dieser Wohnung: sie sagte das ganz vernünftig. «Wir würden uns doch bloß danebenbenehmen ... Du bist merkwürdig ... Ich mag dich.» Dann: «Ich mag dich so ...»

Und plötzlich – unter Zorn und gewaltigem Bedauern – *liebte* ich sie.

Ich rang damit. Ich versuchte, es aus mir zu verdrängen ... Worte klingen so dumm – sind dumm. Es ist riskant, von etwas zu sprechen, das einem wichtig ist. Ein hinterntiefes Gerangel, dann ein Achselzucken – dann kehre ich alles gegen sie. Und sie ist, hm, *berührt*, und sie weicht zurück ... Tja, da stehen wir nun ...

Ich habe die Hände auf ihrem Hinterteil und bewege sie in meinem Rhythmus hin und her: sie fügt sich, halbherzig ... Genauer, sie kapiert es nicht. Selbst wenn es nicht so läuft, *wie es sich gehört* – wie es in den Büchern steht –, irgendwie explodiert der Körper – und der Wille auch –, und man fühlt sich größer und echter – ist vielleicht größer und echter, als man sich gewöhnlich fühlt; und der Rhythmus, in dem einem die Haare auf dem Hinterkopf flappen und der Atem in einem pulst, zeigt, daß der Rausch (um eine Aktionsstufe) vorangeschritten ist: man ist nun wirklich kein Kind mehr ... Aber man wird auch bei diesem Mal nicht siegen, nicht so, wie man es will. Wie ich es will.

Sie – Leonie – grinste. Amerikaner probieren eine Menge Mädchen aus – leicht angelacht, leicht abgeschafft ... Eine gewisse Ledrigkeit – Zähigkeit – ist zu erkennen. Ihr Grinsen war nicht blind: ihr Blick hatte etwas berauschend süß Wölfisches an sich. Wölfisch war auch die Haltung ihres Kopfes und ihrer Schultern. Das alles schmerzte sehr, aber es war vergnüglich.

Femininität und Nervenstärke: Triumph und Herablassung: ich durchlebte hier etwas und litt lustvoll. Ich wünschte mir ein Mädchen und eine Situation, die leichter – einfacher – zu handhaben wären ... Ich nahm Leonie bei den Ohren und zog sie zum Kuß eng an mich – wie im Film –, entwürdigend; und sie jaulte böse auf, ein kurzer, hoher, erschreckender Laut ... Aber es lag Befriedigung darin, auf ihrer Seite die von Sühne, auf meiner das Gefühl, eine naß-grenzenlose Sache zu beherrschen. Leonies Reaktion war keine männliche. Vielmehr seltsam amüsiert und albern-bedrohlich, durchaus irgendwie zielgerichtet, auf mich bezogen ... Weit dort unten kam von ihr eine echte Fickbewegung, nicht bloß reibende, abwimmelnde Bewegungen, und das jagte mir ganz beschissene Angst ein ... «Ah, die wahre Sache ...» – ein Anklang daran – «Richtiges Vögeln hat ja schon was ... So hat's die Natur nun mal eingerichtet, hm?»

«Hast du Angst? Wir dürfen's gar nicht wagen», sagte sie.

«Scheiße ...» sagte ich.

Grinsend, auf meinem Niveau – oder aber ich befand mich einen Moment lang auf ihrem – sagte sie: «Genau.»

Auf gewisse Weise haben wir schon unseren Spaß, oder? Oder etwa nicht? Einen *Trotzdem-und-immerhin*-Spaß, einen gehörigen Spaß, haarscharf an der eigentlichen Sache vorbei und mal so, mal so, aber doch gut, oder? Ich nehm's mal an. Offenbar weiß ich es im Grunde nicht. Mehr als einmal hat Lila zu mir gesagt: *Ich find es herrlich, dich anzuschwindeln, Wiley-Klein ...*

Leonies Hand bewegt sich auf mir. Ihr Gesicht inmitten der Strähnen derben, vom Sex feuchten Haars wirkt *unecht schwesterlich*. Diese mahlende, sexuell aufgeladene Prozedur, das Durcheinander von Knochen und Mündern, das Gewaber von Blutmassen und Fleisch, und dann hartkantige Kollisionen – mein Verlangen, der Welt intelligent zu begegnen, ist absurd ... Hier tragen sexuelle Phantasien – daß sie mir's mit dem Mund macht – wohl kaum zur Klärung bei. Es könnte sich bei diesem Gefühl von strapaziösem Ich-weiß-nicht-was um das handeln, was ein erwachsener, intellektueller Mann sexuelle Panik nennen würde, aber ich fühlte mich einfach strapaziert. Die Zeit war real, sie hatte mich durch die Kindheit und über sie hinausgetragen – wie aus Ägypten – und hier hergebracht. Leonie verfügt über Tricks und Talente, über Kniffe, sexuelle Versatzstücke – eine emotionale Körpersprache. Sie flüstert etwas, und ich setze eine Präambel davor: *Das hier ist zwar nichts Besonderes, aber* «Ich werd dich nie vergessen, Wiley ...»

«Du bist ja so nett, ab und zu», sage ich. Ich bin traurig-glücklich – wissen Sie, wovon ich spreche? Was ich meine?

«Ich werde dich nie vergessen», sagte ich.

«Doch, das wirst du», sagte sie und küßte mich; wir küßten uns noch ein wenig länger; alles geriet durcheinander: ich nahm ihren Mund zwischen die Lippen und saugte an ihren beiden Lippen, zwischen die ich meine kurze Zunge schob; und dann lutschte sie an meinem ganzen Mund und steckte mir ihre ziemlich große, knebelartige Zunge hinein, so daß ich zusammenzuckte und mir ein wenig übel wurde ... Ich bin schockiert und ausgedörrt, verwandelt: für eine kurze Weile blieben wir im staubigen Schoß der angrenzenden Atmosphäre still liegen wie Würmer, nach unserer Parodie einer Kopulation von Würmern in der Erde.

Jung und übergeschnappt (oder so etwas ähnliches), waren wir nicht *sentimental* ernsthaft – obwohl wir es hin und wieder waren –, sondern nahmen nicht so wichtig, was wir taten, wenngleich wir es wichtig nahmen, aber wir machten uns nichts daraus, daß wir einander betrogen und zutiefst beunruhigten. Wir nahmen es nicht so ernst, daß wir wirklich verängstigt gewesen wären – *Oh, das macht mir angst ... du löst so viele Gefühle in mir aus – ich fühle so viel* ... Mein Mund, meine Kehle, mein Herzschlag, meine Muskeln fühlten sich kraftlos an.

Sie sagte: «Wir sind voneinander angezogen ... *Soviel* sehe ich ...» Dann: «Das ist ganz furchtbar ...»

«Stimmt. Wir sollten vögeln ...»

«Das meinst du nur, weil du so jung bist. Es würde alles bloß *schlimmer* machen. Es wäre nicht gut für dich ... noch nicht.»

«Man kann nicht gerade behaupten, ich wäre noch Jungfrau», sagte ich verdrießlich.

«Psst», machte sie. Dann: «Du bist beachtlich, Süßer ...»

«Beweis das mal», sagte ich.

Die Verwandlung, die eingetreten ist, besteht in einer Hitze, wie sie vielleicht in einem dicht gewickelten Kokon herrscht. Die seltsame Dynamik des Wandels, die akut ablaufende Verwandlung besteht in einer Zeitfinsternis – mit Phasen gänzlichen Andersseins darin, gegen die man sich sträubt:

«Es ist genau wie immer», sage ich inmitten der tiefreichenden Mobilität eines neuen Ichs, das sich an Ketten oder Leinen bewegt oder auf diese außerordentlichen Ziele zupendelt, Gefangenschaft und repetitive Verzückung. Oder quälende Umklammerung ...

Eine Probe für die Rolle des Begehrenswerten ... Sie wissen, was ich meine? Man durchquert das neue Milieu als trauriger, flirtender, ungelehriger *Junge* im Gewand einer Existenz, die er nicht als reale Möglichkeit für sich vorausgesehen hatte. Der gewiefte Junge sagt: «Ich weiß nicht, wo ich bei dir bin ...» Ich werfe mich nach hinten gegen die Couchlehne: «Bin ich hier? Bin ich überall? Meine Güte ... ich weiß nicht, wo ich bin ...» Die ruckhaften Bewegungen des Bewußtseins gehen mit sonderbaren, fremdartigen Farbwahrnehmungen einher, die dann piktoral werden und die Form der Zimmerdecke ergeben. Das etwas schwerfällige (und desorientierte) Vergnügen an dem Protest enthält Facetten – unfaßliche dazu – von privilegierter Jugend, mag der junge Herr nun wahnsinnig sein oder nicht. Und man *weiß*, wenn auch nicht ausdrücklich, daß dies romantische, nachgeahmte Qualitäten sind ... Rivalität pulsiert darin. Die Wahrheit ist auf einmal, daß die funkelnden, unscharfen, geröteten (vom Knutschen und Fummeln) Teil-Ichs (des Ichs) sich festigen und zugleich knochenhart und filmartig elastisch werden – offen sexuell, unbestimmt und geil – elegant und auffällig. Leonie hat mich nicht *auf ein realistisches Format zurechtgestutzt* ... Ah, diese *unsichere* Abwesenheit von Verzweiflung, diese Hoffnung, die Welt möge ein *angenehmer* Ort sein, wenigstens für mich ... Dies gleicht in nichts dem Schmerz der Kindheit. Die Gedankenflucht verlangsamt sich – und fühlt sich ernstlich schön-und-schrecklich an in dieser sexuellen Trance und Verzauberung, die *sie* aussendet. Ein großes, dünnes, nun leicht rosiges, *verschwitztes*, halbbekleidetes *amerikanisches* Mädchen – aber nein, o je, das bin ja ich, der Junge, mit nackten Füßen, nackten Knöcheln, nackter Brust im offenem Hemd – erinnern Sie sich noch, wie *fließend* die Grenzen verliefen: wer war wer, welche Gestalt war welche?

Ich sah sie an – fickwürdig, wie ich hoffte ... «Ist das nicht wunderbar?» fragte ich.

«Na ja», sagte sie, ohne mich anzusehen.

Ich weiß noch, daß ich mich dünn und mager fühlte. «Meinetwegen», sagte ich laut. Welch eine befremdlich tropische, zersetzende Hitze und Entblößung, nicht selbstsüchtiger zu sein. Ich kam mir tot und fremd vor, wirklich zersetzt, aber OK. Das Verlustgefühl war so schlimm, daß ich meinte, ich wolle sterben – das ist kein Scherz –, aber ich kam zu dem Schluß, im wesentlichen sei es OK. Da unternahm sie etwas, berührte mich mit nur einem Finger und nahm plötzlich, zum Teil im Spaß, ein Bein von mir mit ihren Beinen in die Zange, all dies unter feierlichen Atemzügen; und so versuchte sie den Eindruck von korrekter – oder konventioneller – *Sympathie* zu vermitteln ... «Bei dir piept's wohl», sagte ich. Ich hatte das Gefühl, ich hätte es ihr möglich gemacht, *anständig* zu sein. Leonie lachte entschuldigend – so sprach man sich in ihrer Schicht ausnahmsweise davon frei, Klassenunterschiede zu respektieren: denn das bedeutete in jenen Jahren, in unserer Gegend, in der Provinz das Eingeständnis, sie sei ein Mädchen, schuldbewußt und weder reich noch verwegen. Sie sei zwar keine *Betschwester*, halte sich aber weiter sauber, nicht gerade lutheranisch sauber, jedoch ex-lutheranisch und ungefähr gemäß den Ansprüchen der Mittelschicht während des Krieges.

Sie war kein liebes, kleines Nichts (Lila), allenfalls partiell: als Verkleidung ... nur so eine Angewohnheit. Einen Moment lang ist sie wirklich aufrichtig.

Irgendwie bin ich schwerelos, ungreifbar – vermutlich habe ich ein gewisses Gewicht, aber keines, wonach sie *im letzten Moment* grapschen könnte. Leonie ist imstande, eines blöden Einfalls wegen die Welt zugrunde zu richten. Sie ist eine richtige Persönlichkeit, täuschen wir uns da mal nicht. Hier geht es um das Vergnügen, daß sie der Chef ist und offener als ich, was meine Verwandlung anbetrifft – Männer werden immer verwandelt, sie sind verwandelte lüsterne Ungeheuer oder werden in *liebe Kerle* verwandelt, werden schlapp-und-leblos oder zu manischen Angebern gemacht. Leonie ist von banaler, vernünftiger Ernsthaftigkeit, und irgendwo darunter hat sie etwas vom besessenen Wildfang.

Und dann haftet ihr ein leichter Geruch nach allen möglichen Arten von Wahnsinn und Schmerz an, und sie ist zu vielerlei Drohungen fähig. Es stimmt, daß ihr Rücken biegsam ist, daß sie eine Menge weiß, daß ihr bewußt ist, wie doof sie ist und daß wir herumtollen, improvisieren und allerlei entdecken – wir sind nicht völlig unwissend. Ich wette, sie erkennt (unter anderem), in welchem Maße sie eine Situation bestimmen kann. «Du bist schon eine tolle Überraschung – ein prima Junge ...» Damit erteilt sie mir die Absolution ... Sie unterhält sich jeden Tag mit Nonie – sie klingt, als wolle sie die Zugehörigkeit zu einer Gesellschaftsklasse *vortäuschen*, die Nonie und sie erfunden haben.

Ich sage mir, daß dies nicht die richtige Liebe ist – dies ist nur zur Übung da. Ich fühle mich wirklich miserabel. Aber ich bin auch froh. Sie scheint mir hinter den weich fluktuierenden Wällen ihrer Haut geschwächt zu sein. Elektrisierende Dinge schwirren insgeheim vorbei – die Zeit braucht keine Flügel, doch in mir nimmt sie oft die Gestalt geflügelter Wesen an. Natürlich bin ich in das Mädchen verliebt. Auch in mich. In Adoleszenz und Zeit. In unser Wohnzimmer. «Du bist so glatt wie Wasser», sagt sie in einem Akzent der Gegend, in bodenständigem Idiom.

«Du hast eine ganze Menge in dir», sage ich, denn ich nehme an, sie suche *intellektuelle* Bestätigung. Dann: «Uuund ... obobob ... naaa ... klaaa-ratatar ...» Kriegsgeräusche ... Atem-Schöpfen ...

Sie plappert und versetzt mir spitze, pickende Küßchen –

das taten damals in unserer Gegend viele Mädchen – «Oh, du – was bist du *lieb* – und jetzt ganz *brav* ... »

Vielleicht besitzt sie eine eiserne Seele. Und ist Kriegsschutt und die wilde, ungezähmte, unabhängige Frau, das Schmuckstück jeder Veranda vor einem amerikanischen Haus – und gewissenhafte Disziplin und solche psychologischen Momente wie sexueller Stolz erfüllen ihren Körper, ihren Blick und ihren Geist, soweit man davon sprechen kann. Sie riecht nach Krieg, nach Kriegsbraut, nach mit den eigenen Sinnen erfaßtem Krieg. Zum Teil kann sie den Tod begreifen ... die Kriegstoten ... und männliche Arglist ... Rebellion ... Sie schlägt sich gleichsam fortwährend ins Gesicht, um ihre Hysterie zu zügeln ... Ich meine das ernst ... Sie möchte wirklich vor Güte strahlen – nicht ständig: ständig wäre niederträchtig. So naiv ist sie nun wieder nicht.

Wieviel Schaden kann sie zufügen?

«Was du für einen Bruder abgäbst ... So einen hätt ich gern ... einen Bruder wie dich ... Dich als Bruder? Nein ... das nehm ich zurück ... Nicht *dich*, als Bruder nicht ... haha.» Sie drückte mich nicht an sich.

«Wie *scharfsinnig* du bist», sage ich mit verzogener Oberlippe – und einer gehobenen Braue.

Wie sie atmet – während sie mich beobachtet – ihre Brüste – schwache Schübe von verbrauchter, aber feuchter Luft ... *Der Tempel der Spalte zwischen den Beinen ... (und die dunkle Zukunft und deren Bewohner)* ... Sie sagt – spontan – : «Bist du etwa unter den Pantoffel geraten? Das tut mir leid. Das hab ich nicht gewollt ...»

«Nein ... Doch ... Ich weiß nicht ...»

Sie zieht sich die Bluse enger über die Brüste und bildet sich ein Urteil über mich ... teilweise offen ... teilweise *sentimental* ... «Bist du etwa eher schlecht als gut?»

«Mir wird nachgesagt, ich wäre ein böser Geist ... *Der wilde Mann von Borneo* und *der Teufel* ...» Ich sage das elegant (nach lokalen Maßstäben). Hier bin ich, wie sich herausstellt, ein unfertiger, ziemlich junger Mann, brüchig, wenig verläßlich *instruiert* ... ein Neuling ...

Leonie wird Nonie «alles» über das erzählen, was hier passiert, aber es wird nicht dieser Erzählung gleichen.

Und was Nonie erfährt, wird sich in ihr Arsenal, ihren Schatz von Wissen einfügen.

Leonie war ein «verantwortlicher» Mensch – nur im wirklichen Leben, nicht in einem Buch. Die Hauptverantwortung für einen Sinn nach Bücherart trage hier ich. Sie sagt *derb*, nicht eigentlich, um mich abzuwehren, mehr um mich zu belohnen und *eine Spur* abzuwehren: «Also, du bist vielleicht ... mmm ... *heiß* – zu heiß zum Anfassen – du mußt wohl Rory Calhouns jüngerer Bruder sein ...» Ein zügelloser Filmstar – kein großer Star, ganz und gar nicht ...

Es ist eine Form von Witz, wenn man die Dinge steuern kann, und es ist witzig, sie *lässig* in den Graben zu steuern – es ist erwachsen.

«Du weißt doch überhaupt nichts», sagt der provisorisch verwandelte, neuerdings ältere Junge rücksichtslos. (Zwanzig Jahre später zitierte sie mir das am Telephon.)

«Sei doch nicht so stachlig», sagt sie.

Er lächelt – und spürt seinen Stachel –, lächelt mit einem gewissen *schmutzigen* Aplomb, nicht prahlerisch, nur aktiv; viril betont er den Vorrang des Dramatischen, ein lautloser Redner in einem seltsam kongreßartigen Moment – am Rande des Kongresses. Natürlich ist es für ihn ein sexueller Moment, und er ist behindert durch reale Begierde, durch Begierden und ihren seltsam bahnbrechenden Charakter, ihren drängend halluzinatorischen, höchst extremen, romantischen Extremismus.

«Ich muß auf dich verzichten ... Ach, das find ich ja so traurig», sagt sie taktvoll.

Demonstrativ bitter sage ich: «Also bleibt mir überhaupt nichts ... Es ist ja *wirklich* beängstigend, daß mir ausschließlich nur Komplimente zufallen ...»

Sie sagte: «Wiley, *kein Mensch* redet so ...»

Sie starrt mich an.

«Aber mir gefällt der Kram», sage ich. Dann: «Na, vergiß es ... Da sag ich mir doch glatt, nein, vergiß es ...» Die Fülle der Gefühle, die Tiefe der Zuneigung wirken so ätzend, so durchdringend wie der Gestank von *übler Einsamkeit*, der Schmerz – ja, die Natur ist eben verschwenderisch ... Ich habe die Arme um meine eigene Körpermitte gelegt und schaukle vor und zurück.

Diese allgegenwärtigen Gefahren im Leben – dieses Gefühl, auch in der Sexualität sei etwas Furchtbares verborgen, tatsächlich, wie ein riesiges, unverhofft geerbtes Spukschloß – die Pflichten, die persönlichen Opfer, die mit dem neu erworbenen Titel einhergehen – die zunehmend fade, starre Pein – die auf den Tod verweisende Angst, die Überzeugung, man sei unbedeutend, es sei ratsam, nun zu sterben, in Sünde –: Ich wandte Leonie mein Gesicht zu ... Ich bin neugeboren diesem Kokon entschlüpft – und wenn schon. Durch ihr Einwirken bin ich ein halber Mann geworden. Das verblüfft sie, sie ist *platt* ... Dann sagt sie laut – und verwendet falsch einen Journalistenausdruck der Kriegsjahre: «Schluß mit den Fisimatenten?» Ich weiß nicht, was sie damit sagen will.

«Ich leide *Folterqualen* ...»

«Oh», hauchte sie. Was mit mir, mit uns geschieht, entlockt ihr Gefühle – aber unter Vorbehalt. Wir sind uns höchstens darin *einig*, daß wir uns auf schlüpfrigem Gelände bewegen – mehr, weil sie es behauptet ... Im Krieg befinden wir uns nicht.

«Vor Liebe durchgedreht ...»

Sie bedauert mich – und ist auch ein bißchen ärgerlich. Lila sagt, mich zu kennen hat einen hohen Preis ... Ich bin in heißem, weißem Aufruhr, verschmäht, unrein ... nutzlos ... nicht einfach: das macht es nicht einfacher – wie ich bin.

Ich fange damit an; sie fällt ein – ich bin verkrampft und *durchgedreht*; sie gedenkt zu überreden; ihr Lachen ist geschwindelt. Amüsieren wir einander? Wir lachen, nervös beherzt, nicht ganz synchron – ich glaube, mit klarer Dreistigkeit, bis wir zu einer Einfachheit gelangen, von der ich erklärt habe, ich hätte sie nicht in mir; ich wackle mit meinem beschmutzten, verlassenen, *nutzlosen*, clownesk-ergebenen Libellen-Unterleib, dem es nicht gelungen ist, ihr irgend etwas einzupflanzen. Ich bin vorsichtig, ein neugeborenes Männchen – sexuell –, wie in den Schützengräben sozusagen, in einem Schützenloch, im Gestank der *Normalität* – mag sein, daß die hier herrscht. Neugeboren, aufrichtig ... Dies hier mag eine ätherische Schönheit besitzen im Vergleich zu dem düstereren Zeug, das ihr von ihrem Verlobten zuströmt, der richtige Gefechte erlebt hat und von vornherein ein richtiger Mann ist, ob es ihm paßt oder nicht.

Sie hört auf zu lachen, lehnt sich zurück und sagt: «Das ist ja fast so, als ob du mich ohrfeigst.» Das sagt sie fast mürrisch, seufzend – unter ihrem Arm hervor.

Ich lehne mich auf ähnliche Art zurück. Auf ähnliche, jedoch plump männliche Art – in *aufrichtiger* Nachahmung *richtiger Kerle*; und ich sage: «Ach ja? Na und: es kommt ja nicht drauf an – *wahrscheinlich...*» Dann: «Du hast mir das Herz gebrochen –» Wir schauen uns an, sie und ich, und fangen wieder an zu lachen – was nicht gerade leicht erklärlich ist. «Das Leben ist wirklich die Hölle», sage ich.

«Das Leben ist so höllisch schwer», sagt sie; sie korrigiert mich – verpflichtet mich auf das vollständige Klischee, scheint mir.

Ich runzle die Stirn – beleidigend im Grunde. «Ich sehe mein ganzes Leben vor mir: es ist ein blödes Leben – kein typisches – es taugt überhaupt nichts – nicht einmal durch besondere Freundlichkeit zeichnet es sich aus ...»

Mit den Fingern streiche ich ihre Haut über dem hübschen Eselsschädel, dem hübschen Pferdeschädel, unterhalb des Haaransatzes glatt, glätte die breite Stirn, die Haare, die sie rahmen ... Leonie lächelt schlaftrunken. Nun lächelt sie triumphierend – ihr Lächeln hat umgeschaltet. Ich fühle mich gereizt. Als Nonie uns einander vorstellte, hat Leonie – nicht wie eine ältere Frau, sondern lachend und neckisch – gesagt: «Oh, er sieht so gut aus ...» Jetzt sagt sie es mitleidig: «Oh, er sieht so gut aus ...» Ich glaube, das soll heißen, es wäre besser, wenn ich anderen *Typs* wäre, sie würde dann weiter gehen. Daß ich so bin, wie ich bin, ist hier und jetzt, praktisch gesehen, ungünstig – unheilvoll – nicht eben zweckdienlich. Flüchtig gewinne ich den – verwirrenden – Eindruck, alles wäre leichter, liefe besser, wenn ich Fratzen ziehen, grunzen, abstoßend aussehen würde.

Ich frage sie: «Warum kann ich bloß nicht kriegen, was ich will?»

Sie sagt zu diesem sehr jungen Typ, der ich auch bin und dem sie alle möglichen Freiheiten gestattet hat – sie sagt zu dem privilegierten jungen Freigeist, nicht zu dem abgewiesenen Jungen – sie sagt herablassend mitleidig (im Ton einer anderen Kategorie von Mitleid): «Das ist aber eine sehr *selbstsüchtige* Frage, Wiley ...»

«Ich kann mit diesem Das-Glas-ist-halbvoll-und-nicht-halbleer-Kram nicht umgehen! Einmal bist du nett zu dem anderen, dann redest du wieder mit dem Kerl mit dem halbleeren Glas, und ich kenn mich nicht mehr aus ...»

«So darfst du nicht reden! Das sind ja furchtbare Dinge, die du da sagst.»

Ich senke den Kopf. Sobald ich sie nicht mehr ansehe, habe ich plötzlich entschieden das Gefühl, daß sie und ich eigentlich nicht miteinander sprechen – das tut weh.

Dann sagt sie zu meinem gesenkten Kopf: «Du wickelst mich ja richtig um den Finger ... Du bist überhaupt nicht so, wie ich erwartet habe ... Man kann nicht gerade behaupten, daß Nonie einem gute Beschreibungen gibt ...»

Ein bißchen kränklich lächelnd blicke ich auf, und dennoch ist mir eigenartig wohl: «Bin ich eine Enttäuschung?» sage ich.

«Ja und nein», sagt sie mit eher freundlichem Lächeln – es ist übertrieben freundlich.

Sofort herrscht wieder eine andere Stimmung. Ich sitze neben ihr: ich bedecke mein Gesicht mit ihrem Haar; ihre und meine Haare vermengen und verheddern sich. «Sollte ich denn homosexuell werden ...?» frage ich. Ich habe gehört, das funktioniert manchmal bei sensiblen älteren Mädchen.

Leonie mag, was Männer angeht, STÄNDIG sexuelle Vergleiche anstellen – doch dahinter ist sie unwissend, vielleicht die Unwissenheit in Person, wie ich; aber so heißblütig ich bin, habe ich doch das Gefühl, das kalte Gefühl, daß diese Formen von Unwissenheit nicht zusammenpassen – ganz und gar nicht.

Das ist nun wirklich beängstigend, wirklich zu stark: das ist, als würde mir in einem Arroyo eine Knarre an den Kopf gesetzt – eine Angst dieser Art. Doch *obendrein* repräsentiert Leonie noch das brillante, lückenlose Gedächtnis einer älteren Person für Erfahrungen mit schwierigen Momenten wie diesem hier, für Körpereindrücke, für Leib und Leben anderer. Das strahlende Licht der Einsicht leuchtet in ihr möglichweise konstant und nicht nur gelegentlich, flackernd und unstet wie in mir.

Und nun reflektieren ihr Körper, ihr Gesicht, ihre Augen und Lider die Summe dessen, was ich – nach ihrem Ermessen – bin; ich bin der Schatten dort auf der lichten und blasser schattigen Fläche ihres Wesens. Ich bin zu naiv, zu bläßlich sonderbar und zu gescheit – zu jung in dieser Hinsicht –, und ich unterscheide mich gesellschaftlich von ihr, so daß sie zu sehr darauf achtet, mich überhaupt zu beachten: ich meine, soweit sie neugierig ist, sozial und sexuell auf Männer neugierig, beachtet sie mich: ihre Neugier schenkt mir Beachtung; ihre Augen schenken mir Beachtung; ihr Mund beachtet mich nur zum Teil – er ist störrisch und boshaft. Ihre Hände tauchen wie von unter einer Decke auf – daran erweist sich ihre innere Distanz. Ich bin ein Ungeheuer – ein unbedeutendes Ungeheuer –, und neben größeren Ungeheuern kann es mir nur schlecht ergehen; ich bin kein *As* – aber ich bin ihr lieb und wert. Der *übergeordnete* Punkt jedoch ist der, daß es damit für sie *zuviel* Beachtenswertes gibt – und daß sie dem Falschen Beachtung schenkt – und es tut ihr leid, und sie beachtet es wohl, aber sie kann nicht darauf achten – und dann, an diesem Punkt ihrer Gefühle, kommt etwas Boshaftes auf, und sie sähe lieber mich tot als sich selbst und ihren eigentlichen Freund und so weiter ... Was für eine Art und Weise, ein Gefühl zu beschreiben – umständlich und dumm.

Aber wie zum Teufel soll ich denn dieses Zeug in ihr *verstehen* – immerhin kann ich ihr ins Gesicht sehen, sie erwartet es, aus all den Gründen, deretwegen sie zu sehr auf Draht ist, um mich ernstlich zu beachten – es sei denn, ich beschwindle sie und bin moralisch kläglich – moralisch bedauernswert – wie andere Männer – wie sie es gewohnt ist.

Ich starre sie also an, und sie *staunt* zurück, doch ich *tue* nichts; und daher sagt sie: «Du bist so gescheit und zugleich so blöd.»

«VERSCHWINDE!» brülle ich in dieses komplizierte Flüstern – wenn man so will – hinein. Und ich wende mich von ihr ab; und gleich wende ich mich ihr wieder zu: sie interessiert sich nicht speziell *für mich*, aber für Dinge, die ich tue und die ich weiß – etwa für das, was ich *repräsentiere?* Und darauf lasse ich mich wieder ein: es gleicht einer neuronalen Surf-Partie. «Flutwarnung», sage ich. Dann: «Er liegt drei Tage und drei Nächte im Bummelzug entfernt – der Ozean ... Kleine Schildkröten – von *Gefühlen* ...» Dann: «Das Zeug, das ich da sage», sage ich, während ich meine Finger über ihre rechte Brust und ein Stück über ihr Schlüsselbein spazierenlasse, «stammt alles aus Dokumentarfilmen – in der Schule.»

«Ich weiß», sagt sie verständig. Sie sagt: «Du darfst mich nie zwingen, eine Frau darfst du nie zwingen: Frauen hassen dich dafür.»

«Ich weiß. Ich habe eine Schwester.» Ich sage das irgendwie nobel-herablassend. Dann traurig (denn wer weiß schon, was das heißt?): «Wenn ich dich nicht zwinge, passiert nichts.» Ich habe nicht Vergewaltigung im Sinn: eher Druck gegen gewisse Schranken und Ketten – gegen Urteilsweisen und dergleichen. Ich sage: «Ich spreche nicht von Vergewaltigung ...»

«Das ist trotzdem noch Vergewaltigung», sagt sie. Dann: «Und so weiter ...» Ein wenig liebt sie mich. Liebt mich – aber *will* mich nicht ... Sie kann gewisse Dinge *verzeihen*, kann nachsichtig oder *tolerant* sein, aber sie kann diese Dinge nicht *wollen* ...

Ich fühle, wie ihr Körper sich entzieht, sich eine Spur verhärtet. Eher sollte man sagen, die neuronale Aura ist eine des verebbenden Gewährenlassens und Gestattens, und eine Felswüste taucht auf. Lebendig Totes.

Es ist ein mentaler Moment – ich will sagen, ich sterbe ab und bin nur noch Bewußtsein, ein mechanischer oder körperloser Bewußtseinsroboter – bewehrt mit Periskop-Feldstecher, mit metallenen Augen – um der Wucht der Furcht vor dem zu entgehen, was die Natur als dunkle Bestimmung mit offenem Ende entworfen hat, mit der wir konfrontiert sind ... Oder mit der ich konfrontiert bin.

Und es ist in meinem Gesicht, auf meinem Gesicht zu sehen, dies Zeug ... Das ihre zeigt, daß sie es sieht. Sie reinigt den Raum zwischen uns von den Fäden der Haare. Mit einem Finger tut sie das – umsichtig. Sie dreht den Kopf. Sie pustet die letzten Haare fort. So elend es mir in meinem Roboterzustand und mit ihr als Felsenküste auch geht, ich bin doch froh, hier zu sein. Ich finde es herrlich, alles – obwohl es mich höllisch schmerzt; ich bin gekränkt und ahne ein ganzes Hungerleiderleben für mich voraus. Aber ich bin froh, hier zu sein. Einerseits. Ihr Kopf – mit allem, was darin ist – hebt sich; er regt sich auf ihrem langen, kräftigen Hals: dieses beinerne Kolosseum *sinnt* über mich *nach* ...

Ich zucke zusammen, als mir klar wird, daß dieser Moment auf dem vorangegangenen *beruht*: er hat sich daraus entfaltet – wie ein Raum aus einem anderen, wenn man die Schwelle überschreitet. Die brennende, «*unmittelbare*» Erinnerung an die eben zurückliegende Vergangenheit gleicht der an Rasenstücke und Wäldchen – die stärker physischen Momente –, nur (oder also) gibt es in den Wäldchen und Rasenstücken versprengt Leuchttürme, blinkende Bojen und Blitze; die sexuelle Erinnerung ist sogar noch sprunghafter, disparater und inkohärenter als körperliche Erinnerungen an einen Angriff beim Football, beim Ringen oder Boxen. Die phosphoreszierenden Lebenseruptionen in heißer Distanz ereignen sich unstetig-rhythmisch, jedoch nicht sexuell rhythmisch – eher fragend und gemahnend. Jedenfalls ist das Begehren ... sind die Begierden ... denn manche davon sind nur allzu konkret ... ganz auf das Leben draußen orientiert ... allzu männlich ... auf Gefahren ausgerichtet – und auf das Geltungsbedürfnis.

Wie man mit dem Unwahrscheinlichen, dem Unplausiblen verfährt – hier, in den phantastischen Bereichen einer sexuellen Wirklichkeit, in der man der Neugeborene ist, leichtfertig, nicht ernsthaft sexuell; und wie es einen in der nicht-neugeborenen Seele schmerzt – hier sieht man ein, daß es ein Traum ist, man könnte andere Menschen jemals ganz verstehen, und sei es nur einen Menschen ... Leonie mag dort hingelangen, als Frau, mittels intensiver Konzentration und Empathie – und einer bestimmten Sicherheit – und auf dem Weg der Schwangerschaft, wenn dieses andere Leben tatsächlich in ihr lebt. Sie mag der Einsamkeit entkommen können. Ich bin aufrichtig und leidenschaftlich, und ich werde ihr niemals entkommen – immer wird es mir ergehen wie jetzt; wieder und wieder werde ich mich an diesem Scheideweg einfinden.

Und ich bin für das Leben nicht gut gerüstet. Irgendwie zerbreche ich leicht – und werde zu Metall. Ich habe Aufrichtigkeit bereitstehen – die Bereitschaft zu sexuellem Zeug – zum *entblößten Akt* –, einen hierauf vorbereiteten Geist und einen fast willfährigen (jedoch in Wahrheit widerstrebenden) Körper. Und ich habe eine Menge Dummheit in mir; und Gedankenlosigkeit – ich bin ein Ungeheuer, von jenem Schweigen begleitet, jener Raserei und Neugier ausgeliefert, die mit allem Neuen einhergehen, wenn die Sensorien es orten und es in einem Wesen anderer (jedoch verwandter) Art Reaktionen weckt.

Gleichwohl bin ich nicht vollkommen aufrichtig, wissen Sie. Ich bin, ich war ein Junge.

«Wiley, möchtest du, daß ich dir einen runterhole?» Sie kennt sich nicht schlecht aus.

«Nein. Das weißt du doch – das wäre langweilig.» Ich hatte auf mehr gehofft.

«Sei bitte nicht kindisch – bitte nimm Rücksicht auf mich ...»

«Das sagt meine Mutter auch immer ... Stirbst du denn an Krebs?»

«Du bist so kleinlich – wenn man das bedenkt, daß ein Mensch wie du, sogar jemand wie du, so kleinlich sein muß ...»

«Jetzt klingst du wie meine Biologielehrerin ...»

Sie schwieg einen Moment und schluckte. «Ich will die guten Dinge nicht kaputtmachen ... Ich hab Spaß mit dir gehabt – ich mag dich wirklich – jetzt laß es uns friedlich beenden und nett zu *einander* sein ...»

«Du hast Spaß gehabt? Das freut mich aber. Nur, was nützt mir das.»

«Versuch doch nicht alles mit REDEN zu erledigen!» sagte sie gedämpft, mit zusammengepreßten Lippen, beinahe heftig. Und küßte mich.

Welchen Charakter hatte dieser Kuß? Er begann wie ein Paar ineinander verhakter Schreibmaschinenhämmer – Leonies Lippen waren irgendwie untrennbar oder hart muskulös oder so –, und dann treffen sie auf den weißen Bogen – das bin ich … Ich? Mein Mund, meine Atmung: Ich werde zu etwas Bedruckbarem, schwarz, weiß und flach vor Empfänglichkeit.

Und da, sehen Sie, wird es entscheidend, daß man *Sportler* – und jung – ist: ich bin imstande, wieder neu zu empfinden, sobald ihre Lippen sich voneinander lösen und ihre Zunge mich so berührt, daß ich die Textur ihrer Oberfläche spüre und irgendwie das Schmutzige daran genieße, oder aber ich kann blitzschnell *den anderen Weg* einschlagen und bestürzt sein: die Hitze geht da in Licht über und in die Atome des Körpers ein – die Sommerlaub-Atmosphäre mancher Wälder (im Mittelwesten) – oder das Licht vor einem Sommerhaus am See, wo ich halb ausgezogen ans Fenster trat und mich an der Grenze zur Pubertät fühlte – am Fenster, wo Licht und Hitze etwas frühreif Bedeutsames haben … irgend etwas Frühreifes jedenfalls – von gegenseitiger Zuneigung, von *quasi*-suizidalen Dingen … von *Wir werden sterben* … und von: *Es ist echt* … das heißt, wir sind keine Kinder.

Und dann, jenseits davon, jenseits der Grenze, an der Leonie beginnt – in dem Moment – am Rand des Waldes, der Rasenflächen, des Hauses – sozusagen – und der Gemeinheit davon und des Selbsterhaltungsdrangs in Gestalt mangelnder starker Liebe – es ist alles nur flüchtig – schmerzlich – zu ahnen und es brennt: nein, es fühlt sich an, *als würde* es brennen … «Ich komme schon klar. Ich mache, was du willst: du brauchst nichts machen. Ich komm schon klar – soll ich aufs Klo gehen und mich aufmuntern?»

Es kam mir vor, als sei das Schicksal aufgehoben, umgangen. Es kam mir anständig vor. Ich nahm das alles übel, aber erleichtert war ich auch.

Sie lächelte. «Es macht mir nichts aus, ein bißchen mit Hand anzulegen – ich bin heute gut auf meine Kosten gekommen», sagte sie.

Doch etwas ist geschehen: Ich glaube, es hing damit zusammen, daß ich begonnen hatte, ihre Gefühle widerzuspiegeln; ich konnte dies weniger gut erkennen als sie, wenn sie die Gefühle anderer widerspiegelte: sie glich in dieser Hinsicht beinahe einem Weiher – oder einer Lache; ich empfand es jedenfalls als zu gefährlich, ihr wirklich Lust zu schulden: ich käme möglicherweise nicht darüber hinweg; ich empfand es als gefährlich, irgend etwas mit ihr zu machen – zuviel oder zuwenig zu empfinden – aufrichtig oder unaufrichtig zu sein; und was wir nun empfanden, stimmte zufällig irgendwie überein, war eigentlich jedoch eher ein übereinstimmendes Votum – zwei gleich votierende Weiher, oder ein Weiher und ein glasiger Teich; nur daß die Atmosphäre zwischen uns so aufgewühlt und undurchdringlich war – vor Begierden und Zurückhaltung, vor Taktik, Zuneigung und Abneigung, vor gezügelten Flüchen und Verwünschungen, und vor offenen und versteckten, unseligerweise jedoch vorhandenen Drohungen – und dennoch war es, wie vermengt auch immer, noch keine *größere* Sache: vielleicht eine so *beiläufige* Sache, daß in diesem Moment Wohlwollen noch mehr zählte als Wut, Realismus, Zweifel, Verlangen oder Sünde (oder wie immer man es nennen will) – Wohlwollen zählte mehr als aller Aufruhr ... ein *erfreuliches* Ergebnis mehr als richtiges Vögeln ... sogar für mich.

Vielleicht log ich da: ich werde es nie erfahren. Ich versuchte, *feinsinnig* zu sein, doch zum Teil bestand der Witz darin, daß der Wunsch, es möge eine gute Stimmung herrschen und alles glücklich ausgehen, zugleich Bestechung, Lüge, dämonischer Umgarnungsquatsch war..

Vielleicht war ja alles ganz in Ordnung – vielleicht war es im Grunde ja schmeichelhaft ... Vielleicht taugte es nichts, war aber das einzige, was ich jemals kriegen würde, und darum sollte ich mich mal besser *fügen*, und zwar *rapido*.

Abwägen zu wollen ist eine tückische Sache – man weiß nie mit Sicherheit, was genau in einem selbst oder in jemand anders vorgeht. Im heulenden Aufruhr der Gefühle, inmitten der Impulse von Selbstverteidigung – von Realismus – in dieser Zone der Interdependenz – scheint man das Licht zu wählen, wenn man *nichts* weiter unternimmt, und das Dunkel, falls man vorrückt; aber es gab keine Erläuterungen – keine Fußnoten –, nur Gefühle und das stillschweigende oder augenscheinliche Einverständnis zwischen uns ... hörbar, sichtbar aus unserem Atem zu erschließen, aus den *Semi*-Genehmigungen und der (bereits beschriebenen) Zurückhaltung unserer Körper. Ich hatte nicht das Gefühl, das ewige Licht, das unsterblich Gute – oder etwas Segensreiches – zu wählen, wenn ich *nicht* weiterginge; auch nicht, daß sich darin ein gewaltiges Prinzip manifestiere, das die Präsenz von *Gottes* Willen oder der Absichten der Natur bewies. Eine so männlich-spirituelle Einstellung zum Vögeln – und zum Kinderzeugen – hatte ich nun wieder nicht: ich war mehr der Waisenjunge und Bettler in einem Traum-Musical – jedoch auch in der zu riechenden Wirklichkeit. Ich hatte so eine Ahnung, sie wolle mich vollkommen unabhängig lieben, und sei es nur dieser Unabhängigkeit wegen, mich bedauern oder so etwas und sich mir hingeben, aber so, daß ganz *klar* wäre: falls wir tatsächlich vögelten, wäre ich nicht *schuld*. Und jene andere Sache, bei der man einander das Herz bricht, das Leben zerschlägt und später Zwang auf die Erinnerung und ihr Funktionieren ausübt ... und das Schwinden der Schrankenlosigkeit – im Nachgeben, Rache-Üben, Verzeihen und Keineswegs-Verzeihen: das alles ängstigte mich, ich wollte es nicht, aber es schien die realere Landschaft hinter dem schütteren oder lichten Waldhain oder hinter den Wänden des Raumes zu sein, in dem wir uns aufhielten und *ein bißchen Luft schnappten* (wie man dort in der Gegend zu sagen pflegte.)

«Leg nicht mit Hand an», sagte ich.

Sie lachte, weil das auch besagte, daß sie eine Gefahr für mich darstellte, weil sie für mich so attraktiv war.

Mit echter Befriedigung sagte sie: «Oh, was bist du scharf ...»

Weil sie für mich so attraktiv war und weil ich ihr wie ein scharfes junges Kerlchen vorkam, was ich nicht war.

Verlegen spazierte ich zur Toilette; ich spürte ihre Blicke im Rücken, spürte, das sie mich wahrnahm. Sie flüsterte: «Das brauchst du nicht zu tun», aber es klang für mich nicht so, als wäre es ihr ernst; es klang, als wäre es ihr lieber so. Ich fühlte mich wie eine *tragische Gestalt* und schämte mich dafür. *Was zum Teufel soll das denn* ... Und: *Himmel noch mal, kannst du die Dinge vielleicht endlich im richtigen Verhältnis sehen ... DER HIMMEL STÜTZT SICH NICHT AUF DEINEN PIMMEL ...*

Doch gleich nachdem ich angefangen hatte, hatte ich kaum Halluzinationen – oder Phantasien – und dachte weder sonderlich an Leonie noch an irgendwelche unwirklichen, wirklichen oder erkennbaren Dinge, sondern nur an den *Schmerz* dabei, die *wunden* Empfindungen, den anfänglichen Widerstand und die dann fast empfindungslose Leichtigkeit – und dann materialisierte es sich plötzlich bebend als scheinsensationeller, tolpatschiger REIZ, UND WIE DAS BEBTE, WIE DER WIND, wie Wind auf einer sandigen Hochebene ... Was mir nur zu Gebote stand, mußte ich aufbieten, um nicht so laut und schrill zu kreischen, daß es erst *komisch* und dann *schmachvoll* geworden wäre.

Ach, das Leben ... dachte ich mehr oder minder pathetisch, während ich die Toilettenschüssel und das wolkige Zeug darin betrachtete, im Wasser, auf dem Sitz, dahinter, auf dem Steingut oberhalb der Wasserlinie. Nicht daß ich es bewußt angesprochen hätte – das spermatische Leben: ich dachte an die gesamte Situation, die weiße Kachelfläche, die phallische Natur des Bewußtseins – eines gewissen Bewußtseins – an Sünden, Torheiten, mich: es sah wirklich danach aus, als wolle ich ein Selbstgespräch beginnen.

Ich vergesse leicht, in welchem Maße Masturbation und Halluzination verknüpft sind – mein Freund Remsen sammelt Zeug, um es gelegentlich zu verwenden – scharfes, aufreizendes Zeug. Ich habe eine Freundin. Leonie sitzt nebenan.

Ich schlafe nicht. Ich bewege mich, ohne mich zu bewegen. *Je suis* in Bewegung – ein genitales Phänomen – ich habe *Halluzinationen* und Erinnerungen (an Mädchen, Typen, Bücher, sonstwas); ich habe *Halluzinationen* inmitten von physischen Fakten – *Leonie sitzt nebenan* – aber ICH BIN HIER ... Es handelt sich um mich in der Welt: in Fortbewegung begriffen; das *Schicksal* hat mir das hier zugeteilt: eine gute Nummer ist das nicht – *halleluja* und ein gedämpftes *Wauuu* –

Doch da blitzt ein spannender Moment auf – höllisch spannend (so aufreizend sind die Reize). Wau – unheimlich geladen ... fast unbändig, jungenhaft-bräutlich, partiell abscheulich, partiell aussichtslos, auf die Folter spannend.

Es ist von verblüffend *gewaltigem* Interesse (für mich), mein Innenkram, das Fluktuieren der Aufmerksamkeit – und Urteilskraft –, die dem Erlangen dieser Empfindung gelten – dieser hitzigen, quecksilbrigen und doch partiell auch kühlen, kalten, toten Empfindung – die meine eigene, an mich angelegte Hand erzeugt, dieser bedeutsame *Hinweis* auf den nicht-halluzinatorischen Akt ...

Ungeborgen, todlos stecke ich in einem finster-erheiternden Schattentriumph fest – einem *phantastischen* Fummel-Kino –, mit einem Mädchen (einer Frau) nebenan: das tut moralisch weh.

Zu den *existentiellen* Fakten zählt, daß außer mir hier niemand ist. Er ist schon verblüffend idiotisch, dieser verwunderliche Umstand, dieses Toilettendrama – ein Lokus-Wahnsinn – ein sanitärer Akt. Zum Brüllen.

O Mann, welcher Wahnsinn, sich so zu verlustieren – vertäut, unvertäut. Sexuelle Lust, sexuelle Handgreiflichkeit, die momentan überreife, handgreifliche Sinnlichkeit – lachhaft eigentlich – zupft und schubst: mich: kräftig: Empfindungen, Rhythmen, handwerklich-sensationelle Rhythmen, leidenschaftliche, fast präsente Phantasien, das verschwommene Jetzt im weißgekachelten Bad, die Sache mit der aussetzenden Zeit, die hier aktuell ansteht, doch nicht im üblichen Sinn, nicht in Form von Untätigkeit, Schlaf oder Dösen; es ist traumähnlich und auch wieder nicht – ich schätze, das Bewußtsein blinkt von hier auf die Welt zu und dann wieder zurück: Konzentrat, Konzentration: ein Lager-Phänomen – wie eine Zündschnur zu verlegen.

Zum nicht geringen Teil besteht die Welt aus dem Tauschhandel mit Reizen. Wir handeln damit untereinander – permanent vielleicht. Wie eine schmerzensreiche, eigentlich qualvolle, undeutlich lustvolle, juchhu-lustvolle Art von Selbstmord kommt mir dies vor: *Leonie ist nebenan* ...

Ich fühle, wie mein Bewußtsein sich vertieft und einen matt *kontrapunktischen* Schimmer von Eigennutz und Weltlichkeit annimmt: die tiefere, umfangreichere, *handwerklich stabilere* Version von etwas, das ich in meiner Kindheit kannte: eine bestimmte Aufmerksamkeit – als würde sie der Atmosphäre gelten –, während man der wechselnden Hitze gewahr ist, welche die eigene, kindliche Haut und die des Kindermädchens ganz in der Nähe abgeben ...

Ich fühle mich gewebeartig konkret – und wie ein warmes Tuch, schlaff vor Hitze, stofflich – ich bringe mich zum Kochen – hallo da, kann ich mal rammeln? Ich werde gegrillt und zucke – *wie Speck in der Pfanne* – oh, oh, so qualvoll heiß: *wiiii-huuu-piiiii* ...

Vielleicht ist dies die Hitze von Höllenfeuer und Verdammnis ... Dann ist sie auf einmal menschlich – nicht einmal im metaphorischen Sinn: die Hitze gleicht der einer Person, die man auf den Hals küßt. Ich fühle sie überall: sie hat sich ausgebreitet und haftet mir nun an; sie kommt vom Knutschen, eine Knutschhitze; der Junge wird von nächtlichen Schatten vor den Fliegendrahtflächen beobachtet ... *Oooh, mein Gott*, jetzt ist es diese Matratzenfüllungshitze – die mich mit ihrem Kitzeln erstickt – ich kann nicht atmen, während das stickig-feuchte Dunkel verebbter Gefühle aufwogt – mit Licht und Hitze, eine Spur wie Wetterleuchten – ich bin höllisch verschwitzt und rotfleckig von der falschen Präsenz der Halluzinationen – von der Frömmigkeit meines eigenen, aufgerichteten, erigierten Körpers, der gleichwohl vor der sinnlichen Wirklichkeit in dieser weißgekachelten, absurden Klosett-Einsamkeit kniet.

Wenn ich in letzter Zeit mit einem anderen Jungen wichse – die Hand bewegt sich wie ein Wagenheber: *quelle levitation*, sagte Remsen –, bin ich verblüfft, wenn der andere Junge ruft: HEISS! oder: ICH LAUFE HEISS! Wenn er das ruft ... Jass sagt es irgendwie gewunden ... Oh, Scheiße, ich winde mich ja auch; wie gebratener Speck ... Bacons Wirklichkeit ist die des wohlgeprüften Experiments und der vernünftigen Erwartung, es werde mit Erfolg zu wiederholen sein ... Ich sehe, *verwirrt wie ich bin, daß ich zwei Stöcke aneinander reiben muß* (Schwanz und holzartig gebogene Hand), um meine eigene *Hitze* zu erzeugen ... Ich empfinde die Rhythmen dabei als *Jazz* – undeutlich.

Der unvollkommen entfesselte Moment macht mich zum Bauchredner der Entfesselung: *Heiß, heiß* ... singe ich lautlos jazzend: zerrissene Silben. Dann wird es plötzlich fade – mein Geschick im Arrangieren von sexuellem Kram ist beschränkt, und mein Konzentrationsvermögen auch. Dann bricht das Fade auf: eine bestimmte gleitende, rhythmisch eingesetzte Bewegung erweist sich als wild explosiv – oh, wau, gut, was bin ich froh – das heißt, erfahren, sogar semikundig, *doch obendrein, o Herr, bin ich in den Tricks des halluzinatorischen Theaters hier wirklich* Amateur ...

Eine alte Empfindung illustriert dies – die alte Empfindung stellt sich ein, ist da und wieder verschwunden: ich bin ein kleines Kind, dem der Badeanzug ausgezogen wird: ich stehe auf einem Tisch, in einem Umkleideraum, in einer Badehütte vielleicht: die Nacktheit und Hilflosigkeit, die schmerzhafte Bereitwilligkeit, mit der ich – entblößte Brust, entblößte Füße, Rippen, Arme, Nerven – Entblößung und Hilflosigkeit hinnehme; das wirklich eigenartige Wiedererkennen des entblößten, hilflosen Zustands von früheren Anlässen her und der jetzt herrschenden Gerüche: feuchter Beton; Daddy – ist das Daddy? Klar, der Brustkorb, der Unterleib, das Ding da, die Beine – sein Geruch, irgendwie blond, salzig – wir müssen am Meer sein, nein, am Golf von Mexiko – dieser komplizierte Geruch, diese *Gerüche* an ihm: er riecht nach Augen, nach Augen, einsetzender Kahlheit und nach Sorgen: nach dem Glanz, der von der Mehrheit seiner Körperpartien und seinen Maßen ausgeht ... Oh, *wer wird mich lieben*? Werde ich je Liebe erfahren? Damit überschüttet werden ... als ihr *hoher Herr*, ihr Besitzer, grausam sein? Die Vergangenheit ist partiell, *ohne mein Wissen*, berichtigt worden: ich bin hier mein eigener Vater, ich bin mein Sohn, mein Liebhaber: der gesamte Akt ist einer der Korrektur – der korrigierenden Bearbeitung – in einem Moment der Semi-Potenz, nach einer Kindheit, die weithin bestimmend von geheimnisvoller Sehnsucht und von Staunen über andere durchzogen war – wie von zahllosen Korridoren.

Hiermit verbunden ist eine in knappen Szenen blitzartig aufleuchtende Geschichte meiner sportlichen Erfolge, die ich bislang bei wechselnden Körpermaßen errungen habe ... bei wechselnden körperlichen Fähigkeiten. Und solchen des Willens ... *Sehnst du dich danach zu glänzen, Wiley? Möchtest du ein Stern AM HIMMEL sein?* (Daddy sagte das.)

Dann fließen diese beiden Bereiche in *einem Moment* zusammen, der eine Trance von Übertreibungen darstellt – sämtliche Daten des Maßstabs, der Proportionen werden ins Riesenhafte oder Elfengleiche verzerrt: riesige Brüste an einer Riesenfrau, ein riesiger Schwanz, riesige Hände, winzige Hände, ein winziges Ich inmitten von Laub ...

Dann kehren die Welt und kritische Regungen – blöder Tribunal-Kram – zurück, zu der Masturbation hier, zum Masturbieren generell, zu Leonie, zu mir jetzt und als Kind (verschiedenen Alters), zu Dad, zur Toilettenschüssel und zur Bibel ...

Diese Phase von Versagen und Fadheit weicht Pfeilen und Salven von solcher *Lust*, daß ich die Hose hinunterschiebe und das Hemd abwerfe: so schweißgebadet, so eingeengt bin ich auf einmal, so sehr Gefangener. Lust ist der Erinnerung nicht zugänglich, sondern nur flüchtig noch einmal zu erhaschen; oder sie kann einen wie ein Stich wieder überkommen – und ist schon verschwunden: so ist es selbst in der Erinnerung an gerade eben, vor einer Sekunde Vergangenes. Die schroffen Zickzackbewegungen und das Umherschweifen der Erinnerung repräsentieren wirklich unübersehbar Verlust und Selbstsucht ... erbarmungslos. Doch dieses Zeug hier ... das schöne ... ist nur hier zu erfahren. Die Wirklichkeit hat ein Monopol darauf. Die Natur. Sie besitzt es, hat das Patent darauf, man muß hierher in diese geheimnisvolle, manchmal weithin hell aufstrahlende Zone möglicherweise allumfassender *Erleuchtung* kommen ...

Leonie wird dies nicht mit mir teilen ... Ich tue es nun zum drittenmal in vierundzwanzig Stunden ... In dieser Phase ist es blaßrot, es ist der blaßrote Treck des Heranwachsenden durch Rhythmen, phantastische Bilder – durch Handbewegungen – durch deren Tempi und *Emotionen* – wie ein Zimmermann mit seinem Beil oder ein Baumfäller mit seiner Axt, Schlag für Schlag, die Hände am Griff – eine Zeitlang gehe ich rein physisch vor – gedanken- und bilderlos: das kann man (in diesem Alter) machen.

He, Wiley, bezahlst du anderen eigentlich ein Honorar dafür, daß du beim Wichsen an sie denkst? Das ist Jass Nolloquot. Die erste Stimme aus der Dunkelheit. Ich hatte mir das noch nie überlegt, bevor er es erwähnte. Er sagte: *Findest du nicht, wir sollte den Leuten was dafür zahlen, daß wir sie beim Wichsen benutzen?* Ein Honorar? *Klar doch.* Da schwingt man sich souverän – und infolgedessen demütig, zu so etwas wie Vertrautheit mit dem Phänomen auf, und dies, obwohl die Intensität stets wieder neu wirkt; man bewegt sich wie ein skrupelloser Landstreicher auf schwerfälligen, gerade noch bedienbaren, unzulässigen Schwingen. Damals. *Ein junger, schäbiger Lump von Feuerdieb* – ich weiß nicht recht, wie ich die Stufen der Aktion interpunktieren soll: über weißglühende, flirrende Distanzen / schwankend über unermeßlich wirkende Erhebungen / zu einem schmerzhaft *bebenden* Höhepunkt der Qual / in eine verlockende und ätherische und verruchte und verfluchte und unkalibrierte Demenz von *Sinn* phantastischen Ausmaßes hinein / gelangt man zu einem Niveau des *Fühlens* / das sich nach Dauer und Prägnanz als Abbild des Alls erweist – als wahr der Länge und dem Umfang nach, was man in den Händen spürt – in beiden Händen und in dem, was eine von ihnen umfaßt – und in den bloßen Füßen auf dem Boden. Und da erkennt man die animalische Bestechung: die scheinbare Realität einer wünschenswerten Apokalypse ... Noch kann man sich ihrer erwehren; noch ist sie nicht ganz unwiderruflich ... Aber sie existiert in diesem Höhenrausch, die falsche Überzeugung, das Ein und Alles wäre, es zum Abschluß zu bringen.

Der falschen Apokalypse entgegenzureifen ist sehr einfach – man braucht dazu nur die Hand, gebeugte Knie und ein schmutziges Bild im Kopf – ein lüsternes, breitbeinig im Laub liegendes, listig äugendes Mädchen, feucht und geistlos oder weltlich-niederträchtig vor sexueller Entgeisterung – ein Gesprenkel von Sonnenschein in dieser planetarischen Höhle: hier – und nur hier – ist der platonische Quatsch wahr. Hier ist er wirklich wahr. Junge, Junge, hier hast du schon einmal gelebt. Und hier befinden sich die Höhlen, die für den Menschen nicht zu ermessen sind ... (Poesie, zeitlos, unvergleichlich et cetera.) Und hier sind Gefangene angekettet – im Traum liebe ich es, Sklaven zu halten ...

Wenn man das sieht, kichert man. Ich jedenfalls. Meistens nicht laut. Mein Mund verzerrt sich dann und schwillt vor Gefühl; und vornehmlich kichert mein Körper mit seinem zarten Bau, der ranken Länge, dem plötzlich unheimlich-kurios gereckten Hals ...

Au, Scheiße, nun kommt ein dickes Ei: *Will-ich-kommen-und-dann(-alles-in-allem-gleich)-wieder-zu-Leonie-zurück?* Der Junge *späht* und ist innerlich so stumm wie angesichts einer Flutwelle, eines Wirbelsturms, eines plötzlich aufkommenden, gewaltigen, erwachsenen Phänomens – oder eines Gottes im alten, des Glaubens im neuen Sinne; er ist heftig betroffen, stumm, starr, verstockt, nicht zappelig-bewegt: er sieht große, lauernde, rote und bleiche Nullen, die ihn anmuhen oder anmaunzen – so interessant ist es, daß ein paar der Stiche, die Ich und Wahrnehmung zusammenhalten – Glotzen, Fühlen, Beherrschen, Verschieben –, reißen und einen Fast-Orgasmus durchlassen, das heißt, einen homerischen und nach-homerischen Tod, Schwerthiebe, Pfeiltreffer, Handgranaten, Kugeln, Explosionen. *Will ich kommen?* NEIN– NEI-N – NEIN, NICHT DOCH, WEG DA, ICH KOMM EIN ANDERMAL ...

Die Empfindung verebbt, jedoch nicht genug: sie läßt Leichen zurück, die wieder aufspringen, und Minenfelder, die hochgehen; ihr Echo ist noch da, wenn auch gedämpft; es schwillt an und grollt und wabert weiter – die sehnenlose Hand – der starrblickende Junge ... *He du, ich bin's* ... Ist das Leben interessant? Auf grauenvolle Weise? Klar. Sicher. Na, warum nicht? Ein Schlenker, dann ein Gewebe oder Netz flinker Gedanken – fast als versuchte ein Hai, eine Schildkröte oder ein Schwarm schimmernder Makrelen sich den Wellen zu entwinden und sich – amphibisch – in die Luft zu erheben: das Zeug sprengt mit diesem zweiten Schwall von kleinen Wellen in dem Jungen an diversen Stellen gewisse andere Säume, wobei die Erinnerung hier die tödliche Halbillusion abgibt, man kenne dieses Zeug hier auf eine Weise genau, daß es zugleich jetzt wie auch damals geschieht, eigentlich sogar weniger jetzt, mehr als schon bekanntes Zeug oder so etwas ...

Dann erweist sich das als nicht präsent: alles in ein paar halben Sekunden; das nimmt dich mit; du fühlst, daß dieses Zeug schlecht für dich ist, wenn du lange leben willst..

Ich gehe vorsichtig und seufzend vor – ich bin nicht länger als vielleicht drei Minuten auf dem Klo, dem Lokus, dem Topf – ich gehe vorsichtig vor, erbiete dem Tod sozusagen meinen Gruß; einerseits bin ich hellwach, doch dann erheben sich in der Stille entgleitender Gefühle – in der Bewegung – eine Reihe von sinnlos, ungegliedert, jedoch aufgedreht brabbelnden Stimmen, ein neuronaler Choral: man ist halbwegs in Trance, ist geistlos, geistreich, kontrapunktisch – in seiner Atmung: bei den Echos, die von den Kacheln zurückgeworfen werden: vor Erinnerungen und Gegenwärtigkeit; vor Gegenwart und Zukunft, die da einrasten, wo sie hingehören, wenn du nur richtig an dir pumpst – mit Lust und ohne Lust, unter hochdifferenzierten Lustvergleichen, aus denen unformulierte Urteile hervorgehen, die eigentlich Stimmungen, Handlungsimpulse, Tempi sind – und unter pochenden und zuckenden süßen Empfindungen, die in Bewegung sind, jedoch statisch wirken, bei honigsüßem *Geschwänzel* und Eruptionen von unheimlicher Selbsterhellung – als ob man in der Erde begraben wäre – das faire, kuriose, irre Licht und dann die Abstürze, nun so unvollkommen, in Gräben des Versagens – fast ist man über alles Versagen hinaus – dieses wahnwitzige Zeug hat etwas immanent Glanzvolles: etwas Unwiderstehliches: es fängt an – als Weisheit, die preisgegeben werden kann – mit: *Bereitsein ist alles* – man begreift, woher Reklame, Kunst und bestimmte Arten von Frömmigkeit kommen. *Warum-mache-ich-bloß-diese-abgewichste-Eselei? Sie ist nicht richtig schmutzig: sie dient der Bildung ... O Gott ... O Gott ... ich komme ...* Das rhythmische Anschwellen, die Heftigkeit der fanatisch-begehrlichen Halluzinationen gehen in den Veitstanz des Kommens über, und der Junge weicht zurück – physisch wie mental: er hebt die Hände bis zur Gürtellinie an: in übertriebener Unschuld starrt er in die weiße Luft – er sieht verwelkt und zugleich prall blühend aus. Diese Empfindungsarbeit gefällt ihm, gleichgültig, ob er ihr nun vertraut oder an sie glaubt. Zudem ist der Junge irgendwie auch *prüde* und oft, sogar für sich allein, von Empfindungen *peinlich berührt* ... von Lust im schlingernden, rempelnden, halb atemlosen Fehdehandschuh-Labyrinth des *Sensationalismus* und rätselhaften Semi-Somnambulismus des nahen Kommens.

Die Aufmerksamkeit und Unaufmerksamkeit, die das Zurückweichen darstellt – schau: keine Hände: ich bin ein Krüppel –, und die Bleibeunwilligkeit der Lust schmerzen, gemeinsam und je für sich, intim und orakelhaft – sie zeugen von gewissen Schwächen.

Es ist jedoch, als würde einem die Haut abgezogen. Meine Haut, meine ich. Na, würde ich Leonie das antun? Würde ich ihr trauen? Ich bin beraubt, entblößt, gehäutet – ich meine, dies ist die wahre Nacktheit, die der Junge kennt – ich bin auf die brennende *innere Haut* reduziert, auf Hitze und Öle, Ausdünstungen und Fackelzeichen, *Trost*, BRILLANTE Abbilder dieses speziellen Scheidewegs in meinem Leben als Naturgeschöpf. Ich weiß hier etwas; weiß es zum Teil; ich weiß, daß ich hier von Sachen weiß, wovon ich bei Leonie nichts weiß; und ich *weiß*, daß dies für mich flacher ist ... Allerdings gibt es darin Räume, in denen ich aufrecht stehen und zusehen kann ...

Die *Lust* jedoch als reifende Überzeugung, daß Lust existiert, daß sie erfunden oder gefunden, aus dem Paradies mitgenommen oder nach der Vertreibung gewährt worden ist – daß dies die Welt ausmacht und daß andere es mir gleichsam gezeigt haben ... o Himmel, Gott, wie schön doch ist, was manche Menschen wissen: ich weiß, daß nichts ein Leben rückgängig machen kann – somit ist es sicherer hier, es gleicht weniger einem Hinabrollen in die Schlucht, die Dunkelheit der noch-nicht-erblühten Zukunft; es herrschen hier weniger Gefühl und mehr Empfinden: es ist OK, allein zu sein. Außer, daß es weniger bedeutet. Man bleibt halbwach. Diese

Schimpansenwirklichkeit, dieses Affenlicht. Herr im Himmel. Ich bin in Tarzan-Tricks verliebt – in tierisches Gehabe ... Hast DU auch nix dagegen, ALTER JUNGE? Gegen die schäbigen sexuellen Bilder? Gegen dieses Kasino-, Sport- und Bühnenproben-Zeug? Es ist wider die Religion, hier jedoch wahr, daß faule Bequemlichkeit und Lügen alles (hier) bestimmen. Schlichte Gedanken sind (hier) okay. Mehr braucht man *hier* nicht, um die alltägliche Unlust in den Griff zu kriegen und gegen deren krude Sturheit vorzugehen.

Falls ich jedoch fortfahren sollte – *falls ich mich erkühne fortzufahren*, pflegte ich mir auf dem College vorzuträllern –, befinde ich mich ganz plötzlich auf einer höheren Ebene von Gefühlen, mit grandiosen Freiräumen um mich her, unter und über mir: ich befinde mich inmitten von Leere, und ich bin das Auge, das menschliche Auge, der einzige Quell frommer Ehrerbietung im All. Ich nehme diese Nominierung – diese Wahl – an ... ich nehme hin, daß ich hier der Auserwählte bin. Auf dieser anderen Wirklichkeitsebene ... willige ich ein, aufrichtig und motiviert zu sein. (Dies ist eine Vorübung zum Kinderzeugen – *aufrichtig und motiviert* zu sein.) Dies geschieht am Rande eines Golfs von Vergeudung.

Hier bin ich: selbsterschaffen in Fleisch und Blut. Doch zu dieser Identitätsebene bin ich aufgestiegen – was immer das bringen mag.

In einem Traum von (genitalem) *Glück* gebe ich ein leises Geräusch von mir und reibe mich an diesem Hohn von falscher *Möse*, meinen unseligerweise harten Händen (die eine hält mit ein bißchen zuviel Druck die Eier, ein wenig so, wie es einmal ein Mädchen getan hat) – die Spitze des Schwanzes guckt aus ihrem Knöchelnest, offenbar voll vergangener Lustbarkeiten und Schwierigkeiten eingedenk – und in ängstlich zuckendem Draufgängertum, mit blindem Pathos gleichsam, Schwanz wie Junge; der Junge vollzieht mit den Hüften Fickbewegungen – partiell besteht er darauf, weitgehend unwillkürlich – auf die warm-heiße Umklammerung durch die falsche Möse – *wenn man so will* – dieses hausbackene Geficke, ogottogott, o Gott – so berauschend – so töricht – so schmachvoll – der Abstand von der realen Atmosphäre – in der ungewollten, unbeholfenen Semi-Nüchternheit desjenigen, der noch am Anfang seiner Bekanntschaft mit der Maskulinität steht, breche ich in lautloses Gelächter aus ... Ich fühle mich normal und als Teil der Weltgeschichte, wie Jungen sie im allgemeinen kennen ... Was für ein Schlamassel: was für ein Tam-Tam – oder? Ich konzentriere mich auf diese Frage. Ich zolle ihr eine so schändliche Aufmerksamkeit – *wenn das Haus in Brand stünde, ich glaube, du würdest es nicht einmal merken*. Da halte ich mich selber, ficke meine Hand und sage: «*Ich liebe dich. Leoniiiie, ich liebe dich, gute, alte rechte Hand* ... » Ha-ha ... ich lache lautlos *heiß* in Anbetracht dieser schändlich schwachsinnigen Aufmerksamkeit und schmählichen Ferne von hier – vom wirklichen Leben – wie auch von jenem schändlich undauerhaften, schockierend weißleuchtenden Anderswo, in dem ich mich befinden sollte. *Oh, du, mein LIEBLING*, murmele ich – der Lust zu? Dem weißen Licht? Der Natur? Der Schläue und Heldenhaftigkeit, die ich bewiesen habe, indem ich hierhergekommen bin? Dies alles, während ich *rhythmisch* phantasiere, vornehmlich darüber, daß ich sexuelle Macht über andere besitze ... über andere Leute. Um mich ein wenig zu belohnen, spucke ich mir auf die Hand und auf die Finger und gehe mit spuckefeuchten Fingern zu zärtlichen kleinen Bewegungen über. Meine Konzentration ist gut, nur bin ich undeutlich wach, bin mir satirisch bewußt, wie derb ich romantisiere. Es wäre mir nicht lieb, wenn mich jemand so sähe. Bestimmt kein Mädchen, es sei denn eines, das ich lieben und dem ich ENORM vertrauen würde. Dieses unsystematische, wansinnig verzerrte Zucken meiner Lippen und meines Rumpfes, die getrübten Augen, das Gegrunze – diese akrobatische, pantomimische, aromatische, *groteske* Nacktheit, so sonderbar, zum Grölen – es ist eine Notwendigkeit, daß hier niemand anderes leibhaftig anwesend ist. Ich konnte dies erst schreiben, als ich schon recht alt war. Ich flitze hier in einer inneren Wirklichkeit umher, die sich aus dem konkreten Dasein von Menschen anderswo, aus ihrer sexuellen Wirklichkeit, ihren sexuellen Impulsen speist ... Doch niemand ist hier. *Ich* bin nicht hier. Aus Lust, Erstaunen, Beschämung und Neugier wird die geschwätzige Pseudo-Haltlosigkeit der wie zwanghaften, zielstrebig sich windenden Hingabe, die den Empfindungen hier und dem Licht am Ziel gilt ... *OH, FICK DOCH, FICK, FICK, O LIEBLING* (*INNNNNNGGGGGGgggg*) und *OH, SCHANDE, OH, DU SCHANDE* ... Ich scheitere hier daran, durch Worte und Ausrufe die Dinge halbwegs zu steuern. Zum Teufel mit Ersatzbefriedigungen, Imitationen und Kompensationen: das hier ist ECHT, DIESES *mentale* Licht. So ist es mit Geld, mit Macht, mit individueller Schönheit und mit manchen Wahrheiten – auf ihre Weise erklären sie die Welt. Die hier ist ein Weltwinkel, den Jungen häufig aufsuchen. In diesem Licht ist niemand schöner oder souveräner als man selbst. Es ist traumgleich und ambitioniert. Zugegeben, die – gerade, wenn man sich selbst absondert – irreversible Veränderung des bestehenden Wissens geht hier lächerlich vonstatten, doch unter zaghaftem Streben nach einem schmutzigen (und wandlungsfähigen) Nimbus. Man ist eine sture Hure, ein dumpfer Arsch ... *Ein Wichser* ... Ah-oh ... Dahhh ... Die Grammatik der Kindheit, die ich von anderen (zumeist älteren) Jungen erlernt hatte, furchtsam und gespannt, vorgeblich verrucht und, was das eigene Schicksal anging, skrupellos; sie umhüllt mich, wie es die diversen Arten Schweiß tun, samt meiner Furcht, ich könnte gebrochen sein – kindlicher oder femininer als andere Jungen, so daß ich diesen Kram nicht treiben und ihn überleben kann. Knapp bevor das Schlingern hin zum irreversiblen Kommen beginnt, denke ich immer, es sei schmachvoll, ein realer Mensch zu sein, und *immer* – wirklich und wahrhaftig immer – werde ich über die Schmach *hinweggetröstet.* Es ist ganz in Ordnung. Und daß es schmachvoll ist, allein zu sein – auch dafür finde ich Trost.

Ach, die *schmachvolle* Erregung bei diesem pulsierenden Blutsturz, die schmählich erzwungene Aufmerksamkeit, wenn man kommt, die Wahnvorstellung, für jedes unsichere Fragen fände sich eine Antwort und man selbst fände Bestätigung. Als S. L. todkrank war, sagte er: *Träume können einen Mann umbringen, das schwöre ich bei Gott: sie kennen keine Gnade: frag mich, was ich mir wünsche, dann sag ich dir: ich möchte Frauenträume haben – ich möchte träumen wie eine Frau: ich möchte noch ein bißchen länger leben* ... Am Ende seines Lebens wollte er träumen wie eine Frau. Er wollte diesen Kram nicht mehr.

Der Kopf des Jungen explodiert – als ob ihm im Krieg ein sinnloser Unfall widerführe, als ob er zum Beispiel beim Radschlagen auf eine Landmine träte – mit einem verblüffenden Atemgeräusch. Der tätige, intensiv mittätige Wille, das halluzinierende, weiße, physische Bewußtsein, der verlangsamte, überhöhte, inspirierte Zustand, die auflodernde Hitze, die Verwundung, der gewalttätige Charakter der Empfindung – ihre *Grenzenlosigkeit*: es ist, als würde man getroffen; auf nichts anderes kommt es an ... Das Leben ist Betrug, aber dieses Segment hier nicht ... Das gleiche empfinde ich auch bei anderen Dingen, die ich tue oder fühle, beim Sport und in Freundschaften, bei guten Büchern, gutem Wetter, richtigem Wind ... Hier nimmt der Körper in seiner Zwiefältigkeit die entgegengesetzte Haltung ein: er ist nicht nur sonderbar beleuchtetes Fleisch; er ist leidenschaftlich dem Nichts (und einer Art Impotenz) verpflichtet, mit Ausnahme dieser Sache hier – er verpflichtet sich den Echos und der Gewißheit des Lügners, stellt sich in ihren Dienst: der blöde König aller elektrisierenden Dinge ... Der Kopf neigt sich; drastisch erschlafft der Mund; dann schnellt der Kopf nach oben und der Hals erstarrt; sexuelles Empfinden, als mächtiges inneres Licht von aufrüttelnder Glut und Sichtbarkeit erfahren, wird zu einer schönen fahlen Leuchtbahn, die sich in dem neuronalen Wunder ausbreitet, das ein verlangsamter, pulsierender, *gütiger* Blitz sein dürfte, eine von Herzschlag und Puls durchpochte, dennoch stumme Schmiede des Trosts, die alles zu erklären scheint. Alles wird verwandelt.

Der Junge liebte das bleiche, verborgen augenfällige Schauspiel der Lust.

Es ist einem nicht gestattet, in diesem auflodernden Licht zu verharren. *Na, troll dich schon, du Trampel.* Man hat eine Strähne, ein kleines Rinnsal von Zeit dieser anderen Art gezeugt. In erstauntem Leugnen *dieses Mists* zu verweilen ist einem zur *zweiten Natur* geworden .. Hierbei gesellen sich feinrippige Atemzüge zum wuchtigen Gepumpe und ersetzen es dann. Daß man gespalten ist, hört auf; und dann ist die Sache die, daß man sich unter einem Dach befindet. Es ist an der Zeit, daß man respektabel wird. Das bringt die Miete ein.

Und die Bereitschaft der Seele zu sterben (im Zuge der Abenteuer und Expeditionen bei diesem Zeug – wenn man etwa erkundet, wie es ist, *Vater* oder Sohn zu sein – oder ein Held und mit *Eiern* ausgestattet zu sein ... oder die Liebe mit all ihren Klauseln und unlustigen Sakramenten) – sie vergeht.

Ich fühle mich ungeborgen, aber *ernüchtert.* Wie kann man sich geborgen fühlen, wenn man so ohne Schutz ist? Nun wird man pfiffig, auf moderne Weise gewitzt. Dieses Zeug ist ja angeblich Sünde. Doch unter Jungen ist es eine Tugend, dieses Zeug zu treiben – es bedeutet, daß man nett und menschlich ist. Na ja, wir werden sehen.

Die nüchterne Erinnerung an ein *Lachen*, das viele Dinge leugnet – die Erinnerung daran breitet sich aus, dringt vor in Gesäß, Hals, Finger, in den Spann meiner Füße – bis in die nackten Zehen auf dem Kachelboden. Daß ich ein *Sklave* all dessen bin: das löst diese tonlose physische Heiterkeit aus – damals nahm ich an, daß *sehr viele Kerle* sich so fühlten – ich hatte das Gefühl, daß Männer und Jungen, auch Frauen,

Mädchen und Kinder ein besseres Leben hatten als ich, bessere Erfahrungen machten.

Sie hatten eine andere Beziehung zu diesem *Nirgendwo*-Irgendwo mit seinem klärenden Licht.

Ich bin trunken vor Nüchternheit. Vor Besonnenheit, Kennen Sie diesen Zustand? Unmutig pumpe ich an mir: ich hasse diese Phase – die Antiklimax. Erhebliche Zeiträume hindurch bleibe ich keusch, so sehr hasse ich diese Phase: Es ist, als stünde ich auf einem Küchenstuhl, mit dem Gesicht zur Lehne, als beugte ich mich vor, packte die Lehne und brächte den Stuhl dazu, quer durch einen Raum zu hopsen, in einen Lichtstreifen – von einem Strahler, einem Sonnenaufgang – hinein und wieder hinaus – ich mit meinem neuerlernten Griff ... mein langer Rücken ist gekrümmt, und *MEINE GROSSEN FÜSSE* stemmen sich gegen die Sitzfläche ... das halbzivilisierte Ruckeln des Torsos ... die stechenden Tics im Unterleib ... hinein ins Licht, hinaus aus dem Licht, ein und aus in einem System aus normalen Momenten und solchen der Folter ... Nach einer weiteren Folterung.

Pimmel und Hände – Augen und Vorderhirn – Willen und Schweißdrüsen – eine unnatürliche, clowneske Mannigfaltigkeit. Groß geworden zu sein bringt mich zum Ächzen: *Sei vernünftig, übertreib's nicht, dann lebst du länger* ... Eine Szene, sehr zersplittert, sehr wirbelig, saust vorbei, das pressende, keuchende Ich ist eine Düse für den Erguß ... So ist das bei Mädchen nicht, wenn sie kommen. Bist du ein Bürger der konkreten Welt? Bist du Idealist?

Dann beuge ich mich plötzlich vor und – teils halte ich mich zurück, teils liefere ich mich aus – schmiege mit Armen und Ellenbogen den Schwanz an meinen Bauch, meinen Unterleib. *Taktvoll* murmele ich mir zu: *Es ist OK ... ist ganz OK ... alter Junge* ... Ich bemuttere mich oft. Ein bißchen BEÄNGSTIGEND ist das schon ... Aber das wirkliche Leben ist überhaupt beängstigend.

Was ich getan hatte, diente der MASTURBATION.

Na, troll dich schon, du Trampel. Blöder König aller elektrisierenden Dinge ... Hie und da – offenbart sich hier Qualvolles. *O Gott* – eine Erinnerung taucht auf, so daß ich zu einem Gefäß (aus Fleisch und Blut) für gefühlsgesprenkelte, jedoch verblassend unmittelbare weiße Funken werde; ich bin ein Faß voll verblassender Aufmerksamkeit für eine Halluzination oder Erinnerung von *gleichwohl* beträchtlicher Kraft – ich bin ganz Abscheu und Verlangen: ich bin *jetzt* reizbar und gefährlich – betrogen ... Ich bringe diese Stimmung damit in Verbindung, als *normal* durchgehen zu wollen.

Nüchtern und erbitternd, wie dieser Zustand ist, so gehört er doch, wie eine Hinterveranda, zu einem Haus von hingerissen erduldetem Delirium ... und, *oh, verflucht* ... es fühlt sich befremdlich an, lebendig zu sein. Man ist vornehmlich averbal, wenn auch innerlich gesprächig – oder bereit, gesprächig zu sein. Irgendwie ist das Ganze eine Ironie – man wird leicht ärgerlich davon, besorgt, resigniert – *was ist denn schon mein Leben* ... Es handelt sich hier um einen persönlichen Eindruck. Man kann davon träumen, ihn mit jemandem zu teilen. Flüchtig verfestigt er sich und funkelt, hat jedoch an seinen unscharfen Rändern etwas von einem traurigen, nervösen Traum, aber es geht darin um das eigene Leben: *Wenn du alt und grau bist, will dich keiner* ... Nein: das ist es nicht ... Vielleicht doch ...

Niemand will dich glücklich machen – das ist für keinen der springende Punkt im Leben, Wiley ...

Meine ungeschickten Hände – knubbelig, hornhäutig, rosa, nervig ... und vertraut ... nicht fremd – kleiden mich wieder an. Meine Kleidung besagt gewissermaßen, daß ich mich klar für die phallische Wirklichkeit entschieden habe ... Ich blickte auf meine Finger. Bog sie. Ein paar Sekunden lang sagte ich noch, *OK ... OK ... es ist ganz OK* ... Damit ich ins Wohnzimmer zurückgehen und wieder eine öffentliche Figur sein kann. Ich peile den Ton an, in dem Daddy, als er noch jung und gesund war, sagte: *Kann nicht klagen* ...

In mir sieht es traurig aus ...

Sie würden mich wahrscheinlich nicht mögen, wenn sie mich näher kennen würden.

Manche Leute mögen mich.

Ich möchte nicht seicht sein.

In dem trüben, irgendwie düster-weißlich *schlierigen* Schimmer im Raum, in dem Kompromiß-Dunkel, das sich einstellt, als ich das Licht ausschalte, bebe ich, weil mich auf entstellte, *traurige* Weise wieder die – freilich unidentifizierte – Erinnerung an die Katatonie der Kindheit, an Trauer und Wahnsinn überkommt: die meinem jetzigen Leben vorausgegangenen Dinge. Ich zittere – oder erschauere – und halte mich sehr still. Das wenige, verspätete Getröpfel geht mit einer Konvulsion einher, die auszuhalten plötzlich meine Kräfte übersteigt; und ich vibriere vor Nüchternheit, vor Ernüchterung, die womöglich nicht gelingt und mich dumpfem Wahnsinn zutreibt. Die mit Hartgummihoden und aschefarbenem Weh daherkommende postkoitale Trauer und kurz angebundene Gesellschaftsfähigkeit des leergefickten, abgeirrten Waisenjungen, der *bereit* ist für die Welt – das starre Lächeln auf meinem fahlen, abkühlenden, aber noch verschwitzten Gesicht – dieser echte (muskuläre, nervöse – spirituelle) *SCHMERZ* in *Herz und Seele – nun ja, vielleicht kann ich* erst mal *damit leben. Tun wir mal so, als wäre das hier ich* – er brennt. Als Daddy noch lebte, hat er manchmal, wenn ich diesen Kram getrieben hatte und aus dem Bad kam, gesagt: *UM HIMMELS WILLEN, SCHAU DICH DOCH MAL AN*

Noch zu der semi-erschöpften Erhitzung hinzu war ich dann blaß-heiß errötet, wie auch jetzt, der Erinnerung und Assoziation wegen oder vielleicht aus Gewohnheit, als würde sich auch jene andere (flüchtige) köstliche Glut hinter meinen – nun (vergleichsweise) saftlos-kalten, ironisch-*mondsüchtigen* – Augen ergießen ... Johnny Appleseed, Johnny Apfelesser stromert auf sumpfigem *Banditen*-Gebiet hinter den Augen umher, da, wo die Gesinnung sich befindet: ich habe die Gesinnung gewechselt ... ich bin anders gesinnt ... Guck-guck ...

Ich befürchte, mein ganzes Leben unabgekühlt zu bleiben ...

Allerdings fürchte ich mich wohl auch davor, wild durch die Welt zu streunen und *abgeknallt zu werden wie ein Hund*.

Luft weht mir um die Lippen. Dieser Teil ist vorbei. Ich bin nun für eine Weile weniger in Sicherheit..

Ein inneres Selbstgespräch muß nicht in Worten vonstatten gehen. Zu kommen war, als wäre ich mit einem grausamen Löffel aus mir herausgekratzt worden ... Ich sah einen blechernen Küchenlöffel vor mir, stumpf vom Gebrauch, nicht von Schmutz, einen Löffel, wie er damals für zehn Cent zu haben war. Ich säuberte das Klo, säuberte mich selbst; und jede Bewegung glich einem Satz, den ich an mich richtete. Das Rauschen der Spülung ließ mich im ersten Moment *schmerzhaft* grinsen, nein, im zweiten, doch dafür noch schmerzhafter: es war wie ein tränenloses Schluchzen, nur um die Mundwinkel.

Ich schlenderte zum Wohnzimmer zurück, bestrebt, von *diesem Aspekt* des aktuellen einzigartigen Daseins fortzukommen. Wund und verdreckt, obgleich gesäubert, verdreckt von Willensregungen und (plötzlich) distanziert und irgendwie diszipliniert, oder darauf konditioniert, mich jetzt zu schützen – jetzt gegen *sie* zu schützen –, kam ich mir wirklich gefährlich blöde vor, jedoch (wenn Sie mir dies verzeihen können) wie ein verlassenes, ungewürdigtes *schönes DING* ...

Dann auch Leonie: ich sah auch sie so.

«Ich verstehe den Satz, daß durch eine Regung der Natur alle Welt miteinander verwandt ist», sagte ich und streckte mich aus, mit dem Gesicht nach unten. Nun ja, erst stützte ich mich auf meine vorgestreckten Arme, dann zog ich sie ein, bis sie zusammengeklappt unter mir lagen, stemmte die Füße gegen die Seitenlehne des Sofas und vergrub das Gesicht im Polster. Seufzend sagte ich: «Das war nicht *nur* Kinderkram, oder?»

«Nein», sagte sie *verständig.* Ich witterte große, großspurige VERSTÄNDIGKEIT in ihr und fühlte mich davon dominiert und beengt. Ihre Stimme klang flüssig, nicht gerade nach Tränen – vielleicht ein wenig weinerlich. Ich schlängelte mich ein bißchen auf sie zu und berührte mit der Unterlippe ihre Wange ...

«Nicht! Mach nichts!»

«Willst du kommen?» fragte ich. Über dieses Teilgebiet wußte ich so gut wie nichts, hatte aber in Büchern gelesen, daß Männer, die dafür nicht sorgen, nichts taugten, nicht liebenswert und so weiter seien.

«Nein.» Dann: «Du weißt nicht, wie das geht.»

«Du könntest es mir doch beibringen ...»

«Halt den Mund, Wiley», sagte sie – wirklich heftig.

Ich beachtete es nicht – vielleicht war ich hysterisch; in jener anderen *sexuellen* Hinsicht schenkte ich ihr keine Beachtung mehr: «Versuchen wir's mal mit einem Kuß, wie wir ihn noch in keinem Film gesehen haben», sagte ich.

«ICH WILL, DASS DU JETZT FÜR EINE WEILE DEN MUND HÄLTST, UND ZWAR AB SOFORT», und nun nahm ich in ihrer Stimme Tränen war. Nicht aber auf ihrem Gesicht – ich tastete mit den Fingern danach und schaute hin. Sie klang wirklich zornig. Minuten vergingen, in denen ich an vielerlei dachte, erst besorgt, dann ganz zufrieden; dann – ich weiß nicht, was ich dachte, es ging so durcheinander. Sie richtete sich auf, beugte sich herüber und küßte mich auf eine Weise, die sozusagen die klebrige Spielart meiner Küsse auf dem Höhepunkt der Brunst darstellte – Sie mögen mir verzeihen: sie küßte tief und ausdrucksvoll, aber es war eine *Lektion*.

«Wir sind nicht synchron», sagte ich aufs Geratewohl. Es war mir gleichgültig, aber ich wählte einen besonders naiven

Ton, damit sie nicht merkte, daß ich es boshaft meinte; und ich küßte sie auf eine Art zurück, die sie aufreizen mußte; aber es fehlte mir an Selbstsicherheit – ich hatte nicht das Gefühl, sie zu verlocken: nur das Gefühl, sie zu Findigkeit herauszufordern – freilich, ich war ja noch so jung, mir standen manche Dummheiten zu – vielleicht nicht so viele wie erwachsenen Männern, aber doch einige, oder ganz schön große.

Doch es störte sie. Vielleicht mochte ich sie ja nicht, oder nicht das, was sie tat ... verstehen Sie? Ich hatte gleichsam die Tonart eines gefährlichen High-School-Spiels vorgegeben – für jemand meines Alters war es gefährlich high –, und daran erinnerte sie sich, kam darauf zurück, besichtigte es; oder aber sie erkannte die männliche Struktur darin wieder und führte mir die Mechanik eines – in ihrem Sinne – *aufrichtigen* Kusses vor – nun, da ich gekommen war und wir uns in diesem veränderten Kontext befanden. Durch nebulöse Schichten stieg sie wieder hinab zu etwas Kinderzimmer-Kindermädchen-haftem, worin es um Bedürftigkeit, Macht und Loslassen ging – sie löste sich von ihrem Selbstverteidigungsdrang – vorübergehend: düster und rührselig ließ sie davon ab. Jedoch vorübergehend.

Und es gefiel mir nicht.

Ich machte: «Ääh, uuuch», leise, freundlich, aber doch wertend – wissen Sie? Und sie wurde töricht wütend und selbstgerecht, weil sie einfach *wußte,* daß sie echt sexy gewesen war. Und sie hatte mir geschmeichelt, indem sie mich daran teilhaben ließ, und ich hatte nicht gewußt, *was da eigentlich lief* – ich hatte versagt, was (erstens) meine Weltläufigkeit und (zweitens) meine Sensibilität anging. Ich hatte aber wohl gewußt, was lief. Ich hatte gewollt, daß sie mich dominant sein ließe, aber *so* war ich nun einmal ...

«Siehst du, du kannst mir nicht trauen», sagte ich fast unhörbar – zu ihrer Wange, nicht allzu nah an ihrer flachen Ohrmuschel.

Das sagte ich, damit sie mir ein wenig traute und weitermachte, obwohl ich versagt hatte. Ich verhielt mich irgendwie beschämt sensibel-und-manierlich, weil ich nicht wahrhaft MÄNNLICH sein konnte, oder was zum Teufel sonst ich nicht sein mochte.

Ihre Stimmung im Hinblick auf den Umstand, daß sie verlobt war, eine Stimmung, die von was-weiß-ich bestimmt wurde – ihre halbherzige Billigung meiner unmännlichen Maskulinität –, wurde nun schnurrend neu reguliert, und zwar auf meine *Stimme* hin ... nicht auf meinen *Körper.*

Und hiervon hing ab, wie sie aussah. Sie sah merkwürdig gut aus und hatte eine sehr, sehr gute Figur – eine so gute, daß sie in dieser Form eine Geburt nicht überdauern konnte –, wodurch ihr ein ziemlich hoher Rang zukam – was zum Teil (oder ganz) damit zusammenhing, daß ein Krieg im Gange war ... Und *ich* wurde für sie ein weiteres Mal unsichtbar – nur eine imaginäre Spur körperlicher und konkreter als *eine Stimme* – und dafür mochte sie mich ... jetzt.

Also veralbert sie DIE STIMME – mehr zu ihrem eigenen Vergnügen (an irgendeiner geisterhaften Liebesgeschichte) als zu meinem. Ich war ja sozusagen versorgt, will ich sagen – und unpatriotischerweise zeigte sie mir nun etwas; sie begann wieder mit dem selbsterfundenen Kuß; sie sagte: «Da, du bist so lieb, hier hast du meinen Kuß, auf den ich das Patent habe ...» Das Patent hat sie darauf? Sie küßt bis zu einem bestimmten Punkt mit festen Lippen, jedoch nicht mit ganz geschlossenem Mund, und dann bald, fast sofort mit offenem Mund, weil sie dieses Kuschel-Kinderzimmer-Kindermädchen-Gerangel-Zeug so mag – *der Kuß* als Signal von Dominanz, mit seltsamen Nebenbedeutungen und Unterströmungen ...

«Küß mir den Kuß, könnte man dazu sagen», sagte ich klugscheißerisch.

Das ignorierte sie – oder kapierte sie nicht; sie war ganz damit beschäftigt, mir zu zeigen, was ihr gefiel ... oder wie es für sie war. Es gefiel ihr nicht ... das zu tun ... Aber es gefiel ihr, daß es ihr nicht gefiel ... das ungezwungene *Bekenntnis* gewissermaßen: *Jetzt verrate ich Wiley mal was* ... Ich weiß nicht. Meiner Ansicht nach wollte sie mich aus ihrer (lutherischen) Gesinnung heraus jetzt-und-auf-der-Stelle in Versuchung führen, *am Rand der Hölle* ...

Sie glaubte, ich wüßte eine Menge. Sie glaubte, ihr eigenes Wissen wäre auch anderen leicht zugänglich. Sie folgte weiter ihrem System, ihrem Ritual – ich konnte es eigentlich nicht wissen, aber ich wußte, daß sie ohne Deckung war, ebenso wie ich zuvor: ich *fühlte* das Echohafte – den Drang, gleichzuziehen –, wußte jedoch nicht, wie ich mich dazu verhalten sollte.

Ihr Kuß wurde ziellos und bodenlos. Zufällig bin ich gut im Bestehen von Tests, im Beantworten von Fragen – das habe ich inzwischen wahrscheinlich ein dutzendmal erklärt. Bei mündlichen Tests beantwortet man Fragen auf unzählige Arten und Weisen, aber erst einmal sieht man den Fragesteller an und versucht, seine Gedanken zu lesen. Wenn man sich wirklich auf die Frage einläßt, verliert man alles Selbstvertrauen: die Welt löst sich in Atome und Strahlen auf; alle Lichter in einem selbst erlöschen. Alles Licht, aber wirklich *jedes*, ist anderswo – nun ja, aufgrund dessen nahm ich an, sie wolle vielleicht etwas, wolle, daß *ich* etwas täte, etwas *Männliches*, und ich umschloß mit den Lippen ihren Mund und zog ihn wie schon zuvor gleichsam zum Schnäuzchen, doch diesmal biß ich ihn in sanfter Schärfe mit Silben aufrichtiger Herablassung für ihren Wunsch, ich möge gewitzter, älter, reicher und härter sein, jedoch nicht gar zu sehr – daß ich mich ihr überlegen fühlte, schockierte mich, doch ich wußte, es lag daran, daß ich gekommen war.

Ich meinte, aufrichtigen Zorn und Haß in ihr zu *fühlen*, und – einen Moment lang – aufrichtige Verwunderung und Ergebenheit, im Wechsel mit kindischem Überhaupt-nichts und partiell verlogener Richtungslosigkeit – ich meine, es zeigte sich auch, wie steinhart sie war und wie sie Grenzen setzte, und zwar mehr als nur ein bißchen. Es war irgendwie ungeheuerlich.

Ich fuhr mit der Zunge um ihren Mund und ihre Nasenlöcher und sagte: «Ungeheuer liebt Ungeheuer.»

Auch dies ignorierte sie.

Vom Lecken hatte ich einen salzigen Geschmack auf der Zunge, und ich sah hinter den Lidern rote und lila Flecken: in manchen der verstreichenden Sekunden hielt ich die Augen teilweise offen; es wurde ein «tiefer» Kuß mit viel Zungenspiel daraus, der sich aber anfühlte, als würde man unter Wasser bei angehaltener Luft von einer Seeanemone gefressen. Ich hasse es, herumkommandiert zu werden; und sie reagierte auf den Kuß wie üblich – wenn jemand auf etwas reagiert, und Sie sind dabei, dann werden Sie mit dem, was Sie tun, zum Engel oder zur Amor-Gestalt, zum Mann oder zum ungezogenen Jungen für die andere Person, wie sie die Sache sieht – und es ist ganz in Ordnung zu verfügen, daß Sie es einfach tun und damit fortfahren, nur bewertet die andere Person das und bekommt damit die Oberhand. Um ihr eine Vorstellung von der Welt überzustülpen, die in mir war und begierig war, Leonie einzufangen wie in einem Netz, ging ich dazu über, selbst zu reagieren – ich zu sein und nicht nur eine Gestalt, die sie beurteilen konnte. Das tat ich, bis sie mich wegschob, und dann legte sie sich auf den Rücken und schnaufte – atmete einmal laut durch und ein paarmal kürzer –, und möglicherweise furzte sie auch. «Du bist ein scharfer Kerl ...» sagte sie. «Richtig schlimm bist du ...»

«Das meinst du doch nicht ernst ... Das sagst du nur so.»

«Halt den Mund und küß mich», sagte sie; aber sie legte den Arm über den Mund und sah mich an – dieser Satz kam damals in vielen Filmen vor.

Ich war verlegen – und ein wenig glücklich, denn daß man in diesem Sinne schlimm war, gehört absolut zum *Intimsein*. Mit Ihrem gesamten Hintergrund – und Ihrem Körper – werden Sie dadurch für annehmbar erklärt, zumindest in dieser Hinsicht. Freilich kann es vorkommen, daß Sie und die andere Person einander als Sünder und Verschwörer oder als gegensätzliche, magnetische Wesen respektieren, auch wenn Sie einander insgesamt eigentlich keinen Respekt entgegenbringen.

Und wieder versuchte ich, mich verführen zu lassen oder sie dazu zu bringen, sich verführen und steuern zu lassen (von einem Amateur).

Neben manch anderem spüren Sie bei einem Kuß, inwieweit der andere bereit ist, sich beherrschen zu lassen, oder sich dagegen sträubt, und inwieweit jeder von Ihnen im Moment nett (und willfährig) sein möchte. Leonie war, das spürte ich, ein Freiheit-oder-Tod-Mädchen ... keines, mit dem zu scherzen war.

Und all das Zeug über meine Annehmbarkeit war nur Zukkerwatte und Täuschung. Fremdbestäubung. Nicht nur das: es läßt sich wirklich nur schwer beschreiben ... Da stopft man schlampige Küsse, Füllküsse, vollere Küsse, Kinderzimmer-Amöben-Küsse in den einen großen, anhaltenden (und oft unterbrochenen) Kuß, obwohl doch beide wissen, daß der echte sexuelle Kram nicht aus *Küssen* besteht. Und doch besteht er im Moment daraus. Leonie lernt hinzu. Und sie ist die Richterin, ich bin bloß ein Bengel ... ein verwöhnter Bengel. *Der verwöhnte Bengel bei der urteilsfreudigen Dirne* – so ungefähr.

Ich versuchte es so hinzukriegen, daß jeder einzelne Kuß innerhalb des großen Kusses seine besondere Bedeutung erhielt, aber sie biß mich, wurde schlampig, verallgemeinerte andauernd und lenkte mich ab; und wenn ich dann heißzulaufen begann, hörte sie auf, fuhr sich mit den Fingern durch die Haare, sah mich an und seufzte ... liebevoll. Gemein. Familiär.

Es handelte sich da um *Küssen-im-allgemeinen* und auch wieder nicht. Klar war, daß ich bei lebendigem Leibe aufgefressen wurde. Sie wird hier in der Brandung rumdümpeln und sich vor- und zurückschwemmen lassen, und sie wird Matsch aus mir machen, aber das ist es dann auch ...

Sie gibt mir jedoch schon eine Menge. In gewisser Weise mache ich mich über sie lustig, indem ich mir auf meine Niederlage nicht gar zuviel einbilde – indem ich unverfroren zynisch zu ihrer Seele bin, was beinahe heißt, daß ich meine *Niederlage* ausnutze – so es denn eine *Niederlage* ist. Und Leonie rebelliert gegen alle möglichen Gespenster, nicht nur gegen mich. Sie enthüllt mir, wer die entschwundene Königin des lokalen Paradieses hier in der Gegend ist. Sie sagt: «Nicht. Küß mich nicht so ... Mach's so ...»

Ich bin von alldem sehr verschwitzt (auf jugendliche Art und Weise: hellhäutig feucht). Wir logen nicht mehr so viel, wenngleich noch immer nicht zu knapp. Aus der Höhle waren wir in einen flachen Streifen erhellten Geländes hinausgelangt. Wie es um die sexuelle Wahrheit stand? Ich könnte sagen, wir logen genug, um glaubwürdig zu sein, und waren entblößt genug, daß da, wo wir uns befanden, und in dem, was wir taten, eine Art Wahrheit herrschte. Ich hatte so ein Gefühl, als sei ich mehr wert als sie, nicht insgeheim oder als Mutterfigur, auch nicht insgesamt oder im großen und ganzen, sondern in der Welt. Immer wieder wich sie irgendwie, aus irgendeinem Grund, zurück in ihre Boshaftigkeit, ihre Willensstärke, ihre Ehre, ihre Courage, in ihr Was-auch-immer, ihr Wie-sie-nun-mal-war. Ich blieb eindrucksvoll überlegen, *nahm einen liberalen Standpunkt ein* und berücksichtigte, irrigerweise vielleicht, sie und ihren religiösen Krempel, ihren Vater und daß er einer anderen Generation angehörte, ihren Job und daß sie Nonie kannte, und AMERRRRIKA und den Piloten, mit dem sie verlobt war, und daß sie im Verhältnis zu ihm jung war und bald Mutter werden würde oder vielleicht gar bereits schwanger und deswegen sauer war ... Das würde mich erklären. In keinem Fall ging es um *Liebe* zu *mir*, das wußte ich; was sie empfand, war nur hie und da irgendwie Liebe. Und ich wollte nicht sterben, um sie zu beschützen. Sie war in diesem Moment für mich nicht das Wichtigste auf der Welt. (Das war das Koordinatensystem, das ich verwendete, um herauszufinden, ob ich jemanden *liebte* oder nicht.)

Und wenn man ihre Gefühle und die Gründe dafür betrachtete, konnte sie auch unmöglich für mich das Wichtigste auf der Welt sein, es sei denn, sie wäre bereit, ihr Leben aufzugeben und sich auf mich zu konzentrieren ... Und das hatte sie nicht vor.

An Eitelkeit von meiner Seite lag es nicht; oder nicht vornehmlich: dies war die Wahrheit, die einer Stimmung innewohnte. Ich würde für sie sterben – wenn sie darauf verzichtete, andere Dinge wichtiger zu nehmen als mich. Eine seltsam schiefgewickelte Wahrheit innerhalb gewisser *übertrieben* schattenhafter Ansichten, wonach ein achtbares Leben aus *harter Arbeit* bestand ... Inzwischen liebte ich sie dennoch – offenbar. Nur verlange nicht zuviel von mir ... einverstanden, Leonie?

War das mies? Sicher.

Nur daß es *fair* wird, wenn sie sich ebenso verhält, selbst wenn sie es aus *tieferen* Motiven und eher von ganzem Herzen tut und *ungestümer*, als ich es bin, und zudem kaltblütiger und intelligenter.

Ich bin selbstsüchtig in eine dichte Haut von *Vernunft* gehüllt ... mit Hilfe von Vernunft und im Interesse der *Zukunft* meiner Familie (und meiner selbst).

Ich bin selbstsüchtig, jedoch nicht ausschließlich, wenn ich zugleich unselbstsüchtig, leidenschaftlich, verschwenderisch sein und mich glorreich töricht in Liebe und sonstwas stürzen kann – und imitiert Leonie das denn nicht in dieser Phase der Knutscherei?

Irgend etwas ist hier unfair und böse – Nonie-esk ... aber was nur? Die grauenvolle Ausschweifung ins Totalitäre – dieses Alles oder Nichts in Dingen, die sich im Strom der Zeit als ganz unzweideutig erweisen? Dieses Zerreißende in jeglichem konkreten Leben zwischen der fast unbestreitbaren emotionalen Klarheit der Gesten – einerseits der Hingabe an eine Sache, wenn schon nicht an einen Menschen, und andererseits diesen Vorbehalten oder vorgegebenen Grenzen im Moment und dann im nächsten, und wie sie zu durchbrechen sind ... Und dann die Verantwortung, die Schuld, die man auf sich lädt, der man mit dem anderen Menschen durch Handlungen verbunden ist, auf die sich beide eingelassen haben – Leonies Küsse und Handlungen in dieser Phase unseres Treibens, die fruchtlose, adoleszente, dünn gepolsterte und als dünn erfahrene Wirklichkeit, so gerundet Leonie auch ist (mit meiner Jungenhaftigkeit verglichen): es ist abstoßend, bestürzend, grauenhaft konkret – wahrlich beängstigend ... Das Ich ist zu mickerig für die Wahrheit. *Nichtigkeit* ist leichter auszuhalten – viel leichter.

Was für einen Mord an der Welt bedeutet es jedoch zu sagen, dieses Zeug sei *nichts*? Nicht viel? Ein weiteres Beispiel von Nichtigkeit?

«Mist und Kacke», sagte ich aus der Tiefe dieser Gefühle heraus – die ich ganz verschwommen in mir wahrnahm – wie von Regen mit langen schrägen Linien schraffiert, gepünktelt und gestrichelt, so wie ein Feld von Halmen für eine Ameise. Ich hoffte, ich klänge älter, *tief* und sensibel.

«Ich bin eine Kinderschänderin, und du bist ein Herzensbrecher», murmelte sie.

Ich zog eine Grimasse: ich respektierte ihre Seele ... ich liebte sie doch. Ich liebte sie so sehr wie mich – nur eben nicht mehr als mich.

Ich könnte wetten, sie wußte das; ich könnte wetten, sie empfand ihre «Liebe» im Vergleich mit meiner zu ihr als tiefer – sie schützte nicht nur sich selbst, wie ich es tat: sie schützte auch ihren Verlobten und ihren Vater ... Ich hatte allmählich das Gefühl, daß ich Lila und Nonie schützte: ich pflanzte mich sozusagen breitschultrig auf, ganz der opferwillige Mann in der Familie; oder der Mann mit Familie.

Leonie sagte nichts, sprach den Satz nicht aus, der, wie ich behaupte, in ihrem Seufzen impliziert war: *BIST DU DENN NOCH NIE GELIEBT WORDEN, DU KALTER, SCHLÜPFRIGER MANN-(JUNGE)?*

Der sexuelle Kram war unvollständig! Ich schmollte – und war von ihrem Seufzen befremdet. Im nächsten Moment hatte ich das, wie es den Eigenarten des dünnen Jungen – und von Emotionen, und der Zeit – entsprach, vergessen und *schwamm* – ziellos, warm – orientierungslos im Nebel, mitten im *Indischen Ozean* – eine von zwei Seelen – meine schaumgeborene, ozeanische Bestimmung leckend, betastend, liebkosend – zwei von den Wellen hin- und hergeworfene, fortgetragene, verschlagene, unvereinbare Seelen – zudem für dieses Abenteuer ungeeignet.

Worauf es nicht sehr ankommen mag . . .

Leonie war auf Füße versessen – was mich an den Kleinjungentrick erinnerte, einen Fuß als Faust zu gebrauchen; vielleicht war ein Fuß für sie ein Großer Kriegerischer Phallus. Sie knickte ihr Bein in einem unmöglichen Winkel ab und streichelte mich *da* mit dem Fuß – streichelte mit einem zehenbestückten Phallus den beunterhosten und übersättigten, sich jedoch erholenden Phallus . . . sozusagen.

Du meine Güte! Die Leute leben ja wirklich wie Schlangenmenschen.

Ich erinnerte mich irgendwie ständig mittels Assoziationen (wie gesagt), und daher verspürte ich, als Erinnerung, die ein Kind gelegentlich befallende Traurigkeit darüber, daß es nicht größer und mächtiger ist, kein fliegendes Wesen (gleichsam), daß es nicht alles nur Vorstellbare ist . . . Vogel, Blume, Schlange, Wal . . .

Mann.

Nun war für mich jedoch alles, außer ein Junge zu sein, unvorstellbar *schmutzig*. Von allem wurde man getestet – alles war ein Test. Die Realität mit ihren Schmeicheleien war ein Pferd, das einen zu Tode trat. Ich mochte Menschen, die das *verstanden*. Das Interesse von Frauen an anderen Frauen beruht zum großen Teil auf dieser unausgesprochenen Kränkung, die ihnen das Versagen von Männern und der Umstand bereiten, daß sie nicht selbst zum Mann erwachsen sind und alles erledigt haben, ohne ständig zu versagen. Natürlich nimmt dies in ihnen eine andere Form an, wenn Männer ihnen Niederlagen bereiten. Manchmal sind Frauen gewissermaßen Männer. All diese flüchtigen Momente: unsere Kleider und die Couch streicheln uns ... Der Abend ist ein Zuhälter. In seiner Zielgerichtetheit repräsentiert das sexuelle Terrain Terror und Aufschrei, so anstößig ist es, männlich zu sein, nicht, wie nach meinen Erfahrungen bislang, als Vorläufer, sondern als Empfänger des Geschenks einer riesigen weißen Welt, grell erleuchtet, kompakt, kompakt verständlich im Hinblick auf das Schicksal anderer: ein Spieler ergreift da ungebührlich von künftiger Zeit Besitz – und vom Leben ... Romantische Distanzen sind keine realen Distanzen – sie gleichen nicht zeitlichen Distanzen oder der Fahrt auf einen Fluß hinaus. Romantische Distanzen ächzen vor Brüchigkeit. Es gibt da etwas in mir, das nicht willens ist, sich ansehen zu lassen; sodann folgt die *halbe* Bereitschaft, mich lieben zu lassen. Dies ist eine formbare Maskulinität – vorläufig – lächerlich. Darauf folgt das scheinbar einfache (oder nur vereinfachte) Vergnügen daran, daß man mich mag, mit mir spielt: wie Licht, das sich zwischen ineinander verflochtenen Fingern über meinen Augen fängt und das nicht *grausam* ist. Mein kindlicher Anteil, der Rest von Blondheit in mir, stellt beschmutzbare, kesse Sonnenstrahlen dar, die Leonie warm berühren. Sie war geschmeidig – manche Mädchen, mit denen ich herumgemacht hatte, waren nach einer Weile eingebrochen, waren – sexuell – wirr und hölzern geworden, mit starren Wurzeln und wogenden Zweigen und flirrenden Blättern im Wind. Die plumpen Anzeichen dafür, wie anarchisch und wenig allgemeingültig sich die Kraft jedes einzelnen in der Liebe ausnimmt – in der Liebe zum eigenen Ich, der einzigen, die man aus unmittelbarer Erfahrung kennenlernen kann: was man an Gewalt darüber oder an Wehrlosigkeit dagegen in sich vorfindet, wirkt sich störend auf die Wahrnehmungsfähigkeit aus: das Übelkeit erregende, köstlich klebrige Gefühl von Schuld und Unschuld fesselt den inneren und äußeren Blick – nicht jeder kann dieses Zeug ertragen ... Es ist nun ein wenig so, als wären wir in einen Taubenschlag, in etwas Postfachartiges gesperrt; wenn Leonie zu ihren *sexuellen*, ziellos sexuellen – partiell asexuellen Erkundungen aufbricht, scheinen wir einer Schar flatternder Vögel anzugehören, so riecht es und girrt es ... Ich bin kein Genie an taktil-sexueller Sensibilität oder Sensualität, weder in meiner sexuellen noch sinnlichen Wucht. Oder wenn ich dies doch (gewesen) sein sollte, dann nur in Momenten, in denen ich die Person, mit der ich zusammen bin (war), liebe (liebte). Im Registrieren war ich gut. Die Frage, die sich für Leonie stellt – was ich denn eigentlich alles bin –, ist in der Intimität, so es eine ist, ständig gegenwärtig. Es handelt sich um Fragen wie beim Sport: Was ist sie wert – in einem Team? Was bin ich wert – in der Welt? Mit was für Gegnern haben wir es zu tun? Wie weit werden wir es bringen? Hierzu ist ein gewisser Sinn für das *moralisch* Mögliche vonnöten ... auf wieviel Vergebung werden wir angewiesen sein, in welchem Grade werden wir uns gemeinsam oder gegeneinander als Banditen profilieren? Wie steht es mit der Selbstaufopferung ... füreinander ... für das Team ... mit wieviel ist da zu rechnen? Das alles ist in den flatternden Küssen präsent.

Oder etwas Derartiges vermischt sich mit dem famosen, unzensiert flatterhaften Amüsement – dieses Sports. Eine zutiefst amüsierte, verschreckte, mystisch-semi-geteilte, hysterische Angelegenheit: DAS IST GUT! haucht sie. Und halbwegs sinnloserweise sage ich: GENUG IST GENUG! Und sie sagt: DAS IST ABER NICHT GUT ... womit sie fast das gleiche meint, wie als sie sagte, es sei gut: es war gut, *aber* ... Ein rühriger Vielfraß schnuppert an einem, wild, jedoch mit einer gewissen Fähigkeit zu Loyalität; schnuppert an deinem Geschlecht, knurrt es an, schnuppert dann zwischen seinen eigenen Beinen, dann wieder zwischen deinen und so fort ... *Voici les animaux* ... Die ganze komische, stinkige sexuelle Ausschweifung gibt einem das Gefühl, die Zukunft *zu verschenken*. Und ich glaube, man fühlt dabei auch die sonderbare Todesnähe, den kleinen sexuellen Tod, über den manches geschrieben worden ist, was ich gelesen habe – und man wird hier genial, nicht etwa in diesem Tun, sondern durch diese Isolierung ... Und auch das ist stinkkomisch und geht einfach zu weit ... Oh, diese zerbrechlichen, tückischen Momente ... Ich fände lieblose Menschen interessant, flüsterte ich. Nun ja, wörtlich sagte ich: «Zuviel, zuviel ... es reicht, zuviel ...» Hier wurde mehr gehackt als geschnäbelt – ein Typ, den ich kannte, sagte das manchmal, und ich fand es irgendwie geistreich. Ich meinte nicht ernst, was ich gesagt hatte. Leonie sollte nicht darauf hören. Ich nehme an, ich bat darum, weniger von ihr zu erfahren – sie möge mir meine Lügen, meine Sicht der Dinge lassen – zumal dort auf der Couch. Daß ich lieblose Menschen interessant fand, stimmte – «die lassen einem mal eine Pause», sagte ich laut. Sie braucht mich noch immer nicht zu hören. Meine Absichten sind mir nicht klar. Ich glaube, daß man Absichten besser hört als Worte. Wenn ich in Anbetracht von Leonies Handeln und vielleicht ihrer Empfindungen – dazu, daß sie kein Junge war, daß ihr Verlobter kein Junge war – auf den Gebrauch von Machtmitteln verzichtete, wenn ich mich auf diese für mich so typische *Neutralität* zurückzog, so aus koital-postkoitaler Traurigkeit, die eine Art (geschlechtsspezifischer) Feigheit sein mochte, vielleicht der Versuch, mich tugendsam verführerisch zu benehmen ... ICH WEISS ES NICHT ... Vieles in mir bleibt mir verborgen. Sie merkt es sofort, oder doch ziemlich bald; und etwas schleicht sich in ihr Verhalten ein; ich glaube, sie ist bei dieser entspannten Lustbarkeit einigermaßen erleichtert, weil es nur eine Spur angestrengt zugeht.

Um kein Idiot zu sein – und aus einem gewissen Bestreben heraus, partiell zu dominieren – und weil dies Kriegszeiten sind –, hörte ich auf, brav zu sein, während ich mich weiter der Phase der *entspannten Lustbarkeit* anheimgab – ich war sozusagen ein schlimmer, schlaffer Junge – o doch, er stand mir, aber er stand wund und empfindlich; ich war sexuell irgendwie überbewußt-störrisch: ein schlimmer Kerl: und ich möchte wetten, es war meiner Atmung, meinem Gesicht anzumerken – dem düster flackernden Blick – einem etwas verkniffenen Zugriff der Lippen. Irgendwie deutet dies auf annähernde Schicksalsgleichheit von Männern und Frauen hin, oder von einem Kerl und einer Frau; nicht auf gleichartige, gut zueinander passende *Dummheit* und Neigung zur Metamorphose, sondern auf – vorläufige – Gleichheit, was teuflische Tendenzen, Strafen, Schuldgefühle sowie kleinere und größere Freuden betrifft.

Und Leonie ist verdutzt, und *ihr* Gesicht beginnt zu flakkern, und sie verliebt sich, jedoch nicht auf Dauer, nur für einen Moment ... zufällig, falls stimmt, daß ich jung und weitgehend einfach strukturiert bin, jedoch auch diese schlimme Seite habe.

Ich weiß nicht, wie Leonie *ALS MENSCH* war, da ich nicht weiß, wie ihr Leben sich weiterentwickelt hat. Ich kann es nicht mit anderen Leben vergleichen. Das *Großartige* an ihr – ihre sexuelle Qualität, die mich so beeindruckte und gefangennahm – erschien mir wie eine Mischung aus Alltagsvernunft – aus Kälte – und einem unerschrockenen, tief- und weitreichenden anarchischen Wesenszug von ihr (samt einer Neugier auf das Anarchische in anderen) – und dieses anarchische Teilwesen war mir gewogen, *von Bandit zu Bandit* sozusagen ... und setzte zugleich ihren Gefühlen Grenzen: *Er ist ja noch ein Junge* ... Sie sprach es aus: «Du bist ja noch ein Junge ...» Es klang geheimnisvoll, wie sie das sagte. Tiefgründig. Ihre generöse Einstellung dem Streben nach einem erfüllten, Moment für Moment ausschöpfenden Leben gegenüber ging weit über meinen Horizont. Wie rasend konkret dieses Mädchen war.

Jener Abend. Der Junge. Wir sind Spieler und Rätselrater.

Sie sagte: «Ich würde dich gern kennenlernen. Ich wäre gern länger mit dir zusammen.» Womit sie sich zurücklehnte; diese Episode ihrer sexuellen Aggressivität war beendet.

«Ich bin nichts so Besonderes», sagte ich verdrossen. Dann: «Ich würde *dich* gern kennenlernen. Ich wäre gern *viel länger* mit *dir* zusammen ...»

«Ich bin nichts so Besonderes», sagte sie, ebenfalls nicht ironisch.

Möglicherweise ist es in Wirklichkeit so, daß ich von vornherein in *alles* halb verliebt bin ... in diesem Jahr. Leonie verbarg ihre rivalisierende, ihre kritikwütige, ihre destruktive Seite. Sie gab sich als ein Wunder an Umwerbenswürdigkeit, «anständig» und «schlimm»: *anständig-schlimm*: wundervoll. Und sie hielt mir zugute, daß ich sie dazu inspiriert hatte, dies tun zu wollen und zu tun. Und daß ich es mit ihr hatte tun wollen: es war hier um Individuen gegangen, nicht bloß um die Geilheit eines Heranwachsenden und den Umstand, daß sie annehmbar aussah.

Den anderen, *dunkleren* Kram lassen ihr Mund erahnen, ihr umschattetes, semi-ausgehöhltes, leicht mitgenommenes, aufgedunsenes *Gesicht* und die Haltung ihres von strubbligem, derbem Haar gerahmten Kopfes auf dem langen Hals.

Als *schlimmer* Junge frage ich mich, ob sie mit dem *Küssen* Schluß gemacht hat, solange ich mir noch nicht sicher sein kann, daß ich das andere Zeug an ihr aufgespürt habe ... Wie sie sich da lockert und ausbreitet, wie listig ihre Augen werden ... «Du weißt zuviel», sagt sie zur Luft. «Ich möchte jetzt eine Zigarette.» Sie spürte, daß ich sie beobachtete und *etwas merkte* ...

Ich war kein *Realist* ... Ich wollte es auf keinen Fall mit Nonie-Zeug zu tun haben ...

Vielleicht hat sie das Gefühl, sie komme mir alt und schmutzig vor. Der sexuelle Wunsch nach einem Orgasmus ist für mich so, als stünden wir an einem Flammenschlund und küßten uns, um das Gefühl, von Flammen erfaßt zu werden, zu ersticken, das dann, wenn wir aufhören, noch schlimmer ist – kennen Sie dieses Gefühl, von *Flammen* versengt und umzüngelt zu werden? Sie können es auch Eifersucht nennen, wenn Sie wollen. Es gleicht ihr, ist Pein angesichts von Andersartigkeit – von anderen Ergebnissen, von anderer Leute Gedanken und Gefühlen ... Kenntnissen ... Erfahrungen.

Angesichts der qualvollen, bestürzenden Kette von Küssen und Berührungen, die andere erlebt haben mögen.

Mich direkt zu erinnern wurde allmählich zu leidvoll. Eine gleichmütige, semi-unaufhörliche (der Erinnerung wegen) und semi-grundlose *(wir-haben-doch-bloß-herumgemacht-wie-konnte-es-da-denn-hierzu-kommen)* sexuelle Erhabenheit bildet sich heraus. Dies scheint mir typisch zu sein. «Ich weiß ja nicht, wie es bei dir ist, aber ich finde das alles *quälend*», sagte ich.

«Dabei bist du doch gekommen», sagte sie.

«Das hilft einem verflucht wenig.»

«Willst du etwa noch mal kommen?» fragte sie interessiert. Dann, vielleicht einen Moment später – sie hat den Arm wieder über dem Gesicht – «Diese Jungen ...» Dann, noch einen Moment weiter, oder einen Schritt einwärts oder tiefer: «Nimm dir den Ball und lauf ein bißchen los ...»

Ich hievte mich auf die Ellenbogen und sagte (vorgeblich) leichthin: «Mit meinen blauen Bällchen ...» Dann: «Klar lauf ich ...» Ich nehme an, ich tat es zum erstenmal im Leben, bei diesem Kuß nun, dem nächsten, in den ich meinen ganzen Willen lege, meine volle Willenskraft, und in dem Moment, da ich ihre Brust berühre, die leicht *gekräuselte* Aureole, den mir fremden *Nippel* ... da spreche ich es aus: *«Nippel ...»*, und etwas in mir explodiert, gar nicht *anständig*, als ich ihn benenne ... Viele linguistischen Theorien sind sehr sexuell, darauf wette ich.

Ich bin jedoch mit allen Insignien des Willens geschmückt – ich hätte auch den Kopfputz eines indianischen Häuptlings tragen können, mit einem langen Schweif aus Truthahnfedern: so hielt ich den Kopf. Der Clou der Sache war damals nicht, daß ich sie küßte, sondern er bestand in dem enormen, jedoch foltergleichen Genuß, den es mir bereitete, für eine Weile ein ganz gewöhnlicher Junge vom herrischen, unbemäntelten Indianerhäuptlingstyp zu sein.

Ich nahm sie beim Handgelenk und führte es so, daß ihre Handkante vorne in meine noch zugeknöpfte Hose glitt. Und die Spitze meines verborgenen Schwanzes berührte. Ich sagte – unverzeihlicherweise (ich sagte nein zu ihr): «Ich habe kein Geld; ich muß vorsichtig sein ...» Er stand mir, kalt und gekränkt, in Einklang mit meinen irrwitzigen Impulsen. Mir war egal, ob sie mich liebte oder nicht.

Ritualisierte Freiheit, partiell vorhersehbare Gewaltherrschaft, animalische Suche nach Beute, rastlos und rücksichtslos – schmutziger Heroismus, bei dem die Frage ist, wer Sieger bleibt: die Realität ist da, wo man real stirbt, wo die mörderische Atmosphäre zu dünn ist, um mich zu tragen, wo ich den Widerstandsschrei *«Bitte, laß uns nicht –»* höre, ihm gehorche und ihn – simultan – unter einer Flut von Halluzinationen ersticke. In Leonie ruft dies wütende Heiterkeit hervor, die ich seltsamerweise in ihren Brüsten fühle, als ich sie berühre und mich mit geöffnetem Hemd auf sie lege (Haut an Haut), und an ihrem Gaumendach, als ich sie küsse, und ich nehme diese Heiterkeit in ihren Augen und am veränderten Geruch ihrer erhitzten Haut wahr und an der Boshaftigkeit (und Güte), mit der sie nachgibt und noch ein wenig weitergeht, trotz dieser distanzschaffenden Wut und Heiterkeit in ihr.

Dies bewirkt jedoch, daß sie sich trocken anfühlt. Etwas Rauhes bremst den Jungen. Daraufhin beruht ihre – sexuellmütterliche, hurenhafte – Bedeutung zum Teil auf meiner

Einsicht, daß sie NICHT mit jemand Willensstärkerem – oder Mächtigerem – konfrontiert ist als sich selbst. Nur mit mir. Ich bin derjenige, der da ist. So liebt sie mich auch ... indem sie so über mich hinweggeht ...

Ihre Stimmungen sind weniger stark als meine, jedoch tiefer – sie wurde von ihnen nie so weit fort- oder so nah herangetragen, sie war nie rücksichtslos oder absolut gestimmt wie ich. Sie spielte nicht so riskant darum, für eine Weise *typisch* sein oder wirken zu können. In vernünftigem Ausmaß war sie immer *typisch*, in welchem Zustand sie sich auch befinden mochte. Sie war nicht selbstlos, mied jedoch allzu große Selbstsucht – warum, weiß ich nicht. Wenn ich sage, ich hatte das *Gefühl*, sie kenne mich als jemanden, der roch (nach Schweiß und Brunst beim Wohnzimmersex), der anarchisch und schwierig war – der in gewisser Hinsicht nichts taugte –, so heißt dies letztlich, daß ich ihre Präsenz als *leuchtend* wie die *eines Stars* empfinde – als Qualität einer Schauspielerin, die all dies des Effekts wegen heraufbeschwören kann – und es erfolgreich heraufbeschwört.

Dementsprechend *fummelte* sie den Pimmel zum Stehen. Sie war kein theatralisches, sondern ein knabenhaft-weibliches Geschöpf. Der Junge spürte in ihr eine *hochwertige* Generosität – ein amerikanischer Wert: das weiß ich noch ... ich weiß noch, daß er das Gefühl hatte, sein Ding dirigiere ihn. Er fühlte sich glücklich – kuriert – lächerlich – gefährdet. Moralisch war auf keine Weise um diesen Punkt herumzukommen. Er betatscht sie – und bummst ihre Beine – und wünscht sich jetzt sehr, in sie einzudringen, damit er sagen kann, er hätte es getan. Also wirklich, wie soll denn wohl ein Sinn, der alles sonst zum Erlöschen bringt, da konzentriert sein? Und falls es für dich so ist, was für ein abgewichster Philosoph bist du denn dann? Unter animalischem Aspekt?

Der strapazierte dünne, früh-adoleszente Körper des Jungen kennt diesen geisterhaften – wirren – Trost, diesen Trost immerhin.

Was auch geschieht, man sträubt sich dagegen, wenigstens eine Spur, um es benennen zu können; außer vielleicht in Momenten rasender Liebe oder rasenden Hasses (wie etwa im Gefecht). Zu der fast unendlichen Zahl von (strukturellen) Details des Ichs gehört auch die Pointe, daß das Ich so viele komplexe, austarierte Momente in sich birgt, daß es – oder ein Teil davon – von allem, was geschieht, gekränkt wird, ein bißchen zumindest. Was eigentlich geschieht, darauf kommt es nicht an. Jemand, der von Geburt an kränkend wirkt, der von Geburt an oft gekränkt wird, besitzt manchmal die Impulsivität und die Eignung, voranzupreschen – so sonderbar es ist. Wird der Flickenteppich von Zielen durch Dummheit unter Komplizen zerrissen – durch diese animalische, auf dem vollständigen Fehlen von Ansprüchen beruhende Freiheit, eine Gleichheit der Gemeinen, in gewisser Hinsicht der Gemeinheit und Niedertracht –, so kann dies ebenso *liebenswert* wie kränkend sein. Anliegen werden strukturell konkret als sexuelle Finger, Pimmel, Magen, Atmungsweisen, und werden so erkannt. Man ist entsetzt und erregt – vom Leben – und getröstet: welch ein Trio, Entsetzen, Erregung und Trost: es ist wie in gewissen Kriminalromanen, manchen Horrorfilmen, manchen Leinwand-Dramen und Abenteuerfilmen, manchen öffentlichen Football-Spielen. Es *fühlt* sich an, als kehre die Gnade wieder ... und wie ein Witz ... Diese Intimität im Licht der, ach, ich würde doch sagen, *Gewöhnlichkeit*, aber ich bin nun mal ein Spinner ... Ein anderer Teil von mir erblickt darin – von einem irgendwie tieferen, dem Zentrum näheren Gesichtspunkt aus, von höherer, schwebender Warte aus, jedoch durch eine lichte Stelle am Wolkenhimmel oder von einem ferneren Planeten in meinem Inneren her gesehen – so etwas wie ein gemeinschaftliches Fastenbrechen, zur Korruption hin: *Seht, ich bin lebendig* ... Und: *Seht, so lange bin ich am Leben geblieben* ... Und: *So lange habe ich bei Nonie und Lila überlebt – und trotz S. L. und der Welt-wie-sie-ist* ... In manchen intimen Beziehungen lügt man zuviel – etwa in solchen zu einer Mutter oder einem Vater – oder zu einem Kind, dem man Nachhilfestunden gibt: da hat man eine *Spielzeugwelt*. In diesem Moment jedoch, selbst wenn man ihn als einen in einer *Spielwelt* nimmt, geht es um die Definition von etwas ziemlich Realem – freilich ist es eine individuelle Sache. Du wendest *ihr* den Rücken zu und siehst in ihr DIE FRAU oder WIE ICH ZUM ERSTENMAL SEX DIESER ART HATTE (sexuelles Herumgemache) ... oder du suchst dir ein Thema aus – *Verrat am Männlichen – am Kerl* – oder: *Die Rolle des Spröden im Leben eines Mädchens ihres Alters und ihrer Klasse (während des Krieges)* –, um daran Erkenntnisse über sie zu sammeln. Ich habe eigentlich nicht vor, sie kennenzulernen, während ich mit ihr zusammen, vertraut, intim bin. Auf diese heimliche Art und Weise (wie wenn man als Kind versteckt in einem Wandschrank hockt), wo *Anständiges und Unanständiges* sich vermengen. Wir: an *normalen* Verhältnissen gemessen, sind wir nicht rein – nicht einmal an denen hier im Haus gemessen. Und ihr Verlobter-Geliebter: was ist mit ihm? Ich wußte noch nichts von Dingen wie Arschfickerei und die-Frau-als-Tier oder als Kuh. Oder wenn doch, dann semi-bewußt. Wir hatten damals bei uns in der Gegend ein Bild dafür, zu Hause und in der Schule: Sieh zu, *daß es sich nicht bei dir im Haus einnistet*, oder *Räum dem bloß keinen Platz in deinem Oberstübchen ein* ... Es geht da nicht um Verdrängung: man schaut es sich einfach nicht an: *Man holt sich's nicht ins Haus*. Doch die Gewaltsamkeit, wenn man mir dieses Wort gestattet, des sexuellen Kontakts zwischen ihnen beiden und was er ihr abverlangte oder was sie zu tun entschlossen war oder was er ihr entlockte, sich pflegend-hingebungsvoll zu erniedrigen, zum Beispiel, oder die Ehrfurcht vor dem nackten Schmerz, oder die Selbstgeißelung und Spaltung, die es für sie bedeutete, sich so extremer Feigheit und Tapferkeit, solchem Schmerz auszusetzen – keiner der Flieger, die ich kannte, nahm es leicht, ins Gefecht zu gehen oder darin gewesen zu sein – die eigenartig konkreten Erfahrungen, vermengt mit den noch eigenartigeren, sich akut präsentierenden Momenten von Identität, sexueller Identität – doch ich übergehe den *Willen*, das Vorandrängen des Ichs: dessen schwarze Wildbäche und die mitgeschwemmten Steinbrokken und Stämme, losgerissen und vorangewälzt, oder die zaghaften, jedoch eigensinnigen Zärtlichkeiten, die stummen, heimlichen, konspirativen Verständigungen – und, vielleicht vor allem anderen, der Umstand, daß Heldentum Mord impliziert, Mord und das Hinnehmen von Mord, Töten und Ignorieren: Ich meine, neben *Räum dem keinen Platz ein* kannten wir auch Wendungen wie *Öffne dich mal*, *Mach dich doch mal ein bißchen auf*, *es schadet dir nicht, wenn du dich ausnahmsweise mal öffnest*; und man ging davon aus, daß Trinken einem dabei half – man öffnet Räume im Kopf und Türen zu diesen Räumen; und man tritt auch aus sich heraus und treibt körperlos dahin inmitten von Stimmungen und Ähnlichkeiten, Furten, Brücken, Isthmen, ins Innere und wieder hinaus. Man ist verängstigt und verloren, man hat die Orientierung verloren wie in einem Wald, einem mitten im eigenen Leben gelegenen Wald, und andere gehen darin ein und aus, eigentlich in einem selbst, oder man ist ohne Haut und für sie empfindlich ... ich weiß nicht. Manchmal sagte damals bei uns einer: *Sei rund und stark* ... Als ob man – im Moment – Leben und Gefühle von jemand anderem im Leibe trüge, oder die gesamte Gemeinschaft. Natürlich ist viel davon vorgetäuscht; hinter einem Motto kann man sich verbergen. Man kann jedoch auch mit verborgener Pein, mit innerer Häßlichkeit – als wäre man ganz anders, als man sich tagsüber präsentiert, und in Wirklichkeit ein verunstalteter Charakter – jene Dinge in sich *nachfühlen*, mit denen man seine Eltern tröstete, als man ein kleines Kind war, all das, was einen zu einer anderen Welt oder zu einer Flagge der *Unschuld* machte, genauer, der Unschuld und Zielstrebigkeit; was partiell bis in diesen Moment hinein fortlebt, jedoch in dieser hoffnungslos anderen, *unreinen* Form – ich glaube, ich möchte sagen, dieser Teil von Leonies Leben ist mit ihrem übrigen Leben vergleichbar und überdies damit, wie dieses Leben ist – etwas Dunkles und Anrüchiges – das ich nicht kenne – und um das ich gleichwohl die Arme legen muß. Muß? Nun ja, so ist es nun mal, wenn man *sich öffnet* ... wenn man sich *lockert* ... Und man fühlt ihren erstaunten *Schmerz* und dieses Gehetzte an ihr – Wind in Olivenbäumen, der die silbrigen Unterseiten der Blätter nach oben kehrt: ihr Atem – die Flügel und Vogelgerüche – des Weiblichen? Des *Femininen*? Ist es das – ein *schauderhafter* Anflug von Verunstaltung und Tod, Unterwerfung, Demütigung – Ungeheuer auf der Straße – Nazis, Gangster, Dinge wie Drachen, GEWALTIGES UNGLÜCK – oder solche Kerle wie du, wenn du kalt bleibst und dich nicht *öffnest* – ICH WEISS ES NICHT – und die *Sicherheit* oder der *Anstand*, das jedenfalls, was einem ein Heim oder Schutz gewährt – und daß alle Kerle das hassen und es in der Luft zerreißen, um dir eins auszuwischen, um sich zu rächen – oder der vom Tod berührte, Tod austeilende, beschossene, abgeschossene Pilot *höhnt* – und ich, der ich Leonie benutze, und sie, die mich benutzt, wie Bäume, kriechen wir in Bäume, belaubte Winkel – ICH WEISS ES NICHT – das Fehlen eines Sakraments – der Erlaubnis – die logische Problematik einer nur persönlichen Erlaubnis, *in diesem Maße unanständig zu sein* – um es vielleicht psychologisch (und moralisch – oder theoretisch) zu beschreiben: das Ungehörige – das wir einander antun oder miteinander teilen – der nun geöffneten Hose, des sichtbaren *Dings*, des zur Ruhe gebrachten Jungen, des älteren Mädchens, das effizient mit dem Ding *spielt*, eine relativ simple Macht darüber besitzt, verglichen mit der Beziehung dieses Mädchens zu dem verfluchten Schwengel des wahnsinnigen und vielleicht sexuell überreizten oder sexuell schwachen oder großartigen, jedenfalls aber arroganten Piloten – oder zu dem von Leonies Chef im Büro, oder zu ihrem Vater, oder zu Nonies geistigem Was-weiß-ich – oder zu allem Dunklen der Welt – welch eine verquälte Semi-Ironie stellt da doch die geheuchelte Präsenz von mir dar, der ich Leonie wie eine Freibeuterin empfinde und mich als Banditen auf dieser fragwürdig kosmischen Reise um eine Welt – eine statische, existierende und scheinbar zur Ruhe gekommenen Welt, während ich mich bewege, doch in Wirklichkeit bewegt sich auch die Welt, sie kreiselt, tanzt und gleitet dahin, irgendwie bedrohlich, irgendwie gemein – das Zeug hier passiert ... Die ehrlichen Verbindungen zwischen Bewußtsein und einigen seiner Lügen und Wahrheiten gehen verloren im Jo-Jo-Spiel-Unspiel des nicht enorm geschickten, jedoch schon verdammt wirkungsvollen Auf-und-Ab von Leonies letztlich doch laienhafter Hand.

Dennoch, es ist wahrhaftig eine Welt, ein innerer Raum – ein Winkel – mit Merkmalen einer ganz anderen Kategorie.

«O Gott ... O *Gott* ... Leonie ...»

Schuft. Verreckender. Tyrann. Tyrann-und-Heroe ... Winter-der-Unzufriedenheit-Held – Buckelschurke – mit krummem, das heißt, mit *gewölbtem* Rücken – Bruder von jemand, Kind von jemand ... über alle Wertungen hinaus – in der wogenden, üppig wuchernden Schwärze der toleranten Brutalitäten der sexuellen Welt – kennen Sie das?

«Es tut mir leid, wenn ich kein netter Mensch bin», sagt sie träge ... und setzt sich auf: nicht ganz auf: sie hört gleich auf – oder auch nicht. Sie hört auf. Sie sagt ... lehnt sich zurück, blickt vage in die Luft, nachdem sie meinen Schwanz angesehen hat, der springt wie ein Lachs, sobald er *angesehen* wird – *von ihr angesehen* wird ... es ist ein bißchen dunkel, was sie da sagt: «Es kommt nun mal drauf an ... wieviel Geld ein Mädchen hat.»

«Hmmm?» Ich starre sie an. Ich befinde mich mit ihr im Dunkeln – gewissermaßen mit ihr – und halte mich nur partiell unter den Lampen auf, beziehungsweise in meiner eigenen Finsternis – oder Erhellung – oder bei Erinnerungen daran – und bei Erwartungen, Wünschen, dem Verlangen, sie möge weitermachen ...

Ich *weiß*, daß sie uns vergleicht – unser Leben – unsere Haut, unser Bewußtsein; ich *weiß*, sie ist damit beschäftigt, sich *Wissen* über uns, sich selbst und sich-in-ihrem Leben anzueignen – und ich weiß, es geht bei diesen Vergleichen darum, die Maßstäbe gegeneinander zu verschieben; wie mit dem Rechenschieber bestimmt sie im Kopf, wie *wir (vergleichsweise) sind* oder *wie du (vergleichsweise) bist* – das äußert sich in ihrem irgendwie *ungestümen*, entgrenzten und vorgeblich kalt-rationalen Vokabular: «Was sie auch tun kann, tun wird, tun will, sie kann tun, was sie will», sagt sie eulenhaft. «Also ... das gefällt mir ...» Noch immer e*ulenhaft* sagt sie es erneut – jedoch als eine andere Eule, nehme ich an. Ich *weiß*, das ist ein Kompliment, weiß aber nicht, worauf es beruht: ich würde ihr gern ein Loch in den Kopf stanzen, ein Glasfenster einsetzen und sie in sichtbaren Worten, die ich lesen könnte, denken lassen. Ich würde sie gern wie in einem Laborversuch fesseln und an die Couch ketten, damit sie etwas dächte, was ich logisch erraten könnte: damit ihre Gedanken und Assoziationen *begrenzt* wären ... Eine ihrer Brüste lugt müßig aus der halbgeöffneten Bluse. Ihre Hand, ihre fürstliche Hand ruht. Will sie, daß ich sie *bitte*, weiterzumachen? WAS WILL SIE DENN, HIMMELARSCHUNDZWIRN? Ich würde mir gern sagen, es kommt nicht darauf an, aber es kommt drauf an, für mich kommt es drauf an, und es färbt den Kosmos; als getönter glasiger Staub wird dies hier ins All hinausfliegen und zu einer wichtigen Größe werden, durch welche sich die Bedeutung von *allem-was-da-ist* verändert ...

Ich lasse mir Zeit, um nachzudenken, um etwas zu tun, das teilweise Denken ist, um ein bißchen nachzudenken, und sage: «Ich hab einen guten Freund, nach dessen Überzeugung Sinnlosigkeit der einzige Sinn ist, den es gibt. Er ist sehr ehrgeizig. Nihilist und Marxist. Es macht ihm keinen Spaß, aber er hat oft Sex – mit der Hand.»

Sie faßt meine Bemerkung als Indiz dafür auf, daß ich von

Sex *besessen* bin, von dem Sex, den wir gerade haben; und sie nimmt ihre Handbewegung wieder auf, sitzt aber noch immer aufrecht da, und die Hand bewegt sich unkonzentriert. Gleichwohl entfacht ihre Hand mit ihren Posen und Bewegungen als Ersatzmöse oder was immer in mir das neuronale Licht der Sexualität, bis ich endlich die farblosen Lichtkleckse in meinem Inneren sehe und dann die getönten, echten zu beiden Seiten von Leonies Nase im Zwielicht des Raumes. Ich sehe die falschen Grüfte und Kanäle ihrer Nasenlöcher und ihres Mundes jenseits ihrer schimmernden Zähne, während ich sozusagen eine silbrige Leiter hinauf swinge und rocke, oder eine immer wieder grellweiß aufleuchtende Treppen*flucht* – oder einen gekippten Ozean – hinauf, jenen Sekunden sexuellen Wachseins entgegen ... wenn ich es so formulieren darf. Hier ist Leonies Tiergeruch – und sie hat mich in der Hand. Oh, es ist ja wirklich so. *Es ist real, und alle sind sie tot.* Es ist Erweckung und Begräbnis ... oder Erleuchtung und Sturz-in-die-Finsternis ... hinauf, hinauf, absinken – ich möchte ihren Schoß. Sie findet diese Seite von mir *besonders* abstoßend und amüsiert sich darüber, daß sie hier ist. Und sie will ihre Macht, und ich will, daß sie mehr Macht besitzt – mich zu erregen, freilich. Oh, diese verzerrten Landschaften und diese Schwerkraft, dieses Gewicht, diese Bürde, oh, die höheren Ziele ... schau doch, was da ist ... ICH LIEBE SIE NUN! Sie sagt – warum sagt sie das? – warum setzt sie ihre Konversation mit mir fort? – «Ich weiß, daß es drauf ankommt, wieviel Geld eine Frau hat – ich bin ja nicht von gestern.» Dann: «Wenn ich reich wäre, könnten wir für einen Tag oder zwei entwischen, und alle würden's unterm Deckel halten.» Warum muß sie mich fühlen lassen, wie unbedeutend und wie sehr Gesellschaftspiel dieses Herumvögeln ist! Oh .... Oh, oh ... OH ...

Ihre Augen, ihr Mund verwerfen mich. Ich bin wie mittendrin betrogen. Beraubt. Ich sage dir, trage mich. Der Strich von Haaren auf dem jungen Unterleib – der Kegel davon – behaart? Haarig? – hastig? Magst du mich? Wenn man's schnell sagt, klingt's wie machstumich ... Der Rhythmus ist nicht gut, zu holprig: *Hastig mach mich* ... Wenn ich wehrlos bin – wenn ich zum Beispiel im Football-Training angegriffen werde und ein halbes Dutzend Kerle ihr Gewicht auf mir abladen – dann lache ich wie irr; ich weine auch, ich werfe Schatten mit meinem Weinen. In Leonies Leben bin ich – als Ikone – locker und ungebunden – und doch bin ich gefesselt, niedergedrückt, umgeworfen von der Brandung und dem Licht, ich bin mit ihren erratischen Bewegungen vertäut.

Phallisch betrachtet, bin ich von einer ganz spezifischen Größe und Gestalt und neuronal und psychologisch im Hinblick auf Rhythmen sehr speziell – und wie Leonie mich berührt, ist ein bißchen unspezifisch ... Es gibt da eine geschlechtsbedingte Differenz ... Ich meine, sie kann nicht so verärgert sein, wie wenn ich sie penetrieren würde, wenn ich könnte. Bei diesem kommunikativen Selbstmord bin ich auf wild-lebendige Weise der Privilegierte. Schmerzlich und offensichtlich ist, daß sie nicht den überwältigenden Wunsch hegt, ihre Höhlen, ihre Öffnungen – die freien Räume in ihr – mit *mir* zu füllen.

Der Tanz von Neins und Jas, die fast zahllosen *Gattungen* von inneren Türen, die – *sexuellen* – Stufen und Lichter in dem Jungen, die Schleier, Trauerweidenäste und Folien, durch welche das sexuell-spirituelle Licht dringt, und Leonies aufgerichteter, jedoch nicht phallischer Willen; tatsächlich ist er weitgehend unanimalischer Natur und schätzt seine Ödheit, seine selbstbewußt vorgezeigte, routinierte, häufige und von anderen Malen bereits vertraute Nacktheit sowie seine *normale* Tapferkeit mehr als die buchstäblichere Sexualität richtigen Fickens mit ihren natürlich-sexuellen Tükken gegenüber der Welt, mit all ihren Tiefenschichten und ihrer grenzenlosen Transparenz zur Zukunft hin – diese *kuriose*, widerwillig innovative Melange von Lustbarkeit und

Lustlosigkeit – hieran hält sie fest ... Leonies *begrenzte* Schönheit ist mehr, als ich ertragen kann ... *Du Arschloch ... liebe sie!* In der Tat hat die Seele gar nicht groß die Wahl, und das allein zu wissen bereitet schon Angst, beängstigt ungemein. Leonie war überrascht, nicht überrascht, indifferent – nicht matt – nun ja, ein wenig matt – fleißig, kundig – und fragwürdig – wie die Angestellte irgendeiner Firma, die einem diese sexuelle Gefälligkeit erweist – *wissen Sie, was ich meine?* Daß alles (wie das rasend macht – wie das betört) mit meinem Schwanz in ihrer Hand zu tun hat, gibt Anlaß zu Rache in irgendeiner Form, ist ein Grund, das Motiv und alles übrige zu verzeihen, und ein ziemlich guter Grund zu Dankbarkeit – zu Duldsamkeit, Zuneigung, was auch immer.

Zu Brüderlichkeit. Sie beugt sich herüber und setzt die Lippen an – auf die Kuppe: sie hat wohl wirklich ein schlechtes Gewissen mir gegenüber ... Sie lutscht ihn nicht ... In einem YMCA-Ferienlager habe ich es einem Jungen mal mit dem Mund gemacht, nachdem die fünf anderen Typen es mir besorgt hatten – ich hatte beim Pokern gegen sie gewonnen; doch dann hatten sie sich irgendwie gegen mich zusammengerottet, sich erst beschwert und dann zu raufen angefangen; also habe ich's einem davon besorgt – dem stärksten ... *Du bist hochnäsig und bissig,* sagte er... Leonie will ein bißchen nett zu dem armen Jungen mit den blauen Eiern sein ... und sie ist hochnäsig-und-leicht-bissig ... Die Erinnerung versucht, dies zu verdrängen. Oder der Verstand versucht, die Erinnerung zu verdrängen und dies einem anderen Teil meiner selbst anzulasten – dem ruchlosen Banditen in mir ... Ich habe sie hierzu rumgekriegt ... ICH HAB SIE DAZU GEKRIEGT! ZU GANZ SCHARFEN SACHEN! Vielleicht kann ich vor Typen mal so angeben.

Ich versuche, all dem ein anderes Gewicht beizumessen ... nicht sein augenblickliches Gewicht.

Sie hört auf. Sie setzt sich aufrecht hin. Sie sagt: «Ich bewundere Männer, die in Gelddingen vernünftig sind. Na ja, etwas hab ich ja. Wenn ich von dir schwanger würde, hätte ich genug: Ich könnte dich aufs College schicken: Ich würd dich dazu bringen, mich trotz deines Alters zu heiraten.» Dann sagte sie: «Schwupp-di-wupps ...» Es klang nicht besonders munter. Sie wußte, daß sie mir einen höllischen Schrecken eingejagt hatte. Ich wollte doch nicht für die Dauer meines verbleibenden Lebens bei ihr *hängen* bleiben ... Ich wußte nicht genug ... Sie war nicht ganz bei Trost.

Sowenig wie ich – vielleicht ...

Sie *schnaufte* – schnaufte auf diese opferbereite Art; und als ich dann sagte: «Ich will gar nicht aufs College gehen», schnaufte sie scharf und gemein; jeder Einwand schien damit erledigt – sie nahm ein NEIN nicht so leicht hin.

Ich hatte doch gar nicht eindeutig nein gesagt, oder? Sie schnellte ein bißchen voreilig aus den Startlöchern ... Na, meinetwegen. Es ist ganz in Ordnung, sich zu fürchten. Sogar zu flüchten ist in Ordnung ... Ich fing an, mir die Hose zuzuknöpfen – schon damals hatte ich falsche, pathetische Moralisten satt. In gebildetem Ton sprach ich es aus: «Ich habe falsche, pathetische Moralisten satt», in mir dieses trockene Rasseln, dieses einheitssüchtige Verlangen nach dem Orgasmus – wissen Sie? Aber ich schicke sie zum Teufel: ich fühle mich nicht *schuldig*. Ich habe nicht das Gefühl, daß ich ihr nun mein weiteres Leben schuldig wäre. Auch nicht, mich ihr zuliebe nach Mannesart zum Sklaven irgendeines Prinzips zu machen ... Dann sagte ich: «Nein. *Mich* würdest du nicht heiraten.» Sie zog ein Gesicht. «Du würdest überhaupt nicht heiraten – es sei denn, es wäre gesellschaftlich von Vorteil.» Na und – schließlich war sie ja eine Freundin von Nonie, oder?

«Du bist ein Mistkerl», sagte sie träge – so wissend, wie es *unserer kleinen Zusammenkunft* auf Banditengebiet entspricht.

«Ich wollte gerade sagen, daß du ein *anständiges* Mädchen bist ... zu *anständig*, um solchen Kram für *mich* zu tun.» Ich kniff sie in den Hintern: ich wollte nicht wie ein *Engel* wirken.

Sie biß mich ins Ohr. «Du bist schrecklich», sagte sie.

«Du willst doch *mich* nicht haben», sagte ich – es hatte ganz OK begonnen, bewegte sich aber rasch auf eine andere Stimmung zu – eine Tonart: Aufrichtigkeit auf Banditengelände? Es gibt da ein *terroristisches* Moment: das Wort dafür war damals ein deutsches, von Hitlers Panzerstrategie entlehnt: *Schrecklichkeit* – die Verbreitung von Terror durch terrorisierendes Verhalten.

Das Schreckliche aber – der Hieb mit einem altmodischen, enthauptenden Schwert – das Sirren der fallenden Bombe – war hier die Ehrlichkeit oder, wenn Sie wollen, die abrupte Aufrichtigkeit – eines Jungen, gewiß, jedoch von mir, einem bestimmten Individuum kommend: von einer Stimme, die aller allgemeinen Züge entkleidet war. Also: *wutsch, watsch* ...

Geschwächtes Innehalten. Atem schöpfen. Wissen Sie, daß der Atem eines Mädchens wie das Tropf-tropf-tropf von Blut klingen kann? «Soll ich etwa Mitleid mit dir haben?» sagte sie und lachte trocken; und irgendwie ziellos, tätschelnd fast, legte sie die Hand auf meinen Pimmel, der weitgehend wieder in der Hose steckte, die ich nicht ganz geschlossen, sondern aus einem verrückten Sinn für Stil heraus teilweise offengelassen hatte – *beleidigend.*

Ich wußte, was ich tat, und wußte es auch wieder nicht. Was vorging, wußte ich in dem Sinne, daß ich einen sehr sicheren Sinn für die Geschichte der letzten paar Momente besaß, und darüber hinaus für größere Spritzer, Kleckse und Flecken von Zeit, und weiter bis zu dem Moment zurück, als ich Leonie und Nonie die Eingangstür geöffnet hatte, als sie im Haus angekommen waren. Vor der Wohnung.

Ich wußte es jedoch im Rahmen und in den Grenzen dessen, was ich in diesem Alter wußte, sowie – wenn Sie mir verzeihen – aufgrund der sexuellen Inspiration – wenn nicht gar der Inspirationen – des Moments.

Dies ist sozusagen die Selbstsicherheit von Trödel.

Aber es *ist* immerhin Selbstsicherheit, und sie hat den

Flair von Pailletten, Glitzerzeug und schwarzem Lack: Semi-Weltläufigkeit.

Leonie *starrte* mich an.

Mit richtig grollender, erwachsener Stimme – ich fand es, hm, faszinierend, etwas so Authentisches, Altes aus mir hervorkommen zu hören – sagte ich: «Ich tauge nichts. Ich bin kein *ordentlicher Typ*. Die Leute würden dich bloß auslachen.» Dann: «Und gib mir bitte nicht ständig das Gefühl, ich wäre ein Arschloch.»

Sie staunt mich auf eine Weise an, die zeigt, daß sie unter dem ganzen Quatsch ein bißchen ist wie ich. Ich bin ein Waisenjunge, der sich einem Zirkus angeschlossen hat, doch die meisten Zirkusleute sind Geister – Ideen. Irgendwie ist Leonie auch eine flüchtige Seele dieses Typs. Nur eben als Mädchen dieses Typs.

In einem komischen Ton sagte sie: *«Willst du noch kommen, Wiley?»*

Sie möchte, daß ich nein sage – ihr eine Abfuhr erteile. Halb *respektiert* sie mich – wissen Sie, was ich meine?

Ich streiche ihr – kühl, leicht wütend – über die Hand. «Mach noch ein bißchen weiter», sage ich, nicht wie jemand, der sich bestechen läßt, auch nicht wie ein grüner Junge oder auf sonst eine plausible Art und Weise, sondern als säße ich auf einem Barhocker, sähe wirklich toll aus, hätte einen mächtigen Prügel – und machte mich über sie lustig. Ich war mir innerlich nicht ganz klar über diese Dinge – diese *Details* – in der Szene: ich hatte das Gefühl, ich wäre so etwas wie ein wirklich *toller* Bomberpilot – oder Jagdpilot – oder Außenfeldspieler – oder ein ganz, ganz toller Quarterback.

Ich nahm nicht wirklich an, daß ich damit durchkäme.

Wer von uns ist wahnsinniger? Gemeiner? Wie könnten wir beschreiben, was wir als nächstes fühlen oder tun möchten?

Die *flüchtige Seele* tastet sich voran – stürzt ab – flieht und lügt – wirbt – stirbt ...

«Ach, vor den Leuten hab ich keine Angst», sagt sie; das heißt, sie fühlt sich vom Wesen meiner Seele angezogen, für die sie nun – *endlich*, wie es scheint, auf den Moment, den Anlaß bezogen – Augen hat: ich fühle mich strapaziert und verschwitzt, als hätte ich in dieser Phase ständig eine Rolle gespielt, Modell gestanden oder so – damit sie mich so mag wie jetzt, mit einem gewissen Anteil, einem Gran, einem Anflug von sexuellem *Respekt.* Sieh doch, schau dir das an: sie faßt verbindlich nach dem Schwanz ...

Ganz scharfe Sache.

«OH ...»

Sie will Zugang zu meiner Seele finden: sie redet: sie steuert diesen Austausch: «Ich bin unausstehlich – sehr oberflächlich. Meine Mutter sagt, ich werde mich schon ändern, wenn ich Kinder habe ... Du bist noch sehr jung, aber ich bin oberflächlich.» Das ist beleidigend – und nobel – in einer beleidigenden, schäbigen Welt.

Ich wollte etwas anderes.

Sie beleidigte uns beide, wenn sie meinte: *Du zählst eigentlich noch nicht – und ich zähle nicht als deine Freundin.*

Sie war jetzt allwissend und dumm. DAS SAH ICH.

«Die *Augen* tun mir weh!» In meinem *Schmerz* (einem komplexen, vielschichtigen Schmerz) war ich zu aufgebracht und stark, um nicht zu sagen: «Noch nie hat sich für *mich* etwas getan!»

Sie dopste ein bißchen auf und ab, wie von einem Pfeil oder einem brennenden Stück Kohle getroffen.

«Soll ich schneller machen? Zeig's mir ... Zeig mir, was ich tun soll ...» Meine Klagen berührten sie nicht *sexuell* – sie machten sie nervös – und fügsam.

«Gibt's hier vielleicht mal ein Kleenex?» fragte ich ... gelangweilt ... ein Junge, den offenbar nichts mehr überraschen konnte (von der Sorte, die meine Cousine Isobel bewunderte: ich gehörte nicht dazu, nicht im geringsten).

«Mir ist heute aber auch alles passiert», sagte sie. «Ich

hatte einen Allergie-Schub ... Ich hab meine Kleenex aufgebraucht.» Sie waren ohnehin rar. Ihre stammten aus dem PX-Laden. «Nimm doch mein Ärmelfutter ...» Das ihres Blazers, der auf einem Sessel lag.

«Okie-dokie», sagte ich und gab damit verrückterweise all meine Gefühle und meinen ganzen Status auf, *Gott weiß warum* ... Es lag daran, daß ihr den ganzen Tag über die Nase gelaufen war. «Für Gesundheit hab ich richtig was übrig», sagte ich laut, als ich aufstand; mit einer Hand hielt ich meine halbgeschlossene Hose fest. «Schon wegen meiner kranken Eltern und so ...» Partiell habe ich meine Rolle wieder – meinen Status. Meine Trümpfe. Das *alles* ist unheimlich witzig ... eine Komödie mit sexueller Musik.

«Zeig's mir», sagte sie, als ich zur Couch zurückkam. Dann: «Denk an mich dabei ...» Während ich es ihr zeigte? Mimisch, mit den Augenbrauen, fragte ich sie, was sie meine. «Halt's irgendwie romantisch», sagte sie – wie aus unterlegener Position.

Ich schüttelte den Kopf.

Sie zog eine Schnute. «Zeig's mir», sagte sie.

Ich zeigte es ihr.

Übrigens, wenn Nonie von einem Jungen sagte, *er riecht nach Ghetto*, meinte sie damit, er werde zu Frauen unfair sein.

Leonie würde diese Nacht bei Nonie in einem Doppelbett schlafen.

«So.» Ich führte ihre Hand an mein Ding, hielt sie am Gelenk und gab den Rhythmus vor ...

Erst tat es weh ... Dann setzte das Licht ein, aber derb und irgendwie unpersönlich, wie es eben ist, wenn man schon einmal gekommen ist. Dann, ganz plötzlich, war ich entsetzt. Warum? Ich hatte keine Kraft, dem *Entsetzen* oder der Wirklichkeit standzuhalten oder etwas zu begreifen: ich begriff überhaupt nichts und hatte, Morgen um Morgen, eine ganze Ranch von Willenskraft in mir – von unrealistischem Willen? Irgendwie schon. Und doch auch realistisch. Vielleicht kam es von der Lust, der brandaktuellen Lust, dem jungenhaft schockierten Marsch auf die Befriedigung zu ... wobei ich das Kommando führte und doch mehr und mehr unterworfen wurde, immer wehrloser den Blitz-Hieben von Lichtwahrnehmungen ausgeliefert – dem Magnesiumfeuer ... «Die drallen Bälle schnellen», sagte ich. Im Kino gab es manchmal Kurzfilme mit Songs, die man mitsang: man verfolgte den Flug des Balls, nahm an der springlebendigen Lustbarkeit teil. Unglückliche Empfindungen fehlen nicht vollständig ... Unvollständig nicht unglücklich zu sein ist ein sonderbarer Zustand. Ein praktischer, nehme ich an. Im Moment herrschte *Abneigung* zwischen Leonie und mir, aber eine liebevolle sozusagen, und wir taten so, als gäbe es keine Abneigung zwischen uns, sehr gründlich täuschten wir es allerdings nicht vor ... Wir hegten jedoch, ehemm, *viel Respekt voreinander* ... Vielleicht auch nicht. Der Schmerz, all die störenden Momente, die Halbliebe, die Gleichgültigkeit – und die Leidenschaft unter der Gleichgültigkeit – und der wirklich brennende Schmerz – das merkwürdig kipplige *Behagen* ... «ICH FÜHL MICH WOHL, ICH GEIL MICH HOHL, ICH FÜHL MICH BESSER ...» Wie halten die Leute das nur aus? Ich wußte damals, in jenem Moment, noch nicht, ob ich dieses Zeug überleben würde.

Nonie ist im Flur – ein Fremdkörper in der Atmosphäre – auf einmal orte ich sie. Sie kann uns nicht sehen: vielleicht belauscht sie uns. Hatten Sie jemals das Gefühl, sich wieder ordentlich anzuziehen sei ein sarkastischer Kommentar oder ein Spottgedicht auf jemanden? Ich meine, wenn ich es schaffte, uns, Leonie und mich, für Nonies Auftritt herzurichten, wer würde damit verspottet? Ich hatte ein höllisch schlechtes Gewissen – wirklich so, als ob ich die Hölle, das Fegefeuer und eine gespenstisch leuchtende Erscheinung im Wohnzimmer darstellte – oder als käme ich aus der Hölle und stänke nach inneren Schreien – des Schmerzes, der Wut – aber verfickt und zugeknöpft, es war mir egal. Ich empfand ein gewaltiges *Na und?* Jetzt freilich, da ich dies schreibe, frage ich: Was konnte sie denn schon hören oder verstehen?

Leonie lacht. Ich bin weiter zugeknöpft als zuvor, aber noch nicht ganz.

Und ich verdamme sie ... Ich bin von nackter Feindseligkeit erfüllt – nicht als Botschafter der Hölle, sondern als jemand *vollkommen* Unschuldiges – im Vergleich zu ihr.

Das ist ein Trick. Ich habe mich noch nie im Leben *vollkommen* unschuldig gefühlt, außer in Verhören, als Kunstgriff, der mir hilft, das Verhörtwerden zu überstehen.

Nonie betritt den trüb beleuchteten – jetzt, obwohl die Fenster offenstehen, leicht vermieften – Raum – und sagt: «Wie kommt ihr zwei denn so voran?»

Das ließ Leonies Fröhlichkeit oder Verlegenheit versiegen. Ich wurde zugleich starr und gefühlvoll – wissen Sie? Nonie hatte Sinn für Humor; gelegentlich kam das zum Vorschein. Man wußte nie genau, wann sie scherzte und wann sie unsensibel war – oder dumm. Meine Hose war, wie gesagt, weitgehend zu: sie warf einen ausgiebigen Blick darauf: sie überprüfte das. Ich war für sie wirklich vorhanden: das einzugestehen ist das *Härteste* für mich: daß sie da an einem weiteren Geisterbuch schrieb – über sich selbst als Augenzeugin und über mich und Leonie auf der Couch. Leonie kannte dieses Buch besser als irgendeine Seite von mir.

Sobald Nonie im Raum ist, hat kaum noch etwas von dem, was in Leonie vorgeht, mit mir zu tun – Kugeln werden abgeschossen und prallen zurück, Reaktionen ...

Sie steht auf, tätschelt mir den Schopf, läßt sich in einem Sessel nieder, legt die Beine über die Seitenlehne und wendet ihre Aufmerksamkeit Nonie zu. Ich fange lautlos an zu lachen – dann kann ich nicht mehr aufhören ... mir ist nicht gut ...

Noch etwas, das ich ausgelassen habe, aus der Phase davor, als mein Ding noch an der Luft war; ich sagte: «Nunnun ...» Das hätte bedeuten können: Nun? Nun? Oder aber: Nun, nun, wie unter Gelächter, tu das nicht, aber tu's; oder aber: O mein Gott, jetzt passiert es wirklich – verstehen Sie? Nachdem ich das gesagt hatte, sagte Leonie: «Du hast ein komisches Gesicht.» Au. Oh. O weh. Nun doch nicht. Nun, nun, hatte ich gesagt. «Bist du auch ein braver Junge?» fragte Leonie. Ich sagte: «Das haben meine Mutter und mein Vater oft zu mir gesagt, und nie weiß ich, was das bedeutet.» Sie sagte: «Ich hab das Gefühl, ich rede mit dir – ich küsse dich –, wenn ich das hier mit deinem *Ding* mache ...» Ich sagte: «Ich habe das Gefühl – aber das möchte ich dir gar nicht verraten –, ich habe das Gefühl, du machst Fotos von mir ...» Dann sehe ich sie an, höre, wie tief sie atmet; und ich sage: «... von uns ...»

«ZU LEBEN KOSTET SO VIEL ENERGIE – ICH GLAUB, ICH KANN KEINE *MINUTE* MEHR WACH BLEIBEN.» Nonie sagt das.

«Warum dann nicht einfach sterben, und damit Schluß?» sagt Leonie sehr erwachsen und zündet sich an dem großen Feuerzeug, das Nonie ihr reicht, eine Lucky Strike an.

So reden sie im Büro. Das Büro zieht sie herunter – und der Krieg.

Eine *aufblitzende*, *auflodernde* ERINNERUNG: Meine Hand schleicht zu ihrem Nacken. Meine Hand (die andere) schleicht zu ihrem Hintern – ihrem Po. Wundervoll semi-hart – fest – sentimental – ach, und schweißnaß – schweißnaß präsent –

Macht und Hilflosigkeit –

Ich wünschte, wir hätten Gebrauchsanweisungen für die Sachen, die auf unserem Körper geschrieben stehen», hatte ich zuvor gesagt, und nun nahm ich es wahr (beinahe in der dritten Person, fühlte es aber auch unmittelbar) und hörte es ... Oooh, Mist, der Schmerz, die Pein, die STICHE EINES WILDEN WUSTS VERLORENER EMPFINDUNGEN KAMEN WIEDER ... in gewisser Weise ... als Halluzinationen, als historische Fragmente ... ohne rhythmische Kraft ...

Mist ...

Nun ja, es kommt nicht darauf an.

Es kommt doch darauf an.

Es war erschreckend, von ihr, von Leonie, *als Mann* geboren worden zu sein und dann zu sehen, wie sie sich Nonie zuwandte und daß ihr Nonie soviel wichtiger war als ich: es war erschreckend und wahrhaft schmerzlich – obwohl der Schmerz vorherzusehen gewesen war. Wie er sich weitet, wie sich für einen der Daseinsgrund verschiebt, bis man zunächst einen heftigen, semi-lachhaften Schmerz verspürt, dann schlimmere Schmerzen – das ist (für den Jungen) nicht banal; er befindet sich im Schmerzkontinuum – jenseits der lebendigen Grenze, bis zu welcher das Leben mehr oder weniger Geschichte ist, eine Geschichte von mehr oder weniger Schmerzen ... Er sieht die Dinge grau. Es könnte sich durchaus als geringfügige Sache erweisen: er könnte wahnsinnig davon werden ... Dieser Schmerz – mit seinen wabernden, sich kräuselnden Schwaden wie von Rauch, dieser dampfende Mist von Schmerz darüber, daß die beiden einen – was den Schmerz angeht – in der Hand haben, daß letztlich Nonie einen in der Hand hat und dies eine ganz menschliche Sache, in diesem Moment ein vorgegebenes Gesetz ist – die Sache, von ihr, von Leonie, und somit von ihnen, von Leonie-und-Nonie, *als Mann* geboren worden zu sein; und dann ihrer beider Rhythmus, versteckt oder offen, im Leben, die *versteckte* Wirklichkeit ihrer Stimmungen, die Körper, die sexuellen Wirklichkeiten, die im Moment in diesem Raum vorhanden sind, auch meine – meine sexuelle Wirklichkeit für sie, meine Lebenswirklichkeit – meine *geistige* Wirklichkeit ... die Muskeln meiner Hände ... meiner Arme ... meiner Beine ... das vogelartige Ideengeflatter um meinen Kopf und in dem, was die Frauen reden ... Ich knöpfe mir das Hemd zu, pfeife vor mich hin: wie um zu sagen, daß sie mich langweilen – die beiden da. Die beiden Mütter ... Ich *werde ihnen meinen Schmerz nicht zeigen* ... ich scheiß auf sie ... Bereite etwa ich *ihnen* Schmerzen? Habe etwa ich sie mit dem, was sie nun bewegt, zur Welt gebracht? Ich lächle über die *Unterlegenheits*gefühle der beiden – und über ihr eifriges Kompensieren – sie haben ja sich und ihr Leben im Griff – und die Gefühle, die ich in ihnen geweckt habe .... Ich lächle und pfeife eine Beethoven-Melodie, aus einem der späten Quartette – Musik, die vielleicht zu hoch für sie ist, vielleicht auch nicht – Nonie erweist sich manchmal als äußerst musikalisch: sie mag Brahms und den frühen Strawinsky ... Inzwischen ebbt der Schmerz in mir ab, schwillt an und überschwemmt mich – widerwärtige Krämpfe ... Ätzende Galle in mir ... ich bin der *Hölle* nahe ... O Tod und Hölle ... Ich weiß, warum Piloten Teufel auf ihre Maschinen pinseln ... und warum manche Einheiten, schottische zum Beispiel, sich *The Ladies from Hell* nennen ... Der wahnwitzige Starrsinn, wenn der Kampf schon so lange währt, daß keiner bei Verstand bleiben kann – keiner ... Die wenigen überlebenden, noch nahezu verständigen Richter sind zweiäugig, und alle übrigen sind verblendet – mehr oder weniger. Es ist töricht, sich weiter zerreißen zu lassen ... im Kampf. Durch Frauen – durch die Harpyen – wahnsinnige Göttinnen ... Es ist blöde von einem, weiter auf seiner Geburt *als Mann* zu bestehen ... doch was kann man machen? Ich will es. Indem das sexuelle Licht schwindet und mit zunehmender Übung gezielt – undurchschaubar – einem kultivierten halbwüchsigen *Exhibitionismus* weicht und danach einer etwas schlaueren Reserve (schlauer als der *Exhibitionismus*, und weniger freundlich), kommen die *Überlebens-*

kräfte der Kriegszeit, starrsinnige *Bosheit* (eine verbreitete Erscheinung) und Teufelei zum Vorschein.

Eine Bosheit jedoch, die giftig mit der Bereitschaft vermischt ist zu *vergeben*, allerlei, ja das *Leben* hinzunehmen, kein Spielverderber, ein guter Kumpel zu sein – ach, wissen Sie, all das weckt Liebe, sogar in jenen, die höllisch darauf aus sind, dich, deinen Einfluß und deine Kräfte einzuengen.

Vielleicht erinnert man sich daran, daß Nonie gesagt hat: *Ich weiß ja nicht, wie das bei dir ist, aber ich bin glücklich* ... Oder vielleicht sagte sie das, weil du es ihr angetan hast, als du klein warst, und das war eine ganz schön mächtige Waffe. Wenn X glücklich ist, wird Y dann von neidvollen Erinnerungen an Momente verlorenen *Glücks* heimgesucht? Oder von dem Gefühl, das Glück von X übersteige alles, was Y zugedacht sei? Seine – oder *ihre* – Möglichkeiten? «Hier ist alles so unheimlich ‹sozusagen›. Ich gehe schlafen», sagt der Junge – was heißt, daß die beiden zu beobachten, sich in Gegenwart ihres Haars, ihrer Hüften und Augen aufzuhalten kein Vergnügen ist – nicht vergnüglich genug ist.

Ich bin vernichtet. Und ich bestehe aus Erinnerungsfragmenten an *Gnade* – und zwar auf vergällte, qualvoll trauererfüllte Weise. Ich bin jedoch *EIN HÖLLISCH GUTER KUMPEL* ... Nein, ganz still und leise bin ich das: ein höllisch guter Kumpel ... Und leise stehe ich auf – und strecke mich – sehr männlich – ein männliches Geschöpf, groß, dünn, jung – Sie verstehen doch? Nicht völlig eingebunden. Nicht völlig zugeknöpft. Es ist, als trüge ich vorläufig den *Overall* des Arbeiters im Stand der (maskulinen, von Erdulden geprägten) Gnade ...

Gleichsam ...

Und sie – die beiden Mittelklassen-*Mädchen* – sind irgendwie gestraft ... Ich aber bin *unschuldig*, wenn sie gestraft sind – praktisch gesehen ...

Wie bestimmen Sie den Wert eines einzelnen Moments? In einer Geschichte oder im Leben?

Wählen Sie bewußt einen Moment aus und überhöhen ihn? Indem Sie ihn wählen und ihm damit den Rang des Maßstabs, des Exemplarischen oder der Wasserscheide verleihen? Sind Sie so skeptisch und grausam wie manche junge Leute mit ihren Allüren – diesem dunklen, blinzelnden *Da sind wir nun ... und was wirst DU nun tun*? Ich meine, in den wesentlichen Momenten.

«Ist schon OK», sagte ich zu Leonie im Dunkel des Flurs mit einem halben Lächeln. Es ist schwer zuzugeben, wie unversöhnlich ich anderen vergebe. Leonie bleibt über Nacht, Leonie in ihrem Bademantel, ich in meinem – den ein Cousin mir abgetreten hat ... Ich habe das Gesicht nach hinten gewandt, für Leonie unerreichbar ... Mein Lächeln kopiert noch einmal jungenhaft die unvollkommene Stoßkraft von vorhin ... eine unruhige, unausgewogen parteiische Stoßkraft, Vergebung, Achselzucken – beharrliche Lebhaftigkeit: ich kneife sie durch den Bademantel in den Po – ein Versuch, mich human zu geben ...

Sie sieht mich ärgerlich, erheitert, mitleidig an: mit verwirrter Zärtlichkeit ... ich habe sie im Stich gelassen. Sie ist älter und verzeiht auf andere Art als ich – sie verzeiht ja *so viel* ... Ich bin mir ziemlich sicher, daß sie lügt ...

Im Dunkel des Flurs:

«Es war ideal ... Du bist einfach IDEAL», sagt sie mit rührend klugscheißerischem Enthusiasmus – fast eine wohlerwogene Freundlichkeit.

Leonie hatte manchmal eine träge, halb gelangweilte, irgendwie perverse Küßmethode. Warum das nicht vergessen? Die Bewegungen meiner Zunge im Mund zeigen, daß sie sich erinnert. Was ich sage, kommt undeutlich heraus, obwohl ich mich um eine präzise Artikulation bemühe – wie man es von jemandem meines Alters nicht erwartet: «Nein, *du bist* ideal ...» Dann: «Ich könnte nun sagen, alles sei ideal gewesen, aber welchem Zweck würde diese Lüge dienen?» Ich machte von meinem *intellektuellen Potential* Gebrauch – um Lonie in die

Kategorie der vorübergehenden Dinge zu verweisen. Ihre Miene hellt sich auf und verdüstert sich *merkwürdig*. «Jedenfalls brauche ich jetzt meinen Schlaf – ich bin im Training ...»

«Du brauchst kein Training mehr», sagte sie.

Ich schüttle müde – entzückt – den Kopf, wie manche siebzehnjährigen Jungen in der Schule, die besseren Sportler ... Ich gebe mich *alt für mein Alter* ... *So kannst du mich nicht kriegen*, bedeutet die Kopfbewegung unter anderem. Ich bin langbeinig, nacktbeinig. Ich überhole sie im Gang und spüre prickelnd, wie sie mich beobachtet und auf noch weitere Hinweise darauf wartet, wie ich als jemand, mit dem sie nicht geschlafen hat, bin.

Ich nehme dies alles mit den Nerven in meinem Rücken wahr – vielleicht mit ganzem Herzen und ganzer Seele, so wie sie nun beschaffen sind.

In meiner Erinnerung spricht Leonie nicht in echten Sätzen, sondern in recht präzisen, fast isolierten Phrasen, die ich plötzlich mit einer Deutlichkeit höre, welche ungleich größer ist als in den akuten Momenten, in denen ich sie hörte: «Was für ein Wirrwarr – echt verkorkst – wir zwei sind richtig verkorkst ...»

Sie redete irgendwie zufällig; sie rutschte und schlitterte in der Sprache herum und purzelte gleichsam in das, was sie sagte, hinein – das sah ich nun.

«Du liebst mich nicht – du bist bloß ordentlich reizbar.» Ihre Wolfsaugen glänzten vor Billigung dessen, was sie sagte: Raubtieraugen hatte sie ... Moralische Unordentlichkeit ... Die Wirklichkeit der winzigen Furt oder Schicht von Luft – schweißgesprenkelt (auf Wimpern) – zwischen uns, erwärmte, dornige, wechselhaft verhangene *Freundlichkeit* ... «Ich sollte das hier nicht tun ...»

Ich wünschte, die Erinnerungen an sie würden mich in Ruhe lassen, doch sie erigieren mich und zupfen an meiner Haut, an meinen Schultern, meinen Augen ... *Ich schätze mal, du wirst zu meinem Plagegeist des Monats* ... Der Pimmel tickte, regte sich an ihrem Oberschenkel, tickend.

Das Gedächtnis ist eine Art glühende Laterne, die brennendes, klebriges Zeug auf dich gießt ...

«Zur Hölle mit dir», sagte ich, vielleicht nur zur Korrektur der Wirklichkeit; die Erinnerung wird korrigiert, ediert ... Zuviel Gefühl verdirbt die Dinge ... *Ich wünschte, du wärst ein unbeschwerter Mensch* ... Das kann ich verstehen. Ich wünschte, du wärst's.

Wiiiie laaaaaaaaaaaaaaaaaaaaaaaaangweiiiiiiiiiiiiiilig ...

«Leonie weiß, was Sache ist: ich hoffe, du hast nicht deine Gefühle mit dir durchgehen lassen ...» Nonie, in Sekundenschnelle willensfähig, spricht ... Oder sie deutet in einem prämenstruellen Koller mit dem Finger auf mich und kreischt: ICH WILL NICHT, DASS ER EINSCHLÄFT. ICH WILL NICHT, DASS ER AUFS COLLEGE GEHT. ALLE SOLLTEN IHN HASSEN. ER IST EIN SCHRECKLICHER MENSCH ...

Und was passiert, wenn sie sich nicht beruhigt?

Oh, werde doch bitte jetzt nicht LOGISCH – hilf mir einfach: ich hab auch so schon genug Probleme ...

Nonie empfindet für alles Verachtung und ist nicht zu verführen, sondern bleibt sie selbst ... Lila sagte: *Nonie möchte ihre Chance zu leben haben – sie ist jetzt dran – ich kann's ihr nicht verübeln* ... Als Nonie älter wurde, verachtete sie ihr gutes Aussehen so sehr, daß sie sagen konnte: *Die Leute lassen sich von mir täuschen, ha-ha* ... Sie konnte nicht frei atmen. Nonie sagte, sie bereue niemals etwas, in keiner Hinsicht – *Ich bin ein guter Mensch; ich hab nichts zu bereuen* ... Wann immer ich sagte, ich sei traurig, wegen der Vergangenheit oder wegen der Lage jetzt, sagte sie schroff: *Ich hab solche Gefühle nicht; du bist ein Narr – du bist verrückt – du bist ein verrückter Mensch – alle wissen, daß du verrückt bist, und wie häßlich du dich verhältst, häßlich und verrückt – die Leute hoffen, daß du stirbst, sie würden dich gern tot sehen* ... Die Wirklichkeit stinkt irgendwie. Wieviel Schaden gedenkt Nonie als durchschnittliches, ehrbares, moralisch unschädliches Wesen anzurichten?

In den Toilettenspiegeln zu Hause und in der Schule sieht das Gesicht älter aus – mit leicht aufgescheuertem Mund und erschöpften, geröteten Augen ... verwundet ... Man hat Leonie im Kopf: das Nachher haftet einem an wie Pech, wie Teer im Sommer an den Füßen, das Unbeständige und ständig Wiederkehrende sexueller Erinnerungen: nie chronologisch – nie exakt. Das Ausmaß des Verlusts, die Stärke der Präsenz kann einen wahnsinnig machen. Man liegt nackt im Bett, jedoch eigentlich auf der Wohnzimmercouch, die aber plötzlich der Schauplatz verschütteter sexueller Reminiszenzen ist: dieses *Zeug mit Leonie* ... Dann sitzt man in der Klasse, Stunde um Stunde, als *obszöner Junge, der mit seinen sauberen Kleidern aussieht, als hätte er eine Familie*: seine Augen stechen trüb hervor: ich steche trüb hervor, langgliedrig, schmerzhaft *obszön* .... ein amerikanischer Junge aus dem Mittelwesten mit langen Wimpern und obszönem, enorm zersplittertem Gedächtnis.

Hat sie wirklich gesagt: «Deine Adern sind so flau?» Bestimmt habe ich mich verhört. Ah, blau – blau – blau – königlich? Mißhandelt? Überschattet – wie bei Homer das Meer – die Lehrerin redete gerade über Homer: mit halbem Ohr hörte ich sie etwas daraus sagen; ein Home-Run beim Baseball-Spielen. Ich knalle heftig – oder tauche – in schräg einfallende Schübe hitzig wiederkehrender Empfindungen – lapidarer innerer Anstöße, sexueller Erinnerungen: *«Ich glaub, du BIST Franzose ...»*, oder so etwas. *Weißt du was? Ich komm glatt in Schwierigkeiten, wenn du den Sinn für Humor verlierst* ... Meine Güte, was für eine komplizierte Idee. *Wiley – Wiley – Wiley-Schatz – Wiley – SCHWUPP-DI-WUPPS* ... Sex-Töne als Unsinn, der alles swingende Gequatsche jenes Kriegsjahrs in den Schatten stellt? *Im wirklichen Leben weiß ich ja gar nicht, wer mich liebt und wer nicht . . . wer sich über mich lustig macht und wer nicht . . .*

Könnte ja sein, daß du ein schwacher Mensch bist . . .

Augen, Eier, Eichel, Magen und Hirn schmerzen – ich habe traurige, blöde, trübselige Glotzaugen – und ein Mädchen namens Sally Brown, die hübsch und blaß ist und große Brüste hat, fängt ausgerechnet an diesem Tag plötzlich an, mich zu mögen, und ich verhalte mich unheilvoll nervös und eigenartig: sie weint . . . Vieläugig, wie ich bin, sichte ich die gekränkte Sally und Leonies unbedeutende Knutsch-Orgasmen . . . Präorgasmen . . . mein eigenes mäßiges Getröpfel . . . Lebenstatsachen: Ausloten der Tiefen: Ersticken: Tod: Entkommen. Und der wiederkehrende Schrecken der Erregung. *Worauf läßt das schließen? Worauf läßt das schließen?* Auf ordinäre Verliebtheit und eine gewisse Resthitze . . .

Wenn ich versuche, mich in Nonie hineinzuversetzen, o mein Gott, wieviel lebhafter, aber splittriger ihr Bild vom Krieg doch ist, als meines war; wieviel intelligenter und scharfsichtiger sie andere Frauen betrachtet; wie raffiniert, aktiv und unvermittelt sich Neid, Verachtung und Wärme-Kälte in meiner Brust einstellen . . . in meinen *Brüsten* . . . Wie stark ich bin . . . *Solide* (und in meinem innersten Wesen entsetzt) bewege ich mich inmitten der *Überlegungen* süßer Mädchen, süßer junger Frauen einher, scheu, eigensinnig, hübsch frisiert, als gäbe es da etwas in mir, das mich von ihrer Ausstrahlung isoliert, sogar wenn sie anwesend sind – ah, wie tragisch warm ich doch bin, wie nah daran, mich vor Fürsorglichkeit zu zerreißen. Zutiefst empfundene Schmähung, Hysterie: *diese leicht befriedigten Biester . . . Mädchen . . .*

Wie unbeobachtet ich doch bin, wenn ich so Nonies Maske trage. Meinem aufgebrachten Gefühl, nobel Wagnisse einzugehen, soll bloß niemand in die Quere kommen – besser nicht . . . Als Geist, jedoch als ein realer, habe ich ein stolzes, schlüpfriges Gespür für meinen Körper – und für seine Bewegungen, die mir eine Intimzone schaffen – wie es ein Pelzmantel täte. Die Füße, die Knöchel, das mädchenhaft Frauliche: das Knabenhafte: die Gier: die intrigante Geselligkeit – die intensive, silbrig-geisterhafte Liebenswürdigkeit meiner *hinterfotzigen* physischen Präsenz ... Ich meine mich daran zu erinnern.

Ich – als Nonie. Wenn ich sie bin, habe ich bei meiner Furcht vor konkreten anderen und deren Ambitionen – als reale Menschen – etwas von verwegenem Widerstand in mir – wie gegen nahende Reiterscharen – gegen diese *Mongolen*, diese *Barbaren* – und dann die unverlegenen, ungehemmten Züge einer aktiv unerschrockenen Person: mein Ehrgeiz explodiert, und implodiert auch – allwissend, allgegenwärtig ... Ich bin Kämpferin wie sie, gelenkt von zufälligen Ereignissen, von strategischer Kühnheit und dergleichen. Ich bete. Ich bin couragiert. Ich bin hübsch.

Nonie sagte: «Ich rechne damit, daß ich beim *Ende der Welt* dabei bin ...»

Wenn ich all meinen Willen, all meine Präsenz als Träumer-Tyrann Leonie oder irgendeiner Sache entgegensetze, dann werde ich im wesentlichen zu einem umschließenden Universum, in dem nur ein Geist sich erinnert. Nur ein Geist die Räder des Schicksals bewegt.

Ich kann mich erinnern, daß ich mich in meiner Vorstellung Mädchen als unbeugsam Wünschender präsentierte, dann als liebenswürdig Wünschender und als Wahnsinniger; sogar vor mir selbst, denn es gehörte zu den imaginären Unterhandlungen mit dieser Macht, daß ich abgewiesen wurde, dann litt und dann noch mehr darunter litt, daß dieses Leid echt war und nicht verging, sondern anhielt. Ich habe nun ein echtes, unzulängliches Leben.

Die zerknitterte, vaginal zentrierte Landschaft der neuen, schlecht unterrichteten sexuellen Empfindsamkeit des vernarrten Jungen liegt in seltsam heißem, ja glühendem Licht da. In verwirrten Übergriffen Mädchen wahrzunehmen bringt ihn leicht zum Schwitzen und macht ihn dann paradox kühl: rebellischer Genuß ... in einer sonderbaren Phase der perönlichen Geschichte. Teile meiner selbst schottete ich ab – damit sie nicht verbrannten –, ich verschloß so viele, daß ich in der Keuschheit ein Mittel sah, den Intellekt zu fördern, weil einem so mehr geistige Kapazität zur Verfügung stünde ... Man glich somit einem Kriegsschiff mit dichtgemachten Schotten, während die Sexualität illegal in mir dahinfloß ... ein zähes, milchiges Gewässer unerwünschter Erinnerung ... mit Strecken voll heimtückischer Strömungen ... Ich ersticke ... Meine Schultern und mein Hintern sind mir *peinlich*. Einsam, roh, auf zuverlässigem Grund. Einen normalen Tag durchschnittlichen Wahnsinns – durchzüngelt von Übelkeit erregenden Momenten aufflackernder Sexualität – *du bist so sexy*, sagte Sally Brown – zu überstehen, dazu bedarf es einer gewissen Technik.

Und doch ist vieles an mir noch umhüllt, im Knospenstadium – strikt verborgen ist die Macht: des Amüsements, des *Hübschen* ... der sexuellen Völlerei, um die man nicht *wissen* konnte, ohne sie zu leben – und somit mochte es für vieles von dem, was vorging, was zwischen Menschen vorging, Anlässe geben, es mochte wirklich existieren und dennoch keinen Namen haben.

DAS FINALE

Remsen

Ich bin mit Remsen in dessen Zimmer. Vor dem Fenster (der einen Wand) sind am Rand eines größeren vorstädtischen Gartens zwei Pyramidenpappeln zu sehen, grüne Ausrufezeichen; und man sieht das rote Ziegeldach einer Garage für drei Wagen; während vor dem Fenster in einer anderen Wand eine akkurat beschnittene Ligusterhecke, im Dienste der einen oder anderen Rückzugstaktik, den seitlichen Gartenstreifen von der geteerten Schneise der St. Louis Street trennt, unter einem Himmel mit ziehenden Wolken, die – sehr fett, King-Cole-artig, sehr weiß – stillzustehen scheinen über einer Stadt aus geduckten Gebäuden, die sich in Schatten-getönter Prozession, Dach um Dach in seltsam pudrigem Licht von beachtlicher Schönheit vor den gesetzten, kritischen, scheinbar übersatten, erstaunlich souveränen Dunstschwaden in der Luft sanft dahinbewegen.

Ich weiß nicht, warum aus meiner Sicht die Wolkenschatten stillstehen und die Straße samt den Dächern ostwärts zu treiben scheint. Auch nicht, warum von dem wolkenbesetzten Kritikerpodium über dem Haus Licht herabsinkt und das Haus, in dem ich mich mit Remsen befinde, in einen wolkenlosen, stetigen Schimmer hüllt, der fast schon Glanz ist.

Remsen hat blaßblaue Augen, recht deutlich kontrastierende Lippen – rosig und gewellt – und dazu dichtes, sehr dunkles Strubbelhaar. Ein verstrubbelte, eine vorstädtisch-byroneske Seele?

Und dann ein Äußeres – mehr als nur ein Äußeres, die einigermaßen aufrüttelnde Persönlichkeit eines, in meinen

Augen, fast schmerzerregend athletischen jungen Mannes: so mächtig gebaut und so großgewachsen ist er, so jung – siebzehn –, daß mich die Erinnerung daran ganz unruhig macht, während es damals zwar ziemlich heiß, aber nicht beunruhigend wirkte: die durch Sport veränderten physischen Proportionen – der kräftige, pulsierende Hals, der junge, aber breite Brustkorb, die (ziemlich) mächtigen Arme, seine neue, jugendlich dichte Behaarung – eine frühreife Physis.

Frühreif sind auch seine Belesenheit, seine Bildung, sein geschulter Verstand. Über die Abgründe der physischen und intellektuellen Persönlichkeit – Wahrnehmungen, Erkenntnisse, Schreie der Entrüstung – gleitet das ziemlich raffinierte Floß eigenwilligen Ermessens – die Eitelkeit wird hier durch wissenschaftliche Meßmethoden gezügelt: meine Noten sind besser; X hat stärkere Arme. Y sieht besser aus.

Er scheint einen seetüchtigen Charakter zu haben oder einen seetüchtigen mathematischen Schlüssel zur Realität, zu Gefährdung und Courage und ein seetüchtiges, mathematisches Innenbild von sich, in das er hineingewachsen ist – mit Beinen, Mund und Strubbelhaar, von Kopf bis Fuß –, und daher müssen seine Eitelkeit, ein psychisches Merkmal, und sein Ehrgeiz, der zwar eine Gegebenheit ist, in seinem Fall jedoch viele faule Stellen von Kapitulationen aufweist, etwas mit Seetüchtigkeit zu tun haben.

Sein Blick jedoch, ein geistiges Merkmal – unkorrupt und von meinem Blick verschieden –, sein beachtlich gutes, gefroren warmes Aussehen – es *(er)* ist vollkommen unabhängig; nur ein einziges Schiff bewegt sich auf seinem Ozean, abgesehen von Teilen eines Wracks, Fragmenten, Meßinstrumenten ...

Vorsichtig, eigensinnig – nicht heimlich gebremst – , wie er ist, nicht ganz und gar effizient zu Lande, nicht einmal auf seinem einsamen Ozean, gilt er – trotz des oben Gesagten, trotz seiner wohlhabenden Eltern – nicht als *attraktiv*: er ist reserviert – nun, um im Bild zu bleiben, er segelt einsam seines Weges, und er ist scheu, sogar abweisend, jedoch der Kapitän des Schiffs, verwöhnt, selbstsicher, auf einmal wieder gar nicht scheu, fordernd, fordernd gesprächig, allzu gesprächig, allzu dreist, allzu hochmütig, allzu selbstsicher – ein verwöhntes Kind, heiß umfangen von eisigen Dämonenklauen – taumelnd auf dem Haufen jungen Geldes (*frisch aus dem Slum gestiegen*, sagte Lila) – er ist so schwierig, so überaus launenhaft, daß nur ich ihn mag. Dieses Erfassende, das er an sich hat – es gleicht einer Speisekarte (oder sonst einer Liste), die er, wenn er um einen wirbt – um mich, will ich sagen –, mir lässig vor die Füße wirft, und ich kann dann wählen, ob ich so klug sein will, ihn kennenzulernen, oder so töricht, mich ihm zu entziehen – so scheint er einen zu umwerben, oder das fällt mir ein, wenn er um mich wirbt.

Ein spät-adoleszenter männlicher Charakter, der nicht ich ist und der überdies in anderen Milieus, Umgebungen und Bereichen herangewachsen ist, als ich sie kennengelernt habe, und der physisch, sozial und ökonomisch anders situiert ist als ich.

Bei seinem Denken, seinem Marxismus (dem jener Ära und im Kopf eines gescheiten Siebzehnjährigen: er war zwei Jahre älter als ich), bei seinem Freudianismus – er ging dreimal in der Woche zu Sitzungen bei einem Analytiker, einem Flüchtling, einem rigiden (rigide programmatischen) Seelenarzt, physisch abstoßend, jedoch ein Mann, der sich des Banns, den er letztlich ausüben würde, und seiner Macht über die Phantasie anderer und über meinen außerordentlich einsamen, eitlen Freund gewiß war: einen weiteren Arzt, der Remsen behandelt hatte, seit er dreizehn war, betrachtete er als exemplarisch für irrigen Umgang mit der freudianischen Lehre und der Neurologie (im Jahre 1944); und das Fortleben (und die Verschlimmerung) der amerikanischen Eitelkeit, des Konkurrenzgeistes und des *Schmerzes* in ihm machte aus ihm – er war ein unglücklicher junger Mann. So fast unglaublich verwöhnt, ichbezogen, verschlossen und voller Sehnsucht war er – so gut kannte er die Welt und so fern war er ihr, obwohl er in ihr rang – er war Ringer, Bergsteiger, ein unermüdlicher Sportler untypischer Art: voller Verachtung *dafür* (für seine Sportlerexistenz, für den Sport oder für die Welt: fast schon ein Tic, in *allem nur einen Witz* zu sehen) – eingestandenermaßen war er vorläufig nur einer Sache nicht gewachsen: der Korruptheit der Schule und der Notengebung – das heißt, seine moralische Überlegenheit, sein Stolz war so ungeheuerlich, daß man ihn schon nicht mehr als luziferisch bezeichnen kann, sondern nur als total: es war der Stolz eines Absolutisten: die vier Enden des Universums sind darin aufgrund einer eigenwilligen Konstruktion des Erkenntnisvermögens enthalten, jedoch nicht ganz wahr.

Sein Erkenntnisvermögen bewies seine Präzision als Navigationsinstrument auf jenem Ozean, auf dem er das einzige Schiff, der einzige Kapitän war, ein Meer, das ihn hervorgebracht hatte, weil seine Existenz dies der Realität irgendwie abgefordert hatte; diese präzise Ortsbestimmung funktionierte in direktem Bezug auf die *extreme* Korruptheit von allem, was irgendeine Unrichtigkeit an seinem totalitären System konstatieren sollte.

Ich meine, man stelle sich nur einmal die *Verachtung* vor, mit der er alles bedachte, das einem nicht-freudianischen Kapitalismus zugehörte.

Doch, Remsen hat *Verstand* – der aber befindet sich nicht ganz am richtigen Ort (obwohl er meint, er habe präzise navigiert) und wird hin- und hergeworfen. Remsen ist in der Tat ein herausragender Mensch: ein einsames, gepeinigtes, sehr gut und eine Spur erschreckend aussehendes Geschöpf von phänomenaler Scheuheit, überragender Begabung und verschrobener, unbarmherziger, kalter, nervöser Wahrnehmungsschärfe, abwechselnd halb in Panik und grandios überlegen, dabei düster amüsiert.

Kalt ist er sich bewußt, daß sein Aussehen Ansichtssache und nicht unbedingt ein Erfolg ist, doch so ganz glaubt er dies nicht immer: dazwischen hat er verträumte Phasen, in denen er sonderbarerweise so sehnsüchtig wie kalt vom Verlangen nach utopischem Sex, vollkommenem Vergnügen, vollkommener Schönheit und so weiter erfüllt ist, was seiner Überzeugung nach Menschen mit etwas Glück alles hier auf Erden erlangen können.

Diese Träumereien fallen eigenartig *symbiotisch* (eines seiner Lieblingswörter) mit vage halluzinatorischen Phasen energischer physischer Aktivität zusammen – mit Ausflügen und Wanderungen oder Hallensport, Ringerwettkämpfen und dergleichen. Seine körperliche Stärke und sein Reichtum machen ihn nicht demütig: vielleicht verfügt er über beides eher nur vergleichsweise und mit gewissen Schwankungen. Als Werbender ist er sehr demütig, aus Freude, daß er sich etwas wünscht, vielleicht, und vielleicht sogar ein wenig kribbelkrabbelig und provozierend – oder gewunden – es ist komisch ...

Und dann hat er einen Hang zu Besitzansprüchen und raschen Rückzügen davon: er besitzt meine Aufmerksamkeit – und dann wird er sarkastisch und kommt mit vernichtend intendierten *Kritiken* an meiner Fähigkeit (und derjenigen anderer) zur Freundschaft, und er kommt einem mit eigenartig kalten Akten des Verrats – geht an einem vorbei, obwohl man guten Tag sagt –, häufiger jedoch sind es Akte des Verrats an sich selbst, da er ja das einzige Schiff auf See ist ...

Er unterhält sich nicht ernsthaft mit einem. Er und ich, wir führen *«intelligente Gespräche»*, aber keine *«ernsthaften Gespräche»* – für diese Dinge hat er eine differenzierte Terminologie, die er zum Teil aus seiner Lektüre, zum Teil aus seiner Analyse bezieht, und aus seinem Nachdenken darüber, wie alles sein sollte. Unter utopischen oder zumindest unter solchen Umständen, die ihn glücklich machen, oder hinlänglich glücklich.

Grinsend, sein ansehnlicher Blick kurios im Irgendwo, schief oder schräg, nach irgendeinem Brauch – sei es nach dem männlichen oder dem von mir und ihm, dem seines Pulses in diesem Moment, der so pulsierend voranrückt, wie es der Zeit so kurios eigen ist – sagt er *leichthin* – eindeutig geht es hier um eine Frage der Einstellung –, wir seien nicht homosexuell und spielten keineswegs mit homosexuellen Dingen herum ... Was mir als willkürlich und als Frage der Benennung erscheint, in einem anderen Sinne aber, indem es nämlich die Tonart für Gefühle bestimmt, ist es auch wahr.

Wenn dir jedoch die Idee, Zuneigung zwischen männlichen Wesen könnte *romantisch* sein, ganz fehlt und du davongehst, ohne dich zum Beispiel um des anderen *Eifersucht* oder um dessen, um sein Bedürfnis zu scheren, dich zu sehen, dann wird er wütend, bedauernswert und einsam. Er kommt beim Mittagessen in der Schule zu dir herüber und berichtet dir, wie er dich verraten hat – an einen Arzt oder jemanden, von dem du nie gehört hast; ein flüchtiger Bekannter, der dich durcheinanderbringen soll; ein Verrat, den du gar nicht bemerkt hast; ich hatte nicht gewußt, daß unsere Freundschaft, die zwischen ihm und mir, so weit ging; dann blitzen Gefühle in ihm auf, sein Blick erglüht, wird fast rotleuchtend – es glimmt darin etwas – und sein Mund glitzert – nicht bloß die Zähne zwischen den barbarisch gesunden Lippen, sondern die Rundungen der Lippen selbst, von so etwas wie Spucke, das, wenn du älter geworden bist, vielleicht andeuten wird, was ihm gefallen wird, wenn er älter geworden ist und noch lebt; und er errötet, ganz von selbst, ein Bekenntnis gewissermaßen; und, im wirklichen Leben, ein flüchtiger, glanzvoller Auftritt – er fühlt sich davon verraten – vom Leben, zum Leben. Er kann die Schlüssel zu einem scharfen Wagen haben; ihr fahrt mit falschen Kennkarten darin spazieren und landet in einer heißen Bar, wo es Huren gibt, oder dergleichen – und die Gefühle wuchern und gedeihen; und du besprichst sie mit ihm – intelligent, aber nicht ernsthaft ...

Er ist ein guter Freund und brauchbarer Gefährte –

manchmal (wenn er sich danach fühlt oder dazu inspiriert ist – oder wenn ich ihn dazu verführt, es ihm entlockt habe) oder für lange Zeitspannen, weil es unter Intellektuellen während des Krieges Mode ist, das zu sein, oder sein Seelenarzt ist davon beeinflußt und meint, es tue Remsen gut, und der nimmt dies an; der Arzt drängt ihn, mir gegenüber ein anständiger Kerl zu sein. Oder seine Eltern lieben ihn auf eine Weise, die es ihm nahelegt, sich mir zuzuwenden – oder mich unverhohlen zu «lieben» –, oder es liegt entweder an seiner Mutter oder seinem Vater, und einer von ihnen drängt ihn dazu. Remsen ist nicht musikalisch, nicht zärtlich, eigentlich nicht talentiert, aber sehr intelligent, ein trauriger Junge, dessen Leiden sich, wie ich glaube, irgendwie manisch-depressiv auf ihn selbst konzentriert: keine Diagnose, die ich damals gestellt hätte oder zu stellen imstande gewesen wäre, aber ich hatte ein Bild von ihm und behaupte nun, es war das von jemand, der sich selbst obduziert – ein bißchen so, als könnte eine Tulpe sich im spirituellen Wind selbst zerpflükken.

Wenn ich mich schlichter Begriffe bediene – wiederum nicht solcher, wie ich sie gewöhnlich verwendete, als ich jung war, sondern eben solcher Begriffe wie *Ehrgeiz*, *Liebe*, *frühkindliche Weltentdeckung*, *kindliche Entdeckung der Sprache*, *menschliche Lebensstunden* und *der Verlauf des Lichts* – ich habe das Gefühl, es gebe etwas unermeßlich Weites in ihm – nun ja, lassen Sie mich das Bild des Meeres meiden und statt dessen den realen Fluß nehmen und einen Jungen, der dort um einen Vater trauert, jedoch weniger über den Tod des Vaters als über dessen Wirklichkeit – und über die Lebenswirklichkeit des Vaters; und lassen Sie mich die auf die vielfältigen Bewegungsformen, das Erblühen und Dahinströmen, Verwelken, akrobatische Wirbeln und Salto-Schlagen der Zeit in diesem rastlosen, unaufhörlich bewegten Universum übertragen, in dem der Junge selbst aus verwandten, cousinartig verwandten Bewegungen besteht – dieses andere männliche

Wesen, vielleicht ich – da ich mir vielleicht nur einbilde, ich sähe ihn – die Unermeßlichkeit oder Vollendung der Dinge, gewisser Dinge – wie der Geburt zum Beispiel oder der Ruhelosigkeit einer Stunde, wie sie bebt, flimmert, gleitet, mit den Flügeln schlägt, sich niederläßt, krabbelt, wuselt, wieselt – das unendlich geschwungene (wie ein Flügel) Universum einer Stunde, die sich hier, dort, zum Saturn, zur Milchstraße, zur Nacht auf der anderen Seite des Erdballs hin erstreckt – die ist mit dem Ich verbunden wie die Finger, wie die von kleinen Knochen langgezogenen, mit Sehnen genähten, von Muskeln gebogenen, mit Haut umhüllten Finger der geheimnisvollerweise kindlichen, dann jungenhaften Hand – jedoch für den Geist als absoluter Idee, als einer Idee von absoluten Dingen einschließlich des Ichs, so daß man in gewissem Sinne das All, die ganze Wahrheit in einem murmeln fühlt – als wäre die Zeit, obwohl man gar nichts davon weiß, Gott – oder man weiß es, leugnet es jedoch, weil man sie nicht steuern kann.

Und die Anstrengung, all dies zu steuern – es so unter die Gewalt der eigenen Launen zu bringen, wie man mit seinen Launen die Gefühle und Zuwendungen seiner Eltern, seines Kindermädchens, seiner selbst erzwingt, und so unter die Gewalt der eigenen Gebete zu bringen, wie man mit seinen Gebeten, seinen Wünschen und Träumen die Zuwendung des Alls, des großen, gewölbten, brütenden, dahineilenden Universums erzwingt und steuert – führt ihn zu solchen Spielen, die – wie jene von Jass – oder von Nonie – oder wie auf andere Weise meine – die Eroberung jener letzten Finalität oder Ganzheit zu bewirken suchen: aufzutauchen und zu fliegen ist, trotz des Widerspruchs, der darin liegt, inmitten von Reglosigkeit über Bewegung zu verfügen, nun nichts Logisches für ihn – ist launisches Gebet, und er ist der einsame Beter, der Kapitän der Hinwendung zum Sinn – durch Zeitlosigkeit zu fliegen, die er steuert und in der er, um einen Begriff zu verwenden, den ich *damals* wohl kaum verwendet hätte, die

Korridore der Zeit oder den Fluß entlang oder durch die verschlungenen und sich überlagernden Tulpen und Kelche diverser Jetzts nach Dann zieht, persönlich unbewegt über alles tilgend hinwegzieht, in einer paradoxen Manie der Reglosigkeit, der Verstocktheit eines Kindes ähnlich, dem Niederschreiben-von-Wirklichkeit – so daß er ein sehr, sehr ansehnlicher suizidaler Depressiver ist – in einem Koller von Gottesverachtung, Zeithaß, oft kaum noch fähig, einen Grund zum Fortfahren, zum Weitermachen zu finden, zum Weiterleben in der Hast und Bummelei, der schwirrenden Wichtigtuerei der eigensinnigen und fremdgesteuerten, unnachsichtigen Bewegungen der Zeit.

Sein Geist aber gleicht einem Kraken mit Händen, von denen manche so weit wie der Fluß sind und andere vor Theorie so untergliedert wie Skelette, und alle getrieben von dem Willen, dieses und jenes zu erfassen – wie im Märchen oder in einem naturkundlichen Dokumentarfilm in der Schule –, jedoch nicht eigentlich theoretisch, sondern unter Einbeziehung von Geburt-und-Identität – seiner eigenen natürlich – und seines blühenden Flugs auf den Tod zu, wobei er die schmale persönliche Bedeutung als wahrhaft weite Ebene und als Voraussetzung, als Basis aller Erörterungen ansieht und somit über eine sehr große Anzahl von brauchbaren Ideen, fast von Wahrheiten verfügt – zur Sexualität beispielsweise, und zur historischen, oder zur dialektischen Analyse: marxistische Ideen zu Gerechtigkeit und sozialen Klassen, eine freudianische Auffassung von persönlicher Wirklichkeit; doch alles ist durch sein persönliches Wesen verzerrt, durch kindlichen Ehrgeiz, Zorn, das Trauma, im Licht der Realität dem Grenzenlosen nachsetzen zu müssen.

Nun versteht es sich von selbst – und damals war es nicht anders –, daß so viel Zeit für Beschreibungen aufzuwenden, Worte und Gedanken in solch ausgedehnte, komplexe Metaphern zu fassen bedeutet, daß man jemanden liebt. Remsens Versuch, die Wahrheit zu steuern und der *Zeit* Gehorsam beizubringen – die Willenskräfte erscheinen heutzutage mehr wie Elemente einer Wissenschaft denn wie von Zauberei – endet damit, daß er imstande ist, mit mir, mit meinen Gefühlen fertig zu werden: er kann mich ein wenig verführen; er kann meine Liebe steuern – nicht endlos oder zeitlos, nicht einmal unerschöpflich, jedoch oft und wiederkehrend – es ist nicht wahrscheinlich, daß dies das Kommando über das Universum ersetzen kann, doch das tut es manchmal ... was, wie Sie sehen, besagt, daß er mich in gewisser Weise liebte.

In gewisser Weise.

Dieses Zeug, diese Dinge – die ich da ausgesprochen habe, diese geistigen Momente, diese umgebogenen Ecken der realen Welt – irgendwie sind sie, vorübergehend, heilsam, therapeutisch wertvoll – lebenserhaltend ...

Doch ich glaube, wir alle wußten das, als wir Heranwachsende waren. Ihn, bei seiner Art von Verstand – ihn als intellektuelle Schöpfung, unter anderem eine der als absolut verstandenen Sprache, einer lokal zulässigen Sprachauffassung – ihn mit seinem unvermeidlichen Gefühl, der Zeit gegenüber zu versagen, ihn macht reale, mit einem Zeugen verbrachte Zeit, ihn machen Ideen, die ihn interessieren, zugleich auch traurig, sie erregen ihn – den Depressiven –, weil sie ihn ein Happy-End, endgültige Macht erahnen lassen; und sie sind interessant an sich – als geniale Werke – und andererseits, bestürzenderweise, bitter betrachtete Spielzeuge, Mobiliar eines Kinderzimmers von Welt – die Ausdrücke, die unter Leuten wie uns für diese Dinge gebräuchlich waren, habe ich vergessen, nur die geringschätzigen nicht: *mehr Grips, als ihm guttut ... launisch, sehr gescheit ... kein unbeschwerter, glücklicher Mensch ...*

Mein Vater hatte jedoch zu dieser letzten Kategorie gezählt, er war weder unbeschwert noch besonders glücklich gewesen: er bewegte sich auf diese Befindlichkeiten zu und um sie herum, über und unter ihnen: sie stellten jede eine Achse, einen Gipfel, eine Rasenfläche dar, im Sonnenschein oder im Dunkeln: ich hatte *immer* das Gefühl, er habe diese Kategorie gewählt. Und andererseits hatte ich das Gefühl, daß einzelne aus dieser Kategorie *natürlich* ihn gewählt, ihren Willen, ihre Regeln geltend gemacht hatten: die irdische Schwerkraft hatte ihn hie und da erfaßt.

Wegen der Redeweise meines Vaters verwechselte ich im Kopf – ein bißchen wie die drei Grazien auf Photographien von Gemälden, oder wie eine erotische Vorstellung von den Musen – die Wörter Lutscher, Honigsauger und Honigsack ... Verachtung, Nahrungsaufnahme und die berauschenden Reben Gottes, die einen zum Zeugen verlocken, hatten sich für mich vermischt.

Ich erinnere mich an Remsens bittere Abhängigkeit von jener Güte, die einem Säugling gilt, an ein Säuglings-(oder Händler-)Moment in Ideen, die er bewunderte: *Aber das liegt doch nur daran, daß du dich dadurch gut fühlst*, sagte ich etwa; und er sagte: *Das ist die reine Folter als Idee, Wiley – ich fühle mich davon gefoltert* – und ich sagte: *Ach, du willst doch bloß die Oberhand behalten; ob wahr ist, was du sagst, ist dir ja ganz egal.*

Und in seiner Lektüre suchte er den törichten Säuglingstrost – oft ließ er sich auf eine Art Betrügerpakt mit den Schriftstellern oder Philosophen ein: er würde mogeln wie sie, mit Trost (und Steuergewalt über das Universum) Handel treiben wie sie. Von Jass, der Protestant war, und mir, adoptiert und all der übrige Mist, unterschied ihn eines sehr: er war nie puritanisch; ein harter Arbeiter, aber nie puritanisch. Diese Seite von ihm – partiell mit Trost versehen, verführerisch tröstlich – ein Betrug – doch im Rahmen eines Pakts – seine Vorstellungen von *Größe* – und von sexuellem Wohlbehagen jetzt – als ob Sex von Zeit und Tod zu trennen wären – wie unsere kuriose, sehr kuriose Freundschaft – oder unsere halbe (mal so, mal nicht so) Liebesaffäre – nicht homosexuell, aber eine Spur zum Freistil hin tendierend – diese Seite von ihm kam mir enorm ungewöhnlich vor – sogar wenn ich sie plötzlich satt hatte und es langweilig und *ganz wie in der*

Familie fand, wenn er auf einmal unzugänglich wurde und mir die ganze Sache (er, sein Denken, sein Aussehen, sein Wille, seine Zuneigung) als komplett untauglich erschien, so daß man ihn als *suizidal* empfand, obwohl man ihn weder in Gedanken so bezeichnete noch dieses Wort häufig gebrauchte, wenn überhaupt, außer in Witzen.

Die Speisekarte – die Auswahl –, die er anbot (Trost, vorenthaltener Trost, Grausamkeit, Gehorsam, Hohn und so fort), entsprach dem Angebot von jemand, der einen merkwürdig exotischen Hintergrund aufwies, da er in einem Slum aufgewachsen war und sehr gutaussehende Eltern hatte, deren sexuelle und gesellschaftliche Existenz ihm nie sonderlich konkret vor Augen stand – er sah sich nie als Anhang ihres Lebens und sie weder als Laub, von der Zeit raschelnd dahingetrieben, noch als Wesen, die aus eigenem Willen in die Zeit hinein und in ihr vorwärts eilten – er hatte später in einer schon weniger slumähnlichen Gegend gewohnt, und dann waren seine Eltern «reich» geworden und hierhergezogen, in die Vororte – nach University City. Noch immer fährt er ab und zu in den Slum und den Semi-Slum zurück und besucht dort Leute: vielleicht versichert er sich seiner Wurzeln – er kehrt zurück – er hat es erwähnt, mir aber nicht beschrieben: zum Beschreiben ist er weder intellektuell noch emotionell begabt – er klammert sich zu starr an seine gelegentliche, potentielle Gewalt, über das Universum zu bestimmen – er erzählt mir nicht von seinen Ausflügen in die Vergangenheit, aber gleich danach wird er immer scharf. Irgendwoher – aus seiner Vergangenheit in den Slums, aus der Analyse jetzt und von seinem Arzt, aus seiner Lektüre und dem, was er in der Schule sieht – hat er die Vorstellung, eine Idee von echter Liebe-und-Freundschaft zwischen Männern bezogen, etwas Notwendiges, jedoch Unklares für ihn – er ist so blind wie Samson in Gaza – er hat etwas vom Helden, er ist partiell ein Mann (ein junger Mann) – überaus stark, halb ein Gefangener, überaus gefährlich – und für heilige Botschaften (sozusagen) empfänglich – und er hatte eine Vorstellung von der Einsamkeit – von neudurchdachter, in einen Vorort verpflanzter Entfremdung – und von Verzweiflung, von *acedia* – modern, nicht unbedingt christlich gedeutet, jedoch fest der Idee von Gottes Abwesenheit in irgendeinem physischen Sinn verhaftet, was implizierte, daß es nur sie beide gab, wie auf dem Fluß – oder wie im Traum – jedenfalls, wenn ich so dahinrase, wie ich auf meinem Fahrrad – unter Bäumen, unter dem weiten, kolossal schönen, wahrhaft unermeßlichen mittelwestlichen Himmel – aufgrund all dessen war Intimität mit ihm leicht und durchdringend-möglich – sogar am Telephon – mehr aber noch in seiner Gegenwart und noch viel mehr an Orten wie bei ihm zu Hause oder im Wagen seines Vaters, den er benutzen durfte: wo er der Besitzer war; wenn wir uns gleichsam in seinem Kopf befanden und er ruhelos am Denken war – uns träumte, zuließ, daß es uns gab, jedoch bis zu einem bestimmten Grade einen unabhängigen Willen in den Traum einließ.

Diese Intimität war nicht vertraglich vorgesehen – sie hing auch nicht von irgendeinem privaten Sakrament ab. Sie hatte nichts stark Konspiratives – wir gegen die Welt. Sie war nicht eigentlich gefühlsbetont, nicht so wie in Opern oder in szenischen Lesungen von *Romeo und Julia* oder in Büchern, die von Jungen in englischen Privatschulen (jedoch *Public Schools* genannt) handelten ... Das mag jedoch an mir gelegen haben.

Großenteils bin ich so jemand – und partiell wußte er dies, vergaß es aber oft oder übersah es – wie ein Jäger oder Wissenschaftler im Hinterhalt und daran interessiert herauszufinden, was außerhalb von mir wahr ist: was die Ameise tut, wenn der Schatten meines Kopfes nicht auf sie fällt; oder was im Wald passiert, wenn ich mich wie ein umgestürzter, zum Teil vermoderter Baum verhalte ... Es interessiert mich, was in Remsen ich steuern kann, mittels meiner Intelligenz, meiner Rolle(n) in der Schule, meines jetzigen Aussehens, meines gesellschaftlichen Status (soweit ich einen habe) und meiner soziosexuellen Gewitztheit in einer Männerfreundschaft – oder im Hinblick auf diese Dinge; ich interessiere mich jedoch auch für die Welt jenseits der nicht vollkommen gläsernen Glocke meiner Existenz, jenseits der von meinem Atem getrübten oder vor Inschriften oder vor Hoffnungen und Willensimpulsen milchigen Scheibe; und ich erlaube mir eine Beobachterpassivität und gelegentlich Momente der Präsenz, in denen ich träume, mich jedoch in eine Art Dickicht oder in Löcher darin hineinträume, oder in einen heiligen und gleichsam durch Gitterwerk abgetrennten Bezirk im Schädel, so daß das Licht der Realität (des Moments) und das natürliche Licht, welches die künstliche Lichtquelle des Geistes eines anderen wirft, wie durch Laub hindurch und von Schatten gesprenkelt, dorthin dringt, wo ich bin, hier drinnen.

Doch oft vertue ich mich – rutsche in Eifersucht und Egoismus, Eigensinn und ganz persönlichen Ehrgeiz hinein, und nicht nur weil dies Gegebenheiten oder Ausgangspunkte wären, sondern ich tue es bewußt, um mich am anderen zu rächen; und meiner Passivität wegen schreibe ich mir dann dreist ein allzu großes Maß an Unschuld zu, wobei ich vergesse, daß der Ruf, den man besitzt, sowie die physische Existenz – und nicht nur diese, sondern die *Moment für Moment* gelebte physische Existenz –, daß eben mein Zeit-durchsetztes Dasein weitergeht, mit all den Spuren und akuten Einflüssen meines Willens und meiner Absichten, selbst wenn ich passiv bin, wenn ich aufrichtig präsent bin ...

Das heißt, ich weigere mich *gewissen*haft (unrealistisch, hartnäckig, fast prinzipiell), mich als *Versuchung* und als einen zu betrachten, der in dieser Rolle ein bestimmtes Verhalten und (eine gewisse, eine begrenzte) Wahrheit zum Vorschein bringt.

Somit bin ich geneigt zu erklären, Remsen habe programmatisch eine ganz bestimmte Form von Freundschaft angestrebt, wo ich mich doch kurzfassen, meinen Verstand und mein Herz, was ihn angeht, sprechen lassen und sagen sollte, daß er meines Wissens niemandem so zugetan war wie mir, daß ich dies beharrlich ignorierte und als normal, als normales nachbarschaftliches Verhalten (in Ausbildung befindlicher Geister) hinnahm.

Andererseits, wenn ich einmal die Abstraktionen beiseite lasse und mich an seinen Blick in einem bestimmten Moment erinnere, als er sich mit mir unterhielt – mir eigentlich einen Vortrag hielt – über Freundschaft in einem Universum absoluter Bedeutung – wobei sich die absolute Bedeutung nicht sonderlich für Freundschaft interessiere – jedoch ein großes Interesse am Primat, an Liebe, Eifersucht, am Schicksal des Ichs (und des Universums), an überirdischer (höherer?) Liebe und an Offenbarungen hege ... «Die Freundschaft ist sekulär und gehört somit zu uns», sagte er ... Er hatte *wahrhaftig* ein enormes Vokabular, das er für ein absolutes hielt, und daher verwendete ich Wörter niemals – außer wenn ich gereizt war oder ihn foppen wollte – in einem Sinn, der ihm vermutlich fremd war, auch keine Wörter, die ihm neu waren oder die auf Ebenen der sozialen und emotionalen Wirklichkeit verwiesen, die ihm aufgrund seiner Slum-Vergangenheit, seines jetzigen Status eines Begüterten, seines Psychoanalytikers, seiner Lesewut und seines guten Aussehens nicht vertraut war ... Wenn ich mich seines Blicks in einem solchen Moment erinnere – nun, dann sehe ich mich in einen ganzen Roman über solche Momente geschleudert – von Variationen auf dieses Thema – oder über die Entwicklung, die diese Dinge mit der Zeit erfuhren – wegen seiner Schwestern und ihm, wegen seiner Eltern, seines Analytikers und ihm als Schüler, und wegen mir, wegen ihm mir gegenüber, wegen der Beobachtungen, die er an *mir* machte – wegen der Dinge, die er lernte, meine ich – wegen einer ganzen, semi-unerschöpflichen Geschichte, die ich nur anzudeuten gedenke.

Somit muß es eine Szene bleiben, und zudem eine, in welcher derjenige, der sie schreibt, auf nicht allzu artifizielle Weise mit der Zeit verfährt, oder in welcher er sich, wenn schon artifiziell, als wahrhaft brillant oder inspiriert oder lyrisch in seinem falschen (und edierendem, bereinigendem) Zeitverständnis erweist. Das heißt, falls wir wollen, daß er echt ist. Falls wir ihn uns nicht als beseelte Statue wünschen, ein bloßes Symbol, nur eine Flagge aus Fleisch und Blut – einen Leib als Flagge – MEINER JUGEND – falls wir eine Darstellung der Jugend, männlicher Jugend, erhalten wollen, welche die Wahrheit enthält, die Wahrheit von mehr als einem männlichen Willen – nicht eine Göttervielfalt, keine beleidigende letzte Bedeutung dieser Art – dennoch aber mannigfaltige Götter, seine, meine, die verschiedenen Aspekte Gottes, nicht nur in dem, was wir dachten, auch in dem, was wir verkörperten, die unterschiedlich voranrückenden Dunkelheiten in separaten Säcken von Zeit, wobei die Säcke selbst aus Zeit bestehen, handgefertigt – ich weiß nicht wie.

Störrisch bin ich jedoch auch – wie er – und ihm zu Ehren – oder aus maskulinem Nachahmungstrieb; oder ich war es von früher Kindheit an, wie er – und ich verkürze die Szene, *videlicet*: die Vordersitze eines Wagens, wohlgepflegt, dieser Wagen, während des Krieges, Armaturenbrett, Ledersitze, Steuerrad aus Horn: lang und dünn sitze ich hier auf dieser Seite – ach, es ist einfach nicht zu machen – was ich in seinen Augen alles bin, läßt sich nicht zeigen: Lassen Sie mich also sagen, daß es jener *Junge* war, der die Sitzung mit Leonie hinter sich hatte, plus jener Junge, der so viele Bücher las – er hatte die Angewohnheit, am einen Ende eines Regalbretts in der Ortsbücherei zu beginnen und das komplette Brett durchzulesen, wobei er mehr oder weniger ständig *Stell dir das mal vor* … vor sich hin murmelte. Der Junge am Fluß: sein Gesicht, seine Schultern – das Hemd, die Gerüche – die Zigaretten, die wir rauchten, um zu zeigen, daß wir tun konnten, was uns paßte – die Gerüche von Stoff, dann von Achselhöhlen; es ist dunkel; der Wagen wird an einer Ampel zum Halten gebracht; wir haben nicht nur Remsens Augen, wir haben auch die Augen des anderen Jungen, eines Jungen, auf den – oder mit dem verwandt zu sein – ich im Moment keinen Anspruch erhebe; wir folgen einem anderen Wagen, und vielleicht jagen wir den Insassen einen Schrecken ein ... Remsen wird mir gleich einen Vortrag über Loyalität halten, über sexuelle Freizügigkeit im Rahmen dieser Loyalität, über Toleranz und die Absolution, die Freunde einander fast automatisch erteilen – ich kenne nicht sämtliche Begriffe der anstehenden Verhandlung; ich weiß eigentlich nicht, was er sagen wird; ich weiß annähernd, wie es im Wagen um Macht steht. Es ist eine Frage der *Potenz*, wenn auch meiner Ansicht nach nicht der physischen, wie es in Büchern jenes Jahres (und des nächsten Jahrzehnts) dargestellt wurde. In mancher Hinsicht haben wir es hier mit einem Rang zu tun, der nach der Kraft der geistigen Potenz bestimmt wird – wenn ich so sagen darf –, und dieser Rang wird auf die Probe gestellt, geleugnet, als Spielmaterial benutzt und auf allerlei Weise umkämpft.

Remsen wird sagen, oder ich werde ihn darauf aufmerksam machen, werde sein regloses, gutaussehendes Gesicht – nur sein Blick wird aufgewühlt und bedrohlich sein – oder besänftigend – und seinen Brustkorb, sozusagen, und seine Hände auf dem Steuerrad: sie sind bereits behaart, meine sind es nicht – darauf aufmerksam machen, daß man Geld wie auch Stimmungen nicht unbedingt teilt, es sei denn, es ist einem danach.

Womit der ganze Vertrag, so wie er ihn skizziert hatte, wertlos war: darauf lief meine Argumentation – ganz behend – hinaus. Man sei bloß unter Jungen (*wir* seien bloß Jungen), oder möglicherweise unter *Männern*; natürlich sei er eher ein Mann als ich, da er nun mal älter und breitschultriger und so weiter sei – wir seien Gefährten, Saufkumpane. Erforscher der Welt. *Wir-lieben-einander-nicht*, lautete seine Formulierung, doch eine Art Liebe war es – Agape vielleicht; allerdings etwas Hintersinniges ... Ich konnte seine Gelassenheit auf einen Schlag zertrümmern, indem ich sagte, es sei *Liebe*.

Versehentlich, ohne zu wissen, was passieren würde, hatte ich das schon getan, nur einmal – dann noch einmal als Test, um zu sehen, daß es tatsächlich so war – und dann nie wieder.

Ich hätte mehr für ihn empfinden müssen, als ich meistens tat, um mich einem solchen Ausbruch auszusetzen ... Sie können (man kann) mit dieser oder jener und mit schwankender Intensität lieben. Und außer dem Tumult der Intensitätsschwankungen gibt es auch noch den Krach der Tonalitäten. Und unter dem allen pulsiert Sexualität – Neugierde größtenteils –, doch die nimmt vielerlei Formen an. Und wie steht es mit dem Drang, jemanden zu *kennen*? Der kann sinnlich sein – kann beteiligt sein, wenn man einander penetriert oder sexuell erkundet. Doch die Hauptsache beim Lieben ist, in Anbetracht des unverbesserlichen Relativismus der Realität, daß es aus Maßnehmen am anderen, an Eigenschaften besteht, die man nicht immer bewußt als flüchtig oder als nicht ideal erkennt und nicht immer als den Motiven gemäße Gegebenheiten akzeptiert; die jedoch als Gründe für einen Krieg empfunden werden, ja beinahe als das, als zum Blutbad des Maßnehmens gehörig.

Natürlich hofft man wie mein Vater, daß man Frieden finden und friedlich zu Erkenntnissen finden kann, daß *sich schon alles setzen wird* und so fort.

Remsen und ich – nun sprechen meine gealterten Augen-Ichs – liebten einander nicht als Freunde, nicht romantisch oder sexuell – auch nicht als Seelen – oder gemäß der romantischen Tradition – sondern jenem anderen Genre der Romanze folgend, als Cousins, die wir nicht waren, und als Nachbarn, wobei die anderen Momente präsent blieben – wir spielen herum, wie mit Feuer, manchmal mit Liebe, mit Liebe ohne Grenzen, doch innerhalb der Schranken, die mit dem Waffenstillstand feststehen: wir spielen mit der Sexualität, jedoch gehemmt: es ist nicht ernst.

Aber auf seine Weise ist es real und final – und absolut. Ich meine, es ist *absolut* insofern, als wir einander formten und schliffen: ich hatte dazu auch andere, viele andere; er hatte nicht so viele ... Ich würde nicht wagen, hier von Gleichheit, Gleichwertigkeit oder Gerechtigkeit zu sprechen. In die Männerwelt kann Nonie niemals eindringen und wird auch keinen Blick, außer in Kriegszeiten bei Fliegern, in das moralische Abflußloch werfen, oder in das moralisch Vorrangige, in die Freiheit, die mörderische Freiheit, das intellektuelle Feuer, in das Nichts – suchen Sie sich etwas davon aus, alles, wenn Sie wollen – Remsen ist nicht gewitzt genug, um zu wissen, daß er eine Art Gestaltlosigkeit anstrebt, ähnlich derjenigen, aus der Schönheit entsteht – er strebt ein undeutliches Knospenstadium an, jene komische Punktierung auf kahlen, windgepeitschten Zweigen und Weidenruten gegen Ende des Winters. Diese gestaltlose Semi-Wohlgestalt wird, obwohl sie rührt, obwohl sie sogar eine berührende Form von Nähe repräsentiert, bereits als eine frühere Stufe von Jungenhaftigkeit abgetan, während sie sich abzeichnet – als eine der freudianischen Reife vorausgehende Stufe.

Und dies sieht man seinem Gesicht an – die zuckende, knospenstarrende Eile, mit der er entschlossen seine Gefühle bezeichnet (und plaziert) hat, die jedoch trotz jenes Bestrebens in anderer, ganz anderer Form existieren, in völlig anderer Form, als sie sein Atmen im Auto nahelegt, das sich nach hastigem Aussaugen roher Eier anhört. Und bei ihm zu Hause. Eine solche Kömodie – wie sie sein Gesicht und seine Gefühle aufführen – mit dieser enormen Leidenschaft – eine so ätherische Sichtweise fällt aus dem Spektrum der intellektuellen Moden heraus, ein Spektrum, auf das er sich bei seinem irdischen Ehrgeiz und seiner Korruptheit beschränkt – darauf hat er sich festgelegt – folglich fällt die Komödie der Gefühle, *seiner* Gefühle, aus jenem Spektrum und damit aus dem Spektrum seines Denkens.

Ich sehe dies lediglich unter dem Aspekt meiner Nicht-Existenz – eine Art Tod, eine sehr fragile trübe Fläche, fast eine transparente – im Moment. Beinahe begreift er mich – in einem Grade, daß es einer langen Beschreibung oder einem Passus der Liebe gleicht. Er widerruft die Komödie, weil ich so *ätherisch* bin – so der Flucht verfallen, der Gedankenflucht und Ausflucht, indem ich mich verstecke, indem ich mit ihm zusammen anders bin als in der Schule, indem ich verschwinde, um meine Eltern zu pflegen – oder irgend etwas dergleichen zu tun –, jedoch auch zu Gedankenflügen neige, zu sanften, schwerleibigen, räuberischen Flügen, wie ein Eulen-Körper: Ich meine, jetzt wo ich alt bin, glaube ich, es stimmt, daß meine Blicke damals mit schweren, fast lautlosen Flügelschlägen zu ihm hinflogen, unter ewigen dunklen, visuellen Rufen: WO, WO ... Ich kann den diesbezüglichen Schwierigkeiten entkommen, indem ich mich als ungeliebt hinstelle, doch dann erlischt seine Präsenz in meinen Erinnerungen. Ich weiß nicht, ob dies auf geistiger Unzulänglichkeit, geistigem Verfall oder auf Geistesabwesenheit beruht. Ob es abstoßende Eitelkeit ist. Oder Noblesse. Als Sterbender sagte mein Vater: *Du meinst, du wärst wie David* ... Der in der Bibel, glaube ich. Es hieß, ich heiterte ihn auf, und von uns beiden hieß es, wir hätten so etwas wie eine Art David-und-Saul-Geschichte ... Es tut mir weh, mir einzugestehen, daß ich im Leben möglicherweise getanzt oder gesungen habe – mit den Augen sozusagen –, auch wenn ich, während ich es mir sage, schon weiß, daß es wahr ist. Doch dann wird – mir – deutlicher, wie es sich damals anfühlte, daß er – Remsen – den ich manchmal meinem Vater vorzog und manchmal zugunsten meines Vaters ignorierte – meint, er habe einen besseren, aber weniger geschätzten Verstand als ich. Nonie – und Dad und Mama – hatten das gleiche Empfinden – vermutlich haben es eine ganze Reihe von Leuten, und es ist die erste Empfindung, die ihnen, was mich angeht, bewußt wird. Daran ist aber die Schule schuld, wo sie hartnäckig behaupten, ich sei gescheit. Remsen und mein Vater werfen diesen Kram mir vor; sie sagen, ich wäre ein Politiker, der besagte Dinge gerissen einfädelt. Und Nonie und Mama werfen mir vor, ich wäre ein liebloses männliches Wesen, und sie werfen der Welt eine falsche Sichtweise überall da vor, wo es um Frauen geht … Halbwegs weiß ich, daß das *Gesetz der Gegensätze* in vielen Arten des Sprachgebrauchs am Wirken ist. Tatsächlich versuchten mein Vater, als er noch lebte, und Remsen, die besagten Dinge einzufädeln. Und Nonie und Mama sind auf unterschiedliche Weise und aus Stolz lieblose, weibliche Wesen – herausfordernd, wissen Sie? – und schaffen angestrengt wie nach Parfum duftende Weltnischen, Harem-Wirklichkeiten, in denen ich fälschlich als (phallische?) Stütze ihres Lebens angesehen werde … Und so fort …

Was Remsen auch sagt oder bekennt, und phasenweise sagt und bekennt er viel – und oft ist er stumm –, und was er während einer Reihe von Jahren auch tut oder bekundet, in der Schule, in seinem Wagen oder während wir durch eine Straße zu seinem Haus in einer reichen Gegend des Vororts gehen, immer beobachtet er mich, glaube ich, mit der betörten Aufmerksamkeit des Ambitionierten, wobei zu seinen vielfältigen Ambitionen jene der Liebe, der unverzüglichen, der alles übertreffenden Liebe zählen – wie Falken sitzen sie auf seinen Händen und auf seinem Kopf, ein unvollendeter Helm aus purem Leben, absolut in diesem Moment und auf weitere Beweise lauernd – wie es absolute Dinge im wirklichen Leben stets tun, stets tun müssen – ein Hauch von beseelter Bedeutung – sie sind von entscheidender Bedeutung in meinem Leben, wenn auch in dem von niemand sonst, seine Liebe, falls es Liebe ist, *seine* Liebe, wie sie eben ist, und er, der vermutlich derselben Spezies angehört wie ich und mir doch fremd und unverwandt ist, so unverwandt wie ein Falke. Oder wie ein Engel – ein Junge mit richtigen leiblichen Eltern, mit unterschiedlichen moralischen Prinzipien, die seiner Vergangenheit und den – gesprächigen oder schweigsamen – Sitzungen mit seinem Analytiker entstammen, moralische Prinzipien unterschiedlicher Herkunft und auf eine sehr andere Welt übertragen, anders im Hinblick darauf, welche Blüten die Zeit in ihr treibt – fast könnten wir, wenn wir einander genug lieben, im selben Moment sterben, doch niemals kann einer die ihm innewohnende Zeitwirklichkeit in Übereinstimmung mit der Zeit im anderen bringen.

Oder anders gesagt, intellektuell, ökonomisch und hinsichtlich der Prozesse, die in seinen Augen *die Dinge* steuern (oder die das Funktionieren der Welt angemessen symbolisieren, wie etwa chemische Formeln die realen Schritte und den Schweiß, den es kostet, dieses oder jenes zu erzeugen, repräsentieren mögen) – und hinsichtlich seiner Prinzipien – oder nein, denn was ich wahrnehme, ist seine *Schönheit* – so es denn Schönheit ist – und die Geschichten-haltigen Aspekte dieses Moments (den Schatz, den er darstellt – daß er für mich eine Schatzkammer voller Geschichten ist) – und die hier bestehende Distanz von Nonie – von ihrer Schuld, meiner Schuld – und es gleicht einem starken Federgeruch und einem Feuer von Willenskraft und Widerstand, das in einem Falken lodert – einem trägen Falken oder einem rührigen in der Luft – und dies scheint sich manchmal an den *Rändern*, den vorwärtsweisenden Konturen seiner Beine abzuzeichnen, jedes Beins, wenn es sich vorwärtsbewegt, während er geht, oder seines Bauches – oder seines Brustkorbs – unter dem Hemd – oder am Scheitel seines wohlgestalten Kopfs und an seinem verstrubbelten Haar ...

Doch wenn man in den Moment hineingeht – wenn man versucht, an das *Fleisch* heranzukommen, oder an das *Fleisch-mit-Kartoffeln*, wie ein Lehrer, den ich Gangtinney getauft hatte, bei vielen Themen sagte – wenn man in Erfüllung einer Menschenpflicht oder aus dünkelhaftem Tatendrang oder in einem Anfall von *jungenhaftem* Wagemut tiefer in die Realität vorrückt – wenn man in Rußland einfällt, wenn man, zerkratzt und verstochen, auf die Mitte des gleichsam dornigen Dickichts zukriecht oder zugeht – diese letzteren sind meine persönlichen Worte dafür – und dann die Formen und das Blinzeln der intelligenten Lider des *anderen Jungen* sieht und die breiten Wangenknochen seines knochig-schönen, jedoch trotz des strahlendgesunden Teints langweiligen Gesichts, das dennoch mit seiner Gedankenblässe und seiner Melodramatik in Anfällen von Egoismus gelegentlich plötzlich glanzvoll wirken kann ... Falls ich ihn auf diese Weise liebe – oder vielleicht sollte es so dargelegt werden, wie ich es tue, wenn ich ihn liebe – er erstaunt mich, er ist so geschmeidig – so stark, so traurig, so gescheit. So am Ende seiner Weisheit. So sicher und verbissen dort angelangt. Und so zerbrechlich und todgeweiht – und irgendwie abwesend. Seine Präsenz ist ungeheuerlich. Und dabei ist er doch kaum lebendig ... Es ist, als hielte ich dem Falken ein Gewehr an den Kopf. Als unfertigen Helm und als Visier trägt er seine gierige Persönlichkeit – sie, seine Persönlichkeit, ist es sozusagen, die mich liebt, wenn ich mich nicht in seinen Gefühlen in dieser Hinsicht täusche – und er ist von außerordentlich untadeliger Physis, was ihn langweilt – dies liegt nicht nur an seinem Aussehen, sondern an einer außergewöhnlichen Vitalität und physischen Willenskraft: doch etwas widerspricht ihr, seiner rastlosen Vitalität, eine Ahnung von Sinn – und Genialität – des Todes; er selbst widerspricht ihr, der sich nur für ein, zwei entscheidende Sekunden vollkommen lebendig fühlt: dessen verdächtige ich ihn: einer durch keine Absolution zu tilgenden Kindheitsentgrenzung, eines letzten Schreis, eines wahrhaft unverschlafenen, nichtalltäglichen Selbstentwurfs, in dem er Kind des gesamten Kosmos und Träger des einzig bedeutenden Sinns ist: Zorn und Schuldlosigkeit: eine Sache, die einem Stadium entstammt, als er noch ein jüngeres Kind war, und Jude, als er noch nicht ganz der sozialen Klasse angehörte, in der er sich jetzt befindet – eigentlich gehört er keiner sozialen Klasse mehr an. Er ist mobil, ohne Suspens, modern. Er gebietet Liebe, Schweigen und Mitgefühl und bestimmt die Abstände zwischen den Momenten, in denen er so erscheint, wie er bei dieser fatalen Traurigkeit ist ... Doch dies tut er für sich selbst. Er kann die Spiegel nicht so anordnen, daß auch er nicht in die Irre geführt wird. Danach sieht er auch aus: er möchte wie der listige König – oder David – erscheinen, meine ich, doch er zeigt letztlich nur äußerst aufrichtig die Eigenart seines Willens. Er ist grandios, wird jedoch an unserer Schule während des Krieges nicht gewürdigt. Doch im nächsten Krieg wird er gewürdigt werden – falls es einen nächst Krieg gibt und falls er dann noch lebt ...

Er ist kein Wahrzeichen für andere Jungen ... kein lokales Idol. Soviel ich weiß, liebt ihn außer mir niemand. Seine Eltern fürchten seine Entschiedenheit. Sie sind vernarrt in ihn und sind, da sie in luftigen Höhen leben, verwundet und fragil. Und ich liebe ihn nur manchmal, zumeist dann, wenn seine solipsistischen Dramen und Verhängnisse mir Raum lassen – auch noch zu zählen ... Das ist nicht oft so. Es hängt vom Geschlecht ab, von der Übertragung von Ideen – von der Bedeutung von Ideen, von der Bedeutung unserer Skelette für die Körper dessen, was wir wissen, für den Corpus des Wissens – und es hängt von Macht und Grausamkeiten ab, denn sentimentale Urteile sind nicht nur unvollständig, sie sind auch keine Urteile, sondern Lügen; sie existieren als Behauptungen, als Aspekte der Taktik, die man verfolgt; als Realitäten aber existieren sie nicht.

Und wenn meine Liebe zu ihm existiert, dann nimmt sie in realen Momenten die kuriose Form primär intellektueller Liebe an – intelligent, intelligent bewundernd, keine Narretei, natürlich außer vielleicht in moralischer Hinsicht – ich liebe ihn aus gutem Grund: er hat die Gründe vorgegeben, mit seinem trainierten Körper, seiner Belesenheit und seinen Artigkeiten – im gegebenen Rahmen –, doch er gestattet meiner Liebe zu ihm nur, erotisch zu existieren – als Vorstadium dazu, daß er auf diese Weise Frauen lieben wird, auf die Weise, die ich ihm vormache, indem ich ihn liebe ... als wäre er mädchenhaft und kämpfe darum, viril zu werden ... in einem verrückten Kokon von Jungenfreundschaft ... und was auch immer.

Meiner Vermutung nach ist ihm so sehr bewußt, wieviel besser er, den Umständen entsprechend, aussieht als ich und wieviel reicher er ist (gemessen an Geld, Erbansprüchen und jetzigem Besitz, an Dingen, für die er zahlen kann), daß er bereit ist, mich unaufrichtig zu hofieren (aufrichtig als erotisches Objekt – und er ist nicht homosexuell), statt aus den wahren Gründen, weswegen er sich für mich interessiert. Niemals wird er meines Wissens zu seiner intellektuellen Abhängigkeit von mir stehen, oder dazu, daß er mich in meiner leicht verschleierten Transparenz, meinem Unglück und meinen diversen Seltsamkeiten tatsächlich mag – nie wird er zu seiner zeitweiligen Besessenheit stehen, zu seiner Schuljungen-Schwärmerei für mich oder zu seinem Bedürfnis nach mir, erst recht nicht zu seiner – wenn man unvorsichtig ist – offenkundigen, lebenslänglichen, unermüdlichen, kühlen und bitteren, von Rivalität zersetzten, schlecht unterrichteten, vielleicht verfluchten, vielleicht ganz zuträglichen Liebe.

Seine Eltern offenbaren ihm gegenüber kaum Gefühle – er verschreckt sie zu sehr, So ist er: als jemand, meine ich, der das Gefühl anderer so verschreckt, daß es sich im Bau vergräbt; und weder sieht er es flüchten noch fühlt er dessen seidige Schenkel an sich vorüber- oder über sich hinweggleiten. Er ist weithin unerreichbar. Ist es intelligent von mir, dies von ihm zu sagen? Dies an ihm zu erkennen? Verhalte ich mich jetzt intelligent? Vielleicht sollte ich ihn schlicht und einfach und mehr oder minder wahnsinnig lieben ... *Liebe ihn, du verdammter Narr, liebe ihn* ... Er hackt auf mir herum, weil ich angeblich nicht intelligent sei – weil ich nicht die Bücher gelesen und verdaut und benutzt habe, die er gelesen, verdaut und benutzt hat – er wirft mir vor, die Leute in der Schule reingelegt zu haben, bis sie glaubten, ich wäre gescheit – er hat mir schon vorgeworfen, ich wäre bloß ein lokales Phänomen ... keine universales ... kein großartiges ... Ein paar Jahre darauf wird mir am College ein Dekan mitteilen, ich sei «nach gesamt-amerikanischem Maßstab gescheit», und ich werde buchstäblich, vor seinen Augen, verrückt werden und innerlich zu kreischen beginnen – wegen Jass und Remsen und einem weiteren Jungen namens Jimbo, und wegen Leonie und Nonie, und wegen meiner Eltern. Das Kreischen hörte sechs Monate lang nicht auf. Ich hielt es vor allen geheim und ging meinem alltäglichen Kram nach; also lieferte keiner mich ein. In eine Klapsmühle. Eine Anstalt. Aber ich war verzweifelt und skeptisch.

Und ab und zu brach ich noch tiefer ein. Oft, auch wenn es kalt war, ging ich in einen kleinen Park in der Nähe, nur um von der gezimmerten Geometrie geschlossener Räume fortzukommen, und ich rieb mir das Gesicht mit Schnee, mit Blättern oder später mit salbigen Knospen ein und sagte mir: *Wach auf Komm da raus Spring einfach raus Ist doch nichts passiert Sie raten doch nur Wahrscheinlich irren sie sich* ...

Oder aber, wenn ich mich meiner anderen, geheimen – vielleicht ehrlicheren – Stimme bediente, dann dachte ich (ohne es in Worte zu fassen, aber knapp davor), es entspreche dem Wesen der Welt, daß alles, was geschieht – der Kram, der geschehen war –, schockierend ist. Verblüffend. Erstaunlich, wenn Sie wollen. Grausam und normal. Bevor Remsen mit Mitte Dreißig starb, hatte er sich im Leben weit mehr ausgezeichnet als ich ... Nein: das ist nicht wahr. Er hatte als Arzt ausgezeichnete Arbeit geleistet. Er wurde von einem Patienten ermordet, den, vermute ich, Remsens Verdienste und seine innere Distanz, seine Unerreichbarkeit provozierten.

In Verbindung mit Remsen stellt sich mir oft die Frage – und wie oft! – ich meine, sie kehrt so häufig wieder, hat sich mir so viele Monate und Jahre hindurch immer wieder gestellt, war in ihrer Dauerhaftigkeit für mich so sehr damit verbunden, ihn zu kennen, von ihm beeindruckt und ihm zugetan zu sein, daß sie fast das Motiv darstellt –, ob ich ihn gern hatte, weil er so schwierig war. Mit ihm auszukommen bedeutete für mich auch, mir einzugestehen, daß ich mich, indem ich mit ihm auskam, mit anderen verglich, die dies nicht konnten – nicht nur mit ihm. Es ist ein ganzes Fadenspiel von Vergleichen, hin und her. Er irritiert mich – irritiert er mich mehr als X? Manchmal. Doch das Schwierige definiert mich: ich bin derjenige-der-dies-tut ... Dagegen ist Remsen partiell gewappnet: er definiert mich – oder aber er ist dem Selbstmord nahe – wirklich. Diese seine Stärke – und es ist eine Stärke – ein wiederkehrender Schrecken – männlich, flexibel, dynamisch, expansiv – erlegt er einem auf. Und die Geduld, die ich dafür aufbringe – das an mir, weswegen er mich unter anderem mag – oder braucht – oder das ihm vertraut ist – und wonach er süchtig ist –, erlaubt ihm, leichter zu leben, als er sonst leben könnte.

Das *klingt* nobel, doch im wirklichen Leben, wenn man gerade eine Straße entlanggeht, an Rasenflächen, Hecken und Häusern vorbei, in einer realen Ortschaft und nicht in einer Geschichte, wo die Gestalten und ihre Geschichte für eine Weile begrenzt sind – doch hier stellt sich die Frage, warum nicht mit jemand anderem dahinspazieren, warum nicht etwas anderes tun –, da kommt einem das oben Genannte blöd vor, vage beschämend, abgekartet, einerseits erwachsen und andererseits jungenhaft (und dilettantisch).

Das sollte eine Frau tun.

Stell dir doch mal vor, Nonie täte es für ihn ...

Mit diesem Kram zu leben, ich zu sein – ein Junge in meinen Lebensumständen –, hat etwas leicht spirituell Getöntes, Mittelschichtiges, und aufrechterhalten wird es dadurch, daß ich im weltlichen Sinne, aus gläubiger Überzeugung, sehr ehrgeizig bin. Das heißt, ich glaube daran, daß *mein Leben etwas bedeutet, darauf gehe ich jede Wette ein* – es ist ein riskantes Spiel. Diese mir als Jungen sehr vertrauten Dinge gestatten eine beachtliche Lockerheit der Bindung und verlangen nicht, daß ich Remsen gegenüber Tag für Tag diszipliniert auf den Ton achte – ich kann experimentieren, kann achtlos, unbekümmert, sogar brutal sein – jedoch nicht in jeder Situation. Keine eingefahren groben Reaktionen, auf die man sich verstohlen bald bestens versteht, sind erlaubt, wenn eine noch obsessivere Liebe als diese vermieden werden soll.

Vielleicht ist es partiell dies, was ihn, und später Ora, fasziniert – daß ich nicht Nonie bin, jedoch mit ihr im Hause um Beachtung und Geld *rivalisierte*. Sagen wir, um Liebe. Und darum, derjenige zu sein, dessen Traurigkeit und Wut am meisten, am zweit- oder drittmeisten gefürchtet wurde ...

Jedenfalls ist dies nicht eigentlich Grobheit: es ist ein adoleszentes, nicht völlig dilettantisches Verhalten, was bedeutet, ich war Remsen in dieser Hinsicht voraus, und folglich war, nach meinen eigenen Prämissen, was hier geschah, *ein heilbares Schicksal*.

Was aber, wenn ich mich irre und er und ich in die grobe Falle eines unheilbaren Schicksals laufen – oder nur ich, ohne ihn –, wegen meiner Vergangenheit plus der Tatsache, daß ich ihn kenne, plus des Umstands, daß ich mich so verhalte, bis alle Zutaten zu einem *unheilbaren Schicksal* untrennbar vorhanden sind.

Remsen war ein *Rezitator* ... jemand, der weder eine Autorität beanspruchte noch besaß, die nicht von jemand anderem entlehnt war. Er kann als Basis seiner Autorität nicht sein eigenes Leben benutzen – wie ich es kann. Somit ist er ein *natürlicher* Dieb von Stilen, von Zeit und Aufmerksamkeit – diebische Elster und Jagdfalke.

Dennoch ist er stur lebendig ... Unabweisbar deutlich habe ich vor mir, wie er neben mir die Straße entlanggeht, seine Gestalt, seine Stimme – seine Ansichten. Ich mache mich über ihn lustig, ohne mich zu amüsieren. Oder ihn wirklich zu verhöhnen. Er sagt – zitierend –: «Du spottest meiner ...» So richtig liebte ich ihn nicht – ich überschritt weder die Grenze hin zur Loyalität noch zum persönlichen Sakrament – noch zur Verpflichtung –, hinter welchen für mich, ob zu Recht oder zu Unrecht, wahre Liebe beginnt. (Sobald ich diese Grenzen überschreite, ruft Ora aus: *Oh, du liebst mich* – und Leonie rief aus: *Du bist ein kleiner Teufel, du wirst Frauen noch mal die Hölle heiß machen* ...) Diese Grenzen überschritt ich bei Remsen nicht; ohne mich jedes Moments zu erinnern, den ich mit ihm verbrachte, kann ich mir nicht sicher sein, ob ich überhaupt jemals an diese Grenzen, oder an eine davon, geriet; Remsen sah mich aber im Umkleideraum nackt vor den anderen nackten Jungen mit Jass Walzer tanzen; er sah mich mit meinem Vater zusammen; er sah mich zum Himmel starren – also wußte er Bescheid oder hätte Bescheid wissen können ... Nein, ich bin mir sicher, er wußte immer, was ich nicht tat. Ihm ist bewußt, daß ich in der Beziehung zu ihm kein Held bin – zumindest nicht in diesem Sinn. Ich erkläre ihm: «Ich akzeptiere deine *blöden* Ansichten nicht, egal wie oft du mir erzählst, daß sie von Freud oder Marx oder Schopenhauer stammen – kapiert?» Ich *weiß*, daß er viele seiner Zitate falsch versteht – oft absichtlich: er erhebt auf die Autorität des berühmten Namens Anspruch und schiebt ihm seinen eigenen Gedanken unter, um zu sehen, ob sein eigener Gedanke genauso gut ist. Er sagt etwas und sagt, es wäre von Marx, und ich sage: «Scheiße, Rem, das ist nicht Marx, das bist du hundserbärmlicher *Lügner* in University City ...»

Dann kommt er mir schon beinahe bäuchlings nachgekrochen, solange ich es nur nicht geplant habe und mir wünsche. Für solche Nuancen bei mir ist er unglaublich aufmerksam.

Also gebe ich ihn als aussichtlosen Fall auf. Ich kriege ihn damit, daß er mich ja nicht will. Er läuft mir nach und läuft mir nach, tagein, tagaus, tagein, zu meiner verblüfften und *irritierten* Belustigung ... Meine Mutter sagt: *Da hast du mal einen Skalp ergattert* ... Und ein paar Lehrer und Caulkins, der Schulinspektor, mein spezieller Beschützer, der über meine Bildungslaufbahn wacht und sich um meine Zukunft sorgt und den es interessiert, ob aus mir einmal ein heterosexueller oder homosexueller, ein eher in der Öffentlichkeit oder zurückgezogen wirkender Mensch werden soll – er, ich und eine ganze Reihe von Jungen und Mädchen beobachteten genau, wie Remsen mir nachstellte – Jungen und Mädchen, die solche Dinge eben beobachteten .... Es wäre *nett* (viel wert, vielleicht alles wert), anonym leben zu können, mag Milton auch gesagt haben, Ruhm sei der Stachel; anonym, um als unbeobachteter Niemand nachdenken zu können, als niemand, der unabscheulicherweise mit dem Verlauf seiner Gedanken beschäftigt ist und mit nichts sonst...

Remsen sorgt dafür, daß ich nicht großartig von seiner Anhänglichkeit profitiere. Auch nicht von seinen Nachstellungen ... Das ist schon nicht mehr nur Kleinlichkeit ... sondern etwas Sonderbares, romantische Kleinlichkeit ... Jass, der Protestant, besteht darauf, daß wir das Risiko von Tod und Verstümmelung eingehen – alles ist für ihn (alles) ein Anlaß, Mut zu beweisen. Ora verlangt von mir, ich solle sie so lieben, daß ich mich nicht darum sorge, ob die Liebe ihr Schaden zufügt – oder was auch immer: ich kann mir um sie jetzt keine Gedanken machen. Ich demütige Remsen weder, noch versuche ich, es so einzurichten, daß ich mit seinem hündischen Benehmen mir gegenüber angeben kann – und er verhält sich dabei umsichtig und gewandt.

Wenn ich jedoch nach Hause gehe, kommt er manchmal buchstäblich hinter einem Baum an dem Weg, den ich gewöhnlich nehme, hervorgeschossen, wo er sich versteckt hat, damit keiner sieht, wie dringend er mich treffen will. Er denkt nicht daran, mir sein Auto zu leihen, er denkt nicht daran, mir Bücher zu leihen, er bietet nicht an, mir Sachen zum Anziehen zu leihen. Eines Winters, als ich ihn schon kannte, hatte ich keinen Mantel. Lila nahm an, eine mitleidige Seele werde mich schon rasch mit einem versorgen. Und Remsens Mutter bot mir nervös – und liebenswürdig – einen Mantel an; viele Leute taten das; aber ich lehnte jedesmal ab, um Lila zu beschämen und keinem etwas schuldig zu sein. Remsen jedoch bot mir nichts an. Ich hatte das Gefühl, er wolle, daß ich krank würde. Ich kam frierend durch den Winter und indem ich viele Pullover trug, oft vier oder fünf übereinander, was dann einige andere an meiner Schule, einige der ärmeren Schüler, dann einige sehr reiche, in jenem Winter für ein paar Monate zur Mode machten.

Remsen hat gesagt, ich sei ein Spinner, ein Phänomen, aber kein richtiger Denker. Ich besitze ein sicherer urteilendes Gedächtnis als er – das heißt, meines präsentiert mir die Dinge geschmackvoller, sowohl was die Bilder als auch was die beigefügten Unterschriften oder Fußnoten *(dies war gestern)* angeht, als es seinem Gedächtnis gelingt – er erinnert sich einfach nur an etwas und hofft, daß diese Erinnerung einen Sinn enthält, während mein Gedächtnis sich mit seinen Absichten verbündet und dann zugibt, daß es dies tut. Er ist sozusagen ein Spieler, der blind, aber entschlossen und ziemlich schlau mit seinen begrenzten Mitteln jongliert – ich auch, aber in anderer Manier. Über solche Dinge läßt sich schwer reden. Ich habe das weitaus bessere Gespür für Folgen, und daher bin ich fast unendlich besser in induktivem und deduktivem Denken als er; und das macht seine Haltung mir gegenüber manchmal demütig, manchmal mörderisch. Sein Verstand ist besser sortiert, konventioneller – er ist ein marxistisch-freudianischer Positivist – nun ja, kein Mensch kann das sein und zugleich *logisch* denken, aber man kann es sein und zugleich *konventionell* denken, ein konventioneller Intellektueller sein, und genau das ist er. Gelegentlich, wenn er ein bißchen betrunken ist oder wenn er Klebstoff geschnüffelt hat, zum Teil aus Pflichtgefühl – um «drauf» zu sein, *radikal*, jung-und-intelligent zu sein et cetera –, sagt er, es sei *magisch* (Klebstoff zu schnüffeln), und sein seltsamer Hintergrund schimmert durch, nicht direkt zwar, aber durch den Widerspruch zu dem, was er bei anderen Gelegenheiten von sich behauptet, daß er nämlich logisch und vernünftig sei. Verwurzelt ist er in einem primitiven Wirrwarr von semi-inspiriertem Aberglauben, womit er aber im Hinblick auf das Leben gar nicht so falsch liegt. Mit Getöse dringt das durch und weist auf eine bestimmte Art von Intellekt und von Rang hin; und manchmal macht mir das angst, ich ziehe mich zurück und bin ein vereinzeltes Schiff, allein auf weitem Ozean, und so isoliert wie er – wenn er die Welt ist, oder wenn er näher daran ist, das zu sein, als ich. Zumeist ist er ein sterbender oder zumindest um Luft ringender Rationalist, zu Vernunft im traditionellen westlichen Sinne nicht fähig; doch da er so fleißig ist und mechanisch, aufmerksam und aus grauer, ehrgeiziger Verzweiflung heraus rational sein kann, und da er lebensunfähig ist, außer in erotischer Hinsicht (um weiterzuleben, ist er zu sehr Absolutist: zu leben, das ist, wie gesagt, ein politisches Unternehmen, ein *unverbesserlich* politisches oder relativistisches), und emotional unfähig ist, viel mehr vom Leben mitzubekommen als das, wozu ihn sein Arzt, seine Bücher und sein Körper zwingen – und als das, was im Moment ich ihm vermittle –, ist er nach so gut wie allen Maßstäben außer meinen geistig fast in Ordnung. Und wird es bleiben – falls er am Leben bleibt ... Und er blieb es, solange er lebte. Aber ich habe mich über seinen Verstand immer lustig gemacht – und ihn gern gehabt ...

In Wirklichkeit ist sein Verstand jedoch eine seltsam ausgeglühte, tote Fläche, eine Einöde: dies an jemand so eindeutig Großartigem und so Gescheitem *wahrzunehmen* ist schon sonderbar. Vielleicht hängt es ja mit einer teilweise irrigen Vorstellung von dem zusammen, was jung zu sein (großartig zu sein) bedeutet, und steht nur in einer ganz krummen und erstickenden Verbindung zu seiner realen Existenz.

So daß er gleichsam ein Held ist, den man nicht umarmen kann, ein wundervoller Leib, der sich in ein Feld loser Asche verwandelt, die mir in die Hände fliegt, wenn ich ihn berühre – er ist ein Schattenwesen in der Schattenwelt eines Epos über Ambitionen, jedoch willentlich; vieles von dem, was ihn ausmacht, ist gewollt. Was er als «neurotisch» oder «ungünstige Umstände» bezeichnet, ist sein romantisches Bestreben, den Preis dafür, wie er ist, nicht fortlaufend zu entrichten, sondern erst nachträglich, in einer künftigen Hölle. Momentweise ist er wahrhaft lebendig, wenn er der Realität und der Logik entkommen kann, zum Beispiel in sexuelle Halluzinationen – nicht in deren reale Partien, sondern in die begleitenden, als wäre die Halluzination eine Partitur und er ein Musiker. Weitgehend gleicht das, was er Logik nennt, Fingern, die sich an ein Gesims klammern und die er dann munter aus ihrer verzweifelten Starre entläßt, und geschmeidig scheinen sie, scheint er, nun in der Partitur davonzuwuseln. Wenn also für eine Weile ich seine «Liebe» besaß oder verdiente, als Junge einer bestimmten Art, für mich genommen und im Vergleich zu ihm, dann stellte dies teilweise, behaupte ich zumindest, einen Sturm von Asche und Halluzinationen in Remsen dar und von Demütigung inmitten von Schattierungen, Schatten, mentalen Konstrukten. Wenn das physikalische oder stark emotionale Phänomen sich ihm nähert, zerfällt die Asche in immer feinere Partikel – jämmerlich zerfallen wir, wie als Schatten und Asche am Ende der Welt. Er kriecht ein wenig auf dem Bauch dahin – wie aus Spielerei und auf trostlosem Terrain; es ist sexuell höflich, vage proletarisch, sonderbar. Es beruht nicht auf Vereinbarung. Es ist kein Betrug. Es bedeutet nicht sehr viel – freilich bedeutet nichts sehr viel, wenn es nur momentan existiert und man weder daran glaubt, daß die Momente und die Zeit real sind, noch daß es auf die Momente und die Zeit ankommt. Er kriecht auf das Schicksal ebenso zu wie auf jeden, den er in schattenhafte Handlungen mit sich verwickeln will – auch das bedeutet nicht sehr viel, seine Haltung dem Schicksal gegenüber. Er ist tapfer, doch die Kriecherei macht ihn durstig nach Rache – an dem, was er mit seinen Ambitionen erreicht; er ist ein Kriecher von maßlosem, unermeßlichen Stolz, unterwegs zu einer höheren Position in der Welt (höher als diejenige, die er jetzt innehat), doch er führt Buch und hegt deswegen Groll.

Wir gehen durch die Straßen. Er hat ein hellblaues Polohemd an, das seine Muskeln betont – oder, in diesem Licht, deren Schatten. Sein Gesicht ist kalt auf den Wunsch konzentriert, ich möge mich ihm beim Studium des Sex anschließen – Sex zwischen Schatten, nicht zwischen unseren wirklichen Ichs, sondern zwischen unseren mentalen, im Hinblick auf die meisten physikalischen Gesetze autonomen Ichs – so empfindet es zumindest der Verstand: die zarten Membranen, fliegenden Funken und zischenden chemischen Teilchen kommen sich vor wie aus Fels und Stahl. Es gibt Leute, die darüber schreiben, wie machtvoll, Bronze-statuarisch und langlebig ein Verstand ist, nicht eigentlich physikalischen Gesetzen unterworfen, sondern davon gleichsam nur befleckt, oder aber, wo das Physische rein erscheint, vom Willen befleckt: der Verstand, der Geist in Gestalt eines langbeinigen, fast brillanten, recht gutaussehenden, fast schönen Jungen – in seiner ... Remsens Gestalt ... ich bin dafür nicht empfänglich, und doch fühle ich mich so geschmeichelt, so zutiefst bewegt, daß es mich ganz verrückt macht. Die kalte Konzentration seiner Miene soll die Kriecherei verbergen. Soll sie aufheben. Soll dafür sorgen, daß sie nicht wieder so deutlich wird wie beim letztenmal. Ich versuche mit meinem Verhalten, unter einer keramisch glatten Oberfläche zu verbergen, daß er sich gar nicht kriecherisch verhalten hat. Er ist in den Slums zur Schule gegangen und hat in Gegenden gewohnt, *wo Jungen miteinander rumgemacht haben – ganz natürlich* (dies hat er gesagt und braucht es nicht noch einmal zu sagen) – und er verhält sich auf anderem Gelände natürlich ganz natürlich und jungenhaft, herrisch, anders gerüstet, bandenführerisch, bandenmitgliedartig – natürlich, aber artifiziell ...

Eine Buchrezension zu diesem Zeug – eine Analyse davon – würde lauten, daß ich glaube, er ist diesem Zeug als Objekt ausgesetzt gewesen und durchlebt es aus wechselnden Winkeln neu – doch jene anderen Erfahrungen sind teils zu überschattet, und manche sind zu klar. Ich weiß nicht, was er für sich wiederholt oder erkundet – und was sein Verlangen ist.

Ich weiß, daß ihm etwas an mir liegt und daß mir nichts daran liegt, mehr über ihn zu erfahren. Er hat ältere Schwestern – drei. Er hat eine *sehr* hübsche, ziemlich jung wirkende Mutter ... Alle meine Freunde und die Mädchen, mit denen ich mich manchmal traf, hatten hübsche Mütter ... Sein Vater ist ein gutaussehender, höflicher, sehr eigenartig förmlicher Mann – von anderen Umgangsformen, als eine Sekte oder soziale Klasse sie mit sich bringen. Sein Vater sieht ungewöhnlich gut aus, hat aber feuchte Lippen und ist nervös (oder furchtsam) und scheu – möglicherweise *ein Gangster* – jedenfalls nach Lilas Mutmaßungen.

Er war bürgerlich geworden. Vielleicht hatte er sein Leben vordem nicht ertragen können – wer weiß schon, welch ein Leben andere Leute führen ... mit welchen Sünden. Welchen Verbrechen.

Mutmaßen kann man jedoch auch, daß es in Remsens Leben, in anderen Bezirken – der sexuellen Welt – ältere Jungen gegeben hatte, größer und härter als er; und da war er nun – mit all seiner physischen Angst – und diesem Verlangen – und er ist schlau ... Aber in jedem Fall habe ich den Verdacht, daß die Straßen und Ladenfassaden seiner Kindheit ihm noch präsent sind. Beschützer. Banden. Gefahr. Es ist, als käme ich ihm wertvoller vor als er selbst und als glaube er zugleich, er käme an erster Stelle ... Ich habe nicht die Macht oder Willenskraft, ihn auszufragen.

Man kann irgendwie erraten, was vorgeht, aber nicht deutlich ... Vielleicht will er in der Welt aufsteigen, auf diese Weise sein Format neu bestimmen, die Vororte herabwürdigen. Ich kenne mich nicht aus. In diesem Punkt – er benimmt sich, solange wir zusammen sind, auf schlichte Weise äußerst, fast ehrfurchtgebietend korrekt in diesem Punkt, er kann sich nicht die Mühe machen, mich zu verstehen – er *gewinnt* meine Bewunderung, meine Ergebenheit, jedoch ohne sich mir zu widmen, sozusagen ohne mich, sondern faktisch mit Bestechungskrempel – mit einer gewissen Anzahl von Komplimenten, einem gewissen *Anstand* im Ton, mit einer gewissen Achtung oder Anerkennung meines Rangs innerhalb der Schule – ohne Bitterkeit – mit gewissen Anzeichen von Humor – mit einer bestimmten Art, sexuelle Vergnügen anzubieten, die meine gewohnte Kost, meine sexuellen Vorzüge ein wenig übersteigen ... Dies tut er jedoch, ohne auf mich anzuspielen. Allerdings sind darin Anspielungen darauf enthalten, was mein Geschmack sein muß – gemäß den Regeln der Psychoanalyse und seinen «brillanten» Vorstellungen von den politischen Realitäten auf dieser Welt. Dies umfaßt auch die Ergebnisse seiner sozialen Analyse. Sein neuronales – und genitales – Weltbild. Diese Qualitäten von Freundschaft, *obendrein* noch eine gewisse sexuelle Intimität – unter Jungen, das heißt, ohne überspanntes Zeug –, das alles hat nur mit seiner Person zu tun, mit dem, was ihn ausmacht, was er weiß, was er gelernt hat. Er öffnet die Tür zu einem Gemach, und auf den Regalen dort befindet sich nichts Physisches, sondern alles ist gelehrt und bekannt, ist der stolz geordnete Hausrat der Persönlichkeit. Ich kann so etwas nicht vorweisen. Ich *darf* ihm nichts erzählen – es bereitet ihm Kopfschmerzen; was ich sage, muß er mit seinem Arzt besprechen. Er verbringt einen Tag oder zwei im Bett. Er fordert Klarheit: das heißt, Dinge, die er bereits weiß, fein abgewandelt – wenn überhaupt abgewandelt. Wenn er über einen Ringwettkampf – oder eine Bergtour – spricht, vermengt er irgendwie Berge mit Jungen, mit denen er gerungen hat: massive topographische Schwierigkeiten, mit denen er gerungen hat, an denen er sich abgeplagt hat, die er erklommen hat oder an denen er hinaufgesprintet ist. Zu den Problemen der symbolischen Darstellung von Dingen gehört, daß die Dinge dann durch Bilder vertreten sein können, die ihnen eingebildetermaßen gleichwertig sind, Haufen von Geld, Stufen des Triumphs, die eigenen Reaktionen. Der Berg existiert jedoch unabhängig von meinen Reaktionen auf ihn, unabhängig von meines Vaters Reaktionen auf ihn und den Eindrücken meiner Familie von ihm – genau wie Remsen, den ich trotz alldem liebe. Er fragt mich, was ich lese, und aus mächtigem Rivalitätsempfinden liest er die gleichen Bücher, um sie mir *abzugewinnen* – so wahrt er die Balance, so erledigt er seine Schularbeiten, so ist er als Sportler: immer besiegt er die Mächte der Unordnung, um ihn her wie in sich – er ist ein wandernder Trojanischer Krieg von neuronalen und intellektuellen *Mächten*, eigentlich von wunderlichen Überresten, die er allesamt als *allgemeingültig* akzeptiert, und doch ist niemand so wie er: ich werde in meiner Wunderlichkeit von mehr Leuten verstanden als er; und unweigerlich tut er die Bücher, an denen mir liegt, unter Schmähungen ab, so daß ich ihm nicht mehr erzähle, was mir gefällt. Lieber belüge ich ihn und scherze, oder äußere mich halb scherzhaft, als mich auf ein Duell mit Verachtung, Stichelei, aufgebotener Prominenz, Zitaten zu literarischer Bedeutung und so weiter einzulassen. Je nach dem Richter, dem Schiedsrichter zwischen uns, gewinne ich einen solchen Schlagabtausch meistens, doch dann habe ich den sterbenden Gallier am Hals, den verwundeten Remsen – den verzweifelten jungen Mann. Seine Bemühungen um mich, seine eigenartige Zuneigung – wenn er sozusagen auf mich zumarschiert oder neben mir einhergeht und zur Seite hin über die Vorbereitungen auf einen Wettkampf und über Taktik spricht, wie man die Beine vorbereiten muß, und wie hilfreich es dabei ist, Marx und Lenin zu lieben ... daß Jack London es genau begriffen hat und so fort – stellen sowohl ein Gebot dar, die logische Fortsetzung gesetzgeberischen Wirkens, als auch eine menschliche Bitte um Mitgefühl – die beiden Arme der Verführung, des Nußknackers (eine Feminisierung in einer Hinsicht, jedoch nur in einer), auf die er enorm stolz ist – daß er so *normal* ist – also imstande, Mitgefühl zu entlocken, zu gebieten und *menschlich* darum zu bitten –, doch nichts davon geschieht gegenseitig. Wir wechseln uns nicht ab. *Als selbstverständlich*, oder stillschweigend, wird vorausgesetzt, daß ich normaler, erfolgreicher, stärker oder so etwas ähnliches bin, oder im Moment all dies zusammen, weil die Welt schrecklich und im Unrecht ist.

Das Kompliment, oder die Huldigung, bleibt wortlos, ist dem Ton zu entnehmen. Lila sagte bei gewissen Dingen – solchen wie diesen – bei sehr menschlichen Kompromissen, wenn jemand seine Träume auslebte: *Da kann ich ja nur lachen* ... Und dann lachte sie nicht, allenfalls auf eine bestimmte theatralische Art, oft ironisch-höhnisch, nicht mehr weit von einem Anfall unmöglichen Benehmens entfernt – wie wenn sie ihrer Mutter erklärte, sie solle sie in Ruhe lassen: Benehmen dieser Art.

Oder Daddy sagte das, nicht unbedingt wegen mir, aber ich sah Daddy nie einen ganzen Tag lang seinen Geschäften nachgehen: ich erlebte weder die Verhandlungen mit, noch erfuhr ich die Bedingungen seiner Geschäfte. Bestimmte Betrügereien jedoch, bestimmte vorgetäuschte Sachen, Ansprüche, Forderungen, bestimmte Behauptungen der Legitimität (von Ansprüchen) und Gleichwertigkeit (um einen Tausch auszuhandeln, um Gerechtigkeit oder lediglich die Parität herzustellen) brachten ihn dazu, *da kann ich ja nur lachen* zu sagen, und er setzte eine richtig tragische Miene auf und schnaubte und wieherte ein bißchen: ein tragisches Pferd in einem Märchen oder ein trauriger König in einem berühmten Stück ... so ähnlich war das.

Auf dem Trottoir sagt Remsen: «Laß dir mal die Armfessel zeigen, die ich bei Willy Boston angewandt habe.»

«Nie im Leben», sage ich. «Daß ich nicht lache ...» Und ich drehe mich weg oder drohe, ihn in die Eier zu treten, wenn er mich bereits am Arm gepackt hat.

Zum großen Teil liegt die Bedeutung jedoch jenseits davon – jenseits der Stimmen –, wie bei Nonie, die ständig sagt: *Daß ich nicht lache*, wenn sie irgend etwas aushandelt oder einen weiteren Schritt in Richtung ihres persönlichen Königreichs der vielen Triumphe und wenigen Niederlagen tut, liegt die Bedeutung im Verhältnis der Königreiche und ihres

Wertes im Vergleich zueinander: so messen wir uns auf relativ abgekürzte Weise aneinander, im Verhältnis zum Gebrauch einer bestimmten Art von Gewalt, in der er geübt ist und ich es nicht bin.

«Sei kein Arschloch», sage ich; und dann hängt es von meiner Schulterhaltung, von dem Maß an Ärger in meinem Blick, von meiner Mundstellung ab, ob ich ihn damit einen Kriecher, einen Slum-Bengel oder einen wirklich unzulänglichen Liebhaber schimpfe ...

Meine Macht – die des Hohns und diejenige, die mir eine gewisse Popularität in der Schule verleiht (meine Meinungen werden beachtet, teils weil ich weder lüge noch diese Meinungen nur taktisch einsetze), da sich der Hohn in der Folge ausbreiten, epidemisch ausbreiten wird – hält ihn zurück, zügelt ihn ein wenig, obwohl er dies zumeist als Beweis seiner *Zuneigung*, seines Wissens um Freundschaft-in-der-realen-Welt ausgibt ... um echtes Geben-und-Nehmen. Er und Nonie bewohnen ähnlich konstruierte Welten – oder Städte – des Gewinnens und Verlierens, des Status, der Position. Sie sind sich ähnlich bewußt, daß sie einen Haushalt mit anderen Kindern, anderen Bürgern teilen, die auf elterliche Zuwendungen angewiesen sind, welche man unter Unbehagen und Zank – und obwohl es einem das Herz zerreißt – teilen muß.

Sein Mund zuckt – höhnisch: das ist kein machterfüllter, kein mächtig schmähender Hohn. Die noch am ehesten relative Haltung, die mich noch am ehesten einbezieht oder mir gestattet, vorhanden zu sein, besteht in einer Art Schwäche, mit der er sich schmückt – allerdings ist sie echt. Vielleicht bin ich boshaft, denn ich schmücke mich mit einer ähnlichen oder entsprechenden, vorgetäuschten, artigen, hauchdünnen Schwäche. Nun wird er reglos, mißtrauisch, sichtet fast eine Wahrheit – wie man vielleicht beim Aufstieg zu einem Berggipfel im Kiefernwald einen Hirsch oder den Wedel eines Hirsches sichtet. Er verdächtigt mich eines emotionalen Taschenspielertricks – einer gewissen Mißachtung dieser *Dinge* – der Elemente seiner Wirklichkeit – verdächtigt mich in solchem Maße, Moment auf Moment, daß es mich drängt, etwas auszuprobieren: «Du bist *wirklich* ein Arschloch ...» Er könnte nun so verletzt, so wütend, so sonstwas sein, daß er davonmarschieren wird. Ich sehe mich *gezwungen – GEZWUNGEN* –, zu lächeln und ihn an der Schulter zu packen, wenn ich überhaupt an jener *sexuellen* Intimität interessiert bin, die mit ihm möglich ist.

Da er so gekränkt worden ist, folge ich ihm nun, wohin er mir vorausgeht – er kennt Abkürzungen von hier zu sich nach Hause, und sie zu nehmen bedeutet, daß wir größtenteils hintereinander gehen müssen, daß ich ihm folge. Er kann mir unter keinen Umständen folgen. Er hat mir einmal erklärt, er habe eine stolze Seele.

Ich sehe in ihm die Welt, die Nonie bewohnt – diejenige, von der Lila spricht –, sehe sie jedoch klarer und weniger schockierend unmittelbar, wenn ich sie losgelöst von Geschlechtsunterschieden (und Familienangelegenheiten) vor Augen habe, und im Wesen eines Jungen ... eines älteren ... eines sehr muskulösen, wie gesagt ... und wohlhabenden, nicht armseligen Jungen. Wie ich sehe, glaubt er, glaubt und denkt er, daß die Zeit uns nicht verändern wird, daß wir uns gerechtermaßen nicht abwechseln werden, da es noch keine Gerechtigkeit gibt, und daß jede Veränderung, die unsere Positionen betrifft, durch ihn zustande kommen wird – durch seinen Willen, seine Geschicklichkeit; doch wenn ich ihm auch durch Gärten und einen Feldstreifen folge, den ein Farmer noch nicht an die Erschließungsunternehmen verkauft hat, bin ich überzeugt, daß er voll Zeitlosigkeit und lebloser Stellen ist, daß er nicht den Willen hat, irgendwie anders zu werden, und daß ich ihm endlos ausweichen kann, weil ich in der Zeit lebe und mich bewege ... Vor mir, seine Rückseite: sein Hinterteil in Bewegung, buchstäblich die Fassade seiner Eitelkeit, Verkörperung der *Männer*, der Wirklichkeitselemente, mit denen er das Brettspiel seines Weltbilds spielt: ist er vor mir sicher? Ich bin phallisch größer als er, klüger auf den wenigen Gebieten, auf denen ich klüger bin: ich bin oft gekränkt, oft voll Groll auf mein Leben im Vergleich zu seinem, auf ihn und und sein Wesen: ich bin es oft leid, geduldig zu sein: ich sehne mich oft danach, ein entsetzliches, intimes, geheimes Verbrechen zu begehen und dann darüber zu *lachen*: ich habe ihn oft satt, in einer Hinsicht immer – er ist nicht, was ich begehre. In letzter Zeit habe ich mir überlegt, ich müßte zu akzeptieren lernen, was mir gegeben wird, doch manchmal möchte ich alles in meinem Leben umwerfen: ich habe etwas enorm Respektloses, sogar Verachtung in mir – darauf bezieht sich dieses *Daß ich nicht lache*, wenn ich es sage oder denke, auf jenen nächsten Zustand, jene seelische Qualität, in die man vielleicht eintreten kann, durch eine Tür, willentlich ...

Doch das heißt nicht, daß er mir gleichgültig ist. Ich sage noch einmal, er ist ein *älterer Junge* ... zweieinhalb Jahre älter als ich. Wir sind gleich groß; er wiegt fast zwölf gut verteilte Kilo mehr als ich. Ihm nah zu sein heißt, der Demütigung nah zu sein, die einem das steinerne Antlitz einer Steilwand oder der furchterregende Brustkorb, die Vorderläufe – und Hufe – eines Pferdes antun. Niedergetrampelt und verschüttet, überwältigt, zu Boden geworfen, bezwungen zu werden: all das ist hier präsent. Würde ich also versuchen, ihn umzubringen? Ihm mit einem Stein den Schädel einzuschlagen? Ihn in der Schule so zu demütigen, daß er es niemals vergessen würde? An manchen Tagen ahmt er glücklos meine Haltungen und mein Mienenspiel nach – das ist mir widerlich – es ödet mich an. Ihn aus der Distanz zu sehen – seine Haltung, die physische Kraft, die Bewegungen – aus der Distanz zu spüren, daß er mich imitiert – manchmal überfällt mich da ein Schauder ... von Macht? Weil Fäden von mir zu ihm führen? *Physische?* Moralische? Unmoralische? Die Dinge in mir tragen keine Namen. Er und ich, wir haben der Schule gegenüber Geheimnisse. Was bedeutet es, wenn ich seine Liebe so annehme, wie sie ist, sie manchmal annehme, vielleicht meistens, um meine Familie zu bestrafen. Und dann sträube ich mich wieder dagegen, so zu sein. Ich versuche, ihn dafür gern zu haben, daß er so ist, wie er ist, samt des Hungers, der permanent dadurch entsteht, daß er aus seinen Gefühlen heraus und aus freien Stücken und ohne Bezug zu meiner Wirklichkeit höflich ist. Er ist sehr wahrhaftig – auf seine Art – sehr nobel – aber er hat mich noch nie wahrgenommen. Ich liebe, glaube ich, die Kapazität seiner Brust, die tatsächliche, von Muskeln und Rippenfächern gebildete Weite des Atemraums und den Herzschlag, der schwach zu vernehmen ist, wenn ich neben ihm auf dem Bett in seinem Zimmer liege.

Und die Rückseiten seiner Schenkel, die Konturen seiner Hinterbacken, jedoch nicht diese selbst: sie sind zu konkret, zu konkret als *organisierte* Muskelmassen, als Quellen von Leistung: sie sind jugendlich behaart und als die seinen einzigartig. Sie sind er. Ich verrate ihm nie – oder sehr selten – irgend etwas Wahres aus dem Inneren des Gebildes aus Knochen, Gewebe, Haut und mickrigen Muskeln, das ich bin. Remsens Gesicht mag ich nicht. Ich mag die Formen nicht, die seine Courage annimmt – vielleicht bin ich eifersüchtig ... Ich äffe ihn nach: ich sehne mich nach dem Idealen, so wie im Traum, wo die Welt, der Himmel, der strahlende Rand im Laub der Baumwipfel in meinem Kopf existieren: das *Ideale* bezeichnet meine Nähe zu Gott – oder zur letzten Wahrheit: der Ebene des suizidalen Mörders. Letzte Dinge sind todesnah. Ich habe ihn nie geküßt. Nie zärtlich berührt. Ein Teil von mir hört nie auf, sich über ihn lustig zu machen – die Ströme von Zeit, die Komitees von Ichs, die ich bin, eilen in bezug auf ihn dahin wie ein Bach oder ein lächerlich ratterndes Fuhrwerk. In seiner Gegenwart beziehe ich – ich als männliche Nymphe – mich auf die *Wahrheit* nur aus dem Blickwinkel bestimmter Lehren oder des Nicht-Wahren: ein Raum für Lügen bildet sich, wenn ich in Remsens Nähe bin, eine Bühne; es ist, als wären wir geschminkt, um die Traumobjekte des Theaters, seines Denkens, seiner Auffassung vom Idealen vorzutäuschen. Ich verwende, wenn ich mit ihm spreche, selten andere Worte als seine eigenen, wenn ich es jedoch tue, zerbricht er – vorübergehend; und oft reagiert er zornig, zornig oder traurig. Wenn ich ein Hirnforscher wäre, würde ich sagen, daß dem Schmerz *Ideen* zugrunde liegen und daß *Ideale* Handlungen erzeugen und im Privatleben als Kondensationskerne von Trost nützlich sind, daß sie jedoch niemals als öffentliche Räume benutzt werden dürfen und daß man sich eben darum klarmachen muß, daß sie als menschliche Maßstäbe nicht zu gebrauchen sind.

Ich wohne schon länger in University City als er. Ich kenne die Leute hier und bin bekannt. Die Aura der Art und Weise, in der ich bekannt bin, die Anhäufung von Vergessen und Erinnerungen, dies *und dazu* dasjenige, was ich jetzt physisch und mental darstelle – darauf ist er *geflogen* ... Jungenschwärmereien: *Weißt du, wie du jemand auf Dauer fesseln kannst? Sei einfach reich*, hat meine Mutter gesagt.

Ich mach das anders, Mama ...

Ich lebe jetzt seit neun Jahren in diesem Vorort und möchte mein ganzes weiteres Leben in dieser pulsierenden, veränderlichen Atmosphäre verbringen – in diesem Nest ... Diese kurzweilige, diese kleine Angelegenheit ist die Mitte, die bewirkt, daß ich schlafen und meine Träume ertragen kann, daß ich es aushalte, durch die Straßen zu gehen, *gesehen* zu werden. Er, Remsen, *mein Geliebter*, ha-ha-ha, daß ich nicht lache, betrachtet dies als eine Frage des sozialen Status in den USA.

Remsen sagt: «Für einen *Bourgeois* bist du ganz in Ordnung ... Aber die Geschichte wird dich kleinkauen und ausspucken ...»

«Und wenn du da im Irrtum bist?»

«Im Irrtum?»

«Wenn die Geschichte mit mir mehr einverstanden ist als mit dir?»

«Hältst du dich etwa für klüger als Marx?»

Im Dämmerlicht des Spätnachmittags gehen wir nebeneinander durch eine schmale Straße ... Hier und da zeigt sich die Sonne, von Westen her, plötzlich in kahlem Glanz.

«Hältst du dich für klüger als Freud? Als Schopenhauer?»

«Du bist dir wohl sicher, daß du *weißt*, was Freud sagen wollte ...»

«Ich bin brillant», sagt er, und das ist schon wieder reizend. Vor mir wird ein inneres Bild aus dem Vorrat von Erinnerungen an jüngst Vergangenes von Sekunde zu Sekunde weniger jüngst-vergangen und dient zunehmend unterschiedlicheren Zwecken; vor mir, jedoch in meinem Kopf, wackelt Remsens ausnehmend kräftiger und wohlgeformter Po wie die Parodie eines Gesichts – oder die Parodie von Brüsten. Die beiden Halbkugeln stillen nichts, jedenfalls nichts im Sinne von richtiger Nahrung: dies ist das andere Gesicht von Nahrung: das hintere Ende, das *Hintern-Ende* ...

«Das bin ich auch – brillant», sage ich in der Lichtflut aus dem Westen, dem enorm gewaltigen, gewaltig grellen Auflodern von blendender Illuminierung (wenn man das sagen kann) auf der schmalen Straße.

Es ist unschicklich, dies zu sagen, aber wenn er es tat, war es in Ordnung: es war die Behauptung, ihm sei ein bestimmtes Los zugedacht. Er sagte es aus tiefstem Herzen. Ich scherzte nur – ich machte mich über ihn lustig – *wie per usus*, um die damals lokal übliche Wendung zu gebrauchen – ich war nicht mit dem Herzen dabei; und es handelte sich da um etwas Grauenhaftes ... In der Schule betrachteten sie tatsächlich mich als brillant und ihn als gute, jedoch auf diesem Gebiet mindere Begabung.

Ich kann ihn in dem grellen Licht nicht sehen, aber ich fühle, daß ihm der grauenhafte Satz einen Schlag versetzt hat, und ich *fühle* meinen Schnitzer: ob ich nun recht, halbrecht oder viertelrecht habe, wenn ich meine, daß er von Mauern umgeben, nur um sich besorgt ist und nur auf sich verweist, so erlebt er seine Wirklichkeit doch bewußt. Die Krieger und die plötzlich Toten sind da.

«Das war eine gesellschaftlich dekadente Bemerkung», sagte ich. Im grellen Blendlicht kann ich seine Schultern ausmachen, wenn auch nicht als vollständiges Bild, nicht einmal als vollständige Kontur, und seinen Hals und den Umriß seines Kinns. «Meine. Du bist ja alles, und alles ist du ...»

Mir ist vom Friedenschließen so übel, daß ich ohne Vorwarnung in einen leichten Trott verfalle, aber dann drehe ich mich halb um, sehe ihn nun als zugleich illuminierte und ausgelöschte Gestalt und sage: «Na komm schon, mach den Schrittmacher für mich ...»

Er zaudert eine – mörderische? – Sekunde und läuft dann los: er rennt an mir vorüber und voraus. «Komm schon, Arschloch», sagt er ... Es gibt für uns keine feste Rangordnung, für ihn und mich – wir sind egalitär, demokratisch. Sein egalitaristisch-demokratischer, möchtegern-sozialistischer, absolutistischer und All-umfassender Hintern bewegt sich vor mir her in einem Schatten, in dem ich ihn, während ich hüpfend laufe, als etwas physisch Edles sehe, als deutlich im Schatten, edel genug für mich.

Nun sind wir bei ihm im Garten hinter dem Haus, nachdem wir schmutzig dahergeredet haben, während wir, noch keuchend vom Rennen, durch die Garage gegangen sind. Es war ein seltsames Gerede, seltsam als *schmutziges* Gerede ... semi-medizinisch.

«Weißt du, was ein Diaphragma ist?»

«Nein. Du?»

«Nein. Mir gefällt einfach der komische Klang ... Koma, Kopula, Sperma, Phlegma, Diaphragma ... Oh, jetzt weiß ich, das ist ein Bruder von Graf Dracula!»

«Du hast bloß Angst, daß Vampire über dich herfallen ... daß dir der Pimmel abfällt ...»

«Wenn Vampire über dich herfallen, fällt dir der Pimmel *nicht* ab: Dracula war ein toller Liebhaber ...»

«Magst du den Geruch von Sperma?»

«Nein! Bahh ... Du denn?»

«Man sollte ihn mögen – man sollte alle seine natürlichen Säfte und so weiter mögen ...»

«Meine Güte, Remsen! Ich weiß nicht, ob ich das schaffe ... Wenn du vom Ficken träumst – aber erst mal, hast du in letzter Zeit davon geträumt?»

Etwas mißtrauisch, weil er sokratische Dialoge haßt: «Hmm – warum?»

«Hast du da von deinen Bewegungen geträumt, und nicht von *ihren*? War's eine spezielle Möse?»

«Weiß ich nicht: warum?»

«Weil's bei den letzten drei Malen, wo mich so ein Traum erwischt hat, immer so anfing, daß ich jemand anders irgendwen ficken gesehen habe, und ich bin eifersüchtig geworden, und dann war's ich, irgendwie mußte ich ringen, aber es gab nur noch mich: nicht die geringste Spur von sonst wem, und mit der Plausibilität stimmte was nicht, und da bin ich aufgewacht, und weißt du was, ich war dabei, die Matratze zu ficken ...»

«Du bist ja schwer krank ... Du solltest mal zum Doktor gehen.»

«Ach ja? Willst du etwa Doktor spielen? Kommst du mir als nächstes damit?»

Sein Vater hatte viel freie Zeit, und bei ihnen im Garten gab es eine Sonnenuhr, auf der *Carpe Diem* stand, und strahlenförmig angelegte Beete mit sorgsam gepflegten Rosenbüschen, alle in Rottönen.

Weiße säumten den Garten. Und gelbe wuchsen in halbovalen Beeten seitlich des Hauses.

«Du bist für mich sexuell völlig uninteressant, *Freundchen*», sagte Remsen. «Du bist ein menschliches Kleenex.»

«Genau.»

«Du hast keinen Sinn für Humor», erklärte er mir. «Du bist *gesellschaftswütig und dekadent* ... ein echter *Bourgeois* ...»

Ich bleibe stehen. Nun ist die Wut – oder die Koketterie, die sich hinter diesem Ton verbirgt – verschwunden: sein Gesicht und sein Atem verändern sich. «Ich hab ein neues schmutziges Heft aufgetrieben ...»

«Du weigerst dich einfach, an meine eigentliche Familie zu glauben, die zur Arbeiterklasse gehört ...»

«Ich wette, sie haben Geld ...»

«Sie sind roh und gewalttätig, Remsen ...»

«Aber du lebst mit Leuten zusammen, die Country-Club-Beziehungen haben ...»

«Gott, hab ich vielleicht eine hohe Position ... Ich, der allseits begehrte Bourgeois ... Das muß dich ja zum Wahnsinn treiben ...» Er war soviel besser gebaut ... Als ich darauf anspiele, wird er fast sanft und blüht auf. «Ich bin eine *lokal leichter annehmbare Gestalt* ... Du hast einen zu perfekten Körper. Du bist zu gebildet – und zu sinnlich ...» Mit den Lügen im wirklichen Leben ist es eine seltsame Sache, sie kippen und biegen sich, während man redet, und schimmern wie manche Arten von Metall und spiegeln etwas glänzend wider, etwas Echtes, Ungesagtes. Ich zögerte erst, dann sagte ich das zu Remsen; ich hörte die diversen Bedeutungen oder Bedeutungsschattierungen: der Satz bewegte sich beinahe wie ein Hund, oder wie ein Otter – oder wie eine Armada von lodernden Ottern ... sprengend, schmelzend ....

Die Sprache, die ich an mir habe, wie sie sich anschmiegt – wie ein Strumpf auf einem Mädchenbein, hat Remsen einmal gesagt – rührt ihn manchmal physisch an – so daß er ein zum Jungen gewordener Geist ist ...

«Erzählst du mir das mit deiner richtigen Familie noch mal?» fragt er bittend und ist da, wo er steht, zwischen den Strahlen der Rosenbüsche, mit Oberkörper und Armen so in den von Gleißen umgebenen Schatten getaucht, daß es als vertrautes Zeichen wirkt, so ähnlich, wie wenn er sexuell bedürftig oder neugierig ist, oder was sonst sich in ihm für mich regt ...

«Der Blutsverwandtschaft nach stamme ich aus der Arbeiterklasse – außer, du rechnest meine leiblichen Onkel mit –, und aus einer viel, viel niedriger rangierenden als jede, von der du abstammen kannst. Mein richtiger Vater wohnt an einer Straße, wo es nur ein paar Häuser gibt, eine Wohngegend ist das überhaupt nicht, und in den Häusern da wohnen vor allem Gefängniswärter. Verstehst du, was ich meine?»

Er antwortet nicht. Er ist in Bewegung – wie ein Gedanke – zwischen den Büschen, am viellippigen Schweigen der Rosen vorüber in das Gleißen hinein, dort, wo nicht weit von der Hintertür des Hauses der Schatten der Garage endet. Mit meinem neu arrangierten, meinem *derangierten* Gesicht, meinem fliegenden, flappenden Haar, als ich mich auf dem quietschenden Bett niederlasse – in Remsens Zimmer – ich: ich bin bekleidet, zugeknöpft, ich habe ein langärmeliges Hemd an –, bin ich *un jeune homme fatal*, auch wenn Sie es auf den ersten Blick kaum glauben würden. Wenn ich ehrlich wäre, müßte ich sagen, daß manche Leute das wirklich glauben: an manchen Tagen zähle ich, wenn ich für meine Mutter und meine Schwester zum Lebensmittelgeschäft gehe, wie viele Leute auf mich reagieren. Es wird *heiß* ...

Als ich mich auf Remsens Bett niederlasse – schlaksig, eingebildet – bescheiden – einigermaßen froh, hier zu sein statt zu Hause –, bin ich, diesmal, so froh darüber, nicht ignoriert zu werden, daß aus meiner Haltung meine unverweigerte *Freundschaft* zu ihm spricht – mit einigen recht merklichen Vorbehalten – letzten Endes bin ich ja eigentlich nicht hier, außer als Geist-plus-erregbare-Materie, nur neuronal-physisch, vorwiegend jedoch neuronal, da er mich langweilt mit seiner Entschlossenheit-eine-feste-Größe-als-ein-Mann-zu-sein-der-gegen-alle-Welt-obsiegen-wird. Laut sage ich: «Ab und zu mal zu verlieren ist gar keine *so* schlechte Idee ...» Und er ist in der Absolutismus-Relativismus-Frage nicht ehrlich, obwohl er zwei Aufsätze von Einstein auf deutsch gelesen hat (er hat sie komplett mißverstanden, glaube ich). Ich habe hier kein echtes politisches Stimmrecht: lediglich Macht: es ist eine *sehr zerbrechliche* Liebe, nicht als Empfindung in mir, sondern als Kolorit und Territorium, in dem ich agiere und mich bewege. Sie ist introvertiert, unsauber, approximativ ... nicht ideal ... Aber es ist Liebe.

Er fragt – also, er hat sich gestreichelt, aber nicht eingehend, und die Hand auf den Brustmuskel gelegt; daß der Kontext ein sexueller ist, interessiert mein Blut, sozusagen, und meine Nerven, deren tickender Sinn für Bedeutungen allmählich unscharf wird – er fragt als Beitrag zu einem fortlaufenden Gespräch über Dominanz und die utopische Möglichkeit, jeglicher sexueller Grausamkeit zu entkommen: dies soll mich *erregen* und eine moderne Attitüde (eine moderne Attitüde als Absolution) darstellen: «Also, würdest denn *du* eine Frau schlagen, damit sie dir keine Szene macht?»

«*Schlagen* würde ich sie nicht ...»

«Würde dir der *Gedanke* kommen, du solltest sie schlagen?»

Ich habe eine Erektion, und er auch ... Ich habe eine partielle Erektion, eine bestimmt Art von Erektion, ein Zeichen von Spannung.

«Nein», sage ich.

«Sagst du das, um mir wieder das Gefühl zu geben, ich wäre Proletarier?»

«Himmel, ich weiß nicht ...» Er hat mich gebeten, ihm gegenüber nichts zu erwähnen, was mit Psychoanalyse zu tun hat, und ihn weder nach seiner Analyse noch nach dem Psychoanalytiker zu fragen, zu dem er geht: an diesem Punkt hier geht es um Dinge, über die zu sprechen mir verboten ist. Ich bin ein nützlicher Idiot für ihn, der Boden, auf dem er die Balance finden wird, um heldenhaft von hier zu einer anderen und natürlich tieferen Affäre zu gelangen. Eine Pose: *Wir sind hier beide Versager* – Bestandteil einer Verführung, einer Art Verführung, ein Schritt hin zu einem geheimen Einverständnis, das er in gewisser Weise absolut steuert, doch nicht ganz. Damit zu konkurrieren oder eher, mich daran zu messen, mag eine der Sachen sein, die mich amüsieren, wenn auch vielleicht nicht genug.

Wenn ich betrachte, wie er in der Schule agiert, dann komme ich zu dem Urteil, daß er sehr wenig über sozialen Status und dessen Bestimmung in diesem Land (und in anderen Gesellschaften) weiß, dafür aber all seine Sorgen, all sein Leid verdreht, bis er meint, sie ließen sich durch seinen sozialen Status und das korrupte System erklären, das dahintersteht.

Damit geht er von einem symbolischen Modell aus, das auf Unwissenheit und persönlicher Wahrnehmungsverzerrung beruht – eine ästhetische Sache stellt sich als letzte irdische Wahrheit dar, was ja in Ordnung wäre – außer daß in einer korrupten Kultur, wenn man ihr treu bleiben will oder ihr aus psychologischen Gründen, um atmen zu können, treu bleiben muß, Unwissenheit in bestimmten Dingen zum Kennzeichen mangelnder Treue wird und damit zu Ignoranz, Blindheit ... zum Verhängnis.

Was einem dann eine miese, tiefere, verhängnisvolle Stellung einbringt. Dabei geht es nicht darum, welchen Geblüts man ist oder ob man einer geachteten Tradition angehört. Remsen hat schlicht keine Spur von Sinn dafür, wie bestimmend Vorzüge, Verweigerungen, eigenwillige und unerschrockene Akte, Angebote von Vergnügen und zwischenmenschlicher Absolution sind, wo es um Fragen der Klasse geht. Obwohl er sexuell diese Art Absolution erwartet ... Oder, wie ich besser sagen sollte, er ist sich bewußt, daß sie existiert, erwartet sie jedoch für sich nicht.

«Sagst du das, um mir wieder das Gefühl zu geben, ich wäre Proletarier?»

«Himmel, ich weiß nicht ...» habe ich gerade gesagt. «Nein», sage ich. Dann ungerührt aufmüpfig, vielleicht aus Langeweile: «Ja –»

Er sieht einfach zu bemerkenswert aus, ist zu mächtig und belesen, um einen nicht zu reizen, wenn er so dummschlau auf dem Thema der sozialen Klasse herumreitet. Er möchte sich nur ein bißchen zieren.

Mit dem Savoir-faire von jemand, der älter und gewichtiger ist als ich, sagt er: «Na, dann, ehemm .... saaag mir doch mal, ehemm, die Waaahrheit ...» Er glaubt, er spricht korrekt. Sein Akzent und seine Manierismen sind nicht angenehm. Aber auch nicht *zum Schießen* - wie man damals bei uns gern sagte. Sie sind nicht gerade abstoßend, aber er bemüht sich auch nicht richtig zu gefallen. Als ich mich nicht äußere, schielt er mir erst auf die Hose, zwischen die Beine – ich hänge diagonal auf dem Bett herum, in einem gewissen Abstand von ihm, jedoch in der intimen Situation, mich mit ihm auf demselben Bett aufzuhalten –, bringt mich irritierenderweise erst aus der sexuellen Stimmung, in der ich war, kommt dann im falschen Moment auf den Punkt und sagt: «Willst duuu, äh, mir beim, ehemm, Masturbiiiier(e)n – zuseh(e)n ...?» Als ich nicht antworte – ich bin unentschieden –, setzt er hinzu: «Späää-tär ...?»

Ich ziehe die Brauen hoch, ohne den Blick scharf zu stellen, so daß es wirkt, als würden ihn die Haare um die Halbmonde anschauen ...

Jedenfalls wird eine andere Art von Sehen suggeriert. Ich brauche in seiner Nähe nicht ehrlich vor mir zu sein. Lügen innerhalb eines bestimmten Radius von Unwahrhaftigkeit, wenn ein bestimmtes Verweisniveau gewahrt bleibt, sind hier OK – sie sind das einzige, was hier möglich ist. Er atmet auf eine Art, daß es kein Seufzen sein kann: er will sich bemühen, dafür zu sorgen, daß ich erregt werde ... Meine Errektionen, die schließlich faktischer Natur sind wie mein Talent als Vierhundertmeterläufer und wie mein Notendurchschnitt (eine Punktzahl von 101+, womit sie zeigen wollen, daß ich unerwartet gute Schulleistungen erbringe), sind für Remsen wirklicher, als ich es bin. «Du hast gesagt, du hättest ein schmutziges Heft ...»

«Das ist nicht obszön: es ist wirklich schmutzig ...» Er holt es aus einer Nachttischschublade, in der locker durcheinander schmutzige Hefte, schmutzige Photos liegen, und reicht es mir.

«Hast du die da ständig rumliegen?»

«Mein Mutter putzt hier nie – nur Sarah. Und die glaubt, ich komme in die Hölle, aber sie verpetzt mich nicht ...»

«Gefällt es Sarah, daß du in die Hölle kommst?»

«Sie liest die Hefte nicht», sagte er. «Ich lasse Sachen drin, damit ich's überprüfen kann.»

Er irrt sich manchmal in dem, was mich berührt, versteht es aber oft, eine Wirkung zu erzeugen, und weiß, wie diese Sachen bei mir funktionieren und mich berühren. Tatsache ist, daß er mich besser kennt als ich mich selbst. In einer lässig und sprunghaft *schmutzigen* Atmosphäre will er nicht endlos über seine soziale Stellung oder Klassenfragen diskutieren, und das läßt mir Raum – ein bißchen Raum –, auch noch vorhanden zu sein; er wird mich in den nächsten paar Momenten nicht ärgern – wenn er es über sich bringt –, und das schafft auch Raum: es besteht eine Art obszöner Waffenruhe.

Bei seinem Aussehen, den hellen Augen, den dichten, starren, dunklen Wimpern, den starken Lidern, seiner irgendwie *gleißenden* Präsenz – dem durchdringenden, fast blendenden Ost-und-Morgenlicht-Glanz frischer Gesundheit, den seine Haut ausstrahlt – ist es mehr als tolerierbar, wenn ich nicht über das Leben hinter der heuartigen Hitze und den Sommerdüften seines Äußeren nachdenke: angesichts der Garben optischer und taktiler Details menschlicher Partien – dieses einen Menschen – in den Fragmenten, zerrissenen Bögen, Schauern und zerfransten Tüchern von Licht, von brillant hingeworfenem Nachmittagslicht und seinen Schatten (etwa auf dem Fensterrahmen) im Raum, und während ein paar einzelne Strahlen kreisen wie vereinzelte, spähende Blicke vom Himmel her und das Gleißen rings um das Haus und unter unserem wolkenlosen Teil des Himmels wärmen und verlocken, *spielt man herum* – sündigt –, von Licht umgeben, während man sich ein schmutziges Photo ansieht und in dem blöden Heft liest, das wahrlich vollkommene, blendende, blendend auslöschende Lust verspricht.

Einen Moment lang stört man sich an seiner doch allzu deftigen Präsenz. Was aber, wenn er die Seele der Menschheit wäre oder so etwas? Oder wenn Nonie es wäre? Was, wenn aus Versehen letztlich ich es wäre – oder wenn ich letztlich so vergänglich, flüchtig und körperlos wäre wie das Licht in diesem Raum? Wenn Remsen der wahre Abglanz eines letzten Absoluten im All wäre? Und ich am Ende gestraft werden sollte – unterwegs zum Lethestrom wäre?

Ich halte meine Karten bedeckt, vermeide sorgsam zu seufzen und sage: «Willst du in sozialistischer Brüderlichkeit wichsen?» Dann: «Oder lieber nicht?»

Er überlegt einen Moment, ob er sich von mir aufziehen lassen soll – ob ich dazu berechtigt bin ... ermächtigt bin ... ob es in meiner Macht steht ... Er kennt meine Stimmung, meinen Status alles andere als genau.

«Ja», sagt er, «zeig mir deinen Schwanz ...» Er läßt einiges darin mitschwingen und gibt der Bemerkung einen kaum merklichen Anflug von Gerissenheit, um darzulegen, daß er *ganz Herr der Lage* ist ... heroisch Herr der Lage. Da behauptet er zuviel: daß er entziffern könne, was immer ich empfinde, daß er hier nicht der Narr sei. Gesellschaftlich (oder sexuell) ist es eine Katastrophe, wenn Sie für andere nicht mehr begreiflich sind; jeder, der behauptet, er begreife Sie, bringt Sie dann in die Klemme. Sie kommen nicht umhin, ihm entweder zuzustimmen oder ihn zu kränken.

Schlimmer noch, wenn man für ein paar Stunden mit jemand mehr oder weniger Gleichaltrigem zusammen ist, der an Klischees glaubt, dann muß man ebenfalls in Klischees denken, sonst wird das Ganze entweder zum Alptraum oder zum offenen Kampf – nicht selten zu einem richtig gewaltsamen, als ob man ein Dämon wäre, ein Kobold, ein Troll; als ob der Umstand, daß man sich von diesem anderen Jungen (oder Mädchen) unterscheidet, bedeute, daß man einem Heer unsichtbarer Mächte angehört. Und das kommt nicht einmal nur auf sprachlichem Wege zustande ... Ich meine, sicher, sprachlicher Snobismus wirkt nun mal dämonisch ... wie Galle und Schwefel ... Aber es *reizt* mich, so tun zu müssen, als würde Remsen mich begreifen. ... Irgendwie tut er das natürlich. Wenn ich so tue als ob, dann funktioniert sein Kram teilweise. Ich fühle mich wie geknickt, zusammengeklappt, als säßen wir, er und ich, eingesperrt in einer Spielzeugkiste oder so, aber teilweise *funktioniert* sein Kram. Es ist nicht so, als wäre man mit einem hilflosen Mädchen zusammen. Es funktioniert, manches davon funktioniert nicht, und der Dämon hier bin eigentlich gar nicht ich. Gereizt durch seinen Anspruch, er sei im Besitz der absoluten Wahrheit – und zu absolutem Verständnis fähig –, rede ich auf eine Weise, die ihm vertraut ist – ich meine, wie *man* für sein Gefühl eben redet, mit Ausnahme mancher Mädchen: «Sozialismus ist doch Quatsch», sage ich. «Wie sollen denn die Herrschenden da kontrolliert werden? Macht korrumpiert. Mehr Macht korrumpiert mehr. Absolute Macht korrumpiert absolut ... Anspruch auf absolutes Denken zu erheben korrumpiert. Du brauchst einen Wähler-Sozialismus – und den kriegst du wahrscheinlich nicht. Das ist der Haken bei deinem Stalin ...»

«Du bist hier der Quatschkopf», sagt er. Das stimmt zwar, aber ich finde auch ziemlich richtig, was ich sage – zum Teil. Remsen fährt fort: «Er [Stalin] muß eine große neue Idee vor Mördern schützen ... vor den toten Männern der alten Regimes.»

Kaum jemand wirft einem etwas vor, was nicht auf ihn selbst zutrifft und ihm an der eigenen Person angst macht.

«Oh, was für ein Quatsch ... Wenn jemand das durch Macht bewerkstelligen muß – also, Macht bleibt Macht, mein lieber Freund ...»

«Nicht gerade ein berühmter Aphorismus», sagt er, beinahe bescheiden vor Triumph (wegen seiner Replik). Doch ich schaue zu ihm hin, und seine Augen leuchten herrisch. Mit einer Hand streichelt er sich zwischen den Beinen. Ekelhaft ... Ich lächle nachsichtig.

Güte, die ihm gilt, demütigt ihn ... irgendwie.

«Hör auf, dich zu befummeln ... Deine Mutter glaubt, wir führen ein intellektuelles Gespräch ...»

«Das hier ist intellektuell», antwortet er herrisch-schlausophistisch (denn er erklärt Sex dieser Art zur *intellektuellen* Tätigkeit). Ich höre seinen Reißverschluß aufgehen; ich sehe ihn nicht an. Aus Erfahrung weiß ich, daß er schläfrig dreinblickt und seltsam wird, wenn er sich an der Luft präsentiert – ich glaube, er ahmt da einen Jungen oder mehrere nach, die er früher einmal gekannt hat, aber vielleicht ist es für ihn ein natürliches Gebaren – mir ist es fremd und unheimlich.

Nach einigen langen Sekunden davon erwacht er dann gewöhnlich und nimmt sich wahr, dann mich ... was mich bewegt, wenn ich hinsehe ... Ich sah nicht hin. Ich hatte vor, heute weder hinzusehen noch mich von ihm bewegen zu lassen, aber ich tat's und war bewegt; und dann grinste ich irgendwie vage bei hochgezogenen Augenbrauen und schaute – gelassen – fort, mitten hinein in die Wirklichkeit hier, wie er sie immer wieder definiert hat, das heißt, ich blickte direkt in das lichtlose *Wir-lieben-uns-nicht* hinein ... Er konnte sicherer (und vernünftiger) lügen als ich und spürte mit größerer Erregbarkeit und Bereitschaft zur Verdammung Unwahrheiten auf – womit ich nicht Lügen meine; ich meine das Versagen eines absoluten Prinzips ... des Absoluten ... Unweigerlich ist eine Wahrheit, von der Remsen überzeugt ist, eine totale, unwandelbare. Was er auch tat, stets beleuchtete sein Gesicht je nach seiner Logik bald düsterer, bald lichter die Handlungen, die er gerade ausführte – mit einem pragmatischen Relativismus, den aufzubieten meine physischen Kräfte doch um einiges überstieg. In vieler Hinsicht war ich auf ihn, auf seine Wesenszüge eifersüchtig. «Ich bilde mir gern etwas ein», sagt er. Und dann sagt er: «Ich lüge gern ...» Eine Art Unschuld, während er mit sich *spielt* ...

«*Meine Mutter* sagt das immer ... » Ich komme im Moment nicht auf den Begriff *Willensfreiheit* ... «Niemand läßt sich durch Wahrheit gern beschränken ...»

Er streckt die Hand aus, um mir zwischen den Knöpfen des Hemdes über den mageren Brustkorb zu streichen – mit einem langen, knubbligen, leicht behaarten Finger. Wie meine Mutter liebt er mich kalt – wenn er mich denn liebt: kalt, abgesehen von der Erregung, welche die wechselnde Antwort auf die Fragen *Wer-ist-der-Boss* und *Wer-liebt-im-Moment-wen-mehr* erzeugt: wie sonderbare Historiker führen sie darüber beide gerne Buch – auf unterschiedliche Weise.

«Ich nehme die linke Hand», sagt er. Im Moment herrscht Kälte. «Sexuell bin ich jetzt Beidhänder: ich habe mich darauf trainiert ... Was wird die Frau, die mich mal kriegt, sich glücklich schätzen ...»

Er berührt einen – meinen – Körper, um in Fahrt zu kommen. Vielleicht berührt er mich in der Hoffnung, mich in Fahrt zu kriegen. Es ist ein *kaltes* Geschäft – in mancher Hinsicht heiß, doch diese Hitze ist ein Nebenprodukt, die Resthitze von Amateuren.

«Schlechter Sex ist ein Herold der *Normalität* ...»

«Ein *Herold*?» fragt er.

«Ein Vorbote, ein Versprechen ... ein Zeichen ...»

«Du und das Wörterbuch», sagt er. Er sagt: «Hast du Lust, aus Marquis de Sade vorzulesen?»

«Mir fehlt nichts», sage ich. *Laß mich in Ruhe,* bedeutet das.

Meine Dreistigkeit, meine Halbdreistigkeit, diese halb anmaßende Wahrnehmungsstärke, oft semi-sprachlich, ihrem Ursprung als Wahrnehmung eines Jungen noch sehr nahe – und wie sich daran erweist, daß ich mich dem Vorortvokabular, manchen geheimen Wörtern und Wörtern für geheime Dinge verbunden fühle: zu großen Teilen erregt mich dies an ihm ... daß man die reale Welt, Gefühle und Motive aus Wörtern und Untertönen, Andeutungen und dergleichen erschließen kann, und daß dieses *Wissen* dann einigermaßen töricht als *Kastenzeichen* betrachtet wird.

Je länger er mich kennt, desto ähnlicher wird er mir in manchen Manierismen – und Fertigkeiten; und oft bekundet er Überlegenheitsgefühle, weil er gelernt hat, was ich gelernt habe, weil er es *gemeistert* hat.

«Es gibt niemanden, dem nichts fehlt», korrigiert er mich. «Menschen sind entweder unreif oder reif.» Ihn drängt es fast so, andere zu korrigieren, wie ein Tümmler sein Nasenloch an die Meeresoberfläche bringt – er braucht es zum Atmen, es ist ihm offenbar ein Bedürfnis auf Leben oder Tod.

Ich weiche eine Spur, nur eine Spur, vor seinem Finger zurück – in Wirklichkeit sind es inzwischen zwei geistesabwesende, knubbelige Finger. Ich wende mich ein wenig ab, um für ihn außer Reichweite zu sein. Ich seufze und beginne eine Art nüchtern angestrengten, pantomimischen Zweikampf mit ihm, eine Rempelei, bei der jedoch Stummheit und Distanzierung als Waffen dienen – so sträube ich mich gegen das etwas aufgeilende Geruckel, Gewoge und rhythmische Gehüpfe des Bettes (im Einklang mit den Bewegungen seiner rechten Hand an seinem Ding) und gegen die Gedanken, die Konnotationen. In dieser ozeanischen Sequenz von Sekunden bleibe ich trotz der Bewegungen von Remsens linker Hand – und seines Gemüts – träge gegenüber dem erotischen Moment in mir, das seines reflektiert, erwidert oder aufgreift. Oder damit rivalisiert. Aus Stolz. Und aufgrund eines anderen Empfindens dafür, was sexuell ist? Aufgrund von Tugend?

Moralischer Feigheit? Tapferkeit? Das kreisende, semi-aufgescheuchte Wesen meines Gemüts, die in diesem Alter relativ unkomplizierte Sexualität, sie lassen mich ahnen, wie schwer (und, wenn ich vorausblicke, wie anschwellend, schutzlos, entblößend interessant) es sein wird, mein Leben – und zunehmend, akkumulativ auch die Sexualität selbst – fortzuführen.

Mein Stil ist, träge zu sein ... lässige Überheblichkeit. Remsen nannte das (in anderen Situationen) überhebliche Lässigkeit – das hatte er aus einem Buch, oder mit Hilfe eines Wörterbuchs selbst geprägt. Die beiden Wendungen bezeichnen nicht dasselbe. Er möchte über einen Wortschatz wie meinen verfügen, geht jedoch achtlos – oder lieblos, unbedacht – mit Wortgebrauch und Konnotationen um und glaubt tatsächlich, die Bedeutung stünde fest: überall sieht er universal und absolut Bedeutungsvolles. Ich bin erotisch träge, lässig – was auch immer; und nicht zuletzt aus dieser lässigen Trägheit – dieser suburbanen Tugend – heraus spreche ich die Leute an: was heißt, daß ich mich beunruhigend wenig um erotische Ambitionen schere – *mithin* (das Wort *mithin* benutzt man, um zu imponieren) seltsamerweise zugleich Anspruch auf Sieg-und-Niederlage erhebe, somit im Hinblick auf Voraussicht und Hinterlist Überlegenheit bekunde und den Waffenstillstand anbiete, was melancholisches Hinnehmen der Gegebenheiten und damit einen gewissen Rang impliziert.

Bei solchem Sex – zwischen Jungen, knapp bevor sie zu irgendeiner gesellschaftlichen Existenz erblühen – ist prinzipiell die Akzeptanz des Versagens inbegriffen: hier tut sich ein Bereich von Energien auf, die nicht auf Weitergehendes abzielen: sie zielen auf anderes ab. Nicht Fortpflanzung ist das Ziel; und der Stolz spielt nur eine sonderbar verquere Rolle, wie beim grunzenden, schweißtreibenden Ringen.

Gelassen ignorierte Remsen meine resistente Stimmung, während er sie zugleich einordnete – wenn Sie jung sind, erkennen sie diesem Ton bei einem ungefähr Gleichaltrigen sofort; er sagte: «Wie blutleer du bist. Kocht dir denn nie das Blut?»

Nicht angesprochen zu sein, obwohl doch jemand spricht, erzeugt eine Einsamkeit, als sei man eine Höhle – und in ein Ungeheuer verwandelt; unklar jedoch bleibt, was einen zum Ungeheuer macht, ob Mißgestalt oder Schuppen, ob man Feuer speit oder andere lebendig verschlingt; die Ursachen also bleiben unklar ...

«Der Kalte bist doch du», sage ich in meiner kuriosen Position, dann aber lehne ich mich zurück; ich wälze mich wieder auf den Rücken. Ich sage es nicht tonlos, aber auch nicht mit erkennbarem Unterton. «*Du* sagst doch *immer*, du hast das Herz einer Eidechse ...»

Dies ignoriert er. Auch. Er spricht aus dem atmenden Spiralgehäuse seiner Halluzination: «Sie macht die Beine breit», psalmodiert er. «Ihr flaumig weicher Busch ist ...»

«– zu Lettern geflochten, die *Für Remsen* ergeben ...»

«Warum-bist-du-bloß-so-ein-kalter-Fisch?» fragt er und schuftet weiter.

Vornehmlich spricht er mit sich – spricht vielleicht über sich. Setzt somit auf Beachtung. Ich möchte mich in seine Phantasien einschalten; ich sage: «Miss Gangtinney behauptet, ich wäre ein gewilderter kalter Fisch ... ein Karpfen. Provinziell, sarkastisch ...»

Bekenntnis als pedantischer Aufmerksamkeitsraub: er befiehlt: «Knöpf dein Hemd auf ...»

Sexuelle Befehle zu erteilen war, glaube ich, seine liebste sexuelle Phantasie. Remsen fürchtete Miss Gangtinney. Er war ein ehrgeiziger Schüler; sie eine *wohlgeborene* (für die Maßstäbe von St. Louis – nicht Spitze, aber in Ordnung), dazu sehr gescheite Dame der Gesellschaft, die über viel Einfluß bei den guten Colleges verfügte. Und sie war dafür berüchtigt, daß sie etwas gegen Jungen im allgemeinen und im besonderen gegen gescheite Juden mit hübschen Schwestern hatte, denn gescheite jüdische Mädchen waren, so Miss Gangtinney, im allgemeinen weitaus gescheiter als ihre Brüder; die Brüder verhöhnte sie als unchristliche Streber – das heißt, als unbarmherzig und ohne wahren Sinn für Werte – ohne Sinn für den Wert der Nichtigkeit weltlicher Gesinnung: sie (die Brüder der von ihr bevorzugten Mädchen) waren allzu hingerissen von den *Profiten* (sie war eine kräftige Antisemitin, aber kein Nazi), die in der neuentdeckten Welt zu machen waren ... von dem Profit, den der Geist der Welt abgewinnen kann. Und sie, die Brüder, nahmen nicht die sehr reale Schönheit von Rausch und Niederlage wahr ... nicht die Macht der Frauen, das heimliche Primat der Brüste ... und so fort ...

Sie ist ein verrücktes Huhn – *brillant* und vital –, aber verrückt; eine wichtige Frau, eine Persönlichkeit: eine, um die man nicht herumkommt, wenn man auf unserer Schule irgend etwas lernen will. Mich mag (und verhöhnt) sie. Immerhin verstößt sie meinetwegen gegen viele ihrer Regeln – und, zickiger Störgeist, der sie ist, sagt sie dies auch im Unterricht, sogar vor Klassen, in denen ich nicht bin.

«Ich hasse diese gemeine Zicke», sagt Remsen.

Ich öffne nur einen Hemdknopf. «Sie haßt dich auch.» Ich seufze und bleibe träge. Nichts kann sie an ihm ausstehen – außer seinen Augen. Sie hat einmal gesagt: «Seine Augen machen mich nervös.»

«Auf dir hackt sie ja nicht herum», sagt Remsen wie aus weiter Ferne, in einem mir neuen, unheimlichen, sexuell gefärbten Ton.

«Auf mir hackt sie mit *der Axt* herum ... Sie ist doch selber eine Streitaxt.» Wenn ich im Leben Schwierigkeiten habe, kommt Remsen näher und ist da, nicht eigentlich, um mir zu helfen, sondern vielleicht vor allem, um den verwundeten Liebling, den haßerfüllt Geliebten – was weiß ich – zu betrachten ... Seinem Atmen entnehme ich, daß er zurückkehrt und sich nähert.

Er sagt: «Hast du mit ihr Schwierigkeiten?»

«Sie läßt mir *Raum*», sagte ich schließlich; zu viel mehr an Formulierungskunst sah ich mich , aufgewühlt – aufgewiegelt – von Remsens sexuellem Treiben, nicht imstande. Ich stütze den Kopf auf die Hand und drehe mich herum, so daß ich ihn sehen kann. Wir können einander sehen. Dann schließe ich paradoxerweise die Augen und fange an. Ich habe in Erinnerung, wie gut er gebaut ist – ich fühle mich geschmeichelt. Meine Ellbogen bohren sich in die Matratze. Gibt es Jungen, die dem entrinnen? Werden sie in Ruhe gelassen? Ist es eine Frage der Unscheinbarkeit? Der Tarnung? Ich schlage die Augen auf und blicke an ihm vorbei, so daß seine physische Wirklichkeit unterhalb des wirbelnden und doch reglosen Gletschers meines ziellosen Starrens liegt ... Der Sinn hier bleibt verschwommen – als zögere er, sich physisch zu offenbaren; mir mangelt es an Unterweisung, und keine genetisch vorgegebene Unterweisung zeichnet sich hier ab.

Doch in dieser zögerlichen Spanne – in diesem Zeitloch sozusagen – spürt man stärker, wie die Empfindungen sich entfalten, wie das sexuelle Irgendwas sich auftut, wie die Halluzination einsetzt, sich erhitzt und dann ihre Macht, mich zu affizieren, verliert. Die Einsamkeit hier scheint mir, ebenso wie das eigentümliche Schlingern der physischen Wirklichkeit, von enormem Wert und dennoch wertlos zu sein. *Er* sagt: «Häh? Was soll'n das [heißen]?» Daß Miss Gangtinney mir Raum läßt. Ich muß nachdenken und die Sekunden rückwärts durchforsten, um in meinem Gedächtnis aufzuspüren, was ich gesagt habe. Erneut sagt Remsen: «Laß mal deinen Schwanz sehen ...» Er sagte das mit so nasaler Stimme, daß einem die Sprache wie Gerümpel im Hinterhof seines Geistes – und seines *Körpers* – vorkam ... *Immer* sucht er nach einer Möglichkeit, sich schlauer zu fühlen, als ich es im Moment bin ...

Ich sage: «Mir ist nicht danach ...» Aber ich drehe mich

ein wenig, biege leicht den Rücken. Bei dieser den genitalen Fakten Rechnung tragenden Regung wallt mein Blut auf. *Kurios*, wie wir miteinander in Verbindung stehen, Remsen und ich, auf diesem *kuriosen* Wege. Plötzlich sage ich: «Ich hab ihn schon Stunden nicht mehr gesehen ...» Und ich blicke auf mein Ding hinunter, biege mich stärker durch, und einen Moment lang kommt meinem Schwanz in seiner ganzen Masse und Länge Wirklichkeit zu, auch als Empfindung, doch die Empfindung hat sich verändert, und das Bewußtsein ist unendlich klarer bei dieser Präsentation: hier werden andere Formen des Vergleiches oder Kampfes angedeutet oder vollzogen.

In Remsens Gesellschaft neigte ich dazu, Vokale zu verschlucken und Konsonanten zu *n* zu verschleifen – *Ich han'n schn Stunndn nich nr gesehn* ... Männergequatsche. Umkleideraumpalaver. Unsinniges Vortäuschen eines noch einmal vollkommen anderen Stils ...

Remsen weiß andere Dinge. Er empfindet andere Dinge. Er unterbricht seine Bewegung und folgt doch seinem sexuellen Bogen – was ich nicht könnte; er verfügt über irgendwelche die Genitalien betreffenden Kenntnisse oder mythischen Lehren, von denen ich kaum etwas weiß und für die ich (sinnlich) kein Gefühl habe,es sei denn, ich bin mit ihm zusammen. «Himmel», sagt er. Dann, im Aufstieg auf einem Bogen von Gefühlen, den ich nicht mitvollziehen kann, jedoch teilweise erfreut zur Kenntnis nehme: «Ringen wir ...» Dies gehört zu seinem sinnlichen Traum, seiner Phantasie, er wäre Herkules – oder Samson ... furchtlos ... gigantisch ... verraten, geblendet ... jedoch fähig, alles zu vernichten, was im nahe kommt – nicht alles, was in Sicht ist ... Es handelt sich um eine seltsam physische Semi-Halluzination, um etwas höchst Symbolisches: es gefällt ihm sehr.

Ich sage: «Hauptsache, du kannst Körper kämpferisch berühren, alles andere ist dir gleich ...» Hauptsache, es wird gekämpft. Und: «Nein ...» sagte ich und hörte es mich sagen, hörte aus meinem bebenden Atmen eine Möglichkeit heraus, die Remsen einschloß. Vielleicht nur als semi-quasigefesselten Zuschauer ... eines geringfügigen Ereignissses. Ein größeres Ereignis wäre zu verzeichnen, wenn Alkohol und Drogen oder sonst etwas Entscheidendes ins Spiel kämen. (Die Drogen jener Ära, also Amphetamin, Äther, Opium, Morphium, Chloralhydrat, Aspirin mit Brandy, die übrigen habe ich vergessen – die genannten hatte ich ausprobiert, wie Remsen auch.) *Entscheidend* ist etwas, wenn man dabei *vernichtet* werden kann ... Ich kann ihn schädigen ... Er kann mich schädigen ... Das beunruhigt mich sehr. Ich höre auf. Ich bin entblößt, lehne mich jedoch zurück und lege den Arm über die Augen.

Von *seinen* Bewegungen bebt das Bett. «Ob dein Seelendoktor mich wohl für verrückt halten würde?» Mit Leuten seines Alters ernste Gespräche zu führen, habe sein Arzt ihm verboten, hat Remsen mir erzählt. Dann sage ich: «Eine Frau schlagen? Ihr den Arm verdrehen? Den Hintern versohlen? Unter welchen Umständen? In welcher Atmosphäre? Wenn du so was machst, wer hat dann den größten Kick dabei – verstehst du? Es kann doch nur ein Stück aus einem ganzen Wust von Krempel sein – ich meine, so eine Episode hört doch *da* nicht einfach auf: sie geht doch weiter ...»

«Sie brechen – sie in Stücke brechen», sagte er, ein Semidemi-Koloß, den auf dem Bett die Wut überkam: er redet von einer schwierigen Frau, von einer seiner Schwestern oder vielleicht von männlicher Heldenhaftigkeit irgendwelcher Art. Er wichst so oft, daß dieser Kram, zu dem es nachmittags nicht immer kommt, manchmal, wenn es doch dazu kommt, irgendwie partiell mit einem trockenen Orgasmus endet.

Und seine Mühe, über den Punkt, an dem ihm der Orgasmus nicht gewiß ist, hinwegzukommen, ist emotional nicht bewegend. Er kringelt sich auf dem Bett so zusammen, daß er den Arm ausstrecken und anfangen kann, mein Bein zu streicheln, nicht etwa aus Lüsternheit nach mir – zum Teil ist er

Gentleman –, sondern weil er einer fleischlich-leidenschaftlichen *Idee* von Sexualität nachjagt. Die Geste gilt ihm selbst, ist Teil einer eingebildeten (oder tatsächlich existierenden) sexuellen Rücksichtslosigkeit, seiner sexuellen Wirklichkeit.

«Ich mag nicht traurig sein», sagte ich. Postkoital traurig. Und keine Schuld auf mich laden.

Was er da tat, fand ich insgesamt abstoßend, jedoch tolerierbar, weil es unecht war – ich war nicht daran beteiligt, nicht einmal als Mitverschwörer. Ich meinte, für mich wäre keinerlei echte Verantwortung damit verbunden ... Ich meinte, es wäre so etwas wie eine Übungssitzung.

«Meine Schwestern sind Biester», sagte er. «Lauter gerissene Biester. Ich würd sie zu gern mit dem Wagen plattrollen, kreuz und quer ... Ah ...» Er sucht nach einer erregenden Vorstellung. Vielleicht habe ich mich verhört. Nach einer Vorstellung, die an eine Schockphantasie grenzt. Als ich den Arm von den Augen nehme und zu ihm hinschaue, sehe ich, daß er nicht kühn und klar gestimmt ist, sondern *benebelt* und abgeirrt, sexuell nur halb da – leicht schockiert von sich, erschöpft, unorgiastisch, unbefriedigt. Und daß er es schon weiß. Sie können mit einem anderen nicht über Dinge reden, die er nicht getan hat – Sie können ihn nicht lehren, sexuell zu empfinden. Er muß sein Gefühl schützen, daß sein eigenes Leben im Mittelpunkt steht.

«Ich bin reich», sagt er. «Ich bin ein reicher, *gutaussehender* Mann ... Ein steifer Schwanz ist wie ein Hochspannungsmast ... STROM *ein* ... SSSSS. ... BSSSS ... ISSS ...» Er war in einem Grade erigiert, der mir langweilig und unbedeutend vorkam ... «Krieg deinen hart – ich will das sehen», sagte er.

Im Umkleideraum machten das Typen manchmal füreinander. Es gefiel mir nicht besonders, aber ich fand es *normal*, fand, ich sollte es jetzt tun. Wenn ich *einfältig* bin, dann werden andere manchmal so wie ich, freilich mit einem Gran Verachtung ... Remsen legte gern den Kopf an meine bloße Schulter, wenn ich bereit war, sie zu entblößen, und dann konnte er meinen Bauch sehen, ihn unmittelbar vor Augen haben, während er wichste, was er am liebsten (aber nicht unbedingt nur dann) tat, wenn ich *ernstlich* erigiert und ebenfalls irgendwie am Wichsen war, jedoch nur in halbem Ernst. Wenn es mir ernst war, ließ er bleiben, was er gerade tat, und glotzte nur noch hin. Ich war genital größer als er und aufrichtiger bei der Sache, wenn ich es tat ... wenn *ich* überhaupt etwas tat. Und vor Neugier verlor er sich dann manchmal aus den Augen ... So war es früher gewesen. Gleich nachdem ich gekommen war – oder aber, er bat mich, auf ihn zu warten und gleichzeitig mit ihm zu kommen –, kam er dann auch, trocken; oder nicht trocken, aber emotional trocken, irgendwie ganz der bewußte, erleichterte Gelehrte: spielerisch, ernst und arrogant ... Und danach überkam mich postkoitale Traurigkeit ... Wie auch immer, das tun wir nun nicht mehr. Ursprünglich hatte ich mich davor gedrückt, es verhindert, mich geweigert, es zu tun; ich spreche hier von der Urverweigerung. Inzwischen ist die Verweigerung aber ganz nach seinem Geschmack: ich habe meine mädchenhafte Phase hinter mir; ich stoße ihn nun ab, sagt er gelegentlich. Ich bin gescheit genug, nicht laut zu sagen: «*Du kannst mich doch nie in Ruhe lassen*, wenn ich eine Erektion kriege.» Einmal hat er es als *napoleonische Artillerie* bezeichnet, *der pure Clausewitz*, *bimm*, *bamm*, *wumm*, wollte aber nicht erklären, was er im einzelnen damit meinte, nicht einmal andeutungsweise; und aus seinem Verhalten ließ sich nichts erschließen. Jetzt sagt er: «Knöpf dein Hemd auf ... bitte ... ich will nur hinsehen und an Jean denken ...» Hinschauen, sich an eine Zeit erinnern, als er noch jünger war, und an ein Mädchen denken, mit dem er sich heute trifft? Man wahrt in diesen Dingen einen gewissen Takt ... Man *sagt* nicht nein. Man bleibt lediglich reglos ... lieblos ... träge ... Ein verwirrendes Thema ... eine eigentümlich suburbane Situation ...

Wer ist hier unfreundlicher – er oder ich; ich, weil er die Bitte ausspricht, ich, weil ich mich weigere? Ist das Schicksal, die Bestimmung unfreundlich? Das genitale Schicksal? Die sexuelle Bestimmung – die jedem Mann, jeder Frau einen individuellen sexuellen Charakter, ein einzigartiges sexuelles Leben zuweist? Man sollte dafür mit Furcht und Zittern geschlagen werden, mit einer Krankheit der Seele, der Nerven – mit einer der Seele? Dies gehört zur Welt. Nonie lebt – Remsens Schwestern leben – in jener Männerwelt, die hier in einem kleinen Winkel des Nachmittags zweier Jungen zu erahnen war ...

Das vorläufig Letzte über Nonie

Damals, als ich noch ein kleiner Junge war, an jenem Tag, an dem wir – während des Gewitters – alle aufrichtig waren, da litt Nonie, und sie so zu sehen bedeutete ein Vergnügen und zugleich überhaupt keines.

Daddy ist nicht gerade unaufrichtig, doch in welcher Melange aus Phantasie und Wirklichkeit unterweist er sie, als läge darin Wahrheit, wenn er sagt: «Nonie, Nonie-Schätzchen, du mußt einfach damit aufhören»? Was heißt hier *du mußt*? Worin besteht das *«sonst»*? (*Er ist eben nicht* einfältig – *mich hat er immer verblüfft*, sagte Lila.)

«Nonie, das bringt mich um – du bringst mich um. Oh, Süße, wie kann ich dir denn nur helfen?» sagt er.

Früher, bevor es Schmerzmittel gab, kam es manchmal vor, daß jemand vor Zahnschmerzen wahnsinnig wurde. Daddy will sagen, sie wird ihn noch zerrütten, und wer soll dann für sie sorgen? Besteht nicht darin die Drohung?

Sie kann ihn umbringen, wenn sie so weitermacht, und er wird sich nicht dagegen wehren, aber er wird nicht freiwillig sterben, um ihr zu helfen. Das versucht sie wortlos zu kapieren: man sieht es ihrem Gesicht an, daß sie es zu kapieren versucht, das Kathedralenkind, unsere Kathedralenjungfrau, sie möchte die auf Glas gemalte Ergebenheit des Mannes begreifen, während sie sich in unbändiger Panik befindet, aber ich glaube nicht, daß sie es schafft; sie leidet dadurch nur noch mehr; wird noch verrückter von dem Versuch ... Hier offenbaren sich einige der politischen Grundlinien von realer Liebe, realer Panik.

An ihrer Sicherheit, ihrem Wohlbefinden haben wir unsere Vortrefflichkeit und Kultiviertheit zu messen. In Nonie, in ihren Augen, ihren Idealen, ihrer Art, einen zu berühren, gibt es etwas Ödes, ein Ödland – eine Ferne, eine Landschaft, eine Wortlosigkeit, die gleichwohl noch menschlich ist ... Nonie befindet sich durchaus innerhalb der Grenzen unserer Spezies. Ich schätze, sie deutet Daddys Haltung als Gleichgültigkeit. Gleichgültigkeit, die ihr gilt, fordert Nonie zu Gewaltsamkeit heraus, dieses Mädchen im Gewitter – hübsch, mit zerbissenen Fingernägeln.

Sie schlägt eine Puppe vom langen Holzbrett eines Bücherregals; doch da wird ihr sofort angst und sie sagt: «DAS HAB ICH NICHT GEMACHT. DIE IST EINFACH KAPUTTGEGANGEN. EINFACH SO!»

Die Puppe war gummiartig weich, und sie riß auf; Nonie sagt, sie ist *kaputtgegangen*.

Erst blickt sie durchtrieben drein, dann hölzern unschuldig. Über die Jahre hinweg hat Nonie mir viele Niederlagen beigebracht. Noch jetzt bedroht ihr Schatten mich auf diese und jene Weise. Ich meine es schon ziemlich ehrlich, wenn ich sage: *Möge Gott sie in der Hölle schmachten lassen*.

Der silbergrau-weiße Blitz schiebt rasend schnell einen dunklen Baumstamm heran, ins Fenster, in den Raum. Er fliegt mir in die Augen, ins Bewußtsein, wo er bebt, vibriert, erstarrt.

In der leidenschaftlichen, dünnen Albinowirklichkeit des Lichts steht Nonie da. In Sprüngen weicht es zurück – huscht sogar über ihre gleißenden Augenhöhlen. Auch über Daddys Brust im weißen Hemd.

«GEH MIT IHM REDEN, DU MISTKERL. MACH, DASS ES AUFHÖRT! DAS IST BÖSES LICHT, DADDY.» Dann zu Anne Marie: «STELL DU DICH ANS FENSTER. DU BIST FETT; DU KRIEGST VON UNS GELD – SOLL ES DICH DOCH HOLEN!»

Nonie weiß, sie ist die Betrogene – sie ist kein tüchtiger Anwalt, nicht bewandert im Streit mit Worten und Prinzipien, zumindest nicht vor dem Tribunal heute. Wer immer der Blitz sein mag, warum hilft Daddy ihr nicht? Schatten wie jene, die das Gesicht des Mondes entstellen, füllen ihren Mund: «MACH, DASS ES MAMA UMBRINGT! MAMA ERZÄHLT LÜGEN. MACH, DASS ES MAMA UMBRINGT. ES SOLL SIE VERBRENNEN. ES KANN JA *SIE* SCHWARZBRENNEN!»

Sünden sind jene Akte, die garantiert die Niederlage zur Folge haben. Für alle praktischen Belange war Nonie frei von Sünden gewesen, bis das verdammte Blitzen anfing.

«Um Gottes willen, Schatz –»

Das Kind – ich – lacht über Nonies schmerzgeprüftes, illuminiertes, verkrampftes Gesicht.

«ICH MAG DAS NICHT!» brüllt Nonie.

Innerlich hat sie aufgegeben, bis zu einem gewissen Grade ... zunächst einmal.

Blinzelnd stellt sie sich der vielleicht heiligen Bestie ... draußen ... die plötzlich im Raum ist ... dem engelhaften Flügelschlag dieser Ungerechtigkeit, der Bestie Verhör und ihrer Tatze ... dem Umstand, daß sie, Nonie, nun ihre Bürgerrechte verliert.

Dann greift sie nach der Puppe, die sie vom Regal gefegt hat; sie bückt sich, greift – flink – danach und schleudert sie fort – eine Geste schamloser Unmütterlichkeit.

So ernst ist DER ANSTURM: Sie möchte in diesem ihr grausam übelwollenden Kontext ein frisches, geringfügiges, kindliches Vergehen anbieten, ein Scheinopfer, die Demonstration ritualisierter Wut, wie sie ein flachbrüstiges Mädchen nun mal überkommen kann, das der Inbegriff von flinker Logik und Wohlanständigkeit ist und soeben etwas *Nicht-gar-so-Schlimmes* getan hat ... Hierin vereinen sich auf sonderbare Weise leidenschaftliche und derb-schlaue, jedoch kindliche – und *reine* – Züge ihres Wesens ...

Über ihr Kinn rinnt Speichel, und Daddy weint.

Zu vergeben ist leicht, solange man es nicht mit einem allzu realen Moment zu tun hat ...

Von ihrer Sterblichkeit einmal abgesehen – und in gewisser Hinsicht nicht einmal deswegen –, *braucht* sie sich nicht minderwertig zu fühlen. Als Kämpferin war sie gelegentlich glücklich. Wann immer es ihr notwendig oder ratsam schien, konnte sie sich siegreich, rein, geliebt, wohlumsorgt fühlen, ob es nun einigermaßen der Wahrheit entsprach oder nicht.

Der Schmerz, der mich nach dem Zusammensein mit Leonie erfüllte, der Schmerz, den es mir bereitete, daß ich nicht genügend gemocht wurde und daß Nonie die Welt besser kannte als ich, war für mich so entsetzlich – so bohrend und lang anhaltend –, daß ich gelobte, *das* nie jemandem anzutun, dieses Zeug, das Leonie und Nonie taten, oder Nonie allein, und mich niemals mehr so *gefällig*, wie ich es getan hatte, auf dieses Zeug *einzulassen*, überhaupt niemals sexuell oder sonstwie mit Frauen zu kämpfen ...

Etwa zwölf Jahre vor dieser Nacht jedoch, als ich noch klein gewesen war, hatte ich Nonie leiden sehen. Und hier nun, in dieser Nacht, wirkt Nonie in ihrer Panik erneut unschuldig, unschuldig in einer Hinsicht: in den kleinen Luken, die sich auftun, wo ihre Panik nachläßt, ist immer noch Nonie zu erkennen. Gedanken peinigen sie, Gedanken ihrer Art; sie leidet unter ihrer Art von nachdenklicher Panik. Gibt es so etwas wie eine minderwertige Seele? Was tun, wenn sie in Wirklichkeit ebenso gut sein sollte wie ich?

O Gott! Strafe mich nicht dafür, daß ich über sie urteile.

Die Puppe, mit der sie geworfen hat, ist eine, die sie nie mochte; jene nutzbringende (oder besänftigende) Sünde war gewitzt ... Sie keucht und ist außer sich – und voller Erwartung ... Ein Geist erscheint am Fenster, hinter gläsernem Schleier; der Schleier trieft vor Wasser; mit kehligem Geheul verschmäht der Geist die Opfergabe, rast auf Nonie zu ... und sie kreischt. Macht eine panische Bewegung. Vornübergebeugt umklammert sie die eigenen Schenkel. Das eindringende Licht schwillt an und verebbt. Nonie spuckt und sabbert – sie duckt sich, rafft sich auf; sie harrt aus und ist tapfer – das heißt, sie ist unbußfertig. Ihre Unbußfertigkeit hier ist bemerkenswert.

Ich möchte Nonie gebrochen, bußfertig und errettet sehen. Der Ammoniakgeruch ihres Pipis und ihr rasender Widerstand betrüben mich. Kann jemand sie zur Buße bewegen, ohne stärkere Gewalt als sie, ohne noch Schauerlicheres aufzubieten?

Ich will nicht, daß es so nun einmal ist.

Ist es unrecht, sie so zu sehen, wenn sie so ist?

Nonies offener Mund, ihre soldatisch starren Augen, die Zimmerwände, Anne Maries Gesicht und Busen sind von Lichtsplittern übersät. Die fliehenden Schattenfolien des Regens – die Regenschatten – bilden gleichsam eine grauenvolle Ruine ... Na los, ihr Rabauken, legen wir uns mal alle ins Zeug und RETTEN wir jetzt unsere Nonie. Meine NONIE. Die Regengeräusche gleichen dem Schnuppern eines Pferds, dem Atmen eines Luchses, der mir ins Ohr haucht – im Traum. Nonie schaut Daddy an: «ICH BIN DIR EGAL. NIE BIST DU AUF MEINER SEITE. DU HASST MICH. DU WILLST MICH TOT HABEN. ICH KENN DICH. DU VERDAMMTER HUND. *DICH* LIEB ICH NIE MEHR – GEH RAUS AUF DEN RASEN, LASS DICH VOM BLITZ TREFFEN, DADDY.» Du meine Güte, beinahe ist es komisch – es ist komisch, wenn man herzlos ist. Retten wir sie ... «DU BIST SCHLECHT. DU HASST MICH.» Sie tritt nach Anne Marie: «DU FETTE KUH, GOTT MAG DICH DOCH GAR NICHT. DU SPIELST AN DIR RUM UND LÜGST. GEH DU DOCH HIN, GEH RÜBER ANS FENSTER: LASS *DU* DICH DOCH DAVON VERBRENNEN ...» Nonie meint sicherlich, daß *Böses* frontal nur auf Böses stößt, nicht wahr?

Ich kann mir ein Leben, als frei von Schuld erlebt, nicht vorstellen. Doch, ich kann es.

Nonie ist ein rasendes Kind.

Daddy sagt: «Nonie, du brichst mir das Herz.» Er will sie retten. Er will sie nicht anfassen, solange sie Not, Verrücktheit und was sonst noch alles ausschwitzt, solange sie spuckt, sich windet und vor Panik, vor Seelenhunger und Bitterkeit heiß und fett und kalt ist. Auf Daddys Sanftmut ist kein Verlaß. Heute möchte er *nichts* erfahren: er hat das Gefühl, er wisse genug ... Dieses Gefühl hat er wirklich. Er sagt oft, Nonie sei perfekt; und er meidet sie – vermeidet es, seine *liebe* Ansicht ändern zu müssen, daß Nonie lieb, perfekt und frei von Sünde ist, daß sie nie sterben wird, daß sie mit ein bißchen Glück nie leiden wird: «Nonie, Süße, der Kopf tut mir weh. Bitte, Süße – es ist genug, Nonie, das war nun wirklich genug an *Schmutz* ... Das willst du doch gar nicht, das willst du mir doch gar nicht antun. Mir bricht das Herz, Nonie.»

«FASS MICH NICHT AN! DU LÜGST! ICH SCHEISS AUF DICH, DADDY. ICH WILL WEG VON DIR. ICH WILL FEINE LEUTE KENNENLERNEN.»

«Nonie, du weißt nicht, was du da sagst. Dir gefällt es doch zu Hause. Das Wunderland ist genau hier. Du wirst noch merken, daß ich recht habe. Hier bist du den Leuten wichtig, das kann ich dir versichern, Schatz. Sei doch gescheit, Süße.»

«ICH HAB DIE BRIEFE IN DEINEM SCHREIBTISCH GELESEN! ICH WEISS ÜBER DICH BESCHEID. ICH WEISS, WAS FÜR SACHEN DU MIT ANGELA MACHST.» Angela Martin leitet sein Büro.

Er dürfte von Nonie nicht in einem so traurigen, sehnsüchtigen Ton verlangen, sie solle gescheit sein. Das schabt an ihren Nerven und an ihrer Empfindlichkeit, an ihrem Lebensgefühl.

«Nonie ...» sagt er.

«DU WEISST GAR NICHTS», sagt sie. «DU WEISST NIE WAS – ALLE SAGEN, DU BIST EIN IDIOT ...»

Sie ist außer sich. Es ist klar, daß sie ihn liebt, wenn auch vornehmlich auf diese anklagende, fordernde Weise.

Ich glaube nicht, daß ich unter *Liebe* das Recht verstehe, von einem anderen zuviel zu verlangen.

«Nonie, bitte: lern doch, zu vergeben und zu vergessen. Wir sind nun mal, wie wir sind; alle müssen lernen, sich mit dem zu begnügen, was sie kriegen können. Wir können nicht über jede Kleinigkeit Buch führen, sonst landen wir auf der Müllhalde.»

«GEH WEG!» brüllt Nonie ihn an. Dann, wie zu einem Geist (wen sie anspricht, ist unklar, vielleicht Lila – vielleicht mich): «ER IST *MEIN* VATER, ER LIEBT *MICH*. DU WILLST DOCH BLOSS, DASS ER NUR WAS FÜR DICH TUT. DU BIST SELBSTSÜCHTIG, UND ICH HASSE DICH. WANN STIRBST DU ENDLICH ...»

«Wir wissen, daß du's im Augenblick nicht leicht hast», sagt Daddy mit Grabesstimme. Er hört ihr nicht mehr zu.

Bei rasendem, unheimlichem Licht tobt Nonie weiter. Das grandiose, runde Geräusch kommt herangerollt; geschmeidig fließt es ab. Sie krümmt sich zusammen und richtet sich wieder auf: «DAS BESCHISSENE LICHT DA IST BÖSE ...»

Was Nonie tut, macht Daddy weniger aus als mir, weil er *liebt und vergibt und vergißt* – das tut er tatsächlich: er vergißt alles mögliche.

Außerdem ist es für ihn nicht so wichtig wie für mich. Manchmal schon, aber er kann seine Vaterschaft aufnehmen und fallenlassen, seine Romanze mit Nonie aufnehmen und fallenlassen ... Sie ist ja nur ein Kind – *was weiß sie denn schon?* Ich bin stärker involviert – mehr als er davon in Mitleidenschaft gezogen, wie sie ist ...

Ihre stark hervortretenden, unentwegt nach außen stierenden Augen haben immer etwas Verstocktes – sogar wenn sie in äußerster Panik ist. Sogar dann. Sogar dann kann man ihr nicht in die Augen sehen: sie verwehrt es einem.

Falls Nonie heute letztlich zu Schaden käme, falls sie sich auf irgendeine Weise verändern sollte, die weithin mißbilligt würde, oder falls sie für lange Zeit tiefunglücklich werden sollte – wenn sie das Kämpfen ließe und das Risiko einginge, ein anderer Mensch zu werden, ein trauriges, verletztes Kind, oder gar ein liebes, leicht zu entmutigendes, ständig beschämtes und unglückliches Kind –, dann wäre S. L. gleichsam entmannt ... Es würde ihm nicht behagen, wenn sie deutlicher sexuell – und weniger gemein – würde. Dann würde er sie lieber mögen, aber auch mehr leiden. Nonie weiß das – gelegentlich versucht sie, ihn vorsätzlich zu beschämen, aus Rache, als seine Geliebte, die in der Vergangenheit Ordnung schafft und für Fairneß sorgt – für *Gerechtigkeit*, meine ich. Aufrichtig asexuell gewissermaßen – nachträglich. Sie mag wütend und geschlagen sein – ohne Hoffnung; aber sie gedenkt weiterzukämpfen ... Ihr Staatswesen, ihr Zustand ist in Unordnung geraten. Für einen Moment ist sie ein reines Wesen, wenn auch in unordentlichem Zustand ... Doch sie verbindet die Veränderung in sich nicht damit, daß ihr Gerechtigkeit droht, sondern damit, daß sie unfairerweise von einem guten, fröhlichen, bequemen Leben abgeschnitten worden ist – von einem Leben, wie Daddy es für sie wünscht. Ich möchte ja nicht wie ein Nörgler erscheinen, aber kann denn *irgend jemand* – Mann, Frau oder Kind – jedem Urteil entzogen bleiben? Wo beginnt das, ungerecht zu sein? Wenn Sie jedoch schon ausgehen von der Überzeugung, der Mensch sei böse, dann ist Gerechtigkeit etwas, das unter Mühen und Konflikten erst entsteht – nicht wahr? Nonie wird noch unbändiger werden, als sie es hier ist – weit unbändiger – und unter tieferer Verzweiflung unbußfertig – noch hysterischer und wahnsinniger, wenn sie heute eine bleibende Niederlage erleidet, doch nicht ein für alle Male so *verwundet* wird, daß sie in jenen anderen Stand überwechseln kann, den der Sanften und Zivilisierten.

Ich wünsche mir keine im wesentlichen andere Welt – ich halte das für einen törichten Wunsch: wer wäre denn schon jemals gescheit genug, um zu bestimmen, wie eine Welt sein sollte, geschweige denn *diese* Welt –, aber ich wünsche mir *Nonie* anders.

Daddy muß sich um Nonie und die Hintergründe ihrer Katastrophen – oder um diese eine Katastrophe hier – herumdrücken, sonst könnte er nicht leben. Er flüchtet, obwohl er zugleich da ist und sich irgendwie um sie kümmert.

Vielleicht nimmt er an, Mama wird dafür sorgen, daß hieraus keine *Katastrophe* entsteht; Mama setzt in diesem Moment kühn darauf, daß Nonie sich schon nicht aus dem Fenster stürzen wird, daß Nonie keinen *ernsten hysterischen Anfall* oder Zusammenbruch erleidet, nicht heute, nicht oben in ihrem Zimmer und so fort. Mama behält die Nerven, unten bei den Gästen ... Mama und Nonie werfen beide der jeweils anderen deren Charakter vor, und daß sie nervenaufreibend um S. L.s erratische, ihnen beiden geltende Anhänglichkeit kämpft.

Daddy hält mich in den Armen; ich fange an zu zappeln, und er beugt sich lieber vor und setzt mich ab, als mich versehentlich zu fest zu drücken oder mit mir jonglieren zu müssen. Ich möchte Nonie meine Hoffnung und meine Zufriedenheit über den Stand der Dinge zeigen – soweit ich damit zufrieden bin. Ich will sie bußfertig – und errettet – sehen ... Kein anderer will das, nur ich.

Mama hat einmal gesagt: *Ich möchte mal sechs Monate lang nicht ein einziges Mal lügen. Es zehrt nämlich richtig an den Nerven, weißt du, vor aller Welt zu lügen und dann abzuwarten, wie es für dich ausgeht.*

Von Daddy – von seinen Händen an den Enden seiner ausgestreckten Arme – gehalten, presse ich einen Fuß in den

Teppich. In Nonies Zimmer. In diesem Haus. Ich will zu Nonie hin – zu meinem anderen Ich …

«Geh zu Anne Marie», sagt Daddy zu dem langgezogenen, im Rücken verdrehten Kind.

Mein Herzschlag ist eine klopfende, pulsierende Masse in mir. Das Regenlicht im Zimmer ist dunkelbraun und graublau. Viel Feuchtigkeit ist in der Luft. Nonies Hände sind von der Farbe einer Pfütze.

Die Äußerungen der Erwachsenen sind die verschieden schwer beladenen Äste eines Baumes. Ich bin ein Kind; ich bin auf Nonie konzentriert, ein Kind auf ein anderes – nun schließe ich mich ihr an, der Sekte für sich.

Als ich Nonie zustrebe, ruft Anne Marie *«NEIN!»*, und Daddy zerrt mich zurück.

Sehen Sie, hier haben wir Nonie als das Wunder – ihre Existenz gehört zur lügenumwobenen, schmutzig-süßen Kindheit. Ich erinnere mich an Nonie – das-Mädchen-da, das leidet, dem ich helfen will –, nicht so sehr an Nonie-in-anderen-Situationen. Ich bin im Begriff, etwas zu tun: ich bin im Begriff, zu ihr hinzugehen und die wahnsinnige, nach Ammoniak riechende Nonie zu umarmen. Daddy und Anne Marie glauben, daß Nonie in einer sehr bösen Stimmung ist, sonst würden sie nicht versuchen, mich zurückzuhalten. Für mein Bewußtsein bleiben sie jedoch *still.* Ich habe ein dampfendes Chaos in mir. Alles Geordnete ist in meinem Willen konzentriert – in meiner Konzentration. Auf Daddy und Anne Marie kommt es nicht an – Nonie leidet. Ich reiße mich los, ich durchstoße das *Böse* im Raum. Ich bewege mich auf ihre Beine zu, auf die erreichbaren Beine unter der verängstigten, steinernen Gesichtsfassade des brüllenden Mädchens. In all ihrer Wut, rührenden Hübschheit, Wildheit und Blindheit ist Nonie *da.* Ich umarme ihr müffelndes Bein. Ich möchte sie lieber beruhigt sehen als aufgeopfert wissen, damit eine Welt entsteht, die weniger Böses enthält. Nonie hebt die Hand. Ihre Hand bewegt sich – *zerschmetternd.* Achte nicht drauf.

Blinzle. Kneif die Augen zusammen. Schau, wie das Zinn-und-Zinnien-farbige Kindergesicht sich runzelt. *Eine Schande ist das, wenn du mich fragst.*

«ER IST MIR LÄSTIG.»

Der Schlag hat mich taumeln lassen. Ich finde die Nervenverbindung zu meinen Augen nicht.

Sie hat mir die Augen verletzt.

Vielleicht übertreibe ich.

Das ist nichts BÖSES – nur eben so passiert. Das ist nur etwas, das eben mal passiert.

Der Schrei des Kindes – dieses Anschwellen, dieses Aufsteigen eines Schmerzenslauts – und dazu das Geräusch des Schlags – verwandeln das Gesicht des Mädchens. Das Mädchen hat wilde Augen, aber es ist gerissen. Für einen Moment sieht Nonie wie Lila aus. Abschätzend sieht sie sich um; dann hat sie ihr wahnsinniges Funkeln wieder …

Der Aufschrei des Kindes in der regendunklen, feuchten Luft, der Geruch von Nonie und ihr Gesicht mit seinen vielfältigen Botschaften – das alles ist schauerlich, zum Gänsehaut kriegen; zugleich schwingt einfühlbar Kindheit darin mit …

«ICH HAB GAR NICHTS GEWOLLT. DAS IST BLOSS SO PASSIERT. ICH HAB KEINEN HASS AUF MICH, DADDY.»

Anne Marie und Daddy sagten irgend etwas und versuchten, mich von Nonie fortzuziehen, aber ich klammerte mich an sie, an Nonie.

Du wirst's überleben.

Sie *spürt*, daß es dumm von ihr war, sich vor DADDY einen so flinken, automatischen Wutanfall zu erlauben. Sie verspürt noch immer Panik – draußen entlädt sich das schwere Gewitter –, und nun ist sie ängstlich und gekränkt: sind das Schuldgefühle? Für ein paar Sekunden wird Nonie ohnmächtig. Sie hofft, aus ihrer Panik an einen zentraleren Ort zurückzukehren. Sie sagt: «ER WAR MIR LÄSTIG, DADDY.» Sie kneift die Augen zusammen, als würde sie verprügelt – in ihrer, wie sie es empfindet, unermeßlichen Unschuld. Unaggressiv haut sie, Daddy anstierend, mit einer Hand auf das Kind ein, versetzt ihm ungezielte Schläge, manche davon ganz kurz; zu ihrer Deckung riskiert sie das, um ihre Anschuldigung als wahr erscheinen zu lassen – ihre Nerven sind sehr angespannt – sie ist jetzt verlegen ...

Der kleine Junge hat dies irgendwie erwartet. Er besitzt einen sonderbaren, kindlichen Sinn für Kommendes – und für die Richtigkeit seines Lebens: er klammert sich immer weiter an Nonie ... Er verspürt kaum Schmerz ... Er ist darauf versessen, ihre Wildheit auszumerzen ...

Da er nicht schreit, hört Anne Marie auf, an ihm zu ziehen, versucht nicht länger, ihn zu retten.

Das erstickte, hastige Atmen des Kindes, so nah bei seiner Schwester, ereignet sich wie rings um eine dröhnende, widerhallende Grube innerer, nun schon lange zurückliegender Verwüstungen, aus einer Zeit vor Nonie; dies ist altes Leid, die tote Masse buchstäblichen Schweigens in ihm, dem einst fast toten Kind. Ich habe *manche* Kenntnisse davon, was Schmerz ist. Nichts hat Nonie solch ein Schweigen geschenkt; sie geht niemals in sich; sie hat kein Schweigen in sich; alles in ihr ist eine lebende Stimme, ein Chor von lebhaft plappernden Stimmen: das Kind, das da ihr Bein umarmt, die Augen zusammenkneift und außer seinen Atemgeräuschen keinen Laut von sich gibt, ist ihr unsäglich fremd: sein Bewußtsein – seine Präsenz. Sie hatte nicht erwartet, je eine solche Präsenz in ihrem Leben vorzufinden. Sein Schweigen, das Schweigen dieses männlichen Kindes, ist *unwirklich* – doch es besitzt für sie physische Wirklichkeit, wenn auch nur als emotionaler Druck, der in gewisse Gesten eingeht – vielleicht wie ein Geist, ein weiterer, vom Regen heraufbeschworener Geist ...

Dämonen rauben und verstecken sie, und ich will sie hier haben. Für viele von uns ist Präsenz im wirklichen Leben ein absolute Notwendigkeit.

Wenn du hier bist, zählst du für mich.

Daddy tut einen Schritt voran, nimmt Nonie bei den Haaren und zieht und ruckt so an ihrem Kopf, daß sie aufhört, das Kind zu schlagen ... Sie funkelt ihn an ... Dann stiert sie nur noch ... Er ist verlegen und rückt ab, während sie ihn weiter anstiert ... In *seinem* Schweigen vermengen sich sexueller und väterlicher Schock mit Gerechtigkeitssinn und aufwallender, jedoch unterdrückter Erleichterung – wir alle sind nun in unserer Beschämung und in unserem Wollen miteinander verheddert ...

Nonie stellt ihn auf die Probe und fällt in ihre Wildheit zurück – sie läßt nicht locker – packt meinen Arm und reißt daran – wie vorhin an dem ihrer Puppe. *(Sie hat den Teufel in sich.)*

Der Schmerz, den ich da empfand, kam mir kaum glaubhaft vor ... Der Schmerz flatterte auf und entschlüpfte – verschwand für eine Weile, bis zu einem bestimmten Punkt: erinnern Sie sich noch an die Schmerzunempfindlichkeit, die Sie in der Kindheit aufbieten konnten, die dicke Wattierung, die psychische Muskelkraft? Ich zog mich in verwinkelte innere Orte zurück, und darin auf Haltungen der Standhaftigkeit angesichts von Leere, auf mentale Haltungen, vorgesehen, um schmerzhafte Schläge hinzunehmen, während man gleichzeitig von solchen Schlägen ohne Erregung (langsam) wegfedert – so war es in einer von Schmerzen, Vergebung, Torheit und irrsinnigem Mutwillen erfüllten Kinderwirklichkeit, in jenem Alter, in dem einem Bedeutung zukommt als einem Kind, dem zuliebe Erwachsene sich zu Beherrschung und Gelassenheit bequemen, zu besonderen Mienen und sogar zu Versöhnlichkeit ...

Es liegt nicht gar so fern zu meinen, das Kind verdiene Schläge – es ist so sonderbar, so töricht, so sehr auf der Hut.

Er lebt so sehr an einem anderen Schauplatz der Geschichte.

Daddy hat Nonie losgelassen. Ich nicht – das heißt,

meine Präsenz und meine Absichten haben sie nicht losgelassen.

«ES BLITZT ZUVIEL! DADDY, ICH HASSE DAS GEBLITZE!» Sie erklärt S. L. die Lage. Nonie brüllt: «ES IST BLOSS SO PASSIERT!» Sie versucht, mich von ihren Beinen wegzuschieben – wozu hat sie Buße nötig?

Daddy sagt: «Sie ist so durcheinander, daß sie nicht weiß, was sie tut. Nonie – ach, Nonie, schau doch nur, wie gern er dich hat.»

Sein Blick ist unscharf – wenn S. L. sie nicht ansieht, betrifft ihn nicht, was sie eventuell noch tut, obwohl es nicht den Anschein hat, als wären ihr Charakter, ihre Seele so gepolt, daß sie Dinge, die bloß so passieren, verabscheuen.

Außerdem ist Wiley ein kleines Geschöpf, ein anklagender Geist, den vielleicht Raupen und andere kleine Geschöpfe geschickt haben, die sie zum Beispiel totgedrückt oder totgeschlagen hat. Sein Dasein untergräbt ihre Stellung als reines, ungerecht behandeltes Kind. Sie ist *empört*, als wolle sie sagen, jeder habe das Recht auf ein bißchen Eifersucht, auf ein bißchen Gewalttätigkeit – das Gewohnheitsrecht darauf; das Recht, das Gewohnheitsrecht auf das Normale: auf diese Gewohnheiten ...

Zu glauben, daß Nonies Denken Respekt verdient, daß sie das Recht zu leben – auf diese, auf *ihre* Weise zu leben – hat, fällt mir schwerer, als zu akzeptieren, daß ich einmal sterben werde. Dies habe ich nun an mir überprüft.

Dieses Mädchen zu lieben wurde mir aufgegeben, dieses Mädchen wurde mir als Gefährtin meiner Kindheit beigegeben – unserer Kindheit, sollte ich wohl sagen.

Nonie ist nicht blind; sie ist ein bißchen verrückt. Ich sehe ihre Augen; es geht erbärmlich darin zu. Ich vergesse angesichts so dramatischer, ausdrucksvoller Dinge meine eigenen Gefühle, als ich ihr ehrfürchtig in die Augen schaue ...

«Er will ihr *helfen* – schauen Sie doch, er hat seine Strafe hingenommen, er gibt nicht auf – das ist ein As, ein richtiger Kerl.»

Es klingt seltsam, als Anne Marie mit ihrem starken Akzent sagt: *«Er schmilzt nicht . . .»*

Ich nehme unsichere Gehässigkeit in Nonies Augen wahr – konturlosen Kinderzorn, dessen Hilflosigkeit zu gleichen Teilen mit *Ich-will-nie-wieder-hilflos-sein* vermischt ist. Ihre Gehässigkeit konzentriert sich eigentlich nicht auf mich, sondern darauf, daß mich die Blitze nicht so verstört haben wie sie. Das sah ich. Sie haßte meine (zeitweilige) Schuldlosigkeit. Das sah ich. Ich bin sicher, von ihrem wirklich ernsten Zorn an jenem Tag nahm sie mich aus – später nicht. Später änderten sich die Dinge. Doch an jenem Tag haßte sie mich nur ein wenig. Vorläufig verschonte sie mich. Dennoch, meine unschuldige Freundlichkeit, so eigennützig und kindlich sie auch war, widerte Nonie an.

Das zum Teil privilegierte Kind umarmte Nonies müffelnde Beine.

Ihr geknickter Körper, ihr Gesicht bilden – eine Faust. Ihr Gesicht ist eine Faust. Ihr ganzer Körper ist eine Faust. Schweiß riffelt die bereits unklaren Ebenen ihrer teigigen Wangen – über mir, in dieser *nicht-erwachsenen* Höhe. Der Schweiß verwischt noch mehr die bereits vagen Umrisse ihrer Wut, ihrer Bosheit, ihres Vermögens, Leid zuzufügen, mir etwas zuleide zu tun ... Ich habe ihr Gesicht von früheren Situationen her in Erinnerung. Ich stückle sie mir innerlich zusammen, dort, wo mich ihr echtes Leid und ihre Panik bedrücken und wo sich mir die Gelegenheit bietet, daran mein Leid, meine Panik zu messen und als Konsequenz, Parallelerscheinung oder annähernd als Zwillingsphänomen zu betrachten. Ich sehe ein boshaftes Kind in ihr – vielleicht wird sie weniger störrisch sein, wenn sie hübscher geworden ist, vielleicht auch nicht. Ich sehe sie in kleinen, überraschend hervorspritzenden Impressionen. Ich sehe ein böses Gesicht an einem hübschen Mädchen. Dann sehe ich einen Wolf, eine einsame Katze von Mädchengröße, ein Geschöpf von weiter unten an der Straße, nicht von hier. Das heißt, ich sehe die animalische Gemeinheit ihrer – meiner Schwester – Augen ... Schauen Sie: Meine Schwester ist ein heimliches Traum-Objekt, zu dem man sonst nicht steht, es sei denn als Verkupplungsmaterial, als Gefäß zum Neffen-Züchten. Ansonsten bleibt sie mir völlig verborgen, besteht nur aus ihrem Namen und einer Artbezeichnung, *Nonie, meine Schwester* ... Sogar innerlich ist sie für mich ein solches Geheimnis. Wie wird sie mir heute weh tun? Wie hartnäckig wird sie dafür sorgen, daß ich *genauso* (im gleichen Maße) leide wie sie?

Zu leben kostet Nerven – sagt Mama. Sie hat einmal gesagt: *Der Trick ist, flink zu Fuß und kein Feigling zu sein.* S. L. sagt zu Anne Marie: «Lassen Sie doch – lassen Sie ihn nett zu ihr sein: was glauben Sie denn? Daß sie wahnsinnig ist? Sie tut ihm nichts – sie würde keiner Fliege was zuleide tun.»

Stimmt das? Oder wird sie mir heute etwas so Schlimmes antun, daß ich mein ganzes Leben damit leben muß, auf diese und jene Weise in meinem Sein und Tun leiden werde, wegen ihr – wird das geschehen?

Nonie sieht Daddy an. Sie stiert ihn an. Sie zittert. Sie bewegt die Hand – Nonie hat mich an der Stirn getroffen, ohne hinzusehen.

«Es war nur ihre Hand!» rief Daddy Anne Marie zu.

Ihre Hand und dann ihr Ellbogen, genau gesagt.

«DAS IST BLOSS SO PASSIERT, ER IST MIR QUERGEKOMMEN.»

Das stimmte zum Teil.

«Ach, Gott», sagte die fette Anne Marie mit ihrem Akzent. Ihre Miene besagte: Wir haben es alle gewußt, jeder hat es gewußt, Nonie hat *immer* gelogen.

Anne Marie streckte die Hand nach mir aus, mit einem fett-entrüsteten Schnauben der Abneigung für Nonie ...

«DU HASST MICH, *DU* GEHÖRST UMGEBRACHT», sagte Nonie zu ihr. Nonie holte aus, um sie zu schlagen.

Partiell abgewendet – wie aus Scheu – schob Daddy Nonie von mir und Anne Marie weg; Nonie stolperte – aber ich klammerte mich weiterhin an sie.

«Wir fühlen uns alle schlecht. Sag so was nicht, Süße», sagte Daddy, während er fast beiläufig, *fast* effizient nach mir griff.

Die Stirn tut mir weh. Und wenn schon.

Nonies so unmittelbares Leiden, ihre Einsamkeit stacheln mich an – ich stehe im Schatten ihrer Gefühle – der Gefühle eines Kindes in dieser Familie – in diesem Haus, dieser Atmosphäre, diesem Regen, unter diesen Menschen ... Ich bin ein Kind, das sich oft langweilt; wenn Nonie in Schwierigkeiten ist, spielt sie oft mit mir – so ist es jetzt; wir hängen irgendwo zwischendrin. Sie und ich.

Ich zupfe sie am Arm – stumm. Nonies und mein Leid brennen in mir – im Augenblick. Mein Leid rührt von meinem einsamen Mitgefühl her, als hätte ich mich auf etwas eingelassen, womit unweigerlich eine gelähmte oder erstarrte oder abstorbene Selbstwahrnehmung einhergeht – meine innere Abgestorbenheit und meine alte Trauer regen sich in mir: Ungeheuer unter Hüllen, die aus meinem dünkelhaften Stolz auf mein angeblich so tugendhaftes Leben und meine vorgebliche Fähigkeit bestehen, als (männliches, reiches) Kind zu trösten und zu retten ... Im Moment bin ich ein Nicht-Ich; eine besondere Nonie muß mich umarmen, *den Sympathisanten* umarmen – dann (erwartet das Kind) werden wir, sie und ich, von diesem Moment befreit sein, wir werden *spielen* – und die Geschichte wird anders verlaufen.

Nonie gibt einen komischen Schrei von sich, als ich den Kopf an ihren Bauch drücke – sie hat sich ein Stück vorgebeugt, wegen des Blitzschlags draußen. Der Ton entlockt S. L. ein Keuchen von eigensinniger Leere; so zeigt er, daß er auf seine Art ein Gentleman ist, mit absichtslosem Willen – diese Leere zeugt von keinem Ich, keinem egoistischen Willen, sie ist eine Form.

DADDY. Daddy.

SIEHST DU NONIES AUGEN?

Nonie drückt die Hände auf meine Augen, auf meinen Mund; um ehrlich zu sein, auf Augen und Mund des Kindes – nicht auf meine, sondern auf die *eines Kindes*, das zufällig anwesend war.

Daddy sagt zu Anne Marie: «Bitte nicht hinterher klüger sein. Halten Sie sich raus. Der Junge weiß, was los ist. Er hat ein gutes Herz. Er weiß, was er tut. Lassen Sie ihn ruhig tun, was er will.»

Nonie schob und schubste das Kind, schleppte es beinahe, drückte es zum Fenster. Das schwindende Licht war nun weiter entfernt, als hätte jemand unser Haus in Richtung dieses Fensters gekippt, so daß es sich daraus ergoß. Das Licht strömte in diagonalen Regenlinien – das verblassende Licht der Bestie. Der Donner war groß, polternd und bedrohlich, hölzern und leer, bestand nun aus nichts als Wülsten von fettem, starkem Gedröhn. Ich wurde hin- und hergestoßen, ich torkelte. Ich wurde dem Krach hingeworfen, um ihn zu blockieren, um ihn abzuhalten, den gewaltigen, körperlosen Hammer.

Es ist möglich, daß ich Nonie niemals gut gekannt habe.

Von Nonie geschubst, spielt das Kind die Rolle, die früher S. L. übernommen hatte, als er hinausging und sich auf den Rasen stellte, oder vielleicht die der aufgeplatzten Puppe – es ist ein Opfer, ein Strohmann, ein goldener Apfel; es dient dem Versuch, die Bestie abzulenken.

Daddy kann nicht zu Nonie hingehen. Die unerlaubte, unselige, beschämende – automatische, triste – Erregung meines Vaters hindert ihn, zu ihr hinzugehen.

Dann plötzlich, mit zugekniffenen Augen, stolpert sie vorwärts, packt mich und dreht sich überladen im Kreis. Sie hat mich jetzt in den Armen und trägt mich – wie einen Hund, einen eingefangenen Hund, eine Puppe. Hast du Angst? Wird das Grauenvolle darin bestehen, daß sie mir die Augen ausdrückt? Dies hier, dieser Vorort, ist eine *Umgebung,* wo kaum einer tatsächlich Schaden nimmt, oder etwa nicht? Nonies Bewegungen und unser Kummer verstärken gegenseitig ihre dämpfende Wirkung, erzeugen eine ganz besondere Stille. Unbeholfen, wie ein Wanderer im Schneesturm, dreht Nonie sich im Kreis. In all dem Weiß gehe ich unter.

Lila hat gesagt: *Sei kein Narr, S. L. Du weißt, was für Dinge passieren können.*

Sie meint: Sei vorsichtig. Trau den Menschen nicht.

Wenn Nonie eine ganz normale Frau ist und wenn sie, als normaler Mensch, nicht zählt, wofür soll ich ihr dann vergeben? Wenn sie jedoch zählt, dann ist Vergebung eine spirituelle Sache, die ihr im Zusammenhang mit anhaltender Reue zuteil würde, welche nie einsetzt. Und somit ist meine Vergebung nie ganz angemessen, nie ganz echt, nie ganz vorhanden. Nur meine *Enttäuschung* (dessen, der getäuscht wurde) ist vorhanden. Nonie ist eine Kämpferin. Welchen spirituellen Nutzen sollte meine Vergebung für sie haben? Meine Vergebung ist nur von taktischem Wert für sie. Nur mit äußerster Mühe vermag ich einzugestehen, daß Nonie mir Schmerz bereitet und Tag für Tag mein Leben geprägt hat, tagtäglich, die längste Zeit meines Lebens hindurch – nein: mein ganzes Leben lang. Gleichgültige Vergebung ist eine anstößige Idee. *Deine Sünden zählen nicht; halt den Mund; geh weg; sie zählen nicht; du bist nicht in Schwierigkeiten; geh schon.*

Gleichgültigkeit ist eine pragmatische Form von Absolution. Und eine Methode, durch Mißachtung der Macht anderer den Geist zu zerrütten ... Ich habe Jahre mit Nonie zusammen verbracht; und ihr gegenüber gleichgültig zu sein hieße, riesige Stücke meiner selbst einzubüßen und dem Dunkel in mir zu mißtrauen. Es hieße, mein Wissen darum einzubüßen, wie bestimmte Arten von Niedertracht entstehen. Es wäre vielleicht eine Absolution, brächte jedoch Blindheit und Gestank. Ich bin kein Pope, kein Heiliger, kein Prophet ...

Nonie erfährt das unmittelbare Eindringen Gottes in ihre nächste Umgebung.

Während sie mich auf diese beladene, unbeholfen wankende Weise schleppt, sagt sie: «TU DIE FETTE DA WEG. SPERR SIE IN EINE KISTE – WO ES DUNKEL IST, DADDY ...»

Wir – gegen die Außenseiter ...

Immer weiter dreht Nonie sich gefangen im Kreis; ständig packt sich mich anders, stößt und rüttelt mich. Nonie will, daß Gott verschwindet. Viel länger können wir nicht mehr zusammenleben, wenn sie mir weiterhin die Schmach bereitet, daß ich unfähig bin, sie zu trösten, unfähig, sie von ihrer Gewalttätigkeit und Selbstzerstörung, oder was das hier sonst sein mag, abzuhalten.

Was Nonie ausmacht, ist über eine längere Zeitspanne hin wahrer und eine komplexere Wahrheit als beinahe alles, was ich später an den Schulen lernte.

Doch eben aufgrund ihres Wesens – und meines Wesens – wurde sie für mich nebensächlich, obwohl sie in so hohem Maße eine Leitung darstellt, durch die das Böse vor meinen Augen in meine Welt eindringt; nebensächlich, weil ich keine andere Wahl hatte, als sie eine Weile lang in einem gewissen Grade zu lieben, und später kaum eine andere Wahl, als Abneigung für sie zu empfinden – und sie zu ignorieren ... Aber sie ist keine Nebensache. Dennoch vermag ich mir nicht vorzustellen, daß ich sie *strafen* könnte – nur daß ich mit ihr konkurriere, und dies nicht von Angesicht zu Angesicht, sobald es in meiner Macht steht, so zu leben, wie es mir paßt. Zudem ermüde ich, meine Nerven ermüden – *sie* vergessen Nonie. Daß mein Nervenzustand sich so stark verändert, bemäntelt das Böse in meiner Welt.

Oder ist sie lediglich normal und gehört einem verbreiteten Typus an?

Und dann bin ich natürlich in mancher Hinsicht wie sie. Ich bin ihre Ergänzung, und Daddy ist wie sie, und andere Männer und Frauen, die ich kenne, sind wie sie.

Ich muß mit ihr leben, sie genießt es, mich zu attackieren, und ich wünsche mir, daß jemand sie für mich attackiert – sie ist ein Mädchen; und so wird der Teil von mir, der Nonie gleicht, noch mehr zu einem Teil von mir: ich halte mich zurück wie manche Mädchen, obwohl ich vielleicht, wenn ich Nonie bei einer gemeinen Tat erwischen könnte, imstande wäre, sie umzubringen – ich weiß es nicht. Ihr gefällt es, daß ich sie verabscheue; sie ist süchtig danach. Es erregt sie – es besänftigt sie ein wenig, wenn ich sie *hasse*: vielleicht wird sie einmal stark und in der Welt berühmt. Ich weiß nicht. Wenn ich innehalte, meinem Atem lausche und mir sozusagen fest wünsche, sie wäre tot, dann muß ich plötzlich beinahe lachen.

Im Grunde will ich eigentlich, daß jemand anders sie umbringt.

Ich möchte nicht an ihrem Tod schuld sein – eine Hemmung, vielleicht eine verachtenswürdige.

Noch immer kämpfen wir – gegen das Dunkel, gegen das Licht. Ganz plötzlich wird das adoptierte Kind in schwarzes, nasses, brechendes Fensterglas gestoßen – etwa in einem Traum? Mein Auge ist weg, mein Augenlicht ist erloschen, mein Gesicht blutet, die Gesichtsnerven sind zerschnitten: und mein Sehvermögen wird von nun an mein ganzes Leben lang gefährdet bleiben.

PASS AUF.

Sie möchte nicht meinetwegen geopfert werden. Es ist ein Traum ... Sie hat mich nicht durchs Fenster gestoßen. (Sie hat es ein andermal getan, und ich hatte Schnitte am Kinn, am Lid und an der Stirn, und mein Sehvermögen war durch die Wunde und die nervöse Angst beeinträchtigt, die danach meine Augenmuskulatur in Mitleidenschaft zog.) Heute hat sie mich aufs Fenster zugeschubst und mich dann zurückgezerrt, bevor ich gegen den Fenstersims knallte.

Sie will kein *unglückliches Leben* – sie ist *normal.*

Das Kind, der Junge, stellt einen Knotenpunkt von Macht dar, den sie noch nicht als solchen erkannt hat. Vielleicht schicke ich mich in meine Lebensumstände mit mehr Ergebenheit, als ich sollte ... als ich es getan hätte, wenn ich nicht Nonie im Auge behalten und sie böse und unangenehm gefunden hätte. Doch ich lebte weiterhin mit ihrer Hitze, die für mich erregende Dinge und Obhut suggerierte und in der Kraft verborgen lag. Natürlich kann ich von ihr keinen Schutz erwarten, außer wenn es ihr gerade paßt. Eine ganze Reihe meiner persönlichen Definitionen gehen von Nonie aus, von dieser Situation, hier in ihrem Zimmer. Ich bin kein Gott. Ich bin für sie das Höchste an Ungöttlichem: ich bin ein Bruder. Nonies Kindheit ist die mir nächste, der mir am leichtesten zugängliche Weltausschnitt. Wir sind füreinander die am ehesten erklärlichen Objekte, die sich am besten zur Untersuchung und für manche Experimente eignen, Quell einer Menge weiterführender Informationen, wenn etwas unverständlich ist und unser Gesichtfeld als einzelne zu eng ist, als daß wir uns eine befriedigende Ansicht zu dem Rätsel bilden könnten.

Mit Stimme und Körper behält sie ihr trotziges, couragiertes Gebaren bei – was immer sie tut als heroisch auszugeben ist ihre wahre Berufung. «DU BIST EKELHAFT, ICH NICHT» – das gilt Daddy. «DU TAUGST NICHTS, ICH LIEB DICH NICHT ...»

Ihre Zuneigung ist mir unheilbar fremd – sie riecht nach Verstörung. Nonies Haut ist heiß; ihr Atem beißend und modrig.

«HÖR MIR ENDLICH ZU! DU HÖRST MIR NICHT ZU. ICH BIN EIN GUTER MENSCH –»

Ich aber höre ihr zu; ich höre hin; ich möchte wissen, was

sie sagt – sie kommt mir vertraut vor und verrückt und böse – schau dir ihren Mund an, schau dir ihre Augen an – nein, tu's nicht. Niemand außer mir studiert Nonie. Ich bin der beste Kenner von Nonie, wie sie in diesem Moment ist.

Nonie watschelt mühsam voran, sie trägt mich vor sich her – sie drückt mir die Luft ab. Ha-ha. Eine Farce ist das hier. Ich bin partiell bewußtlos; ich bin unverwundbar; ich bin ein kostbares Kind; ich bin jemand Unschuldiges – ich bin die wohldurchdachte, semi-existente Version von etwas in Nonies Augen Bemerkenswertem. Wenn sie jemand Unverwundbares, ein kostbares Kind verwunden kann, aber in aller Unschuld, dann ist dies der Beweis, daß sie nicht teuflisch, sondern mächtig-und-unverstanden ist – das zu sein zählt zu ihren hehrsten Zielen. Dann kann sie sich den Blitzen stellen: ein unschuldiges Mädchen, dem Unrecht geschieht.

Ich bin in ihren Armen fast bewußtlos. Sie fürchtet sich vor den Blitzen, aber sie hat ein betäubtes – und hübsches – Kind in den Armen, das sie nicht *aus Gemeinheit* verwundet hat; ihre Attitüde ist mütterlich und zugleich jungenhaft, möglicherweise seltsam. Dieser Moment verleiht ihr Kraft; ihm liegt ein Muster zugrunde, aus dem sich Kraft ziehen läßt; Nonie ist von animalischer Hartnäckigkeit. Es ist doch ganz in Ordnung, daß ich sie liebe – oder? Es ist doch etwas wert, daß wir das hier machen, daß ich als jemand weiterleben muß, der dies mit ihr durchgemacht hat? Oder? Mit welch ekstatischer Furcht und Unerschrockenheit sie brüllt: «MACHT, DASS ES WEGGEHT, IHR MISTSTÜCKE! MACHT, DASS ES WEGGEHT! WILEY IST NICHT BÖS AUF MICH. ICH TU IHM NICHTS.» Nonies Stimme: ich habe nie verstanden, wie ihre Stimme so ungemein aufrichtig, willensstark und unerbittlich sein konnte, während ihr Ton so offenkundig falsch war, wenn sie log – mit so beschränktem Scharfsinn.

Welch eine kühne Sache es doch ist, wenn einer sein gesamtes Ich schrumpfen, dann erstarren läßt und über die übrigen Teile seines Ichs, oder über sein anderes Ich, niemals mehr verfügen kann, während der gesamten Spanne seines Erdenlebens nicht. Nonie tat dies, und wenn ich aufhöre, sie zu lieben, werde ich dasselbe tun. Wenn ich sie überhaupt nicht lieben kann, wenn ich mir nicht einen Trick dazu einfallen lasse, wie ich es tun, wie ich wagen kann, sie zu lieben, dann wird aus mir bestenfalls ein Bastard.

Ich meine, wir wissen doch, daß ich ihr vergeben muß – oder etwa nicht?

Selbst wenn sie ein Ungeheuer ist. Jedenfalls kann ich gar nicht beurteilen, ob sie ein Ungeheuer ist – nicht wahr? Ich bin ein korrupter, unzulänglicher Richter – stimmt's?

Falls Nonie *ganz normal und wie alle anderen* ist, dann wird für mich Entsetzliches daraus entstehen, wenn ich sie nicht liebe – schlimme Folgen werden mich das ganze Leben hindurch begleiten. Möglicherweise.

Wäre ich wütend geworden, hätte sich ihr Zorn kalt gegen mich gerichtet, weil ich ihr zu einer solchen Zeit Vorwürfe machte. Mein Leben wäre leichter gewesen, hätte sie den kleinen Jungen nicht zwischendurch auch bewundert und gemocht – zwischen Phasen des Hasses wegen all dem, was er ihr angetan hatte, was sein Dasein ihr angetan hatte. Ich will damit sagen, ihre Reaktionen auf seine Eigenarten, Stimmungen und Taten waren natürlich und ihr eigentümlich; sie waren keine typischen, sondern *ihre* Reaktionen: dagegen ist nichts einzuwenden. Sie liebte ihn, lief ihm von Zeit zu Zeit nach – das jüngere Kind ist *für Nonie* faszinierend, exotisch, eine periphere Erscheinung – und es weckt Eifersucht und andere Gefühle von unangenehmer Stärke – manchmal von gigantischer Stärke: zeitweilig kreischt sie innerlich vor Hoffnung ... «ICH WILL ALLEIN SEIN ... ICH WILL MIT WILEY ALLEIN SEIN ...»

Sie bringt mich in den Wandschrank – in ihren Wandschrank ... Nun befinden wir uns in Nonies Schrank, bei geschlossener Tür. Daddy steht vor der Tür; er steht in dem

Zimmer mit den Regengeräuschen. Nonie und ich sind hier drinnen separiert ... Ah, wie spannend doch das wirkliche Leben ist. Es riecht hier nach Kleidern und nach Nonie. Bebend beißt sie mich unten in die Wange – so bringt sie vielleicht ihren Mund zum Stillsein. Sie fährt mit den Zähnen über mein Kinn ... Ich zittere. Ich spüre ihren heißen Atem; an ihren vibrierenden Hals gepreßt, kriege ich keine Luft. Da stehe ich, an das vibrierende Gewebe und die Knochen von Schulter und Brust dieses Mädchens gelehnt. Sie hockt hier im stickigen Dunkel. In diesem Tumult von menschlicher Hitze und kindlicher Überspanntheit, von Schlechtigkeit und Angst küßte ich das nasse Fleisch von Nonies zerbissenen Mundwinkeln.

Draußen vor dem Schrank sagte Daddy: «Nonie, fühlst du dich da drinnen besser? Ich glaube, das Gewitter läßt nach. Geht's dir schon wieder besser?»

Er kann uns hier nicht sehen, im Dunkel.

Er sagt: «Siehst du, Wiley hat vor den Blitzen keine Angst.» Er hat diesen kuriosen, weniger angestrengten Ton von jemandem, der durch eine Tür hindurch redet; er tut, als könne er irgendwie hineinsehen: er ist besorgt. Hat er bemerkt, daß Nonies Furcht eben nicht allem gilt? Unter diesen Bedingungen, wo er unsere Gesichter nicht sehen kann, klingt er weniger engagiert und deutlicher defätistisch. Es ist, als dringe nur *eine Seite* seiner Stimme, diejenige, die einem Balken gleicht, bis dorthin, wo wir sind; seine Stimme wirkt zurechtgesägt und verkürzt, der Autorität beraubt, die sie besitzt, wenn sie mit seinem Gesicht zusammenhängt: er selbst mag sein Gesicht; seine Stimme mag er weniger. «Wiley weiß, daß keiner hier ein schlechter Mensch ist, er weiß, daß keiner heute vom Blitz getroffen wird», sagte er mit dem Desinteresse und der Unredlichkeit dessen, der sich jenseits einer Tür aufhält.

Nonie schnaubt. Sie haßt ihn dafür, daß er mein Urteil gutheißt – sie brüllt zu ihm hinüber: «DU BIST EKEL-

HAFT! DU SPIONIERST HERUM, WENN ICH MICH AUSZIEHE.»

(Mama fragte mich so oft: *Warum haßt du Nonie nur so?*)

Hier drinnen wirkt Nonies Empörung zerknittert, und dennoch mächtig und finster. Wir sind hier ohne Licht.

Tatsächlich spazierte Daddy manchmal im Pyjama über den Gang, um einen Blick auf Nonie zu erhaschen. Er tat das, wenn er ausgezogen war und Wärme im Leib hatte – sagen wir, wenn er noch die Hose, aber kein Hemd anhatte, oder wenn er in Shorts war oder nackt, im Pyjama oder Bademantel. Daddy dachte über solche Dinge nicht erst nach – er lebte sie irgendwie, bot seinen Körper zur Betrachtung, zur Besichtigung dar und seine Gefühle ebenfalls: *den Vaterkörper*, den Körper eines erwachsenen Mannes; Vatergefühle, die Gefühle eines erwachsenen Mannes. Mama sagte, er habe *die Gabe, nicht denken zu müssen* – sie meinte seine Gabe, davon überzeugt zu sein, daß er sich moralisch verhalte in dem, was er tat, zumindest in seinen Augen, und zwar weil er ein *richtiger Mann* war und sich auf seine Reaktionen, auf seinen angeborenen Anstand – für alle Umstände angeboren – verlassen konnte, und weil Moral etwas Einleuchtendes war und man von ihm erwarten konnte, daß er sich einfach gewohnheitsmäßig und automatisch danach verhielt.

Nonie ist verbrannt; das habe ich doch schon erwähnt, nicht wahr? Ein Kurzschluß in einem tragbaren Heizkörper – hat man mir jedenfalls berichtet. Und daß sie betrunken war.

Ihre Furcht, vom Blitz verbrannt zu werden, war eine Vorahnung, nehme ich an. Oftmals, in verschiedenen Lebensphasen, hat sie erklärt, sie werde einmal eine reiche Frau sein. Aber sie ist nie reich geworden. Eine Zeitlang besaß sie mehrere Häuser; wahrscheinlich hat sie ihre Mieter übel traktiert – ich kann nicht glauben, daß sie je aufgehört hat, tätlich in das Leben anderer einzugreifen. Ich weiß nicht, ob sie sich in ihrer Umgebung je moralische Autorität aneignen konnte, aber meine Schätzung wäre: nein. Lange hatte ich die Hoffnung, es werde ihr etwas Positives widerfahren, das unsere Kindheit rechtfertigen könnte – meine Kindheit in ihrer Nähe, meine ich: daß sie reich würde – zwar verdorben, aber reich – oder moralisch und edel: dann hätte der Sinn von allem doch auf der Hand gelegen, oder etwa nicht? Wenn sie ein Niemand ist, sieht es anders aus. Dann sieht es mit dem Sinn von allem anders aus. Von allem. Man müßte nicht zurückblicken und sich fragen, ob vielleicht Stillschweigen angebracht wäre, wenn man heute noch weiterleben möchte ...

Von Wünschen einmal abgesehen: Selbst wenn Nonie sich geistig entwickelt hätte, wenn sie auf höherem Niveau mutig geworden wäre und reich oder moralisch, wäre es für mich noch gefährlich gewesen, mit ihr bekannt zu sein, es sei denn, ein großes Wunder hätte sich ereignet und ihr *Generosität* verliehen – ich meine, eine Generosität, die über die mögliche moralische hinausreicht. Und das kann ich mir nicht vorstellen: Nonie, die generös Raum für mich ließe. Vielleicht leistet ja einer von Nonies Söhnen – sie hatte fünf – etwas Außerordentliches, Welterschütterndes, Bedeutendes und wird ein bewundernswerter Mensch – wäre das nicht gut? Und vielleicht wird er mich mögen. Obwohl mich das überraschen würde. Doch dann würde ich anders und besser über Nonie denken, und zwar mit Leidenschaft. Ich würde mir Vorwürfe machen, weil ich nicht so vernünftig war, sie *dennoch* zu lieben. Weil ich die Welt nicht hinnahm, wie sie damals war, und *dennoch* warmherzig blieb.

Nonie ist tot. Darüber bin ich froh. Ihre Söhne, hat man mir berichtet, sind streitsüchtig, rigide, düster, schwierig, verabscheuungswürdig – nicht erfolgreich – nicht gewissenhaft. «Man muß ihnen aus dem Weg gehen», wurde mir gesagt. «Sie sind so unerfreulich, daß es schon traurig ist.» Und: «Sie sind so gemein, wie sie es war – es sind keine guten Menschen.» Vermutlich sollte ich einmal in den Westen fahren und sie mir selbst ansehen, doch wenn sie nicht feinfühlig und eigensinnig sind, möchte ich es nicht wissen; ich möchte es nicht wissen, wenn sie keine vortrefflichen Kinder großziehen. Ich möchte mich nicht mehr Dingen stellen, als ich muß.

Vorläufig halte ich mich mit Nonie im Wandschrank auf, und sie ist ein junges Mädchen mit irgendeiner halbwegs vielversprechenden Zukunft, und ich bin ein kleiner Junge, der sich in ihrer Gesellschaft, im Radius ihres Heldenmutes befindet; und ich weiß, daß ich ihr gleiche und daß sie glücklicher sein kann, als sie es ist. Abschaum sind wir alle, jedoch auf verschiedene Weise. Im Dunkel, im Schrank, zwischen Nonies Kleidern – sie rascheln und kratzen mich und riechen – zappelt das Kind in Nonies Griff; Nonie ist still, bis auf gedehntes Gebrabbel und Gewimmer und drohende Flüche auf die Erwachsenen und das Gewitter – und auch auf mich, aber irgendwie undeutlich – , und im Zentrum ihrer Verwirrung ist sie sonderbar reglos ... sie leidet ...

Sie macht allerlei mit mir – Übergriffe, hastige, sexuelle Übergriffe ... absurd ... vage zärtlich ... allzu jäh ... Dann beginnt sie, mir meine eigene Hand in den Magen zu drükken, während ihr Arm um meinen Hals mich würgt, als wollte sie mich vergessen machen, indem sie mich erstickt – oder was auch immer ...

Anne Marie und Daddy jenseits der Tür: auf die Laute des erstickenden Kindes hin schreit Anne Marie auf. Nonie kreischt ebenfalls.

Sie kreischt: «LASST IHN MIR HELFEN!»

«Das ist nicht gut.»

Sie hat dich immer geliebt, Wiley; bloß war es eben Nonie [die dich liebte] – sie konnte einem schon zu schaffen machen, und so einfach warst du selber nicht.

«Nein!» sagt Anne Marie auf Nonies Ausrede hin. Anne Marie steht draußen im Zimmer, in dem großen Luftkubus, wo die Regengeräusche sind und das Regenlicht immer weiter flirrt. Ihre Stimme ist durchdringend und voluminös – aber entfernt. Als sie mir in die Ohren dringt, ist sie schon teils gedämpft und teils verknittert, wie der Ärmel von Nonies Matrosenmantel, der auf meiner Stirn liegt.

Aus einem Lichtfaden wird eine dicke Lichtstange, die zum Lichtstreifen und dann zu einer Türöffnung anschwillt. Voll grauen Lichts. Ich sehe Nonies Zimmer und Daddy und Anne Marie. Anne Marie hat die Tür aufgezerrt. Unsere Zuflucht – die von Nonie, es könnte auch meine sein – und unser Dunkel sind dahin. Anne Marie hat es gewußt. Nonies Finger stecken in meinem Mund, als würde ich sonst vielleicht schreien. Sie hat mich teilweise ausgezogen. Ihre Finger graben sich in meinen Bauch. Wegen Nonies Hand und Fingern auf meinem Mund und auf meiner Nase kann ich nicht atmen. Mit ihrem starken Akzent sagt Anne Marie – während sie uns aus dem Schrank zerrt –: «Laß ihn los, schau doch, seine Lippen ...» Meine violett anlaufenden Lippen.

Vielleicht sind wir als Familie ja einfach Abschaum.

«DAS GEBLITZE KANN MICH GAR NICHT KRIEGEN. ICH BIN BRAV», sagt Nonie aus dem Halbdunkel bei den Schuhen, aus dem Anne Marie sie herauszieht ... und mich ...

«Du? Na-na-na ... *daß ich nicht lache.*»

«O mein Gott», sagte Daddy, «das ist doch jetzt nicht der Moment, streng mit ihr zu sein.»

Noch immer meine Vorsätze im Sinn, greife ich, lange ich – dieses eigensinnige, unbelehrte Kind – beuge ich mich aus Anne Maries Armen heraus vor und fasse, als Anne Marie mich hochnimmt, nach *Nonie*; ich umarme Nonies Kopf.

Nonie ist überrascht; sie versteift sich; ich umarme die wirren Haare und den harten Schädel unter den wirren Haaren. Dann begann Nonie, mich zu umarmen. Sie meidet Anne Maries fette, gelbliche Arme und legt ihre rosigen um mich, um meinen Torso, meine Rippen. Nonie umarmt den kleinen Körper, den Kinderkörper mit den zarten Rippen. Physisch trainiert, um ihre Anmut gebracht, wie Nonie ist, können ihre Umarmungen scheußlich sein; diese Umarmung ist es, jedoch zugleich erstaunlich geschmeidig, kundig, athletisch zärtlich, rund. Schmerzhaft piekst sie mich mit einem Finger, aus Furcht, einen Fehler zu machen – ein ironischer Schlenker gleichsam, eine kleine, gezielte, physische Grausamkeit, ein liebevoller Schlenker gemäß Nonies Vokabular, ganz nach dem Grundsatz, daß Sicherheit Vorrang hat. Und es lag ein Akt seelischer Brutalität darin, dies mit einer so präzisen, auf ihre Art so wundervollen und dennoch so scheußlichen, so persönlichen und so sehr im Gedächtnis haftenden Umarmung zu vermengen. Es war ein Bekenntnis. Nonie roch nach dem Wandschrank, nach altem Schweiß und nach Pisse, sie war nicht richtig im Kopf, und sie war blinzelnd auf der Hut; sie hat eine ganze Reihe von Dingen im Sinn: dies ist eine Nonie-Umarmung.

In meine Kindheit gab es eine Menge vertrackter Dinge.

Es verblüfft mich, daß ich so bin, wie ich bin: ich spreche jetzt von mir als Kind ...

Daddy sagte: «Anne Marie, Sie haben Vertrauen zu sich, aber schauen Sie sich das doch an – schauen Sie sich die zwei da an – ich bitte Sie allen Ernstes: machen Sie die Augen auf, und geben Sie zu, daß Sie sich geirrt haben; dann sage ich auch, Sie waren prachtvoll. Da spielt sich doch unmittelbar vor Ihren Augen etwas Denkwürdiges ab.»

Sein Stil ist ironisch, aber weitgehend meint er es ernst – nein, nicht ernst: er will die Sache wirklich abtun, er ist wirklich nicht mehr interessiert, ist wirklich moralisch durcheinander – *wie es um die Wahrheit steht*, ist ihm im Moment egal – er ist *erleichtert*.

Nun, warum auch nicht? Nonie ist *sein eigen Fleisch und Blut*. Ich bin neuerdings vor dem Gesetz sein Sohn ... Wir sind eine Art Familie ... *Sie* zählt zu uns. Wir haben eben jeder unseren Stil von morbider Aggression, von mörderischen Regungen. Wir alle. Nonie spuckt Anne Marie an. «LASS MICH IN RUHE.» Anne Marie hatte versucht, sie von mir wegzuhebeln. Doch offensichtlich tut Nonie mir nicht weh, und als Daddy – nun schärfer – sagt: «Lassen Sie die Kinder in Ruhe», überläßt Anne Marie mich Nonie. Daddy sagt zu Nonie: «Sei lieb, Süße ...»

Das ungeheuerliche Mädchen ist, ob nun BÖSE oder nicht, problematisch böse oder nicht, mit einiger Gewißheit natürlich bis zu einem *gewissen* Grade unschuldig.

Die Fragen lauten: Welchen Schaden wird sie anrichten? Wie weit wird sie gehen? Kann sie eine Situation hinlänglich beurteilen? Was wird mir heute zustoßen, solange ich bei ihr bin? Was wird sie *heute* retten? Wie wäre nun richtigerweise zu handeln? Dies sind nur einige der Fragen, die sich stellen, während draußen der Sommerregen niederprasselt.

Sie hält mich verkehrt herum; mein Rücken ist ihr zugekehrt. Sie schleift mich aus Anne Maries Reichweite. Ich stelle ein sperriges Gewicht für Nonie dar, obwohl sie stark ist. Meine Beine kommen sandgefüllten Kissen gleich, so schwer bin ich für sie. Mein Hinterteil ist ein Sack Mehl. Mein Hals, mein Nacken hüpfen gegen die mollige Brust des Mädchens, streifen die Sehnen und kleinen, kindlich glatten Muskeln mit den Pölsterchen und kleinen Wülsten ihres Jungmädchenspecks. Dasjenige, wogegen mein Hinterkopf haut, ist fast ohne Form. Ihre Ellenbogen bohren sich ungleichmäßig, ruckhaft in mich hinein, mir zwischen die Rippen und in die Seiten – ein Nebenprodukt von Nonies Bewegungen und von ich weiß nicht was. Sie besitzt physischen Scharfsinn und kann mir diese Unannehmlichkeiten zum Teil ersparen, wenn sie will – nein: dazu ist sie vielleicht zu sehr durcheinander. Ich sehe sie im Spiegel der Wandschranktür, sehe grell die verzerrte, fast beängstigende Luchsmaske schimmern, die das Licht über die knochigen Erhebungen ihrer oberen Gesichtshälfte legt – im grauen Regenlicht, in den flimmernden Schatten der Regentropfen. Sie brüllt: «ICH KOMM SCHON ZURECHT», und schleppt mich durch die bebende Luft ...

Sie setzt mich auf dem Teppich ab – auf die Füße. Ich

drehe mich – sofort – um und recke mich, um sie zu umarmen. Ich will mich darauf verlassen können, daß sie da ist. Ich will, daß *sie* mich liebt. Ich will sie *gerettet* wissen. In der Regenluft rieche ich ihren feuchten Hals. Ihr Gesicht befindet sich nicht weit von meinem, nur höher. Ich sehe Nonies Kinn, ich sehe Nonies vor Panik nassen Mund, ihre Augen, die schiefsitzende Luchsmaske – ich bin entschlossen, Einfluß auf sie zu nehmen. Ich bin nicht sehr angeschlagen. Die in der frühen Kindheit unpräzisen Antennen für erlittene Schäden (es sei denn, man hat empfindliche, feine Antennen – gewöhnlich eine Lüge) melden, daß irgend etwas in der Luft liegt, das mit Verletzungen zu tun hat. Im Augenblick sind Nonies Fähigkeit, einen zu verletzen, ihre Reize und ihr Charakter abstrakte Dinge, die man von anderen Gelegenheiten her kennt – von einer Vielzahl von Gelegenheiten – von Situationen her, in denen wir uns zusammen im Haus befinden, zu denen es über eine Reihe von Jahren, während einiger Jahre immer wieder kommt – sind abstrakt mit physischen (an sich schon Streit auslösenden) Veränderungen verbunden, die sich über Wochen und Jahre hinziehen, mit dem Wandel unserer Körper, mit unserer jeweiligen Gestalt und Größe sowie mit Merkmalen, die uns einmal eigen waren, wogegen dem Kind jetzt, da Nonies Panik allmählich nachläßt, nur ihre schlichte Nähe vor Augen steht. Und dann wirkt ihre konkrete Nähe im Moment so, als wische ein Schwamm Hitze und Furcht – und Verstörung – fort, oder als ginge Nonie auf den kleinen Jungen zu, obwohl sie doch still dasteht ...

Ich bin in die emotionale Wirklichkeit verstrickt, die ihrem Leben für mich von Augenblick zu Augenblick zukam, solange ich sie kannte. Nicht immer ist für mich von Bedeutung, daß Nonie böse ist – es ist so, und damit Schluß; doch daß jedem etwas *Böses* innewohnt, das ist mit seinen logischen Folgen für mich von Bedeutung.

Anne Marie, der ich wohlgesinnt war, hielt (oder, im gegenwärtigen Moment, *hält*) Nonie für ziemlich verdorben. Mama findet manche von Nonies Charakterzügen deprimierend. Insgesamt stört dies alles Daddy mehr als mich, aber er ist tot, und nun stört es mich. Daddy stellt sich all dem nicht, oder nur, indem er Mama verläßt. Indem er sich zurückzieht. Er ist tot. Wie die Menschen sind und was sie tun, geht ihm auf die Nerven. Nonie macht ihn wahnsinnig. Das habe ich auch schon getan – ihn wahnsinnig gemacht. Er will nicht daran denken – *er ist ein sehr, sehr liebevoller Mann – auf seine Weise.*

Es gehört zu Anne Maries Strategie, Kultur und Konfession, daß sie einen Sinn für das BÖSE hat. Daddy leugnet die Existenz des Bösen. Mama sagt: *Ja und nein, so was entscheide ich immer ganz nach Nase* ... Daddy leugnet seine Existenz (die des Bösen) Frauen (und Kindern) zuliebe, obwohl er sich ihnen aufgrund seiner überlegenen Kenntnisse und seiner Erfahrungen mit dem Bösen im Krieg und unter Männern überlegen fühlt – aufgrund seiner Kenntnisse auf dem Gebiet der kriminellen Politik, der Verbrechen und der Politik. Lila haßt ihn dafür und wird so düster wie er, wenn er düsterer Stimmung ist – und er versucht, seine wahren Gefühle, Gedanken oder Erinnerungen zu diesem Kram *nicht in sein Haus zu lassen* (seine Formulierung), wenn Lila oder wir um ihn sind.

Lieber flüchtet er davor zu Frauen, in seine und deren Nachsicht, zu allem Unschuldigen, soweit es existiert – zu Sonnenuntergängen und in vorsätzliche, programmatische *Güte.*

Lila hat ein wirklich düsteres Verhältnis zum Bösen, aber ein wechselhaftes – manchmal ist es amüsiert, schonungslos und feminin: nicht beständig. Sie gedenkt nicht ernstlich, das Böse zu bekämpfen, *bevor ich gestiefelt und gespornt bin – laß mich gefälligst erstmal meine Kriegsbemalung anlegen* – sie sagt, sie wird ihr Lager mit ihm teilen (mit jeglichem Bösen, das ihr über den Weg läuft) und es akzeptieren, solange es nur gut zu ihr und ihren Kindern ist – liebt sie uns so sehr?

Als ich noch klein war, betraf mich dieser Kram oft lange Zeit kaum. Ich lebte *in den Tag hinein und futterte meine Corn Flakes* – wie S. L. zu sagen pflegte. Nonies Leben, ihr tatsächliches Leben und nicht mein Bild davon – nun ja, da kam es sehr darauf an, wie verführerisch ihr Leben für mich gerade war und wie interessant ich sie als Spielgefährtin fand.

Auf ihre Art ist sie ein ernsthafter Mensch – ein Mittelschicht-Mädchen mit braunen Haaren, das ist sie als Kind: eigentlich schon kein Kind mehr, aber jung für ihr Alter.

Man kann sie auf alle möglichen Weisen beschreiben, auch so. Wenn Nonie mich nun richtig verängstigt oder traurig macht, was wird dann aus mir? Wenn sie spürt, daß ein solcher Sieg, eine gewisse Seelenruhe, der Mord an meinem Potential möglich ist, wird sie dann von mir ablassen? Mich trösten? Sie tröstet niemanden. Sie ist allein. Falls sie tatsächlich siegt, dann kann ich lügen, wie ich will, machen, was ich will – immer wird meine Geschichte erst nach ihrer, der von Nonie, kommen; mein Leben wird weniger zählen als ihres – daß heißt, in der realen Zeit. Ich möchte einmal annehmen, daß es ihr schwerfiele, freiwillig ihr Leben hintanzustellen und meinem Leben den Vorrang zu lassen, meinem Glück oder Pech.

Gleichgültig, was sie dadurch lernen oder gewinnen würde, sie würde viel von ihrem Schwung verlieren. Doch vielleicht hätte sie dennoch für eine Weile versuchen sollen, sich hintanzustellen. Wir hätten uns abwechseln können – erscheint das als zu utopisch? Sie entschied sich dafür, durchweg mit mir zu konkurrieren, nicht um der Gleichheit willen – wie wäre die zu messen? –, sondern um die wichtigste Person zu sein, deren Leid mehr zählte als das aller anderen ... und deren Freuden die wichtigsten – die löblichsten – die typischsten der Welt waren.

Wo ausgeprägte Legalität herrschte, erlitt Nonie stets Niederlagen. Gälte das Gesetz tatsächlich, müßte sie teilen und könnte andere nicht strafen – und nicht besiegen. Sie war nicht nur auf Sieg aus, sondern auch darauf, Qualitäten, Chancen und Tugenden von ihrem Gegner zu erobern und in sich aufzunehmen. Sonst, fürchtete sie, würde sie letzten Endes verlieren, und ihr Stolz würde sich als durchweg unberechtigt erweisen. Sie tröstete sich, so gut es ging, indem sie in allem als Rivalin auftrat und alles in Besitz nahm, indem sie absolute Begriffe erfand – eine einzige Art von Güte, eine einzige Form von Gerechtigkeit, deren Hüterin Nonie war, und so fort – und dies nannte sie eine Zeitlang Liebe.

In ihrem Sinne war es Liebe. Doch nach einer Weile war sie nur noch schlicht und erbarmungslos darauf aus, sich zu holen, was sie konnte – weil ihre Niederlage sie schmerzte, nehme ich an, oder weil sie das unter Erwachsensein verstand: eine solche Verdrossenheit. Von einem bestimmten Punkt an, schien mir, ließ sie darin nie mehr nach: in dieser verdrossenen Raffgier – diesem maßlosen Spiel.

Als wir beide erwachsen waren, fürchtete sie mich so sehr und war so erbittert über mich, daß sie nicht bereit war, mit mir in irgend etwas übereinzustimmen. Sie teilte nicht die geringste Erinnerung mit mir – nicht an Picknicks, nicht an Weihnachtsfeste, an nichts. Einmal hätte sie an eine gewisse Geldsumme herankommen können, und ich war krank (ich mag acht Jahre alt gewesen sein), und sie sagte: «Laßt ihn doch sterben.»

Ich sagte auch solche Dinge über sie, doch nicht, wenn sie krank war.

Damit will ich sagen, daß ich es nicht so direkt selber in die Hand nahm, ihr zu schaden: freilich war ich auch kein Mädchen. In mir walteten Kräfte, die all das filterten, zensierten und begrenzten, was ich in meinem Zustand, meinem emotional erregten oder unvernünftigen Zustand, hätte anrichten können.

Als ich schon älter war und einen Autounfall gehabt hatte, sagte sie es noch einmal: «Ich kann ihm nicht helfen – laßt ihn sterben.»

Nicht einmal interessant war ihr Haß auf mich.

Einmal waren Lila und S. L. pleite; ich wollte auf ein Internat, und sie wollten sich von Nonie Geld leihen. Sie kreischte und kreischte: *FÜR IHN DOCH NICHT, ER HAT GENUG GEKRIEGT, ICH HAB NIE WAS GEKRIEGT ...*

Jedenfalls blieb ich zu Hause und kam nicht aufs Internat – ihr Geld gehörte ihr. Damals muß ich zwölf gewesen sein.

Ich habe nie gesehen, daß sie sich für etwas schämte, was sie tat. Sie «redete» über mich – Lila meinte, Nonie erzähle *Lügen* über mich, «damit sie besser dasteht, wenn die Wahrheit herauskommt – dann glaubt keiner mehr, daß deine Seite der Geschichte schon die ganze Geschichte ist.»

Ich weiß nicht. S. L. war ein kranker, schwieriger Mann. Nach einem Disput mit Nonie hatte er den ersten Schlaganfall, und nach einem anderen Disput den zweiten. Diese Schlaganfälle brachten ihn jedoch nicht um. Nonie sagte, sie *liebe* S. L., aber es sei ihr gleichgültig, wenn er jetzt stürbe, und er würde diese Gefühle verstehen. Sie sagte, es wäre gut für ihn, wenn er stürbe, er habe das Leben satt und wolle sterben. Ich schenkte dem keine große Aufmerksamkeit, denn ich befürchtete, sie besäße durch ihre Blutsverwandtschaft mit ihm geheime (und verläßliche) Einsichten, Informationen und Kenntnisse über ihn. Zu jenem Zeitpunkt war ich nicht leicht in Rage zu bringen. Ich wollte nicht den Halt verlieren. Ich konnte es mir nicht leisten.

Ich glaubte, Nonie hasse Lila – und S. L.; es ist lächerlich, derlei messen zu wollen: die Emotionen eines anderen.

Sie erzählte den Leuten gern, sie trage dazu bei, meine Ausbildung zu finanzieren, obwohl sie das nicht tat; sie erschwerte meine Ausbildung aktiv oder unternahm – häufig – Versuche, sie zu verhindern. Als Halbwüchsiger, in meiner gemeinsten Phase, konnte ich ihr sogar das irgendwie verständnisvoll nachfühlen. Sie war eine so mörderische, kampfwütige Gans. Eine Verliererin. Eine echte Kämpferin ... Ich glaubte nicht, daß die Zeit sanft mit ihr umgehen würde. Ich hoffte, die Zeit werde freundlich zu ihr sein. Nicht selten war es mir egal. Oder ziemlich egal.

Um irgendeinen äußeren Schein zu wahren (wie zum Beispiel den, daß Nonie, was mich betraf, kein Verhängnis darstellte), verabredete ich mich als Erwachsener gelegentlich mit ihr, wenn sie in die Stadt kam, in der ich lebte. Ich habe die schlampige Angewohnheit, möglichst Konversation zu machen, um die eigentliche Situation zu verschleiern und nicht mit einer Sache oder Person zu hadern oder zu zeigen, daß ich sie verabscheue, wenn ich sie in Wirklichkeit verabscheue, von ihr abgestoßen bin oder sie übel finde – in diesem Fall sie, Nonie. Ich strengte mich in der Situation an, zu verschleiern, was zutage träte, wenn ich steif und streitbar bliebe – oder lediglich distanziert, oder gelangweilt. Ich behaupte nicht, daß ich recht damit tue. Ich tue es nur eben. Ich hoffe, daß ich eines Tages nicht mehr so bin, aber ich werde allmählich alt, und ich bin noch immer so.

Als ich sie zum letztenmal traf, störte mich, daß es genauso war wie an jenem Gewittertag – daß ich mir aus irgendwelchen verkehrten, verdrehten, wirr unüberlegten Regungen heraus Sorge um ihre Stimmung zu machen begann. Was zum Teufel kümmert mich *ihre* Stimmung? In Geschichten mag das ja noch hingehen, aber im wirklichen Leben ist es blöd. Zum Teufel, weißt du eigentlich, wer sich darum kümmert, welcher Stimmung *sie* ist? Jeder, der sich vor ihr fürchtet. Kümmern solltest du dich darum, wie du sie dir vom Leibe hältst. Sich um Nonie zu sorgen, das kann sich jemand leisten, der überhaupt nicht durch die Schule der Traurigkeit gegangen ist, jemand Verwöhntes – jemand Blödes in gewisser Weise. *Eine Schießbudenfigur* ...

So nannte mich Daddy, wenn ich um Nonie besorgt war. Daß ich dies bin, macht Nonie wahnsinnig – jetzt gerade (jedoch in der Vergangenheit). Aber sie ist süchtig danach: das heißt, vor langer, langer Zeit. Sie kam vor fast zwanzig Jahren ums Leben, bei einem Brand – sie ist *verbrannt.* Mein Gott, sich das vorzustellen ... Meine Nonie – tot. Auf diese Weise gestorben ... Psst, sei still ... Sei jetzt still ... Du bist kein Kind mehr.

Sie wollte mich treffen. Sie ist zu mir gekommen. Das einst enorm hübsche Mädchen, das einstmals *ältere* Kind, jetzt fett, genauer gesagt, adipös, sitzt mit harten Augen in einem Sessel und ist nervös, affektiert unbeteiligt, voller Mißbilligung, aus taktischen Gründen von vornherein bedrohlich – wie eine böse Geschäftsfrau. Sie hat mich als Erwachsene bei keinem Anlaß, von dem ich wüßte, als ihren *Bruder* bezeichnet, wenn ich in Hörweite war ... Sie möchte bei Leuten übernachten, die ich kenne und denen sie nie begegnet ist, über die sie aber dies und das gehört hat, unter anderem auch, daß sie *Freunde* von mir seien. Sie verlangt von mir, daß ich dies für sie arrangiere, und zieht Gesichter, als wäre ich ein Verrückter und ein Bettler, nicht jemand, der zu ihr nein sagen kann – indem ich das Thema wechsle oder versuche, mich herauszuschlängeln.

Oder indem ich einfach glatt nein sage.

Es kommt ihr nicht sehr darauf an, wer ich bin oder was ich bin – sie haßt es in jedem Fall – von *Natur* aus, meine ich. Das ist ihr Recht. Und meine physische Existenz erscheint ihr fremder und monströser als in unserer Jugend. Es ist schlimmer für sie, daß ich existiere, als für irgend jemand sonst.

Lila hat gesagt, *ich* hätte Nonie vernichtet – indem ich siegte –, doch Lila war es auch, die mir die Geschichte von den kleinen Söhnen erzählt hat.

Nonie sagt: «Tja, du bist so eingebildet wie eh und je ...»

Ich sage: «Ach ja? Findest du? Gut, aber ich versuche nicht, ein Held zu sein ... Ich finde, *heutzutage* ist es wichtig, daß man kein Held ist ... nicht einmal vor sich selbst.»

«Ich weiß nicht, wovon du redest; ich weiß nie, wovon du redest ...»

Ich fange an, um mich herum die Schrankgerüche jenes

vergangenen Tages wahrzunehmen, den Druck von heißem Fleisch.

Ich sage: «Na, da sind wir ja mal wieder; wir sind schon ein kurioses Paar. Genau wie in alten Zeiten.»

Sie sagt: «Ich rede nicht gern über die Vergangenheit, ich mag die Art von Gerede nicht, ich muß nicht über Schnee von gestern reden. Das interessiert mich nicht. Solche Sachen mag ich nicht. Ich weiß ja nicht, wie das mit dir ist, aber ich hatte eine glückliche Kindheit – eine sehr glückliche sogar – mehr weiß ich nicht. Wenn du mich fragst, mehr braucht auch keiner zu wissen, soweit ich weiß. Ich habe alle geliebt, und alle haben mich geliebt – das ist alles, was einer braucht – meiner Meinung nach. Mehr will ich gar nicht wissen. Wie das mit dir ist, weiß ich nicht. Du hast Probleme gehabt.»

Sie verbrannte, als sie zweiundvierzig Jahre alt war.

«Nonie, dieses Zimmer da, dein Zimmer am Vista Drive – was für einen hübschen Farbton das hatte: so ein blasses Wassergrün. Genau.»

Sie sagte: «Das ist doch öde – darüber zu reden ist mir zu öde.»

Ich glaube jedoch, daß sie sich erinnert.

Wenn ich nicht daran festhalte, daß ich sie nicht mag, kann ich in dem, was ich schreibe, keine Charaktere einfangen – ich kann nicht versuchen, sie lebendig werden zu lassen, wenn sie keinen Hauch von Nonie in sich haben.

«Na gut, dann schlag du mal vor, worüber wir reden sollen.»

«Sag mal, hast du jetzt eigentlich Geld, oder hast du keins?»

«Manchmal habe ich welches. Jetzt gerade nicht.» Für dich: nie.

Was sie durcheinanderbringt, ist das Wahrhaftige meiner Stimme, meines Verhaltens. Diese Wahrhaftigkeit enthält das Angebot eines Waffenstillstands für den Fall, daß sie mir erlaubt zu leben.

Dann werde ich Geld haben, meine ich.

Auf einmal sagte sie vorwurfsvoll: «Hank und ich sind sehr glücklich. Ich habe fünf wunderbare Söhne und alles, was ich brauche.» In dieser Art ging es eine Zeitlang weiter; und dann sagte sie: «Ich habe kein Interesse an Leuten, die ich nicht kenne. Ich weiß nicht, wie es Leute aushalten, die jede Menge Bücher lesen und sich ernst nehmen und immer nur reden, reden, reden.» Sie fing an, über einige ihrer Freundinnen zu sprechen – wie reich sie seien, wieviel Sympathie sie für sie hätten, wie furchtbar sie seien. «Sie hat einfach so furchtbar oberschlaue Augen –» Dann sagte sie: «Ihr haltet euch ja für gerissen, aber wir im Westen sind jetzt auch ganz hübsch gerissen, weißt du.» (Sie kam in Kalifornien zu Tode.) Dann verlangte sie von mir, dafür zu sorgen, daß sie und ihre Familie bei Leuten wohnen könnten, die ich kannte und denen sie nie begegnet war.

Das war das letzte Mal, daß ich sie sah. Manche anderen Leute mochten mich damals nicht, und weitere andere mögen mich auch heute nicht. *Ich bin kein Engel.* Das sagte Lila immer. Man entwächst den nur menschlichen Gestalten, die einen als Kind bevormunden, um als Erwachsener im Leben regelrechte Feinde vorzufinden, und diese verhindern bestimmte Handlungen; sie setzen dem Willen – den Belohnungen, die einem zuteil werden könnten – Grenzen; sie wollen einen Anteil von allem, was man hat; und so fort.

Nonies Wut bei der letzten Begegnung – sie ist nicht gerissen genug, ihre Wut zu verbergen. Und sie fürchtet mich. Sie ist nicht ohne Energie. Eindringlich, willensstark spielt sie ihre Rolle. Sie versagt uns eine Vergangenheit und verfolgt mich dennoch mit ihrem Groll, ihrem Unbehagen und ihrer Besorgnis der vergangenen Dinge wegen, sorgenvoll bestrebt, mich auszunützen, die Vergangenheit fortzusetzen, sie bruchlos damit in Zusammenhang zu bringen, daß sie selbst und ihr Leben heute gar nicht so übel seien – vielleicht sind sie und ihr Leben ja auch gar nicht so übel: ich bin ein

Snob und habe alte Rechnungen offen, nehme ich mal an – nicht bewußt, weitgehend nicht. Auch sie möchte diesen Sinn in ihrem Leben haben, der auf meiner Anhänglichkeit an sie beruht, aber sie soll einseitig sein. Ich bin mir leidlich sicher, ich ginge darauf ein, wenn Gegenseitigkeit vorgesehen wäre. Nonie gesteht mir wenig oder keine wirkliche Existenz zu – und natürlich finde ich das tödlich. Sie ist nur ein Mensch; *SIE IST EINE VON UNS*; ich erinnere mich an eine Situation, in der ich sechs oder sieben war und sie siebzehn, achtzehn, und sie bemühte sich, liebenswürdig, sogar kokett zu sein – auf einer Veranda. Sie brachte mir ein paar Tricks mit einem Jo-Jo bei. Zu jener Zeit haßte sie mich am stärksten und hatte paradoxerweise Phasen, in denen sie netter war denn je. Sie lachte mich an und war reizend, als ich mich jedoch als geschickt erwies, wurde sie zornig – mörderisch sogar. Sie sagte: «Du hast was widerlich Mieses.» Sie schleuderte heißen Kaffee nach mir – natürlich mir in die Augen. «Macht bloß kein großes Getue um ihn!» schrie sie, als die Erwachsenen auftauchten. Hartnäckig beklagte sie sich an jenem Tag bei den Erwachsenen, sie würden mich verhätscheln. Sie tat das in der Rolle eines hübschen Mädchens, das weder bereit war, vernünftig zu sein, noch mit sich reden zu lassen, solange in unserem Haus nicht allgemein die These übernommen würde, daß ich einen miesen Charakter hatte, der mich zu Angeberei verleitete und in anderen den Wunsch weckte, mich zu ermorden, und daß man keinem Vorwürfe machen konnte, wenn er mir etwas antun wollte – und antat. Man konnte gar nicht anders, als mir etwas anzutun, und somit konnte man auch nicht als schuldig betrachtet werden, wenn man es tat.

Diese Szene war deutlicher als manche andere – womit ich meine, daß andere sie genauso sahen wie ich; nur ein Jahr früher jedoch war etwas Ähnliches passiert, und Mama hatte Mitgefühl für sie, für Nonie, gezeigt.

Wenn sie – zu jener Zeit und vielleicht noch immer – «normal» ist, wenn sie so ist, wie Menschen eben sind, wer – und was – bin dann ich?

Ihr Zimmer. Sie ist noch immer der tapfere Soldat. Doch nichts und niemand erteilt Nonie jemals die Instruktionen (oder hat sie ihr erteilt), die zu jenen Siegen führen könnten, nach denen sie giert – ich meine, sie erzielt zumeist die falschen Siege, solche, die sie nicht will, solche, auf die Mama und Daddy sie auf diese und jene Weise trainiert haben. Die will sie jedoch trotzdem, um sich zu beruhigen, weil sie die Siege anderer als Schmerz empfindet ... Meine richtige Mutter ist hier in Nonies Zimmer nicht präsent, um mir beizustehen. Es ist hart, daß so viele Leute dir nicht die moralische Autorität zugestehen, dich zu verteidigen – du verteidigst etwas zu Umfassendes und bezeichnest es als dich selbst – *und wir wollen dich jetzt beschränkt.* Du mußt kalt, eigensinnig und listig sein – ich meine, wo so viele Leute dich erledigt sehen wollen; und manche von denen, die auf deiner Seite sind, taugen eigentlich nichts. Nonies überbordender Zorn schafft *Raum im Haus* für ihre Art von Emotionen; für unmittelbare Ungeheuerlichkeiten, meine ich; das Leben umfaßt bestimmte Sphären, in denen das Ungeheuerliche auf sie abzielt: das Leben verfährt mit ihr in ihrem eigenen Stil – nicht ganz, aber doch sehr oft. So nimmt sie es wahr; sie inszeniert es auch, manchmal aus einer perversen Einschätzung der Situation und aus einer Laune heraus, die hart ans Komische grenzt – dieses vielleicht mißverstandene, vielleicht vernichtete Mädchen mit der gestaltlosen Seele, das mich in Obhut hat ... Ich habe sie umarmt, und nun schluchzt sie leise und küßt mich. Ein Blitz leuchtet in der Ferne auf, gut zehn Meilen weiter östlich. In diesem Leuchten werden gewaltige Regionen eines leeren, graublauen Regenhimmels sichtbar. Dann tauchen wieder die bräunlichen, dunkleren Regenzonen aus dem Leuchten auf, sie kehren zurück, das Panorama erlischt, und hier sind wir, im repetitiven, dämpfend häuslichen, irgendwie erotischen Rauschen des Regens.

Nonie berührt mich mit blasser, entfernt sportlicher Kameraderie, mit schwebender, nicht abgestorbener Zärtlichkeit – die allerdings partiell von Hysterie herrührt; doch sie ist echt, sie existiert zwischen uns, sie ist verdient. Und hier kann das Verlangen nach Trost in einem Ruhe finden – oder seinen unvermeidlich bevorstehenden Verlust betrauern oder ihn einfach nur einen Moment lang beobachten in diesem Daseinsmoment, in dem der Kampf zwischen den beiden Willen, den beiden atmenden Geschöpfen ruht.

Wir haben es behaglich, könnte man sagen, wenn unsere Hände und Körper einander so kindlich berühren – einigen pragmatischen Realitäten der Kindheit begegnet Nonie immer taktvoll.

Dieser Takt wendet sich jedoch nach außen und ist eindeutig Teil der Behauptung, daß Nonie in ihrem System das Zentrum jeglichen Anstands darstellt, den zentralen Hort der Zivilisation; sie ist nun ein junges Mädchen im peinigenden Zustand des Semi-Gleichgewichts, ein straff gespanntes Bewußtsein, das gewisse Unzulänglichkeiten (des Bewußtseins) überdeckt. Sie hat für einen Moment etwas Liebliches, Nerviges, Leuchtendes – sie verspürt bis zu einem gewissen Grade Behagen, auch wenn sie zu sehr von Schuld geplagt, zu nackt ist, um ernstlich darin zu verharren; doch wenn ich mir die Mühe mache, mich deutlich an diesen Moment zu erinnern, dann zeichnen sich am deutlichsten ihre Zuneigung zu dem Kind und die *Intelligenz* dieser Zuneigung zu jener Zeit und in jenem Haushalt ab ... Ein schwaches Licht im Spiegel – das unerhebliche Nachflimmern eines nahen Blitzes, mehr nicht – betrügt Nonie um das unverzügliche Entkommen. Sofort wirft sie sich, mich in ihren Armen, auf den Boden, und das Gummigewicht ihres Körpers, der sich hin- und herwirft, während sie keucht und zuckt, ist wie von Krähenschwingen, und das Krächzen ihrer Atmung deckt mich zu, umzingelt mich – ich liege unter ihrem Körper im Dunkeln, im Keuchen und Wogen, im Schatten von allem, was sie ausmacht; ich werde davon geplättet und durchgewalkt. Vollkommen mißbraucht, vollkommen ignoriert, bin ich doch da – daß *ich* da wäre, bedeutet das wohl kaum – ich werde mich einfach hineinversetzen und die Bedeutung davon vergessen, bloß daß diese Bedeutung existiert, ob ich sie ignoriere oder nicht. Wo ich bin, unter ihrem Körper, ist es, *als ob die Welt unterginge*, wie Daddy nun – rhetorisch – sagte; in diesem Moment, an diesem Ort stellt es eine merkwürdige Kindheitsapokalypse dar ...

Nonie windet sich und grunzt. Nonie wälzt sich hin und her.

S. L.: «O Gott, warum hört das denn nicht auf? Das bringt mich noch um. Es ist ja, als ob die Welt unterginge ...»

(Lila: *«Sie hört nun mal nicht gerne auf. Du mußt dafür sorgen. Sieh's doch realistisch: SO EINFACH IST DAS.»*)

Nein, das ist es nicht.

«DADDY, DER DONNER IST FURCHTBAR. DU SCHEISSKERL ... OH; DU SCHEISSKERL ...»

Ein leichtes Donnern.

Auf dem Boden, wo ich bin, unter ihrem Körper, ist es warm und erregend und dunkel und miefig, und die Luft ist knapp.

Es geht schon.

Daddy bückt sich und legt den Arm um uns – um sie und mich; und er setzt uns auf. «Na komm, Nonie, das ist doch kein starkes Donnern. Das ist nun wirklich nicht sehr nah, Süße. Nun komm schon.»

Sie würgt mehr, als daß sie weint, in diesem wabbeligen, trüben Beinahe-schon-danach.

Graugrünes Licht füllt die Fenster und den Raum, wasserartig und flimmernd. Nonies schweißnasser Hals ist ein Strom von Licht. Das Licht pulsiert auf ihrem prägnanten Hals – ein illuminierter Rhythmus, nicht da, um als schön verstanden zu werden, und dennoch schön, ob so verstanden oder nicht, dieses Symptom von Leben – ihres Lebens ... Es leuchtet und stabilisiert sich, in Tempo und Unerschrockenheit, ist aber trotz allem nicht sehr stabil – dieses Pulsieren, ihr Leben. Ihre Haut zuckt und bebt weiter. Ihr Puls hat Angst. Ruhig ist er nicht gerade. Ich höre es, ich sehe es, ich bin nah bei ihr.

Das Donnern bringt den Boden leicht zum Beben. Inmitten all der warme Verflechtungen und Gerüche fühle ich Nonie beben. Sie bebt stark. Ich decke sie mit mir zu.

Ihr Gesicht.

Mein Bauch liegt über ihr. Über ihrem Gesicht.

Was das bedeutet, interessiert mich und interessiert mich nicht.

Was da geschehen ist, interessiert mich nicht.

Neben anderen Dingen tue ich folgendes: Ich umarme ihren Willen und ihre Schande, ihr BÖSE-Sein ... Bisher kann ich es akzeptieren ... vielleicht nur aus Familiensinn ... was ich aber bezweifle ...

Nonie hatte recht, wenn sie meinte, die Blitze lauerten ihr auf, und sie hatte recht, wenn sie meinte, mir habe ihr Vorteil niemals so am Herzen gelegen, daß es ihr wirklich gefallen konnte ...

Doch etwas war da in mir, und es betraf sie.

Zum Beispiel glaube ich, es wäre mir nach bestem Wissen – vielleicht ist es auch nur dumm von mir – lieber, wenn Nonie bei dieser Gelegenheit endgültig verrückt geworden wäre, verrückte Sachen gesagt und sich in den Namen der Dinge geirrt hätte und dann jung, nett und bedauernswert gestorben wäre, als daß sie das Leben, das ihr zuteil wurde, so zu Ende lebte, wie sie es tatsächlich tat.

Und mir bliebe die Erinnerung, *sie wahnsinnig geliebt* zu haben – auch wenn solche Formeln längst unbrauchbar sind, so sentimental sind sie.

Dennoch, ganz wahr ist das nicht ... Ich wünschte, ich

wäre so schlau wie sie gewesen und hätte sie, während ich sie umarmte, auf den Tod verletzt ... Worauf ich hinauswill, ist, daß diese bleibende Geste mich nicht sehr froh macht – daß ich Nonie umarme, mich furchtlos und zärtlich dem Bösen anbequeme, so schüchtern hasse, mich zwischen Gleichheit, Überlegenheit, Unterlegenheit, Gunstbeweisen, Entschädigungen und was sonst noch hin und her manipulieren lasse ... Froh macht mich das alles nicht ... Aber es bleibt bestehen ... ich stehe zu der Tat.

Zum Teil akzeptiere ich mein Leben wirklich. Und sie. Chancen zu vorsätzlicher Güte. O Himmel, manchmal habe ich sie geliebt – ich habe diesen Haufen Fäulnis geliebt ... Und auch das Mädchen in ihr ...

Das Feuer, in dem sie umkam – in Kalifornien, in ihrem Schlafzimmer: es brannte eine Wand nieder, setzte den Rasen, dann Büsche in Brand; die Bäume auf dem Rasen loderten wie auf einem Kriegsschauplatz – und dann ging das Haus – das ganze Haus, in dem sie wohnte – in Flammen auf ...

Ein Cousin rief mich an, um es mir mitzuteilen. «Nonie ist tot», sagte die Stimme aus weiter Ferne; dann, flüsternd, «mit sämtlichen Tugenden».

In ihrem Zimmer, in zunehmender Helligkeit – der Regen läßt nach –, von Daddy so kurios gestützt, halte ich Nonie geradezu ekstatisch in meinen kurzen, dünnen Kinderarmen, als ihr unbeugsamer Besitzer. Als ihr unbeugsamer Beschützer. Ich, nicht die Dämonen, nicht Daddy oder Anne Marie, ich bin der Mächtigste hier – letztlich, irgendwie ... vielleicht ist es eine Illusion. Meine Freundlichkeit regiert hier – auf diese und jene Weise. Und ich habe Angst – ich bin kein *unbesiegbarer* Eroberer. Ich küsse sie. Sie küßt mich auf die Haare – langsam, verhangen, vielleicht, um ihre Panik trocknen zu lassen. Nonie und ich regieren hier. Der Einblick in das Wesen des anderen und einer solchen Umarmung entblößt und prägt uns beide, ein Kinderwissen, das verwundbar macht. Wir gingen nicht immer unbeholfen miteinander um. Wir waren unbeholfen und manchmal gewandt ... manchmal, um einander auf bestimmte Weise zu verletzen. Wir mochten im Leben unbeholfen sein, aber als Feinde hielten wir uns recht gut, und auch wenn Waffenstillstand zwischen uns herrschte; und auch als Rivalen wußten wir einander manchmal richtig gewandt zu nehmen.

Ich umarmte den Dämonen-Unrat Nonie. Sie hatte die Arme um Wiley gelegt, die mörderische Ausgeburt der Gosse. Wir kennen uns mit unseresgleichen aus. Die Feindschaft ist echt, der Haß ist echt. Sehr echt. Wir verflechten Arme, Beine, Hälse. Diese kindlichen Umarmungen unterschiedlicher Geschöpfe, das Gefühl, daß zwei Leben aufeinander einwirken – ich weiß noch, wie ziemlich exzeptionell gegenseitig dies alles war, trotz der Unterschiede in Größe und Mentalität, in Hinblick auf Bewußtseinsstand, Leidenschaften und Bereitschaft zu Gewalt ... damals. Wir wissen das übereinander in diesem Moment, in dem das Kind seinen sonderbaren Sieg oder halben Sieg erringt; und sogar *dies* wissen wir. Mit den Erkenntnissen, die zu kriegen waren ... jonglieren und interpolieren wir. In diesem Moment bilden wir einen Knoten aus heißen Lebensfäden, eine ekelhaft konkrete Hochzeit findet statt, Seelen haben sich verbunden. Nonies Arm schlängelt sich zu meinem Kreuz, wird dort zum starren Riegel. Für ein ganzes Leben. Ihr Kinn drückt sich in meine Schulter. Ihr Atem streicht vertraulich über meinen Rücken. Sie ist eine Vertraute ... für – nun ja, die Formel ist sentimental – alle Ewigkeit ...

Die Vorbereitung auf die Laudatio

Unsere Bindung, unsere Umarmung: ich begreife, was dafür spricht zu lügen, *für die Ewigkeit*, alle Verknüpfungen, alle Bedeutungen zu verändern. Lila sagte zu mir, bevor sie starb: *Ich sag dir, Wiley, die Leute haben sie bedauert: sie mußte mit dir leben – und sogar für eine Heilige wärst du eine Geduldprobe – jedes menschliche Wesen hätte sie bedauert ... Du hast sie ständig gekränkt; du hast sie kritisiert ...* Das tut weh, Ma – Vorwürfe zu hören. Ja, ich habe sie kritisiert. Ich kritisiere sie noch immer. Warum auch nicht. Und wenn schon.

Wenn Lila oder S. L. mit mir im Streit lagen, bürdeten sie mir oft Nonie auf: *Verdammt noch mal, tu doch nicht so, als könntest du sich nicht ausstehen ... Du wirst immer mit anderen Menschen leben müssen, Wiley ... Sie liebt dich ... Du solltest sie auch lieben ...*

Sind Haß und Eifersucht, Abneigung und Gier klüger als Güte? Steht der Beweis dafür noch aus? *Du mußt lernen, mit ihr auszukommen ...* In der vertrauten Atmosphäre halbverdeckter, zumeist verdeckter Feindschaft? *Du mußt lernen, in der realen Welt zu leben*, wurde ich ermahnt.

Worauf ich erwiderte: *Sie auch.* Nur verstand mich niemand. Nonie ist die Welt ... Sie stellt eine Definition der Welt dar ... ich nicht. Und wenn ich es doch wäre? Wenn sich ein paar Leute, die mir das abgesprochen haben, geirrt hätten? Nonie stellt nicht die gesamte Welt dar, wie ich sie definiere. Sie ist jedoch eine Erscheinung, der nicht zu entkommen ist, und meines Erachtens ein notwendiger Bestandteil der Wirklichkeit eines jeden. Sie ist dasjenige, wonach *ich* bei einem anderen Ausschau halte – nach Spuren von Nonie-Wirklichkeit; der Schatten jener Wirklichkeit liefert mir das wichtigste Kriterium zur Beurteilung von Menschen. In den letzten siebzig Stunden ihres Leben wies Lila Nonnen und Krankenschwestern an, Nonie von ihrem Zimmer – ihrem Sterbebett – fernzuhalten. *Sie zu kennen war eine harte Lehre*, sagte Mama als Sterbende: *Mein Lehrgeld habe ich gezahlt.* Und doch erklärte Mama mir, Nonie sei nicht schlechter als andere Menschen: sie verlangte von mir, ich solle mich um Nonie kümmern. Einmal hat Nonie zu mir gesagt: *Du hast auf meiner*

Seite zu sein, sonst ... Seltsam kam mir das nicht vor. Die meisten Leute, die ich in New York kannte, versuchten das, taten das. Doch obwohl ich darauf gefaßt war, verstand ich es zum Teil nicht – dieses Echo eines krummen Experiments jener genetischen Kreuzfahrerin, jener Agentin aus Enttäuschung, des rasenden Kindes, des Mädchens mit den rosigen Beinen ... dem vielleicht in aller Liebe *normales* Unrecht geschehen war; ein zwanghaft rivalisierender Mensch – ein zwanghaft rivalisierendes Mädchen. Daddy sagte gern: *Wir sind keine besonders guten Menschen, wir sind keine besonders schlechten Menschen* ...

Er war um eine vernünftige moralische Einschätzung innerhalb der erlebten Wirklichkeit bemüht, außerhalb von Büchern. Er hoffte, es ließe sich ein tagtäglich brauchbarer Maßstab für *vernünftiges Ermessen* finden. Wie anstößig die Formen von Zivilisation doch sind ...

Als Nonie zu Tante Casey zog, sagte Lila zu mir: *Das geschieht dir recht – jetzt sitzt du bei uns fest* ...

Ich möchte sagen, ich verstehe es nicht, verstehe das alles nicht. Ich möchte ein passabler Erzähler sein, nicht einer, der so sehr in seinen Stoff verwickelt ist, daß er kaum mehr taugt als jemand, den Sie im wirklichen Leben kennen. Nonies eifersüchtiges Rivalisieren, die vielleicht außergewöhnlichen, vielleicht gewöhnlichen Hoffnungen, die sie hegte: ich kann nicht ihr Komplize, ihr Freund, ihr Bruder sein, ohne mich an irgendeiner bewußten oder unbewußten Brutalität großen Ausmaßes zu beteiligen, die in die eine oder andere Richtung zielt: auf Nonie, auf andere ... Lila sagte zu mir: *Du bist überempfindlich und verwöhnt. Ich verderb dir ja nicht gern den Tag, indem ich dir das sage, aber du bist naiv, Wiley, du bist sehr naiv* ... Ich fürchte, ich befürchte, so ist es. Lila sagte: *Sie ist besser, wenn du nicht in der Nähe bist, das solltest du manchmal sehen; du solltest manchmal versuchen, dich an ihre Stelle zu versetzen – das würde dir gar nicht schaden* ... Und: *Wiley, sie LIEBT dich –*

So ist Liebe? Na, danke ... Das interessiert mich nicht ...

ES INTERESSIERT MICH NICHT ... O GOTT ...

Ich sagte: Es interessiert mich nicht, ob sie mich liebt oder nicht: halt sie mir einfach vom Leib ...

Auf ihrem Sterbebett sagte Lila: *Wir haben etwas Schlimmes getan; wir haben Nonie so behandelt, als wäre sie gesund. Es tut mir leid, daß du das durchmachen mußtest; es tut mir leid, daß du so viel mir ihr durchmachen mußtest; ich entschuldige mich dafür; ich bitte dich dafür um Entschuldigung ... Anfangs war ich noch auf der Hut, aber du weißt ja, wie es so geht: gewisse Dinge schleifen sich ab, verblassen* ... Lila war so lange am Leben geblieben, daß ich nun auf dem College war – auf einem guten College, Harvard. Ich war groß, neurotisch und leichtlebig: sie glaubte, ich hätte mich zu der moralischen Schlichtheit, der Reinheit und Gesetzestreue eines gesellschaftlichen Status weit über demjenigen aufgeschwungen, den sie in ihrem Leben erlangt hatte. Aus meinem neuen Leben heraus sähe ich sie sterben – verstehen Sie? Sie sagte: *Ich fürcht mich ein bißchen davor, was du von mir hältst – muß ich gestehen ... Außerdem kommt der Geist deiner richtigen Mutter mich hier besuchen, auf meinem Sterbebett. Jetzt, wo ich krank bin, hab ich von allem was in mir – wenn ich ein bißchen in Fahrt komm, bin ich ganz wie früher: dann fürcht ich mich vor nichts – außer vor dir, nun, wo du ein Harvard-Mann bist ...*

Sie meinte, ich könnte nun sentimental und über Haß und Gewöhnlichkeit erhaben sein. Ich sagte: «Klar doch, sicher, aber ich bin immer noch auf deiner Seite, Mutter ...»

Ich weiß von keinem neutralen Richter.

Lila mag mit dem, was sie mir über Nonie sagte, gelogen haben. Oder sie sagte es aus einer Stimmung heraus. Die Äußerung eines Sterbenden hat etwas Strahlendes, das sie von einer schlichten Wahrheit unterscheidet. Als Nonie sich mit Gewalt Zutritt zu verschaffen suchte, kreischte Lila: *HALTET* SIE *DRAUSSEN! HALTET DIE DA DRAUSSEN!*

Sie sagte: *Ich bin ja selber keine Mimose, aber die da schießt wirklich den Vogel ab ...*

Jenes Versprechen am Ende, das Versprechen, zu Nonie gut zu sein, das Lila mir abnahm – ich habe dieses Versprechen gebrochen. Ich habe nie auch nur versucht, es zu halten. Ich weiß noch, wie Daddy brüllte: *Warum könnt ihr zwei euch bloß nicht lieben? Ich will verdammt noch mal ein Zuhause haben, in dem ein bißchen Liebe und Frieden herrscht: ist das denn zuviel verlangt? Haltet ihr das etwa für abwegig? Haltet ihr mich etwa für abartig? Ich will, daß ihr zwei lernt, miteinander auszukommen ...*

Kein Gedanke. Lila sagte: *Vielleicht hat S. L. hie und da nicht recht gehabt, aber er hat dich wirklich geliebt – du solltest ihm vergeben – er war eben nicht der Typ, der von morgens bis abends Polizist spielt. Was willst du da schon machen? Menschen sind nun mal keine Luftschlösser – wenn du wirkliche Menschen nicht leiden magst, stehst du schließlich ohne einen da; das weißt du doch, oder? Das stimmt doch sogar für Harvard, oder?* Sie wollte wissen, ob dort dieselbe Wahrheit gültig sei. *Macht es gar keinen Unterschied, wenn du Glück gehabt hast, oder siehst du die Dinge dann in einem anderen Licht? Die Krankheit läßt mich die Dinge in einem anderen Licht sehen – und das ist* Gottes *ganz gewöhnliche Wahrheit, du Glückskind ... Vergib mir, wenn ich zuviel rede. Das liegt am Morphium. Davon werd ich so, wie ich jetzt klinge. Ich liebe dich, Wiley. Sei nett zu ihr, wenn du kannst ...*

Eine (Art von) Laudatio

Nonies Tod betrachte ich als großmütige Entfernung ihrerseits – im Ernst. Ich wache manchmal auf und denke mit einem Schwall von Wärme, wie *fein* es doch ist, daß ich sie unmöglich mehr etwas sagen hören kann, es sei denn als aus dem Schattenreich wiederkehrender Geist oder als Stimme in der Erinnerung. Mir gefällt, wie die Momente sich anfühlen, die Nonie nicht enthalten – auch nicht ihre Stimme oder die grauenhafte Unvernunft ihres Ehrgeizes, der ihr solchen Schmerz bereitete – oder das zum Grimassenschneiden Schmerzhaft-Komische ihres konkreten Daseins: mir gefällt es, wenn die Momente nichts davon enthalten, auch wenn dann oft wieder jemand anderes in ihnen vorkommt, der so ist. Um Schuldfragen kümmere ich mich wenig. Ich empfinde anderer Menschen wegen Scham, Trauer, Schwindel, Erleichterung – Mitleid: nichts davon ist das gleiche, wie andere zu mögen ... Ich bin froh, daß ich mit Nonie fertig bin. Doch gleich unter dieser scheinbar schmerzlosen Freude existiert, wie am Fuße einer schattenhaften, hölzernen Kellertreppe, eine weitere Freude, wie eine weitere Schattenebene: eine heiße Zone von Sympathie und Verachtung, Mitleid und tatsächlich auch von Grauen – und da ist auch das Gefühl, mich wiederzuerkennen, so wie sie zu sein. Und hier geht es schmerzhaft und real zu. Hier ist mein brutales Hinnehmen ihres Todes und meine Isolation. Doch wenn ich die Stufen, die einer Kellertreppe gleichen, hinab in tiefere Dunkelheit und Stille und Selbstkritik hinuntersteige, steht dort unten ein schattenhafter, beschämter Junge: unentwegt hat er, solange sie am Leben war, über sie den Mund gehalten. Er hat sie mit seinem Schweigen gedeckt ... *Sie muß schließlich auch leben* ... Ja, ich weiß. Doch jetzt, da ich alt bin – also, ich weiß nicht ...

Meine Gefühle fügen sich in kein grammatisches oder syntaktisches Muster. Sie legen kein Requiem nahe. Ich imaginiere in meiner Laudatio einen Punkt, an dem ich auf die Einsamkeit gefaßt bin, die mich mit Nonies Abwesenheit überkommt, auf *wahre Liebe*, die gleichsam in einem Vakuum dahintreibt, da ihr Objekt Nonie ist, und auf alte Gefühle, heiß begehrliche Tagträume davon, daß sie und ich Frieden schließen. *Ich* möchte, daß sie großmütig wird, durch Züchtigung dazu gebracht wird – oder durch Erfolg großmütig wird. Oder durch Tod, Krankheit, Liebe, Geld dazu erzogen wird, durch den Schmerz über erlittene Enttäuschung, wenn dies notwendig ist, damit sie erfährt, was Güte ist, in Momenten des wirklichen Lebens, eine Güte, die Sekunde für Sekunde besteht und durch ein Telephonklingeln, ein Feuer oder einen Luftangriff unterbrochen wird. Es tut mir leid, daß ich dies wünsche. Ich wäre gern ein anderer Mann geworden. Wie ich da auf dem Kellerfußboden, nah am Abfluß, stehe, empfinde ich Mitleid, Milde, Bereitschaft zu vergessen ... Doch das liegt daran, daß sie tot ist. Es liegt daran, daß sie nicht wirklich da ist mit ihren umschatteten Lidern und ihrer vorgeblich unschuldigen Bosheit. Eine Liebesgeschichte als die Wahrheit – als unromantische, gewöhnliche *Wahrheit* –, wie anders dadurch alles für sie würde! Die Liebesaffären ihres Lebens waren ironische, wahnhafte Strategiespiele um Größe, um Vollkommenheit, um etwas, das sie für universal und absolut, für total und vollkommen hielt. Sie ist ein mädchenhafter Samson, ein verbissener David. Güte und Milde kränken sie, löschen sie aus und reizen sie, mit ihnen zu ringen wie mit Dämonen. In manchen Formen sind sie auch dämonisch. Wenn ich Nonie nicht haßte – wenn ich sie *mild*e aus freien Stücken liebte, fühlte sie sich beleidigt. Sie mußte andere *zwingen*, so zu fühlen, wie sie es taten – sonst empfand sie deren Gefühle als wertlos und sich selbst als wertloses, totes Objekt dieser Gefühle – so funktionierte das bei ihr. Gefühle, die wir von uns aus für sie hegten, waren wie Fundsachen, waren Schund, ohne Wert: sie hatte das Gefühl, sie könne damit machen, was sie wollte ... So, glaube ich, empfand sie es, daß wir mit diesen Gefühlen tun könnten, was wir wollten: für sie zählten sie nicht – es war alles nur Schund. Sie hätte dieser Laudatio eine konventionellere vorgezogen.

Wenn ich sie mir physisch vor Augen führe – mit den Brüsten, dem gefärbten Haar, der Haut, die sie als Erwachsene hatte –, entnehme ich ihrem gereizten Atem und dem Blick, mit dem sie mich anstiert, wie sehr *ich* sie verletzte, wenn ich mich in ihrer Gegenwart nicht gezwungen und ungelenk verhielt. Ich kann fühlen, daß Anspielungen nach ihrem Geschmack sind, daß unvermittelt zornige Sätze und schlaue oder dumme Handlungsweisen nach ihrem Geschmack sind – und wie sehr es *sie* verstört, daß sie so ist, wie sie ist – und angesichts meiner ist sie doppelt verstört – ich existiere und komme in der Welt ziemlich gut zurecht. Daß ich insgesamt eine Wahrheit darstelle, etwas, das der Fall ist, darüber reißt sie die Augen auf: das macht sie ganz krank ...

Wenn ich mir vorstelle, wir begegneten uns nach dem Tode, *in der Ewigkeit*, wie man es von Seelen einmal annahm, oder vielleicht, wie einige Dichter annahmen, dann stelle ich mir die langsame Versöhnung vor, durch die allmähliche Veränderung der Seelen im Limbus, ihre geistige Erziehung.

Doch welche Schmerzen nach den Schilderungen jener alten Dichter mit dieser Unterweisung einhergehen! Ich kann mir nicht vorstellen, daß Nonie mich begrüßt, voll Freude, jemanden aus einer beinahe gewöhnlichen Geschichte im grandiosen, unwandelbaren Licht des HIMMELS zu erblikken ... Historische Dinge wären dann natürlich nicht von Bedeutung ... Alle Sentimentalität einmal beiseite, niemand vermöchte eines sentimentalen Moments wegen aus der versengenden letzten Seligkeit auszuscheren. Wenn ich mir dennoch, im Unernst also, gestatte, mir eine Begegnung nach dem Tode vorzustellen, dann sehe ich, daß meine imaginierten *Momente* etwas Steifes haben. Ich bezweifle, daß Nonie, selbst in einem geschmeidigen, sentimentalen *Himmel*, sich mir so zuwenden würde, daß sie das, was wir einander bedeutet haben, mit himmlischer Wärme und mit dem Wunsch erfüllen würde, ein wenig davon miteinander zu teilen.

Wenn wir uns also begegnen, wenn wir miteinander sprechen sollen, dann wird es wohl in der Hölle geschehen müssen.

Doch wenn ich mir vorstelle, wir begegneten uns in der Hölle, dann, glaube ich, würde sie mir dort den Rücken zukehren – sogar dort, auch dann –, es sei denn, ich könnte ihr dort einen Gefallen tun, inmitten der Flammen, der Asche

... Ich glaube, ich will sagen, Haß und enttäuschter Ehrgeiz sind ernst und endgültig.

Ach, meine hübsche und komplexe, meine schwierige und gewalttätige Schwester, ach, meine längst verlorene, kläräugige Nonie, es ist mir gleichgültig, ob du mir vergibst oder nicht ... Und was bedeutet *das*, deiner Meinung nach?

Wenn ich aus den Rahmen des Erzählens trete, aus allen solchen Rahmen, und in den gegenwärtigen, realen Moment eintrete, dann sehe ich, daß ich zwar eine Art freischwebender, ihr geltender Vergebung in mir habe (und warum soll sie meine Vergebung nötig haben: welche Verbrechen hat sie denn begangen?), daß all das aber letztlich unerheblich für mich ist. Nur mittels ruckhafter, krampfhafter Willensakte kann ich mich zu der Einsicht bewegen, daß ich ihr, wäre ich so schlecht zu ihr gewesen, wie sie meiner Ansicht nach schlecht zu mir war, nun vergeben würde. Ich wäre ihr im Geiste nahe. Nicht einmal am Rande des Bewußtseins dächte ich schlecht über die Toten.

Vielleicht sollte diese Geschichte mit anderen Mitteln fortgesetzt werden ... wie die Zeit verlief, sobald Nonie tot war.

Doch laßt uns einen Moment lang innehalten. Laßt uns still sein. Oder lassen Sie vielmehr mich – ihr zum Angedenken – und mir zum Angedenken – eine Weile schweigen.